国家社科基金
GUOJIA SHEKE JIJIN HOUQI ZIZHU XIANGMU
后期资助项目

《水浒传》版本研究

Research on the Version of
Outlaws of the Marsh

上 册

邓 雷 著

中華書局
ZHONGHUA BOOK COMPANY

图书在版编目(CIP)数据

《水浒传》版本研究/邓雷著. —北京:中华书局,2024.1
(国家社科基金后期资助项目)
ISBN 978-7-101-16434-3

Ⅰ.水… Ⅱ.邓… Ⅲ.《水浒》研究 Ⅳ.I207.412

中国国家版本馆 CIP 数据核字(2023)第 222713 号

书　　名	《水浒传》版本研究(全二册)
著　　者	邓　雷
丛 书 名	国家社科基金后期资助项目
责任编辑	吴爱兰
责任印制	陈丽娜
出版发行	中华书局 (北京市丰台区太平桥西里 38 号　100073) http://www.zhbc.com.cn E-mail:zhbc@zhbc.com.cn
印　　刷	天津善印科技有限公司
版　　次	2024 年 1 月第 1 版 2024 年 1 月第 1 次印刷
规　　格	开本/710×1000 毫米　1/16 印张 74　插页 9　字数 1176 千字
国际书号	ISBN 978-7-101-16434-3
定　　价	298.00 元

国家社科基金后期资助项目出版说明

后期资助项目是国家社科基金设立的一类重要项目，旨在鼓励广大社科研究者潜心治学，支持基础研究多出优秀成果。它是经过严格评审，从接近完成的科研成果中遴选立项的。为扩大后期资助项目的影响，更好地推动学术发展，促进成果转化，全国哲学社会科学工作办公室按照“统一设计、统一标识、统一版式、形成系列”的总体要求，组织出版国家社科基金后期资助项目成果。

全国哲学社会科学工作办公室

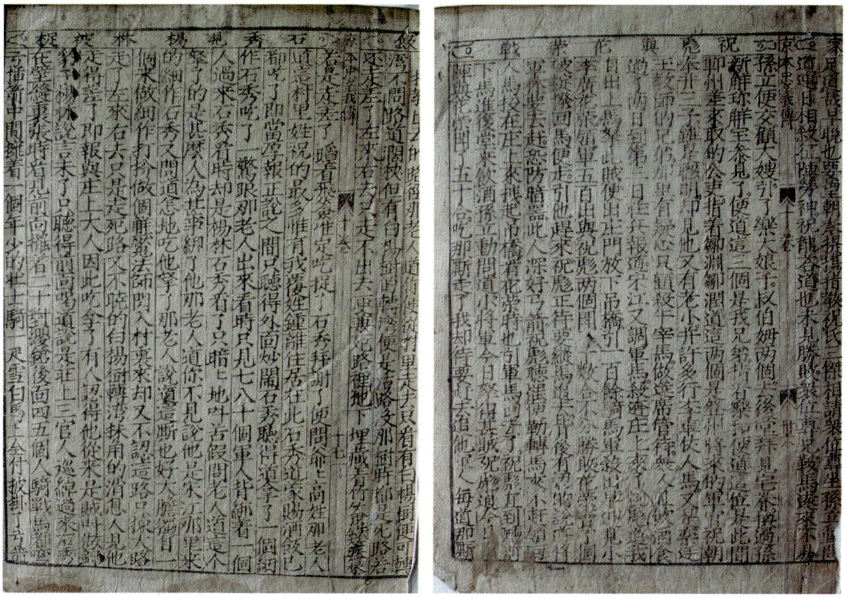

上海图书馆所藏京本忠义传书影

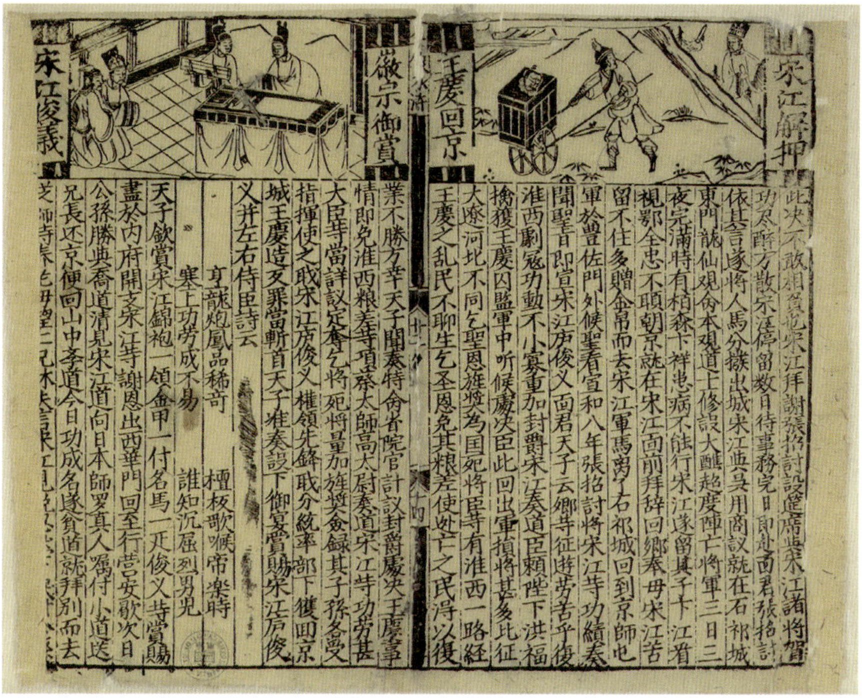

英国牛津大学卜德林图书馆所藏插增本书影

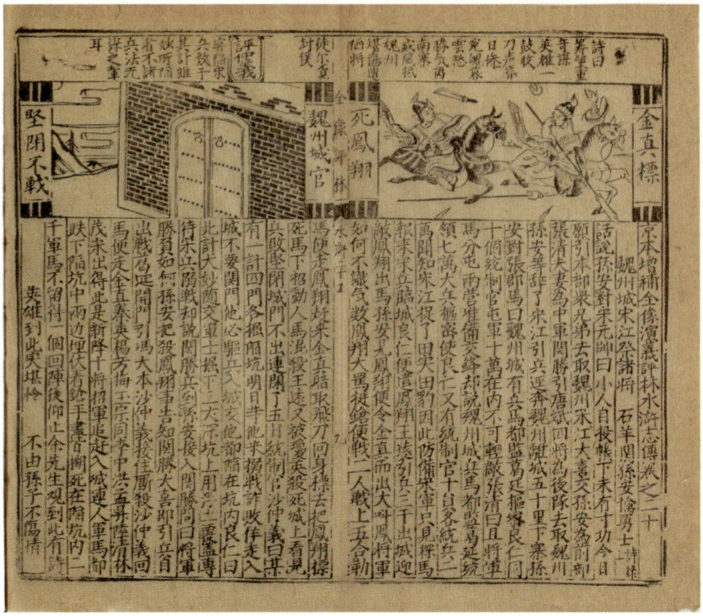

下萨克森州州立暨哥廷根大学图书馆藏评林本书影

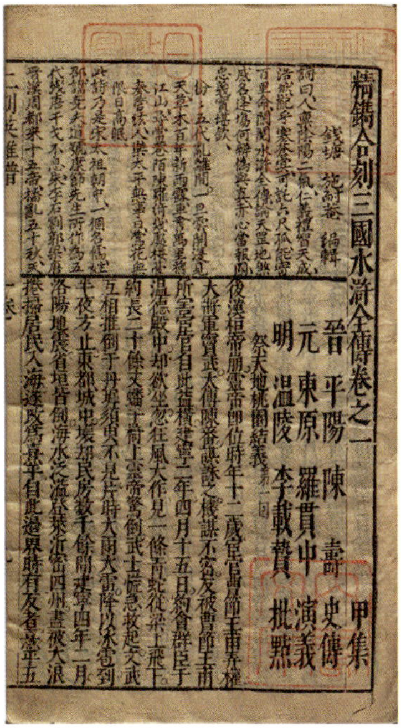

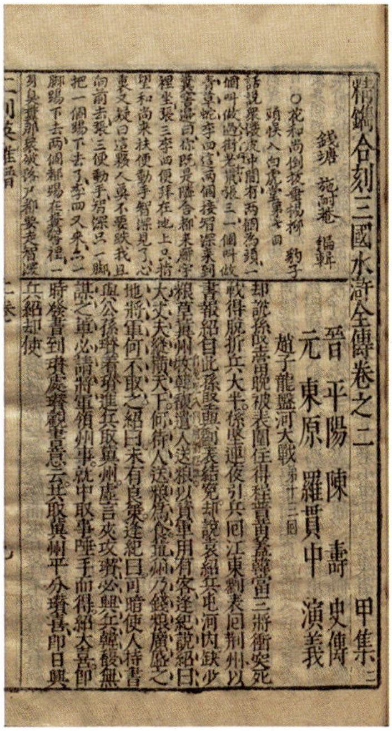

内阁文库所藏二刻英雄谱本书影

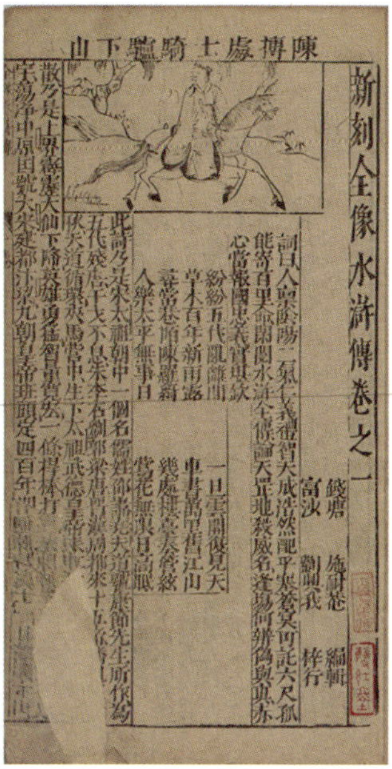

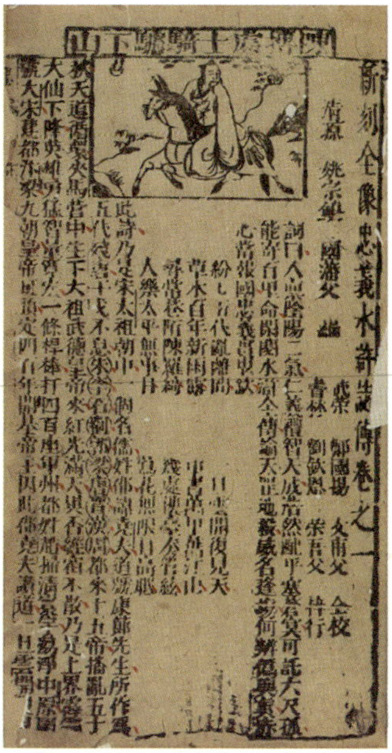

东京大学东洋文化研究所藏刘兴我本、
东京大学总合图书馆所藏藜光堂本书影

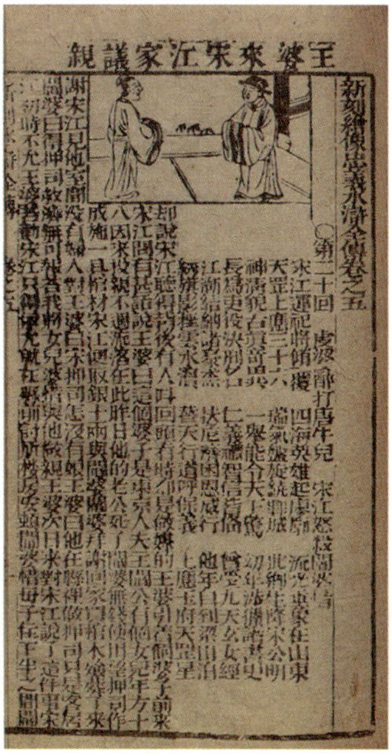

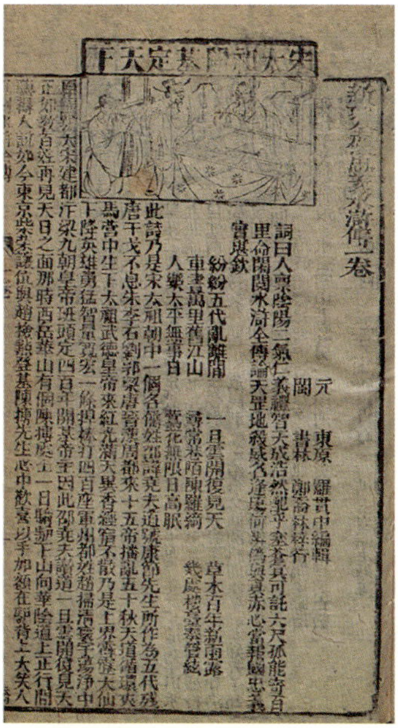

慕尼黑巴伐利亚国家图书馆所藏慕尼黑本、
柏林国立普鲁士文化基金会图书馆所藏李渔序本书影

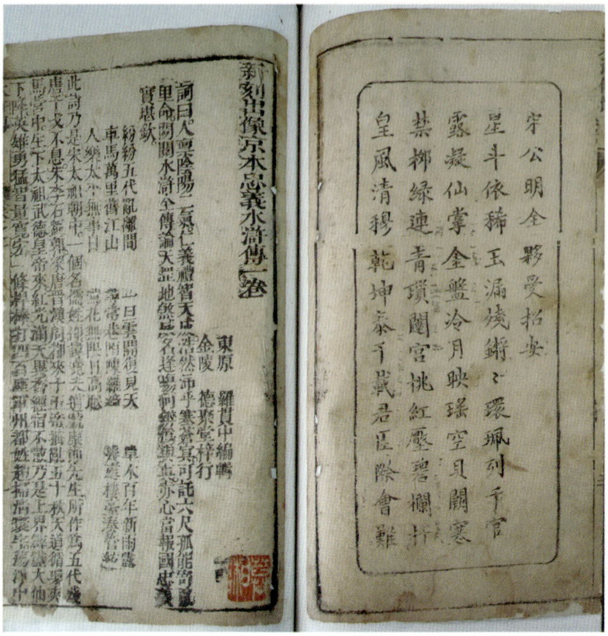

慕湘图书馆所藏十卷本书影

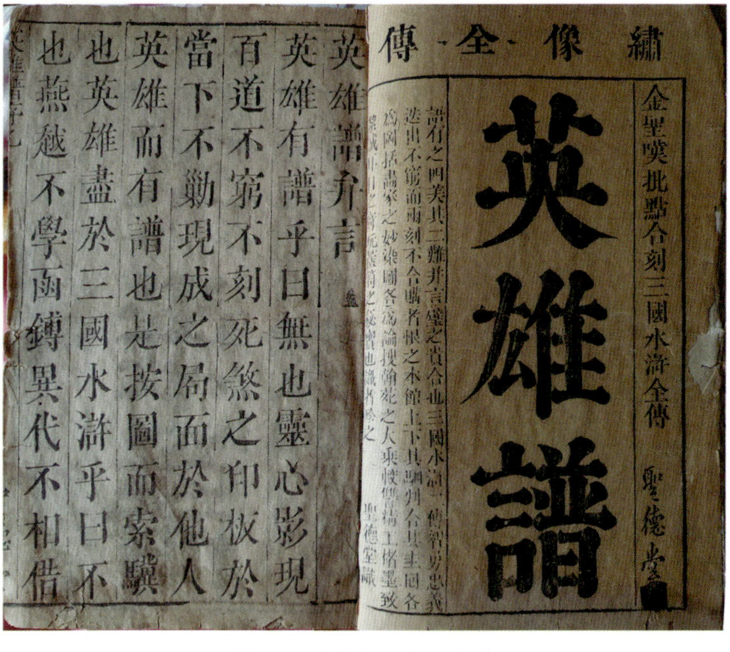

张青松所藏文元堂本书影

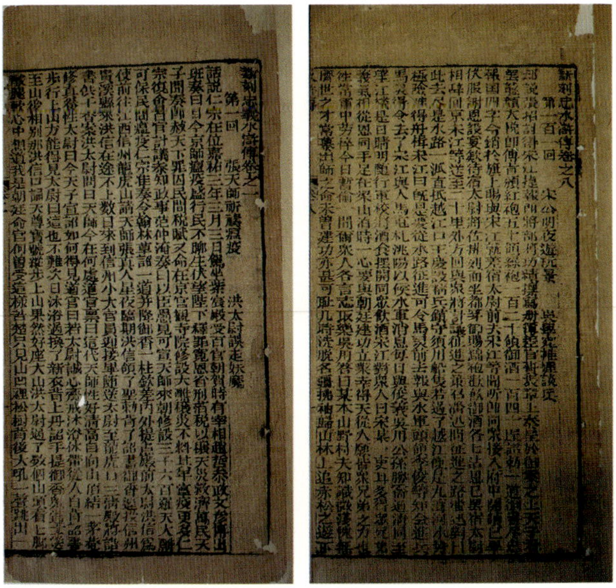
新刻忠義水滸傳卷之一
第一回 張天師祈禳瘟疫 洪太尉誤走妖魔
新刻忠義水滸傳卷之八

张青松所藏八卷本书影

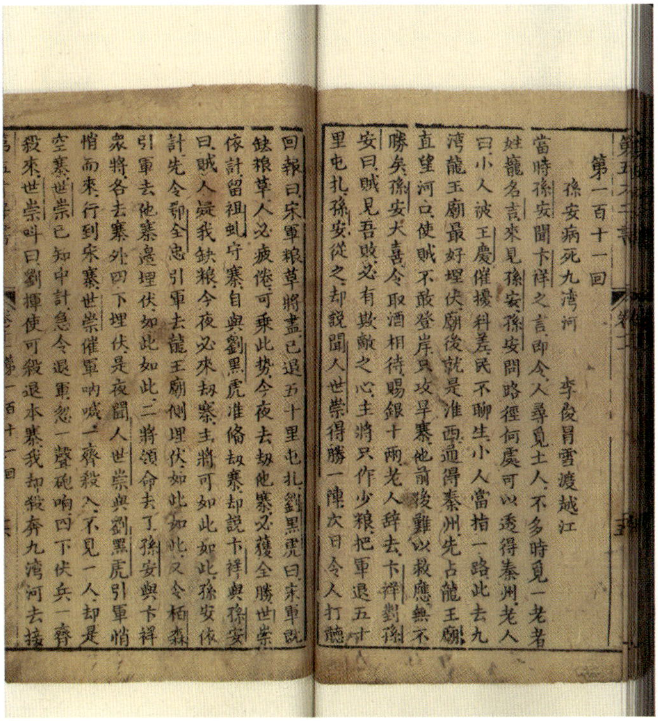
第一百十一回
孫安病死九湾河 李俊冒雪渡越江
當時孫安聞卞祥之言即令人尋見土人不多時見一老者
姓龐名言來見孫安孫安問路徑何處可以透得秦州老人
曰小人被王慶催攢科差民不聊生小人當指一路此去九
湾龍王廟最好埋伏廟後就是淮西通得秦州先占龍王廟
直望河口使賊不敢登岸只攻旱寨他前後難以救應無不
勝矣孫安大喜令取酒相待賜銀十兩老人辭去卞祥劉
安曰賊見吾敗必有輕敵之心主將只作少粮把軍退五十
里屯扎孫安從之却說聞人世崇得勝一陣次日令人打聽
回報曰宋軍粮草將盡已退五十里屯扎劉黑虎曰宋軍既
缺粮草人必疲倦可乘此勢今夜去劫他寨必獲全勝世崇
依計留祖虬守寨自與劉黑虎准備劫寨却說卞祥與孫安
曰賊人疑我缺粮今夜必來劫寨主將可如此如此孫安依
計先令鄧全忠引軍去龍王廟側埋伏如此如此又令栢森
引軍去他寨邊埋伏如此如此二將領命去了孫安與卞祥
衆將各去寨外四下埋伏是夜聞人世崇與劉黑虎引軍悄
悄而來行到宋寨世崇催軍吶喊一齊殺入不見一人却是
空寨世崇已知中計急令退軍忽一聲砲响四下伏兵一齊
殺來世崇叫曰劉揮使可殺退本寨我却殺奔九湾河去接

上海图书馆所藏百二十四回本书影

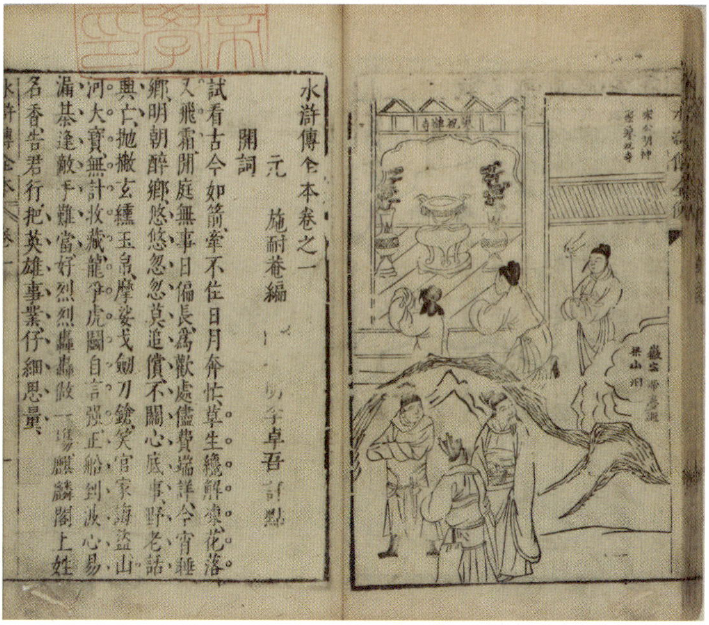

水滸傳全本卷之一
元　施耐菴編　明　李卓吾評點
開詞
試看古今如箭牽不住日月奔忙草生纔解凍花落
又飛霜閒庭無事日偏長爲歡處儘費端詳今宵雖
鄉明朝醉鄉悠悠忽忽莫追償不關心底事野老話
興亡拋撇玄纏玉帛摩娑戈劍刀鎗笑官家誨盜山
河大寶無計收藏龍爭虎鬭自言强正船到波心易
漏棊逢敵手難當好烈烈轟轟做一場麒麟閣上姓
名香告君行把英雄事業仔細思量

东京大学文学部汉籍中心所藏三十卷本书影

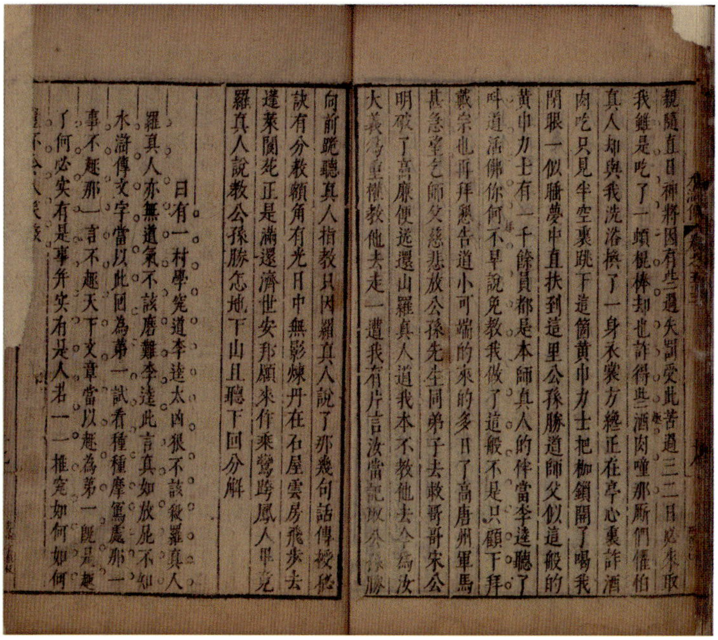

親隨直日神將因有些過失罰受此苦過三二日定來取
我雖是吃了一頓棍棒却也許得些酒肉噇那廝們懼怕
真人却與我洗浴換了一身衣裳方纔正在亭心裏詐酒
肉吃只見半空裏跳下這箇黃巾力士把枷鎖開了喝我
閉眼一似睡夢中直扶到這里公孫勝道師父似這般的
黃巾力士有一千餘員都是本師真人的伴當李逵聽了
叫道活佛你何不早說免教我做了這般不是只顧下拜
戴宗也再拜懇告道小可端的來的多日了高唐州軍馬
甚急望乞師父慈悲放公孫先生同弟子去救哥哥宋公
明破了高廉便送還山羅真人道我本不教他去今爲汝
大義爲重權教他去走一遭我有片言汝當記取公孫勝
向前跪聽真人指教只因羅真人說了那幾句話傳授秘
訣有分教額角有光日中無影煉丹在石屋雲房飛步去
蓬萊閬苑正是滿還濟世安邦願來作乘鸞跨鳳人畢竟
羅真人說教公孫勝怎地下山且聽下回分解

曰有一村學究道李逵太凶狠不該殺羅真人
羅真人亦無道氣不該磨難李逵此言真如放屁不如
水滸傳文字當以此回爲第一試看種種摩寫處那一
事不趣那一言不趣天下文章當以趣爲第一既是趣
了何必实有是事并实有是人若一一推究如何如何

上海图书馆所藏容与堂本书影

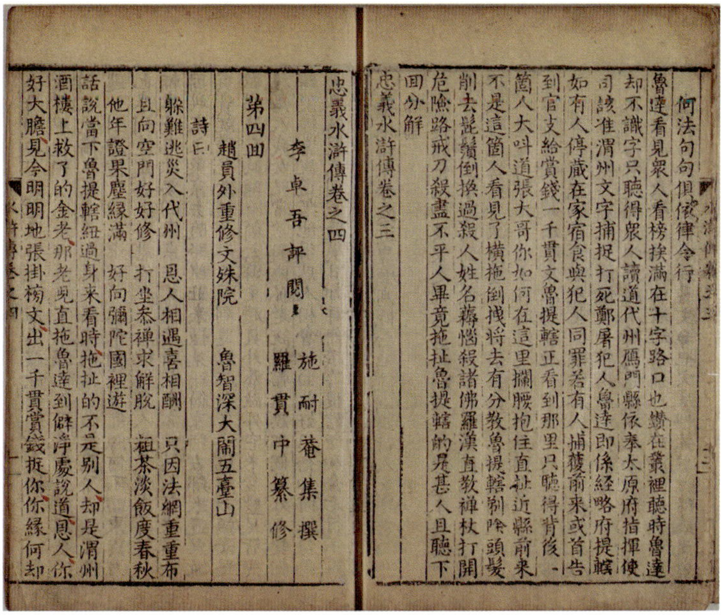

何法句句俱依律令行
魯達看見衆人看榜挨滿在十字路口也鑽在叢裡聽時魯達却不識字只聽得衆人讀道代州鴈門縣依奉太原府指揮使司該准渭州文字捕捉打死鄭屠犯人魯達即係經略府提轄如有人停藏在家宿食與犯人同罪若有人捕獲前來或首告到官支給賞錢一千貫文魯提轄正看到那里只聽得背後一箇人大叫道張大哥你如何在這里攔腰抱住直扯近縣前來不是這箇人看見了橫拖倒拽將去有分教魯提轄剃除頭髮削去髭鬚倒換過殺人姓名薅惱殺諸佛羅漢直教禪杖打開危險路戒刀殺盡不平人畢竟扯扯魯提轄的是甚人且聽下回分解

忠義水滸傳卷之三

忠義水滸傳卷之四

李卓吾評閱　施耐菴集撰　羅貫中纂修

第四回　趙員外重修文殊院　魯智深大鬧五臺山

詩曰

躲難逃災入代州　恩人相遇喜相酬　只因法網重重布
且向空門好好修　打坐參禪求解脫　麤茶淡飯度春秋
他年證果塵緣滿　好向彌陀國裡遊

話說當下魯提轄紐過身來看時拖扯的不是別人却是渭州酒樓上救了的金老那老兒直拖魯達到僻淨處說道恩人你好大膽見今明明地張掛榜文出一千貫賞錢捉你你緣何却

京都大学图书馆所藏石渠阁补印本书影

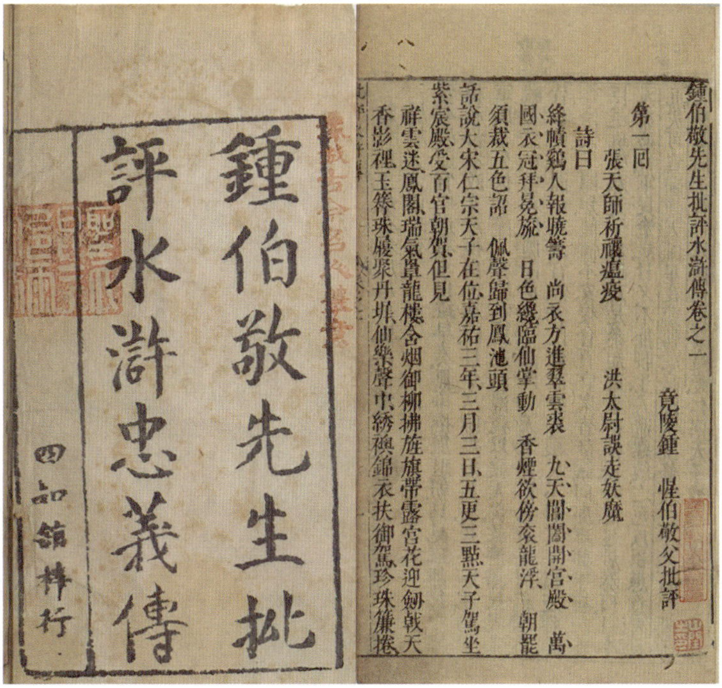

鍾伯敬先生批評水滸忠義傳

四知館梓行

鍾伯敬先生批評水滸傳卷之一

竟陵鍾　惺伯敬父批評

第一回　張天師祈禳瘟疫　洪太尉誤走妖魔

詩曰

絳幘鷄人報曉籌　尚衣方進翠雲裘　九天閶闔開宮殿　萬國衣冠拜冕旒　日色纔臨仙掌動　香煙欲傍袞龍浮　朝罷須裁五色詔　佩聲歸到鳳池頭

話說大宋仁宗天子在位嘉祐三年三月三日五更三點天子駕坐紫宸殿受百官朝賀但見

祥雲迷鳳閣瑞氣罩龍樓含烟御柳拂旌旗帶露宮花迎劍戟天香影裡玉簪珠履聚丹墀仙樂聲中綉襖錦衣扶御駕珍珠簾捲

法国国家图书馆、东京大学总合图书馆所藏钟伯敬本书影

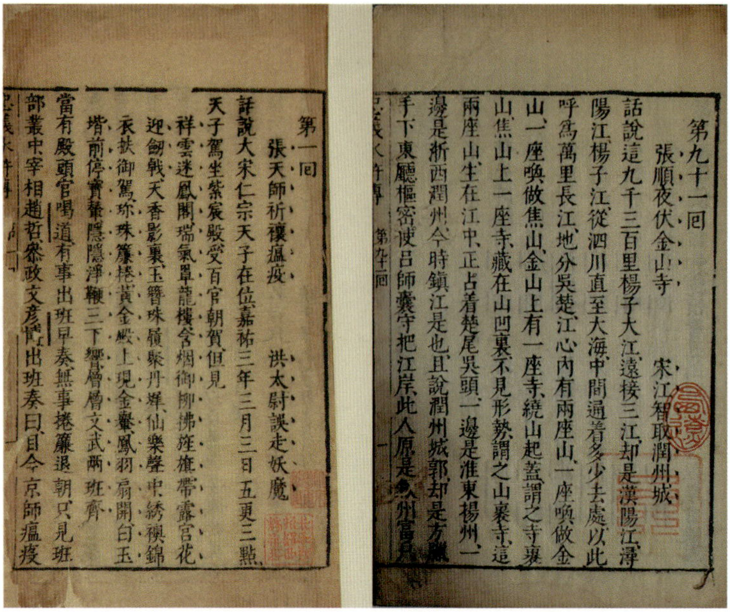

中国国家图书馆、唐拓先生所藏三大寇本书影

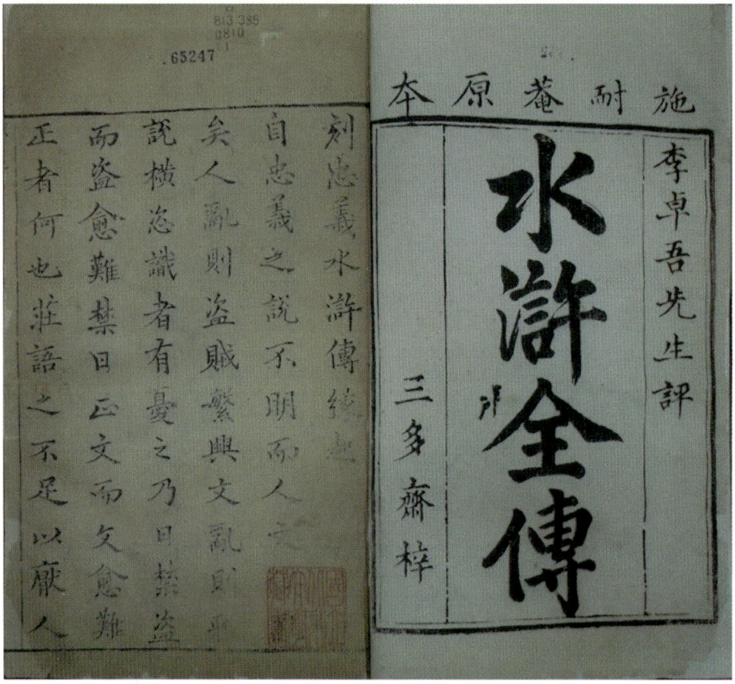

北京大学图书馆所藏三多斋本书影

目　录

序一　辨证繁本《水浒传》版本研究中的几个关键问题 ……… 黄　霖　1

序二…………………………………………………………… 齐裕焜　29

绪论　百年《水浒传》版本研究述略 …………………………… 1

上编　简本《水浒传》版本研究

第一章　简本《水浒传》祖本探考 ……………………………… 29
　第一节　祖本引首诗与回末诗的问题………………………… 30
　第二节　祖本分回的问题……………………………………… 36
　第三节　祖本回数的问题……………………………………… 43
　第四节　祖本分卷以及卷数的问题…………………………… 48
　第五节　简本祖本与繁本关系的问题………………………… 52
　第六节　祖本第 9 回的问题…………………………………… 60
　第七节　从引首诗看简本祖本田王故事的品质……………… 63

第二章　《京本忠义传》的研究与思考 ………………………… 73
　第一节　前人关于《京本忠义传》的研究 …………………… 74
　第二节　《京本忠义传》研究中的歧路与困惑 ……………… 77
　第三节　《京本忠义传》研究中的版本启示 ………………… 89

第三章　种德书堂本《水浒传》研究 …………………………………… 100
第一节　种德书堂本《水浒传》的概况 …………………………………… 100
第二节　种德书堂本与容与堂本比对研究………………………………… 105
第三节　种德书堂本中的田王故事………………………………………… 145

第四章　插增本《水浒传》研究 ……………………………………………… 161
第一节　插增本《水浒传》的概况 ……………………………………… 161
第二节　插增本与种德书堂本、评林本卷数、回数、回目比对 ……… 166
第三节　插增本与种德书堂本、评林本插图、插图标目比对 ……… 170
第四节　插增本与种德书堂本、评林本正文比对 ……………………… 192

第五章　评林本《水浒传》研究 ……………………………………………… 212
第一节　评林本《水浒传》的概况 ……………………………………… 212
第二节　轮王寺本与内阁文库本研究……………………………………… 215
第三节　评林本中的余呈问题……………………………………………… 227
第四节　评林本的编辑问题………………………………………………… 238

第六章　英雄谱本《水浒传》研究 …………………………………………… 252
第一节　英雄谱本《水浒传》的概况与辨疑 …………………………… 252
第二节　刘世德先生关于初刻、二刻英雄谱本的研究以及补遗 …… 267
第三节　钟伯敬本与英雄谱本研究………………………………………… 271
第四节　评林本与英雄谱本研究…………………………………………… 284

第七章　嵌图本《水浒传》研究 ……………………………………………… 313
第一节　嵌图本《水浒传》的概况与辨识 ……………………………… 313
第二节　嵌图本《水浒传》四种的研究 ………………………………… 329
第三节　嵌图本与种德书堂本、插增本、评林本的研究 ……………… 343
第四节　嵌图本与其后续本的研究………………………………………… 375

第八章　八卷本与百二十四回本《水浒传》研究 …………………… 431
第一节　八卷本与百二十四回本《水浒传》的概况 ………………… 431
第二节　陈枚与《水浒传》 ……………………………………………… 441
第三节　八卷本与百二十四回本《水浒传》回目研究 ……………… 457
第四节　八卷本与百二十四回本《水浒传》正文研究 ……………… 468

第九章　三十卷本《水浒传》研究 …………………………………… 511
第一节　三十卷本《水浒传》的概况与辨识 ………………………… 511
第二节　三十卷本《水浒传》图像与标目研究 ……………………… 517
第三节　三十卷本《水浒传》正文研究 ……………………………… 538

结　语…………………………………………………………………… 587

下编　繁本《水浒传》版本研究

第一章　全图式《水浒传》插图的分类及源流考 …………………… 595
第一节　全图式《水浒传》插图的分类 ……………………………… 596
第二节　容与堂本系统插图考……………………………………………… 597
第三节　钟伯敬本系统插图考……………………………………………… 614
第四节　大涤余人序本系统插图考………………………………………… 625

第二章　《水浒传》批语的分类及源流考 …………………………… 632
第一节　《水浒传》批语的分类 ……………………………………… 632
第二节　三大寇本系统批语考……………………………………………… 634
第三节　大涤余人序本系统批语考………………………………………… 647
第四节　容与堂本系统批语考……………………………………………… 665
第五节　金圣叹本系统批语考……………………………………………… 687
第六节　《水浒传》批语的版本启示 ………………………………… 699

第三章　都察院本与郭勋刊本《水浒传》探考 …………………… 703
第一节　都察院本《水浒传》探考 …………………… 703
第二节　郭勋刊本《水浒传》探考 …………………… 711

第四章　嘉靖残本《水浒传》为建阳刊本考 …………………… 731
第一节　嘉靖残本《水浒传》的递藏经过及传奇色彩 …………………… 731
第二节　嘉靖残本《水浒传》非善本考 …………………… 735
第三节　嘉靖残本《水浒传》乃建阳刊本考 …………………… 741
第四节　嘉靖残本与容与堂本、评林本的关系及刊刻年代考 ……… 748

第五章　容与堂本《水浒传》四种研究 …………………… 754
第一节　容与堂本《水浒传》诸种的概况与辨识 …………………… 754
第二节　容与堂本《水浒传》四种的文字研究 …………………… 773

第六章　石渠阁补印本《水浒传》研究 …………………… 792
第一节　石渠阁补印本《水浒传》的概况与辨识 …………………… 792
第二节　石渠阁补印本《水浒传》的正文研究 …………………… 805
第三节　石渠阁补印本《水浒传》的刊刻书坊以及刊行年代 ……… 816

第七章　钟伯敬本《水浒传》研究 …………………… 825
第一节　钟伯敬本《水浒传》的概况与辨识 …………………… 825
第二节　钟伯敬本《水浒传》正文研究 …………………… 843

第八章　三大寇本《水浒传》研究 …………………… 858
第一节　三大寇本《水浒传》诸种的概况 …………………… 858
第二节　三大寇本《水浒传》四种研究 …………………… 864
第三节　三大寇本《水浒传》诗词韵文的问题 …………………… 883
第四节　三大寇本《水浒传》正文研究 …………………… 892

第九章　大涤余人序本系统《水浒传》研究 …………………… 912
第一节　大涤余人序本系统《水浒传》诸种的概况 ………………… 912
第二节　大涤余人序本系统《水浒传》诸种的关系 ………………… 951
第三节　大涤余人序本《水浒传》诗词韵文的问题 ………………… 963
第四节　大涤余人序本《水浒传》正文研究 ……………………… 978

第十章　金圣叹本《水浒传》研究 ……………………………… 1003
第一节　金圣叹本《水浒传》的概况与辨识 ……………………… 1003
第二节　金圣叹本《水浒传》的底本 ……………………………… 1043
第三节　金圣叹本《水浒传》文字的修改 ………………………… 1064

结　语 …………………………………………………………… 1106

附录:百年《水浒传》版本研究论文辑录 ………………………… 1112

主要参考书目 …………………………………………………… 1134

后　记 …………………………………………………………… 1139

序一　辨证繁本《水浒传》版本研究中的几个关键问题

黄　霖

在中国古代小说中,《水浒传》的版本恐怕是最为繁复的,据邓雷于2017年出版的《〈水浒传〉版本知见录》可知,繁本系统就有八大类三十六种,另有简本系统十六类四十三种,总共有近八十种[①]。真是林林总总,让人看得眼花缭乱。而邓雷能在短短六七年间,在充分吸取前人研究成果和将绝大多数版本亲睹目验、仔细比勘的基础上,将各本条分缕析,细密认真地作了著录,不能不令人刮目相看。然后,他又花了六七年时间,进一步按正文的不同系统以及插图、评点等不同特点来归类,综论了十九题,完成了这部《〈水浒传〉版本研究》,与《〈水浒传〉版本知见录》相匹配。综观这两部专著,可以说几乎囊括了《水浒传》版本研究的所有问题,在整个《水浒传》版本研究史上达到了一个空前的高度。这十余年的辛苦真是不寻常!因此我乐意搁下手头的事来为他写篇序。

但是,一提笔,我又犯难了。我不是《水浒传》版本研究的专家,只是在20世纪80年代为写中国文学批评史而关注过容与堂本(下略称"容本")、袁无涯本(下略称"袁本")等版本问题,又为《金瓶梅》的问题而注意过天都外臣叙本(下略称"天本")及个别简本,其余大量的本子我没有去翻阅过,因此没有能力对这两书作具体而又全面的述评,而只能结合邓雷所述,就近年来因学界关注无穷会本(下略称"穷本")而出现的一些直接关系到中国文学史与批评史教学与研究的重要问题谈一点看法,向邓雷与诸同好请教。

①邓雷:《〈水浒传〉版本知见录》,凤凰出版社2017年版。实际存在的《水浒》数目恐不止于他所著录的,[日]中原理惠在《一百二十回本〈忠义水浒全传〉〈忠义水浒全书〉版本考》〔《版本目录学研究》(辑刊)2020年11月30日〕一文中著录的一百二十回本的《忠义水浒全传》与《忠义水浒全书》就有68种。

一、无穷会本的底本是被删去“致语”的郭勋本吗？

日本无穷会所藏的这部《水浒传》，过去学者未曾予以特别的关注。1982年，范宁先生去阅读了此本，发现其有一个特点，“就是第七十二回中御书屏上四大寇作三大寇，去掉田虎、王庆，加上蓟北辽国”①。这种“三大寇”的《水浒传》自然引起了学界的兴趣。《水浒传》最早的刊本第七十二回中御书屏上究竟是“四大寇”还是“三大寇”？是像天本、容本那样，除宋江一寇之外，只写征辽、征方腊共“三大寇”的百回本，还是像袁本那样写征辽、征方腊之外还写征王庆、田虎共“四大寇”的一百二十回本？穷本与天本、容本以及袁本的关系如何？孰先孰后？这无疑是《水浒传》版本研究中的一个新的重大问题。

至1994年，王利器先生发表了长篇论文《李卓吾先生评郭本〈忠义水浒传〉之发现》，认定了无穷会本的底本是“郭武定重刻本”②。对于这一看法，除个别学者并未附和之外③，更多的中日学者或赞同或倾向于王利器先生的观点④，并进一步推论袁本、穷本及芥子园本（下略称为“芥本”）等无引头诗、不分卷系统的本子（相对于天本、容本等有引头诗、“分卷”的系统的本子而言）当早于容本存在，甚至认为穷本在不分卷系统本子中可能是最早的郭本的“嫡传”。这样，问题关系到《水浒传》作为一部在中国文化史上、特别是在明代文学史上的文学名著，究竟当以哪一种版本为代表的重要问题了。

王先生学富五车，文章开头旁征博引，解释了古代小说、话本、戏曲中有

---

①范宁：《东京所见两部〈水浒传〉》，《明清小说研究》第1辑，中国文联出版公司1985年版。

②王利器：《李卓吾评郭勋本〈忠义水浒传〉之发现》，《河北师范大学学报》（社会科学版）1994年第3期。后王先生又发了《水浒全传注序》，重申了这一观点，见《成都大学学报》（社科版）1996年第1期。此序又见于2009年由河北出版社出版的《水浒全传校注》。

③刘世德在《文学遗产》2000年第1期上发表的《〈水浒传〉无穷会藏本初论——〈水浒传〉版本探索之一》一文说：“无穷会藏本的底本，不是天本、容本、钟本（或它们的底本），也不是袁本、芥本”，“从版本系统的血缘关系上说，无穷会藏本亲于袁本、芥本，而疏于天本、容本、钟本”。

④谈蓓芳：《也谈无穷会藏本〈水浒传〉——兼及〈水浒传〉版本中的其他问题》，《中国文学研究》（辑刊）2000年第1期；谈蓓芳：《关于〈水浒传〉的郭武定本和李卓吾评本》，《中国文学古今演变论考》，上海古籍出版社2006年版；[日]笠井直美：《北京大学图书馆藏〈忠义水浒全传〉》，《名古屋大学中国语学文学论集》2009年第21号；魏同贤：《前言——日本无穷会藏本〈忠义水浒传〉所透露的郭武定刊本〈水浒传〉信息》，域外汉籍珍本文库影印《日本无穷会藏本水浒传》卷首，西南师范大学出版社、人民出版社2013年版；邓雷：《无穷会本〈水浒传〉研究——以批语、插图、回目为中心》，《东方论坛》2015年第5期等。

关"入话""引头诗""得胜回头""头回""楔子""话头""摊头"等相同、相类或相关的术语后，最后着重阐释了与《水浒传》直接相关的"致语"与"艳"。

关于"致语"，古人实际上有两类不同的理解，一种是指艺人献技之前，先作祝颂之辞，如孟元老《东京梦华录·驾登宝津楼诸军呈百戏》云："诸军百戏，呈于楼下。先列鼓子十数辈，一人摇双鼓子，近前进致语，多唱'青春三月蓦山溪'也。"小说中的引头诗、词或其他韵文之类（下统称为"引头诗"），即由此而来。王先生论文中引了许多材料来证明这一点。如云"致语"相当于"乐语"，引明徐师曾《文体明辨》："'乐语'者，优伶献伎之语……宋制：正旦、春秋、兴龙、地成诸节，皆设大宴，仍用声伎，于是命词臣撰'致语'以畀教坊，习而诵之。"又引清陈维崧《四六金针致语》云："乐工开白之辞。"都是指戏剧开场或小说开头与每回之前所用的诗词韵语。

对于"致语"的第二种理解是：所谓"致语"，即"入话""引头""得胜头回""楔子""头回""摊头"之类，是用"小故事"来作为入话，如《醒世恒言》卷三十五云："列位看官稳坐着，莫要性急，适来小子这段小故事，原是入话，还未说到正宗。"又如《拍案惊奇》卷三十云："看官不嫌絮烦，听小子多说一两件，然后入正话。"王先生又特别指出，"致语"又"谓之为'艳'"，并引宋吴自牧《梦粱录》卷二十《妓乐》："且谓杂剧中末泥为长，第一场四人或五人，先做寻常熟事一段，名曰'艳段'，次做正杂剧，通名两段。"这都说明"致语"或"艳"也指小说或戏剧前面"先做寻常熟事一段"的小故事。当然，这小故事本身有时也带有诗词之类的韵语，但主体还是故事。

王先生对于"致语"的理解，也是清楚地分"诗词韵语"与"小故事"这两大类的。但运用到怎样理解天都外臣《水浒传叙》（下略称"天《叙》"）中所说的"致语"时，就产生问题了。为此，我们有必要先看看天《叙》是怎样说的：

> 小说之兴，始于宋仁宗……其书无虑数百十家，而《水浒传》称为行中第一。故老传闻：洪武初，越人罗氏，诙诡多智，为此书，共一百回，各以妖异之语引于其首，以为之艳。嘉靖时，郭武定重刻其书，削去致语，独存本传。余犹及见《灯花婆婆》数种，极其蒜酪。余皆散佚，既已可恨。自此版者渐多，复为村学究所损益。盖损其科诨形容之妙，而益以

淮西、河北二事。赭豹之文，而画蛇之足，岂非此书之再厄乎！近有好事者，憾致语不能复收，乃求本传善本校之，一从其旧，而以付梓。

对于这段话，我是这样理解的：

（一）罗氏原本一百回是："各"以"妖异之语"置于回首，作为"艳"（即"致语"）。郭本就是删去了罗本的所有"致语"后成的一种"独存本传"的本子；

（二）关于被删去的"致语"，作者曾亲见过"《灯花婆婆》数种"。这"《灯花婆婆》数种"当理解为"《灯花婆婆》等数种"，王先生也认为可以理解为"《灯花婆婆》等事"，是举印象最深之一例以概全，不可能指《水浒传》一百回的"致语"都是《灯花婆婆》。显然，这《灯花婆婆》是故事，不是诗词之类，其风貌是"极其蒜酪"，其内容是"妖异之语"；

（三）郭本删去致语之后，"版者渐多"，又有些村学究加以"损益"，出现了一些"损其科诨形容之妙，而益以淮西、河北二事"的本子。在这样的情况下，天本的出版者，求得"本传"，也即郭本的善本后，"一从其旧"地校刊了。天《叙》作者感到遗憾的只是被郭本删去的"致语不能复收"了。换句话说，天本保存了郭本"本传"的原貌，即已经删去了各回"致语"，现存全书前面的各回的引头诗都属"本传"的范围之内。

简言之，天《叙》说，此天本是保存了郭本的原貌；郭本只是删去了罗氏原本中的所有"致语"。

但王先生认为，天本各回都存在着引头诗。这些引头诗即是"致语"，因而它就不是从删去"致语"的郭本来，而只有像穷本、袁本等没有引头诗的才真正从郭本来。他说："《水浒传》天都外臣《序》本百回中，其'入回'为诗、词、赋者有之，为箴、偈、格言及四六者亦有之，今谓此即《水浒传》各回之'致语'。"又说："如上所述，则天都外臣《序》所谓'一百回各以妖异之语引于其首，以为之《艳》'者，即谓一百回每回各以妖异之诗词作为'致语'。"后一句直接将"妖异之语"改成了他所理解的"妖异之诗词"了。

这里的问题有二：一、天《叙》说，被郭勋删去的"致语"即《灯花婆婆》之类是小故事，还是引头诗？二、天《叙》说，删去的"致语"是"妖异之语"，天本现存的各回引头诗是"妖异之诗词"吗？

本来，所谓"妖异之语"，犹今日所言"妖异之文字"。从形式上看，这些文字可以理解为妖异之诗词，也可理解为妖异之故事。从天《叙》看来，罗氏原本各回前面的“致语”当是《灯花婆婆》之类的小故事。王先生也认为，“《灯花婆婆》作为《宋元词话》之一”，“以其‘甚奇’，为人所喜闻乐见，故天都外臣举以为说”。可在这里，怎么就不认小故事作为“致语”而只认引头诗才可作为“致语”了呢？

再从“妖异之语”的内容来看，所谓“妖异”，即是非现实的奇奇怪怪的文字，那么忠于郭本的天本百回引头诗中，有没有可以称之为“妖异”的诗词呢？恐怕很难说有。天本的百回引头诗，绝大多数是写景、描人、抒情、说理等写真写实之作。这怎么能将天本《水浒传》每回的引头诗称为“妖异之语”呢？

反过来再看《灯花婆婆》之类的小故事是否可称为“妖异之语”。天都外臣是看到过《灯花婆婆》的，之后的明清学者对此多数已语焉不详，只有个别学者还清楚，如李日华在《味水轩日记》中说：“万历四十三年十一月二十二日，从沈景倩借得《灯花婆婆》小说，阅之，乃莺脰湖中一老猕猴精也，宋咸淳中搅震泽刘谏议家，遇龙树菩萨降灭。”此已略可看出其“妖异之语”是妖异的小故事而不是“妖异之诗词”，但毕竟说得比较简略，读者还不太明白，所以王先生还说“今不可得见矣”。然而，在冯梦龙改编的《平妖传》中还是让人发现了《灯花婆婆》的全貌。文字不长，为便于说明问题，不妨引录于下：

生生化化本无涯，但是含情总一家。
不信精灵能变幻，旋风吹起活灯花。

话说大唐开元年间，镇泽地方有个刘真卿官人，曾做谏议大夫，因上文字打宰相李林甫不中，弃职家居。夫人曾劝丈夫莫要多口，到此未免抢白几句。那官人是个正直男子，如何肯伏气？为此言语往来上，夫人心中不乐，害成一病；请医调治，三好两歉，不能痊可。忽一日，夜间，夫人坐在床上，吃了几口粥汤，唤养娘收过粥碗，只见银灯昏暗。养娘道：“夫人且喜，好个大灯花！”夫人道：“我有甚喜事？且与我剔去则个；落得眼前明亮，心上也觉爽快。”养娘向前将两指拈起灯杖打一剔，剔下红焰。俄的灯花蕊儿落在桌上，就灯背后起阵冷风，吹得那灯花左旋右转，如一粒火珠相似。养娘笑道：“夫人，好耍子！灯花儿活了！”

话犹未了,只见那灯花三四旋,旋得像碗儿般大一个火珠,滚下地来,聒的一响,如爆竹之声。那灯花爆开,散作火星满地,登时不见了。只见三尺来长一个老婆婆,向着夫人叫万福:"老媳妇闻知夫人贵恙,有服仙药在这里,与夫人吃。"那夫人初时也惊怕,闻他说出怎样话来,认做神仙变现,反生欢喜。正是:"药医不死病,佛度有缘人。"当时吃了他药,虽然病得痊可,后来这婆子缠住了夫人要做个亲戚往来,抬着一乘四人轿,前呼后拥,时常来家聒噪,遣又遣他不去,慢又慢他不得。若有人一句话儿拗着他,他把手一招,其人便扑然倒地,不知甚么法儿,血沥沥,一副心肝早被他擎在手中;直待众人苦苦哀求,把心肝望空一撇,自然向那死人的口中溜下去,那死人便得苏醒过来:因此一件怕人。刘谏议合家烦恼,私下遣人踪迹他住处,却见他钻入莺脰湖水底下去了。你想莺脰湖是甚么样水?那水底下怎立得家?必然是个妖怪。屡请法官书符念咒,都禁他不得反吃了亏。直待南林庵老僧请出一位揭谛尊神,布了天罗地网,遣神将擒来,现其本形,乃三尺长一个多年作怪的猕猴。那揭谛名为龙树王菩萨。刘谏议平时供养这尊神道极其志诚,所以今日特来救护,斩妖绝患。诗曰:

人家切莫畜猕猴,野性奔驰不可收。
莫说灯花成怪异,寻常可(当作"叵")耐是淫偷。[1]

这段文字与李日华所述完全相合。读了这段文字,当知道《灯花婆婆》是什么样的,知道什么叫"妖异之语",并知道被郭本删去的"致语"决不是各回的引头诗了,从而当也知道"独存本传"的郭本应该是有全书《引首》与各回回头诗的;"一从其旧"的天本应该还是保存着郭本的原貌。反过来说,删去了引头诗的就不是从郭本而来的了。因此,我对王先生断定其"无全书《引首》,自第一回至第一百回,各回'引头'诗词,全被删去"的无穷会本的底本是"郭武定重刻本"的结论不敢苟同,认为删除了天本系统中的全书《引首》与各回引头诗的本子,恰恰是更加远离了郭本(或其重刻本)。这样,讨论问题的起点就产生了分歧。

不过,王先生虽然没有正面说明引头诗被郭勋当作"致语"而删去的理

①转引自胡适:《宋人话本八种序》附录,《胡适古典文学研究论集》下册,上海古籍出版社1988年版,第711—712页。

由，但却对《灯花婆婆》之类之所以不可能是被郭本删去的“致语”也有过几点说明。但这些解说都不能解除我的疑惑。

其一，王先生说：“试思《水浒》百回，如回回都有‘灯花婆婆等事’为《致语》，都要说半日，然后转入正话，求之章回小说之以较强之故事连续性以招徕看官者，其能如是乎？”的确，对于现代的小说读者来说，每回故事之前横插进一些其他的小故事，打断了阅读的思路，会感到有点大煞风景。但王先生也知道，中国古代小说很大一部分是从话本演变而来，说话人在街头或瓦肆中表演前，为了延长一些时间，招徕更多的观众来听他的“言归正传”，先说一些零星的故事，已成一种套路。万历年间的钱希言在《戏瑕》中就明确地说郭本之前的《水浒传》“逐回”“有请客一段”，人们听说宋江，就先听“摊头”半日：

> 词话每本头上，有请客一段，权做个德胜利市头回，此政是宋朝人借彼形此，无中生有妙处。游情泛韵，脍炙千古，非深于词家者，不足与道也。微独杂说为然，即《水浒传》一部，逐回有之，全学《史记》体。文待诏诸公，暇日喜听人说宋江，先讲摊头半日，功父犹及与闻。今坊间刻本，是郭武定删后书矣。郭故跗注大僚，其于词家风马，故奇文悉被划薙，真施氏之罪人也。

以上可见，一些“老听众”还是喜欢“每本头上”，也就是“逐回”有小故事，觉得“游情泛韵，脍炙千古”，但另有一些说话的听众或小说的读者会感到每回前头的“请客一段”有点累赘，割断情节的开展，于是在通俗小说形成与发展的过程中，就逐步地进行删汰。从现存的二十九篇《清平山堂话本》来看，其中有的正传本身也不长，而“入话”的文字倒也不少，但有的已把入话的内容完全刊落了，只剩下“入话”两字加一首引头诗了。这就很好地反映了小说发展的一种趋向。《水浒传》是中国早期形成的一部长篇小说，从开始署“施耐庵集撰，罗贯中纂修”时，在每回前保存着不少《灯花婆婆》之类的“致语”是完全可以理解的事，而当郭勋在重刻时，已经感觉到这些“致语”的累赘性，即将《灯花婆婆》之类即使文字不到千字、用不到“说半日”的都删去了，像《清平山堂话本》中不少篇目一样，只剩一首引头诗了。这用守旧的眼光来看，可以说郭勋是“罪人”，但从中国小说进化的角度来看，实际上郭勋是有小说艺术眼光的，删去了“致语”的郭本能得到天本出版者的青睐和以后的流传及其罗本的淹没，都是符合小说发展规律的。从罗本到郭本，从每回有“致语”到删去“致语”而只剩引头诗，正标志着中国小说从幼稚走向成熟迈过了第一个坎。

其二，王先生说：“即以见于《述古堂书目》著录之《宋人词话》计之，亦不过三十来种，更有以知《水浒》百回《致语》为‘相传《灯花婆婆》等事’之说为不足据也。”言下之意，宋人词话数量不多，不足以充百回《水浒》作“致语”。这里，王先生只拈出清代“《述古堂书目》著录《宋人词话》计之”，似乎有点拈轻避重之嫌。实际上，宋元之际罗烨的《醉翁谈录》就著录了117种“说话”，嘉靖年间的《宝文堂书目》也著录了宋人话本包括《灯花婆婆》在内48种。而更要特别指出的，作为“致语”的故事未必都是来自“话本”，也有不少来自前朝的文言笔记、传奇小说乃至史传作品。就《灯花婆婆》而言，王先生文章中也引到明钱希言《桐薪》卷二《灯花婆婆》云：“宋人《灯花婆婆》词话甚奇，然本于段文昌《诺皋记》两段说中来，前段刘绩中妻病，有三尺白首妇人自灯影中出；而后段则取龙兴寺僧智圆事，阑入成文，非漫然架空而造者。”这里的“段文昌《诺皋记》”，即唐代段成式的笔记小说《酉阳杂俎》前集卷十五《诺皋记》下与卷十四《诺皋记》上所记故事的合成。就《酉阳杂俎》一书而言，里面就有大量的有关神仙鬼怪的“妖异之语”可供作为“入话”的素材。而至《宋史·艺文志》所著录，当时流行的“小说”已有360部。这360部书中，就《酉阳杂俎》前后集共30卷，再如《夷坚志》原有420卷，其中不乏神奇诡异、虚诞荒幻之作，均可移入或改编成“致语”。另外，也要指出的是，即使以《灯花婆婆》为名的故事也不止一种，今知《平妖传》与《酉阳杂俎》所载两种有异之外，另有钱希言《桐薪》卷三《公赤》条云“考宋朝词话有《灯花婆婆》，第一回载‘本朝皇宋出三绝’”云云①，又是另一个故事。再则，窃以为晚明艳情小说《灯草和尚》，其实主要也是写了灯花婆婆的故事。小说写此婆婆在“灯里面一爆，爆了两爆，见一滴灯油落在桌上”时，能“抖然变了一个三寸长的小和尚”。这婆子“将身一纵，跳入灯焰中，忽然不见了”，又“只见灯花儿爆了几爆，婆子忽然从灯花里走出来。初然也是三寸长，跳在地上，依旧是日里的婆子”。于此可以想见，当年流传的《灯花婆婆》故事可能还真有一些呢。总之，在罗贯中时代，那些小说作者“幼习《太

①转引自胡士莹：《话本小说概论》上册，中华书局1980年版，第194页。

平广记》，长攻历代史书"，"《夷坚志》无有不览，《琇莹集》所载皆通"（罗烨《醉翁谈录》语），要"集纂"百余段《灯花婆婆》之类妖异故事作为《水浒传》的"致语"，当可随手拈来，决不会做无米之餐的。

总之，根据天《叙》及钱希言《戏瑕》所言，郭勋当初删去每回前的"致语"是《灯花婆婆》之类妖异的小故事，而不是每回前的引头诗。本来，现代学者也是接受这种认识的，如鲁迅就说郭勋所删的"即'灯花婆婆等事'，本亦宋人单篇词话"[①]，胡士莹也说"《水浒》曾以《灯花婆婆》等小型词话作为请客段子"[②]，包括胡适所作的《"致语"考》也说"《灯花婆婆》既是古本《水浒》的'致语'，大概未必是'曲'"，"多是说书的引子，与词曲无关"[③]。他们尽管说得不够精准，但倾向性是十分明确的。而王利器先生竟然一反众说，还批评鲁迅、胡士莹等是"牛头马髀，强相附会"云云[④]，硬说郭本删去的致语是引头诗，并以有无引头诗作为判别是否忠于郭本的标准，之后一些学者紧随其后，就把问题完全说反了。

二、袁无涯本的《小引》《发凡》可信吗？

因为袁本与穷本等同样没有各回的引头诗，所以王先生将它们视为同类，就常用袁本《发凡》说事。实际上，袁本卷首的《发凡》及《小引》的真伪本身就是一个长期争论难决的问题，而它又处在一个十分关键的位置。包括王先生在内，有一些学者坚信袁本卷首杨定见的《小引》是真的，从而对《发凡》所言也不作分析地确信无疑。许多学者举出不少例证来说明袁本特别是其评点是"伪"的，但总缺少临门一脚，不能一剑封喉。假如说在20世纪80年代主要是为了争辩容本与袁本评点的真伪的话，那么现在讨论容本、袁本、穷本、芥本的先后关系时，同样碰到了这《小引》与《发凡》的真伪问题，在这里也必须一辩。

我赞赏邓雷在《袁无涯刊本〈水浒传〉原本问题及刊刻年代考辨——兼

①鲁迅：《中国小说史略》第十五篇《元明传来之讲史》，《鲁迅全集》第九集，光华书局1948年版，第283页。

②胡士莹：《话本小说概论》，中华书局1980年版，第187页。

③胡适：《"致语"考》，《胡适古典文学研究论集》下册，上海古籍出版社1988年版，第819页。

④王利器：《李卓吾评郭勋本〈忠义水浒传〉之发现》，《河北师范大学学报》（社会科学版）1994年第3期。

及李卓吾评本〈水浒传〉真伪问题》一文中提出的一则材料，说这“可能正是解决李卓吾评本真伪的关键所在”[①]。诚如斯言！这的确是一则关键的材料。

这则材料就是仅见于美国哥伦比亚大学所藏的《李卓吾先生读杨升庵集》卷首的一篇书坊主告白，其书坊主“书种堂主人”正是袁无涯，即刊袁本《水浒传》者；这篇告白的内容又与书种堂刊的袁本《水浒传》密切相关。就它的真假，即可判定袁本《水浒》卷首《小引》《发凡》的真假。其全文曰：

> 昭代博物君子推升庵第一，其著述甚富。而卓老之选录批评具在是编，题曰《读升庵集》，盖卓老自命也。往岁龙湖杨凤里携此集及《水浒传》至吴中，余求而得之，先刻《水浒》用慰人望。而遂有叶生文通者，模《藏书》为伪评以欺武林书贾，虽嫫母效颦，适足形西子之妍，而余校刻苦心亦稍阑矣。顷闻坊间买武林本，去者往往不当意，旋顾益价以请真本。余乃知世不乏鉴赏家，而卓老一段真精神果不可以似是覆也。复校是编而付之梓。
>
> 书种堂主人白

实际上这则材料很早由日本的《水浒传》版本研究专家白木直也发现[②]，但他并未加以特别重视，也未引起学界的关注。邓雷重视了这则材料，也花了工夫研究，但可惜的是没有从根本上检验这则材料的可靠性，相信它也如袁本《水浒传》卷首的杨定见《小引》与袁无涯的《发凡》一样都是说的真话，所以得出的结论与我的认识就完全相反。在我看来，这则材料恰恰是证明此则告白与其《水浒传》的《小引》《发凡》全是一派谎言的最过硬的材料。

这则材料有两点核心信息：1. 李贽手批《杨升庵集》《水浒传》是由杨凤里（名定见）亲手交与袁无涯出版的；2. 袁无涯是先印《水浒传》，然后再印《读杨升庵集》的。

本来，没有这篇告白，全凭袁本《水浒传》卷首的所谓“杨定见”的《小引》所说，“卓吾先生所批定《忠义水浒传》及《杨升庵集》二书”，由他“挈以付之”，交袁无涯出版等等，是真是假，无案可查，争来辩去，难以定论。但

①邓雷：《袁无涯刊本〈水浒传〉原本问题及刊刻年代考辨》，《福建师范大学学报》（哲学社会科学版）2017年第3期。

②［日］白木直也：《一百二十回水浒全传的研究——其“李卓吾评”问题》，《日本中国学报》1974年第26期。

《读杨升庵集》不同，它的刊刻是有案可查的。李贽亲自说过，曾在在万历二十四年（1596）交付至方沆、陆万垓刊刻。事见他写的《与方讱庵》：

> 夏来读《杨升庵集》，有《读升庵集》五百叶。升庵先生固是才学卓越，人品俊伟，然得弟读之，益光彩焕发，流光于百世也。岷江不出人则已，一出人则为李谪仙、苏坡仙、杨戍仙，为唐、宋并我朝特出，可怪也哉！余琐琐别录，或三十叶，或七八十叶，皆老人得意之书，惜兄无福可与我共读之也……我虽贫，然已为僧，不愁贫也，唯有刻此二种书不得不与兄乞半俸耳。此二书全赖兄与陆天溥都堂为我刻行，理当将书付去，然非我亲校阅入梓，恐不成书耳。兄可以此书即付陆都堂。①

这里用最为清楚的语言交代了他的《读杨升庵集》在方、陆两人的支持下已经"刻行"，即"将书付去"，并请方沆将"此书即付陆都堂"。方讱庵即方沆（1542—1608），字子及，隆庆二年（1568）进士，历官至南京户部、刑部侍郎，转督学云南，曾刊刻过多部著作，当时在江西宁州知州任上。陆天溥都堂，即时任江西巡抚的陆万垓（1533—1598），号仲鹤，与方沆是同科进士，曾与利玛窦有密切交往。方、陆二人同为李贽壮年时期在南京刑部任职时的知友。正是在这期间，李贽又结识了焦竑，还受学于王艮之子王襞，接受阳明心学，开始精研佛学，写下了《童心说》等名文，将《水浒传》与《史记》《杜诗》等并称为"宇宙间五大部文章"，思想十分活跃。他与方、陆二人在这时结下的友谊是十分深厚的。李贽写出这封信后两年，陆万垓病逝，李贽有《哭陆仲鹤》二首，回顾了两人二十年来的情谊："二十年前此地分，孤帆万里出重云。滇南昔日君怜我，白下今朝我哭君。"而当李贽死于狱中后，方沆有诗悼卓吾云："万井萧条杼轴空，寻常启事日留中，豺狼当道凭谁问？妒杀江湖老秃翁！"看来，李贽将文稿交与他们刊行当无可疑。

今核现存的《读杨升庵集》，其在国内尚存有近30部，国外除哥伦比亚大学之外，哈佛大学、柏克莱加州大学、日本内阁文库等都有本子挂在网上，一般在书目上都标明为"明刻本""明末刻本"或"明万历刻本"。惟见林海权先生的《李贽年谱考略》著录《李卓吾先生读升庵集》时，首次称有"明万历二十八年继志斋本（北大、福建师大藏）"②，后2020年张建业先生主编

①李贽：《与方讱庵》，《续焚书》卷一，明万历刊本。

②林海权：《李贽年谱考略》，福建人民出版社1992年版，第488页。

的《李贽全集续编·读升庵集》的《点校说明》又说，他先前主编的《李贽全集注》“已收入此书，是以万历二十八年（一六〇〇）继志斋刊本为底本”，“而后我们又发现了刊于万历二十四年（一五九六）的《李卓吾先生读升庵集》”[①]。假如果真存有万历二十四年或二十八年的本子，即可进一步确证杨定见于万历二十四年（1596）前后挈李批《水浒传》与《读升庵集》至吴中，“愿公诸世”云云，完全是编造的谎言了。可惜的是，由于我们学力有限，一时检阅北大、福建师大藏本均未见知确切的刊刻年代与书坊名，故对目前是否存有万历二十四年、二十八年的本子尚存疑问，但相信张先生与林先生对李贽深有研究，其判断是有根据的。其实，《读升庵集》的初刊本能找到固然最好，找不到也不影响《读升庵集》于万历二十四年（1596）已出版的事实，因为李贽的《与方讱庵》已经清楚地说出在方沆、陆万垓操办下出书了。看来《读杨升庵集》早已面世、流传，难道还待袁无涯辈“求而得之”、20年后由杨定见神秘兮兮地带来“公诸于世”吗？

再看万历二十四年（1596）杨定见是否还在世，这也是个大问题。杨定见确是卓老晚年的粉丝，关系密切，万历二十八年（1600）李贽在麻城遭到污蔑而不得不随马经纶去通州避难时，李卓吾还说“从我者麻城杨定见、新安汪本钶，并诸僧众十数人”[②]。但杨定见当时就受到官府的胁迫，遭到县学严查，“盖恐卓吾或匿于家”，马经纶就说杨生“有身家之累，亦惧池鱼之殃”[③]。李贽被捕时，他是否受到牵连，今已无明文可证，因自李贽到通州之后，再无任何材料见到杨定见的点滴信息。李贽入狱后，竟没有见他探视奔赴；李贽自杀后，也没有见他参与料理丧事；丧事完毕后，众多朋友与生徒纷纷撰写哀悼追忆之诗文，却也未见他有片言只语[④]。这不能不令人怀疑世上根本早已不存在一个心中只“知有卓吾先生”“吾不负卓吾先生”的杨定见了。假如他还在世，袁无涯辈敢如此大胆地冒用他的名义来编造故事、招摇撞骗吗？许自昌在《樗斋漫录》中能指出袁无涯、冯犹龙辈“相与校对再三，删削讹缪”，能说出自己将“杂志”与《遗事》给袁无涯附于卷首，却不敢说出书的真实来源，又为了应付袁无涯，就笼而统之地用个“李有门人”来搪塞

---

①张建业主编：《李贽全集续编·读升庵集》，首都师范大学出版社2020年版，第1、2页。

②李贽：《温泉酬唱》，《续焚书》卷五，明万历刻本。

③马诚所：《与当道书》，见潘曾纮辑《李温陵外纪》卷四，明万历刻本。

④参见李永祜：《〈水浒传〉两种伪李评考辨》，《中国文学研究》（辑刊）2015年第1期。

过去,这不是正说明了他的良知还在,不想骗人吗?事实证明,“杨凤里携此集及《水浒传》至吴中”之事纯属子虚乌有!

三、无引头诗本《水浒》是怎样形成的?

在讨论穷本是否真是郭本的嫡传之前,还有必要分析一下穷本、袁本、郁本、芥本等无引头诗本是怎么形成的。据我看来,它们之中必有一本(或其祖本)是将容本删改而来,因为这是有迹可循的。

由于无引头诗本与有引头诗本的最明显的区别在诗词韵文的多寡与异同方面,所以我就在这方面作了一些考察。据我粗略统计,容本正文中的诗词凡有李评批曰“可删”“要他何用”“可恶”“俗杀”“腐”等否定性意见或加上删节号“┐ └”的,约有40处,袁本、郁本、芥本及穷本基本上都照此办理,或删或改,很能说明袁本、穷本等无引头诗本是从容本而来。由于目前所见北大图书馆所藏的袁本比较完整、精良,且袁无涯在《李卓吾先生读杨升庵集》告白中明确说,他刊刻是在“坊间买武林本”之后[①],“复校是编而付之梓”的“真本”,脱不掉袁本与容本之间的关系。所以就以袁本为主来与容本相比较。

比较后可见袁本据容本李评所作修改的情况约有五类:

第一类,将容本中的原诗全删。如容本5/3a/6[②]、24/22a/10、25/4a/2、29/6a/2、36/6a/10、39/12a/4、39/12b/11、48/3b/5、67/12b/3、68/12b/6、70/7a/2、90/10b/4、92/9a/9、95/6b/11、95/13a/3、100/3a,共有16处。其中如第36回第6叶正面第10行有“方枷铁钻并临头”诗一首,下有夹批曰:“反把血脉梗断了,可恶,可恶!”袁本就按此意见将诗全删,穷本、芥本全同袁本。

第二类,将容本中的原诗另换。如容本10/5b/10有“作阵成团空里下”一诗,下有夹批曰:“俗极,可删。”袁本、郁本、芥本、穷本都将诗换成另一首“凛凛严凝雾气昏”。其他如11/4a/10、26/3b/8、88/7a/2,都是如此。其中特别要指出的是第26/3b/8的一首《鹧鸪天》词“色胆如天不自由”,下有夹批:

①“武林”“虎林”皆为杭州别称,容与堂刊李评《忠义水浒传》及《西厢记》等多种李评曲本都署“虎林容与堂”刊。

②5/3a/6,即是第5回第3叶正面(b指反面)第6行起,下例皆同此表述。

"腐。"袁本、穷本等将此词全删,取了容本(天本同)此回引头诗中四句另成一诗:"参透风流二字禅,好姻缘是恶姻缘。山妻小妾家常饭,不害相思不损钱。"试想:假如穷本、袁本是来自删去了引头诗"致语"的臆想中的"郭勋本",还能用容本的引头诗来替换吗?这是说明袁本等来自容本的铁证之一。

第三类,删去容本中的个别诗句。如容本 2/19a/8 有诗"一来一往"共 16 句,李评在"左盘右旋,好似张飞敌吕布;前回后转,浑如敬德战秦琼"4 句旁画上黑线,又旁批:"俗。"袁本、郁本、穷本、芥本都删去了这 4 句。又如 79/8b/6 有诗"黑烟迷绿水"共 26 句,其中"却似骊山顶上,周幽王褒氏戏诸侯。有若夏口三江,施妙策周郎破曹操"4 句旁画上黑线,诗下夹批云:"可删。"袁本、郁本、穷本、芥本皆将这 4 句删去,又将"舰航遮洋尽倒"以下 12 句删改,完整保留了前后共 10 句。其他如 38/8b/10"云外遥山耸翠"一诗、9/4b/5"古道孤村"一诗、52/3a/11"面如金纸体似枯柴"一诗都有类似据容本的批语而删改了个别句子。这类例子也很能说明袁本等是从容本而来,逆向推理是不能成立的。难道能将已经删去的句子,再加上去,又再加"可删"一批吗?

第四类,选换了容本诗词的个别句子。如 24/29b/9"从来男女不同筵"一诗的后两句"不独文君奔司马,西门庆亦偶金莲"旁画上了黑线,下又有夹批:"可笑。"袁本、郁本、穷本、芥本皆将此两句改成"不记都头昔日语,犬儿今已到篱边"。这也明显接受了容本批语后所作的修改。其他如 29/6b/5"古道村坊"诗、56/7b/10"风落荒坡"诗、58/6a/7"鞭舞两条龙尾"诗等都据容本批语的意见而重新组织了个别诗句。

第五类,将容本中的诗词删改后直接组织到正文叙述文字中。如第 56/3b/7 中有"角韵才闻三弄"一诗共有 12 句,最后 4 句"对青灯,学子攻经史;秉画烛,佳人上绣床"旁被画上黑线,下又批曰:"可羞。"袁本、郁本、穷本、芥本皆将此诗删去,仅取该诗中两句"云寒星斗无光,露散霜花渐白"嵌入正文中,成了这样一段文字:

> (时迁)悄悄望时,只见徐宁归来,望家里去了。又见班里两个人提着灯笼出来关门,把一把锁锁了,各自归家去了。早听得谯楼禁鼓,却转初更。云寒星斗无光,露散霜花渐白。时迁见班里静悄悄地,却从树

上溜将下来，踅到徐宁后门边……

这一诗的删改，真是可谓无迹可求了。显然，这样的删改只能是从容本改成袁本、郁本、穷本、芥本，决不可能反其道而行之的。

以上五类的所有例子，袁本、郁本、穷本与芥本都是一致的。这使人不能不相信当初知道袁无涯翻刻《水浒传》其事的许自昌所说的情况是确凿无疑的。他说：

> 顷闻有李卓吾名贽者，从事竺干之教，一切绮语，扫而空之，将谓作《水浒传》者必堕地狱当犁舌之报，屏斥不观久矣。乃愤世疾时，亦好此书，章为之批，句为之点，如须溪沧溪何欤？岂其悖本教而逞机心，故后掇奇祸欤？李有门人，携至吴中，吴士人袁无涯、冯游龙等，酷嗜李氏之学，奉为蓍蔡，见而爱之，相与校对再三，删削讹缪，附以余所示《杂志》、《遗事》，精书妙刻，费凡不赀，开卷琅然，心目沁爽，即此刻也。

当然，许自昌是不知容本的李评是假的，但他清楚地表述了袁无涯、冯梦龙辈"校对再三，删削讹缪"的全过程，证实了袁本即从容本而来，其《发凡》所说的"旧本"即是容本《水浒传》。这演变的痕迹，也显示了包括穷本在内的所有不分卷的、没有引头诗与卷首"引诗"的本子归根到底都来自容本，而不是什么"嫡传"的郭本。

四、无穷会本会早于袁无涯本吗？

最后将讨论穷本在无引头诗系统中是否是最早的本子问题。

邓雷在《〈水浒传〉版本研究》中，据"万历庚寅（万历十八年）夏月世德堂梓"《水浒记》传奇（下略称"世本《水浒记》"）叙阎婆故事与袁无涯《发凡》所说"移置阎婆事"相同，就断定以穷本为代表的"三大寇本的刊刻时间当在万历十八年（1590）之前"。这个判断是有点简单化了的。由于万历期间的《水浒传》除了天本、容本、袁本可知刊刻年代之外，其余各本的刊刻年代都是未知数。所以，假如说《水浒记》与《水浒传》之间存在着影响关系的话，有三种可能：一种是先有三大寇本《水浒传》，后有世本《水浒记》；另一种则是反过来，先有世本《水浒记》，后有三大寇本《水浒传》；第三种可能即是两者间没有直接关系。显然，邓雷是认为先有“移置阎婆事”的三大寇本，后有《水浒记》的，所以说三大寇本当在万历十八年（1590）之前。这就是说，三大寇本大概率是出现在万历十七年刊的天本之前，最迟也与天本差不多同时。可是这里有个明显的问题：明代的学者为什么几无一语说起过那时还有过这样一种既删掉了致语，又删掉了引头诗的《水浒传》呢？显然是有疑问的。至于反过来看，当然也有可能是《水浒传》抄了世本《水浒记》的。有的学者就认为：“这一情节的‘移置’也许是出于许自昌的建议。因为许自昌也参加过版刻百二十回本的工作。许曾著有戏曲传奇《水浒记》。在《水浒记》中，许自昌将宋江娶阎婆惜一事安排在刘唐下书给宋江之前，显然他是发现了宋江娶阎婆惜一事被安排在刘唐下书之后的不合理才作如此处理的。”① 从这个角度看，万历十八年（1590）只是一个上限，其下限至少也可以认作万历四十二年（1614）袁本来“移置阎婆事”了，甚至可能还要晚。应该指出，这里在技术上有个错误，即将并未“移置阎婆事”的许本《水浒记》与“移置”的世本《水浒记》混同起来了。这是由于自傅惜华《水浒戏曲集》（第二集）、《明代传奇全目》、庄一拂《古典戏曲存目汇考》、徐朔方《晚明曲家年谱》等中国学者均未见世本《水浒记》，所以学界长期是将万历三十六年（1608）的许本《水浒记》与万历十八年（1590）的世本《水浒记》混为一谈的。但从逻辑上看，既然万历十八年（1590）存在着一种“移置”的《水浒记》，后面出现“移置”的《水浒传》有可能是接受了《水浒记》的影响。但事实上，《水浒传》与这部世本《水浒记》虽然在“移置”与某些文字及其他方面有点相同之外②，却在一系列的特征性的“大的差异”方面没有留下什么痕迹③，看来两者之间也没有什么直接联系。世本《水浒记》将刘唐送书置于后，充其量只能说明《水浒》故事流传过程中有不同的说法而已。实际上，天本、容本等将阎婆事置于前，也有它的合理性在，主要是为了保持智取生辰纲以来的故事完整性。当然，假如放在宋江杀惜的故事中考量，置于后就更好些。只是长期以来人们受到袁无涯“移置阎婆事”一语的影响，就把他做的变动当作真的是“旧本”的特征了。现在看来，世本《水浒记》与《水浒

①李金松：《郭勋“移置阎婆事”考辨——论〈水浒传〉版本嬗递过程中一处情节的移动》，《中国典籍与文化》2001 年第 2 期。

②［日］笠井直美：《关于日本御茶之水图书馆藏金陵世德堂刊〈水浒记〉》，《明清小说研究》1996 年第 2 期。

③彭秋溪：《日本藏万历世德堂刊传奇〈水浒记〉考述》，《中华戏曲》2016 年第 1 期。

传》之间的关系，很可能是存在着第三种情况，即后面的“移置”并未受前面《水浒记》的直接影响。而如李金松先生说的：“百回本宋江娶阎婆惜一事被安排在刘唐下书之后这一脱卯之处，极有可能是袁、冯二人‘相与校对再三’时发现的，因而他们对这一不合情理的情节作了‘移置’。”① “移置”之后又予以特别宣扬。

下面，我们还是从文本实际来考量无引头诗本系统的先后关系吧。据邓雷在两书中的分类，此系统的《水浒传》约可分三类：第一类的特点是一百二十回本，如袁无涯本、郁郁堂本等；第二类的是一百回本，第72回屏风上仍书“四大寇”的，如芥子园本、遗香堂本及李玄伯藏本；第三类也是一百回本，第72回屏风上改书为“三大寇”的，如无穷会本等一些残本。应该说，这三类本子在一百回内大方向是一致的。它们与天本、容本相比，主要是删去每回的引头诗及不分卷，对正文中的诗词作了大量的删改。其中第一类与第二类除了在有无20回征王庆、田虎故事不一样外，其余大的方面基本相同。至于以无穷会本为代表的第三类，与一、二类在正文诗词的删改，乃至个别文字上异同较多。就以上文调查袁无涯本、芥子园本及无穷会本据容与堂本批示删改而修改的情况来看，这些本子在大多数相同的情况下也有个别不相同的地方。其不同的情况也五花八门，据我发现的有以下几类：

1. 袁本、郁本、芥本将诗删去，而穷本却还保存着。如容本4/6b/10有“玉蕊金芽真绝品”一诗，上有眉批：“可恶，删。”袁本、郁本、芥本皆删去，而穷本却还保存着。

2. 袁本、郁本、芥本对诗有删有改，而穷本只删不改。如容本9/12a/5“门高墙壮”诗共有10句，诗下有夹批：“删。”袁本、郁本、芥本将最后“埋藏聂政、荆轲士，深隐专诸、豫让徒”两句删去，穷本也删去。但在此上一句“无非降龙缚虎人”，袁本、郁本、芥本改成“无非沥血剖肝人”，穷本却未改，仍作“无非降龙缚虎人”。

3. 袁本、郁本、芥本将原诗换了一首，而穷本即将此诗删去。如容本40/3b/9有一绝：“远贡鱼书达上台，机深文炳独自疑猜。神谋鬼计无人会，又被奸邪诱出来。”诗后有夹批：“胡说！他如何是奸邪？”袁本、郁本、芥本

①李金松：《郭勋“移置阎婆事”考辨——论〈水浒传〉版本嬗递过程中一处情节的移动》，《中国典籍与文化》2001年第2期。

都将此诗换成:“反诗假信事相牵,为与梁山盗结连。不是黄蜂针痛处,蔡龟虽大总徒然。”穷本即将此诗删去。另有容本 18/7a/3“有仁有义宋公明”一诗,也同此类。

4. 袁本、郁本、芥本将诗作了修改,穷本作了不同的修改。如容本 30/10b/11“赃吏纷纷据要津”一诗,下有夹批:“只是也受施恩白银一百两。”袁本、郁本、芥本将最后一句“海内清廉播德音”改成了“不把真心作贼心”,而穷本改成“不把雄心作贼心”。

5. 袁本、郁本、芥本将诗作了修改,而穷本仍同容本。如容 8/8a/8“红轮低坠”一诗,打上删节号,眉批:“删。”袁本、郁本、芥本都作了相同的修改,而穷本未改。

6. 袁本、郁本、芥本未作删改,而穷本全删。如容本 32/6b/5“都是有名的汉子……牛筋等”上有眉批:“可删。”袁本、郁本、芥本未删未改,穷本则将此段文字全部删去。

根据这些情况,这一系统中的本子究竟孰先孰后,一时也很难下判断。同理,一些学者举了大量的例子来比较无穷会本与容与堂本、袁无涯本用词的异同例子,实际上这些都无法用以确证孰先孰后,因为这些例子几乎都可作相反的想象与推理。有的作者特别举出例证,也是可以讨论的,今就邓雷《无穷会本〈水浒传〉研究——以批语、插图、回目为中心》一文所举的几条例证来作一分析[①]。邓文先引了两条批评,比较了无穷会本与涤本(大涤余人序本的略称,包括芥子园本在内)的不同:第 36 回写宋江被请上梁山时,担心押送自己的两个公人被害,就让他们寸步不离地跟着自己,此处无穷会本的批语与涤本的批语观点不同。这种没有明确针对性的各说各的,实际上也很难说谁先谁后。至于第 82 回写宋江受招安后,有人上奏不可加封宋江等人,并建议把宋江手下的将领分到不同的地方,穷本此处的批语为“此本却是正论”,表示十分赞同这一提议。而涤本的批语却是“是正论?是胡言?大头巾经济多作此腔版,所以败坏国家”。这完全是有的放矢、针锋相对的,的确可证明后者为晚出。但这两条批语在袁本上恰恰是没有的,所以此两例只能证明芥本等涤本可能比穷本晚出,而不能证明袁本是以穷本为底本的,反过来倒也可以说明袁本是在芥、穷两本争议之前的。

①邓雷:《无穷会本〈水浒传〉研究——以批语、插图、回目为中心》,《东方论坛》2015 年第 5 期。

下面，再看四条邓文认为可直接证明袁本是以穷本为底本的例子，是否能成立。

第一条，第28回容本有“那人便把熟鸡来搽了”一句，袁本、郁本、芥本都将“搽”改作了“斯”，并有眉批曰：“斧以‘斯’之‘斯’字，出《诗经》，俗作‘搽’、‘析’，俱非。”而无穷会本此处正文是“那人便把熟鸡来析了”。这个“析”字，在现存他本中未见，既然被袁本称作出于“俗作”，就可证无穷会本出于袁本之先了。其实，邓雷没有注意到穷本此处有一小注：“斯，俗作‘搽’，误。”穷本正文中明明用的是“析”，根本没有出现过“斯”字，却注的是袁本改成的“斯”，这奇怪吗？不奇怪，显然是无穷会本在借鉴同时提到“搽”“析”“斯”三字的袁无涯本的眉批时搞晕了。

第二条，第46回写时迁出场介绍其绰号时，国图藏容本作“鼓上蚻”，而内阁文库藏容本为“鼓上蚤”，不同的印本可能选用了不同的字，袁本、芥本则皆作“鼓上皂（阜）”，下有小注：“或作蚤。”上再有眉批：“蚤字为是。鼓击易动，蚤跳更轻，形容极妙。”穷本正文同袁本、芥本，也作“鼓上皂”，下有小注也同袁本：“或作蚤。竈、蚻俱误。”这一例证的理解，也只能是穷本在袁本之后，在校以容本与他本后，加上了新知还有“竈”“蚻”等不同的写法。不可想象袁本在穷本之后，竟会对“竈”“蚻”的提法茫然不知、置之不理。

第三例，第51回雷横看白秀英演出，没有带钱，被白玉乔大骂，现存的天本、容本都写这时候“众人齐贺起来”，袁本、芥本都将“贺”改成了“和”，没有任何修改的说明，而穷本也作“和”，但下添有小注：“一作贺，非。”这的确可以理解为穷本在先，将容本改了，袁本就照改。但也可另有一种理解，穷本是在袁本的基础上，又用容本等进行校刊后，添了一注。实际上，大量的穷本不同于袁本的地方，包括上面我引的一些正文诗词的删改情况来看，穷本（或其祖本）就是以袁本作为底本，然后参校了若干本子后作了一些改动，包括改回到容本，另外又增添了不少小注的。

第四例，第67回李逵下山撞见焦挺，说明下山原委时，天本、容本都作“我和哥哥鰲口气，要投凌州去。”中间的“鰲”字，袁本、芥本、穷本皆作“弩”，其中穷本下多一小注：“一作鼈，誤。”此与上例的情况相同。“鼈”本同“鰲”，天、容本确实误植，袁、芥本予以径改，穷本校以天、容本后补上一小注，也在情理之中，所以很难说此例能证明穷本在先。

当然,此四例中后两例是可以逆推的,但前两例似乎只能理解为袁本在先,不可逆推。

下面我们再看谈蓓芳教授在《也谈无穷会藏本〈水浒传〉》一文中“说袁本出于无穷会藏本或其底本”的两个“更有力的证据”[①]。其中第一个证据是,第 59 回天本、容本在朱武、陈达、杨春三个少华山头领上场时分别有一首诗加以描述,袁本对这三首诗虽有所修改,但仍保留着三首诗。问题是天本、容本第 2 回这三个头领早出场过,当时只一笔带过,并没有用三首诗加以铺叙,这就不合一般人物出场时有诗赞颂的规矩。袁本在修改时发现了这个问题,即把第 59 回的三首诗修改后移入到第 2 回中,但第 59 回的诗仍然保留着,这样就出现了一书中两次用三首诗赞颂这三个头领的情况。而无穷会本就只在第 2 回三头领出场时用三首诗分别加以赞颂,赞诗与前后连接文字全同袁本第 2 回,同时将天本、容本、袁本中第 59 回的三首诗全部删去,只用简单一语将前后文字连接了起来。为了使读者便于了解情况,就第一首颂朱武诗赞中同一位置的三句话作如下比较:

天本、容本第 59 回诗句	智可张良比,才将范蠡欺,军中人尽伏。	
袁本第 59 回诗句	智可张良比,才将范蠡欺,今堪副吴用。	后一句与容本不同
袁本第 2 回诗句	阵法方诸葛,阴谋胜范蠡,华山谁第一?	与穷本相同
穷本第 2 回诗名	阵法方诸葛,阴谋胜范蠡,华山谁第一?	与袁本相同

这样的情况,究竟是先有穷本或其底本,然后袁本在第 2 回照抄了穷本,再在第 59 回加上三诗合理,还是先有袁本,穷本照抄了袁本,删去了重复累赘的第 59 回的诗合理呢?

谈蓓芳教授说:“袁无涯刊本第二回中的该段描写则与无穷会藏本的描写一字不差。就无穷会藏本来说,这种挪动是很正常的,因为在人物出场之初有一段描写性的韵文,一般来说是章回小说的惯例,无穷会藏本只是按照这一惯例做出改动而已;而从袁无涯刊本来说,在两个地方同时出现类似的描写(特别是朱武的那段描写,前后二处八句里面有五句完全一样),这在《水浒传》里,尤其是特别注重韵文描写的袁无涯刊本中,可说是绝无仅有

①谈蓓芳:《也谈无穷会藏本〈水浒传〉——兼及〈水浒传〉版本中的其他问题》,《中国文学研究》(辑刊)2000 年第 1 期。

的例外。所以我认为只有袁无涯刊本在以无穷会藏本或与其类似的本子为底本而又参照天都外臣序本一类的本子恢复若干被无穷会藏本（或其底本、祖本）删去的诗词（说见后）的情况下，才有可能产生这样的重复。也就是说，袁无涯本的刊刻者在以无穷会藏本一系的本子为底本而与天都外臣序本一类的本子中的诗词加以对勘时，发现天都外臣序本一系的本子中在第五十九回多出好些诗词，却忘了这些诗词已依据无穷会藏本一系的本子挪移到第二回中去了，便在加以修改后又补入了第五十九回。”

这里的问题还是先回到现存繁本《水浒传》中哪一种最接近郭本。假如认定穷本不但先于袁本，而且也先于天本、容本，是最接近郭本的，当然可以这样推理，但从谈文看来，她还是将穷本置于天都外臣序本（或其底本、祖本）和袁无涯刊本之间的，也就是认可天本、容本是目前公认的最接近郭本的本子。那穷本第 2 回的文字难道就来自天本或容本吗？从上表所引三句来看，穷本与天本、容本是不同的，这说明第 2 回的三诗不可能直接来自较早的天本、容本。从实际情况来看，它只是与袁本相同。所以，在考虑穷本与袁本孰先孰后时，必须放弃成见，在平等的位置上考虑哪一种理解更合情理。请问，假如穷本在先，本来就处理得比较合理，在三头领出场时赞了三首诗，到第 59 回中三头领再上场时就不去再用诗重复赞颂了，袁无涯、冯犹龙辈难道会在后面又“参照天都外臣序本一类的本子恢复若干被无穷会藏本（或其底本、祖本）删去的诗词”而加进去吗？当然，不能说绝对没有这种可能，但常规的修改是将不合理的修改成合理的，而不大可能是将合理的修改成不合理的。因此，这种现象更大的可能是，袁本先将三首诗修改后移到了第 2 回三头领出场处，后来忘了删去第 59 回三首与前重叠的诗。另外还有一种可能是，袁无涯、冯梦龙辈又将第 59 回的三首诗作了大幅度的修改，特别是后两首（与天本、容本中的诗已是完全不同了），所以修改者或许认为这样可不算重出，就有意保存下来了。后出的穷本在校读时发现了这个问题，还是不管袁、冯辈当初是怎么考虑的，可能也没有细辨前后的三首诗是并不完全相同的，就将第 59 回的三首诗删个干净了。若这样来认识的话，穷本就只能是后出的了。

谈文又认为：“能够进一步说明袁无涯刊本出于无穷会藏本（或其底本、祖本）的另一例证为袁无涯刊本第十三回中的一条异文。该回在写杨志与索超的交战时有一段韵文，其中天本系统与无穷会藏本均作：‘这个圆彪彪睁开双眼，胳查查斜坎斧头来；那个咇（‘咇’，天本系统作‘𠺗’）剥剥咬碎牙关，火焰焰摇得枪杆断。’但在袁本系统中，‘咇剥剥’三字却成了‘咇咇剥剥’。从上下文来看，袁本系统在这里显然衍了一个‘咇’字（因‘咇剥剥’与‘火焰焰’为对偶）。这个衍字是怎么来的呢？”谈文认为：穷本“在‘咇剥剥咬碎牙关’的‘咇’字下，则恰恰注有‘必’字。由于无穷会藏本的该音注字占了右边的大半格，把它看成为残缺了‘口’字旁的‘咇’字是很自然的事；再加上‘咇咇剥剥’一词在《水浒传》的其它描写中多有出现，所以造成了袁无涯刊本的衍字，而这一点正是袁无涯刊本出于无穷会藏本（或其底本、祖本）的明证。”

其实，在天本、容本中的“𠺗”字是个象声字，但比较冷僻，所以袁本与穷本都改成了一个比较通俗的“咇”字。两者不同的是，袁本在“咇”下衍了一个“咇”字，而穷本在“咇”下多了一个注音，成“咇必”。于是谈文认为袁本的“咇咇”是从穷本的“咇必”而来，当然穷本在先了。但我认为，袁本之所以衍此一字，是因生活中用这个象声词时，一般都是“咇咇剥剥”或“哔哔剥剥”四字连读的，所以在不自觉中多刊了一字，而假如从穷本照搬而来，刻工当会认清这个“必”字是注音，因它极度偏在右边，很完整，不可能看成“必”字左边还有一个“口”。这样，要么也就刻成“咇必”，而不会刻成“咇咇”的。此其一。其二，天本、容本一般都不注音的，至少在这第十三回中，天本、容本都没有一字注音的。穷本则多注音，就在这第十三回中，除了此处注音外，还有“地下蘸知滥切了石灰”“双睛凸垤”“挜衣架切着金蘸斧”“騣宗分火焰尾”“毗皮沙门”“蕤绥宾节至”等，其中如注“騣”字的音“宗”，也是刻在右下方较大的，也没有被刻工误认为左边还缺什么偏旁，假如袁本是从穷本来的，为什么这些都没有对袁本产生一丝影响，而唯独这个“咇”字被袁本接受了？显然，袁本是从容本而来，根本就没有在正文中注音，不会像穷本这样频频加注的，所以这一“咇咇”的误刻，只是受像声的影响，而不是因穷本的“咇必”而来。

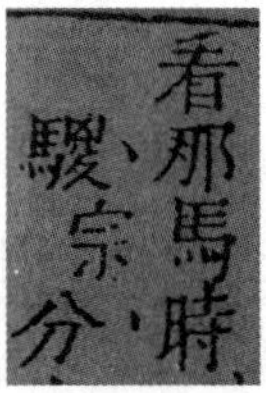

以上就一些个别字词的异同作些讨论，我的意见也带着很大成分的猜测与推理，未必正确。又由于目前我们所见的天本、容本、袁本都非初印本，后印者或剜改文字或增删评点或借版图像，都为辨别先后造成了许多麻烦。就以上文讨论的注音来说，袁本《发凡》明明说“其音缀字下，虽便寓目；然大小断续，通人所嫌，故总次回尾，以便翻查。”但现存袁本、郁本、芥本等于“回尾”均未见有注音，故穷本等嵌入正文的注音是否借鉴了袁本等，也已无从查考。关于图像的问题，魏同贤先生在穷本影印本的《前言》中已点出了穷本从容本来的诸多痕迹。我觉得要分辨袁本与穷本的文本孰先孰后，最重要的还是要从正文的某类关键性的问题着眼，作一些具体的分析。那具体从哪一些问题入手呢？我想还是从袁无涯自我感觉对正文改动最大的三个问题来看，即一个是“去诗词之繁芜”，另外两个就是“移置阎婆事”与“四大寇”的问题。对于这三个问题，只有袁本在《发凡》中说，它是照所谓“旧本”改成这样的。但实际上，真正的“旧本”天本、容本与《发凡》自吹的恰恰是完全相反的。因此，袁本这里所说的“旧本”，正像金圣叹后来所说的“古本”一样，都是他自己的修改本的代名词，并非是真正的“旧本”。在这里，我们现在看到的“去诗词之繁芜”及“移置阎婆事”这两点，在袁、郁、芥、穷各本中基本上是一样的了，凭个别字句的差异是很难从中分辨出个先后来了。剩下的“四大寇”还是“三大寇”的问题本来是可分辨先后的。早在《宣和遗事》中，就存在着“四大寇”的雏形，中间写到宋江、方腊之外，又写到了另外两寇高托山与张仙：“（宣和六年）是岁河北、山东连岁凶荒……于是饥民并起为盗，山东有张仙，聚众十万围濬州……又有高托山，聚众三十万起于河北。徽宗遣内侍梁方元帅兵讨之。”后吴读本《水浒传》就写戴宗于上元夜潜入寝宫，“睹屏间书淮南贼宋江，河北贼高托山，山东贼张仙，严州贼方腊。宗抽小刀，削去一行”①。后来的天本、容本及一些简本《水浒传》不知为何将寝宫屏风上的四个“贼”改称为“四寇”，并用王庆、田虎来取代高托山与张仙。但从当时李卓吾的《忠义水浒传序》来看，正文所叙的故事只是“大破辽”与“灭方腊”，也没有涉及王庆与田虎。这样，当时以天本、容本为代表的百回本就存在着一个自身的矛盾，即屏风上所书有四大寇，小说却只叙了征一寇方腊和破大辽。要解决这个矛盾就有两条路：一条

①吴从先：《小窗自纪》卷三《读水浒传》，明万历甲辰刻本。

是正文故事书写中增两寇，如袁本那样增加王庆、田虎的故事，成一百二十回。另一条路即是将屏风上的四寇减成三寇，如穷本那样将屏风上的“淮西王庆、河北田虎”换成“蓟北辽国”，成三大寇，维持一百回。这一增或一减，都是改，所以都不可能是郭本的“重刻本”了。不过在修改“四大寇”的问题上，袁本、郁本、芥本与穷本各有不同的表述：

袁本在卷首《发凡》中说：

> 后人有因四大寇之拘而酌损之者，有嫌一百廿回之繁而淘汰之者，皆失。郭武定本，即旧本，移置阎婆事，甚善；其于寇中去王、田而加辽国，犹是小家照应之法。不知大手笔者，正不尔尔。

袁无涯的话既批评了将“四大寇”“酌损”为“三大寇”，又批评了“嫌一百廿回之繁”而去了王、田二十回故事，无非是为了说明只有他的“全传”本既保存四大寇，又增加 20 回，且“移置阎婆事”的才是真正的“旧本”。他批评改成“三大寇”是指涤本系统的本子还是其他简本之类，今不得而知，而增补 20 回是可以确定是他与冯梦龙一起干的①。它初刊于万历四十二年（1614）也当无可疑，今人之所以产生或前或后的不同的看法，主要是由于读袁小修在《游居柿录》中一段话时，只是贪方便而取“资料汇编”之类的摘录文字孤立地理解所造成的。假如取《游居柿录》来读，则可见袁小修这一年一直在家，且其兄中郎的文集正交袁无涯刊刻，小修与袁无涯的联系是比较密切的。就小修日记而言，从 7 月底到 9 月初，近一月间，袁无涯就三次到小修家。第一次是 7 月 23 日，小修记：“姑苏袁无涯来，得麻城陈无异书。”未曾提起《水浒》之事。过了几天，即在 9 月 1 日前（小修日记不是每天标明日期，而是过一段时间后再标日期的）就记：“袁无涯来，以新刻卓吾批点《水浒传》见遗。”到 9 月 6 日后又记：“袁无涯作别，觅予诗文入梓。”于此可见，这里的“新刻”只能是“最新刊出”一解，不可能是早就刻成或“重刻”之类的意思。至于许自昌的《樗斋漫录》是汇录多年笔记而成的书，它的序写于万历四十年（1612），不等于内中所记袁本成书的内容都是作序之前的文

①参见傅承洲：《冯梦龙与〈忠义水浒全书〉》，《明清小说研究》1992 年第 3、4 期；《〈忠义水浒全传〉修订者考略》，《文献》2011 年第 4 期；徐朔方：《冯梦龙年谱》，《晚明曲家年谱》第 1 卷，浙江古籍出版社 1993 年版，第 755—756 页；邓雷：《〈水浒全传〉田王故事作者——兼论〈水浒全传〉的刊刻时间》，《中国典籍与文化》2021 年第 4 期等。

字。现存袁本中有避讳崇祯的文字，也只能证明此本是后印本，并不能否定其初刻的时间是在万历四十二年（1614）。

再看郁本与芥本，尽管前者是一百二十回本，后者是一百回本，但它们100回的正文与批语同袁本大致是一样的，包括第72回屏风上书写的都是四大寇，且袁本与郁本的20回王庆、田虎文字也多是相同的，这说明袁、郁、芥三本同出一源。但它们之间还是有一些不同，特别在第72回屏风书四大寇处，袁本没有眉批，郁本与芥本有同样的一则较长的眉批。此眉批曰：

> 世本添演征王庆、田虎者，既可笑。又有去王庆、田虎，改入蓟北辽国者，因有征辽事耳，与添演王庆、田虎何异？不知入庆、虎方成一类，辽则不止于寇矣。且后文政不必一一照出，于此中只举征方腊已尽寇之大而最著者，此外旁及征辽，更见胜敌之能，此史笔用疏处、有波澜处，岂可妄改！

此批既认为"添演征王庆、田虎"为"可笑"，又批评将"蓟北辽国"与"庆、虎"同归于"寇"一类的不确切，最后认可的是"只举征方腊已尽寇之大而最著者，此外旁及征辽"的书写策略，很明显，这条眉批放在芥本上面是合适的，而放在郁本上面是不合适的，这是郁本照搬芥本（或其祖本）所露出的破绽。但这条眉批同时也证明了芥本当在被它批评的袁本与穷本（或其祖本）之后。另上文提及的第82回写宋江受招安后，有人建议把宋江手下的将领分到不同的地方时，穷本的批语为"此本却是正论"，对这个提议十分赞同，而芥本（涤本之一）的批语却是针锋相对的"是正论？是胡言？大头巾经济多作此腔版，所以败坏国家"，也可见芥本当在穷本之后。

最后看穷本于第72回屏风书四大寇处的眉批：

> □□□大寇□□□王庆□□田虎遂□□□究效□□□今改□□□大寇而□□北辽国。①

由于此本刷印在后，刊落的文字较多，但大致意思还是明白的，即指出此本是将"淮西王庆""河北田虎""今改"成"征蓟北辽国"。这里的问题

①此引文据西南师范大学出版社、人民出版社《日本无穷会藏本水浒传》影印本，并参考了范宁《东京所见两部水浒传》（《明清小说研究》第1辑）与刘世德《〈水浒传〉无穷会藏本初论》（《文学遗产》2000年第1期）两文所录文字。

是“今改”在什么时间？改在什么本子上？换句话说，是改了容本，还是改了袁本？它若改了容本，则在袁本之先；而若改了袁本，当在袁本之后。

上文我在分析邓、谈两位的一些例证时，已从反面表达了我不同意穷本在先的意见，下面还从正面的角度来分析袁、穷两本的批语来看看它们的孰先孰后。

先从批语来看，穷本的批语数量大大超过了袁本，多出的部分主要是注音和“某某出世”之类，另有一些是完全相同或完全不同的文字，这类都很难比较其先后。但另有一些批语是两者有部分文字相同，就值得注意。在这类部分相同的批语中，几乎都是穷略袁详。今稍择5例，以观大概：

1. 第16回“只见这边一个客人从松林里走将出来，手里拿一个瓢，便桶里舀了一瓢酒”处，穷本有眉批：“奇计亦奇文。”袁本眉批则为：“机绪甚清，却做得手忙脚乱，使人眼花，又使人心稳，奇计亦奇文。”

2. 第68回“两边伏兵都摆在寨前，背后吴用军马赶来，尽数逼下坑去”处，穷本有眉批：“致于人。”袁本眉批则为：“用兵贵致人而不致于人如此。”

3. 第72回“宋江便唤燕青，付耳低言道：‘我要见李师师一面，暗里取事’”处，穷本有眉批：“在。”袁本眉批则为：“看灯主意在此。”

4. 第74回“他（燕青）虽是三十六星之末，果然机巧心灵，多见广识，了身达命，都强似那三十五个”处，穷本有夹批：“未必。”袁本夹批则为：“伏后结果，此伙中之留侯也。”

5. 第75回“非宋江等无心归降，实是草诏的官员不知我梁山泊里弯曲。若以数句善言抚恤，我等尽忠报国，万死无怨”处，穷本有眉批：“当时在朝人，何有一人爱国？尽忠报国□尔，说这尽忠报国话与□□听乎。”袁本眉批则为：“当时在朝的，那有一人爱尽忠报国的，说这话与谁听？但出自宋江口，则的确一字一金，消磨不得。”

这些例子，都给人以穷本批语是删节袁本批语而成的感觉，很难想象在穷本几个字的基础上发挥、敷演成袁本那样表述完整、情文并茂的句子。且有的已删节得令人不明是什么意思了，如第2、3、5例（个别似板损脱落或刷印不周所造成）。也有的似在反驳袁本的意见，如第4例。所以看来穷本未必在袁本之先。

总之，我认为，穷本的底本决不是郭本的重刻本；最接近郭本的还是天本、容本；袁本、郁本、芥本、穷本等无引头诗本都是从容本而来；在无引头诗本系统中，穷本似在袁本之后，芥本则再在穷本之后。在中国文化史上，特别是在明代文学史上，还是容本（或明刻清补的天本）《水浒传》最具代表性。

以上是读了邓雷《〈水浒传〉版本研究》稿后的一点想法，有的正是接着他的话说的，也有的与他并不相同，只是为了探讨学术的真相。包括对王利器先生，他曾给我教益良多，今也冒着大不敬之嫌而提了不少疑问，但这并不影响我内心对他无比的尊敬，在此我只是就事论事而已。凭心而论，我在《水浒》版本方面所下的工夫远逊于邓雷，又一时间仓促成文，其片面、狭隘之见在所难免，只是投砾引玉，希望能有助于《水浒》版本研究的深入而已。

序　二

齐裕焜

在古代几部小说名著中，《水浒传》版本最为复杂。鲁迅、胡适、郑振铎、何心、王古鲁、聂绀弩、严敦易、王利器、范宁、刘世德及海外学者马幼垣、白木直也、大内田三郎等对《水浒传》版本作过深入研究，取得很大成绩。在前人研究的基础上，邓雷经过十余年的艰苦努力，写成了这本《〈水浒传〉版本研究》。

邓雷这部著作全面、系统地梳理和研究了《水浒传》的版本，提出了许多创新的见解和判断，为《水浒传》版本研究作出了重要的贡献。

先说全面性。过去限于当时的条件，学者多是对某种版本作深入探讨，如对嘉靖残本、容与堂本、金圣叹本、评林本、刘兴我本、百二十回本等，但现知《水浒传》的版本不下 80 种，而学界只对其中的某个案作研究，显然是不够全面的。邓雷搜罗海内外所藏数十种《水浒传》，对过去未受关注的本子，特别是藏在海外的版本进行了研究。重点考察论述了 24 种《水浒传》版本，如都察院本、石渠阁补印本、钟伯敬本、汉宋奇书本、征四寇本、百二十四回本、三十卷本等。

其次是系统性。邓雷在研究过程中坚持点面结合的原则，不仅对单一的《水浒传》版本进行细致的分析研究，同时与其他版本进行比对，力求将其置于整个《水浒传》版本链条中进行研究。他以底本的刊刻时间为轴，通过细致的文字校勘、精确的数据分析以及详尽的文本比对等方法，对诸种《水浒传》版本系统进行判别，梳理版本源流，归纳版本特征。如简本部分，他归纳出评林本与英雄谱本大体为一个系统；刘兴我本、藜光堂本、慕尼黑本、李渔序本属于同一个系统，为嵌图本系统。繁本《水浒传》版本的演变沿着嘉靖残本→容与堂本系统（容与堂本、石渠阁补印本、钟伯敬本）→三大寇本→大涤余人序本→百二十回本→金圣叹本这样一条脉络发展。在简本和繁本的大系统下，邓雷还作了细致的考察，如他指出英雄谱本属于杂交本，主体上是评林本系统，但有些回数文字用了种德书堂本系统，百回故事部分的文字又用了钟伯敬本作了一些修改以及增饰。又如他对颇为学界关注的嘉靖残本作了研究，通过将嘉靖残本所存 8 回文字与容与堂本进行比对，发现嘉靖残本 8 回文字，其错误之处竟然高达 230 余例，嘉靖残本绝非善本。

第三是创新。研究角度上的创新，以往的版本研究多是正文的比勘与研究，本书则在正文之外，还通过插图与批语辨析《水浒传》版本的源流演变；研究方法上的创新，传统的版本研究方法多是版本校勘法、材料分析法、综合归纳法等，该书在此基础上还运用了理科的数据统计法，增强了版本问题讨论的客观性，减少了主观判断。

邓雷《〈水浒传〉版本研究》可能还存在一些疏漏甚至错误之处，但它是目前《水浒传》版本最完备的记载和考察，是《水浒传》版本研究的重要成果，对推动《水浒传》研究很有意义，是讨论《水浒传》思想、艺术价值的重要基础，对点校《水浒传》以及整理汇校本《水浒传》都有重要的指导价值。

邓雷能锲而不舍地专心研究《水浒传》版本，并取得一定的成绩。首先因为他热爱甚至痴迷于版本研究。邓雷大学本科是物理专业，因为对古代小说感兴趣，竟然考上了古代文学硕士生。这样人生道路上的转折是要有多大的勇气啊！他从此就痴迷于小说版本的研究。他只要知道哪里有《水浒传》的版本，就不惜代价，千方百计要去查访。如当他知道新疆大学有一部金批《水浒》，就马上要坐飞机去看，可惜那时新疆大学图书馆闭馆。后来是胥惠民教授和他的学生，征得馆长同意，多次奔波，费时一个多月才把版本的详细情况帮忙搞清楚。其次，应该说邓雷也是很幸运的，他硕士、博士、博士后在许勇强、涂秀虹、黄霖三位古代小说研究专家的指引下，开阔了视野，扩大了学术交流，得到了许多专家的帮助，奠定了古代小说研究的坚实基础。再次，就是邓雷的独特条件。他是从“理工男”华丽转身到我们古代文学领域里来的。他运用电子数字化，不用说比我们这些老朽强得多，就在他的同辈人中也是佼佼者。这为他搜集资料、进行版本比对等提供了极为有利的条件，才能高效率地完成这部著作。

在祝贺邓雷取得成绩的时候，我还想提出两点希望。

第一，是扩大研究范围。除继续深入研究《水浒传》版本外，还可以扩大范围，对其他古代小说作品版本进行研究。小说名著的版本研究成果已经很丰硕，但近年还有新的发现和争论，其他古代小说版本研究还有较大空间，可能还有古代小说被淹没，没有发现，特别是可能还深藏在国外图书馆。前些年不是还在韩国发现了《型世言》、在俄国发现了《姑妄言》的完整本吗？

第二，把文本、文献、文化结合起来研究。先师吴小如先生要求我们"'义理'、'考据'、'辞章'三者必兼而有之"。吴组缃先生认为单纯的考据，如作家生平和作品版本考据等是必要的，但他更提倡要把考据和研究作家作品的思想、艺术结合起来。就以《水浒传》版本来说，举个最简单的例子，如容与堂本和百二十回本第71回《忠义堂石碣受天文　梁山泊英雄排座次》都有一篇"单道梁山泊的好处"的赋，内容有很大差别，我就不赘述了，只举最后一句，容本作"休言啸聚山林，真可图王霸业"，而百二十回本则改为"休言啸聚山林，早愿瞻依廊庙"，突出了忠君思想。我们吴门弟子里，刘敬圻师姐《〈三国演义〉嘉靖本和毛本校读札记》、张锦池兄《西游记考论》《〈水浒传〉考论》都是很好的范例。

邓雷还比较年轻，不到四十岁，在祝贺他的著作出版之际，希望他继续努力，百尺竿头更进一步，取得更大的成就。

绪论　百年《水浒传》版本研究述略

一

《水浒传》版本的研究以胡适1920年《〈水浒传〉考证》为发轫之作，距今已百余年矣。在胡适最初的《〈水浒传〉考证》一文当中可用的《水浒传》版本仅有金圣叹删节本以及《征四寇传》两种。20世纪20年代至30年代是《水浒传》版本的快速收获期，这种收获不只表现在版本的研究上，更加表现在版本的发现上。

20世纪20年代到30年代，先后有学者从国外获得《水浒传》不同版本的消息，有的甚至远赴海外寻求中国古代小说与戏曲，如郑振铎远赴巴黎、孙楷第东渡日本等等。也正是因此，《水浒传》版本的发现基本上是经历了一个从无到有的过程。从1920年胡适发表《〈水浒传〉考证》到1929年发表《〈水浒传〉新考》，这十年时间里，胡适从只拥有1种金本到知悉8种现存的《水浒传》版本。1924年鲁迅先生《中国小说史略》中《元明传来之讲史》（下）中提到的《水浒传》版本也有6种之多。1929年郑振铎发表《〈水浒传〉的演化》一文所见到的《水浒传》版本更是有9种之多，而且有几种还与胡适所见到的不同。1930年日本神山闰次氏在日本《斯文》杂志上发表《水浒传诸本》一文，同年即被翻译出来，两次刊登于中国的报刊之上（一次在《大公报》，一次在《小说月报》）。而这篇文章也成了日后孙楷第编撰《中国通俗小说书目》"水浒传"条的主要参考资料。

1933年孙楷第《中国通俗小说书目》出版，里面载录的《水浒传》版本有18种之多，可以算得上是这个时期《水浒传》版本收集的集大成之作。赵孝孟在1932年孙楷第《中国通俗小说书目》尚未出版之时，按照孙楷第的原稿增补成文，发表《水浒传板本录》，里面辑录《水浒传》各种版本共计41种，当然并非所有的均为古本，有不少是译本以及排印本。

20世纪20年代、30年代乃至于40年代，《水浒传》版本研究所涉及的问题基本上都是日后版本研究的热点。首先是版本演变的问题。胡适虽然是《水浒传》版本研究第一人，而且也是最早接触各种《水浒传》版本之人，其1921年《〈水浒传〉后考》一文中就提到了多种《水浒传》版本，但是最先将《水浒传》分为繁本和简本的却是鲁迅先生。这一分类慧眼如炬，将《水浒传》版本分为繁本与简本之后，《水浒传》版本的脉络瞬间就清晰了不少。

但是问题也随之而来，繁本与简本何者为先？到底是繁先简后，简本是由繁本删节而成；还是简先繁后，繁本是由简本增饰而成。鲁迅先生认为是简先繁后，由于鲁迅先生的《中国小说史略》是研究小说的必读书目，所以此说影响非常之大。1928年俞平伯发表文章《论〈水浒传〉七十回古本之有无》，1929年郑振铎《〈水浒传〉的演化》一文，均持"简先繁后"之论。1935年化名稜磨的茅盾发表文章《〈水浒〉最初本的推测》中虽然没有明确"简先繁后"的观点，但是同样认为简本并非删自繁本，而是来源其他的旧本。而此时期支持"繁先简后"之说的学者非常少，除了胡适在《〈水浒传〉新考》中对鲁迅先生"简先繁后"的观点进行辩驳外，杨宪益1946年《〈水浒传〉古本的演变》也认为"繁先简后"。

其次是金本所谓古本有无的问题。相信金圣叹真有一种所谓的古本《水浒传》的代表人物是胡适。胡适在1920年发表《〈水浒传〉考证》之时坚定地相信金圣叹有一个所谓的古本《水浒传》，1921年发表《〈水浒传〉后考》之时，虽然观点有所动摇，但是依旧疑心嘉靖以前有一种七十回本，是金圣叹的底本。直到1929年发表《〈水浒传〉新考》之时，才修正了自己的观点，认为"最大的错误是我假定明朝中叶有一部七十回本的《水浒传》"。而其他的一些学者像鲁迅先生于1924年《中国小说史略》、俞平伯于1928年《论〈水浒传〉七十回古本之有无》、周木斋于1934年《金圣叹与七十回本〈水浒传〉》等之中，均认为金圣叹所谓古本为假托之词。

再次是李卓吾评本《水浒传》真伪的问题。对于这个问题此时期已经出现了三种看法：第一种认为容与堂本和袁无涯本批语均是伪托，鲁迅先生《中国小说史略》、胡适《〈水浒传〉新考》均持此种观点；第二种认为容与堂本是真本，袁无涯本是伪托，持这种观点的是郑振铎的《〈水浒传〉的演化》；第三种认为容与堂本是伪托，袁无涯本是真本，持这种观点的是戴望舒。戴氏从1941年到1948年先后发表了《袁刊〈水浒传〉之真伪》《李卓吾评本〈水浒传〉真伪考辨》《一百二十回本〈水浒传〉之真伪》三篇文章，三篇文章内容大同小异，均是证明袁无涯本是真本，容与堂本是伪托。三种观点，前两种鲁迅先生、胡适、郑振铎都是在文章中偶一提及，并没有过多的考证说明。只有戴望舒的文章是专论，有详细的考证。

此时期还有其他一些关于《水浒传》版本研究的文章，如孙楷第1941年发表的《〈水浒传〉旧本考》，对旧本《水浒传》作出四点推测，认为旧本《水浒传》有以下几种形态：第一为分卷本；第二为词话本；第三为元时书会所编；第四是南方书会所编。另外，孙楷第1932年所发表的《在日本东京所见之明本〈水浒传〉》也是极有分量的一篇文章，此文后来成为1932年6月出版《日本东京、大连图书馆所见小说书目提要》的一部分。对内阁文库本《水浒志传评林》、钟伯敬本、三十卷映雪草堂本、英雄谱本作出内容提要，其中评林本以及英雄谱本的内容介绍尤为详细，有不少真知灼见。

20世纪20年代至40年代《水浒传》的版本研究呈现出以下几个特征：一是研究者名家辈出，可以说一时间多少小说研究的好手、大家都聚焦于《水浒传》版本研究之上，如胡适、鲁迅先生、俞平伯、郑振铎、孙楷第、茅盾、戴望舒等等。二是观点百家齐放，上面所提到的《水浒传》版本研究的几个问题，基本上都没有呈现出一边倒的局势，而是求同存异，各家不同的观点并行而存。三是各家文章之中均有一些或大或小的舛误。由于这个时期《水浒传》版本研究处于刚起步阶段，很多方面的研究还在探索，既然是探索就免不了失误。以现在的眼光来看这个时期的成果，各家的研究都存在或多或少的问题。

如1920年胡适《〈水浒传〉考证》一文，由于此时胡适还没有见到过其他的《水浒传》简本，所以认为《征四寇》是原百回本的一部分，而且是元朝人所写。其实《征四寇》是简本《水浒传》中百十五回本的后半部分，并非什么元朝人的原本百回本的内容。

再如1929年郑振铎《〈水浒传〉的演化》一文中问题不少：1. 郑氏认为郭勋本并不是刻于郭勋生前，而是其死后，误。且郑氏将郭勋的死亡时间弄错。2. 郑氏认为现存百回本、钟本就是郭本，误。3. 郑氏认为巴黎残本《水浒传》和余象斗所刊《三国志传》版式完全相同，误。现今知道此二者版式肯定不相同，《三国志传》还有一栏评语栏，而巴黎残本《水浒传》则没有。余象斗确实刊刻了《水浒志传评林》，但此本并非巴黎残本。且1927年郑氏发表文章《巴黎国家图书馆中之中国小说与戏曲》之时，还没有将巴黎残本跟余象斗联系起来，也仅仅认为插增的故事是无名氏所为，并未认为是余象斗。4. 将余象斗的姓名字号弄错。5. 郑氏认为容本、钟本、李玄伯藏本文字完全相同,误,其实还是有不小的差异。6. 郑氏认为金本是顺治间才出现,误。

二

20 世纪 50、60 年代是《水浒传》版本研究的沉淀期。何为沉淀期?1. 这个时期的研究人员相较于上个时期已经更换了一批,阵容虽然没有上一批强大,但却是《水浒传》研究领域乃至古代小说研究领域的专家,如何心、王利器、王古鲁、严敦易、马蹄疾等。2. 讨论的热点虽然没有上一时期那么多,但研究更加深入、全面。3. 这一时期由于《水浒传》诸多版本已经在上一时期搜罗殆尽,虽然不少研究者并不能看到搜罗的所有版本,但是这一时期的版本研究更趋于稳定,舛误相较上一时期为少。

这一时期的版本研究以三个学者、两本书为中心。三个学者是王利器、王古鲁、马蹄疾,两本书是《水浒研究》和《水浒传的演变》。

王利器是研究《水浒传》的大家,他参与了人民文学出版社 1954 年版《水浒全传》的校订,看过的《水浒传》版本应该是同时期人里面最多的,同时对《水浒传》的版本也进行过细致的校勘①。这个时期王利器发表了两篇文章:其一为 1954 年《关于〈水浒全传〉的版本及校订》,对天都外臣序本(石渠阁补印本)《水浒传》有一个细致的介绍。谈到此本是一个邋遢本,经过两次补刊等。其二为 1955 年《〈水浒全传〉田王二传是谁所加》,其中对李卓吾批点《水浒传》各种史料的考察十分之详细。文章首先证明《水浒全传》田王二传为后人所加,并非原本所有。随后列出可能参与插增田王二传的三个人选:袁无涯、杨定见、冯梦龙,最后得出袁无涯是主要的修改人。不得不说,王利器真的是材料收集的大家,写出来的文章,内容详实,考订精审,可以增述的地方真是不多了。

王古鲁是一位对古代小说、戏曲都有大贡献的人,他到日本访书带回来了多种《水浒传》的本子。这个时期他发表了三篇《水浒传》版本的研究文章,分别是:其一,1955 年《读〈水浒全传〉郑序》,此文是王氏对人民文学

①天津图书馆所藏《水浒全书》,其中有一部乃王利器先生旧藏,书中有不少校勘文字。

出版社1954年郑振铎、王利器等整理的《水浒全传》书前郑振铎所作的序言提出的一些见解。这些见解与郑振铎的看法存在不小的差异,如郑氏认为自己所藏残本为嘉靖郭勋本,而王氏认为郑藏残本5回并非郭勋本;郑氏《水浒全传》所用底本为石渠阁补印本,但王氏认为石渠阁补印本是容与堂本并不是很忠实的覆刻本,是一个“百孔千疮”的版本,署名天都外臣的序言是清初补刻,而非原本所有,这样的版本并不适合当底本;郑氏根据袁本《发凡》推知原本没有征辽故事,而王氏认为袁本《发凡》是冒充李卓吾所写,《水浒传》原本有征辽故事。

其二,1957年《读〈水浒全传〉郑序及谈〈水浒传〉》,此文除了包含前篇文章《读〈水浒全传〉郑序》之外,还有《谈〈水浒传〉》部分。其中对前一阶段的一些热点问题作出探讨,如认为容与堂本才是真正的李评本,《水浒传》的版本是繁先简后,“文简事繁之百十回本,源出于《水浒志传评林》本,而‘评林’本实在是根据古本百回本(容与堂本的底本)删节而成的,确不是出于今行之百回本”。

其三,1958年《谈〈水浒志传评林〉》,此文对评林本有一个细致的考察,认为评林本是简本的祖本。同时文章中有评林本与100回容本回目的比较,对评林本省并回数进行了考察。但是由于受到郑振铎的影响,王古鲁对巴黎残本的推测有误,认为巴黎残本与评林本是同一系统。

王古鲁是一位书斋型学者,其对《水浒传》版本的研究基本上都是以事实材料为依据,在大量校勘的基础上论断,既不盲从也不标新立异。但尤为可惜的是,王氏还有两篇关于《水浒传》版本研究的文章,十分有分量,王氏的文章中曾提到过,但是没有流传下来,分别是《水浒全传校勘之校勘》与《水浒传现存各本的关系》。

马蹄疾是《水浒传》研究的专家,对《水浒传》有突出的贡献。他所编撰的两部《水浒传》工具书籍《水浒资料汇编》与《水浒书录》是《水浒传》研究者案头的必备书籍,给研究者们提供了不少的便利。此时期是他《水浒传》研究的积累期。1961到1962年间,马氏先后在《文汇报》发表了7篇文章,均是有关《水浒传》版本的介绍。有三槐堂本、郑振铎藏嘉靖残本、容与堂本、袁无涯钞本、日本翻刻本、李玄伯藏本、刘兴我本。这些关于《水浒传》版本的介绍文章以后均被收录于1986年《水浒书录》之中。

《水浒研究》一书是何心的力作,也可以算得上是《水浒传》研究的必读书籍。此书最开始是以单篇文章的形式在1951年10月20日至12月3日的《大公报》上连载,其后集结成书,1954年由上海文艺出版社出版。1957年由古典文学出版社再版,1985年由上海古籍出版社三版。三个版本的内容有一定的差距,其中1957年版在1954年版的基础上改易不少,1985年版与1957年版相比,在版本章节上相差不大。论述何氏的文章以1957年版与1985年版为主,兼及1954年版。

《水浒研究》一书涉及《水浒传》版本的章节共有3章,分别是第三章至第五章,“水浒传的版本”“简本与繁本的不同”“水浒传的演变”,其中第四章“简本与繁本的不同”,1954年版作“各种版本的不同”。第三章“水浒传的版本”中,1954年版按简本、繁本的顺序编排,1957年版、1985年版按繁本、简本的顺序编排,1954年版简本有3种,110回、115回、124回,到了1957年版简本有了5种,多了三十卷本和评林本,之后的1985年版,则有了8种,115回本中多了几种。1954年版繁本只有5种,100回3种(容本、李玄伯本、钟本)、120回本、70回本。1957年版6种,100回多了1种,为天都外臣序本。1985年版同于1957年版。另外,1954年版有巴黎残本、三十卷残本、评林残本。1957年版残本为巴黎残本和嘉靖残本。1985年版同1957年版。1957年版、1985年版有佚本4种。

何心认为简先繁后,并且开列三条详细的理由:1.简本回目拙劣幼稚,繁本回目工整,简本是原始形态,繁本经过加工。2.曰和道的差别,简本说话均用“曰”,而繁本说话均用“道”,但是繁本在第1回还保存了几处用“曰”的痕迹,可见繁本是逐渐修改。3.百十五回(简本)有百回、百二十回(繁本)没有的诗句,可见这些多出的诗句被繁本删节了。何氏虽然认为百十五回本成立在诸繁本之前,但是同时认为此本是经过删节的版本。此本有一种祖本,祖本在各种版本之前。何氏的简先繁后说将鲁迅先生提出的简先繁后说发扬光大,不仅仅因为《水浒研究》此书的影响之广,也因为何氏给出了自己明确的论据。但是无论此说正确与否,需要指出的是,何氏此说所用的简本是众简本中刊刻时间颇晚的百十五回《汉宋奇书》本。

除此之外,何氏对其他的一些版本问题也给出了自己的看法,如认为郑藏残本也是一种成立很早的版本;征辽、田虎、王庆是原本所有,并非插增;李评本为袁无涯本等等。

《水浒传的演变》1957年由作家出版社出版,作者是严敦易,严氏是古代小说、戏曲研究的专家。此书虽然没有《水浒研究》一书流传广泛、影响深远，但却是一部功力十分深厚的作品，材料之丰富、引证之详实，即使时隔近60年也极具参考价值。

此书从书名可以看出，是对《水浒传》的演变做出总览式的研究。严氏的研究虽多有精心独撰之处，但是却并不把版本研究放在主要位置，而是以《水浒传》的演变为研究方向，对各种版本的研究态度是藉供参考和应用。

严氏在《水浒传》版本方面的一个创见是提出《水浒传》版本的二元说。何为二元说，在之前出现《水浒传》简本与繁本先后的说法，要不然就是简先繁后，要不就是繁先简后。严氏认为这两类版本不分先后，它们有各自的源头。后来的繁、简本之所以出现不同，是因为校订编订者的不同，并不一定是繁先简后，也不一定是简先繁后，而是并行。个别的繁本是简本的加工，或简本是繁本的删节。简本有过删节，但只是引首的诗词，而内容上却是增入。

严氏对古本《水浒传》也进行了一些推测：1. 最初的《水浒传》是分则的；2.《水浒传》最初本文字质俚、风格粗朴、叙事描摹相当拙劣；3. 征辽、田虎、王庆三部分是插增进去的；4.《水浒传》的前身是话本等，不可能先有一个祖本，然后再由祖本辗转分化。同时，严氏对郑藏残本是否为郭本存疑。对袁本的凡例也表示怀疑，认为所谓郭本的移置阎婆事是杨定见所为，“去田王而加辽国”也是谎话。对郭勋本删节一事，严氏将郭本删的部分与《小五义》类比，认为删去的有诗词，也有小故事之类。

三

20世纪70年代，尤其是在1978年之前，《水浒传》版本研究，乃至于整个文艺研究由于历史时代的客观原因，都进入到一个空前的低谷期。虽然这个时期也有一些文章对《水浒传》的版本进行介绍，但均是简单得不能再简单的叙述，有不少介绍还存在一些问题。此时期差强人意的一篇文章算是1975年李滋的《〈水浒〉的版本和〈水浒〉的政治倾向》，此文关于版本的论述还算详实，其中配有四幅插图，由于作者的单位是中国科学院文学研究所（现在的社科院），因此得以见到这些版本，可以对孙楷第书目进行补足。另外，1975年在上海图书馆还发现了一个比较重要的《水浒传》残叶，书题

《京本忠义传》,与现存诸繁简本均不同。1975年顾廷龙、沈津撰文《关于新发现的〈京本忠义传〉残页》予以介绍,可惜的是同样由于时代的原因,并未引起关注。

1978年至20世纪80年代,《水浒传》版本研究经历了一个沉淀期以及一个低谷期之后,终于迎来了爆发,到达了自己的高峰期。以现在的眼光来看,这个时期甚至可以算得上是《水浒传》版本研究的巅峰期。一般巅峰期的标志就是作者众多、文章众多。毫无疑问,这个时期《水浒传》版本研究如是,研究的人员骤增,许多研究者加入到了《水浒传》版本研究的队伍中来,而文章的数量几乎为其他时期《水浒传》版本研究文章的总和。

除了以上明显的特点之外,这个时期还有其他几个特点:1.发表的研究文章不仅有国内的,还有不少国外的也通过译介得见,让研究者能够知道国际的动态。2.《水浒传》版本研究的热点问题,在这个时期都得到了深入的讨论,各个问题几乎都存在不同的观点以及看法。3.不同观点之间的交锋也是此前所罕见,此时期的文章已不像之前,学者各人写各人的文章,寻找证据得出结论,而是与前人与同时期的人进行各种辩难,从而使自己的结论得以站住脚跟。

下面是讨论最为激烈的几个问题:一是到底何者为李卓吾评本的真本。这个问题自从提出来后,断断续续有人进行过讨论,但是发文如此密集,讨论如此激烈,这个时期还是第一次。基本上来说,主要有三派意见,除了认为容本和袁本均为真本之外,其他的三种意见均有人支持:1.认为容本为真、袁本为伪者,如陈洪、龚兆吉、朱恩彬等;2.认为袁本为真、容本为伪者,如王利器、叶昼、欧阳代发、严云受等;3.认为容本与袁本皆为伪者,如崔文印、黄霖师、赵明政等。

此时期最先提出这个问题的是王利器1979年《〈水浒〉李卓吾评本的真伪问题》,这篇文章的部分内容王氏在1955年《〈水浒全传〉田王二传是谁所加》中已经提到过,文章是用外证的方法证明袁本为李卓吾批本,罗列材料十分丰富。之后三种意见的文章一齐出现,1980年崔文印《袁无涯刊本〈水浒〉李贽评辨伪》一文,认为袁本、容本均非李贽所批,此文列证钱希言《戏瑕》中所说的叶昼伪评本是袁本而不是容本。并根据钱希言、盛于斯、周亮工的记载断定袁本为叶昼作伪,使用的同样是外证的方法。1981年陈洪《〈水浒传〉李卓吾评本真伪一辨》一文首次使用了内证的方法证明容本批语观点与李贽观点相符，而袁本则不相符，认为容本真而袁本伪。1981年叶朗《叶昼评点〈水浒传〉考证》运用内证证明，容与堂本回末总评中李贽的名号太过花哨，与李贽其他文章不类；容与堂本批语内容与《忠义水浒传序》相矛盾。运用旁证证明，容与堂本《李卓吾先生批评忠义水浒传》的批语与《李卓吾先生批评三国志》的批语出于同一作者之手，《李卓吾先生批评三国志》的批语可证出于叶昼之手，那么容本也为叶昼伪托本，最终认为容本为伪、袁本为真。1982年黄霖师《〈水浒全传〉李贽评也属伪托》认为容本和袁本均非李贽所评。文章认为容本为伪评，而袁本有不少批语与容本或相同、或相似、或是改造的，那么袁本也是伪本。同时，文章对历来认为袁本为真本的四条证据逐一进行了反驳。另外，文章还提到袁本依据容本的批语进行删诗或者删文。

以上几篇文章可以称得上是三种观点的代表性作品，之后进入到了群雄逐鹿的时代。1983年龚兆吉《〈容本〉李评为叶昼伪作说质疑》，认为容本《水浒传》为李贽所评。文章首先对明清文献中列述叶昼伪造容批的材料进行反驳；其次从叶昼的人品，叶昼对《水浒传》、李贽所抱的偏见入手，认为容批不可能是叶昼伪批；最后认为容本批语中，用语、思想内容都与李贽的政治观点、艺术观点、美学观点完全一致。1984年赵明政《〈水浒全传〉李贽评也属伪托补证》，是对黄霖师一文的一些补充。1984年欧阳代发《袁刊本〈水浒〉李评确出李贽之手辨》，此文是对龚兆吉文章的辩驳，认为龚氏那些容本中跟李贽思想艺术相同的批语，在袁本中也有，并不能说明什么，而要回到《忠义水浒传序》这篇文章中来。容本的批语与序中的观点相左，而袁本批语却是正合。1984年朱恩彬《李贽评点的〈水浒传〉版本辨析》，此文认为容本真、袁本伪，认为《小引》乃是伪造。主要针对叶朗的文章进行辩驳，外证、内证均有所反驳。1984年欧阳代发《何者为〈水浒传〉李贽评本真迹》，对朱恩彬文章进行辩驳。

20世纪80年代这次看似热闹非凡的李卓吾真伪评本之争，其实内中存在不少问题。首先，存在非此即彼、缺乏辩证的思维。像不少学者觉得李卓吾评点《水浒传》无可置疑，那么容本和袁本中必定有一者为真本，其实也有可能这二者均不是李卓吾所评点的本子。其次，主观臆断。无论是内证还是外证，大多选择对自己有利的证据。若外证对自己有利则采用，不利则弃用或者随意解读，认为文献记载有误，或者不足取信，而没有开列充足的证据。内证则选择对自己观点有利的以偏概全,而一部《水浒传》批语数千条之多,要找十数条符合自己观点的批语何其简单。若是旁证则有的本身就没有证明真假与否,就轻易使用。这些问题在诸多文章中或多或少都有存在。

二是繁本与简本的问题。自鲁迅先生提出简先繁后之论后,何心将这一说法集其大成并广泛传播开来。从 20 世纪 20 年代到 80 年代,这 50 余年间简先繁后论压倒了繁先简后论,为学术界大多数人所支持。而这个时期应该算是简先繁后论最后的辉煌以及遗响,在这之后繁先简后论成为了《水浒传》版本演变的主流声音。

这一时期持简先繁后论最得力的干将是聂绀弩,聂氏是这个时期为数不多的能得见众多《水浒传》版本的研究者之一,各简本、繁本都得以亲见,这也为其简先繁后论增添了厚重的砝码。同时,聂氏的文章也在前人的基础上,尤其是何心简先繁后论的基础上继续深入挖掘,使得简先繁后论达到了一个极致的巅峰状态。聂氏的简先繁后观其实由来已久,早在 20 世纪 50 年代写作《水浒传》文章之时,所持即是这种观点,只是并未详细论证。1980 年聂氏发表《论〈水浒〉的繁本和简本》一文,从题署不同、版式不同、分卷分回不同、回目不同、回末联语不同、引首的有无、"曰"与"道"及其他个别用字不同、文字不同等,得出简本在先、繁本在后,繁本是由简本加工而来这样一个结论。相较于何心所举三条证据证明简先繁后,无疑聂氏所开列的证据要更加全面,更加有力。同时,在征引例子之时,聂氏所用的版本也十分之丰富,计有刘兴我本、汉宋奇书本、评林本、英雄谱本、百二十四回本、三十卷本、容与堂本、钟伯敬本、袁无涯本、大涤余人序本、金圣叹本等。同时,此文不仅对简先繁后之说做出了集大成式的研究,而且还对前人各种繁先简后的理论作出辩驳,所针对的对象有胡适、孙楷第等。

在这个时期另一个支持简先繁后论的研究者是何满子,1982 年《从宋元说话家数探索〈水浒〉繁简本渊源及其作者问题》一文,何氏认为在《水浒传》的发展过程中,删繁就简的情况有过,但是这不妨碍简本之早出于繁本。何氏认为简本出自"讲史",繁本导源于"小说",简本形成在前,繁本"集撰"于后。

另一方面,这个时期繁先简后论肇其始者是王根林、张国光二位。王根林 1980 年《论〈水浒〉繁本与简本的关系》,用评林本与天都外臣序本对勘,得出评林本是当时书坊庸贾为牟取利润、删节百回本而成。由于删节时粗制滥造，故书中保存着许多脱胎于繁本的痕迹，这种情况在全书不下八九十处，王氏列举了十个例子。同时，王氏对何心简先繁后的二条证据一一作出了辩驳。

张国光 1980 年《鲁迅以来盛行的〈水浒〉简本“加工”为繁本说的再讨论》，全面肯定了繁先简后的观点，并对聂绀弩简先繁后的观点逐条进行辩驳，其间也附带驳斥了其他一些人简先繁后的观点。其后 1987 年张氏再次撰文《再评聂绀弩等先生的〈水浒〉简本先于繁本说》，继续对聂氏的文章进行反驳，此文比前文更加细致。对聂文中出现的每一个论点都进行了反驳，在反驳中重申自己繁先简后的观点。

这个时期支持繁先简后论的学者还有 1982 年范宁《〈水浒传〉版本源流考》、1982 年白木直也《〈水浒传〉的传日与文简本》、1982 年大内田三郎《〈水浒传〉版本考——中心是繁本和简本的关系》、1983 年周学禹《论〈水浒〉繁本与简本的先后关系》、1983 年陈辽《郭刻本〈水浒〉非〈水浒〉祖本——兼谈〈水浒〉版本的演变》、1987 年傅隆基《从“评林本”看〈水浒〉简本与繁本的关系》等。可以说，自 1980 年繁先简后论再次提出后，此观点开始成为学术界的主流观点，而简先繁后论之后即使再有被提及，也没有产生多大的影响。

此时期还需要注意的版本演变观点有两种，一种是欧阳健 1983 年《〈水浒〉简本繁本递嬗过程新证》，认为《水浒传》版本经历了三个阶段，第一阶段是从“有田王而无辽国”简本发展为“去田王而加辽国”繁本，第二阶段“有辽国而无田王”之繁本删节为“有辽国而无田王”之简本，第三阶段“添加改造后的田王”之繁本产生前后，出现了“插增旧本田王部分”之简本。虽然欧阳健提出三阶段繁简说，但是其中不少版本都是假想，并未真实存在，也没有证据，像“有田王无辽国”的简本、“有辽国无田王的”的简本都是没有发现的版本。所以，将这两种假想的版本除去的话，欧阳健的观点基本上可以简化为繁先简后说，当然，欧阳健在文中也承认现存本中是简本删自繁本。

另一种是 1988 年夏梦菊《水浒演变史新论（上）》、1989 年夏梦菊《水浒演变史新论（中）》。夏氏认为现存的繁本与简本并无直接的关系，既不是删繁就简，也不是补简为繁。在繁简本之间有一种版本存在，这种版本较繁本为简，较简本为繁，它属于《水浒传》的祖本。繁本以这种祖本为底本进行增饰，简本以这种祖本为底本进行删削。而夏氏更进一步认为《京本忠义传》就近似于这种祖本。李国才 1985 年《论巴黎所藏〈新刊京本全像插增田虎王庆忠义水浒传〉》一文也基本持此论断。

20 世纪 80 年代中期《水浒传》版本研究发生了一场闹剧，即《古本水浒传》的真伪之争。此《古本水浒传》并非是金圣叹所谓的古本，而是梅寄鹤所序《古本水浒传》。之所以说这场论争“闹”，是因为这场论争参与人数众多，许多研究古代小说、《水浒传》的学者都参与其中，像王利器、吴小如、陈曦钟、陈辽、刘冬、张国光等。而且相关文章发表数量众多，光 1986 年到 1990 年这五年之间所发表的论文就有二十余篇之多。之所以说这是一场“闹剧”，是因为从 1986 年开始这部《古本水浒传》就被众多专家学者认为是伪本，而支持此本为真本的只有《古本水浒传》的校勘者蒋祖钢等寥寥数人。直到 1992 年张国光发表文章《伪中之伪的 120 回〈古本水浒传〉剖析》，在文末附录梅寄鹤女婿王天如所撰《梅寄鹤生平简介》和《关于〈古本水浒传〉》二文，以证词形式证明《古本水浒传》后五十回为梅寄鹤伪撰。之后这一场《古本水浒传》真伪之争才基本上告一段落，但是余波却一直持续到 21 世纪初。

除此之外，80 年代《水浒传》版本的学术交锋还有罗尔纲试图通过一系列文章证明《水浒传》的祖本只有 71 回。如 1984 年《从罗贯中〈三遂平妖传〉看〈水浒传〉著者和原本问题》、1988 年《从〈忠义水浒传〉与〈忠义水浒全传〉对勘看出续加者对罗贯中〈水浒传〉原本的盗改》、1990 年《关于用罗贯中〈三遂平妖传〉对勘〈水浒传〉著者和原本的问题》等。主要依据《水浒传》与《三遂平妖传》中赞词的异同得出《水浒传》的祖本只有 71 回，多出的部分均为续加。而商韬、陈年希 1986 年《用〈三遂平妖传〉不能说明〈水浒传〉的著者和原本问题》、徐朔方 1986 年《〈平妖传〉的版本以及〈水浒传〉原本七十回说辨正》三位对罗尔纲此说进行反驳，他们认为《平妖传》《水浒传》赞词的相同，并不是因为二书有相同的作者，而是赞词是古代小说家所袭用的，并且赞词相同并不仅局限于前 71 回。

黄霖师 1980 年《一种值得注目的〈水浒〉古本》、聂绀弩 1983 年《怀或本〈水浒〉》、欧阳健 1983 年《吴从先〈读水浒传〉评析》、侯会 1988 年《再论吴读本〈水浒传〉》对吴从先读本《水浒传》给出了各自的看法，其中尤其以侯会之文值得重视，新见迭出，颇有价值，不仅给出了吴读本版本学上的定位,同时也指出了其在成书上所具有的价值。

本时期尤其要重视的是,已经开始有了对《水浒传》版本本身进行研究的文章,主要研究者就是日后可称为《水浒传》版本研究两人支柱的刘世德与马幼垣。此二位在80年代发表的论文有刘世德的1984年《谈〈水浒传〉映雪草堂刊本的概况、序文和标目》、1985年《谈〈水浒传〉映雪草堂刊本的底本》、1986年《谈〈水浒传〉刘兴我刊本》、1988年《雄飞馆刊本〈英雄谱〉与〈二刻英雄谱〉的区别》、1989年《钟批本〈水浒传〉的刊行年代和版本问题》,马幼垣的1981年《牛津大学所藏明代简本〈水浒〉残叶书后》、1983年《影印两种明代小说珍本序》、1984年《呼吁研究简本〈水浒〉意见书》、1985年《现存最早的简本〈水浒传〉——插增本的发现及其概况》、1985年《梁山聚宝记》、1987年《影印〈评林〉本缺叶补遗》、1988年《嵌图本〈水浒传〉四种简介》。研究的版本囊括映雪草堂本、刘兴我本、英雄谱本、钟伯敬本、插增本、评林本、嵌图本等等。这些研究得出的结论均成为日后研究这些版本的基本依据,为广大研究者所引用。

其他的一些研究者尚有官桂铨1982年《〈水浒传〉的藜光堂本与刘兴我本及其它》对刘兴我本、藜光堂本作出研究,刘冬、欧阳健1983年《关于〈京本忠义传〉》、李骞1985年《〈京本忠义传〉考释》对京本忠义传作出研究,曦钟1983年《关于〈钟伯敬先生批评水浒忠义传〉》对钟本作出研究,李国才1985年《论巴黎所藏〈新刊京本全像插增田虎王庆忠义水浒传〉》对巴黎残本作出研究,陆树崙1985年《映雪草堂本〈水浒全传〉简介》对映雪草堂本作出介绍。

虽然这个时期诸本《水浒传》版本本身的研究有突破性的进展,而且也确实取得了很大的成就。但是需要注意的是,研究队伍庞大、文章数量众多的《水浒传》版本自身的研究,还是处于比较低级的层次。基本上是对版本的版式行款、刊刻时间、回目、序文等外在的形式进行研究,而真正对诸本《水浒传》正文文字作出比勘,然后得出可靠性结论的文章还十分之少。

四

时间降及20世纪90年代,经历了80年代《水浒传》版本研究的巅峰期之后,本时期的研究逐渐冷却下来。虽然有《古本小说丛刊》和《古本小说集成》中众多《水浒传》版本的影印出版，但是并没有在《水浒传》版本界掀起多大的波澜，一切还是有条不紊地进行着，研究的方向以及范畴依旧延续着此前某些热点问题。

首先是李卓吾评本真伪问题，依旧是群雄纷争。王辉斌1991年《李贽批评〈水浒〉真伪考论》认为容本与袁本均为伪本，容本为伪本乃是因怀林《述语》作伪，袁本为伪本则是杨定见《小引》作伪，但是文章同样认为袁本是以李贽评点的稿本作为底本进行刊刻。佐藤炼太郎1991年《关于李卓吾评〈水浒传〉》认为容本为叶昼伪评，袁本还是反映了李卓吾的批点意图。任冠文1999年《关于李贽批评〈水浒传〉辨析》则认为袁本为伪，容本较为接近真本。值得注意的是，日本无穷会本《水浒传》的消息1985年经由范宁传回国内后，王利器1994年《李卓吾评郭勋本〈忠义水浒传〉之发现》一文已经认为真正的李卓吾评本是无穷会本。

其次是郭勋本的问题也成为此时期的热点。比之之前的论文，此时期的文章有了更明确的论述。章培恒1991年《关于〈水浒〉的郭勋本与袁无涯本》一文，虽然其中存在不少的问题，但却是一篇十分有分量的文章。其间认为郭勋本更多地保存了袁无涯本的特点。竺青、李永祜1997年《〈水浒传〉祖本及"郭武定本问题"新议》认为郑振铎藏嘉靖残本是郭勋本，所依据的证据是将嘉靖残本与《白乐天文集》《三国志通俗演义》《雍熙乐府》三种郭勋所刻之书比较，从用纸、字体、题署、版式行款、书板尺寸等方面判别异同。此文的研究方法易名1985年《谈〈水浒〉的"武定板"》一文已有提到，但是不如此文详尽。王利器1994年《李卓吾评郭勋本〈忠义水浒传〉之发现》则认为日本无穷会藏本是郭勋本。

再次是《水浒传》版本本身的研究。这个时期扛大梁的依旧是刘世德，此时期他有三篇专门针对版本本身的研究。分别是1993年《论〈京本忠义传〉的时代、性质和地位》《谈〈水浒传〉双峰堂刊本的引头诗问题》、1995年《〈水浒传〉袁无涯刊本回目的特征》。其中双峰堂本一文对双峰堂删除或是移置引头诗做了详细的考察工作，认为删诗、移诗主要是缩减篇幅、节省工料，而没有什么特别的理由。同时，文章认为以引头诗而论，评林本的底本是天都外臣序本。袁无涯本一文把袁本的回目跟几个版本作了一个比较，然后得出一些结论。京本忠义传一文则是颇有创见的一篇文章，在此之前已有多篇文章对《京本忠义传》进行介绍和研究，然而无论是顾廷龙、沈津，还是刘冬、欧阳健，抑或是李骞，均认为《京本忠义传》是繁本。只有张国光认为《京本忠义传》是早期的简本，可能为万历初的刻本。不得不说，张氏此一判断，眼光独到，但是并没有给出太多实质性的证据。而刘世德此文则列举了颇多的证据，首先认为卷数不足以判断版本的繁简；其次从字数、正文、书名等方面看，《京本忠义传》是一种简本；最后认定《京本忠义传》是福建建阳刊本，而且是一种过渡本。

此时期值得注意的是，发生在世纪之交的金圣叹是否腰斩《水浒传》之争。此事件的起因是周岭1998年发表了《金圣叹腰斩〈水浒传〉说质疑》一文，对此前所有认定金圣叹腰斩《水浒传》的论述进行了辨析，再通过分析王圻的《稗史汇编》和胡应麟的《庄岳委谈》等材料，认为金圣叹之前就有一部古本《水浒传》，金圣叹并未腰斩《水浒传》。此文周岭早在1989年就发表在《淮北煤师院学报》（社科版）上，但可能受限于期刊的关注度，并未引起反响。直到1998年发表在权威期刊《文学评论》后，周岭此文引起了很大的轰动。其实这也是必然的，以单篇专论文章出现，如此详细地考证金圣叹并未腰斩《水浒传》，这应该是第一篇。

周文发表之后，马上受到多方驳难。王齐洲1998年《金圣叹腰斩〈水浒传〉无可怀疑：与周岭同志商榷》、崔茂新2000年《从金评本〈水浒传〉看"腰斩"问题》、张国光2001年《鲁迅等定谳的金圣叹"腰斩"〈水浒〉一案不能翻》均对周文表示反对，认为金圣叹腰斩《水浒传》绝无可疑。其中以王齐洲之文最具代表性，辨析有理有据，即使是此问题的决定性证据，也轻描淡写地抹去了。

由王圻《稗史汇编》的材料引起金圣叹之前就有古本的看法由来已久，并非只是少数人的观点。像周邨1962年《书元人所见罗贯中〈水浒传〉和王实甫〈西厢记〉》中认为金本很可能就是《稗史汇编》中提到的这个版本。陈辽1983年《郭刻本〈水浒〉非〈水浒〉祖本——兼谈〈水浒〉版本的演变》一文中根据王圻《稗史汇编》，推测金圣叹可能真有一种古本。欧阳健1983年《〈水浒〉简本繁本递嬗过程新证》一文也根据王圻《稗史汇编》中所言，觉得金圣叹得到了一种古本，在《水浒传》成书的过程中存在过。周维衍1985年《罗贯中〈水浒传〉原本无招安等部分》大致也持此论。另外，颇为有名的还是罗尔纲1987年《金圣叹贯华堂〈水浒传〉的问题》一文，此文除了依据王圻的例子外，还提到了徐复祚《三家村老委谈》的例子，认为确实有这么一个70回古本的存在，只是罗氏认为这个古本并不是金圣叹本。

五

进入21世纪之后，在这十余年时间里，《水浒传》版本研究依旧稳步前进。虽然研究的点并不集中，覆盖面十分之广，学者也基本上是于寒斋之中埋头苦学，只顾做着自己的学问，而缺少对某些问题的交流与论争，但是新时期的研究还是出现了一些新的特征。

第一，用新方法与新视角研究《水浒传》版本。

之前的《水浒传》版本研究，虽然对《水浒传》版本本身的研究颇为稀少，但是在研究的过程中基本上还是以正文作为主要的依据。而新时期《水浒传》版本研究的视角已经不仅仅局限于正文，插图以及评点都被纳入到了研究的范畴。插图方面，李金松2000年《〈水浒传〉大涤余人序本之刊刻年代辨》通过考察大涤余人序本版画刻工的活动年限，得出大涤余人序本刊刻于袁无涯本之后、芥子园本之前，不能成为袁无涯本底本的结论。陆敏、张祝平2012年《二刻〈英雄谱〉中〈水浒传〉插图摹刻钟惺批本插图考》通过以下三个证据：二刻本的插图有的未见于回目，而钟本回目中却有；英雄谱本有田王二事，但是插图中却完全没有反映；二本插图顺序出现混乱，论证了二刻英雄谱本的插图描摹了钟评本的插图。乔光辉2013年《"无知子"像赞与〈水浒传〉钟评、李评关系探微》通过考证钟评本插图中"无知子"之名即为叶昼，得出钟评本实即叶昼托名而作。

评点方面，邓雷2013年《遗香堂本〈水浒传〉批语初探》通过比较遗香堂本与芥子园本批语，得出此二者均为大涤余人序本系统，但是二者的批语均不完整，二者有共同的祖本。邓雷2014年《袁无涯刊本与大涤余人序本〈水浒传〉关系考辨》通过对袁无涯本系统批语与大涤余人序本系统批语作出细致的考察，得出此二者有共同的祖本，祖本的面貌与大涤余人序本相近而与袁无涯本相远。邓雷2015年《钟伯敬本〈水浒传〉批语略论》通过对钟本以及容本批语进行比较，得出钟本继承了容本批语，但又在此基础上有所改造，钟本与容本相异的批语，尤其是其中改造过的批语，有着自己的评点倾向，此倾向与容批不同。邓雷2015年《无穷会本〈水浒传〉研究——以批语、插图、回目为中心》，通过考察林九兵卫刊本与无穷会本的批语，得知大涤余人序本、袁无涯本的底本为无穷会本。

第二，用新理念研究《水浒传》版本。

郭英德2005年发表了《中国古代通俗小说版本研究刍议》一文，文章中谈到中国古代通俗小说的版本研究，不仅仅是要通过对一部通俗小说各种版本之间的关系、差异、优劣高下的考证鉴别，为现代读者介绍和推荐其最可靠的或最合适的文本，更重要的是应该综合运用异同比较法、源流梳理法、内涵阐释法、文化寻因法等版本研究方法，探究中国古代通俗小说版本现象自身的特点与价值，探究版本现象变迁的方式与规律，探究版本现象产生及其变迁的文化因缘。

郭文的研究打破了传统版本学上以校勘为主的研究方式，而将版本学解放到一个更加开阔的层次与视野中来。其实这种研究理念此前就有出现过，早在20世纪七八十年代对于不同繁本之间的思想倾向就做过不少比较，但是那个时期还带有明显的阶级指向性。而90年代陈辽《孰优孰高·后人评说——谈我国古典小说五大名著的原本、改本问题》、左东岭《中国小说艺术演进的一条线索——从明代〈水浒传〉的版本演变谈起》都算是这一理念的发轫者。

新的时期将这一理念践行在《水浒传》版本研究中，做得比较好的有黄俶成2001年《〈水浒〉版本衍变考论》，将《水浒传》的版本划分为祖本、编次本、插图本、批评本、豪华善本、插增本、全传本、腰斩本，探究版本现象变迁的方式。张同胜2009年《〈水浒传〉的版本、叙事与诠释》将《水浒传》的版本与叙事、诠释结合起来，认为不同的版本之间，叙事与诠释都不相同。涂秀虹师2013年《论〈水浒传〉不同版本的文学价值——以评林本和贯华堂本为中心》、2014年《〈水浒志传评林〉版本价值论——以容与堂本为参照》，通过叙事学、插图、标题、评点、定价等考量评林本自身所拥有的价值。

除此之外，《水浒传》版本在各个时期的流传情况也开始为人所关注。马场昭佳2005年《清代的七十回本〈水浒传〉与征四寇故事》将《水浒传》各种版本在清代的流传分为前中后期，通过《说岳全传》《忠义璇图》等来考察各个时期版本的流传情况。邓雷2015年《从〈点将录〉看〈水浒传〉版本的流传》通过选取明末迄今不同时期不同的《点将录》来考察每个时期社会上所流传《水浒传》版本的情况。邓雷2016年《京剧〈红桃山〉本事以及创作时间考——兼及简本〈水浒传〉的问题》通过考察京剧《红桃山》的本事来自于简本《水浒传》,得出简本《水浒传》在清代依旧存在一定的市场。

第三,用新技术研究《水浒传》版本。

随着科学技术日新月异的发展,版本的研究也有了更加便捷的方法,通过计算机对版本进行研究是新世纪以来版本研究非常值得注意的一个方面。周文业是这一领域的领军者。从2001年开始到2021年为止,周文业召集、召开的中国古代小说、戏曲文献暨数字化国际研讨会已经整整有20届,基本上每年召开一届。

周文业对中国古典小说七大名著的大部分版本都进行了数字化。其中《水浒传》部分,数字化了15种版本,包括简本:评林本、巴黎本、哥本哈根本、斯图加特本、德莱斯顿本、牛津残叶、上海残叶、刘兴我本、藜光堂本9种;繁本:容与堂本、钟伯敬本、遗香堂本、郑藏残本4种;全传本:郁郁堂本1种;腰斩本:金圣叹本1种。

虽然周文业对于《水浒传》版本的研究和他在《红楼梦》《三国志演义》版本上所下的功夫不可同日而语,但是也取得了一些成果。尤其是利用其自身开发出来的数字化系统进行研究和推广。发表的文章计有:2009年《〈水浒传〉版本数字化及应用》、2011年《〈水浒传〉版本数字化及〈京本忠义传〉的数字化研究》、2013年《〈水浒传〉刘兴我本和藜光堂本的数字化研究》、2014年《〈水浒传〉的版本和演化》、2020年《〈水浒传〉四种主要版本比对本和比对研究》。其中尤其以2013年《〈水浒传〉刘兴我本和藜光堂本的数字化研究》一文,可以窥见数字化在版本研究中所带来的巨大便利。

虽然如此,数字化研究依旧存在着一些不足。首先,这套系统从开发出来到现在已经有相当长的一段时间,但是国内的学者在研究版本之时,并没有多少人去尝试使用,反而日本学者用的人比较多。这一点可能与数字化系统操作的复杂性以及国内文科研究者对电脑程序不熟悉有一定的关系。其次,由于数字化的录入需要大量的人力、财力,而在缺乏资金支持的情况下,数字化的文本依旧存在不少错误。这样的错误虽然现阶段无法避免,但是在写文章之时,能够提供的证据有多高的准确度,这也是一个疑问。不得不说,数字化的道路还有一段很长的路要走,而笔者也希望数字化能够越做越好,给版本研究提供更大的便利。现阶段的数字化仅仅只能给版本研究提供一个参考,并不能完全替代人工的校勘,这一点也是需要注意的。

第四,总结性的研究综述大量涌现。

进入新世纪之后，各个学科各个门类大量综述类文章开始出现，标志着研究者对上一时期的研究进行归纳、总结以及反思，同时对新的时期所需要作出的工作进行展望，而《水浒传》版本研究亦如是。

从大的方面来说，有对《水浒传》版本整体研究作出的回顾。属于这一方面的文章有：黄俶成2001年《20世纪〈水浒〉版本的研究》、纪德君2004年《百年来〈水浒传〉成书及版本研究述要》、何红梅2006年《新世纪〈水浒传〉作者、成书与版本研究综述》、何红梅2011年《十年来〈水浒传〉作者、成书年代与版本研究述要》，这些文章因为所述面太广，而篇幅较短，所以论述仅仅是挑重点而言之，并不全面。较为全面的是许勇强师2013年《近20年〈水浒传〉版本研究述评》一文，对90年代至今的版本研究作了分类述评，包括祖本与版本演变研究、简本研究、繁本研究、其他问题研究等，并对今后《水浒传》版本研究所需要注意的方面提出建议。

从小的方面来说，有对《水浒传》简本研究所作的综述。王辉、刘天振2010年《20世纪以来〈水浒传〉简本系统研究述略》，刘天振、王辉2011年《新时期以来〈水浒传〉简本系统研究述略》，这两篇文章虽然是相同的两个作者所写，但是内容方面有一定的差距。前篇算是简本研究综述中的一篇力作，资料收集方面颇为详尽，涉及的面也十分之广。文章中对存世简本的收集用力甚勤，虽然有所遗漏，记叙方面也略有瑕疵，但整篇文章颇为全面详实。后篇是前篇的缩略版，但是在文章结尾处增加了检讨部分。相比而言，后篇更加具有逻辑的条理性，每一小段材料背后都有一定的评论，而这往往也具有画龙点睛的作用，文末检讨部分的建议有不少具有可行性。

有对李卓吾评本真伪的述略。刘丹2012年《20世纪80年代以来〈水浒传〉李贽评本辨伪述评》、李云涛2014年《署名李贽批评的几种〈忠义水浒传〉刊本之真伪略述》，二文互有优劣，前者在方法得失的归纳上颇有卓见，后者则更注重在整体脉络上的把握。有对日本《水浒传》版本研究的述略，谢卫平2008年《〈水浒〉版本研究在日本——兼谈国内相关情况》主要对日本《〈水浒〉刊本随见抄之》及其影响、石渠阁补刊本、《京本忠义传》残页的问题作出了综述。

21世纪以来，《水浒传》版本研究除了以上几个明显的特征之外，还有一些需要注意的地方。首先，各个版本自身的研究依旧十分匮乏，但还是有一些新的发展。像《京本忠义传》残叶早在90年代刘世德对这个版本的考证就已经十分详细,但是新时期李永祜 2007 年发表了《〈京本忠义传〉的断代断性与版本研究》一文,此文应该算得上是京本忠义传研究中集大成的一篇论文,对前人的研究进行了系统的梳理,同时做了大量的辨析工作。对每一项需要反驳的材料,都列举了大量颇有说服力的证据。虽然最后得出的结论跟刘文基本一致,但是论据却比刘文多出不少,论证也细密不少。

再如繁本《水浒传》的研究。虽然在出版领域,繁本一枝独秀,但一直以来繁本的研究相对简本而言,反而处于一种劣势状态,真正研究繁本版本本身的论文少之又少。本时期有一些文章弥补了这方面的不足。首先是齐裕焜先生 2011 年《〈水浒传〉不同繁本系统之比较》一文。在此之前马幼垣认为繁本之间差距很小,研究也难有重大的发现。正是因为有这种观念的存在,导致繁本虽然在流通与阅读过程中占据了霸主的地位,但是在研究过程中却长时间无人问津。而齐先生首次提出繁本的研究十分必要,并且通过引头诗的有无,是否移置阎婆事、诗词文字的差异将繁本划分为了两大系统,甲种系统有嘉靖残本、天都外臣序本、容与堂本、钟伯敬本,乙种系统有大涤余人序本、芥子园本、袁无涯本、无穷会本。齐先生关于繁本的划分方法,李永祜 1998 年点校中华书局本《水浒传》的前言中已有提到,并且提出了区分两种系统的三个标志,但是限于"前言"的体例,未能展开论述。齐先生在此基础上,更加明确和详细地论述了繁本的两大系统。繁本两大系统的划分,使得繁本之间最主要的差异一目了然。

又如刘相雨 2014 年《重估〈水浒传〉袁无涯本的价值——以袁无涯本与容与堂本的比勘为中心》、曾晓娟 2014 年《重评"袁无涯本"〈水浒传〉之文本价值》二文。这两篇文章十分有意思,差不多在同一个时间发表出来,所研究的对象都是袁无涯本,所用来比勘的版本都是容与堂本,而其中的内容又差不多都包括情节差异、细节差异、诗词处理等方面。但刘文偏重于从文献方面去考量,而曾文则更多地注重叙事学方面。

再有罗原觉 2013 年《李卓吾批评〈水浒传〉容兴堂本》一文[①],此文对容与堂本作了十分详尽的考述。其中关于版式行款、批语情况、不同版本的容与堂本情况以及各繁简本与容与堂本的关系等方面都有所论及,但是由于此文是罗原觉晚年的遗作,写于 1959 年,受到时代的限制,很多地方都有

①此文是罗原觉先生的原文,由后人整理发表。原文"容与堂本"误作"容兴堂本",保持原样,不另修改。

不同程度的舛误。

新时期最值得一提的是日本所藏无穷会本的研究，这个版本80年代由范宁介绍到国内，90年代王利器撰文稍有涉及，此时期有三篇文章对无穷会本作出了较为全面的研究。分别是刘世德2000年《〈水浒传〉无穷会藏本初论》、谈蓓芳2000年《也谈无穷会藏本〈水浒传〉——兼及〈水浒传〉版本中的其他问题》、2002年《试谈海内外汉籍善本的缀合研究——以李贽评本〈忠义水浒传〉为中心》。其中尤以谈氏《也谈无穷会藏本〈水浒传〉——兼及〈水浒传〉版本中的其他问题》一文最为详尽，一篇文章整整有60页之多，可见其深度与广度。文章认为袁无涯本的底本为无穷会本，而无穷会本则出于天都外臣本系统。无穷会本的发现与研究在《水浒传》版本研究史上有着极其重要的意义，以前学界一般认为天都外臣序本（包括容与堂本）与袁无涯本之间文字的不同，包括移置阎婆事、删改诗词都是袁无涯本的编刊者所为，随着无穷会本的出现，事实证明并非如此，袁无涯本的底本无穷会本的文字就已经如是。可以说，无穷会本的发现给天都外臣本系统到袁无涯本系统之间的链条扣上了重要的一环。同时，无穷会本也于2014年由西南师范大学出版社和人民出版社联合影印出版。

其次，刘世德和马幼垣专著的出版。刘世德这个时期依旧有《水浒传》版本研究论文的发表，除了刚刚所说的无穷会本之外，还有2011年《〈水浒传〉牛津残叶试论》、2013年《〈水浒传〉简本异同考（上）——藜光堂刊本、双峰堂刊本异同考》、2013年《〈水浒传〉简本异同考（下）——刘兴我刊本、藜光堂刊本异同考》。2014年刘氏所有关于《水浒传》版本研究的论文由社会科学文献出版社集结出版，取名为《水浒论集》。此书的内容除了版本研究之外，还有一些关于《水浒传》其他方面的研究，但是其中版本研究占据了相当大的一部分。此文集的出版也基本上宣告刘世德《水浒传》版本研究告一段落。

马幼垣的情况也同样如此，2007年马幼垣关于《水浒传》版本以及其他《水浒传》方面的研究由生活·读书·新知三联书店集结出版，取名为《水浒论衡》与《水浒二论》。虽然这两部书早年已由台湾联经出版社出版，但是大陆市面上并不容易获得，而此次在大陆出版也给国内的研究者提供了相当大的便利。其中《水浒论衡》中有关《水浒传》版本的研究文章都已发表过，而《水浒二论》中的相关文章则基本上是首次公开披露。二书出版之后，马氏在序言中也宣告自己关于《水浒传》版本的研究已经结束。

另外，新时期还有 2015 年李永祜《水浒考论集》的出版。李永祜虽然并没有致力于《水浒传》版本的研究，但因李氏先后发表过几篇关于《水浒传》版本的论文，同时还独立校勘了容与堂本《水浒传》，此校本由中华书局出版，被誉为最权威的百回整校本，所以李氏对于《水浒传》版本也很有发言权。此书当中收录了李氏不少未公开发表的论文，除了之前说到的郭勋本、京本忠义传的相关论文之外，还有都察院本、两种李评本考辨、点校本前言等版本研究的论文①。其中尤以《胡宗宪与都察院本〈水浒传〉》一文值得注意，都察院本现今已经佚失，李氏根据一些史料线索和间接材料考察胡宗宪与都察院本的关系，推断出一些结论，此文对都察院本的研究作出了有益的探索。

六

从胡适《水浒传》版本研究开始，到马幼垣、刘世德等《水浒传》版本研究生涯的结束，其间历经了近一个世纪的时间。从以上近百年《水浒传》版本研究述略中，我们基本上可以了解国内百年《水浒传》版本研究的发展情况，那么自然也就可以盖棺定论，谈谈近百年研究中的一些不足以及未来研究的展望。

首先是笔者个人对《水浒传》版本研究的一些看法。研究版本不要寄希望于将版本的问题解决，因为这是不可能的。历史当中遗留下的书籍可以说是百不存一、千不存一，所以现在所见到的《水浒传》版本，可能仅仅是非常小的一部分，而这一部分并不能完全展现版本演变的全过程。版本研究的真正价值和意义就在于通过现有的版本，尽可能地发现版本传承之间的可能性，找出其中最可能的传承路线，尽量还原原有版本传承演变的真实。所以在研究的时候，一定要注意现存的版本并不是原始的模样，不能代表它这个系统的全貌，它还有底本、祖本、兄弟本等，它在刊刻的时候可能存在脱漏、误讹等情况。

百年《水浒传》版本研究的过程中就存在这样的现象，为某个现存版本

①李永祜先生书籍中收录的此前未发表的版本研究论文，同年均发表在相关期刊上。

寻找底本，而框定的范围却是现存其他版本。这种研究存在一个很大的问题，就是断链的情况。现存的版本绝对不可能是全部的版本，甚至仅仅只是全部版本的一部分，那么一个版本是否能从现存版本中找到底本？很难。两个版本之间有明显继承关系的情况是很少的，更多的可能是甲本与乙本的底本相似或者相近，而甲本、乙本二者某些文字呈现出共同的特征，并不代表甲本一定是乙本的底本，因为有时候只注意了二者的相似之处，而忽略了相异之处。之所以有相异之处，可能是这两者之间有几代版本的断链，所以造成了现在的情况。

其次谈谈百年《水浒传》版本研究中存在的不足以及今后的展望。

第一，从论文数量方面来说。百年《水浒传》版本研究的论文约计有265篇（其中并不包括专著里面的研究文章）。此前笔者对金圣叹评点《水浒传》做过一些研究，同时也对2002年到2011年这十年之间的相关研究论文做过统计。光这十年间金圣叹评点《水浒传》的研究论文就有210篇之多，而百年《水浒传》版本研究的论文数量却仅仅只有265篇，可以想见，这二者之间受关注程度的差距。

表1　近百年《水浒传》版本研究论文数量分布图表

20世纪20年代	30年代	40年代	50年代	60年代	70年代	80年代	90年代	21世纪00年代	10年代
8	6	6	7	11	13	98	44	36	36

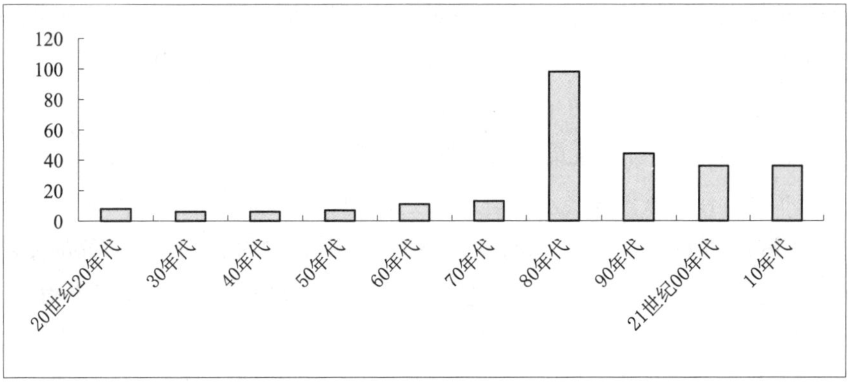

再从上文的图表可以看出，除了20世纪80年代是《水浒传》版本研究

的高峰期之外，即便进入到了21世纪，《水浒传》版本研究领域依旧是不温不火的状态，每年平均下来才不过4篇文章。以前学界大都认为《水浒传》版本研究如此之少，很大一部分原因是各种《水浒传》版本影印出版得较少，但实际情况却并非如此。

20世纪90年代之前，《水浒传》版本研究论文的匮乏，跟版本难以获取有很大的关系，尤其是在研究之初的几十年时间里，可供研究的不过是金批本、容与堂本、评林本这寥寥数种，版本的研究确实难以开展。但是时间到了90年代，随着大陆《古本小说丛刊》《古本小说集成》和台湾《明清善本小说丛刊》的出版，《水浒传》版本的获取情况得到了极大的改善，再到21世纪后，周文业制作出《水浒传》数字化光碟，更是给《水浒传》版本研究注入了一道生机，可供获得的《水浒传》版本数量已经达到十数种之多。难道这十数种《水浒传》版本都不够研究，非得要集齐全部版本才开始做研究吗？那这世上恐怕只有马幼垣一人可做《水浒传》版本的研究了。所以追根究源，20世纪90年代之后《水浒传》版本研究人员的稀少，还是因为肯去做版本研究的年轻教师、年轻学者太少了。

第二，从论文研究方向来说。虽然近百年《水浒传》版本研究方面的论文有265篇，但是真正对不同版本本身进行的研究实在是少之又少，可能还不到二成，而大多数的文章都是围绕《水浒传》版本的外围来开展，像祖本问题，田王故事问题，金本腰斩问题，李卓吾评本真伪问题等等。相比而言，日本学者的文章，据不完全统计，20世纪大概有70篇，但是其中有8成的文章是针对不同版本本身所进行的研究。之所以形成如此现象，这与没人愿意研究版本的原因一样。版本本身的研究伴随着大量的校勘，这需要极多的时间，花费极大的功夫，而版本外围的研究，时间则相对较短，只要收集一些材料，然后稍加推敲，可能就完成了一篇文章。

第三，从论文研究人员来说。据上文所述，真正着力研究《水浒传》版本的可能只有刘世德和马幼垣二位，而马幼垣还不属于国内，真正属于国内的《水浒传》版本研究专家只有刘世德一人。其他国内有过一些研究的专家如王利器、范宁、李永祜等，也不过寥寥，而且不是已经年迈，就是已经过世，中青年研究者几乎后继无人。而日本方面，堪称《水浒传》版本研究专家的有白木直也、大内田三郎二人。大内田氏现今依旧在世，在他们之后还有笠井直美、氏冈真士、荒木达雄、中原理惠等一大批中青年学者都研究过《水浒传》的版本。

那么到底是什么原因造成版本研究的断代？很大程度上是教育的体制、科研的机制。版本的研究，需要大量的时间，需要坐得住冷板凳，往往长时间的校勘尚且未必就有所得，而学生毕业发表论文的压力，教师科研成果的压力，再加之现在的期刊大多数对版本方面的文章束之高阁。这种种原因都注定让研究者对版本敬而远之。所以，在体制无法改变的情况下，当务之急要做的就是培养更多有奉献精神、能耐得住寂寞的研究者。《水浒传》的版本研究是一项十分庞大的工程，不是单独几个人就能完成的项目，而且研究之时缺乏必要的交流与论争，所做出的成果必然会像圣旨一样无人敢碰，这样真相往往可能被掩盖。

第四，从论文研究的方法、视角、理念和技术来说。虽然21世纪关于《水浒传》版本研究出现了许多新的方法、视角、理念乃至技术，这些方面都能够给《水浒传》版本研究提供便利，使得《水浒传》版本研究更加完善。但是需要注意的是，无论使用什么样的方法、视角、理念以及技术，最终都要立足于《水浒传》版本文字自身的研究。因为这才是一切版本研究的根本所在，也是根基所在，离开《水浒传》版本自身的研究，一切其他的研究都无从谈起。

最后，希望《水浒传》版本研究在新的世纪能取得更大的成就。

（附记：此部分的资料收集基本截止于2015年，修改之时稍有增设。近几年来《水浒传》版本研究的情况并没有太大的改观，但是可喜的是，相关版本资料的获取情况，又有了明显的进步。国内外不少图书馆都开放了相关的古籍电子资源，其中有不少《水浒传》的本子，像中国国家图书馆就公开了十余种《水浒传》本子。另外，刘世德、程鲁洁编纂的《〈水浒传〉稀见版本汇编》2019年由国家图书馆出版，此套丛书共计48册，包括8种稀见《水浒传》版本，计有嘉靖残本、容与堂本、钟伯敬本、石渠阁补印本、无穷会本、郁郁堂本、贯华堂本、李玄伯藏大涤余人序本、芥子园本。）

上编　简本《水浒传》版本研究

第一章 简本《水浒传》祖本探考

现今存世的简本《水浒传》有十六种之多，这十六种简本《水浒传》并没有一种是最初的祖本。虽然简本《水浒传》的祖本乃至于早期的简本都湮灭不存，但是根据现存多种简本《水浒传》，可以推知简本《水浒传》祖本的一些特征。这里所说的祖本，指的是最早的简本《水浒传》所依据的底本，以及田王故事插增之时最初的形态。文章涉及的问题有祖本引首诗、回末诗的问题；祖本分回的问题；祖本回数的问题；祖本分卷以及卷数的问题；简本祖本与繁本关系的问题；祖本第9回的问题；从引首诗看简本祖本田王故事品质的问题。

《水浒传》的版本众多，为避免版本的重复比较，在研究之前有必要对各种版本进行一番择取。首先是简本《水浒传》，其中有京本忠义传、种德书堂本、插增本、评林本、英雄谱本、二刻英雄谱本、刘兴我本、藜光堂本、慕尼黑本、李渔序本、十卷本、汉宋奇书本、征四寇本、一百二十四回本、八卷本以及映雪草堂本等十六种版本。京本忠义传因为是残叶，在探讨过程中作用不大，去之不用；种德书堂本、插增本、评林本三种属于不同的系统，为主要对校本；英雄谱本和二刻英雄谱本，二刻英雄谱本是在英雄谱本的基础上进行了删诗以及拼版等工作的版本，除此之外，二者基本相同，取英雄谱本为主要对校本，二刻英雄谱本参校；刘兴我本、藜光堂本、慕尼黑本、李渔序本、十卷本、汉宋奇书本，征四寇本七种版本在探寻祖本问题上属于同一个系统，文字差异不大，选刊刻时代较早且又相对完整的刘兴我本为主要对校本，其他本子参校①；一百二十四回本、八卷本属于简本中刊刻时间颇晚的版本，版本时间离祖本相对较远，版本形态相对祖本也差异较大，而且无引首诗与回末诗，所以作为参校本；三十卷本虽然属于简本，但与其他诸简本均不相同，属于后期的繁本删节而来，且此本只分卷不分回，又无引首诗、回末诗，故作为参校本。

---

①此处将七种本子划为一个系统，只在祖本问题之上，若是具体研究则这七种本子要划为两类，一类为刘兴我本、藜光堂本、慕尼黑本、李渔序本；另一类为十卷本、汉宋奇书本、征四寇本。

其次是繁本《水浒传》,有嘉靖本、容与堂本、石渠阁补印本、钟伯敬本、三大寇本、大涤余人序本、百二十回本、七十回本八种版本。嘉靖本、容与堂本、石渠阁补印本、钟伯敬本,这四种文字基本属于同一个系统,选底本时代较早且保存更加完整的容与堂本为主要对校本,其他本子参校;三大寇本、大涤余人序本、百二十回本、七十回本,这四种在与简本比对的问题上,属于同一系统,选底本时代较早的三大寇本为主要对校本,其他本子参校。

最终选取主要进行比对的本子,简本有种德书堂本、插增本、评林本、英雄谱本、刘兴我本,繁本有容与堂本、三大寇本。进行比对之时,诸本的回数与回目均有很大的不同,目录的总目与正文的分目也有一定程度的不同。这点尤其体现在繁本与简本之间,以及诸简本之间,所以以下在列举回数之时,以某一种本子为代表。繁本与简本比对,以容与堂本正文的回数与回目为主,诸简本之间的比对,以刘兴我本正文的回数与回目为主,刘兴我本所缺,则以他本补之。考虑到繁本回数与诸简本回数参差不齐,此章末尾附上繁本回数与诸简本回数相对应的表格,以作参看。

第一节　祖本引首诗与回末诗的问题

一、祖本引首诗的问题

引首诗也称之为回前诗,书于每回正文之前,主要形式有绝句、律诗、古风、词、古语等。繁本《水浒传》中容与堂本一类的四种本子每回回首均有引首诗,而三大寇一类的四种本子每本回首均无引首诗。简本《水浒传》中所选种德书堂本、插增本、评林本、英雄谱本、刘兴我本五种均有引首诗,但是每一种本子并不是每一回都有引首诗。

因繁本《水浒传》与简本《水浒传》故事内容相同且交汇的地方有大聚义、招安、征辽与征方腊,即容与堂本百回部分,而百二十回繁本中征田虎、王庆故事与简本并不相同,所以下面在研究简本之时,将其分为繁本百回故事部分与田王故事部分来讨论。

先谈简本《水浒传》繁本百回故事部分,由于简本《水浒传》中繁本百回故事部分的回数比繁本要少,所以统计之时只看此部分简本有回数之处引首诗的有无,具体情况如下:

1. 种德书堂本百回故事部分存 17 回，其中只有 1 回无引首诗，为容与堂本第 87 回。

2. 插增本百回故事部分存 38 回，其中有 2 回无引首诗，为容与堂本第 79 回与第 87 回。

3. 评林本百回故事部分为 84 回，其中有 11 回无引首诗，分别为容与堂本第 3、7、30、44、50、67、75、76、77、79、81 回。

4. 英雄谱本的繁本百回故事部分为 88 回，其中有 10 回无引首诗，分别为容与堂本第 3、7、26、27、30、31、43、44、67、75 回。

5. 刘兴我本百回故事部分有 91 回，其中有 14 回无引首诗，分别为容与堂本第 3、7、25、27、30、40、47、52、67、68、69、75、76、78 回。

上述五种本子，种德书堂本和插增本为残本，评林本、英雄谱本、刘兴我本为全本。由上述可知，评林本、英雄谱本、刘兴我本在繁本百回故事部分的引首诗存在着此有彼无的情况。如评林本与英雄谱本相比，评林本中无容与堂本第 50、76、77、79、81 回的引首诗，但是英雄谱本却有。同样，英雄谱本无容与堂本第 26、27、31、43 回的引首诗，但是评林本却有。之所以存在这样的情况——一本有引首诗而另一本却缺失，有两种可能性，第一种是多出的引首诗为简本祖本所有，后出的部分简本在编辑之时，因为某些原因将引首诗删节；第二种是多出的引首诗为后来书坊主编辑之时所加上。以第一种可能性为是，原因有二：

其一，以评林本、英雄谱本、刘兴我本三者而论，其中存在两本共有引首诗、而另一本没有的情况。如容与堂本第 25 回引首诗，刘兴我本无，评林本、英雄谱本均有；容与堂本第 43 回引首诗，英雄谱本无，评林本、刘兴我本均有；容与堂本第 77 回引首诗，评林本无，刘兴我本、英雄谱本均有。共有的引首诗均大体相同，只是少数文字有差异，于此可知，多出的引首诗为祖本所有，无引首诗的本子应该是后来遭到删节。因为若是后来书坊主编辑之时加入引首诗，那么共同多出的引首诗不可能如此巧合，文字基本相同。

其二，各本多出的引首诗，无论是一本独有，还是多本共有，与容与堂本引首诗对比，均能发现这些引首诗绝大多数与容与堂本引首诗相同。这种情况有两种可能性：第一，容与堂本抄袭了简本的引首诗，不仅如此，还应当是抄袭了多种简本的引首诗，才拼凑成现存本的形态。这种可能性实在微乎其微，且不说容与堂本的刊刻时间比现存不少简本要早，其底本时间可能更早，就说容与堂本编辑者收集这么多不能作为底本的简本，仅仅是为了将它们的引首诗拼凑起来抄袭，这也是不太可能的事情。第二，简本祖本的引首诗大体与容与堂本相同。此种可能性应当符合事实。诸简本在经过多次编辑、翻刻之后，成了现在的形态。其中引首诗在编辑、翻刻的过程中受到了不同程度的删削，因为各个简本的版本链条不同，所以最终保存的引首诗数量也不相同。

由此，将评林本、英雄谱本、刘兴我本三者均没有的引首诗列出，繁本百回故事部分共计有9回，分别为容与堂本第3、7、30、40、47、52、67、68、75回。而其中尚有三回，评林本虽无引首诗，但是在上层评语栏题有删去字样。此三回分别为：1. 容与堂本第7回，评林本评语栏有"'世上为人'八句，诗无味，又不切中间之意，故以芟去"（2.5a）[①]，容与堂本第7回引首诗确为八句，首句为"在世为人保七旬"（7.1a）。此诗正是评林本评语栏所言之诗，评林本的底本有此诗，评林本将其删去。2. 容与堂本第30回，评林本评语栏有"'一切诸烦恼'此一首诗，极无趣味，当原未知何人录上，故而去矣。观到此者，莫言省漏，只此评白云耳"（6.14a），容与堂本第30回有引首诗一首，共计八句，其中首联为"一切诸烦恼，皆从不忍生"（30.1a）。可知评林本删去的正是此诗，而其底本有此诗。3. 容与堂本第47回，评林本评语栏有"宋公明打祝家庄诗，一首无趣无味，故以去之"（10.6b），容与堂本第47回回目为"扑天雕双修生死书　宋公明一打祝家庄"，可知评林本底本此回有引首诗，但在评林本中被删去。综上，评林本、英雄谱本、刘兴我本三者繁本百回故事部分共计有6回无引首诗，分别为容与堂本第3、40、52、67、68、75回。

再结合种德书堂本、插增本的情况来看，由于此二本为残本，而且繁本百回部分残缺的比较严重，所以能提供的参考也较少。但即使这样，容与堂本第75回，上述三本均无引首诗，而插增本有引首诗，且同于容与堂本。最终可以知道，简本在繁本百回故事部分共计有5回无引首诗，分别为容与堂本第3、40、52、67、68回。以一百回来论，不过二十分之一，这是一个非常小的数据。出现5回无引首诗有两种可能：第一种，简本祖本此5回没有引首诗，这种情况的可能性非常之小。既然简本祖本与容与堂本引首诗相同，

①括号内为引文出处，（2.5a）即指第二卷第5叶上半叶，以下诸本引文均同，有卷数者以卷数为主，无卷数者以回数为主，以下不另出注。

容与堂本百回皆有引首诗，那么简本祖本按理来说也应该有。第二种，简本祖本此 5 回同样有引首诗，但是在后来编辑与翻刻的过程中，引首诗因为某种原因被删去或者遗漏了。这种可能性非常大，因为现存简本都是属于比较后期的本子，从简本祖本到现存简本，其间不知道经历了多少次编辑与翻刻，在此期间有所删节与改动也是很正常的事情。

再来看简本田虎、王庆故事部分，具体情况如下：

1. 种德书堂本田王故事部分为 23 回，其中只有 1 回无引首诗，为刘兴我本第 104 回。

2. 插增本田王故事部分存 9 回，9 回中均有引首诗。

3. 评林本田王故事部分为 19 回，其中有 2 回无引首诗，分别为刘兴我本第 98、104 回。

4. 英雄谱本田王故事部分为 21 回，其中有 2 回无引首诗，分别为刘兴我本第 98、104 回。

5. 刘兴我本田王故事部分为 23 回，其中有 1 回无引首诗，为刘兴我本第 104 回。

简本《水浒传》田王故事部分综上，只有 1 回无引首诗，为刘兴我本第 104 回。简本田王故事部分引首诗的缺漏情况与繁本百回故事部分类似，只是没有了相应的参照对象，所以并不能明确缺失的这 1 回引首诗祖本是否存在。但是可以猜测，简本祖本田王故事部分与百回故事部分的引首诗情况应当一致，即田王故事每回均有引首诗，那缺少 1 回或者 2 回引首诗的本子，应当也如百回故事部分一样，在辗转翻刻之时，因为某种原因删去或者遗漏。

二、祖本回末诗的问题

回末诗，顾名思义位于回末，一般在一回正文结束之后，回末套话“且听下回分解”之前。回末诗在《水浒传》当中更确切的应该称之为回末诗句，这些回末诗句往往是两句相接的联句，有时有多个联句组成，但基本上并不组成四句、八句乃至更多句的诗。回末诗前往往有“有分教”“直教”“正是”等套话。繁本《水浒传》容与堂本和三大寇本两类每一回均有回末诗，简本《水浒传》中所选种德书堂本、插增本、评林本、英雄谱本、刘兴我本五种皆有回末诗，但并非每一回都有。

同样,先谈简本《水浒传》百回故事部分,考虑到简本百回故事部分的回数比繁本少,且回末诗所存数量远较引首诗为少,所以统计之时的数据为简本所存回末诗的回数,而非缺少的回数。同时,简本回末诗对应容与堂本的回数与简本对应容与堂本的回数会略有差异,此因回末诗在回末,有可能简本一回,涵盖繁本两回至三回的内容。具体情况如下:

1. 种德书堂本百回故事部分存 17 回,其中有 7 回有回末诗,为容与堂本第 83、84、85、87、92、93、100 回。

2. 插增本百回部分存 38 回,其中有 19 回有回末诗,为容与堂本第 17、20、21、22、24—33、75、79、83、84、85 回。

3. 评林本百回故事部分为 84 回,其中有 45 回有回末诗,分别为容与堂本第 1、2、6、17、21、22、24、25、26、29、32、33、35、37、38、40、42—45、49、50、53、54、57、58、59、61—66、68、70、71、72、75、79、82、83、85、87、93、100 回。

4. 英雄谱本百回故事部分为 88 回,其中有 43 回有回末诗,分别为容与堂本第 1、2、6、17、21、22、24、25、26、29、32、33、35、37、38、40、41、42、44、45、49、50、57、58、59、61—66、68、70、71、72、79、82、83、85、89、93、97、100 回。

5. 刘兴我本百回故事部分有 91 回,其中有 47 回有回末诗,分别为容与堂本第 1、2、6、17、21、22、24、25、26、29、32、33、35、37、38、40—46、49、50、54、57、58、59、61—64、66、68、70、71、72、75、79、82、83、85、87、89、93、97、100 回。

综合诸本来看,诸简本百回故事部分共 56 回有回末诗,分别为容与堂本第 1、2、6、17、20、21、22、24—33、35、37、38、40—46、49、50、53、54、57、58、59、61—66、68、70、71、72、75、79、82、83、84、85、87、89、92、93、97、100 回。

诸简本回末诗的情况与引首诗的情况,有部分相同,又有部分不相同。相同之处在于,诸简本百回故事部分的回末诗同样存在着此有彼无的情况。如评林本与刘兴我本相比,评林本中无容与堂本第 41、46、89、87 回的回末诗,而刘兴我本却有;同样刘兴我本中无容与堂本第 53、65 回的回末诗,而评林本却有。这些一本独有或是多本共有的回末诗,与容与堂本回末诗相比,能发现与容与堂本回末诗有一定的关联。由此可知,这些简本此有彼无的回末诗与上述引首诗一样当为简本祖本所有。

不同之处在于,其一诸简本百回故事部分所缺少的回末诗众多。诸简本所拥有回末诗的数量加起来只有 56 回,仅为全部回数的一半多一点,而诸简本引首诗的数量加起来仅缺少5回,引首诗、回末诗二者在简本中的比重不同。其二诸简本百回故事部分引首诗除文字个别有差异之外,基本上同于容与堂本,而诸简本百回故事部分回末诗的情况却不尽相同。虽然其中也能看出与容与堂本所具有的关联性,但还是存在一定的差距,关于此点的详细探讨留待后文。回末诗与引首诗的不同,并不影响二者结论的一致,即简本祖本百回故事部分应当每回都有回末诗。

现存简本百回故事部分之所以会产生如此之多的回末诗缺失,原因有二:其一,回末诗与引首诗的重要性不同。引首诗位于每一回的回首,如果删去,读者一眼便能看出,势必会觉得书籍不全。这一点从评林本评语栏的解释就能看出一二,"此一首诗中,未见好处,欲去之不录,恐他人不知者言此处落矣,故以只得录于上层,随爱便览"(11.11a),"一首之中,俗而无味。去之恐观者言而漏削,只得录于上层"(11.17b)。评林本的编辑者余象斗想将这些引首诗删去,但是又怕读者看出,觉得此书有所删削或者遗漏,所以即便觉得某首引首诗不好,也只将其移录到上层,却并没有删去。但是回末诗却不同,回末诗位于每回正文的末尾,位置并不显眼,格式与引首诗也有差异,引首诗一般是低两格或数格,以诗的形式标识出来,区别于正文,而回末诗虽然称之为诗,但是却置于正文之中,并没有单独地以诗的形式标识出来,所以即使删去,读者也难以察觉。

其二,现存较早的简本《水浒传》种德书堂本与插增本均是残本,不能提供完整的信息。其他三种简本,包括评林本、英雄谱本、刘兴我本,虽是全本,但均为比较后期的版本,经过了多次编辑与删节,其中回末诗正是最易被删去以节省版面的一个部分。尤为明显的一个例子是容与堂本第65回,评林本与英雄谱本此回均有回末诗,但是刘兴我本此回并没有。刘兴我本之所以此回没有回末诗,是因为刘兴我本此回位于卷十三末尾,此卷末尾正文文字结束时,在倒数第二行末端,此叶只剩最后一行,不够刊刻回末诗,但若是将回末诗刊刻在下一叶的话,不仅多增加了一叶纸,版面也不好看,所以刘兴我本便删节了此回回末诗。刘兴我本之后的本子,处在同一版本系统链条之上的,无论是藜光堂本、李渔序本、十卷本,还是汉宋奇书本,此回回末无论有无空处,均未有回末诗。由此可见,辗转翻刻的过程中,一旦底本因为某种原因删去了回末诗,其之后的翻刻本自然也就没有了回末诗。

再来看简本田虎、王庆故事部分,具体情况如下:

1. 种德书堂本田王故事部分为 23 回，其中有 12 回有回末诗，为刘兴我本第 84—88、94—97、101、103、106 回。

2. 插增本田王故事部分存 9 回，9 回中有 5 回有回末诗，分别为刘兴我本第 84、85、95、96、97。

3. 评林本田王故事部分为 19 回，其中有 8 回有回末诗，分别为刘兴我本第 84—87、94、97、103、106 回。

4. 英雄谱本田王故事部分为 21 回，其中有 9 回有回末诗，分别为刘兴我本第 84—87、94、95、97、103、106 回。

5. 刘兴我本田王故事部分为 23 回，其中有 10 回有回末诗，为刘兴我本第 84—87、94、95、97、101、103、106 回。

综合以上情况来看，诸简本田王故事部分共有 12 回有回末诗，分别为刘兴我本第 84—88、94—97、101、103、106 回。其情况大致与简本百回故事部分类似，拥有回末诗的回数为总回数的二分之一强。此处简本祖本的回末诗情况也当与上文引首诗情况一致，即田王故事部分应当每回均有回末诗。

综上引首诗与回末诗两个部分可知，简本的祖本最初每回回前均有引首诗，每回回末均有回末诗，但是因为多次编辑以及翻刻的原因，衍变到现存的种德书堂本、插增本、评林本、英雄谱本、刘兴我本等本子之时，部分引首诗、回末诗可能被删去或者遗漏，其中回末诗的删节颇为严重。这种情况到了清代后期的简本（八卷本、百二十四回本）中表现得愈发明显，引首诗以及回末诗完全被删节，不复存在了。

第二节　祖本分回的问题

此处所说的分回问题即起讫位置，指每一回开始以及结束位置的文字或者情节是否相同，若相同则分回相同，若不相同则分回不同。繁本《水浒传》的两类版本，容与堂本（嘉靖残本、石渠阁补印本、钟伯敬本）与三大寇本（大涤余人序本、百二十回本、金圣叹本），在分回问题上基本一致，绝大部分回数分回处的文字几近相同，只有两回的分回有差异。

一处是有名的“移置阎婆事”问题。容与堂本第 21 回回首宋江送别刘唐之后，在回家的路上遇到了王婆带着阎婆来讨丧葬钱，之后发生了宋江娶阎婆惜、阎婆惜偷汉、宋江怒杀阎婆惜等一系列事件。三大寇本此回回首是宋江送别刘唐之后，在回家的路上遇到了阎婆，在此之前已经发生了宋江娶阎婆惜、阎婆惜偷汉之事，即宋江已将阎婆惜养做外室，此间阎婆惜跟张文远勾搭，并被宋江知悉，自此宋江便不再去阎婆惜处，此时的阎婆来找宋江正是拉宋江回家，希望宋江与阎婆惜重修于好。

第二处是王英与扈三娘结婚问题。容与堂本第50回回末处写到“次日又作席面，宋江主张，一丈青与王矮虎作配，结为夫妇。众头领都称赞宋公明仁德之士”（50.13a）。容与堂本第51回回首处才提到这件事的始末，“宋江唤王矮虎来说道：我当初在清风山时，许下你一头亲事，悬悬挂在心中，不曾完得此愿。今日我父亲有个女儿，招你为婿。宋江自去请出宋太公来，引着一丈青扈三娘到筵前。宋江亲自与他陪话，说道：我这兄弟王英，虽有武艺，不及贤妹。是我当初曾许下他一头亲事，一向未曾成得。今日贤妹你认义我父亲了，众头领都是媒人，今朝是个良辰吉日，贤妹与王英结为夫妇。一丈青见宋江义气深重，推却不得，两口儿只得拜谢了。晁盖等众人皆喜，都称贺宋公明真乃有德有义之士”（51.1b-2a）。三大寇本此处分回却正好相反，第50回回末处先叙述这件事情的始末，第51回回首才承上概括“话说宋江主张一丈青与王英配为夫妇，众人都称赞宋公明仁德，当日又设席庆贺”（51.1a）。

简本《水浒传》数种，由于诸本的回数各异，有的版本的一回是另一个版本的两回，所以简本的分回讨论建立在诸简本或者两个简本共有回数的基础上，若一个简本有而另一个简本没有的回数，则不作讨论。

通过比勘发现，诸简本分回基本一致，但是由于诸简本删节文字不同，分回处的文字或多或少存在一些差异。大的差异，有一句乃至数句文字的不同。如刘兴我本第30回，插增本此回回首比评林本、英雄谱本、刘兴我本要多出一段话“张都监听信张团练哄诱，替蒋门神报仇，设计陷害武松性命，又买嘱两个防送公人，却交蒋门神两个徒弟相帮同去，路上结果性命。谁想却被武松搠死飞云浦”（7.1a）；刘兴我本第90回回首，刘兴我本为“**话说解珍、叶清先回报与孙安**，孙安**传令教孙岳、胡远、相士成**下关远接宋江人马入关坐定，众将参拜已毕，孙安引房玄度来见”（20.3b-4a），评林本此回回首仅为“却说孙安等下关远接宋江兵马入寨坐定，众将俱参见已毕，孙安引房玄度来见”（20.4b）。小的差异，则是个别字词的不同。如刘兴我本第2回，此回刘兴我本开头为“当时**道官**对洪太尉说：是老祖天师，洞玄真人镇锁着三十六员天罡星，七十二座地杀星，共一百单八个魔君”（1.5a），而评林本和英雄谱本为“当时**真人**对洪太尉说：是祖老天师，洞玄真人镇锁着三十六员天罡星，七十二座地**煞**星，共一百单八个魔君”（评.1.7a）。

从分回处的情节来看，诸简本基本一致，只有两处略有小异。一处为刘兴我本第60回回末、第61回回首，刘兴我本回末文字为“张顺引王定六父子二人，参见宋江，诉说江被劫，水上报冤之事，众皆称叹。宋江病安，便与吴用商议要打北京”（13.18b），回首文字为“却说宋江与吴用商议，要打北京救取卢员外、石秀。吴用曰：不劳兄长忧心，只顾将息。目今初春时候，定要打破北京城，救他二人，以雪其冤。宋江曰：若得如此，死亦瞑目。吴用就忠义堂上传令：**使人去北京各处遍贴告示**”（14.1a）。评林本、英雄谱本回末文字比刘兴我本延后了一段，为“张顺引王定六父子二人……众皆称叹。宋江才得病好，便寻吴用商议……宋江曰：若得如此，虽死瞑目。吴用就忠义堂上传令”（评.13.26a），回首文字为“吴用对宋江曰：幸喜兄长无事，又得安太医在寨中。此是万幸，兄长卧病，小生**使人去北京各处遍贴告示**”（评.14.1a）。

另一处为刘兴我本第111回回末、第112回回首，刘兴我本回末文字为“四个水军总管见射死王勣、晁中，不敢向前。刺斜里又撞着指挥白钦、景德，吕方便迎住白钦，郭盛便迎住景德。宋江心慌。毕竟怎地脱身，且听下回分解”（25.4b），回首文字为“话说宋江正在危急之间，却得李逵引项充、李衮，领一千步军，便从石宝后面杀来。背后鲁智深、武松、秦明、李应、朱仝、燕顺，杀散石宝、邓元觉军马，救得宋江等回桐庐县。宋江称谢众将。吴用曰：惟恐兄长有失，特遣众将接应。宋江称谢不已。**且说乌龙岭石宝商议曰**”（25.4b）。此处种德书堂本、评林本回末文字延后了一段，为“四个水军总管不敢向前……却得李逵引项充……宋江称谢不已”（评.25.5b），回首文字则为“**且说乌龙岭石宝商议曰**……”（评.25.6a）。英雄谱本则又不相同，回末文字与种德书堂本、评林本大致相同，回首文字又重新叙述了一番“却说宋江因要救了解珍、解宝的尸，到于乌龙岭下，正中了石宝之计，又得了众人力救，脱了重围，退回桐庐县屯扎。**当时乌龙岭石宝商议曰**”（20.1a）。

除此之外，由于英雄谱本的情况比较特殊，与其他简本的分回也多有一些不同。英雄谱本是上下两栏的形式，上栏三分之一刻《水浒传》，下栏三分之二刻《三国志演义》。整部英雄谱本分为二十卷，按照正常的编排，即便《水浒传》与《三国志演义》同样是二十卷，每一卷到最末端，二书的文字内容也不太可能完全同步，所以编辑者为了两种书能在同一叶面结束，也为了节省纸张，便调整了小说分回的位置。例如刘兴我本第22回回末、第23回回首，插增本、评林本、刘兴我本回末为“一日，武松出县前闲玩，只听背后一人叫声：武二，你今日发迹。武松回头看见此人是谁，且听下回分解”（刘.5.9ab），回首为“武松回头见那人便拜，正是武松的亲哥武大郎……次早，武松去县里画卯，回到家里，那嫂齐整，安排酒肉饭食与武松吃……自从武松到武大家数日，取出一疋彩色缎子与嫂代做衣裳”（刘.5.9b-10b）。英雄谱本回末为“去县画卯，回到家里，那嫂齐整，安排肉食酒饭与武松吃”（3.58b），回首为“却说武松到武大家数日，取出一疋采色缎子与嫂代做衣裳”（4.1a）。英雄谱本此卷回目的分回，以英雄谱本叶面而论，延后了足足有三叶之多。因为版面的编排所造成的不同分回，英雄谱本尚有多处：英雄谱本第29回回末、第30回回首（卷四、卷五）；第38回回末、第39回回首（卷六、卷七）；第47回回末、第48回回首（卷八、卷九）；第52回回末、第53回回首（卷九、卷十）；第58回回末、第59回回首（卷十、卷十一）；第65回回末、第66回回首（卷十一、卷十二）；第76回回末、第77回回首（卷十三、卷十四）；第80回回末、第81回回首（卷十四、卷十五）；第99回回末、第100回回首（卷十七、卷十八）等。

再将繁本《水浒传》与简本《水浒传》分回处进行比较，同样因为二者交汇的地方只有百回故事部分（无征田虎、王庆事），所以只比对繁、简本的此部分。此外，由于繁本百回的回数多于简本相应故事的回数，所以只比对繁、简本共有回数的分回处，简本未分回的地方则不论。

通过比勘发现，简本与繁本分回处基本相同，而且与容与堂本一类更为接近。繁本两类本子分回有所差异的两处，“移置阎婆事”与“王英、扈三娘婚配问题”，简本诸本的分回均同于容与堂本一类。除此之外，尚有一处可见简本分回更近似于容与堂本。容与堂本第95回回首有一段介绍杭州的文字，“旧宋以前，唤做清河镇。钱王手里，改为杭州宁海军。高宗车驾南渡之后，唤做花花临安府。钱王之时，只有十座城门。后南渡建都，又添了三座城门。目今方腊占据时，东有菜市门、荐桥门；南有候潮门、加会门；西有钱湖门、清波门、涌金门、钱塘门；北有北关门、艮山门。城子方圆八十里。果然杭州城郭非常，风景胜绝”（95.1b-2a）。三大寇本没有此段文字，而直接进入到正文。诸简本则同于容与堂本,均有此段文字,内容稍有参差。

虽然诸简本分回处与容与堂本大致相同,但有些地方也略有差异。如容与堂本第46回回末、第47回回首,容与堂本回末文字为“那人回转头来看了一看,却也认得,便叫道:恩人如何来到这里?望着杨雄、石秀便拜”(46.14b),回首文字为“话说当时杨雄扶起那人来,叫与石秀相见。石秀便问道:这位兄长是谁?杨雄道:这个兄弟姓杜名兴,祖贯是中山府人氏。因为他面颜生得粗莽,以此人都唤他做鬼脸儿……杨雄道:此间大官人是谁?杜兴道:**此间独龙冈前面有三座山冈**……”(47.1a-2a)。刘兴我本回末文字为“那人回过头来,认着叫曰:恩人如何来这里?望杨雄便拜。杨雄扶起那人来,教与石秀相见……杨雄曰:大官人是谁”(10.4b-5a),回首文字为“杜兴曰:**此间独龙岗上有三座山**……”(10.5a)。分回处刘兴我本回末的文字推后了一段。此处有分回的本子,简本中只有刘兴我本一种,所以其他简本无法参考。至于简本祖本此处分回的样貌是与刘兴我本一样,还是刘兴我本对祖本分回进行了修改,则很难说。

上述简本分回不同的两个例子中,第一例是刘兴我本第60回回末、第61回回首,第二例是刘兴我本第111回回末、第112回回首。其中第一例容与堂本分回与诸简本相同,而与刘兴我本不同。考察刘兴我本此处分回为何不同,因刘兴我本第60回回末是卷十三卷末,卷末文字已经到了叶面的最后一行,如果分回依旧按照他本划分的话,那么势必要增加一叶纸张,编辑者为了节省这一叶纸张,同时也为了版面好看,将分回提前了一段。由此也可知,简本祖本此处的分回同于繁本以及其他简本。此外,藜光堂本、李渔序本、十卷本、汉宋奇书本等,这些简本与刘兴我本同一系统,但刊刻在后,此处分回均同于刘兴我本,可见这些本子均由刘兴我本(或刘兴我本的翻刻本)所出,而不可能出自更早的版本,因为特殊原因导致的分回变更,不可能如此巧合地相同。

第二例容与堂本分回与刘兴我本以及诸简本均不同,容与堂本分回处比之诸简本均有所提前。考察此处分回是诸简本与祖本相同,还是容与堂本与简本祖本相同。由前可知,分回处的调整,大多是因为到了卷末,编刊者为了节省纸张、整合版面,从而调整分回,这一点表现得最为明显的是英雄谱本的诸多分回调整。刘兴我本第111回回末、第112回回首,刘兴我本、种德书堂本、评林本中均非卷末处,但是英雄谱本当中却正好是卷十九末与卷二十首。同时，英雄谱本卷二十的卷端比种德书堂本、评林本多出的一句话，为“却说宋江因要救了解珍、解宝的尸，到于乌龙岭下，正中了石宝之计”（20.1a）。也正是这句残留在英雄谱本当中的话，暴露了简本祖本与容与堂本的关系。容与堂本此回回首同样有这么一句话“话说宋江因要救取解珍、解宝的尸，到于乌龙岭下，正中了石宝计策”（97.1a），可见简本祖本此处分回当同于容与堂本。

上述所言的容与堂本第46回回末、第47回回首，容与堂本的分回与刘兴我本不同，但由于其他简本如评林本、英雄谱本等在此处均未分回，所以不好确定简本祖本是与刘兴我本一样，还是与容与堂本相同。此处有两种可能性，第一种是简本祖本的分回处与容与堂本一致，虽然刘兴我本此回未在卷末，但是分回处延后了一段，可能是其底本因为某种原因调整了分回。第二种是简本祖本的分回与刘兴我本一致，但是回末结束以一个人提问的方式，回首则直接以一个人回答作为起始，这种煞尾与开头显得过于突兀，所以容与堂本分回则作出了修改，变得留有悬念，也使得分回更加合理。两种可能性以第一种概率更大，因为即便是简本全书的分回，也并未有如此处突兀者。

除此之外，简本分回与容与堂本分回尚有一处不同。此处为容与堂本第99回回末、第100回回首，容与堂本回末文字为“宋江自到东京，每日给散三军。诸将已亡过者，家眷老小，发遣回乡，都已完足。朝前听命，辞别省院诸官，收拾赴任。只见神行太保戴宗，来相探宋江，坐间说出一席话来”（99.23a），回首文字为“话说宋江衣锦还乡，拜扫回京。自离郓城县，还至东京，与众弟兄相会，令其各人收拾行装，前往任所。当有神行太保戴宗来探宋江，二人坐间闲话。只见戴宗起身道……请降了圣旨，行移公文到彼处，**追夺阮小七本身的官诰，复为庶民……且说小旋风柴进在京师**，见戴宗纳还官诰求闲去了，又见说朝廷追夺了阮小七官诰，不合戴了方腊的平天冠，龙衣玉带，意在学他造反，罚为庶民”（100.1a-2a）。诸简本文字回末都延后了一段，为“再说宋江辞别乡老故旧，再回东京，来与众兄弟计议。发遣三军回乡，收拾赴任……童贯达之蔡京，奏天子请圣旨讨阮小七官职，复为庶民，阮小七遂携老母回石碣村，依旧打鱼，以终天年”（刘.25.16a），回首为“且说柴进在京师，见朝廷追夺阮小七官职”（刘.25.16b）。此处的情况与上一例相似，诸简本分回情况与繁本不同，可能是简本祖本此处分回便与繁本不同，也可能是后来某个底本在进行翻刻之时，因为某种原因对分回进行了处理。

其实从上述文字已经可以得知，简本祖本的分回情况与容与堂本极为相似，有可能完全一致。现存两处（容与堂本第 46 回回末、第 47 回回首与第 99 回回末、第 100 回回首）不同，可能是因为现存简本均是较晚的翻刻本，而且经过不止一次翻刻，有些版本已经抹去了最初的痕迹，所以看不出是否调整分回。这一点从另外一个方面也可以得到验证，上文谈到由于诸简本删节文字的不同，在分回处文字或多或少存在一些差异，相差较大的地方，有一句乃至数句文字的出入，其实某些简本多出的这一句乃至数句文字，在繁本相对应的地方都有出现。

如上述所举例的刘兴我本第 30 回，插增本此回回首比评林本、英雄谱本、刘兴我本要多出一段话，为“张都监听信张团练哄诱，替蒋门神报仇，设计陷害武松性命，又买嘱两个防送公人，却交蒋门神两个徒弟相帮同去，路上结果性命。谁想却被武松搠死飞云浦”（7.1a），容与堂本第 31 回回首同样有这么一段话“张都监听信这张团练说诱嘱托，替蒋门神报仇，贪图贿赂，设出这条奇计，陷害武松性命。临断出来，又使人买嘱两个防送公人，却教蒋门神两个徒弟相帮公人，同去路上结果他性命。谁想四个人倒都被武松搠死在飞云浦了”（31.1ab）。

再如刘兴我本第 16 回，插增本此回回首同样比评林本、英雄谱本、刘兴我本多出一段话，为“杨志岗上寻死路，猛可醒悟道：爹娘生下洒家，堂堂一表身躯，自幼学成十八般武艺，终不成这般休了，日后拿得贼时却枉死”（4.6a），容与堂本第 17 回回首同样也有此段话，为“话说杨志当时在黄泥冈上被取了生辰纲去，如何回转去见得梁中书，欲要就冈子上自寻死路，却待望黄泥冈下跃身一跳，猛可醒悟，拽住了脚。寻思道：爹娘生下洒家，堂堂一表，凛凛一躯，自小学成十八般武艺在身，终不成只这般休了。比及今日寻个死处，不如日后等他拿得着时，却再理会”（17.1ab）。

至于插增本为何会产生如此差异，则因插增本属于底本刊刻时间相对较早的版本，所以文字还保留了一些祖本的痕迹。从这些痕迹中可以发现与容与堂本的密切关联。而到了底本相对更晚的版本中，这些痕迹则慢慢地被抹去了。

第三节　祖本回数的问题

关于简本《水浒传》祖本回数的探讨，将分为两个部分，一是繁本百回故事部分，一是征讨田虎、王庆故事部分。之所以进行如此划分，是因为简本的祖本最初并没有征讨田虎、王庆的故事，关于这点从某些简本的书名可以看出。种德书堂本的书名为"新刻全本**插增**田虎王庆忠义水浒志传"；插增本的书名为"京本全像**插增**田虎王庆忠义水浒全传"；评林本的书名为"京本**增补**全像田虎王庆出身忠义水浒志传"。这些书名中嵌入的"插增""增补"无一不说明田王故事并非原本所有，而是插增进去的。

先来看诸简本百回故事部分的回数，由于容与堂本有100回，而诸简本百回故事部分均少于100回，所以以容与堂本作为参照，统计诸简本缺少的回数。

1. 种德书堂本百回故事部分存17回，17回中相对容与堂本缺少的回数只有容与堂本第98回。

2. 插增本百回故事部分存38回，38回中相对容与堂本缺少的回数只有容与堂本第98回。

3. 评林本百回故事部分为84回，相对容与堂本缺少的回数共计16回，分别为容与堂本第8、10、32、35、37、40、42、47、48、52、57、68、85、87、93、98回。

4. 英雄谱本百回故事部分为88回，相对容与堂本缺少的回数共计12回，分别为容与堂本第8、10、32、35、37、40、47、48、52、57、85、93回。

5. 刘兴我本百回故事部分有91回，相对容与堂本缺少的回数共计9回，分别为容与堂本第8、10、35、37、48、57、85、93回。

除却简本《水浒传》中种德书堂本与插增本属于残本不论外，评林本、英雄谱本、刘兴我本三种均属于全本。这三种全本在回数上各不相同，回数最多的刘兴我本百回故事部分有91回，回数最少的评林本只有84回。那么，刘兴我本比评林本多出的回数，到底是简本祖本所有，评林本进行了并回，还是简本祖本所无，刘兴我本再次分回。关于这一点要联系之前研究的两个问题，引首诗、回末诗的问题以及分回的问题。根据之前的研究，简本的引首诗、回末诗以及分回的情况与繁本均十分相近，有着莫大的关联，而刘兴我本比评林本多出的这些回数均为繁本所有。于此可知，刘兴我本多出的回数应是简本祖本所有，评林本之所以回数减少是因为进行了并回。

关于评林本并回的问题，其实在书中表现得比较明显。首先是删除了回数。评林本前30回均有回数与回目，而这30回的回数、回目与英雄谱本、刘兴我本相同。30回之后评林本只有回目而无回数，也正是从第30回开始，评林本出现了并回的现象。插增本、刘兴我本的第31回“孔家庄宋江救武松　清风山燕顺释宋江”，评林本没有，被并入到评林本第30回中。评林本之所以将第30回之后的回数删除，原因也很简单，就是因为评林本的编辑者要进行并回，并回之后的回数与原先底本回数不相同，与其到时候标回数之时出现舛误、混乱，不如直接不要回数。

其次是引首诗的遗留。前面的研究可以得知，简本祖本可能每一回均有引首诗，这些引首诗与容与堂本引首诗基本相同。对于判断正文某一回是否分回而言，引首诗的有无是一个比较关键性的标志。评林本自从卷七第30回开始，出现了一个新的特征，引首诗不再书于正文回首，而是录于上层的评语栏。正因为此，使得评林本在并回之时，本该删去的一些引首诗，通过上层评语栏保存了下来。从这些保存在上层评语栏的引首诗可以看出，评林本此处原先是分回的。如容与堂本第32回，评林本未有此回，但是评林本的上层却有一诗，“风波诗一首，未见好处，故律于上层，诗云：风波世事不堪言，莫把行藏信手拈。投药救人翻致恨，当场排难每生嫌。婵娟负德终遭辱，谲诈行凶独被歼。列宿相逢同聚会，大施恩惠及闾阎”（7.5ab）。此“风波”一诗正是容与堂本第32回的引首诗，可知评林本的底本有此回，只是评林本中由于并回而不存在了，但是引首诗却依旧保留着。像这样由于并回而残留引首诗的回数，评林本当中还有5处，分别为“幸短亏心只是贫”诗（7.21b-22a）、“壮士当场展艺能”诗（8.5ab）、“为人当以孝为先”诗（9.6b-7a）、宋公明打祝家庄诗（10.6b）、“宋江两打祝家庄”诗（10.12a-13a），对应容与堂本的回数为第35回、第37回、第42回、第47回、第48回。

评林本并回可以达到的目的显而易见，就是节省纸张，每并一回就可以删去一首引首诗以及回末诗等，而一回引首诗一般有八句，也就是四行文字，多的有二十余句，也便是十余行，再加上回末诗等，将这些内容删去之后，节省下来的叶面也很可观。当然，有的并回并不像评林本做的那般明显，而是由于遗漏所致。

如容与堂本第85回，在简本相对较早的种德书堂本、插增本中，此回二本均只有回数而无回目，但是回数下有引首诗，且引首诗与容与堂本相同，可见简本祖本此处确有此回。然而在英雄谱本中，此回则不见了，只是在正文当中还留有一些痕迹。首先引首诗依旧存留在正文中。其次此回的前后两回回数分别为第 74 回与第 76 回，也就是说编辑者可能知道这两回之间还有一回正文，但是不知道应该在哪里分回，所以此处空余了一回，未在正文中标明第 75 回的回数与回目。也可能是因为底本中只留有一个回数而没有回目，所以编辑者遗漏了。此回到了刘兴我本中，则完全湮灭了痕迹，虽然引首诗依旧保留在正文当中，但是此回被并入了刘兴我本第 79 回，下一回则是刘兴我本第 80 回，评林本的情形也基本如此。

再如容与堂本第 93 回，同样是简本相对较早的种德书堂本，此回种德书堂本没有回数只有回目，回目下有引首诗，回目与引首诗均同于容与堂本，可见简本祖本应有此回。但是由于种德书堂本此回没有回数，所以此回前回回数为第 110 回，后回回数为第 111 回，相当于此回没有算入回数，被并入到第 110 回中。评林本、英雄谱本、刘兴我本则完全没有了此回痕迹，回目与引首诗均被删去，此回被并入到了各本的上一回中。

由此，现存诸简本中，无论是因为有意节省叶面而进行并回，还是因为无意的遗漏等情况导致的并回，均可见现存诸简本存在并回的情况，各本中多出的回数均为简本祖本所有。将五种本子的回数进行累加，最终百回故事部分有 97 回，相对容与堂本而言，少的回数仅仅只有 3 回，分别为容与堂本第 8、10、57 回。那么，简本祖本是否为 97 回，此点很难确定。

原因如下：其一，现存诸简本均不是早期的本子，即使将它们所有的回数全部合起来也不能保证这里面没有再并回的情况，再有三回的并回，可能性并非不存在。其二，简本祖本在回前诗、回末诗、分回等诸多方面均与容与堂本有着极大的相似，那么在回数上也应该是相同的 100 回。况且 97 回这个回数略显怪异，既不是整数回，也不是什么有特殊含义的回数。其三，在相对较早的种德书堂本、插增本残存部分，其中种德书堂本第 83 回到第 87 回，回数与容与堂本完全一致，插增本从第 74 回至第 87 回，回数与容与堂本完全一致。前文所言，诸简本回数叠加，相对容与堂本缺少的回数为第 8、10、57 回，均在第 83 回到第 87 回、第 74 回至第 87 回这些回数之前，种德书堂本、插增本二本前面的回数是如何编排，现今已不可得见，但是此处二本回数的编排完全与容与堂本一样，或许是巧合，但更可能的是依据祖本而做出的调整。综合以上原因,简本祖本中百回故事部分最可能的回数还是100回。

此外关于容与堂本第8回有无的问题,此处再补充一个细节。容与堂本第8回正文回目为“林教头刺配沧州道　鲁智深大闹野猪林”,现存评林本、英雄谱本、刘兴我本正文中均无此回。但是英雄谱本目录回目中第8回的回目竟然与容与堂本第8回回目相同,为“林教头刺配沧州道　鲁智深大闹野猪林”。由此点来看,似乎透露着简本祖本存在此回。

再来看简本中田虎、王庆故事部分的回数,由于没有可比照的繁本对象,同时有的简本此部分回数极为混乱,所以仅列出各本所存的回数。

1. 种德书堂本田王故事部分为23回。

2. 插增本田王故事部分存9回。

3. 评林本田王故事部分为19回。

4. 英雄谱本田王故事部分为21回。

5. 刘兴我本田王故事部分为23回。

其中种德书堂本与刘兴我本回数最多,田王故事部分有23回,且两本23回均对应,他本所拥有的回数也没有超出此23回。综合现存诸简本田王故事的回数,共得23回。此23回是否为简本祖本所存的回数,这一点依旧很难说。从相对较早的种德书堂本中田王故事部分的回数极其混乱可以知道,插增的田王故事在很长一段时间内可能并没有定型,那么在此期间是否存在有意或者无意的并回情况不好确定,但是至少可以肯定的是,简本祖本田王故事部分至少有23回。

综上所述,**简本祖本中百回故事部分至少有97回,最可能与容与堂本一样有100回,田虎、王庆故事部分至少有23回。**

那么,在此有必要提一提简本中一个较晚的本子,大约刊刻于清代中后期的百二十四回本。从其得名可以看出,这个本子共有124回,其中繁本百回故事部分100回,田王故事部分24回。这个本子的出现,似乎验证了之前对简本祖本的推测,即百回故事部分有100回,田王故事部分不止23回,但是实际情况并非如此。因为百二十四回本无论是繁本百回故事部分,还是田王故事部分,均与容与堂本和其他简本在分回以及回目上有一定的差距,由此可知,百二十四回并不是直接由简本祖本而来,至于其是否因为受到简本祖本的影响而进行如此分回,那就不得而知了。

另外，在此处再谈一谈种德书堂本的回数问题。之所以再谈此一问题，是因为马幼垣先生曾经提及过这一问题，而且马先生在前后两个时期还出现过不同的想法。最早马先生在1985年发表于《中华文史论丛》中的文章《现存最早的简本〈水浒传〉——插增本的发现及其概况》中如此说道，"这第一二〇回既是最后一回，可能鉴于书末三四十回回数的乱七八糟，决意从头数清确有几回，调正最后一回的回数便算了事。因此，我相信此书，不论是插增甲本还是插增乙本（笔者注：种德书堂本），确是共有一百二十回的"①。时隔二十年，马先生在《两种插增本〈水浒传〉探索》一文中再次谈到对种德书堂本回数的看法，"插增本（笔者注：种德书堂本与插增本）的总回数只有两种可能：（一）回码排列到第一百十五回，而仅得一百十四回。（二）确实有一百十五回。以前提出一百二十回之数则无论如何是错的"②。

二十年间，马先生关于种德书堂本回数的观点发生了变化，可以先看看这两种观点的依据为何。首先是115回的观点，这是马先生最后的观点。马先生得出此观点并且推翻前观点的主要依据是，拿种德书堂本及插增本残存的部分与刘兴我本相比，发现此二本残存部分的分卷分回以及回目的用词情况和刘兴我本没有明显的分别，既而得出在各回起讫相同的情形下，种德书堂本的回数应该和刘兴我本的一样，排到115回。

这种观点存在一定的问题，马先生并没有将所有现存简本的回数进行对应的编排比对，同时再与繁本比对。如果将诸简本进行编排比对，就会发现种德书堂本的分卷分回以及回目用词情况不仅和插增本、刘兴我本没有明显的分别，与评林本同样没有什么区别。但是现今所见到的评林本只有104回，此本有不少回数存在着并回情况。既然评林本存在并回的情况，那么何以证明刘兴我本就一定没有这种情况的发生？再将诸简本与繁本编排比对会发现，刘兴我本确实存在并回的情况，至少种德书堂本对应的容与堂本第85、87、93回，刘兴我本中就没有。既然刘兴我本缺了这3回，那么刘兴我本为115回，种德书堂本即使跟刘兴我本分卷相同，也不太可能是这个数字。

其次是120回的观点，这是马先生最初的想法。马先生得出这个观点

---

①马幼垣：《现存最早的简本〈水浒传〉——插增本的发现及其概况》，《中华文史论丛》1985年第3期。

②马幼垣：《水浒二论》，生活·读书·新知三联书店2007年版，第176页。

的依据其实很简单，因为种德书堂本倒数第二回的回数为第115回，最后一回的回数为第120回，同时种德书堂本之前的回数，尤其是田王故事部分十分混乱，所以马先生认为种德书堂的编辑者鉴于书末回数的混乱，从头数清了全书到底有多少回，其他的回数都没调整，就将最后一回调整了完事。从推测的合理性来说，此观点有一定的可能性。因为最后两回的回数从115直接跳到120，这其间的跨度实在有些大，而且若是没有一定依据的话，也完全没有必要，直接将最后一回刻成第116回也无不可。之所以将最后一回刻为第120回，有三种可能性：一、底本就是如此刊刻；二、全书的回数确实为120回；三、当时市面上的简本是120回，为防止读者看出不全，所以将最后一回改为第120回。

从回数计算来说，120回也有一定的可能性。上述所说简本祖本中百回故事部分回数至少为97回，田王部分回数至少为23回，而这两者相加恰巧就是120回。此外，种德书堂本残存部分起始为第83回“宋公明奉诏破大辽　陈桥驿泪滴斩小卒”，从此回往下算，至最后一回“宋公明神聚蓼儿洼　徽宗帝梦游梁山泊”止，除却第85回有回数而无回目以及“混江龙大湖小结义　宋公明苏州大会垓”有回目而无回数外，正好是120回。当然，这里说的总回数120回为种德书堂本的回数，或者说是种德书堂本底本的回数，并不代表简本祖本的回数。

第四节　祖本分卷以及卷数的问题

此处同样将简本祖本分为繁本百回故事部分以及田王故事部分来探讨。之前所说的两大繁本系统，容与堂本系统以及三大寇本系统，在这个问题的讨论上能给予的帮助非常有限。容与堂本系统中容与堂本、石渠阁补印本、钟伯敬本均是一百卷一百回，三大寇系统中三大寇本、大涤余人序本、百二十回本均是只分回不分卷，七十回本是每卷一回，这些本子的分卷情况明显与现存简本不相同。

唯一对简本分卷与卷数分析有所帮助的是容与堂本系统中的嘉靖残本。这个本子现在只存卷之十的第47回至第49回，卷之十一的第51回至第55回，总共8回。虽然嘉靖本是一个残本，但是一般认为这个本子是一百回、二十卷，每卷五回。关于二十卷本《水浒传》的记载还有钱曾的《也是园藏书目》卷十“旧本罗贯中水浒传二十卷”①。

现存诸简本中属于全本的三个本子分别为：评林本共25卷、英雄谱本共20卷、刘兴我本共25卷。各本的分回情况如下：

评林本：卷一（1—5）、卷二（6—8）、卷三（10—14）、卷四（15—19）、卷五（20—24）、卷六（25—29）、卷七（30—32）、卷八（33—35）、卷九（36—39）、卷十（40—42）、卷十一（43—46）、卷十二（47—50）、卷十三（51—55）、卷十四（56—60）、卷十五（61—67）、卷十六（68—71）、卷十七（72—74）、卷十八（75—78）、卷十九（79—82）、卷二十（83—87）、卷二十一（88—91）、卷二十二（92—94）、卷二十三（95—97）、卷二十四（98—100）、卷二十五（101—104）。

英雄谱本：卷一（1—6）、卷二（7—14）、卷三（15—22）、卷四（23—29）、卷五（30—33）、卷六（34—38）、卷七（39—42）、卷八（43—47）、卷九（48—52）、卷十（53—58）、卷十一（59—65）、卷十二（66—71）、卷十三（72—76）、卷十四（77—80）、卷十五（81—86）、卷十六（87—94）、卷十七（95—99）、卷十八（100—102）、卷十九（103—106）、卷二十（107—110）。

刘兴我本：卷一（1—5）、卷二（6—8）、卷三（10—14）、卷四（15—19）、卷五（20—24）、卷六（25—29）、卷七（30—33）、卷八（34—37）、卷九（38—42）、卷十（43—46）、卷十一（47—51）、卷十二（52—55）、卷十三（56—60）、卷十四（61—66）、卷十五（67—73）、卷十六（74—77）、卷十七（78—80）、卷十八（81—84）、卷十九（85—88）、卷二十（89—94）、卷二十一（95—99）、卷二十二（100—103）、卷二十三（104—107）、卷二十四（108—110）、卷二十五（111—115）。

各本田王故事部分相对应的回数为：评林本中卷十八第78回至卷二十三第96回，田王故事部分为5卷，卷十九至卷二十三；英雄谱本卷十五第81回至卷十八第101回，田王故事部分为4卷，卷十五至卷十八；刘兴我本卷十八第84回至卷二十三第106回，田王故事部分为5卷，卷十九至卷二十三。除去田王故事部分，评林本正好20卷、刘兴我本也正好20卷，英雄谱本则只有16卷。

再来看一下种德书堂本以及插增本的情况，考虑到这两种本子均为残

①［清］钱曾：《也是园藏书目》，日本国立公文书馆藏本，索书号297-0080。

本,而且回数经常错乱,难以调整,所以将此二本的分卷、分回情况与刘兴我本进行比对。种德书堂本现存完整的卷十七至卷二十五,可知种德书堂本最后一卷也是第二十五卷。比较种德书堂本与刘兴我本卷十七至卷二十五中卷数以及每卷分回的异同,发现这些卷数以及每卷分回与刘兴我本完全相同。种德书堂本田王故事部分同样是卷十九至卷二十三,除去这个部分,种德书堂本同样是 20 卷。

插增本现存能看出卷数起始回数的有卷三、卷四、卷五、卷六、卷七、卷十六、卷十七、卷十八、卷二十。将插增本现存部分与刘兴我本进行比较,发现插增本的卷二十为刘兴我本的卷二十一,其他卷数则相同,同时两本每卷的分回(包括卷二十)均相同。考虑到插增本卷二十当为误刊,所以插增本百回故事部分可能也是 20 卷。

在上述讨论的五个本子中,英雄谱本的情况比较特殊,百回故事部分只有 16 卷。这个情况与英雄谱本分回处与他本多有不同有些类似。由于英雄谱本分为上下两栏,上栏《水浒传》,下栏《三国志演义》,考虑到二书要相互配合,以免浪费版面,所以分卷也要最大限度地配合。《水浒传》与《三国志演义》的卷数不太可能完全相同,即使完全相同,二者在相同的卷数部分,内容也不会完全对等。为了使二书版面能够对等,英雄谱本将二书的卷数都调整为 20 卷,这也是何以英雄谱本的卷数有别于其他简本的原因所在。

除了英雄谱本之外,其他四个本子种德书堂本、插增本、评林本、刘兴我本的百回故事部分的卷数均为 20 卷。这个卷数不是偶然出现,应该是简本祖本的百回故事部分即为 20 卷,这也与嘉靖残本或者说《也是园藏书目》中所载录的"旧本罗贯中水浒传二十卷"的卷数相同。田王故事部分,这四种本子均为 5 卷,可见简本祖本田王故事部分也应该是 5 卷。如此一来,简本祖本的总卷数应该是 25 卷。25 卷的卷数在现存较早的几种简本《水浒传》中依旧保留着,如种德书堂本、插增本、评林本、刘兴我本、藜光堂本、李渔序本等,而入清之后的简本则完全抹去了这个痕迹,德聚堂本为 10 卷、汉宋奇书本为 20 卷、新刻忠义水浒传为 8 卷、一百二十四回本为 12 卷、宝翰楼本与映雪草堂本为 30 卷。

再来看诸简本每卷的分回情况。插增本、种德书堂本的情况上文已经说到,所存卷数的分回与刘兴我本完全相同,所以下面不再罗列。同时,上文讲到诸简本均存在并回的情况,所以各简本每卷的回数以容与堂本对应回数计算。

评林本：卷一(5)、卷二(5)、卷三(5)、卷四(5)、卷五(5)、卷六(5)、卷七(5)、卷八(5)、卷九(5)、卷十(5)、卷十一(5)、卷十二(5)、卷十三(5)、卷十四(6)、卷十五(7)、卷十六(4)、卷十七(5)、卷十八(4)、卷十九(4)、卷二十(6)、卷二十一(5)、卷二十二(4)、卷二十三(4)、卷二十四(4)、卷二十五(5)。

英雄谱本：卷一(6)、卷二(9)、卷三(8)、卷四(7)、卷五(7)、卷六(6)、卷七(6)、卷八(6)、卷九(6)、卷十(7)、卷十一(7)、卷十二(6)、卷十三(5)、卷十四(4)、卷十五(6)、卷十六(8)、卷十七(6)、卷十八(4)、卷十九(5)、卷二十(4)。

刘兴我本：卷一(5)、卷二(5)、卷三(5)、卷四(5)、卷五(5)、卷六(5)、卷七(5)、卷八(5)、卷九(5)、卷十(5)、卷十一(5)、卷十二(5)、卷十三(5)、卷十四(6)、卷十五(7)、卷十六(4)、卷十七(5)、卷十八(4)、卷十九(4)、卷二十(6)、卷二十一(5)、卷二十二(4)、卷二十三(4)、卷二十四(4)、卷二十五(5)。

由上述统计可以看出，除英雄谱本不论外，评林本和刘兴我本每卷分回情况完全相同，前 13 卷均是每卷 5 回，卷十四及之后的每卷分回则颇为混乱，从每卷 4 回到 7 回不等。简本祖本每卷的分回情况是否与评林本、刘兴我本一致，则很难说。因为评林本和刘兴我本田王故事部分和百回故事部分的衔接处竟然有同在一卷的情节。刘兴我本卷十八共有 4 回，从第 81 回至第 84 回，其中第 81 回至第 83 回为百回故事部分，第 84 回为田王故事部分；卷二十三共有 4 回，从第 104 回至第 107 回，其中第 104 回至第 106 回为田王故事部分，第 107 回为百回故事部分。很明显这两卷的分回做过调整，因为田王故事部分是插增进去的，这个部分的正文不可能与百回故事部分在同一卷。至于其他卷数是否也做过调整则很难说。

另外还有一点，繁本每卷的分回是否为 5 回，从评林本、刘兴我本的情况来看，也留有疑问。因为现存嘉靖残本，可确知的只有卷十、卷十一是每卷 5 回，而其他部分是否如此则无法知晓。简本的分回此两卷也是如此，每卷 5 回，但是后面则出现了变化。《也是园藏书目》只是载录有一种二十卷本的《水浒传》，至于说此二十卷本每卷如何分回，书中则完全没有提到，现在所谓的每卷 5 回都是想当然的分法，全书共计 20 卷 100 回，每卷自然是 5

回。其实这种说法并没有确切的证据。

于此可知，**简本祖本的卷数百回故事部分为20卷，田王故事部分为5卷，总计25卷。**每卷分回情况前13卷每卷5回，之后的卷数分回情况可能每卷依旧是5回，之所以变成评林本、刘兴我本等本子每卷分回的状态，是因为现存简本或其底本的调整所致。也有可能之后每卷的分回情况就如评林本、刘兴我本一般，4回到7回不等。

第五节　简本祖本与繁本关系的问题

一

上文谈到简本祖本的引首诗与回末诗问题、分回问题、回数问题，已经可以看出简本祖本与繁本之间的密切关系，再确切一点来说，是简本祖本与容与堂本一系之间的密切关系。那么，简本祖本与容与堂本一系有没有完全相同的可能？要弄清这个问题，得先来看一下之前一直没有提到的回目问题。回目问题之所以在书中没作为一个单独的小节来探讨，是因为回目问题涉及具体的文字，不像之前的引首诗、回末诗、分回以及回数诸问题，从一个大致的方向归纳总结进而推测便可。

现存诸版本《水浒传》，无论繁本还是简本，回目上都存在诸多不同，不说简本与繁本之间回目的不同，也不说不同繁本回目之间的不同，就是同一个本子之间，也存在目录总目与正文分目上的不同。就拿刊刻比较精良的容与堂本来说，第8回总目作"**花和尚**大闹野猪林"，分目作"**鲁智深**大闹野猪林"；第50回总目作"吴学究双**掌**连环计"，分目作"吴学究双**用**连环计"，这样的例子在容与堂本中还有多处。

简本《水浒传》此类总目和分目文字的不同则更多。由于简本的刊刻并不怎么严谨，或者可以说比较粗糙，所以翻刻的次数越多，出错的概率也就越高，相应的出错的地方也便越多。而有的简本为了减少刻字的数量或者追求回目的齐整，随意对回目的文字进行修改或者删减。修改回目文字之处，如将好汉绰号改为名字，容与堂本第51回，回目为"**插翅虎**枷打白秀英　**美髯公**悮失小衙内"，评林本与英雄谱本同于容与堂本，而刘兴我本却为"**雷横**枷打白秀英　**朱仝**悮失小衙内"；删减回目文字之处，如容与堂本第

70回，回目为"没羽箭飞石打英雄　宋公明弃粮擒壮士"，英雄谱本同于容与堂本，而评林本变为了"羽箭飞石打英雄　宋江弃良擒壮士"，刘兴我本则更进一步发展，变成"张清飞石打英雄　宋江弁粮擒壮士"。诸如此类情况在诸简本的回目中屡见不鲜，究其原因，一是为了减少刻字的数量，二是为了将八字回目尽量删减为齐整的七字回目。所以，但凡出现这些情况，以及明显的误字，都不能看作简本祖本的原始面貌，自然也就不能当作简本祖本与容与堂本的不同之处。

要探寻简本祖本与容与堂本是否完全相同，还需要从文字差异较大的回目着手。以下选取三条容与堂本与诸简本存在一定差距的回目试析。其一，容与堂本第19回，回目为"林冲水寨大并火　晁盖梁山小夺泊"，此条回目的上半部分，诸简本由于误字等原因略有小异，而回目的下半部分，诸简本均为"晁盖梁山尊为主"，最后三字不同，简本为"尊为主"，容与堂本为"小夺泊"。从故事情节上来看，夺泊的行动人一直是林冲，夺下梁山泊后也在林冲的提议下，众人才尊晁盖为梁山之主，所以相对而言，诸简本的回目更符合情节内容，但是从回目的粘对来说，则明显是容与堂本更好。

其二，容与堂本第26回，回目为"郓哥大闹授官厅　武松斗杀西门庆"，诸简本此回多有不同，具体如下：插增本回目为"郓歌报知武大冤　武松闹杀西门庆"；评林本回目为"郓歌报知武松　武松杀西门庆"；英雄谱本总目为"郓哥报奸与武松　武松杀死西门庆"，分目为"郓哥报知武松　武松杀西门庆"；刘兴我本总目为"郓哥知情报武松　武松怒杀西门庆"，分目为"郓哥报知武松　武松杀西门庆"。此回回目下半部分大致相同，上半部分诸简本除错字不论外，诸本的文字"郓歌报知武大冤""郓哥报知武松""郓哥知情报武松"，大致的意思差不多，就是郓哥将武大郎被害死一事告知武松。此一回目与容与堂本有明显的差异，容与堂本的回目"郓哥大闹授官厅"这一情节甚至在小说中都没有出现过。

其三，容与堂本第73回，回目为"黑旋风乔捉鬼　梁山泊双献头"，诸简本回目大致为"黑旋风杀死王小二　四柳村除奸斩淫妇"。从回目上来说，容与堂本与诸简本的回目差异颇大，诸简本回目上半部分杀死王小二以及下半部分除奸斩淫妇都是在叙述四柳村这一件事情，而容与堂本则叙述了两件事情，一件是四柳村之事，另外一件是刘太公之事。从整回情节内容来看，明显容与堂本的回目更为合理。

以上列举了三处诸简本与容与堂本差异较大的回目，通过梳理这些回目文字上的差异，可以看出简本祖本的回目可能与容与堂本不同。或者是容与堂本的修改，或者是简本祖本的修改，但这也仅仅只是有可能而已。还有一种情况是简本祖本的回目与容与堂本一样，但是之后的简本进行了修改，因为现存诸简本的刊刻时间均较晚。这种情况的可能性也很大，现存诸简本就存在这种情况。如容与堂本第32回回目为“武行者醉打孔亮　锦毛虎义释宋江”，插增本同于容与堂本，但是到了刘兴我本却变成了“孔家庄宋江救武松　清风山燕顺释宋江”。很显然，刘兴我本对此条回目进行了修改。

现存诸简本与容与堂本在回目上所存在的较大差异，只是提出了简本祖本与容与堂本存在不同的可能性。要确切证明这种可能性的存在，则要回到最初所说的引首诗的问题。之前研究引首诗的时候，说到容与堂本引首诗与诸简本非常相似，这里则要说的是容与堂本引首诗与诸简本非常相似，但并不是完全相同，因为其间还有不少文字存在差异。只是这些文字的差异，存在于容与堂本与诸简本之间，显得非常正常。换一种方式来说，简本本质上就是盗版书，盗版书的一个重要的特征就是错字，古今皆同。而现存诸简本经过多次翻刻，可以说是盗版书当中的盗版书，那么书中存在误字或者异字也实属正常。从这些误字或者异字中是否能找到简本祖本与容与堂本的不同之处？

诸简本引首诗与容与堂本引首诗的差异大概可分为两种：一种是明显的误字，如容与堂本第21回，引首诗中有这样一句“四海英雄起寥廓”，“寥廓”二字在诸简本中为“廖郭”，很明显“廖郭”二字误。这种误字也就没什么好说的了，明显是误刊。另一种为异文，如容与堂本第19回，引首诗中“**嫉贤傲士**少优柔”，诸简本此句为“**轻贤慢士**少优游”，“嫉贤傲士”与“轻贤慢士”两个词用于此句中均可。相比而言，容与堂本“嫉贤傲士”要稍好一些。但是，现存简本中两可的异文是否为简本祖本所有，则要看繁本中是否存在相关的版本，文字与简本异文相同。

之前说过容与堂本一脉有四种本子，除了容与堂本之外，尚有嘉靖残本、石渠阁补印本、钟伯敬批评本三种，此三种版本是否存在某一种版本部分文字同于诸简本，而异于容与堂本？答案是肯定的，此种版本为嘉靖残本。

容与堂本第48回引首诗，其中有诗句“三庄人马**势**无双”，评林本此处为“三庄人马世无双”,嘉靖残本此处跟评林本相同,为“三庄人马世无双”。容与堂本第51回引首诗中有“谈笑西陲屯甲胄”,诸简本为“谈笑西陲屯介胄”,嘉靖残本此处又同于诸简本,为“谈笑西陲屯介胄”。容与堂本第53回引首诗中有“恰似朝霞与暮霞”,诸简本为“恰似朝云与暮霞”,嘉靖残本此处依然同于诸简本,为“恰似朝云与暮霞”。从以上三例,已然可以窥见诸简本的异文或有所本。

可惜的是,嘉靖本由于只是残本,仅剩余8回,没有更多回数的引首诗能与诸简本进行比勘,所以并不清楚其他回数引首诗与诸简本的异同。而且嘉靖残本这几回虽然有3处文字同于诸简本而不同于容与堂本,但是总体上来说,嘉靖残本引首诗的文字还是与容与堂本更为接近。幸运的是,正因为有这几处嘉靖残本与诸简本引首诗文字的相同,为简本祖本并非完全同于容与堂本提供了依据。也可知现存诸简本中某些与容与堂本不同又两可的文字,可能为简本祖本所有。

至此可知,简本祖本与繁本中容与堂本一系十分相近,每回应该均有引首诗与回末诗,百回故事部分的分回应该与容与堂本相近,回数可能为100回,田王故事部分的回数至少为23回,但是简本祖本又与容与堂本并不完全相同。

二

探明简本祖本与繁本的关系之后,通过上述的几个方面也可以考察一下从简本祖本到现存诸简本,到底经历了哪些变动。

首先,引首诗部分,除去之前所说的某些回数因为某些原因删去或者遗漏了引首诗,以及引首诗的文字误刊之外,引首诗的某些地方还存在一定的变化。

1. 引首诗添入文字,弥补情节漏洞

容与堂本第81回引首诗中,有这么几句记叙梁山好汉的功绩,“二十四阵破辽国,大小诸将皆成功。清溪洞里擒方腊,雁行零落悲秋风”(81.1a),此文字在百回容与堂本中没有任何问题,但是放到了有田王故事部分的简本中,则算是遗漏了梁山好汉的功绩。英雄谱本、刘兴我本的引首诗此处同于容与堂本,但是插增本却多出了几句,此处引首诗为“二十四阵破辽国,大小诸将皆成功。**扬旗讨伐出淮西,兄弟齐心平大逆。殿升封侯未及颁,又交**

征辔临河北。清溪洞里擒方腊,雁行零落悲秋风”(16.11a),在征辽与讨方腊中间补缀了四句,正好将征田虎、王庆的功绩加上。

2. 引首诗削减文字

容与堂本第66回引首诗为:

野战攻城事不通,神谋鬼计运奇功。星桥铁锁悠悠展,火树银花处处同。大府忽为金璧碎,高楼翻作祝融红。龙群虎队真难制,可愧中书智力穷。(66.1a)

此回诗比诸简本多出四句,诸简本大致为:

火树银花处处同,高楼翻作祝融红。龙群虎队真难制,可笑中书智力穷。(刘.14.1a)

容与堂本第72回引首诗为:

圣主忧民记四凶,施行端的有神功。等闲冒籍来官内,造次簪花入禁中。潜向御屏剜姓字,更乘明月展英雄。纵横到处无人敌,谁向斯时竭寸衷?(72.1a)

此回诗比诸简本多出四句,诸简本大致为:

圣主忧民记四凶,冒籍簪花入禁中。纵横到处无人敌,李逵元夜闹皇宫。(刘.15.1a)

上述两首引首诗,现存诸简本都进行了删削。第一首引首诗删削后从诗的格律上来看,没有什么问题,从诗的词句上来说,同样也行得通。第二首引首诗删削后从诗的格律上来说,属于失粘,从诗的词句上来说,也多有不通之处。这两首诗的文字删削应该属于有意的改动,但不知删削的原因是为了缩短字句还是因为不满诗中词句。这样的删削多半出自简本祖本之后的本子之手。

3. 引首诗改易文字

容与堂本第50回引首诗为:

乾坤宏大,日月照鉴分明。宇宙宽洪,天地不容奸党。使心用倖,果报只在今生。积善存仁,获福休言后世。千般巧计,不如本分为人。

万种强为，争奈随缘俭用。心慈行孝，何须努力看经。意恶损人，空读如来一藏。（50.1a）

此回引首诗与诸简本不同，英雄谱本为：

公明三打祝家庄，人强马壮果无双。妙筹良策惟吴用，时雨高明羡宋江。天赐孙立来相助，祝氏三子怎能当。可笑廷玉无计策，枉将尸首污沙场。（8.1a）

刘兴我本为：

人强马壮跨英豪，虎噬狼吞满四方。妙计良谋惟学究，时雨高明羡宋江。可笑廷玉无计策，三庄人马世无双。天教孙立来相助，三村尸首满郊荒。（10.15b）

容与堂本第50回回目为“吴学究双用连环计　宋公明三打祝家庄”，容与堂本此回引首诗明显与正文故事情节没什么关系，而英雄谱本和刘兴我本的引首诗则与正文有密切的联系。不仅如此，此二本之诗与容与堂本第48回引首诗也存在某些关联。容与堂本第48回引首诗为：

虎噬狼吞满四方，三庄人马势无双。天王绰号惟晁盖，时雨高名羡宋江。可笑金睛王矮虎，翻输红粉扈三娘。他年同聚梁山泊，女辈英华独擅场。（48.1a）

英雄谱本、刘兴我本在容与堂本第48回处未分回，所以可以推知，二本此回引首诗应该是从容与堂本第48回移置而来，并加以改造，使得引首诗与正文故事情节相匹配。

4. 引首诗出现较大讹误

容与堂本第23回引首诗：

延士声华似孟尝，有如东阁纳贤良。**武松雄猛千夫惧，柴进风流四海扬。自信一身能杀虎，浪言三碗不过冈。**报兄诛嫂真奇特，赢得高名万古香。（23.1a）

插增本、评林本、英雄谱本、刘兴我本此回引首诗大致为：

勇士声华似孟尝，福如东海纳贤良。**自信一身能杀虎，浪言三碗不**

过岗。武松雄猛千人惧,柴进风流四海扬。报兄诛嫂真奇特,赢得高名万古香。(评.5.9b)

上述引首诗中容与堂本颔联、颈联的位置在诸简本中正好调换了。那么,以何种为是? 容与堂首四句的平仄为"平仄平通仄仄平、仄通平仄仄平平、仄平平仄平平仄、通仄平平仄仄平",没有什么问题。简本前四句则为"平仄平通仄仄平、仄通平仄仄平平、仄仄仄平平仄仄、通平通仄通通平",出现了失粘的情况。可见容与堂本的诗句是正确的,简本则出现了问题。这个问题或许是简本祖本误刊所致,也可能是某个早期的简本误刊所致。

容与堂本第26回引首诗"参透风流二字禅",插增本、评林本除文字小异外,均同于容与堂本,而刘兴我本此回的引首诗却为"可怪狂夫恋野花"。"可怪狂夫恋野花"一诗为容与堂本第25回引首诗,此回刘兴我本则无引首诗,可见刘兴我本应该是由于误刊,将此引首诗的位置移置了。

其次,回末诗部分。如果说繁本引首诗与诸简本引首诗的关系可以用"十分相似"来形容,那么繁本回末诗与诸简本回末诗只能说有密切的关系。之所以二者回末诗的关系不能用"十分相似"来形容,是因为从简本祖本的回末诗到诸简本的回末诗,其间经历了一个重大的变化,即删削回末诗。

回末诗与引首诗不同,引首诗是一首真正完整的诗。一首真正完整的诗,如果中间删去几句,很可能就读不通或者格律出现问题。诸简本引首诗中只有上述两处引首诗遭到了删削,而且很遗憾的是,其中有一首就删削失败了。回末诗虽然也称之为诗,但只是由两个或者多个联对组合而成,所以即便删去某个联对也不会对回末诗造成什么影响。

如容与堂本第21回回末诗为:

祸福无门,惟人自招;披麻救火,惹焰烧身。正是:三寸舌为诛命剑,一张口是葬身坑。(21.20ab)

诸简本各本不同,回末诗大致为:

祸福无门,惟人自招;披蓑救火,惹火烧身。(插.5.6b)

相较容与堂本而言,诸简本将"正是"后联句删去。此类情况在诸简本中比比皆是,再随便举一例。容与堂本第24回回末诗为:

从前作过事，没兴一齐来。直教险道神脱了衣冠，小郓哥寻出患害。（24.34b-35a）

诸简本回末诗为：

从前作过事，没兴一齐来。（插.5.22a）

相较容与堂本而言，诸简本再次删去了“直教”后面的联句。这些删去的部分应当均为简本祖本所有，只是在不断的翻刻过程中，后期的简本由于要删减字数，就将一些联句给删削了。此点从下面这个例子可以窥见一二。容与堂本第28回回末诗为：

武松显出那杀人的手段，重施这打虎的威风，来夺一个有名的去处，攧翻那厮盖世的英雄。正是：双拳起处云雷吼，飞脚来时风雨惊。（28.11a）

插增本此处回末诗为：

武松显出杀人手段，重施打虎威风，来夺一个强汉，打番盖世英雄。正是：双手起处雷吼响，飞脚来时风雨惊。（6.12b）

评林本、英雄谱本、刘兴我本此处回末诗大致为：

武松显出杀人手段，重施打虎威风。正是：双手起处雷吼响，飞脚来时风雨惊。（评.6.11b）

相对较早的插增本此回回末诗与容与堂本大致相同，但依旧有改动，而其他相对较晚的简本则又删去了中间一联句。由此可见，简本祖本回末诗应该与繁本相似，之后随着不断的翻刻，后出的简本对回末诗进行改动与删削。除此外，有的回末诗甚至还被误入正文之中。如容与堂本第93回末尾部分及回末诗为：

饮酒中间，费保起身与李俊把盏，说出几句言语来。有分教：李俊名闻海外，声播寰中。去作化外国王，不犯中原之境。正是：了身达命蟾离壳，立业成名鱼化龙。（93.15a）

诸简本此处回末部分及回末诗大致为：

相待饮酒，费保起身与李俊曰：了身达命蟾离壳，立业成名变化龙。（评.24.9b）

以上容与堂本回末文字与回末诗有着明显的界限，然而简本在不断的翻刻过程中，由于将回末诗一而再再而三地删削，以至于删削之后的诗句，连编辑者都不清楚此句为回末诗，从而误入了正文之中。有意思的是，简本由于其本质是盗版书，出版所面向的读者群体为中下层百姓，这些人对所谓的诗词并不感兴趣，所以出现删削的情况很正常。然而在繁本另一脉中三大寇本一系，同样存在着删削回末诗的情况，而且数量还非常之多，有的时候删削的诗句，正好与诸简本不同。如容与堂本第45回回末诗：

祸从天降，灾向地生。恰似破屋更遭连夜雨，漏船又遇打头风。（45.20b）

三大寇本回末诗为：

祸从天降，灾向地生。（45.22a）

诸简本大致为：

恰似破屋更遭连夜雨，漏船又遇打头风。（评.9.28b）

三大寇本一系删削了回末诗的后半部分，诸简本则删削了回末诗的前半部分。

第六节　祖本第9回的问题

简本《水浒传》第9回是一个值得注意的问题，马幼垣先生《简本〈水浒传〉第九回的问题》一文曾经对这个问题进行过一些探讨[①]，但是因为马先生只从现存简本出发，没有从祖本的角度考虑，所以得出的结论与本书研究之后的结论并不一致。此处所讨论的简本第9回的问题，更确切地来说，是简本第9回有无的问题。

上述五个本子种德书堂本、插增本、评林本、英雄谱本、刘兴我本，其中

①马幼垣：《水浒二论》，生活·读书·新知三联书店2007年版，第427—429页。

种德书堂本残缺无此部分，插增本从第10回开始亦无此部分，有此部分的本子为评林本、英雄谱本、刘兴我本。

评林本有正文分目而无目录总目，此本前30回有回数。正文部分无第9回，从第8回“柴进门招天下客　林冲棒打洪教头”直接进入到第10回“朱贵水亭施号箭　林冲雪夜上梁山”之中，第9回被并入到第8回中。

英雄谱本既有目录总目又有正文分目。总目的回目有第9回，总目从第8回到第10回分别为：第8回“林教头刺配沧州道　鲁智深大闹野猪林”、第9回“柴进门招天下客　林冲棒打洪教头”、第10回“朱贵水亭施号箭　林冲雪夜上梁山”。但正文分目部分则同于评林本，无第9回，第8回“柴进门招天下客　林冲棒打洪教头”直接到第10回“朱贵水亭施号箭　林冲雪夜上梁山”，第9回被并入到第8回中①。

刘兴我本既有目录总目又有正文分目。总目的回目有第9回，总目从第8回到第10回分别为：第8回“柴进门招天下客　林冲棒打洪教头”、第9回“豹子头刺陆谦富安　林冲投五庄客向火”、第10回“朱贵水亭施号箭　林冲雪夜上梁山”。但正文分目部分则同于评林本，无第9回，第8回“柴进门招天下客　林冲棒打洪教头”直接到第10回“朱贵水亭施号箭　林冲雪夜上梁山”，第9回被并入到第8回中。

由上可见，评林本、英雄谱本、刘兴我本正文之中均无第9回存在，而是跳过了第9回这个回数，真正的第9回则被并入了第8回中。在诸简本中并回的现象十分常见，但是这样跳回的现象却极其少见，之前在“祖本的回数”一节所讲的英雄谱本第75回的情况大致与此类似。英雄谱本第74回后，直接接续第76回，中间跳过了第75回，但是与第9回情况不同的是，第75回的跳回仅存在于英雄谱本当中，他本或有此回或并回了，而第9回则是三本均跳回了。

从之前所研究的简本祖本的情况来看，简本祖本百回故事部分与容与堂本十分相似，很可能为100回，那么此第9回应该存在。之所以现存诸简本第9回缺失，可能是某个翻刻较早的简本由于某些原因，导致第9回缺失，而现存简本均是承袭自此较早的简本。当然也有可能简本祖本此回并没有分回，第8回与第9回连在一起，这种情况在《石头记》中曾出现过，庚

①马幼垣先生此处言“二刻《英雄谱》目录和正文统一……第九回即评林本的第十回(回目亦同)”，第428页，当有误，英雄谱本的总目与分目并不统一，而英雄谱本的第9回也非评林本的第十回。

辰本的第 17 回和第 18 回未分回。

上述诸简本虽然在简本《水浒传》刊刻链条中处于比较晚的位置,但是均刊刻于明代,而且均为建阳书坊所刊。入清以后,一些书坊主发现了第 9 回跳回的问题,为弥补这个漏洞,便在第 8 回和第 10 回之间强行地分出一回。

刘兴我本系统之前所说的有七种本子:刘兴我本、藜光堂本、慕尼黑本、李渔序本、十卷本、汉宋奇书本、征四寇本。其中十卷本和汉宋奇书本就在第 8 回和第 10 回之间,强行分出了一回,具体的位置在(双斜线处为分回的位置):

> 没多时,林冲入店里曰:小二哥,连日好买卖。小二曰:恩人请坐。小人正要寻你,有紧要话说。有诗为证:潜谋奸计害林冲,一线天教把信通。亏杀有情贤小二,暗中回护有奇功。// 林冲问:有甚么要紧话说?(刘.2.12b)

林冲问话之前为第 8 回回末,林冲紧接着问话为第 9 回回首。同时,十卷本和汉宋奇书本的第 9 回正文回目也同于刘兴我本第 9 回的目录总目,为“豹子头刺陆谦富安　林冲投五庄客向火”。这一改动到了八卷本中则越发完善,首先将那首“有诗为证”删去了,之后加上了回末套语(双斜线处为分回的位置):

> 小二曰:恩人请里面坐,有要紧话说。且听下回分解。// 林冲问:有甚么话说?(1.19b)

之所以说十卷本和汉宋奇书本的第 9 回为后来书坊主所加,而非简本祖本的原貌,此点从容与堂本此回的分回即可得知。

上文的研究已经知道,简本祖本和容与堂本分回处极为相似,有可能完全相同。若十卷本与汉宋奇书本第 9 回的分回同于容与堂本,那么此第 9 回为简本祖本所有。反之,则此回很有可能为后人所增添。容与堂本中简本第 9 回相对应的回数为容与堂本第 10 回“林教头风雪山神庙　陆虞候火烧草料场”。容与堂本第 9 回回末文字及第 10 回起始文字为(双斜线处为分回的位置):

> 正行之间,只听得背后有人叫道:林教头,如何却在这里?林冲

回头过来看时，见了那人。// 话说当日林冲正闲走间，忽然背后人叫，回头看时，却认得是酒生儿李小二。当初在东京时，多得林冲看顾。（9.14b—10.1a）

分回处与十卷本、汉宋奇书本有一定的差距，容与堂本的分回是在店小二与林冲刚刚相见之时，而十卷本、汉宋奇书本的分回则是在林冲与店小二相认完毕，且店小二已经发现了陆谦的行迹，准备提醒林冲要多加提防之处。十卷本、汉宋奇书本的分回处在容与堂本第 10 回的第 4 叶上半。

于此可知，十卷本与汉宋奇书本正文第 9 回的分回，很有可能为后人增添所致。当然，此二本也不止在此一处进行了增补，其他地方也有类似行为。如容与堂本第 7 回，诸简本均无引首诗，但是评林本此回上层有评语，告知删诗一事，"'世上为人'八句，诗无味，又不切中间之意，故以芟去"（2.5a），"世上为人"一诗同于容与堂本此回引首诗，可知简本祖本此回当有引首诗，而且同于容与堂本。十卷本及汉宋奇书本此回与诸本不同，有引首诗，但是内容却与容与堂本引首诗完全不同。究其原因，可能是书坊主看到底本刘兴我本（或其翻刻本）此处缺引首诗，所以给补了一首。

综上，从简本祖本的角度出发，可知简本祖本很有可能存在第 9 回。现存评林本、英雄谱本、刘兴我本等之所以没有第 9 回，可能是因为某个早期的简本翻刻时遗漏此回，而现存简本均从此条支脉而来。十卷本、汉宋奇书本有第 9 回，应当是后人为弥补这个漏洞，在第 8 回与第 10 回之间强行分出一回。

第七节　从引首诗看简本祖本田王故事的品质

现存诸简本无论是百回故事部分，还是征讨田虎、王庆故事部分均遭到删节。百回故事部分删节之处较易看出，将容与堂本与之进行比对，就可以很清楚地发现，整部小说被删节得只剩下情节框架，其他一些细节描写、人物描写、环境描写等则均被删去。田虎、王庆故事部分同样遭到了删节，虽然现存田王故事部分没有繁本流传下来，但是通过诸简本之间的比对，还是能够知道此点。关于百回故事部分与田王故事部分的删节情况，第三章中会详细介绍。

由于简本祖本以及较早的简本现今已然不存,能够看到的都是经过了多次删节的简本,这些简本不仅百回故事部分被多次删节,田王故事部分同样被多次删节,所以田王故事部分的原貌难以得见。现如今若仅仅只是研究现存简本中田王故事部分的情节文字,那么很难判断简本祖本中田王故事部分的品质究竟如何。就像繁本《水浒传》失传,只剩下简本《水浒传》的话,恐怕《水浒传》也不可能成为明代四大奇书之一、当今的四大名著之一了。

既然想通过田王故事部分的情节文字,探考简本祖本这个部分的品质,或者更直白地说,想看一看这两个插增的小故事写得怎么样,这条路已经行不通了。那么,只能从其他方面来着手,上文提到的引首诗就是一个很好的切入点。诗歌由于其自成整体,一般只会刻错,而很少遭到删节,像有对照的百回故事部分,简本也仅仅是删节了两首引首诗。所以通过引首诗部分,可以窥探简本祖本中田王故事部分的品质。虽然诗歌写作的好坏,并不一定代表作者创作小说的水平,但是从中可以看出作者的文学素养如何。

现存诸简本田王故事部分所存引首诗 22 首,除文字小有差异外,引首诗基本上相同。下面以刘兴我本引首诗为例,参校其他简本进行研究。

第一,对 22 首引首诗类型进行统计。这 22 首引首诗中有 17 首七言律诗,4 首七言绝句,1 首五言律诗。与百回故事部分引首诗相比,田王故事部分引首诗类型略显单一,基本上都是律诗,而且均是七言律诗。百回故事部分引首诗类型则十分丰富,有诗、有词,还有古语,诗中又有律诗、古风,律诗中除了七言律诗、五言律诗外,还有十数句乃至数十句的排律,词中有《鹧鸪天》《念奴娇》《西江月》《满庭芳》等。当然引首诗类型的多寡,并不能简单类比为作者文学素养的高低,但是由此可见作者对各种诗词类型的掌握能力,其中数十句的排律创作还是非常需要才力。

第二,考察引首诗是否符合规则。田王故事部分 22 首引首诗基本上是律诗。既然是律诗,那自然就要符合律诗的格律要求,包括平仄问题、韵角问题、粘对问题以及对仗问题等。对 18 首诗歌进行考察,发现这些诗歌基本上符合律诗要求。当然有的地方也存在一些问题,如刘兴我本第 91 回引首诗为"九重奉命靖边城,赫赫桓桓出帝京。武略胸藏超等列,天才挺卓冠群英。凄凉梦寐逢真圣,恍惚从容遇异神。从此功成拜金阙,南方千载仰威名"(20.7a)。其中韵脚五字为"城""京""英""神""名",

“城”“京”“英”“名”四字均为下平八庚韵，惟有“神”字为上平十一真韵。“从此功成拜金阙，南方千载仰威名”一句，平仄为“通仄平平仄平仄，平平平仄仄平平”，“拜金”二字的平仄存在一些问题。此外，颔联与颈联的对仗也不是特别的工整。但是考虑到多次翻刻可能会有误字，以及小说中的诗歌要求并不是那么严谨的情况下，田王故事部分的作者对诗歌的创作可以说是游刃有余。

第三，引首诗的袭用问题。所谓袭用，其实就是借用他人的诗歌或者词句，这点在百回故事部分的引首诗以及正文诗句中多有出现①。田王故事部分的引首诗同样有袭用前人诗歌的情况。

1. 刘兴我本第 87 回引首诗“万古交驰水似倾，滔滔名利足亡身。常疑好事成虚事，却想闲人是贵人。老逐少来终不了，辱随荣后定须均。劝君莫去夸头角，梦里相逢总未真”（19.9a）。此诗改编自《全唐诗》卷六百四十三唐代李山甫《寓怀》“万古交驰一片尘，思量名利孰如身。长疑好事皆虚事，却恐闲人是贵人。老逐少来终不放，辱随荣后直须匀。劝君不用夸头角，梦里输赢总未真”。

2. 刘兴我本第 90 回引首诗“英雄已矣更何论，思下空飞汉帝魂。狐鬼几年悲紫塞，琵琶万里泣黄昏。西湖草木明春意，南极星辰动海门。谁念前朝轻社稷，怨歌惟有旧王孙”（20.3b）。此诗改编自《岳庙明贤诗》元代柯九思“英雄已矣更何论？思沛空飞汉地魂。区脱几年悲紫塞，琵琶万里泣黄昏。西湖草木明春苑，南极星辰动海门。谁念前朝轻社稷，怨歌唯有旧王孙”。

3. 刘兴我本第 95 回引首诗“雨里烟村雪里山，看时容易做时难。早知不入时人眼，多买胭脂画牡丹”（21.1a）。此诗改编自《宋诗精华录》卷三宋代李唐《题画》“云里烟村雨里滩，看之容易作之难。早知不入时人眼，多买燕脂画牡丹”。

4. 刘兴我本第 96 回引首诗“燕门壮士吴门豪，竹里置钩鱼隐刀。感君恩重与君死，泰山一击轻鸿毛”（21.4a）。此诗改编自《全唐诗》卷二十六唐代李白《结袜子》“燕南壮士吴门豪，筑中置铅鱼隐刀。感君恩重许君命，太山一掷轻鸿毛”。

5. 刘兴我本第 97 回引首诗“五里亭亭一小峰，上分南北与西东。世间

①研究繁本百回部分诗歌袭用的力作当属王利器先生《〈水浒〉留文索隐》，见《耐雪堂集》，中国社会科学出版社 1986 年版，第 269—287 页。

多少迷途者，一指还教大道中”（21.7b）。此诗见于《清平山堂话本》中《陈巡检梅岭失妻记》故事，又见于《喻世明言》中《陈从善梅岭失浑家》故事、警世通言中《福禄寿三星度世》故事。其中后两句见于南戏《张协状元》。

6. 刘兴我本第 105 回引首诗“干戈扰攘荡红尘，致使旌旗向北征。清洛洰流鸣咽水，上阳深锁寂寥春。云收沙室初晴雨，柳拂中桥晚渡津。欲问升平无怨老，凤栖回首落花频”（23.4b）。此诗改编自《全唐诗》卷五百九十唐代李郢《故洛阳城》“胡兵一动朔方尘，不使銮舆此重巡。清洛但流鸣咽水，上阳深锁寂寥春。云收少室初晴雨，柳拂中桥晚渡津。欲问升平无故老，凤楼回首落花频”。

22 首引首诗当中至少有 6 首袭用了前人的作品，这个比例不可谓不大。从这一方面来说，田王故事部分的作者对于自己创作诗歌并没有太大的兴趣，因此才会大量袭用前人的旧作。而这些诗作的选择，则从另一侧面可以看出，作者有一定的文学素养。这些袭用的诗歌都不是特别有名的作品，但是却能被作者选出来当作引首诗，可见作者对于唐诗、宋诗比较熟悉。

第四，分析引首诗的内容。在分析田王故事部分作者所创作的引首诗内容之前，需要再次强调上文所说的情况。田王故事部分的作者对于创作诗歌，并没有表现出多大的兴趣，至少没有像脂砚斋所说的“余谓雪芹撰此书，中亦有传诗之意”的意思。至于为何如此说，一则因为袭用之作过多；二则因为所有的引首诗中，竟然还有四首诗基本上重复。此四首诗分别为：刘兴我本第 84 回与第 94 回的引首诗，二者基本相同，第 87 回与第 103 回的引首诗，二者也基本上重复。除此之外，还有一首正文中的诗作，被直接当作引首诗来用。此首诗在种德书堂本的第 99 回，诗为金剑先生李杰为王庆所卜的卦辞，“三段英雄地，红桃处处新。更名改姓发，结果在河青”（21.11b），后又被当作了种德书堂本第 100 回引首诗。此引首诗刘兴我本与他本有所不同，变五言绝句为七言绝句，但是大抵不脱诗歌原貌。所以真正说来，田王故事部分的作者自己所作的引首诗只有 13 首。虽然不能说作者惧怕作诗，但是大抵没什么兴趣是可以肯定的。

再来看这 13 首引首诗的内容，客观上来说，写得比较一般，有的引首诗内容与正文故事情节关联不大。但是考虑到田王故事本身精彩程度就有限，以及百回故事部分的引首诗也多半游离于正文之外，所以总体上来说，这些引首诗的创作应该还算可以。

也有一些比较好的诗作，跟正文联系较为紧密。如刘兴我本第86回，回目为“众英雄大会唐斌　琼郡主配合张清”，引首诗为“英雄赫赫笑谈间，不惜驰驱拂玉鞍。四海交游酬夙志，一朝结发动欢颜。华筵烈士心何壮，锦帐佳人志亦闲。从此功猷增胜气，将军回马仰平蛮”（19.5b）。前面四句讲的是关胜去回雁峰说降唐斌等四人的事迹，众英雄齐聚一堂，唐斌等四人很爽快地答应加入宋军阵营，后面四句则暗指张清和琼英郡主的一段情缘。整首诗歌的结构构建得比较好，能从首句中看出关键内容，而又不伤直露，中间两联对仗也较为工整。

再如刘兴我本第89回，回目为“魏州城宋江祭诸将　石羊关孙安擒勇王”，引首诗为“筹算重奇谋，英雄一鼓收。刀声昏日惨，冤魄暮云愁。胜气离南寨，威风抵魏州。堪伤遭陷将，徒尔觅封侯”（20.1a）。首联叙述田虎部将用计谋，将宋军这边十员将领坑杀了。颔联叙述当时战场的状态，以及通过环境的描写，增加惨烈的气氛。颈联则叙述这十员将领离开宋营之时，那种意气风发之态，以及抵达魏州敌营之时，欲求建功立业的心情。末联则表达了惋惜之情，可怜这些遭到坑杀的将领，希望在战场上立功谋取封侯，志愿未成却白白地牺牲了。这是一首五言律诗，用的是下平十一尤韵，整首诗不论叙述、描写、烘托以及感情的抒发都十分到位，颔联、颈联的对仗也颇为工整。联系正文来看，确实是一首不错的诗歌。

除此之外，有些引首诗也可见作者的文学功底。如刘兴我本第100回，有诗句“将军未得封侯印”（22.1a），化用自唐代高适《九曲词三首》“将军天上封侯印”；刘兴我本第101回，有诗句“剑气光芒射斗牛”（22.4b），化用自唐代王勃《滕王阁序》“物华天宝，龙光射牛斗之墟”。再如刘兴我本第106回，有诗句“十年细柳千年慕，一世甘棠百世怀”（23.9a）。此句为引首诗的颈联，对仗颇为工整，其中用了两个典故：一是“细柳”取自西汉周亚夫创建的细柳营，诗句对周亚夫当年创建军纪严明的细柳营以及抵御匈奴的事迹，表达了倾慕之情，这里也寓指宋江的军队讨伐田虎、王庆的功绩；二是“甘棠”取自《诗经·召南》中的《甘棠》篇，诗句中所言的是召公一生为民之功绩，得到百代人民的怀念，同样寓指宋江征讨田虎、王庆解救了当时的百姓，如此功绩应该被后人所铭记。整个联句，实为佳句。

综上诸方面，田王故事部分的引首诗写作平平，但是其中也不乏可圈可点之作。虽然作者无意在诗歌的创作上有过多的表现，但是不少作品还是能看出作者具有一定的文学素养。以这样的文学素养创作简本祖本的田王故事,应该也能写得概有可观。虽然不至于达到施耐庵的高度,但是绝不至于出现像现存诸简本田王故事部分那么多将领均不知所终的情节漏洞,以及文字叙述都略显滞涩的情况。现存诸简本这种弊病的出现,皆是不断删节所造成的后果。如果打一个比方,将施耐庵与田王故事部分作者之间的关系进行定位,应该差不多就像《红楼梦》中曹雪芹与高鹗的关系一样。虽然《红楼梦》后续四十回远不如《红楼梦》前八十回,但是不得不说,在众多续书中高鹗的续写是处理得最好的,也多有可圈可点之处。

综上所述,基本可以得出以下结论:

1. 简本祖本百回故事部分与繁本容与堂本一系极为相似,但并不完全相同,其间也存在一些不同。

2. 简本祖本每一回回首均有引首诗,回末有回末诗。其中百回故事部分的引首诗、回末诗与容与堂本应该基本相同。现存诸简本中引首诗与回末诗均有删节,其中回末诗删节得比较严重。

3. 简本祖本的分回,百回故事部分与容与堂本基本相同。现存诸简本由于某些原因,分回与繁本存在一些不同,其中差异最大的版本是英雄谱本。

4. 简本祖本的回数,百回故事部分至少有 97 回,很有可能与容与堂本一样,有 100 回;田王故事部分则至少有 23 回。现存诸简本的回数大多不相同,各本都存在并回的情况,并回最多的是评林本。

5. 简本祖本的卷数,百回故事部分为 20 卷,田王故事部分为 5 卷,总计 25 卷。每卷的分回情况是前 13 卷每卷 5 回,之后卷数的分回情况,可能每卷依旧是 5 回,也有可能是 4 回到 7 回不等。

6. 简本祖本应该存在第 9 回,现存评林本、英雄谱本、刘兴我本等没有第 9 回,可能因为某个早期的简本翻刻之时遗漏,而现存简本均从此条支脉而来。十卷本、汉宋奇书本等有第 9 回,当为后人为弥补此漏洞,在第 8 回与第 10 回之间强行分出了 1 回。

7. 通过对田王故事部分引首诗的考察,可以知道简本祖本田王故事部分的作者虽然无意在诗歌创作上有过多的表现,但是不少诗作还是能看出作者具有一定的文学素养。以这样的文学素养创作简本祖本的田王故事,应该也能写得概有可观。

表 2　容与堂本与诸简本回数对应表

容与堂本	种德书堂本	插增本	评林本	英雄谱本	刘兴我本
1			1	1	1
2			2	2	2
3			3	3	3
4			4	4	4
5			5	5	5
6			6	6	6
7			7	7	7
8					
9			8	8	8
10					
11		10	10	10	10
12		11	11	11	11
13			12	12	12
14		13	13	13	13
15		14	14	14	14
16		15	15	15	15
17		16	16	16	16
18		17	17	17	17
19		18	18	18	18
20		19	19	19	19
21		20	20	20	20
22		21	21	21	21
23		22	22	22	22
24		23	23	23	23
25		24	24	24	24
26		25	25	25	25
27		26	26	26	26
28		27	27	27	27
29		28	28	28	28
30		29	29	29	29
31		30	30	30	30
32		31			31
33		32	31	31	32
34		33	32	32	33
35					
36			33	33	34

续表

容与堂本	种德书堂本	插增本	评林本	英雄谱本	刘兴我本
37					
38			34	34	35
39			35	35	36
40					37
41			36	36	38
42				37	39
43			37	38	40
44			38	39	41
45			39	40	42
46			40	41	43
47					44
48					
49			41	42	45
50			42	43	46
51			43	44	47
52					48
53			44	45	49
54			45	46	50
55			46	47	51
56			47	48	52
57					
58			48	49	53
59			49	50	54
60			50	51	55
61			51	52	56
62			52	53	57
63			53	54	58
64			54	55	59
65			55	56	60
66			56	57	61
67			57	58	62
68					63
69			58	59	64
70			59	60	65
71			60	61	66
72			61	62	67

续表

容与堂本	种德书堂本	插增本	评林本	英雄谱本	刘兴我本
73			62	63	68
74		74	63	64	69
75		75	64	65	70
76		76	65	66	71
77		77	66	67	72
78		78	67	68	73
79		79	68	69	74
80		80	69	70	75
81		81	70	71	76
82		82	71	72	77
83	83	83	72	73	78
84	84	84	73	74	79
85	85	85			
86	86	86	74	76	80
87	87	87		77	
88	87	87	75	78	81
89	88	88	76	79	82
90	89	89	77	80	83
	91	91	78	81	84
	91	91	79	82	85
	92		80	83	86
	93		81	84	87
	94		82	85	88
	90		83	86	89
	95		84	87	90
	96		85	88	91
	97			89	92
	96	98	86	90	93
	98		87	91	94
	99	99	88	92	95
	100	100		93	96
	99	99	89	94	97
	100	100	90	95	98
	101	101	91	96	99
	102	102	92	97	100

续表

容与堂本	种德书堂本	插增本	评林本	英雄谱本	刘兴我本
	103		93	98	101
	104				102
	105		94	99	103
	106		95	100	104
	107				105
	108		96	101	106
91	109		97	102	107
92	110		98	103	108
93					
94	111		99	104	109
95	112		100	105	110
96	112		101	106	111
97	114		102	107	112
98				108	113
99	115		103	109	114
100	120		104	110	115

第二章 《京本忠义传》的研究与思考

《京本忠义传》①，确切地来说应该称之为《京本忠义传》残叶，有的学者也称之为上海残叶。此残叶仅存两纸，一纸为第十卷第 17 叶上半叶三行与下半叶，一纸为第十卷第 36 叶上半叶三行与下半叶。每纸残叶各 448 字，共 896 字。残叶版心上端有“京本忠义传”五字。关于这两纸残叶的由来，有两种说法。一为：1975 年由顾廷龙、沈津二位先生在清理上海图书馆馆藏《水浒传》各种版本之时，发现了两张旧书（明刻本）封面内页的衬纸，这两张衬纸就是《京本忠义传》残叶②。一为：1975 年夏天，沈津先生因为要给上海图书馆古籍训练班上课，就从一捆明清旧纸中找些印书用纸样张来作说明。谁知竟发现两张封面的底页，其衬纸乃为明刻《京本忠义传》残页③。

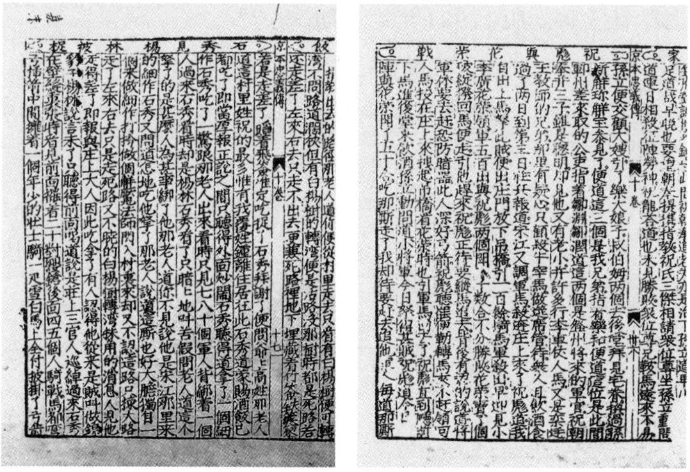

京本忠义传残叶书影④

---

①文中称呼京本忠义传之时，或有书名号，或无书名号，有书名号者称呼此书，无书名号者称呼此种版本。

②顾廷龙、沈津：《关于新发现的〈京本忠义传〉残页》，《学习与批判》1975 年第 12 期。

③沈津：《书城风弦录：沈津读书笔记》，广西师范大学出版社 2006 年版，第 40 页。

④此为 1978 年上海图书馆影印《京本忠义传残页》书影。《京本忠义传》近照第二纸残叶上半仅剩两行，不知原因为何，可参见《〈水浒传〉版本知见录》中书影。

第一节　前人关于《京本忠义传》的研究

《京本忠义传》残叶(以下简称忠义传)自从1975年被发现至今已有40余年的历史了。在这40余年间,国内关于《京本忠义传》的研究文章共有10篇,分别为:

1. 顾廷龙、沈津《关于新发现的〈京本忠义传〉残页》,《学习与批判》1975年第12期。后收入《水浒评论集》,上海人民出版社1976年版,第105—106页,收入此书之时书影并没有附上;收入顾廷龙《顾廷龙文集》,上海科学技术文献出版社2002年版,第485—486页,收入此书之时书影并没有附上。

2. 宏烨(沈津的笔名)《上海图书馆善本书一瞥》,《书林》1980年第3期。后收入沈津《书城风弦录:沈津读书笔记》,广西师范大学出版社2006年版,第295—298页。

3. 刘冬、欧阳健《关于〈京本忠义传〉》,《文学遗产》1983年第2期。

4. 张国光《评〈忠义传〉残页发现"意义非常重大"论》,《武汉师范学院学报》(哲学社会科学版)1984年第1期。

5. 李骞《〈京本忠义传〉考释》,《明清小说研究》1985年第1辑。

6. 刘冬、欧阳健《〈京本忠义传〉评价商兑》,《贵州文史丛刊》1985年第2期。

7. 刘世德《论〈京本忠义传〉的时代、性质和地位》,《明清小说研究》1993年第2期。后收入刘世德《水浒论集》,社会科学文献出版社2014年版,第103—130页。

8. 苗怀明《柳荫成自无心间——〈京本忠义传〉残页的发现与研究》,《古典文学知识》1998年第4期。

9. 李永祜《〈京本忠义传〉的断代断性与版本研究》,《水浒争鸣》2009年第11辑。收入李永祜《水浒考论集》,北京燕山出版社2015年版,第139—168页。

10. 周文业《〈水浒传〉版本数字化及〈京本忠义传〉的数字化研究》,《第三届中国古籍数字化国际学术研讨会论文集》,2011年,第138—201页。

以两纸残叶而有10篇研究论文,这在《水浒传》版本研究中绝无仅有,甚至可以说在所有的小说版本研究中都极为少见。通过这10篇文章可以概览忠义传的研究情况。

顾廷龙、沈津《关于新发现的〈京本忠义传〉残页》与宏烨《上海图书馆善本书一瞥》二文，一篇发表于1975年，一篇发表于1980年。这两篇文章基本上属于同一观点，因为宏烨是沈津先生的笔名。除此外，沈津先生在《古书残页——由〈京本忠义传〉说起》① 一文中关于忠义传的论述，也与之前二文观点相同。顾、沈二先生的文章有以下一些结论：1. 通过刻本的字体、风格和纸张等文物鉴定的方法，认为此本当为明正德、嘉靖书坊所刻。2. 通过忠义传边框上端有标题，认为此本可能是"原本"，早于郭勋本。3. 从现存两纸残叶的内容为容与堂本第47回和第50回，而这两纸残叶为第十卷，推测忠义传以5回为一卷，第十卷正好是第46回至第50回，所以忠义传应为二十卷、百回本。4. 忠义传应属繁本系统，但文字较其他繁本又略简，文言气息也较重。5. 容与堂本可能在忠义传的基础上加工而成，属于繁本系统中较早的本子。顾廷龙、沈津二先生的文章最早对忠义传作出披露，但在研究方面尚属粗陈梗概，并未作出细致研究，尤其是没有将忠义传与其他版本进行比对研究。

刘冬、欧阳健《关于〈京本忠义传〉》一文，进一步对忠义传作出考索与研究。其中主要的观点有：1. 根据忠义传中的"每"字与简体字，得出此书之刻本，虽然是明正德、嘉靖间书坊所刻，但是此书可能成于元末明初之际。2. 通过将忠义传与容与堂本、嘉靖残本文字进行比勘，认为忠义传具备了容与堂本描写细腻、口语生动等长处。容与堂本在忠义传的基础上增加了一些补充描写，并不是从质上加工和提高。3. 根据嘉靖残本有同于忠义传而异于容与堂本之处，认为版本的发展过程为京本忠义传→嘉靖残本→容与堂本。

张国光《评〈忠义传〉残页发现"意义非常重大"论》，此文是张国光先生与刘冬、欧阳健二先生商榷的文章。文章的主要观点有：1. 并不认为忠义传的发现有非常重要的意义，也不认为此发现有巨大功绩。2. 忠义传刊刻时间迟于郭勋本，即刻于嘉靖之后，不会在正德、嘉靖之际。3. 忠义传为早期的简本（可能为万历初的刻本）。4. 认为"每"字与简体字在明代中叶以后仍有使用，不能作为判断成书于元末明初的依据。

---

①文载沈津《书城风弦录：沈津读书笔记》，广西师范大学出版社2006年版，第39—45页。

刘冬、欧阳健《〈京本忠义传〉评价商兑》,此文是对张国光先生商榷文章的再商榷。文章对张国光先生一文作出回应,主要观点有:1. 对忠义传、嘉靖残本、评林本三本作出校对,以忠义传第一纸残叶为例,相关内容对应部分,评林本 215 字,占嘉靖本 521 字的 41%,京本忠义传 447 字,占嘉靖本 85.8%,由此认为忠义传为繁本。2. 通过忠义传书名的由来、"每"字与简体字的问题,再次重申忠义传成书年代应该早于嘉靖刻本。

李骞《〈京本忠义传〉考释》一文的主要观点有:1. 忠义传是《水浒传》版本中较早的本子,依据之一是此版本为二十卷本。2. 忠义传是繁本而不是简本。原因是与容与堂本相比,忠义传大部分文字一致,有个别地方不同。同时,从文字的量上对比,忠义传多于容与堂本。3. 忠义传不仅是繁本最早的一个本子,而且是《水浒传》诸版本中唯一的祖本。依据的理由有容与堂本在此基础上进行了修改、"每"和"将"字问题、正文引首诗中有"事事集成忠义传"一句、忠义传的分回标题等。

刘世德《论〈京本忠义传〉的时代、性质和地位》一文,在研究忠义传的文章中,此文应该算是颇有分量的一篇。主要观点有:1. 进一步从版本的款识,包括版口、字体方面判断忠义传刊刻于嘉靖、正德年间。2. 忠义传并不一定是二十卷、百回本。3. 从忠义传全书所缺的字数、正文、书名来看,忠义传是一种简本。4. 从"京本"二字考察出忠义传极可能是福建建阳刊本。5. 从字数、正文来看,忠义传是早期的简本,正文字数比其他简本多。6. 忠义传不是"原本""原始本""祖本",而是来源于繁本的删节本。7. 作为早期简本,忠义传是繁本向其他简本发展之间的过渡本。8. 作为标目本,忠义传是白文本向上图下文本发展之间的过渡本。9. 忠义传的底本是一种刊刻于南京的以"忠义"为书名的繁本。10. 这种南京刊本与郭勋本、新安本或天都外臣序本有别。

苗怀明《柳荫成自无心间——〈京本忠义传〉残页的发现与研究》,此文是一篇综述类的文章。文章首先肯定了忠义传的发现,具有重大的价值和意义。其次从以下几个方面对前人的研究做出总结:忠义传刊刻年代、忠义传的性质属于繁本还是简本、忠义传在《水浒传》成书以及版本演变等方面的价值和地位。

李永祜《〈京本忠义传〉的断代断性与版本研究》,此文是研究忠义传集大成的一篇文章。文章的主要观点有:1. 通过对"每""将"二字以及简体字在不同朝代的使用情况，以及对《京本忠义传》名称问题的分析，认为忠义传并非成就于元末明初，也不是繁本的祖本。2.通过行款、字体、书口、书名位置与明代版本书口、书名的位置的发展变化、删书的风气、当时社会特定的商品经济意识等众多因素结合起来，考察出忠义传当刊刻于明嘉靖初期福建建阳书坊。3.通过将忠义传与容与堂本、评林本文本的对话、描写、数字进行比对，认为忠义传是介于繁本与简本之间的删削本，不宜归为简本系统，也不属于繁本。应该称为由繁到简过渡性的删削本。

周文业《〈水浒传〉版本数字化及〈京本忠义传〉的数字化研究》，此文是通过将忠义传数字化进行研究的文章。文章的主要观点有：1.忠义传不是简本。2.忠义传是一种对早期版本文字略作删节后的繁本。3.忠义传可能是福建建阳书坊的早期刻本。4.忠义传形式上似乎是繁简过渡本，但是本质上并不是。5.忠义传是一种没有后续发展的消亡版本，由于销路不好，很快被淘汰。6.忠义传是《水浒传》版本演化中昙花一现不太重要的版本。

第二节　《京本忠义传》研究中的歧路与困惑

在上述10篇关于忠义传的文章中，众多学者用了各种方法对这两纸残叶进行研究，然而得出来的结论，众学者均不完全相同，有的结论甚至可以说大相径庭。对这40余年间忠义传的研究进行归纳与总结，可以发现其中存在许多歧路与困惑。

一、忠义传的刊刻时代

关于忠义传的刊刻年代大致有三种说法。第一种是正德、嘉靖说，这种说法的提出者是顾廷龙与沈津二位先生。二位先生是从文物鉴定的角度对残叶作出判断，主要是通过刻本的字体、风格和纸张。刘冬、欧阳健二先生赞同此种说法。刘世德先生则进一步从版本的款识，包括版口、字体方面判断忠义传刊刻于正德、嘉靖年间。

第二种是嘉靖初期说，这种说法的代表人物是李永祜先生。但在李先生之前，马蹄疾先生在《水浒书录》中已将忠义传断为明嘉靖间刻本，去掉了正德这个时间段，只是马先生并未开具理由。李永祜先生对于嘉靖初期的论断给出了充足的理由，只是这些所谓的理由，或多或少都存在一些问题。

第一个理由，商品经济的意识。李先生认为明代商品经济兴起于万历年间东南沿海一带，带有“京本”书籍的产地正处于东南沿海。那么按照李先生逻辑，忠义传就应该是万历年间的产物，但是李先生得出来的结论却是忠义传不可能产生于嘉靖之前，最可能是嘉靖初年。这个逻辑着实让人惊讶，万历年间商品经济兴起，为何忠义传会产生于嘉靖初年？难道忠义传是在萌芽期产生的，若是如此理解的话，那么正德和嘉靖年间也都符合条件。

第二个理由，删书的风气。李先生引用了顾炎武的一句话“万历间人，多好改窜古书，人心之邪，风气之变，自此开始”。但是李先生认为顾炎武所说的删书时间并不准确，觉得时间还要往上推移。于是引用了石渠阁补印本中《水浒传序》中的话，认为郭勋将《水浒传》的致语给删去了，所以删书的风气应该在嘉靖初年就有了。对于这种看法，且不说关于郭勋删《水浒传》是否有明确的证据、汪道昆和钱希言是不是道听途说而来、这部所谓带有“致语”的《水浒传》是否真实存在等等问题，就说即便删书的风气是嘉靖初年就已经开始了，那么也无法确定忠义传在删书风气伊始就存在了，难道就不能延后到万历年间吗？

第三个理由，书口的标记。李先生通过对《中国版刻图录》与《全明分省分县刻书考》中书口变化的考察，得出明初至弘治年间，书口全为黑口；弘治十四年（1501）至正德十六年（1521），黑口、白口互见；嘉靖元年（1522）至万历末年，白口占主流地位。具体到福建建阳地区，弘治十一年（1498）至嘉靖三年（1524），是黑口白口并见时期；自嘉靖四年（1525）起至万历末年，白口占绝对主流地位。按照李先生所列举的材料，由于忠义传是白口，通过白口出现的时间来推断，只能说忠义传刊刻于嘉靖四年（1525）之后，而不能确定为嘉靖初年。

第四个理由，书名的位置。忠义传的书名在鱼尾之上，李先生通过对《中国版刻图录》的考索，发现书名在鱼尾之上第一例的是正德十一年（1516），第二例是嘉靖九年（1530），第三例是隆庆元年（1567），之后直到万历中期书名在鱼尾之上才占据优势。就此李先生认为忠义传刊刻于嘉靖九年（1530）前后，是个合理的时间。这种判断方法，实在太过于主观，正德年间有书名在鱼尾之上的例子，隆庆年间也有，凭什么取嘉靖年间的？

通过上述分析可以看出李先生在开具详细证据证明忠义传的刊刻时间，最后得出的结论却存在一定的偏差。这可能是因为李先生在判定忠义传到底刊刻于何时的时候，已经在心底预设了一个答案，那就是抹去正德、嘉靖说中的正德，只保留其中的嘉靖，所以在得出结论的时候，都往嘉靖初年上面靠。实际上，李先生所列举的各种证据，客观上来说，只能证明忠义传刊刻于嘉靖之后。若再考虑忠义传各个特征出现的交叉时间，却是在万历年间。万历年间商品经济兴起、万历年间人多好改窜古书、万历年间白口占据优势、万历年间书名多在鱼尾之上。

第三种是嘉靖之后说，这种说法的提出者是张国光先生。张先生的理由其实很简单，认为忠义传为简本，简本乃是由繁本删节而来，那么忠义传必然迟于郭勋本，即刻于嘉靖之后。同时更进一步说，忠义传可能为万历初刻本。这种说法的关键支撑证据在于，郭勋本必须是《水浒传》的祖本，然而现在并没有确切的证据证明这一点，所谓的郭勋本早已佚失不存。

除了以上三种忠义传刊刻年代的说法外，还有一种关于忠义传成书于元末明初的说法。这种说法的提出者是刘冬、欧阳健二位先生，所依据的是正文当中出现的"每"字与简体字，二人认为这些字是元代刻书的习用字。李骞先生同意这种说法，并且追加了两条证据，一个是正文中"将"字的使用时代亦是元代，另一个是引首诗中有"事事集成忠义传"一句，认为忠义传的成书年代颇早，是《水浒传》的祖本。

"元末明初"这种说法的证据链存在巨大的漏洞。无论是"每"字、"将"字，还是简体字，都不仅仅是元代才会使用，明代同样也会使用。关于这一点的反驳举证，张国光、刘世德、李永祜诸先生的文章中都有提及。至于版心"京本忠义传"很可能只是书名的简称。之所以会出现这样的问题，其实就像李永祜先生所说的，"忽略了对上述因素在古代版本发展过程中被使用的情况的考察"①。

二、忠义传的卷数

关于忠义传卷数的说法，一般有两种。一种是二十卷说，这种说法最早的提出者是顾廷龙、沈津二位先生，之后李骞、周文业先生均同意此观点。此观点提出的理由非常简单，因为现存的两叶残纸忠义传的内容均在第十卷，而这两叶正文的内容在容与堂本中一个是第 47 回，一个是第 50 回，47

①李永祜：《〈京本忠义传〉的断代断性与版本研究》，《水浒争鸣》2009 年第 11 辑。

回与50回均在第十卷，如果以每卷5回来计算，第46回至第50回正好处于第十卷，所以这个本子应该是每卷5回，共计100回20卷。

这种说法的问题在于，所谓每卷5回的说法纯粹是臆想出来的，忠义传第47回前面还有几回没人知道，第50回后面是否还有回数也无从知晓。于是刘世德先生使用了一种计算叶数的方法，来推断第47回前面还有多少回。推断的方法为：忠义传每叶728字，容与堂本每叶484字，前者约为后者的1.5倍。容与堂本第46回有14叶，第47回在忠义传保存下的文字之前（“爷指教出去的路径”之前）有12叶又7行2字，约12.3叶。若忠义传第十卷是从容与堂本第46回开始，那么应有的叶数为（14+12.3）/1.5=17.5，这个叶数与忠义传残叶所在的叶数基本吻合，忠义传残叶文字的起始位置大概在16.4叶的样子，所以可见忠义传第十卷的起始回数为第46回。

需要说明的是，刘世德先生虽然用了这种计算叶数的方法，来推断第十卷的起始回数，但是由于将其中一个算法搞错，本来应该是（14+12.3）/1.5，得出忠义传残存部分之前的叶数，刘先生却误将除法换成乘法，成了（14+12.3）*1.5，使得整个结论出现了偏差，变成第十卷起始回数为第47回。

另一种是存疑说，这种说法的代表人物是刘世德先生。刘先生的理由是忠义传仅残存两叶，何以证明它必然是二十卷或者一百回，最多只能说明五十回之前分为十卷，并不能证明五十回之后也有十卷，或者五十回，更不能证明全书最后一卷是卷二十，最后一回是第100回。

这种说法有一定的道理，此前二十卷的支持者，均是忠义传为繁本的支持者。若忠义传为繁本，那么回数应该是一百回，卷数则很可能是二十卷。但是忠义传的性质是否为繁本，这一点还很难说。若忠义传为简本的话，有可能存在田王故事部分。如果有田王故事部分，那么忠义传就不太可能为二十卷。就如之前在第一章简本祖本的研究中所提到的，评林本和刘兴我本在第十三卷之前每卷的分回均为5回，但是之后的分回则是4回到7回不等。忠义传第十卷的回数与内容正好与评林本、刘兴我本相同，而这两种本子都存在田王故事部分。所以通过现存忠义传残叶所处的回数以及卷数，并不能有效地断定忠义传即是二十卷、每卷5回。

三、忠义传的性质

关于忠义传的性质，应该是研究忠义传最为关键的问题，同时也是争议最多的一个问题。大体上的看法有三种：一种是繁本，此种说法以顾廷龙、沈津、刘冬、欧阳健、李骞、周文业诸先生为代表；第二种是简本，此种说法以张国光、刘世德先生为代表；第三种是繁简过渡本，此种说法以李永祜先生为代表。

最初繁本的支持者顾廷龙、沈津二位先生，对忠义传没有作出详细的研究，只是大致地比较，得出忠义传为繁本，但是同时也指出忠义传相较其他繁本略简。之后刘冬、欧阳健二先生因为先入为主的思想观念，预先认定忠义传为繁本，所以在将忠义传与其他繁本比对之时，认为其他繁本是在忠义传的基础上，做了一些补充性的描写，并没有做到客观地分析繁简的文句，到底是增补而成，还是删削所致。张国光先生则对"忠义传为繁本"的观点提出商榷，认为忠义传为简本，但文章并没有提出让人信服的证据。

在忠义传到底是繁本还是简本这个问题上，取得突破性进展的是李骞先生所使用的方法。这个方法的由来，欧阳健先生在《稗海潮》一书中有所记载：

> 1984年6月6日，欧阳健去大连参加明清小说讨论会，得到一个极好的组稿机会。路经沈阳时，去辽宁社科院访马蹄疾，不值；去辽宁大学访高明阁，与谈小说研究，请他赐稿。在大连，偶与李骞谈起《京本忠义传》残页，发现他注意到了残页卷十十七页和三十六页之间的关系，即两者之间有21.5页的篇幅，其总字数应为364×21＝7644。若计算出其他各本的相关字数，则《京本忠义传》的简繁问题就解决了。这一思维方式为欧阳健未曾虑及，听了大为兴奋，当即与之约稿，请他尽快写出，务必在第一辑发稿前寄达。
>
> …………
>
> 6月25日，收到李骞论《京本忠义传》文，一气看完，复以容与堂本校对之。再送刘冬过目，给了很高的评价。[①]

李骞先生在文章之中确实用到了与欧阳健先生所说的方法，只是李先生的算法错谬之大，实在让人难以置信。首先是忠义传半叶13行，李先生变成了半叶14行；其次忠义传从残存的地方算应该是有39个半叶，李先生

①欧阳健：《稗海潮》，中国文献出版社2013年版，第150—151页。

错算成29页(58个半叶),关于这一点刘世德先生的文章有详细指出。只是不知如此错谬,到底如何生成。因为李先生在文章末尾感谢了黄霖师赠其忠义传复印件,证明李先生确实亲见此本。再来看上面欧阳先生《稗海潮》的载录,也存在一些问题。首先卷十第17叶至第36叶均以完整来算,也只是20叶篇幅,何来21.5叶?何况第17叶还并不完整,只有半叶,真正只有19.5叶;其次欧阳先生算总字数时,364是半叶的字数,而不是一叶的字数。正是由于这种错谬的算法,使得李先生算出来的忠义传卷十第17叶至第36叶的字数为22736字,容与堂本相应的部分只有15972字,得出忠义传是繁本的结论。

之后刘世德和李永祜二位先生同样对忠义传两纸残叶中间的字数进行了计算,但是二人同样出现了问题。李先生的问题在于,从两纸残叶起讫位置来算,相隔应该是19.5叶,而李先生错算成19叶。刘先生错的问题则比较复杂,忠义传残存的两纸,每纸均非完整的一叶,而是半叶再加上3行文字,也就是均残存16行文字,残缺10行文字。从忠义传第17叶起始的文字开始算,此叶应减去残缺的10行文字,但是第36叶则不需要减去这10行文字,因为到第36叶末,这10行文字已经包含在内,刘先生的算法则减去了这10行文字,少了280字。所以准确的字数应该是(36−17+1)*364*2−28*10=14280字。容与堂本相应部分的文字字数为16051字①。

两相比较,忠义传比容与堂本少了1771字,占容与堂本总字数16051字的11%。忠义传残本部分的内容,刘世德先生认为是4回,其实并没有那么多。忠义传残存部分的内容,起始为卷十第17叶(爷指教出去的路径),截止部分为卷十第36叶末(军人每道那厮)。相应的部分为容与堂本第47回至第50回,其中第47回整回总计15.5叶,卷十第17叶(爷指教出去的路径)之前的内容,容与堂本此回是12.3叶,也就是忠义传相对应容与堂第47回的内容残存3.2叶。容与堂本第50回整回总计12.5叶,卷十第36叶(军人每道那厮)之后的内容容与堂本是3.5叶,也就是忠义传相对应容与堂第50回的内容残存9叶。将忠义传第47回残存的内容与第50回残存

①此字数为刘世德先生所统计的容与堂本字数,包含空字在内,容与堂本此部分实际字数为15414字。但是考虑到忠义传同样有空字,所以此处采用包含空字在内的总字数,而非实际字数。当然,忠义传所存空字会少于容与堂本所存空字,但差异不至于太大。

的内容相加,大致是1回的内容,再加上第48回和第49回的内容,大致是3回的内容。3回忠义传少1771字,全书若是100回则大致少6万字。这是刘先生用回数累积的方法顺推忠义传全书所缺失的字数。此外,刘先生也用了同样的方法,顺推了忠义传全书的字数。其实这种算法并不准确,因为不同的小说章回,有的字数差异较大。像第48回是5075字,第49回是7658字,但是字数最多的第24回有16152字。

既然以回数累积的方法来计算全书的字数并不是十分合理,那么是否有较为合理的计算方法?可以以字数积累的方法计算,容与堂本16051字,忠义传缺少了1771字,大约是11%,那么容与堂本全书共约68万字,换算到忠义传之上,字数则大致少了6.4万。11%的字数差异,分量并不算少,6.4万的字数,也不是一个小数目,至少由此来看,忠义传与其他繁本在字数上,存在一定的差距。那么具有争议的问题来了,与其他繁本相比,文字少了11%的忠义传算不算简本?李永祜先生觉得不算,李先生觉得忠义传删削的文字,数量少,程度浅,不应该把此本归到评林本一类的简本之中去,因为相对于容与堂本,评林本删削了55%以上。由此,李先生把忠义传定义为繁简过渡本。

在探讨忠义传性质之前,这里再介绍一种版本,此一版本的文字相较评林本为多,而相较容与堂为少,此本版本为种德书堂本。此本文字相对于容与堂本而言,大约删削了45%以上,种德书堂本被视作简本。那么,文字删节了多少才算简本?笔者曾有幸面见李永祜先生,向其咨询这个问题。李先生给我打了一个比方,以残疾人的定义为譬喻,评林本删削了55%以上,像断了腿、断了手,可以称为残疾人,忠义传相当于断了根指头,算不上残疾人。当时未曾细细琢磨,觉得颇有道理。待研究过后,发现忠义传所删削的字数达到11%,那就不是断一根指头那么轻微了,至少也是断了一个手腕。断一个手腕,称之为残疾人应该不过分了。

哪怕是仅仅断了根指头,是否可以算残疾人,此点也有值得商榷之处。虽然断了一根指头,从法律上来说不算残疾人,但于生理上而言,同样属于残疾人。而且残疾人也分等级,有重度、中度和轻度。

对于“简本”的定义,欧阳健先生是这样理解的:

> 什么叫简本?用胡应麟话说,是“游词余韵、神情寄寓处一概删

之”。关键不在字数多少，而在是否保留游词余韵、神情寄寓处。绝不能悬拟一个标准，说一万字是繁本，九千字就是简本，更不能设想会发现一个从一万字删到九千字，八千字，七千字，六千字，五千字，四千字的“修改过程”。《京本忠义传》体现了描写细腻、口语生动的特点，从内容上看是地道的繁本。①

这段话欧阳健先生写于 2015 年之时。从这段话中首先可以看出，欧阳健先生已经改变了早年（1983 年）的观点，早年欧阳先生认为容与堂本是在忠义传的基础上增补而成，现今转而承认忠义传是在容与堂本的基础上删节而成。但是欧阳先生依旧不承认忠义传为简本，理由是忠义传中保留着“游词余韵、神情寄寓处”。同时，欧阳先生认为不能设想有一个修改过程，但是现存《水浒传》版本，从忠义传到种德书堂本到评林本再到入清之后的八卷本、百二十四回本等，确实呈现出一个不断删节的过程。只是从删削 11% 的忠义传到删削 45% 的种德书堂本，这其间是否存在断链，是否还有删削 20%、30%、40% 的本子存在过？这一切都是未知之数。即便不承认断链的存在，忠义传删削 11% 的文字内容不是“游词余韵、神情寄寓”之处，难道是《水浒传》中的赘文吗？而且忠义传部分文句的删削，使得正文的逻辑性存在一定的欠缺，此点可详见刘世德、李永祜先生的文章。只不过这类伤及逻辑性的删削之处并不是很多，而且也没有严重影响阅读，所以并未引起大部分研究者的注意。

再看周文业先生对繁简本的理解，周先生认为繁简本的分类标准有两条，一条是故事情节，一条是文字繁简。文字繁简这个争议已然存在，另外周先生还从数字化的文字相似度来讨论繁简问题，见下文。故事情节的标准，一般是以田王故事的有无来判断，但是忠义传残叶没有保存这个部分，所以没法判断。于是周先生根据其他的小情节来判断，认为第 50 回中，简本删除了祝彪和小李广花荣交战的故事，但是忠义传没有，因此从故事情节来看，忠义传应属于繁本。

如此判断，看起来似乎有道理，其实不然。相比其他繁本而言，忠义传同样也删除了一些情节。容与堂本中有杨林被祝家庄识破身份之后的

①原载欧阳健和讯博客：http://qianqizhai.blog.hexun.com/102959718_d.html#commentsList，今不存。

文字,“人见他走得差了,来路蹺蹊,报与庄上大官来捉他。这厮方才又掣出刀来,手起伤了四五个人。当不住这里人多,一发上去,因此吃拿了”(47.14a),忠义传此段文字仅为“人见他走得差了,即报与庄上大人,因此吃拿了”(10.17b)。很显然,忠义传将杨林奋起反抗以及如何被抓的情节删除了,仅仅留下了被抓的结果。当然,相比其他简本而言,忠义传的情节又算是删节得较少的。

到底如何判断忠义传是简本还是繁本?笔者觉得删除的字数是一个方面,另外还有两个方面需要考虑。一是删节的意图。删除文字是为了节约成本,还是有其他的目的。拿金圣叹评点本来说,金批本几乎将《水浒传》中所有与内容无关的诗词删节掉了,但是不能因此说金批本是简本。金圣叹删节诗词的目的是为了提高《水浒传》的艺术性,金批本删节诗词之后,使得小说情节更为紧凑,所以金批本毫无疑问是繁本。那么忠义传的删节意图到底为何?关于此点,刘世德与李永祜二位先生在研究忠义传的过程中,得出了“忠义传刊刻于建阳”这一结论,此结论已透露出忠义传的删节意图。

关于建阳书坊删节书籍的记录,早在明代嘉靖年间郎瑛的《七修类稿》(卷四十五)中已经存在:

> 我朝太平日久,旧书多出,此大幸也。亦惜为福建书坊所坏。盖闽专以货利为计,但遇各省所刻好书,闻价高即便翻刊。卷数、目录相同而于篇中多所减去,使人不知,故一部止货半部之价,人争购之。①

之后胡应麟《少室山房笔丛》与周亮工《因树屋书影》中也有提及。可以说,建阳书坊删节文字的目的,无非就是为了节约成本、降低售价、提高竞争力。从此方面来看,作为由建阳书坊刊刻的忠义传,其删削意图亦当如是。所以从删节意图来说,忠义传当算作简本。

二是删节的影响。文字删节之后,是否会降低小说的艺术成就?如果是,那么应该属于简本。如果不是,则应该属于繁本。对于这一问题,1983年刘冬、欧阳健二位先生认为忠义传保留了其他繁本描写细腻、口语生动的长处,其他繁本是在忠义传的基础上进行增益和丰富,都是补充性的描写。2015年欧阳健先生再次撰文之时,关于忠义传与其他繁本的关系,此一看法

---

①[明]郎瑛:《七修类稿》,上海书店出版社2001年版,第478页。

有所改变,但是依旧认为忠义传有"描写细腻、口语生动的特点,从内容上看是地道的繁本"。也就是说,由始至终欧阳健先生都不认为忠义传的艺术性由于文字的删节而受到了损伤。但是从刘世德与李永祜二位先生的文章例证中,却明显可以看出,删节文字之后的忠义传,有的地方已经"伤及了作品的精神血脉"[①]。

这里仅举两例以观:

例一:石秀向钟离老人询问路径,老人所作出的回答。

容与堂本:那老人道:你便从村里走去,只看有白杨树便可转湾。不问路道阔狭,但有白杨树的转湾便是活路,没那树时都是死路。如有别的树木转湾,也不是活路。若还走差了,左来右去,只走不出去。更兼死路里,地下埋藏着竹签、铁蒺藜。若是走差了,踏着飞签,准定吃捉了。待走那里去?(47.13ab)

忠义传:那老人道:你便从村里走去,只看有白杨树便可转湾。不问路道阔狭,但有白杨树的转湾便是活路,没那树时都是死路。若还走差了,左来右去,只走不出去。更兼死路里,地下埋藏着竹签、铁蒺藜。若是走差了,蹈着飞签,准定吃捉了。(10.17ab)

容与堂本比忠义传多了两句话,一句是"如有别的树木转湾,也不是活路",另一句是"待走那里去"。第二句话有与没有差异不大,然而第一句话有与没有却有相当大的差异。钟离老人前面的意思是让石秀遇到白杨树就转弯,没有白杨树就是死路。按照正常人的理解,只要遇到白杨树就转弯,没有白杨树或者不是白杨树那就不转。看起来钟离老人后面多出的那句是废话,但恰恰是这样一句废话,却能够表现出人物的性格。首先,钟离老人是个老人,老人话一般比较多,而且此时又是在聊天,普通人聊天自然不会有意去构思言语。其次,多增加一句话也更能看出钟离老人的慈悲心肠,生怕石秀走错了路,所以特意再叮嘱一句,有其他树木的转弯也是死路,只能认准白杨树。这样的叮嘱在现实生活当中极为常见。

例二:祝彪与花荣打斗之后,回到祝家庄的言语。

容与堂本:孙立动问道:小将军今日拿得甚贼?祝彪道:这厮们

①李永祜:《〈京本忠义传〉的断代断性与版本研究》,《水浒争鸣》2009年第11辑。

伙里有个甚么小李广花荣，枪法好生了得。斗了五十余合，那厮走了。（50.4a）

忠义传：孙立动问道：小将军今日拿得甚贼？祝彪道：今日某阵与花荣斗了五十合，吃那厮走了。（10.36b）

此处容与堂本比忠义传多出了一句夸赞花荣的话。这句话很关键，从中也能看出人物的个性特征。首先，花荣的武艺，得到了对手祝彪极高的评价。一直以来，读者仅仅知道花荣箭法举世无双，此处从祝彪口中得知花荣的枪法造诣着实不低，让读者对花荣有了一个全新的认识。其次，容与堂本中祝彪语言的描述与忠义传也有所不同。容与堂本"有个甚么小李广花荣"，忠义传则直接称呼为花荣。从容与堂本文字中可以读出祝彪对花荣并不熟悉，这也符合之前的情节。此前祝彪想去追赶花荣，被手下的人叫住了，说花荣箭法了得，不可深追，于此祝彪才停住了脚。可见祝彪对花荣确实不怎么了解。此等情节又与《三国演义》中关羽追赶黄忠何其相似，正因为关羽不了解黄忠的箭术才敢深追，最后被射落盔缨。再次，通过祝彪对花荣的夸奖，也能对祝彪的性格有一定了解。此处容与堂本祝彪与孙立的对话，可以看出祝彪此人并不盲目自大，对自身与对手都有客观清醒的认识，且对于对手不吝褒奖之词。作为将领而言，这一点是较为难能可贵的。

所以，从删节的影响来看，忠义传同样属于简本。当然，若是与删节特多的种德书堂本、插增本、评林本、刘兴我本，乃至于八卷本、百二十四回本比较而言，忠义传哪怕是遭到删节，艺术性成就也是远远胜之，但是相比于其他繁本来说，忠义传则在不少地方缺少了那一抹神韵。

四、忠义传的数字化

当今的时代，是一个大数据时代。在这个大数据时代里，古籍的数字化已经是不可避免的时代潮流。古典小说数字化行业里，周文业先生绝对是其中的代表人物与领军者。自2001年起，至2022年，周先生组织了21届"中国古代小说、戏曲文献暨数字化国际研讨会"，同时自身在古代小说数字化的研究领域里也取得了可喜的成绩①。古代小说的数字化给研究者提供了

①关于周文业先生数字化会议的相关情况及其个人成果可参详《古代小说数字化二十年（1999—2019）》，中州古籍出版社2020年版。

很大的便利，节省了人工校对所需的时间。但是需要指出的是，无论是小说数字化，还是其他古籍数字化，都存在一个无法避免的问题，那就是数字化之后的文本可靠性到底有多少。

笔者曾见周文业先生的小说数字化文本，比对原文后发现，错舛之处不少。后来有幸在开会之时见到周文业先生，向其问及经过处理的小说数字化文本，是由电脑辨识生成，还是人工校对。周先生告知笔者，文本是由专门的公司录入员录入生成。笔者再问及录入人员是否是专门的汉语言专业系毕业的学生，是否能辨识繁体字与异体字？周先生说不是汉语言专业的学生，也无法辨识繁体字与异体字，录入员都是其他专业的员工，用五笔比对字形录入。笔者又问到录入之后是否曾有人校对过？周先生说还没有，因为工作量太大。这也许就是周文业先生小说数字化文本出现错舛的原因所在。

周先生研究忠义传的这篇文章《〈水浒传〉版本数字化及〈京本忠义传〉的数字化研究》，从中也可以看到数字化文本由于出现错舛所造成的结论偏差。在周先生的文章中提到一种文本相似度比对的方法，将忠义传、容与堂本、嘉靖残本、钟伯敬本、天都外臣序本、遗香堂本、郁郁堂本、金圣叹本等诸种版本，以容与堂本为轴心进行相似度比对，发现忠义传与容与堂本的相似度，比之金圣叹本、郁郁堂本、遗香堂本、天都外臣序本、钟伯敬本、嘉靖残本等诸本与容与堂本的相似度，多者之间颇为接近，于是得出结论，忠义传属于繁本。

但是当笔者查阅周先生文章中诸版本与容与堂本相似度的具体数值之时，却十分惊讶，文中所言第 47 回钟伯敬本与容与堂本相似度为 91%、天都外臣序本与容与堂本相似度为 82%、遗香堂本与容与堂本相似度为 84%、郁郁堂本与容与堂本相似度为 85%、金圣叹本与容与堂本相似度为 81%。吃惊之处在于，诸版本与容与堂本的差异，笔者曾做过比对，远远没有周先生文章中所列举的数值那么大，像天都外臣序本、遗香堂本在数值中显示，与容与堂本将近有五分之一的文字不同。笔者为探寻其间原因，又细查了周先生文章中所附带的数字化文本，发现了其中问题所在。

首先，数字化文本将一个字的不同写法，当作了不同字来处理，如“里”与“裏”、“个”与“個”等。异体字是否需要当成不同的文字来处理，此点另说，更大的问题是数字化文本中存在太多的错舛文字。如数字化的钟伯敬本“只看有白杨便可转湾”当为“只看有白杨树便可转湾”；“没那时都是死路”当为“没那树时都是死路”；“如有别的木转湾也不是活路”当为“如有别的树木转湾也不是活路”；“更死路里”当为“更兼死路里”；“便问爹爹高姓”当为“便问爷爷高姓”等等不一而足。除此之外，录入之时的繁简字、异体字也存在一些问题，如“左来右去只走不出去”当为“左來右去只走不出去”；“聽得外面炒鬧”当为“聽得外面炒鬧”等。这仅仅只是前面几句话，就出现了如此之多的差错，可以想见这样的数字化文本，计算出来的相似度到底有多大的可信度。

据笔者比对，若将繁简字与异体字均算作相同的文字。第47回钟伯敬本与容与堂本的相似度是100%，而周先生的数字化文本为91%；嘉靖残本与容与堂本的相似度是95%，而周先生的数字化文本为84%；遗香堂本与容与堂本的相似度为97%，而周先生的数字化文本为84%；天都外臣本与容与堂本的相似度为98%，而周先生的数字化文本为82%；郁郁堂本与容与堂本相似度为97%，而周先生的数字化文本为85%；金批本与容与堂本似度为96%，而周先生的数字化文本为81%。诸繁本与容与堂本的相似度均在95%以上，而忠义传与容与堂本的相似度仅为82%，差距依旧存在，与种德书堂本、插增本、评林本、刘兴我本等与容与堂本的相似度相比，依旧只是高低的问题。

第三节　《京本忠义传》研究中的版本启示

抛开忠义传中繁简问题的争论不提，忠义传还涉及《水浒传》版本研究中的其他问题，这些问题有的看起来并不起眼，但是同样值得注意。

一、忠义传与简本祖本

第一章曾根据现存简本，包括种德书堂本、插增本、评林本、英雄谱本、刘兴我本等本子的研究，推测出简本祖本的情况。得出结论：简本祖本与容与堂本系统颇为相近，但是又不完全同于容与堂本。关于“简本祖本不完全同于容与堂本”这点，从现存简本引首诗的某些异文同于嘉靖残本，而异于容与堂本，即可得知。此一结论在忠义传正文中再一次得到了验证。

忠义传某些文字与容与堂本系统有异，但却同于嘉靖残本。由于嘉靖残本为残本,现存部分能与忠义传比对的只有第47回。以下列举几处忠义传同于嘉靖残本而异于容与堂本之例文以观之。

容与堂本:打扮做个解魔法师。(47.13b)

嘉靖残本:打扮做个解魇法师。(47.16b)

忠义传:打扮做个解魇法师。(10.17b)

(例一)

容与堂本:报与庄上大官。(47.14a)

嘉靖残本:报与庄上大人。(47.16b)

忠义传:报与庄上大人。(10.17b)

(例二)

容与堂本:坐在一匹雪白马上。(47.14a)

嘉靖残本:坐在一疋雪白马上。(47.17a)

忠义传:骑一疋雪白马上。(10.17b)

(例三)

上文已经说到刘世德与李永祜二位先生考证出忠义传刊刻于建阳。那么,无论将忠义传归属为繁本还是简本,均无法抹去一个事实——现存刊刻时间较早的简本均出自建阳,所以同出于建阳的忠义传与简本祖本有所关联是必然的。忠义传很可能是由简本祖本删节而来,上面所举的三个例子,忠义传与容与堂本不同,却与嘉靖残本相同,这再一次证明了简本祖本与容与堂本并不完全相同,简本祖本的文字更接近于嘉靖残本。

另外再值得提一点的是,这三个例子中,例一的"解魔法师"与"解魇法师"并没有什么不同,"魇魔"可以当作一个词,大致意思就是遇到某种魔障,人的神志不清醒。"解魔法师"或"解魇法师"就是解开这个魔障。例三的"一匹"与"一疋"也没什么不同,"匹"字同于"疋"字。这三个例子中只有例二是属于理解出错的情况。容与堂本、石渠阁补印本、钟伯敬本等作"大官",此处的"大官"并非职位上的官员,而是对古代有一定社会地位男子的尊称,像郑屠夫称为郑大官人、柴进称柴大官人、西门庆称为西门大官人、李应称为李大官人等均是如此,嘉靖残本、忠义传不明白这个词的意思,则改作了"大人",三大寇本系统则全部改作"官人们"。

二、忠义传与其他简本

无论是否将忠义传归为简本，忠义传属于建阳刊本应该是不争的事实。除此之外，忠义传在文字上也表现出与其他简本相近之处。举两例以观之：

容与堂本系统、三大寇本系统：这村里姓祝的最多，惟有我覆姓钟离，土居在此。（容.47.13b）

忠义传：这村里姓祝的最多，惟有我覆姓钟离，住居在此。（10.17b）

评林本、英雄谱本：这村里姓祝最多，惟我覆姓钟离，住居在此。（评.10.11a）

刘兴我本系统：本村姓祝的最多，惟老汉覆姓钟离，住居在此。（刘.10.8a）

（例一）

容与堂本、钟伯敬本：中间拥着一个年少的壮士，坐在一匹雪白马上，全付披挂了弓箭。（容.47.14a）

嘉靖残本、石渠阁补印本：中间拥着一个年少的壮士，坐在一疋雪白马上，全付披挂了弓箭。（嘉.47.17a）

三大寇本、大涤余人序本、百二十回本：中间拥着一个年少的壮士，坐在一匹雪白马上，全副披挂了弓箭。（寇.47.15a）

金批本：中间拥着一个年少壮士，坐在一匹雪白马上，全副披挂，跨了弓箭。（贯.51.25a）

忠义传：中间拥着一个年少的壮士，骑一疋雪白马上，全付披挂了弓箭。（10.17b）

评林本、英雄谱本、刘兴我本系统：拥着一个年少壮士，骑疋白马。（评.10.11a）

（例二）

从以上两个例子中可以看出，忠义传与现存简本存在一定的关联。例一众多繁本均为“土居在此”，而忠义传与诸简本文字相同，为“住居在此”。“土居”的意思是世代居住在此，如果此词改为“住居”，则整个文句少了一层含义。此句若是“土居”则有两层含义，第一层石秀问钟离老人贵姓，钟离老人先说这里的人基本上姓祝，只有我一个人姓钟离。第二层钟离老人解释为什么他一个姓钟离的外姓人能住在这里，因为他们家世代在此居住。如果此词改为“住居”的话，那么就只有第一层含义，而没有第二层含义，即对自己姓钟离却能住在这里作出解释。例二众多繁本此句话有小异，但是马上的动词均用“坐”字，而忠义传与简本均为“骑”字。“坐”与“骑”二字文中均可，没有什么太大的差别。

此二例可以看出忠义传与简本之间存在一定的联系，但是由于简本有多个版本，像种德书堂本、插增本、评林本、英雄谱本、刘兴我本等，这些版本之间的文字也多有差异，那么忠义传与哪种简本关系更为密切？以下将诸简本与忠义传文字进行比勘，由于种德书堂本、插增本均无忠义传残叶部分的文字，所以仅将评林本、英雄谱本、刘兴我本三种与忠义传进行比对。具体情况如下：

容与堂本系统、三大寇本系统：若是走差了，踏着飞签，准定吃捉了。（容.47.13b）

忠义传：若是走差了，蹈着飞签，准定吃捉了。（10.17b）

评林本、英雄谱本：蹈着飞签，准定捉了。（评.10.11a）

刘兴我本：踏着飞签，准定捉了。（10.7b）

（例一）

容与堂本系统、三大寇本系统：这两个是登州送来的军官。（容.50.3b）

忠义传：这两个是登州将来的军官。（50.36b）

评林本、英雄谱本：这是登州将来军官。（评.10.23a）

刘兴我本：这是登州差来军官。（10.16a）

（例二）

此二例刘世德先生将其当作忠义传同于简本而异于繁本的例子。其实不然，因为刘先生只比对了评林本，其他本子并未对校，所以得出如此结论。从例一可以看出，忠义传与评林本、英雄谱本文字相同，而刘兴我本却与繁本文字相同。例二忠义传又与评林本、英雄谱本文字相同，刘兴我本文字则独异，此处可能是刘兴我本编辑者并不理解“将”字含义。再来看以下几例：

忠义传：没那树时，都是死路。（10.17a）

评林本、英雄谱本：没那树时，都是死路。（评.10.11a）

刘兴我本：没那树处，都是死路。（10.7b）

（例三）

忠义传：这村里姓祝的最多，惟有我覆姓钟离。（10.17b）

评林本、英雄谱本：这村里姓祝最多，惟我覆姓钟离。（评.10.11a）

刘兴我本：本村姓祝的最多，惟老汉覆姓钟离。（10.8a）

（例四）

忠义传：石秀听得道拿了一个细作。（10.17b）

评林本、英雄谱本：听得道拿了一个细作。（评.10.11a）

刘兴我本：说拿了一个细作。（10.8a）

（例五）

忠义传：只见七八十个军人。（10.17b）

评林本、英雄谱本：只见七八十个军人。（评.10.11a）

刘兴我本：只见七八十个庄客。（10.8a）

（例六）

忠义传：后面四五个人骑战马。（10.17b）

评林本、英雄谱本：后面四五个骑战马。（评.10.11a）

刘兴我本：后面骑着四五定战马。（10.8a）

（例七）

从以上几个例子中可以看出，**忠义传与评林本、英雄谱本文字相近，而与刘兴我本文字则多有不同**。当然，得出如此结论的前提，并不能依据以上几个例子，而应该是两纸忠义传残叶的全部文字中，并没有同于刘兴我本，而异于评林本、英雄谱本之处。将忠义传与评林本、英雄谱本、刘兴我本进行全面比勘，发现确实没有忠义传同于刘兴我本，而异于评林本、英雄谱本的例子。

再来细检以上几个例子，可以发现刘兴我本存在异文之处，可能是编辑者有意修改后的结果，其异文有一定的合理性。像例四中刘兴我本将评林本第三人称的称呼改为第一人称的称呼。例五中评林本删节后的文字为“只听外面炒闹，听得道拿了一个细作”，两个“听”字有点重复，刘兴我本则改为“只听得外面炒闹，说拿了一个细作”，这里只有一个“听”字，句式则较为顺畅。例六中评林本为“军人”，刘兴我本为“庄客”，此处刘兴我本的编辑者或认为前面抓住杨林的是庄客，又或认为祝家庄的私人武装部队不应该称之为军人，所以将此处改为了“庄客”。

三、忠义传与过渡本

无论将忠义传归为繁本，还是将其归为简本，有一点应该没有异议，就是忠义传由其他繁本删节而来，而非其他繁本由忠义传增添所成。其他繁本字数多于忠义传，而忠义传字数又多于其他简本，这样看来似乎忠义传是繁本与简本之间的过渡本。刘世德先生最早提出此说，后来李永祜先生更是直接将忠义传的性质定义为繁简过渡本。对此周文业先生则并不赞同。

周文业先生列举了一个例子：

> 容与堂本：人见他走得差了，来路跷蹊，报与庄上大官来捉他。（47.14a）
>
> 忠义传：人见他走得差了，即报与庄上大人。（10.17b）
>
> 评林本、英雄谱本：人见了他走差来路。（评.10.11a）
>
> 刘兴我本：无此文字

通过这个例子，周先生认为评林本、英雄谱本文字不可能直接来源于忠义传。这一看法应该没有什么问题，因为评林本、英雄谱本“来路”一词，在忠义传中被删节了，而此词却保存在容与堂本之中，所以评林本、英雄谱本此处“来路”一词并非妄加，而应该是来自简本祖本。也因此可知，评林本、英雄谱本的底本并非忠义传，而是简本祖本的其他支脉。根据“来路”一词的有无，周先生便认为忠义传不可能是繁本与简本之间的过渡本。事实情况是否如此？

首先说明一下关于过渡本的理解。周文业先生所理解的繁简过渡本，有形式上与本质上两种。形式上，繁简过渡本的含义是在字数、删削程度等，介于繁本与简本之间。本质上，繁简过渡本的含义是忠义传由繁本删节而来，而简本又是由忠义传删节而来。刘世德先生对于繁简过渡本的理解，就是周先生所说的本质上的含义，但是刘先生并没有言之凿凿地认为忠义传就是评林本或者其他简本的底本，而是说“在其他简本删改成书的过程中,《京本忠义传》如果不是底本,至少也是一种重要的参考本"[①]。李永祜先生对繁简过渡本的理解,就是周先生所说的形式上的含义,从字数的减少、删削的程度等方面考虑。可以说,从本质上来看过渡本的问题,周先生的观点略显狭隘,而刘先生则更为宽泛。

再说一下周先生对版本演化研究中的两个定义,"父子关系"与"兄弟关系"。所谓"父子关系"就是一本为另一本的底本,所谓"兄弟关系"就是二者虽然没有承继关系,但是来自共同的底本。周先生的定义,在一定程度上来说,没有什么问题,而且可以厘清版本研究中的关键线索。但是由于现存《水浒传》版本绝非历史当中所存在的全部,甚至可能只是一鳞半爪,泰半已经佚失了。如此情况必然会造成一个结果:版本链条上的断链,而且有些版本之间的关系链,可能还不止断了一环,而是断了数环。那么"父子关系"和"兄弟关系"就不足以表明版本之间的全部关系,甚至这样的定义有时候往往会掩盖掉某些问题。

以钟伯敬本为例,此本源出于容与堂本当为学界共识,那么此本与容与堂本应该属于父子关系。现今容与堂本存在多种刊本,不同的刊本之间文字小有差异,通过研究已知钟伯敬本的底本为日本天理图书馆所藏容与堂本,但是假若此本佚失不存,那么钟伯敬本与其他几种容与堂本则无直接的承继关系,文字必然小有差异,这样的情况下,该如何形容钟伯敬本与容与堂本之间的关系?此时自然不能认为钟伯敬本与容与堂本并非父子关系,也不能认为它们来自同一个祖本,是兄弟关系,而只能推测属于钟伯敬本底本的容与堂本佚失了,现存容与堂本与钟伯敬本是叔侄关系。

再如周先生在文章中认为容与堂本与忠义传、评林本都属于兄弟或者堂兄弟的关系。这种关系的划分,把《水浒传》版本的关系简单化了。首先,从繁本直接跨越到评林本,说明周先生认为评林本是从类似于容与堂本的繁本直接删节而来,但事实情况不可能如此。即使不承认忠义传是简本,不承认它的过渡本地位,种德书堂本是简本应该也没有任何疑问,此本的字数多于评林本,此即意味着从简本祖本到评林本,至少还要经历种德书堂本这个阶段。这仅仅是从现存简本的关系所能看到的阶段,然而没看到的阶段到底有几层还很难说。直接将容与堂本与评林本断为堂兄弟关系,则抹去

---

①刘世德:《论〈京本忠义传〉的时代、性质和地位》,《明清小说研究》1993年第2期。

了从简本祖本到评林本的版本链条之间其他版本的痕迹。

其次，周先生将忠义传与容与堂本定义为兄弟关系。周先生认为忠义传为繁本，此点不深究，但是从繁本祖本直接跳跃到容与堂本及忠义传，这中间再次没有考虑到断链的问题。从上文所举忠义传与其他繁本存在异文的例子，以及其他一些未举之例，如诸繁本文字为“**酒饭小人都吃勾了**，即当厚报”（容.47.13b），忠义传为“**蒙赐酒饭，已都吃了**，即当厚报”（10.17b），可以看出即使忠义传属于繁本，也不太可能直接由繁本祖本删节而来。这其中可能还存在某个或某几个过渡本（底本），容与堂本与忠义传可能是叔侄或者更远的关系。

再次，判断版本之间的关系链。由于现存《水浒传》版本佚失太多，有的版本与另一个版本之间的关系光用父子与兄弟来表示，肯定是不够的。就像上文所说还存在叔侄关系，不仅如此，以前学界认为袁无涯本（大涤余人序本）从容与堂本而来，以容与堂本为底本，二者是父子关系。但是随着三大寇本的发现以及关注，发现容与堂本与袁无涯本（大涤余人序本）并非父子承袭关系，二者之间还存在三大寇本，那么容与堂本与袁无涯本（大涤余人序本）至少是祖孙关系。实际上，版本的关系链往往更为复杂，有的链条关系可能超过三代，达到四五代以上。而有的版本之间并没有直接的继承关系，但是有可能是旁系血缘关系，像叔侄关系、叔公与侄孙的关系、曾叔公与曾侄孙的关系等等。

将这些错综复杂的关系厘清楚之后，再来看一下周先生所说的“来路”问题。从“来路”问题上可以确定的是，忠义传与评林本、英雄谱本没有直接的血缘关系。但是忠义传与评林本、英雄谱本还有可能是旁系叔侄关系或者叔公与侄孙的关系等，此点从忠义传有不少文字同于评林本、英雄谱本而异于其他繁本可证。如果从叔侄关系来说，忠义传应该算作一种过渡本。即使不承认忠义传与评林本有旁系血缘关系，那么忠义传也应该如刘世德先生所言，是简本的一种重要参考本。那么，从这个角度来说，忠义传依旧算作一种过渡本。

四、忠义传在《水浒传》版本中的价值

忠义传从其发现到研究这四十余年间的命运，用坎坷蹭蹬来形容应该不为过。1975 年忠义传在上海图书馆被发现，但是由于诸方面原因并未得

到过多的关注。真正的关注要到8年后的1983年，刘冬、欧阳健二位先生发表文章对此一发现予以肯定，认为忠义传的发现是一项巨大的功绩，自然二位先生也就觉得忠义传是一个重要的本子。

但是1984年忠义传的命运发生翻转，张国光先生撰文认为忠义传这一偶然的发现谈不上巨大的功绩，也并没有非常重要的意义。张先生的理由很简单，因为忠义传仅存两张残叶，又是简本，而且简本在国外已经有研究者寻访到几种未见著录和闻知的本子。张国光先生的这种看法略显草率，随后也遭到了刘冬、欧阳健二位先生的质疑与商榷。

从文献学角度来说，任何新材料的发现都是十分珍贵、值得重视的，无论这个材料的完整度如何。新材料的价值与偶然发现、必然发现没有什么直接的关系。新版本的价值与它是简本还是繁本也没有直接的关系。在《水浒传》版本研究领域，简本与繁本的价值相同，并不会因为忠义传属于简本，它在版本学上的价值就降低。张先生还讲到简本在国外已有发现，所以忠义传残叶的价值就没那么重要了。首先需要说明的是，在国外发现的多种简本，没有任何一种与忠义传相同。其次，即使是相同的版本，也存在不同版次的可能。所以，张先生仅仅因为忠义传属于简本，且国外已发现简本，就认为忠义传的价值降低，此举有欠妥当。

之后李骞、刘世德先生的研究都肯定了忠义传在《水浒传》版本研究中具有特殊的重要性。尤其是苗怀明先生于20世纪末发表的忠义传研究综述，对忠义传的发现给予了肯定性的评价，认为忠义传是《水浒传》版本的重大发现，在众多《水浒传》版本中具有特殊的重要性，对研究《水浒传》的成书及版本演变过程都有十分重要的价值。

时间来到21世纪，李永祜与周文业二位先生对忠义传的价值作出重新评估。否定了忠义传在《水浒传》版本流传演变中的价值。李先生认为忠义传既不能满足文人，又不能满足社会大众，是一部两头受冷落、不适销对路的书籍，初版之后便遭到社会淘汰，被各种简本所替代。这或许是它不见著录、未有传本的主要原因。周先生则认为忠义传是一种没有后续发展的消亡版本，推出后销路不好，很快被淘汰。是《水浒传》版本演化中昙花一现不太重要的版本。二位先生的观点大致相似，均认为忠义传很快遭到淘汰。不同的是，周先生更进一步认为忠义传是不太重要的版本。这个所谓的重要与否的判定，周先生认为一个版本如果没有后续发展，则是一个不太重要的版本。

二位先生在论断的时候,根据现有版本再加上合情合理的分析,从而推知历史当中忠义传的情况,这种方法没有什么问题。但是历史的情况是错综复杂的,有偶然性也有必然性。以简本《水浒传》为例,现存简本除却清代的某些刊本诸如汉宋奇书本、百二十四回本存世较多之外,其余的本子无论是种德书堂本、插增本、评林本、刘兴我本、藜光堂本等无一不是在海外发现,而国内却几乎一无所获,只有评林本发现几纸残叶。如果没有海外的这些发现,是不是根据几纸评林本残叶,同样可以推断评林本,甚至于整个建阳所刊简本,都不适合销路,初版后便遭淘汰,是昙花一现不太重要的本子?当然,通过海外的收藏也可以看出一个版本的盛行情况,但是这里面涉及的问题就比较复杂,不能泛泛而论,像购书喜好的原因、时代的原因、经商贸易的原因等等问题,均要考虑进去。

事实上,大部分版本最终都将遭到淘汰,能站在金字塔顶端的肯定就只有那么寥寥数种,而更多的则是被历史的长河给掩盖。至于忠义传是否如此之快的消亡,这一点则很难说。像周文业先生对忠义传残叶作为衬纸此一行为是这样理解的,"这两页是做其他书籍的衬纸使用,这充分说明,这种版本在当时是价值不高的通俗读物,且印刷量肯定很少"[①]。周先生认为忠义传作为衬纸使用是因为价值不高,这一点可以理解,但是认为其印量肯定很少,这点在逻辑上说不通,因为价值不高和印量少,二者之间并没有直接的关系。而刘冬、欧阳健二位先生对忠义传残叶作为衬纸则是这样理解的,"残页是从明刻本封面底页的衬纸中发现的,揆之常理,用来充作衬纸的,当是废旧纸张,由此可以推知,《京本忠义传》在彼时已是极普通的本子,人们才会毫不可惜地当作封面的衬纸使用"[②]。从其文句中可见二位先生认为忠义传是十分常见的普通本子,既然常见,那么它的印量自然不会少。针对于残叶作为衬纸此一行为,不同的研究者有不同的理解与看法。那么,忠义传这一版本在当时有过一定的影响,此后在流传过程中逐渐湮灭,这一可能性也是存在的。至于说忠义传是否完全没有对之后的简本有过影响,这一点很难说,上述已经分析过。

---

①周文业:《〈水浒传〉版本数字化及〈京本忠义传〉的数字化研究》,《第三届中国古籍数字化国际学术研讨会论文集》,2011年,第179页。

②刘冬、欧阳健:《〈京本忠义传〉评价商兑》,《贵州文史丛刊》1985年第2期。

综上所述,无论忠义传在《水浒传》简本或者繁本的流传演变中起过何等作用、具有多少价值,忠义传的发现至少有两点价值是其他版本无法替代的,这也是忠义传在《水浒传》版本源流演变的研究中独一无二的价值。

第一点,忠义传的出现使人们知道了有一种删节不多的版本存在,这种版本的文字较之其他繁本为少,而较之其他简本又为多。

第二点,忠义传的出现使人们知道了建阳所刊简本《水浒传》的文字删节并不是一蹴而就,在此之前可能还经历过其他的一些尝试阶段。

第三章　种德书堂本《水浒传》研究

第一节　种德书堂本《水浒传》的概况

种德书堂本，现今所存为残本，此书现分藏于两处，一为德国德莱斯顿邦立萨克森图书馆藏本（Sächsische Landesbibliothek-Staats-und Universitäsbibliothek Dresden），残本四卷（卷十七至卷二十）、十八回；二为梵蒂冈教廷图书馆藏本（Bibliotheca Apostolica Vaticana），残本五卷（卷二十一至卷二十五）、二十一回，两种共得九卷、三十九回，而且是不间断的三十九回，内容包括了征辽、破田虎、擒王庆、平方腊。其中梵蒂冈藏本为此书的最末段，有牌记“万历仲冬之吉种德书堂重刊”。

此二处藏本据马幼垣先生考订，“两者版框大小一样，两者连接处更是天衣无缝，侥幸到不失一叶，不重一叶，这都足以说明德莱斯顿本和梵蒂冈本是从同一套书中拆出来的”[①]。马先生将其命名为插增乙本，是以有别插增甲本而言，但是如此命名却稍显不当。此本现存九卷，所用书名多达六个，分别为《新刊通俗增演忠义出像水浒传》《新刻京本全像忠义水浒传》《新刊全相忠义水浒传》《新刊全相增淮西王庆出身水浒传》《新刻全本插增田虎忠义水浒志传》《新刻全本忠义水浒传》[②]。“插增”二字并不是每个书名中都涵盖，更加确切地说，只有一个书名《新刻全本插增田虎忠义水浒志传》中有“插增”二字，所以用插增本来命名这个本子似有不妥之处。况且此刊本全书之末有牌记为“万历仲冬之吉种德书堂重刊”，故而将此书命名为“种德书堂本”应较为确切[③]。

---

①马幼垣：《水浒论衡》，生活·读书·新知三联书店 2007 年版，第 82 页。

②马幼垣先生《水浒论衡》（第 67 页）一书中列举的别名有 7 个，其中第 6 个书名《新刻京本全像插增田虎王庆忠义水浒全传》并不存在，第 5 个书名《新刻全本插增田虎王庆忠义水浒志传》有误，当为《新刻全本插增田虎忠义水浒志传》。

③李小龙《中国古典小说回目研究》同样认为此书命名当为种德书堂本，北京大学出版社 2012 年版，第 180 页。

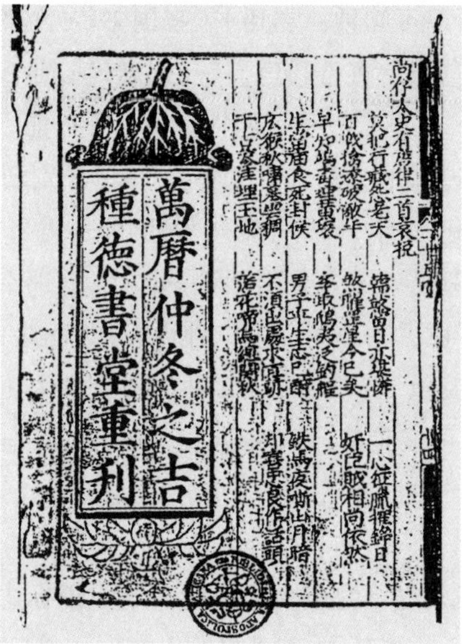

种德书堂本牌记书影

种德书堂，马幼垣先生认为“谅即种德堂，是建阳历史悠久的书肆，专出医书和通俗读物，自明初至明末，东主人传了好几代”①。此言大致不差，但是并不准确。种德堂是明代建阳非常有名的书坊堂号，为熊宗立及其子号为“种德居士”的熊瑗所创立。书坊前期刊刻仅限于医书，后期由熊成冶（字冲宇）主持之后，刊刻书籍所涉内容则变得丰富。需要注意的是，“种德书堂”并不完全等同于“种德堂”，从现存书籍来看，除此本《水浒传》外，尚有其他题为“种德书堂”所刊刻的书籍，一种是《四书集注》19 卷，另一种是《精摘古史粹语举业前茅》5 卷。此两种书均为熊成建所刻，熊成建是熊成冶的胞兄，其刊刻《精摘古史粹语举业前茅》的时间是万历二十九年（1601），所以同样刊刻于万历年间的种德书堂本《水浒传》很有可能是其所为。

同时，现今所存《新锲京本校正按鉴演义全像三国志传》卷二题有“书林种德堂熊冲宇梓行”字样，此书余象斗刊本《全像批评三国志传》书首《三国辩》已有提及，“种德堂其书板欠陋，字亦不好”②，余氏刊本《全像批评三国志传》末叶牌记题署“万历壬辰仲夏月书林余氏双峰堂”，万历壬辰即万

①马幼垣：《水浒论衡》，生活·读书·新知三联书店 2007 年版，第 87 页。
②陈翔华主编：《日英德藏余象斗刊本批评三国志传》，国家图书馆出版社 2013 年版，第 3—4 页。

历二十年(1592),所以可知种德堂刊本《三国志传》必然刊刻于万历二十年(1592)之前。既然熊成冶自己刊刻了《三国志传》,那么为何却将《水浒传》的刊刻付与其胞兄?这里有三种可能性。第一种可能,为了抢占市场,余象斗在万历二十年(1592)和万历二十二年(1594)分别刊刻了《三国志传》和《水浒传》,时间相隔了两年,可见一部小说的刊刻,需要大量的时间和金钱。而熊成冶和熊成建两兄弟每人分别刊刻一部小说,那么时间和金钱上都比较充裕,同时也能尽快占领市场。第二种可能,从种德书堂本末叶牌记"万历仲冬之吉种德书堂重刊"可知,现存种德书堂本为重刊本。那么此版本《水浒传》的原刊本可能是熊成冶种德堂刊刻,后来才被其兄熊成建重刊。第三种可能,熊成建刊刻《水浒传》于前,其后才将《三国》部分付与熊成冶刊刻。

种德书堂本《水浒传》的版式是建阳刊本小说标志性版式,上图下文,但又不是标准的半叶上图下文,而是半叶上图下文之后,连着整个半叶的文字,接着又是半叶上图下文。图或在上半叶,或在下半叶,卷十七第1叶至卷十七第17叶图在上半叶,卷十七第18叶至卷二十五图在下半叶。其中半叶上图下文,14行、行22字;半叶文字,半叶14行、行30字。

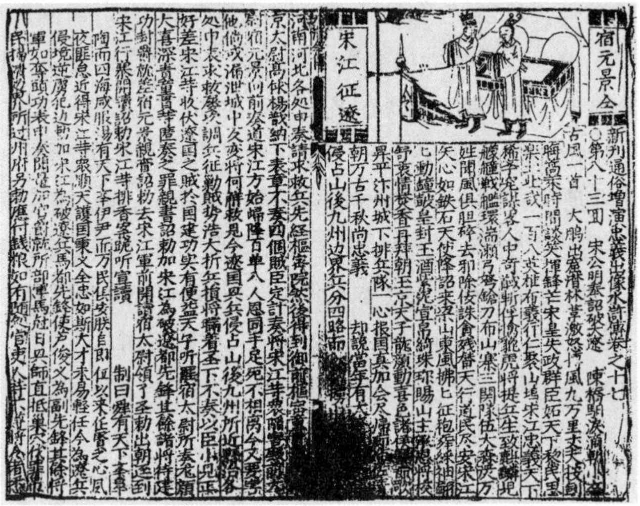

种德书堂本卷十七首叶书影

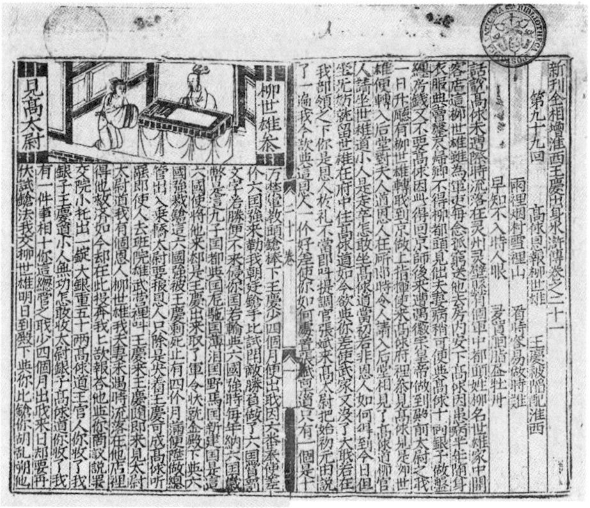
新刊全相增淮西王慶出身水滸傳卷之二十一
第九十九回　高俅恩報柳世雄　王慶被陷配淮西
兩裡烟村雪裡山　看時容易做時難
早知不入時人眼　多買胭脂畫牡丹
話說高俅未遇際時流落在灵州灵璧縣有個軍中都頭姓柳名世雄家中開
客店這柳世雄雖為軍吏每念孤窮送他去房內安下高俅因患病半年隨身
衣服典當罄尽婦卿不得柳都頭見他夫妻病稍可便與高俅十兩銀子做盤
纏旁錢又不要高俅因此得回京師後來遭遇徽宗皇帝做到殿前太尉之職
一日升廳有柳世雄轉戰到京做上指揮使來高俅府裡參見高俅見是柳世
雄便轉入后堂對夫人道恩人在府即時令人請入后堂相見了高俅道柳官
人請坐世雄道小人是走卒怎敢坐高俅道當初若非恩人如何得到今日但
尘死妨就留世雄在府中住高俅道如今欲與你差使武家又沒了大戰若在
我部領之下你是恩人校礼不當即叫提調官張斌來高太尉把始初元由說
了一遍我今欲與這恩人一介好差使你如何張斌道只有一個是十
二十一卷
柳世雄恭
見高太尉
万禁軍教頭鎗棒下王慶少四個月便出戰因六番來使差
价六国強来勸我朝廷鬥手比試鬥敵勝負做了六國管副
文字若勝便不来侵你国若輸與六國強時每年納六国歲
幣這九子国都與国龍驤国瀘泗国野馬国新建国是這
六國使將他來都是王慶出來取了軍令狀就金殿下與六
國強栽鎗這六國強被王慶刺死止有四介月滿便陞做總
管出入乘轎太尉要報恩人只除是央着王慶奇成高俅听
罷即使人去班院雄武營裡叫王慶來王慶聞即來見太尉
太尉道我有個恩人柳世雄我夫妻未遇時流落在他店裡
得他救濟如今却在此投奔我上欲報答他與你商議說罷
交院小轮出一錠大銀重五十兩高俅道王官人你收了我
銀子王慶道小人無功怎敢收太尉銀子高俅道你收了我
有一件事相干你這總管之職少四個月出戰来日却要再
伏試鎗法我交柳世雄明日到殿下與你比鎗你胡乱贏他

种德书堂本卷二十一首叶书影

这种版式在现存小说中极为罕见，除了种德书堂本《水浒传》之外，另外还有一种藏于梵蒂冈图书馆的小说《汉书故事大全》也是此等版式。这种版式曾经风靡一时，余象斗所刊《水浒志传评林》书首《水浒辨》中提到，“《水浒》一书，坊间梓者纷纷，偏像者十余副，全像者止一家”。全像自然不必多言，就是半叶一图，而偏像的话，以种德书堂本的情况来看，其实已然明了，将书摊开后每一叶（两面）只有一图，种德书堂本现存部分第十七卷前 17 叶为上半叶带图，下半叶是文字，18 叶及之后均为下半叶带图，上半叶是文字。这种某半叶带图的形式称之为偏像确实也不为过，取其偏于某半叶之意①。

偏像的问题学界同样有学者论及②，也存在不同的看法。有学者认为余象斗时代对于“全像”与“偏像”已有明确认识，现存种德书堂本中有五卷书名以“全像”或“全相”为号召，而没有“偏像”之名，是以现存种德书堂本也是一种“全像”本。其实不然，余象斗时代是否“全像”与“偏像”的概念成为一种共识暂且不说，因为尚未见到书名题为“偏像”的书籍，而此“偏像”

①提及“偏像”此意，笔者曾在上海图书馆见到《新刊京传足本剪灯新话》《新刊校正足本剪灯余话》两种，此二种小说的插图亦颇少见，为每个故事一幅插图，上图下文版式，图上有故事标题，左右有赞语。

②汪燕岗：《古代小说插图方式之演变及意义》，《学术研究》2007 年第 10 期；吴萍：《〈水浒传〉图像传播研究》，上海师范大学硕士学位论文，2006 年。

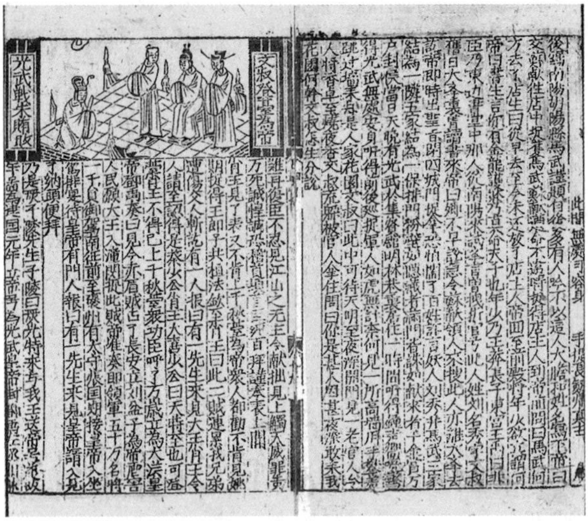

梵蒂冈所藏《汉书故事大全》书影

之名是否由余象斗新撰，为区别余氏自己所刊“全像”本，也未可知。即使“全像”“偏像”成为一种共识，书商出版的是“偏像”，为了招徕读者，也势必会称之为“全像”，明代所出版的书籍，为了吸引读者，各种作伪手段层出不穷，这种也无足奇怪。

关于种德书堂本《水浒传》刊刻时间的问题（此处指的是其原刊本的刊刻时间），马幼垣先生通过内容情节以及文字的细致比勘，得出种德书堂本当刊于评林本之前[①]，即早于万历二十二年（1594）。此一时间截点应该还可以往前再推一些，万历二十年（1592）余象斗所刊《全像批评三国志传》书首《三国辩》中提到“坊间所梓《三国》，何止数十家矣。全像者，止刘、郑、熊、黄四姓”，这数十家中应该有无图者和偏像者。而到了万历二十二年（1594）余象斗所刊《水浒志传评林》书首《水浒辨》中提到《水浒》一书，“坊间梓者纷纷，偏像者十余副，全像者止一家”[②]。事隔两年，何以刊刻《水浒》的“全像”本数量却反而较《三国》为少？一者可能是刊刻《三国》的书

①马幼垣：《水浒论衡》，生活·读书·新知三联书店 2007 年版，第 87 页；马幼垣：《水浒二论》，生活·读书·新知三联书店 2007 年版，第 168 页。

②据刘海燕先生所查，梵蒂冈图书馆所藏评林本《水浒传》中《水浒辨》作“全像者止二家”，见《梵蒂冈教宗图书馆藏〈水浒传〉版本述略》，载“古代小说网”。

坊较《水浒》为多。二者若种德堂熊成冶已经刊刻过“全像”本《三国》,何以其同胞兄弟熊成建刊刻《水浒》之时,反而刊刻的是“偏像”本?这只有一种解释,种德书堂本《水浒》刊刻时间要早于种德堂本《三国》,或者与之同时。再加之当时坊间《水浒传》所刊刻的图像都是“偏像”,种德书堂本欲有所抄袭、仿造也不可得,直到三槐堂本乃至双峰堂本的出现,才使得这种“偏像”本被淘汰。所以,种德书堂本重刻的原刊本《水浒传》当刻于种德堂本《三国志传》之前或者同时,时间应该不晚于万历二十年(1592)。

第二节　种德书堂本与容与堂本比对研究

第一章对简本《水浒传》祖本进行探考之时,已然知晓现存简本与容与堂本系统更为接近。为具体考察现存简本与容与堂本的关系,此节以现存简本中刊刻时间相对较早,同时也是保留文字相对较多的种德书堂本与容与堂本进行比对研究。原文本拟将种德书堂本与京本忠义传进行比对研究,探寻建阳刊本文字删减的大致过程,可惜种德书堂本残存部分与京本忠义传残叶并没有重叠的文字内容,所以只能跨过京本忠义传,直接将种德书堂本与容与堂本进行比对。

一、种德书堂本与容与堂本字数对比

种德书堂本由于只存卷十七至卷二十五,内容涵盖征辽、破田虎、擒王庆、平方腊部分。其中除去征田虎、王庆部分不论之外,种德书堂本所存部分对应容与堂本的内容是第83回至第100回。由于种德书堂本部分回数中存有缺叶,不能进行比对,其他回数字数比对结果如下:

表3　种德书堂本与容与堂本字数比对

回数	83	84	85	86	87	88	89	90	91
容本字数	7008	6535	7031	5506	4738	7210	5997	8015	6535
种本字数	4393①	4050	4388	3462	2695②	3861	3917	5055	3593

①《古本小说集成》影印的种德书堂本部分叶面缺失,原书并不缺,具体可参见氏冈真士《影印插增乙本〈水浒传〉缺叶补遗》,信州大学《人文科学论集》2007年第41卷。

②此回种德书堂本末叶残损,以刘兴我本文字补之。

续表

种本字数所占容本字数的百分比	62.7%	62%	62.4%	62.9%	56.9%	53.6%	65.3%	63.1%	55%
回数	92	93	94	95	96	97、98		99	100
容本字数	5855	6684	7120	7077	5762	15514		9832	8135
种本字数	2629	3404	3918	4244	3066	5309		3784	4403
种本字数所占容本字数的百分比	44.9%	50.9%	55%	60%	53.2%	34.2%		38.5%	54.1%

从上述列表可以看出，相比于容与堂本，种德书堂本的文字删节了不少。此点明清时期的文人已经有所关注：

余二十年前，所见《水浒传》本，尚极足寻味。十数载来，为闽中坊贾刊落，止录事实，中间游词余韵、神情寄寓处，一概删之，遂几不堪覆瓿。（[明]胡应麟《少室山房笔丛·庄岳委谈》卷四十一）①

予见建阳书坊中所刻诸书，节缩纸板，求其易售，诸书多被刊落。此书（指《水浒传》）亦建阳书坊翻刻时删落者。六十年前，白下、吴门、虎林三地书未盛行，世所传者，独建阳本耳。（[清]周亮工《因树屋书影》卷一）②

以上两则材料，胡应麟和周亮工均注意到建阳书坊删节文字的现象，这一事实在种德书堂本中得到了很好的体现。从统计的16回内容来看，文字删节最多的是容与堂本第97、98回，种德书堂本相比容与堂本而言，文字减少了65.8%；删节文字最少的是容与堂本第89回，种德书堂本相比容与堂本而言，文字也减少了34.7%。16回内容平均下来，种德书堂本的文字与容与堂本相比，减少了45%。这个文字删削量，比之京本忠义传删削的11%，增加了不少。如此进一步的删削过程，到底是一次完成、两次完成，抑或是多次完成，现在还难以预料。

---

①[明]胡应麟：《少室山房笔丛》卷四十一，中华书局1958年版，第572页。

②[清]周亮工：《书影》卷一，上海古籍出版社1981年版，第8页。

第一章在探寻简本祖本相关情况之时，对并回的原因进行了研究，认为书坊主对简本《水浒传》进行并回，目的是为了节省纸张。从上述字数统计表中可以知道简本《水浒传》并回的另一个原因，可能是某两回的文字删节过多，书坊主将其合并为一回。在统计的容与堂本16回当中，种德书堂本只有一次并回的情况，就是将容与堂本第97回和第98回并作了一回。这两回容与堂本共计15514字，种德书堂本此处为5309字，删削了将近2/3的文字。再具体来看，将第97回和第98回两回文字分开，第97回容与堂本6804字，种德书堂本对应部分2846字；第98回容与堂本8710字，种德书堂本对应部分2463字。第97回种德书堂本删削了58.2%的文字，第98回种德书堂本删削了71.8%的文字。很明显第98回种德书堂本删削的文字过于严重，书坊主可能担心此回字数太少，所以将此回与前面字数不是很多的一回进行了并回。

二、诸简本与容与堂本回目对比

由于种德书堂本存留下来可供与容与堂本比对的回目仅有16回[①]，通过这16回回目虽然可以一窥种德书堂本与容与堂本回目的异同，但是这种比对并不完整。同时，由于之后的研究也不会再涉及其他建阳所刊简本回目与繁本回目的比对，所以此处的回目比对用诸简本与容与堂本进行比对。涉及的简本有种德书堂本、插增本、评林本、英雄谱本、刘兴我本，清代的简本诸如八卷本、百二十四回本等，因为情况特殊，并不包含在内。比对过程中，对于一些明显的误字、漏字、衍字等情况，不做过多论述，如种德书堂本中“卢俊义分兵宜（宣）州道”“混江龙大（太）湖小结义”，插增本中“青面兽双赶（衍字）夺宝珠寺”“郓歌（哥）报知武大冤　武松闹（斗）杀西门庆”“宋江兵打苏（蓟）州城　芦俊义大战玉田（缺“县”字）”等皆属于此类。

1. 种德书堂本与容与堂本的回目比对

在这16回的回目比对中，有3处值得注意。第一处是简本回目的总体现象——字数减少。在诸简本与容与堂本的回目比对中，除却明显的误字、缺字、衍字以及个别异文之外，回目所存在的差异集中于诸简本的回目字数

①种德书堂本对应容与堂本虽有17回，但是其中有一回只有回数而无回目。

要少于容与堂本,如容与堂本“宋公明兵打蓟州城　卢俊义大战玉田县”,种德书堂本为“宋江兵打苏州城　芦俊义大战玉田县”。将“宋公明”变作“宋江”,插增本、评林本、英雄谱本均同,但是名字改易之后,上下句回目的字数就不相等了,一句7字,一句8字,刘兴我本则变作“宋江兵打蓟州城　俊义大战玉田县”,上下句均为7字。

简本回目字数的变更,存在双向可能,或者是繁本回目字多减为简本回目字少,也可能是简本回目字少增为繁本回目字多。至于诸简本与容与堂本回目字数的变更属于哪一种情况,看以下所举之例便知。容与堂本回目“没羽箭飞石打英雄　宋公明弃粮擒壮士”,英雄谱本此回为“没羽箭飞石打英雄　宋公明弃粮擒壮士”,回目同于容与堂本,但是评林本此回回目却是“**羽箭**飞石打英雄　**宋江**弃良擒壮士”,回目上下句均减少了一个字,“没羽箭”变为“羽箭”、“宋公明”变为“宋江”。后者的改动倒是没有什么问题,前者“没羽箭”变为“羽箭”,这一改动让人感到莫名其妙,将张清的绰号“没羽箭”简化为“羽箭”,使得读者全然不知所指为何人。所以刘兴我本此回回目则变作“**张清**飞石打英雄　**宋江**弃粮擒壮士”。由此例可以看出,最初简本回目的字数同于容与堂本,但在翻刻的过程中,出于某种原因进行了减字。

简本为何对回目进行减字,原因有二:其一,为了节省成本。少刻一个字则减少一分成本,若百回回目上下两节各减少一个字,那么目录总目部分可减少200字,再加上正文分目部分,就能减少400字,这一数字也比较可观,当然实际情况肯定没那么多。其二,为了版面的美观。如刘兴我本第十三卷有5回,每回上下句均为7字,但其中有两回是删改而成,容与堂本第64回回目“呼延灼月夜赚关胜　宋公明雪天擒索超”,刘兴我本为“呼延灼计赚关胜　宋公明智擒索超”;容与堂本第65回回目“托塔天王梦中显圣　浪里白跳水上报冤”,刘兴我本为“晁天王梦中显圣　浪里白跳水报冤”,此二回刘兴我本均将容与堂本上下句8字的回目删改为上下句7字。为了版面的美观而调整回目的字数,比较明显的还表现在目录总目与正文分目字数不同。如刘兴我本第十七卷有3回,总目回目均为上下句7字,但是分目回目有两回却是上下句8字。总目第78回“宋江奉诏破大辽　陈桥驲挥泪斩卒”,分目为“宋公明奉诏破大辽　陈桥驲滴泪斩小卒”;总目第80回“宋江大战独鹿山　俊义兵陷青石谷”,分目为“宋公明大战独鹿山　卢俊义兵陷青石峪”。刘兴我本这两回分目同于容与堂本,总目却遭到删改。之所以被删改，很大程度上是为了使诸回总目字数齐整，让版面更加美观。

第二处值得注意的为具体的回目，容与堂本第94回回目为“宁海军宋江吊孝　涌金门张顺归神”，刘兴我本此回分目为“宁海郡宋江吊孝　涌金门张顺归神”。二者回目差距只有一个字，一为“军”，一为“郡”。诸简本中种德书堂本回目评林本分目、刘兴我本总目同于容与堂本为“军”字，英雄谱本总目分目同于刘兴我本为“郡”字。若不读小说正文，光从字面上来看，“宁海郡”可知是一地名，回目“宁海郡宋江吊孝”能读通，而“宁海军”却感觉像一只军队的名称，一只军队宋江怎么吊孝，回目似乎不通。然而求之正文，所谓“宁海军”，实则为一处地名，“旧宋以前，唤做清河镇。钱王手里，改为杭州宁海军。高宗车驾南渡之后，唤做花花临安府”（容.95.1b-2a），“宁海郡”之名反而于文中未见，历史当中的“宁海郡”也仅仅在相当短的一段时间内存在过①。由此也可知，简本某些回目的改动是因为编刊者未读小说原文，或是小说原文被删节，编刊者不通原文之意，想当然改动所致。

第三处值得注意的同样为具体的回目，容与堂本第99回回目为“鲁智深浙江坐化　宋公明衣锦还乡”，种德书堂本此回回目为“鲁智深杭州坐化　宋公明衣锦还乡”，二者回目的差别在于一为“浙江”，一为“杭州”。诸简本均同于种德书堂本为“杭州”。单从回目的文意来看，“浙江”和“杭州”似乎差别不大，浙江包括了杭州，但是“杭州”地点更加明确。这两种说法到底何者为先，很难确定，似乎是简本在容与堂本回目的基础上，进一步对范围进行缩小。

2. 其他简本与容与堂本回目的比对

上文所说的回目意思不变以及回目进行删减之处，不再做讨论。另外，诸简本回目相比于容与堂本而言，某些字词存在差异，但并不影响回目含义之处，也不做过多的论述。如容与堂本“梁山泊林冲落草　汴京城杨志卖刀”，诸简本“汴京”均作“汴梁”，汴京即为汴梁，只是叫法不同，二者均指现在的开封。

剩下的尚有一些值得注意的回目，差异较小的有：其一，容与堂本“晁天王认义东溪村”，诸简本为“晁天王举义东溪村”；其二，容与堂本“美髯公智稳插翅虎”，诸简本为“美髯公智赚插翅虎”；其三，容与堂本“林冲水寨大并

①历史当中的“宁海郡”为南朝梁置，治所在安平县（今广西东兴市东南），属黄州，隋平陈废。

火　晁盖梁山小夺泊”，诸简本为“林冲山寨大并火　晁盖梁山尊为主”；其四，容与堂本“李逵打死殷天锡”，诸简本为“李逵拳打殷天锡”。总体而言，此四处容与堂本回目文字优于诸简本。

其一，“认义”和“举义”，“认义”有结做亲人之意，“举义”则是起兵造反的意思。此回晁盖认刘唐作外甥，回目“认义”一词可通，而“举义”一词则不通，因为此回并没有晁盖起兵造反的情节，晁盖劫了生辰纲到了梁山泊才能说成“举义”。其二，“智稳”和“智赚”，“稳”字有诱使他人暂缓行动的意思，“赚”字乃诓骗、欺哄之意，二词在此处均可通，但是“稳”字更为准确，因为小说当中是朱仝略施巧记拖住了雷横，为晁盖逃跑留下了时间，所以可以理解为朱仝用计使雷横暂缓了行动。其三，“水寨”与“山寨”、“小夺泊”与“尊为主”。“水寨”与“山寨”二词两可，意义区别不大。“小夺泊”和“尊为主”，此一词前面的主语为晁盖，“尊为主”乍一看去可通，但是此回直至回末，都没有晁盖被尊为梁山泊之主的情节，下一回故事伊始才有此一情节，所以将“尊为主”用于此回不通。而且下一回回目为“梁山泊义士尊晁盖”，这与“晁盖梁山尊为主”讲述的是同一件事，回目实际上重复了。“小夺泊”的回目从情节上来说，虽然也不太合理，因为晁盖并不是夺泊的主要发起人，最多只能算参与者，但是主要发起人林冲已经写入前半句回目之中，那么从结果上来讲，后半句回目说晁盖“小夺泊”也能说得过去。其四，“打死”和“拳打”，二词从词义层面来说，在回目中均说得通，但是“打死”一词从情节上来讲，则更为明确。

此四处回目的差异，不好判断到底何者在前，何者在后。一般来说，从后出转精的角度考虑，容与堂本回目优于诸简本，按理容与堂本回目应该晚于诸简本。但是简本的情况比较特殊，此类本子的成书本身就不太严谨，错舛之处遍地皆是，所以并不适用后出转精此条规律，简本回目劣于容与堂本之处，有可能是笔误，也有可能是书坊主的随意改动。

值得注意的回目，差异较大以及多有争议的有：其一，容与堂本“郓哥大闹授官厅　武松斗杀西门庆”，插增本为“郓歌报知武大冤　武松闹杀西门庆”；其二，容与堂本“母夜叉孟州道卖人肉　武都头十字坡遇张青”，评林本为“母夜叉坡前卖淋酒　武松遇救得张青”；其三，容与堂本“宋公明夜打曾头市　卢俊义活捉史文恭”，诸简本为“宋江平伏曾头市　晁盖显圣捉文恭”；其四，容与堂本“黑旋风乔捉鬼　梁山泊双献头”，评林本为“黑旋风杀

死王小二　四柳村除奸斩淫妇”；其五，容与堂本“活阎罗倒船偷御酒　黑旋风扯诏谤徽宗”，诸简本为“小七倒船偷御酒　李逵扯诏谤朝廷”。

其一，为容与堂本第26回。此回容与堂本回目有相当大的问题，甚至可以说回目完全不合理。“郓哥大闹授官厅”此一情节在小说中并不存在，这一回目包括此一情节是否存在于早期的版本当中，此点还很难说。繁本另一系统三大寇本、大涤余人序本以及百二十回本等，此回回目均改为“偷骨殖何九叔送丧　供人头武二郎设祭”。诸简本此回回目多有差异，插增本为“郓歌报知武大冤　武松闹杀西门庆”；评林本为“郓歌报知武松　武松杀西门庆”；英雄谱本总目为“郓哥报奸与武松　武松杀死西门庆”，分目为“郓哥报知武松　武松杀西门庆”；刘兴我本总目为“郓哥知情报武松　武松怒杀西门庆”，分目为“郓哥报知武松　武松杀西门庆”。虽然诸简本回目各有差异，但是总体上来说，回目的意思是郓哥将武大冤死之事告知武松，武松杀死了西门庆。诸简本回目抛开对仗工整与否不论，从情节上来说，贴合整回故事内容。诸简本回目的修改，可能是看出了容与堂本此回回目的问题，因而作出了相应的调整。

其二，为容与堂本第27回。此回容与堂本回目不存在什么问题，对仗也较为工整。诸简本回目之间文字略有差异，但基本大意相类，且均存在一定的问题。首先，评林本回目上半句8个字，下半句只有7个字，诸简本基本相同，只有英雄谱本正文分目下半句是8个字“武都头遇救得张青”。其次，诸简本回目的内容也有问题，回目上半句“母夜叉坡前卖淋酒”，“坡”就是十字坡，“淋酒”就是加了蒙汗药的酒，容与堂本此处是“卖人肉”，简本是“卖淋酒”，二词都可以说得通，不过容与堂本的用词更接近于真相，也更血腥暴力。回目下半句评林本是“武松遇救得张青”，从故事情节上来说，这半句回目并不贴合情节内容，因为小说中武松并没有喝下掺了蒙汗药的酒，也就谈不上被张青所救，反而是孙二娘被武松打倒在地，为张青所救。

其三，为容与堂本第68回。此回容与堂本与简本回目的差异主要在下半句，此半句容与堂本为“卢俊义活捉史文恭”，诸简本为“晁盖显圣捉文恭”。从故事情节上来看，二者回目均可，晁盖的阴魂缠住了史文恭，而史文恭最终为卢俊义所擒拿。但是细思之，诸简本回目还是存在一些问题，首先史文恭并不是被晁盖阴魂所捉住，晁盖的阴魂只是提供了一定的帮助，真正捉住史文恭的人还是卢俊义。其次此回的三回前第65回已有提及晁盖显圣之类的回目,为“托塔天王梦中显圣”,如果此处又出现一回晁盖显圣的回目,则略显重复。

其四,为容与堂本第73回。从回目上看,此回容与堂本与诸简本差异非常之大。容与堂本回目为“黑旋风乔捉鬼　梁山泊双献头”,上下半句讲述的是两件事情,上半句为四柳村李逵替狄太公捉鬼之事,下半句为李逵负荆请罪之事,这两件事情均发生在此回。诸简本回目之间文字略有小异,但是基本意思并未改变。评林本“黑旋风杀死王小二　四柳村除奸斩淫妇”,回目的上下半句讲述的是同一件事情,均为李逵在四柳村替狄太公捉鬼之事,此事件李逵杀死了王小二,也杀死了狄太公之女,然而此情节在这一回中仅仅只占一小部分,没有李逵双献头的分量多,所以诸简本以此为回目虽然说得通,但是涵盖不了整回的内容。

其五,为容与堂本第75回。此回容与堂本与诸简本的回目看似差异很小,但是其间涉及诸繁本之间以及繁本与简本之间的问题。回目的上半句无甚特别之处,仅是简本删减了回目文字,差异主要在回目下半句,更加确切而言,是回目最后三个字。容与堂本系统最后三个字为“谤徽宗”,三大寇本系统最后三个字为“骂钦差”,诸简本中插增本、评林本、英雄谱本分目、刘兴我本最后三个字为“谤朝廷”,只有英雄谱本的总目与容与堂本相同为“谤徽宗”。而且英雄谱本总目不仅最后三个字与容与堂本相同,下半句整句均同于容与堂本,整个总目为“小七倒船偷御酒　黑旋风扯诏谤徽宗”。从英雄谱本总目可以看出,诸简本的祖本此回回目应该同于容与堂本,之后的简本回目为编刊者所修改,繁本中三大寇本系统亦如是。之所以繁简两大系统的版本均对此处回目进行修改,可能是因为回目中“谤徽宗”三字,将矛头直指最高统治者,属于碍语,所以将其替换。

总的来说,从诸简本与容与堂本的回目比对中可以看出,诸简本的回目与容与堂本基本相同,但是诸简本不少回目削减了文字。其他二者存在差异的回目,容与堂本大多优于诸简本,但这不意味着容与堂本回目晚于诸简本。二者回目出现差异,很大一部分原因是简本刊刻不严谨,诸本回目随意改动。至于说诸简本回目中是否保存着简本祖本回目的部分原貌,此点则难以判断。

三、种德书堂本与容与堂本诗词对比

1. 种德书堂本与容与堂本诗词数量比对

此处所说的诗词是正文中的诗词，不包括引首诗、回末诗以及小说中人物所作诗词。书中诗词分为两种类型，一类诗词属于正文的一部分，描写书中人物装束及环境等，一般用“但见”引于诗词之前。另一类诗词属于后人或者作者所添加的诗词赞语，一般容与堂本以“有诗为证”、种德书堂本以“诗云”或者“诗曰”引于诗词之前。此两类诗词种德书堂本与容与堂本数量比对情况如下：

表 4 “但见”诗词比对

回数	83	84	85	86	87	88	89	90	91
容与堂本	2	2	1	1	2	0	0	1	2
种德书堂本	2	2	1	1	1	0	0	0	1
回数	**92**	**93**	**94**	**95**	**96**	**97、98**		**99**	**100**
容与堂本	1	2	0	2	1	5		3	2
种德书堂本	0	0	0	0	0	0		0	1

表 5 “有诗为证”诗词比对

回数	83	84	85	86	87	88	89	90	91
容与堂本	5	5	5	5	2	12	5	5	2
种德书堂本	5	5	5	5	2	10	5	5	1
回数	**92**	**93**	**94**	**95**	**96**	**97、98**		**99**	**100**
容与堂本	5	5	9	8	5	13		7	13
种德书堂本	1	3	3	3	3	3		2	9

从上述两张表格可以看出，相比于容与堂本诗词而言，种德书堂本对小说中的诗词做过一些删节工作。如果更细致一点分析的话，容与堂本第 83 回到第 90 回，属于征辽部分，这一部分种德书堂本删节的诗词比较少。“但见”诗词删节了 2 首，“有诗为证”诗词共计 44 首，也仅仅删除了 2 首[①]。容

①容与堂本第 88 回“有诗为证”诗词 12 首，种德书堂本此回诗词 10 首，《古本小说集成》影印的种德书堂本此回有两个半叶缺失，原书并不缺，具体可参见氏冈真士《影印插增乙本〈水浒传〉缺叶补遗》，信州大学《人文科学论集》2007 年第 41 卷。

与堂本第 91 回至第 100 回，属于征讨方腊部分，这一部分种德书堂本诗词删节特多。“有诗为证”诗词共计 66 首，仅存 28 首，删节了一半多；“但见”诗词则删节更甚，共计 18 首，仅存 2 首。

征辽国部分与征方腊部分诗词删节之所以会有如此大的差异，原因也可以猜测。譬如抄手抄书，越到书的末端，错误越多，态度逐渐懈怠之故。种德书堂本删诗情况大类如此，编刊者在文字删节之时，故事情节内容越到书末，编刊者的态度就越发随意，游离于小说故事情节之外的诗词韵语被最大化地删节。是以种德书堂本征讨辽国部分文字占容与堂本的 60% 以上，而征讨方腊部分文字占容与堂本的不到 50%，有的回数甚至只占 30%。

除数量的差异外，种德书堂本与容与堂本诗词尚有一处位置不同，此处在容与堂本第 100 回。宋江怕自已死后，李逵去东京闹事，坏了忠义之名，因而将李逵骗来，喂其喝了毒酒，再将一切的缘故告知李逵，李逵听后洒泪拜别宋江，回到润州毒发身亡后，有诗赞一首。此诗为“宋江饮毒已知情，恐坏忠良水浒名。便约李逵同一死，蓼儿洼内起佳城”（100.9b）。这首诗在种德书堂本相同位置处不存。此后小说的情节为宋江死后，本州官民将宋江葬于蓼儿洼，并将李逵灵柩从润州迁来，葬于宋江墓侧。容与堂本此段文字后又有诗赞一首，“始为放火图财贼，终作投降受命人。千古英雄两坯土，暮云衰草倍伤神”（100.10b）。种德书堂本相同位置处也有诗赞一首，却不同于容与堂本，而是此前宋江、李逵双双殒命的那首诗赞，“宋江饮毒已知情，恐坏忠良水浒名。便约李逵同一死，蓼儿洼内起佳城”（25.21a）。

很明显，种德书堂本将原本属于前面位置的诗赞移置到了后面位置。这样的做法有两种可能性：第一种为了节省一些文字篇幅，同样也觉得两首诗没有必要，故而删节了第二首诗，将第一首诗当作宋江、李逵二人的人生总结性陈词，放置于第二首诗位置处。第二种则是为了符合读者的喜好，因为第二首诗中“始为放火图财贼，终作投降受命人”，字句太过尖刻，书坊主或者编刊者可能不太喜欢，同时也考虑到读者的喜好，因此将此诗删去了，将之前咏赞二人的诗赞移置此处。

2. 种德书堂本与容与堂本诗词文字比对

除上述所说诗词数量以及位置上的差异外，种德书堂本与容与堂本诗词在文字上也有一定的差距。因种德书堂本“但见”类诗词所存较少，所以以“有诗为证”类诗词为探讨对象，考察容与堂本与种德书堂本诗词文字的差异。考察过程中种德书堂本诗词因明显误字所造成的差异不作讨论。容与堂本与种德书堂本“有诗为证”类共有的诗词为70首，其中仅有18首完全相同，其余或多或少存在一些差异。

（1）差异较小诗词，一首诗中仅个别字不同。如：

容与堂本：　辽人不识坚贞节，空把黄金事馈遗。（85.2b）
种德书堂本：辽人不识贞坚节，空把黄金事馈遗。（17.13b）

（例一）

容与堂本：　若要大军相脱释，除非双翼驾天风。（86.4a）
种德书堂本：若要大军相脱释，除非双翼驾罡风。（17.20a）

（例二）

容与堂本：　青龙驱阵下天曹，青盖青旗青战袍。（88.3b）
种德书堂本：苍龙驱阵下天曹，青盖青旗青战袍。（18.2a）

（例三）

容与堂本：　旗幡铠甲与刀枪，正按中央土德黄。（88.7a）
种德书堂本：旗幡铠甲与刀枪，尽按中央土德黄。（18.3b）

（例四）

容与堂本：　战罢辽兵不自由，便将降表上皇州。（89.7b）
种德书堂本：战败辽兵不自由，便书降表上皇州。（18.9b）

（例五）

容与堂本：　皑皑积雪关山路，卉服雕题迓使星。（89.10a）
种德书堂本：皑皑积雪关山路，弁服雕题迓使君。（18.10b）

（例六）

容与堂本：　车箱火炮连天起，眼见杭州起祸灾。（95.15a）
种德书堂本：车厢火炮连天起，眼见苏州起祸灾。（24.20a）

（例七）

容与堂本：　莫把行藏怨老天，韩彭当日亦堪怜。（100.18b）
种德书堂本：莫把行藏怨老天，韩鼓当日亦堪怜。（25.24b）

（例八）

以上选取八例两本差异较小的诗词，这些诗词只有一两个字的差别。例一“坚贞”和“贞坚”，二词实际上是一个意思，“贞坚”也是坚贞不移的意思,李白即有诗云“哀哉悲夫,谁察予之贞坚”(《雪谗诗赠友人》)。例二“天风”与“罡风”,二词均可通,“天风”指的是天上的风,白居易诗云“天风绕月起”(《浔阳三题》)。“罡风”指的是极高处的风,范成大有诗云“罡风振衣冷”(《小望州》)。例三“青龙”与“苍龙”,两者是一个意思,指的都是青色的龙。但考虑到诗词中叠字的手法,“青龙”要优于“苍龙”。例四“正”与“尽”,二字在此诗句中均可说得通,一个是“正是”的意思,一个是“都是”的意思。例五“战罢”与“战败”、“将”与“书”,此二处在诗句中均可通,“战罢”乃“战争过后”之意,“战败”则为“打了败仗”的意思;“将”字有“拿”的意思,“书”就是“书写”之意。以上五例均是容与堂本和种德书堂本诗词文字不同,但均可说得通的例子。

例六“卉服”与“弁服”、“使星”与“使君”。先是“卉服”与“弁服”,两个词确实都存在,“卉服”指的是蛮夷的服饰,“弁服”是王孙贵族所穿的一种礼服。从诗句后文的“雕题”一词可知,此处应该是用“卉服”,“雕题”的意思是古代蛮夷的一种习俗。“卉服”和“雕题”也有在一起使用的例子,杨慎的诗句“卉服喧丛薄,雕题列大荒”(《雨夕梦安公石张习之觉而有述因寄》),戴亨的诗句“蜃雨蛮烟收健笔,雕题卉服送行装”(《题孙在原江行小照》)。“使星”与“使君”,从诗句的含义来看,此处似乎用“使君”为妥,但实际上“使星”一词用典。《后汉书》记载汉代李郃从观星象中,推知朝廷派了两位使者到来,此后“使星”一词就代指朝廷派来的使者。全诗“太尉承宣不敢停,远赍恩诏到边庭。皑皑积雪关山路,卉服雕题迓使星”是一首绝句,若是“使星”的话则合律,“庭”与“星”压的是“下平九青”韵。而“使君”的“君”字则不押韵。另外需要说明的一点,“有诗为证”类的诗词基本上是绝句,所以容与堂本与种德书堂本中诗句有差别的地方,可以先查检存在异文之处是否合律。

例七“杭州”与“苏州”,毫无疑问这两个城市都真实存在,而且在征讨方腊的过程中也都出现过。只是此诗故事情节的发生地是在杭州而非苏州,所以容与堂本用词正确。例八“韩彭”和“韩鼓”,光从字面意思上看,容与堂本“韩彭”指出的是韩信和彭越,二人为西汉的开国功臣,都没有得到善终,所以下文说这二人“亦堪怜”。种德书堂本中“韩鼓”则不知为何意。同时,此诗是绝句,从平仄合律此点来看,“韩彭当日亦堪怜”为平平平仄仄平平,合律,“韩鼓当日亦堪怜”为平仄平仄仄平平,不合律。因此,以容与堂本

"韩彭"一词为是。

上述八个例子所出现的异文,不少容与堂本与种德书堂本均能解释得通。但是也有一些例子,容与堂本正确而种德书堂本却错误。均解释得通的例子,不知异文是简本祖本所有,还是之后的编辑者或书坊主所改。容与堂本正确而种德书堂本错误的字词,很明显是种德书堂本的误刊或误改。其中不少误改也与编辑者的学识有一定的关系,像不理解"卉服"和"使星"二词的意思。至于是否如此,再看一些二本差别较大的诗词。

(2)差异较大的诗词,一首诗中数字存在不同,有的甚至整句不同。如:

容与堂本:兵阵堂堂已受降,佞臣潜地害忠良。宿公力奏征骄虏,始得孤忠达庙廊。(83.3b)

种德书堂本:兵阵堂堂已受降,**奸邪**潜地害忠良。**名臣保举征辽国**,始得孤忠达庙廊。(17.2a)

(例一)

容与堂本:克减官人不自羞,被人刀砍一身休。宋江军令多严肃,流泪军前斩卒头。(83.7a)

种德书堂本:克减**君颁致愤譬,一时愤发中奸谋**。宋江**号**令多严肃,**正法**军前**泪堕流**。(17.3b)

(例二)

容与堂本:大辽闰位非天命,累纵狼狐寇北疆。阿里可怜无勇略,交锋时下一身亡。(83.10b)

种德书堂本:大辽**国**位非天命,累纵狼狐寇**宋江**。阿里**少年夸**勇略,**阵前一战竟**身亡。(17.5a)

(例三)

容与堂本:败将残兵入蓟州,膻奴元自少机谋。宋江兵势如云卷,扫穴犁庭始罢休。(84.2b-3a)

种德书堂本:败将残**军**入蓟州,胘奴元自少机谋。宋江兵势如云卷,**直取戎王作虏囚**。(17.7b)

(例四)

容与堂本:朋计商量破蓟州,旌旗蔽日拥貔貅。更将一把硝黄散,黑夜潜焚塔上头。(84.10a)

种德书堂本：**帐暮商筹**破蓟州，旌旗蔽日拥貔貅。**放箭**一把硝黄散，**管取功成虏贼收**。（17.10b-11a）

（例五）

容与堂本：二将昂然犯敌锋，宋江兵拥一窝蜂。可怜身死无人救，白骨谁为马鬣封。（84.12a）

种德书堂本：**丑虏猖狂**犯敌锋，宋江兵**将孰能同**。可怜身死无人救，**魂荡荒原血掩红**。（17.11b）

（例六）

容与堂本：金帛重驮出蓟州，薰风回首不胜羞。辽王若问归降事，云在青山月在楼。（85.4a）

种德书堂本：金帛重**献**出蓟州，**宋公宁不愿封侯**。辽**主**若问归降事，云在**西**山月在楼。（17.14a）

（例七）

容与堂本：堪羡公明志操坚，矢心忠鲠少欹偏。不知当日秦长脚，可愧黄泉自刎言。（90.11b-12a）

种德书堂本：堪羡公明**节**操坚，矢**言**忠鲠少**欺**偏。**不负久奈忠心约**，可愧黄泉自刎言。（23.15b）

（例八）

容与堂本：安子青囊艺最精，山东行散有声名。人夸脉得仓公妙，自负丹如蓟子成。刮骨立看金镞出，解肌时有刃痕平。梁山结义坚如石，此别难忘手足情。（94.6ab）

种德书堂本：安**骥家传**艺最精，山东**到处**有声名。**剜蹄割膝般般会，划鼻修牙件件明。小镊尖刀腰里带，长绳大索杖头擎。**梁山结义**如金**石，此别难忘手足情。（24.11a）

（例九）

以上选取九例种德书堂本与容与堂本差异较大的诗词，这些例子中二者至少有数字的差别，有的甚至整句不同。例一“佞臣”和“奸邪”二词，从词意上来看，没有太大的区别，二者皆可。“宿公力奏征骄虏”和“名臣保举征辽国”，二句从合律角度言之，一句是仄平仄仄平平仄，另一句是平平仄仄平平仄，二者皆可；从语意上来说，二句也都能说得通。一句是将保举者的名字具体化为“宿公”，另一句则是将征讨的对象具体化为“辽国”，诗句的意思差不多。

例二相异之处较多，首先是“军令”与“号令”一词。从字面含义来看，二词差异不大，但是第四句“流泪军前斩卒头”中又有“军”字，两个“军”字重复，所以用“号令”为好。其次是“克减官人不自羞，被人刀砍一身休”与“克减君颁致愤譬，一时愤发中奸谋”这相对的两句。前两句是说军前赏劳三军，但是克扣肉酒的厢官，一点都不知道羞愧，被人一刀砍死了。后两句是说厢官到军前赏劳三军，由于克扣皇帝赐下的肉酒，导致了下面军校的忿恨，军校一下子没忍住愤怒中了奸计。从诗中语意来说，种德书堂本诗句更偏向于写实，不过种德书堂本认为军校的杀人是中了奸计，此即认定引诱军校杀人是高俅、蔡京等人的计策，如此改动也可以看出编辑者对这一情节的个人看法。而容与堂本诗句则有些隔靴搔痒的讽刺。再次是“流泪军前斩卒头”与“正法军前泪堕流”。这两句之中明显是种德书堂本的诗句更好，突出宋江的流泪，而不是杀卒。最后，由于两首诗都是绝句，从合律和押韵的角度来查检，发现两首诗均合律。所以，从总体上来说，种德书堂本此诗要优于容与堂本。

例三差异之处也较多。第一是“闰位”与“国位”，“闰位”的意思是非正统的帝位，此处定然是说宋朝为正统，辽国非正统。种德书堂本不知此词之意，将其改为“国位”。第二是“北疆”与“宋江”，“宋江”当为“宋疆”之误。除却误刊外，二词的意思差距不大。第三是“阿里可怜无勇略，交锋时下一身亡”与“阿里少年夸勇略，阵前一战竟身亡”相对的二句。二者诗句的语意基本相同，都是述说小将阿里奇勇略不足，阵前交锋一下就死了。但是在表达的情感方面，二者却全然不同，容与堂本略带惋惜同情之意，种德书堂本则是浓厚的讽刺之意。种德书堂本的讽刺之意，尤其表现在诗句中一“夸”字与一“竟”字。所以，单从此二句来说，种德书堂本要优于容与堂本。再结合二者诗句合律的情况来看，虽然字句多有不同，但均合律。

例四差异之处较少，主要集中在最后一句。第一句“残兵”与“残军”词意相同，但第三句“宋江兵势如云卷”中有“兵”字，容与堂本两处“兵”字重复，所以种德书堂本“残军”一词为好。主要相异的地方为二本第四句，“扫穴犁庭始罢休”与“直取戎王作虏囚”。先考察诗律情况，二句平仄均合律，“休”与“囚”字均押下平十一尤韵，符合韵律规范。再看二句的语意，容与堂本诗句意思为彻底摧毁敌方老巢才罢休,种德书堂本诗句意思是要把辽国国主抓住当俘虏。相比而言,容与堂本之意有些泛泛,种德书堂本之意则说得更加明白具体,而且气势更胜。总的来说,种德书堂本此首诗更佳。

例五的差异主要集中在最后一句,其中容与堂本第一句开头二字"朋计"二字不知何意,种德书堂本的编辑者或许也不知其意,将其改作"帐暮"。种德书堂本"放箭"二字应是误刊,不仅不符合平仄要求,而且完全不知何意。二本最后一句"黑夜潜焚塔上头"与"管取功成虏贼收",所叙述内容并不相同。容与堂本"黑夜潜焚塔上头"一句,侧重叙述事件的内容,时迁拿着一把硝黄散,趁着黑夜潜伏到塔上面去。此句语意方面没有问题,但是整首诗末二句与首二句所叙述的场面并不接榫,第二句"旌旗蔽日拥貔貅"营造了宏大的场面,最后的这句收束显得格局太小。种德书堂本"管取功成虏贼收",侧重讲述事件的主观意愿,带着硝黄散上楼,定然把这伙贼寇都消灭了,此句则比较符合整首诗营造的气氛。再说二句的合律情况,二句最后一字"头"字与"收"字均押下平十一尤韵,平仄也都符合律诗规范。除却误字不论,总体上来说,种德书堂本此诗优于容与堂本。

例六有三句文字不同,涉及两个韵脚。先看二诗的合律情况,二诗虽然文字多有不同,但是平仄均符合律诗的规范。容与堂本"锋""蜂"与"封"押的是上平二冬韵,种德书堂本"同"和"红"押的是上平一东韵。再看二诗文字上的差异,第一句"二将昂然犯敌锋"与"丑虏猖狂犯敌锋",意思大致相同,但种德书堂本将容与堂本的辽国"二将"形容成"丑虏",将"昂然"说成"猖狂",可见种德书堂本的文字具有明显的情感倾向,有贬低辽国之嫌,此点在前文某些诗词的改动中同样有所体现。第二句"宋江兵拥一窝蜂"与"宋江兵将孰能同",容与堂本诗句只是叙述宋江兵将的多寡,而种德书堂本则是叙述宋江兵将的厉害,没有谁能像他们一样。第四句"白骨谁为马鬣封"与"魂荡荒原血掩红",容与堂本此句意思为辽国死去的士兵,他们的白骨不知何人将其埋进坟墓。"马鬣封"一词指形状像马鬣一样的坟墓。种德书堂本此句意思则较为简单直白,指辽兵死在荒原之上,血水将荒原都染红了。从总体上来说,种德书堂本此诗优于容与堂本。

例七的差异主要集中在第二句,第一句中"驮"与"献"二字,两本均可通。第二句两本分别为"薰风回首不胜羞"与"宋公宁不愿封侯"。初看这两句诗,压根看不到有一丝的关联性。要理解这两句诗的意思,得从整首诗着手,“金帛重驮出蓟州……辽王若问归降事,云在青山月在楼”。种德书堂本的第二句写得比较明晰,整首诗的意思是辽主派欧阳侍郎带着大笔金银来贿赂以及策反宋江,许诺宋江高官厚爵,但是宋江宁愿不要封侯。辽国国主如果想问宋江归降的事情,那就像云在青山月在楼一样。最后一句诗有些意思,意味深长,言下之意就是要想宋江投降,那是不可能的,就像云一直缭绕在青山上,月光一直照耀着楼台一样,宋江的心也一直归属于大宋朝。如果从最后一句诗的意思,反观容与堂本第二句诗,其意就可以理解了,此句“薰风回首不胜羞”,指的是那回首的风,看到辽国派使者去劝降宋江,都感觉到不好意思了,言下之意即宋江岂是能劝降得了的?理解了第二句诗的含义之后,那么两首诗的优劣则一目了然,容与堂本此诗明显要优于种德书堂本。种德书堂本的编辑者因为不理解第二句诗的意思将其改动,又不理解第四句诗的意思,所以把第二句诗改成了“宋公宁不愿封侯”,实际上这句诗的含义与第四句重复了。

例八中种德书堂本改动之后的诗,存在一定的问题。容与堂本第三句诗“不知当日秦长脚”中“秦长脚”指的是秦桧,种德书堂本的编辑者可能不明白这个词的意思,将此句改为了“不负久奈忠心约”,文意就比较明显了。但是改动之后,种德书堂本中一首诗就出现了两个重字,“言”字和“忠”字均重复,重字是诗歌中需要尽量避免的,何况一首中还出现两个。容与堂本的第四句诗“可愧黄泉自刎言”,“黄泉”似乎当为“黄巢”之误,黄巢是自刎而死,若是如此的话,容与堂本第三、四句就比较好理解了,宋江的忠心可使秦桧、黄巢这种人感到羞愧。

例九的诗歌与其他所举之例的诗歌均不相同,其他诗歌为七言绝句,而此诗是七言律诗。个别字词不相同之处,差别不大,均为两可的文字。“安子”和“安骥”都是指安道全,用的是敬称美誉。“青囊”和“家传”都是指医术。二本主要的差距集中于颔联和颈联处,二诗的颔联和颈联完全不同。这种不同不仅仅体现在文字上,还体现在要表达的内蕴上。虽然容与堂本与种德书堂本的颔联和颈联所描述的内容都是为了称赞安道全的医术高明,但是表达出来的效果是,容与堂本把安道全塑造成了一代名医,一位能跟仓公、蓟子媲美的名医。仓公是西汉初年的淳于意,享誉盛名的名医,蓟子是汉代建安名士蓟达,精通神仙异术,盛名播于当时。容与堂本“刮骨立看金镞出,解肌时有刃痕平”句,也可见当年华佗为关羽刮骨疗毒、为周泰治疗枪伤之痕迹，同样是称赞安道全技艺高超。而种德书堂本的颔联、颈联却感觉把安道全描述成了一个走方郎中，做的是“划鼻修牙”的行当，还兼有兽医的功能“剜蹄割膝”，完全没有感觉到一代名医的风范。从塑造安道全这一名医形象的角度来说，容与堂本诗句优于种德书堂本。当然，从以上诸例中种德书堂本文字的修改来看，其修改都是有的放矢。所以此处诗句的修改，还有另外一种更大的可能性，种德书堂本的编辑者对安道全这一形象给予了自己的理解。编辑者虽然认同安道全是一位名医，但是却认为其平素的行径应该更加贴近底层，因此改易了中间二联，若是如此的话，那么种德书堂本的诗句修改得比较妥帖。再考察二诗的格律情况，二诗均押下平八庚韵，而且也都符合律诗的平仄规则，但是容与堂本诗句有四个重字，“子”“山”“如”“有”，种德书堂本除叠字外，只有一个重字“山”。从诗律角度来理解，种德书堂本修改此诗或许是因为重字的缘故。

综上所述，针对容与堂本与种德书堂本差异较小以及差异较大的诗句，可以作出一些推论：第一，种德书堂本（或曰诸简本）存在差异的文字应该是经由他人改动，尤其是那些整句不同的诗句，必然是由人特意改动而成，因为存在差异的诗句不仅符合律诗的平仄规范，而且韵脚也与整首诗相符契。第二，诗句的改动者必然不会是后来建阳书坊的删节者，因为建阳刊本文字被删节之后，不通顺之处甚多。若以如此删节水平，以如此不在乎的删节态度，又怎么会在意诗词中字词文句的问题。第三，种德书堂本（或曰诸简本）诗词与容与堂本所存在的差异，应该是简本祖本所有。而此简本祖本相对于容与堂本底本（或其祖本）所进行的改动，可能发生在容与堂本底本（或其祖本）之后的某个本子上，但这个本子已经佚失。也有可能是由将繁本带到建阳后的某位读者所改订。第四，种德书堂本（或简本祖本）的编辑者有一定的文学素养，所以能按照诗词的格律对之前的诗句进行改动。改动后的诗句从某些方面来说，不少要优于容与堂本。但是这个编辑者的文学素养又不会太高，所以容与堂本中一些比较难理解的词句编辑者理解不了，就将其进行了误改。同时，此位编辑者在编辑之时，还夹杂着个人对故事情节、人物的理解与喜好。

四、种德书堂本与容与堂本正文对比

在将种德书堂本与容与堂本正文进行比对之前，首先要明确种德书堂

本《水浒传》,或者说简本《水浒传》的性质。此处可先看一则关于建阳所刊书籍的趣事:

符建间,有杭州学教授出《易》题,误写"坤为釜"作"金"字。一学生知其非,佯为未喻,怀经上请,教授因立义以酬之。生徐曰:"先生所读恐是建本,据此监本乃是'釜'字。"教授大惭,鸣鼓自罚三直。(方勺《泊宅编》卷上)①

早在宋代之时,建阳刊本文字便多有错舛,此等情形已为时人所熟知。时至明代,建阳刊本大盛,但除却少部分精品外,建阳刊本粗制滥造的形象早已深入当时文人之心。明代文人笔记中对此多有记载:

然板本最易得而藏多,但未免差讹,故宋时试策以为井卦何以无象,正为闽本落刻,传为笑柄。我朝太平日久,旧书多出,此大幸也。亦惜为福建书坊所坏。盖闽专以货利为计,但遇各省所刻好书,闻价高即便翻刊。卷数、目录相同而于篇中多所减去,使人不知,故一部止货半部之价,人争购之。(郎瑛《七修类稿》卷四十五)②

宋时刻本以杭州为上,蜀本次之,福建最下。今杭刻不足称矣,金陵、新安、吴兴三地,剞劂之精者不下宋板,楚、蜀之刻皆寻常耳。闽建阳有书坊,出书最多,而板纸俱最滥恶,盖徒为射利计,非以传世也。大凡书刻,急于射利者必不能精,盖不能捐重价故耳。近来吴兴、金陵,骎骎蹈此病矣。

…………

近来闽中稍有学吴刻者,然止于吾郡而已。能书者不过三五人,能梓者亦不过十数人,而板苦薄脆,久而裂缩,字渐失真,此闽书受病之源也。(谢肇淛《五杂组》卷十三)③

可以说建阳刊本具备了现今盗版书籍的一切特征:字小行密、字迹混浊、纸张薄脆、校勘不精、错刻漏刻、私自改篡、粗制滥造等等。这也是种德书堂本,乃至简本《水浒传》的性质。在研究种德书堂本正文之前,先定位

---

①[宋]方勺:《泊宅编》卷上,中华书局 1983 年版,第 73 页。

②[明]郎瑛:《七修类稿》卷四十五,上海书店出版社 2001 年版,第 478 页。

③[明]谢肇淛:《五杂组》卷十三,上海书店出版社 2001 年版,第 266 页。

简本《水浒传》的性质，就是为了明白一点：与容与堂本相比，种德书堂本所出现的众多异文，尤其是误字，这是简本《水浒传》本身的特性所决定的，并不一定代表简本祖本的状况。

关于种德书堂本与容与堂本正文的比对，将分成以下几个方面论述：第一个方面是单个字词的差异；第二个方面是种德书堂本相比于容与堂本所作出的删节；第三个方面是种德书堂本与容与堂本其他文字的不同之处。

第一，种德书堂本与容与堂本单个字词上的差异。这种差异又可以分为几种情况。

1. 明显的误字，此一情况仅举数例以观之：

种德书堂本：其余不堪用的小船，尽行合散与附近居民收用。（17.2b）

容与堂本：其余不堪用的小船，尽行给散与附近居民收用。（83.4a）

（例一）

种德书堂本：肃等将寡人御酒，一并克减半并，肉一斤，止有十两。（17.3b）

容与堂本：尔等尚自巧言令色，对朕支吾。寡人御赐之酒，一瓶克减半瓶，赐肉一斤，只有十两。（83.7b）

（例二）

种德书堂本：直抵坛州来，却说坛州洞仙侍郎。（17.5a）

容与堂本：直抵檀州来，却说檀州洞仙侍郎。（83.11a）

（例三）

从以上三个例子来看，属于误刊的误字，既有形误，也有音误。之所以出现误字，明显是校勘不精的结果，此类现象在众简本中屡见不鲜，也算是简本《水浒传》的“特色”之一。

2. “道”与“曰”的简化

这个问题之所以值得关注，是因为早在20世纪50年代之时，何心先生继承鲁迅先生《水浒传》“简先繁后”的版本演化理论，并提出了新的支撑证据，其中有一项依据是“曰”和“道”的差别，简本人物说话均用“曰”字，而繁本人物说话则均用“道”字，但是现存繁本第1回还保存了几处“曰”字的痕迹，可见从简本演变到繁本是逐渐修改的过程。何心先生的《水浒研究》

是《水浒传》的入门书籍，同时也是必读书籍，所以影响十分之大。之后像齐裕焜先生、聂绀弩先生的文章都继承了何心先生的这种说法。需要指出的是，何先生此依据所用的简本是众简本中刊刻时间颇晚的百十五回汉宋奇书本，而刊刻时间相对较早的简本如种德书堂本以及插增本几位先生均未曾得见。

此后《水浒传》"繁先简后"说的支持者则认为"曰"和"道"属于简化字的问题，简本的刊刻者把笔画复杂的"道"字均改成了"曰"字。此一观点确实可以在种德书堂本中找到注脚。种德书堂本中有一些容与堂本的"道"字已经被改为了"曰"字，但是这种情况并不多见。具体可参见下表：

表 6　种德书堂本中"道"字被改为"曰"字次数

回数	83	84	85	86	87	88	89	90	91
容与堂本	22（道）	39	57	33	28	20	12	55	46
种德书堂本	0（曰）	3	13	0	0	0	0	1	0
回数	92	93	94	95	96	97、98		99	100
容与堂本	14	39	42	28	19	31		26	42
种德书堂本	0	0	1	0	0	0		0	0

上表容与堂本一栏所统计的是，每一回中"道"字所用到的次数，种德书堂本一栏所统计的是，容与堂本"道"字被改为"曰"字的次数情况。从表中可以看出，除了第 85 回容与堂本的"道"字改为"曰"字略多之外，其余回数"道"字基本上没有做过多的修改。种德书堂本除了将"道"字改为"曰"字之外，针对"道"字，还有其他一些处理方式，像直接删去"道"字，或改为"云"字，或改为"说"字等。

种德书堂本：省院官奏：宋江已自将本犯斩首号令，申呈本院，勒兵听罪。（17.3b）

容与堂本：省院官奏道：宋江已自将本犯斩首号令示众，申呈本院，勒兵听罪。（83.8a）

（例一）

种德书堂本：楚明玉云：昨正杀赢，赶去被那一穿绿的一石子打下马去。（17.5a）

容与堂本：楚明玉答应道：小将军那里是输与那厮。蛮兵先输了，俺小将军赶将过去，被那里一个穿绿的蛮子一石子打下马去。（83.11a）

（例二）

种德书堂本：道众说：师父近日倦于迎送，少曾到观。（17.14b）

容与堂本：道众道：师父近日只在后面退居静坐，倦于迎送，少曾到观。（85.6a）

（例三）

如上述三例所见，分别是删去“道”字、改为“云”字、改为“说”字的三种修改方式，不过这些修改方式相对比较少见。所以，可以说在种德书堂本中“道”字基本上保留了原貌，没有改为“曰”字。这一点与之后的评林本、英雄谱本、刘兴我本等截然不同，后出的这些简本，“道”字基本上改为了“曰”字。从种德书堂本保存的“道”字情况来看，简本祖本也当如是。此外，容与堂本与种德书堂本尚存在共为“曰”字的情况。

种德书堂本：天子曰：既斩了正犯，权且纪录。待破辽回日，量功理会。（17.3b）

容与堂本：天子曰：他既斩了正犯军士，待报听罪。宋江禁治不严之罪，权且纪录。待破辽回日，量功理会。（83.8a）

（例一）

种德书堂本：天子曰：已命张招讨、刘都督征进，未见次弟。（23.17a）

容与堂本：天子乃曰：已命张招讨、刘光世征进，未见次第。（90.14b）

（例二）

从这些情况可以知道，最初的简本祖本中“道”“曰”“云”字都是混用，其中“道”字居多，并没有特意去改窜某些字。这一面貌直到种德书堂本中依旧保留着，但是后来的简本为了省便，将笔画较多的“道”字改为了笔画颇少的“曰”字。

当然，种德书堂本没有过多地将“道”字改为“曰”字，并不代表种德书堂本中没有采用简化字的手段。这里仅举三例以观种德书堂本的简化字。第一例是“卢俊义”的“卢”字，“卢”字的繁体为“盧”，字形十分之复杂，这个字在种德书堂本中基本上被简体的“芦”字所替代。第二例是“教”与“叫”二字，这两字种德书堂本中基本被“交”字所替代。虽然这三个字的使用有一些时代的影响，但是并不排除是为了简化而使用。第三例是“国舅”简化为“国旧”，小说当中辽国有一个人物叫安定国舅，叙述此人之时，种德书堂本的“国舅”基本上为“国旧”所取代。

3. 字词改易，但文意未变

种德书堂本中多有字词与容与堂本相异，这些不同的字词为后人所改易，改易后的字词并不影响文意。这种情况在种德书堂本中最为常见，相异的文字随处可见，光第 83 回就有数十处之多。仅举数例以观之：

> 种德书堂本：见今辽国兴兵，侵占山后九州所近县治，各处申表求救，屡次调兵征剿。（17.1b）
>
> 容与堂本：见今辽国兴兵十万之众，侵占山后九州所属县治，各处申达表文求救，累次调兵前去征剿交锋，如汤泼蚁。（83.2a）
>
> （例一）
>
> 种德书堂本：亲书诏敕，加宋江为破辽都先锋。其余诸将，待建功封爵。（17.1b）
>
> 容与堂本：亲书诏敕，赐宋江为破辽都先锋。其余诸将，待建功加官受爵。（83.2b）
>
> （例二）
>
> 种德书堂本：某等正欲与国家出力，建立功业。（17.2a）
>
> 容与堂本：某等众人，正欲如此与国家出力，立功立业，以为忠臣。（83.3a）
>
> （例三）
>
> 种德书堂本：宋江与吴用、公孙胜等，于路无辞。回到梁山泊寨内。（17.2a）
>
> 容与堂本：宋江与吴用、公孙胜等，于路无话。回到梁山泊忠义堂上坐下。（83.4a）
>
> （例四）
>
> 种德书堂本：卿等休辞劳苦……宋江叩头谢恩。（17.2b）
>
> 容与堂本：卿等休辞道途跋涉……宋江扣头称谢。（83.4b）
>
> （例五）

从以上五例可以看出，种德书堂本与容与堂本不同的字词，意思层面基本一样。这些不同的字词,难以辨明是否为简本祖本所有,此一情况与之前所述诗词中个别字词不同的情况相类。造成字词不同的原因,有可能是因为简本祖本中即如此,也有可能是因为后来简本编辑者的随意改篡,第二种可能性更大一些。至于为何改篡,大抵是编辑者觉得这样的文字修改更符合读者的语言习惯,或者是他个人的语言习惯。

第二,种德书堂本相对容与堂本所作的文字删节。

谈此点之前先简要说明一下“繁先简后”与“简先繁后”两种观点。学术界关于《水浒传》版本演变的看法有两种,一种认为繁本在先、简本在后,简本是由繁本删节而成,是为“繁先简后”;一种认为简本在先、繁本在后,繁本是由简本增补而成,是为“简先繁后”。“简先繁后”理论最初由鲁迅先生提出,后来经过何心、聂绀弩等先生发扬光大,曾经在学术史上产生了比较重大的影响,但这一看法在20世纪90年代就基本销声匿迹。与“简先繁后”说相对的是“繁先简后”说,这一理论现今基本成为学界的主流观点。本书此节以及之后的章节对于《水浒传》版本的演化都持“繁先简后”之说,所以笔者认为种德书堂本相对容与堂本字数减少,乃因删节所致。此外,关于“繁先简后”之说,此观点在本书的探讨过程中也可以证明。

此部分以文字删节较多的容与堂本第99回“鲁智深浙江坐化　宋公明衣锦还乡”为主要研究对象,结合其他回数,考察种德书堂本到底删节了哪些文字。

1. 诗词部分的删除

容与堂本第99回共有诗词10首,种德书堂本仅有2首,相比而言,种德书堂本删节的诗词多达8首。诗词相对于小说内容情节来说,属于主体之外的游离部分,这点从金圣叹将无关紧要的诗词韵文全部删削就可以看出。删节文本,尤其是像简本这种将整个文本血肉部分删去,只剩下骨架的本子,删除一些无关紧要的诗词,应该是第一步需要做的事情。但是前文说过,种德书堂本到了征方腊部分,诗词才删得比较多,之前并没有做过多的删节。这点有些耐人寻味,因为种德书堂本内容情节的主体部分文字删削颇多,却保留了不少主体之外的诗词,着实让人不解。此点可能与评林本中《水浒辨》所说的“内有失韵诗词,欲削去,恐观者言其省漏”的观点有一定关系。因为书坊主怕读者发现书中文字删节过多,尤其是诗词在小说中的格式比较特殊,独立于正文之外,低数格书写,一目了然,所以书坊主特意保留诗词，或者之前有本子将诗词删去，被读者发现，其后的书坊主又将诗词增添上。清代之后的简本如百二十四回本、八卷本等，其中诗词则几乎被删除殆尽。

2. 外貌穿着部分的删除

第99回回首容与堂本对出战的驸马柯引（柴进的化名）有一段穿着披挂的描绘，"头戴凤翅金盔，身披连环铁甲，上穿团龙锦袍，腰系狮蛮束带，足穿抹绿皂靴，跨悬雕弓铁箭。使一条穿心透骨点钢枪，骑一匹能征惯战青骢马"（99.1b），此段描绘种德书堂本不存。关于外貌穿着的描写，古代小说中几乎都有涉及，好的外貌穿着描写能更深入地刻画人物，像《红楼梦》中人物的外貌穿着描写，但是程式化的外貌穿着描写则偏离了故事情节本身，略显累赘不说，还阻断了阅读的连贯性。像容与堂本第88回对每一个番将的披挂都有详细的描绘，种德书堂本则将这些描绘多数删节了。

3. 对话部分的删节

这种情况又分为两种类型：一种是删，一种是节。删就是将对话完全删去，节则是将对话的部分内容删去。删的情节如：

容与堂本：只见南兵阵上，柯驸马立在门旗之下，正待要出战。只见皇侄方杰，立马横戟道："都尉且押手停骑，看方某先斩宋兵一将，然后都尉出马，用兵对敌。"宋兵望见燕青跟在柴进后头，众将皆喜道："今日计必成矣。"（99.4a）

种德书堂本：只柯附马引方杰出洞对敌。（25.13a）

（例一）

容与堂本：宋江道："那和尚眼见得是圣僧罗汉，如此显灵。今吾师成此大功，回京奏闻朝廷，可以还俗为官，在京师图个荫子封妻，光耀祖宗，报答父母劬劳之恩。"鲁智深答道："洒家心已成灰，不愿为官，只圆寻个净了去处，安身立命足矣。"宋江道："吾师既不肯还俗，便到京师去住持一个名山大刹，为一僧首，也光显宗风，亦报答得父母。"智深听了，摇首叫道："都不要，要多也无用。只得个囫囵尸首，便是强了。"宋江听罢，默上心来，各不喜欢。（99.7b-8a）

种德书堂本：宋江道："此必是圣僧也。今吾师成此大功，回京奏闻朝廷，还俗为官。"智深道："我心已成灰，不愿为官，但得一个囫囵尸首

便足矣。”宋江等听了，各不喜忻。（25.14a）

（例二）

节的情况如：

容与堂本：柯驸马大叫：“我非柯引，吾乃柴进，宋先锋部下正将小旋风的便是。随行云奉尉即是浪子燕青。今者已知得洞中内外备细，若有人活捉得方腊的，高官任做，细马拣骑。三军投降者，俱免血刃有生；抗拒者，斩首全家。”（99.4b）

种德书堂本：柯附马大叫：“吾乃宋将柴进，若有人捉得方腊者，高官重爵，投降者俱免死。”（25.13a）

（例一）

容与堂本：宋江再拜泣涕道：“当初小将等一百八人破大辽，还京都不曾损了一个。谁想首先去了公孙胜，京师已留下数人。克复扬州，渡大江，怎知十停去七。今日宋江虽存，有何面目再见山东父老，故乡亲戚。”（99.8ab）

种德书堂本：宋江垂泪道：“小将等弟兄一百单八人损折大半，有何面目回见山东父老。”（25.14a）

（例二）

除以上删与节的两种方式之外，种德书堂本对于人物的对话，还有其他一些处理方式。

一为结束式，即数人对话后，用某种叙述性的语言结束对话。

容与堂本：呼延灼道：“我等来日可分十队军马，两路去当压阵军兵，八路一齐撞击，决此一战。”宋江道：“全靠你等众弟兄同心戮力，来日必行。”吴用道：“两番撞击不动，不如守等他来交战。”宋江道：“等他来也不是良法，只是众弟兄当以力敌，岂有连败之理。”（88.10ab）

种德书堂本：呼延灼道：“我等来日可分十队军马，两路去当压阵军兵，八路齐进，决此一战。”**宋江依其言。**（18.4b）

容与堂本此处呼延灼、宋江、吴用三人对话商讨军情，而种德书堂本在呼延灼发表意见之后，直接一句“宋江依其言”，结束了商议话题。

二为合并式，即二人或数人对话时，种德书堂本将某些人物的对话删去,将其余的对话或者行为合并在一起。

容与堂本:那军汉中一个军校,接得酒肉过来看时,酒只半瓶,肉只十两,指着厢官骂道:"都是你这等好利之徒,坏了朝廷恩赏!"**厢官喝道:"我怎得是好利之徒?"那军校道:"皇帝赐俺一瓶酒,一斤肉,你都克减了。不是我们争嘴,堪恨你这厮们无道理!佛面上去刮金!"**厢官骂道:"你这大胆剐不尽杀不绝的贼!梁山泊反性尚不改!"军校大怒,把这酒和肉匹脸都打将去。厢官喝道:"捉下这个泼贼!"那军校就团牌边掣出刀来。**厢官指着手大骂道:"腌臜草寇,拔刀敢杀谁!"军校道:"俺在梁山泊时,强似你的好汉,被我杀了万千。量你这等赃官,何足道哉!"**厢官喝道:"你敢杀我?"(83.5b-6a)

种德书堂本:军校接过酒肉看时,酒只半并,肉只十两,指着厢官骂道:"你这滥污之徒,朝廷恩赏,岂徒侵克!"厢官骂道:"你这剐不尽的贼!反性尚不改!"军校大怒,把酒肉匹脸打将去。厢官喝道:"捉下这个泼贼!"那军校就团牌边掣出刀来。厢官指着骂道:"腌臜草寇,你敢杀我?"(17.3a)

容与堂本中军校与厢官的对话以及行为都是循序渐进的,让人能够清楚理解二人冲突的由来,情绪的变化也是渐进式的。而种德书堂本删去了两处军校与厢官的对话,将其他的对话与之前的对话合并在一起,使得二人的对话和行为有些让人摸不着头脑,似乎有一言不合就拔刀拼个你死我活的感觉。

4. 情节的浓缩与删节

相对于容与堂本故事情节的有血有肉来说,种德书堂本的故事情节顶多只能算是存其骨架,整部小说故事内容被浓缩得只剩下粗陈梗概的框架,一些与小说主线关系不大的枝蔓情节皆被删除。

(1)情节的浓缩,如:

容与堂本:花荣跑马回阵,对宋江、卢俊义说知就里。吴用道:"再叫关胜出战交锋。"当时关胜舞起青龙偃月刀,飞马出战,大喝道:"山东小将,敢与吾敌!"那柯驸马挺枪便来迎敌。两个交锋,全无惧怯。二将斗不到五合,关胜也诈败佯输,走回本阵。柯驸马不赶,只在阵前大喝:"宋兵敢有强将出来与吾对敌?"宋江再叫朱仝出阵。(99.2b)

种德书堂本：花荣回阵，对宋江说知此事。关胜便出马与柯引交战十合，关胜亦诈败回阵。宋江再交朱仝出马。（25.13a）

容与堂本中关胜与柯引（柴进）联手演了一出精彩的好戏给对手看，到了种德书堂本中被删节之后的文字，干瘪得只剩下事件的结果。

容与堂本：宋江当日传令，分付诸将："今日厮杀，非比他时，正在要紧之际。汝等军将，各各用心擒获贼首方腊，休得杀害。你众军士只看南军阵上柴进回马引领，就便杀入洞中，并力追捉方腊，不可违误。"三军诸将得令，各自磨拳擦掌，掣剑拔枪，都要据掠洞中金帛，尽要活捉方腊，建功请赏。当时宋江诸将，都到洞前，把军马摆开，列成阵势。（99.3b-4a）

种德书堂本：宋江传令诸将："今日各宜用心，擒捉贼首建功。"众将听了，都到洞口围住。（25.13a）

容与堂本中宋江之语所涵盖激励人心的情感以及严于治军的意思，到了种德书堂本中荡然无存，只剩下平淡无奇的一句话：捉拿方腊。容与堂本中众将听到宋江之言后，那种摩拳擦掌之态，以及抢先建功的心理，在种德书堂本也完全没有体现，仅仅剩下众将的行为：围住洞口。

（2）情节的删节，如：

容与堂本第99回宋江征讨方腊归来后，有一大段文字描述宋江等人觐见天子，天子慰问以及赏赐宋江，宋江拜谢之后上了一道表章。内容大致从"仍令正偏将佐，俱各准备幞头公服，伺候朝见天子。三日之后，上皇设朝，近臣奏闻"（99.16a）至"臣江等不胜战悚之至！谨录存殁人数，随表上进以闻"（99.17b）。此部分情节在容与堂本中共计2叶，文字700余，但在种德书堂本中悉数被删除。

容与堂本第88回宋江与辽军鏖战之时，困于兀颜统军所摆下的阵势，此处有一支线情节，说到赵安抚向京城索取衣物，京城派了王文斌押送衣物到前线，容与堂本对王文斌此人进行了描述，称其文武双全、智勇足备，王文斌押送衣物至赵安抚处，赵安抚将宋江的困境与王文斌言明。内容大致从"却说副枢密赵安抚累次申达文书赴京，奏请索取衣袄等件"（88.10b-11a）至"且说宋江在中军帐中纳闷，闻知赵枢密使人来，转报东京差教头郑州团练使王文斌押送衣袄五十万领，就来军前催并用功"（88.12a）。此部分情节在容与堂本中共计 1 叶多，文字 500 余，种德书堂本此段情节则被删除殆尽，仅仅只有一句话，“却说赵安抚累次申达，文斌押送衣袄到营”（18.5a），变成了王文斌直接押送衣物到宋江处。

5. 字词句的节略

此点算是细处的删节，一句话删除个别字或词，一段话删除个别语句。如：

> 容与堂本：方腊**却领**引**近**侍**内**臣，登**帮源洞**山**顶**，看柯驸马厮杀。（99.3b）
>
> 种德书堂本：方腊引侍臣登山，看附马厮杀。（25.13a）

相比容与堂本而言，种德书堂本此句话中有多个字词被删节，“却领引近侍内臣”被缩减为“引侍臣”，“登帮源洞山顶”也被省略为“登山”。

> 容与堂本：方腊**领着内侍近臣**，在**帮源**山顶**上看**见杀了方杰，**三军溃乱，情知事急，一脚踢翻了金交椅**，便望深山**中**奔走。宋江**领起**大队军马，**分开五路**，杀入洞来，**争捉方腊。不想已被方腊逃去，止拿得侍从人员**。（99.4b-5a）
>
> 种德书堂本：方腊在山顶见杀了方杰，便望深山奔走。宋江大队军马杀入洞来，不见方腊。（25.13b）

此处种德书堂本相比容与堂本，既有字词的节略，将“领着内侍近臣”删去，“帮源山”节略为“山”；也有句子的节略，将描写方腊见情势危急后的动作删去，将捉得侍从人员删去；还有将长句改写为短句，将捉拿方腊未得，改为不见了方腊。

以上五种文字的删节情况，在种德书堂本中随处可见。重新回到之前所说的“繁先简后”与“简先繁后”的问题，这五种情况中诗词部分与外貌穿着部分，可能是繁本由简本增添扩充而成，但是情节部分、对话部分，尤其是字词句部分，则几乎不可能是繁本由简本增添扩充而成，只可能是简本由繁本删节所致。很难想象有人会通过填字加词，将简短的句子扩充成长句，给一个干瘪的情节增添一些细节，甚至插增一些无关紧要的旁支情节。这种情况在中国通俗小说史上，甚至世界小说史中都不曾见及，尤其是下文还会提及种德书堂本由于删节文字所造成的一系列问题，这些问题只可能是删节造成的,而不存在其他可逆的情况。

第三,种德书堂本与容与堂本其他文字的不同之处。这一情况又可分为两种类型,一种是种德书堂本的异文为简本祖本所有,另一种是种德书堂本的异文为后来简本所改动。

1. 种德书堂本的异文为简本祖本所有

要确定种德书堂本与容与堂本不同的文字,为简本祖本所有,而非后来的改动,这是一件非常困难的事情。之前所探讨的种德书堂本与容与堂本诗词以及其他正文字词的不同,都不能确定为简本祖本所有。此处要想完全确定二本异文为简本祖本所有,也是不太现实的事情,只能说有较大的可能性确定这些异文为简本祖本所有。所依据的思路为,相对于容与堂本而言,种德书堂本或其他简本只是一味地删节文字,有些地方存在异文,只是为了将长句缩减为短句,然而种德书堂本有一些地方却多出了文句,这些多出的文句,使得故事情节更加合理,由此判定这些多出的文句为简本祖本所有。因为种德书堂本或其他简本,文字删节之后,错漏百出,这些本子根本不会在意故事情节是否合理,也就不会去增添个别的文句,所以多出的文句当为简本祖本所有。

种德书堂本多出文句之处,如:

> 容与堂本:殿前都太尉宿元景,便向殿前启奏道:陛下,宋江这伙好汉方始归降,百单八人,恩同手足,意若同胞。他们决不肯便拆散分开,虽死不舍相离。如何今又要害他众人性命!此辈好汉,智勇非同小可。倘或城中翻变起来,将何解救?如之奈何?(83.2a)
>
> 种德书堂本:殿前太尉宿元景向前奏道:宋江方始归降,百单八人,恩同手足,死不相离。今又要害他,倘或<u>漏泄</u>,城中反变,将何解救?(17.1b)

此段文字种德书堂本与容与堂本相比,基本属于上述所说的字词句的删除,本来没有值得注意的地方,但是种德书堂本却比容与堂本多出了一个词“漏泄”。这段文字之前,小说讲述的是蔡京、童贯、高俅、杨戬四个人奏请皇上陷害宋江众人,此时便出现了上述引文的一幕。按照容与堂本的说法,宋江众人智勇非同小可,如果要害他及众人性命,有可能偷鸡不成蚀把米,反倒被宋江等人把京城闹得天翻地覆。但是话又说回来,如果是对宋江等人瓮中捉鳖，那么成功的概率还是非常之大，所以种德书堂本中“漏泄”二字显得十分必要。此处种德书堂本文字应该还作了删节，文意指的是倘若陷害、捉拿宋江等人的消息泄露，宋江一行在城中作乱，后果将不堪设想。作为以删节为首要之务，文中舛误无数的简本，肯定不会对这些细节字斟句酌，所以此处的“漏泄”应该为简本祖本所有。

再如：

> 容与堂本：宋江令那军校痛饮一醉，教他树下缢死。却斩头来号令。（83.7a）
>
> 种德书堂本：宋江忍泪令军士痛饮一醉，交他缢死。却斩首来号令。（17.3b）

此例与上例相同，种德书堂本比之容与堂本，在字词上有所删节，但是独独多出了“忍泪”二字。而这“忍泪”二字应该为简本祖本所有，甚至为《水浒传》祖本所有，因为容与堂本此回回目为“陈桥驿滴泪斩小卒”，文中对这一件事还有一首诗赞，里面有一句诗为“流泪军前斩卒头”，这些都说明宋江是流着泪将军校斩首的。

此类简本所有而繁本没有的文句，最明显的一条例证在第2回“王教头私走延安府　九纹龙大闹史家村”中，容与堂本有这么一段对话：

> 容与堂本：且说高俅得做了殿帅府太尉，选拣吉日良辰，去殿帅府里到任。所有一应合属公吏衙将，都军禁军，马步人等，尽来参拜，各呈手本，开报花名。高殿帅一一点过，于内只欠一名八十万禁军教头王进。**半月之前，已有病状在官，患病未痊，不曾入衙门管事。**高殿帅大怒，喝道：“胡说！既有手本呈来，却不是那厮抗拒官府，搪塞下官。此人即系推病在家，快与我拿来！”随即差人到王进家来，捉拿王进。（2.6b-7a）

这是一段非常奇怪的话，奇怪之处在于高殿帅高俅突然大怒，既而言道“胡说”，但是前面并没有任何一个人说话，只是叙述王进患病在家。可以猜测高俅在大怒说话之前，应该有其他官员为王进开脱，所以才惹得高俅大怒。这点从容与堂本后文也可得证。

> 容与堂本：牌头与教头王进说道：“如今高殿帅新来上任，点你不

> 着。**军正司禀说**染患在家，见有病患状在官。高殿帅焦躁，那里肯信，定要拿你，只道是教头诈病在家。教头只得去走一遭。若还不去，定连累众人，小人也有罪犯。”（2.7a）

从此段话可知，那个为王进说话的人是军政司，而此句“半月之前，已有病状在官，患病未痊，不曾入衙门管事”，应该就是军政司说的话，容与堂本此处应该是漏了一个人名。然而查阅其他繁本，包括石渠阁补印本、钟伯敬本、无穷会本、大涤余人序本、百二十回本、金圣叹本等，此处文字均同于容与堂本。

再细检诸简本情况，如下：

> 评林本：做到殿帅府太尉之职，高俅即选吉日到任。所有一应衙将，都军禁军，马步人等，尽来参拜，只欠一名八十万禁军教头王进。**军政司禀曰**：“半月之前，已有病状，不曾入衙。”高俅怒曰：“此人推病在家。”随即差人拿王进。（1.9ab）
>
> 英雄谱本：做到殿帅府太尉之职，高俅即选吉日到任。所有一应衙将，都军禁军，马步人等，尽来参拜，只欠一名八十万禁军教头王进。**军政司禀曰**：“半月之前，已有病状，不曾入衙。”高俅怒曰：“此人推病在家。”随即差人拿王进。（1.11b）
>
> 刘兴我本：做到殿帅府太尉之职，高俅即选吉日到任。所有一应牙将，都军禁军，马步兵等，都来参拜，只欠一名乃八十万禁军教头王进。**军政司禀曰**：“半月之前，已有病状，不曾入衙。”高俅怒曰：“此人虽病在家。”随即差人拿王进。（1.6b）
>
> 藜光堂本：做到殿帅府太尉之职，高俅即选吉日到任。所有一应牙将，都军禁军，马步兵等，都来参拜，只欠一名乃八十万禁军教头王进。**军政司禀曰**：“半月之前，已有病状，不曾入衙。”高俅怒曰：“此人推病在家。”随即差人拿王进。（1.6b）
>
> 李渔序本：做到殿帅府太尉之职，高俅即选吉日到任。所有一应牙将，都军禁军，马步兵等，都来参拜，只欠一名乃八十万禁军教头王进。**军政司禀曰**：“半月之前，已有病状，不曾入衙。”高俅怒曰：“此人虽病在家。”随即差人拿王进。（1.5b）
>
> 汉宋奇书本：做到殿帅府太傅之职，高俅即选吉日到任。所有一

应牙将，都军禁军，马步兵等，都来参拜，只欠一名乃八十万禁军教头王进。**军政司禀曰**："半月之前，已有病状，不曾入衙。"高俅怒曰："此人推病在家。"随即差人拿王进。（1.19b-20a）①

八卷本：高俅为帅府太尉之职，高俅择日到任。所有一应牙将，都军禁马步兵丁，都来参拜，只有八十万禁军教头王进不到。**军政司禀曰**："半月前，已有病疾。"高俅怒曰："此人推病在家。"随即差人去拿。（1.3b）②

百二十四回本：做到殿帅府大傅之职，高俅即选吉日到任。所有一应牙将，都军禁军，马步兵等，都来参拜，止有一名不到，乃八十万禁军教头王进。**军政司禀曰**："半月前，已有病状，不曾入衙。"高俅怒曰："此人是诈病在家。"随即差人拿王进。（1.6ab）③

此段文字诸简本虽然略有差异，但是在高俅发怒之前，都有"军政司禀曰"这几个字。这也证实了之前的猜测，诸繁本"半月之前，已有病状在官，患病未痊，不曾入衙门管事"此句，应该是军政司所说的话，诸繁本脱漏了"军政司禀曰"这几个字。那么，这几个字毫无疑问应该为简本祖本所有，甚至可以更加确切地说，这几个字当是现存《水浒传》祖本所存之文字。

从这几个例子当中，可以发现现存简本《水浒传》所具有的价值，即这些版本存留着简本祖本的痕迹。而所谓的简本祖本，其刊刻时间很可能早于现存诸繁本。关于这一点，在简本祖本探考一章中已经说到，简本祖本很可能是刊刻时间较早的20卷本，而现存所有繁本中除了嘉靖残本可能是20卷本之外，其他诸本均是刊刻时间较晚的本子。也正因为简本祖本的刊刻时间很可能早于现存诸繁本，所以简本祖本才会保留着现存诸繁本一些脱漏的文字。但是这个刊刻时间较早，与《水浒传》祖本关系更密切的简本祖本，最终湮灭在历史的长河中，留下的都是由容与堂本（或其底本）派生出来的繁本。

2. 种德书堂本的异文为后来简本所改

种德书堂本与容与堂本字词的不同，大概率是种德书堂本（或其底本）

---

①汉宋奇书本所据为日本东京大学东洋文化研究所双红堂文库所藏老会贤堂刊本，汉宋奇书本的叶数是按照《三国志演义》部分来计算，所以此处卷数是《三国志演义》的卷数，以下诸章皆同，不另出注。

②八卷本所据为张青松所藏本，以下诸章皆同，不另出注。在此感谢张青松先生提供书影。

③百二十四回本所据为笔者所藏乾隆丙辰序本，半叶11行、行26字，以下诸章皆同，不另出注。

的私自改篡。这一点前文在叙述二本诗词以及单个字词差异之时已经说到，但是也仅仅只能说改篡的可能性非常大，而并非绝对，当然也有可能异文为简本祖本所有。而且即便是改篡，有的异文实际上文意相同，也没有特别的含义。此处所探讨的种德书堂本的异文，并非无法确定为后来简本所修改且文意相同者，而是能够确定由后来简本所改动者，同时这些改动的异文还能体现编辑者的某些想法。如：

容与堂本：天子特命省院等官计议封爵。太师蔡京、枢密童贯商议奏道：方今四边未宁，不可升迁。且加宋江为**保义郎**，带御器械，正受皇城使；副先锋卢俊义加为宣武郎，带御器械，行营团练使。（90.7ab）

种德书堂本：天子特命省院等官计议封爵。太师蔡京、枢密童贯商议奏道：方今四边未宁，不可升迁。且加宋江为**保义侯**，带御器械，正受皇城使；副先锋卢俊义为宣武郎，带御器械，行营团练使。（18.15a）

整段文字容与堂本与种德书堂本基本相同，但有一个词值得注意，即“保义郎”与“保义侯”。保义郎是宋代设置的低级武官的散阶，原名右班殿直，北宋徽宗政和二年（1112）改为保义郎，是武官散阶五十二阶中第四十九阶①。保义侯则是侯爵位。这段文字是征讨辽国功成之后，宋江回京论功行赏，天子有意对宋江封爵，但是蔡京、童贯等托词四边未宁，不可升迁，这也暗示了此处不可能封宋江为侯爵。同时，若是宋江封为侯爵，而功劳一般大小的卢俊义却只封为宣武郎，未免有些不当。所以此处“保义郎”才是正确的文字。至于种德书堂本为何会改为“保义侯”，因为编辑者认为“保义郎”这个职位不能体现宋江的功劳大小，所以特意给他加封了侯爵，以慰读者之心，这一改动也迎合了一般市民读者的阅读审美需求。

再如：

容与堂本：原夺城池，**仍旧给还管领**。府库器具，交割辽邦归管。天子朝退，百官皆散。（89.9b）

种德书堂本：原夺城池，**朕也委任官员镇守**。天子朝退，百官皆散。（18.10b）

（例一）

①臧云浦、朱崇业、王云度：《历代官制、兵制、科举制表释》，江苏古籍出版社 1987 年版，第 258 页。

容与堂本：原夺一应城池，**仍旧给还辽国管领**。（89.11a）

种德书堂本：原夺一应城池，**再不许用兵侵扰**。（18.11a）

（例二）

这两个例子所叙述的是一件事情，就是宋江战胜辽国之后，辽国之前所侵占大宋土地的归属权问题。按理来说，宋江战胜辽国后，夺回了之前失去的土地，应该算是收复失地，那么即便同意了辽国的投降，之前属于大宋的国土也应该收回来，哪里还有再还给辽国的道理。但是此处情节并不简单，将原夺城池仍旧还给辽国，这一处理方法肯定是四大奸臣蔡京、童贯、高俅、杨戬的意思，而他们之所以这么做，定然是收取了巨额的贿赂，这样描写对四大奸臣所犯罪行的刻画，又加深了几分。当然，归属权的处理方式也更加符合历史事实，宋朝历史上并未收复过幽燕十六州，即使跟金国一起打败了辽国之后，那些土地也基本被金国占去。至于说种德书堂本为何会改动，理由也很简单，正如上例所言，改动后的文字是一般市民读者阅读审美心态的体现：原先夺过去的城池，自然要重新收归名下，而且还要警告辽国，再不许对这些城池起觊觎之心。

五、种德书堂本所存在的问题

前文所述种德书堂本与容与堂本故事情节部分的比对，主要考察种德书堂本在何处删节了文字，选取的例子基本上是种德书堂本删节文字之后，文句几乎没有问题之处。此处则专门叙述种德书堂本删节文字之后，文句所存在的一些问题。

第一，主语缺失或不明确。

容与堂本：见今辽国兴兵十万之众，侵占山后九州所属县治，各处申达表文求救，累次调兵前去征剿交锋，如汤泼蚁。贼势浩大，所遣官军，又无良策可退，每每只是折兵损将。（83.2a）

种德书堂本：见今辽国兴兵侵占山后九州所近县治，各处申表求救，屡次调兵征剿。**贼势浩大，折兵损将**。（17.1b）

（例一）

容与堂本：宋江计议定了，飞马亲到陈桥驿边。那军校立在死尸边不动。宋江自令人于馆驿内，搬出酒肉，赏劳三军，都教进前。却唤这

军校直到馆驿中,问其情节。(83.6b)

种德书堂本:宋江计定,飞马到陈桥边。那军校立在死尸边不动。**将军校捉到馆驿中问其情**。(17.3a)

(例二)

容与堂本:钱振鹏原是清溪县都头出身,协助方腊,累得城池,升做常州制置使。听得吕枢密失利,折了润州,一路退回常州,随即引金节、许定,开门迎接,请入州治,管待已了,商议退战之策。(92.4b)

种德书堂本:钱振鹏原是清溪县都头,手下两员副将:金节、许定智。吕枢密失了润州,退回常州。**开门迎接入州,商议退战之策**。(24.2a)

(例三)

主语的问题在种德书堂本或者其他简本中随处可见。由于文字删节的原因,主语往往被删节,或者不明确。例一中容与堂本所言之意为“所遣官军,又无良策可退,每每只是折兵损将”,“折兵损将”的指代对象是派遣过去的官军,但是由于种德书堂本将“所遣官军,又无良策可退”二句删去,句子变成了“贼势浩大,折兵损将”,意思完全颠倒,变成了贼军折兵损将。例二既有改易之处,也有主语不明确之处。其一种德书堂本将“唤”字改为“捉”字,对待军校的态度全然不同。其二捉军校者为何人,是宋江亲自捉还是他人捉,种德书堂本未曾言明,但从语意上来看,当是宋江亲自捉,若是如此,则与容与堂本文意不同。例三中容与堂本主语很明确,开门迎接的是钱振鹏、金节、许定三人,而种德书堂本中开门迎接的则不知是何人,是钱振鹏本人,还是他派手下二人去迎接,抑或是三人一起,无从知晓。

第二,语意混乱,不知所云。这种情况在简本中也比较常见,由于文字删节过多,有时候句子就成了四不像,完全不知所云。

容与堂本:有烦恩相题奏,乞降圣旨,宽限旬日,还山了此数事,整顿器具枪刀甲马,便当尽忠报国。(83.3b)

种德书堂本:有烦恩相题奏,乞降圣旨,**宽限容还山二事**,整顿甲马,便当报国。(17.2a)

(例一)

容与堂本:宝密圣道:“宋江兵若不来,万事皆休。若是那伙蛮子来时,小将自出去与他相敌,若不活拿他几个,这厮们那里肯退!”(84.10ab)

种德书堂本：宝密圣曰："宋兵若来，小将出敌，定要活捉却那。"（17.11a）

（例二）

容与堂本：俺们也久闻你梁山泊宋公明招集天下好汉，并兄长大名，亦闻有个浪里白跳张顺。不想今日得遇哥哥。（93.9a）

种德书堂本：久闻梁山泊宋公明有个浪里白跳张顺。不想今目得遇哥哥。（24.7a）

（例三）

例一种德书堂本中"宽限容还山二事"完全不知所云，容与堂本此处为"宽限旬日，还山了此数事"，意思是希望宽限十天时间，还山去解决一些事情，种德书堂本删节之时，多删了"了此"二字，导致语意不明。例二种德书堂本中"定要活捉却那"，"却那"二字不知何意，整句话语意不明。结合容与堂本方知种德书堂本的意思是要将宋江打退，"却那"大抵是使那些人退却的意思。例三种德书堂本中"梁山泊宋公明有个浪里白跳张顺"，这句话很明显有问题，让人以为"宋公明"三字是衍字。实际情况却并非如此，容与堂本中"宋公明"三字不仅不是衍字，而且有一整句话的叙述，只是到了种德书堂本之时，因为文字删节没有删干净，所以残存了"宋公明"三字的痕迹。

第三，语句不流畅或不通顺。种德书堂本部分文字删节之后，剩余文字没有做出相应的处理与调整，使得留存的文字不流畅或者语句不通顺。

容与堂本：天子大喜，再赐御酒，教取描金鹊画弓箭一副，名马一疋，全副鞍辔，宝刀一口，赐与宋江。（83.5a）

种德书堂本：天子大喜，亲赐御酒，名马一疋，宝刀一口，赐与宋江。（17.2b）

（例一）

容与堂本：宋江见城中军马慌乱，催促军兵卷杀入城。城里城外，喊杀连天，早夺了南门。洞仙侍郎见寡不敌众，只得跟着御弟大王投北门而走。宋江引大队人马入蓟州城来。（84.13a）

种德书堂本：宋江见城中慌乱，催军卷杀入城。喊杀连天，夺了南门。宋江引大队人马入蓟州城。（17.12a）

（例二）

容与堂本：赵安抚见了来文大喜。一面申奏朝廷，一面行移蓟、霸二州。（86.11b）

种德书堂本：见来文大喜。一面中奏朝廷。（17.23a）

（例三）

例一种德书堂本中天子“亲赐御酒”后，又“赐与宋江”，两个“赐”字连在一起，文句显得不流畅，而容与堂本中在两个“赐”字中间，还有另一个动词“取”，所以整个文句读起来没有问题。例二种德书堂本中第二个主语“宋江”并不需要，因为两句话中主语并没有改变，多出一个主语“宋江”，文句略显累赘。容与堂本中两个主语“宋江”中间，多出了另一个主语人物“洞仙侍郎”，所以第二个主语“宋江”必须标出，要不然主语则不明确。例三种德书堂本中“一面”的用法有误，导致文句不通顺。“一面”表示两种以上的动作或者活动同时进行，多数是连用。从容与堂本此处文字可以看出，种德书堂本删除了另一个“一面”的行为动作，所以只剩下“一面”的活动。

第四，情节突兀、混乱。种德书堂本删节某些字句、对话或者情节之后，使得剩余情节产生突兀感，严重的甚至情节发生混乱。

容与堂本：中书省院官出班启奏：“新降将宋江部下兵卒，杀死省院差去监散酒肉命官一员，乞圣旨拿问。”**天子曰：“寡人待不委你省院来，事却该你这衙门。盖因委用不得其人，以致惹起事端。赏军酒肉，必然大破小用。梁山军士虚受其名，以致如此。”省院等官又奏道：“御酒之物，谁敢克减！”**是时天威震怒。（83.7b）

种德书堂本：中书省院官出班启奏：“新降宋江部下兵卒，杀死省院监散酒肉命官一员，乞圣旨拿问。”是时天威震怒。（17.3b）

（例一）

容与堂本：宋江接得枢密院札付，便与军师吴用计议，前到玉田县，合会卢俊义等，操练军马，整顿军器，分拨人员已定，再回蓟州，祭祀旗纛，选日出师。**闻左右报道：“辽国有使来到。”宋江出接，却是欧阳侍郎。便请入后堂，叙礼已罢。**宋江问道：“侍郎来意如何？”（85.9b）

种德书堂本：宋江接得枢密院札付，与吴用计议，前至玉田县，合会俊义等，操练军马。分拨人员已定，礼毕。宋江问道：“侍郎来意如何？”（17.16ab）

（例二）

容与堂本：智真长老道：**“徒弟一去数年，杀人放火不易。”鲁智深默默无言。宋江向前道：**“久闻长老清德，争耐俗缘浅薄，无路拜见尊颜。今因奉诏破辽到此，得以拜见堂头大和尚，平生万幸！”（90.2a）

种德书堂本：智真长老道：“久闻长老清德清净，奈俗缘浅薄，无路拜访。今因奉诏破辽到此，得以拜见，平生万幸！”（18.12b）

（例三）

容与堂本：李俊听得这话，寻思道：“我在浔阳江上做了许多年私商，梁山泊内又妆了几年的好汉，却不想今日结果性命在这里。罢，罢，罢！”叹了口气，看着童威、童猛道：**“今日是我连累了兄弟两个，做鬼也只是一处去！”童威、童猛道：**“哥哥休说这话，我们便死也勾了。只是死在这里，埋没了兄长大名。”（93.8a）

种德书堂本：李俊寻思道：“我在浔阳江上做了许多年私商，却不想今日结果在这里。”汉气看着童威、童猛道：“哥哥，我们便死也勾了。只恨没了几长大名。”（24.6b）

（例四）

容与堂本：费保起身与李俊把盏，说出几句言语来。有分教：李俊名闻海外，声播寰中。去作化外国王，不犯中原之境。正是：了身达命蟾离壳，立业成名鱼化龙。（93.15a）

种德书堂本：费保起身与李俊说出几句言语：了身达命蟾离壳，立业成名变化龙。（24.9a）

（例五）

例一中容与堂本的对话逻辑是中书省院官告状，皇帝质问，中书省院官抵赖，之后皇帝才勃然大怒。种德书堂本中删去了皇帝质问和中书省院官抵赖两个环节，直接变成了中书省院官一告状，皇上就勃然大怒。此处皇帝大怒显得有些突兀，也于情于理不合。

例二中容与堂本的情节、事理等方面都符合生活的逻辑，宋江处理完各方面的事务之后，听闻辽国使臣到来，紧接着接见了辽国使臣。但是种德书堂本中，宋江处理完军务后，情节便转到了慰问辽国使臣，此一情节太过于突兀，如何突然就从上一个“分拨人员”的情节跳到了下一个“接待侍郎”的情节。

例三从容与堂本可以看出，种德书堂本删去了两个行为动作人的行为，一者是鲁智深的默默无言，一者是宋江与智真长老的对话动作，同时还删去了智真长老与鲁智深的对话内容。只保留了智真长老的对话动作以及宋江的对话内容，删节之后的文字结合起来，情节就变成了智真长老本人跟宋江对话，不仅叫宋江长老，还说自己征讨辽国到此，情节完全颠倒混乱了。

例四中容与堂本的对话，先是李俊寻思的心理活动，然后是李俊跟童威、童猛的对话，之后才是童威、童猛的答话。种德书堂本因为删去了李俊最开始与童威、童猛的对话，所以之后童威、童猛安慰李俊的话则安到了李俊身上，情节完全错乱。即使将句读变为"汉（叹）气看着。童威、童猛道"，把后面的对话内容依旧变为童威、童猛二人的，问题依旧存在，一是前面"寻思道"的内容是李俊的心理活动，童威、童猛二人完全听不到，就更不用说回答了；二是即使当作对话来处理，童威、童猛的答话也完全对不上李俊的前话。有意思的是，如果把"哥哥，我们便死也勾了。只没了几长大名"这句话，当作李俊对童威、童猛二人所言，又会产生意想不到的黑色幽默，李俊称呼童威、童猛二人为"哥哥"，认为他们三人死在这里也够本了，只是埋没了童威、童猛二人的大名。

例五此句话是种德书堂本第 110 回"混江龙太湖小结义　宋公明苏州大会垓"回末最后一句话①，其中"了身达命蟾离壳，立业成名变化龙"此言，紧接费保与李俊的对话动作之后，当视为对话的内容，但是如此文绉绉的话，不似费保如此身份之人能够说得出来，而且对话的内容也显得有些莫名其妙。下一回第 111 回回首种德书堂本的文字为"费保对李俊道：小弟是个愚夫，曾闻人道，世事有成必有败，哥哥在梁山泊已经数十年，百战百胜……"（24.9b），由此可见，费保与李俊对话的内容应该是第 111 回回首此句，而非第 110 回回末那两句文绉绉的话。那么种德书堂本中这两句文绉绉的话到底为何言语？查阅容与堂本发现，这两句话压根不是费保跟李俊的说话内容，而是回末的诗词套语，因为文字删节的原因，误入种德书堂本人物对话当中。

综上种德书堂本在主语、语意、语句、情节等方面所存在的问题，可以

①种德书堂本有两个第 110 回，此回为第二处第 110 回，此回种德书堂本仅有回目，而无回数。

更加明确之前所说的，繁本与简本的版本源流演变关系是“繁先简后”。因为种德书堂本所存在的种种问题，只可能是简本在繁本的基础上删节所造成的，而不可能是相反的情况，即作者写出一部错漏百出的小说，甚至读都读不通顺，之后有编辑者以此为基础去修改弥补。从上面所举之例也可以看出，种德书堂本所存在的问题不可能修改得出来，或者说不可能以那种添字增词加句的方式修改出来。而且以种德书堂本所体现出来的文字水平，已经不属于小说水准如何的问题，而是属于说话水平的问题，这些问题即便在九流的小说作品中也不可能会出现，更何况是被誉为一流小说的《水浒传》了。

从此节种德书堂本与容与堂本的对比，可以得出以下结论：

1. 相对于容与堂本而言，种德书堂本的文字部分删节了 45%。

2. 诸简本的回目与容与堂本基本相同，但是诸简本中不少回目削减了文字。其他存在异文的回目，容与堂本大多优于诸简本。

3. 种德书堂本与容与堂本中的诗词存在一些异文，这些异文有一部分是由后人改动而成。这位编辑者有一定的文学素养，但是文学素养又不会太高。

4. 相比容与堂本而言，种德书堂本有不少地方存在差异，最显著的就是诗词部分、外貌穿着部分、对话部分、情节部分、字词句部分等作了一些删节。同时，种德书堂本中的异文，一部分保留着简本祖本的痕迹，一部分由编辑者依据自身的喜好作出了一些改动。

5. 文字删节之后的种德书堂本在主语、语意、语句、情节等方面，都存在一定的问题，这些问题可以很明确地说明，繁本与简本的源流演变关系是“繁先简后”。

第三节　种德书堂本中的田王故事

种德书堂本中征讨田虎、王庆的故事共计 23 回，故事完整。从整个小说文字来看，田王故事与上述百回故事部分一样，属于简本。由于删节的原因，文字与情节等方面存在不少问题，这点下面会详述。但由于没有相应的田王故事繁本与之作比较，所以并不能很明晰地看出田王故事部分在何处作了删节。以下从文字、回目、诗词、并回等方面对种德书堂本中田王故事部分进行研究。

一、田王故事部分字数以及回目研究

表 7　种德书堂本田王故事部分回目以及字数

回数	回目	字数
91	宿大(误:太)尉保举宋江　卢俊义分兵征讨	3852
91	盛提辖举义投降　元仲良愤激出家	4178
92	不(误:众)英雄大会唐斌　琼郡主配合张清	3606①
93	公孙胜再访罗真人　没羽箭智伏乔道清	4105
94	宋江兵会苏林岭　孙安大战白虎关	2810
90	魏州城宋江祭诸将　石羊关孙安擒勇士	2608
95	卢俊义计攻狮子关　段景住暗认玉栏楼	2913
96	及时雨梦中朝大圣　黑旋风异境遇仙翁	4669
97	乔道清法迷五千兵　宋公明义释十八将	2039
96	卞祥卖阵平河北　宋江得胜转东京	2351
98	徽宗降敕安河北　宋江承命讨淮西	1456
99	高俅恩报柳世雄　王庆被陷配淮西	3312
100	王庆过(误:遇)龚十五郎　满村嫌黄达闹场	3334
99	王庆打死张太尉　夜走永州遇李杰	4614
100	快活林王庆使枪棒　三娘招王庆入赘	5604
101	宋公明兵度吕梁关　公孙胜法取石神(误:祁)城	3330
102	无回目	3635
103	宋公明游江翫景　吴学究帐幄谈兵	3017
104	燕青潜入越江城　卞祥智取白牛镇	3907
105	孙安病死九湾河　李俊雪天渡越水	4067
106	公孙腾(误:胜)马耳山请神　宋公明东鹫岭灭妖	3482
107	宋江火攻秦州城　王庆战败走胡朔	4284
108	公孙胜辞别归乡　宋江领敕征方腊	4609

①此回种德书堂本缺一叶,所缺文字以刘兴我本补之,若按种德书堂本整叶不空格 728 字计算,则比现统计字数多出 80 字。

首先是字数方面，种德书堂本中田王故事部分共计 23 回，字数差异颇大，文字最多的一回有 5600 余字，而文字最少的一回仅仅只有 1400 余字，这两者之间的差距在 3 倍以上。从某一方面来说，种德书堂本故事的划分有欠妥当。再与种德书堂本中容与堂本百回故事部分的字数进行比较，除去残缺部分不论，百回故事残存部分种德书堂本文字最多的一回有 5300 余字，文字最少的一回有 2600 余字。从每回文字上限来说，种德书堂本中田王故事与百回故事差距不大；从每回文字下限来说，田王故事与百回故事还是存在一定的差距。从每回平均字数来说，百回故事残存部分每回平均字数为 3893 字，田王故事部分每回平均字数为 3556 字，这说明田王故事部分虽然是插增进来的内容，但是文字删节之后每回平均字数，与之前百回故事部分并没有太大的差距。

其次是回目方面，种德书堂本中百回故事残存部分有回目的共计 16 回，其中七字回目有 8 回，八字回目有 8 回；田王故事部分有回目的共计 22 回，其中七字回目有 14 回，八字回目有 8 回，百回故事部分与田王故事部分的回目均是由七字与八字构成，两者没有区别，比例上也没有太大的差距。

田王故事部分回目从总体上来说，构撰平平，并没有特别出彩的回目，基本上是就事论事。大部分回目从对仗上来说，较为工整，如“公孙胜马耳山请神　宋公明东鹫岭灭妖”“徽宗降敕安河北　宋江承命讨淮西”等等。但有些回目的构撰也颇为随意，如“王庆打死张太尉　夜走永州遇李杰”，此一回目基本上没有对仗，而且回目上下句有些说话的意味。当然，这类对仗不工整的回目，不仅仅在田王故事部分存在，百回故事部分同样也存在，如“宋公明奉诏破大辽　陈桥驿泪滴斩小卒”，此回目对仗就颇为不工整，“宋公明”与“陈桥驿”一个人名、一个地名，对仗不工，“奉诏”与“泪滴”也并不是特别工整。从总体上说，田王故事部分与百回故事部分的回目质量基本相当，但又要稍逊之。

二、田王故事部分诗词研究

表 8　种德书堂本田王故事部分所收诗词数量

回数	91	91	92	93	94	90	95	96	97	96	98	
诗词数量	0	2	2	1	2	3	3	3	1	2	2	
回数	99	100	99	100	101	102	103	104	105	106	107	108
诗词数量	0	0	0	0	2	4	2	2	4	2	2	6

种德书堂本中百回故事部分征辽与征方腊共 17 回，书中有诗词两类，一类“但见”起首，共 8 首，一类“有诗为证”起首，共 70 首。田王故事部分 23 回，基本上是“有诗为证”的诗词，共计 45 首。这 45 首诗词中古风 1 首、词 1 首、七律 1 首、五律 1 首，其余 41 首为七绝。从诗词类型与体裁来看，田王故事部分大致同于百回故事部分，百回故事部分的诗词也基本上是七绝。

从诗词数量来看，田王故事部分与征辽、征方腊部分（百回故事部分）还是存在一定差距，田王故事部分的回数比征辽、征方腊部分多了 6 回，但诗词却少了 25 首。之所以会产生如此情况，一来可能是删节的原因，田王故事部分删节的诗词较多，上文已经说到征方腊部分的诗词删节了一半多，而征辽部分的诗词却删节得非常少，田王故事部分处于这两个故事之间，所以诗词也有可能被删节得较多。二来可能是创作的原因，田王故事的创作者撰写这部分之时，所创作的诗词较之百回故事部分为少，毕竟诗词游离于小说情节之外，过多的创作意义不大，而且对于略逊文采的文人来说，诗词的创作难度要大于小说情节内容本身。

从诗词规范来看，41 首绝句中完全符合平仄规范、押韵正确、诗无重字的有 20 首。其余的诗歌当中或多或少都存在一些问题，或不规范，或不严谨。如重字的：

> 七尺身躯气势雄，当时功绩已成空。
> 不知骁勇归何处，时有杜鹃泣血红。（22.18a）

“当时”与“时有”的“时”字重复了。

如失律的：

> 才喜相遇又致忧，公明端为国家谋。

平仄平仄仄仄平　平平平仄仄平平

> 将军未解边庭甲，义士如何志便酬。（20.12a）

平平仄仄平平仄　仄仄平平仄仄平

首句与第二句失粘，第一句的平仄当为“仄仄平平仄仄平”，但是却变成了“平仄平仄仄仄平”，尤其是第四字当为“平”音，却变成了“仄”音。

如出韵的：

分符自北向西行，露布书奇捷四征。

乡老壶浆迎士马，殷勤致意说前因。（23.1b）

此诗韵脚为“行”“征”“因”三字，其中“行”与“征”均压下平八庚韵，而“因”字却压上平十一真韵，三者所压韵部不同。

田王故事部分在诗词规范方面之所以会产生上述问题，一来可能是作者的水平有限，所以在创作诗歌之时出现了诸多问题。不过这种可能性不大，因为41首绝句基本符合平仄规范，这说明作者至少懂得怎么写诗。二来可能是由于种德书堂本刊刻的原因造成了一些舛误，这一可能性非常大。因为百回故事部分的诗词，种德书堂本与容与堂本相比，就存在不少疏误，那么到了田王故事部分，种德书堂本延续了这种疏误也是极有可能的。至于说存在重字以及出韵的情况，则可能涉及作者的态度问题，小说作者在创作小说中的诗歌之时，可能态度并没有那么严谨。

从诗词质量来看，田王故事部分的诗词，总体上质量不是很高，有的甚至可以说十分粗鄙、简陋，写出来的诗句就如流水账一般，味如嚼蜡，没有一点诗味，就更不用说诗意了。以下随意举3个例子以观之：

洞房花烛胜蓬莱，筵席风光绛帐开。

天定良缘成配偶，琼英原自重奇才。（19.11a）

（例一）

一心暗隐深潭计，片纸中藏九里山。

诱引李逵来骆谷，从交进退受艰难。（22.2b）

（例二）

不辞劳苦叩灵神，一阵风来现正身。

此去妖魔频扑灭，公明德泽及乡民。（23.4ab）

（例三）

例一是张清与琼英婚配之事，整首诗虽说流畅，但是十分俗套。无论是“洞房花烛胜蓬莱，筵席风光绛帐开”，还是“天定良缘成配偶”之句，均无甚可取之处。例二是李逵受困于骆谷口之事，第一、第二句写得还算不错，但是第三、第四句“诱引李逵来骆谷，从交进退受艰难”则完全变成了口语，诗味顿失。例三是公孙胜叩请华光灭独火鬼王之事，前三句虽然没有特别可取之处，基本上是叙述故事情节的流水账，但是勉强也算得上中规中矩，而第四句“公明德泽及乡民”，突然之间变成了大白话，有凑韵的感觉。

从田王故事部分的诗词可以很明显地看出，此部分的作者文学素养有限。田王故事部分的诗词与百回故事部分相比，至少相差了两个层次，光就取事、用典一项来说，百回故事部分不少诗词采用了取事、用典的手法，加强诗词的深度与广度，而田王故事部分的诗词基本上是就事论事，诗中没有出现取事、用典的情况。所以基本上可以说，田王故事部分的作者有一定的文学修养，但是文学修养的水平并不高，这一点还可以从一首诗当中体现出来。诗歌如下：

车辚辚，马萧萧，征人弓箭各在腰。
仁兄义弟远相送，炮声直上十云霄。
弟兄执杯来劝酒，旗幡掩映魏壖桥。
英雄尽有拔山力，德道皆宁起石羊。
三军怒生虎狼威，二师气量天地窄。
天罡地煞偶相同，奉君敕命征河北。
河北遥遥二十州，关山茫茫云气黑。
新降英雄号孙安，胆气冲冲壮刀戟。
智谋自出加亮翁，能使神号并鬼泣。
君不见，东汉时，中兴严光智有余。
未必学智谋不如，公孙胜、乔道清。
天差仙翁助圣明，宋江本是天上星。
契义纷纷众兄弟，马蹄到处狼烟息。
剑戟才见巢穴平，君不见，赵太祖。
打下军州四百座，身经七十有余战。
英雄不似宋公明，出身吏目郓城县。
杀尽天下奸与邪，此时方称男儿愿。（20.5ab）

此诗是仿杜甫的《兵车行》所写，但是其中诗句太多是为了写而写，有些明显是凑句，不要说有诗意了，连基本的句意都表达得不明确。像“未必学智谋不如，公孙胜、乔道清”，已经不能称之为诗句了，只能算是颠倒地说话。整首诗结构杂乱无章，即没有明确的主题，也没有明确的意旨。原诗《兵车行》中杜甫转韵了数次，但是在此诗之中作者完全没有顾及于此，完全是顺着自己心意随意写去。之所以造成这些问题，主要还是因为作者的才力不足以驾驭这样的长篇诗句。

三、田王故事部分文字所存在的问题

上文已经提到种德书堂本中田王故事部分与百回故事部分均是删节而成。虽然田王故事部分的繁本现今已然不存，不能仿照百回故事部分的研究做法，即与繁本比对，明确何处遭致删减。但是通过研究现存田王故事部分文字所存在的问题，依然可以确证田王故事部分跟百回故事部分一样，遭到了删节，同时百回故事部分文字所存在的主语、语句、语意、情节四大方面问题，田王故事部分也存在。

第一，主语缺失或不明确。

天子大悦，亲赐宋江、卢俊义各御酒三杯，金花两朵。( )回营速整军伍，随即起程。宋江、芦俊义回营升帐，会集众兄弟，依次坐于左右。(18.17a)

(例一)

李杰问了王庆年月，排下一卦。李杰道："尊官问灾不问福。此卦象不好，是勾陈爻高失象，是一牛二尾，乃是失字。你宅上曾有怪异事否？"王庆道："见过了。"( )："假使见过了，目下之灾来得甚急，切宜谨防。"(21.3a)

(例二)

危昭得道："既你们要战，传下军令，将战船摆列江口，四向出战，使他首尾不能救应。"刘悌引支军埋伏东门，伟凯引支水军埋伏东壕闸门，令张经祖守城。( )引大队水军出西门迎敌。(22.12a)

(例三)

例一中句子起首的主语是天子，后文括号处没有提到主语，按理也应该是天子，但是从逻辑上以及上下文可以知道，回营速整军伍的定然是宋江与卢俊义，而不会是天子，此处主语缺失。例二是李杰与王庆的一段对话，但是括号处应该缺失了主语，括号后的话当是李杰所说，而非王庆所言。若是王庆之言，则文句全然不通，先是王庆回答自己见过了怪异之事，之后又说假使见了如何如何，有点属于人格分裂的情况，所以此处当是主语缺失。评

林本、刘兴我本此处有"杰曰"二字。例三中前面句子的主语有危昭得、刘悌、伟凯,宾补有一个人物张经祖,之后突然来了句"引大队水军出西门迎敌",括号处缺少主语,但是具体是谁则不明确,联系上下文可知,括号处的主语为危昭德,此处属于主语不明确。

第二,语意混乱、不知所云。

公孙胜笑道:"**吾到师父阵上争锋**,皆为君事。倘有搪突,请勿罪也。"(19.15b)

(例一)

乔道清道:"关内是田虎妻舅何彦呈守把。他有九个儿子,号为九龙。又有教师汝延器,岭兵十万,守住狮子,**训与不可敌**,虽用智取,方可成功。"(20.4b-5a)

(例二)

当下叶光孙与孙安等议道:"此去西山有一小路透骆谷,只恐贼兵将木石塞绝,日里不可去,须待晚间。我向前先开其路,若遇守兵,**不要被他走了一个必擒杀之**。你等若入谷中与李将军说知,方可行计。"(22.4a)

(例三)

例一中公孙胜的对话对象是乔道清,乔道清是公孙胜的师叔,对话中"吾到师父阵上争锋"之句,完全不知所云,按理此处当为"吾与师叔阵上争锋",评林本、刘兴我本即为"阵上与师叔争铨"(评.19.16a)。例二中是乔道清所述之语,前后句子皆可通,唯独中间一句"训与不可敌"不知何意,评林本、刘兴我本此句为"力不可敌"(评.20.4b)。例三为叶光孙与孙安商量计策之语,其中"不要被他走了一个必擒杀之",此句无论如何断句,都读不通。评林本此处为"奋力擒杀之"(22.4a),刘兴我本为"奋刀杀之"(22.3a)。

第三,语句不流畅或不通顺。

关内听得正上关放弩箭擂鼓,**炮响**,却被石秀点着药线,关楼上连珠炮响,惊得把关军士各自逃命。(18.21a)

(例一)

安士荣大怒赶来,**孙立**转身又斗三十余合,**孙立**回马便走。(19.2b)

(例二)

宋江会意，又道："贤弟，今公孙胜和乔道清比法不胜，特令史进兄弟来，要你和他同去罗真人求法。**贤弟，今又要弟去，似难开口。**"戴宗即辞了宋江，和史进到庐元帅寨相见。（19.13b）

（例三）

例一中前文有一处"炮响"，后文又说到"关楼上连珠炮响"，不知前文的"炮响"却是为何，语句不甚通畅。评林本、刘兴我本则无此"炮响"二字。例二中一句话连着两个相同的主语"孙立"，使得语句颇不流畅，读起来十分别扭，后者"孙立"可以舍去。之所以出现这样的情况，大抵是因为中间删去了孙立与安士荣的打斗场面，仅保留下打斗结果，而结果的主语又没有删节干净。评林本、刘兴我本则无第二处"孙立"二字。例三同样是一句话中出现两个"贤弟"的称呼，使得语句不流畅，而且此句的后半"贤弟，今又要弟去，似难开口"不知何意，似乎有一些语句被删节，导致整个对话不怎么通顺。评林本、刘兴我本则将此句话改为"贤弟意下如何？宗曰：愿往"（评.19.14b）。

第四，情节突兀、混乱。

唐斌随即交崔埜下山相请。

花荣道："我们六个去，留戴宗、盛本、索超、张清四个守寨。倘有奸害，你们急回报知来救。"（19.9b）

（例一）

道君又问："前有一百单八人，今有许多回来？"

宿太尉奏道："皆托圣上之洪福，所以雄兵勇将皆投于宋元帅之麾下矣。"（20.19b）

（例二）

孙胜、张新亦持刀出来防护。廖立当夜大闹到晓。廖立只得让弟一位与王庆坐。（21.22a）

（例三）

童贯奏曰："臣食君之禄，愿施犬马之劳，部兵前去征讨淮西，剿灭以除陛下心腹之患。"（18.16a）

…………

童大（误：贯）次日拜辞天子，出朝上马，引领将佐共四十五员，精壮

军土(误:士)一十三万,望江南去征方腊。(18.17a)

(例四)

金真、梅玉见关胜战葛延不下,马麟便出,来攻冯大本。沙仲义接住厮杀。沙仲义回马便走。(20.1b)

(例五)

例一中唐斌叫崔埜下山去请花荣等六人,下面的情节立马就变成了花荣跟己方将领对话,安排上山事宜。此处情节衔接太过于突兀,很明显唐斌请人与花荣部署两件事情中间,应该删节了一些内容。评林本、刘兴我本则索性将花荣安排部署事宜等尽数删去,直接改为"唐斌随即交崔埜下山,相请花荣等迳到寨中。唐斌接入,众英雄分宾主坐下"(评.19.10ab)。

例二上一句是天子的问话,下一句是宿太尉的答话,但是这一问一答,根本就是牛头不对马嘴。天子问的是梁山泊108个人,有多少回来了,宿太尉完全没有回答这个问题,说的是雄兵勇将都投靠了宋江。这叫什么回答,谁敢如此答非所问地跟天子说话?而且道君所问,并非另有隐情或者难以启齿的问题。宿太尉之所以答非所问,当是二人对话中间删节了其他一些对话内容,使得现有的对话内容拼接起来,出现了混乱。这一种针对对话部分的文字删节方式,上一节百回故事部分研究时曾有提及,即对话合并式,二人或数人对话时,将某些人物的对话删去,将其余的对话或者行为合并在一起。

例三是红桃山的山大王廖立想趁王庆睡觉之时袭杀王庆,但被王庆识破后,大闹了一个晚上,此情节到"廖立当夜大闹到晓"止。之后的情节立马变成廖立只得把头把交椅让给王庆来坐。这两段情节之间的转换太过于突兀,中间必然发生了其他事情,使得廖立不得不让出头把交椅,然而种德书堂本中间的这些情节文字均被删除。

例四中前文说到童贯上表去征讨淮西,淮西是王庆的领地,而后文则说到童贯领兵去江南征讨方腊。一会儿淮西,一会儿江南,情节十分混乱,不知此处是简单的情节错乱或手民之误,还是由于文字删节,使得之前要去征讨淮西的童贯,变成了去征讨江南。刘兴我本则修改了此处舛误,将前文"淮西"改为"江南方腊"。

例五的情节相当之混乱,先是本方的战将金真、梅玉见关胜战葛延不下，然后本方的战将马麟出马了。马麟出马后，本该跟关胜合攻葛延，但是真实情况并非如此，合攻之人变成了冯大本。本该是冯大本接住厮杀，然而又不是，接住厮杀的是沙仲义，接着沙仲义就逃跑了。此处人物情节相当之混乱，定然是由于过度的文字删节，才出现如此不伦不类的故事内容。评林本此处进一步删节文字，将复杂的剧情简单化，“葛延开门，引冯大本、沙仲义接住厮杀，沙仲义回马便走”（20.1b）。

从种德书堂本中田王故事部分所出现的主语、语意、语句、情节等方面的问题可以知悉，与百回故事部分的情况一样，这些问题的出现是由于后来书坊主或编辑者的删节所致。作者写小说的时候不可能出现如此之多的问题，有些问题甚至连平常随意的说话都可能不会出现，更不用说付之于较为严谨的笔端了。虽然田王故事部分的作者文学素养不会太高，但是从其诗词水平来看，至少驾驭一般的小说撰写是没有什么问题的。之所以会出现这些不可思议的问题，只可能是之后的书坊主为了节省版面，对文字进行删节所造成的后果。

四、田王故事部分的并回问题

之前在研究简本祖本之时谈到一个问题，简本祖本的并回问题。由于有繁本作为参照对象，以及诸多简本的百回故事部分所透露出的并回信息，所以可以很明确地知道，现存诸简本在百回故事部分均有并回的情况。然而田王故事部分却并没有如此幸运，由于田王故事的繁本没有流传下来，也就缺乏有力的比照对象，证明田王故事部分是否并回以及何处并回。即便如此，通过对现存诸简本的梳理，以及种德书堂本文字细节的挖掘，依旧能够对田王故事部分的并回问题作出探考。

现存简本田王故事部分，种德书堂本 23 回、插增本残缺未知回数、评林本 19 回、英雄谱本 21 回、刘兴我本 23 回，回数最多的是种德书堂本与刘兴我本的 23 回。相比于此二本，评林本的 19 回以及英雄谱本的 21 回自然存在着并回的情况。那么问题来了，田王故事部分回数最多的种德书堂本与刘兴我本，此二本是否也存在并回的情况？先看一个表格：

表9 种德书堂本征讨王庆过程中阵亡将领一览表①

回数	回目	正文折将情况		回末折将名单
第101回	宋公明兵度吕梁关 公孙胜法取石神(误:祁)城	吕梁关	/	折将五员: 1 江度 2 吴得真 3 姚期 4 姚约 5 白玉
第101回	宋公明兵度吕梁关 公孙胜法取石神(误:祁)城	石祁城	1 余呈 2 任光 3 于玉	
第101回	宋公明兵度吕梁关 公孙胜法取石神(误:祁)城	梁州城	4 江度 5 吴得真 6 姚期 7 姚约 8 白玉	
第102回	无回目	洮阳城	1 沈安仁 2 计宣 3 朱达得 4 山士奇 5 路祥	折将五员: 1 沈安仁 2 计宣 3 朱达得 4 山士奇 5 路祥
第103回	宋公明游江翫景 吴学究帐幄谈兵		/	/
第104回	燕青潜入越江城 卞祥智取白牛镇	越江城	1 盛本 2 山景隆 3 池方 4 卢元显 5 水顺流 6 叶清	折将三员: 1 叶清 2 李胜 3 安仁美
第104回	燕青潜入越江城 卞祥智取白牛镇	白牛岭关	7 李胜	
第104回	燕青潜入越江城 卞祥智取白牛镇	九湾河	8 安仁美	
第105回	孙安病死九湾河 李俊雪天渡越水	九湾河	1 孙安	折将四员: 1 孙安 2 贡士隆 3 申屠礼 4 怀英
第105回	孙安病死九湾河 李俊雪天渡越水	越江城	2 贡士隆 3 申屠礼 4 怀英	
第106回	公孙腾(误:胜)马耳山请神 宋公明东鹫岭灭妖	东鹫岭	1 曹洪 2 冯山	缺折将信息

①此表格参考了黄海星先生《简本〈水浒传〉王庆部分探幽》中相关表格,见《清华学报》2008年第38卷第1期。

续表

回数	回目	正文折将情况		回末折将名单
第 107 回	宋江火攻秦州城 王庆战败走胡朔	红桃山	1 宗得真 2 范简 3 于茂	折将七员： 1 宗得真 2 范简 3 于茂 4 司存孝 5 洪资 6 相士成 7 胡远
		密庆寺	4 司存孝 5 洪资	
		秦州城	6 相士成 7 胡远	

此表格是宋江征讨王庆的过程中，各个战役所折损的将领情况。《水浒传》百回故事部分征讨方腊之时，每回折损的将领数量以及具体名姓，都会载录于每回回末。插增的王庆故事有意模仿原小说此一模式，在每回回末记载此回折损将领的数量以及名字。也正是回末折将情况的记载，透露了王庆故事部分所存在的并回行为。

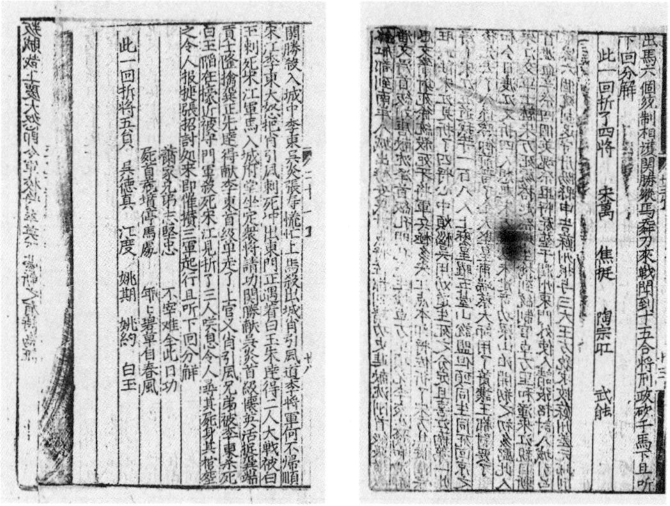
關勝殺入城中李東吳炎張寺慌忙上馬殺出城肖引風道李將軍何不歸順
宋江李東大怒把肖引風刺死冲出東門正遇着白玉朱彪得二人大戰被白
玉刺死宋江軍馬入城府学坐定衆将請功關勝献吳炎首級懷英活捉吳端
貢士隆擒獲正先违得献李東首級单走了上官义肖引風兄弟被李東杀死
白玉陷在壕近被守門軍殺死宋江見折了三人嘆息令人尋其屍身其棺瘞
之令人报捷張招討如來即催攢三軍起行且听下回分解
禰家兄弟志堅忠　不宰难全此日功
死首高墳停馬處　年年碧草自春風
此一回折將五員　吳德真　汪度　姚期　姚約　白玉

出馬六個亥制相護關勝縱馬掄刀來戰鬥到十五合將刑政砍于馬下且听
下回分解
此一回折了四將　宋萬　焦挺　陶宗旺　武能

种德书堂本王庆故事、方腊故事折将名单书影

这个表格中，除去第 106 回回末缺少折将信息以及第 103 回末有将领阵亡之外，其余回数回末均有折将信息的统计。其中第 102 回、第 105 回以及第 107 回正文折将情况与回末所统计的折将情况一致，但是有两回第 101 回与第 104 回，正文折将情况与回末所统计的折将情况竟然不一致。第 101

回正文中折损的将领有 8 位，分别为：余呈、任光、于玉、江度、吴得真、姚期、姚约、白玉，然而回末折将名单上仅仅只有 5 位，分别为江度、吴得真、姚期、姚约、白玉，少了余呈、任光、于玉 3 位。第 104 回正文中折损将领有 8 位，分别为：盛本、山景隆、池方、卢元显、水顺流、叶清、李盛、安仁美，而回末折损将领名单中却仅仅只有 3 位，分别为叶清、李盛、安仁美，少了盛本、山景隆、池方、卢元显、水顺流 5 位。

为何会出现如此情况，再来看一张表格：

表 10　种德书堂本第 101 回与第 104 回损将具体情况

<table>
<tr><th>回数</th><th>回目</th><th colspan="2">正文中折将情况</th><th colspan="2">回末折将数</th></tr>
<tr><td rowspan="10">101</td><td rowspan="4">宋公明兵度吕梁关
公孙胜法取石祁城</td><td>吕梁关</td><td>／</td><td rowspan="4">三员</td><td rowspan="4">今缺</td></tr>
<tr><td rowspan="2">石祁城攻城战</td><td>余呈</td></tr>
<tr><td>任光</td></tr>
<tr><td>石祁城东门追击战</td><td>于玉</td></tr>
<tr><td colspan="5"></td></tr>
<tr><td rowspan="5"></td><td rowspan="2">梁州城攻城战一</td><td>江度</td><td rowspan="5">五员</td><td rowspan="5">回末存</td></tr>
<tr><td>吴得珍</td></tr>
<tr><td rowspan="2">梁州城攻城战二</td><td>姚期</td></tr>
<tr><td>姚约</td></tr>
<tr><td>梁州城东门追击战</td><td>白玉</td></tr>
<tr><td colspan="6"></td></tr>
<tr><td rowspan="9">104</td><td rowspan="5"></td><td rowspan="3">越江城探哨</td><td>盛本</td><td rowspan="5">五员</td><td rowspan="5">今缺</td></tr>
<tr><td>山景隆</td></tr>
<tr><td>池方</td></tr>
<tr><td rowspan="2">越江城攻城战</td><td>卢元显</td></tr>
<tr><td>水顺流</td></tr>
<tr><td colspan="5"></td></tr>
<tr><td rowspan="3">燕青潜入越江城
卞祥智取白牛镇</td><td>越江城偷袭战</td><td>叶清</td><td rowspan="3">三员</td><td rowspan="3">回末存</td></tr>
<tr><td>白牛镇攻坚战</td><td>李胜</td></tr>
<tr><td>九湾河遭遇战</td><td>安仁美</td></tr>
</table>

此表是种德书堂本第 101 回与第 104 回各位将领具体阵亡的情况，从此表中可以很明显地看出并回的现象，而且还是两种不同的并回方式。先说第 101 回，此回的并回方式是将上一回“宋公明兵度吕梁关　公孙胜法取石祁城”与下一回梁州城的攻坚战合并到一回中，合并之后的回目沿用上一回的回目名称。并回之后自然要将“宋公明兵度吕梁关　公孙胜法取石祁城”一回的回末衔接文字删除，其中就包括此回的折将名单，但编辑者所做的仅仅是删除，并没有将折将名单补充到并回之后的回末折将信息中，所以此回只留下梁州城攻坚战的回末折将情况，吕梁关、石祁城阵亡的将领情况则不存。

除此外，第 101 回有并回行为，此点从回目当中也可以看出，第 101 回回目为“宋公明兵度吕梁关　公孙胜法取石祁城”，但此回所写内容除了吕梁关、石祁城之外，还有梁州城。从整回文字数量来看，此回文字共计 3330 字，与回目相关的吕梁关和石祁城故事部分文字只有 1314 字，而没有出现在回目当中的梁州城故事部分文字有 2016 字。若此回不是并回的话，那么拟定的回目就相当成问题，至少没有将此回的内容概括清楚。再者，此回文字中还有一处小细节可证此回是由并回而成。一般一回文字的起首都会以“话说”“却说”等作为开头，种德书堂本中有 11 处“话说”，10 处位于回首起始位置，仅仅只有 1 处是在正文中，此处便是第 101 回吕梁关、石祁城情节文字结束之后的“话说”，“话说宋江已得了石祈城，令人寻于玉尸首，具棺椁与余呈、任光同埋一处，再申文催张招讨移人马镇守石祈城，却趱发三军，望梁州进发”（21.26a）。此处应该就是梁州城一回的起始位置。

再看第 104 回，此回回目的并回方式是将下一回“燕青潜入越江城　卞祥智取白牛镇”与上一回越江城之战合并到一回中，合并了之后的回目沿用下一回的回目名称。并回后的第 104 回与第 101 回一样，删除了越江城之战将领的阵亡情况，并且没有将其补充到合并之后的回末折将信息中，所以第 104 回只留下“燕青潜入越江城　卞祥智取白牛镇”一回的回末折将信息，越江城之战阵亡的将领信息则不存。

同样，第 104 回回目为“燕青潜入越江城　卞祥智取白牛镇”，但此回所写的内容，除了燕青潜入越江城之外，还有越江城的前哨战以及越江城的攻城战，这些都没有在回目中体现出来。此回文字共计 3907 字，其中回目内容所占文字为 2227 字，其他部分的文字为 1680 字。与第 101 回一样，在越江城攻坚战与燕青潜入越江城的衔接处有“却说”二字，“却说宋汪（误：江）每日与吴用等在洮阳城叶（误：计）议进兵之策”（22.13a）。此处应该才是“燕青潜入越江城　卞祥智取白牛镇”此回真正的起始位置。

由回末折将信息与正文折将情况的对比来看，种德书堂本中田王故事部分与百回故事部分相同，都存在并回的情况。现阶段可考证的，第101回与第104回是由两回合并成一回。那么，最早的田王故事部分至少有25回，而非23回。

由此节田王故事部分的考察，可以得出以下结论：

1. 田王故事部分每回字数与百回故事部分大致相当。

2. 田王故事部分回目质量与百回故事部分基本相当，而稍逊于百回故事部分。

3. 田王故事部分的诗词数量少于百回故事部分，而质量则远逊于百回故事部分。由此点看，田王故事部分的作者有一定的文学修养，但是文学修养的水平并不是很高。

4. 田王故事部分文字在主语、语意、语句、情节等方面均存在问题，这些问题的出现是由于文字删节所致，于此可知现存诸简本田王故事部分同样是简本。

5. 田王故事部分存在并回的情况，第101回与第104回是由两回合并成一回，最早的田王故事部分至少有25回。

第四章　插增本《水浒传》研究

第一节　插增本《水浒传》的概况

插增本，现今所存为残本，此书现分藏于五处，一为艾俊川藏本，残叶 23 张，内容包括第 9 回后半至第 13 回前半（卷二、卷三）；二为德国斯图加特市邦立瓦敦堡图书馆藏本（Württembergische Landesbibliothek Stuttgart），残本五卷（卷三至卷七），外加卷二两个零散半叶，共计二十一回九十叶，中间有缺叶；三为哥本哈根丹麦皇家图书馆藏本（Det Kongelige Bibliotek），残本五卷（卷十五至卷十九），共计十八回九十五叶半，中间有缺叶；四为巴黎法国国家图书馆藏本（La bibliothèque nationale de France），存卷二十及卷二十一前四叶，共计六回三十三叶；五为英国牛津大学卜德林图书馆（或称英国牛津大学博德利图书馆）藏本（Bodleian Library, Oxford University），仅存一纸残叶，卷二十二第 14 叶。五种共约存四十七回。

此本虽然没有直接的证据表明是建阳刊本，但是有着明显的建阳刊本特征：上图下文，每半叶一图。半叶十三行，行二十三字。据马幼垣先生考订，斯图加特本、哥本哈根本、巴黎本、牛津残叶是从一套书里拆出来的[①]。再据艾俊川先生的研究，其所藏残叶是斯图加特藏本中散落出来的，与其他四本分散在欧洲各地的插增甲本一样，原来共属于一套书[②]。马幼垣先生将此版本命名为插增甲本，所谓甲者以区别插增乙本而言，插增乙本即种德书堂本，上一章已将插增乙本更名为种德书堂本，那么此处即将插增甲本简化为插增本即可。

之所以如此命名，一来马先生在命名插增甲、乙本时并未作研究，只以其发现的先后顺序命名。但是经过一番细致研究之后，马先生发现插增乙本成书先于插增甲本，甲乙本的命名对于没有研究过这两种本子的读者来说，势必造成误导，以为甲本当先于乙本。于此，将插增乙本改为种德书堂本，插增甲本改为插增本很有必要。二来插增甲本因为既无书首叶可见书名，也无刻书

---

①马幼垣：《水浒论衡》，生活・读书・新知三联书店 2007 年版，第 81 页。

②艾俊川：《从欧洲回流的插增本〈水浒传〉残叶》，《华西语文学刊》2015 年第 11 辑。

之书坊名,所以命名较为困难。但好在此书各卷首叶题名较为统一,大部分为《京本全像插增田虎王庆忠义水浒全传》,即有异处,差别也甚少,并且“插增”二字为所有书名共有,所以命名为“插增本”应无甚特别不妥之处。

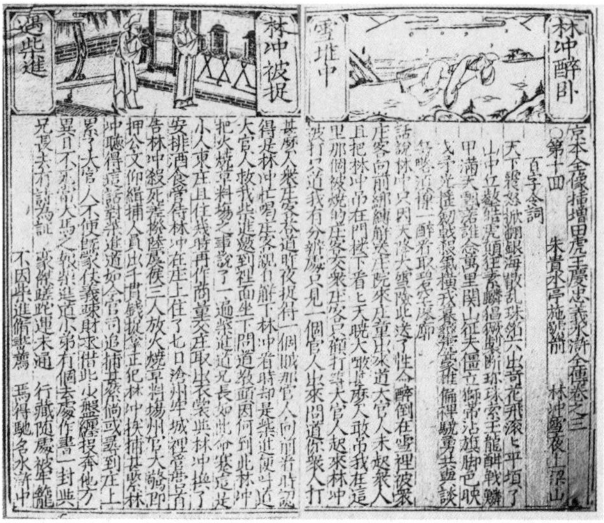

艾俊川藏本卷三首叶书影

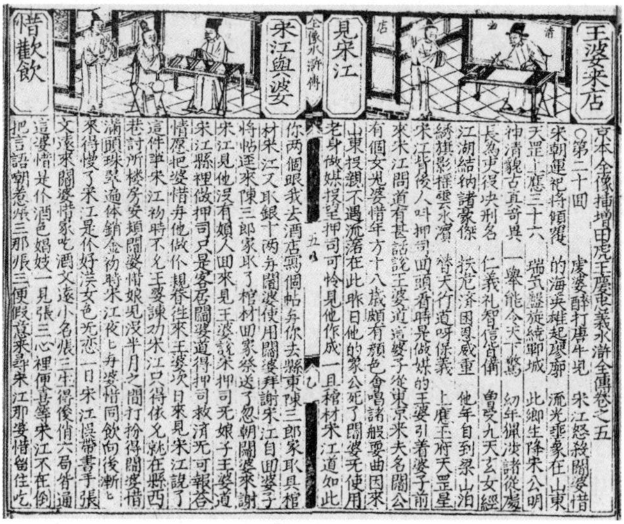

斯图加特藏本卷五首叶书影

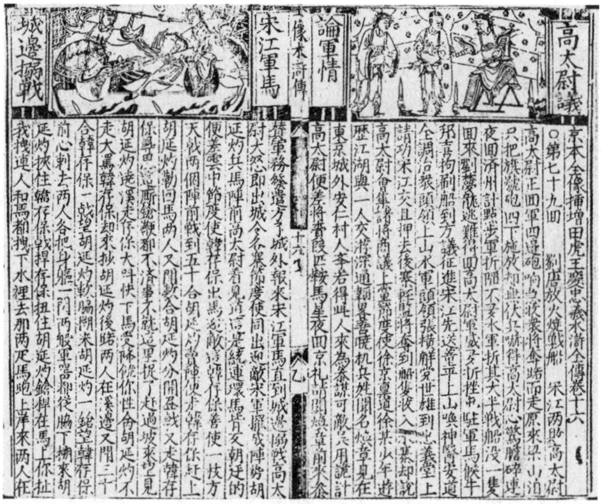
高太尉議　論軍情　宋江軍馬　城邊擄戰
全像水滸傳
京本全像插增田虎王慶忠義水滸全傳卷十六
○第七十九回　劉唐放火燒戰船　宋江兩敗高太尉

哥本哈根藏本卷十六首叶书影

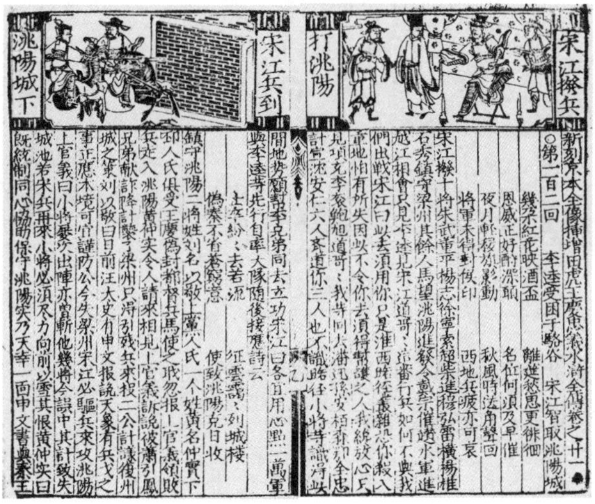
宋江擄兵　打洮陽　宋江兵到　洮陽城下
新刻京本全像插增田虎王慶忠義水滸全傳卷之廿一
○第一百二回　李逵夢困于駝谷　宋江智取洮陽城

巴黎藏本卷二十一首叶书影

插增本据马幼垣先生研究，其刊行时间应该早于余象斗刊本（或称评林本）①。插增本书名《京本全像插增田虎王庆忠义水浒全传》与余象斗刊本书名《京本增补校正全像忠义水浒志传评林》对照即可知，插增本以插增田虎、王庆之事为招徕读者的噱头，而余象斗刊本则以“改正增评”为吸引读者的

①马幼垣：《水浒论衡》，生活·读书·新知三联书店 2007 年版，第 87 页。

手段。可见插增本的田虎、王庆故事当处于出现较早的阶段,故而能以此作为出新之处,到了余象斗刊本之时,田虎、王庆故事为人所熟知①,已是诸简本必备之情节,再不能成为一种叫卖的噱头。所以,插增本当刻于余象斗刊本之前,即万历二十二年(1594)之前。

除此之外,巴黎藏本现有封面有“万历□□□年照验”几个毛笔字。“万历”二字十分清晰,其他几字也能辨识,独中间三字残缺颇多,戴密微先生认为其是繁体字“贰十贰”,马幼垣先生亦持此论②。万历二十二年即余象斗刊本的刊行时间1594年,若依万历二十二年(1594)此时间,插增本的刊刻必当在此之前。

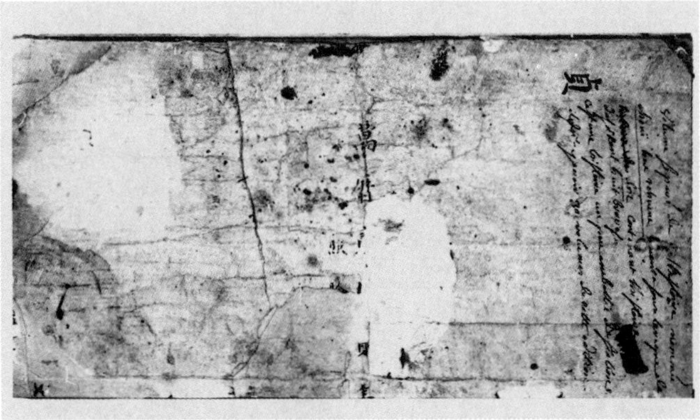

巴黎藏本封面书影

但若是如此解释插增本的刊刻时间,问题又同样存在。余象斗刊本《水浒志传评林》书首《水浒辨》中有言:

> 《水浒》一书,坊间梓者纷纷,偏像者十余副,全像者止一家。前像板字中差讹,其板蒙旧,惟三槐堂一副,省诗去词,不便观诵。今双峰堂余子改正增评,有不便览者芟之,有漏者删之。内有失韵诗词,欲削去,恐观者言其省漏,皆记上层。前后廿余卷,一画一句,并无差错。士子买者,可认双峰堂为记。

①万历十七年(1589)张凤翼即有言“刻本惟郭武定为佳,坊间杂以王庆、田虎,便成添足,赏音者当辨之”,见《处实堂续集》卷六,《四库全书存目丛书》集部第137册,齐鲁书社1997年版,第524页。

②马幼垣:《水浒论衡》,生活·读书·新知三联书店2007年版,第12页。

可知在余象斗刊本之前,只有一种《水浒传》刊本是全像本,那就是三槐堂本①。而插增本也是全像本,那么插增本是否为三槐堂本?首先得确定一点,余象斗所言为事实,此处“全像者止一家”实为一家,而不会是两家乃至多家。若想证实此点,可从两年前余象斗所刊《三国志传》书首《三国辩》中得到答案。《三国辩》中提到《三国》的全像本有四家。于此可知,余象斗《水浒辨》中没必要作伪,如果全像本《水浒传》是两家或者三家,余象斗完全可以像在《三国辩》中一样写出来,然后给此前的这些《水浒传》全像本找些毛病,再推销自己的本子。所以,余象斗刊本之前只有三槐堂一家全像本,应该没有什么疑议。

那么,插增本如上文所言,当在余象斗刊本之前,则应当是三槐堂刊本。此点马幼垣先生提出异议,认为插增本与评林本比较,并没有省诗去词,而且与三槐堂所刊其他小说的版式和风格都不相同。马先生此一判断是否成立?其一,是插增本与三槐堂所刊其他小说的版式和风格不一。关于这点,首先以三槐堂命名的书肆本来就有好几家,而现在留下来的书籍可能是百不存一,未必另外几家就没有刊刻过小说。再者即便刊刻小说的那家三槐堂,也可能由于不同书坊主的经手,而使得版式和风格不一。其二,插增本与评林本比较并没有省诗去词。此点从余象斗在《三国辩》中说到“全像者止刘、郑、熊、黄四姓。宗文堂人物丑陋,字亦差讹,久不行矣。种德堂其书板欠陋,字亦不好。仁和堂纸板虽新,内则人名诗词去其一分。惟爱日堂者,其板虽无差讹,士子观之乐,然今板已朦,不便其览矣”可以看出,这种批评的主观性太强,余氏虽然点明了其他版本的不足,但是自己未必就能做得比其他版本更好。像《水浒辨》中余氏提到之前的版本文字有差讹,而夸赞自己的本子“前后廿余卷,一画一句,并无差错”。是否真如其所言?可以说,余氏完全是给自己脸上抹金,评林本文字错漏百出,并没有比其他简本更为精良。所以,《水浒辨》谈到三槐堂省诗去词,但是余象斗刊本未必就会增加诗词。

由此看来,插增本很有可能就是《水浒辨》中所言的三槐堂本。程国赋先生《明代书坊与小说研究》中《明代坊刻小说目录》即将此本归在三槐堂名下②。当然,插增本的情况也不排除另外一种可能性,即插增本是刊刻颇晚

①据刘海燕先生所查,梵蒂冈图书馆所藏评林本《水浒传》中《水浒辨》作“全像者止二家”,见《梵蒂冈教宗图书馆藏〈水浒传〉版本述略》,载“古代小说网”。若以“二家”考察,结合文意,当为余象斗所言“其板蒙旧”者与三槐堂本。“一家”与“二家”之别,乃在于余象斗是否将自己所刊者算在内,所以此处变动对之后三槐堂本的探讨并无差别。

②程国赋:《明代书坊与小说研究》,中华书局2008年版,第370页。

的本子，其刊刻时间晚于余象斗刊本，也并非三槐堂本，但是其底本刊刻时间颇早。不过这一可能性较小，因为即便无法确定插增本封面万历的年份，万历三十一年（1603）葡萄牙的商船也已载着插增本准备归国[①]，此时去评林本刊刻时间不过九年。

第二节　插增本与种德书堂本、评林本卷数、回数、回目比对

上一章研究种德书堂本之时，主要用种德书堂本与繁本的容与堂本进行对比研究。之所以用种德书堂本与繁本进行比对，而非其他简本，主要因为种德书堂本刊刻时间可能是现存诸简本中最早的，删节字数也最少，与繁本的关系应该最为接近。此章研究的插增本，考虑其刊刻时间以及删节字数，介于种德书堂本与评林本之间，加之上图下文版式的原因，因此研究之时，主要以种德书堂本与评林本作为比对对象。

种德书堂本、插增本以及评林本，此三种本子中种德书堂本和插增本均是残本，评林本是全本。要将此三种本子进行对比研究，则要选取这三者共存之处。这三种本子共存回数有第 72 回至第 79 回、第 86 回至第 92 回[②]，具体情况如下：

表 11　种德书堂本、插增本、评林本卷数、回数、回目比对情况

种德书堂本	插增本	评林本
卷十七	卷十七	卷十七
第 83 回 宋公明奉诏破大辽 陈桥驲泪滴斩小卒	第 83 回 宋公明奉诏破大辽 陈桥驲泪滴斩小卒	（72） 宋公明奉诏破大辽 陈桥驲泪滴斩小卒
第 84 回 宋江兵打苏州城 芦俊义大战玉田县	第 84 回 宋江兵打苏州城 芦俊义大战玉田	（73） 宋江兵打蓟州城 卢俊义大战玉田县
第 85 回 有回数而无回目	第 85 回 有回数而无回目	无

①马幼垣：《水浒论衡》，生活·读书·新知三联书店 2007 年版，第 84 页。

②因种德书堂本、插增本回数颇为混乱，故而以评林本编排的回数算。评林本第 87 回，插增本相应部分存有半纸残叶。

续表

种德书堂本	插增本	评林本
第 86 回 宋公明大战独鹿山 卢俊义兵陷青石峪	第 86 回 宋公明大战独鹿山 芦俊义兵陷青石峪	（74） 宋公明大战独鹿山 卢俊义兵陷青石峪
第 87 回 宋公明大战幽州 胡延灼力擒番将	第 87 回 宋公明大战辽兵 胡延灼力擒番将	无
卷十八	卷十八	卷十八
第 87 回 颜统军阵列混天像 宋公明梦授玄女法	第 87 回 颜统军列混天像 宋公明梦授玄女法	（75） 颜统军阵列混天像 宋公明梦授玄女法
第 88 回 宋公明破阵成功 宿太尉颁恩降诏	第 88 回 宋公明破阵成功 宿太尉颁恩降诏	（76） 宋公明破阵成功 宿太尉颁恩降诏
第 89 回 五台山宋江参禅 双林渡燕青射雁	第 89 回 五台山宋江参禅 双林渡燕青射雁	（77） 五台山宋江参禅 双林渡燕青射雁
第 91 回 宿大尉保举宋江 卢俊义分兵征讨	第 91 回 宿太尉保举宋江 卢俊义分兵征讨	（78） 宿太尉保举宋江 卢俊义分兵征讨
卷十九	未分卷	卷十九
第 91 回 盛提辖举义投降 元仲良愤激出家	第 91 回 盛提辖举义投降 元仲良愤激出家	（79） 盛提辖举义投降 元仲良愤激出家
第 96 回 卞祥卖阵平河北 宋江得胜转东京	第 98 回 下祥卖阵平河北 宋江得胜转东京	（86） 卞祥卖阵平河北 宋江得胜转东京
第 98 回 徽宗降敕安河北 宋江承命讨淮西	缺	（87） 徽宗降敕安河北 宋江承命讨淮西
卷二十一	卷二十	卷二十一
第 99 回 高俅恩报柳世雄 王庆被陷配淮西	第 99 回 高俅恩报柳世雄 王庆被陷配淮西	（88） 高俅恩报柳世雄 王庆被陷配淮西

续表

种德书堂本	插增本	评林本
第 100 回 王庆过龚十五郎 满村嫌黄达闹场	第 100 回 王庆遇龚十五郎 满村嫌黄达闹场	无
第 99 回 王庆打死张太尉 夜走永州遇李杰	第 99 回 王庆打死张太尉 夜走永州遇李杰	(89) 王庆打死张太慰 夜走永州遇李杰
第 100 回 快活林王庆使枪棒 三娘招王庆入赘	第 100 回 快活林王庆使枪棒 三娘子招王庆入赘	(90) 快活林王庆使枪棒 段三娘招赘王庆
第 101 回 宋公明兵度吕梁关 公孙胜法取石神城	第 101 回 宋公明兵度吕梁关 公孙胜法取石祁城	(91) 宋公明兵度吕梁关 公孙胜法取石祁城
卷二十二	卷二十一	卷二十二
第 102 回 有回数而无回目	第 102 回 李逵受困于骆谷 宋江智取洮阳城	(92) 李逵受困于骆谷 宋江智取洮阳城

上表是种德书堂本、插增本以及评林本重合之处卷数、回数、回目的情况。其中评林本第 30 回后有回目而无回数,括号内数字,乃依照评林本回目次序所拟回数。从表中可以依次看出卷数、回数、回目所呈现的问题。

首先是卷数问题。种德书堂本在分卷之处以及卷数上与评林本相同,与插增本存在些许差距。三本残存重合之处,种德书堂本第 91 回“盛提辖举义投降　元仲良愤激出家”有分卷,为第十九卷,而插增本此处没有。第十九卷之前插增本卷数以及分卷之处与种德书堂本、评林本均相同,第十九卷之后插增本分卷之处与种德书堂本、评林本也相同,唯独种德书堂本与评林本第十九卷分卷处,插增本未分卷。之后种德书堂本、评林本第二十一卷,插增本为第二十卷,种德书堂本、评林本第二十二卷,插增本为第二十一卷,插增本依次比种德书堂本、评林本少一卷,只因之前第十九卷少分卷的缘故。从分卷来看,种德书堂本的关系较之评林本更为密切,但是插增本在种德书堂本第十九卷处未分卷,也可能是遗漏所致。

其次是回数问题。评林本此部分没有回数姑且不论。种德书堂本与插增本的回数,可见此二本的关系非常之密切。种德书堂本的回数并不是一个连续回数,从上表中也可以看出,回数为83、84、85、86、87、87、88、89、91、91……96、98、99、100、99、100、101、102,两个第87回后接着第88回,第89回后不是第90回,而是第91回,第91回又有两个,连续两个第99回、第100回,这些毫无规矩可言的回数,插增本竟然与种德书堂本几乎完全一致,只有一回有所差异,即种德书堂本第96回“卞祥卖阵平河北　宋江得胜转东京”,插增本为第98回,这点也很好解释,本来简本的舛误就很多,这里偶尔出现一些误刊也是很正常的。无论如何,从回数上看,种德书堂本与插增本此二者有着密切的关系。

再次是回目问题。从三本回目来看,此三者之间的关系也非常紧密。除却明显的误字、漏字以外,三本回目基本上相同。唯一差距较大的一回是种德书堂本第100回“快活林王庆使枪棒　三娘招王庆入赘”,此回插增本与种德书堂本基本相同,回目下句稍有差异,评林本为“快活林王庆使枪棒　段三娘招赘王庆”,回目的上句三本均相同,下句种德书堂本为“三娘招王庆入赘”,插增本为“三娘子招王庆入赘”,评林本为“段三娘招赘王庆”,虽然从语法以及句子的通顺程度来看,很显然是评林本的“段三娘招赘王庆”更佳,但考虑到回目的上一句是八个字,评林本的下句为七个字,则又以插增本回目为好。

其余地方,种德书堂本第84回“芦俊义大战玉田县”将“盧”简写作“芦”,第85回有回数而无回目,第87回“胡延灼力擒番将”将“呼延灼”改作“胡延灼”,插增本这些地方与种德书堂本均同,可知两本关系颇为密切。种德书堂本第84回“宋江兵打苏州城　芦俊义大战玉田县”,上半句七字、下半句八句,上下半句字数不对等,评林本此处同于种德书堂本,可知两本关系也很密切。插增本此处则变更了回目,上下半句均为七字,回目为“宋江兵打苏州城　芦俊义大战玉田”,如此改动可能正是因为上下半句字数不对称,但是修改得并不好,上下半句回目不对仗且不说,“玉田县”简化为“玉田”让人一时也难以理解,实际上只要改为“俊义大战玉田县”则一切问题迎刃而解。

综上三本卷数、回数以及回目问题,可见此三本的关系非常密切,但是由于三者诸方面又或多或少存在一些不同,所以此三本是否有直接的亲缘关系还很难说。具体关系如何,还有待下面研究的深入。

另外,还有一点需要谈的是,关于插增本现存五处残本来源于一本书的问题。之前说到马幼垣先生、艾俊川先生已经做过考证，尤其是马幼垣先生通过四处残本版心简名、简名下黑白口情况、鱼尾的数目和位置、黑口版乌丝的数目和位置、卷数和叶数的位置、插图两旁标题形式等部分的考察，发现这四处残本插图和版心的情况相当紊乱，既而认为插增本的版面，无规律正是其特色，通过这一特色可证明这四处残本、残叶都是从一套书中拆出来的①。

此节研究的卷数、回数、回目问题，一定程度上也可以佐证，这五处残本、残叶来源于同一部书。以上与种德书堂本共存的插增本部分，包括哥本哈根藏本和巴黎藏本，哥本哈根藏本是从卷十七第83回到卷十九第98回，巴黎藏本是从卷二十第99回到卷二十一第102回。首先无论是哥本哈根藏本，还是巴黎藏本，在卷数划分以及回数混乱的问题上，与种德书堂本保持一致，如果不是来自同一部书，何以如此巧合。其次，种德书堂本与评林本的卷数以及卷数划分都保持一致，而插增本除了少划分了第十九卷之外，其余卷数以及卷数划分均同于种德书堂本和评林本。插增本中巴黎藏本的起始位置正好是第二十卷，而其余两种种德书堂本和评林本均为第二十一卷。正是因为哥本哈根藏本残存部分少划分了一卷，使得巴黎藏本的卷数与种德书堂本、评林本相比，减少了一卷。若两个本子不是一本书上拆分下来的，不可能出现如此巧合，都少了一卷。通过这两点也可知，至少哥本哈根藏本和巴黎藏本是从一套书中拆分下来的两个部分。

第三节　插增本与种德书堂本、评林本插图、插图标目比对

此节考察插增本、种德书堂本以及评林本三者插图以及插图标目的情况，分为两部分进行比对。

一、插图标目部分

以下先将三本共存之处的标目列出，由于种德书堂本为每叶一图，而其他两本为每半叶一图，为了使得三本图像内容相同的标目，尽量能在一行中，表中会出现一些空行的情况。

---

①马幼垣：《水浒论衡》，生活·读书·新知三联书店2007年版，第71—81页。

表12　种德书堂本、插增本、评林本插图标目比对

种德书堂本	插增本	评林本
卷十七	卷十七	卷十七
宿元景仝宋江征辽	宿元景仝宋江征辽	宿元景出班奏宋主
	加宋公为辽都先锋	宋江等跪接诏书
宋江整备将佐出征	宋江整备将佐出征	宋江送回众人老小
	宋江焚化晁盖灵牌	宋江入殿见天子
	军校怒杀厢官	
宋公明挥泪斩小卒	宋江挥泪斩小卒	公明忍泪斩小卒
	奏宋江部兵杀命官	中书省官启奏道君
宋公明领兵征大辽	宋公明领兵征大辽	番官计议守城
张清飞石打死辽将	张清飞石打死番将	阿里奇大战宋将
	张清飞石又打太守	侍郎上城望宋兵
		宋江分付小军取城
	大□□杀国珍而死	董平刺杀番将国珍
林冲关胜大战辽将	林冲关胜大战辽将	
	楚明玉放开水门	宋江寨中调拨人马
	侍郎望北而走	宋江水船大战番将
	圣上赍赏宋兵	关胜林冲路拦侍郎
三阮战船暗取檀州	三阮战船暗取檀州	
吴用分布长蛇阵势	吴用分布长蛇阵势	卢俊义与朱武议事
		朱武云梯上观阵法
		御弟大王与关胜大战
	天山勇箭射张清	天山勇射中张清
卢俊义力逃四辽将	芦俊义力逃四辽将	
	燕青取箭射番将	
辽兵围困玉田县城	辽兵围困玉田县	俊义杀死番将宗霖
	宋江收军进玉曰县	解珍解宝回见卢先锋
宋江领兵攻蓟州城	□□□□攻城埋伏	宋江城中分调人马
	林冲搠死宝密圣	宋江俊义帐中议事
时迁在石塔放号火	时迁在石塔放号火	徐宁刺死天山勇

续表

种德书堂本	插增本	评林本
		史进杀死楚明玉
		宋江打入蓟州城
	侍郎献计退宋兵	欧阳侍郎奏主退兵
辽主遣使来招宋江	辽主遣使招安宋江	侍郎领敕招安宋江等
	宋江与侍郎叙话	宋江后堂对侍郎言
	宋江权收辽主遗礼	
宋江宴待洞仙侍郎	宋江宴待洞仙侍郎	
	宋江要往参见真人	宋江见吴用言前事
宋江公孙胜参真人	宋江公孙胜参真人	宋江公孙胜访罗真人
		公明等至紫虚观前
		宋江参拜罗真人
宋江拜求真人法语	宋江拜求真人法语	宋江拜求真人法语
	宋江辞真人下山庵	宋江取出真人法语众看
	朝廷敕旨催兵出战	
	宋江计议取霸州	
宋江诈降取霸州城	宋江诈降取霸州城	侍郎又到见宋公明
		宋江夜间出寨路行
		公明入见见国舅
	芦俊义杀人文安县	智深武松夺文安县
庐俊分兵攻打关隘	芦俊义分兵攻关隘	林冲四将战卢俊义
	宋江占取霸州	郎主升殿报失霸州
	贺重宝奏主出征	贺重宝奏主兴兵
兀统军分兵敌宋江	兀统军分兵敌宋江	
	宋江分兵与辽大战	公明等议取幽州
卢先锋陷在青石谷	芦俊义陷在青石谷	宋军大乱被围
	宋江点计不见俊义	卢俊义十二人被围
	宋江差人寻芦俊义	宋江差解珍兄弟探消息
解珍解宝称猎户	解珍解宝扮猎户	解珍兄弟投见婆婆
	白胜报知俊义根由	刘一兄弟待解珍宝

续表

种德书堂本	插增本	评林本
出庐先锋宋公明救	宋江人马救出芦俊义等	白胜回见宋公明
		李逵剁死贺云
	宋江兵马大战辽兵	宋江调拨军马打城
	大辽国会集文武	三路军马大战
	兀颜延寿领兵出阵	兀颜奏辽王兴兵
	吴用摆九宫八卦阵	延寿与宋江排阵势
		吴用公明朱武看阵
兀颜延寿布九宫阵	兀颜延寿打八卦阵	延寿说兵打阵法
公孙胜作捉延寿	公孙胜作法捉延寿	延寿被捉见公明
延寿败卒□振统军	大辽残兵回见统军	兀颜传令领兵前进
颜统军分兵廿八宿	颜统军分二十八宿	兀颜点十一曜进兵
卷十八	**卷十八**	**卷十八**
	宋江等议论军情	宋江仝吴用议计破辽兵
颜统军排玄武象阵	颜统军排玄武象阵	宋军与辽兵对阵
大辽即主总烦压阵	大辽郎主总领压阵	众番兵布阵
	大辽国主亲征催战	辽兵各整队伍
	大辽众兵摆列队伍	辽兵布下混天象阵
	大辽郎主端坐中军	吴用等观阵不谙
宋江朱武上台观阵	宋江朱武上台观阵	
	辽兵涌出宋兵大败	宋军等混战辽兵
李逵杀人兀颜被捉	李逵撞阵被辽兵捉	辽兵挠钩活捉李逵
	送小将军换李逵	宋江将兀颜换李逵
	宋江忧闷独坐寻思	番将砍死王文斌
青衣女童旨请宋江	青衣女童旨请宋江	宋江夜梦会神女
宋江梦中参见娘娘	宋江梦中见玄女	九天玄女秘受宋江
		青衣童女送出宋江
宋江分兵破浑天阵	宋江定计破混天阵	宋江吴用计议破阵
	缺	呼延灼打开辽将阵门
三将阵上杀颜统军	缺	宋军大破辽阵

续表

种德书堂本	插增本	评林本
	宋江兵马大战辽兵	丈青等活捉天寿公主
	大辽国主坚闭幽州	宋江领番使见赵枢密
辽主遣使纳降宋朝	辽主遣使纳降宋朝	褚坚仝番官参谒宋公明
	蔡太师奏道君皇帝	褚坚贿赂蔡京等
	徽宗遣宿元景赍诏	徽宗升殿辽使进表
宿太尉奉语往边廷	宿太尉奉诏往边	
郎主引文武按诏命	大辽国主文武接诏	大辽国主迎接诏书
	辽主宴待宿太尉等	辽主设宴迎请宋臣
宋江稿库领师回京	宋江分兵班师回京	
	智深同宋江往五台山	智深禀宋江要往五台山
宋江往五五台山禅	宋江智深五台山参禅	宋江与众参谒智真
	宋江等辞别下山	智深献银与师不受
		智真与宋江偈语
双林渡燕小乙射雁	双林渡燕青射雁	燕青射雁宋江训戒
	宋江见鸿雁伤悲	宋江路上凄惨不悦
	徽宗天子赐宋江宴	宋江等朝见天子
	蔡太师奏河北作乱	蔡京入朝奏田虎作乱
田彪进兵攻打凌州	田彪进兵攻打凌州	
太尉奏宋江征田虎	太尉奏征伐河北	宿太尉保举宋公明
	宋江俊义面君赐酒	徽宗命宋江征田虎
宋江芦俊义等接诏	宋江俊义等接诏	宋江受诏征伐田虎
许贯忠来见宋公明	宋江得河北地理图	许贯忠献纳地理图
宋江分调引兵征进	宋江等兵到北京	梁中书设宴待宋江
	关胜兵到陵州屯扎	陵州太守远迎宋江
	关胜与田彪大战	
	北军劫寨被擒大败	钮文忠等夜劫宋寨
		关胜等擒辽军四将
卢俊义大战山士奇	卢俊义力敌三将	卢俊义大战士奇
	时迁石秀关内放火	时迁石秀火烧百尺宝塔

续表

种德书堂本	插增本	评林本
	宋江进关出榜民安	宋江入关□□百姓
	卢俊义引兵诈败	
卷十九		**卷十九**
宋公明计取三门关		宋江吴用定计取玉门关
		田实差将复夺大同
	端统军领兵追赶	端统军引军追宋兵
孙立挥鞭打死苏吉		张清飞石打死安士荣
卷二十	**卷十九**	**卷二十**
		史进诈败武能追赶
宋公明释小华光	宋公明释小华光等	马灵众将归降宋江
	宋江见书退兵二里	宋江亲览卞祥书
宋公明班师回大朝		徽宗御驾亲迎宋江等
	田虎田彪凌迟示众	法司凌迟田虎兄弟示众
		蔡京童贯议论计策
卷二十一	**卷二十**	**卷二十一**
柳世雄参见高太尉	柳世雄参见高□尉	柳世雄参见高太尉
	高俅与张斌议报恩	王庆来见高太尉
王庆与柳世雄比枪	王庆与柳世雄比枪	王庆与柳世雄戮枪比试
	高俅差人巡视王庆	
	王庆问李杰买卦	王庆问李杰求卦数
王庆不伏高俅节制	王庆不伏高俅节制	高太尉勘问王庆
		开封府尹决问王庆杖罪
	王庆刺配淮西李州	王庆辞妻眷刺配往李州
王庆使棒遇着与端	王庆使棒遇龚端	龚端酒礼相待王庆
	王庆又遇先生求卦	
王庆拜识龚十五郎	王庆拜识十五郎	
	龚正唤庄客置酒	王庆到店询问龚正
		王庆使棒众邻赐标手
王庆与王达斗枪法	王庆与黄达斗枪	王庆黄达斗枪法

续表

种德书堂本	插增本	评林本
	王庆到李州见大尹	太尹升堂王庆参见
		庞元使棒众人观看
王庆与庞元比势	王庆与庞元比势	王庆入场撞拒庞元
庞元被打去见如如	庞元被打去见姐姐	庞元被打去投姐姐
	王庆与张世开直伞	张世开令卒唤王庆
	王庆在太尉衙做市买	王庆到铺支讨紫罗
王庆被太尉换了绢	王庆被太尉换了绢	老都管对王庆诉说情由
门子引王庆见夫人	王庆投拜小夫人	王庆持红罗贺小夫人
	小夫人劝太尉	
王庆打死兵马提辖	王庆打死兵马提辖	王庆忿怒打死世开
	王庆又遇先生卜课	王庆复遇李杰卜课
王庆教众庄客武艺	王庆教众庄客武艺	
	王庆奔走遇龚正	
王庆杀项襄救龚正	王庆杀项襄救龚正	项襄龚正二人斗打
		王庆龚正剖诉旧情
	王庆一棒打死黄达	王庆用棒打死黄达
王庆在路遇着承局	王庆在路遇着承局	
	王庆询问范院长	王庆寻觅姨兄范全
	范全典衣供王庆	
快活林王庆开赌场	王庆快活林开赌场	王庆开场引人赌博
		王庆空回来见嫂嫂
段三娘来收馒头钱	段三娘收馒头钱	段三娘收取点心钱
	王庆快活林使棒	王庆怒回见嫂叙情
	王庆棒打段五虎	段五虎与王庆对敌
		段五虎归庄报父亲
段三娘与王庆比试	段三娘与王庆比试	段三娘与王庆比试
		王庆回家报兄喜事
段三娘招王庆成亲	段三娘招王庆成亲	段三娘招赘王庆
三娘与王庆卖肉	三娘同王庆卖肉	段三娘仝王庆卖肉
	王庆卖肉打众都头	王庆夫妇收拾回庄

续表

种德书堂本	插增本	评林本
		庞元夜巡从人跟随
西阳镇王庆杀庞元	王庆西阳镇杀庞元	西阳镇王庆杀庞元
	王庆走过东留村	
王庆梦中见十五郎	王庆庙中得梦	王庆梦中见前世身
		王庆逃走杀死数人
王庆三娘上红桃山	王庆同三娘到红桃山	王庆夫妻到红桃山
	王庆与廖立比试	王庆廖立二人比试
	廖立夜杀王庆	
	王庆红桃山立寨	
红桃山王王招军马	红桃山王庆招军马	红桃山王庆招军买马
		李杰等三人见王庆
		宋帝升殿文武表奏
		宋江众等迎接圣旨
宋公明出师征王庆	宋江调兵征王庆	宋江军马水陆并进
	宋江兵度吕梁关	宋江兵至吕梁关
	孙安剑斩杀鲁成	
	孙安怒斩谢英	
公孙胜法取石祈城	公孙胜法取石祈城	公孙胜拱秀山仗剑作法
	丘翔忠心不易	黄施俊箭射死于玉
	宋兵攻取梁州	上官义计议敌宋兵
庐俊义大战上官义	芦俊义大战上官义	卢俊义大战上官义
		上官义败走入城池
	宋江与吴用议计	萧引凤引众见上官义
宋公明计打梁州城	宋公明计打梁州城	紫虚台王庆段妃赏月
	王庆怒斩乐女翠英	
	宋兵大战梁州城	二都尉梁州见上官义
	宋江军马斩将请功	宋江入城众将献功
卷二十二	**卷二十一**	**卷二十二**
	宋江拨兵打洮阳	宋江调人马望洮阳进发
宋江兵到洮阳城下	宋江兵到洮阳城下	上官义败走入洮阳

续表

种德书堂本	插增本	评林本
	黄仲实定计捉李逵	刘以敬仲实计议擒李逵
李逵杀入洛谷被困	李逵杀入山谷被困	黄仲实计困李逵于骆谷
	潘迅往村中问消息	潘迅寻问田夫路径
叶光孙来见宋公明	潘迅引叶光孙见宋江	潘迅访谒叶光孙
	光孙引兵谷中救李逵	宋将攀藤越岭来救李逵
叶光孙骆谷取洮阳	解李逵计取洮阳	光孙缚李逵赚取洮阳城

上表是种德书堂本、插增本、评林本三本共存部分插图标目的对比情况。首先,考察三本标目的基本情况。种德书堂本录有标目 81 条,其中 8 字标目 76 条,7 字标目 5 条,标目字数十分统一,基本上是 8 字,偶尔有 7 字。插增本录有标目 170 条,其中 10 字标目 1 条,9 字标目 6 条,8 字标目 103 条,7 字标目 50 条,6 字标目 10 条,相对而言,插增本标目字数没有特别统一,从 6 字到 10 字均有,以 8 字标目为主。评林本录有标目 175 条,其中 10 字标目 18 条,9 字标目 16 条,8 字标目 101 条,7 字标目 33 条,6 字标目 6 条,5 字标目 1 条,评林本的标目字数比之插增本更为复杂,字数从 5 字到 10 字均有,以 8 字标目为主。

其次,考察三本插图标目的内容。其中有误刊之处,如种德书堂本"宋江往五五台山禅"当为"宋江往五台山参禅",种德书堂本"宋江稿库领师回京"当为"宋江犒军领师回京"。也有标目撰写疏误之处,如种德书堂本、插增本"卢俊义力逃四辽将"当为"卢俊义力敌四辽将",种德书堂本"出庐先锋宋公明救"当为"宋公明救出庐先锋"。总体上来说,这些标目撰写虽然无甚文采,但也通俗易懂,能起到阐释插图内容的效果。但是有的标目写得也十分随意,缩写、减写,甚至完全不合文法,部分标目如果不看原文,压根不知何意。如插增本"奏宋江部兵杀命官",此标目未见主语,直接以动词起首;评林本"刘一兄弟待解珍宝",将解珍、解宝之名缩写为"解珍宝";评林本"吴用等观阵不谙",这是一个转折句,意思是吴用等观阵,但是却不懂这个阵;评林本"智深献银与师不受",这个标目的意思是鲁智深献银子给智真长老,但是智真长老不接受。诸如此类,不一而足。

将三本插图标目进行比较,种德书堂本与插增本完全相同或者大致相同者有 56 条；插增本与评林本完全相同或者大致相同者有 13 条；种德书堂本与评林本相同或者大致相同者有 10 条。单从相同标目的数量来看，种德书堂本与插增本关系密切，而种德书堂本与评林本、插增本与评林本的关系则较为疏远。种德书堂本、插增本与评林本不少标目叙述的是同一件事情，但是标目文字却完全不同。如插增本“奏宋江部兵杀命官”，评林本为“中书省官启奏道君”；种德书堂本“辽主遣使来招宋江”，插增本基本相同为“辽主遣使招安宋江”，而评林本为“侍郎领敕招安宋江等”；种德书堂本“解珍解宝称猎户”，插增本基本相同为“解珍解宝扮猎户”，而评林本为“解珍兄弟投见婆婆”。

二、插图部分

接下来考察种德书堂本、插增本、评林本这三种本子的插图情况。此三者插图关系是否如其标目关系一样，插增本与种德书堂本关系密切，而种德书堂本与评林本、插增本与评林本关系疏远？为获得三者插图比较直观的对比感受，以下选取三者相同或者大致相同的标目进行研究。三者相同或者大致相同的标目在上表中有 10 处，分别为插增本“宋江挥泪斩小卒”“宋江公孙胜参真人”“宋江拜求真人法语”“柳世雄参见高太尉”“王庆与黄达斗枪”“庞元被打去见姐姐”“段三娘与王庆比试”“三娘同王庆卖肉”“红桃山王庆招军马”“芦俊义大战上官义”。以下将 10 幅插图进行比较：

（一）种德书堂本

插增本

评林本

（二）种德书堂本

插增本

评林本

（三）种德书堂本

插增本

评林本

（四）种德书堂本

插增本

评林本

（五）种德书堂本

插增本

评林本

（六）种德书堂本

插增本

评林本

（七）种德书堂本

插增本

评林本

（八）种德书堂本

插增本

评林本

（九）种德书堂本

插增本

评林本

（十）种德书堂本

插增本

评林本

第一组插图叙述的是宋江挥泪斩小卒的镜头。三本插图均不相同，种德书堂本中 2 个人，一个宋江，一个小卒，场景在堂上，宋公明亲自挥剑，于情于理不合；插增本、评林本均为三个人，但构图并不相同，插增本在帐中、评林本在帐外，插增本是令人行刑之时的图，评林本是问话之时的图。相较而言，插增本插图与评林本更为相似。

第二组插图所叙述的事情是宋江与公孙胜参拜罗真人。三本插图均不相同，种德书堂本中宋江与公孙胜是站着拱手拜罗真人，罗真人站在椅子前面；插增本中宋江和公孙胜是跪着参拜罗真人，罗真人站在椅子前面，但罗真人旁边有个小道童；评林本中宋江和公孙胜同样跪着参拜罗真人，但不同的是，罗真人没有坐在椅子上，而是坐在莲花座上，显示出修道之人的身份。三本互有差异，但总体上来说，虽然评林本比之插增本有所改动，但是二本更为相近。

第三组插图所叙述的内容是宋江向罗真人求取偈语。三本插图基本相同,但依旧保持着一些差异。种德书堂本中罗真人后面没有椅子,插增本中罗真人后面有一把椅子,评林本中罗真人则是坐在莲花座上。

第四组插图所叙述的是柳世雄参见高太尉。插增本与评林本插图基本相同,但细节上稍有差异,像左边王庆的帽子,插增本是武将造型,评林本是文官造型。种德书堂本则与二本差异较大,首先种德书堂本中王庆是跪着的,而插增本、评林本中王庆则坐在椅子上;其次种德书堂本中高俅前方有一张书案,高俅坐于书案后,而插增本、评林本中高俅前方无书案,高俅直接坐在椅子上。于此图而言,插增本与评林本更为相近。

第五组插图所叙述的是王庆与黄达打斗。三本插图的构图基本相似,都是二人面对面比试。但是从场景、动作上来说,种德书堂本与评林本更为接近,种德书堂本、评林本的场景在户外,而插增本的场景则在院内。此外,插增本与评林本的兵器也略有不同,种德书堂本中两把兵器,其中一把是枪、一把未知;插增本中两把兵器都是枪;评林本中两把兵器,一把是枪、一把是刀。于此图而言,种德书堂本与评林本更为相似。

第六组插图所叙述的是庞元被王庆打了之后,去找其姐告状。插增本与评林本插图基本相同,但细节处稍有差异,像插增本中间多了一扇屏风,庞元与其姐的动作,二本也不尽相同。种德书堂本则与二本差异较大:首先人数不同,种德书堂本中有 3 个人物,插增本、评林本中只有 2 个人物;其次场景不同,种德书堂本的场景在室外,插增本、评林本的场景则在室内;再次器物不同,种德书堂本中没有椅子,插增本、评林本中则存在椅子。于此图而言,插增本与评林本更为相近。

第七组插图所叙述的是段三娘与王庆比武。三本插图的构图基本相似,都是二人面对面比试。但是从动作上来说,插增本与评林本更为接近,插增本、评林本中二人的动作都是倾斜着蓄势待发,而种德书堂本中二人则是笔直站立着。当然,插增本与评林本细节上也有差异,插增本的场景在户外,评林本的场景在室内。于此图而言,插增本与评林本更为相近。

第八组插图所叙述的是王庆与段三娘开店卖肉。三本插图的构图基本相似,都是王庆与段三娘二人于右边的位置开店卖肉。但是从人数上来说,种德书堂本与评林本更为接近,种德书堂本、评林本中有 3 个人物,除王庆与段三娘外,还有一个买肉的客人,而插增本中只有 2 个人物,王庆与段三娘。于此图而言，种德书堂本与评林本更为相似。

第九组插图所叙述的是王庆在红桃山招兵买马，准备起义。三本插图均不相同，而且差异甚大。种德书堂本是4个人物站在船头；插增本是3个人物在户外，其中2个人物坐在椅子上，1个人物侍立于一旁；评林本是2个人物在帐中，其中1个人物坐在椅子上，1个人物跪着汇报。

第十组插图所叙述的是卢俊义与上官义大战。插增本与评林本插图基本相同，但细节处稍有差异，像二人的动作、右边马头的朝向，二本不尽相同。种德书堂本则与二本差异甚大，种德书堂本的插图场景是在帐中，一人坐于案后，一人站立于旁，二者在听另外士兵模样的人汇报，此插图与“庐俊义大战上官义”的标目内容不同，似有误刻。于此图而言，插增本与评林本更为相近。

从上述三组插图的比对可以看出，三种本子的插图均有差异，但十组插图中有六组插增本与评林本更为接近，二组种德书堂本与评林本更为相似，二组三者差异较大，由此似乎能够得出结论，插增本与评林本的插图更为接近，事实情况是否如此？再来看以下数例两两之间插图比对的情况。

1. 先看种德书堂本与插增本插图的比对：

（例一）种德书堂本

插增本

例一,此图是卷十七第一幅插图,两图标目完全相同,但是图像却完全不同。种德书堂本图中2个人,一个宋江,一个宿元景,场景在军帐中,图像与标目匹配;插增本图中4个人,若中央坐着的是宿元景,那跪下的就是宋江了。此图可解释为宿元景传旨与宋江,准备跟宋江一道征辽。评林本卷十七首幅插图为:

(例一)评林本

此图虽然与插增本略有不同,少了一个人物,但是基本构图却相似。而评林本此幅插图标目为“宿元景出班奏宋主”,相比于插增本,评林本标目更为合适。

(例二)种德书堂本

插增本

例二，此二图种德书堂本、插增本标目又完全相同，但是二图依然有很大的差异。种德书堂本是官员扛着一面写着“招安”的旗帜去招安，官员的头朝着后方，其他场景则较为简略；插增本是官员手拿诏书去招安，官员的头朝着前方，其他的场景则较为复杂。评林本故事相同的插图：

（例二）评林本

此一插图，评林本与种德书堂本、插增本标目有一定差异，但是叙述的是同一件事情。同时，评林本与插增本插图也存在一定差异，评林本比插增本多了一个仆人，而且手上也没拿诏书。但是相比于种德书堂本而言，评林本插图更为接近插增本。由以上二图可见，种德书堂本与插增本插图有一定差距，反而评林本与插增本插图更为接近。

2. 再看插增本与评林本插图的比对：

（例一）插增本

评林本

例一，此二图插增本和评林本标目十分相近，讲述的也是同一件事情，即天山勇用箭射中张清。但是此二幅插图，初看很相近，实际上二者之间还是有相当大的差距，插增本与评林本人物的动作、骑马的方向、马的颜色均不相同。

（例二）插增本

评林本

例二，此二图插增本与评林本标目也十分相近，讲述的内容均为贺重宝向辽主请求兴兵与宋江对战。二图之间可以看出明显差异，插增本此图是4个人，而评林本是3个人。插增本中间有案台，而评林本没有。从以上两组图中，至少可见插增本与评林本之间，插图没有直接的传承关系。

从插图角度来看，三本之间的关系并不密切。三本插图即使在叙述同一件事情，也并不完全相同。其中种德书堂本与插增本插图关系较为疏远，插增本与评林本插图关系较为相近。虽说插增本与评林本的插图关系较为相近，但这并不意味着二者之间有传承的关系，或者一本以另一本为底本进行翻刻。此二本故事情节相同的插图之所以相近，是因为画工的原因。二本的画工对于某些场景的画法，有着相似的想法。如二本在朝臣启奏某事的图画上：

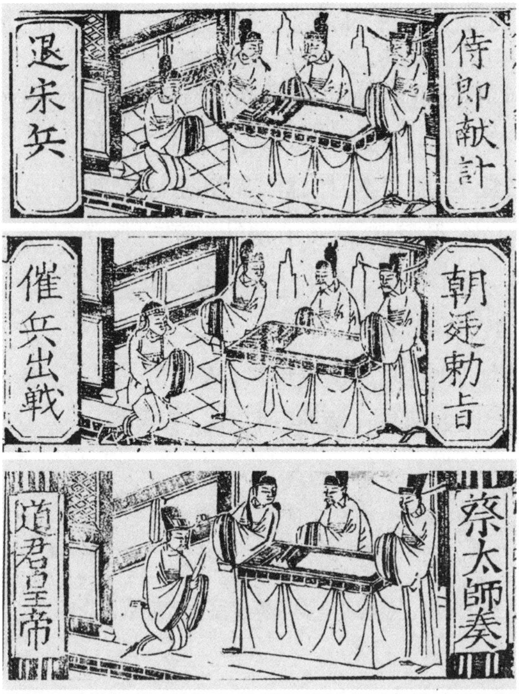

插增本

评林本

插增本与评林本在朝臣启奏朝廷的插图上，有着惊人的相似。这种相似未必是抄袭所致，很可能是当时的建阳画工界流传着专门的版画图谱，这类图谱里面有某些固定的场景画，形成了一贯的模式，只要有某种情节，就可以套用某幅图画。这种情况存在的可能性很大，如若不然，建阳的小说戏曲，大多是半叶一图，每图都要花费精力构思的话，所耗时间甚多。若是有此类画谱的存在，则能极大地节省时间，解决每半叶配图难的问题。这可能也是使得插增本和评林本在构图上多有相似之处的原因。

综上两节的内容，通过种德书堂本、插增本、评林本三种本子卷数、回数、回目、插图以及插图标目的比对，却得出了大相径庭的结论。先从卷数、回数、回目的比对中得出，这三种本子有着极为密切的关系。再从插图标目的比对中又可知，种德书堂本与插增本关系密切，而种德书堂本与评林本、插增本与评林本关系都比较疏远。又从插图的比对中得出，种德书堂本与插增本关系较为疏远，插增本与评林本关系反而较为密切。这些不同的结论，一时有点让人晕头转向，这三种本子的关系究竟如何，最后还得回到正文之中来。

第四节　插增本与种德书堂本、评林本正文比对

此节内容的考察以插增本第83回至第89回为主，旁及其他回数，第83回至第89回内容主要是征辽故事。之所以如此选取，基于以下几个方面的考虑。其一，征辽部分的内容，种德书堂本、插增本、评林本都相对完整，而田虎、王庆部分种德书堂本、插增本或内容不完整，或多有缺叶；其二，征辽部分的内容，除了种德书堂本、插增本、评林本这三个本子能够相互比对之外，若遇到三者不同之处，还能求诸繁本如容与堂本，而田虎、王庆部分则不具备这种条件；其三，征辽部分内容共计7回，回数比较连贯，从第83回到第89回，除了中间有两个第87回之外，回数都是连续的，而田虎、王庆部分的回数则完全混乱。

一、三本字数情况

首先考察第83回至第89回种德书堂本、插增本、评林本字数情况，如下表：

表13　种德书堂本、插增本、评林本征辽部分各回字数

回数	83	84	85	86	87	87	88	89
种德书堂本	4393	4050	4388	3462	2127（残）	3861	3246	2398
插增本	3830	3443	4093	3139	1862	3488	2774（残）	2028
评林本	3951	3686	4028	3310	2057	3654	2839	1925

表格中所统计的字数，种德书堂本第一个87回缺末叶，插增本第88回缺一叶，缺叶的部分其他两本均将对应的内容删去，再进行字数统计，之后的相似度统计同此。评林本第73回、第74回存在并回的情况，依照种德书堂本、插增本的回数，将评林本这两回分成四回，相应的字数、相似度比对也按照四回统计。

从表中可以看出，种德书堂本字数最多，插增本、评林本字数与种德书堂本都有一定的差距。种德书堂本与插增本字数差距最大的是第84回，相差607字，差距最小的有200余字；种德书堂本与评林本字数差距最大的是第89回，相差473字，差距最小的有100余字。整个征辽故事部分，插增

本相比于种德书堂本而言，字数减少了 11.7%；评林本相比于种德书堂本而言，字数减少了 8.9%。

插增本与评林本字数的比对，二者情况较为复杂，既有插增本多于评林本之处，也有评林本多于插增本之处，但总体而言，评林本字数多于插增本之处要更多。同时，此部分评林本的总字数也要多于插增本。

其次考察田虎、王庆故事部分三本完整回数的字数情况：

表 14　种德书堂本、插增本、评林本部分回数字数情况

回数	98	99	100	99	100	101
种德书堂本	3852	3291	3341	4628	5602	3319
插增本	3232	2730	2550	3735	4682	3152
评林本	3145	2525	2601	3374	5126	3091

表中情况基本与征辽部分相同，种德书堂本字数最多，多于插增本与评林本。这 6 回中插增本相比种德书堂本字数减少了 16.5%，评林本相比种德书堂本减少了 17.1%。插增本与评林本字数依旧互有多寡，既有插增本字数多于评林本之处，也有评林本字数多于插增本之处，但是此部分插增本字数多于评林本之处要更多，总字数也多于评林本。

从字数上来看，插增本与评林本相对于种德书堂本而言，字数都有所删减。这两个本子从理论上来说，有可能由种德书堂本删减而来。插增本与评林本字数互有多寡，证明此二本没有可能存在直接的传承关系，即插增本不可能直接由评林本而来，评林本也不可能直接由插增本而来。至于这三本具体关系如何，还是要回到正文研究。

二、插增本与种德书堂本的关系

具体了解插增本与种德书堂本关系之前，需要提前了解插增本与种德书堂本的密切程度，以下是征辽部分插增本与种德书堂本文字的相似度。

表 15　种德书堂本与插增本征辽部分文字相似度比对

回数	83	84	85	86	87	87	88	89
相似度	83.16%	80.32%	89.51%	84.1%	81.16%	84.71%	80.34%	77.45%

从文字相似度来看，种德书堂本与插增本关系颇为密切，平均文字相似度为 82.6%，可见两本文字绝大部分相同。而且以上相似度是在没有删去种德书堂本多出文字的情况下计算的。如果将种德书堂本比之插增本多出的文字去除，那么二本文字相似度将大大上升，具体情况如下表：

表 16 种德书堂本删去多出文字后的文字相似度比对

回数	83	84	85	86	87	87	88	89
相似度	95.38%	94.48%	95.96%	92.75%	92.71%	93.77%	94%	92.3%

将种德书堂本多出文字删除后，二本文字相似度均在 90% 以上，有的甚至高达 95% 以上，平均文字相似度为 93.9%，由此可见，种德书堂本、插增本共有文字极为相似，二本当同出一源。

以上是从大的方面来看，若从细处着手，依旧能得出如此结论。二者部分误字完全相同，若非同源，则不可能连误字都一样。最明显的像一些姓氏和称呼："卢俊义"写作"芦俊义"，"呼延灼"写作"胡延灼"，复姓"欧阳"省作"欧"，"国舅"称为"国旧"等等。其他误字的地方如：

种德书堂本：朱武曰："若论愚意，可将队五摆为长蛇之势，击首则尾应，击尾则首应，击中则首尾相应，循环无端。如此，则不愁地理生疏。"（17.7b-8a）

插增本：朱武曰："若论愚意，可将队五摆为长蛇之势，击首则尾应，击尾则首应，击中则首尾相应，循环无端。如此，则不愁地理生疏。"（17.8b）

（例一）

种德书堂本：那数十个百姓便是解珍、解宝、李豆、李云、杨林、石勇、时迁、段景住、白胜、郁保四，一发夺了关口。（17.17b）

插增本：那数十个百姓便是解珍、解宝、李豆、李云、杨林、石勇、时迁、段景住、白胜、郁保四，夺了关口。（17.19b）

（例二）

种德书堂本：转过石桥，有珠红流星门一座。仰见画栋雕梁，金钉朱户。（18.5b）

插增本：转过石桥，有珠红流星门一座。仰见画栋雕梁，金钉朱户。

（18.6a）

（例三）

例一中“队五”毫无疑问是“队伍”之误，容与堂本以及评林本此处均为“队伍”；例二中“李豆”之名夹杂于梁山好汉之中，但之前从未见过此人，查容与堂本及评林本，发现这个所谓“李豆”者，原来是“李立”之误；例三中用“珠红”来形容门的颜色显然有误，当以“朱红”为是，容与堂本与评林本的文字即是“朱红”。从此等处皆可看出，插增本与种德书堂本当同出一源。

了解了种德书堂本与插增本关系极为密切之后，继续深入研究此二本的关系。插增本与种德书堂本文字方面，最大的不同在于，插增本比之种德书堂本缺了不少文字。这些缺少的文字有的是删节，有的是脱漏，有的是改写。具体有以下几种情况：

其一，明显的脱漏之处。

种德书堂本：亲书诏敕，加宋江为破辽都先锋。其余诸将，待建功封爵。就差宿元景，亲赍诏敕，去宋江军前开读。（17.1b）

插增本：亲书诏敕，加宋江为破辽都先锋。其余诸将，待建功封爵。就差宿元景敕去宋江军前开读。（17.1b）

（例一）

种德书堂本：今奉恩命，敢不竭力尽忠，死而后已！（17.2b）

插增本：今奉恩命，敢不竭力尽忠，死而已！（17.2b-3a）

（例二）

种德书堂本：却说坛州洞仙侍郎……（17.5a）

插增本：却坛州洞仙侍郎……（17.5b）

（例三）

明显的脱漏之处，是指插增本缺少了某些文字，使得词句明显不通。例一中皇帝要敕封宋江为先锋，让宿元景带着诏书去宣读。种德书堂本语句表达的意思很清楚，但是插增本少了“亲赍诏”三个字，文字变成了“敕去”，完全不知何意。例二中“死而后已”这是个词语，插增本少了“后”字，变成“死而已”，这个词就完全不通了。例三中“却说”是小说中的套话，常用的发端词。一般小说情节结束，开始另外一段情节之时，就会用到这个词语。插增本少了一个“说”字，则变成了转折的意思。

其二，单个字词的删除。

种德书堂本：殿前太尉宿元景向前奏道……（17.1b）

插增本：殿前太尉宿元景奏道……（17.1b）

（例一）

种德书堂本：宿太尉领了圣敕出朝，径到宋江行寨开读诏敕。（17.1b）

插增本：宿太尉领敕出朝，径到宋江行寨开读诏敕。（17.1b）

（例二）

种德书堂本：敕加宋江为破辽兵马都先锋使，芦俊义为副先锋。（17.1b）

插增本：敕加宋江为破辽兵马都先锋使，芦俊义为副。（17.2a）

（例三）

单个字词删除的情况，跟第一种文字脱漏的情况相比，二者所呈现出的文字状况，并无不同。两种情况所存在的不同，只表现在目的和结果上，一个是有意的删除，一个是无意的遗漏，所以一者对文意没有影响，一者造成文句不通。例一中插增本少了"向前"二字，这两个字只是动作修饰语，存在与否对句子意思并没有影响。例二中"领了圣敕"和"领敕"，意思也没有多大的改变。例三中插增本将"副先锋"的"先锋"二字删去，仅留下"副"字，算是一种缩写，倒也讲得过去。这些地方字词的删节，并没有对原本句子的意思造成多大的影响。

其三，句子或大段情节的删除。

种德书堂本：各处申奏请求救兵。**先经枢密院，然后得到御前。**枢密童贯、太尉蔡京、太尉高俅、杨戬，纳下表章不奏。（17.1b）

插增本：各处申奏请求救兵。枢密童贯、太尉蔡京、太尉高俅、杨戬，停匿表章不奏。（17.1b）

（例一）

种德书堂本：军校大怒，把酒肉匹脸打将去。厢官喝道："捉下这个泼贼！"那军校就团牌边掣出刀来。**厢官指着骂道："腌臢草寇，你敢杀我？"**那军校走进前，手起一刀向厢官脸上劈番便倒，再复一刀，厢官命丧须臾。（17.3a）

插增本：军校大怒，把酒肉辟脸打将去。厢官喝道："捉下这个泼贼！"那军校就团牌边掣出刀来，进前手起一刀，杀死厢官。（17.3ab）

（例二）

种德书堂本：那番将面白唇红，须黄眼碧，身长九尺，力敌万人。**旗上写着："大辽战将阿里奇。"宋江与诸将道："此番将不可轻敌。"徐宁出战，挺钩镰枪，直临阵前。番将阿里奇大骂："宋朝合败，命草寇为将！敢侵犯大国。"徐宁喝道："辱国小将，敢出秽言！"迳与阿里奇抢到垓心，**斗上三十余合，徐宁敌不住番将，望本阵便走。（17.4b）

插增本：那番将面白唇红，须黄眼碧，身长九尺，力敌万人。与徐宁斗上三十余合，徐宁敌不住番将，望本阵便走。（17.5a）

（例三）

此一情况插增本文字删节较多，或是删除句子，或是删除大段情节。文字删节的后果，或使得情节突兀混乱，或使得故事内容变得干瘪，当然，有的删节也不会对情节造成任何影响。

例一中插增本删掉了"先经枢密院，然后得到御前"一句，此为讲述奏章传递过程的句子。从情节角度来说，不看种德书堂本，只看插增本，删除此句，情节依旧可通，并没有太大的影响。

例二中插增本删去了厢官的一句话"厢官指着骂道：腌臜草寇，你敢杀我"，这句话出现于此处，对人物、情节的描述，都具有比较重要的意义。没有这句话，厢官和军校的事件，就是几言不合便下了杀手，这样的处理使得整个剧情变得简单，不太符合常人的性格，也无法反映人物内心的复杂性。仔细分析厢官这句话，其中既有对整个梁山泊好汉的辱骂，也有对军校的讥讽，认定军校不敢杀他。听到如此言语，无论开始之时，军校拿起刀来，想不想杀这个厢官，但是到了此时，如果军校不下手的话，那就只能证明自己真如厢官所言，不敢杀他。作为一个热血的男儿，军校此时肯定不会认怂，也不能认怂，于是冲动之下怒杀了厢官。所以，这一切行为的根源，就在于厢官这句话。

例三中插增本将阵仗的细节描写全数删除，没有了阵前宋江的嘱托，也没有了徐宁和阿里奇阵前的叫骂，仅仅只有徐宁与阿里奇交手的经过和结果。虽然这些细节的删节，无关整个故事的大局，但是使得本来饱满的故事情节，变得十分干瘪。从结果来看，徐宁不敌阿里奇，所以才会有之前宋江对众将的告诫，让众将不可轻敌。从这些细节方面也可以看出，宋江谨慎的性格和对敌人资料的掌握。

其四，文字的删改。

种德书堂本：与寡人征虏，早奏凯歌而回。朕当重加录用。（17.2b）

插增本：与寡人征虏，得胜回京。朕当加封赏。（17.2b）

（例一）

种德书堂本：且说中书省差到二员厢官，在陈桥驲分散酒肉，赏劳三军。（17.3a）

插增本：中书差厢官去散酒肉。（17.3a）

（例二）

种德书堂本：即日辽兵分四路入寇，前去征讨，可去打城？（17.3b）

插增本：即日辽兵分四路入寇，如何抵敌？（17.4a）

（例三）

此种情况与上述三种情况有所不同，上述三种情况重点在于删节，而此种情况文字也有所减少，只不过并不是一味地删节，其中也有改写。例一中“早奏凯歌而回，朕当重加录用”与“得胜回京，朕当加封赏”，这两句意思完全一样，但是插增本由于改写，比种德书堂本少了 3 个字。例二中插增本基本属于文字删节，将具体的厢官人数、散酒肉的地点以及散酒肉的目的，悉数删去了，仅仅只留下一个散酒肉的行为。同时，增加了一个“去”字将这句话理顺了。

例三中种德书堂本的语意不明，查验容与堂本此句话为“即日辽兵分作四路，侵犯大宋州郡。我等分兵前去征讨的是，只打城池的是”。宋江这句话是问吴用到底该分兵去征讨，还是该去攻打辽国占据的城池。理解了容与堂本此句话的意思后，再回过头看种德书堂本此句话，依旧似是而非，而插增本仅四个字“如何抵敌”，就将容与堂本的意思表达出来了。

另外，上一种情况“句子或大段情节的删除”例二中也存在删改。种德书堂本中“那军校走进前，手起一刀向厢官脸上劈番便倒，再复一刀，厢官命丧须臾”，插增本变为“进前手起一刀杀死厢官”。二本此句意思一样，但是种德书堂本动作过程更为复杂，插增本只留下了一个结果。

三、种德书堂本与评林本的关系

同样，首先了解一下种德书堂本与评林本的密切程度，此二本征辽故事部分文字相似度如下：

表 17　种德书堂本与评林本征辽部分文字相似度比对

回数	83	84	85	86	87	87	88	89
相似度	85.53%	84.34%	84.17%	89.77%	84.78%	88.65%	81.94%	73.38%

从文字相似度来看，种德书堂本与评林本关系也颇为密切，平均文字相似度为 84%，二本文字绝大部分相同。而且上表相似度是在没有删去种德书堂本多出文字的情况下计算的。如果将种德书堂本比之评林本多出的文字去除，那么二本文字相似度将大大提高，具体情况如下表：

表 18　种德书堂本删去多出文字后的文字相似度比对

回数	83	84	85	86	87	87	88	89
相似度	95.1%	92.7%	91.69%	83.53%	86.37%	93.67%	93.69%	91.41%

上表情况与种德书堂本、插增本的关系相同，删去种德书堂本多出文字后，二本文字相似度也大幅度上升，平均文字相似度为 91%，由此也可以得出，种德书堂本与评林本同出一源。再从一些细节处来看：

种德书堂本：宋江留下军马，守定霸州，其余大兵，拔寨都起，往蓟州。与卢俊义兵，约日进兵。（17.19ab）

评林本：宋江留下军马，守定霸州，其余大兵，拔寨都起，往蓟州。与卢俊义兵，约日进兵。（17.21b）

插增本：宋江留下军马，守定霸州，其余大兵，拔寨都起，往蓟州。与芦俊义约日进兵。（17.21b）

（例一）

种德书堂本：我交他在宝殿顶上躲着，只等外军打马急时，临机应变。（17.10b）

评林本：我交他在宝殿顶躲着，只等外军打马急时，临机应变。（17.11b）

插增本：他在宝殿顶上躲身，只等外军，临机应变。（17.12a）

（例二）

种德书堂本：兀寿曾习兵法，便令二军，分在左右。（17.24a）

评林本：兀寿曾习兵法，便令三军，分在左右。（17.26b）

插增本：兀颜延寿曾习兵法，令三军分在左右。（17.26b）

（例三）

以上三例是个别文字疏误之处，评林本同于种德书堂本。例一中种德书堂本与评林本的“兵”字明显是衍字，多了此字，文句不通，插增本则无此字。容与堂本此句为“会合卢俊义军马，约日进兵”（86.2a），种德书堂本删除了“会合”二字，之后“军马”改成“兵”字也就无从着落了。

例二中种德书堂本与评林本“只等外军打马急时”，完全不知此句何意，插增本将此句删节为“只等外军”，语意则通。查阅容与堂本此处可知，此句为“只等城外哥哥军马打的紧急时”（84.9b-10a），意思十分明确。种德书堂本将此13字删减为了8字，删减之后字句又发生了错乱，所以完全不知所云，正确的语序当为“只等外军马打急时”。

例三中种德书堂本与评林本将“兀颜延寿”此名，简略为“兀寿”。此一简称让人百思不得其解，按理或称呼其姓为“兀颜”，或称呼其名为“延寿”，“兀寿”此一头一尾的称呼，实属怪异。插增本则是称呼全名“兀颜延寿”。

综上可知，种德书堂本与评林本的文字当同出一源。

和种德书堂本与插增本的关系一样，种德书堂本与评林本文字之间，最大的不同在于评林本缺了不少文字，依旧可分为四种情况：

其一，明显的脱漏之处。

种德书堂本：四个贼臣定计，奏将**宋江等众陷害。殿前太尉宿元景向前奏道：宋江方始**归降，百单八人，恩同手足……（17.1b）

评林本：四个贼臣定计，奏将归降，百单八人，恩同手足……（17.1a）

（例一）

种德书堂本：中书省院官出班启奏：“新降宋江部下兵卒，杀死省院监散酒肉**命**官一员，乞圣旨拿问。”（17.3b）

评林本：中书省院官出班启奏：“新降宋江部下兵卒，杀死省院监散

酒肉官一员，乞圣拿问。”（17.3b）

（例二）

种德书堂本：前面便是檀州，正是辽国紧要隘口。（17.4a）

评林本：前面便是擅州，正是辽国紧隘口。（17.4a）

（例三）

例一中评林本将种德书堂本几句话缩减为四个字“奏将归降”，完全不知所云，既与上文衔接不上，又与下文联系不起来。很明显，评林本此处不是有意删节，而是脱漏所致，至于所缺文字是否为漏行所致，则有待考察。例二中评林本“乞圣拿问”不知何意，若没有种德书堂本作为比照，“乞圣拿问”有可能理解为“乞圣上拿问”。例三的情况同于例二，评林本“紧隘口”不知何意，比对种德书堂本可知脱漏一个“要”字。此类因缺少文字导致的文句不通之处，应该不属于有意删节，当为无意脱漏所致。

其二，单个字词的删除。

种德书堂本：今又要害他，倘或漏泄，城中反变，将何解救？（17.1b）

评林本：今又要害他，倘或漏泄反变，将何解救？（17.1a）

（例一）

种德书堂本：宿太尉领了圣敕出朝，迳到宋江行寨开读诏敕。（17.1b）

评林本：宿太尉领了圣敕，迳到宋江行寨开读。（17.1a）

（例二）

种德书堂本：传令兵出密云县与宋江交锋。（17.4a）

评林本：传令出兵与宋江交锋。（17.4b）

（例三）

例一中评林本删去了“城中”二字，句意依旧可通。例二中评林本删去了“出朝”和“诏敕”四个字，缺此四字对于整个句子来说，并无多大影响。例三中评林本删去了交锋的地点“密云县”。乍一看去，似乎对情节有影响，但是前文已经交代了宋江杀到了密云县，那么交锋的地点自然也就在密云县，所以此处删去地点对理解句意并无多大影响。由此可知，此类文字减少乃是有意删节，删节之后的句子或者情节依旧可通。

其三，句子或大段情节的删除。

种德书堂本：天子听罢**宿太尉所奏**，龙颜大喜。（17.1b）

评林本：天子听罢，龙颜大喜。（17.1a）

（例一）

种德书堂本：先使燕青入城，报知宿太尉，**要辞天子起程**。宿太尉入内奏知天子。（17.2b）

评林本：先使燕青入城，报知宿太尉。宿太尉入内奏知天子。（17.2a）

（例二）

种德书堂本：侍郎见了，**说道："似此怎不输挫！"楚明玉云："昨正杀赢，赶去被那一穿绿的一石子打下马去。那厮队里四条枪，便来攒住。俺每措手不及，以此输了。"**侍郎道："那打石蛮子怎的模样？"（17.5a）

评林本：侍郎见了，问曰："那打石蛮子生得怎的模样？"（17.5a）

（例三）

例一中评林本删去"宿太尉所奏"五字。从情节上来说，此处缺少五字，并没有太大的影响。因为上文都是宿太尉在发表意见，"天子听罢，龙颜大喜"，所听之言自然是宿太尉所奏之事。

例二中评林本删去了"要辞天子起程"一句。此句话的删节使得评林本句意变得突兀、混乱。评林本中提到两件事情，一件是宋江让燕青入城去报知宿太尉，第二件是宿太尉入宫奏报天子，这两件事情之间并没有逻辑的联系。而种德书堂本多出"要辞天子起程"此句话，则使得这两件事情之间有了必然的联系。宋江之所以让燕青入城报知宿太尉，是为了让宿太尉奏报天子，宋江这边要辞别天子起程，如此才有了下文宿太尉的行为，去皇宫奏知天子此事。

例三中评林本删除了一些对话情节。这些对话情节既有赞叹宋江军容的雄伟，又有昨日辽军输阵的回忆描述。这些文字能使得故事情节更加丰满，而缺少了这些文字的评林本，情节则显得十分突兀。评林本中侍郎见了宋江军容之后，莫名其妙地问了一句，张清长得什么模样？之前压根没有提到侍郎知晓张清飞石打将之事，突然之间就问到张清此人，情节十分突兀，上下文的剧情根本衔接不上。而种德书堂本的情节则十分自然，先是侍郎赞叹宋江的军容，紧接着楚明玉说昨日己方都快胜了，就因为来了一个打石头的，弄得己方输了，这时侍郎才问起那打石头的长得什么模样，情节十分合理，逻辑清晰。

其四，文字的删改。

> 种德书堂本：天子问："正犯安在？"省院官奏："宋江已自将本犯斩首号令，申呈本院，勒兵听罪。"天子曰："既斩了正犯，权且纪录。待破辽回日，量功理会。"天子当时传旨，催督宋江进兵。（17.3b）
>
> 评林本：传旨赦宋江等无罪，催督宋江进兵。（17.3b）
>
> （例一）
>
> 种德书堂本：正中阿里奇左眼，翻落于马下……看番将阿里奇时，损其一目，负痛身死。（17.4b）
>
> 评林本：正中阿里奇左眼，翻落于马下身死。（17.5a）
>
> （例二）
>
> 种德书堂本：俊义说力敌四将，"我杀其一，走去三员"。四人并马，带着数旗，望南而行。（17.9b）
>
> 评林本：俊义说力敌四将之事，带胡延灼等望南而行。（17.10a）
>
> （例三）

例一中评林本将皇帝和省院官的对话删去，删减了小说细节。并且评林本将皇帝之言"待破辽回日，量功理会"，直接改为"赦宋江等无罪"。评林本文字明显是后改之言，体现了编辑者个人的情感倾向。编辑者认为无论宋江建功与否，此事宋江等皆无罪过，所以让天子当下就赦免了众人罪过。

例二中评林本为了使情节更加省便，删去了不少曲折情节，让阿里奇死了个痛快，直接于战场落马身亡。而种德书堂本中阿里奇被飞石打中左眼落马后，尚未身亡，被宋军抓了回去，直到这场小战役结束之后，书中交代阿里奇的结局，才说到已负痛身死。评林本并没有改变故事内容的结果，但是由于文字的删节，使得情节比较滞板而已。

例三中评林本删去了卢俊义的对话，砍掉了卢俊义对自身战果的交代。其后将文字"四人并马，带着数旗，望南而行"改写为"带胡延灼等望南而行"，二句意思实际上一样，只是将未显露姓名的三将，以"呼延灼等"代替。文字改易之后，字数也变少了，12 字变为了 9 字。

除此之外，种德书堂本与评林本的关系，还有一个值得注意的地方，种德书堂本以及插增本中人物对话基本上用“道”字，也有用“曰”字之处，而评林本中种德书堂本、插增本用“道”字的对话，基本上被改作“曰”字。此点也是有意的改动，一般认为将“道”字改为“曰”字，为的就是刻字之时的省便。

四、插增本与评林本的关系

首先还是从总体文字相似度方面考察二本的密切程度：

表19 插增本与评林本征辽部分文字相似度比对

回数	83	84	85	86	87	87	88	89
相似度	75.65%	73.99%	77.55%	79.87%	73.72%	79.02%	72.18%	69.76%

从上表可以看出，比之种德书堂本与插增本的关系（平均相似度文字82.6%）以及种德书堂本与评林本的关系（平均文字相似度84%），插增本与评林本的关系无疑要疏远不少，相似度下降了挺多，平均文字相似度为75.2%。通过文字相似度大致可以知悉，二本文字大体上相同，但是否同源，只能通过细节处来判断。以下为插增本、评林本舛谬之处皆相同的例子：

插增本：小二道：“五短身材，白面略须，约有三十余岁。那跟的也不长大，**紫糖**面皮。”（2.18b）

评林本：小二曰：“五短身材，白面些须，约有三十余岁。那跟的也不长大，**紫糖**面皮。”（2.18a）

（例一）

插增本：即带婆子并两颗（ ）投县首明。（6.5b）

评林本：即带婆子并两颗（ ）到县里来。（6.5b）

（例二）

插增本：武松就势抱住妇人，两手拢来，当胸前搂住，却把两只手挟那妇人下半截。（6.8a）

评林本：武松就势抱住妇人，两手拢来，当胸前搂住，却把两只手挟那妇人下半截。（6.7b）

（例三）

此处为单独考察插增本与评林本的关系，不受种德书堂本文字的影响，特选取种德书堂本所缺之回数为例证。例一中插增本与评林本"紫糖面皮"的"糖"字定然有误。容与堂本此处为"紫棠色面皮"（10.4b），当以此为是。例二中插增本与评林本显然缺字，"并两颗"具体指何物，未曾言明，所缺文字当为"人头"或者"首级"。容与堂本此处为"提了两颗人头"（27.1b）。例三中插增本与评林本的武松化身为了哪吒，有三头六臂，两只手搂胸，两只手又夹住脚，显然后文"手"字，当为"脚"或"腿"字之误。容与堂本"两只手"处即为"两只腿"（27.8b）。

由以上舛谬之处可知，插增本与评林本关系密切，当属同源。然而，正如上文字数统计研究之时所推知，此二本属同源，但不会有直接的亲缘关系。具体见以下例证：

其一，插增本比评林本多出文字之处。

插增本：以臣小见，正好差宋江等收伏辽贼，于国建功，实有便益。（17.1b）

评林本：以臣小见，正好差宋江等收伏辽国之贼，实有便。（17.1a）

（例一）

插增本：宋江奉敕谢恩，给散众人收讫，还山。（17.2a）

评林本：宋江奉敕谢恩还山。（17.2a）

（例二）

插增本：然后交送自己老小回郓城宋家村，复为良民。（17.2b）

评林本：然后交送自己老小再回郓城县宋家村。（17.2a）

（例三）

其二，评林本比插增本多出文字之处。

插增本：各处申奏请求救兵。枢密童贯、太尉蔡京、太尉高俅、杨戬，停匿表章不奏。（17.1b）

评林本：各处申奏请求救兵。先经枢密院，然后得到御前。枢密童贯、太尉蔡京、高俅、杨戬，纳下表章不奏。（17.1a）

（例一）

插增本：见今辽国兴兵侵占山后九州所近县治，各处申表求救。

（17.1b）

评林本：见今辽国兴兵侵占山后九州所近县治，各处申表求救，屡次调兵征剿。（17.1a）

（例二）

插增本：山中应有屋宇、三关城垣，忠义等堂，尽行折毁。人马尽行东京。（17.2b）

评林本：山中应有屋宇、三关城垣，忠义等堂，尽行折毁。事务已了，人马再还东京。（17.2a）

（例三）

这两种情况的例子，没有必要细致分析。举例只是为了表明插增本、评林本中，文字存在此有彼无的情况，而且此一情况在二本共存的每一回当中都有出现。由此可知，二本不可能有直接的亲缘关系，插增本不可能由评林本而来，评林本也不可能袭自插增本。

五、种德书堂本与插增本、评林本的关系

上文已经说到种德书堂本与插增本是同源本，种德书堂本与评林本也是同源本，插增本与评林本同样还是同源本。这就类似于一道数学的相似题，A 与 B 相似、A 与 C 相似、B 与 C 相似，那么毫无疑问 A、B、C 三者相似。同理，种德书堂本、插增本以及评林本三者当属于同源本。

以下数例为三本同源的证据，三本共同所具有的舛谬之处：

种德书堂本：今将军统十万之众，赤心归顺，止先锋之职，众弟兄徒劳报国，俱各白身之士。**此皆奸臣**。（17.13b）

插增本：今将军统十万之众，赤心归顺，止先锋之职，众弟兄徒劳报国，俱各白身之士。**此皆奸臣**。（17.14b-15a）

评林本：今将军赤心归顺，止先锋之职，众弟兄徒劳报国，俱各白身之士。**此皆奸臣**。（17.14b）

（例一）

种德书堂本：亢颜统军再点部下那二十八宿将军：角木蛟孙忠、亢金龙张起、氐土貉刘仁……**壁水偷**成珠那海……觜火猴潘异、**参水猿童里合**、鬼金羊王景、柳土獐雷春、星日马十君保、张月鹿李复、翼火蛇狄

圣、轸水蚓班古儿。（17.26a）

插增本：兀颜军点部下二十八宿将军：角木蛟孙、亢金龙张起、氐土貉刘仁……**壁水偷**成珠那海……觜火猴潘异、**参水猿童里合**、鬼金羊王景、柳土獐雷春、星日马十君保、张月鹿李复、翼火蛇圣、轸水蚓班古儿。（17.29ab）

评林本：兀颜统军再点部下那二十八宿将军：角木蛟孙忠、亢金龙张起、氐土貉刘仁……**壁水偷**成珠那海……觜火猴潘异、**参水猿童里合**、鬼金羊王景、柳土獐雷春、星日马十君保、张月鹿李复、翼火蛇狄圣、轸水蚓班古儿。（17.29b）

（例二）

种德书堂本：左右撞破皂旗军七门，差副将七员：朱仝、史进、欧鹏、邓飞、燕顺、马麟、**碧春**。（18.6b-7a）

插增本：左右撞破皂旗军七门，差将七员：朱仝、史进、欧鹏、邓飞、燕顺、马麟、**碧春**。（18.7b）

评林本：左右撞破皂旗军七门，差副将七员：朱仝、史进、欧鹏、邓飞、燕顺、马麟、**碧春**。（18.7ab）

（例三）

例一中句子前半三本均无甚问题，即使评林本比其他两本少了一句话"统十万之众"，对整个句子也没有太大的影响。此例的主要问题在于最后一句"此皆奸臣"。这句话显然没有说完，但是三本均是如此，漏了之后的字。容与堂本此处为"此皆奸臣之计"（85.3a）。

例二中三本存在三个问题，第一个问题前文说到点了28个将领，但是此三本的将领算下来只有27个，少了1个。查检容与堂本发现，所谓的"参水猿"和"童里合"实际上是两个人物，并非三本中所言的一个人物"参水猿童里合"，"参水猿"是"周豹"，"井木犴"才是"童里合"。三本此处当是脱漏，使得两个人物变成了一个人物。另外两个问题，一个是"壁水偷"当为"壁水貐"，另一个是"十君宝"当为"卞君保"。

例三中宋江排兵布阵之时，三本都存在一个人物"碧春"。这个"碧春"显然不是梁山好汉中的人物，查检容与堂本发现"碧春"乃"穆春"之误。

由此等荒谬错误的雷同之处，可见种德书堂本、插增本、评林本三者，确实同出一源。马幼垣先生文章中也得出此结论①。但是马先生的论证就此结束，只是认为三本系出同源，所谓同源就是有共同的祖本，这个祖本是一个简本，删得少者成了插增乙本（即种德书堂本），删得多者就变成插增甲本②。

笔者认为这个问题还有深入研究的必要。从上一章种德书堂本的研究可知，现存简本是由繁本删节而来，至于从容与堂本到种德书堂本，其间经历了几次删节不得而知。马先生认为种德书堂本、插增本与评林本来自一个更早的简本，这个简本的文字可能删节没有那么多。那么问题来了，三个本子都是依据一个或者多个更早、文字更多的本子进行删节，那么删节的内容也应该不一样，很容易出现此有彼无、此无彼有的情况，就像插增本与评林本的文字一样。但是这种情况只出现在插增本与评林本的比对之中，却不包括种德书堂本。也就是说，只有种德书堂本比插增本文字多出之处，却没有插增本比种德书堂本文字多出之处，个别的字词不算在内。关于这一点，马幼垣先生自己也承认，“要从插乙（即种德书堂本）找出插甲（插增本）没有的东西，唾手可得。反过来试图自插甲（插增本）找点插乙（种德书堂本）没有的事物，小如一两句无关重要的话也几乎不可能”③。

同样，种德书堂本与评林本的关系也是如此。要找寻种德书堂本比评林本多出文字的地方，随处可见。而想找到评林本比种德书堂本多出文字的地方，则基本上是不可能的事情。当然，此中也要除去评林本个别字词的增益以及有意增加的内容，如余呈故事情节的增加。

这样的情况就足以让人惊讶了，不同的三个编刊者以某一底本各自删节文字，删节出来的三个本子，即使有一个本子文字删节少一些，此本的文字内容也不可能完全涵盖另外两个本子。像插增本与评林本之间，第84回评林本比插增本多了二百余字，但是评林本的文字并未完全涵盖插增本，而是极多此有彼无之处。这种情况才符合正常的删节模式，此一模式也体现在建阳所刊简本与江南所刊简本的文字删节上。建阳简本与江南简本均是以容与堂本系统的繁本为底本进行删节，而删节之后的内容，文字相似度不足三成，具体可以参详本书简本研究第九章第三节。

回过头再试想种德书堂本与插增本、种德书堂本与评林本之间的情况，

①马幼垣：《水浒二论》，生活·读书·新知三联书店2007年版，第141—144页。
②马幼垣：《水浒二论》，生活·读书·新知三联书店2007年版，第133页。
③马幼垣：《水浒二论》，生活·读书·新知三联书店2007年版，第133页。

十几回的故事内容，数万的文字，不同的编刊者进行文字删节，怎么可能选取的删节内容一模一样，或者一者的删节内容是被另一者涵盖在内的。真实的答案只有一个，那就是插增本以及评林本删节之时的底本为种德书堂本，所以此二本文字删节之后的内容，几乎被种德书堂本涵盖在内，而未有超过种德书堂本者。当然，插增本与评林本也有少许文字与种德书堂本不同，甚至存在种德书堂本舛误之处，此二本文字却是正确的，但是这些并不足以说明此二本的底本并非种德书堂本。

其一，此处所说的底本是种德书堂本，并不是特指，而是泛指，即指种德书堂本这个系统。种德书堂本是重刻本，此点在其书末牌记中已经写得非常明白，"万历仲冬之吉种德书堂重刊"。对于简本而言，重刻、翻刻意味着文字与原刻存在不同，后面章节所研究的初刻、二刻英雄谱本以及嵌图本系统四种版本，其文字差异都可以证明此点。

其二，此二本可能并非直接承袭自种德书堂本。现存插增本、评林本可能并不是其删节本系统的原刊本，而是翻刻本，或是隔代本，版本亲缘越远，意味着出错的几率越大。像简本中属于同一个系统的刘兴我本、藜光堂本、慕尼黑本、李渔序本、十卷本、征四寇本、汉宋奇书本等，刊刻时间越后，或者版本血缘越靠后，文字差异越大。此皆因为不断地翻刻，出现的舛误、异文也越来越多。

其三，此二本与种德书堂本即便是直接的承袭关系，也可能在删节过程中随意改动文字。像嵌图本系统四种本子所造成的文字差异即是如此。

由此可知，插增本与评林本都是从种德书堂本而来，但是此二本由于删节内容的不同，成为了种德书堂本这个源头之下两条并行的分支。而种德书堂本由此来看，在当时应该属于一种比较流行的简本。如若不然，也不可能如此巧合地被两种本子当作底本来进行删节。

既然知晓了插增本以及评林本均是源自种德书堂本，那么此二本何者与种德书堂本关系更为密切？先来看一下马幼垣先生的观点，马先生认为"两种插增本（种德书堂本与插增本）之间的关系密于二本各自和评林本的关系""两种插增本（种德书堂本与插增本）之间的关系较此两本与评林本的个别关系密切多了"[①]，即种德书堂本与插增本的关系比种德书堂本与评

①马幼垣：《水浒二论》，生活·读书·新知三联书店2007年版，第147页。

林本的关系更密切。事实情况是否如此？先将三本文字相似度对比参看。

表 20　种德书堂本与插增本、评林本文字相似度比对

回数	83	84	85	86	87	87	88	89
种德书堂本与插增本相似度	83.16%	80.32%	89.51%	84.1%	81.16%	84.71%	80.34%	77.45%
种德书堂本与评林本相似度	85.53%	84.39%	84.17%	89.77%	84.78%	88.65%	81.94%	73.38%

将种德书堂本、插增本文字相似度与种德书堂本、评林本文字相似度比对，并不能看出种德书堂本与插增本的关系要比种德书堂本与评林本的关系密切，更不用说“密切多了”。种德书堂本、插增本的文字相似度比种德书堂本、评林本高的有 2 回，低的有 6 回，种德书堂本、插增本平均文字相似度为 82.63%，种德书堂、评林本为 84%，种德书堂本、评林本的平均文字相似度比种德书堂本、插增本的还要高出一些。

再来看一下将种德书堂本多出文字删节之后的三本文字相似度的对比情况：

表 21　种德书堂本删去多出文字后的文字相似度比对

回数	83	84	85	86	87	87	88	89
种德书堂本与插增本相似度	95.38%	94.48%	95.96%	92.75%	92.71%	93.77%	94%	92.3%
种德书堂本与评林本相似度	95.1%	92.7%	91.69%	93.89%	86.37%	93.67%	93.69%	91.41%

将种德书堂本多出文字删节之后，种德书堂本与插增本的文字相似度确实比种德书堂本与评林本的要高，最高的一回差距达到 6.34%。总体而言，种德书堂本与插增本的文字相似度比种德书堂本与评林本高的有 7 回，仅仅只有 1 回比之要低。平均文字相似度方面，种德书堂本与插增本为 93.81%，种德书堂本与评林本为 92.18%，种德书堂本与插增本的平均文字

相似度要高出一些。

从上述两个表格以及分析可以得出，以插增本和评林本所存文字而论，种德书堂本与插增本的关系要比种德书堂本与评林本的关系密切一些，但是密切程度并不如马幼垣先生所言“密切多了”，而仅仅是稍微密切一些。即便此部分插增本删节文字较之评林本为多，这一影响也极其有限，因为所统计的 8 回文字中，评林本不过比插增本多了不到 800 字。

综上此章所研究的内容，可以得出以下结论：

1. 插增本与评林本的文字均来源于种德书堂本系统。

2. 插增本与评林本文字部分，因删节内容的不同，成为种德书堂本系统下面两条并行的分支。

3. 种德书堂本与插增本的关系要比种德书堂本与评林本的关系密切，但并未密切很多。

4. 种德书堂本系统在当时应该属于一种比较流行的简本系统。

5. 插增本与评林本的插图并没有继承种德书堂本，而是各自有所创造以及发挥，或是承袭自其他底本。

6. 插增本的插图标目继承了种德书堂本，而评林本的插图标目则是重新拟定，或是承袭自他本。

第五章　评林本《水浒传》研究

第一节　评林本《水浒传》的概况

评林本，现今已知藏处的共有7种：一、日本日光轮王寺藏本，原日本天海大僧正藏本，全本，二十五卷；二、日本内阁文库藏本，残本，今缺卷一至卷七，凡七卷，实存十八卷，卷八至卷二十五；三、梵蒂冈教廷图书馆藏本（Bibliotheca Apostolica Vaticana），残本，存书首部分六卷，中间无缺；四、意大利巴勒天拿图书馆藏本（Biblioteca Palatina），残本，存卷十三叶一上至卷十四叶二十四下；五、维也纳奥地利国立图书馆藏本（Österreichische Nationalbibliothek），残本，存卷十七叶四上至卷十八之末；六、德国哥廷根大学图书馆藏本（Georg-August-Universität Göttingen），残本，存卷十九至卷二十五[①]；七、沈阳故宫信牌档藏本，残本，存残叶四纸，内容为卷九“宋江智取无为军　张顺活捉黄文炳”的第1叶上半叶、第2叶上半叶、第3叶下半叶、第4叶上半叶。

评林本是余象斗刊刻《水浒志传评林》的简称，全称为《京本增补校正全像忠义水浒志传评林》，全书共计25卷，有18卷卷首题此书名。其余卷数卷首或为《京本增补全像田虎王庆出身忠义水浒志传》，或为《京本全像增补忠义水浒志传评林》，或为《京本增补全像忠义水浒志传》，或为《京本增补全像忠义水浒志传评林》，或为《京本增补全像演义评林水浒志传》，或为《京本增补演义评林水浒志传》，各种书名中基本上有“评林”二字。“评林”这种形式也是此本《水浒传》与其他版本《水浒传》最大的区别，故而将“评林本”作为此本的简称。

评林本是现存整本齐全的简本《水浒传》中刊刻时间最早的一部，同时也是最无争议的一部由建阳所刊的《水浒传》。卷末牌记中将所刻时间、刻

---

①哥廷根大学藏本与内阁文库藏本同版，印次也极为接近。哥廷根大学藏本卷十九阙第1—3、9、11叶；卷二十阙第22叶；卷二十一阙第4、6、29叶；卷二十二阙第9、13、22叶；卷二十三阙第8、9、25叶；卷二十四阙第23叶。

书人以及刻书书坊记得一清二楚，“万历甲午季秋月书林双峰堂余文台梓”，余文台就是余象斗，此书刻于万历甲午年，即万历二十二年（1594）的秋天，双峰堂所刻。余象斗是建阳有名的书坊主，双峰堂也是明代建阳颇负盛名的书坊。此本是典型的建阳上图下文版式风格，但因余象斗为了吸引读者，独创新意，增添了评语一栏，所以全书分为三栏，上栏评语，中栏插图，下栏正文。

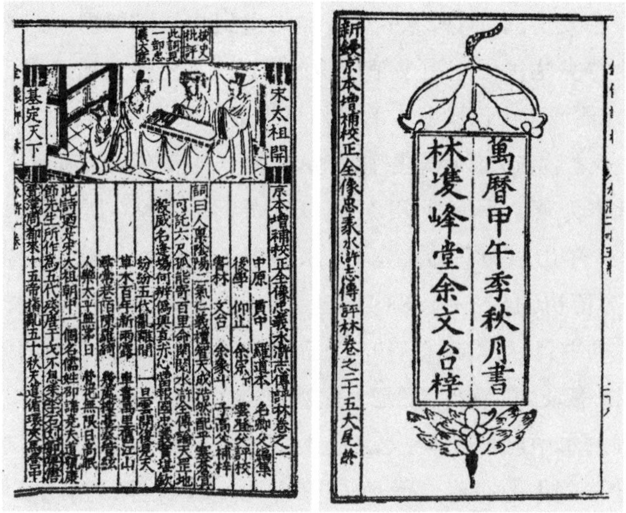

评林本首卷及牌记书影

全书板框总高 20.5 公分，上栏评语 1.7 公分，中栏插图 5.3 公分，下栏正文 13.5 公分，板框宽 12.3 公分。评语栏与插图栏与正文栏的高度比例大致为 1∶3∶8。正文每半叶 14 行、行 21 字；评语半叶 18 行、行 3 字。

全书总二十五卷，共有回数或言 103 回，或言 104 回。主张 103 回的理由，因全书共计有回目 103 处；主张 104 回的理由，因为全书前 30 回（至第七卷首回）既有回数也有回目，而第 8 回“柴进门招天下客　林冲棒打洪教头”与第 10 回“朱贵水亭施号箭　林冲雪夜上梁山”之间文字情节不断，却少了第 9 回回数与回目，但因为书中原有，故而依旧以 10 回论，而不是 9 回。

评林本，有的学者也称之为“余象斗刊本”，本来这个称呼也没有什么问题，书末牌记“万历甲午季秋月书林双峰堂余文台梓”，以及首卷卷端题署

“书林　文台　余象斗　子高父补梓”,都证明这个本子是余象斗所刊。但是如果此本要用“余象斗刊本”这个称呼,要先解决学术界的一个误会。这个误会关系到是否能用“余象斗刊本”称呼《水浒志传评林》。这个误会的根源为现存《水浒传》版本中有几个本子是由余象斗所刊?除评林本之外,是否还有其他《水浒传》本子是由余象斗所刊?如果有两种或者两种以上的本子是由余象斗所刊,其中一本自然不能直接用“余象斗刊本”来命名。那么余象斗刊本《水浒传》的事实情况如何?所产生的误会究竟是怎么一回事?

这个误会要追溯到1927年郑振铎先生到法国巴黎国家图书馆访书一事。郑先生得见法国国家图书馆所藏《新刊京本全像插增田虎王庆忠义水浒全传》(即插增本中巴黎藏本),起初郑先生并未将此本与余象斗联系在一起,但是两年之后,1929年郑振铎先生所撰《〈水浒传〉的演化》一文中,却直接指明此本为余象斗所刊,田虎、王庆部分都是余象斗所增添①。此观点影响甚大,1986年出版的马蹄疾先生《水浒书录》中对插增本条目的著录,直接标明“明万历初(1573—1588)福建建阳余氏双峰堂刊”②。《水浒书录》是一部集大成的书目,可以说是研究《水浒传》的必备书籍,产生的影响也十分巨大。《水浒书录》的宣传,更是为此观点起了推波助澜的作用。此后的著作很多将插增本中巴黎残本《水浒传》划归到余象斗名下,尤其是研究福建刻书以及建阳刻书的一些专著,如方彦寿先生的《建阳刻书史》③,谢水顺、李珽二位先生的《福建古代刻书》④等。

那么,巴黎国家图书馆所藏《新刊京本全像插增田虎王庆忠义水浒全传》到底是不是余象斗双峰堂所刊?首先,巴黎藏本正是前文所说插增本的一部分,是一个残本,所存不过五回半,现存叶面部分没有任何一叶有“余象斗”或者“双峰堂”字样,那么“余象斗所刊”或“双峰堂所刊”只可能是推测之词。作为书录类著作,将推测之词不加按语便写进去,实属不妥,这样容易让读者误以为此书有余象斗或双峰堂的印记。其次,郑振铎先生判断巴黎藏本为余氏双峰堂所刊,提出的理由是“上半页是图,下半页是文字;与余氏所刊的《三国志传》及《四游记》同”⑤,这条理由实际上并不能成立,因

①郑振铎:《中国文学研究》,人民文学出版社2000年版,第95—147页。

②马蹄疾编著:《水浒书录》,上海古籍出版社1986年版,第2页。

③方彦寿:《建阳刻书史》,中国社会出版社2003年版,第288页。

④谢水顺、李珽:《福建古代刻书》,福建人民出版社1997年版,第248页。

⑤郑振铎:《中国文学研究》,人民文学出版社2000年版,第131页。

为郑先生所提到的上图下文的版式特征是大部分建阳刊本小说所具有的特征，不能由此来断定此本即为余象斗所刊。其三，上一章已经提到插增本刊刻时间当在评林本之前，而插增本又属于"全像"。如果余象斗在刊刻评林本之前早已刊刻了全像本，那么余氏在《水浒辨》中无论如何都会吹嘘一番，但是《水浒辨》中却并没有，可见此本不可能为余象斗所刊刻。因此在没有十足的证据之前，此本不应当划归到余象斗以及双峰堂名下。

由此，现存《水浒传》版本中确定为余象斗所刊刻者，仅有《水浒志传评林》一种，所以以"余象斗刊本"称呼此一版本亦是可行。

第二节　轮王寺本与内阁文库本研究

此节选取两种保存较为完整的评林本进行研究，一种是日本日光轮王寺藏本，一种是日本内阁文库藏本。首先介绍两个本子的基本情况。

一、轮王寺本的基本情况

轮王寺藏本，全书共计八册，保存完好，卷二十二有缺页。此书首叶《题水浒传叙》下面有"天海藏"三字，由于"天海藏"三字是书写体，所以许多书籍误认为此《题水浒传叙》的作者即为天海藏。事实并非如此，所谓"天海藏"，是指"天海"所藏书籍的意思。"天海"即此书的原藏者天海大僧正（1536—1643），又称为慈眼大师，法号南光坊、智乐院，是日本江户川时期天台宗第53世贯主，德川幕府枢机的黑衣宰相，日本历史上有数的风云人物。"天海藏"指以天海大僧正的名义，在他圆寂之后，收储于轮王寺慈眼堂——即大僧正灵堂内的内外典的遗籍。这些书籍既有天海大僧正读过的书籍、手写的典籍，也有山门各坊的捐赠本，还有朝廷公卿大臣的捐赠本。《水浒志传评林》即侧身于这些书籍之间，作为佛门清净之地的轮王寺之所以会收藏这些小说，也是作为当时僧人尼姑们学习汉语对话的教材[①]。

国人中最早有幸得以进入轮王寺探秘的学者是王古鲁先生。王先生在日本访书之际，于1941年通过日本东方文化学院东京研究所研究员丰田穰先生得知慈眼堂法库中藏有中国古典小说，后又通过丰田穰先生借得藏书

①严绍璗编著：《日藏汉籍善本书录》（下），中华书局2007年版，第2167—2168页。

目录,几经辗转与丰田穰先生同到轮王寺访书。其间见到了之前一直未公诸于世的《水浒志传评林》,并将《水浒志传评林》全书拍摄了书影。回国后将照片底片捐献给了文化部(后藏于人民文学出版社),1956年由文学古籍刊行社影印出版①。出版之时,由于照片的遗失,影印本缺了两个半叶,分别为卷九叶十一下与叶十二上。此后市面上所有关于评林本的影印本,均由文学古籍刊行社影印本所出。

可以说,藏于深山之中的轮王寺本能够得见天日,成为现今简本《水浒传》中最为流行的本子,王古鲁先生功莫大焉。然而关于王古鲁先生拍摄轮王寺本还有一段公案需要在此澄清。日本汉学大家长泽规矩也先生对王古鲁先生拍摄轮王寺本颇有微词:

> 战时,我任东京大学讲师时,曾将附属图书馆的和、汉书全部浏览了一下。其中见到了题作"日光慈眼堂藏书目录抄出"的南葵文库旧藏本,在里面得到"金瓶梅诗话十六卷"的记载。我十分高兴地告诉了同好丰田君,由于丰田君告诉了王古鲁君,不知礼节的王古鲁通过外务省硬是要求去轮王寺,后在丰田君的陪同下闯进了轮王寺。这时接待他的是现在的执事长法门院先生,这种死乞白赖和厚脸皮令人实在为难,王君大量地拍摄了我国传存的古书,归国后又大量地出版,可是忘记了将出版的书送给原藏者,真是一件遗憾的事。现在他虽然业已成为古人了。
>
> 影印本缺少原本中所无的二页,在轮王寺慈眼堂所藏本中有。我也想什么时候看一看慈眼堂藏书,仰仗了田山方南君的厚意,得以加入"读卖新闻"日光文化财产的调查,调查团解散后也曾留在日光山内完成了全部藏书的调查。靠了这个缘分,那时有生以来第一次去日光的我,与轮王寺的各位结下了深厚的交情,至今还一直往来。②

对于长泽规矩也先生用"不知礼节""死乞白赖""厚脸皮"等极具侮辱性的词语形容王古鲁先生,这里就不多做评论了。因为不管长泽规矩也先生如何说,由于王古鲁先生所提供的照片,才得以在国内出版的各种小说影

①王古鲁著,苗怀明整理:《王古鲁小说戏曲论集》,中华书局2013年版,第277—279页。
②长泽规矩也:《〈金瓶梅词话〉影印的经过》,《大安》1963年第9卷第5号,转载于黄霖、王国安编译《日本研究〈金瓶梅〉论文集》,齐鲁书社1989年版,第83—88页。

印本，直至如今依旧泽被古代小说界的研究者，这其中自然也包括日本的汉学家。若是没有王古鲁先生，可能不少书籍到现在，研究者们都只能望山兴叹，毕竟能进入轮王寺中阅书的读者，这世上恐怕也没有多少。就像长泽规矩也先生早在20世纪60年代之前，就已经看过了评林本影印之时所缺少的两个半叶，但是这两个半叶直到20世纪80年代才由马幼垣先生托人从轮王寺中影印出来，并公之于天下。这种秘本到底是藏之于私，只供极少数人把玩；还是公之于众，奇文共欣赏、疑义相与析，这应该不需要多论了吧①。

再说长泽规矩也先生诟病王古鲁先生影印了书籍，却未将出版的书籍赠送给原藏者一事。王古鲁先生是否有将书籍赠送给轮王寺，或者是否有这样的意愿却被其他事情所阻，现今已不可考。但是王古鲁先生绝对不是一个不知礼者或是小气之人。从现存王古鲁先生与日本青木正儿先生的通信中可以看到，王古鲁先生但有出版书籍以及发表文章，都有邮寄给青木正儿先生，此部不易得的《水浒志传评林》也不例外。

> 拙译不久将在人民文学出版社中发行新版，又略加修订，重写“叙言”并将曲学书目举要重编，加入本人所得到的资料，拟出版后，将三种版本同时一并寄奉，以博一粲，拙辑《明代徽调戏曲散出辑佚》一册暨油印《南宋说话人四家的分法》，兹先航空寄奉呈正。其他如《古今小说》，“初刻”“二刻”，《拍案惊奇》注释本（注释特别注重吴语用语、《二拍》删去淫秽过甚的篇目）以及不久出版影印的《水浒志传评林全书》（此书限定版不发卖）都将设法寄奉。其他过去在东京访书时所拍摄的《列国志传评林》等书，都将设法影印，印出后，每种一定寄奉一部，此间待印之书太多，只得计划印行，所以对任何书，特别多印，一经印出，立即售完，有时连本人都不易购到。
>
> 北京和全国各地情况，变更之大，是值得一游的。将来有机会时，极愿能陪先生在北京和其他各地看看舞台上变迁情况和新发掘出来的各种剧种演出也。匆匆先覆，余容续陈。此请道安。王古鲁敬复
>
> 五六、十二、十九②

①马幼垣先生公布评林本影印所缺两个半叶之时，曾说过如下的话：“我这次的幸运，别的研究者很难重复，这瑰宝当然不该自秘。”见《水浒论衡》，第98页。

②王古鲁：《王古鲁致青木正儿的信》（1934—1958年），载李庆编著《东瀛遗墨》，上海人民出版社1999年版，第232页。

从此通王古鲁先生写给青木正儿先生的书信来看，作为写信之人的王古鲁先生，何曾有长泽规矩也先生口中所说的“不知礼节”“死乞白赖”“厚脸皮”等样子。

二、内阁文库本的基本情况

内阁文库藏本，存卷八至卷二十五，共十八卷，计有六册。缺卷一至卷七，七卷。书中有缺叶、跳叶、重出的情况。如卷八第 7 叶直接跳到第 14 叶，之后第 15 叶又跳到第 8 叶，直到第 13 叶又跳到第 16 叶；卷九缺了第 11 叶；有两个卷十；卷十七缺第 31 叶下半；卷二十三缺第 21 叶、第 25 叶下半；卷二十四缺第 2 叶；卷二十五缺第 28 叶下半，即最后半叶牌记叶。

此书最早由林衡（1768—1841）收藏，林衡原为美浓国岩村藩主松平乘蕴之子。宽政五年（1793）大学头林信敬之夭亡，遂过继到林家，并成为第八代大学头①。所谓大学头就是昌平坂学问所的长官。昌平坂学问所是幕府的教育机构，亦称昌平黉，原是林罗山在 1630 年于上野忍冈开办的书院，1690 年移至圣堂（汤岛），成为林家的私塾。1797 年林衡任大学头之时改为幕府州立学校，称为昌平坂学问所。昌平坂学问所的藏书以林家旧藏为主，明治元年（1867）由大总督府接管，后改由文省部管辖，明治五年（1872）移入新建于汤岛的书籍馆②。

书籍馆是文部省于明治五年（1872）八月在昌平坂学问所旧址上建立的日本最早的公共图书馆。书籍馆藏书以昌平坂学问所和和学讲谈所的旧藏为基础，再加上公、私各家捐赠图书组合而成。明治七年（1874）七月废止书籍馆，馆舍被征用为地方官会议场所，书籍馆全部藏书迁往浅草，改称浅草文库，并对外开放。直到明治十四年（1881）五月浅草文库关闭，14 万册藏书经内务省归内阁文库③。此本大致在乾隆五十八年（1793）到道光二十一年（1841）藏于林衡之手，后光绪七年（1881）入藏日本内阁文库。

关于内阁文库本比较详细的记录，要追溯到孙楷第先生 1931 年《日本东京及大连图书馆所见中国小说书目提要》一书。书中有一处值得注意的地方，著录中提到内阁文库本虽然现存部分比较完整，从第八卷到第二十五

①林申清编著：《日本藏书印鉴》，北京图书馆出版社 2000 年版，第 78 页。
②黄仕忠：《日本所藏中国戏曲文献研究》，高等教育出版社 2011 年版，第 45 页。
③林申清编著：《日本藏书印鉴》，北京图书馆出版社 2000 年版，第 147 页。

卷,但是第十卷重出[①]。马幼垣先生也提到“第十卷重出”此点,并认为“此本第十卷重出,显为用两套同样的本子合并起来才凑成现在的样子”[②]。

关于重出的第十卷问题,首先要判断这两个第十卷是否出自同一套书板。将两个第十卷进行比对,发现两个第十卷字体、图像等方面均相同。尤其是一些版面的特殊之处,两个第十卷也完全相同。像两个第十卷版心处一些叶面是双鱼尾,一些叶面是单鱼尾,第 1 叶至第 19 叶是双鱼尾,第 20 叶至第 24 叶是单鱼尾,第 25 叶、第 26 叶是双鱼尾,第 27 叶(最末一叶)又是单鱼尾,这么混乱的版心情况,两个第十卷竟然完全相同。

另外,两个十卷存在一些明显的断板、墨丁、磨损、刻字不全等情况。如第 6 叶下、第 15 叶上下、第 16 叶上下、第 17 叶上、第 21 叶上、第 24 叶下、第 25 叶上下、第 26 叶上下等,版面存在明显断板;第 14 叶上“评古风”评语右端有一些磨损;第 14 叶下“评矮虎”评语中“矣”字有墨点;第 23 叶上“评祝家”评语中“戮”字左边少了下半。这些明显的断板、墨丁、磨损、刻字不全之处,两个本子依然完全相同。那么,可以毫无疑问地说,这两个第十卷来自同一套板子。

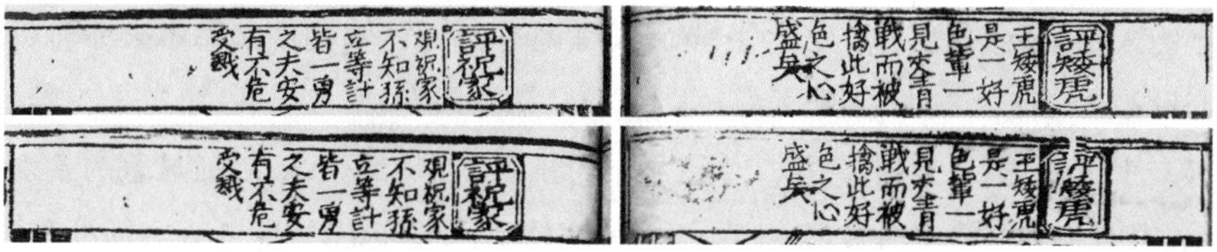

内阁文库本两个十卷刻字不全、墨丁书影

知道了两个第十卷均来自同一套板子,还需要确定的是,一本书中何以有两个第十卷?之前提到马幼垣先生认为产生这种情况的原因是,用两个同样的本子合并起来凑成现在的样子。马先生给出第十卷重出的理由是否合理?从理论上来讲,确实存在这一可能性。然而于事实而言,如此解释的话,会存在一些问题。第一,如此解释的话,意味着现存内阁文库本至少是由两个残本构成,一个是第八卷至第十卷,共三卷;另一个是第十卷至第二十五卷,共十六卷。两个本子都没有前七卷,怎么会出现如此凑巧的残损

①孙楷第编著:《日本东京、大连图书馆所见中国小说书目提要》,国立北平图书馆 1932 年版,第 179 页。

②马幼垣:《水浒论衡》,生活·读书·新知三联书店 2007 年版,第 91 页。

情况？第二，如果说是有意将两个残损的本子拼凑起来合成一个较为完整的本子，那么怎么可能会如此粗心大意多拼凑了一个第十卷。

所以，笔者认为之所以会产生两个第十卷，最有可能的原因还是，原本在装订之时出现了问题，以至于多出了一个第十卷。

三、轮王寺本与内阁文库本的比对情况

以上对轮王寺本和内阁文库本的基本情况作出了一些介绍，接下来将对两个本子进行比对研究。试图解决两个问题：第一，两个本子是否由同一套板子印出？若不是的话，两个本子存在哪些方面的差异，是否能判别出二者谁先谁后？第二，这两个本子是否是余象斗双峰堂刊刻的原刊本，抑或是其他？

第一个问题，轮王寺本和内阁文库本是否是完全相同的版本，出自同一刻板？首先是轮王寺本和内阁文库本的版面情况。二者存在一些不同，轮王寺本版心基本上只有单鱼尾，而内阁文库本则或单鱼尾、或双鱼尾不定；轮王寺本版心中间基本上刻“全像评林水浒 × 卷”，而内阁文库本或刻“全像评林水浒 × 卷”，或刻“水浒 × 卷”，或刻“全像评林 × 卷”，或刻“× 卷”；内阁文库本绝大部分卷数首叶刻“乙”字，轮王寺本均作“一”字；内阁文库本某些卷版心叶数为“廿 ×”处（第十五卷、第十六卷、第十八卷、第二十卷、第二十一卷、第二十二卷、第二十四卷、第二十五卷），轮王寺本作“二十 ×”；最显著的差别是，内阁文库本卷十四第 12 叶版心下有“双峰堂”的印记，而轮王寺本却没有。

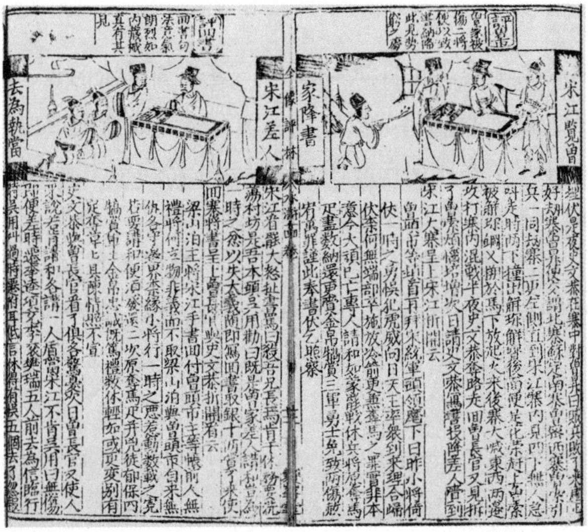

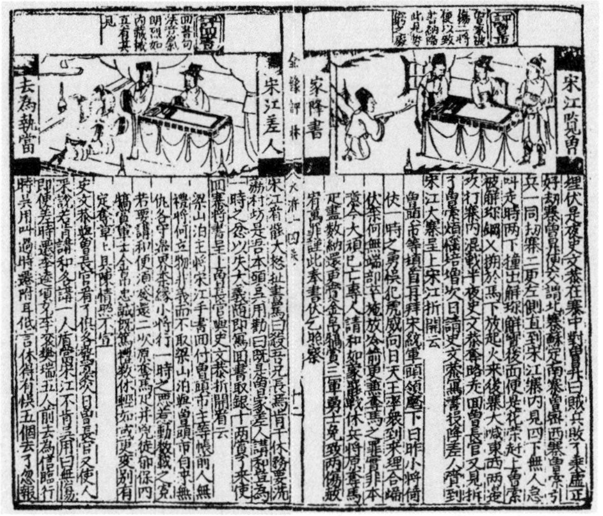

内阁文库本与轮王寺本卷十四第12叶书影

其次是轮王寺本和内阁文库本的文字与插图情况。二者也存在一些不同，如卷八末内阁文库本比轮王寺本多出“京本增补校正全像忠义水浒志传评林八卷”，卷九末内阁文库本比轮王寺本多出“京本增补校正全像忠义水浒志传评林”，卷十末内阁文库本比轮王寺本多出“京本增补校正全像忠义水浒志传评林十卷终”，卷十三末内阁文库本比轮王寺本多出“京本增补全像忠义水浒志传评林十三卷终”，卷十八末内阁文库本比轮王寺本多出“京本增补全像忠义水浒志传评林”。卷十六最后半叶内阁文库本有部分插图，轮王寺本没有；卷十八最后半叶内阁文库本插图全，轮王寺本只有一半。

从以上版面、插图、文字部分来看，似乎轮王寺本与内阁文库本是完全不同的两种本子，属于同书异版。实际情况却并非如此。虽然轮王寺本与内阁文库本在上述之处存在一些不同，但是二本文字以及插图几乎完全相同，尤其是一些存在断板和墨丁的地方，二本竟然一模一样。如内阁文库本卷八第14叶上有一处文字有墨丁，轮王寺本墨丁之处文字空缺；内阁文库本卷九第3叶下有墨丁，轮王寺本同之；内阁文库本卷十三第24叶上半与下半图像均有断板，轮王寺本同之；内阁文库本卷十五第2叶下图像有空缺，轮王寺本同之；内阁文库本卷十八第1叶上评语栏右边刊刻不清缺字，轮王寺本同之，为空白；内阁文库本卷二十三第11叶下、第12叶上半与下半文字有断板，轮王寺本同之；内阁文库本卷二十四第22叶下文字有断板，轮王寺本同之；内阁文库本卷二十五第18叶上评语中有墨丁，轮王寺本同之。由此可见，二本文字以及插图应该出自同一刻板。

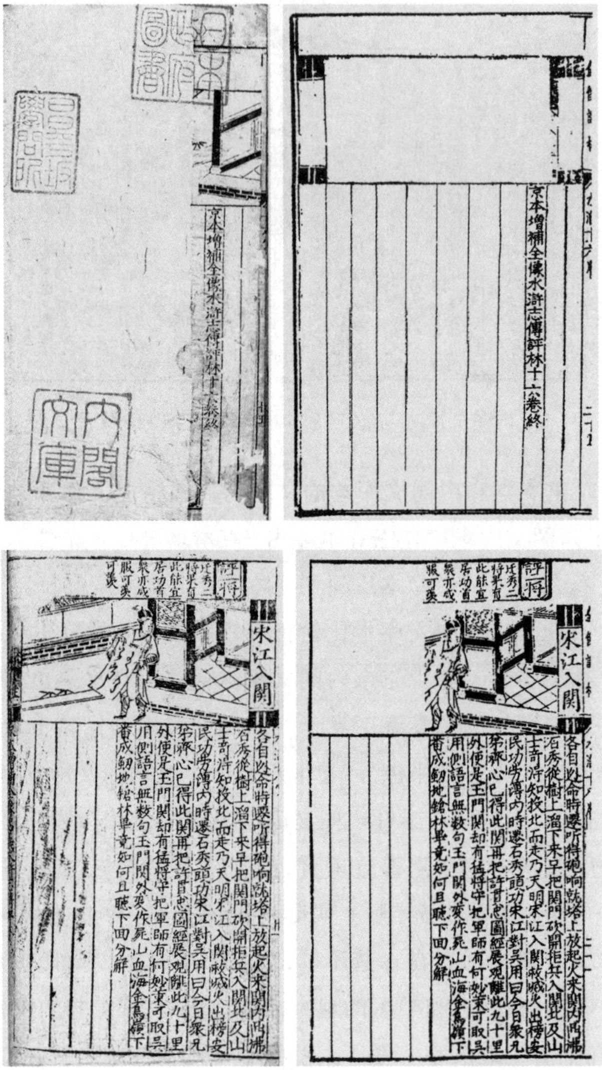
京本增補全像水滸志傳評林十六卷終

評
遷秀二將果有此能宜居功首衆亦咸服可羡

宋江入關

各自收命時遷所將砲响就塔上放起火來關内沸
石秀從樹上溜下來早把關門砍開拒兵入關北及山
士奇奔知救北而走乃天明宋江入關救滅火出榜安
民功勞簿内時遷石秀頭功宋江對吳用曰今日衆兄
弟齊心已得此關再把許貫忠圖經展观離此九十里
外便是玉門關却有猛將守把軍師有何妙策可取吳
用側語言無數句玉門關外変作死山血海金烏墜下
黄成魍地鎗林畢竟如何且聽下回分解

内阁文库本与轮王寺本卷十六、卷十八末叶书影

若是如此论断，又存在一些问题，像内阁文库本文字断板之处，轮王寺本不少地方却并未断板。如之前所讨论的内阁文库本第十卷断板之处，此卷内阁文库本比较明显的断板有：第6叶下、第15叶上下、第16叶上下、

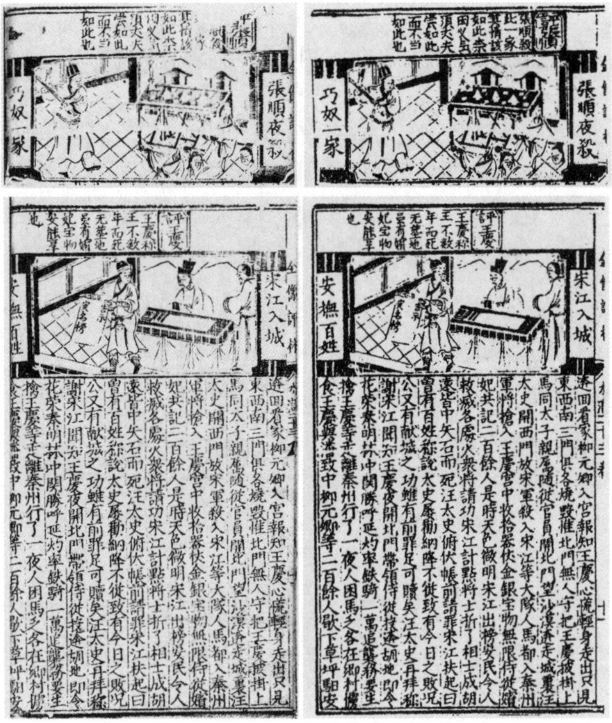

内阁文库本与轮王寺本卷十三第 24 叶下与卷二十三第 11 叶下书影

第 17 叶上、第 21 叶上、第 24 叶下、第 25 叶上下、第 26 叶上下，共计 12 处。而轮王寺本的断板有：第 15 叶下、第 16 叶下、第 17 叶上，仅仅只有 3 处，比内阁文库本少了 9 处。

如此一来，情况就变得复杂了。何以一些地方内阁文库本与轮王寺本断板相同，而有一些地方二本断板却又并不相同？难道二本有些板木所用为同版，而另一些板木所用却为异版？又或者二本为同版，但是轮王寺本刊刻时间更早，所以断板之处更少？要解开这个谜题，可从内阁文库本第十卷的一处断板着手，此处断板解开了轮王寺本与内阁文库本不少叶面异版的秘密。这一处断板是第十卷第 24 叶下，内阁文库本“虎”“杀”“好”“出”“十”“来”一行文字出现断板，轮王寺本这几个文字中“出”“十”“来”已经看不太出断板的痕迹，“虎”“杀”“好”这三个字也同样完好，看不出裂痕，但这三个字却明显不自然，字体被拉伸，有被修补的痕迹。

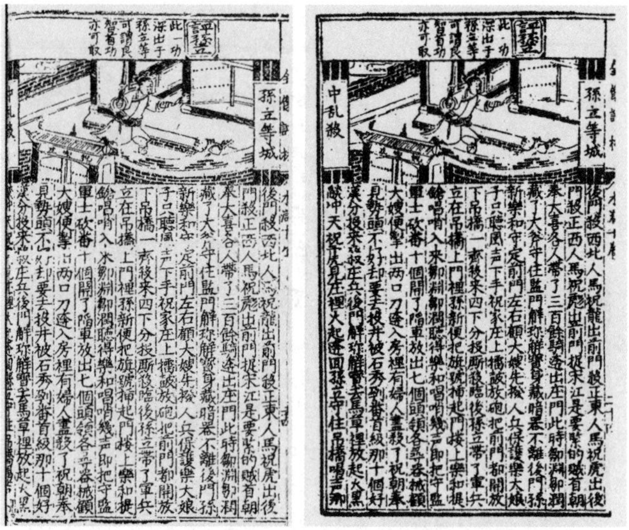

内阁文库本与轮王寺本卷十第 24 叶下书影

从卷十第 24 叶下的情况来看，可以想见其他内阁文库本断板而轮王寺本并未断板之处，皆因轮王寺本修补而成。再比对二本其他叶面，同样也可以发现轮王寺本修补的明显痕迹。如卷十二第 9 叶上、第 10 叶下，卷十四第 21 叶上、第 22 叶下、第 27 叶上，卷二十一第 1 叶上，卷二十二第 4 叶上，卷二十三第 9 叶下、第 10 叶上，卷二十四第 9 叶下等，内阁文库本存在断板，而轮王寺本则有修补痕迹。

由上可知，内阁文库本与轮王寺本在文字以及插图上，确实是由一套板子刊刻而成，所以二本在许多断板、墨丁、磨损、刻字不全之处均相同。而轮王寺本在不少断板之处进行了处理。因为现今能见到的轮王寺本只有影印本，所以并不知道断板的修补是由之后的书坊所为，还是轮王寺本的收藏者所为，抑或是影印之时的修版。收藏者所为的可能性是存在的，因为现存轮王寺本中确实有收藏者的笔迹，其中第 30 回后的回数“第 × 回”即是由收藏者所添。若修补为收藏者所为或影印之时的修版，那么断板的修补则不能证明内阁文库本和轮王寺本的刊刻前后。若修补为其后的书坊所为，那么毫无疑问轮王寺本的刊刻在内阁文库本之后。

既然断板修补之处不能判定内阁文库本与轮王寺本刊刻的先后顺序，那么是否有其他地方能够据此做出判断？答案是肯定的。之前提到内阁文库本与轮王寺本不同之处时，有一处值得注意的是，内阁文库本卷十四第 12

叶版心下刻有“双峰堂”三字，而轮王寺本却没有。此处版心下的“双峰堂”印记是内阁文库本全书唯一一处印记，此处印记应该是内阁文库本将版心挖除之后所遗留下来的。这样的情况在钟伯敬本《水浒传》中同样存在。而轮王寺本则没有了此处版心，很明显挖除得更加彻底。由此也可见，内阁文库本的刊刻当在轮王寺本之前。

如此一来，内阁文库本与轮王寺本存在某些不同也就能够解释了。虽然内阁文库本和轮王寺本是由同一套板木刊刻所出，但是由于轮王寺本作出了一些修订，同样又存在一些欠缺，所以导致内阁文库本与轮王寺本某些细节上的差异。首先是版心处的不同，由轮王寺本修订所致。内阁文库本版心非常混乱，一卷之中单鱼尾、双鱼尾经常混用，版心题名也不统一，或题“全像评林水浒”，或题“水浒”，或题“全像评林”，或无题名。有鉴于此，轮王寺本对混乱的版心题刻做出了统一，全书均为单鱼尾，版心题名均为“全像评林水浒”。其次是卷末叶面的不同，由轮王寺本的欠缺所致。轮王寺本比之内阁文库本，不少卷数的卷末半叶残缺了文字或插图，缺失了“××× 水浒志传评林 ×× 卷终”卷末题名以及卷末叶插图。这一差异的产生，可能是因为轮王寺本刊刻之时，部分卷数最末半叶残损较为严重；也可能是因为并未对最末半叶无文字之处加以重视，所以任其空白①。

到此第一个问题也就算解决了，内阁文库本与轮王寺本是由同一套板子刊刻而成的两部书籍，二者属于同版。但是由于轮王寺本的修订以及所存在的欠缺，二者又存在一些差异，尤其是在版心之处。从这些差异可以看出，内阁文库本刊刻于轮王寺本之前。接下来解决第二个问题，这两个本子是不是余象斗双峰堂刊刻的原刊本，抑或是其他？

实际上上文已说到，内阁文库本卷十四第12叶版心下存留全书唯一一处“双峰堂”三字印记，而轮王寺本则无一处版心有“双峰堂”印记，于此可知这两本均非余象斗双峰堂所刊初刻本。初刻本的叶面版心下方应该均刻有“双峰堂”三字，但是后出的本子不知为何将版心“双峰堂”全部挖去。这种挖除又不似盗版行为，若是盗版则定然要将所有与余氏以及余氏双峰堂相关的印记删去，然而现存评林本中却并没有。虽然内阁文库本全书首叶和末叶均不

①据刘海燕先生所查，梵蒂冈图书馆所藏评林本“第一二叶版心上无‘水浒一卷’，仅花纹下为‘乙’，第三四叶版心，双黑鱼尾上为‘全像评林　黑鱼尾　水浒一卷’，下为‘黑鱼尾　二’。全册部分版心为双黑鱼尾，部分为单黑鱼尾”，见《梵蒂冈教宗图书馆藏〈水浒传〉版本述略》，载“古代小说网”。从梵蒂冈藏本版心情况来看，与内阁文库本接近，或为同版。

存,看不到余氏双峰堂的印记,但是轮王寺本中余氏以及余氏双峰堂的相关印记却不少,卷首“水浒辨”中有“士子买者,可认双峰堂为记”这么一句话;卷一卷端题有“中原　贯中　罗道本　名卿父编集　后学　仰止　余宗下　云登父评校　书林　文台　余象斗　子高父补梓”;卷末牌记“万历甲午季秋月书林双峰堂余文台梓”,均透露此书为余象斗双峰堂所刻的信息。

除此之外,尚有其他地方可证内阁文库本与轮王寺本并非余象斗双峰堂所刊初刻本。内阁文库本和轮王寺本的板框外天头位置,存在一些小方框的数字,内阁文库本小方框的数字有:卷八第11叶上“九”、卷九第9叶上“十”、卷十第3叶上“十一”、卷十第25叶上“十二”、卷十二第17叶上“十四”、卷十五第7叶上“十七”、卷十六第1叶上“十八”、卷十九第13叶上“廿二”、卷二十第15叶上“廿三”、卷二十四第7叶上“廿七”、卷二十五第7叶上“廿八”。内阁文库本板框外的数字是从“九”到“廿八”,数字并不连续,共计11处。

类似的数字其他本子中也有出现,如刘兴我本有些叶面的天头或是图像标目的右侧,同样刻有一些数字。这些数字从二到卅,中间除缺少廿五至廿九之外,其余数字连续不间断。那么,这些数字到底是什么意思,意味着什么?刘世德先生对此做出解释为“这些数目字想必是把木版分类堆放时以便辨认的符号”[①]。这种说法的合理性很高。然而,不论怎么解释这些数字的用意,这些数字使用的时候,肯定是从“一”开始,中间也应该是连续的,不可能像内阁文库本一样断断续续。之所以出现这样断断续续的情况,就是因为刊刻时间较晚,不少数字都磨损不见了。

天头数字缺失的情况,到了轮王寺本中更为明显。第八卷到第二十五卷中,内阁文库本有11处数字,而轮王寺本却仅仅只有少得可怜的6处数字,分别为:卷十第3叶上“十一”、卷十第25叶上“十二”、卷十二第17叶上“十四”、卷十六第1叶上“十八”、卷十九第13叶上“廿二”、卷二十五第7叶上“廿八”。前七卷也仅仅只有一处数字为:卷三第13叶上“四”。正如前文所得出的结论,因为轮王寺本的刊刻时间还在内阁文库本之后,所以轮王寺本天头数字的数量比之内阁文库本还要少。同时,尚有一点需要注意的是,轮王寺本的6处天头数字悉数在内阁文库本11处天头数字的涵盖之中,这也证明了轮王寺本可能直接出自内阁文库本。如若不然,也不会出现

①刘世德:《水浒论集》,社会科学文献出版社2014年版,第250页。

如此巧合：内阁文库本不存的数字，轮王寺本一个也不存。

由此节可以得出以下结论：

1. 内阁文库本与轮王寺本为同版，且内阁文库本的刊刻时间早于轮王寺本。

2. 轮王寺本做了一些修版工作，使得版心以及其他一些小细节处与内阁文库本不同。

3. 现存轮王寺本修补了部分断板之处，此修补不知为后来刊刻书坊所为，还是收藏者所为，抑或是影印之时的修版。

4. 内阁文库本与轮王寺本均非余象斗双峰堂所刊初刻本，初刻本的版心应该有“双峰堂”三字，而今均被挖去。

第三节　评林本中的余呈问题

余呈是简本《水浒传》中一个独有的人物，原为田虎麾下将领，龙蟠州守将卞祥部下，最早出场是在“卢俊义计破(或作攻)狮子关　段景住暗认玉栏楼”一回中，一出场便带兵前去救援田虎妻舅何彦呈及其数个儿子。悬缠井一战中遭遇梁山军队，余呈见梁山军队势大，派人去请求救兵。田虎一方大将卞祥亲自带兵救援。余呈后随卞祥一起归降宋江，至征王庆时阵亡。

余呈本来是一个非常小的角色，这种武将在简本《水浒传》中有数十个之多，经历也基本一致。这类武将原为田虎旗下将领，宋江征田虎之时，投降了宋江，之后在征讨王庆的战役中战死沙场。然而作为这样一个小人物的余呈，却引来诸多《水浒传》版本研究专家的侧目，如马幼垣、刘世德、白木直也等先生①。

那么，到底余呈有何过人之处？往玄乎一点来说，这个余呈有死而复生

①马幼垣先生提到余呈的文章有：《牛津大学所藏明代简本〈水浒〉残叶书后》，《中华文史论丛》1981年第4期，后收入马幼垣《水浒论衡》（生活·读书·新知三联书店2007年版，第3—18页）中。《现存最早的简本〈水浒传〉——插增本的发现及其概况》（《中华文史论丛》1985年第3期），后收入马幼垣《水浒论衡》（生活·读书·新知三联书店2007年版，第51—89页）中。《两种插增本〈水浒传〉探索——兼论若干相关问题》，《水浒二论》，联经出版事业股份有限公司2005年版，第127—210页；生活·读书·新知三联书店2007年版，第114—188页。刘世德先生提到余呈的文章有：《〈水浒传〉双峰堂刊本：叶孔目改姓与余呈复活》（《罗学》2013年第2期），后收入刘世德《水浒论集》（社会科学文献出版社2014年版，第178—187页）中。白木直也先生提到余呈的文章有：《巴黎本水浒全传的研究》，广岛1965年自印本，第85—91页。

之法。余呈在种德书堂本与插增本中死于第101回“宋公明兵度吕梁关 公孙胜法取石祁城”,死的时候平平无奇,毫无曲折,亦无波澜。而余呈在其他本子中,包括评林本、英雄谱本、嵌图本系统(刘兴我本、藜光堂本、李渔序本)、十卷本、汉宋奇书本等,死的时间却推后了一回,死于种德书堂本第102回“李逵受困于骆谷 宋江智取洮阳城”[①],死前波澜曲折、惊心动魄,死后还不甘寂寞,上演魂魄显圣的戏码。

关于这些地方余呈相关文字的变动,之前的专家学者都曾言及。这里为何旧事重提?主要因为之前的专家学者讨论的都是种德书堂本、插增本、评林本、刘兴我本中余呈死亡位置的变化,以及将余呈故事的变动归结为余象斗或者余氏家族成员的改动。并没有将更多版本纳入讨论范畴,也没有用余呈死亡文字的变动考察诸本的异同、划分版本的系统。有鉴于此,此节研究将简本所有版本纳入讨论范畴。以下罗列余呈故事相关文字如下:

> **种德书堂本**:鲁成出马大骂:“草寇敢来犯境,交你片甲不回。”余呈出马喝道:“助恶匹夫,敢自夸口!”两马相交,战到十合,余呈败走。鲁成赶来,孙安便出马敌住鲁成。刘敏见了,亦杀下来,大战二十合。孙安一剑把鲁成斩于马下……宋江召孙安等赏赐,即写孙安为首功。(21.24b)
>
> **插增本**:鲁成出马大骂:“草寇敢来犯境。”余呈出马喝道:“助恶匹夫,敢自夸口!”两马交战到十合,余呈败走。鲁成赶来,孙安便出马敌住。大战二十合,孙安一剑把鲁成斩于马下……宋江召孙安等赏赐,即写孙安为首功。(20.24b-25a)
>
> **评林本**:鲁成出马大骂:“草寇敢来犯境,交你片甲不回。”余呈出马喝曰:“助恶匹夫,敢自夸口!”两马相交,战到十合,被余呈一刀杀了……宋江召孙安等赏赐,即写余呈为首功。(21.24b)
>
> **英雄谱本**:鲁成出马大骂:“草寇敢来犯境,交你片甲不回。”余呈出马喝曰:“助恶匹夫,敢自夸口!”两马相交,战到十合,被余呈一刀砍了……宋江召孙安等赏赐,写余呈为首功。(17.15a)
>
> **刘兴我本**(嵌图本):鲁成出马大骂:“草寇敢来犯界,教你片甲不回。”余呈出马喝曰:“助恶匹夫,敢自夸口。”两马相交,战不十合,被余呈一刀砍了……宋江召孙安等赏赐了,书余呈为首功。(21.17b-18a)

①此回种德书堂本有回数而无回目,据评林本所加。

十卷本(德聚堂本):鲁成出马大骂:"草寇敢来犯界,教你片甲不回。"余呈出马喝曰:"助恶匹夫,敢自夸口。"两马相交,战不十合,被余呈一刀砍了……宋江召孙安等赏赐了,书余呈为首功。(9.23b)

汉宋奇书本:鲁成出马大骂:"草寇敢来犯界,教你片甲不回。"余呈出马喝曰:"助恶匹夫,敢自夸口。"两马相交,战不十合,被余呈一刀砍了……宋江召孙安等赏赐了,书余呈为首功。(50.3a)

征四寇本:鲁成出马大骂:"草寇敢来犯界,教你片甲不回。"余呈出马喝曰:"助恶匹夫,敢自夸口。"两不相交,战不十合,被余呈一刀砍了……宋江召孙安等赏赐了,书余呈为首功。(7.21a)[①]

八卷本:鲁成不听,即引人马下关迎敌。余成出马,战不十合,被余呈一刀将鲁成砍了……宋江书余呈为首功。(7.25a)

百二十四回本:鲁成出马,与余成交战十余合,被余成一刀砍死。(10.35b)

(吕梁关之战)

种德书堂本:谢英便举斧来敌孙安,余呈见了,挺枪来战谢英。斗上五合,谢英把余呈斩于马下。任光便来战刘敏,斗上十合,亦被刘敏杀死。孙安见折了二人,大怒,把谢英斩为两截……孙安亦收军,回见宋、庐二先锋,诉说折了余呈、任光……(21.25a)

话说宋江已得了石祈城,令人寻于玉尸首,具棺椁与余呈、任光同埋一处。(21.26a)

插增本:谢英举斧来敌孙安,余呈见了,挺枪来战。斗上五合,谢英把余呈斩于马下。任光便来战刘敏,斗上十合,亦被刘敏杀死。孙安见折了二人,大怒,把谢英斩为两截……孙安收军,回见宋、芦先锋,诉说折了余呈、任光。(20.25ab)

宋江得了石祈城,令人寻于玉尸首,具棺椁与余呈、任光同埋一处。(20.26ab)

评林本:谢英便举斧来敌孙安,任光便来战上十合,被刘敏杀死。孙安见折任光,大怒,却把谢英斩为两截……孙安亦收军,回见宋、庐二

①征四寇本所据为法国国家图书馆所藏本,以下诸章皆同,不另出注。

先锋,诉说折了任光。(21.25a)

话说宋江已得了石祈城,令人寻于玉尸首,具棺椁装任光同埋一处。(21.26a)

英雄谱本:谢英便举斧来敌孙安,任光便来战上十合,被刘敏杀死。孙安见折任光,大怒,却把谢英斩为两截……孙安亦收兵,回见宋、卢二先锋,诉说折了任光。(17.15b)

话说宋江已得了石祈城,令人寻于玉尸首,具棺椁与任光同埋一处。(17.17a)

刘兴我本(嵌图本):谢英便举斧来敌孙安,任光便来接住,战了十合,被刘敏杀死。孙安见折了任光,却把谢英斩为两段……孙安亦收兵,回见宋、卢二元帅,诉说折了任光。(21.18a)

话说宋江已得了石祈城,令人寻于玉尸首,具棺椁与任光同埋一处。(21.18b)

十卷本(德聚堂本):谢英便举斧来敌孙安,任光便来接住,战了十合,被刘敏杀死。孙安见杀了任光,却把谢英斩为两段……孙安亦收兵,回见宋、卢二元帅,诉说折了任光。(9.23b)

话说宋江已得了石祈城,令人寻于玉尸首,具棺椁与任光同埋一处。(9.24b)

汉宋奇书本:谢英便举斧来敌孙安,任光便来接住,战了十合,被刘敏杀死。孙安见杀了任光,却把谢英斩为两段……孙安亦收兵,回见宋、卢二元帅,诉说折了任光。(50.3b-4a)

话说宋江已得了石祈城,令人寻于玉尸首,具棺椁与任光同埋一处。(50.6a)

征四寇本:谢英便举斧来敌孙安,任光便来接住,战了十合,被刘敏杀死。孙安见杀了任光,却把谢英斩为两段……孙安亦收兵,回见宋、卢二元帅,诉说折了任光。(7.21b)

却说宋江已得了石祈城,令人寻于玉尸首,具棺椁与仕光同埋一处。(7.23a)

八卷本:谢英便举斧来敌孙安,任光接住,战了数合,被刘敏杀死。孙安见杀了任元,便把谢英斩为两段……孙安亦收兵,回见宋、芦二元帅,诉说折了任光。(7.25a)

又令人寻着于玉尸首，具棺椁与任光同埋。（7.25a）

百二十四回本：谢英举斧来敌孙安，任光接住刘敏厮杀，战了十合。任光被刘敏杀死，孙安见了，却把谢英斩为两段……孙安亦收兵，回见宋江，诉说折了任光。（10.35b-36a）

宋江令人寻于玉尸首，具棺椁与任光同埋一处。（10.36b）

（石祁城之战）

种德书堂本：宋江听得折了二将，悲伤不已，传令交拔寨都起，先令唐斌、相士成、胡远、姚期、姚约引兵直到梁州城下搦战。（21.26ab）

白玉、朱达得引兵攻打北门，怀英引兵在南门城下埋伏。（21.28a）

上官义不听，即引军出城杀来，正迎着秦明，战上三十合，呼延灼出马来挟战，上官义力战二将……上官义大惊，望洮阳而走。原来肖引凤见上官义出城。（21.28a）

白玉陷在壕近，被守门军杀死。宋江见折了三人，叹息，令人寻其尸身，其棺葬之。（21.28b）

插增本：宋江听折了二将，悲伤不已，传令交拔寨都起，先令唐斌、相士成、胡远、姚期、姚约引兵直到梁州城下搦战。（20.27a）

白玉、朱达得引兵攻打北门，怀英引兵在南门城下埋伏。（20.29a）

上官义不听，即引军出城，正迎着秦明，战上三十合，胡延灼出马挟战，上官义力战二将……上官义大惊，望洮阳而走。原来肖引凤见上官义出城。（20.29a）

白玉陷在壕边，被守门军杀死。宋江见折了三人，叹息，令人寻其尸身，具棺葬之。（20.29b）

评林本：宋江听得折了二将，悲伤不已，传令交拔寨都起，先令唐斌、相士成、胡远、姚期、姚约、余呈引兵直到梁州城下搦战。（21.26b）

白玉、朱达得引兵攻打北门，余呈、怀英引兵在南门城下埋伏。（21.28b）

上官义不听，即引军出城杀来，正迎着秦明，战上三十合，余呈出马来挟战，上官义力战二将……上官义大惊，望洮阳而走。余呈赶去，冤家马失前蹄，被上官义回马活捉去了。原来萧引凤见上官义出城。（21.28b-29a）

白玉陷在壕边，被守门军杀死。余呈赶上官义，被擒，宋江见折了

四人，令人寻尸身，具棺葬之。（21.29a）

英雄谱本：宋江听得折二将了，悲伤不已，传令交拔寨都起，先令唐斌、相士成、胡远、姚期、姚约、余呈引兵直到梁州城下搦战。（17.18a）

白玉、朱达得引兵攻打北门，余呈、怀英引兵在南门城下埋伏了。（17.21a）

上官义不听，即引兵出城杀来，正迎着秦明，战上三十合，余呈出马来夹战，上官义力战二将……上官义大惊，望洮阳而走。**余呈赶去，冤家马失前蹄**，被上官义回马活捉去了。原来萧引凤见上官义出城。（17.21b）

白玉陷在河边，被守门军杀死。**余呈赶上官义，被擒**，宋江见折了四人，令人寻尸身葬之。（17.22a）

刘兴我本（嵌图本）：宋江听知折了二将，悲伤不已，传令教拔寨都起，先令唐斌、相士成、胡远、姚期、姚约、余呈引兵直到梁州城下搦战。（21.19a）

白玉、朱达得引兵攻打北门，余呈、怀英引兵住南门城下埋伏了。（21.20b）

上官义不听，即引兵出城杀来，正迎着秦明，战上三十合，余呈出马来夹战，上官义力战二将……上官义大惊，望洮阳而走。**余呈赶去，冤家马失前蹄**，被上官义回马活捉去了。原来萧引凤见上官义出城。（21.20b）

白玉陷在河边，被守门军杀死。**余呈赶上官义，被擒**，宋江见折了四人，令人寻尸首葬之。（21.21a）

十卷本（德聚堂本）：宋江听知折了二将，悲伤不已，传令教拔寨都起，先令唐斌、相士成、胡远、姚期、姚约、余呈引兵直到梁州城下搦战。（9.24b）

白玉、朱达得引兵攻打北门，余呈、怀英引兵在南门城下埋伏了。（9.26a）

上官义不听，即引兵出城杀来，正迎着秦明，战上三十合，余呈出马来夹战，上官义力战二将……上官义大惊，望洮阳而走。**余呈赶去，冤家马失前蹄**，被上官义回马活捉去了。原来萧引凤见上官义出城。（9.26b）

白玉陷在河边，被守门军杀死。**余呈赶上官义，被擒**，宋江见折了四人，令人寻尸首葬之。（9.26b）

汉宋奇书本：宋江听知折了二将，悲伤不已，传令教拔寨都起，先令唐斌、相士成、胡远、姚期、姚约、余呈引兵直到梁州城下搦战。（50.7ab）

白玉、朱达得引兵攻打北门，余呈、怀英引兵在南门城下理伏了。（50.12a）

上官义不听，即引兵出城杀来，正迎着秦明，战三十余合，余呈出马来夹战，上官义力战二将……上官义大惊，望池阳而走。**余呈起去，冤家马失前蹄**，被上官义回马活捉去了。一来萧引凤见上官义出城。（50.12b）

白玉陷在河边，被守门军杀死。**余呈赶上官义，被擒**，宋江见折了四人，令人寻尸首葬之。（50.13ab）

征四寇本：宋江听知折了二将，悲伤不已，传令教拔寨都起，先令唐斌、相士成、胡远、姚期、姚约、余呈引兵直到梁州城下搦战。（7.23b）

白玉、朱达得引兵攻打北门，全呈、怀英引兵在南门城下埋伏了。（7.26a）

上官义不听，即引兵出城杀来，正迎着秦明，战上三十合，余呈出马来夹战，上官义力战二将……上官义大惊，望洮阳而走。**余呈赶去，冤家马失前蹄**，被上官义回马活捉去了。原来萧引凤见上官义出城。（7.26b）

白玉陷在河边，被守门军杀死。**余呈赶上官义，被擒**，宋江见折了四人，令人寻尸首葬之。（7.27a）

八卷本：宋江听知折了二将，悲伤不已，传令起营，先教唐斌、相士成、胡远、姚期、姚约、余呈引兵直到梁州城下搦战。（7.25b）

上官义不听，自引兵出城来战，宋阵上姚期出马，与上官义交战。（7.25b）

白玉陷在河边，被守门军杀死。**余呈被上官义擒去**，宋江见折了四人，心中好生不乐。（7.27a）

百二十四回本：宋江闻知折了二将，悲伤不已，即令唐斌、相士成、胡远、姚期、姚约、余呈引兵到梁州城下搦战。（10.26b）

白王、朱达得引兵攻北门，余成、怀英引兵在南门理伏。（10.28a）

上官义听了，即引兵出城杀来，与秦明交战三十合……上官义大京，望洮阳而走。**余呈前去，陈家马决前蹄**，被上官义活提了。原来萧引凤见上官义出城。（10.28b）

白玉陷在河边，被守门军杀死。宋江令人寻尸埋葬。（10.29a）

（梁州城之战）

种德书堂本：此一回折将五员：吴德真、江度、姚期、姚约、白玉。（21.28b）

插增本：此一回折将五员：吴德真、江度、姚期、姚约、白玉。（20.29b）

评林本：此一回折将六员：吴得真、江度、姚期、姚约、白玉、余呈。（21.29a）

英雄谱本：此一回折将六员：吴得真、江度、姚期、姚约、白玉、余呈。（17.22a）

刘兴我本（嵌图本）：此一回折将五员：吴得真、江度、姚期、姚约、白玉、余呈。（21.21a）

十卷本（德聚堂本）：此一回折将五员：吴得真、江度、姚期、姚约、白玉、余呈。（9.26b）

汉宋奇书本（文元堂本）：此一回折将五员：吴得真、江度、姚期、姚约、白玉、余呈。（17.14a）[1]

汉宋奇书本（兴贤堂本）：此一回折将六员：吴德真、江度、姚期、姚约、白玉、余呈。（50.13b）

征四寇本：此一回折将六员：吴得真、江度、姚期、姚约、白玉、余呈。（7.27a）

八卷本：无

百二十四回本：此一面折将八员：任光、子王、江度、吴得真、姚期、姚灼、白玉、余呈。（10.29a）

（回末阵亡名单）

余呈故事相关内容分为四个部分，吕梁关之战、石祁城之战、梁州城之战以及回末阵亡名单。通过这四个部分的文字，可以对以上10个本子作出系统的划分。

首先，通过余呈死亡位置延后与否，可知种德书堂本与插增本属于一类，其余8种本子属于一类。两类版本文字比较大的差别在于：种德书堂本、插增本在吕梁关之战中，均有余呈败走的文字，而其余8本则没有如此文字；种德书堂本、插增本的首功宋江颁给了孙安，但是其他本子却是颁给了余呈；种德书堂本、插增本中余呈死于石祁城之战，其他本子则死于梁州

①文元堂本所据为中国国家图书馆藏本，以下诸章皆同，不另出注。

城之战。这些情节的改易、增加，很明显都是为了美化余呈这个人物。种德书堂本与插增本的关系，由上一章可以得知，插增本由种德书堂本而来，这两种本子保持了比较原始的简本面貌。

其次，通过各本文字的异同，可进一步划分系统。种德书堂本、插增本这一类中，种德书堂本为一系统，插增本为一系统，此上一章已作出研究；另外一类中，通过余呈故事的改写，可知这8个本子属于同源。再根据文字的异同进行划分：评林本、英雄谱本为一系统；刘兴我本、十卷本、汉宋奇书本、征四寇本为一系统；八卷本为一系统；百二十四回本为一系统。

第二个类别的8个本子，为了能让余呈活得久一些，梁州城之战不断地将余呈插入到各项行动中，增加其出场的戏份。但由于是插增，难免会露出马脚。第一处马脚为“宋江见折了四人”，这四人包括“姚期、姚约、白玉、余呈”，种德书堂本和插增本是“宋江见折了三人”，这三人包括“姚期、姚约、白玉”。姚期、姚约、白玉此三人是真的战死了，而“余呈”却未死。第二处马脚是回末折将名单，种德书堂本、插增本中余呈的死亡时间是在第101回“石祁城攻城战”。此一回由于并回原因（具体可详见第三章），余呈并未出现在阵亡名单中。其他8个本子推迟了余呈的死亡时间，余呈当于未并回的“梁州城东门追击战”中被擒①，但此一回余呈依旧未死，其死亡时间还要延迟到下一回的回首，此点稍后详叙。而这个未死的余呈，却出现在这一回的死亡名单中。从此二处马脚也可得知，余呈情节的改易、增添是评林本底本所为，而非种德书堂本以及插增本删节所致。

更加值得玩味的是此一回的回末折将名单，种德书堂本、插增本折将数量为5，折将名单也为5，不存在任何问题；评林本、英雄谱本折将数量为6，折将名单也为6，同样没有什么问题；刘兴我本、十卷本、文元堂本折将数量为5，折将名单为6，这就有问题了。以前学界认为评林本之后的本子受到了评林本的影响，所以才修改了余呈的故事情节。但从刘兴我本此处折将数量与折将名单不统一的情形来看，刘兴我本的底本还要早于评林本，此底本关于余呈故事的修改并不完善。到之后与刘兴我本、十卷本同系统的汉宋奇书本（兴贤堂本）、征四寇本才弥补了此一漏洞，将折将数量与折将名单统一均为6。所以这五种本子的系统若再细一点划分的话，则刘兴我本

①“梁州城东门追击战”为种德书堂本第101回“宋公明兵度吕梁关　公孙胜法取石神城”内容。

与十卷本、汉宋奇书本(文元堂本)属于同一系统,汉宋奇书本(兴贤堂本)、征四寇本属于同一系统。至于百二十四回本属于清代后期的本子,这个本子做了更多的修订工作,包括发现了其他简本由于并回所留下的漏洞,即石祁城之战中死去的任光、于玉,由于并回的原因,并未出现在回末折将名单中,百二十四回本则弥补了此一漏洞,将此回死去的8个将领均在回末列出。

同样,从余呈故事情节可以看出,八卷本和百二十四回虽然与评林本系统、刘兴我本系统同源,但是二本删减的文字更多,修改的文字也更多,离最初的余呈故事底本已经有不小的差距。

接下来考察余呈被杀以及显圣的相关文字,只取评林本以及刘兴我本以观之:

表22 评林本、刘兴我本中余呈被杀及显圣情节

评林本	刘兴我本
捉得余呈来见,二公计议再复州城之策。以敬唤解进余呈,余呈不跪,以敬曰:"尔今被擒,肯降否?"余呈曰:"误遭异手,恨食汝肉,何肯顺贼!"骂不绝口。以敬命推出斩之,年才二十八岁。后仰止余先生观到此处,有诗为证,诗曰: 一点忠贞死义心,余呈不跪实堪钦。 **口骂不移甘受戮,万载闻声泪满襟。** (22.1b)	捉得余呈来见,二公计议再复梁州之策。以敬教解进余呈,余呈不跪,以敬曰:"汝今被擒,肯降否?"余呈曰:"误遭毒手,恨不食你之肉,何肯顺贼!"骂不绝口。以敬命推出斩之,年才二十八岁。后人有诗为证: 一点忠贞死义心,余呈不跪实堪钦。 万古芳名应不泯,至今青史定褒称。 (22.1ab)
却说宋江升帐,忽报余呈不跪受死。宋江哭曰:"余将军死不辱君,甘受其戮,是宋某之罪。食其肉,当报此仇。"哭之不止。(22.3a)	却说宋江升帐,忽报余呈不跪受死。宋江哭曰:"余将军死不辱君,甘受其戮,是宋江之罪也。"哭之未息。(22.2b)
众军报知上官义自刎死,宋江令小军割心肝,以祭余呈。宋江自作祭文云: 哀哉忠良,丧守纲常。须死不跪,受戮志昂,骂不绝口,魂魄渺茫,宋江功毕,亦便身亡。呜呼哀哉,伏惟尚饗。 祭毕,忽空中显现,言曰:"蒙兄追祭,今归阴府,亦难报答,兄保贵体,百年之日,再得相会。"言讫而去。(22.5b)	众军报知上官义自刎而死,宋江令剖上官义心肝,以祭余呈。宋江自作祭文祭曰: 哀哉忠良,丧守纲常。虽死不跪,受戮志昂,骂不绝口,魂魄渐茫,宋江功毕,尔便身亡。呜呼哀哉,伏惟尚享。 祭毕,忽空中显现,言曰:"蒙兄追祭,今归阴府,亦难报答,兄保贵体,百年之日,再得相会。"言讫而去。(22.4ab)

从“李逵受困于骆谷　宋江智取洮阳城”此回情节来看，余呈被捉之后，义不投降，终遭杀害，身死之后有后人的诗赞。其后又得到宋江亲自作文祭奠，祭奠完毕后余呈还有显圣之行径。这种详尽的死亡情节描写以及死后描述，在整个田虎、王庆降将队伍中都是独一份的，甚至在整部《水浒传》中也就只有寥寥的几个人有此殊荣，如晁盖、张顺等。余呈作为一个无甚大功的降将，何德何能有此份殊荣？所以，此前学者将此情节的变动归因于余姓书商的改写，确实极有可能。

评林本与刘兴我本这段文字差异较小，比较明显的差异在于余呈的那首诗赞：

一点忠贞死义心，余呈不跪实堪钦。

口骂不移甘受戮，万载闻声泪满襟。

（评.22.1b）

一点忠贞死义心，余呈不跪实堪钦。

万古芳名应不泯，至今青史定褒称。

（刘.22.1b）

二本最后两句有所不同，再与评林本同一系统的英雄谱本此首诗进行比对：

一点忠贞死义心，余呈不屈实堪钦。

万古芳名应不泯，至今青史定褒称。

（英.17.23b）

英雄谱本此诗基本同于刘兴我本，而异于评林本。如此来看，评林本最后两句确如其正文所言“后仰止余先生观到此处，有诗为证”，是余象斗所改。另外，有一点需要说明的是，原诗不押韵，“钦”和“称”并不是一个韵部，而经过余象斗改写的韵脚“襟”则与“心”“钦”同压“下平十二侵”韵。

通过此节余呈故事的研究，可以初步得出以下结论：

1. 余呈故事的改写是余姓书坊主所为，最初改写的本子并非评林本，而是评林本的底本，刘兴我本可能保存了一些原貌。

2. 余呈故事中种德书堂本、插增本属于一类，其他本子属于一类。

3. 余呈故事改写的一类本子中，评林本、英雄谱本为一系统；刘兴我本、十卷本、汉宋奇书本、征四寇本为一系统；再具体划分，刘兴我本、十卷本、汉宋奇书本(文元堂本)为一系统、汉宋奇书本(兴贤堂本)、征四寇本为一系统。

4. 八卷本、百二十四回本与其他6种本子同源,但是距离源头已经太远,删节以及改写的文字颇多。

第四节　评林本的编辑问题

通过上述文字,可知评林本与英雄谱本属于同一系统。关于此点,将在英雄谱本相关章节研究中详细叙述。之所以提到此点,是因为此节关于评林本编辑问题的研究,其中会遇到单看评林本而无法解决的问题,可以用英雄谱本比对参看。此节所研究评林本的编辑问题,主要是三个方面:小说评林形式的创建、回目的省并与引首诗的处理、编辑者主体的干预。

一、小说评林形式的创建

建阳小说刊本的标志性版式是上图下文[①]。而余象斗所刊小说却是上中下三截式,上栏评语、中栏插图、下栏正文,在上图下文的基础上又增添了评语一栏,置于书的最上方。将这种形式用于小说当中,应该是余象斗的一个创见,而且形成了"评林本"系列。余象斗万历二十年(1592)刊刻了《新刻按鉴全像批评三国志传》(或称为《按鉴批点演义全像三国评林》),万历二十二年(1594)刊刻《京本增补校正全像忠义水浒志传评林》,万历三十四年(1606)刊刻了《列国志传评林》,万历年间还刊刻了《新刊京本校正演义全像三国志传评林》《新刊京本编集二十四帝通俗演义西东汉志传》(或称为《新刊京本评林西东汉志传》)。

"评林"这个词在现存古代小说当中极少见及,除了余象斗的"评林本"之外,尚且还有二三家,但均是模仿余氏的"评林本",像熊佛贵万历三十一年(1603)所刊《新锲音释评林演义合相三国志史传》、朱鼎臣万历年间所辑《新刻音释旁训评林演义三国志史传》、杨美生所刊《新刊京本春秋五霸七雄全像列国志传》等。虽然小说"评林本"比较少,但"评林"这个词在其他史传、散文、诗歌等各种类别的著作当中却时有出现,比较有名的如明代万历初年凌稚隆的《史记评林》《汉书评林》,明代万历初梅鼎祚、屠隆《李杜二家诗钞评林》,明代崇祯年间周珽《唐诗选脉会通评林》,明代崇祯年间沈云翔《楚辞评林》等。

①涂秀虹:《上图下文:建阳刊小说的标志性版式》,《福建论坛》(人文社会科学版)2009年第12期。

史传、散文、诗歌类书籍的“评林”之意，大体为评语集中林立，正如徐中行《史记评林序》中所言“凌以栋之为评林何为哉？盖以司马成名史而必推本乎世业，凌氏以史学显著，自季默有概矣。加以伯子稚哲所录，殊致而未同归，以栋按其义以成先志，**集之若林而附于司马之后**”①。将评语集中起来附于文本的后面。而关于《唐诗选脉会通评林》一书，《四库全书总目》称“珽辑缀残稿，续成是编……而以**诸家议论及珽所自品题者，标于简端，是为‘评林’**”②。同样是将诸家评语和个人批点集中在一起。实际上所谓“评林”，讲的通俗一点就是集评、汇评。但余象斗刊刻的小说评林，“评林”二字的含义却并非如此，列于上端的评语并不具备集评的性质。从评语内容、风格等方面来看，这些评语当出自一人之手，此人极有可能就是余象斗本人。之所以冠以“评林”的题名，无外乎是余象斗招徕读者的一种商业性手段。

余象斗评林本上中下三栏的形式，不知是其个人灵感的独创，还是来自其他书籍的启发。现存资料中，早在南宋嘉定年间（1208—1224）③，民间就流传有《天竺灵签》，此书每叶分为三截，上栏为签头，题吉凶事宜，中栏右边为签号，左边为解签的插图，下栏为签诗和解签文。

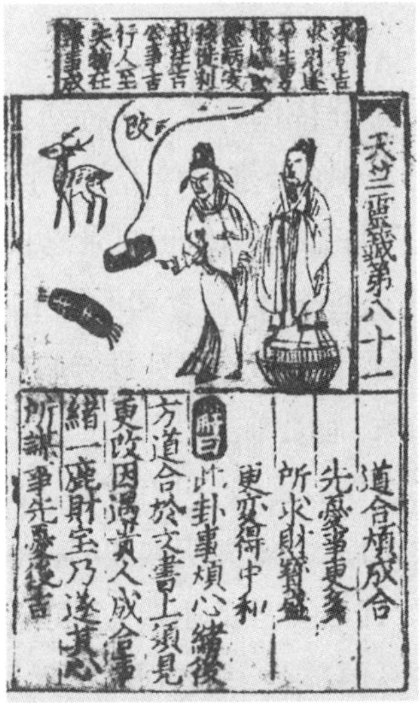

天竺灵签

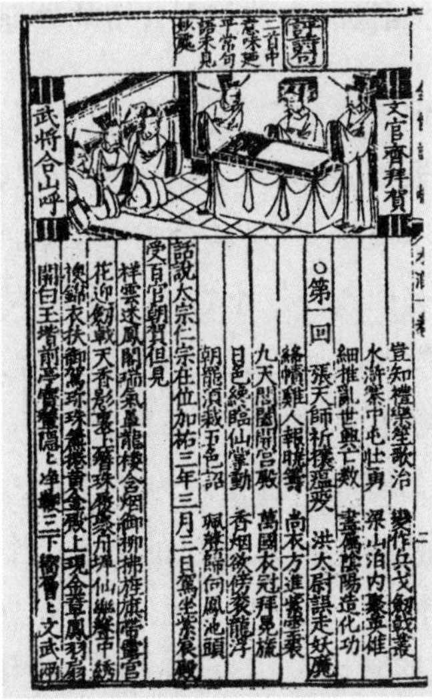

水浒志传评林

①［明］凌稚隆：《史记评林》，天津古籍出版社 1998 年版，第 30—31 页。
②［清］永瑢等：《四库全书总目》卷一百九十三，中华书局 1965 年版，第 1762 页。
③或云南宋绍定年间（1228—1233）。

上面两图左边为《天竺灵签》，右边为《水浒志传评林》。从整个形式上来看，二者十分相近，只是分栏的大小有所不同，《天竺灵签》中插图版面较大，《水浒志传评林》中插图版面较小，当然这也是书籍的类型不同所造成的。二者的上中下三栏，《天竺灵签》上栏签头对应《水浒志传评林》评语栏，中栏插图二者相同，同时《天竺灵签》的插图还有签号，《水浒志传评林》插图一栏也有插图标目，《天竺灵签》下栏签诗与解文对应《水浒志传评林》正文。

余象斗在上图下文建阳刊本版式的基础上，创造出上评中图下文的独特三栏版式，这个中缘由也可以理解。建阳刊本小说一直以来，都是以价格优势以及读者定位取胜。《水浒志传评林》出现之前，已经有其他建阳刊本《水浒传》做了大量工作，如对《水浒传》文字进行删削，以节省版面、降低工钱；插增田虎、王庆故事，以更多更全的故事情节为噱头招徕读者；增入插图，以吸引读者。诸项工作完结之后，留给余象斗发挥的余地已经不大了，但是余象斗还是凭借敏锐的商业嗅觉，将批语引入到简本《水浒传》中，创造出上中下三栏的小说书籍版式。

二、回目的省并与引首诗的处理

各种版本《水浒传》中，评林本是一个十分特殊的本子。特殊在这个本子存在完本，但是却没有回数。现存所有版本的《水浒传》，只有评林本和三十卷本没有回数，其余本子虽然回数颇多混乱与分歧，但目录总目和正文分目都有回数。三十卷本与评林本二者均无回数，但二者又不尽相同，三十卷本既没有回目，也没有回数，只有卷数，而评林本有回目却没有回数。

实际上，评林本并不是全书都没有回数，而是前30回有回数，第30回之后则无回数。也正因为评林本30回之后没有回数，只有回目，所以通过统计评林本的回目得出的回数，则多有不同。像前文所叙述，评林本的回数有两种，一种是103回，一种是104回。回数差异的生成，主要是因为前30回有回数，而且回数是30。第30回之后的部分，只有回目而无回数，这一部分通过计算回目，共有74回。按理而言，74+30=104，那么评林本为104回，当无疑议。但问题就出在，有回数与回目的前30回，中间缺了第9回，此回即没有回数也没有回目，所以如果把前30回当作30回算，那么整部评林本则有104回，如果把前30回当作29回算，那么整部评林本则有

103 回。

用 103 回或 104 回来定义评林本的回数，应该都是可行的，差别的存在只是算法的问题。然而有些书籍当中，评林本却出现了 102 回的回数。如权威教科书袁行霈先生所主编的《中国文学史》中，关于评林本回数的阐述即为 102 回，"万历二十二年（1594）福建建阳余（象斗）氏双峰堂刊《京本增补校正全像忠义水浒志传评林》前 30 回标明回目、回数，缺第 9 回回数，后则仅有回目而无回数，实则 102 回"[①]。

从上文分析中可知，无论是 103 回，还是 104 回，都是合理的回数，但 102 回却不知如何算出。那么，为何会产生 102 回的回数？此事还要追溯到王古鲁先生从日本拍摄回评林本。当年王古鲁先生将评林本摄影回国，其中缺失了一叶，此叶为卷九叶十一下和叶十二上。此叶正好在"宋江智取无为军　张顺活捉黄文炳"和"锦豹子径逢戴宗　病关索街遇石秀"两回之间，而且此叶可能是分回的一叶。因为此叶缺失，所以不知其中是否有回目。若无回目，则"宋江智取无为军　张顺活捉黄文炳"一回文字特长，相当于涵盖了两回的内容。1956 年文学古籍刊行社影印出版的《水浒志传评林》无此缺叶。后马幼垣先生通过内阁文库本补足了缺叶中的卷九叶十二上，此半叶并无回目[②]，又联系到轮王寺补足了缺叶中卷九叶十一下[③]。卷九叶十一下中确实有"假李逵剪径劫单人　黑旋风沂岭杀四虎"的回目。所以，若以 1956 年文学古籍刊行社影印出版的《水浒志传评林》来计算评林本的回数，则是 102 回。

然而，无论评林本怎么计算，是 103 回，还是 104 回，这个数字都十分怪异。同时，评林本也是现存简本中回数最少的。其他简本《水浒传》的全本，像英雄谱本是 110 回，嵌图本三种（刘兴我本、藜光堂本、李渔序本）、十卷本、汉宋奇书本、八卷本均是 115 回，百二十四回本是 124 回。相比于这些本子而言，评林本的回数无疑要少一些，到底是什么原因造成了这种情况？实际上就是余象斗在编辑评林本之时，省并回数所致。评林本前 30 回有回数、有回目，30 回后有回目而无回数的情况，其原因也是如此，此点下文会详述。评林本省并回数这一过程，一般伴随着引首诗的删节，或是将引首诗移

①袁行霈主编：《中国文学史》第 4 卷，高等教育出版社 2014 年版，第 50 页。

②马幼垣：《影印评林本缺叶补遗》，《水浒争鸣》1987 年第 5 辑。

③马幼垣：《影印评林本缺叶再补》，《湖北大学学报》（哲学社会科学版）1992 年第 1 期。

置于上层。

考察评林本省并回数之前，先探讨评林本如何处理引首诗这一问题。此一问题刘世德先生和马幼垣先生都做过一些研究[①]。评林本的引首诗有6种情况，以104回而论：第一种没有引首诗，上层也没有任何说明，此种有第3、38、42、57、64—66、68、70、90、95回，计11回；第二种没有引首诗，上层亦不录，但有删去的解释，此种有第7、29回，计2回；第三种引首诗在正文之中，此种有第1、2、4—6、8、10—24、27、28、36、56、76、104回，计27回；第四种引首诗录于上层，回目下不附说明，上层有移录理由，此种有第25、26、31—35、37、39—41、43—55、58—63、67、69、71—74回，计36回；第五种引首诗录于上层，回目下无说明，上层亦无解释，此种有30、75、77回，计3回；第六种引首诗录于上层，回目下有说明，上层无解释，此种有78—89、91—94、96—103回，计24回。

前三种引首诗没有经过处理，这三种引首诗共计40回，30回以前有26回，30回之后有14回，若再除去删节的引首诗，那么30回之后仅仅只有4回引首诗，置于正文之中而没有经过处理。基本上可以说，30回之后的引首诗，绝大多数经过了处理，没有置于正文之中。后三种引首诗的情况归结而言，实际上算是一种，就是引首诗录于上层，不同的是回目下有无说明，以及上层有无解释。这三种情况共计有63回，也就是说评林本中70%的引首诗移置到了上层。

从整个引首诗6种情况的分布来看，余象斗的编辑相当之混乱，根本没有一个明确的目标可言。开始之时引首诗置于正文之中，此时余氏可能想要认真刊刻一部书籍，30回之后仅有寥寥的4回引首诗置于正文之中，大抵是30回后，余氏对编辑此书有了新的想法，所以将引首诗移置于上层。同时，最开始引首诗录于上层，回目下并无说明，第78回之后，但凡引首诗移置，回目下都有“诗录上”的说明。可以说，编辑评林本之前，余象斗心中对此书并没有明确的计划，引首诗的处理都是随心所至，计划中途改变，对前面的章回也没有重新调整，因此导致了评林本中引首诗的混乱情况。

至于说为何将引首诗移录上层，余象斗的理由也是五花八门，信口胡诌。有的说诗词内容与《水浒传》故事情节关联不大，所以录于上层。如

①马幼垣：《水浒二论》，生活·读书·新知三联书店2007年版，第189—209页；刘世德：《谈〈水浒传〉双峰堂刊本的引头诗问题》，《文献》1993年第3期。

“此八句未见言水浒中句语，故写放上层”（第 31 回，7.12a）；“诗中未切水浒意味，故录上层”（第 60 回，14.22b）。有的又说诗词与《水浒传》内容相关，需要录于上层。如“一首诗中，从宋江等入城言起，直到李逵闹皇君止，不可削之，录于上层”（第 61 回，15.1a）；“二首诗中皆言燕青之事而美之词句，去之不可，放下层无味，录于上层”（第 63 回，15.12a）。有的说引首诗很有意思，颇有味道，故而录于上层。如“此诗一首，觉有意思，录记上层，随便览观”（第 35 回，8.14b）；“一首词中，句句有味，奈不该放下层，攄掩人耳目，故录于上”（第 53 回，13.12b）。有的又说引首诗缺乏意味，无甚好处，没有存在的必要，因此录于上层。如“诗中未见真切，意味不爽，录上随睹”（第 52 回，13.6a）；“一首诗中，未见美丽，录于上层”（第 59 回，14.19b）。

明明完全相反的说法，却都能成为将引首诗录于上层的理由，诗词与故事相关录于上层，诗词与故事不相关也录于上层；诗词有意味录于上层，诗词没意味也录于上层。这些解释跟没解释没什么两样。事实上，这些引首诗之所以录于上层，真正的原因是余象斗怕删除了引首诗之后，读者认为余氏刊本删削或者遗漏了文字，所以选择将引首诗录于上层，这点余氏在上层的解释中也有明言。“此一首诗中，未见好处，欲去之不录，恐他人不知者言此处落矣，故以只得录于上层，随爱便览”（第 44 回，11.11a）；“一首之中，俗而无味。去之恐观者言而漏削，只得录于上层”（第 45 回，11.17b）。

关于余象斗将引首诗录于上层的其他理由，刘世德先生认为是为了缩减篇幅，节省工料。而马幼垣先生却不如此看，马先生认为移置引首诗到上层，绝非为了节省空间，评林本的文字比种德书堂本要少，但是正文的叶数却跟种德书堂本差不多，甚至稍多。马幼垣先生的看法存在一定的问题，因为上栏评语栏是余象斗的独创，也是评林本的特色，既然设置了评语栏，那么自然就要占版面，字数更少的评林本所提供刊刻正文的版面少，所以叶数才与字数更多的种德书堂本差不多。如果评林本的引首诗不录于上层，可以计算一下评林本需要多花多少叶纸张。评林本共有 63 回引首诗录于上层，每首诗都当成七律来看，8 句 4 行，所有的录于上层的诗共计 252 行，评林本每半叶 14 行，计算下来正好需要 18 个半叶，也就是 9 叶纸，这也是一个挺可观的数据。

当然，除了缩减篇幅、节省工料之外，余象斗将引首诗录于上层，还有其他的目的在里面。据笔者对评林本批语的考察，评林本前面回数的批语，每条无论长短，位置都在上层的中央，编排合理，后面回数的批语，则杂乱无章，一些很短的批语竟处在书的最右端，或者最左端。有的明明半叶能够刻完的批语，却分成两个半叶。这说明余象斗虽然发明了“评林”这种形式，但是越到书的后面回数，越发现无甚可评之处，兼之余象斗的批语本来就属于那种可有可无之批，绝大多数就事论事、就事论人，有的批语甚至几同废话，毫无意义可言。所以将引首诗移置于上层，也就解决了余象斗无话可说的尴尬，移置于上层的引首诗有 63 回，每回置于上层的引首诗大致要占两个半叶，如此便解决了 63 叶评林本的评语撰写，评林本全书 628 叶，63 叶正好相当于全书的十分之一。也就是说有十分之一的上层批语不需要余象斗动脑想，只需要照抄引首诗就行。

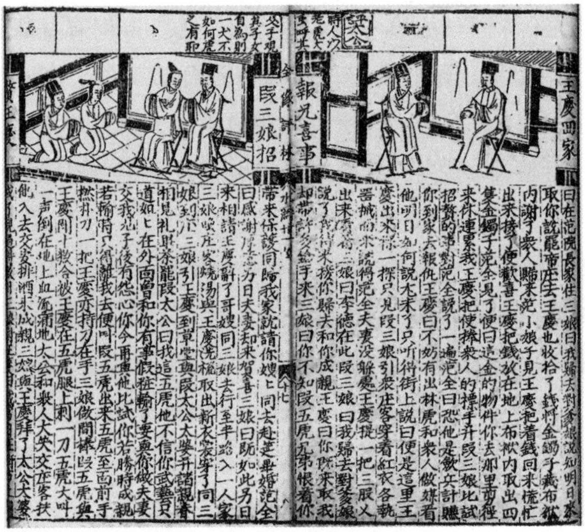

评林本卷二十一评语书影

在考察引首诗问题之时，有另外一个问题也随之而来，那就是省并回数的问题。省并回数的问题在第一章简本祖本的研究中已有提到，但是关于评林本省并回数的阐述并不详细。评林本的引首诗无论是删节，还是移置，引首诗的位置都在每一回的起始，但是有 6 处诗词置于上层，然而其位置却在每回正文的中间。这 6 处诗词分别为第 30 回（7.5ab）、第 32 回（7.21b-22a）、第 33 回（8.5ab）、第 36 回（9.6b-7a）、第 40 回（10.6b）、第 40 回（10.12a-13a）。

以第40回的两处为例，这两处英雄谱本同样没有分回，而刘兴我本在前一处分了回，但是依旧没有引首诗。此两处上层评语栏如此写到，“宋公明打祝家庄诗一首，无趣无味，故以去之”（10.6b），“此一首词，不该录为上层。奈观传士子观至此处，恨不得转眼看毕，留为下层反摭人耳目。故以律记上层。词云：‘宋江两打祝家庄，三庄人马世无双，虎噬狼吞满四方。天王绰号惟晁盖，时雨高明羡宋江。可笑金精王矮虎，翻娟红粉扈三娘。他年同娶梁山泊，女辈英华独擅扬。’”（10.12a）

评林本第40回的两处批语对应容与堂本第47回与第48回。容与堂本第47回“扑天雕双修生死书　宋公明一打祝家庄”引首诗为“聪明遭折挫，狡狯失便宜。损人终有报，倚势必遭危。良善为身福，刚强是祸基。直饶三杰勇，难犯宋江威”（47.1a），容与堂本第48回“一丈青单捉王矮虎　宋公明两打祝家庄”引首诗为“虎噬狼吞满四方，三庄人马势无双。天王绰号惟晁盖，时雨高名羡宋江。可笑金睛王矮虎，翻输红粉扈三娘。他年同聚梁山泊，女辈英华独擅场”（48.1a）。容与堂本第47回引首诗应当即为评林本第40回第一处评语栏中所言“宋公明打祝家庄诗一首”。容与堂本第48回引首诗与评林本第40回第二处引首诗相比，除了多出“宋公明两打祝家庄”一句，以及一些误字外，基本相同。多出的一句很有可能是回目误抄所致。由此也可见，评林本第40回是由容与堂本的三回并回而成。

其余一些回数也可以看出并回的痕迹，以容与堂本征讨方腊部分为例。征讨方腊部分每一回回末均有回末阵亡名单，容与堂本第92回与第93回，评林本、英雄谱本、刘兴我本均省并为一回。并回之后的三本，回末折将名单出现了问题。容与堂本第92回折将5员，第93回折将3员，合并为一回的评林本、英雄谱本、刘兴我本，折将至少应该有8员①。而事实上，评林本、英雄谱本只有4员折将名单，也就是容与堂本第93回的折将名单加了一位河北降将。更加离谱的是刘兴我本，此回尽然没有折将名单，而征讨方腊其余各回，则均有折将名单。于此也可见，此处三本均进行了并回。

简本中刊刻时间较早、保存又比较完好的刘兴我本115回，其中百回部分省并了8回；英雄谱本110回，其中百回部分省并了11回；评林本104回，其中百回部分省并了16回。光从省并的回数来看，三本的底本应该以刘兴我本为最早，所以省并的回数最少，英雄谱本次之，评林本最末。从省

①此处之所以说至少，是因为简本征讨方腊之时，还有牺牲河北归降的将领。

并的回数也可以看出，简本一直都在省并回数，到评林本之时变本加厉，一次性省并了不少回数。究其原因，则是为了能够多删节几首引首诗以及回末文字，节约成本。之前所说评林本前 30 回有回数、回目，30 回之后则只有回目而无回数，这也是因为评林本省并回数是从第 30 回开始。如果之后继续编写回数，由于并回的原因，势必容易出错。这点从种德书堂本和插增本乱七八糟的回数就可窥见一二，所以余象斗索性将回数去掉，省得出错。

三、编辑者主体的干预

每一部书籍的刊印，编辑者或者书坊主都会有或多或少的干预，而评林本尤甚。首先，评林本开篇就有余象斗做的广告《水浒辨》："《水浒》一书，坊间梓者纷纷，偏像者十余副，全像者止一家。前像板字中差讹，其板蒙旧，惟三槐堂一副，省诗去词，不便观诵。今双峰堂余子改正增评，有不便览者芟之，有漏者删之。内有失韵诗词，欲削去，恐观者言其省漏，皆记上层。前后廿余卷，一画一句，并无差错。士子买者，可认双峰堂为记。"这则广告现今来看，说得确实够虚假，所谓"一画一句，并无差错"，根本就是一个笑话，评林本错字谬句，不知凡几。

其次，评林本的评语也是编辑者主体干预的体现。虽然余象斗给书取名为"水浒志传评林"，但正如之前所说，此"评林"实际上只有余象斗一个人的评语。关于此点，上层的批语也可证实，第 7 回"花和尚倒拔垂杨柳 豹子头误入白虎堂"有一条批语"【补诗句】仰止先生叹林冲险才丧命，自诗叹曰：豪杰东至鬼门关，惜哉林冲这一番。若无智深来相救，□魂此夜有谁□"（2.12b），这个叹气的仰止先生，就是余象斗本人。但由于评语置于上层，与正文分离开来，读者不关注上层批语，也不影响阅读。不知余象斗是否意识到了此点，觉得自己的大名放在上层批语中尚不过瘾，一时手痒，加之成名心态作祟，竟然将自己的名字私夹到正文当中。此类正文出现余象斗之名的地方，共有 8 处。

第一处余象斗将自己的大名安在书中第 10 回"朱贵水亭施号箭 林冲雪夜上梁山"。评林本在林冲第一次上梁山希望能够被王伦接纳，王伦却准备将林冲赶走之处，有"**后仰止余先生**观到，有诗为证，诗曰：可笑儒夫心不纯，柴君书荐莫堪从。若非朱贵忠言谏，后来何士杀王伦"（3.4b）。除了将自己的名字夹入到正文当中，余氏还对自己诗赞加以评点，"【评诗句】改过此诗，句句切实，令人观之有意”（3.4b）。

第二处较之第一处相隔较远，在第39回“杨雄醉骂潘巧云　石秀智杀裴如海”。裴如海要与潘巧云通奸，吩咐胡道人处，有“后**仰止余先生**观到此处，又有诗为证，诗曰：泼妇淫心不可提，自送温存会贼黎。光头秃子何堪取，又约衷情在夜时。若无石秀机关到，怎改杨雄这路迷。碎骨分骸须多载，后君看骂割心迟”（9.25b）。此诗上层同样有余象斗评语“【评断此妇】余公此诗终不然，单言此妇淫欲而别妇不淫乎？非也。此诗骂巧云者，言其几多风流子弟，不以一取，将一身会一秃子，故言巧云贱之极，不知那秃子有何取乎。细观巧云，不如武二之妻略高些矣”（9.25ab）。

第三处在第73回“宋江兵打蓟州城　卢俊义大战玉田县”。欧阳侍郎来策反宋江一伙，宋江用计拖延时间之处，有“后**仰止余先生**观到，又有诗云，诗曰：委质为臣忘不移，宋江忠义亦堪奇。辽人不识贞坚节，空把黄金事馈遗”（17.15b）。此诗上层有余氏评语“【评诗句】委质诗一首，另人睹之可取”（17.15b）。

第四处在第74回“宋公明大战独鹿山　卢俊义兵陷青石峪”。宋江打败兀颜延寿处，有“后**仰止余先生**观到此处，见兀颜寿摆八卦图，有叹诸葛武乡候，有诗为证，诗曰：延寿无谋摆阵图，反收宋将捉身孤。莫夸孔明困陆逊，死后犹能惊懿师”（17.28b）。此诗上层有余氏评语“【评诗句】观此诗句，觉想孔明李略，列代国师不如诸葛”（17.28b）。

第五处在第83回“魏州城宋江祭诸将　石羊关孙安擒勇士”。十员河北降将死在陷坑之内处，有“后**仰止余先生**观到此，有诗：英雄到此实堪怜，不由孙子不伤情。功劳未遂身先丧，铁石人闻也泪涟”（20.1b-2a）。

第六处在第87回“徽宗降敕安河北　宋江承命讨淮西”。宋江平定河北田虎后，抵达东京处，有“后**余宗先生**有诗八句赞道，诗曰：河北清宁伟绩成，宋公忠义最知名。胸中素蕴天人学，麾下分屯汉达兵。已仗天威平草寇，更施膏泽庇苍生。凯歌唱彻山城晓，老幼欢呼夹道迎”（20.20b）。

第七处在第92回“李逵受困于骆谷　宋江智取洮阳城”。余呈被推出斩首处，有“后**仰止余先生**观到此处，有诗为证，诗曰：一点忠贞死义心，余呈不跪实堪钦。口骂不移甘受戮，万载闻声泪满襟”（22.1b）。

第八处在第99回“宁海军宋江吊孝　涌金门张顺归神”。张顺命丧涌金门处，有“后**仰止余先生**观到此处，有诗为证，诗曰：哀哉张顺实可怜，舍死全名功未成。奈数尽时难可救,涌金门外赴幽冥”(24.15a)。

8处诗歌私夹余氏之名,除1处作“余宗先生”外,其余7处均作“仰止余先生”。这个与其他7处不同的“余宗先生”为何人?马幼垣先生认为此人可能是余氏宗亲里面余象斗的长辈[①]。实际上这个答案在卷一首叶刊刻者名单中已有介绍:

中原　贯中　罗道本　名卿父编集

后学　仰止　余宗下　云登父评校

书林　文台　余象斗　子高父补梓

“仰止　余宗”,书中时常出现的余宗先生和仰止余先生都是此人,而此人也是评校评林本之人。那么此人会是谁,是否如马幼垣先生所言,是余象斗的长辈?事实并非如此。余象斗此人特别喜欢用化名,或叫余世腾,或叫余君召,或叫余象乌,不一而足,所谓“余宗”也是余象斗众多化名中的一个。在余象斗刊刻的其他书籍当中,已经揭示出所谓“仰止”是余象斗本人,如《新刻芸窗汇爽万锦情林》首卷卷端题署“三台馆山人　仰止　余象斗纂”,《北方真武祖师玄天上帝出身志传》首卷卷端也有题署“三台山人　仰止　余象斗　编”。

这8处余象斗诗赞的位置,大聚义前只有2处,其余在征辽故事之后。诗赞如此分布,可能是因为书的前半部分,余象斗还有所顾忌,谨小慎微,不敢肆意妄为,而到了书的末端,则不再顾虑那么多,随心所欲,此点与引首诗的情况相似。当然也可能是因为到了书的末段,余象斗的兴致突然来了,将自己之名多夹于正文之中。不仅如此,开始插入自己大名之时,余象斗还对署名的诗赞评价一番、夸奖一番,甚至第二处诗赞与评语还唱起了双簧。评林本的首卷卷端题署说得很明确,评校的人是仰止余宗先生,写诗赞的人也是仰止余先生,写诗的和评诗的压根就是同一人,但是第二处上层评语还煞有介事地说到“余公此诗终不然”。

关于此8处余象斗的诗赞,还有一个值得注意的问题,那就是这8首诗是不是抄袭的。马幼垣先生曾分析署名余象斗的诗赞,认为余象斗是一位文抄公[②]。事实情况是否如此,可以重新作一分析,将余象斗的诗赞与其他版本比对。由上文已经知道评林本与英雄谱本属于同一系统,所以在比对的

①马幼垣:《水浒二论》,生活·读书·新知三联书店2007年版,第219—220页。

②马幼垣:《水浒二论》,生活·读书·新知三联书店2007年版,第210—220页。

过程中，首先考虑选取英雄谱本同位置的诗与评林本比对。

第一处余象斗的诗赞，英雄谱本此处无诗，刘兴我本亦无，容与堂本此处诗为“英勇多推林教头，荐贤柴进亦难俦。斗筲可笑王伦量，抵死推辞不肯留”（11.9a）。此诗与评林本中余氏赞诗，差异甚大。更有意思的是，评林本的批语“改过此诗，句句切实，令人观之有意”，评林本此处前后并无其他诗词，而评林本此诗中也无“改过”二字，所谓“改过此诗”，很有可能就是评林本将其底本的诗歌改易了，然后余象斗在评点之时自吹自擂，说改过的诗写得更好，让人看了觉得有意思。

第二处余象斗的诗赞，英雄谱本此处有诗，为“泼妇淫心不可提，自送温存会贼黎。光头秃子何堪取，又约衷情在夜时。若无石秀机关到，怎改杨雄这路迷。碎骨分骸也不顾，从君看骂割心迟”（7.16a）。此诗正文与余象斗的诗赞，只有数字差别，更大的差别在于此诗的作者，此诗之前题有“后李载贽先生观到此处，又有诗为证”（7.15b-16a）。评林本作者为余象斗，英雄谱作者为李载贽，李载贽即李贽。刘兴我本此诗同于英雄谱本，包括作者亦载“又李卓吾先生诗”（9.18a）。

例三余象斗的诗赞，英雄谱本此处无诗，刘兴我本亦无。种德书堂本与插增本却有此诗，只不过位置稍微靠前，评林本此诗在欧阳侍郎劝降宋江之后，而种德书堂本与插增本此诗在欧阳侍郎劝降之前，二本的诗与评林本诗赞完全相同[①]。容与堂本在种德书堂本与插增本的位置同样有此诗，文字基本同于二本。由此可知，评林本此诗是余象斗有意的移置。

例四余象斗的诗赞，英雄谱本此处有诗，为“矢心直欲退强兵，力殚机危竟不成。生捉两员英勇将，败军残卒奔辽城”（14.6b-7a）。此诗与评林本完全不同，而且英雄谱本此诗前并无作者信息，只有“有诗为证”四字。种德书堂本、插增本、刘兴我本、容与堂本此处诗赞均同于英雄谱本，可见此处之诗赞余象斗有过重新改写。

例五余象斗的诗赞，英雄谱本此处有诗，为“英雄到此实堪怜，不由孙子不伤情。功劳未遂身先丧，铁石人闻也泪涟”（15.41b），完全同于评林本。英雄谱本诗前文字为“有诗为证”（15.41b），并未提到何人所作。种德书堂本、刘兴我本此处诗赞却不相同，为“竭力舒忠气势吞，英雄到此亦堪怜。功

①马幼垣先生文章认为种德书堂本无此诗，其实在稍微靠前的位置，载《水浒二论》，第215页。

劳未遂身先丧，千古英魂泪满巾”（种.20.1b）。

例六余象斗的诗赞，英雄谱本此处有诗，为“河北清宁伟绩成，宋公忠义最知名。胸中素蕴天人学，麾下分屯貔虎兵。已仗天威平草寇，更施膏泽庇苍生。凯歌唱彻山城晓，老幼欢呼夹道迎”（16.18a）。此诗与评林本相比，仅仅只有2个字的差别，评林本的“汉达兵”，英雄谱本作“貔虎兵”。英雄谱本诗前文字为“后人有诗八句赞曰”（15.41b），未提何人所作。种德书堂本与刘兴我本此处之诗与评林本完全相同，包括“汉达”二字[①]。

例七余象斗的诗赞，英雄谱本此处有诗，为“一点忠贞死义心，余呈不屈实堪钦。万古芳名应不泯，至今青史定褒称”（17.23b）。此诗的后两句与评林本不同。刘兴我本此处之诗同于英雄谱本。二本诗前均无诗人名姓，只有“有诗为证”四字。

例八余象斗的诗赞，英雄谱本此处有诗，为“浔阳江上英雄汉，水浒城中义烈人。天数尽时无可救，涌金门外已归神”（19.21b）。此诗与评林本有一定差别。种德书堂本、刘兴我本、容与堂本此处之诗同于英雄谱本。由此来看，评林本此处之诗余象斗做了一些改易。同时，英雄谱本诗前题为“后来人观到此处，有诗为证”（19.21b）。

由上述8首诗赞的异同，先来探讨余象斗是不是文抄公这个问题。8首诗赞中完全不同或者改写较大的有4首，分别为例一、例四、例七、例八，基本照抄未改写的有例二、例三、例五、例六。由此来看，余象斗确实有抄袭的行径，但是非常奇怪的是，既然余象斗有能力改写诗词，为何其余自己名下的诗赞却未改写？难道仅仅是为了能够将自己的名字放到小说当中吗？

再由上述诗赞的异同，考察一下诸本的版本问题。首先是评林本与英雄谱本的关系。此二本属于同一系统，例五也可以证明此点，此例评林本与英雄谱本相同，而与种德书堂本、刘兴我本却不相同。但是评林本与英雄谱本也存在一些不同，评林本例一和例三中的诗赞，他本也存在，可见此诗赞源出底本，并非余象斗所自撰，而英雄谱本却没有此诗。存在这种情况的可能性有两种，第一种是英雄谱本和评林本有共同的底本，但英雄谱本却把这两处诗词删掉了；第二种是评林本的底本不止一种，主要底本这两处无诗，但另一种底本这两处有诗，余象斗觉得既然主要底本没有，那便可加以利

①马幼垣先生文章认为种德书堂本此诗与评林本还有一字差别，为评林本“伏”字与种德书堂本“仗”字。此处马先生有误，评林本同为“仗”字。见《水浒二论》，第216页。

用，就把另一底本之诗作当成了自己的诗赞插了进来。

其次是英雄谱本与刘兴我本的关系。以上诸例英雄谱本异于评林本之处，例二、例三、例七、例八，刘兴我本均同于英雄谱本。但这并不能说明二者的关系就比刘兴我本与评林本更亲密，因为刘兴我本应该是与评林本、英雄谱本的底本关系紧密，所以评林本改易之处，刘兴我本与英雄谱本同。同理，英雄谱本改易之处，如“汉达兵”改成“貔虎兵”，刘兴我本则与评林本同。

再次是评林本与种德书堂本的关系。二者之间的关系此前第四章已做过一定研究，此处从“汉达兵”一词，也可再次证明二者的亲密关系。此词完全不知何意，当属舛误之处的相同。

由此节内容可知，余象斗对于评林本的编刊做了不少工作，主要表现在小说评林形式的创建、回数的省并与引首诗的处理、编辑者主体的干预这三个方面。

第六章　英雄谱本《水浒传》研究

第一节　英雄谱本《水浒传》的概况与辨疑

英雄谱本，分为初刻本与二刻本。初刻本现今已知有三种：一、日本筑波大学附属图书馆藏本，筑波大学旧名东京文理科大学、东京教育大学，全本，二十卷，缺插图，偶有缺叶；二、中国刘世德所见本，残本，存六卷，卷十三至卷十五，卷十八至卷二十，其中略有缺叶[①]；三、香港中文大学藏本，残叶，仅存图赞十六叶，所存残叶残损严重，每叶图赞大致残损三分之一左右。其中有《水浒传》图赞一幅，为“曾头市晁盖中箭”，其余均为《三国》插图；四、薄井恭一所见本，残叶，现仅存图像一幅、赞语一幅，收录于薄井恭一《明清插图本图录》之中。

二刻本现今已经有五种：一、日本内阁文库藏本，全本，二十卷；二、日本京都大学附属图书馆藏本，原铃木虎雄藏本，全本，二十卷，缺插图及卷首部分；三、日本尊经阁藏本，全本，二十卷；四、中国国家图书馆藏本，残本，仅存目录及部分图赞；五、中国国家图书馆藏本，残本，仅存卷首部分。

所谓《英雄谱》是《水浒传》与《三国志》的合刊本。现存题名《英雄谱》的小说有两种，一种是明崇祯年间《精镌合刻三国水浒全传》，另一种是清代十分流行的《汉宋奇书》，两种均别题《英雄谱》，且二书卷首均有熊飞《英雄谱弁言》。然而此二书区别颇大，卷首插图不一样，所用两种小说的版本也不一样。《水浒》部分《精镌合刻三国水浒全传》所用为百十回本，而《汉宋奇书》所用为百十五回本；《三国》部分《精镌合刻三国水浒全传》更近于“志传”系统，而《汉宋奇书》所用为清初毛宗岗评本。从下文对熊飞的分析可以知道，崇祯年间《精镌合刻三国水浒全传》才是真正的熊飞所刊本，而《汉宋奇书》乃是坊间冒用熊飞之名刊刻的书籍。此章所研究的英雄谱本即

---

①刘世德先生所见此本只知存于中国，其1988年撰文《雄飞馆刊本〈英雄谱〉与〈二刻英雄谱〉的区别》之时并未谈到此本藏于何处，后2014年刘先生《水浒论集》后记中提到此本乃胡小伟先生从朋友处借得，并嘱之不要透露藏主身份。

为明崇祯年间《精镌合刻三国水浒全传》。以下文中所称《精镌合刻三国水浒全传》为英雄谱本,《汉宋奇书》则为汉宋奇书本。

英雄谱本别名甚多,有"精镌合刻三国水浒全传""名公批点合刻三国水浒全传""英雄谱本忠义水浒传""英雄谱""三国水浒全传英雄谱"等等。这些别名有的来源于书中,有的来自不同名称的组合。其中书籍内封右行直书"名公批点合刻三国水浒全传",中间大字书"英雄谱",二刻本内封栏外上端尚有横书"二刻重订无讹",初刻本版心为"英雄谱""合刻英雄谱"、二刻本版心为"二刻英雄谱",初刻、二刻本正文每卷卷端题"精镌合刻三国水浒全传"。为便于区分,以下以初刻本、二刻本称之。

关于英雄谱本的刊刻者与刊刻书坊,历来没有疑议。《英雄谱》卷首的《英雄谱弁言》题署为"熊飞赤玉甫书于雄飞馆",所以刊刻者为熊飞,刊刻书坊为雄飞馆。然而关于雄飞馆到底是何地书坊却分歧甚大,影响较大者有两说,一说是广东,一说是福建建阳。

广东之说肇始于何人已不可得知,但是此说之后能产生如此大的影响,与马蹄疾《水浒书录》当中的记载密切相关。其条目"二刻名公批点合刻三国水浒全传英雄谱"下署称"明崇祯末广东熊飞雄飞馆二刻"[①]。其后侯会《〈水浒传〉版本浅说》一文、马清江《〈水浒传〉导读》一书、黄俶成《施耐庵与〈水浒〉》一书、石昌渝《中国古代小说总目》中《水浒传》条目(其中《三国》条目则认为此书刊于建阳)、陈松柏《〈水浒传〉源流考论》一书、王平《明清小说传播研究》一书、王辉《20世纪以来〈水浒传〉简本系统研究述略》一文等等,均采用此说,认为熊飞雄飞馆开设在广东。

实际上,早在20世纪80年代之时,方彦寿先生《明代刻书家熊宗立述考》一文,通过《潭阳熊氏宗谱》已经考证出熊飞为福建建阳人,是大出版家熊宗立的六世孙,出版名家熊成冶的儿子[②]。其后方先生著作《福建历代刻书家考略》更是将熊飞生平摘录出来:

> (廿五世)飞公,成冶公长子,行宁一,字希梦,号在渭,文庠生,享寿七十六岁。妣王氏,继妣郑氏,葬熊厝窠,公葬平地掌。生子四:仪、伟、俊、自西。[③]

①马蹄疾编著:《水浒书录》,上海古籍出版社1986年版,第104页。
②方彦寿:《明代刻书家熊宗立述考》,《文献》1987年第1期。
③方彦寿:《福建历代刻书家考略》,中华书局2020年版,第339页。

至于熊飞生平当中为何没有出现署题“赤玉”的字样。关于这一点从余象斗那杂乱无章的名与号就可得知，刻书者多有几个名号无足为奇，而这些名号不可能都见之于宗谱当中。厘清楚了熊飞与雄飞馆的所在，最后一项考证工作就是，熊飞的生卒年是否能对得上英雄谱本的刊刻时间。

关于英雄谱本的刊刻时间，孙楷第先生根据图赞中出现张瑞图、张采等人的名姓断为崇祯年间，杜信孚《全明分省分县刻书考》中也题为崇祯年间，袁世硕先生在《古本小说集成》影印的《二刻英雄谱》前言中则推断为崇祯末年。黄霖师根据《英雄谱弁言》中“东望而三经略之魄尚震，西望而两开府之魂未招”之句，判断出英雄谱本具体的刊刻时间。“三经略”中最后一个孙承宗死于崇祯十一年（1638）[①]；“两开府”或指傅宗龙、汪乔年，或指傅宗龙、杨文岳[②]，傅宗龙死于崇祯十四年（1641），而汪乔年、杨文岳二人均死于崇祯十五年（1642），所以英雄谱本当刻于崇祯十五年（1642）之后[③]。

至于其下限当在明亡之前，即是崇祯十七年（1644）。因为英雄谱本卷首有署名杨明琅的《叙英雄谱》，插图中有署名周钟的赞语。杨明琅是崇祯十六年（1643）的进士，周钟在崇祯时期已经名满天下，而且还是皇帝身边的近臣。此二人在崇祯帝朱由检死后表现得极为不敬[④]，周钟更是立马投靠了李自成。他们在崇祯死后的所作所为，必然为时人所唾弃，如果英雄谱本刊刻于崇祯十七年（1644）之后，也就不可能被熊飞用作图赞的托名，或是被熊飞请来为《英雄谱》写序。此点在后世《汉宋奇书》的刊刻中，也可见书坊主的态度。《汉宋奇书》保留了《英雄谱》中熊飞的《英雄谱弁言》，却把杨明琅的《叙英雄谱》删掉了。由此可知，英雄谱本的刊刻时间当在崇祯十五

①三经略为袁应泰、熊廷弼、孙承宗。

②“开府”在明代所指为督师、总督，西面抵抗李自成起义的督师有傅宗龙、汪乔年、杨文岳、孙传庭，《明史》中四人合传，四人中孙传庭死于崇祯十六年（1643），但考虑到句子中仅提到“两开府”，所以当以傅宗龙、汪乔年为是。

③黄霖：《微澜集——黄霖序跋书评选》，凤凰出版社2011年版，第285页。

④杨明琅的事迹据《诸罗县志》卷十二“古迹”条所载“明琅，前翰林；崇祯甲申之变，琅降贼，乘马过梓宫，扬鞭而指之曰：此真亡国之君也”，康熙五十六年（1717）刊本，见《台湾文献史料丛刊》（台湾大通书局2009年版，第284页）。周钟的事迹“中进士仅半年，李自成攻入北京，他投缳自尽，为其仆人所救，未死，被黎志升挟以出降，从此气节大变。李自成部属顾君恩将他推荐给牛金星，代草《劝进表》，劝李自成登皇位，其中有‘独夫授首，万姓归心。比尧舜而有武功，迈汤武而无惭德’这样谩骂崇祯皇帝，吹捧李自成的丽句，受到牛金星的赏识，用为翰林院检讨。牛金星只中过举人，周钟为讨好他，竟口口声声称之为‘牛老师’，深为士林所耻。崇祯皇帝的尸体找到后，装殓于薄棺之中，士民遗臣多有哭奠者，周钟骑马经此，却昂然驱马而过，被士林视为大逆不道”，见龚笃清《八股文汇编》（岳麓出版社2014年版，第767—768页）。

年（1642）至崇祯十七年（1644）之间。

另外，二刻本的刊刻时间下限，根据日本德川幕府《御文库目录》载录，二刻英雄谱本于后光明天皇正保三年（1646）入藏德川幕府文库，即枫山官库[①]。1646年是清顺治三年，可见最迟在此年二刻英雄谱本即已刊行。

那么，熊飞的生卒年为何？惜哉现今《潭阳熊氏宗谱》中并未载录熊飞及其父亲熊成冶的生卒年。但据刘世德先生推考万历元年（1573）熊成冶二十一岁，那么他生于嘉靖三十二年（1553）[②]。鉴于熊飞是熊成冶的长子，出生时年不会太晚，假定熊飞也是万历元年（1573）出生，家谱中记载他享寿76岁，那么熊飞当死于清顺治五年（1648）。这些数据可以略微浮动，但并不影响证明熊飞可以刊刻《英雄谱》一书。于此，《英雄谱》刊刻于福建建阳熊飞雄飞馆当可确定。同时，通过熊飞的生卒年也可证明，清代流行的《汉宋奇书》乃坊间托名熊飞所刊刻。

一、初刻英雄谱本概况

1. 筑波大学藏初刻英雄谱本概况

日本筑波大学附属图书馆所藏初刻本《英雄谱》共六册，每册卷首有“菊崖”“考槃堂图书记”等印记[③]。第一册包括熊飞《英雄谱弁言》、杨明琅《叙英雄谱》、按晋平阳侯陈寿史传总歌、三国志目次、水浒传目录、水浒传英雄姓氏（三国英雄谱帝后臣僚姓氏）、卷一与卷二，第二册包括卷三至卷五，第三册包括卷六至卷八，第四册包括卷九至卷十二，第五册包括卷十三至卷十六，第六册包括卷十七至卷二十。分册的情况与刘世德先生所见残本大致不差。

全书正文共二十卷，以十天干分集，共有十集。卷一卷二为甲集，卷三卷四为乙集，依次往下推，每两卷为一集，卷十九卷二十为癸集。

筑波大学所藏初刻本有残缺。首先，图赞的缺失，薄井恭一先生《明清插图本图录》收录了一幅崇祯年间所刊英雄谱本“杨志卖刀”图，可知初刻本是有图赞的[④]，而筑波大学所藏本佚失。其次，《水浒传目录》部分最后半

①李树果：《日本读本小说与明清小说》，天津人民出版社1998年版，第200页。

②刘世德：《〈三国志演义〉熊成冶刊本试论》，《文献》2004年第2期。

③［明］施耐庵、罗贯中：《英雄谱》，日本筑波大学附属图书馆藏。

④［日］薄井恭一：《明清插图本图录》，东京共立社1942年版。

叶缺失，缺第105回回目及之后目录。再次，书中正文有所缺失，9.9a后缺失一叶，即缺9.9b、9.10a。另外，书中还有窜页情况，第5回1.38ab窜至第4回1.33ab后；8.34ab与8.35ab两叶互窜[①]。

初刻本《水浒》目录总目有105回（105只有回数无回目，当残缺半叶目录），从二刻本可知整个目录共有106回，但正文分目却有110回。究其原因，正文中无第75回回数与回目，直接从第74回跳到第76回，当缺此回回数与回目。因此总目中第75回回目实际上是正文第76回回目，以下总目回数顺次均少一回，直到总目回目第89回实际为正文第90回。之后总目又缺正文第91回回目“宋江奉敕安河北　宋江承诏讨淮西”，因此总目第90回实际上为正文第92回。之后总目又缺少正文第93回回目“王庆遇龚十五郎　满村嫌黄达闹场”，于是总目第91回实际上为正文第94回回目，以下总目回数顺次均少3回。直至总目第104回实际为正文第107回，之后总目再次缺少正文第108回回目“卢俊义大战昱岭关　宋公明智取清溪洞”，接下来总目第105回实际上为正文第109回，总目第106回为正文第110回。具体情形如下：

目录回目 74 75 76 ……89（缺）90（缺）91 92 ……104（缺）105 106
书中回目 74（缺）76 77 …… 90 91 92 93 94 95 ……107 108 109 110

有意思的是，筑波大学所藏初刻本中有后人的笔迹，将目录总目与正文分目矛盾之处标记了出来，标记在总目目录叶中，题写正确的目录回数在原目录旁以及书写缺失的回目于页眉上。

除此之外，回目当中也存在一些问题，正文中第17回回数写成第18回，正文第84回有回目而无回数。正文中第8回至第10回之间并无第9回回数与回目，而正文第8回回目是目录总目第9回回目，也就是说正文回目中缺少总目第8回回目。正文第74回与第76回之间缺少第75回回数与回目，实际上全书只有108回，并非106回，也非110回。当然，由于这两回是遗漏，所以下文讨论仍以110回论。

正文分目与目录总目的文字部分也存在不对应之处，大大小小涉及22回，差距比较大的有：第37回目录总目为“还道村受三卷天书　宋公明遇九

①笔者曾在《再论雄飞馆刊本〈英雄谱〉与〈二刻英雄谱〉的区别》一文与《〈水浒传〉版本知见录》中认为“（筑波大学藏本）水浒传英雄姓氏部分有所缺失，缺失宋代良臣部分至入云龙公孙胜这中间一段，共计一叶整”，实误，脱漏的乃是筑波大学公开的电子件，原本实存此叶。

天玄女”，正文分目为“宋江投庙梦见玄女　娘娘传授宋江天书”；第 80 回目录总目为“卢俊义分兵征讨　宿太尉保举宋江”，对应正文第 81 回回目为“卢俊义分兵征讨　宋公明打大同关”。

书中具体卷数所对应的目录（正文）回数如下：一卷 1—6、二卷 7—14、三卷 15—22、四卷 23—29、五卷 30—33、六卷 34—38、七卷 39—42、八卷 43—47、九卷 48—52、十卷 53—58、十一卷 59—65、十二卷（目录误作十一卷）66—71、十三卷 72—75（72—76）、十四卷 76—79（77—80）、十五卷 80—85（81—86）、十六卷 86—91（87—94）、十七卷 92—96（95—99）、十八卷 97—99（100—102）、十九卷 100—103（103—106）、二十卷 104—106（107—110）。

2. 香港中文大学藏初刻英雄谱本概况

现仅存图赞十六叶，按照书中顺序依次为《当阳救主》《走荐诸葛》《议定三分》《水淹冀州》《马跃檀溪》《怒斩于吉》《贼弑国母》《鼓斩蔡阳》《延津诛丑》《关公释曹》《横槊赋诗》《曾头市晁盖中箭》《艾会取汉中》《用苦肉计》《孙刘成亲》《亮激孙权》①。所存残叶残损严重，每叶图赞大致残损三分之一左右。其中有《水浒传》图赞一幅，为《曾头市晁盖中箭》。

书中所藏残叶应是后人整理而成，顺序错乱。正确的顺序应为《延津诛丑》《鼓斩蔡阳》《怒斩于吉》《水淹冀州》《马跃檀溪》《走荐诸葛》《议定三分》《当阳救主》《亮激孙权》《用苦肉计》《横槊赋诗》《关公释曹》《孙刘成亲》《贼弑国母》《艾会取汉中》《曾头市晁盖中箭》。

图赞乃双色套印，其中插图部分，插图标目乃朱色，但由于年久墨色较淡，不少标目有后人墨笔勾勒；赞语部分，赞语中有圈点及行间夹批乃朱色，此外赞语叶的印章亦为朱色。

此本图赞与二刻本图赞相比，有一定的差距。插图部分，如“玄德智取孙夫人”一图有“次泉笔”字样，与薄井恭一所见本相同，二刻本则无此字样。另外，此图与二刻本相比，屋檐下方装饰的颜色不同，初刻本多了一块窗帘，初刻本两个侍女手上复杂的吊灯，二刻本一个变成了酒壶，一个变成了菜盘；“徐庶走荐诸葛亮”一图，二本最右边一棵树的树叶画法不同，二刻本插图右边比初刻本少了一棵树；“黄盖用苦肉计”一图，初刻本比二刻本

①因插图标目残缺过多，此处所用为赞语标题，标题残缺处则以二刻本补之。

多出一株大树，初刻本旗帜的花纹较之二刻本为多。赞语部分，如《马跃檀溪》，二本赞语文字相同，但字体、排版均不同，署名亦不同，初刻本为“永锡画”，二刻本为“姚希孟”；《横槊赋诗》，二本赞语文字相同，但字体、排版均不同，署名亦不同，初刻本为“金之俊”，二刻本为“杨廷枢”；《曾头市晁盖中箭》，二本署名不同，初刻本署“项煜”，二刻本署“刘大巩”。

二、二刻英雄谱本概况

1. 二刻英雄谱本的影印情况

介绍二刻本概况之前，先辨识二刻本的影印情况。据上文可知，现今所能见到的二刻本全本有著录的有：内阁文库藏本、京都大学藏本、尊经阁藏本。其中尊经阁藏本由于尊经阁管理十分严格，魏安先生到日本访书都未曾见及此本，此本被影印的概率甚小，其余两种则都有可能被影印。

现今所知二刻本的影印本有集成本（即上海古籍出版社《古本小说集成》）、同朋舍本（即日本株式会社同朋舍《京都大学汉籍善本丛书》）、天一本（即台湾天一出版社《明清善本小说丛刊》）。此三种影印本的底本明确的只有一种，即同朋舍本，此影印本属于《京都大学汉籍善本丛书》，那么其底本为京都大学藏本当无疑议。

至于集成本和天一本的底本，则不甚明确。其中集成本的底本有两种看法，一种认为出自内阁文库藏本，《古本小说集成》中《二刻英雄谱》的前言即持此种看法；另一种认为出自京都大学藏本，魏安《三国演义版本考》即持此论[①]。这两种看法互相抵牾，必然有一者出现错误。或以集成本前言所言为是，那么则难以解释为何集成本《二刻英雄谱》删去了内阁文库藏本中人物表以及图赞却不做任何说明，而人物表与图赞恰恰是京都大学藏本所缺失的。或以魏安先生所言为是，那么也难以解释为何京都大学藏本所存中国商人卷首卷末的读书手记到了集成本中却完全不见了踪影。

实际上，集成本与同朋舍本除了有无藏书者笔迹这点不同外，其余内容均相同。最重要的一点是，两种影印本有相同的印章，这足以说明二者是同一底本的影印本。虽然集成本前言所说内阁文库藏本为底本，但这很有可能是笔误，或者是所得信息有误，再加之魏安先生目验了内阁文库藏本以及

①［英］魏安：《三国演义版本考》，上海古籍出版社 1996 年版，第 21—22 页。

京都大学藏本,认为集成本的底本是京都大学藏本,此一判断应当无甚问题。所以,集成本很可能是删去了中国商人读书手记的京都大学藏本的影印本。此外,集成本还不是以京都大学藏本的原本影印,而是以同朋舍影印本为底本再翻印,同时将同朋舍影印本的附录:扉页、熊飞《英雄谱弁言》、杨明琅《叙英雄谱》、《按晋平阳侯陈寿史传总歌》、《三国志目次》、《水浒传目录》提到书前。

天一本与集成本的内容有些地方并不一致,那么天一本的底本则只可能是内阁文库藏本。从卷首的附件来看,天一本与内阁文库藏本十分相近,但有一点不同的是,内阁文库藏本多有藏章,如插图第一幅就有三枚藏书章"秘阁图书之章""日本政府图书""内阁文库",天一本中却没有。然而此点并不能影响天一本的底本为内阁文库藏本,因为台湾天一出版社在影印明清善本小说之时,为避免版权的纠纷,将涉及版权的印迹悉数抹去。

集成本现存熊飞《英雄谱弁言》、杨明琅《叙英雄谱》、按晋平阳侯陈寿史传总歌、三国志目次、水浒传目录,这部分并非京都大学藏本原有。京都大学藏本只存正文部分,卷首的附件均不存。天一本现存熊飞《英雄谱弁言》、杨明琅《叙英雄谱》、按晋平阳侯陈寿史传总歌、三国志目次、水浒传目录、水浒传英雄姓氏(三国英雄谱帝后臣僚姓氏)、水浒三国图赞。内阁文库藏本比京都大学藏本多出的卷首附件,大概率是京都大学藏本递藏过程中缺失,也有可能是京都大学藏本刊行之时,未将此部分刊刻或者装订进去。

2. 内阁文库藏本与京都大学藏本的关系

从正文来看,内阁文库藏本与京都大学藏本差别不是很大。两书版式以及文字位置基本相同,部分文字小有差异。京都大学藏本中出现一些印刷错误之处,内阁文库藏本也同样存在。像京都大学藏本有四处漏行、窜字、窜页的现象,分别为:

(1)第4回窜字一行,1.32a(第63页[①])最后一行与1.32b(第64页)第一行中间缺少文字,"智深走入店里坐下叫曰店主买酒(中缺)是行脚僧游方到此经过",所缺文字在初刻本1.35a中为"吃店主曰和尚你那里来智深曰俺"。此处所缺文字正好是英雄谱本的一行,所缺文字在京都大学藏本1.32b(第64页)的最后一行,也就是说1.32b(第64页)第一行文字窜至

①为便于检索,此为古本小说集成影印本中页码。下同。

1.32b（第 64 页）最后一行①。

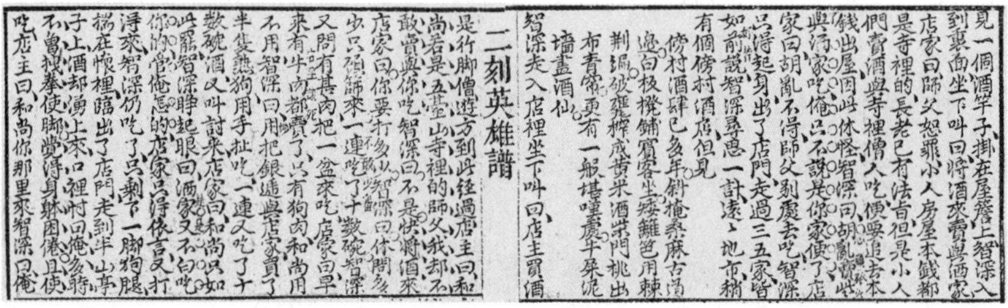
見一個酒竿子掛在屋簷上智深入
到裏面坐下叫曰將酒來賣與酒家
店家曰師父恕罪小人房屋本錢都
是寺裡的長老已有法旨但是小人
們賣酒與寺裡僧人吃便要追去本
錢出屋因此休怪智深曰胡亂賣些
與洒家吃俺只不說是你家便了店
家曰胡亂不得師父別處去吃智深
只得起身出了店門走過三五家皆
如前說智深尋思一計遠遠地市梢
有個傍村酒店但見
傍村酒肆已多年斜插桑麻古道
邊白板攙鋪賓客坐矮籬笆用棘
荊編破甕榨成黃米酒柴門挑出
布青帘更有一般堪嘆處平桑泥
墻畫酒仙
智深走入店裡坐下叫曰店主買酒
二刻英雄譜
是行腳僧遊方到此經過店主曰和
尚若是五臺山寺裡的師父我卻不
敢賣與你吃智深曰不是快將酒來
店家曰你要打多少酒智深曰休問多
少只顧篩來一連吃了十數碗智深
又問有甚肉把一盆來吃店家曰早
來有牛肉都賣了只有狗肉和尚用
不用智深曰用把銀遞與店家買了
半隻熟狗用手扯吃一連又吃了十
數碗酒又叫討來店家曰和尚只如
此罷智深睜起眼曰洒家又不白吃
你的管俺怎的店家只得依言又打
得來智深仍吃了只剩下一脚狗腿
揣在懷裡臨出了店門走到半山亭
子上酒卻湧上來口裡村曰俺多時
不曾拽拳使腳覺得身軀困倦且使
吃店主曰和尚你那里來智深曰俺

内阁文库藏本第 4 回串行之处

（2）第 31 回缺字一行，5.10a（第 395 页）最后 1 行与 5.10b（第 396 页）第一行中间缺，"曰小弟从柴大官人庄上别了去（中缺）听了大骇便拜武松慌忙答礼曰"，所缺文字初刻本 5.11a 中为"后的事备细说了一遍孔明孔亮"，恰为英雄谱本 1 行。

（3）第 64 回缺字一行，11.37b（第 1024 页）第 10 行与第 11 行中间缺，"他这花绣急徒身材心里五分怯（中缺）守见他这身花绣心中大喜问燕"，所缺文字初刻本 11.40a 中为"他月台上太守使人来叫燕青太"，恰为英雄谱本一行。

（4）第 96 回窜页，17.14a（第 1525 页）第 4 行"去必能取胜刘敏曰只可坚守令"后脱文，所脱之文正好为初刻本半叶 17.15a，京都大学藏本 17.14a（第 1525 页）第 5 行"言失了关隘主将可准备黄施俊"则为初刻本另半叶 17.15b 首行。京都大学藏本所脱初刻本半叶 17.15a 接在了京都大学藏本 17.14b（第 1526 页）第 3 行"围困攻城却说黄施俊因折了谢"之后。

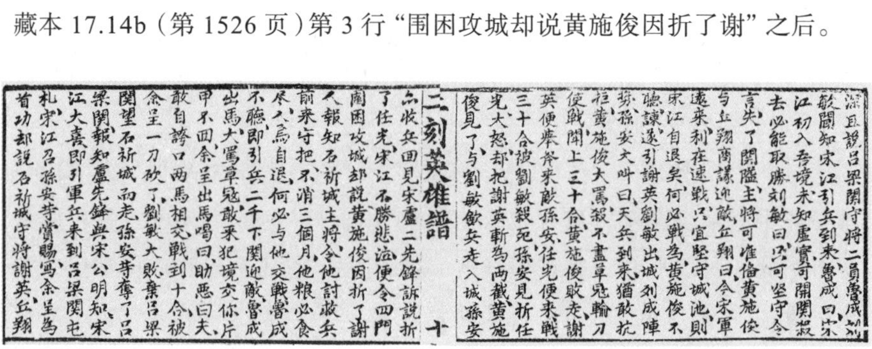
深且說呂梁關守將二員魯成劉
敏聞知宋江引兵到來魯成曰宋
江初入吾境未知虛實可閉關拒
去必能取勝劉敏曰只可堅守令
言失了關隘主將可准備黃施俊
与丘翔商議迎敵丘翔曰今宋軍
遠來利在速戰只宜堅守城池則
宋江自退矣何必戰為黃施俊不
聽諫遂引謝英劉敏出城列成陣
勢孫安大叫曰天兵到來猶敢抗
拒黃施俊大罵殺不盡草寇輪刀
便戰鬪上三十合黃施俊敗走謝
英便舉斧來敵孫安任光便來戰
三十合被劉敏殺死孫安見折任
光大怒却把謝英斬為兩截黃施
俊見了与劉敏斂兵走入城孫安
二刻英雄譜 十
后收兵回見宋盧二先鋒訴說折
了任光宋江不勝悲泣便令四門
圍困攻城却說黃施俊因折了謝
英報知石祈城主將令他討救兵
前來守把不消三個月他粮必食
尽人為自退何必与他交戰魯成
不聽即引兵二千下關迎敵魯成
出馬大罵草寇敢來犯境交你片
甲不回余呈出馬喝曰助惡匹夫
敢自誇口兩馬相交戰到十合被
余呈一刀砍了劉敏大敗棄呂梁
關望石祈城而走孫安等奪了呂
梁關報知盧先鋒與宋公明知宋
江大喜即引軍兵來到呂梁關屯
札宋江召孫安等賞賜偶余呈為
首功却說石祈城守將謝英丘翔

①［明］施耐庵：《二刻英雄谱》，上海古籍出版社 1994 年版。

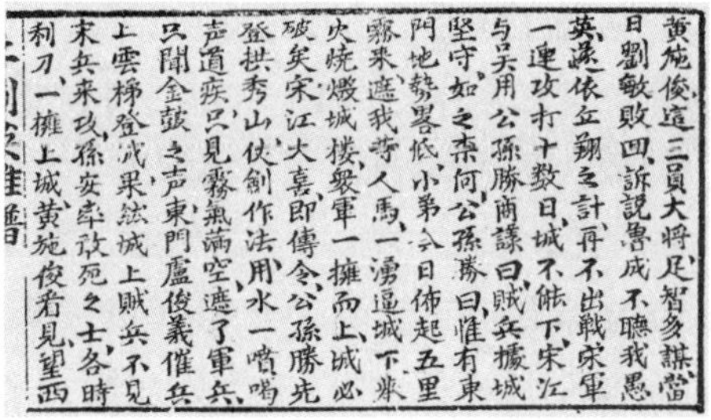
黄施俊這三員大將足智多謀當
日劉敏敗回訴說魯成不聽我愚
英瀵依丘翔之計再不出戰宋軍
一連攻打十數日城不能下宋江
与吴用公孫勝商議曰賊兵據城
堅守如之奈何公孫勝曰惟有東
門地勢畧低小弟今日佈起五里
霧來遮我等人馬一湧逼城下乘
火燒燬城樓衆軍一擁而上城必
破矣宋江大喜即傳令公孫勝先
登拱秀山仗劍作法用水一噴喝
声道疾只見霧氣滿空遮了軍兵
只聞金鼓之声東門盧俊義催兵
上雲梯登城果然城上賊兵不見
末兵來攻孫安牽敢死之士各時
利刀一擁上城黄施俊看見望西
二刻英雄譜

内阁文库藏本第 96 回 17.14a-15a 书影

却說宋江人馬水陸並行已到桐
崗屯札下三個大營左營盧俊義
兵馬中營宋公明後營張招討各
首尾相接不斷當日宋江喚瀵汎
問曰此去是何關隘瀵汎曰此去
地名飛燕坡迤西地界須打破呂
梁關方可通石祈城宋江聽罷便
曰此去賊境不遠即令馬靈到盧
先鋒營中傳令使孫安前去探聽
消息盧俊義得令便撥孫安等七
員將引兵二萬還奔飛燕坡來哨
探且說呂梁關守將二員魯成劉
敏聞知宋江引兵到來魯成曰宋
江初入吾境未知虛實可開關殺
去必能取勝刘敏曰只可堅守令

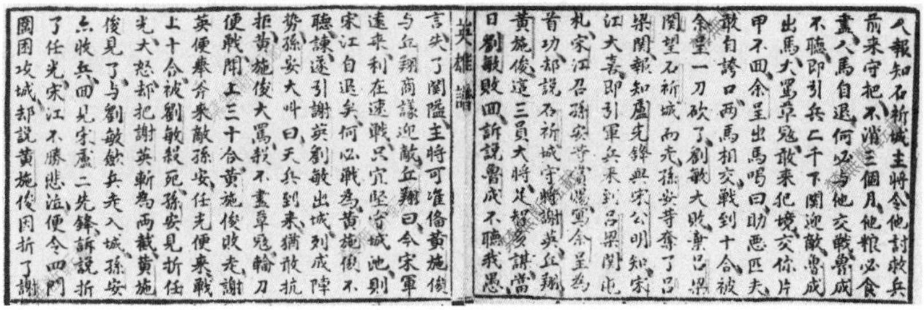
人報知石祈城主將令他討救兵
前來守把不消三個月他粮必食
盡人馬自退何必与他交戰魯成
不聽即引兵二千下關迎敵魯成
出馬大罵草冦敢來犯境交鋒片
甲不回余呈出馬喝曰助悪匹夫
敢自誇口兩馬相交戰到十合被
余呈一刀砍了劉敏大敗棄呂梁
關望石祈城而走孫安等奪了呂
梁關報知盧先鋒与宋公明知宋
江大喜即引軍兵來到呂梁關屯
札宋江召孫安等賞賜寫余呈為
首功却說石祈城守將謝英丘翔
黄施俊這三員大將足智多謀當
日劉敏敗回訴說魯成不聽我愚
英雄譜
言失了關隘主將可准備黄施俊
与丘翔商議迎敵丘翔曰今宋軍
遠來利在速戰只宜堅守城池則
宋江自退矣何必戰為黄施俊不
聽諫遂引謝英劉敏出城列成陣
勢孫安大叫曰天兵到來猶敢抗
拒黄施俊大罵殺不盡草冦輪刀
便戰鬪上三十合黄施俊敗走謝
英便舉斧來敵孫安任光便來戰
上十合被劉敏殺死孫安見折任
光大怒却把謝英斬為兩截黄施
俊見了与劉敏斂兵走入城孫安
点收兵回見宋盧二先鋒訴說折
了任光宋江不勝悲泣便令四門
圍困攻城却說黄施俊因折了謝

筑波大学藏本第 96 回 17.14b-15b 书影

这 4 处京都大学藏本刊印有误之处，内阁文库藏本与之相同。不仅如此，第四处 17.14ab，京都大学藏本此叶两个半叶都出现了断板之处，内阁文库藏本亦与之相同。由此来看，内阁文库藏本与京都大学藏本应该是两个十分相近的本子。虽然相近，但并不代表这两个本子完全同版。这两个本子有两处差异较大的地方，分别是京都大学藏本第七卷第 41 回 7.25a（第 615 页）至第八卷终（第 762 页）以及第十七卷第 99 回。

第一处是京都大学藏本 7.25a 及之后，行款发生了改变，从半叶 16 行、行 14 字变成了半叶 15 行、行 14 字，半叶 15 行、行 14 字是初刻本版式，京都大学藏本版心也从“二刻英雄谱”变为了“英雄谱”。这种情况一直持续到第八卷终，第九卷又恢复了正常。可以推测，京都大学藏本改易行款的部分，用的是初刻本板木而非二刻本。同时，由于二刻本板木的行款与初刻本不同，所以第七卷中间掺入初刻本叶面，也使得版面文字发生了错乱。7.25a（第 615 页）至 7.27b（第 620 页）第 3 行与 7.22b（第 610 页）第 3 行至 7.24b（第 614 页）的内容发生了重复，7.37ab（第 639、640 页）与 7.38ab（第 641、642 页）的内容发生了重复，但是此处却漏刊了初刻本 7.37ab 一叶。内阁文库藏本此处则完全遵照二刻本行款刊刻，版心也是“二刻英雄谱”。可以想见，京都大学藏本刊刻时间当在内阁文库藏本之后，内阁文库藏本是完整的二刻本，而京都大学藏本却用初刻本板木进行了补刊。出现这种情况的原因可能是，京都大学藏本刊刻之时，二刻本部分板木丢失或者损坏，但书坊主又不想重新造板，所以用初刻本板木进行补齐。

第二处是京都大学藏本第十七卷第 99 回卷末之处，17.50b（第 1598 页）第 16 行“却被乱军杀了特来报知宋江大悦”后有 3 行文字被删除，第 16 行文字后紧接正文“领上又见火灭烟消且听下回分解”，文辞完全衔接不上。京都大学藏本之所以删去这 3 行文字，为的就是节省一叶的纸张。内阁文库藏本此处并没有删去这 3 行文字，但同样达到了节省一叶纸张的效果。因为内阁文库藏本在正文中删去了 2 首诗，17.46a（第 1871 页[①]）删诗 1 首，删除文字 3 行，17.50a（第 1879 页）删诗 1 首，删除文字 3 行，共删去文字 6 行，所以内阁文库藏本不仅没有删除卷末的 3 行正文，而且卷末还空出 3 行留白。此处京都大学藏本与内阁文库藏本的差异，也说明了内阁文库藏本与京都大学藏本均非二刻本的初刻。二本文字出现了此有彼无之处，京都大学藏本比内阁文库藏本多 2 首诗，内阁文库藏本比京都大学藏本多 3 行文字，所以二者不可能存在承继关系，而是来源于更早的底本。内阁文库藏本删诗之时，也留下了痕迹，17.50a（第 1879 页）删诗之后重新造板，而此半叶《水浒》部分的版面比《三国》部分小，上下栏并未对齐，似仅《水浒》部分文字栏重新造板。另外，二十卷二刻本为了节省纸张，刊刻者用了不少办法，但是从来没有出现过京都大学藏本这种粗暴的删节方式，相反像内阁文库藏本对诗词的删节，倒是二刻本节省纸张最常用的办法。

---

①为便于检索，此为台湾天一出版社影印本页码。下同。

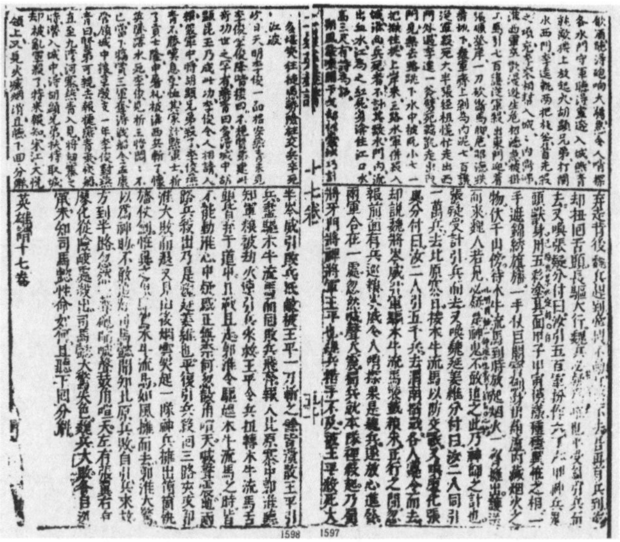

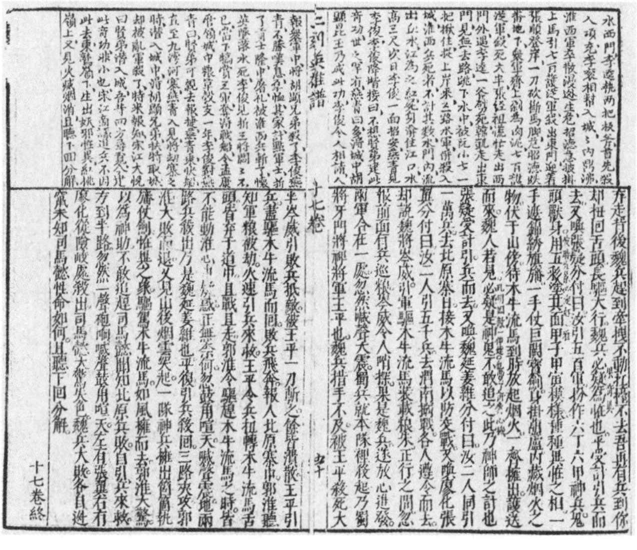

京都大学藏本与内阁文库藏本卷十七末叶书影

如前文所述，京都大学藏本与内阁文库藏本既有同版的叶面，但又有不同之处，那么二者到底是什么关系？首先从同版叶面说起，京都大学藏本与内阁文库藏本同版叶面不少，但即便同版，也可以看出来，内阁文库藏本的刊印时间早于京都大学藏本。因为同版的叶面，京都大学藏本断口更多、裂缝更大。以上文 17.14b 为例，《水浒》部分，内阁文库藏本无断口，京都大学藏本有两处大断口;《三国》部分,内阁文库藏本有两处断口,第二处断口延伸到第5字,京都大学藏本除有两处断口外,下边框漶漫不清,第一处断口延伸到第2字,第二处断口延伸到第6字。其他二本同版叶面基本如是,可见内阁文库藏本版面情况优于京都大学藏本,其刊印时间也当早于京都大学藏本。

此外,尚有一处可证内阁文库藏本刊刻在京都大学藏本之前。刘世德先生文章中列举了不少初刻本与二刻本不同的文字①,京都大学藏本与内阁文库藏本在此等处几乎完全相同,只有一处存在差异。初刻本第102回"三大王知罡星犯吴地,特差下官领军到来,巡守江面,不想枢密失利,下官与你报仇,枢密当出助战(18.45b)","三""下""下""与""出"五字,内阁文库藏本作"之""下""下""兴""来",而京都大学藏本作"之""不""不""兴""来"。内阁文库藏本三个字与初刻本不同,京都大学藏本五个字与初刻本不同。由此可见,内阁文库藏本虽然也有不少误字,可能是磨损的原因,也可能是翻刻致误,但是京都大学藏本的误字更多。

关于同版叶面,京都大学藏本7.25a至第八卷终,书中所用补刊的初刻本与筑波大学所藏初刻本同版,但是版面磨损情况较之筑波大学藏本严重不少。如8.5b《三国》部分,筑波大学藏本有一处断板,裂缝较小,延伸到第4字,京都大学藏本此处断板裂缝极大,整个半叶此行文字均开裂。如此等处不少,京都大学藏本所用初刻本叶面的断板情况颇为严重。由此也可见,英雄谱本的初刻本可能只有一副木板。

其次从异版叶面来说,除去上文所说的内阁文库藏本与京都大学藏本两处比较大的叶面差距外,二者还有不少文字几乎相同但是异版的叶面。如上文举例17.14b后四叶的17.18b,《三国》部分,内阁文库藏本有2处断口,其中第二处断口裂缝方向横直,延伸到第5字,京都大学藏本只有1处断口,裂缝方向为斜线,延伸到第6字,此半叶二者非同版。

由上可知,京都大学藏本与内阁文库藏本是两个十分相近的本子,二本部分叶面同版,部分叶面异版。内阁文库藏本更接近于原本二刻本。京都大学藏本形成如今版面情形,有两种可能性:其一,京都大学藏本是另一副

①刘世德:《雄飞馆刊本〈英雄谱〉与〈二刻英雄谱〉的区别》,《阴山学刊》(社会科学版)1988年第1期。

板木的本子，其中出现的内阁文库藏本以及初刻本的叶面，皆因京都大学藏本原本板木缺失或者残损，所以以此二者补之；其二，京都大学藏本与内阁文库藏本最初实为同版，后因翻印次数过多，板木损毁以及佚失，故而以初刻本以及他本叶面补之，或兼之部分叶面重新造板。然而无论如何，现存京都大学藏本为百衲本。有鉴于此，下文在二刻本与初刻本的比对研究中，二刻本将选取内阁文库藏本为主要比照对象。

3. 国图所藏两种英雄谱本的残本概况

除以上所提到的内阁文库藏本、京都大学藏本、尊经阁藏本之外，中国国家图书馆另外藏有两本二刻英雄谱本的残本。其中之一索书号为14925，此本存目录《三国》回目半叶，目录《水浒》回目全部，《水浒传英雄姓氏》（《三国英雄谱帝后臣僚姓氏》），部分图赞，共计三册。此书原先残损较为严重，今重修完好，甚为精美。图赞部分首幅“祭天地桃园结义”及第六十四幅“智深打镇关西”有“刘玉明刻”字样，赞图双色套印，赞语墨色，赞语旁句读、行间批语、印章为朱色。图赞叶中有不少图赞只剩下赞语半叶而图半叶缺失，《三战吕布》《北海解围》《辕门射戟》《许田射鹿》《延津诛丑》《鼓斩蔡阳》《议定三分》《黄颜建功》《汉王称帝》《艾破姜维》《柴进门招天下客》均如是，《李郭倡乱》图赞缺半，整个图赞截止到《母夜叉卖人肉》，此图只剩图像的残叶。由于书叶残损较为严重，所以不易判断其与内阁文库藏本的关系。

其中之二索书号为16712，郑振铎原藏本。首《英雄谱弁言》《三国志目次》《水浒传目录》（《水浒传目录》只到第一百回卢俊义分兵宣州道　宋公明大战毗陵郡）、图赞19叶，只有《三国》插图，截止到有陈子壮赞语的《亮激孙权》，版心题“二刻英雄谱”。郑振铎原藏本插图与内阁文库藏本并非同版，二者存在一定的差异。首先是插图部分的差异，其一，内阁文库藏本插图中有标目，而郑振铎原藏本没有。其二，第一回“祭天地桃园结义”一图，内阁文库藏本有“刘玉明刻”字样，而郑振铎原藏本没有。其三，二者在细节处也有差别。如“曹操刺杀董卓”一图，下方的树叶，郑振铎原藏本较内阁文库本为少；又如“李傕郭汜乱长安”一图，云彩处和草地处，郑振铎原藏本均较内阁文库本为少。其次是赞语部分的差异，其一，郑振铎原藏本赞语批点大量缺失。如《桃园结义》赞语，内阁文库藏本批语“桃花解语了”，郑振铎原藏本只有“桃花解”三字；再如《操刺董卓》赞语，内阁文库本有2

条批语，“快哉”与“操几难于自问矣”，郑振铎原藏本只有 1 条批语，且仅剩“哉”字。其二，赞语部分的印章不同。郑振铎原藏本共存 19 幅赞语，有 6 幅印章与内阁文库藏本不同。且香港中文大学所存初刻英雄谱本图赞，有 1 幅赞语《亮激孙权》能约略看到印章，此印章初刻本与内阁文库藏本相同，而与郑振铎原藏本不同。由以上诸处来看，郑振铎原藏本当刊刻于内阁文库藏本之后，内阁文库藏本图赞更接近于初刻本①。

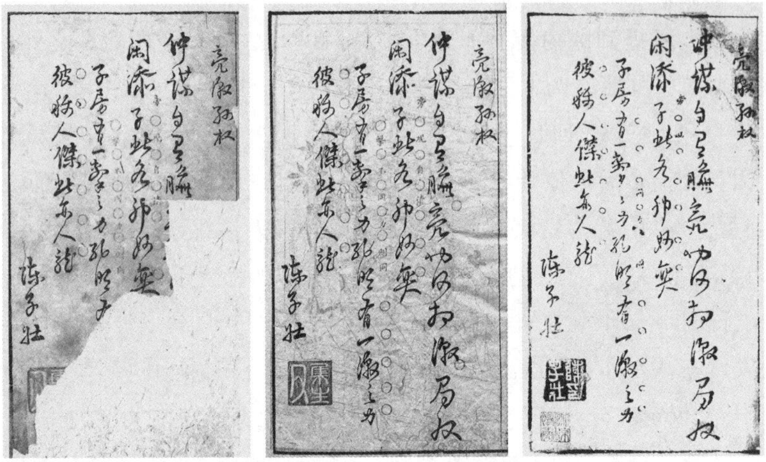

初刻英雄谱本、内阁藏本、郑振铎藏本赞语书影

三、三刻英雄谱本概况

三刻英雄谱本从未见之于任何目录以及著录，此本曾出现于孔夫子旧书网的拍卖市场，仅存书末两册，具体所存回数以及卷数不明。此书版心上端题“三刻英雄谱”。二十卷部分半叶十六行、行十三字，行款与二刻本相同。现今孔网所存半叶比较清晰的书影为 20.2b，将此半叶与二刻本比对，发现三刻本有两个误字，“祖居”三刻本误作“徂居”，“童枢密”三刻本误作“重枢密”。由此来看，三刻本当为二刻本的翻刻本，版面、行款均未改变，但误刊之处较之二刻本为多。

①由于京都大学藏本缺失图赞，不知郑振铎原藏本图赞与京都大学藏本图赞是否相同，若不相同，则二刻英雄谱本刻板又多出一副。

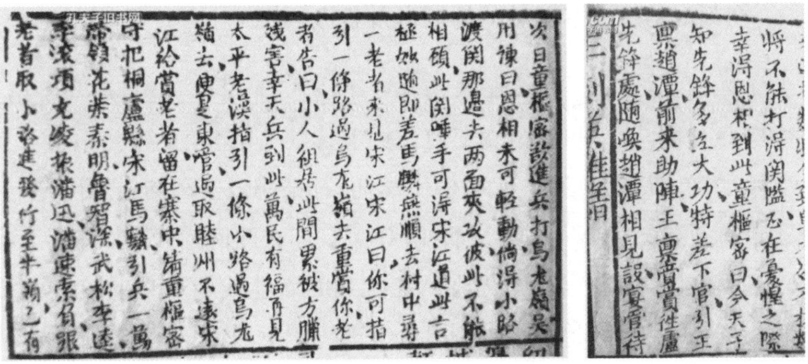
次日童樞密説進兵打烏龍嶺，吴用諫曰：恩相未可輕動，倘得小路渡關，那邊夫兩面夾攻，彼此不能相顧，此關唾手可得。宋江道：此言極妙。隨即差馬麟、燕順去村中尋一老者來見宋江。宋江曰：你可指引一條路過烏龍嶺去，重賞你。老者告曰：小人祖居此間，累被方臘殘害，幸天兵到此，萬民有福，再見太平。老漢指引一條小路過烏龍嶺去，便是東管，過取睦州不遠。宋江給賞老者，留在寨中，請童樞密守把桐廬縣。宋江、馬麟引兵一萬，帶領花榮、秦明、魯智深、武松、李逵、李滾、項充、[illegible]老者取小路進發，行至半嶺之有

將不能打得關隘，正在憂惶之際，幸得恩相到此。童樞密曰：今天子知先鋒多立大功，特差下官引王稟、趙譚前來助陣。王稟賞從盧先鋒處，隨與趙譚相見，設宴管待

三刻本卷二十正文书影

第二节　刘世德先生关于初刻、二刻英雄谱本的研究以及补遗

一、刘世德先生关于初刻、二刻本的研究

1988 年刘世德先生在《阴山学刊》（社会科学版）第 1 期发表了《雄飞馆刊本〈英雄谱〉与〈二刻英雄谱〉的区别》一文（以下简称刘文），对雄飞馆所刊《英雄谱》以及《二刻英雄谱》二书之间的区别作出了论述①。此文后收录于 2014 年刘世德先生关于《水浒》的专著《水浒论集》之中。

刘世德先生用以比对的初刻本乃是六卷残本，残存两册，一册包括卷十三至卷十五，另一册包括卷十八至卷二十；用以比对的二刻本乃是京都大学藏本，同朋舍影印本。此篇文章中刘先生做了以下研究：1. 初刻本残本的概况，包括以天干为名的分集形式、批语情况、分回情况、残本基本概况；2. 初刻本与二刻本版刻之间的不同，包括版式、回目等；3. 初刻本和二刻本文字之间的不同，一种是把繁体字改为简体字，一种是原版个别字迹模糊不清则重新刻写，得出结论：这些文字的改动构成了雄飞馆初刻本异于雄飞馆二刻本的特征，这些文字的改动证明了雄飞馆初刻本优于雄飞馆二刻本；4. 二刻本对初刻本诗句的删略，得出结论：删诗的主要目的在于节省纸张。

由于刘先生研究之时所用到的初刻本是残本，只残存 6 卷，本子残缺较多，所以得出的结论，有些并不十分准确。以下将用日本筑波大学所藏初刻本进行研究，对刘先生的文章作出补遗。

---

①刘世德：《雄飞馆刊本〈英雄谱〉与〈二刻英雄谱〉的区别》，《阴山学刊》（社会科学版）1988 年第 1 期。

二、初刻本与二刻本行款的异同以及拼版问题

关于初刻本的行款，刘文记录为半叶15行、行13字，此行款与严绍璗先生书中载录相同[①]。同时，刘文记载二刻本行款为半叶16行、行13字，魏安先生书中二刻本行款记载同于刘文[②]。然而，孙楷第以及马蹄疾二位先生书中载录二刻本行款却为半叶17行、行14字[③]。那么此两种载录以何者为是？

首先是初刻本的行款，刘先生所能见到的六卷残本初刻本（13—15卷、18—20卷）中，行款基本上是半叶15行、行13字，然而却有一处例外，在第十五卷第86回15.42a至此卷终，此处行款为半叶16行、行14字。此种行款在初刻本其他卷中，也出现过多次，具体情况如下：

1. 第一卷卷首至第一卷第5回1.40b，行款皆为半叶16行、行14字；

2. 第六卷第37回6.41a至卷末，行款为半叶16行、行14字；

3. 第八卷第47回8.43a至卷末，行款为半叶16行、行14字；

4. 第十一卷第65回11.48a半叶16行、行14字，11.48b前5行每行14字，其余行皆为13字；

5. 第十七卷第99回17.54ab（一叶）行款为16行、行14字。

基本上来说，初刻本有两种行款，一种是半叶15行、行13字，此种行款占全书绝大部分；另一种是半叶16行、行14字，这种行款占全书小部分。

初刻本的两种行款了解清楚之后，再来考察二刻本的拼版问题。刘文中已经提到"粗粗一看，二刻本似乎是初刻本的复印。绝大部分的字体或字迹基本上一模一样。由于行数不同，一个是十五行，一个是十六行，所以复印时的拼版痕迹依稀可以辨认"，但是刘文并没有详述二刻本如何拼版，以下将具体来论述。

由于初刻本有两种行款，半叶15行、行13字与半叶16行、行14字。然而无论哪一种行款，二刻本都只对行的篇幅进行增加，增加1行，而不增加字的篇幅。也就是说初刻本半叶是15行、行13字，那么二刻本此处则为16行、行13字；初刻本半叶是16行、行14字，那么二刻本此处则为17行、行14字。如此的话，以第1个半叶论，初刻本是15行、13字，二刻本是16行、

①严绍璗编著：《日藏汉籍善本书录》（下），中华书局2007年版，第1995页。

②［英］魏安：《三国演义版本考》，上海古籍出版社1996年版，第22页。

③孙楷第：《中国通俗小说书目》，人民文学出版社1982年版，第214页；马蹄疾编著：《水浒书录》，上海古籍出版社1986年版，第104页。

13 字，二刻本中多出的 1 行，就是将初刻本第 2 个半叶第 1 行拼进初刻本第 1 个半叶之中。那么，二刻本第 2 个半叶就是初刻本第 2 个半叶剩余 14 行再加上第 3 个半叶前 2 行的拼版，如此一来，二刻本比初刻本每半叶多出 1 行。到二刻本第 15 个半叶之时，就比初刻本整整多出了 15 行，也就是一个初刻本的半叶，此时初刻本是 16 个半叶。如此循环，直至每一卷的卷末。

之所以说二刻本的刊刻是用初刻本进行拼版，而不是重新造板，有两处证据。第一处证据是初刻本有两种行款，而行款的变更都是以半叶为单位，极少出现半叶书中某一行行款变更的现象。而二刻本却不是如此，基本上初刻本行款发生变动之处，二刻本只能于半叶文字中跟着改变。上述提到的 5 处初刻本行款变动之处，二刻本的变动都在半叶文字中：

1. 初刻本第 5 回的变动，二刻本 1.38b（第 374 页[①]）前 5 行为 14 字，后 11 行为 13 字；

2. 初刻本第 37 回的变动，二刻本 6.38a（第 851 页）前 15 行为 13 字，最后 1 行为 14 字；

3. 初刻本第 47 回的变动，二刻本 8.40a（第 1041 页）前 12 行为 13 字，后 4 行为 14 字；

4. 初刻本第 65 回的变动，二刻本 14.44b（第 1320 页）前 8 行 13 字，后 8 行 14 字；

5. 初刻本第 99 回的变动，二刻本 17.50a（第 1879 页）前 2 行 13 字，后 14 行 14 字。

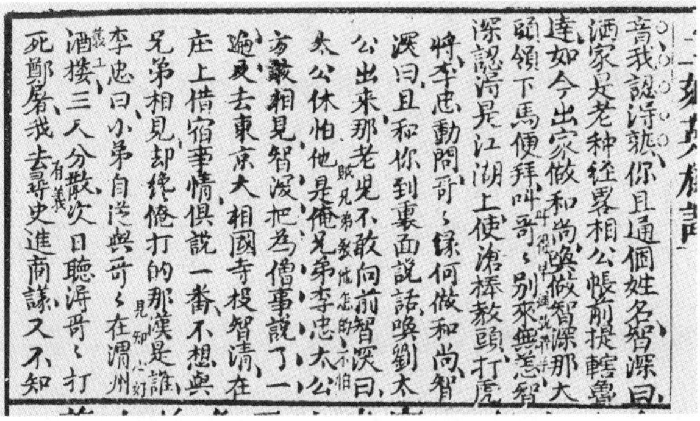
音我認得熟你且通個姓名智深曰
洒家是老种經畧相公帳前提轄魯
達如今出家做和尚喚做智深那大
頭領下馬便拜叫哥哥別來無恙智
深認得是江湖上使鎗棒教頭打虎
將李忠動問哥哥緣何做和尚智
深曰且和你到裏面說話喚劉太
公出来那老兒不敢向前智深曰
太公休怕他是俺兄弟李忠太公
方敢相見智深把為僧事說了一
遍又去東京大相國寺投智清在
庄上借宿事情俱說一番不想與
兄弟相見却緣俺打的那漢是誰
李忠曰小弟自從與哥哥在渭州
酒樓三人分散次日聽得哥哥打
死鄭屠我去尋史進商議又不知

内阁文库藏本 1.38b 书影

①此为台湾天一出版社影印本页码。下同。

第二处证据是全书共有 3 处拼版时留下的板框痕迹，这些痕迹在二刻本刊刻的过程中并未消除。这三处分别在第四卷第 23 回 4.1b（第 592 页）、第二十卷第 109 回 20.23ab（第 2093、2094 页）。其中如 20.23a 第 12 行与第 13 行中间有一条粗线，这条粗线的右边是初刻本 20.24b 的一部分，粗线的左边是初刻本 20.25a 的一部分。这两处证据均可说明，二刻本刊刻之时，以初刻本作为拼版的对象。之所以进行拼版，毫无疑问就是为了节省纸张。

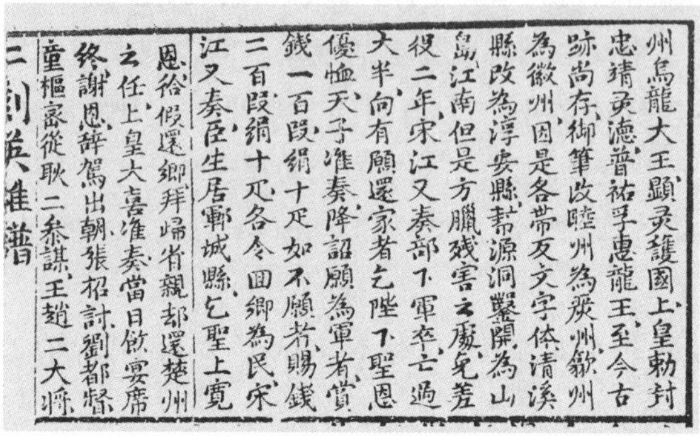
州烏龍大王顯灵護國上皇勅封
忠靖灵德普祐孚惠龍王至今古
跡尚存御筆改睦州為厳州歙州
為徽州因是各带反文字体清溪
縣改為淳安縣幫源洞鑿開為山
島江南但是方臘残害之處免差
役二年宋江又奏部下軍卒亡過
大半向有願還家者乞陛下聖恩
優恤天子准奏降詔願為軍者賞
錢一百貫絹十疋如不願者賜錢
二百貫絹十疋各令囬郷為民宋
江又奏臣生居鄆城縣乞聖上寛
恩給假還郷拜掃省親却還楚州
之任上皇大喜准奏當日欽宴席
終謝恩辭駕出朝張招討劉都督
童樞密從耿二参謀王趙二大將
二刻英雄譜

内阁文库藏本 20.23a 书影

最后，由于知道了二刻本的刊刻方式，那么二刻本的行款也就很清楚了。基本上有两种：一种是书中绝大部分文字的行款半叶 16 行、行 13 字，另一种是书中小部分文字的行款半叶 17 行、行 14 字。所以，孙楷第、马蹄疾、刘世德、魏安、严绍璗等诸位先生都只说对了一部分。刘先生之所以只注意到了前者，恐怕是因为与残本校对的二刻本行款如此；孙、马二先生只提到后者，恐怕是因为只看了卷一首叶文字行款所得出的结论。当然，由于二刻本的刊刻是为了节省纸张，所以也会出现比较奇异的行款，如 6.3a（第 781 页）行款为半叶 17 行、行 13 字；15.39a-15.41b（第 1675—1680 页）行款为半叶 16 行、行 14 字；17.50a（第 1879 页）行款为半叶 16 行、行 14 字等。但这些行款都极其少见，应该是刊刻过程中发生舛误，并非常例。

三、二刻本删诗以及节省纸张的问题

刘文中有两张表格，表一是二刻本各卷各回删诗情况的统计，表二是初刻本和二刻本页数的对比以及二刻本所删行数、所节省页数的统计。先从表一讨论，初刻本的残本六卷 25 回共删诗 23 首，刘文根据这一数据，得出全书删诗

数量大概在70首至100首之间。现今以筑波大学所藏初刻本全书来看，共删诗43首，这个数字与刘先生所估计的数字有很大的差距。何以出现如此之大的差距？主要还在于初刻本前十卷的删诗数量。前十卷除了卷一删了2首诗之外，其余9卷竟未删一首诗。现将各卷删诗情况列举如下：卷一删2首，删字12行；卷十一删4首，删字12行；卷十二删4首，删字15行；卷十三删5首，删字17行；卷十四删3首，删字9行；卷十五删7首，删字23行；卷十六删2首，删字7行；卷十七删7首，删字23行；卷十八删3首，删字12行；卷十九删3首，删字12行；卷二十删3首，删字12行。共计删诗43首，删字154行。

再来看刘文中的表二，二刻本对应部分与初刻本的残本六卷相比，叶数要少18叶，刘文推知二刻本全书二十卷所少的叶数当在64叶左右。现将筑波大学所藏初刻本全书与二刻本对比，发现正文部分二刻本少了68叶，与刘文所推断的叶数相差不大。但是刘文表二列举的数据却出现了一个问题，就是特意将二刻本删诗所删行数列举一栏，让人觉得删诗与二刻本节省纸张叶数关系紧密，并且文中认为删去诗词韵文也是节省纸张的一条捷径。刘文此一看法，显然是将删诗与节省纸张画上了等号。实际情况并非如此。由上文可知，二刻本为了节省纸张，对初刻本最大的改造是拼版。因为拼版，二刻本每7.5叶就能节省半叶纸张，而删诗总共不过154行，换算下来节省的纸张不到5叶，平均而言每卷删诗仅仅能够节省四分之一叶的纸张。所以，二刻本节省纸张的关键是对初刻本的拼版，增加了每半叶正文的行数，而删去诗词仅仅是纸张节省部分占比很小的一块。

最后，初刻本全书包括正文前附件53叶，佚失的图赞100叶，正文978叶，共计1131叶，而二刻本全书包括正文前附件49叶，图赞100叶，正文910叶，共计1059叶。二刻本全书共节省纸张72叶，占全书的6.8%。也就是说，相对于初刻本而言，每印15部二刻本节省出的纸张，就能多印一部二刻本，这是一个非常可观的数字。

第三节　钟伯敬本与英雄谱本研究

一、钟伯敬本概况与辨疑

钟伯敬本，全称为《钟伯敬先生批评忠义水浒传》。此本为繁本，属容与堂本一脉。按理而言，此本不应该跟属于简本的英雄谱本有直接的关系。但是从第一节可知，英雄谱本属于建阳刊本，而钟伯敬本也是现存唯一确定的一种由建阳刊刻的繁本。钟伯敬本的底板恐怕并非建阳书坊所刊刻，此本只是建阳书坊据他地书板翻印。钟伯敬本现存有三处：一、日本东京大学综合图书馆藏本，此本为神山闰次原藏本；二、日本京都大学图书馆藏本；三、巴黎法国国立图书馆藏本。其中只有法国巴黎藏本卷首有书名页，左下角署题“四知馆梓行”字样，而“四知馆”正是断定此本为建阳书坊刊印的关键所在。据刘世德先生考证，现存三种钟伯敬本都是四知馆刊本，四知馆刊本是利用积庆堂刊本的旧版重印，此本的刊行时间当在明天启四年至五年（1624—1625）之间[①]。

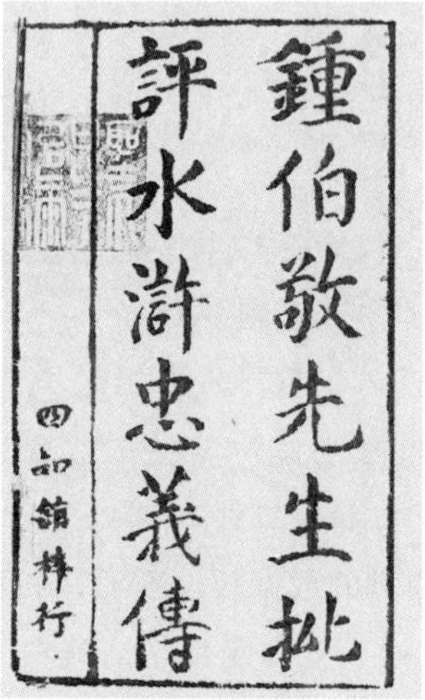

巴黎藏本封面书影

关于钟伯敬本四知馆与积庆堂的问题。“四知馆”之名三处藏本仅一见，只存在于巴黎藏本封面之中，封面左下端题“四知馆梓行”。“积庆堂”之名则全书也仅一见，三处藏本相同，此处为卷二十二第3叶板心下端，题“积庆堂藏板”。根据全书3处有别于其他书页的补刊叶可知，积庆堂为原版，四知馆利用积庆堂板木重印。值得注意的是，积庆堂刊刻的尚有《钟伯敬先生批评三国志》，此书第3、12、19卷版心下端个别叶面题有“积庆堂藏板”五字[②]。《钟伯敬先生批评三国志》与《钟伯敬先生批评水浒传》，二者板式相同，补刊叶面的字体也极为相似，《钟伯敬先生批评三国志》也被认为是四知馆用积庆堂板木重印的本子。如此一来，四知馆与积庆堂问题的探讨也就涉及刊刻与传播领域。

首先是积庆堂的相关情况。《明代版刻综录》与《全明分省分县刻书考》二书中均没有出现积庆堂刊刻的书籍，《小说书坊录》中将《钟伯敬先生批评水浒传》的出版权划在积庆堂名下，而非四知馆，其他积庆堂刊刻的小说

①刘世德：《钟批本〈水浒传〉的刊行年代和版本问题》，《文献》1989年第2期。

②卷三第31和32叶、卷十二第39和40叶、卷十九第20叶版心底端有“积庆堂藏板”五字。

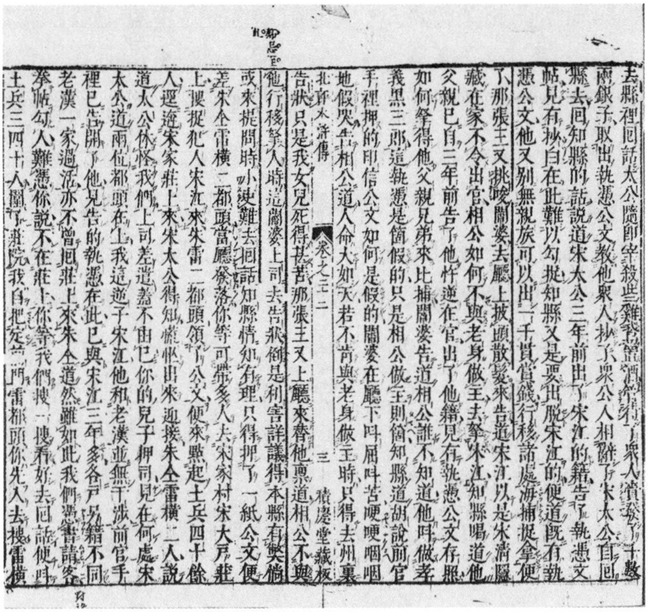
去縣裡回話太公隨即宰殺些雞鵝置酒管待了衆人賫發了十數
兩銀子取出執憑公文教他衆人抄了衆公人相辭了宋太公自回
縣去回知縣的話說道宋太公三年前出了宋江的籍告了執憑文
帖見有抄白在此難以勾捉知縣又是要出脫宋江的便道既有執
憑公文他又別無親族可以出一千貫賞錢行移諸處海捕捉拿便
了那張三又挑唆閻婆去廳上披頭散髮來告道宋江以是宋清隱
藏在家不令出官相公如何不與老身做主去拏宋江知縣喝道他
父親已自三年前告了他忤逆在官出了他籍見有執憑公文存照
如何拏得他父親兄弟來比捕閻婆告道相公誰不知道他叫做孝
義黑三郎這執憑是個假的只是相公做主則個知縣道胡說前官
手裡押的印信公文如何是假的閻婆在廳下叫屈叫苦哽哽咽咽
地假哭告相公道人命大如天若不肯與老身做主時只得去州裏
告狀只是我女兒死得甚苦那張三又上廳來替他禀道相公不與
[illegible]水滸傳 卷之二十二 三 積慶堂藏板
他行移拏人時這閻婆上司去告狀倒是利害詳議得本縣有弊倘
或來提問時小吏難去回話知縣情知有理只得押了一紙公文便
差朱仝雷横二都頭當廳發落你等可帶多人去宋家村宋大戶莊
上要捉犯人宋江來朱雷二都頭領了公文便來點起土兵四十餘
人逕奔宋家莊上來宋太公得知慌忙出來迎接朱仝雷横二人說
道太公休怪我們上司差遣蓋不由己你的兒子押司見在何處宋
太公道兩位都頭在上我這逆子宋江他和老漢並無干涉前官手
裡已告開了他見告的執憑在此已與宋江三年多各戶另籍不同
老漢一家過活亦不曾回莊上來朱仝道然雖如此我們憑書請客
奉帖勾人難憑你說不在莊上你等我們搜一搜看好去回話便叫
土兵三四十人圍了莊院我自把定前門雷都頭你先入去搜雷横

京都大学藏本卷二十二第 3 叶书影

则未见，包括钟伯敬本《三国志》[1]。《中国版刻综录》中积庆堂出现过两次，一是明代“金林积庆堂”崇祯六年（1633）刊刻了书籍，一是清代嘉庆十八年（1813）刊刻了书籍[2]。金林到底为何处，不明，似乎为金陵所误。《明代书坊与小说研究》中将《钟伯敬先生批评水浒传》此书归为两地，有四知馆本，也有积庆堂本，而积庆堂被划归“所处地区不详的书坊”[3]。此外，通过“全国古籍普查登记基本数据库”“中文古籍联合目录及循证平台”“日本所藏中文古籍数据库”等数据库的检索，发现明代积庆堂刊刻的书籍有三种，第一种为明万历四年（1576）陈氏积庆堂所刊《南华真经口义》；第二种为明万历三十一年（1603）积庆堂刊刻《新镌通鉴节要》；第三种为崇祯六年（1633）金林积庆堂刊刻《音韵日月灯》[4]。

①王清原、牟仁隆、韩锡铎编纂：《小说书坊录》，北京图书馆出版社 2002 年版，第 10 页。

②杨绳信编著：《中国版刻综录》，陕西人民出版社 1987 年版，第 54、266 页。

③程国赋：《明代书坊与小说研究》，中华书局 2008 年版，第 401 页。

④金林积庆堂崇祯六年（1633）所刊《音韵日月灯》即《中国版刻综录》所提及之书，此书日本京都大学人文科学研究所有藏，存《同文铎》三十卷并卷首四卷，《同文铎》封面中间大字书“同文铎”，右栏上署“吕介儒先生著”，左栏下题“金林积庆堂”，关于此刊本的研究甚少。《音韵日月灯》最早的刊本为志清堂刊本，此本封面有“志清堂藏板”字样，后有重订本，重订本封面有“重订定本”字样。积庆堂刊本与此二本均有差异，此本卷一卷端题为“字学正韵通”，而其他两本均为“音韵日（转下页）

其次是四知馆的相关情况。《中国版刻综录》中有记载四知馆，但未提坊主。剩下的书籍记录中大多数认为四知馆坊主为杨丽泉，但对于四知馆的归属地却有三说。第一种是《全明分省分县刻书考》在徽州府学“四知馆书林”条中所载：杨金，字丽泉，号君临，又号轸飞，安徽省当涂县人，设书肆歙县①。此说仅此一见。第二种为多数学者的观点，认为四知馆为建阳杨氏书坊。这种观点的代表有：《建阳刻书史》《福建省志·出版志》（题作“杨氏四知堂”当为“四知馆”之误）、《明代书坊与小说研究》《明代建阳书坊刊刻戏曲知见录》。第三种则认为四知馆并非建阳书坊，这种说法主要表现在一些著作在叙述建阳刻书之时，并未将四知馆列入其中，如《福建古代刻书》《在盛衰的背后：明代建阳书坊传播生态研究》（此书参考了《建阳刻书史》一书，但依旧未将四知馆列入其中）。

关于第一种说法，杜信孚氏1985年在《明代版刻综录》一书“四知馆”条的记录仅为：杨金，字丽泉，号君临②。后2001年出版《全明分省分县刻书考》一书，此条目下的书目出现了变更，坊主名姓更为具体，且认为杨氏为徽人，书坊也在歙县。不知《全明分省分县刻书考》中杨氏名姓字号乃至籍贯的由来，杜氏有何根据，不过此说并未被后世学者所采用，如《明代建阳书坊刊刻戏曲知见录》一文中依旧有“未知杨丽泉、杨君临、杨轸飞之间是何关系”的疑问③。关于第二种说法，诸家多为目录列举之说，并未给出太多的根据，只有《建阳刻书史》一书中独为详细：

> 杨氏四知馆之得名，与清白堂一样，也源于杨氏先人杨震。杨震是东汉弘农华阳（今属陕西）人，任东莱太守时，荐举王密为邑令，密感德怀金十斤赠之。曰：“暮夜无知者。”杨震回答说：“天知、地知、我知、你知，怎么能说无人知呢？”杨震因之有清白吏之誉。今存《建瓯新村杨

（接上页）月灯”，积庆堂刊本卷首序言也与二本有较大差异。志清堂刊本《音韵日月灯》或为南京书坊所刊，卷首序言的题署基本在南京。积庆堂刊本当为志清堂刊本的翻刻本，其具体的翻刻地或亦为南京。英国曼彻斯特大学约翰·赖兰兹图书馆所藏《音韵日月灯》的《韵母》部分，此部分卷端同样题为“字学正韵通”，此藏本《韵母》与京都大学所藏《同文铎》当为同一部书中的两个部分，此部分封面中间大字书“正韵通”，右上署“吕豫石先生著”，左上题“一纂洪武正韵 一纂洪武通韵”，左下题“本衙藏版”，栏外横题“韵瑞韵府删复补阙”。此藏本《韵母》部分叶面版心下题“石渠阁补”，石渠阁即为南京书坊。

①杜信孚、杜同书：《全明分省分县刻书考·安徽江西卷》，线装书局2001年版，第10叶上。

②杜信孚纂辑：《明代版刻综录》，江苏广陵古籍刻印社1983年版，卷一第42叶下。

③陈旭东、涂秀虹：《明代建阳书坊刊刻戏曲知见录》，《中华戏曲》2011年第1期。

氏祖谱》记载此事，有“馈金却不受，家传有四知。清白遗子孙，顽夫廉化之”的传家诗。清白堂、四知馆因此也成了杨氏后人的书堂之名。①

无独有偶，引文中的清白堂书坊同样也存在，而且更为巧合的是，杨丽泉在清白堂主持刊刻了《新刻全像达摩出身传灯传》。《新刻全像达摩出身传灯传》一书在《全明分省分县刻书考》中被列为建阳杨江清白堂刊刻②，在《小说书坊录》中被列为清江堂刊刻③。现存《达摩出身传灯传》卷一署“书林丽泉杨氏梓行”，卷二卷三署“书林清白堂杨丽泉梓行”（《中国古代小说总目・白话卷》载卷二卷三卷四署“书林清白堂杨丽泉梓行”，误，卷四未见题署），且此书为孤本，藏于日本天理图书馆，不存在其他的版本，故而《全明分省分县刻书考》与《小说书坊录》所载均误。同时，《明代版刻综录》一书，清白堂共有四处，而在《全明分省分县刻书考》中清白堂则变为了两处，均在建阳，一为杨先春清白堂，一为杨江清白堂。关于此点，或许更像程国赋先生《明代书坊与小说研究》中的归类，一个书坊有多个坊主，杨先春、杨丽泉等人均为清白堂的坊主。而清白堂以杨先春为主，杨丽泉则更多主持四知馆。

由此，在未有确切证据证明杨丽泉为徽人时，四知馆应归为建阳书坊。其一，《徽州刻书与藏书》介绍徽州书坊之时，并未提到杨氏某个书坊特别发达，而建阳杨氏四知馆则刊刻了不少书籍④，其中更有书籍可以直接证明杨丽泉为福建建阳人，杨丽泉所刊刻的《太医院增补捷法医林统要通玄方论大全》，此书卷首《锓医林统要序》末署“万历己酉冬谷月潭城四知馆杨丽泉识”，潭城即福建建阳。其二，杨丽泉刊刻的书籍中，有不少具有明显的建阳标志性板式：上图下文。如上文所说《新刻全像达摩出身传灯传》刻于清白堂，以及《新选南北乐府时调青昆》刻于四知馆。其三，钟伯敬本《水浒传》中有三处由四知馆修补的补刊叶，这三处补刊叶均为简本文字。据校勘，此

①方彦寿：《建阳刻书史》，中国社会出版社 2003 年版，第 331 页。

②杜信孚、杜同书：《全明分省分县刻书考・福建河南卷》，线装书局 2001 年版，第 30 叶上。

③王清原、牟仁隆、韩锡铎编纂：《小说书坊录》，北京图书馆出版社 2002 年版，第 2 页。

④明确与杨丽泉四知馆相关的书籍有：《太医院增补捷法医林统要通玄方论大全》，书末牌记“万历新岁春月艺林四知馆杨丽泉梓行”；《增补评林西天竺藏板佛教源流高僧传宗》，书末牌记“崇祯新岁春月艺林四知馆杨丽泉梓行”；《神峰张先生通考辟谬命理正宗大全》，首卷卷端题“艺林四知馆丽泉杨金绣梓”；《婴童百问》，书末牌记“艺林四知馆杨丽泉梓”；《三教源流圣帝佛帅搜神大全》，封面栏外横题“四知馆杨丽泉梓行”等。徐学林《徽州刻书史长编》认为四知馆为安徽书坊，杨丽泉为安徽人，“杨金，字丽泉，号君临，又号轸飞，安徽当涂人”，此说受杜信孚《全明分省分县刻书考》影响，实误。

三处补刊叶文字接近刘兴我本系统，而刘兴我本即刻于建阳。若四知馆不在建阳，何以补刊的书页用的都是建阳简本。其四，钟伯敬本《水浒传》对后来某些建阳所刊简本《水浒传》产生了一定的影响，此点下文会谈及。之所以有如此影响，也是因为钟伯敬本在建阳翻印。如若不然，诸简本为何没有受到其他繁本的直接影响。凡此种种，足以证明四知馆是建阳书坊，钟伯敬本《水浒传》翻印于建阳。

二、钟伯敬本对英雄谱本的影响

钟伯敬本《水浒传》曾于建阳刊刻，也对建阳后来刊刻的某些简本《水浒传》产生了一定的影响，英雄谱本即是其中之一。钟伯敬本对英雄谱本的影响，最为直观的就是英雄谱本卷首的图赞。在英雄谱本刊刻之前或之后，建阳所刊《水浒传》的插图，无论是早期的种德书堂本、插增本、评林本，还是晚期的刘兴我本、藜光堂本、李渔序本等，都十分粗糙，插图中的人物基本徒具其形，每个人的样貌都极其相似，如果将一幅图拎出来，删除插图标目，则完全不知道插图中所画为何人、所演为何事。这种粗糙的插图情况也并非建阳所刊《水浒传》独有，几乎所有的建阳所刊小说插图均如是。相反，江南刊本小说的插图则颇为精致，像《水浒传》刊本中容与堂本、百二十回本正是此中代表，而钟伯敬本插图亦属于江南刊本插图系统。

从以上介绍中，可知雄飞馆所刊英雄谱本属于建阳刊本，但是此本卷首的插图却颇为精致。不仅如此，英雄谱本卷首的图赞与钟伯敬本也极为相似，二者图赞之间应该有着千丝万缕的联系。现存诸英雄谱本，除却尊经阁藏本情况不明之外，初刻本以及二刻本中图赞齐全的只有内阁文库所藏二刻本，以下即以此本图赞与钟伯敬本图赞进行比对。

上文所说，英雄谱本与钟伯敬本插图颇为相似，乃是钟伯敬本刊刻在前，其插图影响了英雄谱本，那有没有可能是相反的情况，英雄谱本刊刻于前，其插图影响了钟伯敬本？这种情况不太可能存在。因为据刘世德先生所考证，钟伯敬本刊刻于天启四年至五年（1624—1625）之间，而英雄谱本则刊刻于崇祯十五年至十七年（1642—1644）之间，通过二者的刊刻时间，就已经可以判定到底是何者影响了另一者。

以下再列举其他两条证据：其一，一般而言，插图的内容都会体现在回目中，容与堂本、钟伯敬本、石渠阁补印本、三大寇本、大涤余人序本、百二十回本等版本的插图莫不如是，而英雄谱本却有4幅插图的内容没有在英雄谱本回目中出现。此4幅插图分别为《水浒传》部分第18图“梁山泊好汉劫法场”、第22图“宋江大破连环马”、第34图“混江龙太湖小结义”、第35图“鲁智深夜渡益津关”。英雄谱本回目中之所以缺失了4幅插图，理由也很简单，因为英雄谱本省并了回目，而这4幅插图的回目正好在省并之中。

其二，钟伯敬本共有图赞38叶，图39幅。插图分布的回数位置较为均衡，第1—10回有5幅、第11—20回有6幅、第21—30回有4幅、第31—40回有3幅、第41—50回有2幅、第51—60回有3幅、第61—70回有3幅、第71—80回有6幅、第81—90回有2幅、第91—100回有3幅[①]。英雄谱本共有图赞38叶，图38幅，只比钟伯敬本少了第1幅插图，插图内容也与钟伯敬本完全相同。如上所述，钟伯敬本插图按百回均衡分布，没有任何问题。因为描绘的是百回故事内容，每个片段的故事情节都有绘及，无论是大聚义、招安，还是征辽、征方腊，这些内容都在插图中有所体现。然而，英雄谱本的故事内容却不止百回，其情节尚多出征讨田虎、王庆故事。但是英雄谱本的38幅插图，却没有一幅描绘征讨田虎、王庆之事。由此条证据就可以确切地知道，英雄谱本插图是以钟伯敬本为底本。因此，英雄谱本插图有4幅内容没有出现在回目中，全部插图也未曾涵盖征讨田虎、王庆故事，这些缺陷都是英雄谱本仿刻钟伯敬本插图之时并未注意到的问题。

既然知晓了英雄谱本图赞是以钟伯敬本为底本，那么英雄谱本图赞与钟伯敬本存在何种差异？先说插图部分。从大的方面来看，英雄谱本插图与钟伯敬本无异，但在精细程度上，钟伯敬本插图差英雄谱本太多。此点也可以理解，毕竟现存钟伯敬本的刻板刊刻次数过多，板子磨损颇为严重，图像粗糙也是十分正常之事。二本的差异主要在细节方面，如第3图“花和尚倒拔垂杨柳”中，英雄谱本有5只鸟，钟伯敬本只有4只；第4图“豹子头误入白虎堂”，英雄谱本左边比钟伯敬本多出一棵树；第15图“武松醉打蒋门神”，钟伯敬本比英雄谱本左下角多出一块山石；第22图“宋江大破连环马”，钟伯敬本比英雄谱本左下角多出一片草丛。从总体上来说，英雄谱本与钟伯敬本插图细节方面互有多寡，但英雄谱本较之钟伯敬本细节处更加丰富，而且现存二刻本插图比之钟伯敬本缺少的细节，可能是二刻本重刻之时偷工减料所致。初刻本插图较之二刻本更为精细，此点从现存的两叶初

①钟伯敬本第1图不知所属何回，最后一图没有插图标目，亦不知属何回，故而统计插图仅37图。

刻本《水浒传》插图即可窥见一二。此两叶初刻本《水浒传》插图分存于薄井恭一《明清插图本图录》以及香港中文大学图书馆。

钟伯敬本

初刻英雄谱本

二刻英雄谱本

上面三幅插图的内容为“汴梁城杨志卖刀”，此幅初刻本插图收录于《明清插图本图录》。钟伯敬本与初刻本相比，图像几乎完全相同，但初刻本细节处还是要比钟伯敬本多出一些，左上角大树下的小树枝，钟伯敬本只有三簇，初刻本却有多簇，而且初刻本的枝桠明显要长出不少。再看二刻本，此本比之初刻本，所缺的东西就多了。首先左上角的树枝就缺了一处；其次桥栏杆上的雕花也不存；再次桥墩上的狮子仅剩下一个轮廓。

下三幅插图的内容为“曾头市晁盖中箭”，此幅初刻本插图藏于香港中文大学图书馆。此图三本之间的差距要小于上一幅插图。钟伯敬本与初刻本相比，除了右边要少一块山石之外，其他都是极微小的差异，像右数第一位人物的衣领，钟伯敬比初刻本少了一道折痕。二刻本与初刻本相比，差异则更小，都是极其细微之处的不同，像左下角第二位人物，二刻本比初刻本少了一把随身的佩刀；右上两位将领身上战袍的纹饰，二本有所不同；右边山石旁的树叶，二本画法有所不同。

从此二图来看，英雄谱本的初刻本插图在钟伯敬本的基础上后出转精，对于一些细节的处理更加细腻。后来的二刻本重新刊刻之时，则有偷工减料之嫌，不少插图细节都被删去。

此处再举一例英雄谱本后出转精的地方，即上文所言“豹子头误入白虎

钟伯敬本

初刻英雄谱本

二刻英雄谱本

堂”一图（见下图），此图英雄谱本除了左边比钟伯敬本要多出一棵树外，更重要的是，英雄谱本在高堂的牌匾上题着“白虎节堂”四个大字。这四个字很关键，因为小说中有这样一句话“林冲心疑，探头入帘看时，只见檐前额上有四个青字，写道‘白虎节堂’”（钟.7.10b）。英雄谱本插图有“白虎节堂”四字，也符合林冲见到的真实场景。同时，白虎节堂在《水浒传》中是一个重要性的标志物，如果此图不加插图标目，单独拎出来的话，光有“白虎节堂”四字，也能够让读者了解此图所绘为“豹子头误入白虎堂”，反之，若无此四字，那么则很难根据所画图像判定插图为哪回。

钟伯敬木

二刻英雄谱本

除了插图的细节更加细腻之外，二刻本在插图标目位置上也作出了一些调整。钟伯敬本插图标目或在左边，或在右边，或在中间，或在上边，或在下边，或写成一行，或写成两行，各不相同。二刻本则将插图标目全部进行了统一，置于插图左上角位置。插图标目统一之后的好处在于，不需要再去寻找插图标目置于何处，但同样也有缺陷，即插图标目经常被其他物体所遮掩，识别起来比较困难。

再说赞语部分。钟伯敬本与英雄谱本的赞语，最大的区别在于，英雄谱本每幅赞语后都题有作者名姓。关于名姓有无的问题，要追溯到二者赞语的字体。钟伯敬本与英雄谱本二者之间，大部分赞语字体存在差异。而二者自身每幅赞语的字体也多有差异。关于这一点，钟伯敬本则坦言相告，封面题有"象仿古今名人笔意"。一个"仿"字就说明，钟伯敬本虽然赞语有多种字体，但都是仿造古今名人的书法书写，以供读者把玩。熊飞则在赞语方面看到了商机，直接将这些名人坐实，100 幅赞语，100 个人名，除却其间小部分人名重复外，计有 90 位不同的人名。这些人当中不乏当世名流，像文震孟、黄道周、钟惺、张瑞图、张采等，也有一些人确实是当时的书画大家，如文震孟、黄道周、金声、马元震、陈燕翼、张瑞图、傅朝佑、倪元璐、黎元宽等。

英雄谱本赞语中所署名姓之人绝大部分可考，都是活跃于天启至崇祯年间的名人。因为一部小说的刊行，请如此之多的名人题写图赞，显然是不太可能之事。而且题署的名人中万爆死于天启四年（1624），钟惺死于天启五年（1625），他们去世之时，其他的题署人部分年纪尚轻，很多声名未显，所以这些题署毫无疑问是伪托而成。

除此之外，英雄谱本赞语文字与钟伯敬本相比，二者虽然也存在一些不同，但是绝大部分赞语，二者保持着相当密切的关系。这种密切的关系表现为两种形式，或是二者赞语文字几乎没有差别，或是英雄谱本赞语在钟伯敬本的基础上添加了内容。其中又以第二种形式在赞语中占据绝大多数。以下将举例以观钟伯敬本与英雄谱本赞语的情况。

其一，二者赞语不同者。如：

母夜叉卖人肉

盈盈烈烈独当罏。笑将筋肉向砧屠。请看朝士谈兵变。巾帼还为

大丈夫。（钟伯敬本）

母夜叉卖人肉

宋家一朝壮气，尽淹没于诚正心意之中。士大夫谈兵色变。屈膝虏廷，况于巾帼妇人乎？母夜叉肝人之肉，登之刀俎，居为奇货，穷凶极恶，即粘没喝见之，亦应吐舌，中国所望吐气者，赖有此哉！

虎臣吸民膏髓，而弃其尸于沟壑。渠独转市，无纤毫□者，庶不犯暴殄之戒乎？诨至此而毛骨俱冷矣。（倪元璐）（英雄谱本）

（例一）

劫法场

激起牢骚不顾身，梁山千载负高名。年来多少英豪屈，安得如君锦旆临。（钟伯敬本）

劫法场

胸中直义比嵩高，生死交。触禁网，猛激起牢骚，三尺等弁髦。狭路逢，肯相饶？法场侠气干霄，千古人豪。（右调【诉衷情】）

国法森严之地，生死转睫之间，不顾成败，立地相救，呜呼！此其所为梁山忠义也欤。（陈函辉）（英雄谱本）

（例二）

其二，二者赞语基本相同者。如：

智取生辰扛

十一担金珠，千万个百姓膏血也。百姓盻盻勤动，英雄眈眈虎视，不假争夺，立取满载，千古快举。（钟伯敬本）

智取生辰扛

十一担金珠，千万个百姓膏血也。百姓盻盻勤动，英雄眈眈虎视，不假争夺，立取满载，千古快举。（张采）（英雄谱本）

（例一）

夜渡益津关

夜渡溪山关外殊，益津遥望使人孤。沙弥误作头陀伴，错认青牛紫气无。（钟伯敬本）

夜渡益津关

夜渡溪山关外殊，益津遥望使人孤。沙弥误作头陀伴，错认青牛紫

气无。（李焆）（英雄谱本）

（例二）

其三，英雄谱本赞语有所增添者。如：

鲁达打镇关西

侠气愣愣压泰华，杀人救人恰当家，只因合下机锋利，博得翟昙第一花。（钟伯敬本）

智深打镇关西

侠气愣愣压泰华，杀人救人恰当家，只因合下机锋利，博得翟昙第一花。

此鲁大师自度也，不得额上三拳机缘，怎度个雄雄猛猛的提辖官，做个风风颠颠和尚去。（姜曰广）（英雄谱本）

（例一）

花和尚倒拔垂杨柳

目光闪电，意气吞牛，那堪坎壈。试扪古人，项王拔山，子胥举鼎。

低头一霎自省。禅机正在粪井。解衣盘礴，拔柳拈花，一般微哂。（右调【柳梢青】）（钟伯敬本）

花和尚倒拔垂杨柳

目光闪电，意气吞牛，那堪坎壈。试扪古人，项王拔山，子胥举鼎。低头一霎自省。禅机正在粪井。解衣盘礴，拔柳拈花，一般微哂。（右调【柳梢青】）

聊发纾其愤懑耳。英雄本色，千古如见。（顾锡畴）（英雄谱本）

（例二）

同时，从现存两条初刻本赞语来看（见下图），初刻本赞语与二刻本基本相同，但是小细节处依然存在差异。《汴京城杨志卖刀》此赞语，初刻本与二刻本文字、字体完全相同，但左侧小字的行数有区别，初刻本为两行，二刻本为一行；印章“壬戌会元”的位置也有区别，初刻本在右下角，二刻本在左下角。《曾头市晁盖中箭》此赞语，初刻本与二刻本文字、字体也完全相同，但是二者署名却不同，一者为项煜，一者为刘大巩，二者印章也随之改变。

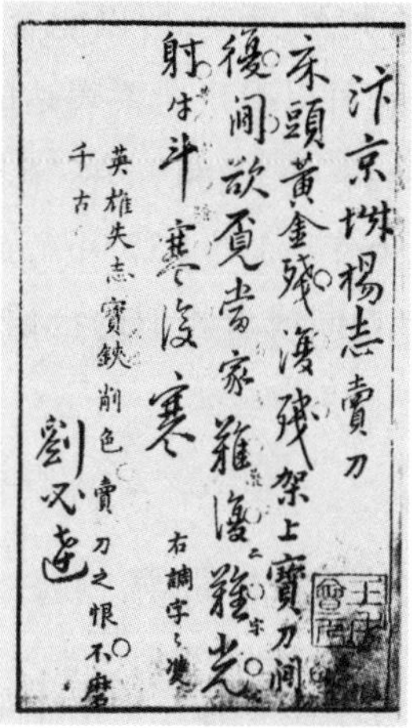

初刻本

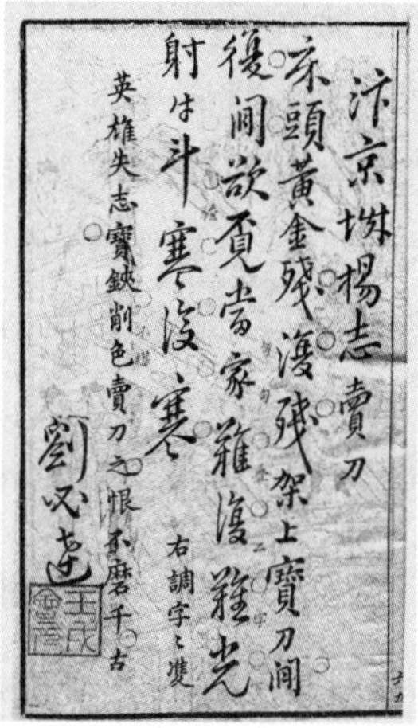

二刻本

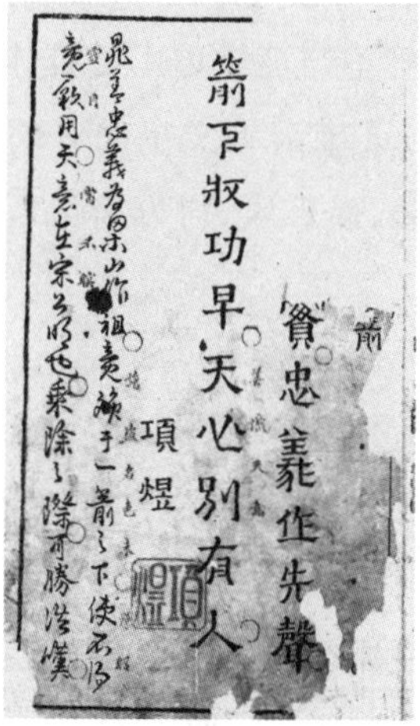

初刻本

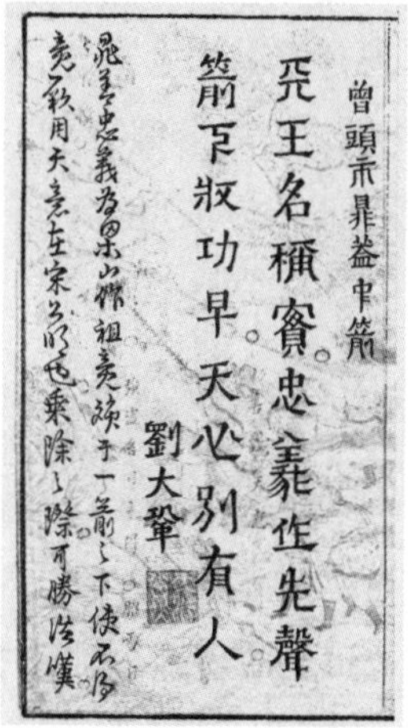

二刻本

综上所述，从上文插图以及赞语的情况可以看出，钟伯敬本图赞对英雄谱本图赞产生了巨大的影响。英雄谱本抛弃了以往建阳刊本粗糙的插图模式，转而采用精致的江南本图赞。同时，英雄谱本图赞在钟伯敬本的基础上，进行了再造与精修，插图细节方面更加完善，赞语部分也增入了自己独有的内容。

另外，钟伯敬本在其他方面也对英雄谱本产生了一定的影响，如接下来要研究的文字部分，以及英雄谱本部分批语与钟伯敬本相似或完全相同。如钟伯敬本第67回有批语“宋公明不可及处，全在一毫不疑”（67.4b），英雄谱本同处批语为“宋江不可及处，全在坦然无疑，所以能容许多好汉”（10.38a），虽然两者批语并不完全相同，但是可以看出所要表达的意思大体一致。再如钟伯敬本第31回批语“勘得明白”（31.8a）；第36回批语“方显英雄手段”（36.11a）；第37回“专倚兄弟作行货”（37.9b），英雄谱本相同位置处的批语与之完全相同。此类完全相同或者相似的批语，英雄谱本共有58条。

第四节　评林本与英雄谱本研究

上一章评林本的研究中，就已多次提到评林本与英雄谱本属于同一系统，所依据的仅仅是余呈故事部分文字的异同，并未列出其他方面的证据，此章将具体研究评林本与英雄谱本之间的关系。第四章的研究已经知道评林本的底本为种德书堂本系统，要厘清评林本与英雄谱本的具体关系，必然要以种德书堂本作为参照，因此评林本与英雄谱本文字比对部分，将以种德书堂本残存部分为主，包括征辽、破田虎、擒王庆、讨方腊情节，旁及其他内容。

一、评林本与英雄谱本属于同一系统

首先看一下种德书堂本、评林本、英雄谱本三者的文字相似度比对：

表23　田虎故事部分种德书堂本、评林本、英雄谱本相似度对比

回数	91	91	92	93	94	90	95	96	97	96	98
种、评相似度	76.51%	84.34%	73.28%	70.29%	82.6%	72.5%	84.6%	81.97%	91.47%	89.56%	89.73%
种、英相似度	72.58%	84.31%	72.7%	70.03%	80.95%	81.31%	92.87%	93.52%	94.59%	96.1%	92.5%
评、英相似度	92.89%	97.83%	97.29%	96.45%	96.96%	86.62%	88.03%	84.65%	94.66%	90.12%	89.84%

此组图表是种德书堂本、评林本、英雄谱本中田虎故事部分11回的文字相似度比对。其中回数栏是以回数最多的种德书堂本作为参照，下皆同，具体评林本、英雄谱本与种德书堂本回数的对应情况，可参见第一章附录。

种德书堂本第 92 回残缺，此回文字相似度情况，种德书堂本与评林本、英雄谱本之间，以种德书堂本所存部分比对；评林本与英雄谱本之间，则以整回进行比对。评林本将种德书堂本第 96 回、第 97 回合并为一回，故而此二回文字相似度比对之时，将评林本依照种德书堂本进行截断。英雄谱本在种德书堂本第一个第 91 回起始处分回不同，此回文字相似度比对之时，将英雄谱本起讫位置与种德书堂本统一。

从上表田虎故事部分评林本与英雄谱本的文字相似度可以看出，此二本具有非常亲密的关系。二者文字相似度最高的一回为 97.83%，最低的一回也有 84.65%，平均下来 11 回文字的相似度为 92.3%，这是一个相当高的文字相似比。从文字相似度来看，二本显然属于同一系统，但是文字之间又存在一些小差异。

除文字相似度外，评林本与英雄谱本文字舛误之处，同样可以看出二本属于同一系统。举例如下：

种德书堂本：其余众将尽封马步指挥使，率**所领军马**，即日兴师，直抵巢穴，伐罪吊民，扫靖边界。（18.17b）

评林本：其余众将尽封马步**指挥使率**。即日兴师，直抵巢穴，伐罪吊民，扫靖边界。（18.17b）

英雄谱本：其余众将尽封马步**指挥使率**。即日兴师，直抵巢穴，伐罪吊民，扫靖边界。（14.44a）

（例一）

种德书堂本：樊瑞**仗**剑作法，喝声："起！"（18.19b）

评林本：樊瑞**伏**剑作法，喝声："起！"（18.20a）

英雄谱本：樊瑞**伏**剑作法，喝声："起！"（15.3b）

（例二）

种德书堂本：元仲良**正斗间，不提防**汤隆一锤打下马来。徐宁一钓镰枪搭将过来。褚大烹、赫连仁、方琼领二千人落草去了。（19.5b）

评林本：元仲良被汤隆一锤打下马。徐宁一钩搭过来。**有**褚大烹、赫连仁、方琼领二千人落草去了。（19.6a）

英雄谱本：仲良被汤隆一锤打下马。徐宁一钩搭过来。**有**褚大亨、赫连仁、方琼领二千人落草去了。（15.14a）

（例三）

种德书堂本：关胜听罢道："此人闹了蒲东，杀了知府逃走。其人与我最好，若得哥哥将令，我去说他来降。我若自去，恐招擅离之罪。"（19.6b）

评林本：关胜曰："这人闹了蒲东，杀死知府逃走。**其人与吾最好，未得将令，我去恐招擅离之罪。**"（19.7ab）

英雄谱本：关胜曰："这人闹了蒲东，杀死知府逃走。**其人与吾最好，未得将令，我去恐招擅离之罪。**"（15.16a）

（例四）

例一中种德书堂本"率所领马军，即日兴师"，这句话不存在问题。但是到了评林本和英雄谱本，删除了"所领马军"四字，则多出一个"率"字。此"率"字无论是放之于上句"指挥使率"，还是置之于下句"率即日兴师"，语句皆不通。可见此"率"字应该是二本底本删节此句之时所留下的马脚。

例二中种德书堂本"仗剑作法"与评林本、英雄谱本"伏剑作法"二词是差异所在。"仗剑"与"伏剑"二词均可单独使用，"仗剑"意指持剑，通俗来讲就是拿着剑，而"伏剑"的意思是拿剑自刎。那么此处公孙胜自然是"仗剑作法"而不可能是"伏剑作法"，评林本与英雄谱本同误。之所以此处错误，是因为"仗"与"伏"二字形似。

例三中种德书堂本比之评林本、英雄谱本，要多出一些文字。除此之外，评林本、英雄谱本此句"有褚大烹、赫连仁、方琼领二千人落草去了"联系上下文，并不通顺，其中"有"字当为衍字。

例四中种德书堂本"其人与我最好，若得哥哥将令，我去说他来降。我若自去，恐招擅离之罪"，种德书堂本此句话没有任何问题。关胜说跟唐斌关系很好，如果宋江委派他去说降，他愿意前去，但是如果他私自前往，恐怕犯了擅离职守之罪，话语逻辑合乎情理。评林本和英雄谱本作"其人与吾最好，未得将令，我去恐招擅离之罪"，此处关胜所言则语焉不详，先说自己跟唐斌关系很好，然后突然说到没收到将令，自己前去恐怕犯了擅离职守之罪。去哪里、去干什么没有言明，让人有些摸不着头脑，很明显此番言语中存在漏句。

从以上四例缺字、误字、衍字、情节脱卯的情况来看，评林本与英雄谱本文字相同,但与种德书堂本却不相同,可知评林本与英雄谱本有着共同的底本。至于为何说有共同底本的评林本与英雄谱本属于同一系统,除了上述所言二本具有极其高的文字相似度之外,还有一个重要的原因,即二者的底本亦是以种德书堂本系统作为删削对象,大部分删削之处与删削程度基本一致。

表 24　田虎故事部分种德书堂本、评林本、英雄谱本字数对比

回数	91	91	92	93	94	90	95	96	97	96	98
种德书堂本	3852	4178	2958（残）	4105	2782	2521	2770	2684	1998	2358	1463
评林本	3145	3928	3088	3386	2480	2104	2514	2391	1916	2207	1398
英雄谱本	3173	3928	3095	3395	2490	2332	2743	2695	2005	2363	1476

上表是田虎故事部分种德书堂本、评林本、英雄谱本各回字数的对比情况。从中可以看出,第 91 回到第 94 回,此 5 回评林本、英雄谱本二本字数基本相同,第 90 回至第 98 回,此 6 回英雄谱本字数多于评林本。结合田虎故事部分前 5 回评林本和英雄谱本的字数对比以及 96.3% 的文字相似比,很明显前 5 回二者完全属于同一系统,而后 6 回的情况待会讨论。再来看一下王庆故事部分种德书堂本、评林本、英雄谱本三者的文字相似比对以及各回文字字数比对情况。

表 25　王庆故事部分种德书堂本、评林本、英雄谱本相似度对比

回数	99	100	99	100	101	102	103	104	105	106	107	108
种、评相似度	64.91%	67.78%	59.68%	85.24%	86.46%	63.14%	87.76%	80.28%	78.28%	77.25%	79.53%	84.13%
种、英相似度	63.79%	65.55%	56.24%	82.37%	83.13%	62.34%	85.71%	78.31%	76.9%	74.77%	76.51%	71.11%
评、英相似度	93.72%	91.94%	92.32%	95.93%	94.7%	95.73%	96.2%	95.55%	97.07%	94.92%	94.31%	76.4%

表26 王庆故事部分种德书堂本、评林本、英雄谱本字数对比

回数	99	100	99	100	101	102	103	104	105	106	107	108
种德书堂本	3291	3341	4628	5602	3319	3614	3032	3908	4060	3488	4295	4618
评林本	2525	2601	3374	5126	3091	2943	2813	3336	3491	2923	3578	4205
英雄谱本	2566	2640	3343	5120	3091	2948	2832	3276	3488	2909	3581	5174

以上二表是种德书堂本、评林本、英雄谱本中王庆故事部分12回的文字相似度比对情况以及字数比对情况。三本并回的处理与田虎故事部分相同,评林本合并了种德书堂本第一个第99回与第100回、第103回与第104回、第106回与第107回;英雄谱本合并了种德书堂本第103回与第104回、第106回与第107回,故而这些回数文字相似度比对之时,将评林本、英雄谱本依照种德书堂本进行截断。英雄谱本在种德书堂本第102回起始处分回不同,此回文字相似度比对之时,将英雄谱本起讫位置与种德书堂本统一。

上述二表中除却第108回属于特殊情况之外,王庆故事部分的其他11回,评林本、英雄谱本与种德书堂本相比,首先,二本字数基本相同,可知二者相对于种德书堂本而言,删削程度大致相等;其次,二本11回平均文字相似度为94.8%,又可知二本不仅删削程度大致相等,连删削之处也基本相同。由此可知,评林本与英雄谱本中王庆故事部分与田虎故事部分前5回的情况相同,属于同一系统。但是从田虎故事部分前5回平均文字相似度96.3%以及王庆故事部分11回平均文字相似度94.8%又可知,二本文字虽然极其相近,但依然存在小差异。那么,这些小差异到底在何处? 以下举数例以观之:

种德书堂本:河北一路尽是山水峻险,路径丛杂,又兼田虎部下皆是精兵猛将,不可轻敌。(18.17a)

评林本:河北一路峻险,路径丛杂,又兼田虎部下皆是精兵猛将,不可轻敌。(18.17a)

英雄谱本:河北一路峻险,路径丛杂,又无田虎部下皆是精兵猛将,不可轻敌。(14.43b)

（例一）

种德书堂本：**呼延灼**应声而出。到阵前高叫道：好厮杀的出来。道由未了，吴可成出马，便不打话，二将斗三十余合，不分胜负。（18.20a）

评林本：**呼延灼**应声而出。高叫曰：好厮杀的出来。道由未了，吴可成出马，便不打话，二将斗三十余合。（18.20a）

英雄谱本：**胡延灼**应声而出，高叫曰：好厮杀的出来。道由未了，吴可成出马，便不打话，二将斗三十余合。（15.3b-4a）

（例二）

种德书堂本：乔道清见了，便走入关，**坚**闭不出。宋江收兵。（19.16a）

评林本：乔道清见了，便走入关，**圣**闭不出。宋江收兵。（19.17a）

英雄谱本：乔道清见了，便走入关，**坚**闭不出。宋江收兵。（15.30b）

（例三）

种德书堂本：小校已把**葛延**等剖取心肝，宋江整备香烛。（20.3a）

评林本：小校把**金真**等剖取心肝，整备香烛。（20.3a）

英雄谱本：小校已把**葛延**等剖取心肝，宋江整备香烛。（15.43b）

（例三）

种德书堂本：时迁**扮**在塔头顶上，听已是三更，宋江与卢俊义引一万哨兵、十二员大将，次后张清、索超等引兵五千到关下攻打。（18.21a）

评林本：时迁**扮**在塔头顶上，听已是三更，宋江与卢俊义引一万哨兵、十二员大将，次后张清、索超等引兵五千到关下攻打。（18.21a）

英雄谱本：时迁**扒**在塔头顶上，听已是三更，宋江与卢俊义引一万哨兵、十二员大将，次后张清、索超等引兵五千到关下攻打。（15.5b）

（例五）

种德书堂本：山士奇逃走，不知去向。**琼**、盛本、褚大亨、赫连仁引三五百败兵走投金乌岭。（19.3a）

评林本：山士奇逃走，不知去向。**琼**、盛本、褚大亨、赫连仁引三五百兵走投金乌岭。（19.3a）

英雄谱本：七奇逃走，不知去向。**方**琼、盛本、褚大亨、赫连仁引

三五百兵走投金乌岭。(15.9b)

(例六)

种德书堂本:山士奇和卢俊义战到深处,士奇见不是**头敌**,勒马便走,卢俊义不舍,骤马追去。(18.20b)

评林本:山士奇和卢俊义战到深处,士奇见不是**头敌**,勒马便走,卢俊义不舍,骤马追去。(18.20b)

英雄谱本:山士奇和卢俊义战到深处,士奇见不是**对头**,勒马便走,卢俊义不舍,骤马追去。(15.4b)

(例七)

种德书堂本:两个斗到十数合,李逵使牌手滚将入去,把桑英马脚**掠**断。(19.5a)

评林本:两个斗到十数合,李逵使牌手滚将入去,把桑英马脚**掠**断。(19.6a)

英雄谱本:两个斗到十数合,李逵使牌手滚将入去,把桑英马脚**砍**断。(15.14a)

(例八)

以上评林本与英雄谱本文字不同的8个例子,大致可以分为四类:第一类是例一与例二,种德书堂本与评林本文字正确,而英雄谱本文字错误的情况。例一中"兼"与"无","兼"字在此处起到递进的作用,而变作"无"字之后,语句不通,"无"字的繁体字为"無",英雄谱本当为形似而误。例二中"呼延灼"与"胡延灼","呼延"为复姓,呼延灼乃宋朝开国名将铁鞭王呼延赞嫡派子孙,此处英雄谱本因为音似而出现误刊。第一类情况在文本中并不多见。

第二类是例三与例四,种德书堂本与英雄谱本文字正确,而评林本文字错误的情况。例三与例四中评林本"圣闭不出"和"金真"二词,很明显是误刊所致。通过第一类与第二类情况可知,评林本与英雄谱本虽然属于同一系统,但是二者之间并没有直接的亲缘关系,英雄谱本不可能直接承袭评林本而来,评林本亦非来自英雄谱本,此点在下文还会提及。

第三类是例五与例六,种德书堂本与评林本文字错误,而英雄谱本文字正确的情况。例五中种德书堂本与评林本"时迁扮在塔头顶上","扮"字不知何意。而英雄谱本"扒在塔头顶上",则整句话条理清晰、语句流畅。例六中种德书堂本、评林本的人名出现问题,"琼盛本褚大亨赫连仁",后二者人名为“褚大亨”与“赫连仁”,剩下一人名字为“琼盛本”,此人为何人不得而知,小说中并未出现此人名姓。但是前文出场的武将中,名字带“琼”的武将为方琼,“琼盛本”应该就是缺字的“方琼”和“盛本”的结合。英雄谱本文字正确。

第四类是例七和例八,种德书堂本与评林本文字相同,英雄谱本文字不同,但三者文字均可。例七中种德书堂本与评林本“头敌”二字,英雄谱本作“对头”。所谓“头敌”,实际上就是对手和对头的意思,古代小说中时常能够见到此词。例八中种德书堂本与评林本“掠断”二字,英雄谱本作“砍断”。所谓“掠断”就是砍断之意,《水浒传》中常有如此之例。此类文字的差异,应该是英雄谱本编刊者没有理解种德书堂本、评林本文字的意思,或是觉得二本文字不够通俗,所以改易了文字。

英雄谱本与评林本文字差异的四类情况中,以第三类和第四类居多,此即意味着二者的差异大部分来自英雄谱本文字的改易。此点从种德书堂本与评林本、英雄谱本文字相似度的比较中可知。田虎故事部分前5回与王庆故事部分11回种德书堂本与评林本的平均文字相似度为76.1%,种德书堂本与英雄谱本的平均文字相似度为74.5%。虽然两两之间文字相似度差距不大,但是依然可以看出评林本与种德书堂本文字更为接近,英雄谱本则在底本的基础上改易了一些文字。

二、评林本与英雄谱本并没有直接的亲缘关系

上述所举8个例子中例一、例二、例三、例四已经可以证明,评林本与英雄谱本没有直接的亲缘关系,英雄谱本不可能以评林本为底本进行重刻,反之亦然。当然,此四例所提供的证据还是个别字词的细处,下面将从大的方面来论述评林本与英雄谱本有共同的底本,但是并没有直接的亲缘关系。

1. 英雄谱本不可能袭自评林本

此一问题有很充分的证据。英雄谱本共有110回,实际上有108回,评林本无论算作104回,还是103回,回数均比英雄谱本要少。英雄谱本比之评林本要多出的回数有:第37回“宋江投庙梦见玄女　娘娘传授宋江天书”[①]、第77回“宋公明大战幽州　呼延灼力擒番将”、第89回“乔道清法迷

①回目以及回数以英雄谱本正文回数与回日为准。

五千兵　宋公明义释十八将”、第 93 回“王庆遇龚十五郎　满村嫌黄达闹场”、第 108 回“卢俊义大战昱岭关　宋公明智取清溪洞”。

评林本比英雄谱本回数要少，若说评林本以英雄谱本作为底本，逻辑上能够解释得通，缺少的回数是评林本进行了并回。若说英雄谱本以评林本作为底本，此一观点则很难解释得通。其一，若说英雄谱本将评林本的某些回拆开再分回，似乎没有这个必要。其二，即使英雄谱本将评林本某些回数拆开再分回，分回之处也不可能与其他本子完全一致，而且再分回之处也不可能存在与其他本子相同的引首诗。其三，若说英雄谱本参照了他本进行再分回，那么英雄谱本何不直接以他本作为底本翻刻或重刻。综上，英雄谱本不可能直接袭自评林本。

2. 评林本不可能袭自英雄谱本

关于这一问题，证据也比较明显。英雄谱本共有 20 卷，评林本则有 25 卷。与上所述回数问题的理由相同，英雄谱本比评林本卷数要少，若说英雄谱本以评林本为底本，逻辑上能够说得通，缺少卷数的英雄谱本进行了并卷。若说评林本以英雄谱本为底本再分卷，似乎没有必要，即使评林本再分卷，新分卷所涵盖的回数也不可能与种德书堂本完全一致。

更为关键的是，评林本与英雄谱本每卷分回完全不同。以二本回数及内容吻合的前 36 回来看，评林本各卷的分回为卷一 1—5、卷二 6—8、卷三 10—14、卷四 15—19、卷五 20—24、卷六 25—29、卷七 30—32、卷八 33—35；英雄谱本各卷的分回为卷一 1—6、卷二 7—14、卷三 15—22、卷四 23—29、卷五 30—33。评林本的七卷基本合并成了英雄谱本的五卷，各卷分回皆不相同。于此可知，评林本不可能以英雄谱本为底本进行翻刻。

3. 英雄谱本并卷与文字移置的问题

此外，关于卷数这个问题，英雄谱本确实进行了并卷。英雄谱本是由两种小说构成的书籍，上层是《水浒传》，下层是《三国志演义》。这两种小说合并之后，并未各自保留原书的分卷，而是全书统一分卷。与英雄谱本《水浒传》同一系统的评林本是 25 卷，评林本的底本种德书堂本（或其底本）也是 25 卷，那么英雄谱本中《水浒传》部分的底本应该为 25 卷。下层《三国志演义》部分据中川谕先生的考证“大部分是以二十四卷系统本为底本”①。

①［日］中川谕：《〈三国志演义〉版本研究》，上海古籍出版社 2010 年版，第 141 页。

一个25卷、一个24卷，卷数不一，自然不可能简单合并分卷。再加上《水浒传》和《三国志演义》每卷上下栏对应的字数也不可能相同。所以，要将二书合并为一书，并且还要统一分卷，首先要将二书全部卷数以及回数拆解，其次重新分卷，重新分卷之时，将《水浒传》和《三国志演义》上下栏字数叠加大致相等的回数，依次合成卷数，总计合成20卷。此一分卷方式从各卷回数也可看出一二，英雄谱本各卷中《水浒传》部分回数最少的只有3回，而回数最多的竟然有8回，可见诸卷所收录的《水浒传》回数差异极大，这点与同卷之中《水浒》《三国》二书字数需要对应有关。因为英雄谱本的编纂是以《三国志演义》为基准，英雄谱本中《三国志演义》的回数统一，每卷12回，12回的故事内容有多有寡，所以《水浒传》需要对应的回数也多寡不一。

当然，即使这样拆分卷数、回数，再重新合并成新的卷数，也不可能保证每卷卷末《水浒传》与《三国志演义》的文字在同一半叶截止，必然还是会存在一定的差异。但是现存英雄谱本每卷卷末上下栏的文字，除了卷十五稍有差池外，其余卷数二本文字均在同一个半叶结束，有的甚至连截止的行数都完全相同，如卷七、卷十二。这简直是不可思议的事情，怎么会出现如此巧合？

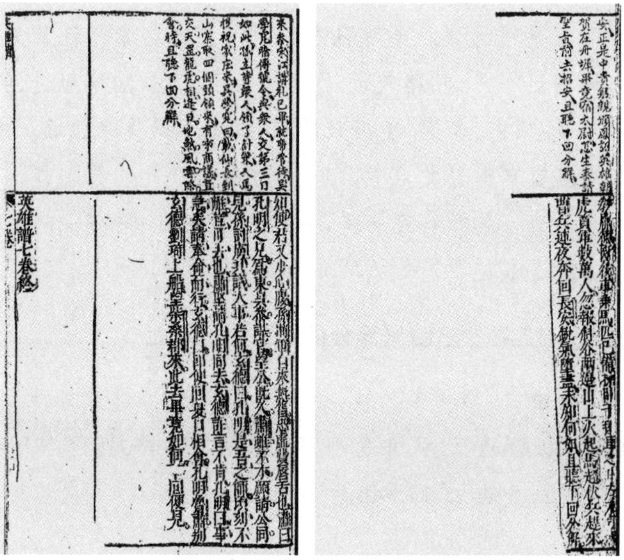

英雄谱本卷七、卷十二卷末书影

将评林本与英雄谱本比对，发现英雄谱本《水浒》《三国》二栏每卷卷末文字在同一个半叶截止，这并不是一件巧合的事情。之所以能够出现如此情况，是因为英雄谱本的编辑者做了文字的移置工作。何为移置？即《三国志演义》某卷十二回文字结束了，但是此处《水浒传》某回文字尚未结束，或是提前结束，那么上下栏就不能在同一个地方结束。遇到这种情况，编辑者怎么办？若是《水浒传》尚未结束，编辑者就把此回剩下的内容移到下一回回前。若是《水浒传》提前结束了，编辑者就把下一回回前的内容移到此一回的回末。

具体来说，相对于评林本而言①，英雄谱本卷三末分回推后，推后了三叶②；卷七末分回提前，提前了两叶；卷八末分回提前，提前了三叶；卷九末分回推后，推后了四叶；卷十末分回推后，推后了三叶半；卷十一末分回推后，推后了两叶；卷十三末分回提前，提前了三叶；卷十四末分回推后，推后了三叶；卷十七末分回提前，提前了数行。总计移置了九卷卷末文字。

以卷十七卷末分回为例，英雄谱本此卷下栏《三国志演义》是在第54叶下半叶结束，上栏《水浒传》也是此叶顶格结束，一行空位都没有留。实际上此回评林本结尾部分的文字为：

> 宋江大悦曰："贤弟潜入城，吾等四方寻觅，今建此奇功，非小也。"//即与吴用计议。**吴用召潘迅问曰："此去秦州还是如何？"潘迅曰："水路则迟一月，陆路较近。"宋江听了，只从陆路而进，再令人去越城召回李逵、项充、李滚、凌振来随征，其余同李俊守住城。宋江传令人马离九湾河望秦州进发。**不因此去，东鹫岭下生出妖邪怪异，红桃岭上又见火灭烟消。且听下回分解。此回折将四员：孙安、怀英、贡士隆、申屠礼。(22.22ab)

英雄谱本第17卷卷末结尾部分的文字为：

> 宋江大悦曰：贤弟潜入城，吾等四方寻觅，今建此奇功，非小也。**宋江商议进兵。**不因此去，东鹫岭下生出妖邪怪异，红桃岭上又见火灭烟消。且听下回分解。(17.54b)

---

①评林本未分回处，以插增本、种德书堂本作为比对对象。

②推后的叶数是英雄谱本的叶数。

英雄谱本第 18 卷卷首起始部分的文字为：

当时宋江与吴用计议，吴用召潘迅问曰："此去秦州还是如何？"潘迅曰："水路则迟一月，陆路较近。"宋江听了，只从陆路而进，再令人去越城召回李逵、项充、李衮、凌振来随征，其余同李俊守住城。宋江传令人马离九湾河望秦州进发。（18.1a）

英雄谱本结尾部分比评林本要多出一句话"宋江商议进兵"，此句话正是结尾部分所缺一大段话的概括。同时，英雄谱本此回回末应有回末折将名单也被省略。英雄谱本第 17 卷卷末所缺的那一段话出现在了第 18 卷卷首，显然这是编辑者所作的移置工作。至于移置的原因，实际上也很简单，一是为了节省版面，同时也是为了节约纸张成本，二是为了版面的美观。如果上栏《水浒传》第 17 卷卷末多出那一段话，叶数势必要到第 55 叶，文本多出一叶，不仅浪费了纸张，而且孤零零的只有《水浒传》部分，版面也不好看。这还仅仅是多出数行的卷数，若是多出数叶的卷数，情况则更甚。

英雄谱本共 20 卷，有 9 卷卷末文字进行了移置。当然，英雄谱本的编辑者不仅仅采用了此种办法，让上栏《水浒传》的文字与下栏《三国志演义》的文字在每卷卷末能够互相对应。还用了其他方法，下文会提到。通过英雄谱本与评林本回首回末起讫位置不同的情况，也可以再次确定评林本不可能以英雄谱本为底本进行翻刻。

4. 英雄谱本田虎故事部分后 6 回的问题

除了以上所说的评林本与英雄谱本之间回数、卷数、分回起讫位置的不同之外，评林本与英雄谱本还存在一些明显的不同。如之前没有探讨的田虎故事部分后 6 回的内容。将这 6 回相似度以及字数的表格重新列出：

表 27　田虎故事部分后 6 回三本字数以及文字相似度比对

回数	90	95	96	97	96	98
种德书堂本字数	2521	2770	2684	1998	2358	1463
评林本字数	2104	2514	2391	1916	2207	1398
英雄谱本字数	2332	2743	2695	2005	2363	1476
种、评相似度	72.5%	84.6%	81.97%	91.47%	89.56%	89.73%
种、英相似度	81.31%	92.87%	93.52%	94.59%	96.1%	92.5%
评、英相似度	86.62%	88.03%	84.65%	94.66%	90.12%	89.84%

从此表可以看出,田虎部分后6回的文字,英雄谱本字数要多于评林本。不仅如此,第95回至第98回,这5回英雄谱本的字数与种德书堂本基本持平,甚至此6回中有4回英雄谱本文字字数还略多于种德书堂本。同时,英雄谱本比评林本字数多出的这6回,种德书堂本与英雄谱本的文字相似度要高于种德书堂本与评林本的文字相似度,达到了一个非常高的数值。像第2个第96回种德书堂本字数与英雄谱本基本持平,二者文字相似度高达96.1%,这6回平均文字相似度也有91.8%。这意味着什么?意味着英雄谱本比评林本多出的文字,同样来自种德书堂本系统,英雄谱本这6回文字或者以种德书堂本(或其底本)为底本,或者与种德书堂本(或其底本)为同一系统的本子。以下举两例以窥之:

种德书堂本:张清忙取石子,**望汝廷器面门便打,早打在顶上。汝廷器失惊,回身便走,孙安力追,将去飞剑望空中掷下,正中汝廷器左臂。谁知他穿三重唐猊铠甲,剑不能透,逃回岭上去了。何常被张清一石子打番**,复被于茂一斧砍死,何远见不是头敌,亦望岭上去了,两边各自收兵。(20.6a)

评林本:张清忙取石子,**望何常面门一石子打番**,复被于茂一斧砍死,何远望岭上是去了,两边各自收兵。(20.6a)

英雄谱本:张清忙取石子,**望汝廷器面门便打,正打在顶上。汝廷器失惊,回身便走,孙安力追,将去飞剑望空中掷下,正中汝廷器左臂。谁知他穿三重唐猊铠甲,剑不能透,逃回岭上去了。**何常被张清一石子打番,复被于茂一斧砍死,何远见不是头敌,亦望岭上去了,两边各自收兵。(16.3b)

(例一)

种德书堂本:宋江便传令拔寨起行,**分作三路前去跟寻鲁智深下落:第一路东行,史进、刘唐、孔明、孔亮;第二路西行,石秀、蔡福、蔡庆;第三路北行,李逵、白胜、郑天寿。宋江径自往悬缠井去。**来到狮子岭,接至大寨坐定。众人皆拜。(20.9b)

评林本:宋江便传令拔寨起行,来到狮子岭,接至大寨,众人皆拜。(20.9b)

英雄谱本:宋江便传令拔寨起行,**分作三路前去跟寻鲁智深下落:**

第一路东行，史进、刘唐、孔明、孔亮；第二路西行，石秀、蔡福、蔡庆；第三路北行，李逵、白胜、郑天寿。宋江径自往悬缠井去。来到狮子岭，接至大寨坐定。众人皆拜。（16.9b-10a）

（例二）

例一中，相比于种德书堂本，评林本将张清、孙安与汝廷器的对战情节删去，接入张清与何常的对战，英雄谱本保留了与汝廷器的对战情节，文字与种德书堂本基本相同。例二中，相比于种德书堂本，评林本将拔寨起行的具体分路情节删去，英雄谱本却保留了这一情节，文字与种德书堂本类似。田虎故事部分后 6 回中，英雄谱本有太多例一、例二类似的例子，文字与种德书堂本基本相同。

之前田虎故事部分前 5 回与王庆故事部分 11 回中，都没有出现过评林本缺失大段文字，而种德书堂本和英雄谱本却同时拥有的情况。英雄谱本这 6 回的出现到底是什么情况？是评林本删削了底本文字，英雄谱本保持了原貌，还是英雄谱本因为某些原因更换了此部分的底本？

事实情况应该是第二种，英雄谱本此部分文字因为某些原因更换了底本。其依据如下：首先，种德书堂本残存部分包括征辽、田虎、王庆、方腊四个故事部分，此四部分将近 40 回，评林本每回字数都比种德书堂本少。此即意味着评林本的底本总体编刊策略就是以种德书堂本系统为基准删削文字。既然如此，单单出现 6 回文字未删削，必然是不正常之事。不仅如此，英雄谱本文字多出的 6 回，若说评林本再次删削了底本文字，而英雄谱本保持了原貌，那何以评林本只删削此 6 回文字，其他回数的文字却全然不动？这也不符合正常的逻辑。所以，英雄谱本这 6 回的出现，不是因为评林本删削了底本文字。

其次，之前第四章研究种德书堂本、插增本、评林本之时，说到此三本有一处非常大的差异，即种德书堂本、插增本中人物对话的动词，大多数为“道”字，而评林本则把“道”字基本上改为“曰”字。英雄谱本中田虎、王庆故事部分绝大部分回数与评林本相同，人物对话用“曰”字，只有这 6 回当中某些人物对话与种德书堂本相同，用“道”字而非“曰”字。如：

种德书堂本：宋江急收兵下寨，与吴用商议道：“若此如何收得田虎，张清飞石怎及得此人！”（20.13b）

评林本:宋江急收兵下寨,与吴用商议曰:"若此如何收得田虎,张清飞石也比不得此人!"(20.14b)

英雄谱本:宋江急收兵下寨,与吴用商议道:"若此如何收得田虎,张清飞石怎及得此人!"(16.17b-18a)

(例一)

种德书堂本:却说马灵回到本阵,对卞祥道:"宋江被我金砖法打番十二员大将。他明日再出阵时,必然退兵。可会众将,大驱人马追赶,复夺狮子岭。"(20.14a)

评林本:却说马灵回到本阵,对卞祥曰:"宋江被我金砖法打番十二员大将。他明日再出阵时,必然退兵。可会众将,大驱人马追赶,复夺狮子岭。"(20.14b)

英雄谱本:却说马灵回到本阵,对卞祥道:"宋江被我金砖法打番十二员大将。他明日再出阵时,必然退兵。可会众将,大驱人马追赶,复夺狮子岭。"(16.18a)

(例二)

例一与例二中三本文字基本相同,但种德书堂本、英雄谱本人物对话用"道"字,评林本则用"曰"字。例一中还有一处文字英雄谱本亦同于种德书堂本,而异于评林本,种德书堂本、英雄谱本用"怎及得",评林本用"也比不得"。

除以上两点外,还有一处显证可知英雄谱本此部分更换了底本。此处例证为英雄谱本这6回文字从第86回至第91回,分在第15卷与第16卷之中,但是这6回在种德书堂本与评林本中正好是一卷——第20卷。

至此问题也就明晰了,首先,英雄谱本的底本与评林本属于同一系统,二者卷数以及每卷回数相同,英雄谱本的编刊者重新进行了分卷;其次,由于英雄谱本的底本第20卷或佚失,或残缺,或是其他情况,所以英雄谱本的编刊者编辑此卷之时,用了一种与种德书堂本同系统的本子进行替代。

此外,还有一个问题值得一提,此前第四章研究种德书堂本、插增本、评林本之时,插增本、评林本的底本均为种德书堂本系统的本子,结论认为种德书堂本系统在当时应该属于一种比较流行的简本系统。无独有偶,此处英雄谱本用以替代底本的版本也是种德书堂本系统,而非其他版本的简本,这也再一次证明了种德书堂本系统在当时比较流行。

三、英雄谱本百回故事部分参照了钟伯敬本

之前王庆故事部分的最后一回第108回中曾有过这样一组数据：

表28　王庆故事部分最后一回三本字数以及文字相似度

种德书堂本字数	评林本字数	英雄谱本字数	种、评相似度	种、英相似度	评、英相似度
4618	4205	5174	84.13%	71.11%	76.4%

此一回种德书堂本、评林本、英雄谱本的情况，不同于之前田虎故事部分的11回，也不同于王庆故事部分的前11回。此回英雄谱本的字数比种德书堂本要多出500余，这在整个征讨田虎、王庆故事部分都是不曾出现的情况。即使是英雄谱本中田虎故事部分用其他底本翻刻的那6回，英雄谱本的字数有几回比种德书堂本多，但也仅仅是稍微多出十几个字而已。不仅如此，此回评林本与英雄谱本的文字相似度竟然只有76.4%，而此前评林本与英雄谱本文字相似度最低的一回也接近85%，平均文字相似度更是高达93.5%。

何以会出现如此之大的差异？主要是因为此回虽然是王庆故事部分，但是实际上已经牵扯到了方腊故事部分的内容。前文对英雄谱本与评林本关系作出探讨之时，首先讨论的是种德书堂本中所存的田王故事部分，而不是故事情节更早的征辽故事部分。其原因在于，征辽故事部分属于繁、简本《水浒传》共有的部分，而田虎、王庆故事部分则属于简本独有的部分①。属于繁本、简本共有的部分，一旦文字出现改易，则很难明确改易的文字是据简本所改，还是据繁本所改。而英雄谱本百回故事部分改易的文字正好体现了这一情况，其百回故事部分的文字虽然基本上是评林本系统，但是不少地方依据钟伯敬本进行了修改。先看下表：

①全传本虽然亦有田虎、王庆故事部分，但内容与简本差异颇大。

表 29　方腊故事部分种德书堂本、评林本、英雄谱本字数比对

回数	83	84	85	86	87	87	88	89
种德书堂本	4393	4050	4388	3462	2127（残）	3861	3917	2398
评林本	3951	3686	4028	3310	2593	3654	3494	1925
英雄谱本	4001	3835	3984	3589	3345	4928	4037	1922

表 30　方腊故事部分种德书堂本、评林本、英雄谱本文字相似度比对

回数	83	84	85	86	87	87	88	89
种、评相似度	85.53%	84.34%	84.17%	89.77%	84.78%	88.65%	83.97%	73.38%
种、英相似度	83.58%	80.78%	84.64%	84.79%	79.98%	65.22%	76.45%	72.83%
评、英相似度	95.09%	93.24%	97.27%	89.09%	70.9%	70.87%	83.57%	96.36%

以上二表是方腊故事部分种德书堂本、评林本、英雄谱本字数以及文字相似度比对的情况。虽然辽国故事部分仅仅只有 8 回，但是从表中可以看出各回的情况非常复杂。从字数方面来看，第 83 回、第 85 回、第 89 回英雄谱本字数与评林本大致相当，而此 3 回二本的文字相似度也高达 95.09%、97.27%、96.36%，很明显二者文字属于同一系统。两个第 87 回，英雄谱本与评林本的差异极大，第 2 个第 87 回英雄谱本的字数甚至比种德书堂本还要多出 1000 余，而这两回英雄谱本与评林本的文字相似度也低至 70.9% 与 70.87%。

何以会产生如此之大的差异？主要是因为英雄谱本在以评林本系统为底本进行翻刻之时，部分文字参照了钟伯敬本。关于此点以下举数例观之：

种德书堂本：这里一面进兵。诗云：

账暮商筹破蓟州，旌旗蔽日拥貔貅。放箭一把硝黄散，管取功成虏贼收。次日，宋江、芦俊义合兵迳奔蓟州来。（17.10b-11a）

评林本：这里一面进兵，迳奔蓟州来。（17.11b）

英雄谱本：这里一面进兵，迳奔蓟州来。

朋计商量破蓟州，旌旗蔽日拥貔貅。更将一把硝黄散，黑夜潜焚塔上头。且说御弟大王自折二子……（13.31b）

钟伯敬本：我这里一面收拾进兵。有诗为证：

朋计商量破蓟州，旌旗蔽日拥貔貅。更将一把硝黄散，黑夜潜焚塔

上头。次日，宋江引兵撇了平峪县，与卢俊义合兵一处，催起军马，迳奔蓟州来。（84.8a）

（例一）

此例可见英雄谱本参照钟伯敬本进行了修改。此处评林本没有诗赞，而英雄谱本有诗赞，但英雄谱本此诗与种德书堂本不同，甚至连位置都有所移动。之所以移动诗歌位置，是因为多出了“迳奔蓟州来”一句，此句放置于诗歌之后并不合适，索性提前，而种德书堂本、钟伯敬本此句放置于诗赞之后却很合适，因为二本此句文字较长，句式完整，不至于产生突兀感。

种德书堂本：只见四面狂风扫退浮云，现出明朗一轮红日。三军向前并杀。贺统军见作法不行，舞刀拍马杀来混战。宋步军扒开峪口，杀进青石峪内。俊义等见了宋江，皆称惭愧。宋江传令，收军回独鹿山，宋江、俊义同吴用、公孙胜并马回寨。次日，吴用道：“可乘此机，好取幽州。唾手可取。”宋江便交俊义等一十三人领军回蓟州将息。宋江自领诸将离独鹿山，来攻幽州。（17.22ab）

评林本：只见四面狂风扫退浮云，现出三军，向前进杀。贺统军见作法不行，舞刀拍马杀来混战。宋步军扒开峪口，杀进青石峪内，救出俊义等。宋江传令，收军并马回寨。次日，吴用曰：“可乘此机，好取幽州。唾手可得。”宋江便交俊义等一十三人领军回蓟州将息。宋江自领诸将离独鹿山，来攻幽州。（17.25a）

英雄谱本：只见四面狂风扫退浮云，现出明朗朗一轮红日。马步二军众将，向前舍死并杀辽兵。贺统军见作法不行，敌军冲突的紧，自舞刀拍马杀过阵来。只见两军一齐混战。宋江杀的辽兵东西乱窜。马军追赶辽兵步军，便去扒开峪口。原来被这辽兵重重叠叠，将大块青石填塞住这条出路。步军扒开峪口，杀进青石峪内。卢俊义见了宋江军马，皆称惭愧。宋江传令，教且休赶辽兵，收军回独鹿山，将息被困人马。卢俊义见了宋江，放声大哭道：“若不得仁兄垂救，几丧兄弟性命。”宋江、卢俊义同吴用、公孙胜并马回寨将息，三军解甲暂歇。次日，军师吴学究说道：“可乘此机会，就好取幽州。若得了幽州，辽国之亡，唾手可待。”宋江便叫卢俊义等一十三人军马，且回蓟州权歇。宋江自领大小诸将军卒人等，离了独鹿山，前来攻打幽州。（13.51b-52b）

钟伯敬本：只见四面狂风扫退浮云，现出明朗朗一轮红日。马步三军众将，向前舍死并杀辽兵。贺统军见作法不行，敌军冲突的紧，自舞刀拍马杀过阵来。只见两军一齐混战。宋江杀的辽兵东西乱窜。马军追赶辽兵，步军便去扒开峪口。原来被这辽兵重叠叠，将大块青石填进塞住这条出路。步军扒开峪口，杀进青石峪内。卢俊义见了宋江军马，皆称惭愧。宋江传令，教且休赶辽兵，收军回独鹿山，将息被困人马。卢俊义见了宋江，放声大哭道："若不得仁兄垂救，几丧兄弟性命。"宋江、卢俊义同吴用、公孙胜并马回寨，将息三军，解甲暂歇。次日，军师吴学究说道："可乘此机会，就好取幽州。若得了幽州，辽国之亡，唾手可待。"宋江便叫卢俊义等一十三人军马，且回蓟州权歇。宋江自领大小诸将军卒人等，离了独鹿山，前来攻打幽州。（86.7ab）

（例二）

此例是种德书堂本第86回的内容，文字所处位置为第86回后段。此例之前的文字，英雄谱本与评林本基本相同，差异者较少。但是此例中评林本出现了一个问题，问题来自此句话"只见四面狂风扫退浮云，现出三军，向前进杀"。钟伯敬本与种德书堂本此处文字为"只见四面狂风扫退浮云，现出明朗朗一轮红日"，二本此句话没有任何问题，符合生活逻辑，狂风扫退浮云，现出的是红日，而评林本现出的却是三军，似乎三军置身于浮云之中一般，不符合情节逻辑。英雄谱本正因为发现了评林本所出现的问题，此后文字与钟伯敬本几乎完全相同。而且改动之后的情节可以明显看出来繁复异常，已经不是简本粗陈梗概式的文字。此处英雄谱本文字据钟伯敬本作出修改以及增饰。

另外，此例尚有一点需要注意的是，之前说到简本人物对话只有种德书堂本和插增本是用"道"字，其他简本基本上是用"曰"字，而繁本则基本上是用"道"字。此例中种德书堂本人物对话用"道"字，钟伯敬本用"道"字，评林本用"曰"字，英雄谱本不同于评林本，用了"道"字，且不止一处，两处均用了"道"字，与钟伯敬本相同。此点也可印证，英雄谱本据钟伯敬本进行了修改。

正因为英雄谱本据钟伯敬本进行了修改，所以也就能够解释之前王庆故事部分最后一回第108回以及征辽故事部分的某些回数，英雄谱本字数多于种德书堂本。这是因为英雄谱本据钟伯敬本修改了文字，钟伯敬本为繁本，繁本字数远多于简本，随意几处文字改动与增饰，便能使英雄谱本字数超过底本种德书堂本(或其底本)，更不用说超过同属于一个系统的评林本了。

那么，英雄谱本据钟伯敬本在何处作出了修改？

其一，诗词部分。

种德书堂本：大鹏出窟潜林苇，激怒抟风九万里。丈夫按剑晦蒿莱，时间谈笑挥锋芒。(17.1a)

评林本：大鹏出涸潜林苇，激怒抟风九万里。丈夫按剑晦蒿莱，时间谈笑挥锋芒。(17.1ab)

英雄谱本：大鹏久伏北溟水，激怒抟风九万里。丈夫按剑晦蒿莱，时间谈笑鹰扬起。(13.14a)

钟伯敬本：大鹏久伏北溟里，海运抟风九万里。丈夫按剑居蓬蒿，时间谈笑鹰扬起。(83.1a)

(例一)

种德书堂本：金帛重献出蓟州，宋公宁不愿封侯。辽主若问归降事，云在西山月在楼。(17.14a)

评林本：金帛重献出蓟州，宋公宁不愿封侯。辽主若问归降事，云在西山明在楼。(17.15a)

英雄谱本：金帛重驮出蓟州，宋公宁不愿封侯。辽主若问归降事，云在青山月在楼。(13.37a)

钟伯敬本：金帛重驮出蓟州，薰风回首不胜羞。辽王若问归降事，云在青山月在楼。(85.4a)

(例二)

种德书堂本：堂堂金鼓振天台，知是援兵持笑来。莫向阵前干打哄，血流漂仵更堪哀。(17.22b)

评林本：堂堂金鼓振天台，知是援兵持笑来。莫向阵前干打哄，血流漂杵更堪哀。(17.25b)

英雄谱本：堂堂金鼓振天台，知是援兵特地来。莫向阵前干打哄，血流漂杵更堪哀。(14.2a)

钟伯敬本：堂堂金鼓振天台，知是援兵**特地**来。莫向阵前干打哄，血流漂杵更堪哀。（86.8a）

（例三）

诗词在建阳所刊小说中，是文字最容易出错的部分。由于诗词跟小说情节部分不同，小说的故事情节，文字通俗易懂，即使出错，校读之时也很容易发现，而诗词部分一来受关注程度低，二来则读懂不易，所以一旦刊刻不慎，误刻成同音字或形似字，校对之时很难被发现。

例一中简本的诗词文字明显存在问题，诗词的平仄暂且不论，连最基本的押韵都没有做到。“芒”是下平七阳韵，“起”是上声四纸韵，两个韵脚不在同一韵部。钟伯敬本的“里”和“起”则同在上声四纸韵部。英雄谱本此诗文字介于简本与繁本之间，第一句同于钟伯敬本，但是在钟伯敬本的基础上改了一个字，将“里”字改为了“水”字，这一改动显然优于原字，因为钟伯敬本此诗第二句最后一字也为“里”，此处犯了重字的弊病。英雄谱本第二句、第三句同于简本，第四句又同于钟伯敬本。不得不说，改动之后的诗句，文字优于种德书堂本、评林本，也优于钟伯敬本。

例二中英雄谱本第一句与第四句同于钟伯敬本，第二句同于种德书堂本、评林本，第三句诸本相同。第二句诗英雄谱本之所以没有借鉴钟伯敬本，可能是因为“薰风回首不胜羞”此句是意指，诗意较难理解，不如“宋公宁不愿封侯”一句意思直白。例三中种德书堂本、评林本“持笑”二字应是误字，且不说战场之上怎可嘻嘻哈哈、目无军纪，单是“援兵”一词就说明前方战事吃紧，此时整个部队应该是凝重肃穆的氛围，怎会有笑嘻嘻驰援的场景，所以英雄谱本据钟伯敬本改为“特地”一词，符合此诗的语境。

另外，还有一点需要注意的是，不少回数大段文字的增入都发生在诗词之前或之后，出现这种情况可能跟编刊者特别注意校对诗词有关。编刊者发现诗词前后文字出现脱榫，便将其补足。

其二，环境描写、外貌描写、套词套话等部分。

种德书堂本：黑雾浓**荡**至，黄沙漫漫连。皂雕旗展一**爪**乌云，拐子马荡半天杀气。青毡笠儿，似千池荷叶弄轻风；**天**打兜鍪，如万顷海洋**疑**冻日。人人衣襟左掩，个个发搭齐肩。连环**失**铠重披，刺纳战袍紧。番军壮健，黑面皮碧眼黄须；达马**跑蹄**，阔膀膊**网**腰**失**脚。羊角弓攒沙

柳箭，虎皮袍衬窄雕鞍。生居边塞，会拽硬弓；世本朔方，养下能骑劣马。铜腔番鼓军前打，芦菓胡茄马上吹。（17.8a）

评林本：黑雾浓荡至，黄沙漫漫连。皂雕旗展一爪乌云，拐子马荡半天杀气。青毡笠儿，似千池荷叶弄轻风；失打兜鍪，如万顷海洋疑冻日。人人衣襟左掩，个个发搭齐肩。连环失铠重披，刺纳战袍紧。番军壮健，黑面皮碧眼黄须；达马跑哮，阔膀膊网腰失脚。羊角弓攒沙柳箭，虎皮袍衬窄雕鞍。生居边塞，会拽硬弓；世本朔方，养下能骑劣马。铜腔番鼓军前，卢叶胡茄马上吹。（17.8b）

英雄谱本：黑雾浓浓至，黄沙漫漫连。皂雕旗展一派乌云，拐子马荡半天杀气。青毡笠儿，似千池荷叶弄轻风；铁打兜鍪，如万顷海洋凝冻日。人人衣襟左掩，个个发搭齐肩。连环铁铠重披，刺纳战袍紧系。番军壮健，黑面皮碧眼黄须；达马咆哮，阔膀膊钢腰铁脚。羊角弓攒沙柳箭，虎皮袍衬窄雕鞍。生居边塞，会拽硬弓；世本朔方，养大能骑劣马。铜羫番鼓军前打，卢叶胡笳马上吹。（13.26ab）

钟伯敬本：黑雾浓浓至，黄沙漫漫连。皂雕旗展一派乌云，拐子马荡半天杀气。青毡笠儿，似千池荷叶弄轻风；铁打夔鍪，如万顷海洋凝冻日。人人衣襟左掩，个个发搭齐肩。连环铁铠重披，刺纳战袍紧系。番军壮健，黑面皮碧眼黄须；达马咆哮，阔膀膊纲腰铁脚。羊自弓攒沙柳箭，虎皮袍衬窄雕鞍。生居边塞，长成会拽硬弓；世本朔劣，养大能骑劣马。铜羫羯鼓军前打，芦叶胡笳马上吹。（84.3a）

（例一）

种德书堂本：戴一顶三叉如意紫金冠，穿一件蜀锦团花白银铠，足穿四缝鹰嘴抹缘靴，腰系双环龙角黄鞓带。蚪螭吞首打将鞭，霜雪裁缝杀人剑。左悬金画宝雕弓，石插银嵌狼牙箭。使一枝画杆方天戟，骑一匹铁脚束骝马。（17.24a）

评林本：头戴一顶三叉如意紫金冠，穿一件蜀锦团花白银铠，足穿四缝鹰嘴抹缘靴，腰系双环龙角黄鞓带。蚪螭吞首打将鞭，霜雪裁缝杀人剑。左悬金画宝雕弓，右插银嵌很牙箭。使一枝画杆方天戟，骑一匹铁脚枣骝马。（17.27a）

英雄谱本：头戴一顶三叉如意紫金冠，穿一件蜀锦团花白银铠，足穿四缝鹰嘴抹绿靴，腰系双环龙角黄鞓带。蚪螭吞首打将鞭，霜雪裁缝

杀人剑。左悬金画宝雕弓,右插银嵌狼牙箭。使一枝画杆方天戟,骑一匹铁脚枣骝马。(14.4ab)

钟伯敬本:戴一顶三叉如意紫金冠,穿一件蜀锦团花白银铠,足穿四缝鹰嘴抹绿靴,腰系双环龙角黄鞓带。蚪螭吞首打将鞭,霜雪裁锋杀人剑。左悬金画宝雕弓,右插银嵌狼牙箭。使一枝画杆方天戟,骑一疋铁脚枣骝马。(87.2a)

(例二)

种德书堂本:举目观望上,祥云霭霭,紫雾腾腾,九龙床上坐着九天玄女娘娘。侍从仙女立在两边。(18.5b)

评林本:举目观望上,祥云霭霭,紫雾腾腾,九龙床上坐着九天玄女娘娘,仙女侍立。(18.6a)

英雄谱本:举目观望殿上,祥云霭霭,紫雾腾腾,正面九龙床上坐着九天玄女娘娘。**头戴九龙飞凤冠,身穿七宝龙凤绛绡衣,腰系山河日月裙,足穿云霞珍珠履,手执无瑕白玉珪璋。**两边仙女侍立。(14.24b)

钟伯敬本:举目观望殿上,祥云霭霭,紫雾腾腾,正面九龙床上坐着九天玄女娘娘。**头戴九龙飞凤冠,身穿七宝龙凤绛绡衣,腰系山河日月裙,足穿云霞珍珠履,手执无瑕白玉珪璋。**两边侍从女仙约有三二十个。(88.11b-12a)

(例三)

种德书堂本:正值严冬,四野彤云密布,纷纷雪坠。宿太尉一行人马,冒雪冲风,迤逦前进。(18.10b)

评林本:正值严冬,四野彤云密布,纷纷雪坠。宿大尉一行人马,冒雪冲风,迤逦前进。(18.11a)

英雄谱本:正值严冬,四野彤云密布,**分扬瑞雪平铺,粉塑千林,银装万里。**宿太尉一行人马,冒雪冲风,迤逦前进。**正是:云横秦岭家何在,雪拥蓝关马不前。**(14.33b-34a)

钟伯敬本:正值严冬之月,四野彤云密布,**分扬雪坠平铺,粉塑千林,银装万里。**宿太尉一行人马,冒雪撞风,迤逦前进。**正是:云横秦岭家何在,雪拥蓝关马不前。**(89.8a)

(例四)

环境描写、外貌描写部分跟诗词部分类似，此类文字都不甚通俗，甚至有些可以称得上诘屈聱牙。这类文字在刊刻之时，最容易出现错误，而且一旦出现错误，也很难被发现。例一与例二中种德书堂本、评林本的环境、外貌描写文字，有些地方错得莫名其妙。像“连环失铠重披”“阔膀膊网腰失脚”，文字完全不知何意。但是这种出错的字句，如果没有其他版本校对，即便知道某处出现了错误，也无法像故事情节文字一样，按照语意进行修改。英雄谱本便是依据钟伯敬本，才得以对误字、误句在一定程度上进行修改。

除了修改之外，英雄谱本还按照钟伯敬本增添了某些描述性的文字。如例三中玄女娘娘的外貌，对于简本这种游词余韵尽皆删去，只剩情节框架的文本来说，这类外貌描写压根不需要，但是英雄谱本根据钟伯敬本进行了增添。例四中环境描写，种德书堂本、评林本实际上也存在，只是不甚详尽，这些文字存在与否，对小说情节并无影响。英雄谱本根据钟伯敬本进行了增饰，并且补入了套词套语“云横秦岭家何在，雪拥蓝关马不前”。

其三，字句错舛或情节脱漏之处。

种德书堂本：臣虽披肝**立**胆，尚不能补报于万一。（17.2b）

评林本：臣虽披肝**立**胆，尚不能补报。（17.2b）

英雄谱本：臣虽披肝**沥**胆，尚不能补报。（13.17a）

钟伯敬本：臣披肝**沥**胆，尚不能补报皇上之恩。（83.4a）

（例一）

种德书堂本：番兵又报来：“**路**水河内有七百号粮船泊在两岸，陆路又有军马来也。”（17.6b）

评林本：番兵又报来：“**路**水河内有七百号粮船泊在两岸，陆路又有军马来也。”（17.6b）

英雄谱本：番兵又报来：“**潞**水河内有七百号粮船泊在两岸，陆路又有军马来也。”（13.23ab）

钟伯敬本：番兵报洞仙侍郎道：“**潞**水河内有五七百只粮船泊在两岸，远远处又有军马来也。”（83.11b）

（例二）

种德书堂本：有烦恩相题奏，乞降圣旨，宽限容**还山二事**，整顿甲马，便当报国。（17.2a）

评林本：有烦恩相题奏，乞降圣旨，宽限容**还山二事**，整顿军马，便当报国。（17.1b）

英雄谱本：有烦恩相题奏，乞降圣旨，宽限容**还山了此二事**，整顿军马，便当报国。（13.16a）

钟伯敬本：有烦恩相题奏，乞降圣旨，宽限旬日，**还山了此数事**，整顿器具枪刀甲马，便当尽忠报国。（83.3a）

（例三）

种德书堂本：你走北路甚熟，可领军马前进。是甚州？（17.4a）

评林本：你走北路甚熟，可领军马前进。是甚州？（17.4a）

英雄谱本：你走北路甚熟，可领军马前进。**近的是甚州郡**？（13.19a）

钟伯敬本：你走北路甚熟，你可引领军马前进。**近的是甚州县**？（83.6b-7a）

（例四）

种德书堂本：当下项充、李衮飞报宋江，大惊，便与吴用商议。（17.3a）

评林本：当下项充、李衮飞报宋江，大惊，便与吴用商议。（17.3a）

英雄谱本：当下项充、李衮飞报宋江。**宋江**大惊，便与吴用商议。（13.18a）

钟伯敬本：当下项充、李衮飞报宋江。**宋江**听的大惊，便与吴用商议。（83.5a）

（例五）

种德书堂本：将军校捉到馆驿中，问其情。（17.3a）

评林本：将军校捉到馆驿中，问其情。（17.3a）

英雄谱本：**宋江令**将军校捉到馆驿中，问其情节。（13.18a）

钟伯敬本：**宋江自令**人于馆驿内，搬出酒肉，赏劳三军。都教进前，却唤这军校直到馆驿中，问其情节。（83.5b）

（例六）

种德书堂本：四个贼臣定计，奏将宋江等众陷害。殿前太尉宿元景向前奏道：宋江方始归降，百单八人，恩同手足……（17.1b）

评林本：四个贼臣定计，**奏将归降**，百单八人，恩同手足……（17.1a）

英雄谱本：四个贼臣定计，教枢密童贯启奏，将**宋江等众要行陷害。不期御屏后太尉宿元景喝住，便向殿前启奏道：陛下，宋江这伙好汉方**

始归降，百单八人，恩同手足……（13.14b-15a）

钟伯敬本：四个贼臣设计，教枢密童贯启奏，将宋江等众要行陷害。不期那御屏风后转出一员大臣来喝住。正是殿前都太尉宿元景，便向殿前启奏道：陛下，宋江这伙好汉方始归降，百单八人，恩同手足……（83.1b）

（例七）

种德书堂本：宋江交请军师吴用计议打阵。且听下回分解。（18.6b）

评林本：宋江交请军师吴用计议打阵。且听下回分解。（18.7a）

英雄谱本：宋江交请军师圆梦。吴用来到中军帐内，宋江道："军师有计破浑天阵否？"吴学究道："未有良策可施。"宋江道："我已梦玄女娘娘传与秘诀，寻思定了，特请军师商议。可以会集诸将，分拨行事。尽此一阵，须用大将。"吴用道："愿闻良策如何破敌？"（14.25b-26a）

钟伯敬本：宋江便叫请军师圆梦。吴用来到中军帐内，宋江道："军师有计破混天阵否？"吴学究道："未有良策可施。"宋江道："我已梦玄女娘娘传与秘诀，寻思定了，特请军师商议。可以会集诸将，分拨行事。尽此一阵，须用大将。"吴用道："愿闻长策如何破敌？"（88.13a）

（例八）

这个部分是英雄谱本依据钟伯敬本作出修改最多的地方。此前第三章研究种德书堂本之时，提到简本文字所存在的问题，包括主语缺失或不明确、语意混乱、语句不流畅或不通顺等，英雄谱本的文字修改都有涉及，当然并不是每一处都作出了修改。

例一与例二属于明显的误字，种德书堂本、评林本为"披肝历胆"和"路水"，英雄谱本据钟伯敬本改为"披肝沥胆"和"潞水"。例三与例四属于缺字、漏字导致语意不明。例三中种德书堂本、评林本"宽限容还山二事"一句，不知何意。英雄谱本据钟伯敬本在句中加了二字，变成"宽限容还山了此二事"。多此"还山"二字，语意则瞬间明确，宋江此话的意思是希望宽限时日，回山寨解决两件事情。例四中种德书堂本、评林本"可领军马前进，是甚州"一句，"是甚州"问得莫名其妙，不知何意。英雄谱本据钟伯敬本于"是甚州"前加了两字，变成"可领军马前进，近的是甚州郡"，语意则明白易懂，问的是前面是什么地方。

例五和例六是简本中时常出现的问题，即删节之后的文句缺少主语。例五中种德书堂本、评林本“项充、李衮飞报宋江，大惊”，大惊的主语不知为何人，英雄谱本据钟伯敬本补上主语“宋江”，“项充、李衮飞报宋江，宋江大惊”。例六的情况同样如此，种德书堂本、评林本“将军校捉到馆驿中”，是何人将军校捉到馆驿中，小说中没有叙述。英雄谱本据钟伯敬本在此句前加上“宋江令”三字，指宋江派人将军校捉到馆驿中，语意和主语都非常明确。

例七和例八属于情节脱漏之处。例七中评林本是四个贼臣定下计策，计策是“奏将归降”，此句语意似乎是要招降梁山好汉，但问题是此时梁山好汉已然受了招安，没有归降一说，评林本此处情节存在问题。英雄谱本依据钟伯敬本修改了此处，修改之后的文字基本同于钟伯敬本。评林本此处之所以出现问题，是因为中间情节缺失，不仅缺失了贼臣的定计，也缺失了宿太尉出班启奏的行为。

例八中此段文字出现在宋江梦授玄女法之后，种德书堂本、评林本中只叙述了宋江找吴用商量打阵事宜，完全没提到自己梦见玄女之事。此处文字的删节，符合简本删去细枝末节的特点，但却并不符合情节逻辑。因为如此重要之事，宋江没有理由不跟军师吴用讲明，而且宋江突然有了破解混天阵之法，难道不需要解释一番吗？所以，英雄谱本据钟伯敬本对此处情节进行了一番增饰。

上面说到征辽故事部分英雄谱本依据钟伯敬本进行了修改与增饰，不知其他百回故事部分是否如此。随意挑选方腊故事部分的几回，考察种德书堂本、评林本、英雄谱本的字数以及文字相似度情况。

表 31　方腊故事部分种德书堂本、评林本、英雄谱本字数以及文字相似度比对

回数	109	110	111
种德书堂本	3593	2632	3404
评林本	3497	2297	2959
英雄谱本	5198	2363	2954
种、评相似度	91.67%	83.39%	77.62%
种、英相似度	61.69%	81.93%	76.44%
评、英相似度	62.44%	93.53%	95.93%

第109回至第111回是毗邻王庆故事部分的征讨方腊故事。从这三回文字来看，情况与辽国故事部分相似，第110回英雄谱本字数比评林本略多，第111回英雄谱本字数比评林本略少，第110回英雄谱本据钟伯敬本有少许补动。这两回故事因为英雄谱本字数与评林本差异不大，所以可见二本属于同一系统，文字相似度都高达90%多，平均文字相似度也有94.73%。

至于第109回，英雄谱本字数有相当大的增幅。不用说比评林本多出1700字，就是比之种德书堂本，也多出了1600余字。这是一个相当大的数值，此回英雄谱本的字数相当于种德书堂本的1.45倍。出现如此之高的字数差值，英雄谱本必然是据钟伯敬本增添了大量的文字，以至于英雄谱本此回字数比之于钟伯敬本，也是相差不多，钟伯敬本此回字数6500余，英雄谱本字数相当于钟伯敬本的80%。也正因为英雄谱本此回文字的大量增入，使得本是同一系统的英雄谱本与评林本，文字相似度仅有寥寥的60%多。

那么，为何英雄谱本此回会增入如此之多的文字？之前提到英雄谱本根据钟伯敬本所做的工作主要是修改。第109回明显不是如此，此回英雄谱本的文字更像是在钟伯敬本的基础上进行删削，而不是对底本存在问题之处的修改或增饰。之所以会如此，是因为文字到卷末之时，要与下栏《三国志演义》在同一个半叶结束。第109回是英雄谱本第十八卷最后一回，英雄谱本第十八卷只有3回，由于此卷字数较少，文字无法与下栏《三国志演义》匹配，所以英雄谱本在第108回方腊故事的伊始就增加了不少文字，而第109回更是肆无忌惮地增加文字。至于为何没有采用之前移置文字的方法处理此卷卷末文字，这是因为此回需要增入的文字过多，已经不可能用此前的方法来处理。如若不然，可能会造成下一回文字过少，或是下一回文字与回目不对应的情况。

从上文内容可得知，英雄谱本的编刊者在编辑此书之时，除了引进江南刊本精细的图赞，打破了建阳刊本粗略的插图垄断之外，形式上采用了上下两栏合并两种小说的做法，文字上依据钟伯敬本对简本底本所存在的舛误以及脱漏之处，进行了修改以及增补。同时，为了使英雄谱本上下两栏《水浒传》和《三国志演义》每卷结束之时文字位置能够相互对应，英雄谱本的编刊者也做了不少工作，像移置卷末文字，或提前或推后；用钟伯敬本增添情节文字等。

从总体上来看，英雄谱本属于杂交本，主体上是评林本系统，但是部分回数可能因为底本佚失，用了种德书堂本系统文字增补，百回故事部分的文字又用钟伯敬本作了修改以及增饰。

通过此章的研究，可以得出以下一些结论：

1. 英雄谱本分为初刻、二刻和三刻，初刻本在文字与插图方面都要优于二刻本、三刻本，二刻本的文字优于三刻本。

2. 二刻本中京都大学藏本与内阁文库藏本是两个十分相近的本子，二本部分叶面同版，部分叶面异版。内阁文库藏本更接近于原本二刻本。京都大学藏本为百衲本，叶面至少由三种本子构成，其一初刻本、其二内阁文库藏本、其三与内阁文库藏本异版的二刻本。

3. 二刻本中郑振铎原藏本与内阁文库藏本异版，郑振铎原藏本当刊刻于内阁文库藏本之后，内阁文库藏本图赞更接近于初刻本。

4. 相对于初刻本而言，二刻本为了节省纸张，做出了拼版以及删诗的举措。

5. 英雄谱本图赞在钟伯敬本的基础上，进行了再造与精修，插图细节方面更加完善，赞语部分也增入了自己独有的内容。

6. 英雄谱本文字与评林本属于同一系统，但是二者只有共同的底本，并没有直接的亲缘关系。

7. 英雄谱本属于杂交本，主体文字是评林本系统，部分回数的文字采用了种德书堂本系统，百回故事部分的文字又参照钟伯敬本做了修改以及增饰。

8. 英雄谱本的编刊者在编辑此书之时，做了不少的工作：引进江南本图赞，并《水浒》《三国》为一书，依据钟伯敬本对底本文字进行修改以及增饰。同时，为使《水浒》《三国》二栏能够对齐，重新划分卷数、编排回数；移置卷末文字，或提前或推后；用钟伯敬本增补情节文字等。

第七章　嵌图本《水浒传》研究

第一节　嵌图本《水浒传》的概况与辨识

嵌图本《水浒传》现存共有四种：刘兴我刊本、藜光堂刊本、慕尼黑本、李渔序本。此四种本子均为建阳所刊简本《水浒传》，有着建阳刊本标志性版式——上图下文[①]。但是此四本又不同于典型的上图下文版式〔典型的上图下文如插增本中巴黎藏本《新刊京本全像插增田虎王庆忠义水浒传》（见下图）〕，而是上图下文的一种变式。插图仍为每半叶一图，但是图像没有占据整个上层的横面位置，图像的两旁还有两三行跟版框高度一样的文字，图像上端版框之外题有插图标目，图像下端全是文字，整幅插图类似典型版式中插图的缩小版，马幼垣先生称此种版式为“嵌图本”[②]，意指图像四周全部都是文字，犹如嵌在其中一般。

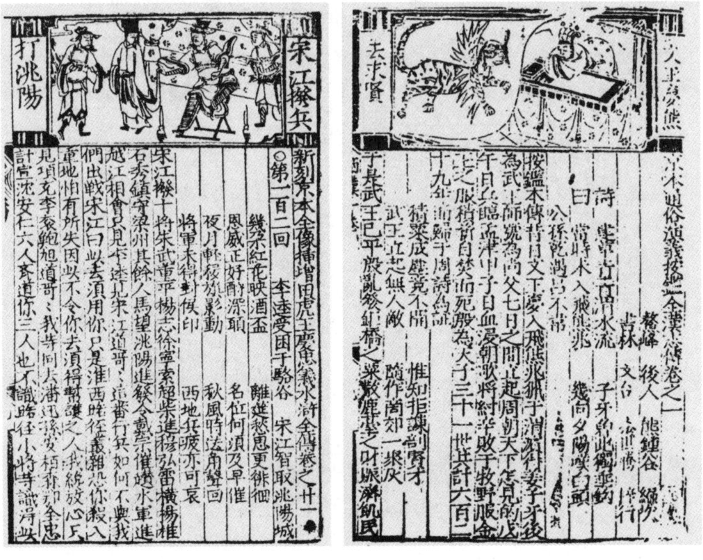

①涂秀虹：《上图下文：建阳刊小说的标志性版式》，《福建论坛》（人文社会科学版）2009 年第 12 期。

②马幼垣：《水浒论衡》，生活 · 读书 · 新知三联书店 2007 年版，第 120 页。

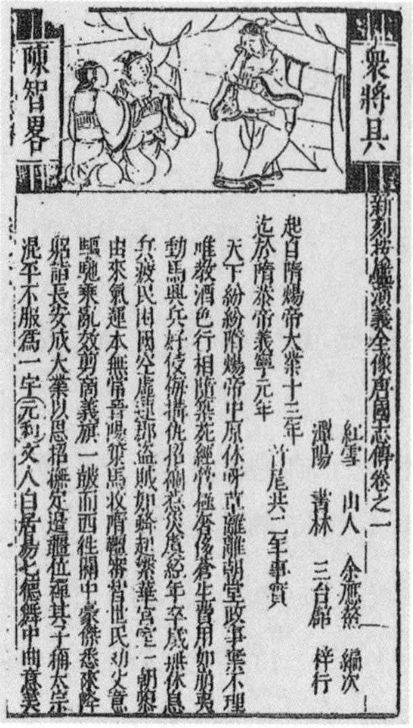

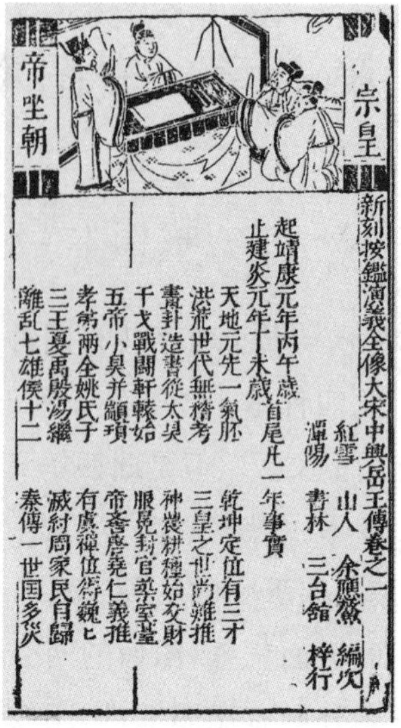

插增本《水浒传》《全汉志传》《唐国志传》《岳王传》书影

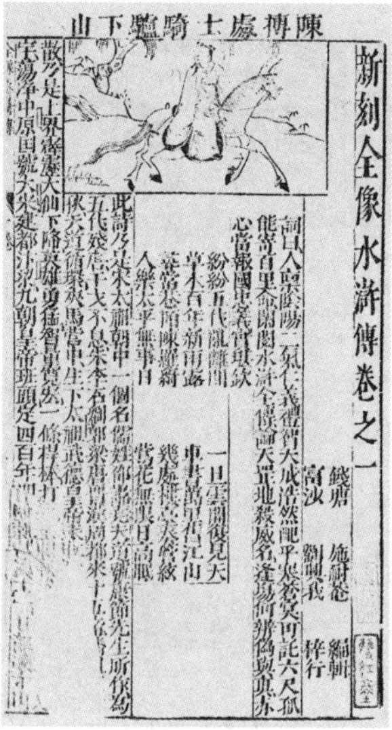

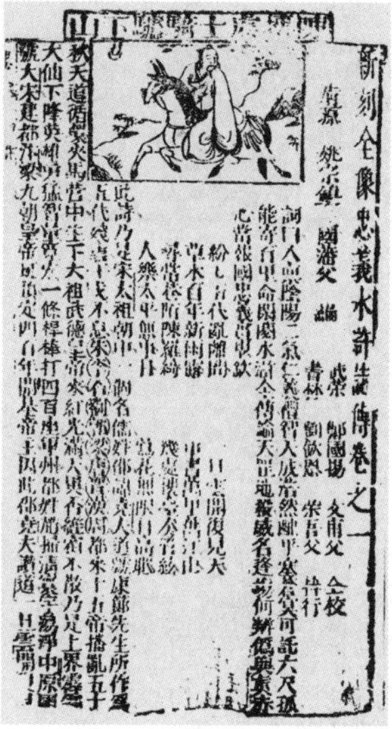

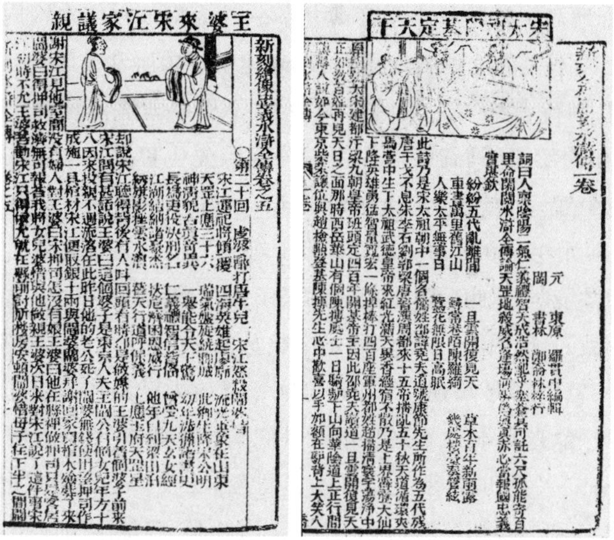

刘兴我本、藜光堂本、慕尼黑本、李渔序本书影

一、刘兴我本

1. 刘兴我本概况

刘兴我本，目录叶书名为“鼎镌全像水浒忠义志传”，首卷卷端书名题为“新刻全像水浒传”，现今著录大都以“新刻全像水浒传”称之。因首卷卷端署“富沙刘兴我梓行”，也被简称为“刘兴我本”。此本卷首有署名汪子深的序文，末尾署题“戊辰长至日清源汪子深书于巢云山房”，“戊辰”指的是崇祯元年(1628)，刘兴我本当刊刻于此年前后。

此书现藏于日本东京大学东洋文化研究所双红堂文库，原为千叶掬香、长泽规矩也旧藏，为海内外仅存的孤本。全书二十五卷，一百十五回，目录误作一百十四回，因脱第一百十三回回目。卷四第 16 叶以下付阙。此书每半叶 15 行、行 35 字，图占 11 行、8 字位，图目 8 字，长度与图边框相等，每半叶正文字数为 437 字。首卷卷端题署为“钱塘施耐庵编辑　富沙刘兴我梓行”。

2. 刘兴我本是否为建阳刊本

刘兴我本为上图下文版式，乃建阳刊本标志性版式，据此判定此本为建阳刊本，料无差错。但刘兴我本刊刻于何地却存在争议，主要分歧点在于

“富沙”这个地名。最早日本学者薄井恭一认为富沙在广东境内，但仅是揣度之语，“上图下文的这种版式，是元以来建阳本中所常见的，唯富沙是否在今广东省内，尚待考查”①。此说影响甚大，不少中国学者继承了富沙在广东这一说法，如周绍良、马蹄疾等先生。马蹄疾先生更是在《水浒书录》中将富沙在广东坐实，其书中“富沙刘兴我刊汪子深序本全像水浒传”条目下题署为“明崇祯元年（1628）广东惠阳富沙刘兴我刊”，其后更是注明“查富沙在广东惠阳县境”②。此后不少版画图录著作均袭用这一说法，如《日本藏中国古版画珍品》《插图本》（中国版本文化丛书）《中国木版画通鉴》等。

实际上，富沙即是福建建阳，关于这一点前人已经作出辨正，如官桂铨《〈水浒传〉的藜光堂本与刘兴我本及其它》与刘世德《〈水浒传〉简本异同考（下）——刘兴我刊本、藜光堂刊本异同考》二文。早在唐代之时，富沙之名便在建州出现。据《建宁府志》记载：“唐叶灏，武德中为建州刺史。会妖贼武遇作乱，婴城捍之，城陷，不屈死。民为立庙于富沙，著在祀典。”③五代之时，富沙便成建州代称，据《读史方舆纪要》（卷九十七·福建三）记载：“《志》云：府治西南临江门内有富沙驿，旧置于府西平政门外，曰富沙馆。宋绍兴十年，移建于城内，改为驿。祝穆曰，府城北有大伏洲，或以为即富沙。闽主曦封其弟延政为富沙王，盖以此名。”④明代建阳在原建州区域之内，因此也被称之为“富沙”。宋人杨万里有诗称赞建刻《东坡集》之精美，其中便提到富沙之名，“富沙枣木新雕文，传刻疏瘦不失真。纸如雪茧出玉盆，字如霜雁点秋云”⑤。

此外，尚有两点可证富沙为福建建阳：其一，现存署名刘兴我刊刻的书籍中有一本书名为“鼎镌李先生增补四民便用积玉全书”，首卷卷端题署为“潭邑书坊刘兴我绣梓”，潭邑即潭阳，也就是建阳，这也再一次证明了富沙便就是建阳。关于此点，周芜先生早有关注，但是囿于富沙在广东境内的观念，只能作出如此论断，“刘兴我，广东富沙人，见刻有明末版《全像忠义水

①[日]薄井恭一：《明清插图本图录》，东京共立社 1942 年版，第 8—9 页。

②马蹄疾编著：《水浒书录》，上海古籍出版社 1986 年版，第 19—20 页。

③[清]张琦：《建宁府志》卷二十一，康熙三十二年刊本，中国国家图书馆藏，索书号：地310.117/132。

④[清]顾祖禹：《读史方舆纪要》卷九十七，锦里龙万育刊本，中国国家图书馆藏，索书号：地88/822.4。

⑤[宋]杨万里：《谢建州茶使吴德华送东坡新集》，《诚斋集》卷六，《杨万里诗选》，上海古籍出版社1962 年版，第 120 页。

浒传》,题“富沙刘兴我”,今见此本,知兴我为富沙人,寓建潭阳镇,为书林中人”“富沙属广东,靠近福建。《积玉全书》正文首刊‘潭邑书坊刘兴我绣梓’,盖刘兴我已迁至福建潭阳,为建阳书坊主人”[①]。若周芜先生知道富沙即为建阳,便不须如此繁杂的解释。

其二,刘兴我本卷首有一篇署名汪子深的序文,序末署题“戊辰长至日清源汪子深书于巢云”。“清源”二字刘世德先生认为是汪子深的字[②]。其实不然,“清源”当为地名,与《英雄谱》序言题署“晋江杨明琅穆生甫题”中“晋江”之名一样,藜光堂本首卷卷端署名“清源姚宗镇国藩父编”亦可证明此点,“清源”为地名。清源在明代属于福建兴化府(今莆田),为何要说明清源是一个地名,还要强调是福建的地名?因为这样才能说明,富沙为福建的富沙,而非广东的富沙。《英雄谱》中福建建阳的熊飞所请写作序言之人,为福建晋江的杨明琅,而刘兴我本中写作序言之人为福建清源的汪子深。如若刘兴我为广东人,为便利起见,应该请一位广东名人写作序言才是。而且从现存史料来看,这个为刘兴我本写作序言的汪子深无迹可寻,当非名人。若刘兴我真为广东人,似乎不必寻找远在千里之外又无甚名气的汪子深代写序言。综上所述,刘兴我本为建阳刊本应无疑议。

二、藜光堂本

1. 藜光堂本概况

藜光堂本目录叶书名为“鼎镌全像水浒忠义志传”,首卷卷端书名题为“新刻全像忠义水浒志传”,封面有“全像忠义水浒　藜光堂藏板”字样,为藜光堂所刊,所以也简称为藜光堂本。藜光堂本为上图下文版式,与刘兴我本一样为嵌图本。

现今已知藜光堂本藏处的有:东京大学总合图书馆藏本,原为明治文豪鸥外森林太郎所藏;德国柏林国立普鲁士文化基金会图书馆(Staatsbibliothek zu Berlin Preußischer Kulturbesitz,简称为德国柏林国家图书馆)藏亲贤堂翻藜光堂本。全书二十五卷,一百十五回,目录误作一百十四回,因脱第一百十三回回目。书每半叶15行,行34字,图占9行、7字位,图目8字,长度超出边框左右各1字位,每半叶正文字数为447字。

①周芜、周路、周亮编著:《日本藏中国古版画珍品》,江苏美术出版社1999年版,第158—162页。
②刘世德:《谈〈水浒传〉刘兴我刊本》,《中华文史论丛》1986年第4辑。

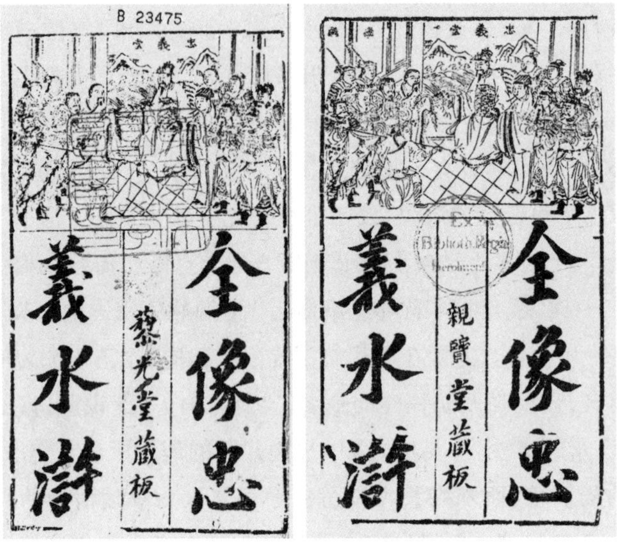

藜光堂本、亲贤堂本封面书影

卷首有郑大郁《水浒忠义传叙》,题署“温陵云明郑大郁题”,首卷卷端题署为“清源姚宗镇国藩父编　武荣郑国扬文甫父仝校　书林刘钦恩荣吾父梓行”。题署中“温陵”“清源”“武荣”均在福建境内,温陵即福建泉州,清源即福建莆田,武荣也是福建泉州古名。由此可见,卷端题署“书林刘钦恩荣吾父梓行”中“书林”并非书坊之意,而是指代地名,即福建建阳。于此,可以断定此本为建阳刊本,应无甚异议。

2. 刘荣吾和刘兴我是否为同一人

关于藜光堂本的刊者存在一个问题。由于藜光堂本与刘兴我本这两个本子的文字以及插图均十分相近,那么刘兴我本的刊刻者刘兴我与藜光堂本的刊刻者刘钦恩荣吾是否为同一个人?官桂铨先生认为此二者实为一人,但没有给出确切的证据①。刘世德先生也持这种看法,理由如下:其一,刘兴我刊本是建阳刊本,藜光堂刊本也是建阳刊本;其二,刘兴我和刘荣吾,同时、同地、同姓,“兴”与“荣”相对应,“我”与“吾”相对应;其三,藜光堂的命名与刘姓先人有关,所以刘兴我的书坊以藜光堂命名,也是顺理成

①官桂铨:《〈水浒传〉的藜光堂本与刘兴我本及其它》,《文献》1982 年第 1 期。

章的事[①]。

周文业先生并不同意刘世德先生的看法，认为刘先生的证据似乎不足，仍不排除这两个名姓是两个人的可能性，并总结刘兴我和刘荣吾的关系，理论上有三种可能：其一，两人是同一人。其二，两人是父子，刘兴我是刘荣吾的父亲。其三，两人是同时期的两人，没有关系，名字相近只是巧合而已[②]。并列举证据如下：

（1）刘兴我和刘荣吾名字相近

首先，刘世德先生认为："兴"与"荣"对应，"我"与"吾"对应。这两个人同时、同地、同姓，都刊行了《水浒传》简本，因此为同一人，刘兴我和刘荣吾是刘钦恩的两个字。其次，刘荣吾是刘兴我的儿子，父亲给儿子取名，和自己名字相近，似乎也不是不可以。父亲刘兴我是书商，刊刻了《水浒传》简本，希望儿子继承自己的事业，继续刻书，因此父亲刘兴我给儿子取名为"荣吾"，意思是以自己为荣之意，结果和自己的名字"兴我"相近。再次，两人是同时期的两人，没有关系，名字相近只是巧合而已。这种可能性也完全存在。

（2）刘兴我和刘荣吾刻书情况

刘兴我书坊名"潭邑书坊"，刘荣吾书坊名"藜光堂"。各自有不同书坊，这样他们是同一人的可能性就不大了。刘兴我和刘荣吾刻书分别为 2 种和 5 种，这样看来，他们是同一人的可能性就不大了。

（3）从两种《水浒传》看是否是同一人刊刻

通过以上对刘兴我本和藜光堂本的文字、插图等详细分析，可以看出两本是极为相似的，两者之间虽然有差异，但都不是本质性的差异。因此，如刘兴我和刘荣吾是同一人，则他就刊刻了两次《西游记》（当为《水浒传》）简本，而这两种简本基本没有什么差别。据统计，一部《水浒传》刘兴我本和刘荣吾本要刻 480 多个木版，其工作量非常巨大。同一书商为何要花费巨大人力、物力，刊刻两次几乎完全相同的《水浒传》？这种可能性实在不大。而如果刘兴我和刘荣吾是两人，两个书商为市场竞争而分别刊刻了两本《水

①刘世德：《〈水浒传〉简本异同考（下）——刘兴我刊本、藜光堂刊本异同考》，《文学遗产》2013 年第 1 期。

②周文业：《〈水浒传〉刘兴我本和藜光堂本数字化研究》，《第四届中国古籍数字化国际学术研讨会论文集》，2013 年。

浒传》版本，这种可能性就很大了。还有第三种可能，刘兴我和刘荣吾是父子，父亲刘兴我刊刻了《水浒传》，到儿子刘荣吾时，由于原版已经损坏，因此就以藜光堂名再次刊刻了《水浒传》简本，这种解释也很合理。

以上周文业先生的论断大都为猜测之词，并无实质性的证据，值得商榷之处也颇多，以下逐一讨论之。

第一点，周先生认为刘兴我书坊名为“潭邑书坊”，刘荣吾书坊名为“藜光堂”，各自有不同书坊，这样他们是同一人的可能性就不大了。首先，刘兴我的书坊名并非“潭邑书坊”。“潭邑书坊”是一种笼统的称呼，所有的建阳书坊都可以称为“潭邑书坊”。就像刘钦恩的书坊也有题为“潭阳书林”者，“潭阳书林”与“潭邑书坊”没有任何区别，二者均为统称，潭阳即为建阳，书林就是书坊。其次，刘兴我名下的书坊为“忠贤堂”，下文会详述。再次，即便两个名号拥有不同的书坊，也并不能说明二者并非同一人。像余象斗名下的书坊有三台馆和双峰堂，余象斗本人又喜好用不同的别名，有题为“双峰堂余文台”者，有题为“三台馆山人仰止余象斗”者[①]，但并不能据此证明余文台和余仰止并非同一人。

再说周先生认为刘兴我和刘荣吾刻书分别为 2 种和 5 种，这样看来，他们是同一人的可能性就不大了。实际上，书坊主刊刻不同书籍之时，用不同的别名或是不同的书坊题署，完全是随性而至，并无固定，这点从余象斗刊刻诸书之时的题署便可窥见一二。所以，即使在刘荣吾刊刻的 5 种书中，也有题富沙刘荣吾藜光堂、书林刘荣吾藜光堂、藜光堂刘钦恩、潭阳书林刘钦恩等之类的差别。

第二点，周先生认为同一书商不太可能花费巨大人力、物力，刊刻两次几乎完全相同的《水浒传》。关于此一问题，将现今出版社出版的《水浒传》做一比对即可得知。人民文学出版社、中华书局、上海古籍出版社等均出版过多种《水浒传》，有些出版社的几种《水浒传》还是同一版本。当然，古代同一书商出版几乎完全相同的小说也并不鲜见。以《水浒传》而言，英雄谱本就有初刻、二刻、三刻之分，而三者之间差距甚微，初刻与二刻之间只有行

①题为“双峰堂余文台”者如《新刊京本编集二十四帝通俗演义西东汉志传》《京本增补校正全像忠义水浒志传评林》《新刻芸窗汇爽万锦情林》，题为“三台馆山人仰止余象斗”者如《刻全像五显灵官大帝华光天王传》，题为“三台山人仰止余象斗”者如《刻按鉴通俗演义列国前编十二朝》《新刊八仙出处东游记》《刊北方真武祖师玄天上帝出身志传》《新刊皇明诸司廉明奇判公案》。

款的差别，二刻与三刻之间则几乎完全相同。此外，《列国志传》诸版本中杨美生也刊刻了两种，一者半叶十五行、行二十六字，藏于德国柏林国立图书馆，一者半叶十三行、行二十字，藏于北京师范大学图书馆，二者文字基本相同。何以一位书商会刊刻两次几乎完全相同的书籍？原因其实很好理解。因为此书销量太好，经过多次印刷之后，初版板木磨损严重，需要重新造版，而重新造版之时，书坊主又想在初版的基础上稍作修改，或变更书名，或改易插图，或节省版面，或增加新内容等，以图迷惑读者，让读者以为后出的本子更加精良，或者以为是一个新的本子。

综上所述，周文业先生推断刘兴我与刘荣吾并非同一人的证据，似乎并不能成立。既然如此，是否能够就此说明刘兴我与刘荣吾即为同一人？同样不行，因为没有确切的证据证明这两个名号即为同一人。那么，关于“刘兴我”与“刘荣吾”二者之间的关系究竟如何，以下将重新梳理二者的相关材料，包括名姓、字号、书坊、刻书等。

首先，《建阳刻书史》中所载署名刘兴我刊刻的书籍有两种，一种即为《新刻全像水浒传》，首卷卷端题署为“富沙刘兴我梓行”；另一种为《鼎镌李先生增补四民便用积玉全书》，此书封面署题“忠贤世家梓”，首卷卷端题署为“潭邑书坊刘兴我绣梓”[①]。除此之外，刘兴我刊刻的书籍还有两种，一种是《新刻按鉴演义全像三国志传》，藏于日本名古屋大学中文系研究室，此书封面署题“忠贤堂校梓”，首卷卷端题署为“明富沙刘兴我梓行”；另一种是《新刻司台订正万用迪吉通书大成》，此书卷之首乾集、卷之一坎集卷端题署为“鳌峰道轩熊宗立大全　后学月畴熊秉懋较正　书林兴我刘佛旺绣梓”，卷之首下题署为“鳌峰后裔熊南容纂集　孙秉懋较正　忠贤堂刘兴我梓行”。

由上，可确知两点：其一，刘兴我的书坊为忠贤堂。关于忠贤堂，《建阳刻书史》载有刻书两种，一为戏曲《新刻出相点板唾红记》，一为《鼎镌李先生增补四民便用积玉全书》[②]。除此之外，万历四十三年（1615）刘龙田曾用忠贤堂刊刻过《新镌曾元赞书经发颖集注》，卷一卷端题“书林刘龙田梓”，书末牌记署“万历己卯冬龙田刘氏忠贤堂梓行”，刘兴我或为刘龙田后人。其二，刘兴我，名佛旺，号兴我。从《新刻司台订正万用迪吉通书大成》题署“刘佛旺”“熊宗立”“熊秉懋”三人字号，可辨识“兴我”“佛旺”是名还是

①方彦寿：《建阳刻书史》，中国社会出版社2003年版，第325—326页。

②方彦寿：《建阳刻书史》，中国社会出版社2003年版，第326页。

字。“鳌峰道轩熊宗立大全”中“鳌峰”是熊宗立之祖熊秘所建的鳌峰书院，熊氏子孙的求学之所，熊宗立常以“鳌峰后人”自居，“道轩”是熊宗立的号，此外熊宗立还号“勿听子”，“熊宗立”是其本名[①]。“后学月畴熊秉懋较正”中“后学”乃读书人自谦之词，“月畴”是熊秉懋的号，“熊秉懋”是其本名[②]。与“刘兴我”条相对应便是“鳌峰”“后学”对“书林”，“道轩”“月畴”对“兴我”，“熊宗立”“熊秉懋”对“刘佛旺”，所以刘佛旺应该是本名，而“兴我”是刘佛旺的号。

其次，《建阳刻书史》中所载刘荣吾或藜光堂刊刻的书籍共有五种，其一《鼎镌全像水浒忠义志传》，封面署“藜光堂藏本”，首卷卷端题署为“书林刘钦恩荣吾父梓行”，版心下端偶题“藜光阁”；其二《精镌按鉴全像鼎峙三国志传》，首卷卷端题署为“明富沙刘荣吾梓行”，版心下端偶题“藜光堂”“藜光阁”；其三崇祯十四年（1641）郑大郁所撰《篆林肆考》，首卷卷端题署为“潭阳刘肇麟桢甫父梓”，版心下端题“藜光堂”，牌记题刘荣吾藜光堂；其四《忠经孝经合刊》，目录叶题署“潭水人瑞刘肇麟仝校”，尾署“藜光堂藏板”，首卷卷端题署为“明藜光堂刘钦恩校梓”；其五《新刻吴氏家传养生必要仙制药性全备食物本草》，题署为明潭阳书林刘钦恩。除此之外，尚有崇祯十四年（1641）刊本《新刻洪武元韵勘正切字海篇群玉》二十卷并《大藏直音》三卷，封面署为“藜光阁梓行”，首卷卷端题署“书林刘钦恩荣吾父梓”，他卷卷端或题署“古潭刘钦恩荣吾父梓”“潭水佛弟子刘钦恩荣吾父刊刻”，版心下端题“藜光堂”；《新刻陈太史音考句释钦发小学丝纶》，首卷卷端题署“富沙钦恩刘荣吾绣梓”；《太医院手授经验百效内科全书》，封面署“藜光堂梓”，卷五卷端题署“潭阳刘孔敦若朴父订刊”。

由上来看，可确知三点：其一，刘荣吾的书坊为藜光堂或藜光阁。上述7种由藜光堂刊刻的书籍当中，有6种存在刘荣吾或刘钦恩之名。另外一种是由刘孔敦刊刻，刘孔敦是著名书坊主刘龙田的儿子[③]。其二，藜光堂本《水浒传》的序作者郑大郁与刘荣吾关系紧密。刘荣吾除了刊刻郑大郁所编纂的《篆林肆考》外，刘荣吾刊刻的《海篇群玉》序作者也是郑大郁。其三，刘

---

①方彦寿：《明代刻书家熊宗立述考》，《文献》1987年第1期。

②方彦寿：《福建历代刻书家考略》，中华书局2020年版，第337—338页。

③关于刘孔敦的具体情况可参详方彦寿《福建历代刻书家考略》（中华书局2020年版，第317—319页），书中并未提到刘孔敦的书坊为何。

荣吾，名钦恩，字荣吾。从《新刻洪武元韵勘正切字海篇群玉》《新刻陈太史音考句释钦发小学丝纶》题署，可辨识“荣吾”“钦恩”是名还是字。《新刻洪武元韵勘正切字海篇群玉》题署为“长洲陈仁锡明卿父阅　书林刘钦恩荣吾父梓”，《新刻陈太史音考句释钦发小学丝纶》题署为“姑苏仁锡陈明卿注释　富沙钦恩刘荣吾绣梓”。二书作者栏相同，但是名与字的位置有所变动，而刊者栏也随之变动。陈仁锡乃明末有名的学者，名仁锡，字明卿，号芝台。所以，与陈仁锡字明卿相对应的便是，刘钦恩字荣吾。

综上所述，刘兴我与刘荣吾并非同一人，刘兴我名佛旺，号兴我，书坊为忠贤堂；刘荣吾名钦恩，字荣吾，书坊为藜光堂①。

三、慕尼黑本

慕尼黑本，现存为残本，存卷四叶八上至卷五叶十四上，共二十一叶半，即第 17 回后半至第 24 回前半，残存 8 回，其中第 17 回与第 24 回不全，第 17 回缺回首一叶，约计 780 字，第 24 回缺了半叶，约计 90 字。因此本现藏于德国慕尼黑巴伐利亚国家图书馆（Bayerische Staatsbibliothek），故称之为慕尼黑本。此本版心题为“新刻水浒全传”，第五卷卷端书名题为“新刻绘像忠义水浒全传”。此书每半叶 16 行，行 36 字，图占 10 行、7 字位，图目 8 字，长度超出边框左右各一字位，每半叶正文字数为 506 字。

关于此本的原藏处，马幼垣先生的书中认为“书（慕尼黑本）前有巴勒天拿图书馆字样，当旧为该意大利图书馆所藏”②。实际上，马先生所说的巴勒天拿图书馆字样应该指的是书末封底藏书票上的文字“Bibliotheca

①关于刘兴我与刘荣吾是否为同一人，笔者曾经也持二者为同一人的看法，见邓雷《简本〈水浒传〉版本研究》，（福建师范大学 2017 年博士学位论文）。关于此一问题，周文业先生《古代小说数字化二十年（1999—2019）》中提到“邓雷专门研究《水浒传》版本，他原来和刘先生的看法一样，也一直认为刘兴我和刘荣吾是同一人。前不久他在一本古籍中看到，刘兴我名佛旺，号兴我；而刘荣吾名钦恩，号荣吾；其本名分别为刘佛旺和刘钦恩，所以刘兴我和刘荣吾应该是二个人。最近刘先生送我他新出版的《红楼梦舒本研究》一书，我去取书时和他谈及邓雷的新看法，他仍然认为这两对名号：刘佛旺和刘兴我；刘荣吾和刘钦恩，在此文献中还是分别说的，目前还没有文献把这两对名号连在一起，因此还是不能排除刘兴我、刘荣吾和刘佛旺、刘钦恩，这四个名号都是同一人的可能性。理论上刘先生看法也是对的，要彻底证明这一点看来还是要再找铁证”（中州古籍出版社 2020 年版，第 94 页）。刘先生所言确实有一定的道理，但是要想找到同一本书中把两对名号连在一起书写，并且具有一定的可信度，那只有可能是族谱了。毕竟即便是同一本书中出现刘兴我、刘荣吾二者之名，也无法证明此二者就是不同的两人，像余象斗不同的名号经常出现在同一本书中，《皇明诸司公案传》中署“山人仰止余象斗编辑　书林文台余氏梓行”，余象斗和余文台之名同时出现。

②马幼垣：《水浒论衡》，生活·读书·新知三联书店 2007 年版，第 124 页。

Patatina”,“Patatina”即为“Palatina”。这个单词“Patatina”并非意大利的“Patatina”,而是始建于德国曼海姆(Mannheim)的Bibliotheca Palatina。最初由Charles Theodore(1724—1799)的祖先所创办,到18世纪末藏书已近10万卷。这些书籍当中许多都有Charles Theodore的藏书票“Bibliotheca Palatina”,1777年Count Palatine Charles Theodore搬去慕尼黑,图书馆也跟着他一起到了慕尼黑,到1803年大约90%的书都搬到了慕尼黑,而这些书籍绝大多数现今还保存在巴伐利亚国家图书馆。其中有两处地方可证此说:一是意大利的Patatina图书馆写为“Biblioteca”,而德国的Patatina图书馆写为“Bibliotheca”;二是藏书票中两个字母“CT”,这两个字母是Charles Theodore的缩写。

慕尼黑藏本封底藏书票书影

四、李渔序本

1. 李渔序本概况

李渔序本,目录叶书名为“全像水浒传”,首卷卷端题为“新刻全像忠义水浒传”,因卷首有李渔的《水浒传序》,所以简称之为李渔序本。李渔序本与刘兴我本、藜光堂本以及慕尼黑本一样,属于嵌图本,为上图下文版式。同时,首卷卷端题署为“元东原罗贯中编辑　闽书林郑乔林梓行”,所以此本为建阳刊本无疑。全书二十五卷,一百十五回,目录误作一百十四回,与刘兴我本和藜光堂本同,因脱第一百十三回回目。此书每半叶17行、行37字,图占11行、7字位,图目8字,长度与图边框相等,每半叶正文字数为552字。

此本现今已知有三种:一、德国柏林国立普鲁士文化基金会图书馆(Staatsbibliothek zu Berlin Preußischer Kulturbesitz,简称为德国柏林国家图书馆)藏本,全本,二十五卷,一百十五回;二、翁连溪藏本,二十二卷残本,存卷一至卷十六,卷二十至卷二十五,共计二十二卷,缺卷十七至卷十九;三、翁连溪藏本,四卷残本,存卷十七至卷二十,第78回至第92回,共四卷十五回,其中第十七卷缺首叶,第十八卷中第81回与第84回首叶略残,第

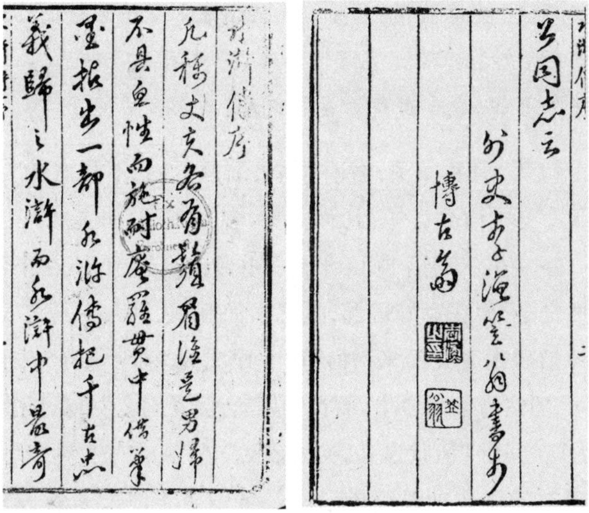
水滸傳序
凡稱丈夫各有鬚眉誰是男婦
不具血性而施耐庵羅貫中借筆
墨拈出一部水滸傳把千古忠
義歸之水滸而水滸中最奇
出同志云
外史李渔笠翁書于
博古斋

李渔序本序言书影

二十卷中第 92 回尾叶缺。

2. 李渔序本的刊刻时间

关于此本的刊刻时间，从署名李渔的序言即可得知，必当刻于清代。李渔生于万历三十九年（1611）①，终明一朝至崇祯十七年（1644），李渔都声名未显，所以无论是伪托还是请李渔作序都不太可能。若此序文真为李渔所写，也当是顺治、康熙年间之事，若此序文伪托李渔所作，则更可能是李渔身后之事，也就是康熙十九年（1680）之后的事情②。

再从序言正文来看李渔此序是否为伪托。整篇序言共计 192 个字，序末题署“外史李渔笠翁书于博古斋”，序末有阴文印章一枚署“李渔之印”，阳文印章一枚署“笠翁”。然而，这短短不到二百字的序文，可以确证为抄袭的有 74 个字。序言全文抄录于下：

> 凡称丈夫，各有须眉，谁是男妇，不具血性。而施耐庵、罗贯中借笔墨拈出一部《水浒传》，把千古忠义归之《水浒》。而《水浒》中最奇绝者，有不在宋江逢人便拜，翘然为梁山泊之主，而在锄奸劈邪，杀恶人如麻，吐世人不平之气于一百单八人。所以世人看传，无不首览《水浒》。

---

①单锦珩：《李渔年谱》，《李渔全集》第 19 卷，浙江古籍出版社 1991 年版，第 3 页。
②单锦珩：《李渔年谱》，《李渔全集》第 19 卷，浙江古籍出版社 1991 年版，第 127 页。

其中情状逼真，笑语欲活，所以与《三国志》并垂勿朽也。坊刻多本，非失之太繁，则失之过略。予因细加考订，其间关锁出落，一一条述，使阅者展卷恍如面觌，咸生鼓舞。爰授之梓，以公同志云。

序文第一句话“凡称丈夫，各有须眉，谁是男妇，不具血性”，此句来自英雄谱本中熊飞《英雄谱弁言》“凡称丈夫，各有须眉，谁是男子，不具血性”，只改易一字。序文第三句话“而《水浒》中最奇绝者，有不在宋江逢人便拜，翘然为梁山泊之主，而在锄奸劈邪，杀恶人如麻，吐世人不平之气于一百单八人”，则改易钟伯敬本序文而来，钟伯敬本序文为“而《水浒》中极奇绝者，又不在逢人便拜，翘然为梁山之主，而在锄奸斩淫，杀恶人如麻，吐世人不平之气于一百单八人”。其后“情状逼真，笑语欲活”八字，也来自钟伯敬本序文。

从李渔序本的序文抄袭英雄谱本及钟伯敬本序文来看，郑乔林肯定见过英雄谱本及钟伯敬本，于此可知，建阳诸多刊本《水浒传》在刊刻之时可能互有借鉴，至少书坊主很容易获得其他书坊所刻《水浒传》，就像英雄谱本借鉴了钟伯敬本，而李渔序本又借鉴了英雄谱本及钟伯敬本等。

于此亦可明确知道，此序文绝非李渔所写。且不说这篇序文写得既简短又毫无文采可言，单就这短短不到200字的序文，竟有如此多的抄袭之处，也绝对不可能是作为大才子的李渔所为。所以，李渔序本的刊刻时间当在李渔去世清康熙十九年（1680）之后。

除内证外，尚有外证可知署名李渔的序言属于伪托。同样藏于德国柏林国家图书馆的还有一部《三国》，郑乔林所刊，首卷卷端题名“新刻全像演义三国志传”，此本也有署名李渔所作的《三国志序》，序末题署与李渔序本《水浒传》一样，为“外史李渔笠翁书于博古斋”。此本《三国志传》存有封面，题写“康熙廿三年新镌”，此时间即为《三国志传》的刊刻时间。康熙二十三年（1684）离李渔去世已过了四年，所以此本署名李渔的序言当属伪托。李渔序本《水浒传》与李渔序本《三国志传》，二者同为郑乔林所刊，又都有署名李渔的序言，当为同一系列的刊本，刊刻时间也应大致相当，所以李渔序本《水浒传》刊刻时间当在康熙二十三年（1684）前后，书中署名李渔的序言也当署伪托。此外，李渔序本《三国志传》封面署题“德馨堂藏板”，“德馨堂”当为郑乔林的书坊。

3. 李渔序本三处藏本的关系

除德国柏林国家图书馆所藏全本外，另外两处藏本中二十二卷残本，多次见于国内拍卖行，像2009年出现于天津国拍今古斋，2011年出现于上海国际商品拍卖有限公司，最后一次2013年出现于北京卓德国际拍卖有限公司，为翁连溪拍下。四卷残本，据翁连溪所言最早藏于上海王某处，后赠予翁连溪。翁连溪将两处残本拼成一部完整的李渔序本，2016年由文物出版社影印出版，书名为《新刻全像忠义水浒传》，为古籍善本再造·珍稀古籍丛刊。据翁连溪序言所述德国藏本与其自己的藏本属于同版，"此次影印出版的《新刻全像忠义水浒传》，为李渔序本，经与德国藏本相校，应为同一版本"[①]。

虽然翁氏已将自己的藏本与德国藏本的关系说清，但是依旧存在几个问题：其一，翁氏所言影印出版的李渔序本与德国藏本同版，事实情况是否如其所言？若是的话，那同版是仅指二十二卷残本而言，还是包括四卷残本？其二，若三者均为同版，三者的刊印先后顺序为何？其三，二十二卷残本与四卷残本中有一卷重复，此卷为第二十卷，影印本中第二十卷所用底本为二十二卷残本，还是四卷残本？

首先是二十二卷残本与德国藏本的关系，二者并非同版，二十二卷残本乃德国藏本的翻刻本。其证据有三：一、版心下端署题不同。德国藏本版心下端题有"乔"字，即刊刻者"郑乔林"的"乔"字，二十二卷残本不存。二、刻字与插图不同。德国藏本与二十二卷残本刻字与插图极为相似，若不细加比较，根本看不出二者之间的差异。以第一卷第4叶下为例，二本此半叶插图中右边小草、人物腰带款式、裙摆折痕、左边墙体砖头裂缝等均不相同。文字方面，图目中"淮"与"州"字的刻法均有小异，第一行文字中"駡"字也有差异，德国藏本"馬"下为四个点，二十二卷残本"馬"下为两个点。三、断口与断板之处不同。同样以第一卷第4叶下为例，此半叶德国藏本明显断口有3处，断板裂缝有1处，在"神宗"文字下；二十二卷残本明显断板1处，在"排"字处。二者断口与断板之处均不相同。此外，插图的板框断口也有所差异。

其次是四卷残本与德国藏本的关系，二者乃为同版，德国藏本为同版后印本。二者的断口、断板之处相同，但德国藏本的断口更多、断板裂缝更大。以第十九卷第6叶上为例，此半叶四卷残本有2处断口，第一处断口形成断板，裂缝延伸到第5字，德国藏本则有6处断口，包括了四卷残本的2处断口，形成了2处断板，第二处断板位置与四卷残本相同，裂缝延伸到第8字。

---

①翁连溪：《影印〈新刻忠义水浒传〉序》，《新刻全像忠义水浒传》，文物出版社2016年版，第2页。

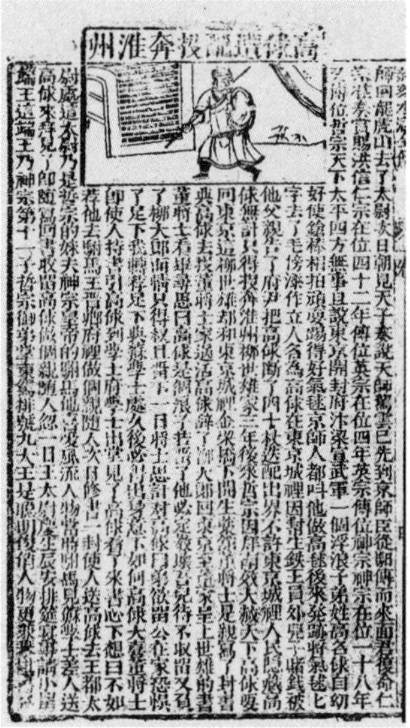
高俅遭配投奔淮州

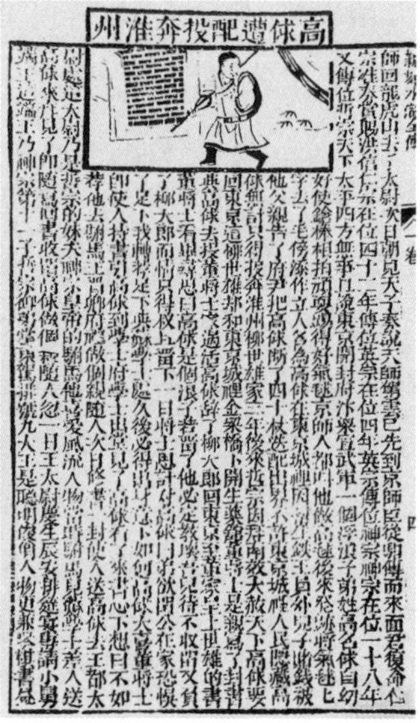
高俅遭配投奔淮州

德国藏本与二十二卷藏本卷一第 4 叶下书影

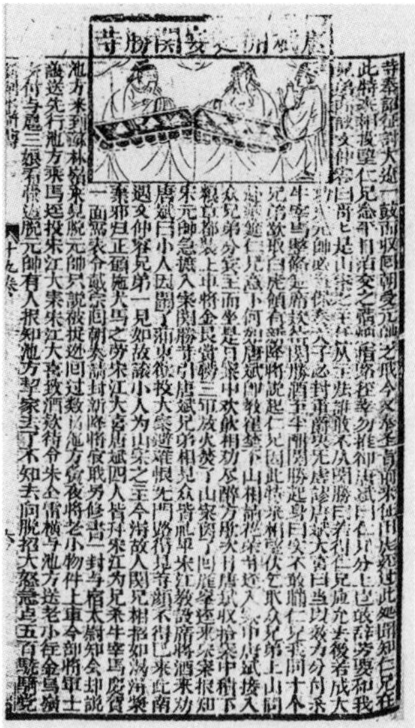
唐斌開宴関勝寺

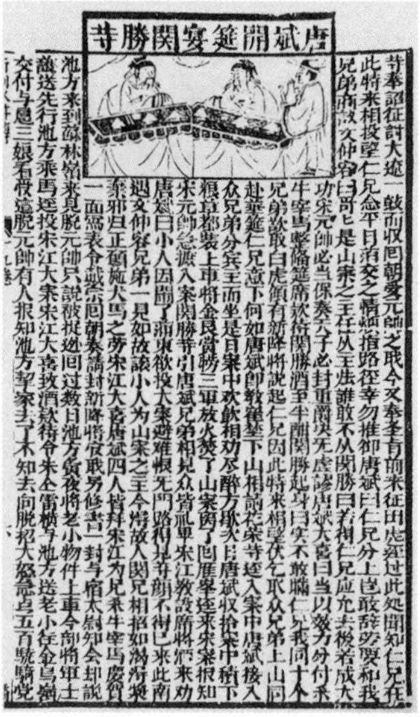
唐斌開宴関勝寺

德国藏本与四卷藏本第十九卷第 6 叶上书影

综上所述，可以厘清德国藏本与翁连溪所藏二十二卷残本、四卷残本的关系。四卷残本与德国藏本为同版异印本，四卷残本的刊印时间早于德国藏本，此二者与二十二卷残本为异版，二十二卷残本为翻刻本。此外，翁连溪影印本中第二十卷所用底本为二十二卷残本。

第二节　嵌图本《水浒传》四种的研究

本节因要研究嵌图本四种的关系，所以以慕尼黑本残存 8 回为主要研究对象。8 回正文约占全书十四分之一，并不算少。此 8 回情节内容包括：宋江义释晁盖、梁山泊火并、宋江怒杀阎婆惜、武松打虎、潘金莲药鸩武大郎等，可以说是全书最为精彩的部分之一，足够具有代表性。

一、嵌图本《水浒传》四种的版式、图像及系统

四种嵌图本《水浒传》均为每半叶一图，图上有标目，横列于天头。刘兴我本每半叶 15 行、行 35 字，图占 11 行、8 字位，插图标目 8 字，长度与图边框相等，每半叶正文字数为 437 字；藜光堂本每半叶 15 行、行 34 字，图占 9 行、7 字位，插图标目 8 字，长度超出边框左右各一字位，每半叶正文字数为 447 字；慕尼黑本每半叶 16 行、行 36 字，图占 10 行、7 字位，插图标目 8 字，长度超出边框左右各一字位，每半叶正文字数为 506 字；李渔序本每半叶 17 行、行 37 字，图占 11 行、7 字位，插图标目 8 字，长度与图边框相等，每半叶正文字数为 552 字[①]。

本节将此四种嵌图本放在一起研究，不仅仅因为四种本子具有相同的版式，还在于四者其他方面也有诸多相同之处[②]：1. 回数相同，均为 115 回，但实则只有 114 回。目录总目中有第 9 回回目，然而正文中缺第 9 回。2. 目录总目中无第 113 回回目，但是正文中却有第 113 回。3. 诸本 115 回的分卷完全相同，慕尼黑本残存部分分卷亦同于上述三本。4. 一些特殊的回目，嵌图本诸种相同，而与其他本子不同。如第 31 回“孔家庄宋江救武松　清风山燕顺释宋江”，嵌图本同，他本为“武行者醉打孔亮　锦毛虎义释宋江”；第 44 回“杨雄石秀投晁盖　宋江一打祝家庄”，嵌图本同，而他本为“扑天雕双修生死书　宋公明一打祝家庄”。5. 正文具有极高的文字相似度，具体见下表：

①马幼垣《水浒论衡》中所载四种嵌图本每半叶字数为 367、345、398、441，生活·读书·新知三联书店 2007 年版，第 132 页。此说有误，少算了各本图两侧文字中一侧的字数。

②此处所言多为刘兴我本、藜光堂本、李渔序本三种全本，慕尼黑本为残本，特征不明。

表 32 四种嵌图本文字相似度比对

	刘兴我本与藜光堂本相似比	慕尼黑本与李渔序本相似比	刘兴我本与慕尼黑本相似比	刘兴我本与李渔序本相似比	藜光堂本与慕尼黑本相似比	藜光堂本与李渔序本相似比
第 17 回	98.07%	99.33%	98.06%	97.67%	96.41%	96.11%
第 18 回	98.71%	99.42%	99%	98.57%	97.87%	97.44%
第 19 回	98.89%	99.53%	98.79%	98.24%	97.96%	97.5%
第 20 回	98.2%	99.16%	98.89%	98.51%	97.17%	96.9%
第 21 回	98.64%	98.96%	98.73%	99.01%	97.39%	97.66%
第 22 回	98.05%	98%	99.03%	98.64%	97.11%	96.38%
第 23 回	98.98%	95.05%	98.26%	96.2%	97.58%	94.82%
第 24 回	98.37%	97.59%	99.15%	98.43%	97.53%	96.37%
平均值	98.49%	98.38%	98.74%	98.16%	97.38%	96.65%

此组数据是将四个本子 8 回文字进行细致比勘之后,得出的文字相似度。结合之前所说的各本相同之处,以及极高的文字相似度,可以毫无疑问地说,这四种本子具有密切的关系,四者属于同一系统。

通过四种嵌图本插图以及插图标目的不同,又可以将这四个本子分为两组:一组为刘兴我本与藜光堂本,一组为慕尼黑本与李渔序本。分组的依据主要有两点:

其一,两组之间插图标目有很大的差异,而每组之间差异不大。以第 20 回四本插图标目为例。

表 33 四种嵌图本第 20 回插图标目比对

刘兴我本	藜光堂本	慕尼黑本	李渔序本
王婆引阎婆求宋江	同左	王婆来宋江家议亲	同左
宋江邀文远访婆惜	同左		
阎婆扯婆惜陪宋江	同左	阎婆整酒同宋江饮	同左
阎婆打唐牛儿出门	同左		
婆惜自睡不顾宋江	同左	宋江自睡婆惜冷笑	同左
宋江回楼取招文袋	同左	宋江回楼寻取銮带	同左
		宋江取袋怒杀婆惜	同左
牛儿打阎婆救宋江	同左	牛儿婆子扭见知县	同左

上表为四种本子第 20 回插图标目的情况。从表中可以清楚地发现，两组之间刘兴我本、藜光堂本与慕尼黑本、李渔序本插图标目的差异，即便是在叙述同一件事情，也没有任何一个插图标目完全相同。而每组之间刘兴我本与藜光堂本、慕尼黑本与李渔序本插图标目则完全相同。

将考察扩大到慕尼黑本残存部分来看，慕尼黑本残存部分拥有插图标目 42 条，李渔序本对应部分拥有 39 条，刘兴我本对应部分拥有 47 条（其中刘兴我本缺少一叶，至少当有 1 条，实为 48 条），藜光堂本对应部分拥有 48 条。在相对应的插图标目中，两组之间除却个别完全相同之外，其余均有所差异。

而每组之间，慕尼黑本与李渔序本插图标目仅有一条不相同，此条为第 23 回慕尼黑本、李渔序本第 7 图，慕尼黑本图目为“王婆引西庆见潘氏”，李渔序本图目为“王婆引西门见潘氏”。二本均是因为图目 8 个字的限制，缩写了“西门庆”三字，“西门”比之“西庆”更为合理一些。刘兴我本与藜光堂本插图标目也仅有两条不同，第一条为第 19 回刘兴我本、藜光堂本第 1 图，刘兴我本图目为“林冲杀王伦于亭上”，藜光堂本图目为“林冲尊晁盖为寨毛”，藜光堂本“毛”字当为“主”字之误，二者图目中藜光堂本正确。因为刘兴我本此图所画内容并非图目“林冲杀王伦于亭上”内容，而且上一幅插图标目同为“林冲杀王伦于亭上”，很明显刘兴我本此图标目有误。第二条为第 23 回刘兴我本、藜光堂本第 3 图，刘兴我本图目为“武大设酒款待武大”，藜光堂本图目为“武大设酒款待武松”。二者相差仅一字，刘兴我本第二处“武大”当为“武松”之误。

其二，两组之间插图构图有很大的差异，而每组之间差异不大。从插图标目的比对情况可以看出，两组本子之间插图内容虽然各有交叉，但是大部分相同。以第 20 回第 1 幅插图为例，考察嵌图本四种两组之间与每组之间插图的异同。此图刘兴我本图目为“王婆引阎婆求宋江”，慕尼黑本图目为“王婆来宋江家议亲”，二者所叙述的是同一件事情。

刘兴我本

藜光堂本

慕尼黑本

李渔序本

由四幅插图可以看出，两组之间刘兴我本、藜光堂本与慕尼黑本、李渔序本的插图差异极大，前两本是三个人，场景在屋内，后两本是两个人，场景在屋外。每组之间刘兴我本与藜光堂本、慕尼黑本与李渔序本的插图差异则较小，两两之间大致构图基本相同，只在细节处有所区别。刘兴我本与藜光堂本之间，刘兴我本宋江坐着，藜光堂本宋江则是站着，刘兴我本王婆头偏向左边，藜光堂本王婆头偏向右边。慕尼黑本与李渔序本之间，差距则更小，二本整幅插图基本上相同。

其余慕尼黑本残存部分的插图，两组之间虽然构图也有不少相似之处，但除却细节不论外，两组插图没有一幅是完全相同的，而每组之间构图则基本相同，有的连图像都完全一样。

二、嵌图本《水浒传》四种的渊源、刊刻年代及顺序

如上文所述，四种本子属于同一系统，那么何者刊刻在先，何者刊刻在后，彼此之间又有何种渊源关系？下面将对这几个问题作出考察，内容包括四种本子的刊刻时间、刊刻先后顺序以及四者的版本源流关系。考察之时依旧将四种本子分作两组来研究，刘兴我本与藜光堂本一组、慕尼黑本与李渔序本一组。先研究每组之间两种本子的刊刻顺序，再研究组与组之间本子的刊刻顺序。这样分组的好处在于，各组中两个本子的插图十分相近，必然有承袭关系，厘清每组的刊刻顺序后，再做两组之间的比较，也就不会造成混乱，出现三代本与初代本直接比较的情况。

要考察两种本子之间的刊刻顺序，如果仅仅是通过个别文字的遗漏、增添或者修改来判断，方法十分繁复，而且也不准确。因为无论是增添、遗漏还是修改都存在着正反两种情况，如乙本比甲本多了某个字，到底是甲本初刻时遗漏了这个字，乙本重刊时补录，还是乙本为初刻本，甲本重刊时遗漏了这个字，

两种情况都有可能。同时，甲乙本还可能存在此有彼无、此无彼有的文字，即甲本比乙本多了“丙”字，乙本比甲本多了“丁”字，这种情况就无法判断到底何者为先。所以，要确定两种本子的刊刻顺序，最好是能找到较多的脱文，尤其是同词脱文。这二者是判断版本演化的重要手段。魏安先生在分析《三国演义》版本演化之时，运用同词脱文的方法，取得了很大的成功[①]。

首先，刘兴我本与藜光堂本刊刻的先后以及渊源问题。关于这个问题，经过马幼垣、丸山浩明、刘世德、周文业等先生的努力，尤其是周文业先生通过计算机数字化的方法，对刘兴我本和藜光堂本中存在的同词脱文、一般脱文、文字修改、文字颠倒、文字增加、回末删节等现象进行研究，最终得出结论：刘兴我本刊刻早于藜光堂本，他们是“父子”关系[②]，即藜光堂本乃翻刻刘兴我本而成。实际上，慕尼黑本残本的 8 回文字中，藜光堂本同样存在同词脱文的现象[③]。此处同词脱文为第 17 回，藜光堂本同词“白胜”脱 4 字。

> 刘兴我本：府尹把庄客口词问了一遍。教取白胜来问，白胜只得一一供说。（4.11b）
>
> 藜光堂本：府尹把庄客口词问了一遍。教取白胜只得一一供说。（4.11b）

其次，慕尼黑本与李渔序本刊刻的先后问题。同样在这 8 回文字中，李渔序本也存在同词脱文的现象。此处同词脱文为第 23 回，李渔序本同词“有诗为证”脱 104 字。

> 慕尼黑本：次早，武松去县里画卯回家，那嫂齐整，安排酒肉饭食与武松吃。有诗为证：武松仪表甚温柔，阿嫂淫心不可收。笼络归他家里住，要同云雨会风流。自从武松到武大家数日，取出一疋彩色缎子与嫂代做衣裳，那嫂笑曰：“叔叔既然把与奴家，不敢推辞。”武松是个知礼好汉，却不怪他。又过月余，时遇冬寒天气，连日朔风四起，大雪纷纷。有诗为证：尽道丰年瑞……（5.9ab）

---

①赵益先生《“窜句脱文”及“错误一致原理”与通俗小说版本谱系考察》一文对“同词脱文”此一现象有详细介绍，可以参看。具体见《文献》2020 年第 6 期。

②周文业：《〈水浒传〉刘兴我本和藜光堂本数字化研究》，《第四届中国古籍数字化国际学术研讨会论文集》，2013 年，第 229 页。

③此例未见于周文业先生之文。

李渔序本:次早,武松去县里画卯回家,那嫂齐整,安排酒肉饭食与武松吃。有诗为证:尽道丰年瑞……(5.8b)

由此可知,慕尼黑本的刊刻时间当在李渔序本之前。至于此二本是否有直接的渊源关系,则很难说。因为李渔序本正文之中,不存在跳行的现象,即李渔序本一般脱文正好是慕尼黑本的一行文字,所以李渔序本可能是直接翻刻慕尼黑本而成,也可能在慕尼黑本与李渔序本之间存在其他的过渡本。

再次,刘兴我本一组与慕尼黑本一组刊刻的先后问题。选取二组刊刻顺序在前的本子刘兴我本与慕尼黑本进行比较。比对后发现,相较于刘兴我本,慕尼黑本存在同词脱文的情况。此处同词脱文为第23回,慕尼黑本同词“武松曰”脱30字。

刘兴我本:妇人曰:“叔叔里面向火。”武松曰:“多蒙照顾。”自近火边坐下。那妇人把门闭了,搬酒食入房里,摆在桌上。武松曰:“哥哥那里去?”(5.11a)

慕尼黑本:妇人曰:“叔叔里面向火。”武松曰:“哥哥那里去?”(5.9b)

通过此处同词脱文可知,刘兴我本刊刻早于慕尼黑本。

由于慕尼黑本此处同词脱文所脱之文字,刘兴我本与藜光堂本均存在,所以慕尼黑本与此二本何者存在直接渊源关系则无法获知。要想辨明此一问题,则要找到慕尼黑本中长字句的脱文,最好是跳行现象。恰巧慕尼黑本中确实存在长字句脱文之例。此处长字句脱文为第17回,慕尼黑本脱27字。

刘兴我本:且教何观察在茶坊里等候,以此飞马来报你。今我回去引他下了公文,不移时差人来捉你。(4.10a)

慕尼黑本:且不移时差人来捉你。(4.8b)

查阅刘兴我本与藜光堂本,慕尼黑本所缺之文,藜光堂本在1行文字之中,整行文字为“睡着。且教何观察在茶坊里等候,以此飞马来报你。今我回去引他下了公文,不移时差”(4.10a),并无特别之处。然而,慕尼黑本所脱的27字在刘兴我本中却正好是1行。那么,很明显慕尼黑本与刘兴我本有着直接的渊源关系,慕尼黑本乃是据刘兴我本翻刻而成。之所以会出现跳行脱文,正是因为抄手在抄写之时漏行所致。同时,从慕尼黑本这两处脱文，也可以更加肯定，李渔序本与慕尼黑本同源，李渔序本或源出慕尼黑本，或与慕尼黑本有共同的底本，因为慕尼黑本脱文之处，李渔序本也脱文，若是李渔序本承袭更早的底本，则不可能产生如此巧合的脱文。考虑上文慕尼黑本与李渔序本插图的相似情况，李渔序本源出慕尼黑本的可能性很大。

既然四种嵌图本的刊刻顺序已经辨明，那么接下去就是判定其刊刻年代。四种本子中，只有刘兴我本有着明确的刊刻时间标识。刘兴我本卷首序言末尾题署“戊辰长至日清源汪子深书于巢云”，戊辰一般认为是崇祯元年（1628）①。藜光堂本虽然没有明确的刊刻时间，但是卷首有郑大郁《水浒忠义传叙》，末尾题署“温陵云明郑大郁题”，郑大郁是崇祯年间人，之所以会给刘荣吾藜光堂本写序，也是因为二人关系不错，崇祯十四年（1641）“书林刘钦恩荣吾父梓”《海篇群玉》卷首即有郑大郁分别于崇祯十二年（1639）与崇祯十四年（1641）所写的序言，同时崇祯十五年（1642）藜光堂刊有郑大郁所著《篆林肆考》十五卷②。于此，藜光堂本大约也刊刻于崇祯年间。李渔序本的刊刻时间前文已述，当刊刻于康熙二十三年（1684）前后。慕尼黑本由于是残本，没有任何时间线索提供，只能根据其刊刻于刘兴我本之后、李渔序本之前来判定，其刊刻时间大约在明崇祯元年（1628）至清康熙二十三年（1684）之间③。

①刘世德：《〈水浒传〉简本异同考（下）——刘兴我刊本、藜光堂刊本异同考》，《文学遗产》2013年第3期。

②此本或云刊刻于明崇祯十四年刘肇麟刻本，或云明崇祯间刘荣吾藜光堂刻本，如《中国古籍总目・经部》中著录。像中国国家图书馆藏有崇祯十四年（1641）本，此本卷首有崇祯十四年郑大郁的序，首卷卷端题署“潭阳刘肇麟祯甫父梓”，版心下端偶见“藜光堂”字样，而美国哈佛燕京图书馆藏本却有崇祯十五年（1642）徐广的序，此本版心有“藜光堂”字样，首卷卷端同样题署“潭阳刘肇麟祯甫父梓”。比对国图所藏崇祯十四年本与哈佛所藏崇祯十五年本，发现二本为同版，国图所藏崇祯十四年本为后印本，且挖去了版心“藜光堂”字样，至于十四年本卷首的郑大郁序言实际上是郑大郁为《海篇群玉》所写的序言，移置于后印本中，并删去了徐广的序，所以《篆林肆考》的刊刻时间当为崇祯十五年（1642）。哈佛所藏本为汇编书籍，前两种为《海篇群玉》《大藏直音》，这两种书籍首卷卷端题署为“书林刘钦恩荣吾父梓”“潭水佛弟子刘钦恩荣吾父刊刻”，版心有“藜光堂”，书的封面有“藜光阁梓行”。此外，关于郑大郁的具体情况，可参详方彦寿《福建历代刻书家考略》，中华书局2020年版，第358—359页。

③此外，关于藜光堂本、亲贤堂本与李渔序本之间的关系，值得一说。亲贤堂本与李渔序本《水浒传》《三国志传》均藏于德国柏林国立普鲁士文化基金会图书馆，可见三者应该是同一批售出，被人带至德国，那么三者各自藏本的刊印时间应该相当。亲贤堂本虽然是藜光堂本的翻印本，但是现存藜光堂本东大藏本的版面情况与亲贤堂本相差无几，这可能存在两种情况：其一藜光堂本东大藏本刊印于明末，后因战火藜光堂本未再刊印，入清以后板木出售给了亲贤堂；其二藜光堂本东大藏本刊印于清初，刊印未多时，板木出售给了亲贤堂。

由此可知,四本的刊刻顺序为,刘兴我本>藜光堂本、慕尼黑本>李渔序本,其中刘兴我本刊刻于崇祯元年(1628),藜光堂本刊刻于崇祯年间,慕尼黑本刊刻于明崇祯元年(1628)至清康熙二十三年(1684)之间,李渔序本刊刻于康熙二十三年(1684)前后。刘兴我本与藜光堂本、刘兴我本与慕尼黑本都有直接的渊源关系,藜光堂本乃据刘兴我本翻刻而成,慕尼黑本亦是据刘兴我本翻刻而成。李渔序本则是与慕尼黑本同源,但二者是否有直接渊源关系则很难判明。

三、并非后出转精:嵌图本《水浒传》四种文字优劣比较

从上述所列四种本子文字相似度来看,这四种本子文字极其相近。基本上来说,只有细微的差别。四种本子中刊刻最早的是刘兴我本,最晚的是李渔序本,按照后出转精的规律来说,应该是李渔序本最为精良,那么事实是否如此?先来看下列一组数据:

表 34 嵌图本四种 8 回文字字数统计情况

	第 17 回	第 18 回	第 19 回	第 20 回	第 21 回	第 22 回	第 23 回	第 24 回
刘兴我本	2275	2799	2164	2875	2134	2001	4605	1538
藜光堂本	2271	2795	2160	2870	2135	2000	4606	1535
慕尼黑本	2243	2789	2152	2869	2131	1998	4566	1537
李渔序本	2240	2789	2150	2867	2129	1995	4450	1529

上表为慕尼黑本所存部分各回文字字数,以及其他三本相对应部分的文字字数,其中刘兴我本第 19 回缺末尾一叶用藜光堂本补足。从这组数据可以看出,刘兴我本字数基本上每一回都相较他本为多,尤其是相对于慕尼黑本、李渔序本来说。八回总字数刘兴我 20391 字、藜光堂本 20372 字、慕尼黑本 20285 字、李渔序本 20149 字,刘兴我本比李渔序本多了 425 字。这就意味着,从文本完整的角度来说,刘兴我本应该算是最为精良的本子,而李渔序本则最劣。具体而言:

首先,刘兴我本与藜光堂本之间,字数差距极小,此二本文字主要差异并不在于缺字或增字,而在于文字的不同。刘兴我本与藜光堂本文字的不同可分为三种情况:

1. 刘兴我本文字有误，藜光堂本将其更正。如第 18 回：

刘兴我本：林冲曰："小可非为位次，奈王伦心术窄狭，失信于人，难以相聚。只怀嫉贤妬能之心，恐众豪杰势力，头领夜来见兄长所说，他便不肯相留之意。"（4.14a）

藜光堂本：林冲曰："小可非为位次，奈王伦心术窄狭，失信于人，难以相聚。只怀嫉贤妬能之心，恐众豪杰头领势力，夜来见兄长所说，他便不肯相留之意。"（4.14a）

刘兴我本"头领"二字放在"势力"后，文意不通，藜光堂本将位置调换之后，则意思一目了然。

再如第 22 回：

刘兴我本：只见店主把三个碗并熟肉二斤，放在武松面前，连筛三碗酒，武松都罢了。（5.7b）

藜光堂本：只见店主把三个碗并熟肉二斤，放在武松面前，连筛三碗酒，武松都吃了。（5.7b）

此例或是刘兴我本脱漏一"吃"字，或是刘兴我本"罢"字为"吃"字之误。无论是何种原因，此处藜光堂本的文字都更加确切。

2. 刘兴我本文字无误，藜光堂本改动后的文字亦无问题。如第 23 回：

刘兴我本：西门庆曰："小子命薄，不曾招得好的。"（5.14a）

藜光堂本：西门庆曰："小生命薄，不曾招得好的。"（5.14a）

从说话的主语来看，"小子"与"小生"二词并无多大区别。虽然说"小生"更为文雅一些，有些不符合西门庆的身份，但是考虑到西门庆与潘金莲首次相会，要留下好印象，用"小生"一词也无不可。

再如第 24 回：

刘兴我本：郓哥曰："你原来没些见识。那西门庆了得，捉他不得，反吃顿拳。"（5.15a）

藜光堂本：郓哥曰："你原来没些见识。那西门庆了得，捉他不得，反吃顿打。"（5.15a）

"拳"字与"打"字从语义角度来说，无甚区别，但是"拳"字更为生动。

3. 刘兴我本文字无误，藜光堂本误改或误刊。如第18回：

刘兴我本：次日，朱贵请众好汉一齐下船，望山寨来，过金沙滩上岸，留老小、船在此等候。（4.13b）

藜光堂本：次日，朱贵请众好汉一齐下船，望山寨来，过金沙滩上岸，留我小、船在此等候。（4.13b）

很明显，藜光堂本“我”字乃是“老”字所误。

再如第19回：

刘兴我本：黄安看时，四下都是小船赶来，叫：“黄安休走！”（4.16a）

藜光堂本：黄安看时，四下都是小船赶来，叫：“黄安休赶！”（4.16a）

这句话之后的文字描述的是黄安逃跑，所以此处文字当为“黄安休走”。藜光堂本“赶”字当为未理解文意的误改，或是误刊。

从以上三种情况来看，刘兴我本与藜光堂本不同的文字，有刘兴我本优于藜光堂本之处，也有刘兴我本劣于藜光堂本之处，似乎二本文字优劣不分伯仲。事实并非如此，这8回文字除却增字、漏字情况不论外，刘兴我本与藜光堂本文字不同的地方共有99处，其中第二种情况有45处，第三种情况有45处，而第一种情况仅仅只有9处。也就是说，刘兴我本文字更优之处与藜光堂本文字更优之处的比例为5比1。所以，尽管存在藜光堂本文字优于刘兴我本之处，但从总体上说，刘兴我本文字更佳。

其次，刘兴我本与慕尼黑本之间，二本的异文主要有以下五种情况。

1. 慕尼黑本缺字，但不影响文意。如第23回：

刘兴我本：西门庆拿起酒盏来曰：“娘子满此杯。”（5.14a）

慕尼黑本：西门庆拿起盏来曰：“娘子满此杯。”（5.12a）

再如第24回：

刘兴我本：何九叔寻思：“我自去殓武大郎尸首，却是怎的与我许多银子？此事必定蹊跷。”（5.16b）

慕尼黑本：何九叔寻思：“我去殓武大郎尸首，却是怎的与我许多银子？此事必定蹊跷。”（5.14a）

从文意上来说，“酒”字与“自”字的缺失，并无大碍。此种情况在8回文字中共有 27 处，可能是慕尼黑本有意删节，也可能是刊刻时脱字。

2. 慕尼黑本缺字，影响文意。如第 20 回：

刘兴我本：对王婆曰："宋押司怎没有娘子？"（5.1a）

慕尼黑本：对王婆曰："宋押司怎没有娘？"（5.1a）

（例一）

刘兴我本：半月之间，阎婆惜打扮得满头珠翠，遍体销金。（5.1b）

慕尼黑本：半之间，阎婆惜打扮得满头珠翠，遍体销金。（5.1ab）

（例二）

很明显，慕尼黑本"娘子"的"子"与"半月"的"月"，均为脱字，脱字后对文意造成了影响。这样的情况此 8 回有 22 处。

3. 慕尼黑本文字改动，不影响文意。如第 22 回：

刘兴我本：上下寻人虎饥渴，撞着咆哮来扑人。（5.8b）

慕尼黑本：上下寻人虎饥饿，撞着咆哮来扑人。（5.7a）

再如第 23 回：

刘兴我本：那妇人欲心似火，止遏不住，却筛一杯酒来，自吃了一口，剩大半盏，看着武松曰……（5.11a）

慕尼黑本：那妇人欲心似火，止遏不住，却筛一杯酒来，自吃一二口，剩大半盏，看着武松曰……（5.9b）

从文意角度来说，慕尼黑本文字的改动，无甚影响。这样的情况此 8 回有 19 处。

4. 慕尼黑本文字变动，影响文意。如第 20 回：

刘兴我本：婆子到楼上曰："押司，如今再休采那乞丐！却早去睡罢。"（5.2b）

慕尼黑本：婆子到楼上曰："押司，如今再休来那乞丐！却早去睡罢。"（5.2a）

（例一）

刘兴我本：原来你和那打劫贼通同……（5.3b）

慕尼黑本：原来你和那打却贼通同……（5.3a）

（例二）

很明显，慕尼黑本与刘兴我本文字的不同，均为误刊所致。这样的地方此8回有23处之多。

5. 慕尼黑本比之刘兴我本多出文字，不影响文意。如第24回：

刘兴我本：众邻舍明知此人身死不明，不好问他，各自散了。（5.16b）

慕尼黑本：众邻舍明知此人身死不明，不好问他，各自散<u>去</u>了。（5.14a）

（例一）

刘兴我本：来到武大家里……（5.16b）

慕尼黑本：来到武大<u>郎</u>家里……（5.14a）

（例二）

慕尼黑本比刘兴我本多出“去”字与“郎”字，但是刘兴我本缺字之后的“散了”和“武大家”二词，并不影响文意。此等情况慕尼黑本8回有8处，却无一处因为文字多出，而优于刘兴我本。

由上可见，刘兴我本的文字无疑是要优于慕尼黑本。无论是缺字，还是文字的变动，导致慕尼黑本正文出现问题的地方有45处，与藜光堂本相等。然而，慕尼黑本文字变动后，优于刘兴我本之处却寥寥，8回文字当中仅有2处。所以，从某一方面来说，藜光堂本文字要稍胜于慕尼黑本。

再次，慕尼黑本与李渔序本之间，二本的异文也有五种情况。

1. 李渔序本缺字，但不影响文意。如第23回：

慕尼黑本：西门庆曰：“小人只认得大郎，<u>却</u>是个经纪人，真会谦钱。”（5.11b）

李渔序本：西门庆曰：“小人只认得大郎，是个经纪人，真会谦钱。”（5.10b）

（例一）

慕尼黑本：自来<u>只</u>靠卖些时新果子，常得西门庆赍发钱米。（5.12b）

李渔序本：自来靠卖些时新果子，常得西门庆赍发钱米。（5.11b）

（例二）

慕尼黑本“却”字与“只”字，从文意上来说，缺少并无大碍。这样的情况在 8 回中共有 16 处，可能是李渔序本有意删节，也可能是刊刻之时脱字。

2. 李渔序本缺字，影响文意。如第 22 回：

慕尼黑本：又叫曰：“主人，怎的不来筛酒？”酒家曰……（5.6b）

李渔序本：又叫曰：“主人，怎的不来筛酒？”家曰……（5.6a）

再如第 23 回：

慕尼黑本：那武大自从武松说了，每日做五扇烧饼卖。（5.10b）

李渔序本：那武自从武松说了，每日做五扇烧饼卖。（5.9b）

“酒”字与“大”字的缺失，均为李渔序本刊刻之时脱字所致。脱字后影响文意，这样的情况 8 回中共有 18 处。

3. 李渔序本文字变动，但不影响文意。如第 18 回：

慕尼黑本：头顶青箬笠，身被绿蓑衣。（4.11a）

李渔序本：头顶青箬，身穿绿蓑衣。（4.10a）

（例一）

慕尼黑本：口虽答应，心里未然。（4.12a）

李渔序本：口虽答应，心中未然。（4.11a）

（例二）

李渔序本文字改动，从文意理解的角度来说，毫无问题。这样的地方 8 回中有 15 处。

4. 李渔序本文字变动，影响文意。如第 19 回：

慕尼黑本：战船人马都亏折，更有何颜见故乡。（4.14a）

李渔序本：战船人马都亏折，更有回颜见故乡。（4.13a）

再如第 22 回：

慕尼黑本：只见店主把三个碗并熟肉二斤，放在武松面前，连筛三碗酒。（5.6b）

李渔序本：只见店主把三碗酒并熟肉二斤，放在武松面前，连筛三碗酒。（5.6a）

例一是形似所误，例二是误改。例二中店主把三个碗放到武松面前，此三个碗中没有酒，要不然后文也不需要特意提到筛酒，所以“三碗酒”当误。这种情况 8 回中有 20 处，基本是文字形似出现的误刊。

5. 慕尼黑本出现缺字、误字，李渔序本则正确。如第 18 回：

> 刘兴我本：至晚席散，众头领送晁盖等客馆安歇。（4.13b）
> 慕尼黑本：至晚席散，众头领送晁盖等各馆安歇。（4.12a）
> 李渔序本：至晚席散，众头领送晁盖等在馆安歇。（4.11a）

此例将刘兴我本文字列出，可以明显看到，慕尼黑本因为文字形似而产生误字，李渔序本将其修正，“在”字从文意上说，没有任何问题。此例也可再次说明，李渔序本源出慕尼黑本的可能性很大，因为李渔序本底本此处文字应当出现舛误，李渔序本才有可能进行修正。

再如第 23 回：

> 慕尼黑本：那人正要发作，回过看见，是个妇，变作笑脸。（5.10b）
> 李渔序本：那人正要发作，回过看见，是个妇人，变作笑脸。（5.9b）

慕尼黑本缺字，李渔序本则不缺。此类慕尼黑本缺字、误字之处，李渔序本文字正确的地方有 17 处。

从总体上说，李渔序本文字优于慕尼黑本的地方有 17 处，李渔序本文字劣于慕尼黑本的地方有 39 处之多，所以慕尼黑本文字要优于李渔序本。

由上可知，四种嵌图本文字差异极小，只有个别文字细微的差别，而各本文字也互有优劣。从总体上来说，刘兴我本文字胜于藜光堂本，藜光堂本文字稍胜于慕尼黑本，慕尼黑本文字胜于李渔序本。所以，对于四种嵌图本而言，并非是后出的本子更加精善，反而是后刊本不如前刊本。

通过上述文字可知，四种嵌图本属于同一系统，又可以分成两组，这两组之间以及每组两个刊本之间在图像以及文字上都存在一定的差异。那么，这种差异是如何形成的？

首先是图像部分。两组之间刘兴我本与慕尼黑本文字差异极小，但是插图部分却存在较大差异。这可能是因为书坊主害怕版权纠纷，所以对图像进行了改易，试图改换成另一个本子的模样。也可能是为了招徕读者，采用“旧瓶装新酒”的方法，文字部分依旧翻刻旧本，而插图部分则进行改易，包装成一种新的本子。这种情况实际上在繁本《水浒传》中同样存在，像容与堂本与钟伯敬本，钟伯敬本是容与堂本的翻刻本，只是将批语的归属权从“李卓吾”划到“钟伯敬”名下，并且改易了插图。每组两个本子之间，图像差异则较小，慕尼黑本与李渔序本图像上的差异，有些类似于翻刻之时所存在的误差。刘兴我本与藜光堂本图像上的差异，则可能是刻工在翻刻之时，依照原本随意进行发挥。

其次是文字部分。两组之间以及每组两个本子之间所存在的差异，除却脱文之外，实际上非常之小。从上文也可知悉，四种嵌图本的文字并非后出转精，这就意味着后出的本子并未对底本进行精良的校勘。当然，这也符合建阳刊本小说的习惯。所以，四种本子之间所存在的文字差异，大部分是误刊形成，小部分可能是刻工在刊刻过程中发现文句不通，随手将其改正。

由此节可以得到以下结论：

1. 刘兴我本、藜光堂本、慕尼黑本、李渔序本属于同一个系统——嵌图本的本子，文字极为相近。

2. 四本根据插图与插图标目的不同，可以分为两组：刘兴我本与藜光堂本、慕尼黑本与李渔序本。

3. 四本的刊刻顺序为：刘兴我本＞藜光堂本、慕尼黑本＞李渔序本，其中刘兴我本刊刻于崇祯元年（1628），藜光堂本刊刻于崇祯年间，慕尼黑本刊刻于崇祯元年至康熙二十三年（1628—1684）之间，李渔序本刊刻于清康熙二十三年（1684）前后。

4. 四种嵌图本中刘兴我本与藜光堂本有直接渊源关系，藜光堂本乃据刘兴我本翻刻而成；刘兴我本与慕尼黑本也有直接渊源关系，慕尼黑本亦是据刘兴我本翻刻而成；李渔序本与慕尼黑本同源，虽然二者是否有直接的渊源关系很难辨明，但是李渔序本源出慕尼黑本的可能性很大。

5. 刘兴我本文字胜于藜光堂本，藜光堂本文字稍胜于慕尼黑本，慕尼黑本文字胜于李渔序本。

第三节　嵌图本与种德书堂本、插增本、评林本的研究

上文已对嵌图本四种作出了研究，此节主要研究嵌图本与其他本子之间的异同，其他本子包括种德书堂本、插增本、评林本，此节的研究主要为辨

明嵌图本与其他本子之间是否存在亲缘关系。研究过程中嵌图本选取刊刻时间最早、文字亦最好的刘兴我本为代表，参校其他三本。研究的内容则以种德书堂本、插增本所存部分为主，旁及其他内容。

一、卷数、回数以及回目的异同

首先，卷数部分。之前的研究中已经提到种德书堂本、评林本二者的卷数以及分卷情况相同，均为 25 卷，每卷的起讫位置一样。插增本与种德书堂本、评林本相比，略有小异，比二本少分了第 19 卷，其余卷数以及每卷起讫位置均与二本相同。再来看刘兴我本与三本的比较情况，刘兴我本卷数为 25 卷，与种德书堂本、评林本相同。每卷起讫位置，种德书堂本残存部分，刘兴我本与种德书堂本、评林本均相同；种德书堂本缺失部分，刘兴我本与评林本也完全一致。从卷数部分来看，刘兴我本与种德书堂本、评林本二者保持一致。

其次，回数部分。刘兴我本共计 115 回，评林本仅有 104 回[①]。从回数来说，刘兴我本不可能直接袭自评林本。再从刘兴我本每回起讫位置来看，刘兴我本百回故事部分每回起讫位置基本上同于容与堂本，可见刘兴我本的底本至少有 115 回。种德书堂本、插增本虽然为残本，亦可比对。刘兴我本的回数与种德书堂本、插增本残存部分相比，合并了 2 回，分别是将种德书堂本第 84 回“宋江兵打苏州城　芦俊义大战玉田县”、第 85 回合并成了 1 回；第 86 回“宋公明大战独鹿山　卢俊义兵陷青石峪”、第 87 回“宋公明大战幽州　胡延灼力擒番将”合并成了 1 回。但种德书堂本比之刘兴我本，也合并了 1 回，为刘兴我本第 112 回“睦州城箭射邓元觉　乌龙岭神助宋公明”和第 113 回“卢俊义大战昱岭关　宋公明智取清溪洞”。从此点来看，刘兴我本也不可能直接袭自种德书堂本。

再次，回目部分。一些差异较小的回目，此处则不再赘述，之前也有叙及。刘兴我本与其他三本差异较大的回目有 2 回，分别是第 31 回“孔家庄宋江救武松　清风山燕顺释宋江”，他本作“武行者醉打孔亮　锦毛虎义释宋江”；第 44 回“杨雄石秀投晁盖　宋江一打祝家庄”，他本作“扑天雕双修生死书　宋公明一打祝家庄”。

---

①此处回数，评林本与刘兴我本都将缺失的第 9 回算在内。

这两则回目后半都相似，只是前半多有不同。至于前半为何会出现不同，很大程度上是因为刘兴我本进行了修改。第一则回目刘兴我本前半部分讲述的是宋江救武松之事，而他本讲述的是武松打孔亮之事，这两件事是前后衔接的故事，都在此回之中。之所以进行修改，可能是刘兴我本编辑者认为"武行者醉打孔亮"此则回目会有损武松形象，何以武松醉酒便胡乱打人。第二则回目刘兴我本叙述的是杨雄、石秀投靠晁盖之事，他本叙述的是李应修书祝家庄意欲释放时迁之事，这两件事同样都在此回当中。之所以进行修改，可能是刘兴我本编辑者认为杨雄、石秀投靠晁盖之事更加重要。

从刘兴我本回目中，确实也能见到修改痕迹。如刘兴我本第 81 回"兀颜光阵列混天像"，此处"兀颜光"三字，他本均作"颜统军"。颜统军即兀颜光，但兀颜二字是复姓，不能直接称之为颜统军，要称呼也只能是兀颜统军。就如欧阳修，欧阳是复姓，可以称之为欧阳先生，但是不能直接称之为阳先生。刘兴我本编辑者有鉴于此，才做出了修改。

二、插图以及插图标目的异同

1. 插图标目的异同

之前研究插增本之时，已经对种德书堂本、插增本、评林本三者共存部分的插图标目做过细致比对，此处不再详述，只选取第 17 卷各本插图标目做一比对。因嵌图本分为两个小系统，故而两个系统分别选取刘兴我本与李渔序本作为代表。具体情况见下表：

表 35　诸简本第 17 卷插图标目比对情况

种德书堂本	插增本	评林本	刘兴我本	李渔序本
卷十七	卷十七	卷十七	卷十七	卷十七
宿元景仝宋江征辽	宿元景仝宋江征辽	宿元景出班奏宋主	宿太尉保宋江征辽	宿元景出班奏宋主
	加宋公为辽都先锋	宋江等跪接诏书	宋江跪听征辽诏书	
宋江整备将佐出征	宋江整备将佐出征	宋江送回众人老小		
	宋江焚化晁盖灵牌	宋江入殿见天子	天子颁赐宋江金银	宋江入殿朝见天子

续表

种德书堂本	插增本	评林本	刘兴我本	李渔序本
			厢官陈桥赏劳三军	
	军校怒杀厢官		宋江军校怒杀厢官	军校发怒杀死厢官
宋公明挥泪斩小卒	宋江挥泪斩小卒	公明忍泪斩小卒	宋江滴泪斩卒示众	
	奏宋江部兵杀命官	中书省官启奏道君		中书省官出奏道君
宋公明领兵征大辽	宋公明领兵征大辽	番官计议守城	卢俊义与番将对阵	
张清飞石打死辽将	张清飞石打死番将	阿里奇大战宋将		阿里奇与宋将大战
	张清飞石又打太守	侍郎上城望宋兵		
		宋江分付小军取城	宋江分付李俊取城	宋江分付小军取城
	大□□杀国珍而死	董平刺杀番将国珍	董平刺死耶律国珍	董平刺杀番将国珍
林冲关胜大战辽将	林冲关胜大战辽将			
	楚明玉放开水门	宋江寨中调拨人马		
	侍郎望北而走	宋江水船大战番将	李俊等驾船战番将	
	圣上赍赏宋兵	关胜林冲路拦侍郎	林冲关胜路截侍郎	林冲关胜阻拦侍郎
三阮战船暗取檀州	三阮战船暗取檀州		侍郎大败回见御弟	
吴用分布长蛇阵势	吴用分布长蛇阵势	卢俊义与朱武议事		卢俊义与朱武议事
		朱武云梯上观阵法	朱武上云梯观阵法	
		御弟大王与关胜大战		

续表

种德书堂本	插增本	评林本	刘兴我本	李渔序本
	天山勇箭射张清	天山勇射中张清	天山勇射中张清	天山勇射箭中张清
卢俊义力逃四辽将	芦俊义力逃四辽将		俊义夜遇呼延灼	
	燕青取箭射番将			
辽兵围困玉田县城	辽兵围困玉田县	俊义杀死番将宗霖		
	宋江收军进玉曰县	解珍解宝回见卢先锋		解珍解宝回见俊义
宋江领兵攻蓟州城	□□□□攻城埋伏	宋江城中分调人马	宋江分兵攻取蓟州	众人马在城中听调
	林冲搠死宝密圣	宋江俊义帐中议事	宋江俊义定计攻城	
时迁在石塔放号火	时迁在石塔放号火	徐宁刺死天山勇		徐宁林冲刺死番将
		史进杀死楚明玉	史进砍番将楚明玉	差军攻打蓟州城池
		宋江打入蓟州城	宋江入蓟州安百姓	宋江打入蓟州城内
	侍郎献计退宋兵	欧阳侍郎奏主退兵	御弟大王回见辽主	欧阳侍郎奏主退兵
辽主遣使来招宋江	辽主遣使招安宋江	侍郎领敕招安宋江等	侍郎说宋江降大辽	
	宋江与侍郎叙话	宋江后堂对侍郎言		
	宋江权收辽主遗礼			
宋江宴待洞仙侍郎	宋江宴待洞仙侍郎			
	宋江要往参见真人	宋江见吴用言前事	吴用献计赚取霸州	宋江见吴用言前事
宋江公孙胜参真人	宋江公孙胜参真人	宋江公孙胜访罗真人		

续表

种德书堂本	插增本	评林本	刘兴我本	李渔序本
		公明等至紫虚观前		
		宋江参拜罗真人		宋江等参拜罗真人
宋江拜求真人法语	宋江拜求真人法语	宋江拜求真人法语	宋江拜真人求点悟	宋江再求真人法语
	宋江辞真人下山庵	宋江取出真人法语众看	真人写法语嘱宋江	
	朝廷敕旨催兵出战		宋江回别拜辞真人	
	宋江计议取霸州		宋江吴用议取霸州	
宋江诈降取霸州城	宋江诈降取霸州城	侍郎又到见宋公明		番侍郎又到见宋江
		宋江夜间出寨路行		
		公明入见见国舅	国舅出城迎宋公明	宋公明入城见国舅
	芦俊义杀入文安县	智深武松夺文安县	公明城上假招俊义	
庐俊分兵攻打关隘	芦俊义分兵攻关隘	林冲四将战卢俊义		林冲四将战卢俊义
				卢俊义大骂宋江等
	宋江占取霸州	郎主升殿报失霸州		郎主升殿报失霸州
	贺重宝奏主出征	贺重宝奏主兴兵	贺统军奏郎主兴兵	
兀统军分兵敌宋江	兀统军分兵敌宋江			
	宋江分兵与辽大战	公明等议取幽州	大刀关胜战贺统军	关胜大战贺副统军
卢先锋陷在青石谷	芦俊义陷在青石谷	宋军大乱被围	卢俊义被陷青石峪	贺副统军与关胜战

续表

种德书堂本	插增本	评林本	刘兴我本	李渔序本
	宋江点计不见俊义	卢俊义十二人被围		
	宋江差人寻芦俊义	宋江差解珍兄弟探消息		
解珍解宝称猎户	解珍解宝扮猎户	解珍兄弟投见婆婆	解珍解宝投见婆婆	
	白胜报知俊义根由	刘一兄弟待解珍宝	刘一教解珍寻俊义	
出庐先锋宋公明救	宋江人马救出芦俊义等	白胜回见宋公明	白胜回报宋江急救	
		李逵剁死贺云		
	宋江兵马大战辽兵	宋江调拨军马打城	宋江人马打开峪口	
	大辽国会集文武	三路军马大战	黄信一刀砍贺统军	
	兀颜延寿领兵出阵	兀颜奏辽王兴兵	兀颜光奏辽主兴兵	兀颜延寿奏主兴兵
	吴用摆九宫八卦阵	延寿与宋江排阵势	延寿与宋江排阵法	延寿与宋江斗阵势
		吴用公明朱武看阵	兀颜延寿布八阵	
兀颜延寿布九宫阵	兀颜延寿打八卦阵	延寿说兵打阵法		延寿兵打宋江阵势
公孙胜作捉延寿	公孙胜作法捉延寿	延寿被捉见公明	秦明棒打死李金吾	
延寿败卒□振统军	大辽残兵回见统军	兀颜传令领兵前进		兀颜统军调兵前进
颜统军分兵廿八宿	颜统军分二十八宿	兀颜点十一曜进兵	兀颜光点军将迎敌	

以上是种德书堂本、插增本、评林本、刘兴我本、李渔序本五种本子第17卷共存部分插图标目的情况。种德书堂本、插增本、评林本的情况之前已经研究过,此处不再赘言,直接考察刘兴我本、李渔序本与诸本的异同。

首先,刘兴我本插图标目与诸本的异同。刘兴我本插图标目与种德书堂本、插增本二种差距颇大,整个第17卷,数十条插图标目,刘兴我本与种德书堂本、插增本相比,基本上没有一条是相同的,甚至连描绘相同事件的插图标目都比较少。

再将刘兴我本与评林本插图标目比对,二者插图标目有部分较为相似,如评林本"解珍兄弟投见婆婆"与刘兴我本"解珍解宝投见婆婆";评林本"兀颜奏辽王兴兵"与刘兴我本"兀颜光奏辽主兴兵";评林本"延寿与宋江排阵势"与刘兴我本"延寿与宋江排阵法"等,这样相似的插图标目在刘兴我本中有17处。由上可见,刘兴我本插图标目与种德书堂本、插增本关系较远,不可能取自此二本。与评林本关系则较为密切,但也不可能取自评林本。因为刘兴我本与评林本不同的插图标目更多,刘兴我本所统计的插图标目共计41条,有24条与评林本差异较大,所以刘兴我本与评林本插图标目的关系可能是,刘兴我本参照了评林本的插图标目。

其次,李渔序本插图标目与诸本的异同。李渔序本插图标目与种德书堂本、插增本二种差距也十分之大。整个第17卷,李渔序本与二本相比,仅仅只有几条插图标目差不多,其余都不相同。但令人惊讶的是,李渔序本插图标目与评林本竟然出奇的相似,除基本相同的之外,如评林本"宋江拜求真人法语"与李渔序本"宋江再求真人法语";评林本"兀颜传令领兵前进"与李渔序本"兀颜统军调兵前进",二者竟然还有不少完全相同的插图标目,如"宿元景出班奏宋主""宋将分付小军取城""卢俊义与朱武议事"等。第17卷李渔序本共收录插图标目30条,与评林本完全相同或相似的有25条。由此可以断定,李渔序本的插图标目袭自评林本(或其底本)。

另外值得注意的是,李渔序本插图标目相对于评林本而言,又稍微进行了改动,但是改动之后的插图标目有些却是错的。如评林本"兀颜奏辽王兴兵",李渔序本为"兀颜延寿奏主兴兵"。评林本中启奏辽主兴兵的"兀颜"是兀颜光,而非兀颜延寿,兀颜延寿乃是兀颜光之子。

2. 插图的异同

接下来考察诸本插图的异同。首先将刘兴我本、李渔序本分别与种德书堂本、插增本插图进行比对(见下图)。比对对象选取三者描绘为同一事件的插图。

以下是刘兴我本、李渔序本分别与种德书堂本、插增本的插图比对。第

种德书堂本

插增本

刘兴我本

种德书堂本

插增本

李渔序本

一组是种德书堂本、插增本、刘兴我本，选取“宋公明滴泪斩小卒”事件，刘兴我本插图与插增本完全不同，插增本是三个人，刘兴我本只有两个人；插增本中宋江和士兵都戴着帽子，刘兴我本中宋江和士兵戴的是冕；插增本中人物场景在大帐内，刘兴我本中人物场景在室外。刘兴我本插图与种德书堂本有些类似，同为两个人，左边士兵的动作也有些像，但是右边宋江形象与场景，二者差异颇大。可以看出，就插图而言，刘兴我本与种德书堂本、插增本存在一定的差异。

第二组是种德书堂本、插增本、李渔序本，选取“宋公明、公孙胜等人拜见罗真人”这一事件，李渔序本此图与种德书堂本差异颇大，虽然人物都是3个，但是种德书堂本左边两个人物是宋江与公孙胜，右边人物是罗真人，而李渔序本中间人物是罗真人，左右两边是宋江与公孙胜，人物的造型二本也颇有不同。同样，李渔序本此图与插增本差异也颇大，插增本是4个人，李渔序本只有3个人；插增本中有一个小侍童，李渔序本则没有；插增本中宋江与公孙胜二人都跪着，李渔序本中宋江与公孙胜二人，一人跪着，一个站着。由此可见，就插图而言，李渔序本与种德书堂本、插增本同样存在一定的差异。

其次将刘兴我本、李渔序本插图分别与评林本比对（见下图）。比对对象选取二者描绘为同一事件的插图。

第一组是评林本与刘兴我本，选取“林冲关胜拦截侍郎”一事，评林本插图与刘兴我本呈现出极大的差异。评林本是二人骑在马上，右边的人追着左边的人，左边的人是侍郎，右边拿着枪的应该是林冲。刘兴我本同样是两个人，左边是一个小兵模样的人，右边的人物骑着马，此二人不知是否为林冲、关胜，或是侍郎，插图所画与标目有一定的差距。由此来看，评林本与刘兴我本插图差异颇大，不可能有亲缘关系。

评林本

刘兴我本

评林本

李渔序本

第二组是评林本与李渔序本，选取“林冲四将战卢俊义”一事，评林本插图与李渔序本同样存在颇大的差异。评林本插图是两个人，二人骑在马上打斗，二人中一人是卢俊义，一人是林冲、花荣、朱仝、穆弘四将之一。李渔序本插图仅仅只有一个人，一人骑在马上并无争斗，也不知此人是卢俊义，还是林冲四将之一。由此可见，评林本与李渔序本插图差异亦颇大，不可能有亲缘关系。

从上文插图与插图标目的情况来看，无论是刘兴我本，还是李渔序本，跟种德书堂本、插增本都没有直接的亲缘关系。刘兴我本插图标目与评林本存在一些联系，虽然二者没有直接的亲缘关系，但是刘兴我本可能参考过评林本插图标目，而刘兴我本插图则与评林本差距甚大，二者之间没有直接的亲缘关系。李渔序本插图标目与评林本有直接的亲缘关系，应该袭自评林本（或其底本），但李渔序本插图却与评林本差距颇大，可能袭自其他本子，或是自创。

三、正文的异同

要比较种德书堂本、插增本、评林本与刘兴我本的亲缘关系，首先要确定前三者中是否有某一本与刘兴我本有直系的亲缘关系。先看一组数据：

表 36　征辽故事部分诸本各回字数对比

回数	83	84	85	86	87	87	88	89
种德书堂本	4393	4050	4388	3462	2127（残）	3861	3246	2398
插增本	3830	3443	4093	3139	1862	3488	2774（残）	2028
评林本	3951	3686	4028	3310	2057	3654	2839	1925
刘兴我本	3922	3677	3968	3230	2060	3663	2882	1936

上表是征辽故事部分种德书堂本、插增本、评林本、刘兴我本四种本子 8 回的字数统计。所用回数乃是种德书堂本回数，如遇到种德书堂本或插增本残损之处，他本则以相应的部分进行字数统计。

从表中可以看出，刘兴我本与种德书堂本比较，刘兴我本各回字数均少于种德书堂本；刘兴我本与插增本比较，二本互有多寡，而且字数有一定的差异，第 83、84、86、87、87、88 回，刘兴我本字数多于插增本，第 85、89 回，刘兴我本字数少于插增本；刘兴我本与评林本比较，二本亦互有多寡，但字数差异甚少。由此可以推测，如果三本中某一本与刘兴我本有直接的亲缘关系，则只可能是刘兴我本与种德书堂本之间，至于刘兴我本与插增本以及刘兴我本与评林本之间，由于字数出现互有多寡的情况，所以即便存在关系，也只可能是有共同的底本。事实情况如何，还需要比对各本的文字情况，再看下面一组数据：

表 37 征辽故事部分诸本各回文字相似度对比

回数	83	84	85	86	87	87	88	89
种、插相似度	83.16%	80.32%	89.51%	84.1%	81.16%	84.71%	80.34%	77.45%
种、评相似度	85.53%	84.39%	84.17%	89.77%	84.78%	88.65%	81.94%	73.38%
插、评相似度	75.65%	73.99%	77.55%	79.87%	73.72%	79.02%	72.18%	69.76%
种、刘相似度	71.6%	68.94%	69.63%	68.89%	77.33%	74.82%	67.32%	64.59%
评、刘相似度	79.29%	78.55%	79.23%	74.23%	81.13%	81.83%	77.03%	81.84%
插、刘相似度	64.04%	63.46%	65.52%	65.14%	69.22%	68.93%	62.05%	63.3%

此表是征辽故事部分种德书堂本、插增本、评林本、刘兴我本四种本子两两之间文字相似度对比的情况。其中种德书堂本、插增本、评林本三种本子文字相似度对比的分析，此处不再赘言，之前插增本章节已有研究，数据列于此，仅为参照之便。主要考察刘兴我本与三种本子文字相似度对比的情况。

1. 刘兴我本与插增本的关系

首先来看刘兴我本与插增本的文字相似度比对情况，从表中可以看出，二者文字相似度较低，证明此二者文字差异较大。而且这种差异并非由字数差距所造成，像第 83 回，插增本 3830 字、刘兴我本 3922 字，字数差异不到 100 字，换算成文字相似度差异不过 2.5%，但是二者整回文字相似度却仅仅只有 64.04%，可见二者文字之间差异非常大。具体表现在两个方面：

其一，字词句的不同。

插增本：大辽国主，起兵侵占山后九州**疆**界。（17.1b）

刘兴我本：大辽国主，起兵侵占山后九州**边**界。（17.1a）

（例一）

插增本：枢密童贯、太尉蔡京、太尉高俅、杨戬，**停匿**表章不奏。（17.1b）

刘兴我本：枢密童贯、太尉蔡京、高俅、杨戬，**纳下**表章不奏。（17.1ab）

（例二）

插增本：宰杀猪羊，祭献晁天王。焚化灵牌，**将各家老小，发送回祖**。（17.2b）

刘兴我本：令杀猪羊，祭献晁天王。焚化灵位，**便送各家老小回去了**。（17.2a）

（例三）

例一中是字的不同，插增本为“疆界”，刘兴我本为“边界”，二词意思差不多；例二中是词的不同，插增本为“停匿”，刘兴我本为“纳下”，二词意思也相近；例三中是句的不同，插增本为“将各家老小，发送回祖”，刘兴我本为“便送各家老小回去了”，两句意思一致，都是将各家老小送回家乡，只是表述文字不一样。

其二，文字的此有彼无。此点是造成二本文字相似度差异颇大的重要原因。刘兴我本文字删存之处与评林本基本相似，此点之后也会谈到。也正因为如此，所以刘兴我本与插增本多有文字出现此有彼无的情况。

小到字词句的有无，如：

插增本：见今辽国兴兵，侵占山后九州，所近县治，各处申表求救，**贼势浩大**，折兵损将。（17.1b）

刘兴我本：见今辽国兴兵，侵占山后九州，所近县治，各处申表求救，**屡次调兵征剿**，折兵损将。（17.1b）

种德书堂本：见今辽国兴兵，侵占山后九州，所近县治，各处申表求救，**屡次调兵征剿，贼势浩大**，折兵损将。（17.1b）

（例一）

插增本：以臣小见，正好差宋江等，收伏辽贼，**于国建功**，实有便益。（17.1b）

刘兴我本：以臣小见，正好差宋江等，收伏辽国**之贼**，实是便益。（17.1b）

种德书堂本：以臣小见，正好差宋江等，收伏辽国**之贼**，**于国建功**，实有便益。（17.1b）

（例二）

插增本：宿太尉**领敕出朝**，迳到宋江行寨开读**诏敕**。（17.1b）

刘兴我本：宿太尉**领了圣旨**，迳到宋江行寨开读。（17.1b）

种德书堂本：宿太尉**领了圣敕出朝**，迳到宋江行寨开读**诏敕**。（17.1b）

（例三）

例一中插增本比刘兴我本多出“贼势浩大”四字，刘兴我本比插增本多出“屡次调兵征剿”一句。此例同一位置，二本文字不同，并非二本之中某本改动文字。因为插增本、刘兴我本文字此有彼无之处，种德书堂本兼而有之，可见二本产生不同乃删削所致。

例二的情况与例一类似，插增本比刘兴我本多出“于国建功”四字，刘兴我本则比插增本多出“之贼”二字。同样，二本在同一位置，文字出现不同，而二本不同的文字，种德书堂本中均存在，可见二本文字不同乃删削所致。

例三中插增本比刘兴我本多出“出朝”“诏敕”二词，刘兴我本比插增本多出“了圣”二字。插增本与刘兴我本所缺之文字，种德书堂本中均存在，二本所缺文字并不影响文意，当是有意删节。

大到段落的有无，如：

刘兴我本：厢官指着骂曰：“腌臢草寇，你敢杀我么！”那军校走近前，手起一刀，向厢官脸上劈番，便倒，再复一刀，厢官命丧。众军见了，簇住不行。（17.2b）

（例一）

刘兴我本：旗上写着“大辽大将阿里奇”。宋将徐宁挺钩镰枪，直临阵前。阿里奇大骂：“宋朝合败，命草寇为将！敢来侵犯大国！”徐宁喝曰：“辱国小将，敢出污言！”（17.4a）

（例二）

插增本：天子问："正犯安在？"省院官奏："宋江自将本犯斩首号令，申呈本院，勒兵听罪。"天子曰："既斩正犯，权且纪录。破辽回日，量功折罪不究。"（17.4a）

（例三）

插增本：侍郎见道："似此，怎能敌手！"楚明玉云："昨正杀赢，赶去被那穿绿的一石子打下马去。那厮队里四条枪，便来攒住。俺每措手不及，以此输了。"（17.5b）

（例四）

例一、例二刘兴我本比插增本多出一段文字，此段文字插增本中未存，但是种德书堂本中却有。例三、例四则反之，插增本比刘兴我本多出一段文字，此段文字刘兴我本中未存，但是种德书堂本中却有。可见二本缺失的大段文字，同样是删节所致。

上述插增本与刘兴我本文字相似度的差异，以及二本具体文字的差异，尤其是二本文字所存在此有彼无的情况，都可推知，二本之间不可能有直接的亲缘关系。不仅如此，二者之间的关系应当较为疏远。

2. 刘兴我本与种德书堂本、评林本的关系

其次考察刘兴我本与种德书堂本文字相似度比对情况，从表中可以看出，二者文字相似度处于中规中矩的水平，8 回文字的平均相似度为 70.4%。光从文字相似度来说，刘兴我本与种德书堂本应当没有直接的亲缘关系。但是从上述刘兴我本与插增本的比对情况来看，二者中文字出现此有彼无的情况，所缺之文字都存在于种德书堂本中。这一点类似于种德书堂本与评林本、插增本的关系，此二本（或其底本）均由种德书堂本系统的本子删削而来。

如此看来，刘兴我本的情况是否也与评林本、插增本一样，由种德书堂本系统而来？实际情况并非如此简单，之前所说评林本、插增本是由种德书堂本系统而来，因为三本有不少相同的错误之处，而且评林本和插增本在文字上，极少有比种德书堂本多出之处。然而刘兴我本虽然总体字数比种德书堂本少，却偶有比种德书堂本多出字句之处。如：

种德书堂本：当下宋江等听诏拜谢太尉道：某等正欲与国家出力……（17.2a）

刘兴我本：当下宋江等听诏拜谢。**宋江谓**宿太尉曰：某等正欲与国家出力……（17.2a）

（例一）

种德书堂本：**有**烦恩相题奏，乞降圣旨，宽限容还山二事，整顿**甲**马，便当**报国**。（17.2a）

刘兴我本：**再**烦恩相题奏，乞降圣旨宽限，容还山**了此**二事，整顿**军**马，便当**征进**。（17.2a）

（例二）

种德书堂本：那军校立在死尸边不动。将军校捉到**馆驿中**，问其情。（17.3a）

刘兴我本：那军校立在死尸边不动。**宋江令**捉**那**军校，问其情**由**。（17.3a）

（例三）

种德书堂本：四个贼臣定计，奏将宋江等众陷害。殿前太尉宿元景向前奏道：宋江方始归降，百单八人，恩同手足……（17.1b）

评林本：四个贼臣定计，奏将归降，百单八人，恩同手足。（17.1a）

刘兴我本：四个贼臣定计，**教枢密童贯启**奏，将**宋江等众要行陷害。不期御屏后太尉宿元景喝住，便向殿前启奏道：陛下，宋**江**这伙好汉**，方始归降，百单八人，恩同手足……（17.1b）

（例四）

例一中种德书堂本的文句初读没有什么问题，但是细读之后发现，此处的断句着实让人为难。如果断在“听诏”处，后面则是“拜谢宿太尉道”，语意似乎行得通，但是细思之，哪有听了皇帝诏书不拜谢，反而拜谢太尉的道理。如果断在“听诏拜谢”处，后面则成了“太尉道”，这就更加不合理了。因为后面的话是宋江所言，而非宿太尉所说。刘兴我本此处添加了主语“宋江谓”，整句话则显得通顺自然，先是众人听诏拜谢，之后才是宋江跟宿太尉说话，逻辑和主语方面都比较明确。

例二是种德书堂本中典型的脱误之处。种德书堂本此处“乞降圣旨，宽限容还山二事”完全不知何意，刘兴我本则补足了此句所缺之词“了此”，变成“乞降圣旨宽限，容还山了此二事”，整句话变得完整，且句意明晰。除此之外，此句话种德书堂本与刘兴我本之间，不同之处也甚多。“有”与“再”、“甲马”与“军马”、“报国”与“征进”等，但这些小异处对文句都没有什么影响，语意皆可通，意思也未变。

例三是种德书堂本中典型的主语缺失之处。前句说到军校站在死尸边不动，后句说到将军校抓到馆驿，但是句中并未提到何人将军校抓到馆驿，若径自理解为宋江，又于情于理不合。刘兴我本则在此处增加了主语“宋江令捉”，也就是宋江派人去将军校抓了过来。但是刘兴我本相比于种德书堂本而言，又少了地点，不知将军校抓到何处。

例四先来看种德书堂本中文字，整句话除了“奏将”二字略显生凑之外，其他的文字似乎并无不妥之处。再来看评林本中文句，则完全不知所云。四个贼臣定计，想要归降，似乎说的是梁山好汉之事，但是梁山好汉此时已被招安，又何谈归降一事，所以评林本此句话压根不知何意。而刘兴我本中此句话则条理十分清晰，细节处的叙述比种德书堂本更胜一筹。

从此四例来看，既然刘兴我本存在种德书堂本中没有的字句，尤其是其中还有大段字句，那么按理而言，刘兴我本就不可能源出种德书堂本。事实情况是否如此，这里先不下结论，等考察完刘兴我本与评林本的关系再来讨论。

再次来看刘兴我本与评林本文字相似度比对情况，从表中可以看出，二者文字相似度颇高，8 回文字的平均相似度有 79.1%，接近 80%。这是一个非常高的数值，凭借如此之高的文字相似度，已足可说明刘兴我本的底本与评林本的底本属于同一系统。为何说二本的底本为同一系统，而非二本？首先，评林本与刘兴我本回数上差异颇大，评林本并回较多，其底本当非如此，可能与刘兴我本更为接近；其次，二本还有 20% 的文字不同，产生的原因当是二本翻刻过程中文字有所改易，尤其是刘兴我本，此点下文会详述。当然，得出此二者底本属于同一系统的结论，也并非仅仅依据文字相似度，其实还有一个更加重要的原因，刘兴我本与评林本删节程度类似，删节之处也基本相同。

为何说此点是判断二者底本属于同一系统的重要原因？因为之前通过研究获知，评林本与插增本的文字来源于种德书堂本系统，二者删节程度有一定的差距，但是更大的差异在于二者文字相似度，造成此点的原因是二者删节之处多不相同。如若刘兴我本的底本与评林本的底本不属于同一系统，而是来自一种更早的本子,如种德书堂本,那么其形态应该与插增本类似,甚至犹有过之,即删节程度和删节之处应该与评林本大相径庭。而如今二者文字相似度如此之高,并且删节程度、删节之处也类似,产生这一情况的原因只可能是,刘兴我本的底本与评林本的底本属于同一系统。然而如此论断的话,又何以解释刘兴我本比评林本、种德书堂本多出文字这一情况。

再回到刘兴我本与种德书堂本之间的关系问题。从刘兴我本比种德书堂本多出字句处,似乎可以得出刘兴我本与种德书堂本之间没有承袭关系。但是从种德书堂本残存部分全部文字来看,刘兴我本比之种德书堂本文字多出之处,颇为少见。出现这种情况,有以下几种可能性:

其一,刘兴我本的底本可能为种德书堂本之前的本子,此底本文字比种德书堂本还多。如果是这种情况的话,刘兴我本比之种德书堂本多出文字之处,不可能如此之少,更鲜见大段文字的多出。若再将刘兴我本与评林本文字删削程度及删削之处的相似性考虑进去,则此种可能性几乎为零。

其二,刘兴我本可能依据种德书堂本的兄弟本进行删节。种德书堂本的兄弟本文字基本上与种德书堂本相同,但偶有文字比种德书堂本多出。如果是这种情况的话,问题同样存在。上文已经说到,刘兴我本的底本与评林本的底本若不属于同一系统,那么刘兴我本的形态,也不可能与评林本如此相似。所以,此种可能性也几乎为零。

其三,刘兴我本的底本与评林本的底本属于同一系统,刘兴我本之所以比种德书堂本、评林本多出文字,乃是据他本补改。这一点从以上所举四个例证中可以看出,但凡刘兴我本比种德书堂本、评林本多出字句之处,皆为种德书堂本和评林本语句出现问题的地方。若说刘兴我本的底本与评林本的底本属于同一系统,从例四中也可看出一二。重新分析例四,此例中种德书堂本的语句没有什么问题,如果刘兴我本的底本是种德书堂本系统,那么刘兴我本没有必要进行如此之大的改动。但是评林本此句由于脱字,完全不知所云,所以若刘兴我本的底本与评林本的底本属于同一系统,那么也就能够解释得通,何以刘兴我本此处会进行如此之大的改动。

再说刘兴我本文字是据他本所改,此点从例四中同样可以看出。刘兴我本此段文字十分繁复,这种文字出现在简本中有些不合时宜,很明显是由他本补入,而且据以补入的底本还不是简本,而是繁本。此处有一条明显的证据可证补入的文字为繁本,刘兴我本与评林本所有人物对话处皆用“曰”

字，而非用“道”字，刘兴我本恪守这一习惯甚至比评林本还要彻底，例四的第 83 回中，刘兴我本共有 24 个“曰”字，却仅仅只有 1 个“道”字，而这个“道”字就出现于例四之中。很明显，刘兴我本此段文字是据繁本补成。

于此，基本上也能确定刘兴我本的底本与评林本的底本属于同一系统。之所以会出现刘兴我本比评林本、种德书堂本多出文字之处，乃是刘兴我本据他本补改，或是编辑者径改。当然，也有一些评林本比刘兴我本缺少的文字，是评林本翻刻过程中删减文字或脱文所致，此点下文会谈到。

此处再延续一个话题，就是刘兴我本与英雄谱本的补改问题。二本针对底本均有所补改，但刘兴我本与英雄谱本的情况又不太一样。刘兴我本补改之处较少，大段文字的补入则更少，而英雄谱本则相反，不仅补改之处较多，有时为使《水浒》一栏在卷终与《三国》一栏取齐，会补入较多大段文字。另外，有一个非常值得注意的问题，刘兴我本与英雄谱本的文字修改，不同之处很多，但是有些字词句的增补或修改却一致，像上文所举之例的例二与例四便是如此，尤其是例四，刘兴我本补入了将近 50 字，与英雄谱本完全相同。产生这种情况的原因可能有三种：其一，完全的巧合，刘兴我本与英雄谱本都发现了底本所存在的问题，于是作出了修改。这种可能性较小，因为哪怕是修改，也不太可能连修改的字句都一模一样，尤其像例四这种大段文句。其二，评林本系统之后，某一种本子据评林本系统进行了修订，这种本子后来成为了英雄谱本与刘兴我本的底本。其三，英雄谱本编刊之时，参校了刘兴我本系统。第二种与第三种可能性，哪一种更符合事实情况，且看后文。

通过刘兴我本版本问题的研究，从中可以得到一些启示。对于版本而言，有的时候利用小的细节可以发现问题，但是发现问题之后，要结合版本的整体去研究。如果单单从小的问题就得出结论，容易流于片面。像刘兴我本的研究，如果单单从刘兴我本比种德书堂本多出一些文字，就认为刘兴我本与种德书堂本属于两条不同的分支，这样就有欠妥当了。因为版本在衍变过程当中，会出现各种各样的情况，其间不仅仅只有删减，有的时候也会出现增添。英雄谱本以及刘兴我本皆如此，所以具体情况也要具体分析。

3. 种德书堂本、评林本、刘兴我本的相近程度

将刘兴我本与种德书堂本、插增本、评林本的关系厘清楚之后，要再弄清一个问题,刘兴我本与种德书堂本的关系和评林本与种德书堂本的关系,何者更加亲近。何以会提出这个问题?因为马幼垣先生曾经提及此点,认为“初步约略比勘显示,刘兴我本和插增乙本(种德书堂本)相近的程度远高出评林本和插增乙本之间的距离”①。氏冈真士先生也认同马幼垣先生这种说法,“就正文来说,笔者认为马先生的看法有道理”②。这两位都是《水浒传》版本研究领域重量级的人物,观点与看法也容易产生较大的影响。实际情况是否如二位先生如言?

重新考察征辽故事部分 8 回的文字,种德书堂本与刘兴我本的平均文字相似度为 70.4%,种德书堂本与评林本的平均文字相似度为 84.08%。两者差了将近 14%,这一差距相当之大,而且更为重要的是,此 8 回中没有任何 1 回种德书堂本与刘兴我本的文字相似度高于种德书堂本与评林本的。所以,不知马先生与氏冈先生是如何得出“刘兴我本与种德书堂本的相近程度远高出评林本与种德书堂本之间的距离”此一结论。当然,马幼垣先生也说了仅仅是初步约略的比勘,这里就不做过多深究了。若是征辽故事部分还不足以说明问题的话,下面再将田虎故事部分以及王庆故事部分三者文字相似度列出。

表 38 田虎故事部分种德书堂本、评林本、刘兴我本字数以及文字相似度比对

回数	91	91	92	93	94	90	95	96	97	96	98
种德书堂本	3852	4178	2958(残)	4105	2782	2521	2770	2684	1998	2358	1463
评林本	3145	3928	2432	3386	2480	2104	2514	2391	1916	2207	1398
刘兴我本	3157	3852	2466	3447	2452	2245	2744	2655	1996	2314	1456
种、评相似度	76.51%	84.34%	73.78%	70.29%	82.6%	72.5%	84.6%	81.97%	91.47%	89.56%	89.73%
种、刘相似度	65.89%	72.32%	64.11%	64.4%	66.75%	70.68%	81.37%	81.84%	78.14%	82.57%	74.95%

①马幼垣:《水浒二论》,生活·读书·新知三联书店 2007 年版,第 125—126 页。

②[日]氏冈真士:《谈插增本〈水浒〉的插图标题》,《信州大学人文科学论集》2014 年第 1 号。

表 39　王庆故事部分种德书堂本、评林本、刘兴我本字数以及文字相似度比对

回数	99	100	99	100	101	102	103	104	105	106	107	108
种德书堂本	3291	3341	4628	5602	3319	3614	3032	3908	4060	3488	4295	4618
评林本	2525	2601	3374	5126	3091	2943	2813	3336	3491	2923	3578	4205
刘兴我本	2770	2747	3457	5187	3073	2920	2886	3362	3398	2922	3693	4257
种、评相似度	64.91%	67.78%	59.68%	85.24%	86.46%	63.14%	87.76%	80.28%	78.28%	77.25%	79.53%	84.13%
种、刘相似度	62.14%	57.83%	47.71%	68.84%	72.32%	54.98%	76.29%	66.8%	65.16%	65.34%	68.35%	69.02%

上述二表是田虎故事部分和王庆故事部分刘兴我本与种德书堂本的文字相似度以及评林本与种德书堂本的文字相似度情况。其中田虎故事部分共计 11 回，评林本与种德书堂本平均相似度为 81.6%，刘兴我本与种德书堂本平均相似度为 73%。王庆故事部分共计 12 回，评林本与种德书堂本平均相似度为 76.2%，刘兴我本与种德书堂本平均相似度为 64.5%。无论是田虎故事部分，还是王庆故事部分，评林本与种德书堂本的平均文字相似度要远高于刘兴我本与种德书堂本的平均文字相似度，而且是每一回都要高。由此也可确证，评林本与种德书堂本的相近程度远高于刘兴我本与种德书堂本之间的距离。

4. 再论刘兴我本与评林本的关系

此问题解决之后，再回到之前提出的那个问题，刘兴我本与英雄谱本部分增补或修改的字句一致，产生这种情况的原因是什么？是评林本系统之后，某一种本子据评林本系统进行了修订，这种本子后来成为了英雄谱本与刘兴我本的底本？还是英雄谱本编刊之时，参校了刘兴我本系统？这两种可能性哪一种更大？

重新考察田虎故事部分的后 6 回，此 6 回文字在英雄谱本章节已作过研究。此 6 回的文字字数，英雄谱本比评林本要多出不少，尤其是后 5 回，英雄谱本的文字字数几乎与种德书堂本持平，由于此 6 回正好是种德书堂本、插增本、评林本中的一卷，由此得出结论，英雄谱本的底本此卷可能出现了残缺或者其他情况，所以英雄谱本编辑者在编辑此卷之时，用了一种种德书堂本系统的本子替代。那么，此 6 回文字，刘兴我本的情况又如何？来看下面表格：

表40　田虎故事部分后6回各本字数以及文字相似度情况比对

回数	90	95	96	97	96	98
种德书堂本	2521	2770	2684	1998	2358	1463
评林本	2104	2514	2391	1916	2207	1398
英雄谱本	2332	2743	2695	2005	2363	1476
刘兴我本	2245	2744	2655	1996	2314	1456
评、刘相似度	70.38%	75.31%	74.6%	76.35%	78.53%	72.51%
英、刘相似度	79.69%	83.17%	85.13%	79.1%	84.01%	77.12%
评、英相似度	86.62%	88.03%	84.65%	94.66%	90.12%	89.84%

此表是田虎故事部分后6回种德书堂本、评林本、英雄谱本、刘兴我本的字数情况，以及评林本与刘兴我文字相似度、英雄谱本与刘兴我本文字相似度、评林本与英雄谱本文字相似度的比对情况。从表中可见，刘兴我本此6回，尤其是后5回的文字字数，基本与种德书堂本持平，而这些多出字数的回数，刘兴我本与英雄谱本的文字相似度，也较刘兴我本与评林本的文字相似度高出不少。此6回刘兴我本与英雄谱本的平均文字相似度为81.4%，刘兴我本与评林本的平均文字相似度为74.6%，前者比后者多出了近7%。这说明刘兴我本与英雄谱本比评林本多出的文字，刘兴我本与英雄谱本相同之处不少。以下仅举两例以观。

英雄谱本：**关胜从之，遂分兵四面围攻城池**。却说城中沙仲义对良仁曰："若得一人杀出，投石羊山求救，方可解围。"正说之间，忽报道南门搦战。沙仲义道："可开门迎敌，交一人舍命，乘势出去求救。"葛延亲身出阵，差尤孟恭、时凤出城求救。葛延正迎着关胜，战三十合，不分胜败。时凤使双刀砍将去。文仲容轮大斧接住，战不数合，文仲容一斧砍死时凤。葛延见杀了时凤，便走入城，闭门不出。关胜收兵回寨。且说宋江在白虎岭寨，**只见小校引魏州军士来见宋江**。（15.42a）

刘兴我本：**关胜从之，遂分兵四面围攻城池**。却说城中沙仲义对良仁曰："若得一人杀出，投石羊山求救，方可解围。"正说之间，忽报道城外搦战。沙仲义曰："可开门迎敌，教一人舍命杀出重围去求救。"葛延亲身出阵，令尤孟恭、时凤出城求救。葛延正遇着关胜，战三十合，不分胜败。时凤使双刀砍将去，文仲容轮大斧接住，战不数合，文仲容一斧砍死时凤。葛延见杀了时凤，便走入城，闭门不出。关胜收兵回寨。且说宋江在白虎岭寨中，**只见小校引魏州军士来见宋江。**（20.2a）

评林本：关胜从之，遂分兵四面围攻城池。一面交小校引魏州军士来见宋江。（20.2a）

（例一）

英雄谱本：**宋江便传令拔寨起行**，分作三路前去跟寻鲁智深下落。第一路东行，史进、刘唐、孔明、孔亮；第二路西行，石秀、蔡福、蔡庆；第三路北行，李逵、白胜，郑天寿。宋江迳自往悬缠井去。**来到狮子岭，接至大寨坐定。**（16.9b-10a）

刘兴我本：**宋江便令拔寨起行**，分作三路前去跟寻鲁智深下落。第一路东行，史进、刘唐、孔明、孔亮；第二路西行，石秀、蔡福、蔡庆；第三路北行：李逵、白胜、郑天寿。宋江径自往悬缠井去，**来到狮子岭，接至大寨坐定。**（20.7b-8a）

评林本：宋江便传令拔寨起行，来到狮子岭，接至大寨。（20.9b）

（例二）

以上二例将评林本、英雄谱本、刘兴我本三者文字列出，其间差异已经一目了然，以下简略言之。例一中英雄谱本、刘兴我本比评林本多出一段田虎部队与关胜部队的军事行动。例二中英雄谱本、刘兴我本比评林本多出具体的分兵情况。由此二例来看，英雄谱本与刘兴我本比评林本多出一些字句，而且此二例多出的字句还不少，这些多出的字句，英雄谱本与刘兴我本大致相同。

或有疑问，既然英雄谱本这么多地方与刘兴我本相同，那有没有可能英雄谱本是以刘兴我本系统为底本？这个问题很好解决，从上表中田虎故事部分后6回评林本与英雄谱本的文字相似度即可知。6回文字的字数，英雄谱本比评林本多出1100余，英雄谱本与刘兴我本之间文字仅相差200，而平均文字相似度，刘兴我本与英雄谱本之间为81.4%，评林本与英雄谱本之间为89%。由上可知，即使在英雄谱本比评林本多出如此之多文字的情况下，评林本与英雄谱本的文字相似度，也高于刘兴我本与英雄谱本的文字相似度，这足以说明评林本与英雄谱本的关系远比刘兴我本与英雄谱本的关系密切。所以，第一种可能性，某种本子据评林本修订之后成为英雄谱本与刘兴我本的底本,并不成立。因为若英雄谱本与刘兴我本为兄弟本,二者的关系定然比评林本与英雄谱本的关系亲密。至此可知,英雄谱本与刘兴我本字句增补或修改一致之处,应该是英雄谱本编辑之时,参校了刘兴我本系统。

除此之外,第一种可能性不能成立,也是因为刘兴我本来源于一种比评林本系统更早的本子。之前在评林本研究章节中提到种德书堂本与插增本之外的本子,文字有一处较大的改动,改易了余呈故事。评林本、英雄谱本、刘兴我本均如此。但是因为余呈的死亡时间推后了,所以回末的死亡名单种德书堂本与评林本、英雄谱本、刘兴我本各不相同。

> 种德书堂本:此一回折将五员:吴德真、江度、姚期、姚约、白玉。(21.28b)
>
> 评林本:此一回折将六员:吴得真、江度、姚期、姚约、白玉、余呈。(21.29a)
>
> 英雄谱本:此一回折将六员:吴得真、江度、姚期、姚约、白玉、余呈。(17.22a)
>
> 刘兴我本:此一回折将五员:吴得真、江度、姚期、姚约、白玉、余呈。(21.21a)

此名单中种德书堂本、评林本、英雄谱本回末折将名单与回末折将数量对应,没有任何问题。而刘兴我本回末折将名单和回末折将数量却不相符,很有可能来自一个比较早的本子。这个本子改动余呈故事之后,虽然将名字加入了此回折将名单中,但是折将数量却忘了作出相应的改变。当然,不仅仅是此例,还有一处较为知名的例子也是如此,即改易"叶孔目"之名为"余孔目"。

> 容与堂本:只有当案一个**叶孔目**不肯,因为不敢害他。(30.10a)
>
> 百二十回本:只有当案一个**叶孔目**不肯,因为不敢害他。(30.10b)
>
> 评林本:只有当案**余孔目**仗义,不肯屈害人。(6.17a)
>
> 英雄谱本:只有当案**余孔目**仗义,不肯屈害人命。(4.40a)
>
> 刘兴我本:只有当案**叶孔目**仗义,不肯屈害他。(6.12a)

"叶孔目"和"余孔目"之名,原本并无对错之分,也就不存在因为勘误而作出改动。“葉”字与“余”字无论字形，还是发音，差异均颇大，所以也不太可能出现音似而误或形似而误。因此，评林本、英雄谱本与他本文字的差异，应该是编辑者有意的改动。刘兴我本此处与评林本不同，反而与繁本相同，可见刘兴我本应该来自比评林本更早的本子。这个本子尚未改动“叶孔目”之名，此本是刘兴我本与评林本的祖本，且删改自种德书堂本系统。

除此之外，再举两例刘兴我本比评林本多出文字之处，多出的文字存在于种德书堂本中。此二例也可证明刘兴我本不可能来自评林本之后的本子。

种德书堂本：司使问道：“王官人，你又无甚罪过，只是一项不是，触突了主帅。多只得吃十来棒了，早出去，等月分到，依旧做官，你胡乱认一件来。”（21.3b）

刘兴我本：司官问曰：“王庆，你又无甚大罪，只是触突主帅，多只打得十来棍，早出去了，等月到时，依旧做官，你胡乱认一件来。”（21.2b）

评林本：无

英雄谱本：无

（例一）

种德书堂本：宋江怒道：“深恨那贼把我兄弟风化在岭上，今夜必须提兵去夺死骸回来埋葬。”吴用谏道：“诚恐贼兵有计。”（25.4b）

刘兴我本：宋江怒曰：“深恨那贼把我兄弟风化在岭上，今夜必要提兵去夺骸骨回来埋葬。”吴用又谏曰：“诚恐贼兵有计。”（25.4a）

评林本：无

英雄谱本：无

（例二）

此二例文字存在于种德书堂本以及刘兴我本之中，但未见于评林本与英雄谱本之中，应该是在评林本与英雄谱本的底本中就已脱去。于此也可见，刘兴我本应该来源于一种早于评林本系统的本子，但是从例一刘兴我本与种德书堂本的文字差异又可知，评林本与刘兴我本的底本均源出种德书堂本。

四、从评林本到刘兴我本

从上述研究中可以看出，评林本、英雄谱本与刘兴我本都存在一定的文字差异。这些差异主要出现在什么地方？按理而言，比较评林本系统与刘兴我本文字的差异，应当选取与刘兴我本文字更为接近的英雄谱本，但是由于英雄谱本曾参考钟伯敬本增改文字，此等处不好判断其与刘兴我本的不同，是据钟伯敬本而改，还是底本文字如此，所以此处选取评林本与刘兴我本进行比对，同时参校英雄谱本。尽量保证评林本与刘兴我本出现异文之处，英雄谱本同于评林本，如此可知异文乃刘兴我本所改，而非评林本误字或者改字。同时，由于之前的研究主要集中于小说的后半部分征讨辽国、田虎、王庆、方腊之处，现将视角转向小说的前半部分，选取慕尼黑本所保存的8回文字作为比对对象。刘兴我本所缺1叶内容以及文字舛误处，则用他本代之。先看下面一个表格：

表41 慕尼黑本残存部分评林本与刘兴我本的字数以及文字相似度比对

回数	17	18	19	20	21	22	23	24
评林本	2354	2742	2223	2874	2128	1957	4605	1610
刘兴我本	2275	2799	2164	2875	2134	2001	4605	1538
评、刘相似度	80.01%	82.47%	78.36%	77.98%	78.16%	78.39%	81.16%	75.71%

上表是慕尼黑本残存部分第17回至第24回评林本与刘兴我本的字数以及文字相似度的比对情况。所用回数乃刘兴我本回数。从表中可以看出，评林本与刘兴我本各回字数基本相同，差异较小，但各回字数互有多寡。同时，各回文字相似度均在75%以上，平均文字相似度接近80%。这些情况与之前所研究的征辽故事部分相似，由此可知此前的结论没有问题，即刘兴我本的底本与评林本的底本属于同一系统。从评林本与刘兴我本的字数也可以看出，无论是刘兴我本的底本，还是刘兴我本，已不再像之前的简本，如种德书堂本、插增本、评林本等刻意删节文字，所以后出的刘兴我本（崇祯元年，1628）整体字数反而要多于前出的评林本（万历二十二年，1594）。此点扩及到《水浒传》整部小说也是如此，评林本全书大致34万字，刘兴我本全书大致36万字。

虽然总体上刘兴我本文字要多于评林本，但是局部上评林本文字也有多于刘兴我本之处。像评林本这8回小说中，有13处比刘兴我本多出较多文字。这13处刘兴我本缺少的文字，有些是删诗，有些可能是文字的改易，也有一些地方可见脱文。脱文之处如第20回：

刘兴我本：解下巾帽銮带，上有把压衣刀和招文袋，都挂在床边栏干上，便去睡。捱到五更……（5.2b-3a）

评林本：解下銮带，上有一把压衣刀和招文袋，都挂在床边阑杆上，便去睡了。听得婆惜在脚后冷笑，宋江心中气闷，如何睡得。捱到五更……（5.3b-4a）

此处刘兴我本比评林本文字少了一句话，“听得婆惜在脚后冷笑，宋江心中气闷，如何睡得”，缺少这句话后，整段文意好像少了点什么，但是并不能因此确证刘兴我本是脱文。评林本第20回第6幅图标目为“宋江自睡婆惜冷笑”。此幅插图相对于评林本内容而言，不存在问题，但是嵌图本系统中慕尼黑本与李渔序本第20回第3幅插图标目竟然也是“宋江自睡婆惜冷笑”，此幅插图令人十分惊异。因为慕尼黑本、李渔序本与刘兴我本同属一个系统，此处也没有婆惜冷笑的文字。再联系慕尼黑本与李渔序本其他插图标目，可知慕尼黑本与李渔序本插图来自评林本系统，二本正文已脱却此处文字。

再如第23回：

刘兴我本：妇人曰：“莫不有婶婶，接来相会。”武松曰：“不曾婚娶。”武松曰：“只想哥哥在清河县，不料搬在这里。”（5.10a）

此处刘兴我本文字明显有问题，两次“武松曰”，中间未插入潘金莲之语，此中当有脱文。查阅评林本发现，两处“武松曰”中间尚有不少文字。

评林本：妇人曰：“莫不有婶婶，接来相会。”武松曰：“不曾婚娶。”妇人问：“叔叔，青春多少？”武松曰：“虚度二十五岁。”妇人曰：“长奴三岁。”武松曰：“只想哥哥在清河县，不想搬在这里。”（5.14b）

英雄谱本：妇人曰：“莫不有婶婶，接来相会。”武松曰：“不曾婚娶。”妇人问：“叔叔，青春多少？”武松曰：“虚度二十五岁。”妇人曰：“长奴三岁。”武松曰：“只想哥哥在清河县，不想搬在这里。”（3.57b）

除了以上明显的脱文之外，刘兴我本尚有2处同词脱文。第一处为第17回，同词“故意”脱文：

评林本：原来朱仝有心要放晁盖，故意赚雷横去打前门，这雷横亦

有心要救晁盖,故意大惊小怪,催逼晁盖走了。(4.15b)

英雄谱本:原来朱仝有心要放晁盖,故意赚雷横去打前门,这雷横亦有心要救晁盖,故意大惊小怪,催逼晁盖走了。(3.22b)

刘兴我本:原来朱仝有心要放晁盖,故意大惊小怪,催逼晁盖走了。(4.10b-11a)

第二处为第19回,同词"新官"脱文:

评林本:来到东门外迎接,新官已到,府尹接上,相见已了。那新官取出中书省更替文书与府尹……(4.24a)

英雄谱本:来到东门外迎接,新官已到,府尹接着,相见已了。那新官取出中书省更替文书与府尹……(3.35b)

刘兴我本:来到东门外迎接,新官取出中书省更替文书与府尹……(4.16b)

从上述例文似乎可知,刘兴我本出现各种脱文,文字应该劣于评林本,其实不然。评林本刊刻于万历二十二年(1594),刘兴我本刊刻于崇祯元年(1628),两个本子之间相隔34年。很难说在34年的时间里,没有其他建阳刊本出现,只是现在散佚罢了,就像上文说到的刘兴我本的底本与英雄谱本的底本即是如此,因此也导致了两个本子系统之间版本上的断链,使得考察评林本与刘兴我本的版本关系出现了困难。就上述脱文而言,刘兴我本缺少文字,并不影响文意畅通。相反,相对于评林本来说,刘兴我本在文字方面作了不少改进。主要表现在以下五个方面:

1. 补足评林本所缺少的主词或者受词的人名

马幼垣《水浒二论》中谈到评林本是质劣之物,其中有一条理由就是"删去作为主词或受词的人名的习惯"[①]。刘兴我本不少地方将评林本所缺少的这些主词或者受词的人名补足。如第18回:

评林本:何观察并众人又吃一惊。认得道是阮小七。(4.18a)

英雄谱本:何观察并众人又吃一惊。认得道是阮小七。(3.26b)

刘兴我本:何观察并众人又吃一惊。有认得的曰:"这是阮小七。"(4.12b)

①马幼垣:《水浒二论》,生活·读书·新知三联书店2007年版,第159页。

评林本、英雄谱本“认得道是阮小七”缺少主语，句子意思则变成了何涛认得阮小七，然而此意与小说原意不符，因为何涛不可能认得阮小七。评林本、英雄谱本由于缺少主语，造成文意混乱，刘兴我本补足主语“有认得的”之后，文意通畅，符合情节逻辑。

第20回：

评林本：迳到阎婆楼上，见宋江、婆惜都低头，唐二闪入去便说……（5.3a）

英雄谱本：迳到阎婆楼上，见宋江、婆惜都低头，牛儿闪入去便说……（3.40b-41a）

刘兴我本：牛儿迳到阎婆家楼上，见宋江、婆惜都低了头，却闪入去便曰……（5.2ab）

评林本、英雄谱本句前缺少主语，使得文意不明确。此外，评林本后文突然出现“唐二”之名，让人莫名所以。“唐二”在繁本中的介绍是“卖糟腌的唐二哥，叫做唐牛儿”，评林本没有此段介绍，所以“唐二”之名显得突兀，无从着落。刘兴我本不仅增添了主语“牛儿”，而且名字也与前文对应。

2. 改易评林本语意不通之处

评林本有不少语意不通之处，这些地方大多是底本遗留下来的问题。底本由于删节过甚或脱文，导致语句完全不知所云。刘兴我本则对这些地方进行了改动，使得文字简洁清晰，文意明白晓畅。如第19回：

评林本：黄安听了，便把白旗招动，教众船不要去赶。**那众船才拨得转**，背后十数只船赶来。（4.23ab）

英雄谱本：黄安听了，便把白旗招动，教众船不要去赶。**那众船才拨得转**，背后十数只船赶来。（3.34ab）

刘兴我本：黄安听了，便把白旗招动，叫众船不要去赶。**官船正待回身**，背后十数只船赶来。（4.16a）

评林本、英雄谱本文字中“那众船才拨得转”一句不知所云，查阅繁本可知此句为：

容与堂本：那众船才拨得转头……（20.6a）

评林本、英雄谱本此句少了一个“头”字。也正因为少了此字，使得此句话完全不知所云。刘兴我本此处有所改动，改动之后的句子，文意与繁本相同，但更加简洁明了。

再如同样是第19回：

评林本：宋江曰："既是号令严明，我便写一封回书。"与刘唐收下。宋江唤店主曰："此位官人留下白银一两，你且收了，**明日自己来算**。"刘唐背上包袱……（4.25b）

英雄谱本：宋江曰："既是号令严明，我便写一封与贤弟回覆。"宋江唤店主曰："此位官人留下白银一两，你且收了，**明日自己来算**。"刘唐背上包袱……（3.37b）

藜光堂本：宋江曰："既是号令严明，我便写一封书与你去上覆哥哥。"**宋江还了酒钱**，刘唐背上包袱……（4.17a）

评林本中"明日自己来算"殊难理解，若意思为明日宋江来算，那此句话应该是"明日我再来算"，不会用"自己"来称呼；如果是指让店主自己算，那今日便可，为何要等到明日。查阅繁本此处文字，恍然大悟。

容与堂本：宋江唤量酒人来道："有此位官人留下白银一两在此，你且权收了，**我明日却自来算**。"（20.13a）

原来评林本这句话首先缺了主语"我"，又把"却自"误作"自己"，才出现了如此奇怪的文字。而藜光堂本此处则是简简单单的一句话，"宋江还了酒钱"，简洁明了。

3. 改易评林本文意有误之处

评林本某些文字从语句通顺角度来说，不存在问题，但是从文意角度来说，则可能存在某些疏漏。此等处刘兴我本改后之文更加合理。如第20回：

评林本：**向后**宋江不在，张三便假意来寻宋江，婆惜留住吃茶，言来语去，成了交通。（5.1b）

英雄谱本：**向后**宋江不在，张三便假意来寻宋江，婆惜留住吃茶，言来语去，成了交通。（3.39a）

刘兴我本：**一日**张三知宋江不在，假意来寻宋江，婆惜留了吃茶，言来语去，成了私通。（5.1b）

评林本、英雄谱本整个句子颇为通顺，没有什么问题，但是细嚼文意，却有疏漏。小说中是阎婆惜先勾搭的张文远，那么张文远只需要去一次阎婆惜家，二人交通的关系也就成了。“向后”则说明每次去都是如此，不符合实际情况。所以，以刘兴我本文字为佳，二人一次勾搭便成奸，跟潘金莲、西门庆之事类似。

再如第 21 回：

> 评林本：婆子告曰：“老身姓阎……（5.6a）
>
> 英雄谱本：婆子告曰：“老身姓阎……（3.45b）
>
> 刘兴我本：婆子告曰：“妾夫姓阎……（5.4b）

从语句通顺的角度来说，三个本子的句子都没什么问题。但从情节逻辑的角度来说，评林本、英雄谱本则存在漏洞。“老身”指阎婆本人姓“阎”，“妾夫”指阎婆丈夫姓“阎”。从阎婆惜之名观之，阎婆的丈夫定然姓阎，而阎婆的叫法类似于阎家婆子的意思，阎婆未必姓阎。所以，当以刘兴我本文字更加合理。

4. 将评林本的语言改得更为通俗易懂

《水浒传》虽然被誉为第一部长篇白话小说，但是书中仍然夹杂一些古文习气以及说书人的套词套语等。评林本是简本，但归根究底也是源出繁本，其文字自然也沾染了繁本古文与套词套语的习气。刘兴我本对于这样的文字，则将其改得更为通俗自然。如第 20 回：

> 评林本：正要将到下处烧……（5.4a）
>
> 英雄谱本：正要将到下处烧……（3.42a）
>
> 刘兴我本：正要拿回去烧……（5.3a）

此处说的是宋江思忖要把刘唐带来的梁山书信烧毁一事，很明显三本文字都没任何问题，均读得通顺，但是刘兴我本更加通俗易懂，尤其是对于普通百姓来说。

再如第 19 回：

> 评林本：只见一个大汉，跨口腰刀，背着包袱，走得汗雨通流，看那县里。（4.24b）
>
> 英雄谱本：只见一个大汉，跨口腰刀，背着包袱，走得汗雨通流，看那县里。（3.36a）

慕尼黑本：只见一个大汉，跨口腰刀，背个包袱，走得汗如雨流，看着县里。（4.14b-15a）

从语词理解角度来说，“汗如雨流”明显比“汗雨通流”更加通俗易懂。

5. 将评林本的疑问句加上疑问词或变为陈述句

评林本由于是简本，删减了大量文字，其中包括不少疑问句的疑问词。疑问词的删减很容易造成语句理解上的偏差，尤其是简本所面向的读者是文化程度普遍较低的下层民众，这一偏差更容易形成。刘兴我本则将这些理解上可能出现问题的疑问句，或加上疑问词，或直接改为陈述句。如第 20 回：

评林本：宋押司无娘子？（5.1b）

英雄谱本：宋押司无娘子？（3.38b）

刘兴我本：宋押司怎没有娘子？（5.1a）

（例一）

评林本：宋江曰：“县里要紧事？”（5.3a）

英雄谱本：宋江曰：“县里有紧事？”（3.41a）

刘兴我本：宋江曰：“莫非县里有紧急事？”（5.2b）

（例二）

第 24 回：

评林本：你们若要长做夫妻，我有一计，讨些砒霜来，教娘子赎一贴心疼的药来，却把这砒霜参在里面，把他毒死，一把火烧得干干净净。武二回来，那里晓得。待夫孝满，大官人娶在家去。**这个不是长远夫妻？**（5.22b）

英雄谱本：你们若要长做夫妻，我有一计，讨些砒霜来，教娘子赎一贴心疼的药来，却把这砒霜参在里面，把他毒死，一把火烧得干干净净。武二回来，那里晓得。待夫孝满，大官人娶在家去。**这个不是长远夫妻？**（4.12a）

刘兴我本：若是长做夫妻，教娘子赎一帖心疼药，却把些砒霜放在里面，把他毒死，一把火烧得干干净净。武二回来，那里知得。待夫孝满，大官人娶回家来。**这个是长远夫妻。**（5.15b）

（例三）

以上三例评林本与英雄谱本文字如果不加上问号，都是陈述句语气，文意在理解上容易产生困难与偏差。而刘兴我本或加上疑问词，或直接改为陈述句，文意则一目了然、清楚明白。

由上可见，相对于评林本、英雄谱本而言，刘兴我本作了不少修正改订的工作，但是这并不意味着刘兴我本就是一个精善的本子，或者说文字没有舛误。相对于繁本而言，刘兴我本依旧存在不少问题，但这些问题的存在，不仅仅是刘兴我本的局限，同样也是整个简本的局限。客观来说，从刘兴我本编纂者的编纂意图，以及编纂者所做的工作来看，刘兴我本确实算得上建阳诸多简本中最为精善者。

由此节可以得出以下结论：

1. 嵌图本的卷数以及分卷情况与种德书堂本、评林本相同。刘兴我本的插图以及插图标目距离种德书堂本、插增本较远，而插图标目与评林本有一些关联，可能参照了评林本。李渔序本的插图距离种德书堂本、插增本、评林本均较远，而插图标目则袭自评林本（或其底本）。

2. 刘兴我本与种德书堂本、评林本都有一定的亲缘关系，其中刘兴我本与评林本关系较之刘兴我本与种德书堂本关系更为亲近。刘兴我本与插增本的关系则颇为疏远。

3. 刘兴我本的底本与评林本的底本属于同一系统，二者底本均删改自种德书堂本系统。

4. 刘兴我本比种德书堂本、评林本多出文字之处，乃是刘兴我本据他本补改，或是编辑者径改。

5. 刘兴我本单独比评林本多出文字之处，乃是刘兴我本的底本与评林本的底本删节之处或有不同，刘兴我本的底本尚未对叶孔目处进行改动。

6. 英雄谱本与刘兴我本文字增补或修改一致之处，应该是英雄谱本编辑之时，参校了刘兴我本系统。

7. 相比评林本、英雄谱本而言，刘兴我本作了不少修正与改订的工作，这使得刘兴我本成为建阳诸简本中最为精善者。

第四节　嵌图本与其后续本的研究

何为后续本？相对于刘兴我本而言，文字与刘兴我本属于同一系统，但刊刻时间又在其之后的藜光堂本、慕尼黑本、李渔序本就属于后续本。而相对于这四种嵌图本而言,又有一些本子属于后续本,这些本子有十卷本、汉宋奇书本、征四寇本,这些本子的文字与嵌图本属于同一系统。

刘兴我本是否是此一系统的最初本,此点已无法考证,嵌图本系统中的文字修改是否由刘兴我本完成,此点也无法明悉。但从嵌图本系统的本子现存 4 种,以及清代简本刊刻本多袭用嵌图本系统文字来看,此系统的本子在当时应该是最为流行的简本。由此也可见,之前所说的刘兴我本是简本中最为精善者有一定的道理。因为书商的嗅觉十分敏锐,哪种形式新颖、哪种插图时髦、哪种版本文字比较好,都是他们刊刻之时需要考虑的东西。

一、三种后续本的概况与辨识

1. 十卷本

十卷本也称之为德聚堂本。全书 115 回,共十卷,故而称之为十卷本。半叶 14 行、行 30 字。每卷的分回为:第一卷 1—6、第二卷 7—19、第三卷 20—33、第四卷 34—44、第五卷 45—56、第六卷 57—70、第七卷 71—80、第八卷 81—92、第九卷 93—105、第十卷 106—115。现今已知藏处有:①中国国家图书馆藏全本,原郑骞、齐如山递藏本,无封面,其他书叶偶有残缺;②山东蓬莱慕湘藏书楼藏全本,原慕湘藏本,有封面,亦偶有书叶残缺;③唐拓藏本,存残本卷七第 75 回至卷八第 90 回。

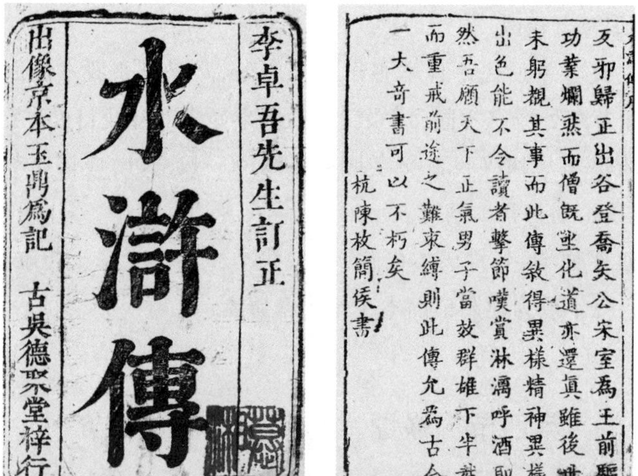

慕湘藏本封面、序末书影

关于十卷本的刊刻时间，此本卷首序言末题署为“杭陈枚简侯书”，陈枚为康熙时人，所以十卷本的刊刻时间当为清代康熙年间或之后。再从慕湘藏本封面所题“李卓吾先生订正”，可见此本刊刻时间不至于太晚，应该不会到清代中期，而是刊刻于清代前期。因为“李卓吾先生订正”字样属于伪托，从伪托“李卓吾”之名可见，此时金圣叹评本尚未盛行，所以此本依旧伪托“李卓吾”之名。

（1）慕湘藏本与国图藏本的异同

慕湘藏本封面大字直书“水浒传”，右边题“李卓吾先生订正”，左边署“出像京本玉鼎为记　古吴德聚堂梓行”。每卷卷端书名题为“新刻出像京本忠义水浒传”。其中卷一、卷三、卷四、卷五、卷八、卷九、卷十卷端署题“东原罗贯中编辑　金陵德聚堂梓行”，卷九卷端署题“罗贯中编辑　德聚堂梓行”，其他卷数卷端无署名。国图藏本与慕湘藏本略有差异，国图藏本卷五卷端署题“东原罗贯中编辑　书林文星堂梓行”，卷九卷端署题“东原罗贯中编辑　金陵德聚堂梓行”。

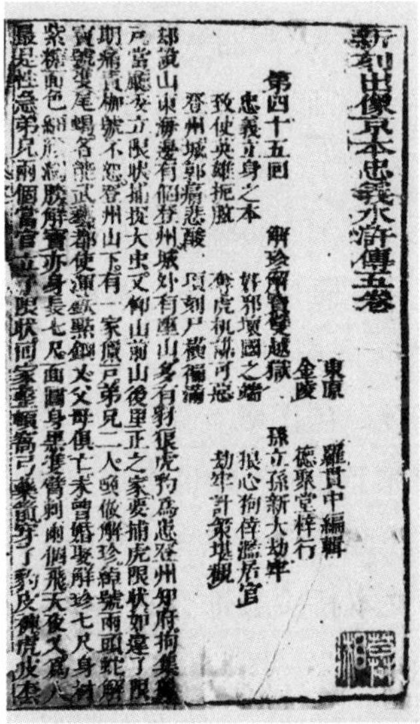
新刻出像京本忠義水滸傳五卷
東原　羅貫中編輯
金陵　德聚堂梓行
第四十五回　解珍解寶雙越獄　孫立孫新大劫牢
忠義立身之本　奸邪壞國之端　狠心狗倖濫居官
致使英雄扼腕　奪虎機謀可惡　劫牢計策堪觀
登州城郭痛悲酸　頃刻尸橫徧滿
却說山東海邊有個登州，登州城外有座山，山上多有豺狼虎豹，為患登州。知府拘集獵戶，當廳委了限狀，捕捉大虫。又仰山前山後里正之家，要捕虎限狀。如違了限期，痛責枷號不恕。登州山下有一家獵戶，弟兄二人，哥哥喚做解珍，綽號兩頭蛇；兄弟解寶，綽號雙尾蝎。二人各能武藝，都使渾鐵點鋼叉。父母俱亡，未曾婚娶。解珍七尺身材，紫棠色面皮，細腰闊膀。解寶亦身長七尺，面圓身黑，兩隻腿上刺着兩個飛天夜叉。為人最是性急。弟兄兩個當官立了限狀，回家整頓窩弓藥箭，穿了豹皮褲，虎皮套

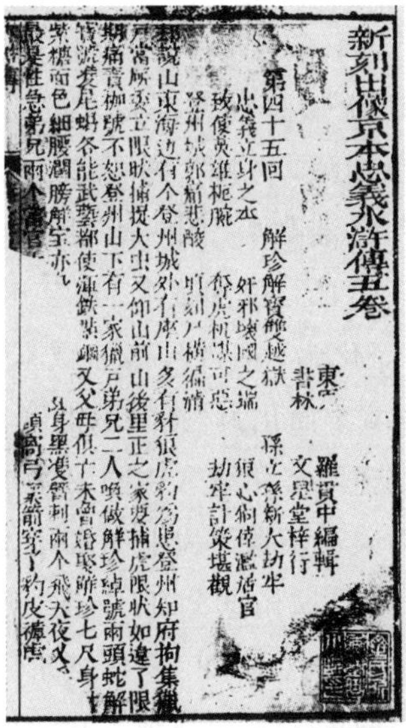
新刻出像京本忠義水滸傳五卷
東原　羅貫中編輯
書林　文星堂梓行
第四十五回　解珍解寶雙越獄　孫立孫新大劫牢
忠義立身之本　奸邪壞國之端　狠心狗倖濫居官
致使英雄扼腕　奪虎機謀可惡　劫牢計策堪觀
登州城郭痛悲酸　頃刻尸橫徧滿
却說山東海邊有個登州，登州城外有座山，山上多有豺狼虎豹，為患登州。知府拘集獵戶，當廳委了限狀，捕捉大虫。又仰山前山後里正之家，要捕虎限狀。如違了限期，痛責枷號不恕。登州山下有一家獵戶，弟兄二人，哥哥喚做解珍，綽號兩頭蛇；兄弟解寶，綽號雙尾蝎。二人各能武藝，都使渾鐵點鋼叉。父母俱亡，未曾婚娶。解珍七尺身材，紫棠色面皮，細腰闊膀。解寶亦身長七尺，面圓身黑，兩隻腿上刺着兩個飛天夜叉。為人最是性急。弟兄兩個當官立了限狀，回家整頓窩弓藥箭，穿了豹皮褲，虎皮套

慕湘藏本、国图藏本卷五首叶书影

从卷五卷端的题署来看，国图藏本与慕湘藏本似乎并非同版，但实际情况却没有如此简单。十卷本全书共计十卷，国图藏本与慕湘藏本部分卷数同版，部分卷数异版。同版的卷数有卷四、卷六、卷七、卷九、卷十，异版的卷

数有卷一、卷二、卷三、卷五、卷八，同版与异版的比例恰好各占一半。既然出现异版，那就涉及一个问题，二版之间哪一版刊刻时间更早？

首先是同版部分，国图藏本与慕湘藏本版面差异非常小，不仅断板之处相同，甚至连断板延伸的裂缝都几乎相同。在极其细致的比对过程中发现，国图藏本刊印时间略早，其断板之处较之慕湘藏本为少，如 9.49a 慕湘藏本比国图藏本多出一处比较明显的断板；其断板裂缝较之慕湘藏本更小，如 9.48a 国图藏本断板裂缝延伸到第十三字，慕湘藏本断板裂缝延伸到第十四字，10.36b 国图藏本断板裂缝延伸到第十字，慕湘藏本断板裂缝延伸到第十二字；其文字漶漫处较之慕湘藏本更少，如 10.24b 慕湘藏本右下角文字漶漫不清，国图藏本情况则较好。

其次是异版部分，国图藏本的版面情况远优于慕湘藏本。以第五卷为例，慕湘藏本较为严重的断板有 42 个半叶，国图藏本仅有 3 个半叶，其余卷数均是如此。从版面情况来看，异版的部分，国图藏本应当是慕湘藏本的翻刻本，因为慕湘藏本版面情况较劣，所以国图藏本才重新造版补刊。国图藏本为翻刻本，此点在文字与插图上也能体现出来。

文字方面，以 1.1a 为例，国图藏本有误字，慕湘藏本“逢场”、国图藏本误作为“逄场”；慕湘藏本有大量简化字，如慕湘藏本“禮”、国图藏本简化为“礼”，慕湘藏本“當”、国图藏本简化为“当”，慕湘藏本“報”、国图藏本简化为“报”，慕湘藏本“國”、国图藏本简化为“国”，慕湘藏本“紛紛”、国图藏本简化为“紛匕”，慕湘藏本“羅”、国图藏本简化为“罗”，慕湘藏本“樓臺”、国图藏本简化为“楼台”，慕湘藏本“號”、国图藏本简化为“号”，慕湘藏本“劉”、国图藏本简化为“刘”，慕湘藏本“經”、国图藏本简化为“经”等。

插图方面，慕湘藏本比国图藏本要精致，细节处也多出一些。精致处，如“洪太尉误走妖魔”一图，慕湘藏本右下角有一只乌龟，国图藏本变成了龟壳；再如“汴京城杨志卖刀”一图，慕湘藏本桥头雕饰为一只狮子，国图藏本却变成了一只狗。又如“浔阳楼宋江题反诗”一图，慕湘藏本房檐上有 4 座龙头雕饰，国图藏本所画则不知为何物。细节处，如“洪太尉误走妖魔”一图，慕湘藏本左上角多出两团云气，台阶上多出草丛；再如“吴学究说三阮撞筹”一图，慕湘藏本右下角有两片荷叶，树干上树叶以及树枝较多，国图藏本仅有一片荷叶，树干上树叶以及树枝较少；又如“母夜叉卖人肉”一图，慕湘藏本左边的桌子上多出一双筷子，武松的手中多出一个杯子。

慕湘藏本、国图藏本插图书影

由上基本可以看出，异版部分，国图藏本为翻刻本，慕湘藏本为原刻本。一般来说，小说的翻刻本与原刻本相比，并非更加精细，而是更为粗糙。此点在十卷本中最为显著的证据为，十卷本插图的底本为钟伯敬本，此点下文会谈到，慕湘藏本比国图藏本多出的插图细节，均存在于钟伯敬本之中，可见慕湘藏本为原刻本。

至此理清楚了同版部分与异版部分，国图藏本与慕湘藏本之间的关系。

同版部分，国图藏本为先印本，慕湘藏本为后印本；异版部分，慕湘藏本为原刻本，国图藏本为翻刻本。这是一个非常奇怪的现象，按理来说，应该是同版部分中慕湘藏本为先印本，国图藏本为后印本，这样才能理解异版部分中慕湘藏本为原刻本、国图藏本为翻刻本这一现象，是因为慕湘藏本部分木板磨损过于严重，所以国图藏本才重新造板刊刻，这也符合正常逻辑。但是同版部分中国图藏本为先印本，慕湘藏本为后印本，这就意味着先印的国图藏本反而重造了五卷书板，而后印的慕湘藏本又继续用原板木刊刻，此种情况着实让人难以理解。而且此前假设所言，因为板木磨损严重才重新造板替换原有板木的理由，似乎也略显牵强。因为国图藏本中被替换的五卷与留下的五卷，版面优劣情况相差不大，都非常糟糕，像慕湘藏本异版的卷五较为明显的断板有 42 个半叶，而同版的卷九较为明显的断板有 48 个半叶，同版的卷十较为明显的断板有 45 个半叶。如果因为版面漶漫重新造板替换旧板的话，为何不全部替换，而仅仅是替换一半？此一现象加之此前的情况，确实让人十分疑惑，想不出其中原委，或许此中发生了一些纠葛也未可尽知。

然而无论如何，可以确定的是，异版部分中卷一、卷二、卷三、卷五、卷八当由文星堂翻刻。虽然此五卷中只有卷五卷端署为“书林文星堂梓行”，但已透漏出翻刻的书坊为文星堂。所以，从慕湘藏本封面所署“古吴德聚堂梓行”以及卷端所署“金陵德聚堂梓行”可知，十卷本最初由德聚堂刊行，其后为文星堂翻刻。慕湘藏本可称之为德聚堂刊本，国图藏本可称之为德聚堂、文星堂刊本。

此外，还有一点值得注意，卷五卷端所署“书林文星堂梓行”，文星堂为何处书坊？首先，此前提到过“书林”为地名，指代福建建阳的书坊乡。其次，卷端书名中的“京本”，研究京本忠义传之时，刘世德先生已经对 24 种书名中有“京本”的书籍作过考察，并得出除残本和不详者之外，其余 22 种均刻于福建建阳的结论[①]。李永祜先生更是将书籍数量扩大到 73 种，其中有 60 余种可确定刊刻于福建建阳[②]。由此似乎可以得出结论，文星堂为建阳书坊。实际情况并非如此，“书林”在明代所刊书籍的署题中多指代福建建阳，而清代“书林”的意思则基本为“书坊”所替代。“京本”一词同样如此，明代多为建阳书坊刻书的伪托之词，而入清以后各地书坊均如此伪托，像《水浒传》晚清刊本中有一种八卷本，目录叶也题为“新刻出像京本忠义水浒

①刘世德：《论〈京本忠义传〉的时代、性质和地位》，《明清小说研究》1993 年第 2 期。

②李永祜：《〈京本忠义传〉的断代断性与版本研究》，《水浒争鸣》2009 年第 11 辑。

传”。所以，文星堂是否为建阳书坊，暂时存疑①。

但是从德聚堂与建阳书坊的关系来看，文星堂有可能是建阳书坊。德聚堂除了翻刻建阳嵌图本《水浒传》之外，还翻刻了建阳费守斋刊本《三国志传》以及建阳刊本《封神演义》，此二本均为上图下文版式。其中翻刻的费守斋刊本《三国志传》封面题署与德聚堂本《水浒传》相似，封面分为三栏，中栏大字书“三国志”，右栏上题“李卓吾先生订”，左栏下署“古吴德聚文枢堂仝梓”，栏外横题“新刻全像”。此本《三国志传》首卷卷端署题“书林与耕堂费守斋梓”，书末牌记题“万历庚申岁仲秋月与耕堂费守斋梓行”。翻刻的《封神演义》封面为三栏，中栏大字书“封神演义”，右栏上题“全像商周传”，左栏下署“金陵德聚堂梓”。由此来看，德聚堂或与建阳书坊有合作关系，或收购了建阳书坊的板片，或模仿抄袭建阳刊本，那么与德聚堂同样有纠葛，且署为“书林”的文星堂也有可能是建阳书坊。

（2）唐拓藏本与慕湘藏本、国图藏本的关系

唐拓藏本卷七卷端叶面缺失，卷八卷端题“新刻出像京本忠义水浒传八卷”，署“东原罗贯中编辑　金陵德聚堂梓行”。因为卷七慕湘藏本与国图藏本同版，卷八慕湘藏本与国图藏本异版，所以两卷分开讨论。

卷七唐拓藏本部分叶面与慕湘藏本、国图藏本同版，计有19、20、27、28、45、46、47、48等叶，这些同版叶面唐拓藏本版面情况较之慕湘藏本、国图藏本为差，断板之处、漶漫不清之处更多，断板裂缝也更大，像第45叶唐拓藏本有部分文字已难以辨识。卷七除同版叶面之外，唐拓藏本其他叶面与慕湘藏本、国图藏本异版，异版叶面版面文字清晰，断板之处甚少，此等异版叶面当为后刊叶。后刊叶与前刊叶不少文字的刻法不同，此外尚有一处较大差异，前刊叶中有断句的圈点，后刊叶则没有。

卷八唐拓藏本叶面文字清晰，断板之处甚少。叶面也存在两种情况，一种有断句圈点，一种无断句圈点，但无论何种情况，唐拓藏本卷八叶面中并无一叶与慕湘藏本或国图藏本同版。此即意味着十卷本的卷八有三种版本。从慕湘藏本、国图藏本、唐拓藏本三者的版刻情况来看，十卷本在当时较为流行，所以板木在损坏淘汰的情况下，有新的板木补刊。

①笔者曾于博士论文中提到文星堂为建阳书坊，因为当时未曾见到慕湘藏本，以为国图藏本为原刊本，继而认为会出现金陵德聚堂与建阳文星堂之名于一书，可能是因为一者金陵德聚堂与建阳文星堂两地合刻了此书，二者此套板子之前为建阳文星堂所有，后来转卖给了金陵德聚堂。

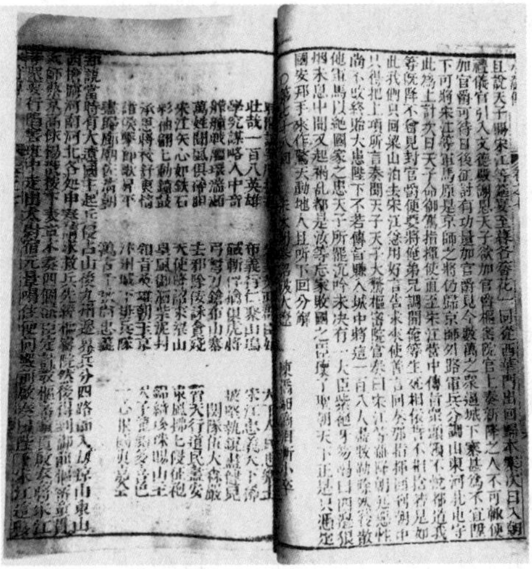

唐藏本卷七第 26 叶下、第 27 叶上书影

（3）十卷本与钟伯敬本的关系

十卷本书名为“新刻出像京本忠义水浒传”，其中有“出像”二字，此本文字虽然属于建阳刊本的刘兴我本系统，但是插图与标准的建阳刊本不同，并非上图下文版式或是变式，而是采用全幅插图形式，插图置于卷首位置，如英雄谱本插图一般。十卷本插图共计 20 叶，其中图像 20 幅，图赞 20 幅，此本插图并非原创，而是翻刻自他本，源出于钟伯敬本系统插图。钟伯敬本系统插图主要有两种，一种是钟伯敬本，另一种是英雄谱本。从插图赞语来看，十卷本插图袭自钟伯敬本，而非英雄谱本。如：

母夜叉卖人肉

盈盈烈烈独当罏。笑将筋肉向砧屠。请看朝士谈兵变。巾帼还为大丈夫。

（钟伯敬本）

母夜叉卖人肉

盈盈烈烈独当罏。笑将肋月向砧屠。请看朝士谈兵变。巾帼还为大丈夫。

（十卷本）

母夜叉卖人肉

宋家一朝壮气，尽淹没于诚正心意之中。士大夫谈兵色变。屈膝虏廷，况于巾帼妇人乎？母夜叉肝人之肉，登之刀俎，居为奇货，穷凶极恶，即粘没喝见之，亦应吐舌，中国所望吐气者，赖有此哉！

虎臣吸民膏髓，而弃其尸于沟壑。渠独转市，无纤毫□者，庶不犯暴殄之戒乎？诨至此而毛骨俱冷矣。（倪元璐）

（英雄谱本）

（例一）

劫法场

激起牢骚不顾身，梁山千载负高名。年来多少英豪屈，安得如君锦旆临。

（钟伯敬本）

劫法场

激起牢骚不顾身，梁山千载负高名。年来多少英豪屈，安得如君锦旆临。

（十卷本）

劫法场

胸中直义比嵩高，生死交。触禁网，猛激起牢骚，三尺等弁髦。狭路逢，肯相饶？法场侠气干霄，千古人豪。（右调【诉衷情】）

国法森严之地，生死转睫之间，不顾成败，立地相救，呜呼！此其所为梁山忠义也欤。（陈函辉）

（英雄谱本）

（例二）

从以上二例可以明显看出，十卷本赞语同于钟伯敬本，而异于英雄谱本。此外，还有一处可证十卷本插图袭自钟伯敬本。钟伯敬本最后一幅插图，既没有赞语，也没有插图标目，但是这幅插图在十卷本中有插图标目，为“梁山泊全伙受招安”。显然，此一插图标目存在问题，因为插图的放置顺序是按照故事情节的先后排列，此插图之前已经有了“混江龙太湖小结义”一图，“梁山泊全伙受招安”故事情节在“混江龙太湖小结义”之前，但是插图位置却在“混江龙太湖小结义”之后。不仅如此，十卷本此图赞语为“星斗依稀玉漏残，锵锵环珮列千官。露凝仙掌金盘冷，月映瑶空贝阙寒。禁柳绿连青锁闼，宫桃红压碧栏杆。皇风清穆乾坤泰，千载君臣际会难”。此赞语是“梁山泊分金大买市　宋公明全伙受招安”一回中，除引首诗外的第一首诗，字句完全相同。英雄谱本此图赞为“（班师还朝）江南半壁宋山河，可怪纷纷道学多。黄杏旌旗忠义汉，至今想见刃霜磨。宋公明逢人便哭，却是一个好好道学先生。而忠义所激，一百单八人又个个英雄。惟其为真英雄，所以为真道学也欤。（缪沅）”。十卷本此图之所以插图标目发生舛误以及赞语抄袭正文，就是因为钟伯敬本最后一幅插图既没有标目，也没有赞语，十卷本无从抄袭，只能自己创作，然而一创作就出了问题。

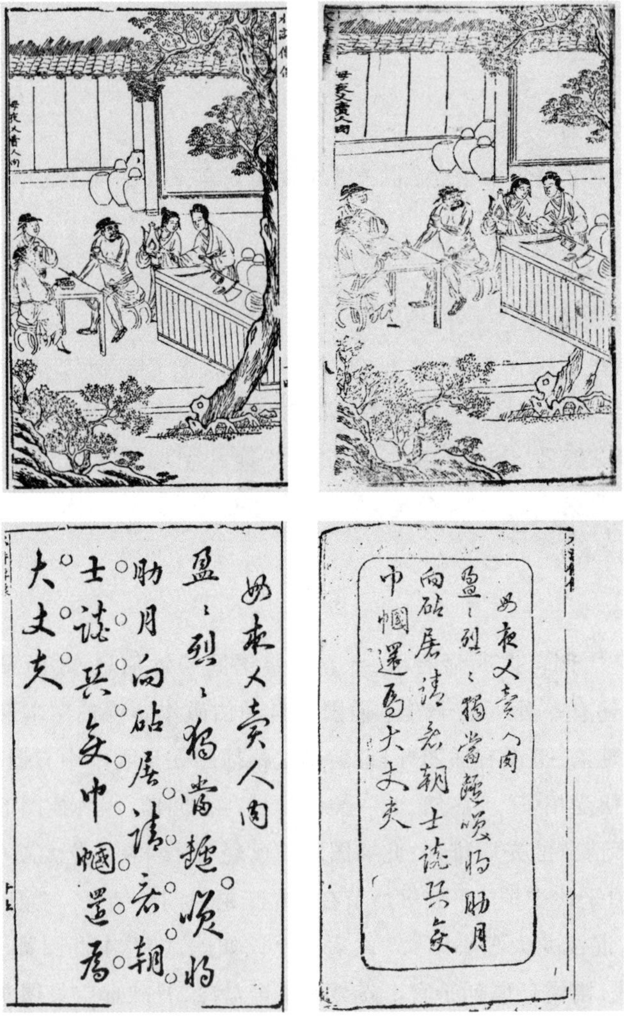

钟伯敬本与慕湘藏本图赞书影

钟伯敬本共有图赞38叶，其中插图39幅，赞语37幅，十卷本20幅图赞即选自其中。虽然十卷本的图赞袭自钟伯敬本，但是二者还是有一定的差异。插图部分，钟伯敬本比十卷本更为精细，但是更大的不同在于，十卷本翻刻钟伯敬本插图，并非全盘照抄，而是有所改易，削减了钟伯敬本插图左边或者右边、上边或者下边的一小部分。像“母夜叉卖人肉”一图（见上图），钟伯敬本右边是一棵大树，十卷本削减之后，大树只残存部分，树干底部也被画成山石模样。再如“梁山泊好汉劫法场”一图，钟伯敬本中人物有15个，十卷本削减了右边一小部分，把人物删减为13个。赞语部分，文字基本相同，但也存在一些异处，主要的不同是行款发生了改易。像钟伯敬本4行文字，到十卷本中则变成了3行。

2. 汉宋奇书本

汉宋奇书本，因为书版心上刻“英雄谱”三字，或被称为英雄谱本，但为有别于雄飞馆所刊英雄谱本，所以称此本为汉宋奇书本。何为“汉宋奇书”，“汉”指演义东汉末年之事的《三国志演义》，“宋”指演义北宋末年故事的《水浒传》。全书分为上下两栏，上栏刊《水浒传》，下栏刊《三国志演义》。此版式与雄飞馆所刊英雄谱本相同，应该是汉宋奇书本借鉴了英雄谱本合刊的方式，但是二本有所不同的是，《水浒》部分英雄谱本为百十回，属于评林本系统文字，而汉宋奇书本是百十五回，属于嵌图本系统文字；《三国》部分英雄谱本更近于“志传”系统，而汉宋奇书本所用底本为清初毛宗岗评本。

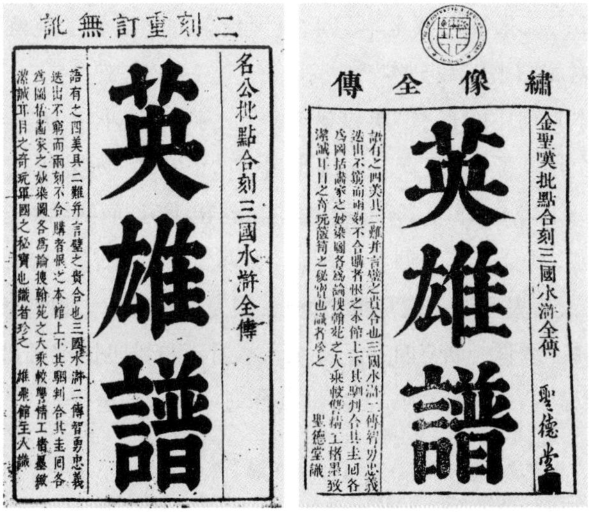

英雄谱本与圣德堂本（文元堂本）封面书影

汉宋奇书本现今已知有两种,其一为文元堂本,或称之为圣德堂本。首卷卷端署为“金陵文元堂梓行”,故称之为文元堂本。封面署“圣德堂”,封面识语署“圣德堂识”,卷首《英雄谱弁言》与其他某些叶面版心下端有“圣德堂”三字,故而称之为圣德堂本。之所以会出现两个书坊名,其中金陵文元堂当为原刊书坊,后为圣德堂翻刻,此点与之后诸坊刊本《汉宋奇书》类似。文元堂本全书当中并未出现“汉宋奇书”字样,版心亦题“英雄谱”,但因文字、版式与之后《汉宋奇书》大致相同,所以划归为汉宋奇书本。此本为大开本,《水浒传》一栏半叶 16 行、行 12 字。

文元堂本共计 20 卷 115 回,每卷分回为:第一卷 1—6、第二卷 7—10、第三卷 11—19、第四卷 20—26、第五卷 27—33、第六卷 34—38、第七卷 39—44、第八卷 45—49、第九卷 50—56、第十卷 57—62、第十一卷 63—70、第十二卷 71—76、第十三卷 77—80、第十四卷 81—84、第十五卷 85—92、第十六卷 93—97、第十七卷 98—105、第十八卷 106—110、第十九卷 111—113、第二十卷 114—115。文元堂本的 20 卷,实际上只有目录部分分了卷,正文部分《水浒》一栏只有首卷有“忠义水浒传一卷”字样,此后再无卷数字样。文元堂本《三国》部分同样分为二十卷,但与《水浒》部分不同的是,《三国》部分分卷是目录与正文均分卷,正文每卷下栏卷端题“四大奇书第一种卷之 ×”。文元堂本《水浒》部分由于没有分卷,所以正文连成一片,没有任何间隙。

此本现今已知藏处有:一、中国国家图书馆藏全本,原郑振铎藏本,缺封面,部分书叶错乱颠倒;二、天津图书馆藏残本,存二卷,《水浒》部分存第 1 回至第 11 回;三、张青松藏全本;四、英国伦敦大学亚非学院藏全本;五、日本佐贺大学附属图书馆藏全本①。

文元堂本封面中间直书“英雄谱”三个大字,右边小字为“金圣叹批点合刻三国水浒全传　圣德堂□”,左边识语小字“语有之:四美其,二难并。言璧之贵合也。《三国》《水浒》二传,智勇忠义,迭出不穷,而两刻不合,购者恨之。本馆上下其驷,判合其圭。回各为图,括画家之妙染;图各为论,搜翰苑之大乘。较雠精工,楮墨致洁。诚耳目之奇玩,箧笥之秘宝也。识者珍之!圣德堂识。”栏外横书“绣像全传”四字。文元堂本封面与雄飞馆英雄谱本封面基本相同,惟英雄谱本右边小字为“名公批点合刻三国水浒全传”,文元堂本为“金

①孔夫子旧书网曾出售过此本的残本,残存十二卷,为卷三至卷五、卷十一、卷十二、卷十四至卷二十。笔者亦藏有此本残本,残存一卷,为卷八。

圣叹批点合刻三国水浒全传”；英雄谱本识语“军国之秘宝也”，文元堂本为“箧笥之秘宝也”；英雄谱本识语署“雄飞馆主人识”，文元堂本为“圣德堂识”。

其二为《汉宋奇书》，或称之为兴贤堂本。封面大字书“绣像汉宋奇书”，正文版心题“汉宋奇书”，故名之曰汉宋奇书本。此本刊刻书坊甚多，但首卷卷端均题“金陵兴贤堂梓行”，故又名之曰兴贤堂本。此本从现存数量来看，应该是清代最为流行的简本之一。兴贤堂本相对文元堂本来说，属于小开本，《水浒》一栏半叶 13 行，行 10 字，同为 20 卷 115 回。兴贤堂本每卷分回情况，前 17 卷与文元堂本相同，但是第十八卷至第二十卷存在差异，兴贤堂本第十八卷分回为 106—112、第十九卷为 113—114、第二十卷为 115，文元堂本第十八卷分回为 106—110、第十九卷为 111—113、第二十卷为 114—115。

三國水滸合傳
金聖嘆先生批點
繡像漢宋奇書
芸香堂藏板

忠義水滸傳一卷
東原　羅貫中編輯
金陵　興賢堂梓行
詞曰人生居陰陽二氣仁義禮智天成浩然沛乎塞滄溟可托六尺孤能寄百里命閱水滸全傳論天罡地煞威名遂揚何辨偽與真赤心當報國忠義最堪欽。
紛紛五代亂離間
一旦雲開復見天。
草木百年新雨露。

四大奇書第一種卷之一
聖嘆外書　茂苑毛宗崗序始氏評
詞曰
滚滚長江東逝水浪花淘盡英雄是非成敗轉頭空青山依舊在幾度夕陽紅。白髮漁樵江渚上慣看秋月春風一壺濁酒喜相逢古今多少事都付笑談中以詞起以詞結
第一回
宴桃園豪傑三結義
斬黃巾英雄首立功
人謂魏得天時吳得地利蜀得人和乃三大國將興先有三大公地公人公三小寇以引之亦如

法国国家图书馆所藏芸香堂本汉宋奇书书影

之所以会产生如此差异，是因为无论是文元堂本，还是兴贤堂本，均为坊间刊刻本，刊刻质量颇差，《水浒》与《三国》目录分为上下两栏刊刻，但《水浒》目录并非全部在上栏，有的接在下栏《三国》目录之后。文元堂本《水浒》第 100 回之后的目录接续在下栏《三国》部分，计有 3 个半叶，兴贤堂本《水浒》第 98 回之后的目录部分接续在下栏《三国》部分，计有 3 个半叶，由于排版的原因，导致了二本这几卷的分回出现了问题[①]。

①兴贤堂本总目排版颇为混乱，第 98 回在总目第 12 叶下《水浒》栏，第 99 回至第 104 回在总目第 12 叶上《三国》栏，第 105 至第 110 回在总目第 12 叶下《三国》栏，第 111 回、第 112 回在总目第 13 叶上《水浒》栏，第 113 回在总日第 13 叶上《三国》栏，第 114 回在总目第 13 叶上《水浒》栏，第 115 回在总目第 13 叶上《三国》栏。

除此之外，文元堂本与兴贤堂本在卷数上还有一个较大的差别，此一差别并非体现在《水浒》一栏，而是在《三国》一栏。文元堂本目录总目《水浒》部分二十卷，《三国》部分也是二十卷；正文分目《水浒》部分一卷，《三国》部分二十卷。兴贤堂本目录总目与文元堂本相同，《水浒》部分二十卷，《三国》部分也是二十卷；正文分目则与文元堂本有较大的差别，《水浒》部分依旧是一卷，而《三国》部分却有六十卷。

兴贤堂本封面（见上图）右边直书“金圣叹先生批点”七字，中间大字直书“绣像汉宋奇书”，栏外横书“三国水浒合传”，左下角或署书坊名，或无署题。就现今所见之书坊名有五云楼、善美堂、省城福文堂、英德堂、天平街维经堂、聚德堂、右文堂、老会贤堂、芸香堂、芸生堂、文光堂、大西堂、翰巽楼、近文堂、金玉楼、朗环仙馆、振元堂。然而无论诸刊本封面所属书坊名为何，各本首卷卷端均署“金陵兴贤堂梓行”，兴贤堂可能为最初刊刻《汉宋奇书》之书坊。

书名中的“绣像”位于卷首，但已非容与堂本、英雄谱本式的插图。容与堂本、英雄谱本插图描绘的内容是故事情节，兴贤堂本插图描绘是单个人物肖像。兴贤堂本图像80幅，其中《三国》部分40幅，《水浒》部分40幅，每幅图像旁均有人物赞语。

从文元堂本和兴贤堂本的封面可见，文元堂本应该是较早仿造英雄谱本的本子。此本封面署题文字与识语文字基本与英雄谱本相同，但是到了兴贤堂本，这种情况发生了改变。兴贤堂本封面相对于文元堂本而言，作出了较大的改易，其中比较明显的是书名由“英雄谱”改为“汉宋奇书”。

虽然汉宋奇书本中，无论是文元堂本，还是兴贤堂本，都是仿造英雄谱本而来。其一，二本卷首均有一篇署名“熊飞赤玉甫书于熊飞馆”的《英雄谱弁言》。其二，二本均袭用了英雄谱本最大的创意，分上下两栏分刻《水浒》与《三国》二书①。但是汉宋奇书本在模仿英雄谱本之时，仅仅是只得其形，而不得其髓。英雄谱本为了使上下两栏《水浒》和《三国》每卷文字结束的位置能够整齐划一，采用了重新分卷、编排回数；移置回末文字，或提前，或推后；用钟伯敬本增补情节文字等方法。而汉宋奇书本则没有做任何工作，仅把《三国》部分分卷，《水浒》部分整部书只有一卷，全书连成一片。这就造成了汉宋奇书本文字末尾处，《水浒》一栏留下了大片空白页。像文元堂本《水浒》一

①古代小说中分上下两栏刊刻两部小说的情况较为少见，除英雄谱本、汉宋奇书本之外，笔者还曾见过一种《周汉奇书》，乃是《东周列国志》与毛本《三国》的合刊本。

栏多出了 23 叶半的空白页，兴贤堂本《水浒》一栏多出了 15 叶的空白页。

从汉宋奇书本中文元堂本与兴贤堂本封面署题“金圣叹”之名以及各卷卷端署题“圣叹外书”来看，汉宋奇书本的刊刻时间当在清代。再从汉宋奇书本《三国》部分所用底本为毛宗岗评本来看，毛宗岗评本刊刻于清康熙年间（1662—1722），现存最早的毛评本是醉畊堂本，卷首有康熙十八年（1679）李渔的序言，所以汉宋奇书本当刻于康熙十八年（1679）之后。小川环树先生认为汉宋奇书本中出现“圣叹外书”字样，这种伪托金圣叹之名的毛评本康熙末年或乾隆初年才出现[1]。上田望先生也指出最早的醉畊堂刊毛评本没有伪托金圣叹的序言，也没有题写“第一才子书”，二十四卷本都是雍正刊本，也没有标明“第一才子书”，从而可知最早的毛评本没有金圣叹的伪序[2]。综上可知，汉宋奇书本的刊刻时间当在乾隆年间（1736—1796）。

3. 征四寇本

此本封面分为三栏，右上顶格直书“后续水浒”或“续水浒”，中栏大字直书“征四寇传”，栏外或横题“圣叹外书”，左栏下署书坊名。从封面可知，此本或名之“征四寇”，或名之“续水浒”。现今所见之书坊名有近文堂、姑苏锦奎堂、中胜堂、振贤堂、三元堂。各书坊所刊征四寇本或同版，或异版，像近文堂刊本与振贤堂刊本同版，近文堂刊本与姑苏锦奎堂刊本、中胜堂刊本互为异版。

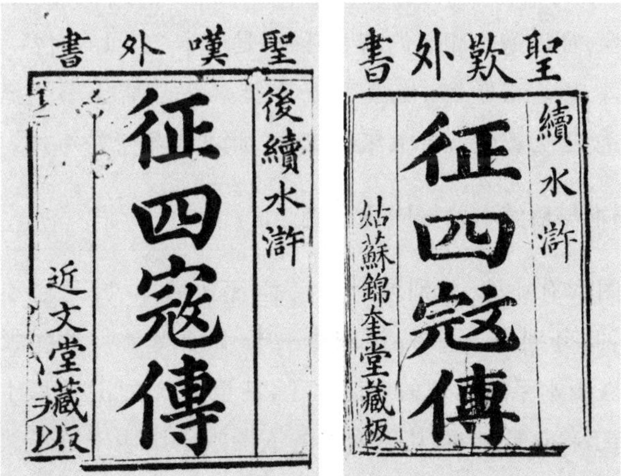

征四寇本封面书影

①可参详［日］小川环树《〈三国演义〉的毛声山批评本与李笠翁本》，《中国小说史研究》，岩波书店 1968 年版。

②可参详［日］上田望《毛纶、毛宗岗批评〈四大奇书三国志演义〉版本目录（稿）》，《中国古典小说研究》1998 年第 4 号；［日］上田望《〈三国志演义〉毛评本的传播》，《文学遗产》2000 年第 4 期。

此本目录叶题名为“新增绣像水浒后传”，书名虽有“绣像”二字，但全书并未见及图像。首卷卷端书名题为“新增第五才子书水浒全传”，此题名与小说内容相去甚远。题名中为“水浒全传”，实际上整部书并不全，书的回数也很直观地反映了这一点，从第一卷第67回“柴进簪花入禁院　李逵元夜闹东京”开始，到第十卷第115回“宋公明神聚蓼儿洼　徽宗帝梦游梁山泊”结束。此部分是梁山泊大聚义之后的内容，比征四寇的内容要多出招安故事部分。

此本半叶10行、行23字。共计十卷49回，每卷分回为第一卷67—71、第二卷72—76、第三卷77—81、第四卷82—86、第五卷87—91、第六卷92—96、第七卷97—101、第八卷102—106、第九卷107—111、第十卷112—115。全书除第十卷是4回外，其余九卷每卷均为5回，回数分布平均。

从征四寇本最末回为第115回以及“柴进簪花入禁院　李逵元夜闹东京”此回为第67回可知，此本是由115回嵌图本系统或其后续本截断而成。之所以将内容截断，是因为当时金圣叹腰斩70回本已经风靡天下，而金氏又自称所得为古本，比70回多出的回数为罗贯中狗尾续貂，俨然其他版本《水浒传》均为伪本，70回本才是《水浒传》的正宗。鉴于这种情况，征四寇本编刊者创编出了《续水浒》，所谓“续水浒”，接续的就是金圣叹腰斩70回本之后的内容，征四寇本删节的前66回正是金本70回的内容。

征四寇本卷首有题署“乾隆壬子岁腊月赏心居士书于涤云精舍”的《叙》，乾隆壬子年为乾隆五十七年（1792），此本当刻于是年。

二、嵌图本与后续本的异同及衍变

现存嵌图本有4种，分别为刘兴我本、藜光堂本、慕尼黑本、李渔序本，后续本有3种，分别为十卷本、汉宋奇书本、征四寇本。这些版本绝对不可能是历史上嵌图本系统出现的全部本子，甚至可以说，这些版本可能仅仅是嵌图本系统的一小部分，而其他未见的嵌图本系统版本已经佚失。正是因为这种情况的存在，所以想完全还原嵌图本与后续本之间版本演变的情况也不太现实，只能尽量从现存诸本中厘清一条发展脉络。

1. 形式上的异同

此点在上文概述之时也有提及，嵌图本4种，刘兴我本、藜光堂本、慕尼黑本、李渔序本，此4种本子之所以得名嵌图本，乃是因为每半叶有图，图的四周均是文字，犹如镶嵌其中一般。这四种本子插图与文字的位置关系，虽是有所变异的上图下文，但也是典型的建阳刊本版式。而后续本却没有继承这种版式特征，虽然文字上袭用了嵌图本系统，但是形式上却各异。后续本中十卷本、汉宋奇书本、征四寇本均是一般小说的版式，每半叶只有文字而无插图，即使全书有插图，也是放置于卷首。具体来说，十卷本袭用了钟伯敬本插图，并在此基础上将钟伯敬本插图小部分边框图景删去，拉近了插图视角；汉宋奇书本版式上袭用了英雄谱本上栏《水浒》下栏《三国》的形式，而插图则是模仿陈洪绶《水浒叶子》。

再从行款来看，嵌图本四种每半叶的字数越来越多，皆因节省工费所致。最早的刘兴我本每半叶437字，藜光堂本每半叶447字，慕尼黑本每半叶506字，最晚的李渔序本每半叶552字。以刘兴我本与李渔序本而论，李渔序本比刘兴我本每半叶多出115字，这也意味着李渔序本每刻两叶，相当于刘兴我本刻两叶半。同时，对于上图下文版式的建阳刊本来说，每半叶增加刊刻字数，不仅仅能节省一部书籍刊刻的纸张，还能减少版画刊刻的数量。以刘兴我本与李渔序本来论，刘兴我本5个半叶刻5幅插图，而同样的内容李渔序本只需要4个半叶刊刻4幅插图。一整部小说下来，李渔序本比刘兴我本少了将近200幅插图，因插图刊刻减少而节约下来的工费也就相当可观。

后续本3种中十卷本每半叶420字，汉宋奇书本中文元堂本每半叶（《水浒》与《三国》）537字，汉宋奇书本中兴贤堂本每半叶（《水浒》与《三国》）370字，征四寇本每半叶230字。除了征四寇本之外，其余三种本子每半叶字数都比较高，这也是简本的特征之一，版面文字拥挤不堪。此点与繁本稍作比对即可得知，繁本《水浒传》的代表容与堂本与百二十回本，容与堂本每半叶242字，百二十回本每半叶220字，二者每半叶的字数差不多只有简本的一半。后续本版面文字拥挤也算是延续了嵌图本或者说是简本的传统。至于征四寇本每半叶字数为何比较少，一是征四寇本版面比较小，属于小开本，与兴贤堂本类似，二是征四寇本属于金圣叹腰斩本的续书，内容只有49回，如果版面中文字排版不疏阔，那么书籍可能就只有薄薄的一册。

2. 作者以及出版地的异同

（1）作者的异同

此处所说的作者是《水浒传》此书的作者，嵌图本四种以及后续本多有不同。嵌图本中刘兴我本的作者首卷卷端题署为“钱塘施耐庵编辑”;藜光堂本的作者首卷卷端题署为“清源姚宗镇国藩父编”;慕尼黑本由于是残本,未能显示作者的信息;李渔序本的作者首卷卷端题署为“元东原罗贯中编辑”。后续本中十卷本的作者首卷卷端题署为“东原罗贯中编辑”;汉宋奇书本两种的作者首卷卷端均题署“东原罗贯中编辑”;征四寇本中没有作者的题署信息。

探讨嵌图本以及后续本作者异同之前,先把其他本子的作者信息也罗列一下。繁本中容与堂本、钟伯敬本、大涤余人序本未见作者信息;石渠阁补印本中作者题署为“李卓吾评阅　施耐庵集撰　罗贯中纂修”;林九兵卫刊本与百二十回本《引首》部分有作者信息,题署为“施耐庵集撰　罗贯中纂修”;金圣叹评本的书名即为“第五才子书施耐庵水浒传”。简本中京本忠义传、种德书堂本、插增本均残缺,未见作者信息;评林本作者题署为“中原　贯中　罗道本　名卿父编集”;英雄谱本作者题署为“钱塘施耐庵编辑”。

繁本中除金圣叹评本单独题署施耐庵外,其余本子均题署施耐庵、罗贯中二人之名。但是金圣叹同样将《水浒传》的著作归属权给予施耐庵与罗贯中二人,只不过前70回的作者是施耐庵,70回之后的内容属于续写,作者是罗贯中。简本中评林本署名“罗贯中”,但是所谓“道本”“名卿”之名号不知何据。英雄谱本与刘兴我本再次体现出一致性,作者均题署“施耐庵”。藜光堂本的作者题署则有些离谱,题写为清源的姚宗镇,此人可能是藜光堂本的编辑者。李渔序本、十卷本、汉宋奇书本三者的作者信息一致,均为罗贯中,只是十卷本、汉宋奇书本抹去了作者的朝代,不知是无意为之,还是有意为之,或许编者认为将罗贯中划归元代不合理,因而删去。从作者题署情况来看,后续本与李渔序本相同,而且可能属于一脉相承,之前的刊本除了评林本杂乱无章的作者题署之外,还没有任何本子将《水浒传》的著作权单独归于罗贯中。

(2)出版地的异同

嵌图本与后续本的出版地,从之前的研究来看,简本《水浒传》均刻于福建建阳,无论是京本忠义传、种德书堂本、插增本、评林本、英雄谱本,还是刘兴我本、藜光堂本、慕尼黑本、李渔序本均是如此。除了明显的建阳刊本上图下文版式可证此点之外,嵌图本诸种所署书坊也可证明此点。刘兴我本署“富沙刘兴我梓行”,藜光堂本署“书林刘钦恩荣吾父梓行”,李渔序本署

“闽书林郑乔林梓行”。“富沙”与“书林”均为福建建阳。

后续本中十卷本的初刻本由德聚堂刊刻，后由文星堂翻刻。德聚堂的属地有两处，一处是“金陵”，首卷卷端题署“金陵德聚堂梓行”，另一处为“古吴”，封面题署“古吴德聚堂梓行”。“金陵”为南京，“古吴”为苏州，德聚堂应该是在南京与苏州均有分店，此点从其他小说的题署也可看出。费守斋刊本《三国志传》封面题署“古吴德聚堂”，《列国志》封面题署为“古吴德聚堂”，《封神演义》封面题署为“金陵德聚堂”①。文星堂前文已提及，或为建阳书坊，或为其他地方书坊。汉宋奇书本中文元堂本刊刻地署为“金陵文元堂梓行”，兴贤堂本刊刻地署为“金陵兴贤堂梓行”，二者均为金陵梓行。征四寇本现存的几家书坊“锦奎堂”明确题为姑苏（即苏州）锦奎堂，“三元堂”与“近文堂”据《小说书坊录》知为佛山书坊，“振贤堂”据《小说书坊录》为禅山书坊，禅山即为广东佛山②。

以上后续本的刊刻地点颇值得玩味，刊刻已经从福建建阳转移到了其他地方，尤其集中于金陵。这也是因为入清以后建阳书坊衰落，建阳刊本小说逐渐减少，慢慢退出了历史的舞台③。而建阳书坊所留下的低端读者市场则逐渐被其他各地书坊所瓜分，像金陵书坊就特别喜欢刊刻建阳系小说④。除《水浒传》之外，德聚堂还刊刻了《新刻钟伯敬先生批评封神演义》《新刻京本全像演义三国志传》《绣像京本云合奇踪玉鼎英烈传》等，文元堂本刊刻了《北方真武祖师玄天上帝出身志传》《新刻全集显法白蛇海游记传》等。

3. 卷数、回数、回目的异同

嵌图本四种除去慕尼黑本残缺之外，其余三种均为 25 卷，而包括慕尼黑本在内，四种嵌图本每卷分回一致。后续本三种中十卷本的卷数为十卷，分回并不统一，也无任何规律可循，最少的一卷只有 6 回，最多的一卷有 14

---

①关于德聚堂，还有一个比较有意思的现象，此书坊喜欢用“玉鼎”二字，像德聚堂刊《水浒传》中封面有“玉鼎为记”，德聚堂刊《列国志》的书名为《新刻出像玉鼎列国志》，德聚堂刊《英烈传》的书名为《绣像京本云合奇踪玉鼎英烈传》，“玉鼎”或即德聚堂一种商标防伪标识。

②王清原、牟仁隆、韩锡铎编纂：《小说书坊录》，北京图书馆出版社 2002 年版，第 42 页。另，关于近文堂、振贤堂、三元堂的归属可参见汪燕岗《论清代佛山雕版印刷下通俗小说的出版》，《四川师范大学学报》（社会科学版）2017 年第 2 期。

③可参见涂秀虹、陈旭东《建阳刻本〈三国〉小说传播衰退原因浅析》，《明清小说研究》2006 年第 4 期。

④关于建阳刊本小说衰落之后，市场上建阳系小说的刊刻情况，可参见拙作《清代建阳系刊本小说刍议》，《中国文学研究》2023 年第 2 期。

回。汉宋奇书本中文元堂本和兴贤堂本均为20卷，二本每卷分回稍有不同，前十七回每卷分回相同，第十八卷文元堂本5回、兴贤堂本7回，第十九卷文元堂本3回、兴贤堂本2回，第二十卷文元堂本2回、兴贤堂本1回。所有简本中，种德书堂本、插增本[①]、评林本均为25卷，只有英雄谱本为20卷。汉宋奇书本多方面借鉴了英雄谱本，可能此20卷卷数也是袭用了英雄谱本卷数，但是汉宋奇书本每卷分回却与英雄谱本差异颇大。征四寇本为十卷，此本的分卷与每卷分回并无特殊用意，十卷仅是为取整数，而每卷分回也是按照总回数平均分配到每卷之中。

值得注意的是十卷本与汉宋奇书本的分回问题，汉宋奇书本的卷数是十卷本的2倍，这并不是一个恰巧的数字，汉宋奇书本的20卷正是在十卷本的10卷基础上分出。十卷本每卷分回为：第一卷1—6、第二卷7—19、第三卷20—33、第四卷34—44、第五卷45—56、第六卷57—70、第七卷71—80、第八卷81—92、第九卷93—105、第十卷106—115，汉宋奇书本（兴贤堂本）每卷分回为：第一卷1—6、第二卷7—10、第三卷11—19、第四卷20—26、第五卷27—33、第六卷34—38、第七卷39—44、第八卷45—49、第九卷50—56、第十卷57—62、第十一卷63—70、第十二卷71—76、第十三卷77—80、第十四卷81—84、第十五卷85—92、第十六卷93—97、第十七卷98—105、第十八卷106—110、第十九卷111—113、第二十卷114—115。十卷本第一卷与汉宋奇书本同，十卷本第二卷为汉宋奇书本二、三卷，十卷本第三卷为汉宋奇书本四、五卷，依次类推，十卷本每卷为汉宋奇书本两卷，直到十卷本第十卷为汉宋奇书本十八、十九、二十卷。由此可以看出，汉宋奇书本不仅与十卷本关系密切，其底本或为十卷本。

嵌图本四种回数除去慕尼黑本残缺之外，其余三种均为115回，而后续本三种同样为115回。即使如征四寇本并非全本，最后一回也是第115回。由回数来看，似乎嵌图本与后续本的回数相同，但实际上情况又略有差异。嵌图本回数只有114回，这也是现存建阳所刊简本中均存在的一个问题，包括插增本、评林本、英雄谱本，其正文部分缺少第9回，直接从第8回跳到了第10回，也就是说这些简本第8回实际包含了两回内容，第8回与第9回，两回之间并无分回痕迹。然而，后续本中十卷本与汉宋奇书本正文部分却

---

①插增本虽现为24卷，但应是脱椠所致。

有第9回。下面具体言之。

嵌图本目录总目中第8回至第10回回目分别为：第8回“柴进门招天下客　林冲棒打洪教头”、第9回“豹子头刺陆谦富安　林冲投五庄客向火”、第10回“朱贵水亭施号箭　林冲雪夜上梁山”，而正文分目中嵌图本缺少了第9回“豹子头刺陆谦富安　林冲投五庄客向火”。但是此回在后续本中却存在，回目跟嵌图本目录总目相同，即为“豹子头刺陆谦富安　林冲投五庄客向火”。

繁本中与嵌图本第8回至第10回对应的回目分别为：第9回“柴进门招天下客　林冲棒打洪教头”、第10回“林教头风雪山神庙　陆虞候火烧草料场”、第11回“朱贵水亭施号箭　林冲雪夜上梁山”，缺少的一回在繁本中回目为“林教头风雪山神庙　陆虞候火烧草料场”。此回目与嵌图本总目、后续本总目分目均不相同。那么，后续本与繁本这两回之间的分回是否相同？（双斜线处为分回位置）

> 没多时，林冲入店里曰：“小二哥，连日好买卖。”小二曰：“恩人请坐。小人正要寻你，有紧要话说。”有诗为证：潜谋奸计害林冲，一线天教把信通。亏杀有情贤小二，暗中回护有奇功。// 林冲问：“有甚么要紧话说？”（刘.2.12b）
>
> 忽一日，林冲偶出营前闲走，听得背后有人叫曰：“林武师，如何却在这里？”// 林冲回头看时，认得是酒保李小二。原在东京犯了官司，得林冲救济。（刘.2.11b）

第一处为后续本的分回位置，第二处为繁本的分回位置。从这两处分回在刘兴我本文字的位置可以看出，繁本的分回位置（2.11b）要靠前，比后续本的分回位置（2.12b）要多出一叶。从情节上看，繁本的分回位置是在林冲第一次遇见店小二之时，后续本的分回位置是在陆谦要来谋害林冲之时。由此可见，后续本在将第8回截断为两回之时，并没有参照繁本。后续本正文中有第9回，而嵌图本没有，这也是二者颇为重要的区别。有些学者根据此一区别，将嵌图本和后续本划分为两个不同的系统[①]。

当然，嵌图本与后续本之间的区别并不仅仅只有此一处，再看二者回目

①参见［日］氏冈真士《艾氏珍藏插增甲本〈水浒〉残本新探》，载《明清小说研究》2015年第3期。

的异同。此处所论述的嵌图本四种与后续本三种回目的异同，主要集中于比较大的差异之处，明显的修改误字以及细小的异处，则不特意指出。由于目录总目与正文分目诸本有一定差异，所以比对之时分而论之。

目录总目部分：

第 18 回

嵌图本：林冲山寨大并伙　晁盖梁山称为主

十卷本、汉宋奇书本：林冲山寨大并伙　晁盖梁山私据尊

第 39 回

嵌图本：还道村受三卷书　宋江遇九天玄女

十卷本、汉宋奇书本：还道村受三卷天书　宋公明遇九天玄女

第 60 回

嵌图本：晁天王梦中显圣　浪里白跳水报冤

十卷本、汉宋奇书本：晁天王梦中显圣　浪里跳水上报冤

第 77 回

嵌图本：梁山泊分金买市　宋江全伙受招安

后续本：梁山泊分金买市　宋公明全伙招安

第 78 回

嵌图本：宋江奉诏破大辽　陈桥驲挥泪斩卒

后续本：宋公明奉诏破大辽　陈桥驲挥泪斩小卒

第 95 回

嵌图本：高俅恩报柳世雄　王庆被陷配淮西

后续本：高俅恩报柳世雄　王庆仇配淮西地

第 105 回

嵌图本：宋江火攻秦州城　王庆战败走胡朔

后续本：宋江火攻秦州城　王庆败走胡朔地

以上目录总目部分的异同，除了第一处文字有所改易之外，其他地方的差异并不大，有的只是因为缩减字数所造成的差异。像第 77 回，繁本回目为“梁山泊分金大买市　宋公明全伙受招安”，但因为回目删节了一字，前半部分尚可，变成“梁山泊分金买市”，而后半部分到底改易何字则较难抉择，所以造成了嵌图本与后续本之间的差异。

正文分目部分：

第 68 回

嵌图本：黑旋风杀死黄小二　四柳村除奸斩淫妇

后续本：四柳村除奸斩淫妇　三对证表义见英雄[①]

第 74 回

嵌图本：刘唐放火烧战船　宋江两败高太尉

后续本：秦明双夺韩存保　宋江两败高太尉

第 77 回

嵌图本：梁山泊分金大买市　宋江全伙受招安

后续本：梁山泊分金大买市　宋公明全伙受招安

第 100 回

嵌图本：李逵受困于骆谷　宋江智取洮阳城

后续本：李逵受困骆谷口　宋江智取洮阳城

第 103 回

嵌图本：孙安病死九湾河　李俊雪天渡越水

后续本：孙安病死九湾河　李俊乘雪渡越江[②]

第 106 回

嵌图本：公孙胜辞别居乡　宋公明敕征方腊

后续本：公孙胜归养亲闱　宋公明敕征方腊

嵌图本与后续本正文分目的差异较目录总目为大，除却第 77 回、第 100 回、第 103 回回目差异较小之外，其余 3 回回目均存在较大差异。第 68 回嵌图本回目为“黑旋风杀死黄小二　四柳村除奸斩淫妇”，此回目的前后两句实际上是在叙述一件事情，就是此回黑旋风在四柳村乔捉鬼之事。此回目很明显存在问题，因为繁本此回回目为“黑旋风乔捉鬼　梁山泊双献头”，此回正文剧情除了李逵捉鬼一事外，还有一段更为重要的剧情，即李逵负荆请罪，此一情节未在嵌图本回目中体现。后续本则在正文回目中增添了这一情节，回目为“三对证表义见英雄”，三对证即是李逵、宋江、刘太公三方在一起对证，是否宋江是抢走刘太公女儿的人。此外，再看后续本这一回目

①此回目征四寇本为“三对证表又见英雄”，“又”为讹字。

②此回目后续本多有不同，十卷本、征四寇本为“冒雪”，文元堂本为“宫雪”，兴贤堂本为“乘雪”。

"四柳村除奸斩淫妇　三对证表义见英雄",整个回目对仗颇为工整,此点远胜于嵌图本。就这一回目的改易而言,后续本优于嵌图本。

第 74 回嵌图本回目"刘唐放火烧战船　宋江两败高太尉",此回目与繁本相同。后续本则改为了"秦明双夺韩存保　宋江两败高太尉"。嵌图本"刘唐放火烧战船"故事在这一回中间,后续本"秦明双夺韩存保"故事在这一回前面。相较而言,"秦明双夺韩存保"故事更为精彩,而"刘唐放火烧战船"故事在正文中叙述文字则寥寥。同时,考虑到与回目下半"宋江两败高太尉"的对仗,明显"秦明双夺韩存保"更加工整,所以此一回回目亦是后续本优于嵌图本。

第 106 回嵌图本回目为"公孙胜辞别居乡",后续本为"公孙胜归养亲闱"。二者叙述的是同一件事情,只是用词有所不同,但内在含义却有所差别,"辞别居乡"有公孙胜不顾结拜之情,抛下众英雄,自己回家去清修的意思,而"归养亲闱"含义则全然不同,公孙胜因为要赡养自己的老母,才不得不中途抽身离去。从为公孙胜讳言的角度来说,自然是后续本的回目更好。

从正文回目这三处比较大的改动来看,后续本均要优于嵌图本,这些改动之处应该是后续本编辑者修改所致。从以上回目的分析也可看出,首先,后续本与嵌图本之间确实存在一些差异,这些差异并不仅仅只有第 9 回的分回问题,而且这些差异有些是故意为之。其次,存在差异之处,后续本三种基本保持一致,可见这三种本子之间的渊源较之与嵌图本的关系要更近。

4. 后续本与嵌图本之间的渊源

此处所说的渊源并非这两大类版本之间的渊源,而是后续本与嵌图本四种中具体某种版本之间的渊源,即后续本以嵌图本哪一种为底本,抑或嵌图本四种均非底本。之前的研究已经明确后续本之间关系密切,且后续本与嵌图本之间存在一定的差异。此处考察是为厘清后续本与嵌图本四种确切的亲缘关系,避免之后的研究中出现初代本与三代本甚至差距更远的本子相互比对的情况。

要考察这个问题,有一条比较便捷的途径。之前研究嵌图本四种关系之时,诸本之间都存在一些脱文现象。现在只需要考察后续本脱文与否的情况,与嵌图本中哪一种相同,便可确定后续本与哪一种亲缘关系最近。之前作者部分的考察,李渔序本的作者与后续本相同,会否后续本即由李渔序本而来?以下比对文字,十卷本来自慕湘图书馆藏本、征四寇本来自法国国家图书馆藏本、文元堂本来自张青松藏本、兴贤堂本来自日本鹿儿岛大学藏英德堂刊本。

先看后续本与藜光堂本的关系，刘兴我本与藜光堂本比对，藜光堂本的脱文之处：

刘兴我本：府尹把庄客口词问了一遍。教取白胜来问，白胜只得一一供说。（4.11b）

藜光堂本：府尹把庄客口词问了一遍。教取白胜只得一一供说。（4.11b）

十卷本：府尹把庄客口词问了一遍。教取白胜来问，白胜只得一一供说。（2.37a）

文元堂本：府尹把庄客口词问了一遍。教取白胜来问，白胜只得一一供说。（3.45ab）

兴贤堂本：府尹把庄客口词问了一遍。教取白胜来问，白胜只得一一供说。（9.14a）

从此处可以看出，藜光堂本脱文之处，十卷本、文元堂本、兴贤堂本并未脱文。可见后续本与藜光堂本并无直接的渊源关系，后续本不可能直接由藜光堂本而来。

再看后续本与慕尼黑本的关系，刘兴我本与慕尼黑本比对，慕尼黑本的脱文之处：

刘兴我本：且教何观察在茶坊里等候，以此飞马来报你。今我回去引他下了公文，不移时差人来捉你。（4.10a）

慕尼黑本：且不移时差人来捉你。（4.8b）

十卷本：且不移时差人来捉你。（2.35a）

文元堂本：且不移时差人来捉你。（3.41b）

兴贤堂本：且不移时差人来捉你。（9.8b）

（例一）

刘兴我本：妇人曰："叔叔里面向火。"武松曰："多蒙照顾。"自近火边坐下。那妇人把门闭了，搬酒食入房里，摆在桌上。武松曰："哥哥那里去？"（5.11a）

慕尼黑本：妇人曰："叔叔里面向火。"武松曰："哥哥那里去？"（5.9b）

十卷本：妇人曰："叔叔里面向火。"武松曰："哥哥那里去？"（3.11b）

文元堂本：妇人曰："叔叔里面向人。"武松曰："哥哥那里去？"（4.30b）

兴贤堂本：妇人曰："叔叔里面向火。"武松曰："哥哥那里去？"（11.21b）

（例二）

从此二例可见后续本与慕尼黑本的关系十分密切，但慕尼黑本是否为嵌图本四种中与后续本关系最为密切的本子，此点还很难说。因为李渔序本与慕尼黑本一样，此二例文字也脱漏。那么，再看后续本与李渔序本的关系，慕尼黑本与李渔序本比对，李渔序本脱文之处：

慕尼黑本：次早，武松去县里画卯回家，那嫂齐整，安排酒肉饭食与武松吃。有诗为证：武松仪表甚温柔，阿嫂淫心不可收。笼络归他家里住，要同云雨会风流。自从武松到武大家数日，取出一疋彩色缎子与嫂代做衣裳，那嫂笑曰："叔叔既然把与奴家，不敢推辞。"武松是个知礼好汉，却不怪他。又过月余，时遇冬寒天气，连日朔风四起，大雪纷纷。有诗为证：尽道丰年瑞……（5.9ab）

李渔序本：次早，武松去县里画卯回家，那嫂齐整，安排酒肉饭食与武松吃。有诗为证：尽道丰年瑞……（5.8b）

十卷本：次早，武松去县里画卯回家，那嫂齐整，安排酒肉饭食与武松吃。有诗为证：尽道丰年瑞……（3.11ab）

文元堂本：次早，武松去县里画卯回家，那嫂齐整，安排酒肉饭食与武松吃。有诗为证：尽道丰年瑞……（4.30a）

兴贤堂本：次早，武松去县里画卯回家，那嫂齐整，安排酒肉饭食与武松吃。有诗为证：尽道丰年瑞……（11.20b-21a）

从此例来看，慕尼黑本与后续本不同，嵌图本四种中与后续本关系最为亲密的正是之前所猜测的李渔序本，此本可能即为后续本的底本。当然此例还有一种可能性，就是此处李渔序本和后续本都恰巧脱文，并非后续本以李渔序本为底本，但是这种可能性显然非常之小。要证明李渔序本为后续本的底本，则需要考察是否有其他文字，李渔序本不同于其他嵌图本而同于后续本。具体见以下诸例：

刘兴我本：至晚席散，众头领送晁盖等客馆安歇。（4.13b）
藜光堂本：至晚席散，众头领送晁盖等客馆安歇。（4.13b）
慕尼黑本：至晚席散，众头领送晁盖等各馆安歇。（4.12a）
李渔序本：至晚席散，众头领送晁盖等在馆安歇。（4.11a）
十卷本：至晚席散，众头领送晁盖等在馆安歇。（2.39a）
文元堂本：至晚席散，众头领送晁盖等在馆安歇。（3.50a）
兴贤堂本：至晚席散，众头领送晁盖等在馆安歇。（10.2a）

（例一）

刘兴我本：口虽答应，心里未然。（4.14a）
藜光堂本：口虽答应，心里未然。（4.13b）
慕尼黑本：口虽答应，心里未然。（4.12a）
李渔序本：口虽答应，心中未然。（4.11a）
十卷本：口虽答应，心中未然。（2.39b）
文元堂本：口虽答应，心中未然。（3.50b）
兴贤堂本：口虽答应，心中未然。（10.2b）

（例二）

刘兴我本：这贱人颇识得字，若是被他拿了，到是利害。（5.3a）
藜光堂本：这贱人颇识得字，若是被他拿了，到是利害。（5.3a）
慕尼黑本：这贱人颇识得字，若是被他拿了，到是利害。（5.2b）
李渔序本：这贱人颇识得字，若是被他拿去了，到是利害。（5.2b）
十卷本：这贱人颇识得字，若是被他拿去了，到是利害。（3.3a）
文元堂本：这贱人颇识得字，若是被他拿去了，到是利害。（4.12b）
兴贤堂本：这贱人颇识得字，若是被他拿去了，到是利害。（10.22b）

（例三）

刘兴我本：却将被盖住，预先烧一锅汤，煮着抹布。（5.15b）
藜光堂本：却将被盖住，预先烧一锅汤，煮着抹布。（5.15b）

慕尼黑本：却将被盖住，预先烧一锅汤，煮着抹布。（5.13b）

李渔序本：却将破被盖住，预先烧一锅汤，煮着抹布。（5.12b）

十卷本：却将破被盖住，预先烧一锅汤，煮着抹布。（3.16b）

文元堂本：却将破被盖住，预先烧一锅汤，煮着抹布。（4.41a）

兴贤堂本：却将破被盖住，预先烧一锅汤，煮着抹布。（12.11a）

（例四）

刘兴我本：又将书来看，上面写着晁盖许多事情。（5.3a）

藜光堂本：又将书来看，上面写着晁盖许多事情。（5.3b）

慕尼黑本：又将书来看，上面写着晁盖许多事情。（5.3a）

李渔序本：又将书来，上面写着晁盖许多事情。（5.2b）

十卷本：又将书来，上面写着晁盖许多事情。（3.3b）

文元堂本：又将书来，上面写着晁盖许多事情。（4.13a）

兴贤堂本：又将书来，上面写着晁盖许多事情。（10.23ab）

（例五）

刘兴我本：那婆惜见了连叫两声："黑三郎杀人！"（5.4a）

藜光堂本：那婆惜见了连叫两声："黑三郎杀人！"（5.4a）

慕尼黑本：那婆惜见了连叫两声："黑三郎杀人！"（5.3b）

李渔序本：那婆惜连叫两声："黑三郎杀人！"（5.3a）

十卷本：那婆惜连教两声："黑三郎杀人！"（3.4a）

文元堂本：那婆惜连哄两声："黑三郎杀人！"（4.14b）

兴贤堂本：那婆惜连叫两声："黑三郎杀人！"（10.25b）

（例六）

刘兴我本：只见店主把三个碗并熟肉二斤，放在武松面前，连筛三碗酒，武松都罢了。（5.7b）

藜光堂本：只见店主把三个碗并熟肉二斤，放在武松面前，连筛三碗酒，武松都吃了。（5.7b）

慕尼黑本：只见店主把三个碗并熟肉二斤，放在武松面前，连筛三碗酒，武松都罢了。（5.6b）

李渔序本：只见店主把三碗酒并熟肉二斤，放在武松面前，连筛三碗酒，武松都罢了。（5.6a）

十卷本：只见店主把三碗酒并熟肉二觔，放在武松面前，连筛三碗

酒,武松都吃了。(3.8a)

文元堂本:只见店主把三碗酒并熟肉二觔,放在武松面前,连筛三碗酒,武松都吃了。(4.22b)

兴贤堂本:只见店主把三碗酒并熟肉一觔,放在武松面前,连筛三碗酒,武松都吃了。(11.10b)

(例七)

刘兴我本:次日,宋江取银两,买缎与武松做衣裳。柴进曰:"那里要兄长做衣服。"便教庄客取出好衣与武松穿了。柴进因何不喜武松?原来武松常吃酒,醉便要打他庄客,因此柴进相待稍慢。(5.7a)

藜光堂本:次日,宋江取银两,买缎与武松做衣裳。柴进曰:"那里要兄长做衣服。"便叫庄客取出好衣与武松穿了。柴进因何不喜武松?原来武松常吃酒,醉便要打他庄客,因此柴进相待稍慢。(5.7ab)

慕尼黑本:次日,宋江取银两,买缎与武松做衣裳。柴进曰:"那里要兄长做衣服。"便教庄客取出好衣与武松穿了。柴进因何不喜武松?原来武松常吃酒,醉便要打他庄客,因此柴进相待稍慢。(5.6ab)

李渔序本:次日,宋江取银两,即送与武松做衣裳。柴进曰:"那里要兄长做衣裳。"便教庄客取出好衣与武松穿了。柴进曰往日知武松?原来武松常吃酒,醉便要打他庄客,因此柴进相待稍慢。(5.6a)

十卷本:次日,宋江取银两,即送与武松做衣裳。柴进曰:"那里要兄长做衣裳。"便教庄客取出好衣与武松穿了。柴进往日知武松是个好汉。原来武松常吃酒,醉便要打他庄客,因此柴进相待稍慢。(3.7b)

文元堂本:次日,宋江取银两,即送与武松做衣裳。柴进曰:"那里要兄长做衣裳。"便教庄客取出好衣与武松穿了。柴进往日知武松是个好汉。原来武松常吃酒,醉便要打他庄客,因此柴进相待稍慢。(4.22a)

兴贤堂本:次日,宋江取银两,即送与武松做衣裳。柴进曰:"那里要兄长做衣裳。"便教庄客取出好衣与武松穿了。柴进往日知武松是个好汉。原来武松常吃酒,醉便要打他庄客,因此柴进相待稍慢。(11.9b)

(例八)

以上八例,均是李渔序本异于慕尼黑本、刘兴我本、藜光堂本,却同于后续本之例。在这八例中例一、例二李渔序本文字有所修改;例三、例四李渔序本文字有所增添；例五、例六李渔序本文字有所脱漏或删减；例七、例八李渔序本文字谬误。这四种不同的情况出现，无论是文字的修改、增添、脱漏或删减、谬误，李渔序本均同于后续本。这些情况的产生，不可能是之前所说的李渔序本与后续本恰巧相同，而是二者有着极为密切的亲缘关系，最可能就是后续本源出李渔序本。

以上情况的发生有没有相反的可能性，即李渔序本源出后续本？这种情况自然是不可能的。首先，李渔序本插图与慕尼黑本极其相似，很明显是李渔序本承继慕尼黑本而来。如果李渔序本源出后续本，那么这些插图从何而来？其次，后续本与嵌图本不同的回目，李渔序本均同于其他嵌图本而异于后续本。当然，这种李渔序本同于其他嵌图本而异于后续本之处还有不少，包括李渔序本与后续本比较明显的异处，如正文第 9 回的有无等，此点后文还会提到。

另外，例八中刘兴我本、藜光堂本、慕尼黑本叙述完柴进拿衣服给武松穿后，特意解释了柴进不喜欢武松的原因，有“柴进因何不喜武松”这么一句，作为原因的引首句，李渔序本不知何故出现了谬误，这句话变成了“柴进曰往日知武松”，此句话与上下文均无法衔接。后续本似乎注意到了这个问题，将此句进行了修改，变成了“柴进往日知武松是个好汉”，虽然这句话很通顺，句意也没有问题，但是跟下一句话同样衔接不了。这种情况的发生，只可能是后续本修改李渔序本的谬误所引起，而不可能是相反的情况，即文字通顺的后续本被李渔序本修改得不知何意。

以上是慕尼黑本所存部分，李渔序本同于后续本，而异于其他嵌图本之处。再来看一下其他部分李渔序本同于后续本，而异于其他嵌图本之处。

例一：“忠义堂石碣受天文　梁山泊英雄排座次”此回中有 108 位梁山泊英雄排座次的情况，其中刘兴我本、藜光堂本只有 106 位好汉，因为最后部分少了 2 位英雄，李渔序本有 107 位好汉，后续本有 108 位好汉。

刘兴我本：地阴星母大虫顾大嫂　　地刑星菜园子张青
地壮星母夜叉孙二娘　　地偷星鼓上蚤时迁
地劣星活闪婆王定六　　地健星金毛狗段景住（14.18b）

藜光堂本：地阴星母大虫顾大嫂　　地刑星菜园子张青
地壮星母夜叉孙二娘　　地愉星鼓上蚤时迁

地劣星活闪婆王定六　地健星金毛狗段景住(14.18a)

李渔序本:地阴星母大虫顾大嫂　地刑星菜园子张青

地壮星母夜叉孙二娘　地偷星鼓上蚤时迁

地劣星活闪婆王定六　地健星金毛狗段景住

地帅星郁保四(14.14b)

十卷本:　地阴星母大虫顾大嫂　地刑星菜园子张青

地**杜**星母夜叉孙二娘　地偷星鼓上蚤时迁

地劣星活闪婆王定六　地**狗**星金毛**犬**段景住

地健星险道神郁保四　**地耗星白日鼠白胜**(6.34ab)

文元堂本:地阴星母大虫顾大嫂　地刑星菜园子张青

地**杜**星母夜叉孙二娘　地偷星鼓上蚤时迁

地劣星活闪婆王定六　地**狗**星金毛**犬**段景住

地健星险道神郁保四　**地耗星白日鼠白胜**(11.30ab)

兴贤堂本:地阴星母大虫顾大嫂　地刑星菜园子张青

地**杜**星母夜叉孙二娘　地偷星鼓上蚤时迁

地劣星活间婆王定六　地**狗**星金毛**犬**段景住

地健星险道神郁保四　**地耗星白日鼠白胜**(33.6ab)

此名单中李渔序本虽然既不同于刘兴我本、藜光堂本,也不同于十卷本、文元堂本、兴贤堂本,但是从这些文字中可以看出后续本的改易。最开始李渔序本似乎发现了刘兴我本排座次缺少人物,于是增补了一位好汉,但是添加十分草率,人物连一个绰号都没有。而后续本则改易得比较彻底,加了两位好汉,而且还将之前金毛犬的星号进行了修改。

刘兴我本、藜光堂本少了两位好汉名姓,很明显是脱漏所致,地健星应该是郁保四的星号,但刘兴我本正好少了两个好汉,就把地健星郁保四写成了地健星段景住。刘兴我本、藜光堂本此处脱漏可能是延续底本而来,此点从评林本、英雄谱本中可知一二。评林本、英雄谱本好汉数量只有105个,最后几位好汉为“地阴星母大虫顾大嫂　地刑星菜园子张清　地壮星母夜叉孙二娘　地劣星母阎婆王定六　地健星金毛犬段景住”(英.11.14a)。相比于评林本、英雄谱本而言,刘兴我本还多出一员好汉“时迁”,这多出的好汉正是在底本的基础上进行的增添。增添痕迹在于,时迁的排名为第107

位,理应在第108位段景住之前,但是此处时迁却排在第104位王定六之前,王定六在刘兴我本中成为了第105位,原本第107位的时迁则在刘兴我本中成了第104位。

李渔序本在刘兴我本的基础上随手增补了一员好汉,后续本则又在李渔序本的基础上增补了一员好汉。为何说后续本是参照李渔序本增添?因为李渔序本与后续本在增补好汉之时,遇到了刘兴我本增补之时同样的问题,即段景住是排名最末的一位好汉,二本增添好汉都是在段景住之后,而不是将缺失的好汉插增于其本来的名次位置上。

例二:第66回"忠义堂石碣受天文　梁山泊英雄排座次"众英雄排完座次之后,刘兴我本、藜光堂本有一大段文字,摘录如下:

刘兴我本:

宋江教取黄金五十两,酬谢何道士。其余道众,各与经资,打发下山去了。有诗为证:

忠义堂前启道场,敬伸丹悃醮虚皇。
精神感得天书降,凤篆龙章仔细看。

又:

月明风冷醮坛深,鸾鹤空中送好音。
地煞天罡排姓字,轩昂忠义一生心。

宋江与吴用、朱武等计议堂上立一面牌额,大书"忠义堂"三字……宋江喝曰:"我手下许多人,都是你乱了法度,看众弟兄分上,饶你一刀,再犯,必不轻恕!"李逵喏喏而退。**忽山下有人来报**,拿得莱州解灯上东京一行人,在关外听候。宋江教解到堂前,为首的告曰:"小人是华州承差,这几个是灯匠。东京年例着落本州要灯三架,今年又添两个,乃是玉棚玲珑九华灯。"宋江赏与酒食,教取灯来看。那匠人将灯挂起,搭上四边结带,通计八十一盏。从堂上挂起,直垂到地。宋江曰:"只留这架九华灯在此,其余的你们解去,与价白银二十两。"众人拜谢下山。宋江把这灯挂在晁天王孝堂内。次日对众头领曰:"闻知圣上命大张灯火,与民同乐,我今要与几个弟兄同去看灯。"吴用曰:"不可去,倘有疏失怎了?"宋江曰:"日间店里藏身,夜晚入城看灯,有何足虑?"众谏不住。宋江坚执要行。有分教:舞榭歌台番为瓦烁之场,柳陌花街变作战争之地。正是:猛虎直临丹凤阙,杀星夜犯卧牛宫。毕竟如何,且听下

回分解。(14.18b-21a)

藜光堂本:

宋江教取黄金五十两,酬谢何道士。其余道众,各与经资,打发下山去了。有诗为证:

忠义堂前启道场,敬伸丹悃醮虚皇。
精神感得天书降,凤篆龙章仔细看。

又:

月明风冷醮坛深,鸾鹤空中送好音。
地煞天罡排姓字,轩昂忠义一生心。

宋江与吴用、朱武等计议堂上立一面牌额,大书"忠义堂"三字……宋江喝曰:"我手下许多人,都是你乱了法度,看众兄弟分上,饶你一刀,再犯,必不轻恕!"李逵喏喏而退。**忽山下有人来报**,拿得莱州解灯上东京一行人,在关外听候。宋江教解到堂,为首的告曰:"小人是华州承差,这几个是灯匠。东京年例着落本州要灯三架,今年又添两个,乃是玉棚玲珑九华灯。"宋江赏与酒食,教取灯来看。那匠人将灯挂起,搭上四边结带,通计八十一盏。从堂上挂起,直垂到地。宋江曰:"只留这架九华灯在此,其余的你们解去,与价白银二十两。"众人拜谢下山。宋江把这灯挂在晁天王孝堂内。次日对众头领曰:"闻知圣上命大张灯火,与民同乐,我今要几兄弟同去看灯。"吴用曰:"不可去,倘有疏失怎了?"宋江曰:"日间店间藏身,夜晚入城看灯,有何足虑?"众谏不住。宋江坚执要行。有分教:舞榭歌台番为瓦烁之场,柳陌花街变作战争之地。正是:猛虎直临丹凤阙,煞星夜犯卧牛宫。毕竟如何,且听下回分解。(14.18a-20b)

李渔序本以及后续本此段文字缺失甚多,最后部分还作了删节:

李渔序本:

宋江教取黄金五十两,酬谢何道士。其余道众,各与经资,打发下山去了。

有诗为证:

忠义堂前启道场,敬伸丹悃醮虚皇。

精神感得天书降,凤篆龙章仔细看。

月明风冷醮坛深,鸾鹤空中送好音。

地杀天罡排姓名,轩昂忠义一生心。

却说山下有人来报,拿得莱州解灯上东京一行人,在关外听候。宋江曰:“只留下这碗九华灯在此,其余的仍解去。”把这灯点在晁天王孝堂内。次日对众头领曰:“闻知圣上大张灯火,与民同乐,我今要与几个兄弟同去看灯。”吴用曰:“不可,倘有疏失怎了?”宋江曰:“日间店里藏身,夜入城看灯,何足虑哉?”且听下回分解。(14.15a)

十卷本:

宋江教取黄金五十两,酬谢何道士。其余道众,各与经资,打发下山去了。

有诗为证:

忠义堂前启道场,敬伸丹悃醮虚皇。

精神感得天书降,凤篆龙章仔细看。

月明风冷醮坛深,鸾鹤空中送好音。

地煞天罡排姓字,轩昂忠义一生心。

却说山下有人来报,拿得莱州解灯上东京一行人,在关外听候。宋江曰:“只留下这碗九华灯在此,其余的仍解去罢。”这灯点在晁天王孝堂内。次日对众头领曰:“闻知圣上大张灯火,与民同乐,我今要与几个兄弟同去看灯。”吴用曰:“不可,倘有疏失怎了?”宋江曰:“日间店里藏身,夜入城看灯,何足虑哉?”且听下回分解。(6.34b)

兴贤堂本:

宋江教取黄金五十两,酬谢何道士。其余道众,各与经资,打发下山去了。

有诗为证:

忠义堂前启道场,敬伸丹悃醮虚皇。

精神感得天书降,凤篆龙章仔细详。

月明风冷醮坛深,鸾鹤空中送好音。

地煞天罡排姓字,轩昂忠义一生心。

却说山下有人来报，拿得莱州解灯上东京一行人，在关外听候。宋江曰："只留下这碗九华灯在此，其余的仍解去罢。"这灯点在晁天王孝堂内。次日对众头领曰："闻知圣上大张灯火，与民同乐，我今要与几个兄弟同去看灯。"吴用曰："不可，倘有疏失怎了。"宋江曰："日间店里藏身，夜入城看灯，何足虑哉？"且听下回分解。（33.6b-7ab）

刘兴我本中"忠义堂前启道场"诗后一大段文字，李渔序本均不存，计有1800余字。这1800余字写了众梁山好汉的具体工作划分，以及李逵大闹菊花会之事。这些文字不存，恐怕未必是李渔序本脱漏所致，而是有意的删节。此点从刘兴我本与李渔序本末尾重叠的一部分文字也可以看出，刘兴我本"忽山下有人来报"之后的文字是282字，李渔序本此部分的文字只有121字。李渔序本所缺少的文字并不是片段式的减少，而是一句句的部分缺失。这很明显是有意删节所致，具体见刘兴我本所画横线之处。李渔序本删节的原因可能是正好到了一卷末尾，想要节省版面。十卷本（6.34b）、文元堂本（11.30b-31a）以及兴贤堂本（33.6b-7ab）此处均同于李渔序本。

例三：以上文字比对均未有征四寇本部分，再看一例有征四寇本之文字的。

刘兴我本：此回折将廿四人：吕方、郭盛、史进、石秀、丁得孙、陈达、杨春、郁保四、李忠、杜迁、邹渊、阮小五、薛永、欧鹏、单廷珪、石勇、秦明、汤隆、魏定国、蔡福、张青、孙二娘、李立。（25.11b）

藜光堂本：此回折将廿四人：吕方、郭盛、史进、石秀、丁得孙、陈达、杨春、郁保四、李忠、杜迁、邹渊、阮小五、薛永、欧鹏、单廷珪、石勇、秦明、**魏定国**、**汤隆**、蔡福、**张清**、孙二娘、李立。（25.11a）

李渔序本：此回折将二十四人：邹渊、薛永、单廷珪、史进、石秀、丁得孙、陈达、杨春、李忠、吕方、郁保四、郭盛、杜迁、阮小五、欧鹏、石勇、秦明、汤隆、魏定国、蔡福、张青、李立、李云、孙二娘。（25.9ab）

十卷本：此回折将二十四人：邹渊、薛永、单廷珪、史进、石秀、丁得孙、陈达、杨春、李忠、吕方、郁保四、郭盛、杜迁、阮小五、欧鹏、石勇、秦明、汤隆、魏定国、蔡福、张青、李立、李云、孙二娘。（10.39a）

征四寇本：此回折将二十四人：邹渊、薛永、单廷珪、史进、石秀、丁得孙、陈达、杨春、李忠、吕方、郁保四、郭盛、杜迁、阮小五、欧鹏、石勇、

秦明、汤隆、魏定国、蔡福、张青、李立、李云、孙二娘。(10.14b)

文元堂本:此回折将二十四人:邹渊、薛永、单廷珪、史进、石秀、丁得孙、陈达、杨春、李忠、吕方、郁保四、郭盛、杜迁、阮小五、欧鹏、石勇、秦明、汤隆、魏定国、蔡福、张青、李立、李云、孙二娘。(20.3a)

兴贤堂本:此回折将二十四人:邹渊、薛永、单廷珪、史进、石秀、丁得孙、陈达、杨春、李忠、吕方、郭盛、郁保四、杜迁、阮小五、欧鹏、石勇、秦明、汤隆、魏定国、蔡福、张青、李立、李云、孙二娘。(59.2ab)

从此例来看,刘兴我本、藜光堂本与李渔序本回目折将名单差异有二:其一,名单顺序差异颇大,具体可详见画线部分;其二,刘兴我本虽言折将24人,但实际上名单只有23人,比李渔序本少了李云。十卷本、文元堂本、征四寇本此处均同于李渔序本,兴贤堂本稍有差异,名单中郁保四、郭盛二人位置调换了一下,变成"吕方、郭盛、郁保四、杜迁"。

以上三例虽然并不能肯定嵌图本四种仅有李渔序本所独出,因为慕尼黑本残损,李渔序本与刘兴我本、藜光堂本不同之处可能是由慕尼黑本传承而来。但是加上之前的一些例子,已足以说明后续本与嵌图本中李渔序本关系最为亲密,其底本可能即为李渔序本。当然,此处所说后续本的底本为李渔序本,并不是说后续本三种十卷本、汉宋奇书本(文元堂本、兴贤堂本)、征四寇本都是由李渔序本而来,只是说其源头为李渔序本。至于这三种本子之间,是否有因袭的关系则另说。

5. 正文上的异同

上文的研究已经得出了后续本的底本很可能为李渔序本,所以以下在考察嵌图本与后续本正文异同之时,嵌图本主要选取李渔序本,而后续本则以十卷本、文元堂本、兴贤堂本为主,兼及征四寇本。

首先,考察嵌图本与后续本中差异较为明显或者差异较大之处。

其一,第6回"九纹龙剪径赤松林　鲁智深火烧瓦罐寺",回末部分嵌图本与后续本诗歌有所差异。

李渔序本:正是方正一片闲园圃,目下排成小战场。**后有《西江月》一首为证:慢进斤前三五步,伫眸蓦见伙村驴。心中藏毒,意里似勤渠,我这里,抚心自忖,他那里,嘿嘿踟蹰。算他形势要坑予,踏步驾空天地阔,轮拳劈杀小侏儒。**后人又有诗一首,单道破落户不量高低,不识时势，要与鲁智深用强。有诗云：张李痴獃欲作王，假妆雅意甚周全。错惹撞凶花太岁，灾星昭命脸见亡。不知智深后来如何应对，且听下回分解。（2.3a）

十卷本：正是方圆一片闲园圃，目下排成小战场。后人有诗一首，单道破落户不量高低，不识时势，要与鲁智深用强。有诗云：张李痴獃欲作强，假妆雅意甚周全。错惹撞凶花太岁，灾星炤命险些亡。不知智深后来如何应对，且听下回分解。（1.26b-27a）

文元堂本：正是方圆一片闲园圃，目下排成小战场。后人有诗一首，单道破落户不量高低，不识时势，要与鲁智深斗强。有诗云：张李痴獃欲作强，假妆雅爱甚周全。错惹撞凶花太岁，灾星炤命险些亡。不知智深后来如何应对，且听下回分解。（2.10b-11a）

兴贤堂本：正是方圆一片闲园圃，目下排成小战场。后人有诗一首，单道破落户不量高低，不识时势，要与鲁智深斗强。有诗云：张李痴獃欲作强，假妆雅爱甚周详。错惹撞凶花太岁，灾星照命险些亡。不知智深后来如何应对，且听下回分解。（4.17ab）

相对于嵌图本而言，后续本第 6 回回末缺少一阕《西江月》词。

其二，第 7 回“花和尚倒拔垂杨柳　豹子头误入白虎堂”，回首部分嵌图本与后续本有所差异。

李渔序本：话说众破落有两个为头的，一个叫做过街鼠张三，一个叫做青草蛇李四。（2.3a）

十卷本：**慢出厅前几步，伫眸蓦见村驴。看他形势要坑予，意里安排毒计，我这里，抚心自忖，他那里，嘿嘿踟蹰，轮拳劈杀小侏儒，踏步驾空天地阔。**话说众破落户有两个为头的，一个叫做过街鼠张三，一个叫做青草蛇李四。（2.1a）

文元堂本：**慢出厅前几步，伫眸蓦见村驴。看他形势要抗子，意里安排毒计，我这里，抚心自忖，他那里，嘿嘿踟蹰，轮拳劈杀小侏儒，路步驾空天地阔。**话说众破落户有两个为头的，一个叫做过街鼠张三，一个叫做青草蛇李四。（2.11ab）

兴贤堂本：**慢出厅前几步，伫眸蓦见村驴。看他形势要坑予，意里安排毒计，我这里，抚心自忖，他那里，嘿嘿踟蹰，抡拳劈杀小侏儒，路步**

驾空天地阔。话说众破落户有两个为头的，一个叫做过街鼠张三，一个叫做青草蛇李四。（4.17b-18a）

嵌图本第7回回首直接接入正文，并无引首诗，后续本则有引首诗。从第7回后续本引首诗来看，此诗当是第6回回末李渔序本《西江月》词改写而成。

其三，第115回“宋公明神聚蓼儿洼　徽宗帝梦游梁山泊”，回末文字后续本多出评语。

李渔序本：莫把行藏怨老天，韩彭当日亦堪怜。一心征腊摧锋日，百战擒辽破敌年。煞曜罡星今已矣，奸臣贼将尚何然。早知鸠毒埋黄壤，学取鸱夷泛钓船。生当庙食死封侯，男子平生志已酬。铁马夜嘶三月暗，玄猴秋啸暮云稠。不须出处求真迹，且喜忠良作话头。千古蓼洼埋玉地，落花啼鸟总关愁。（25.17a）

十卷本：莫把行藏怨老天，韩彭当日亦堪怜。一心报国摧锋日，百战擒辽破腊年。煞曜罡星今已矣，谗臣贼子尚依然。早知鸩毒埋黄壤，学取渔翁泛钓船。

又诗曰：生当鼎食死封侯，男子平生志已酬。铁马夜嘶山月晓，元猿秋啸暮云稠。不须出处求真迹，却喜忠良作话头。千古蓼洼埋平地，落花啼鸟总关愁。

评：公明一腔忠义，宋家以鸩饮报之。昔人云：高鸟尽，良弓藏；狡兔死，走狗烹。千古名言。

又评：阅此须阅南华齐物等篇，始浇胸中块垒。（10.49ab）[①]

文元堂本：莫把行藏怨老天，韩彭当日亦堪怜。一心报国摧锋日，百战擒辽破腊年。煞曜罡星今已矣，谗臣贼子尚依然。早知鸠毒埋黄壤，学取鹅吏泛钓船。

又诗曰：生当鼎食死封侯，男子平生志已酬。铁马夜嘶山月浇，玄猿秋啸暮云稠。不须出处求真迹，却喜忠良作话头。千古蓼洼埋平地，落花啼鸟总关愁。

评：公明一腔忠义，宋家以鸠饮报之。昔人云：高鸟尽，长弓藏；交

①国图藏本末叶残缺，慕湘藏本末叶亦残缺。慕湘藏本今有钞补叶，文字与他本略有不同，不知所据为何。

兔死,走狗烹。千古名言。

又评:阅此须阅南华齐物等篇,始浇胸中魂。(20.25ab)

兴贤堂本:莫把行藏怨老天,韩彭当日亦堪怜。一心报国摧锋日,百战擒辽破腊年。煞曜罡星今已矣,谗臣贼子尚依然。早知鸩毒埋黄壤,学取渔翁泛钓船。

又诗曰:生当鼎食死封侯,男子平生志已酬。铁马夜嘶山月晓,元猿秋啸暮云稠。不须出处求真迹,却喜忠良作话头。千古蓼洼埋平地,落花啼鸟总关愁。

评:公明一腔忠义,宋家以鸩饮报之。昔人云:高鸟尽,良弓藏;狡兔死,走狗烹。千古名言。

又评:阅此须阅南华齐物等篇,始浇胸中魂。(60.13a-14a)

征四寇本:莫把行藏怨老天,韩彭当日亦堪怜。一心报国摧锋日,百战擒辽破腊年。煞曜罡星今已矣,谗臣贼子尚依然。早知鸠毒埋黄壤,学取鹅吏泛钓船。

又诗曰:生当鼎食死封侯,男子平生志已酬。铁马夜嘶山月浇,玄猿秋啸暮云稠。不须出处求真迹,却喜忠良作话头。千古蓼洼埋平地,落花啼鸟总关愁。

评:公明一腔忠义,宋家以鸠饮报之。昔人云:高鸟尽,长弓藏;交兔死,走狗烹。千古名言。

又评:阅此须阅南华齐物等篇,始浇胸中魂。(10.33a-34a)

百二十回本:莫把行藏怨老天,韩彭赤族已堪怜。一心报国摧锋日,百战擒辽破腊年。煞曜罡星今已矣,谗臣贼子尚依然。早知鸩毒埋黄壤,学取鸱夷范蠡船。

又诗:生当鼎食死封侯,男子生平志已酬。铁马夜嘶山月晓,玄猿秋啸暮云稠。不须出处求真迹,却喜忠良作话头。千古蓼洼埋玉地,落花啼鸟总关愁。

评:公明一腔忠义,宋家以鸩饮报之。昔人云:高鸟尽,良弓藏;狡兔死,走狗烹。千古名言。

又评:阅此须阅南华齐物等篇,始浇胸中块垒。(120.18ab)

后续本比嵌图本多出两条批语,这两条批语来自百二十回本回末总评,文字基本相同。不仅如此，书末最后两首诗，后续本文字也多有同于百二十回本而异于嵌图本之处，如后续本“一心征腊摧锋日”与嵌图本“一心报国摧锋日”；后续本“百战擒辽破敌年”与嵌图本“百战擒辽破腊年”；后续本“奸臣贼将尚何然”与嵌图本“谗臣贼子尚依然”等，此等处后续本均同于百二十回本，而异于嵌图本。由此可见，后续本编刊过程中参考过百二十回本。此外，汉宋奇书本中有两词值得注意，一是“渔翁”，文元堂本、征四寇本作“鹅吏”；一是“元猿”，文元堂本、征四寇本作“玄猿”。其中“元猿”一词当避康熙讳，原本当为“玄猿”。

其四，第38回“宋江智取无为军　张顺活捉黄文炳”，回首文字嵌图本与后续本多有不同。

李渔序本：**话说梁山泊好汉在白龙庙小聚义，听得江州兵马赶来，即令刘唐先与宋江、戴宗上船等候，李俊、张顺同三阮守护船只。只见城里来的官军，约有五六千军马。都把住了，只怕李逵有失，便拈弓搭箭，望着为头的一箭，射落马下。那马军大惊奔走，到把步军冲倒。这众好汉一齐冲杀，官军尸横遍野，血染江红。杀到江州城下，城上滚木炮石打将下来。众好汉拖转黑旋风，回到白龙庙前上船。**晁盖整齐众人，拽起风帆，却投穆太公庄上来。太公出迎，宋江等众人都相见了。穆弘排下筵席，管待众头领。宋江曰：“若非众位相救，我与院长皆死于非命矣。今日之恩，深如沧海。只恨黄文炳，这仇不曾报得。”晁盖曰：“要杀文炳容易，争奈没人识得路径。”薛永曰：“小弟在无为军，我去打听一遭。”宋江曰：“若得贤弟去，最好。”薛永去了。宋江与众头领商议，整顿军器、船只伺候。只见薛永引一人回到庄上，来拜见宋江。**那人怎生模样，有诗为证：智高胆大性如绵，黑瘦身材两眼鲜。江湖第一裁缝手，侯健人称通臂猿。**宋江便问：“这位壮士是谁？”薛永曰：“这人姓侯名健，祖居洪都人氏。江湖人称他第一手裁缝。惯使枪棒，曾拜小弟为师。人见他瘦，都唤他做通臂猿。在黄文炳家做衣服，因见小弟，特邀至此，拜见兄长。”宋江大喜，便问江州消息。薛永曰：“如今蔡知府差人星夜申奏朝廷，城中晓夜隄防。小弟又去无为军打听，遇见侯健，尽知备细。”宋江曰：“侯兄何以知之？”侯健曰：“小人在黄通判家做衣服，遇见师父，提起尊兄大名，说此一事。**小人特来报知，文炳有个亲**

兄文烨，平生好善，济贫救苦。人都叫他做黄佛子。那文炳叫黄锋刺。见胜于己者妬之，不如己者害之。兄弟两处住，共一条巷出入……”（9.1ab）

十卷本：话说梁山泊好汉在白龙庙小聚义，听得江州兵马赶来，即令刘唐先与宋江、戴宗上船等候，李俊、张顺同三阮守护船只。只见城里来的官军，约有五六千军马。都把住了路，花荣只怕李逵有失，便拈弓搭箭，望着为头的一箭，射落马下。那马军大惊奔走，到把步军冲倒。这众好汉一齐冲杀，官军尸横遍野，血染江红。杀到江州城下，城上滚木炮石打将下来。众好汉拖转黑旋风，回到白龙庙前下船。晁盖整点众人完备，都叫分头下船，开江便走。却值顺风，拽起风帆，三只大船载了许多人马头领，却投穆太公庄上来。一帆顺风，早到岸边埠头。一行众人都上岸来，穆弘邀请众好汉到庄内堂上，穆太公出来迎接。宋江等众人都相见了。太公道：“众头领连夜劳神，且请客房中安歇，将息贵体。”各人且去房里暂歇将养，整理衣服器械。当日穆弘排下筵席，管待众头领。宋江曰：“若非众位相救时，和戴院长皆死于非命。今日之恩，深于沧海，如何报答得众位！只恨黄文炳那厮，搜根剔齿，几番唆毒，要害我们，这冤仇如何不报！怎地启请众位好汉，再做个天大人情，去打了无为军，杀得黄文炳那厮，也与宋江消了这口无穷之恨。那时回去如何？”晁盖道：“我们众人偷营劫寨，只可使一遍，如何再行得？似此奸贼，已有提备，不若且回山寨去聚起大队人马，一发和学究、公孙二先生，并林冲、秦明都来报仇，也未为晚。”宋江道：“若是回山去了，再不能勾得来。一者山遥路远，二乃江州必然申开明文，各处谨守，不要痴想。只是趁这个机会，便好下手。不要等他做了准备。”花荣道：“哥哥见得是。虽然如此，只是无人识得路境，不知他地理如何。先得个人去那里城中探听虚实，也要看无为军出没的路径去处，就要认黄文炳那贼的住处，了然后方好下手。”薛永便起身说道：“小弟多在江湖上行，此处无为军最熟。我去探听一遭如何？”宋江道：“若得贤弟去走一遭，最好。”薛永当日别了众人，自去了。只说宋江自和众头领在穆弘庄上商议要打无为军一事，整顿军器枪刀，安排弓弩箭矢，打点大小船只等项，提备已了。只见薛永去了两日，带将一个人回到庄上来，拜见宋江。宋江便问道：“兄弟，这位壮士是谁？”薛永答道：“这人姓侯名健，祖居洪都人氏。做得第一手裁缝，端的是飞针走线；更兼惯习枪棒，曾拜薛永为师。人见他黑瘦轻健，因此唤他做通臂猿。见在这无为军城里黄文炳家做生活。小弟因见了，就请在此。”宋江大喜，便教同坐商议。那人也是一座地煞星之数，自然义气相投。宋江便问江州消息，无为军路径如何。薛永说道：“如今**蔡九**知府计点官军百姓，被杀死有五百余人，带伤中箭者不计其数，见今差人星夜申奏朝廷去了。城门日中后便关，出入的好生盘问得紧。原来哥哥被害一事，倒不干**蔡九**知府事，都是黄文炳那厮三回五次点拨知府，教害二位。如今见劫了法场，城中甚慌，晓夜提备。小弟又去无为军打听，正撞见侯健这个兄弟出来吃饭，因是得知备细。”宋江道：“侯兄何以知之？”侯健道：“小人自幼只爱习学枪棒，多得薛师父指教，因此不敢忘恩。近日黄通判特取小人来他家做衣服，因出来遇见师父，提起尊兄大名，说此一事。**小人特来报知。文炳有个亲兄文烨，平生好善，济贫救苦，人都叫他做黄佛子。那文炳叫黄锋刺。见胜于己者妒之，不如己者害之。兄弟两处住，共一条巷出入**……”（4.19b-21a）

文元堂本：**话说梁山泊好汉在白龙庙小聚义，听得江州兵马赶来，即令刘唐先与宋江、戴宗上船等候，李俊、张顺同三阮守护船只。只见城里来的官军，约有五六千军马。都把住了路，花荣只怕李逵有失，便拈弓搭箭，望着为头的一箭，射落马下。那马军大惊奔走，到把步兵冲倒。这众好汉一齐冲杀，官军尸横遍野，血染江红。杀到江州城下，城上滚木炮石打将下来。众好汉拖转黑旋风，回到白龙庙前下船。**晁盖整点众人完备，都叫分头下船，开江便走。却值顺风，拽起风帆，三只大船载了许多人马头领，却投穆太公庄上来。一行众人，早到岸边埠头。一行众人都上岸来，穆弘邀请众好汉到庄内堂上，穆太公出来迎接。宋江等众人都相见了。太公道：“众头领连日劳神，且请客房中坐下，将息贵体。”各人且去房里暂歇将养，整理衣服器械。明日穆弘排下筵席，管待众头领。宋江曰：“若非众位相救时，和戴院长皆死于非命。今日之恩，深于沧海，如何报答得众位！只恨黄文炳那厮，搜根剔齿，几番唆毒，要害我们，这冤仇如何不报！特地启请众位好汉，再做个天大人情，去打了无为军，杀得黄文炳那厮，也与宋江消了这口无穷之恨。那时回去如何？”晁盖道：“我们众人偷营劫寨，只可使一遍，如何再行得？似此奸贼，已有提备，不若且回山寨去聚起大队人马，一发和学究、公孙二先生,并林冲、秦明都来报仇,也未为晚。”宋江道:“若是回山去了,再不能勾得来。一者山遥路远,二乃江州必然申开明文,各处谨守,不要痴想。只是趁这个机会,便好下手。不要等他做了准备。”花荣道:“哥哥见得是。虽然如此,只是无人识得路径,不知他地理如何。先得个人去那里城中探听虚实,也要看无为军出没的路径去处,就要认黄文炳那贼的住处了,然后方可下手。”薛永便起身说道:“小弟多在江湖上行,此处无过我最熟。我去探听一遭如何?”宋江道:“若得贤弟去走一遭,最好。”薛永当日别了众人,自去了。只说宋江自和众头领在穆弘庄上商议要打无为军一事,整顿军器枪刀,安排弓弩箭矢,打点大小船只等项,提备已了。只有薛永去了两日,带将一个人回到庄上来,拜见宋江。宋江便问道:“兄弟,这位壮士是谁?”薛永答道:“这人姓侯名健,祖居洪都人氏。做得第一手裁缝,端的是飞针走线;更兼惯习枪棒,曾拜薛永为师。人见他黑瘦轻健,因此唤他做通臂猿。见在这无为军城里黄文炳家做生活。小弟因见了,就请在此。”宋江大喜,便教同坐商议。那人也是一座地煞星之数,自然义气相投。宋江便问江州消息,无为军路径如何。薛永说道:“如今那蔡知府计点官军百姓,被杀死有五百余人,带伤中箭者不计其数,见今差人星夜申奏朝廷去了。城门日中后便关,出入的好生盘问得紧。原来哥哥被害一事,倒不干那蔡知府事,都是黄文炳那厮三回五次点拨知府,教害二位。如今见劫了法场,城中甚慌,晓夜提备。小弟又去无为军打听,正撞见侯健这个兄弟出来讫饭,因是得知备细。”宋江道:“侯兄何以知之?”侯健道:“小人自幼只爱习学枪棒,多得薛师父指教,因此不敢忘恩。近日黄通判特取小人来他家做衣服,因出来遇见师父,提起尊兄大名,说此一事。**小人特来报知。文炳有个亲兄文烨,平生好善,济贫救苦,人都叫他做黄佛子。那文炳叫黄锋刺。见胜于己者妒之,不如己者害之。兄弟两处住,共一条巷出入……**”(6.45b-48b)

兴贤堂本:**话说梁山泊好汉在白龙庙小聚义,听得江州兵马赶不,即令刘唐先与宋江、戴宗上船等候,李俊、张顺同三阮守护船只。只见城里来的官军,约有五六下军马。都把住了路,花荣只怕李逵有失,便拈弓搭箭,望着为头的一箭,射落马下。那马军大惊奔走,到把步军中倒。这众好汉一齐冲杀,官军尸横偏野,血染江红。杀到江州城下,城上滚木**

炮石打将下来。众好汉拖转黑旋风，回到白龙庙前下船。晁盖整点众人完备，都叫分头下船，开江便走。却值顺风，拽起风帆，三只大船载了许多人马头领，却投穆太公庄上来。一行众人，早到岸边埠头。一行众人都上岸来，穆弘邀请众好汉到庄内堂上，穆太公出来迎接。宋江等众人都相见了。太公道："众头领连日劳神，且请客房中坐下，将息贵体。"各人且去房里暂歇将养，整理衣服器械。明日穆弘排下筵席，管待众头领。宋江曰："若非众位相救时，和戴院长皆死于非命。今日之恩，深于沧海，如何报答得众位！只恨黄文炳那厮，搜根剔齿，几唆毒，要害我们，这冤仇如何不报！特地启请众位好汉，再做个天大人情，去打了无为军，杀得黄文炳那厮，也与宋江消了这口无穷之恨。那时回去如何？"晁盖道："我们众人偷营劫寨，只可使一遍，如何再行得？似此奸贼，已有提备，不若且回山寨去聚起大队人马，一发和学究、公孙二先生，并林冲、秦明都来报仇，也未为晚。"宋江道："若是回山去了，再不能勾得来。一者山遥路远，二乃江州必然申开明文，各处紧守，不要痴想。只是趁这个机会，便好下手。不要等他做了准备。"花荣道："哥哥见得是。虽然如此，只是无人识得路径，不知他地理如何。先得个人去那里城中探听虚实，也要看无为军出没的路径去处，就要认黄文炳那期的仕处，然后方可下手。"薛永便起身说道："小弟多住江湖上行，此处无过我最熟。我去探听一遭如何？"宋江道："若得贤弟去走一遭，最好。"薛永当日别了众人，自去了。只说宋江自和众头领在穆弘庄上商议要打无为军一事，整顿军器枪刀，安排弓弩箭矢，打点大小船只等项，提备已了。只有薛永去了两日，带将一个人回到庄上来，拜见宋江。宋江便问道："兄弟，这位壮上是谁？"薛永便道："这人姓侯名健，祖居洪都人氏。做得第一手裁缝，端的是飞针走线；更兼惯习枪棒，曾弭薛永为师。人见他黑瘦轻健，因此唤他做通臂猿。见在这无为军城里黄文炳家做生活。小弟因见了，就请在此。"宋江大喜，便教同坐同议。那人也是一座地煞星之数，自然义气相投。宋江便问江州消息，无为军路径如何。薛永说道："如今那蔡知府计点官军百姓，被杀死有五百余人，带伤中箭者不计其数，见今差人星夜申奏朝廷去了。城门日中后便关，出入的好生盘问得紧。原来哥哥被害一事，倒不干那蔡知府事，都是黄文炳那厮三回五次点拨知府，叛害二位。如今见劫了法场，城中甚慌，晓夜提备。小弟又去无为军打听，正撞见侯健这个兄弟出来吃饭，因是得知备细。”宋江道：“侯兄何以知之？”侯健道：“小人自幼只爱习学枪棒，多得薛师父指教，因此不敢忘恩。近日黄通判特取小人来他家做衣服，因出来遇见师父，提起尊兄大名，说此一事。小人特来报知。**文炳有个亲兄文烨，平生好善，济贫救苦，人都叫他做黄佛子。那文炳叫黄蜂刺。见胜于己者妒之，不如己者害之。兄弟两处住，共一条巷出入……**”（19.1b-5b）

此处所引文字颇多，从文字中也可见嵌图本与后续本的异同。此段文字是第38回正文回首的故事情节，初始文字嵌图本与后续本基本相同，经过一大段异文之后，从“晁盖整齐众人”至“说此一事”，嵌图本与后续本文字又趋于相同。二本异文部分，李渔序本357字，十卷本906字，后续本远多于嵌图本，后续本文字基本上是嵌图本的2.5倍之多。

从中间这段异文来看，嵌图本属于简本文字，而后续本则属于繁本文字。后续本文字中情节、细节等各方面描写都十分精详，而且最为关键的一点，后续本人物对话用“道”字，而嵌图本人物对话则用“曰”字。

再考察后续本此段异文的繁本来源，具体情况见以下诸例：

十卷本：只恨黄文炳那厮，**搜根剔齿，几番唆毒**，要害我们，这冤仇如何不报。（4.20a）

容与堂本：只恨黄文炳那厮，**无中生有**，要害我们，这冤仇如何不报。（41.3a）

三大寇本：只恨黄文炳那厮，**无中生有**，要害我们，这冤仇如何不报。（41.2b）

百二十回本：只恨黄文炳那厮，**搜根剔齿，几番唆毒**，要害我们，这冤仇如何不报。（41.3a）

（例一）

十卷本：晁盖道：我们众人偷营劫寨，只可使一遍，如何再行得？（4.20a）

容与堂本：晁盖道：**贤弟，众人在此**，我们众人偷营劫寨，只可使一遍，如何再行得？（41.3a）

三大寇本：晁盖道：我们众人偷营劫寨，只可使一遍，如何再行得？（41.3a）

百二十回本：晁盖道：我们众人偷营劫寨，只可使一遍，如何再行得？（41.3a）

（例二）

十卷本：一者山遥路远，二乃江州必然申开明文，**各处谨守**，不要痴想。（4.20a）

容与堂本：一者山遥路远，二乃江州必然申开明文，**几时得来**，不要痴想。（41.3b）

三大寇本：一者山遥路远，二乃江州必然申开明文，**几时得来**，不要痴想。（41.3a）

百二十回本：一者山遥路远，二乃江州必然申开明文，**各处谨守**，不要痴想。（41.3a）

（例三）

十卷本：整顿军器枪刀，安排弓弩箭矢，打点大小船只等项，**提备已了**。（4.20b）

容与堂本：整顿军器枪刀，安排弓弩箭矢，打点大小船只等项**提备，众人商量已了**。（41.3b-4a）

三大寇本：整顿军器枪刀，安排弓弩箭矢，打点大小船只等项，**提备已了**。（41.3b）

百二十回本：整顿军器枪刀，安排弓弩箭矢，打点大小船只等项，**提备已了**。（41.3b）

（例四）

繁本三大系统包括容与堂本系统、三大寇本系统、百二十回本系统，后续本文字与百二十回本相同，可见后续本此处文字的底本为大涤余人序本或是百二十回本，再结合例三批语，可知此处文字底本即为百二十回本。不过后续本此处文字略有删节，百二十回本此处 1025 字，十卷本 906 字。

另外，通过例四也可看出，十卷本文字更接近底本，十卷本、百二十回本“一帆顺风”，文元堂本、兴贤堂本作“一行众人”；十卷本、百二十回本“客房中安歇”，文元堂本、兴贤堂本作“客房中坐下”；十卷本、百二十回本“此处无为军最熟”，文元堂本、兴贤堂本作“此处无过我最熟”；十卷本、百二十回本“蔡九知府”，文元堂本、兴贤堂本作“那蔡知府”等。

通过以上四例大致可以推测，后续本中最早的本子并非十卷本，而可能另有他本。因为例一与例二，后续本与李渔序本之所以出现差异，很可能是后续本第 6 回回末文字处（同时也是卷一卷末文字处），最早的刊本到了一叶纸张的末端，为节省纸张，编刊者删去了《西江月》一词，并将此词置于第 7 回回首（第 2 卷卷首）。十卷本第 1 卷卷末文字处还留有一定的空白，而且是上半叶，剩余的位置足以书写《西江月》一词，所以十卷本当非初刊本。从例三、例四后续本掺入繁本（百二十回本）文字来看，此处后续本最早的刊本其底本可能残损，所以以繁本文字补之。

其次，考察嵌图本与后续本中正文细节上的差异。随意选取嵌图本第 84 回至第 87 回内容进行比对，先看下这些本子文字字数以及文字相似度比对情况：

表 42 第 84—87 回诸本文字字数以及相似度比对情况

回数	84	85	86	87
刘兴我本字数	3157	3852	3117	3447
李渔序本字数	3156	3846	3113	3444
十卷本字数	3188	3852	3111	3444
征四寇本字数	3188	3849	3111	3446
文元堂本字数	3188	3848	3111	3442
兴贤堂本字数	3184	3850	3108	3441
刘、李相似度	97.75%	99.07%	97.78%	98.47%
刘、十相似度	94.96%	96.08%	96.66%	96.98%
李、十相似度	95.14%	96.33%	98.15%	98.15%
李、征相似度	93.53%	95.55%	96.37%	95.72%
李、文相似度	93.3%	94.49%	96%	95.38%
李、兴相似度	93%	94%	94.74%	95.57%
十、征相似度	96.61%	97.01%	96.87%	96.95%
十、文相似度	96.61%	95.73%	96.68%	96.73%
十、兴相似度	95.52%	95.48%	95.35%	96.47%
征、文相似度	97.64%	97.76%	98.28%	97.52%
征、兴相似度	96.48%	97.06%	96.06%	96.13%
文、兴相似度	95.82%	96.08%	96.06%	95.91%

上表是第84回至第87回刘兴我本、李渔序本、十卷本、征四寇本、文元堂本、兴贤堂本4回文字字数以及文字相似度的比对情况。从表中可以看出，这六种本子文字字数除第84回后续本比嵌图本稍有多出外，其余回数诸本字数基本相同。文字相似度方面则可以看出：其一，刘兴我本与李渔序本的文字相似度明显高于刘兴我本与后续本的文字相似度，此点可证同属于嵌图本的刘兴我本与李渔序本的亲密度要高于嵌图本与后续本的亲密度；其二，李渔序本与十卷本的文字相似度要高于刘兴我本与十卷本的文字相似度，此点也再次证明了之前的研究结论，嵌图本中李渔序本与后续本的关系最为亲密；其三，李渔序本与十卷本的文字相似度高于李渔序本与征四寇本、李渔序本与文元堂本、李渔序本与兴贤堂本的文字相似度，李渔序本与征四寇本的文字相似度高于李渔序本与文元堂本、李渔序本与兴贤堂本的文字相似度，这也可见后续本与底本的亲密度排序依次为十卷本、征四寇本、汉宋奇书本；其四，后续本诸种之间文字相似度高于李渔序本与诸种后续本的文字相似度，但诸种后续本之间，文字相似度差异不大，即便是同属于汉宋奇书的文元堂本与兴贤堂本，二者之间文字相似度也并未高于二者与其他后续本之间的文字相似度。

从李渔序本与后续本的文字相似度可见，后续本与李渔序本之间存在一定的差异。这些差异举例一观：

李渔序本：天子大悦，亲赐**宋江、卢俊义**御酒三杯，金花两朵。回营速整军伍，随即起程。（18.10b）

十卷本：天子大悦，亲赐御酒三杯，金花两朵。**宋江、卢俊义再拜谢恩**。回营速整军伍，随即起程。（8.14a）

征四寇本：天子大悦，亲赐御酒三杯，金花两朵。**宋江、卢俊义再拜谢恩**。回营速整军伍，随即起程。（4.15b）

文元堂本：天子大悦，亲赐御酒三杯，金花两朵。**宋江、卢俊义再拜谢恩**。回营速整军伍，随即起程。（14.45b）

兴贤堂本：天子大悦，亲赐御酒三杯，金花两朵。**宋江、卢俊义再拜谢恩**。回营速整军伍，随即起程。（43.10b）

（例一）

李渔序本：卢俊义力敌三将，大喝一声，却把曾全刺于马下，活捉过

来。史定、睦辉便走上关，坚闭不出。（18.12b）

十卷本：卢俊义力敌三将，大喝一声，却把曾全刺于马下，活捉史定过来。陆辉便走上关，坚闭不出。（8.16b）

征四寇本：卢俊义力敌三将，大喝一声，却把曾全刺于马下，活捉史定过来。陆辉便走上关，坚闭不出。（4.20b）

文元堂本：卢俊义力敌三将，大喝一声，却把曾全刺于马下，活捉史定过来。陆辉便走土关，坚闭不出。（15.3b）

兴贤堂本：卢俊义力敌三将，大喝一声，却把曾全刺于马下，活捉史定过来。陆辉便走上开，坚闭不出。（43.19a）

（例二）

李渔序本：今宿太尉奏卿征田虎，候在建功，当重封爵。（18.10b）

十卷本：今宿太尉奏卿，**朕知卿等英雄忠义，今敕卿等征讨河北**，征伐田虎，候在建功，当重封爵。（8.14a）

征四寇本：今宿太尉奏卿，**朕知卿等英雄忠义，今敕卿等征讨河北**，征伐田虎，候在建功，当重封爵。（4.15b）

文元堂本：今宿太尉奏卿，**朕知卿等英雄忠义，今敕卿等征讨河北**，征伐田虎，候在建功，当重封爵。（14.45b）

兴贤堂本：今宿大尉奏卿，**朕知卿等英雄忠义，今敕卿等征讨河北**田虎，候再建功，当重封爵。（43.10a）

（例三）

李渔序本：石敬、牛万春急救回阵，纵兵掩杀。（19.2a）

十卷本：石敬、牛万春急救回阵，复纵兵掩杀**过宋阵来**。（8.18b-19a）

征四寇本：石敬、牛万春急救回阵，复纵兵掩杀**过宋阵来**。（4.24b）

文元堂本：石敬、牛万春急救回阵，复纵兵掩杀**过宋阵来**。（15.8a）

兴贤堂本：石敬、牛万春急救回阵，复纵兵掩杀**过宋阵来**。（43.26a）

（例四）

李渔序本：各带三千军望玉门关**山脚**两边埋伏，只听轰天炮响，两下齐出。（19.1a）

十卷本：各带三千军望玉门关两边埋伏，只听轰天炮响，两下齐出。（8.17b）

征四寇本：各带三千军望玉门关两边埋伏，只听轰天炮响，两下敌

出。(4.22b)

文元堂本:各带三千军望玉门关两边埋伏,只听轰天炮响,两下敌出。(15.5b)

兴贤堂本:名带三千军望玉门关两边埋伏,只听轰天炮响,两下杀出。(43.22a)

(例五)

李渔序本:柴进、黄信、李应认得秦明声音,问曰:“救得杨林否?”皆曰:“失散不知。”(19.5a)

十卷本:柴进、黄信、李应认得秦明声音,问曰:“救得杨林否?”皆曰:“不知。”(8.23a)

征四寇本:柴进、黄信、李应认得秦明声音,问曰:“救得杨林否?”皆曰:“不知。”(4.32a)

文元堂本:柴进、黄信、李应认得秦明声音,问曰:“救得杨林否?”皆曰:“不知。”(15.17a)

兴贤堂本:柴淮、黄信、李应认得秦明声音,问曰:“救得杨林否?”皆曰:“不知。”(44.12a)

(例六)

以上六例均是后续本与李渔序本存在异文之处。其中例一、例二是后续本文字不同于李渔序本之处,后续本文字有所修改,文意与李渔序本有一定差距。例一中多出宋江、卢俊义谢恩一节,更符合事实情况,皇帝赐物,怎可不谢恩?此外,李渔序本中后句缺失主语,“回营速整军伍”者不知为何人。相较而言,此例后续本文字更为合理、通顺。例二中李渔序本是卢俊义活捉一人、吓走二人,后续本是卢俊义杀死一人、活捉一人、吓走一人。从情节来看,应该是李渔序本文字正确,因为后续本中史定被卢俊义活捉,但是此人后文却又有出现,因此后续本活捉史定此一情节有误。

例三、例四是后续本文字多于李渔序本之处。这些多出的字句,并不影响文意,只是更为详尽而已。例三中增加了皇帝的言语和态度。例四中叙述了具体掩杀的方向。例五、例六是后续本文字少于李渔序本之处。这些句子缺少文字,同样不影响文意。

以上例文有些是有意的修改或添补,有些是无意的增添或脱漏,这些后续本与李渔序本的异文，构成了嵌图本与后续本之间的差异，使得后续本能在嵌图本的大系统下成为一个新的系统。

6. 后续本之间的异同与关系

从前文李渔序本与后续本的研究可以获知，与李渔序本关系最为亲密的后续本是十卷本。此点在评林本研究章节中也曾经提到。李渔序本第 99 回“宋公明兵渡吕梁关　公孙胜法取石祁城”末尾有折将名单。

李渔序本：此一回折将五员：吴得真、江度、姚期、姚约、白玉、余呈。（21.17a）

十卷本：此一回折将五员：吴得真、江度、姚期、姚约、白玉、余呈。（9.26b）

文元堂本：此一回折将五员：吴得真、江度、姚期、姚约、白玉、余呈。（17.14ab）

征四寇本：此一回折将六员：吴得真、江度、姚期、姚约、白玉、余呈。（7.27a）

兴贤堂本：此一回折将六员：吴德真、江度、姚期、姚约、白玉、余呈。（50.13b）

此处折将名单，十卷本、文元堂本同于李渔序本，而兴贤堂本、征四寇本则异于李渔序本。由此可知，十卷本与文元堂本应该是后续本中较早的本子。尤其是十卷本，多有同于李渔序本而异于征四寇本与兴贤堂本之处。此点从上文诸本文字相似度也可以看出，李渔序本与十卷本的文字相似度要高于李渔序本与其他两本的文字相似度。下面再从上述 4 回文字中举例以观之。

李渔序本：童贯次日引领将佐共四十五员，精壮军士一十三万，望江南去征方腊。（18.10b）

十卷本：童贯次日引领将佐共四十五员，精壮军士一十三万，望江南去征方腊。（8.14a）

文元堂本：童贯次日引领将佐共四十五员，精壮军士三十三万，望江南去征方腊。（14.45a）

兴贤堂本：童贯次日引领将佐共四十五员，精壮军士三十三万，望

江南去征方腊。(43.10a)

征四寇本：童贯次日引领将佐共四十五员，精壮军士三十三万，望江南去征方腊。(4.15a)

(例一)

李渔序本：卢俊义搦战，莫真出马，董平接战，约有二十余合，莫真力怯便走。(19.1b)

十卷本：卢俊义搦战，莫真出马，董平接战，约有二十余合，莫真力怯便走。(8.18a)

文元堂本：卢俊义搦战，莫真出马，董平接战，约有三十余合，莫真力怯便走。(15.6b)

兴贤堂本：卢俊义搦战，莫真出马，董平接战，约有三十余合，莫真力怯便走。(43.23b)

征四寇本：卢俊义搦战，莫真出马，董平接战，约有三十余合，莫真力怯便走。(4.23a)

(例二)

李渔序本：二人收了，宋江**各与**鞍马下山。(19.4a)

十卷本：二人收了，宋江**各与**鞍马下山。(8.21b)[①]

文元堂本：二人收了宋江**所赠**，勒马下山。(15.14a)

兴贤堂本：二人收了宋江**所赠**，勒马下山。(44.7b)

征四寇本：二人收了宋江**所赠**，勒马下山。(4.29ab)

(例三)

以上三例诸本文字各有不同，十卷本此等处同于李渔序本。十卷本这些异于他本而同于李渔序本之处，应该是保持了后续本中初刊本的原貌。由此亦可知，十卷本虽是后续本，但在后续本链条中处于靠前的位置。当然，十卷本有些文字与李渔序本依然不同，此点上文已有诸多例证。另外，值得一提的是，例三中慕湘所藏十卷本为“鞍马下山”，国图所藏十卷本为“勒马下山”，国图所藏本文字同于其他三本。

再来考察兴贤堂本，从上表文字相似度可以看出，此本离李渔序本的关系最远。这与兴贤堂本中有颇多错字、别字有很大的关系。随意看一下第

---

①慕湘所藏十卷本为“鞍马”，国图所藏十卷本为“勒马”。

84回的引首诗。

李渔序本：连营铁骑震如雷，一个横刀万寇哀。扫尽边庭烽火息，保全黎庶瘴烟开。羽书奉捷闻金殿，鸾诰褒封下玉台。忠节名题麟阁上，凯歌声里带春回。（18.10a）

十卷本：连营铁骑震如雷，一个横刀万寇哀。扫尽边庭烽火息，保全黎庶瘴烟开。羽书奉捷闻金殿，鸾诰褒封下玉台。忠节名题麟阁上，凯歌声里带春回。（8.13b）

征四寇本：连营铁骑震如雷，一个摸刀万寇哀。扫尽边庭烽火息，保全黎庶瘴烟开。羽书奏捷闻金殿，鸾诰褒封下玉台。忠节名题麟阁上，凯歌声里带春回。（4.14b）

文元堂本：连营铁骑震如雷，一个横刀万寇哀。扫尽边庭烽火息，保全黎庶瘴烟开。羽书奏捷闻金殿，鸾诰褒封下玉台。忠节名题麟阁上，凯歌声里带春回。（14.44b）

兴贤堂本：连营铁骑震如雷，一个提刀万寇哀。扫尽边庭烽火熄，保全黎庶瘴烟开。羽书奏提闻金殿，鸾诰褒封下王古。忠节各题麟阁上，凯敬声里带春回。（43.8b-9a）

十卷本、文元堂本与李渔序本文字相同，征四寇本有一个字因为形似而误。而兴贤堂本则至少错了5个字，基本都是字形相似导致的误字。由这些误字也可知，兴贤堂本的刊刻时间颇晚，故而不可能成为他本的底本。当然，单纯的误字并不足以表明兴贤堂本是后续本中刊刻时间最晚的本子。再来看几处兴贤堂本脱文之例。

李渔序本：行到一凉棚街上，王庆转过伞低过，世开挺起头巾，被伞裙拨落地下，张世开大怒，从人慌忙拾起头巾带上。世开到衙便问曰……（21.5b）

十卷本：行到一凉棚街上，王庆转过伞低过，世开挺起头巾，被伞裙拨落地下，张世开大怒，从人慌忙拾起头巾带上。世开到衙便问曰……（9.11b）

文元堂本：行到一凉横街上，王庆转过伞低过，世开挺起头巾，被伞裙拨落地下，张世开大怒，从人慌忙拾起头巾带上。世开到衙便问

曰……（16.34b）

征四寇本：行到一凉横街上，王庆转过伞低过，世开挺起头巾，被伞裙拨落地下，张世开大怒，从人慌忙拾起头巾带上。世开到衙便问曰……（6.25b）

兴贤堂本：行到一凉横街上，王庆转过伞低过，世开挺起头巾，带上。世开到衙便问曰……（48.15a）

（例一）

李渔序本：话说吕师囊共统领五万南兵，据住江岸，摆列战船三十余只。江北岸却是瓜州渡口。（23.10b）

十卷本：话说吕师囊共统领五万南兵，据住江岸，摆列战船三十余处。江北岸却是瓜州渡口。（10.7a）

文元堂本：话说吕师囊具统领五万南兵，据住江岸，摆列战船二十余处。江北岸却是瓜州渡口。（18.26a）

征四寇本：话说吕师囊共统领五万南兵，据住江岸，摆列战船二十余处。江北岸却是瓜州渡口。（9.1b-2a）

兴贤堂本：话说吕师囊共统领五万南兵，据住江岸，却是瓜州渡口。（54.5b）

（例二）

李渔序本：宋江思念玄女娘娘愿心未酬，命工重建九天玄女娘娘庙宇。妆饰圣像，俱已完备。（25.12b）

十卷本：宋江思念玄女娘娘愿心未酬，命工重建九天玄女娘娘庙宇。妆饰圣像，俱已完备。（10.43b）

文元堂本：宋江想念玄女娘娘愿心未酬，命江重建九天玄女娘娘庙宇。妆饰圣像，俱已完备。（20.12b）

征四寇本：宋江想念玄女娘娘愿心未酬，命工重建九天玄女娘娘庙宇。妆饰圣像，俱已完备。（10.22b-23a）

兴贤堂本：宋江想念玄女娘娘庙宇。妆饰圣像，俱已完备。（59.16a）

（例三）

以上三处均是兴贤堂本同词脱文之例，第一例“头巾”二字同词，兴贤堂本缺了20字，其他嵌图本以及后续本均不缺。同时，李渔序本“凉栅街”与十卷本同,而与文元堂本、兴贤堂本、征四寇本不同,后三者为“凉横街”。

第二例中“岸”字相同,兴贤堂本缺了11字,同样其他嵌图本以及后续本均不缺。至于此例中李渔序本“三”“只”二字,后续本诸种情况则颇为复杂,但依旧能看出十卷本与李渔序本文字最为接近。

第三例中“玄女娘娘”四字同词,兴贤堂本缺了14字,其他嵌图本以及后续本均不缺。除此外,李渔序本与十卷本“思念”二字相同,他本作“想念”,再次可见十卷本与李渔序本的亲密关系。另外,此例文元堂本有一误字。

从以上三例兴贤堂本的同词脱文来看,很明显兴贤堂本不可能成为其他后续本的底本,此本的刊刻时间在后续本版本链条中应该是最晚的。至于文元堂本以及征四寇本的刊刻时间,从前文的一些特征与例子来看,应当晚于十卷本,而在兴贤堂本之前。文元堂本的刊刻时间又要早于征四寇本。

至于十卷本、文元堂本、征四寇本、兴贤堂本四者文字之间,是否存在直接的亲缘关系则很难说。因为后续本均为坊间刻本,错字、别字颇多,再加之辗转翻刻,关系杂乱丛生,若以文字异同来确定诸本的关系,恐怕误差甚大。

由此节可以得出以下结论:

1. 从总体上说,十卷本、汉宋奇书本、征四寇本皆是从嵌图本系统而来,与之关系十分亲密,可以将此三种称之为嵌图本的后续本。

2. 若具体言之,诸后续本与嵌图本中李渔序本关系最为亲密,诸多李渔序本脱文之处,后续本同之。后续本的底本可能即为李渔序本。

3. 若再细致划分,十卷本、汉宋奇书本、征四寇本等后续本又是从嵌图本中独立出来的分支系统,不少地方与嵌图本存在差异,尤其表现在部分回目的异文、正文第9回的有无、第6回回末第7回回首诗词的差异、第38回回首文字的繁简、第115回回末批语的增入等。

4. 从后续本与嵌图本的部分异文以及第115回回末批语的增入可知,后续本在编刊过程中参考过百二十回本。

5. 从嵌图本到后续本的出现,也意味着《水浒传》简本的刊刻由福建建阳转移到了其他地方,尤其是金陵。

6. 十卷本、汉宋奇书本中文元堂本、汉宋奇书本中兴贤堂本、征四寇本,这四种本子与李渔序本关系最为亲密的是十卷本,此本刊刻时间应是诸本中最早的；兴贤堂本则是诸后续本中刊刻时间最晚的；文元堂本、征四寇本刊刻时间晚于十卷本，而早于兴贤堂本；文元堂本刊刻时间早于征四寇本。四者之间是否有直接的亲缘关系则很难辨别。

7. 十卷本现存国图藏本与慕湘藏本，此二处藏本并不完全相同，二者有五卷同版、五卷异版。同版部分，国图藏本为先印本，慕湘藏本为后印本；异版部分，慕湘藏本为原刻本，国图藏本为翻刻本。

第八章　八卷本与百二十四回本《水浒传》研究

第一节　八卷本与百二十四回本《水浒传》的概况

一、八卷本概况

八卷本，全书115回，共八卷，故而称之为八卷本。半叶14行、行36字。每卷的分回为：第一卷1—12、第二卷13—30、第三卷31—43、第四卷44—56、第五卷57—72、第六卷73—84、第七卷85—100、第八卷101—115。此本现今已知收藏之所颇多，如中国国家图书馆所藏本、北京大学图书馆所藏本、北京师范大学图书馆藏本、天津师范大学图书馆藏本、南京图书馆所藏本、张青松藏本、邓雷藏本等。

八卷本封面直书“第五才子书”，板框上或横题“道光五年重镌”，或题其他年份，如“光绪寅壬”。此本从扉页书名“第五才子书”来看，其原刊本或底本的刊刻必然在清代金圣叹评本流行之后。

道光五年重鐫
第五才子書

新刻忠義水滸傳卷之一
第一回　張天師祈禳瘟疫　洪太尉誤走妖魔
話說仁宗在位嘉祐三年三月三日駕坐紫宸殿受百官朝賀時有宰相趙哲參政文彥博出班奏曰目今京師瘟疫盛行民不聊生伏望陛下釋罪寬恩省刑薄稅以禳天災救濟萬民天子聞奏即赦天下罪囚民間稅賦又命在京宮觀寺院修設大醮禳災不料其年瘟疫更盛仁宗復會百官計議參知政事范仲淹奏曰以臣愚見可宣天師來朝修設三千六百羅天大醮可保民間瘟疫仁宗准奏令翰林草詔一道并降御香一炷欽差內外提點殿前太尉洪信爲使前往江西信州龍虎山請天師張真人星夜臨朝洪信領了聖勅背了詔書盛了御香逕投信州貴溪縣來洪信在途不上數日來到信州小大官員迎接畢隨送太尉至龍虎山三清殿將詔書供于香案洪太尉問曰天師今在何處道官稟曰這代天師性好清高自向山頂結一茅菴修真養性太尉曰今天子宣詔如何得見道官曰若太尉誠心齋戒沐浴休帶從人自背詔書步行上山方能得見太尉曰這也不難次日沐浴過換了新衣背上丹詔手提御香獨自一人至山後相別那洪信口誦天尊寶號縱步上山果然好座大山洪太尉過了數個山頭看看上腳酸腿軟心中想道我是朝廷命官何曾受這般苦楚只見山凹裏松樹背後大吼一聲跳出一

张青松所藏八卷本书影

卷首有《叙》,但不题撰人。目录书名题为“新刻出像京本忠义水浒传目录”,此名仅一见,正文其他卷数均未署此书名。目录书名当中有“出像”二字,但全书未见图像,可见目录书名恐怕是承袭他本书名而来,像十卷本的书名即为“新刻出像京本忠义水浒传”,与八卷本目录书名完全一致。八卷本每卷卷端书名为“新刻忠义水浒传”,版心书名为“水浒传”。

关于此版本的命名,马幼垣先生称之为“南圕本”,意即南京图书馆所藏本。“南圕本”的命名实际上很有问题,因为八卷本并非孤本,不仅仅藏于南京图书馆,其他图书馆也有收藏。同时,南京图书馆也并不是只收藏了此一种《水浒传》,还收藏了郁郁堂本、贯华堂本、王望如评本、句曲外史序本、汉宋奇书本、百二十四回本等。所以,用“南圕本”命名此书并不合适。萧相恺先生称之为“新刻出像京本忠义水浒传”①,这个命名之前也提到过,十卷本的书名即与此同,不好区分,而且这个题名仅仅是目录叶的书名,而非首卷卷端的题名。因此,本书选取此本异于他本的独特之处进行命名,称之为八卷本。

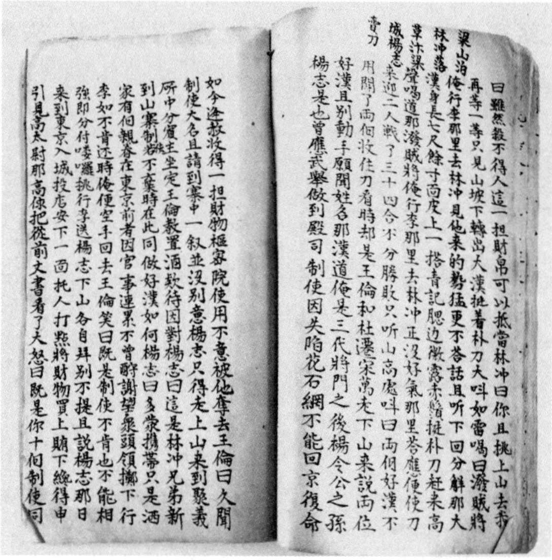
曰雖然殺不得人這一担財帛可以抵當林冲曰你且挑上山去我
再等一等只見山坡下轉出大漢挺着朴刀大叫如雷喝曰潑賊將
梁山泊 俺行李那里去林冲見他来的勢猛更不荅話且听下回分觧那大
林冲落 漢身長七尺餘寸面皮上一搭青記腮边微露赤鬚挺朴刀赶来高
草汴梁 聲喝道那潑賊將俺行李那里去林冲正沒好氣那里荅應便使刀
城楊志 来迎二人戰了三十四合不分勝敗只听山高處叫曰兩個好漢不
賣刀 用鬪了兩個收住刀看時却是王倫和杜遷宋萬走下山来說兩位
好漢且別動手願聞姓名那漢道俺是三代將門之後楊令公之孫
楊志是也曾應武舉做到殿司制使因失陷花石綱不能回京復命

如今逢赦收得一担財物樞寄院使用不意被他奪去王倫曰久聞
制使大名且請到寨中一叙並沒別意楊志只得走上山来到聚義
厛中分賓主坐定王倫教置酒欵待因對楊志曰這是林冲兄弟新
到山寨制使若不棄時在此同做好漢如何楊志曰多蒙擡帶只是洒
家有個親眷在東京前者因官事連累不曾酧謝望衆頭領攜下行
李如不肯还時俺便空手回去王倫笑曰既是制使不肯也不能相
強即分付嘍囉挑行李送楊志下山各自拜別不提且說楊志那日
来到東京入城投店安下一面托人打點將財物買上賄下纔得申
引見高太尉那高俅把從前文書看了大怒曰既是你十個制使同

八卷本钞本书影

①萧相恺先生在《稗海访书录》中为此书所取的标题名即为《新刻出像京本忠义水浒传》,《珍本禁毁小说大观——稗海访书录》,中州古籍出版社 1998 年版,第 554 页。

八卷本现存藏本较多，国内拍卖行也时有出现，就笔者所见，至少有三版。按刊刻时间有道光五年（1825）刊本与光绪寅壬（或为壬寅之误，1902）刊本两种，其中光绪寅壬刊本为三义堂所刊[①]。道光五年刊本有两版，一种为张青松藏本，另一种为北京大学藏本。二者在版面文字上几乎没有差别，只是北京大学藏本此版刻字情况相对稍差。八卷本在晚清应该颇为流行，其一，光绪五年刊本是重刊本，有"道光五年重镌"字样，此本之前应该还有其他刊本；其二，光绪五年刊本刻过两版，可见此本销量甚好；其三，笔者藏有北京大学同版残本，存卷一、卷二、卷五至卷八，此本版面情况较好，而北京大学藏本版面情况则极为糟糕，文字漶漫不清以及断板之处甚多，可见此板木刊印次数较多，到北京大学藏本之时，已经刊刻过很多次。此外，笔者还曾见过一种八卷本的钞本，抄写较为精美，半叶 9 行，行 26 字，全书不分卷，每回有回末结语，但是每回起首文字并不另行或另页书写，全部文字连成一片，回目题写于页眉位置，颇为奇特。

二、百二十四回本概况

百二十四回本，全书十二卷，共 124 回，故而称之为百二十四回本。此本最大的特征就是特殊的回数，为 124 回。每卷分回为：第一卷 1—9、第二卷 10—21、第三卷 22—33、第四卷 34—42、第五卷 43—51、第六卷 52—62、第七卷 63—74、第八卷 75—85、第九卷 86—95、第十卷 96—107、第十一卷 108—116、第十二卷 117—124。

百二十四回本中又分为多种，按照行款为划分有：半叶 10 行、行 20 字本，半叶 10 行、行 23 字本，半叶 11 行、行 26 字本，半叶 12 行、行 27 字本，半叶 14 行、行 32 字本，半叶 15 行、行 32 字本等[②]。

半叶 10 行、行 20 字本为映雪堂本，此本为巾箱本。首《水浒传序》，末署"古杭枚士简题"。目录叶题署为"吴门金人瑞圣叹　温陵李贽卓吾　鉴

①三义堂为河北衡水有名的书坊，光绪初年在其前身"文林堂"的基础上，由赵会卿、郭锡章主持开业。具体详情可见郭世瀛：《衡水三义堂书铺八十年沧桑略述》，载《衡水市文史资料》第 5 辑，第 88—95 页。

②笔者 2017 年出版《〈水浒传〉版本知见录》以及博士论文《简本〈水浒传〉版本研究》之时，将百二十四回本分为四种，分别为映雪堂本、乾隆丙辰序 26 字本、乾隆丙辰序 27 字本、乾隆丙午序本，时至今日，笔者又新见几种百二十四回本，包括笔者所藏映雪堂刊本的残本，卷三至卷六；笔者所藏残本，半叶 14 行、行 32 字本；上海图书馆所藏残本，半叶 10 行、行 23 字；嘉庆己巳序本，首都图书馆藏、上海图书馆藏、张颖杰藏。

定、东原罗贯中参订”，目录中只有“卷之一”字样，其他回数则不分卷。卷首有人物绣像20幅，每卷卷端书名题“第五才子书”，署“姑苏映雪堂原板”。此本分卷与其他百二十四回本不同，现存六卷，第一卷1—7、第二卷8—19、第三卷20—30、第四卷31—40、第五卷41—49、第六卷50—？。映雪堂刊本与其他刊本可能并非同一系统。

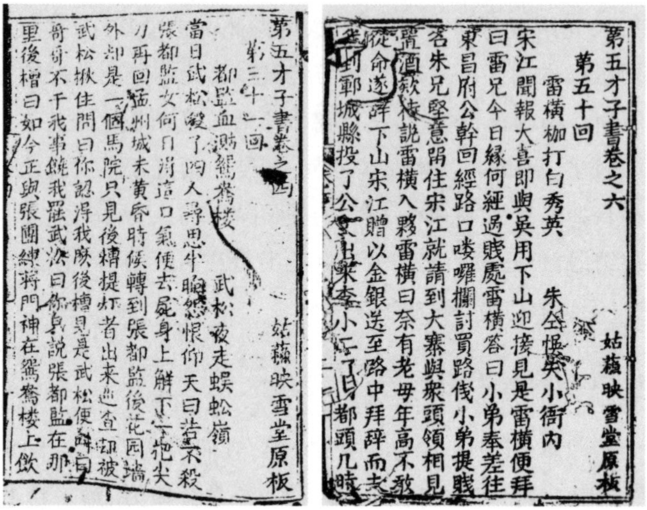
第五才子書卷之四　姑蘇映雪堂原板
第三十一回
都監血濺鴛鴦楼　武松夜走蜈蚣嶺
當日武松殺了四人尋思半晌怨恨仰天曰若不殺
張都監如何出得這口氣便去屍身上解下了把尖
刀再回孟州城来黄昏時候轉到張都監後花園墻
外却是一個馬院只見後槽提灯者出来查却被
武松揪住問曰你認得我麽後槽見是武松便叫曰
哥哥不干我事饒我罷武松曰你只說張都監在那
里後槽曰如今正與張團練蔣門神在鴛鴦楼上飲

第五才子書卷之六　姑蘇映雪堂原板
第五十回
雷横枷打白秀英　朱仝悞失小衙内
宋江聞報大喜即與吴用下山迎接見是雷横便拜
曰雷兄今日緣何經過賤處雷横答曰小弟奉差往
東昌府公幹回經路口嘍囉攔討買路錢小弟提賤
名朱兄堅意留住宋江就請到大寨與衆頭領相見
置酒款待不說雷横入夥雷横曰奈有老母年高不敢
從命遂辞下山宋江贈以金銀送至路中拜辞而去
雷横到鄆城縣投了公文出来李小二[illegible]都頭几時

邓雷所藏姑苏映雪堂刊本书影

半叶10行、行23字本为上海图书馆藏本，仅见残本，存第十一卷，第108回至第116回。卷端题为“第五才子书”，卷末题署同之。此本“弘”缺末笔，避乾隆讳，当刻于乾隆年间或之后。

半叶11行、行26字本，此本又有乾隆丙辰序本与嘉庆己巳序本，均为巾箱本。乾隆丙辰序本封面右栏署“金圣叹先生批评”，直书“重订水浒全传”，栏外横题“内增征四寇”，左下角或有署题书坊名，或无题，署题如“恒盛堂藏板”，《水浒传序》末题署“乾隆丙辰年冬十月望日古杭枚简侯”，目录叶署题“吴门金人瑞圣叹　温陵李贽卓吾　鉴定、东原罗贯中参订”，首卷卷端题“第五才子书”。嘉庆己巳序本封面分为三栏，右栏署“金圣叹先生批评”，中栏大字书“水浒四传”，左栏下署“贯华堂原本”，栏外横题“第五才子书”，《水浒传序》末题署“嘉庆己巳年冬十月望日古杭枚简侯”，其他地方题署均同于乾隆丙辰序本。此本卷首无人物绣像。

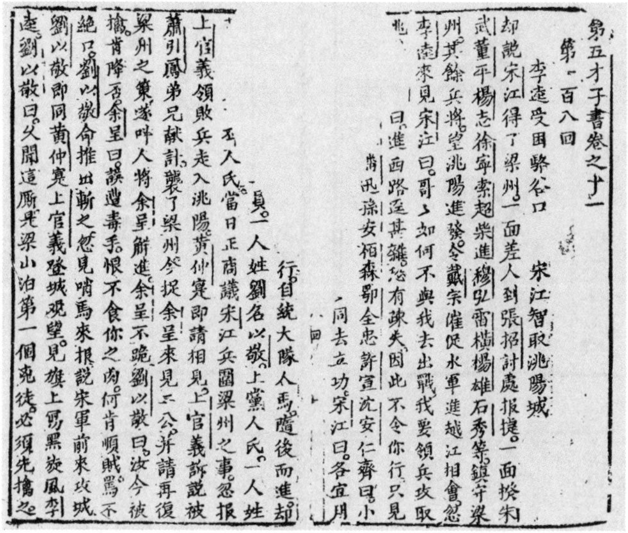
第五才子書卷之十一
第一百八回
李逵受困磐谷口　宋江智取洮陽城
却說宋江得了梁州。一面差人到張招討處報捷。一面撥宋
武董平楊志徐寧索超柴進穆弘雷橫楊雄石秀等鎮守梁
州。其餘兵將望洮陽進發。令戴宗催促水軍進越江相會。忽
李逵來見宋江曰。哥哥如何不與我去出戰。我要領兵攻取
也。　曰進西路逕甚雜。恐有踈失。因此不令你行。只見
蕭迅孫安栢森鄧金忠許宣沈安仁齊曰。小
同去立功。宋江曰。各宜用
行省統大隊人馬。隨後而進。却
是一人姓劉名以敬。上黨人氏。一人姓
人氏。當日正商議宋江兵圍梁州之事。忽报
上官義領敗兵走入洮陽。黄仲寔即請相見。上官義訴說被
蕭引屬弟兄獻計。襲了梁州。今捉余呈來見二公。并請再復
梁州之策。遂叫人將余呈解進。余呈不跪。劉以敬曰。汝今被
擒。肯降否。余呈曰。誤遭毒手。恨不食你之肉。何肯順賊。罵不
絕口。劉以敬命推出斬之。忽見哨馬來报說宋軍前來攻城。
劉以敬即同黄仲寔上官義登城觀望。見旗上寫黑旋風李
逵。劉以敬曰。久聞這廝是梁山泊第一個兇徒。必須先擒之

上海图书馆所藏残本书影

內增征四冠
金聖歎先生批評
重訂水滸
全傳

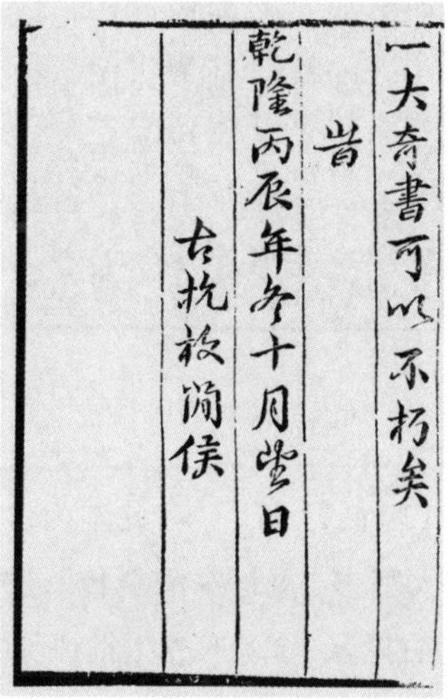
一大奇書可以不朽矣
皆
乾隆丙辰年冬十月望日
古杭枚簡侯

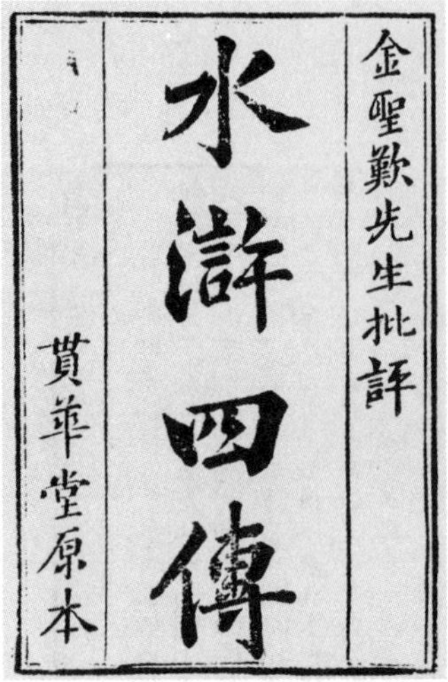
金聖歎先生批評
水滸四傳
貫華堂原本

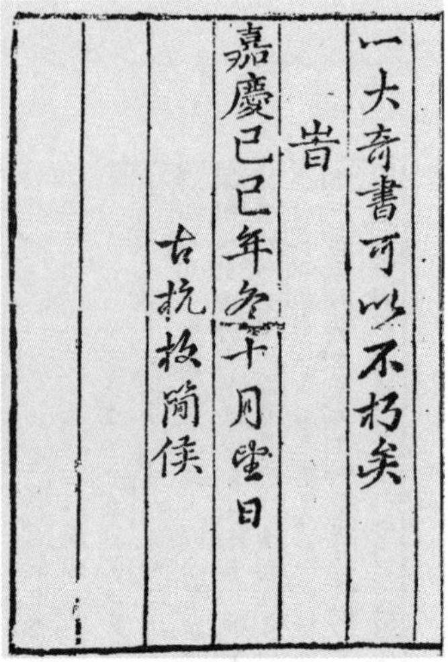
一大奇書可以不朽矣
旹
嘉慶己巳年冬十月望日
古杭枚簡侯

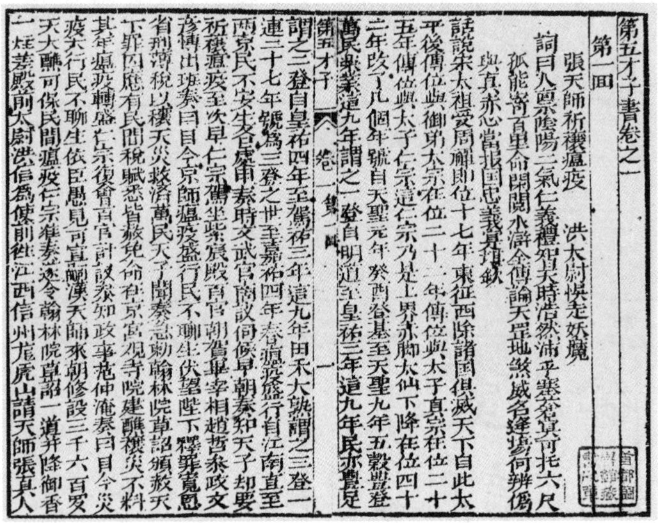
第五才子書卷之一
第一回
張天師祈禳瘟疫　洪太尉悞走妖魔
詞曰人稟陰陽二氣仁義禮智昊天時浩然沛乎塞蒼冥可托六尺
孤能寄百里命開闢水滸全傳論天罡地煞威名逢場何辨僞
與真赤心當報國忠義覓拜欽
話說宋太祖受周禪即位十七年東征西除諸國俱滅天下自此太
平後傳位與御弟太宗在位二十二年傳位與太子真宗在位二十
五年傳位與太子仁宗這仁宗乃是上界赤脚大仙下降在位四十
二年改了九個年號自天聖元年癸亥登基至天聖九年五穀豐登
萬民樂業這九年謂之一登自明道至皇祐三年這九年民亦豐足
第五才子　卷一　第一回　一
謂之二登自皇祐四年至嘉祐三年這九年田禾大熟謂之三登一
連三十七年號爲三登之世至嘉祐四年春瘟疫盛行自江南直至
兩京民不安生各處申奏時文武官商議伺候早朝奏知天子却要
祈禳瘟疫至次早仁宗駕坐紫宸殿百官朝賀畢宰相趙哲參政文
彥博出班奏曰目今京師瘟疫盛行民不聊生伏望陛下釋罪寬恩
省刑薄稅以禳天災救濟萬民天子聞奏急勅翰林院草詔頒赦天
下罪囚應有民間稅賦悉皆赦免命在京宮觀寺院建醮禳災不料
其年瘟疫轉盛仁宗復會百官計議參知政事范仲淹奏曰目今災
疫大行民不聊生依臣愚見可宣嗣漢天師來朝修設三千六百分
天大醮可保民間瘟疫仁宗准奏遂令翰林院草詔一道并降御香
一炷差殿前太尉洪信爲使前往江西信州龍虎山請天師張真人

半叶 11 行、行 26 字本书影

半叶 12 行、行 27 字本，此本为巾箱本。封面或为右栏署“金圣叹先生批评”，中间大字书“重订水浒全传”，左下署“本衙藏板”，栏外横题“内增征四寇”。或为右栏署“金圣叹先生批评”，中间大字书“绣像五才子全传”，左下署书坊名，如“文海堂梓行”，栏外横题“水浒征三寇”。《水浒传序》末题署“乾隆丙辰年冬十月望日古杭枚简侯”，目录叶署题“吴门金人瑞圣叹　温陵李贄卓吾鉴定、东原罗贯中参订”，首卷卷端题“第五才子书”。卷首有人物绣像 20 幅。

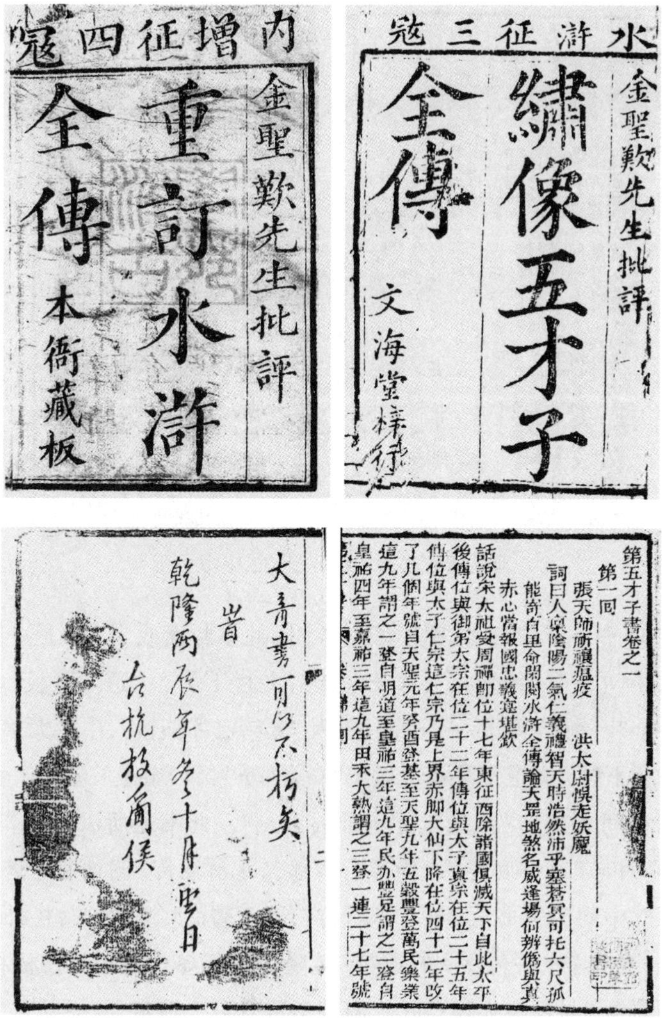
内增征四寇
金聖歎先生批評
重訂水滸全傳
本衙藏板

水滸征三寇
金聖歎先生批評
繡像五才子全傳
文海堂梓行

大奇書可以不朽矣
旹
乾隆丙辰年冬十月望日
古杭枚簡侯

第五才子書卷之一
第一回
張天師祈禳瘟疫　洪太尉悮走妖魔
詞曰人稟陰陽二氣仁義禮智天時浩然沛乎塞蒼冥可托六尺孤
能寄百里命閑閱水滸全傳論天罡地煞名威逢場何辨僞與真
赤心常報國忠義定堪欽
話說宋太祖受周禪即位十七年東征西除諸國僞滅天下自此太平
後傳位與御弟太宗在位二十二年傳位與太子真宗在位二十五年
傳位與太子仁宗這仁宗乃是上界赤脚大仙下降在位四十二年改
了九個年號自天聖元年癸亥登基至天聖九年五穀豐登萬民樂業
這九年謂之一登自明道至皇祐三年這九年民亦豐足謂之二登自
皇祐四年至嘉祐三年這九年田禾大熟謂之三登一連二十七年號

半叶 12 行、行 27 字本书影

半叶 14 行、行 32 字本，此本为乾隆丙午序本，笔者藏有残本，存卷四至卷九。此本序末题署“乾隆丙午年冬十月望日古杭枚简侯”，目录叶题署为“吴门金人瑞圣叹　温陵李贽真吾　鉴定、东原罗贯中参订”，卷首有人物绣像 20 幅。

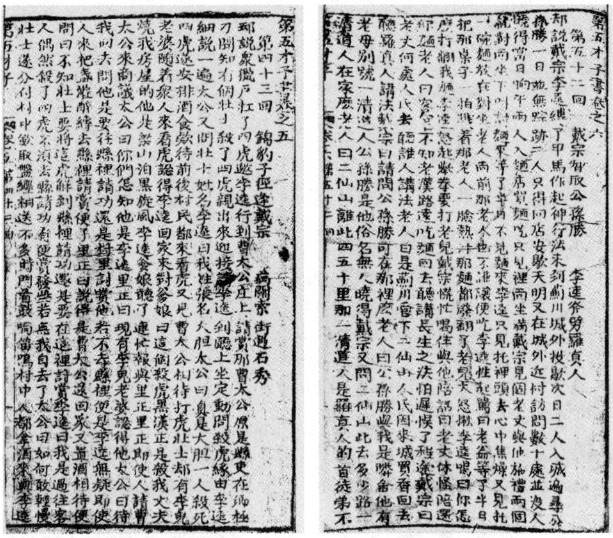

邓雷所藏半叶14行、行32字本书影

半叶15行、行32字本多为大道堂本。此本封面或为右栏题“吴门金圣叹鉴定”，中间直书“绣像第五才子前传”，左栏下署“大道堂藏板”。或分为前后两个半叶，前半叶分为三栏，右栏题“光绪己卯新镌”，中栏大字书“水浒全传”，左栏下署“大道堂藏板”，后半叶右栏署“吴门金圣叹鉴定　秣陵蔡元放批评”，中间大字书“绣像五才子前后合刻”。此书之所以题为“前传”或“前刻”，乃因与《水浒后传》合为前后两部，《水浒后传》封面右栏署“秣陵蔡元放批评”，中间大字书“第五才子后传”，左下署“大道堂梓”，栏外横题“绣像新本”。卷首《水浒传序》末题署“乾隆丙午年冬十月望日古杭枚简侯”。目录叶题署为“吴门金人瑞圣叹　温陵李贽真吾　鉴定、东原罗贯中参订”，卷首有人物绣像20幅。

诸种百二十四回本封面、行款，乃至于正文均有差异，但也有一些共通之处。如卷首序言相同，均为《水浒传序》“百单八人，当未入草泽时”，序末题署基本相同，为“古杭枚简侯”；目录页题署作者、编辑者信息基本相同，为“吴门金人瑞圣叹　温陵李贽卓吾　鉴定”“东原罗贯中参订”；书名基本相同，诸种百二十四回本虽然封面书名多有不同，或“水浒全传”，或“五才子全传”，或“水浒四传”等，但是诸本目录、各卷卷端题名却十分一致，均为“第五才子书”，版心题名亦为“第五才子”。

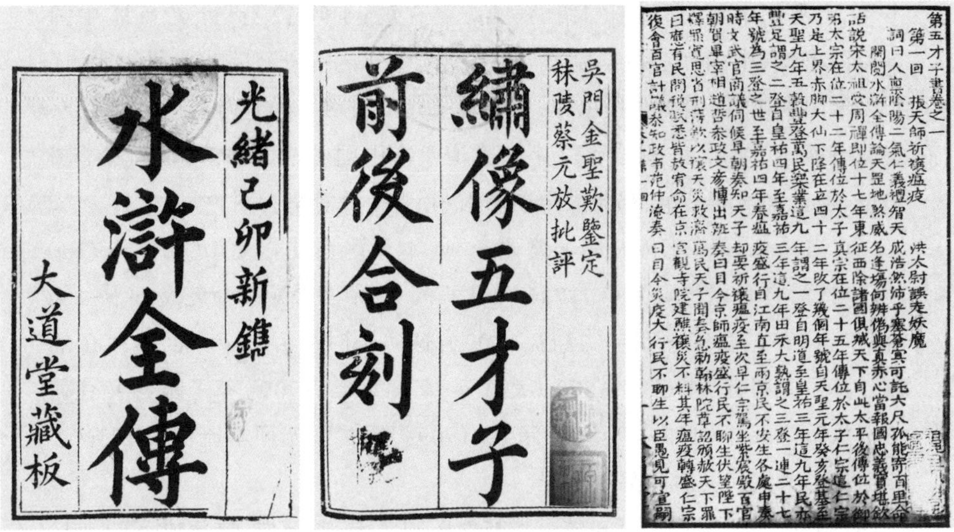

第五才子書卷之一
第一回　張天師祈禳瘟疫　洪太尉誤走妖魔
詞曰人禀陰陽二氣仁義禮智天成浩然沛乎塞蒼冥可託六尺孤能寄百里命
閱閲水滸全傳論天罡地煞威名逢場何辨偽與真赤心當報國忠義實堪欽
話説宋太祖受周禪即位十七年東征西除諸國俱滅天下自此太平後傳位於御
弟太宗在位二十二年傳位於太子真宗在位二十五年傳位於太子仁宗這仁宗
乃是上界赤脚大仙下降在位四十二年改了幾個年號自天聖元年癸亥登基至
天聖九年五穀豐登萬民樂業道九年謂之一登自明道至皇祐三年這九年民亦
豐足謂之二登自皇祐四年至嘉祐三年這九年田禾大熟謂之三登一連二十七
年號為三登之世至嘉祐四年春瘟疫盛行自江南直至兩京民不安生各處申奏
時文武官商議伺候早朝奏知天子却要祈禳瘟疫至次早仁宗駕坐紫宸殿百官
朝賀畢宰相趙哲參政文彥博出班奏曰目今京師瘟疫盛行民不聊生伏望陛下
釋罪寬恩省刑薄歛以禳天災救濟萬民天子聞奏急勅翰林院草詔頒赦天下罪
囚應有民間稅賦悉皆赦免命在京宮觀寺院建醮禳災不料其年瘟疫轉盛仁宗
復會百官計議參知政事范仲淹奏曰目今災疫大行民不聊生以臣愚見可宣嗣

复旦大学所藏大道堂本书影

百二十四回本乃为清代坊间刊刻，翻刻本甚多，以上 6 种行款不同的本子仅是笔者所知见者，未知者或亦不少。然而，即便行款相同的本子，同样有不少翻刻。翻刻比较明显的像半叶 11 行、行 26 字本就有乾隆丙辰序本与嘉庆己巳序本两种；半叶 12 行、行 27 字本有文海堂刊本与本衙藏板本；半叶 15 行、行 32 字本有大道堂本与天德堂本①。翻刻不易辨识的则更多，像半叶 11 行、行 26 字本中乾隆丙辰序本据笔者所见至少有 3 种；半叶 12 行、行 27 字本据笔者所见至少有 4 种。有的书坊刊刻行款相同的本子也不止一版，像文海堂所刊半叶 12 行、行 27 字本据笔者所见至少有 2 版；大道堂刊本有原刊本与光绪五年翻刻本，光绪五年刊本又有前印本与后印本，前印本前后封面均有龙纹印章与“姑苏”“原板”二印，而后印本则无。不同的翻刻本之间，文字基本上都存在差异，此点下文会有研究。

诸种本子收藏之处亦颇多，半叶 10 行、行 23 字本上海图书馆藏有残本；映雪堂本中国国家图书馆、邓雷藏有残本；半叶 11 行、行 26 字本中乾隆丙辰序本中国国家图书馆、首都图书馆、北京大学图书馆、吉林大学图书馆、天津图书馆、张青松等有藏；半叶 11 行、行 26 字本中嘉庆己巳序本首都图

①天德堂本为半叶 15 行、行 32 字本，封面题署为“圣叹外书　水浒全传　绣像第五才子书　天德堂梓”。

书馆、上海图书馆、郑州图书馆、张颖杰等有藏；半叶 12 行、行 27 字本中国国家图书馆、中国社会科学院文学研究所、中国艺术研究院戏曲研究所、辽宁大学图书馆、河南大学图书馆、天津图书馆等有藏；半叶 14 行、行 32 字邓雷藏有残本；半叶 15 行、行 32 字中大道堂本中国国家图书馆、北京大学图书馆、复旦大学图书馆、郑州大学图书馆、张青松等有藏。

百二十四回本流传时间非常之长，此本至迟在乾隆元年（丙辰，1736）就已出现，有署题乾隆元年（1736）的序言。后序言署题改为乾隆五十一年（丙午，1786）、嘉庆十四年（己巳，1809），这两个时期百二十四回本存在翻刻。其后光绪五年（己卯，1879）大道堂、宣统元年（1909）芥子园[①]又有翻刻。从乾隆元年（1736）至宣统元年（1909），百二十四回本流传了 173 年，相当于半个清代的时间都在流传。

百二十四回本现今可知的书坊有姑苏映雪堂、恒盛堂、文海堂、芥子园、大道堂、天德堂、藜照书屋[②]，其中大道堂、天德堂、藜照书屋为四川书坊[③]，映雪堂为苏州书坊，芥子园为南京书坊，文海堂与恒盛堂为何地书坊未知。从刊刻书坊的属地来看，四川书坊或为百二十四回本最原始的编刊者。当然，初版百二十四回本也有可能是苏州书坊刊刻，大道堂本封面就有“姑苏”“原板”字样。

此章之所以将八卷本与百二十四回本放在一章研究，有几个原因。其一，此二本均有陈枚所撰序言；其二，此二本均为清代中后期坊间刊本；其三，此二者在简本的基础上，再一次进行了删改，删改所呈现的异同之处，可以参看。

同时，八卷本与百二十四回本由于是坊间刊本，所以也存在误字甚多的特征。此点可从二本中一百单八将星宿名、姓名以及绰号窥见一二。八卷本中“天闲星入云龙公孙胜”误作“天**闭**星入云龙公孙胜”、“天勇星大刀关胜”误作“天勇星大刀**明**胜”、“天暗星青面兽杨志”误作“天暗星青**而**兽杨志”、“地魁星神机军师朱武”误作“地魁星神机**武**军师朱武”、“地雄星井木犴郝思文”误作“地雄星**共水**犴郝思文”、“地奇星圣水将军单廷珪”误作“地

①芥子园本为半叶 12 行、行 27 字本，中国国家图书馆郑振铎原藏本封面前半叶题“绣像第五才子书”，后半叶署“宣统元年冬芥子园藏板”。

②藜照书屋刊本笔者未见，见于马蹄疾先生《水浒书录》，题写为“清光绪间四川成都藜照书屋刻　未见著录　四川省图书馆藏”，《水浒书录》，上海古籍出版社 1986 年版，第 48 页。

③汪燕岗 :《论清代四川雕版印刷下通俗小说的出版》，《四川图书馆学报》2015 年第 6 期。

奇星圣末将军单廷法”、“地乐星铁叫子乐和”误作“地药星铁呼子乐和”、“地角星独角龙邹润”误作“地角星独角龙邹涧”,诸如此类,不一而足。

百二十四回本中光绪五年大道堂翻刻本“天闲星入云龙公孙胜”误作“天开星入云龙公孙胜”、“天败星活阎罗阮小七”误作“天败星活阎罗阮小士”、“地雄星井木犴郝思文”误作“地雄星井水犴郝思文”、“地英星天目将彭玘”误作“地英星天目将彭地”、“地猛星神火将军魏定国”误作“地猛星神大将军魏定国”、“地佑星赛仁贵郭盛”误作“地分星赛佐贵郭盛”、“地巧星玉臂匠金大坚”误作“地巧星玉臂面金大坚”、“地退星翻江蜃童猛”误作“地退星翻红唇童猛”、“地理星九尾龟陶宗旺”误作“地理星九屋龟陶宋旺”、“地孤星金钱豹子汤隆”误作“地孤星金钱豹子汤陆”、“地壮星母夜叉孙二娘”误作“地杜星母夜叉胁二娘”,诸如此类,不一而足。

此处之所以先将八卷本以及百二十四回本误字甚多的特点讲明,就是为了之后在研究八卷本以及百二十四回本目录以及正文之时,对于明显误字之处就不再特别指出,不做过多的讨论。

第二节　陈枚与《水浒传》

一、陈枚与《水浒传》的渊源[①]

现存《水浒传》繁本与简本共计20余种,其中有20种书首有序言,现列举如下:

1. 石渠阁补印本,卷首有署名“天都外臣”的《水浒传叙》。

2. 容与堂本,卷首有署名“卓吾李贽”的《忠义水浒传叙》。

3. 钟伯敬本,卷首有署名“伯敬钟惺”的《水浒传序》。

4. 林九兵卫刊本,卷首有署名“卓吾李贽”的《读忠义水浒传序》。

5. 大涤余人序本,卷首有署名“大涤余人”的《刻忠义水浒传缘起》。

6. 百二十回本,卷首有署名“卓吾李贽”的《读忠义水浒全传序》;署名“凤里杨定见”的《小引》。

7. 金圣叹评本,卷首有金圣叹的序言,以及伪托施耐庵的序言。

8. 王望如评本,卷首有署名“桐庵老人”的《评论水浒序》。

---

①氏冈真士先生《〈水浒〉与陈枚》可以参看,载《信州大学人文科学论集》2015年第2号。

9. 句曲外史序本,卷首有署名“句曲外史”的《叙》。

10. 评林本,卷首有不题撰人(或为余象斗)的《题水浒传叙》。

11. 英雄谱本,卷首有署名“熊飞赤玉”的《英雄谱弁言》;署名“杨明琅穆生”的《叙英雄谱》。

12. 刘兴我本,卷首有署名“汪子深”的《叙水浒忠义志传》。

13. 藜光堂本,卷首有署名“郑大郁”的《水浒忠义传叙》。

14. 李渔序本,卷首有署名“李渔笠翁”的《水浒传序》。

15. 十卷本,卷首有署名“陈枚简侯”序言。

16. 汉宋奇书本,卷首有署名“熊飞赤玉”的《英雄谱弁言》。

17. 八卷本,卷首有不题撰人的《叙》。

18. 百二十四回本,卷首有署名“古杭枚简侯”的《水浒传序》。

19. 征四寇本,卷首有署名“赏心居士”的《叙》。

20. 三十卷本,卷首有署名“五湖老人”的《水浒传全本序》。

此20种有序言的本子中,不少序作者已为人熟知,像天都外臣汪道昆、李卓吾、钟伯敬、金圣叹、余象斗、李渔等。有一些序作者可堪考证,或多或少为人所了解,如熊飞、杨明琅、郑大郁、桐庵老人王望如等。也有一些序作者由于使用名号或声名不显,现今已不可考,如大涤余人、句曲外史、汪子深、赏心居士、五湖老人等。但这些序作者当中,独独有一人例外,那就是“陈枚”。

“陈枚”例外,是因为国内《水浒传》研究中,尚未有书籍或文章详细研究过此人。似乎“陈枚”应归为上述所言声名不显、事迹不可考一类,但实际情况却并非如此。国内其他对象的研究中偶有提及陈枚的情况,像关于李渔、陈淏子等人的研究。

陈枚在《水浒传》研究中是一个不容忽视的人物。上述20种有序言的《水浒传》中,只有3人为多个本子的序作者,其中署名李贽的有3种,署名熊飞的有2种,而署名陈枚的同样有3种。这3种本子分别为十卷本,序末署“杭陈枚简侯书”;百二十四回本,序末署“古杭枚简侯”;八卷本,此本序言末尾虽未题署序作者为何人,但是此序即为陈枚所书“百单八人,当未入草泽时”。

同时,陈枚又是谜之人物。题署陈枚所序的三种本子,其中十卷本未知刊刻时间,序末亦无署题时间。八卷本封面或题“道光五年重镌”,或题“光绪寅壬”，道光五年为1825年，光绪寅壬应为光绪壬寅年，即光绪二十八年，1902年。百二十四回本存世版本甚多，序言均同，而序末题署却不尽相同，有的题“乾隆丙辰年冬十月望日　古杭枚简侯”，有的题“乾隆丙午年冬十月望日　古杭枚简侯”，还有的题“嘉庆己巳年冬十月望日　古杭枚简侯”。这几个版本序言所署年份差距甚大，乾隆丙辰年是乾隆元年1736年，乾隆丙午年是乾隆五十一年1786年，嘉庆己巳年是嘉庆十四年1809年。

八卷本封面题署“道光”或“光绪”，可以解释为书籍的刊刻时间，序言乃是沿用，不代表序言的写作时间。百二十四回本多种版本序言题署时间多有不同，如果解释为序作者再版之时重新题写时间的话，那么从1736年到1809年，其间相差了73年，似乎序作者不可能活如此之久。此外，这篇序从乾隆元年（1736）算起，到光绪二十八年（1902），甚至宣统元年（1909）还在翻刻，其间经历了173年的历史，可知此序在当时流传时间颇长。那么，陈枚是乾嘉时期之人，还是如孙楷第先生所言是康熙时期之人，“清康熙时有陈枚字简侯，杭州人”[①]？

二、陈枚其人及生卒年考

前人文章已有涉及陈枚此人，这些文章有《记〈花镜〉作者陈淏子》[②]《李渔交游考》[③]《〈《花镜》作者陈淏子考〉辨》[④]《李渔交游再考辨》[⑤]《李渔及其长女淑昭与友朋交往书信辑佚考释》[⑥]《李渔传人沈心友述考》[⑦]等。现今在这些文章的基础上，结合其他材料，重新梳理陈枚相关信息。

古人之名与今人之名大体相类，同名之人甚多，但古人之名比之今人之名又有一个好处，即古人除名外，还有字，这样就大大增强了辨识度。清代陈枚之名甚多，像《古今同姓名大辞典》载录陈枚二人，一为松江陈枚，清代书画家，活动于雍乾时期，字殿抡，此为清代名陈枚最为知名者[⑧]；二为全州陈枚，清乾隆时人，广西全州人，字元干，号奇山，为清朝知县，《清史稿》（卷

①孙楷第：《中国通俗小说书目》，人民文学出版社1982年版，第215页。
②诚堂：《记〈花镜〉作者陈淏子》，《中华文史论丛》1978年第7辑。
③单锦珩：《李渔交游考》，《李渔全集》第19卷，浙江古籍出版社1991年版，第209页。
④王建：《〈《花镜》作者陈淏子考〉辨》，《文献》2003年第2期。
⑤黄强：《李渔交游再考辨》，《明清小说研究》2009年第1期。
⑥黄强：《李渔及其长女淑昭与友朋交往书信辑佚考释》，《文献》2013年第3期。
⑦黄强：《李渔传人沈心友述考》，《重庆师范大学学报》（哲学社会科学版）2015年第1期。
⑧《古今同姓名大辞典》所录此陈枚为松江人，《清史稿》中所载为娄县人。

四百八十九列传二百七十六忠义三)有载[①]。《明清进士题名碑录索引》同样有陈枚之名,道光二十年(1840)进士,山东昌乐人,字简甫,号琴山[②]。《中国丛书综录》中也收录了名为陈枚者的《补庵遗稿》,此陈枚为浙江海宁人,字爰力,号补庵,晚号霜柏子[③]。

结合之前诸本序言题署"古杭陈枚简侯"来看,《水浒传》序作者陈枚有如下特征:首先,籍贯或者居住地是杭州;其次,字或者号是简侯。显然,上述书籍所载陈枚均非《水浒传》序作者。那么,清代是否有一个杭州陈枚字(号)简侯之人?

通过相关查询,发现此人确实存在。《凭山阁留青二集选》卷首有一篇序,末署"古杭陈枚简侯氏漫题于屏山阁"。地名、姓名、字号与《水浒传》序言中题署完全对得上。那么,此陈枚何许人也?

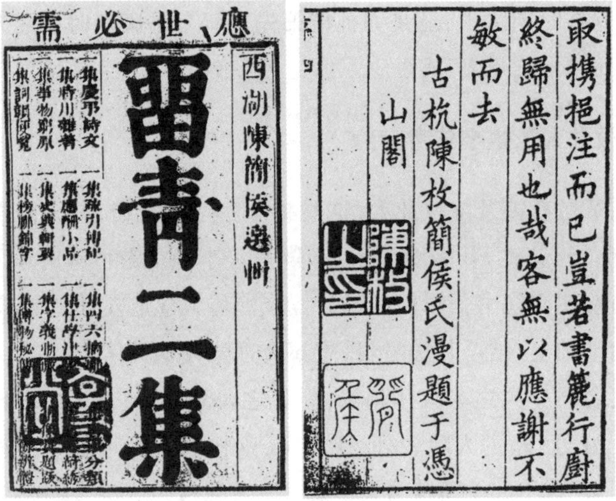
應世必需
西湖陳簡侯選輯
留青二集
取携挹注而已豈若書簏行廚
終歸無用也哉客無以應謝不
敏而去
古杭陳枚簡侯氏漫題于憑
山閣

《留青二集》书影

此处要从其家世说起,陈枚所编《凭山阁增辑留青新集》卷三杂文类收录方象瑛文章《扶摇陈先生暨元配戴孺人合葬墓志铭》,此文题名中扶摇陈先生即是陈枚之父,文章抄录如下:

①彭作桢:《古今同姓名大辞典》,上海书店出版社1983年版,第739页。

②朱宝炯、谢沛霖编:《明清进士题名碑录索引》,上海古籍出版社1980年版,第2798页。

③上海图书馆编:《中国丛书综录》,上海古籍出版社1986年版,第877页。

扶摇先生世居钱塘，以儒行起家。**讳淏，字爻一，号扶摇**。习举子业，入杭郡庠生，名噪乡校中。于书无所不读，博综渊邃而独得其精醇。为人端毅质直，敦古道，重然诺，言笑不苟，喜愠不形，人莫能测其涯际。至与人谈性理、说古今经常大义及引奖后辈，辄娓娓终晨夕不倦。规方通变，各尽厥旨，所以师表流俗，训育宗姓者，皆是道也。虽未尝辟子云之亭，设扶风之帐，而执经问字，时时屦趾交错无虚席，故咸号为乡祭酒扶摇先生焉。居恒南面百城，抉二酉之异同，究五车之纯驳，讨论著述，悉成完书，其已梓传世者，才十之二三，而藏诸帏架者，尚珍积未经人管窥也。性爱秣陵名胜，欲束装往游，适笠翁李先生卜居白门，相延作杖履老友，遂得遨游其地。与笠翁登临凭吊之暇，商酌鲁鱼，品题帝虎，而所裁定书益广，研京鐇都，洛阳纸为之价十倍。由是先生之名愈彰，闻风景慕者，望之不啻若太山北斗云。晚年以齿日加进，倦而归里，出其余绪，颇留意于花木禽鱼之兴。推物理，本生趣，凡栽艺玩畜之法，无不雅合，而备极称赏于丁祠部飞涛先生，而特为弁首以梓行。复有《神仙通考》一编，考订成帙，虽未付剞劂，而愿得借观者早乔跂俟矣。先生于时优游湖山，颐养性天，寿踰大耋，始悠然辞人间世以逝。古所谓永终誉而德音不朽者，非与？

先生祖象先公，父芝仙公，俱擅杏林橘井之学，以岐黄术活人，不可秭亿计，宜其得令子颖孙以食报于无穷。而所有枕中秘，不幸俱为祝融君所烬，故先生不及世其美为名家宗匠者，岂数使然耶？搜集残笈，仅存片羽，尚足以起沉疴而应响，迄今称御院领袖，诸君子莫不啧啧加太息之。

先生元配戴孺人，新安□□戴公女，文学汝谐先生姐也，贤声懿行，彤史褒嘉，妇德母仪，诚可以与桓少君、孟德耀相伯仲。内助之得宜，慈辉之永被，为何如哉！虽不获逮先生天年，共享齐眉之庆，其源远流长，固奕叶未艾也。

先生诞三子二女，**长讳枚，字简侯，号东皋，杭府庠生**，淹贯六经，纵横诸史，以文章树帜鸡坛，能令万夫辟易，而厄于遇，徒拥皋比为生徒，讲解奥理，世竞尊礼如黄叔度，不难吟风弄月而归。所操选政，风动士林，四方名宿投刺请教，冀邀一字之光者，不惮走数千里相折衷也。仲讳根，字天培，倜傥多才，卓卓具丈夫略。虽以居奇自雄，而志气盖已豪迈矣。季讳□，字质芳，早卒，不嗣。孙六人，**长讳德裕，字子厚**。钱邑监生，名冠成均，绰有丰表。两试棘闱，一旦时至，当破壁飞去，知非屈蠖老也。余皆琳琅玉树，颖秀不群，其为亢宗，其为继武，世世不替，又皆可拭目期耳。

兹于康熙癸未年十月□□日卯时，简侯与弟天培将奉两尊人柩合葬陆家坳祖茔南山之阳，问志铭于余，余辱世谊，且知先生之生平最悉，不敢以不敏辞，因历叙其大概焉。其世次俱载行述，故不再赘。

铭曰：天马之行空兮，遽萃于此。瑞氤氲兮秀郁起，微高贤之凝承兮，孰受其祉。蕴千秋之灵脉兮，祥发伊始；卜吉壤之绵延兮，曷其有已。天之所以报施善人兮，永斯藏而宁止。[1]

从这篇墓志铭基本上可以对陈枚有一个大致的了解。陈枚，字简侯，号东阜，杭州人。故而陈枚在序言中或称"西湖陈枚简侯"，或称"西泠陈枚简侯"，或称"古杭陈枚简侯"，"西湖""西泠""古杭"这几个地方均为杭州。陈枚之父陈淏，字爻，一号扶摇，杭州人。虽未中功名，但博学多才，主要靠经营书坊为生。陈淏在南京之时，与李渔曾有过合作，出版了不少书籍，晚年喜好花鸟鱼虫之物，出版了古代园艺学重要书籍《花镜》，尚有《神仙通考》一书。

陈枚的祖上，爷爷陈芝仙，太爷爷陈象公均是习学医术之人，其家传医书在其父陈淏生前为大火所毁，陈淏虽搜集残篇，但所获甚少，凭借这断简残篇陈淏依旧能够治病救人。然而，陈淏终究走上了出版业这条道路，作为其子的陈枚同样学贯经史，在文坛颇有声名，但功名未就，只得继承父亲之业，操持选政。陈枚选编之书，在士林引起了非常大的反响。陈枚的儿子叫陈德裕，字子厚。陈枚去世之后出版的《凭山阁增辑留青新集》每卷卷端有"西泠陈枚简侯选　男德裕子厚校阅"字样，此"男德裕子厚"就是陈枚的儿子陈德裕。

了解了清代实有陈枚简侯之后，接下来再确定其生卒年，以便判断其写作《水浒传》序言的时间。陈枚之父陈淏通过上文可知，卒于康熙癸未年，即康熙四十二年（1703），陈枚的生卒年在《凭山阁增辑留青新集》卷首的《留

①［清］陈枚：《凭山阁增辑留青新集》卷三，《四库禁毁书丛刊》集部第54册，北京出版社2000年版，第152—153页。

青新集序》中可以得知[1]。

> 陈子简侯留青之选其庶几乎？忆其初集、二集次第至金陵，如连城抱璞初出荆山，彼都人士，鲜有识者。予见之狂喜，立促同人醵金付梓。梓成，风行宇内，纸贵洛阳，由是《广集》梓于西泠，《全集》梓于白下，《采珍集》梓于黄山、白岳、匡庐、虎阜之同人。是集凡五刻，予五董其事……**去秋寿七袠，予曾以序言为寿，不谓觞寿未几**，遽修文天上，岂天亦爱才，延伫玉楼，不使尘寰得聆謦咳耶？今春夏之交，其长公子子厚以留青遗稿寄予，盖谓是书自予始之，当自予终之也。予细为校阅，凡三千余叶，名曰《留青新集》。

此序言末署“康熙戊子蒲月年家弟沈心友因伯氏题于雪江草堂”。康熙戊子即康熙四十七年（1708），陈枚逝世于此年的前一年，即康熙四十六年（1707），去世之时刚刚过了七十大寿，所以陈枚当生于崇祯十一年（1638）。《留青新集例言》末署“康熙岁次丁亥重九日古杭陈枚东阜氏漫识于凭山阁”，康熙丁亥即陈枚去世之年，康熙四十六年（1707），所以陈枚去世的具体时间当在康熙四十六年（1707）九月初九之后。《留青新集》卷五“应酬诗”中收录不少给陈枚七十生辰贺寿之诗，如沈汤炜《祝陈简侯七十寿》、张国泰《祝陈简侯七十》、朱从憬《祝陈简侯七十寿》、朱之鸿《祝陈凭山先生七十寿》、朱从禧《祝陈东阜七十寿》等。

弄清楚陈枚生卒年后，再说一个题外话，现今不少著作把书坊主陈枚简侯与清代其他几位陈枚混淆。此类例子颇多，举几部比较有分量的著作观之，《清人别集总目》与《清人诗文集总目提要》当中都叙及3位陈枚，山东昌乐陈枚、江苏娄县陈枚、浙江海宁陈枚，但二书均将杭州陈枚简侯与江苏娄县陈枚混为一谈。《清人诗文集总目提要》如此介绍“留青新集三十卷　陈枚撰。枚字载东，号殿抡，晚号枝窝头陀，江苏娄县人。雍正四年以绘画供奉内廷，官内务府员外郎。工画山水、人物，乾隆七年作《鸦飞马健图》。所撰《留青新集》三十卷，积秀堂刻，南京图书馆藏。又有《留青采珍集》十二集，清刻本，日本宫内厅书陵部藏”[2]。现今可知《留青新集》和《留青采

[1]《凭山阁增辑留青新集》现今所见卷首序言有两种，一种是戊子初夏张国泰所序，序言名为《叙》，《四库禁毁书丛刊》中所用底本山东省图书馆藏本即为此序；另一种是康熙戊子蒲月沈心友所序，序言名为《留青新集序》，中国国家图书馆所藏积秀堂刻本即为此序。此处所引序言为沈心友之序。

[2]柯愈春：《清人诗文集总目提要》，北京古籍出版社2001年版，第491页。

珍集》均为杭州陈简侯所选编。

再如《历代名人室名别号辞典》中同样将杭州陈枚简侯与江苏娄县陈枚混为一谈，“陈枚，字载东，殿抡，号枝窝头陀，家有凭山阁藏书，清娄县人。雍正时官内务府郎中。画人物山水花鸟，得宋人法。乾隆七年尝作《雅飞马健图》”①，凭山阁当为杭州陈简侯所有。《回文集》也将杭州陈枚简侯与浙江海宁陈枚混为一谈，“陈枚（一六三八——约一七〇八）字简侯、简菴，一字东阜、爰立，号补庵，浙江钱塘（国朝杭郡诗辑云，海宁）人。诸生。所编《写心集》（康熙十九年刻本）、《写心二集》（康熙三十五年刻本），以及《留青集》《留青新集》《留青广集》《留青全集》，皆为清代禁书”②。其中简菴之名不知来自何处，其余像爰立、补庵、海宁人均为浙江海宁陈枚的资料。

三、陈枚所刊书籍及其流传

陈枚的生卒年为明崇祯十一年（1638）至清康熙四十六年（1707），那么最早题有陈枚简侯的《水浒传》序言，应当是康熙年间所作。此时陈枚由于操持选政，在当时文坛风头正盛、声名如日中天，所以才有书坊找其题写序言，以提高刊本名气。此一行为也一直延续到当下，像现当今古籍名著新的整理本，一般前面都有专家学者所写撰写的序言。现存最早有陈枚序言的《水浒传》版本为十卷本，此本序末题署未见时间，不知是否即为康熙年间刊本。

当然，还有一种可能性，即陈枚曾经刊刻过《水浒传》，此序言为陈枚刊刻《水浒传》之时所写。除了凭山阁之外，陈枚还有一些对外联络的书坊，像在《写心二集》的《选言》中提到的吴门宝翰楼与武林文治堂，“倘有瑶函，乞寄吴门宝翰楼、武林文治堂，用光续刻，跂予望之”③。现存版本中并没有凭山阁、宝翰楼、文治堂等书坊刊刻的带有陈枚序言的《水浒传》，但并不代表历史当中就一定没有存在过。当然，陈枚刊刻《水浒传》的可能性比较小，因为从其对《水浒传》的态度可知，此点后文会谈到。

至于那些序言题署有“乾隆丙辰”“乾隆丙午”“嘉庆己巳”的百二十四回本，则很明显是书坊主故弄玄虚的伎俩了。同时，从这些题署的时间可以

①池秀云编撰：《历代名人室名别号辞典》，山西古籍出版社 1998 年版，第 525 页。

②丁胜源、周汉芳辑：《回文集》，国家图书馆出版社 2012 年版，第 2329 页。

③［清］陈枚：《写心二集》，中央书店 1935 年版，第 4 页。

看出，康熙四十六年（1707）至嘉庆十四年（1809），陈枚已去世百年，但其名声依旧具有一定的号召力。那么，陈枚在当时到底干了何事，以至于有如此之大的名气？

首先，选编书籍、出版书籍。陈枚选编、出版的书籍当中，影响最大的是"留青系列"。按照时间先后顺序有：康熙十一年（1672）《凭山阁留青集选》、康熙十六年（1677）《凭山阁留青二集选》、康熙十八年（1679）《凭山阁留青广集》、康熙二十三年（1684）《凭山阁增定留青全集》、康熙四十二年（1703）《凭山阁汇辑四六留青采珍集》、康熙四十七年（1708）《凭山阁增辑留青新集》（遗作）。其余选编、出版的书籍尚有清顺治十七年（1660）《周易直解》、康熙十九年（1680）《凭山阁新辑尺牍写心集》、康熙二十二年（1683）《凭山阁纂辑诗林切玉》、康熙二十八年（1689）《凭山阁精订四书备解》、康熙三十五年（1696）《凭山阁新辑尺牍写心二集》、康熙十六年（1677）《增补天下才子必读书》、康熙年间《历科状元图考全书》等。

现存所见陈枚共选编、出版了13部书籍，这仅仅只是陈枚选编书籍的一部分，必然有不少书籍湮灭了。这13部书籍当中，刊刻最早的是顺治十七年（1660）的《周易直解》，此时陈枚才22岁，刊刻最晚的是康熙四十七年（1708）的《凭山阁增辑留青新集》，此书刊刻之时，陈枚已经逝世，可以说陈枚的一生都奉献给了编辑与出版事业。从以上选编的书籍来看，陈枚编选过一些正统书籍，像《周易》《四书》《诗林切玉》等，但为其带来巨大声名的还是"留青"系列与"写心"系列。

这两种书籍的内容多是应用文写作以及百科知识，像《留青二集》的封面直接题有"应世必需"四个字。《写心集》与《写心二集》书名中标明为"尺牍"类。后世流传最广的《留青新集》封面也题有"应酬全书"四字，里面的内容分为：寿文、祭文、杂文、诗学要诀、古学辨体、应酬诗、词学辨体、应酬词、词韵、启、四六摘联、牍、尺牍碎锦、翰藻、筮仕要规、临政事宜、六都律眼、古今官制、品级备考、文移便览、文武仪注、俸禄须知、命妇称呼、奏疏、条议、告示、谳语、申文、详文、批语、驳语、舆图、姓氏、家礼仪节、月令考、匾额题词、春联隽句、梳、引、赞、铭、翰墨腴辞、印章绮语、人物称谓、艺苑指南等。可以说，《留青新集》一书涉及日常生活当中方方面面的应用文写作，上到官员，下至黎庶，大有一本在手、万事莫愁的感觉。

其次，书籍的选编以及出版，取得了极大的成功。这也是陈枚能够取得巨大名声更为重要的原因，因为清代的选家不少，而能成名者却寥寥。陈枚选集的成功像沈心友在《留青新集序》当中所说，“梓成，风行宇内，纸贵洛阳”。最初陈枚拿着选稿到南京去找出版商之时，无人问津，但是书籍出版之后，取得了巨大的轰动。方象瑛在陈淏的墓志铭中也提到“（陈枚）所操选政，风动士林，四方名宿投刺请教”。这一类对陈枚编选书籍，尤其是“留青”系列与“写心”系列的赞美之辞，在《写心二集》的“赠言录隽”之中尤为多见，现摘录如下：

黄友蓬：佳刻流播海内，脍炙人口。①

沈凝峙：弟贫甚，如“留青”诸选，欣赏至矣，纸贵洛阳，终未得读。②

茅于纯：辱惠大刻，披卷读之。珠玑夺目，兼锡佳品珍羞，色香俱备。③

李元行：年来于坊次，得读《留青集》，诸美毕具。④

周栎园：“写心”大选想已告成，幸多惠数册，拙选四集，以刻资不继，明春始能卒业。然见大选，则此集可废矣。又：读“留青”诸选，众美毕陈。不啻饥岁之粮，渴时之饮。⑤

揭宪武：恭唯阁下木钟理学，正字文章。“留青”诸集，纸贵洛阳，洵为后学津梁，千秋楷模也。⑥

这些言语之中，自然不乏恭维、溢美之嫌，但是从《写心二集》的“赠言录隽”中也可见陈枚当时选本的影响之大。《写心二集》的“赠言录隽”是他人写给陈枚信件的汇编。这些信件中内容最多的就是信件作者希望陈枚能将自己的文章或诗词选录到选本中，试图通过陈枚的选本使他们的文章流传千古。这也从侧面反映了陈枚选本的流行，如若不然，一本无人问津的选本，何必汲汲于希望被选录，更遑论以图不朽了。信件的其他内容还有找陈枚写序言的、希望陈枚指点的、想给陈枚选集校阅的，诸如此类，不一而足，此等都可见陈枚在当时文坛具有一定的地位与影响力。

同时，陈枚选集的成功还体现在选集地域流传之广、时间流传之久上。

①［清］陈枚：《写心二集》，中央书店 1935 年版，第 311 页。
②［清］陈枚：《写心二集》，中央书店 1935 年版，第 319 页。
③［清］陈枚：《写心二集》，中央书店 1935 年版，第 319—320 页。
④［清］陈枚：《写心二集》，中央书店 1935 年版，第 321 页。
⑤［清］陈枚：《写心二集》，中央书店 1935 年版，第 324 页。
⑥［清］陈枚：《写心二集》，中央书店 1935 年版，第 334 页。

像《留青采珍集》就曾在黄山、白岳、匡庐、虎阜四地刊刻。而影响最大的《留青新集》,就有不少书坊刊刻或翻刊,如积秀堂、大观堂、文光堂、素位堂、联墨堂、泰山堂、维经堂、三让堂、芸生堂、紫文阁等。更为传奇的是,此书被禁毁之后,时隔近200年之久,依旧被增补、翻刻。现存增补、翻刻的《留青新集》有清光绪十六年(1890)冯善长《重编留青新集》、清光绪二十五年(1899)陈维崧《增广留青新集》,刊行的出版社有广益书局、宏文阁、源记书局等。

再次,陈枚与当时文坛不少名人以及官员有过往来。这点也非常重要,一本选集的成功虽然少不了普通读者的喜爱,但是同样不可缺少文化阶层的认可与推荐,陈枚的交游圈中就有这么一些文化阶层之人。

像李渔,著名的文学家、戏剧家、戏剧理论家、美学家、出版家。一生著述颇丰,有《笠翁十种曲》《闲情偶寄》《无声戏》《十二楼》等;陆圻,诗人、名医。西泠十子之一。著有《从同集》《威凤堂集》《西陵新语》等;周亮工,文学家、篆刻家、收藏家。历仕山东潍县令、盐法道、兵备道、布政使、左副都御史、户部右侍郎等官。著有《赖古堂集》《读画录》等;方象瑛,诗人。康熙六年(1667)进士,康熙十八年(1679)中"博举鸿儒"科二等,授翰林编修,参修《明史》。著有《健松斋诗文集》《封长白山记》《松窗笔乘》等;林云铭,学者、诗人。顺治十五年(1658)进士,官徽州府通判。著有《庄子因》《楚词灯》《韩文起》《古文析义》《西仲文集》《挹奎楼选稿》《损斋焚余》等;仇兆鳌,学者。康熙二十四年(1685)进士,官至吏部右侍郎。著有《四书说约》《杜诗详注》《周易参同契》,其中《杜诗详注》享誉盛名;缪沅,学者、诗人。康熙四十八年(1709)进士,历官至礼部尚书,迁刑部侍郎。著有《余园诗钞》。

正是由于以上诸种原因,陈枚在清代前中期获得了颇大的声名。不仅有人请其题写《水浒传》序言,而且这篇序言还延续了近百年之久(嘉庆己巳)。直到两百年之后的宣统年间,陈枚的序依旧在流传,即便其序言署名已然湮灭不存。当然,陈枚署名的湮灭,这其中也另有隐情。康熙年间陈枚编撰"留青"系列以及"写心"系列选本,为其获得了巨大的声名,此后百余年间,这些选本翻刻不断,直至乾隆时期,陈枚所编选的"留青"系列与"写心"系列均遭禁毁。现今所见之"留青"系列的书籍影印本,都是在《四库禁毁书丛刊》以及《四库禁毁书丛刊补编》之中。

据《清代禁书总述》可知，陈枚所编选的《留青集》《留青集选》《留青二集》《留青广集》《留青全集》《留青采珍集》《留青新集》《写心集》《写心二集》均在被禁之列①。其中《留青集》为两江总督高晋奏缴，乾隆年间奏准禁毁②。《留青二集》为湖南巡抚李湖奏缴，于乾隆四十四年（1779）九月二十五日奏准禁毁。《留青全集》为闽浙总督三宝奏缴，乾隆四十四年（1779）九月初六日奏准禁毁。《留青集选》《留青新集》为陕甘总督勒尔谨奏缴，乾隆四十五年（1780）五月十二日奏准禁毁。《留青采珍集》为山西巡抚农起奏缴，于乾隆四十七年（1782）五月二十六日奏准禁毁。《留青广集》列入军机处奏准全毁书目内③。《写心集》为两江总督萨载奏缴，于乾隆四十六年（1781）十一月初六日奏准禁毁④。陈枚选本被禁毁的理由大抵是有碍语，像《留青采珍集》被禁理由为"内载有钱谦益、屈大均、龚鼎孳等词、诗、启，并黄华与陈简侯、柴绍勋与令威兵部启，内语多疵谬，且于庙讳御名圣讳均未敬避，应行销毁"⑤。

再从《清代各省禁书汇考》中可见各地所收缴的禁书：陕甘地区收缴《留青新集》《留青广集》《留青集选》；湖南省收缴《留青二集》；湖北省收缴《留青采珍集》二部；江西省收缴《留青广集》八十三部三百三十六本，留青集、新集、二集共一百零八部、九百二十二本；江苏省收缴《留青集》九十部、又《留青集》九十五部；闽浙收缴《留青二集》一部、《留青集》五部、《留青广集》十部、《留青全集》五部、《留青新集》四部；两江收缴了《留青集》《留青新集》《留青广集》《写心集》四本⑥。

从上述禁书时间以及收缴禁书的地域来看，陈枚所选"留青"诸集在乾隆中后期依旧有着强大的生命力，此时距离这些书籍的出版，已有近百年的历史。这些书籍遍布全国各地，而且某些地方极为盛行，像江西、江苏等。如若不是乾隆朝的禁毁，"留青"诸集可能会一直流行下去。这点从光绪年间禁网松弛之后，"留青"诸集又得以出版便可得知。"留青"诸集被禁，肯定影响到陈枚声名的传播，使其名字渐渐消失于众人眼中，以至于光绪、道

①王彬主编：《清代禁书总述》，中国书店1999年版，第603页。

②高晋于乾隆四十三年（1778）去世，故而当在此前奏准禁毁。

③王彬主编：《清代禁书总述》，中国书店1999年版，第276—277页。

④王彬主编：《清代禁书总述》，中国书店1999年版，第478—479页。

⑤王彬主编：《清代禁书总述》，中国书店1999年版，第276页。

⑥雷梦辰：《清代各省禁书汇考》，书目文献出版社1989年版。

光年间使用陈枚序言的《水浒传》都不署其名。

四、陈枚交游之人与《水浒传》

陈枚除了自己题写过《水浒传》序言之外，与他有交集的一些人也跟《水浒传》有一些渊源。

清代与《水浒传》相关的人物，声名最大的自然是金圣叹。金圣叹的生卒年是万历三十六年（1608）至顺治十八年（1661）。到金圣叹逝世那年，陈枚也不过23岁，所以陈枚与金圣叹可能没有直接的交往。然而，陈枚与金圣叹却有过一段渊源。金圣叹将《庄子》《离骚》《史记》《杜工部集》《水浒传》《西厢记》并称为"六才子书"，并选编了《天下才子必读书》。陈枚在康熙十六年（1677）增补了此书，并题名为《增补天下才子必读书》，卷首有陈枚《增补才子书引》，末署"康熙丁巳孟春望日西泠陈枚简侯氏识"。此书增补的原因陈枚也说得很清楚，"吾浙初刻甚精，奈为祝融所毁，豫刻舛讹之极，苦无善本。兹缘坊人之请，遂增以遗稿诸篇，再三较订，允称全璧"[①]。可见陈枚对金圣叹选编的《天下才子必读书》进行了增补、校订工作，并做了进一步的推广。

然而在陈枚所写《增补才子书引》中有一句话值得注意，"如《水浒》《西厢》之妙，不过先生（金圣叹）游戏笔墨之文耳，岂若是书（《天下才子必读书》）之大有裨于名教哉"。这是陈枚除《水浒传序》之外，有关《水浒传》的又一评论。从此句评论中可见，陈枚知道金圣叹所评点的书籍当中，最负盛名的就是《水浒传》与《西厢记》，但是陈枚却认为金氏评点此二书，不过是游戏之笔，二书的评点不如《天下才子必读书》。

陈枚于《增补才子书引》中如此说法，其中有一定的广告成分，但是陈枚认为《天下才子必读书》更为优秀的理由，与其《水浒传序》的思想却是出奇一致。陈枚认为《天下才子必读书》有大功于名教，所以优于《水浒传》与《西厢记》，其《水浒传序》所言也是如此，"然吾愿天下正气男儿，当效群雄下半截，而垂戒前途之难束缚，则此传允为古今一大奇书，可以不朽矣"，认为读《水浒传》要效仿众好汉为国效力尽忠，不要学习他们犯上作乱，这样《水浒传》才能被认可为古今一大奇书，从而得以不朽。从序言来看，陈枚是

---

①［清］陈枚：《增补才子书引》，《金圣叹全集》第6册，凤凰出版社2016年版，第148页。

从有利于教化的角度看待《水浒传》。由此也可见，陈枚是封建礼教之下循规蹈矩之人，并积极维护这种礼教制度。此点从其所选编与刊刻的书籍也可看出，不是经书就是有利于日常应酬之书。所以，像陈枚这种思想的人，不太可能自己去刊刻《水浒传》。

第二个与陈枚有渊源，而且跟《水浒传》有联系的人是王仕云。王仕云，字望如，号桐庵老人，此人让人更加熟悉的是王望如之名。清代《水浒传》金圣叹评本风靡之后，各种翻刻本随之出现，有一种名为《评论出像水浒传》的本子，由醉畊堂刊刻，卷首有署名"桐庵老人"的《五才子水浒序》，以及《王望如先生评论出像水浒传总论》。此一版本就是依托于金圣叹评本的翻刻本，与金评本不同的是，此本除了金圣叹批语之外，每回回末还有王望如的总评。

陈枚所编选的选集中，收录了许多王望如的文章，仅仅《写心集》中就收录了王氏的《慰侯庆年落第》《答西怀三叔父》《答友》《寄孙男宪曾》《寄王农山侍御》《辞昌黎祠中祀位》《答仇漪园兵宪尉留乞休》《复及门吴小曼》八篇[①]。陈枚本人与王望如也有交往，王望如曾给陈枚写过一封短信《与陈简侯》：

> 日者阍人之蠢，止知致书，不知并致文施之临邦也。于是而自愧其疏，且憾阍者之不解事矣。远承书扇之贶，良荷雅谊，肃此声谢，别谕敬闻命矣。即日绵力区区，然缁衣之好，颇自不后于人也。小刻数帙，附奉览政。[②]

王望如的生年为万历四十二年(1614)，比陈枚大出 24 岁。从此信件来看，王望如写得十分随意，可见陈简侯与王望如的关系应该不错。信里提到陈简侯曾赠送过书扇给王望如，而王望如也回赠书籍给陈简侯，并且言明陈简侯有需要帮忙的地方，自己一定会尽力。

第三个与陈枚有渊源，而且与《水浒传》有联系的人是周亮工。周亮工，字元亮，号栎园。周亮工此人对《水浒传》颇为熟稔，其著作《因树屋书影》中曾五次提及《水浒》，对《水浒传》李评真伪、作者、版本等问题都有所叙

---

①[清]陈枚：《写心集》，中央书店 1935 年版。

②[清]陈枚：《凭山阁增辑留青新集》，《四库禁毁书丛刊》集部第 54 册，北京出版社 2000 年版，第 609 页。

及。同时，上文提及的王望如所序醉畊堂刊本《水浒传》，据陆林先生《周亮工参与刊刻金圣叹批评〈水浒〉、古文考论》一文考证，醉畊堂为周亮工其弟周亮节堂号，与王望如无涉，而王望如本人与周亮工是生死之交，所以周亮工应该参与了醉畊堂本《水浒传》的刊刻[①]。

周亮工的生卒年为万历四十年（1612）至康熙十一年（1672），周亮工比陈枚大26岁。周亮工与陈枚过从甚密，陈枚的选集中也多有周亮工的文字，其中《写心集》就收录了周亮工《与陆荩思》《复王安节》《与何次德》《与陈简侯》《答王安节镌壬子纪年章》《复王安节》《答王安节》七篇文章。《写心二集》收录了周亮工写给陈枚的四封信，其中有“作客湖干，过蒙至爱，归来数月，魂梦尚依依左右也”之句[②]，可见二人交情颇为不错。

第四个与陈枚有渊源，而且与《水浒传》有联系的人是李渔。李渔与《水浒传》的联系，首先是之前所研究的嵌图本四种中有一种是李渔序本。此本卷首有一篇署名李渔所写的《水浒传序》，此序十之八九是托名所为。其次《水浒传》中有一种繁本是芥子园所刊刻，称之为芥子园刊本。芥子园是李渔在金陵之时所创书坊，李渔移居杭州之后，芥子园交由其传人以及女婿沈心友打理过一段时间。此芥子园本很有可能就是在李渔手上刊刻的本子。

李渔的生卒年为万历三十九年（1611）至康熙十九年（1680），比陈枚大27岁。关于李渔与陈枚的交往，可追溯到陈枚的父亲陈淏。从《扶摇陈先生暨原配戴孺人合葬墓志铭》“（陈淏）与笠翁登临凭吊之暇，商酌鲁鱼，品题帝虎，而所裁定书益广，研京鐇都，洛阳纸为之价十倍”可知，陈淏与李渔关系不错，曾经一起刊刻过不少书籍。陈枚继承了父亲的编选、刊刻事业，自然与世交李渔的关系也不会差。不仅如此，陈枚与李渔的次子李将开以及李渔的女婿沈心友关系都非常好，陈枚曾携《留青集》至金陵，就是沈心友慧眼识英，帮忙联系刊刻了此书。

陈枚所选诸集中多有李渔的文墨，其中《写心集》就收录李渔《与吴梅村先生》《简丛木虚》《与赵介山》《与顾硕甫》《复曹顾菴太史》《复朱建三》《与某公》《与杜子濂公祖》《与杜于皇》《复张诗宜》《与梁石渠》《复

①陆林：《周亮工参与刊刻金圣叹批评〈水浒〉、古文考论》，《社会科学战线》2003年第4期。

②［清］陈枚：《写心二集》，中央书店1935年版，第324页。

高彦侣观察》十二篇①。《写心二集》保存着李渔写给陈枚的一封信《与陈简侯》：

时时欲晤，而刻刻不闲，是以咫尺云亭，邈如江汉，怀念之切，想有同然耳。弟归心勃发，不日脂车。吾兄厚弟有素，今将行矣，必有字报平安，弟当为作寄书邮也。且弟行囊羞涩，藉兄一纸家书，壮我半肩行色。祈即封掷，伫候束装。②

以及陈枚写给李渔的一封信《谢李笠翁先生惠泉酒》：

辱台惠者屡矣，未获一芹将意，每倩毛颖致辞，未免见笑于数数也。顷以名泉佳酿见贻，语云滴水难消，况酹以大斗乎？某当饮水思源，醉酒饱德矣。③

从这两封信中，李渔与陈枚的交情已不必多言，李渔准备回杭州还记挂着给陈枚带家书回去，不仅如此，信中可见李渔时常送东西给陈枚。此外，陈枚所编选的《留青新集》卷八《词韵》部分也是李渔帮忙编辑，此卷卷端题署“湖上李渔笠翁分辑”。李渔所著《闲情偶寄》也有陈枚的批语，卷五《鸭》一篇有陈枚的眉批，“创论过多，使观者不觉，所谓‘司空见惯浑闲事’也”④。

从此节内容可以得出以下结论：

1. 清代为《水浒传》题写序言的陈枚，字简侯，号东皋，杭州人。其父为陈淏，字爻，一号扶摇。其子为陈德裕，字子厚。

2. 陈枚的生卒年为明崇祯十一年（1638）至清康熙四十六年（1707），此即意味着最早刻有陈枚序的《水浒传》至迟在康熙四十六年（1707）就已出版。

3. 陈枚之所以会为《水浒传》作序，乃是因为其作为文章选家在当时获得了巨大的声名，所以书商请其写作序言，以图增加书籍的名气。陈枚的序在其逝世后还流传过很长一段时间，直至乾隆四十余年，陈枚所选书籍遭致全面禁毁，陈枚的声名受到毁灭性的打击，之后即使《水浒传》书前用陈枚的序，也不再书陈枚之名。

①［清］陈枚：《写心集》，中央书店1935年版。
②［清］陈枚：《写心二集》，中央书店1935年版，第325页。
③［清］陈枚：《写心二集》，中央书店1935年版，第348页。
④［清］李渔：《闲情偶寄》，《李渔全集》第3卷，浙江古籍出版社1991年版，第251页。

4. 从陈枚的序以及其他文字可以看出，虽然陈枚欣赏《水浒传》故事以及文笔，但并不肯定梁山泊好汉的造反行为，陈枚属于封建礼教的维护者。

5. 陈枚跟一些与《水浒传》有联系的人有过诸般渊源，这些人包括金圣叹、王望如、李渔、周亮工等。

第三节　八卷本与百二十四回本《水浒传》回目研究

一、八卷本与百二十四回本的卷数以及回数

1. 八卷本的卷数与回数

研究八卷本以及百二十四回本回目之前，先将二本的卷数、分卷以及回数、分回问题厘清楚。八卷本顾名思义只有 8 卷，回数为 115 回。从卷数与回数来看，每卷回数必然不同，实际也是如此，第一卷 12 回、第二卷 18 回、第三卷 13 回、第四卷 13 回、第五卷 16 回、第 6 卷 12 回、第七卷 16 回、第八卷 15 回。每卷回数比较杂乱，似乎并没什么特别的规律可言。

八卷这个卷数也十分特别，所有《水浒传》版本尚未有如此奇特的卷数。简本《水浒传》中种德书堂本、插增本、评林本、嵌图本都应算作 25 卷本，英雄谱本、汉宋奇书本是 20 卷，十卷本、征四寇本是 10 卷。繁本《水浒传》中有的版本没有卷数，如三大寇本、大涤余人序本、百二十回本，有的每一回即为一卷，如容与堂本、钟伯敬本、金圣叹评本，只有嘉靖残本可能是 20 卷。这些本子的卷数都比较规整，或是整数，或是半整数，而八卷本的卷数则既不是整数，也不是半整数，不知是否随意为之。从卷数来看，八卷本应该没有继承之前任何一个本子。

八卷本的回数为 115 回，这个回数与嵌图本、嵌图本后续本相同，而与其他简本诸如种德书堂本、插增本、评林本、英雄谱本不同。其中评林本 104 回、英雄谱本 110 回，八卷本 115 回自然不可能从此二本而来，种德书堂本与插增本虽然为残本，但是八卷本亦不可能从此二本而来。因为种德书堂本、插增本第 87 回“宋公明大战幽州　胡延灼力擒番将”，此回八卷本不存；而八卷本第 113 回“卢俊义大战昱岭关　宋公明智取清溪洞”，种德书堂本则不存。

八卷本的回数以及分回（即每回起讫位置）与嵌图本、嵌图本后续本均

相同。从此点看,八卷本可能是由嵌图本或者嵌图本后续本发展而来。再考虑到八卷本目录叶书名与十卷本卷端书名相同,二者可能有比较大的渊源关系。

2. 百二十四回本的卷数与回数

百二十四回本顾名思义回数有124回,而卷数则有12卷①。从卷数与回数来看,每卷回数必然不同,实际也是如此,第一卷9回、第二卷12回、第三卷12回、第四卷9回、第五卷9回、第六卷11回、第七卷12回、第八卷11回、第九卷10回、第十卷12回、第十一卷9回、第十二卷8回。各卷回数在8回至12回中变动,并无特别的规律可言。而且十二卷这个卷数与之前的八卷本一样,是之前版本从来没有出现过的卷数,划分为十二卷不知是否有暗含十二地支的意思,但同样可见此本卷数没有继承之前任何一本。

百二十四回本的回数共计124回,这也是此本最为特别之处,因为此本回数甚至比回数最多的百二十回本还要多出4回。现在可知完整的简本回数最多的就是嵌图本系统,共计115回,其他简本如评林本104回、英雄谱本110回。繁本中回数最多的百二十回本也只有120回。那么,百二十四回本比之其他诸本,多出的回数在什么地方?

再来考察百二十四回本的回数分布,聚义之前的故事共计70回(1—70)、聚义至招安的故事11回(71—81)、征辽故事9回(82—90)、征田虎故事10回(91—100)、征王庆故事13回(101—113)、征方腊故事11回(114—124)。百二十回本的回数分布为聚义之前的故事共计71回(1—71)、聚义至招安的故事11回(72—82)、征辽故事8回(83—90)、征田虎故事10回(91—100)、征王庆故事10回(101—110)、征方腊故事10回(111—120)。嵌图本的回数分布为聚义之前的故事共计66回(1—66)、聚义至招安的故事11回(67—77)、征辽故事6回(78—83)、征田虎故事10回(84—93)、征王庆故事12回(94—105)、征方腊故事10回(106—115)。

百二十四回本比百十五回本诸多部分均多出回数,聚义之前多出4回、征辽多出3回、征王庆多出1回、征方腊多出1回。由于现存简本多存在并回的情况,所以很难判断百二十四回本多出的回数是原有还是插增所致。

①百二十四回本中映雪堂本比较特殊,此本目录未分卷,正文分卷也与他本不同,应当属于另一种百二十四回本系统。除映雪堂本外,其他百二十四回目录均分卷,为12卷,正文分卷与目录分卷相同。

百二十四回本与百二十回本诸部分也有不同,聚义之前少1回、征辽多1回、征王庆多3回、征方腊多1回。简本与繁本的田王故事有所不同,所以此部分不做讨论。之前研究表明简本是由繁本删节而来,诸多简本包括种德书堂本、插增本、评林本、英雄谱本、嵌图本系统、嵌图本后续本系统、八卷本,这些版本百回故事部分的回数确实未有超过繁本一百回者,而百二十四回本征辽故事与征方腊故事却比繁本多出两回,这两回到底是哪两回?

检索百二十四回本与容与堂本可知,征辽故事部分容与堂本第84回"宋公明兵打蓟州城　卢俊义大战玉田县",百二十四回本中变成了两回,"宋江用计取檀州　俊义大战玉田县"与"众好汉蓟州得胜　大辽主降敕招安"。征方腊故事部分百二十四回本比容与堂本多出"公孙胜辞归养亲　宋公明敕征方腊"一回,此回存在于简本当中,是征讨王庆与征讨方腊的承接回,但百二十四回本征讨方腊部分共计11回,比刘兴我本10回还是要多出1回,这多出的1回为百二十四回本中"揄柳庄李俊被捉　苏州城方貌伏诛",此回即容与堂本第93回"混江龙太湖小结义　宋公明苏州大会垓"。

那么,到底是什么原因造成了百二十四回本的回数多于其他简本,甚至多于繁本回数?主要原因是百二十四回本对文本做了一项非常大的改动,将某些回数的分回位置(每回起讫位置)进行了调整,使得回数有所增益。此举对回目的改动也颇大,这一点下文会详细论述。

考察百二十四回本回目之前,还有一点必须说明,即百二十四回本的分回(即每回起讫位置)问题。之前诸多简本,甚至包括诸多繁本在内的《水浒传》本子,除却并回情况不论外,各回分回位置基本相同。而百二十四回本即使在回目与他本相同的情况下,分回位置也与他本多有差异。随意举例以观之:

> 刘兴我本:且说史进正和三人饮酒,只听得墙外喊起,火把乱明。三人大惊。史进曰:"三位休慌,待我去看。"掇条梯子,傍墙一看,只见县尉在马上,引两个都头,领四百土兵围住庄院。都头大叫:"不要走了强盗!"这伙人来捉史进,直使天罡地杀一齐相会。正是芦花深处藏兵士,荷叶阴中聚战船。毕竟史进与三个头领怎的脱身?且听下回分解。(1.10b)
>
> 百二十四回本:李吉将书折开,见书上面写着少华山朱武三人名

字。李吉曰:"史进原来与强盗来往。"把书望华阴果出首去了。未知后来如何,且听下回分解。(1.10b)[①]

(例一)

刘兴我本:次日,长老修书一封,使人到赵员外庄上报知,又叫侍者取领皂直裰,一双僧鞋,十两白银,唤过智深,分付曰:"你前一次却是误犯。今一次又大醉,乱了清规,你这等做,甚是不好。我看赵员外面上,与你这封书,投一个去处安身。"智深曰:"师父教徒弟那里去?"且听下回分解。(1.19b-20a)

百二十四回本:智深把他耳朵揪住,将肉便塞。对床五个禅和子过来相劝,智深丢了狗肉,提起拳头乱打。众僧大喊逃走。智深拔了一条卓脚,打到法堂,未知如何,且听下回分解。(1.20b)

(例二)

刘兴我本:梁中书曰:"教东京新拨配军杨志听令。"曰:"你原是东京殿司府制使军官,今配来此间,即目国家用人之际,你敢与周谨比试么?若赢得他,我便迁你充其职役。"杨志曰:"蒙恩相钧旨,安敢有违。"随即披挂上马,跑将出来,与周谨先比枪法。周谨怒曰:"这贼配军敢来与我比枪!"二人正欲交锋,且听下回分解。(3.7a)

百二十四回本:中书嘱杨志曰:"我要抬举你做中军副牌,不知你武艺如何?"杨志曰:"小人今日蒙恩相抬举,如拨云见日,敢不尽力。"梁中书大喜,赐衣甲一副。未知明日如何,且看下回分解。(2.9b)

(例三)

例一是"王教头私走延安府　九纹龙大闹史家村"中刘兴我本与百二十四回本回末结束文字,刘兴我本的结束文字在百二十四回本之后,但文字距离不是特别远,相距三四百字左右。例二是"赵员外重修文殊院　鲁智深大闹五台山"中刘兴我本与百二十四回本回末结束文字,刘兴我本的结束文字依旧在百二十四回本之后,但文字距离也不是特别远,相距百余字左右。例三是"梁山泊林冲落草　汴梁城杨志卖刀"中刘兴我本与百二十四回本回末结束文字,刘兴我本的结束文字在百二十四回本之前,文字距离比较

---

①百二十四回本所引文字为笔者所藏半叶11行、行26字本,后文所引目录及正文文字均同此,不另出注。另,百二十四回本文字中所存在的舛误之处,依原保留,不径改。

近，相距二三百字。

从例二可以看出，百二十四回本与他本分回不同，是书坊主或者编辑者有意为之，像例二回目为“鲁智深大闹五台山”，而百二十四回本此回文字结束之处，“鲁智深大闹五台山”这一故事并未完结，应该是提前进行了分回。至于书坊主或者编辑者为何有意将百二十四回本的分回提前或是推后，具体原因暂时不明。可能是因为最初的百二十四回本为了保证页面的齐整，希望在每一叶末结束此回，所以一旦有文字超出此叶，或者不满此叶，就作出相应的调整。

二、八卷本与百二十四回本的回目

1. 八卷本回目

先考察八卷本回目，之前从八卷本回数来看，八卷本与种德书堂本、插增本、评林本以及英雄谱本差距比较大，而与嵌图本系统以及嵌图本后续本系统比较相近。那么，从回目上是否也能得出如此结论？

第七章在研究嵌图本之时，提及嵌图本与其他版本差异较大的回目有：第 31 回嵌图本作“**孔家庄宋江救武松**　清风山燕顺释宋江”，他本作“**武行者醉打孔亮**　锦毛虎义释宋江”；第 44 回嵌图本作“**杨雄石秀投晁盖**　宋江一打祝家庄”，他本作“**扑天雕双修生死书**　宋公明一打祝家庄”。此二处嵌图本与他本有较大差异的回目，八卷本均同于嵌图本以及嵌图本后续本。

第七章第四节的研究中已经知道，虽然嵌图本后续本与嵌图本在诸多方面极为相近，但还是存在一定的差异，这种差异在回目当中同样存在。通过将八卷本与嵌图本、嵌图本后续本差异回目的比较，也基本能够判定八卷本是承袭嵌图本还是嵌图本后续本。

嵌图本与嵌图本后续本回目上的不同，差异最大之处就在于正文第 9 回回目的有无。后续本中正文有第 9 回回目，同于目录总目，嵌图本中正文则无第 9 回回目，只有目录总目有回目。八卷本此处同于后续本，正文有第 9 回回目。其余回目的大小差异如下，目录总目的差异：

第 18 回

嵌图本：林冲山寨大并伙　晁盖梁山称为主

十卷本、汉宋奇书本：林冲山寨大并伙　晁盖梁山私据尊

第 39 回

嵌图本：还道村受三卷书　宋江遇九天玄女

十卷本、汉宋奇书本：还道村受三卷天书　宋公明遇九天玄女

第 60 回

嵌图本：晁天王梦中显圣　浪里白跳水报冤

十卷本、汉宋奇书本：晁天王梦中显圣　浪里跳水上报冤

第 77 回

嵌图本：梁山泊分金买市　宋江全伙受招安

后续本：梁山泊分金买市　宋公明全伙招安

第 78 回

嵌图本：宋江奉诏破大辽　陈桥驲挥泪斩卒

后续本：宋公明奉诏破大辽　陈桥驲挥泪斩小卒

第 95 回

嵌图本：高俅恩报柳世雄　王庆被陷配淮西

后续本：高俅恩报柳世雄　王庆仇配淮西地

第 105 回

嵌图本：宋江火攻秦州城　王庆战败走胡朔

后续本：宋江火攻秦州城　王庆败走胡朔地

除明显的误字不论外，嵌图本与后续本在目录总目中的 7 处差异，八卷本有 6 处同于后续本，而只有 1 处同于嵌图本，此处为第 95 回，八卷本回目为“高俅恩报柳世雄　王庆被陷配淮西”。

正文分目的差异：

第 68 回

嵌图本：黑旋风杀死黄小二　四柳村除奸斩淫妇

后续本：四柳村除奸斩淫妇　三对证表义见英雄①

第 74 回

嵌图本：刘唐放火烧战船　宋江两败高太尉

后续本：秦明双夺韩存保　宋江两败高太尉

①此回目征四寇本为“三对证表又见英雄”，“又”为讹字。

第 77 回

嵌图本：梁山泊分金大买市　宋江全伙受招安

后续本：梁山泊分金大买市　宋公明全伙受招安

第 100 回

嵌图本：李逵受困于骆谷　宋江智取洮阳城

后续本：李逵受困骆谷口　宋江智取洮阳城

第 103 回

嵌图本：孙安病死九湾河　李俊雪天渡越水

后续本：孙安病死九湾河　李俊乘雪渡越江[①]

第 106 回

嵌图本：公孙胜辞别居乡　宋公明敕征方腊

后续本：公孙胜归养亲闱　宋公明敕征方腊

除明显的误字不论外，嵌图本与后续本在正文分目中有 6 处存在差异。此 6 处有几处差异还较大，像第 68 回、第 74 回以及第 106 回。此 6 处有差异的回目，八卷本均同于后续本。

以上目录总目与正文分目嵌图本与后续本存在差异的回目，八卷本基本上同于后续本，所以八卷本应该是承袭自后续本，而非嵌图本。至于目录总目中八卷本与嵌图本相同，而与后续本不同的那一处回目，所造成的原因不明，可能是八卷本的底本总目残缺或模糊不清，则以正文分目代之。至于后续本中存在的三种版本，十卷本、征四寇本、汉宋奇书本，其中征四寇本由于只有大聚义之后的内容，所以不可能与八卷本有太大的关系，而十卷本、汉宋奇书本何者与八卷本更为亲密，则要从正文部分去考量，留待下文。

2. 百二十四回本回目

再来考察百二十四回本的回目[②]。之前从卷数、回数等部分完全看不出百二十四回本源自于何种版本，或是与哪种版本关系较为亲密。现从回目部分考察百二十四回本与其他版本的关系。首先是繁本与简本两大系统之间，何者与百二十四回本更为接近。百二十四回本由于有田虎、王庆故事部分，而繁本与简本的田虎、王庆故事部分内容差异颇大，回目差异则更大，

---

①此回目后续本多有不同，十卷本、征四寇本为“冒雪”，文元堂本为“宫雪”，兴贤堂本为“乘雪”。

②此处所用百二十四回本回目来自半叶 11 行、行 26 字本。

所以随意择取百二十四回本田虎、王庆故事部分的回目如下:“盛提辖举义投降 元仲良情激出家”“众英雄大会唐斌 琼郡主配合张清”“公孙盛再访真人 没羽箭智伏道清”。很明显百二十四回本回目与简本相似,繁本百二十回并无如此回目。

其次是简本诸版本中百二十四回本与何者关系更为相近。一者种德书堂本、插增本,此二本比嵌图本多出第87回,此回回目为“宋公明大战幽州 胡延灼力擒番将”,百二十四回本有此回,但回目多有不同,为“宋江兴兵夺幽州 延寿领军斗阵法”。嵌图本比种德书堂本多出第113回,此回回目“卢俊义大战昱岭关 宋公明智取清溪洞”,百二十四回本也有此回,回目基本相同,为“俊义大战昱岭关 宋江智取清溪县”。

二者嵌图本系统与他本回目差异较大的有:第31回嵌图本作“**孔家庄宋江救武松** 清风山燕顺释宋江”,他本作“**武行者醉打孔亮** 锦毛虎义释宋江”;第44回嵌图本作“**杨雄石秀投晁盖** 宋江一打祝家庄”,他本作“**扑天雕双修生死书** 宋公明一打祝家庄”。此差异较大的两回中,百二十四回本基本同于嵌图本,两回回目作“孔家庄武松遇救 清风山宋江得释”与“二士投上梁山泊 宋江一打祝家庄”。

三者嵌图本与嵌图本后续本差异较大的3回,第68回嵌图本作“黑旋风杀死黄小二 四柳村除奸斩淫妇”,后续本作“四柳村除奸斩淫妇 三对证表义见英雄”,百二十四回本基本同于后续本,为“四柳村除斩奸淫 三对证表见英雄”;第74回嵌图本作“刘唐放火烧战船 宋江两败高太尉”,后续本作“秦明双夺韩存保 宋江两败高太尉”,百二十四回本同于后续本;第100回嵌图本“李逵受困于骆谷 宋江智取洮阳城”,后续本作“李逵受困骆谷口 宋江智取洮阳城”,百二十四回本同于后续本。

当然,也有百二十四回本既不同于嵌图本,也不同于后续本之处。如第106回嵌图本“公孙胜辞别居乡 宋公明敕征方腊”,后续本作“公孙胜归养亲闱 宋公明敕征方腊”,百二十四回本则作“公孙胜辞归养亲 宋公明敕征方腊”。

从总体上说,百二十四回本回目与嵌图本的后续本关系最为接近,但仅仅只是接近而已,二者依旧有着相当大的差异。下文将以后续本中十卷本作为比对对象,参校其他诸本,考察百二十四回本回目的全貌。

百二十四回本比之其他诸本有一个明显的特征,其他诸本包括繁本在内，各回回目字数均不统一，如十卷本中回目有7字和8字，7字回目“张天师祈禳瘟疫　洪太尉误走妖魔”，8字回目“王教头私走延安府　九纹龙大闹史家村”；容与堂本回目有7字、8字、9字，7字回目“梁山泊十面埋伏　宋公明两赢童贯”，8字回目“十节度议取梁山泊　宋公明一败高太尉”，9字回目“吴加亮布四斗五方旗　宋公明排九宫八卦阵”。

然而，百二十四回本回目字数却极为统一，均为7字回目。这种整齐划一的回目并非《水浒传》回目的伊始状态，而是百二十四回本为了追求回目字数统一，将原本9字或者8字的回目压缩成了7字。像十卷本中“王教头私走延安府　九纹龙大闹史家村”，百二十四回本则变成“王教头走延安府　九纹龙闹史家村”；十卷本“赵员外重修文殊院　鲁智深大闹五台山”，百二十四回本变为“赵员外上文殊院　鲁智深闹五台山”；十卷本“小霸王醉入销金帐　花和尚大闹桃花村”，百二十四回本变为“小霸土入销金帐　花和尚闹桃花村”；十卷本“九纹龙剪径赤松林　鲁智深火烧瓦礶寺”，百二十四回本变成“史进剪径赤松林　智深火烧瓦礶寺”。这些回目字数缩减之处，很明显是百二十四回本有意改动。而这些改动都比较简单，或是直接删去一个字，或是将两个字改为一个字，或是将三个字改为两个字等。

当然，也有一些改动较大之处，如十卷本“吴学究说三阮撞筹　公孙胜应罡星聚义”，百二十四回本为“吴学究往说三阮　公孙胜投庄聚会”；十卷本“梁山泊吴用举戴宗　揭阳岭宋江逢李俊”，百二十四回本为“宋江楼上题反诗　戴宗奉令传假信”；十卷本“还道村受三卷天书　宋公明遇九天玄女”，百二十四回本为“古庙中梦见立女　还道村拜受天书”；十卷本“忠义堂石碣受天文　梁山泊英雄排坐次”，百二十四回本为“山上石碣受天文　堂中英雄定座次”。以上回目百二十四回本比之十卷本差异较大，但是每回回目的意思却是大致相同。

还有一些回目，百二十四回本与十卷本所叙及的故事并不相同，如十卷本“豹子头刺陆谦富安　林冲投五庄客向火”，百二十四回本为“差拨放火烧草场　林冲冒雪投茅屋”（例一）；十卷本“林冲山寨大并伙　晁盖梁山私据尊”，百二十四回本为“何涛湖泊丧全军　林冲水寨大并伙”（例二）。

仔细分析二本这两回回目，例一中二本回目的下联“林冲投五庄客向火”与“林冲冒雪投茅屋”，可以当作叙述同一个故事，而上联“豹子头刺陆谦富安”与“差拨放火烧草场”，则完全是在叙述两件事。同样，例二中二本回目“林冲山寨大并伙”与“林冲水寨大并伙”是在叙述同一件事情，但是“晁盖梁山私据尊”与“何涛湖泊丧全军”所叙述之事则相差甚远。

例一“豹子头刺陆谦富安”与“差拨放火烧草场”是情节相邻的两件事情，先有“差拨放火烧草场”，此后就发生了“豹子头刺陆谦富安”。如果说此回目的改动是因为“豹子头刺陆谦富安”为8字，此说法定然不通。因为按照之前所言的做法，百二十四回本可以改为“林冲刺陆谦富安”，但编辑者却修改如此之大，显然是有意为之。这种有意的改动在例二中尤为明显，由于之前所说分回位置（文字起讫位置）的变动，使得百二十四回本“晁盖梁山私据尊”的故事移置到了下一回，所以此回回目做出了相应变动，上下联的位置也依据回目情节先后进行了调整。由此可见，编辑者在百二十四回本回目的修改上下了一番功夫。

此外，百二十四回本比嵌图本后续本多出的回目也值得关注。这些回目从何而来？是否有底本？底本是否为繁本？百二十四回本总共124回，后续本总共115回，百二十四回本比后续本多出9回，其中百回故事部分多出8回，田虎、王庆故事部分多出1回。多出的回数分别是：

（1）百二十四回本第8回“豹子头断配沧州　花和尚林中救友”，此回在十卷本第7回“花和尚倒拔垂杨柳　豹子头误入白虎堂”与第8回“柴进门招天下客　林冲棒打洪教头”之间。百二十四回本此回在繁本中存在，为第8回“林教头刺配沧州道　鲁智深大闹野猪林”，繁本回目之意与百二十四回本大致相同。百二十四回本多出的这一回，诸简本均缺失，而繁本却存在，且回目之意与百二十四回本基本相同，很有可能是百二十四回本在编辑之时参校了繁本。

（2）十卷本中两回第32回“宋江夜看小鳌山　花荣大闹清风寨”与第33回“镇三山闹青州道　霹雳火走瓦砾场”，百二十四回本变为了三回，第33回“上坟墓恭人被获　看鳌山宋江遭捉”、第34回“花荣大闹清风寨　黄信败退青州道”、第35回“秦明走回瓦砾场　宋江议投梁山泊”。繁本在百二十四回本多出回数之处并没有增加回数，反而在随后的地方多出两回，分别为第35回“石将军村店寄书　小李广梁山射雁”与第37回“没遮拦追赶及时雨　船火儿大闹浔阳江”。

（3）百二十四回本第47回“宋江二打祝家庄　林冲活捉扈三娘”，此回在十卷本第44回“杨雄石秀投晁盖　宋江一打祝家庄”和第45回“解珍解

宝双越狱　孙立孙新大劫牢”之间。百二十四回本此回在繁本中存在，为第48回“一丈青单捉王矮虎　宋公明两打祝家庄”，繁本回目之意与百二十四回本略有小异。

（4）百二十四回本第56回“徐宁大破连环马　李忠求救宝珠寺”，此回在十卷本第52回“吴用使时迁盗甲　汤隆赚徐宁上山”和第53回“二山聚义打青州　众虎同心归水泊”之间。百二十四回本此回在繁本中存在，为第56回“徐宁教使钩镰枪　宋江大破连环马”，繁本回目之意与百二十四回本小有差异。

（5）（6）十卷本第79回“宋江兵打蓟州城　卢俊义大战玉田县”，此回在百二十四回本中变成了3回，为第83回“宋江用计取檀州　俊义大战玉田县”、第84回“众好汉蓟州得胜　大辽主降敕招安”、第85回“罗真人题赠法语　宋公明诈降取城”。百二十四回本多出的2回在繁本中仅存在1回，但回目差异颇大，为第85回“宋公明夜度益津关　吴学究智取文安县”。

（7）百二十四回本第87回“宋江兴兵夺幽州　延寿领军斗阵法”，此回在十卷本第80回“宋公明大战独鹿山　卢俊义兵陷青石峪”和第81回“兀颜光阵列浑天象　宋公明梦授玄女法”之间。百二十四回本此回在繁本中存在，为第87回“宋公明大战幽州　呼延灼力擒番将”，繁本回目下半与百二十四回本不同。

（8）百二十四回本第106回“林子前庞元被杀　红桃山王庆称王”，此回在十卷本第98回“快活林王庆使棒　段三娘招赘王庆”和第99回“宋公明兵渡吕梁关　公孙胜法取石祁城”之间。

（9）百二十四回本第117回“揄柳庄李俊被捉　苏州城方貌伏诛”，此回在十卷本第108回“卢俊义分兵宣州道　宋公明大战毗陵郡”和第109回“宁海郡宋江吊孝　涌金门张顺归神”之间。百二十四回本此回在繁本中存在，为第93回“混江龙太湖小结义　宋公明苏州大会垓”，繁本回目与百二十四回本存在不同。

以上百二十四回本比后续本多出的回目，多半也是繁本比后续本多出的回目，这些回目中有一部分百二十四回本与繁本二者回目之意也相近，可见百二十四回本多出的回目可能是有意所增。之所以增添是因为百二十四回本（或其底本）受到了繁本的影响，也可能还有其他因素在内。

第四节　八卷本与百二十四回本《水浒传》正文研究

一、八卷本的正文研究

1. 八卷本的渊源

之前通过八卷本的回数、回目，已经知悉八卷本与众多简本中嵌图本的后续本关系比较亲密。现从正文部分来考察[①]：

种德书堂本：天子大悦，亲赐**宋江、卢俊义**各御酒三杯，金花两朵。回营速整军伍，随即起程。（18.17a）

插增本：天子大悦，亲赐**宋江、卢俊义**御酒三杯，金花两朵。回营速整军伍，随即起程。（18.18a）

评林本：天子大悦，亲赐**宋江、卢俊义**御酒二杯，金花两朵。回营速整军伍，随即起程。（18.17a）

李渔序本：天子大悦，亲赐**宋江、卢俊义**御酒三杯，金花两朵。回营速整军伍，随即起程。（18.10b）

十卷本：天子大悦，亲赐御酒三杯，金花两朵。**宋江、卢俊义再拜谢恩**。回营速整军伍，随即起程。（8.14a）

八卷本：天子大悦，亲赐御酒三杯，金花两朵。**宋江、卢俊义再拜谢恩**。回营速整军伍。（6.29a）[②]

（例一）

种德书堂本：卢俊义力敌三将，大喝一声，早把曾全刺下马，活捉过来。**史定**、睦辉便走。宋兵乱杀上关，坚闭不出。（18.20b）

插增本：卢俊义力敌三将，把曾全刺下马活捉。**史定**、陆辉便走。宋兵乱杀上关，坚闭不出。（18.21b）

评林本：卢俊义力敌三将，大喝一声，却把曾全刺下马，活捉过来。**史定**、睦辉便走上关，坚闭不出。（18.20b-21a）

李渔序本：卢俊义力敌三将，大喝一声，却把曾全刺于马下，活捉过来。**史定**、睦辉便走上关，坚闭不出。（18.12b）

---

①因文字要与其他简本比对，所以所举之例多以种德书堂本、插增本所存征四寇部分为主。

②此八卷本文字来自北京大学图书馆藏本，下同。因北大藏本文字多有漶漫不清之处，则以笔者所藏本以及张青松先生藏本参校，在此感谢张青松先生提供书影。

十卷本：卢俊义力敌三将，大喝一声，却把曾全刺于马下，活捉**史定**过来。陆辉便走上关，坚闭不出。（8.16b）

八卷本：俊义力敌三将，把曾全刺于马下，活捉**史定**过来。陆辉便逃入关内，坚闭不出。（6.31a）

（例二）

种德书堂本：今宿太尉力奏卿等征伐田虎，候在建功，奏捷班师回京，当重封爵。（18.17a）

插增本：今宿太尉力奏卿等征伐田虎，回京重封官爵。（18.18a）

评林本：今宿太尉奏卿征伐田虎，候在建功，当重封爵。（18.17a）

李渔序本：今宿太尉奏卿征田虎，候在建功，当重封爵。（18.10b）

十卷本：今宿太尉奏卿，**朕知卿等英雄忠义，今敕卿等征讨河北**，征伐田虎，候在建功，当重封爵。（8.14a）

八卷本：**朕深知卿等英雄忠义，今敕卿等征讨河北田虎**，建功之后，当封重爵。（6.29a）

（例三）

种德书堂本：石敬、牛方春急救回阵，纵兵掩杀。（19.2b）

评林本：石敬、牛方春急救回阵，纵兵掩杀。（19.3a）

李渔序本：石敬、牛万春急救回阵，纵兵掩杀。（19.2a）

十卷本：石敬、牛万春急救回阵，复纵兵掩杀**过宋阵来**。（8.18b-19a）

八卷本：石敬、牛万春急救回阵，复纵兵掩杀**过宋阵来**。（7.1b）

（例四）①

种德书堂本：各带三千军望玉门关山脚下两边埋伏，只听轰天炮响，两军同举。（19.1a）

插增本：各带三千军望玉门关山脚下两边埋伏，只听轰天炮响，两军同举。（18.23a）

评林本：各带三千军望玉门关山脚两边埋伏，只听轰天炮响，两军同举。（19.1a）

李渔序本：各带三千军望玉门关**山脚**两边埋伏，只听轰天炮响，两下齐出。（19.1a）

---

①此例插增本残缺。

十卷本：各带三千军望玉门关两边埋伏，只听轰天炮响，两下齐出。（8.17b）

八卷本：各带军三千在玉门关左近埋伏，听炮响杀出。（7.1a）

（例五）

评林本：柴进、李应、黄信认得秦明声音，便问曰："救得杨林否？"都曰："失散不知。"（19.8b）

李渔序本：柴进、黄信、李应认得秦明声音，问曰："救得杨林否？"皆曰："失散不知。"（19.5a）

十卷本：柴进、黄信、李应认得秦明声音，问曰："救得杨林否？"皆曰："不知。"（8.23a）

八卷本：柴进、黄信、李应认得是秦明声音，问曰："救得杨林否？"皆曰："不知。"（7.3b）

（例六）[1]

上述六例均是八卷本同于嵌图本的后续本（十卷本），而异于种德书堂本、插增本、评林本、嵌图本（李渔序本）之处。例一、例二是十卷本修改之例，例三、例四是十卷本文字多于他本之例，例五、例六是十卷本文字少于他本之例。无论哪一种情况，八卷本文字基本同于十卷本，而异于他本。由此，更加可以确证八卷本文字与嵌图本的后续本关系更为亲密。

嵌图本的后续本中又有十卷本、文元堂本、兴贤堂本、征四寇本多种，其中征四寇本只有征讨四大寇故事部分，与八卷本不会有直接的亲缘关系，另外三种则不知何种与八卷本关系最为亲密。下面将通过正文进行考察。

之前研究后续本诸种异同之时，比对了兴贤堂本与其他二者的区别，尤其体现在兴贤堂本脱文之处，现将八卷本文字附上，一齐比较：

李渔序本：行到一凉棚街上，王庆转过伞低过，世开挺起头巾，被伞裙拨落地下，张世开大怒，从人慌忙拾起头巾带上。世开到衙便问曰……（21.5b）

十卷本：行到一凉棚街上，王庆转过伞低过，世开挺起头巾，被伞裙拨落地下，张世开大怒，从人慌忙拾起头巾带上。世开到衙便问曰……

[1] 此例种德书堂本、插增本残缺。

（9.11b）

文元堂本：行到一凉**横**街上，王庆转过伞低过，世开挺起头巾，被伞裙拨落地下，张世开大怒，从人慌忙拾起头巾带上。世开到衙便问曰……（16.34b）

兴贤堂本：行到一凉**横**街上，王庆转过伞低过，世开挺起头巾，带上。世开到衙便问曰……（48.15a）

八卷本：行到一凉**棚**街上，王庆把伞低过，世开挺起头巾，被伞裙拨落地下，从人慌忙拾起，与世开带上。张世开大怒，回衙重打王庆……（7.19b）

（例一）

李渔序本：话说吕师囊**共**统领五万南兵，据住江岸，<u>摆列战船三十余只。江北岸</u>却是瓜州渡口。（23.10b）

十卷本：话说吕师囊**共**统领五万南兵，据住江岸，摆列战船三十**处**。江北岸却是瓜州渡口。（10.7a）

文元堂本：话说吕师囊**具**统领五万南兵，据住江岸，摆列战船二十余**处**。江北岸却是瓜州渡口。（18.26a）

兴贤堂本：话说吕师囊**共**统领五万南兵，据住江岸，却是瓜州渡口。（54.5b）

八卷本：**共**统领五万南兵，据住江岸，摆列战船三十余**处**。江北岸却是瓜洲渡口。（8.12a）

（例二）

李渔序本：宋江**思**念玄女娘娘<u>愿心未酬，命工重建九天玄女娘娘</u>庙宇。妆饰圣像，俱已完备。（25.12b）

十卷本：宋江**思**念玄女娘娘愿心未酬，命**工**重建九天玄女娘娘庙宇。妆饰圣像，俱已完备。（10.43b）

文元堂本：宋江**想**念玄女娘娘愿心未酬，命**江**重建九天玄女娘娘庙宇。妆饰圣像，俱已完备。（20.12b）

兴贤堂本：宋江**想**念玄女娘娘庙宇。妆饰圣像，俱已完备。（59.16a）

八卷本：又命**工人**重建九天玄女娘娘庙宇，妆饰圣像完备。（8.27b）

（例三）

此三例均是兴贤堂本同词脱文之例，例一中“头巾”二字同词，兴贤堂本缺了 20 字；例二中“岸”字相同，兴贤堂本缺了 11 字；例三中“玄女娘娘”四字同词，兴贤堂本缺了 14 字，此三例兴贤堂本缺文而其他嵌图本以及后续本均不缺。八卷本此三例与其他后续本虽然存在一些不同，文字有一些删节，但是兴贤堂本缺文之处，八卷本依旧留有文字。可见八卷本与兴贤堂本关系应该较为疏远。

至于八卷本与十卷本、文元堂本的关系，例一中十卷本与文元堂本出现不同的文字，“凉棚街”与“凉横街”之别，八卷本同于十卷本；例二中十卷本与文元堂本出现不同的文字，“共”与“具”、“三十”与“二十”之别，八卷本均同于十卷本；例三中十卷本与文元堂本出现不同的文字，“工”与“江”之别，八卷本亦同于十卷本。再结合八卷本目录叶书名“新刻出像京本忠义水浒传”来看，此书名与十卷本卷端书名完全一致，但文元堂本书名一般题为“英雄谱”或“忠义水浒传”，而未见标榜“新刻京本”者，所以与八卷本关系最为亲密的后续本应该是十卷本。以下研究八卷本正文之时，以十卷本作为主要比对对象，参校其他本子。

2. 八卷本文字的删减

首先，诗词、韵语的删节。《水浒传》中存在不少的诗词、韵语，这些诗词、韵语包括引首诗、正文诗词、回末诗等。正文中的诗词除了包括人物、事件的诗赞之外，尚有描写环境以及人物外貌穿着的词句，这些诗词、韵语在正文中一般采用比其他正文低数格的方式处理。然而，这些诗词、韵语在八卷本中悉数遭到删节。

以十卷本第 87 回“公孙胜再访罗真人　没羽箭智伏乔道清”为例，此回十卷本的引首诗为“万古交驰水似倾，滔滔名利足亡身。常疑好事成虚事，却想闲人是贵人。老逐少来终不了，辱随荣后定须均。劝君莫去夸头角，梦里相逢总不真”（8.26a）。正文中的诗词有“妙诀真言不易传，当时一语透玄关。殷勤记取留胸臆，此去成功马耳山”（8.28a）；“幞头黄裹气昂昂，手执钢鞭孰敢当。怒目睁开神鬼惧，凶心才起魅魉降。马蹄到处狼烟息，旗帜来时寇虏亡。浑似赵公明在世，天兵阵从出丹房”（8.28b）；“芙蓉冠顶用金箱，羽扇翩翩拂玉骖。三尺龙泉生杀气，一身素体立心胸。使令鬼神如使仆，爱惜军兵胜子孙。大宋将军应有分，纶中羽扇入金门”（8.29a）。回末的诗词套语有“有分教：宋朝真主，收一时宰辅良臣；河北草君，不半载身亡国灭”（8.30a）。这些诗词、韵语均不存于八卷本中。

其次，字词句的删节。此等处属于小范围文字删节，举例观之。

> 十卷本：众将参拜已毕，孙安引房玄度来见宋江。**宋江**抚慰已毕，就令裴宣取过**空头官诰**，填受都指挥之职，**即教排筵贺喜。次日**，商议起兵打狮子岭。（8.36b）
>
> 八卷本：众将参拜已毕，孙安便教房玄度来见宋江。抚慰已毕，就令裴宣取过**空头诰**，填管都指挥之职，商议起兵打狮子岭。（7.10a）
>
> （例一）
>
> 十卷本：智深力敌北军逃走，转身不见**一个人影**，半夜到悬缠井边，此井三四丈阔，八十丈深，无水枯干，**乃是北方一个神井**。（8.40b）
>
> 八卷本：智深力敌北军逃走，转身不见一人，半夜到悬缠井边，此井三四丈阔，八十丈深，无水枯井。（7.11b）
>
> （例二）
>
> 十卷本：一日柳世雄受职到京，**做上指挥使**，来**殿帅府**参见太尉。高俅见是柳世雄，便请入后堂，**对夫人曰："恩人在此，快来相见。"**夫人出见曰："**当初**若无恩人，焉得到今日，就留在府中。"（9.6a）
>
> 八卷本：一日柳世雄受职到京，来见高俅。高俅见是柳世雄，即请入后堂，拜曰："若非恩人，焉得到此，就留在府中住了。"（7.17a）
>
> （例三）

以上三例，八卷本相对十卷本而言，均有字词句的删节，此类删节在八卷本中随处可见。例一中，八卷本缺少主语“宋江”，此种文字删节方式，其他简本中也时常可见，文字删节之后，八卷本的主语则变得不明确。其他文字删节之处，如十卷本“空头官诰”，八卷本删去“官”字变为“空头诰”；十卷本“即教排筵贺喜”一句，八卷本删去；十卷本“次日”一词，八卷本删去。

例二中，十卷本“一个人影”，八卷本删减为“一人”；十卷本“乃是北方一个神井”之句，八卷本删去。例三中，十卷本“做上指挥使”“对夫人曰：恩人在此，快来相见”二句，八卷本删去；十卷本“当初”一词，八卷本删去；十卷本“来殿帅府参见”，八卷本删减为“来见”。

此等字词句处的删节，除去主语外，其他地方并不影响文句的通畅。但是对于文意来说，删节之后的文字与原文字之间，还是存在一定差异的。以例一而论，删去了“即教排筵贺喜”及“次日”数字，直接接入“商议起兵打狮子岭”文句，让人感觉战事非常紧张，似乎一刻不能停歇，降将拜见完毕之后，马上商议之后的军事行动。此外，文字的删节，也减少了部分枝蔓情节，像例三删去高俅夫人参拜一事，直接写高俅本人拜迎。

再次，段落的删节。此等处属于大范围文字删节，以下举两个有意思的例子观之。

十卷本：将王庆杖二十，刺配淮西李州牢城营安置。府尹即将王庆打了二十棒，刺两行金印，上了护身枷，差张千、李万押送李州。当日王庆只得同防送公人出开封府，来到街口，只见浑家、丈人、丈母抱着四岁孩儿，眼泪汪汪而来。同入酒店中，丈人即教安排酒食，相待防送二公人。妻子见丈夫只是啼哭，丈人曰：“我不想贤婿被高俅陷害，今借得五十贯钱在此，与你路上使用。到李州有一千里路，未知几时得归，你只做三年为期，我便与你养老婆。三年外不回，只得告个执凭，好嫁别家。”王庆听了，即写限期付与丈人，丈人曰：“你这个孩儿如何？”王庆曰：“我自带去。”妻子不忍分别，防送公人催迫起程，王庆辞别丈人、丈母，抱着儿子同公人望李州来。路上被儿子担搁，行了十数日，只走五百里。孩儿忽然感吐泻，病了两日，于路死了。王庆啼哭，把来埋了，来到路口镇，王庆身边五十贯钱都用去了。（9.8a）

八卷本：脊杖二十，刺配淮西李州牢城营，即日押解起身，行了十数日，盘费用尽。（7.18a）

（例一）

十卷本：你这二三百人看的在此，有先出钱的，小官认了你，待我上任时，用你做虞候。众人听罢曰：“这厮没道理说出这话，一文也不要与他。”这庞元见众不出钱来，焦燥曰：“昔有个故事说得好。那南山一个贫子，生一身癞疮，去游山获得一个野猪。这贫子欢喜曰：世人言癞子吃野猪肉不啚人身。我是贫子，又生癞疮，值得甚么。且把这猪杀了煮熟，做两日吃了，这贫子癞疮到好了。原来这野猪在山吃了莺粟叶、甘草、槟榔皮。这贫子有缘是吃了药的野猪，应效医好了这个癞子。那北山亦有一贫子，也生一身癞疮，一日撞见南山贫子，癞疮都好了，便问：‘你这癞疮如何都好了？’南山贫子曰：‘我获得一个野猪杀来吃了，因此好了。'北山贫子见说,也去寻个野猪杀来吃了,那贫子吃了不过二三日死了。南山贫子笑曰:'我这野猪是服药的,医得病好,他是不服药的畜生,如何医得病。'"众人见说这话,焦燥曰:"我们不赎药的,都是畜生,敢说这个比方骂我们?"数内有一人曰:"你们莫与他争,我去天王堂叫个枪棒教头来。"(9.10b-11a)

八卷本:你这二三百人,有先出钱的,小官认了你,待我上任时,用你做虞候。众人听了曰:"这是好没道理说出这话来。"内有一人曰:"你们不要与他争,我去天王堂叫王教头来合他比试。"(7.19a)

(例二)

以上两例均是八卷本删节大量文字之处。例一八卷本删节了十卷本中王庆与妻小分别时的场景,例二八卷本删节了十卷本中庞元讲故事讽刺众人的情节。这些被删节的文字放到整部《水浒传》中来说,属于枝蔓情节,删去之后对于主线故事而言,并没有太大的影响。

然而,这些被删除的文字,有的本身就是小故事,情节颇耐人咀嚼。例一写到后来变成反贼的王庆,最初也是因为遭到了高俅的迫害,从而遍尝妻离子丧之苦。这一段情节与林冲流放时与家人分别时的情节相似,但又多有不同。例二庞元所说的那个指桑骂槐的故事本身就很有趣味性,应该属于民间流传的小故事,被借用到此处情节之中。从这个故事也可以看出庞元心胸颇为狭隘,之前自大的言语,众人并没有买账,之后就讲了这么一个讽刺众人的故事。此一行为也很符合庞元一贯的性格,像之后庞元被王庆打了,就跑去自己姐姐住处,颠倒黑白告王庆的黑状。

3. 八卷本文字的改易

之前在研究八卷本渊源之时,知晓现存版本中与八卷本关系最为亲近的是十卷本。现在通过二本文字相似度情况,考察二本的亲密程度如何。选取田虎、王庆故事各三回进行比对,得出以下文字相似度:

表 43　十卷本与八卷本部分回数文字的相似度比对

回数	90	91	92	95	96	97
十卷本与八卷本相似度	42.48%	51.65%	45.29%	47.35%	32.27%	44.05%

从以上六回十卷本与八卷本的文字相似度来看，十卷本与八卷本的文字差异极大。基本上可以说，属于两种完全不同的版本。这与之前得出二者较为亲密的结论似乎不同，却是为何？原因如上文所述，相对于十卷本而言，八卷本做了大量的删节工作，文字的删节势必引起文字相似度的偏差，列举六回文字字数差异便知。

表 44 十卷本与八卷本部分回数的文字字数比对

回数	90	91	92	95	96	97
十卷本	2743	2612	1988	2747	2734	3451
八卷本	1399	1789	1246	1602	1237	1953

这六回文字中，文字比最少的第 96 回，八卷本仅有十卷本的 46%，文字比最多的第 92 回，八卷本也只有十卷本的 63%。所以，要准确判断八卷本所存文字部分，十卷本与八卷本的文字相似度情况，则要去除十卷本比八卷本多出的文字，得出二本文字相似度如下：

表 45 删节文字后十卷本与八卷本部分回数文字的相似度比对

回数	90	91	92	95	96	97
十卷本与八卷本相似度	83.27%	75.41%	72.26%	81.19%	71.32%	77.83%

十卷本多出文字删节之后，十卷本与八卷本的文字相似度得到大幅度提升。从此六回文字相似度来看，十卷本与八卷本有共同的祖本，但是二本依旧存在一定差异。这些差异主要表现在：

其一，对文字进行缩写。

> 十卷本：原来庞元有个姐夫张世开，见做本州兵马提辖，这厮与姐夫不和，因此出来弄枪使棒。当日庞元走归，与姐姐诉曰："今日出去使棒，姐夫见我去弄棒，辱邈了他，故使牢城营里一个罪人王庆，把俺手腕打折，他说是张世开教我打你，我今上任不得，却回京去省院理告状，和你老公理会。"姐姐曰："等我那魍魉回来，问他端的。"庞元见说自去了。

却说张世开归来，迳到夫人房中去。这夫人不问事由，便揪住丈夫胸前大叫屈，张世开曰："有甚事？"夫人曰："我兄弟与你不和，你也看我面，他自去使棒，你却调拨牢城营里王庆来打折他手腕，恰才哭来告诉我，他要回京告状，和你理会。你当初未遇时，在我门前卖理中丸，爹爹时常问你讨药，后来把我嫁你，又替你说了官。"张世开曰："外人闻知是老婆抬举的官，不好观瞻，是你兄弟自要生出祸来，怕我不与他报仇，故把言语来激你，既被王庆打了，明日叫他来，打他九百九十九棒，与你兄弟做利钱。"（9.11ab）

八卷本：告许姐姐说手被王庆打折。姐姐曰："且等你姐夫回来再合他理会。"只见张世开归来，这庞氏便哭诉曰："我兄弟今日出去使棒，遇着配军王庆将他右手打折。须要替我兄弟报仇。"世开曰："夫人放心，我明将王庆叫来，打他九百九十九棍，与你兄弟作利前。"（7.19b）

此处十卷本文字326字，而八卷本文字只有98字。叙述内容八卷本基本同于十卷本，只是对十卷本进行了缩写。所谓缩写，就是将文字核心内容进行了概述。而这段文字的核心内容属于主线情节，无法删节。若是删节的话，则无法得知后文张世开为何要刁难王庆。再来仔细分析八卷本缩写之后的文字，首先删节了枝蔓情节，像庞元状告王庆的过程，以及张世开与庞元姐姐的渊源故事均被删去，其次缩写之后的文字与原本描写文字有较大差异。

其二，对文字进行改易。

种德书堂本：王庆将棒头点些尿水，在黄达口上一抹，黄达一口尿，吐不迭，**只得当输，走去河边洗了，自归去**。众人笑道："耍得这厮好。"（21.6ab）

十卷本：王庆却将棒头点尿水，抹黄达一口，**黄达输了，走往河下洗口**。众人笑曰："耍得这厮却好。"（9.10a）

八卷本：王庆却将棒头点尿水，抹黄达一口，**黄达便老羞便怒，气忿忿去了**。众人便曰："耍得这厮却好。"（7.19a）

（例一）

种德书堂本：夫人道："王庆无甚罪过，你只管打，他没告处，特地送疋红罗与我上寿，来告我他若不中使唤时，依田发下牢城营里去便了。"

张世开听了也不侧声。(21.10b)

十卷本:小夫人曰:"王庆无甚罪过,妾闻终日打他,今送疋红罗与我上寿,若不中用,依旧发下牢城营去罢。"张世开不依夫人劝。(9.12b-13a)

八卷本:小夫人便将王庆买的红罗与世开看了,又说王庆若不中用,不如发回他牢营去,何必苦苦打他。世问也不言语。(7.20a)

(例二)

种德书堂本:王庆大怒,拿棒在手,走下来,黄达便来迎敌,却被王庆当头打一棒,把黄达打出脑髓,死了,庄客便叫道:"我主人王庆打死了,这番你赖不得了。"(21.13b)

十卷本:王庆大怒,执棒在手来迎,只一棒把黄达脑髓打出,众庄客叫曰:"黄达被王庆打死了,这番你却赖不过。"(9.14b)

八卷本:王庆大怒,执棒跳将下来,只一棒把王达打的恼浆迸裂,众庄客叫曰:"今番打死黄达却赖不过。"(7.21a)

(例三)

此三个例子,八卷本相较于十卷本而言,并未对文字进行过多删减,甚至来说,例一八卷本文字比十卷本还略多。将十卷本与八卷本文字进行比较,二本差异较大。例一中,十卷本"黄达输了,走往河下洗口",八卷本为"黄达便老羞便怒,气忿忿去了",句子完全不一样。例二与例三中文字也多有不同,但有一点值得注意,这些不同的字句,要表达的意思基本相同。如例三中十卷本"执棒在手来迎"与八卷本"执棒跳将下来"、"把黄达脑髓打出"与"把王达打的恼浆迸裂"实际上是一个意思。

这些十卷本与八卷本的异文,应该是八卷本(或其底本)改易而成,而非袭自祖本。这点参照种德书堂本文字即可看出,种德书堂本是现存诸简本中(除京本忠义传残叶外)文字面貌最早的版本,此三例八卷本不同于十卷本之处,种德书堂本均接近十卷本,而与八卷本差异更大。所以,这些十卷本与八卷本的异文,基本上是八卷本改易而成。

至于八卷本何以出现异文,原因可能有二:①八卷本的底本与十卷本有差异,所以删节之后,这些异文便保留了下来。②八卷本在删节过程中,按照编刊者自己的语言习惯对底本进行改动。这两种可能性中以第二种为大。

其三，对文字进行增添。

以上谈到八卷本与十卷本不同之处的两种情况，一种是最普遍的情况，删减。另一种也是文字中比较常见的情况，改易。除了这两种情况之外，八卷本还有一种比较少见的情况，增添。

种德书堂本：今宋江亲领兵到悬缠井，余先锋与他交战拒住，交小人来讨救兵。（20.12a）

十卷本：今宋江自领兵在悬缠井，余先锋与他敌住，令小人来讨救兵。（8.43a）

八卷本：今宋江自领兵在悬缠井**扎住**，余先锋与他对敌，**恐寡不敌众**，令小人来讨救兵。（7.13a）

（例一）

种德书堂本：因做了半年市买，都是那龚正与他的袄内金银来使。（21.9b）

十卷本：王庆因做半年市买，将龚正袄内金银赔使。（9.12a）

八卷本：王庆做了半年市买，将龚正**给的**袄内金银**尽皆**赔使。（7.19b）

（例二）

种德书堂本：李杰道："此卦枯木长花稍之象。"更有四句卦象曰……（21.11b）

十卷本：杰曰："此卦枯木长花之象。"更有四句卦象曰……（9.13b）

八卷本：然曰："此卦枯木长花之象。"又有四句卦象，**递与王庆象**曰……（7.20b）

（例三）

以上三例均是八卷本比十卷本多出字句之处，这些多出的文字都是个别字词句，而没有大片文字。如例一中，多出"扎住"一词与"恐寡不敌众"一句；例二中多出"给的"与"尽皆"二词；例三中多出"递与王庆象"一句。八卷本多出文字之后，文句比之十卷本更为通畅，情节也更为合理。如例一八卷本多出"恐寡不敌众"一句，说明了余呈为何讨救兵的原由，使得情节更为合理。例二中八卷本多出二词,也使得句子更为通顺。

再说八卷本比之十卷本多出的字句,应该是八卷本(或其底本)增添所致,而非祖本所有。此点与种德书堂本比对便可得知,作为现存文字面貌最早的简本,八卷本所多出的文字,种德书堂本均不存,可见较早的简本同样不存这些文字。如果说八卷本来自于比种德书堂本更早的版本,那么八卷本多出的文字又不可能只有这么一点,而且没有大段文字的多出。此处情形与评林本、种德书堂本的关系相似。至于八卷本比十卷本多出个别字词句的原因,同样有二:其一,八卷本的底本与十卷本有差异,这些多出的字句乃底本所有。其二,八卷本在编辑之时,增添了文字。这两种可能性以第二种为大。

检讨八卷本与十卷本的关系,八卷本出现了文字的删节、改易、增添三种情况。其中文字的删节是八卷本编辑的主要目的,文字的改易在八卷本中时常可见,文字的增添在八卷本中则是偶尔出现。这些情况跟种德书堂本与插增本、评林本的关系十分相似。相对于种德书堂本而言,插增本、评林本也是以删节为主,而在删节的过程中,同样会改易文字以及偶尔增添文字。所以,通过这两组本子的比照,可以得出结论,即使后出版本相较前出版本存在异文或增文,也并不代表二者之间没有渊源关系,异文或增文的存在,可能是因为后出版本按照自己的语言习惯或者出于某种原因,对前出版本进行了改易或者增添。

二、百二十四回本的正文研究

1. 百二十四回本诸种的关系

研究百二十四回本渊源之前,先探讨百二十四回本诸种的关系。上文概述部分已经提到百二十四回本版本甚多,共计有六种行款本,每种行款本又有多种翻刻本,情况极为复杂,笔者仅就个人知见的版本情况作出考察。

首先,百二十四回本的系统问题。从现存所见本可知,百二十四回本至少有两种系统,一种是映雪堂本,一种是其他刊本。映雪堂本由苏州书坊刊刻,其他刊本不少由四川书坊刊刻,所以两个系统很可能代表的是苏州刊本系统与四川刊本系统。这两个系统之间,文字方面的差异并不明显,最大差异之处在于每卷回数的划分。映雪堂本现存6卷,6卷回数划分为:第一卷1—7(7)、第二卷8—19(12)、第三卷20—30(11)、第四卷31—40

（10）、第五卷41—49（9）、第六卷50—？（？）。四川刊本系统每卷回数划分为：第一卷1—9（9）、第二卷10—21（12）、第三卷22—33（12）、第四卷34—42（9）、第五卷43—51（9）、第六卷52—62（11）、第七卷63—74（12）、第八卷75—85（11）、第九卷86—95（10）、第十卷96—107（12）、第十一卷108—116（9）、第十二卷117—124（8）。无论是划分的内容，还是划分的回数，二者都无明显的规律，不知其中一者为何要改变每卷回数的划分。这两个系统之间，仅凭文字，无法断定何者在先，但是大道堂刊本封面题有"姑苏""原版"字样，苏州刊本系统可能刊刻在前。

其次，百二十四回本诸行款本之间的关系。由于半叶10行、行20字本（以下以映雪堂本之名代之）存第一卷至第六卷，半叶10行、行23字本（以下以上图藏本之名代之）存卷十一，笔者所藏半叶14行、行32字本（以下以邓藏本之名代之）存卷四至卷九，上图藏本与映雪堂本、邓藏本无重叠部分，所以上图藏本只能与半叶11行、行26字本（以下以恒盛堂本之名代之），半叶12行、行27字本（以下以文海堂本之名代之），半叶15行、行32字本（以下以大道堂本之名代之）比对。

（1）上图藏本与恒盛堂本、文海堂本、大道堂本的关系

上图藏本的研究以卷十一第108回内容为例，此回上图藏本仅有2处误字，分别为"一面拨朱武、董平"误作"一面揆朱武、董平"（11.1a）、"今特为主将分上"误作"今持为主将分上"（11.6a）。

其余刊本误字甚多。恒盛堂本此回仅一叶就有6处误字，分别为"差人到张招讨处"误作"差人到张沼讨处"（11.1a）、"认得此间地理"误作"认得此问地理"（11.1a）、"肯降否"误作"昔降否"（11.1b）、"登城观望"误作"登呈观望"（11.1b）、"将树木乱石塞断"误作"将树本乱石塞断"（11.1b）、"两边埋伏弓弩"误作"两边理伏弓弩"（11.1b）。

文海堂本此回仅一叶就有13处错误，分别为"各宜用心"误作"一宜用心"（11.1a）、"宋江围梁州之事"误作"宋江周梁州之事"（11.1a）、"今捉余呈来见二公"误作"今捉余程来见二公"（11.1b）、"汝今被擒"误作"法今被擒"（11.1b）、"刘以敬即同黄仲寔"误作"刘以敬曰即同黄仲寔"（11.1b）、"这厮是梁山泊"误作"这愿是梁山泊"（11.1b）、"以挫其锋"误作"以坐其锋"（11.1b）、"后面有一小径"误作"后而有一小径"（11.1b）、"大将于立、何来"误作"大将令立、何来"（11.1b）、"埋伏在骆谷口"误作"埋伏在骆否口"

（11.1b）、“等宋江杀人”误作“法宋江杀人”（11.1b）、“以绝他后来人马”误作“于山他后来人马”（11.1b）、“二人引军去讫”误作“二人引你去讫”（11.1b）。

大道堂本误字情况则更甚，仅第1叶第2、3行的武将名单就有6处错误，“朱武、董平、杨志、徐宁、索超、柴进、穆弘、雷横、杨雄、石秀”误作“水武、董早、杨志、徐宁、索超、札（错字）道、穆（错字）弘、雷接、杨雄（错字）、石秀”（11.1a）。

除误字情况外，卷十一整体字数方面的情况如下表：

表46 卷十一诸本各回字数情况

	10*23本（上图藏本）	11*26本（恒盛堂本）	12*27本（文海堂本）	15*32本（大道堂本）
第108回	2435	2429	2403	2433
第109回	1668	1668	1665	1667
第110回	2390	2387	2380	2368
第111回	2416	2416	2382	2415
第112回	2095	2083	2074	2094
第113回	2463	2464	2416	2462
第114回	2574	2570	2588	2574
第115回	2868	2864	2875	2868
第116回	1287	1283	1255	1284

从上表可见，卷十一总共9回，除文海堂本第114回与第115回比上图藏本多出一定字数外，其余诸本各回字数基本比上图藏本少或持平。第114回文海堂本比上图藏本多出14字，第115回文海堂本比上图藏本多出7字，这些多出的文字到底为何？是否能证明上图藏本缺字？其中第114回文海堂本有一处文字为“王都尉自来见宋江，求要铁叫子乐和，闻知此人善歌唱，要他府里使用。宋江只得依允，又送二人去讫。宋江心中闷闷不乐，闻知此人善歌唱，要他我营中亦有大用”（11.26a）。此处“闻知此人善歌唱，要他我营中亦有大用”为衍文，多出16字，多出文字大体与文海堂本多出字数相当。第115回文海堂本有一处文字为“禀主人官诰封为扬州府尹，更有号衣一千领，并主人官诰封为扬州府尹，更有号衣一千领，并礼付一道”（11.28a）。此处“并主人官诰封为扬州府尹，更有号衣一千领”为衍文，多出

18 字，比文海堂本多出的 7 字还要多 11 字。所以，此回除去衍文，文海堂本比上图藏本实际上要少 11 字。

综上情况，刊刻质量方面，上图藏本误字最少；刊刻字数方面，上图藏本字数最多。小说的翻刻，一般而言，后翻本相对于前刻本，误字、脱文等情况增多，字数也相应减少，这一点从嵌图本四种情况也可见出。所以，上图藏本当为存世诸种百二十四回本中刊刻时间最早者。此点还可从一处细节看出，上图藏本所有人名均有旁勒，而其他五种行款本则无旁勒，这是上图藏本刊刻较为细致的表现，同时也是刊刻时间较早的体现。《水浒传》三大寇本诸种的情况也可印证此点，刊刻时间较早的郑振铎原藏本、唐藏本人物第一次出现时，人名旁有旁勒，而刊刻时间较晚的无穷会藏本，部分人名旁勒则缺失。

考察其他三本与上图藏本的关系。从字数情况来看，恒盛堂本与上图藏本关系颇为亲密，字数几乎一致。只有第 112 回差异稍大，其余诸回字数差异均在个位数。第 112 回之所以相差 12 字，是因为恒盛堂本此一回少了折将名单，折将名单共计 11 字。值得注意的是，恒盛堂本第 112 回折将名单缺失，文海堂本亦缺失，而大道堂本却存此名单，可见文海堂本与恒盛堂本当有一定的渊源，而大道堂本则不可能出自恒盛堂本、文海堂本。

大道堂本在字数方面与上图藏本也甚为亲密，除第 110 回外，其余诸回字数差异均在 3 字以内。第 110 回大道堂本比上图藏本少了 22 字，缺少文字之处上图藏本为“当先一员大将正是危招德，横刀立于船头，李俊忿怒，便率战船杀过去，危招德驾船来迎”（11.11b），大道堂本为“当先一员大将正是危昭德，驾船来迎”（11.6a）。此处大道堂本同词“危昭德”，缺了“横刀立于船头，李俊忿怒，便率战船杀过去，危招德”一句，共计 20 字。从此处情况结合上文恒盛堂本、文海堂本情况来看，恒盛堂本、文海堂本与大道堂本关系较为疏远，没有直接的亲缘关系。

三本之中，文字字数与上图藏本差异最大的是文海堂本，不少回数的字数差异都有数十字，其中差异最大的是第 113 回，上图藏本比文海堂本多 47 字。此回文字差异最大之处，上图藏本为“截住王庆走路，这里大兵直抵秦州城下攻打，使他进退无路，必遭擒获。宋江依计，遂拨卢俊义带领柴进、李应、朱仝、郑天寿、陶宗旺步兵二万，战船五十号，先去截住秦州后路，宋江然后引军离红桃山望秦州而来”（11.27b），文海堂本为“截住秦州后路，宋江然后引军离红桃山望秦州而来”（11.20a）。文海堂本同“截住”字，脱文“王庆走路，这里大兵直抵秦州城下攻打，使他进退无路，必遭擒获。宋江依计，遂拨卢俊义带领柴进、李应、朱仝、郑天寿、陶宗旺步兵二万，战船五十号，先去截住"，总计 62 字。62 字比上图藏本多出字数 47 字还多 15 字，这也意味着文海堂本此回部分文字比上图藏本多出 15 字。这多出 15 字之处，如上图藏本"周积见了，持宣花斧"（11.28b），文海堂本作"周积见了，持斧名为宣花斧"（11.20b）；上图藏本"被陈龙一刀劈死"（11.29a），文海堂本作"被陈龙一刀劈于马下"（11.21a）；上图藏本"王庆不理军事，日夕在宫中"（11.29b），文海堂本作"王庆不理军事，日往月来久在宫中"（11.21b）；上图藏本"公孙胜入营对宋江曰"（11.29b），文海堂本作"公孙胜用事入营对宋江曰"（11.21b）等。文海堂本多出文字基本上为衍文，其他百二十四回本、十卷本均同于上图藏本。

由上图藏本与恒盛堂本、文海堂本、大道堂本的比对可知，上图藏本当是现存诸百二十四回本中刊刻时间最早者，恒盛堂本、大道堂本与上图藏本关系颇为亲密，但均存在脱文，文海堂本与上图藏本关系则较为疏远，脱文、衍文之处较多。恒盛堂本与文海堂本二者有一定的渊源，此二者与大道堂本没有直接的亲缘关系，不可能互为底本。

（2）映雪堂本、邓藏本与恒盛堂本、文海堂本、大道堂本的关系

映雪堂本与上图藏本不同，此本误字同样很多。以第 23 回为例，映雪堂本错字、别字、漏字有 14 处，分别为"却说那汉（'汉'为错字）"（3.16a）；"今日相会"误作"今日相去"（3.16a）；"因醉后与人相争"误作"内醉后与人相争"（3.16a）；"三碗不过冈"误作"二碗不过冈"（3.16b）；"还了酒钱"误作"还了酒傻"（3.17a）；"好在他店中歇宿"误作"好在他中歇宿"（3.17b）；"贴着榜文"误作"贴着一张"（3.17b）；"武松举起稍棒"误作"武松拳起稍棒"（3.18a）；"手脚慌了"误作"手脚慌忙了"（3.18a）；"遂走下冈来"误作"遏走下冈来"（3.18a）；"看武松模样问曰"误作"看武松模样向曰"（3.19a）；"因这大虫受责"误作"因这大虫受贺"（3.19a）；"即唤牌司"误作"即换牌司"（3.19a）；"各土兵都来作贺"误作"各十兵都来作贺"（3.19b）等。此回恒盛堂本误字 11 处，文海堂本误字 12 处，大道堂本误字 24 处。除大道堂本之外，映雪堂本误字情况与其他本子相类。此外，大道堂本此回还有文字错置与脱文之处。如下：

大道堂本：正在这里埋伏，你曾见大虫么？武松曰：**我是清河县人，姓武名松。**恰才冈上撞见大虫，被我一顿拳打死。两人不信，武松曰：

你们不信,只看我身上血迹。猎户曰:被你怎的打死?武松将打大虫的本事说了一遍。两个猎户点起火把,聚集多人。(3.4a)

恒盛堂本:正在这里埋伏,你曾见大虫么?武松曰:恰才冈上撞见大虫,被我一顿拳头打死了。二人不信,武松曰:你们不信,只看我身上血迹。猎户曰:被你怎的打死?武松将打大虫的本事说了一遍。**猎户便问:好汉那里人氏,姓甚名谁?武松曰:我是清河县人,姓武名松。**两个猎户点起火把,聚集多人。(3.6ab)

通过误字情况判断不出诸本的关系,那么同样通过诸本共存部分的字数来考察诸本的关系。

表47　百二十四回本诸种各回字数情况

	10*20本（映雪堂本）	11*26本（恒盛堂本）	12*27本（文海堂本）	14*32本（邓藏本）	15*32本（大道堂本）
第34回	1676	1671	1664	1669	1669
第35回	3527	3525	3518	3513	3513
第36回	3468	3489	3474	3481	3481
第37回	2045	2041	2043	2034	2034
第38回	2846	2836	2832	2830	2830
第43回	3238	3238	3243	3233	3233
第44回	2822	2798	2813	2822	2822
第45回	2649	2656	2667	2651	2651
第46回	2418	2450	2456	2454	2454
第47回	1283	1259	1258	1263	1263
第48回	2134	2161	2156	2155	2155
第49回	1973	1968	1964	1968	1968
第50回	2104	2116	2085	2103	2103
第51回	2437	2503	2559	3236	3240
第52回	2205	2213	2239	2211	2211
第53回	1678	1683	1685	1678	1678
第54回	1786	1798	1722	1790	1790
第55回	1768	1771	1789	1767	1767
第56回	1649	1643	1618	1641	1641

以上是映雪堂本卷四至卷六诸本各回的字数情况，部分回数由于残损未予统计。上表显而易见的是19回文字内容，邓藏本与大道堂本字数几乎一模一样，二者具有亲密的渊源关系。从误字情况来看，当是大道堂本翻刻自邓藏本，所以大道堂本误字更多。同时，第51回大道堂本比邓藏本多4字，多出文字之处大道堂本为“正如月光字下云衢”（5.22b），邓藏本为“孛下云衢”（5.24a），原文为“正如月孛下云衢”（容.52.10a），邓藏本此处缺3字，大道堂本此处误1字、衍1字。邓藏本缺此3字，实乃文字上端留有空白而非缺文。所以，半叶15行、行32字的大道堂本虽然翻刻自半叶14行、行32字本，但其底本并非邓藏本，而是其他半叶14行、行32字本。此外，值得一提的是，大道堂本与邓藏本每行文字相同，只是大道堂本每半叶文字比邓藏本多1行，此一翻刻方式与二刻英雄谱本翻刻英雄谱本类似。

其他各本之间，映雪堂本与恒盛堂本、文海堂本、邓藏本、大道堂本文字互有多寡，映雪堂本与四者当无直接的亲缘关系。恒盛堂本、文海堂本与邓藏本、大道堂本文字互有多寡，前二者与后二者也当无直接的亲缘关系。诸回之中，文字差异最大的是第51回，此回邓藏本与大道堂本字数几乎无差，大道堂本比文海堂本多681字，文海堂本比恒盛堂本多56字，恒盛堂本比映雪堂本多66字。

邓藏本、大道堂本主要多出文字之处为：

> 邓藏本：那朱仝一见李逵，大怒，掣朴刀直取李逵。李逵拔出双斧便斗朱仝，众头领劝住，宋江与朱仝曰：“前者杀了小衙内不干李逵之事，却是军师吴学究因请兄长，不肯上山，一时定的计策，今日既到山寨，休要记心。”便叫李逵与朱仝陪话。（5.23b）
>
> 文海堂本：朱仝见了，又欲相争，宋江劝住李逵与他陪礼。（5.32a）（例一）
>
> 邓藏本：高廉听知，传下号令，整点军马，出城迎敌。高廉手下有三百护身军士，号飞天神兵，都是选来的精壮。怎生结束？但见：头披乱发，脑后撒一把烟云。身系葫芦，背上藏千条火焰。黄抹额齐分八卦，豹皮棍尽按四方。熟铜面具似金装，镔铁滚刀如扫帚。林掩心铠甲，前后竖两个青铜；照眼旌旗，左右列千层黑雾。疑是天蓬离紫府，孛下云衢。高廉引三百神兵出城外，排成阵势。林冲执蛇茅跃马出

阵。高廉出马骂曰："不知死的草贼，怎敢犯我城池！"林冲喝曰……（5.23b-24a）

文海堂本：高廉闻知，整点军马，出城迎敌。林冲看见大喝曰……（5.32b）

（例二）

邓藏本：高廉出城，列成阵势。宋江出阵，见高廉出阵，挂着聚兽铜牌，拿着宝剑。宋江指高廉骂曰："昨日我军未到，兄弟误折一阵。今日决不饶你！"高廉喝曰："你这伙反贼，免污我刀！"（5.24a）

文海堂本：高廉出城，列成阵势。大喝曰："你这返贼，还要来送死！"（5.33a）

（例三）

邓藏本：李逵曰："都依你便了。"当日戴宗、李逵藏了兵器，拴缚包裹，投蓟州来。行不到五十里，李逵立住脚曰："哥哥，买碗酒吃也好。"戴宗曰："你跟我作神行法，只吃素酒。"李逵曰："吃些酒肉也无妨！"天色昏黑，寻个客店，沽一角酒来吃。李逵一碗素菜来房里与戴宗吃。戴宗曰："你如何不吃饭？"（5.25a）

文海堂本：李逵曰："都依你如此。"二人遂往苏州而来。行不上五十里，天色已晚，入店投宿，戴宗吃些素酒，问李逵曰："你如何不吃酒？"（5.33b）

（例四）

邓藏本：戴宗解下腿上甲马，烧化纸钱，便问李逵曰："今番如何？"李逵曰："这两腿方才是我的了。"当晚二人叫店主安排素酒饭，吃了歇宿。次日，两个又上路。行不到三，戴宗取出甲马曰："兄弟，我今日与你只缚两个，却慢行些。"李逵曰……（5.25b）

文海堂本：戴宗解下甲马，店主安排系酒饭与二人吃了安歇。次日，二人又上路。戴宗取出甲马。李逵曰……（5.34ab）

（例五）

此五例中后四例邓藏本多出文字均见于十卷本中，而例一中十卷本文字却与邓藏本差异甚大，此例十卷本文字为"那朱仝一见李逵，大怒，李逵睁眼叫曰：我不怕你。宋江劝住，叫李逵：且看我面，与他陪个礼"（5.15a）。

评林本、英雄谱本、嵌图本诸种此处文字基本同于十卷本。从例一观之，文海堂本文字为诸简本的删改版，邓藏本文字与诸简本不同，反而与繁本相似，所以例一邓藏本的底本可能因为叶面残损或缺失等原因，以繁本文字配补。例二至例五邓藏本多出文字，则不知是邓藏本参考其他简本增补，还是其他百二十四回本删节了文字。要考察这个问题，可以结合百二十四回本的删节情况来看，以刘兴我本字数作为比对对象①。

表 48　邓藏本、刘兴我本诸回字数情况

回数	43	44	45	46	47	48	49	50	51	52	53	54	55	56
邓藏本字数	3233	2822	2651	2454	1263	2155	1968	2103	3236	2211	1678	1790	1767	1641
刘兴我本字数	4083	3754	3478	3310	1935	3229	3332	3376	3612	2774	2422	2799	2473	2556
百分比	79.2	75.2	76.2	74.1	65.3	66.7	59.1	62.3	89.6	79.7	69.3	64	71.5	64.2

上表为卷五、卷六邓藏本、刘兴我本诸回的字数情况。从二者字数对比来看，除第 51 回外，其他回数最高一回占比不到 80%，平均占比 69.8%，而第 51 回邓藏本相对于刘兴我本文字占比高达 89.6%，远超其他回数的文字占比。若将第 51 回的字数改成文海堂本，文字占比则为 70.8%，接近平均占比。由此来看，第 51 回邓藏本、大道堂本文字比他本多出 1/4 以上，这些多出的文字当非百二十四回本原本所有，而是邓藏本、大道堂本的底本在翻刻之时，可能因为叶面残损或缺失等原因参考了其他简本与繁本。

文海堂本比恒盛堂本主要多出文字之处有：

文海堂本：以满晁宋二公之意，遂置酒相待，**饮酒相待**，饮毕。（5.30b）

恒盛堂本：以满晁宋二公之意，遂置酒相待，饮毕。（5.34b）

（例一）

文海堂本：李逵怒曰："这厮他好没道理的，**恼得我怒**，吃我这一斧。"（5.31a）

①之所以以刘兴我本作为比对对象，是因为百二十四回本是以嵌图本的后续本作为删改底本，此点下文会有研究。

恒盛堂本：李逵怒曰："这厮好没道理的，他吃我这斧。"（5.35a）

（例二）

文海堂本：杨林曰："此妖草坡前搠番，射死神兵共七十余人，皆士军士装扮。"即来见来者，**满心欢喜，报与宋江**，但说风雨神兵之事，宋江大京。（5.33ab）

恒盛堂本：杨林曰："此妖草坡前搠番，射死神兵共七十余人，皆是军士装扮。"即来见来江，但说风雨神兵之事，宋江大京。（5.37b）

（例三）

文海堂本：戴宗吃些素酒，问李逵曰："你如何不吃酒？"李逵曰："**你讲吃不得酒**，我不要吃。"戴宗想："他必瞒我，定去吃荤酒，待我暗暗张看他怎的。"**果然往外就走，我看看这个地坊也有多少宽大**。只见李逵讨两角火酒，一盘牛肉，自在那边吃了。（5.33b）

恒盛堂本：戴宗吃些素酒，问李逵曰："你如何不吃酒？"逵曰："我不要吃。"戴宗想："他必瞒我，去吃荤，待我暗暗去张看。"他见李逵讨两角酒，一盘牛肉，自在那边吃。（5.38a）

（例四）

文海堂本：戴宗曰："原来如此，你须走到天尽头，去三五年才得回来。"李逵曰："**我今后再也不犯**。"连声苦。（5.34a）

恒盛堂本：戴宗曰："原来如此，你须走到天尽头，去三五年才得回来。"李逵连声叫苦。（5.38b）

（例五）

以上五例文海堂本多出的文字，邓藏本、大道堂本、映雪堂本均无。此五例中有部分为衍文，如例一、例四，此二例多出的文字与上下文无法衔接，这种情况与此前所举文海堂本比上图藏本多出文字之例相同。其他例子则可以看出文海堂本与恒盛堂本的关系，以及文海堂本为何多出文字。例二恒盛堂本中李逵的言语并不通顺，邓藏本为"这厮好没道理，教他吃我这斧"（5.22b），比恒盛堂本多出一个动词"教"，语句通顺不少，但文海堂本加了一句话"恼得我怒"后，文句则更为顺畅。

例五文海堂本加了李逵应答一句"我今后再也不犯"，并无问题，但是此句可看出为后加，与下文"连声苦"并不衔接。同样的还有例四第一处增文，也可看出为后加，文字添加之后与上下文能衔接得上，但是从逻辑上来说却有硬伤。戴宗问李逵要不要喝素酒，李逵回答因为戴宗说过吃不得酒，所以李逵不吃。戴宗此前所说吃不得酒乃是荤酒，而非素酒，所以李逵此处回答乃是答非所问。

例三文海堂本文字的修改轨迹则极为明晰，恒盛堂本此处有误字，“宋江”误作“来江”，导致语意不清。文海堂本不知何意，便将“来江”改为了“来者”，又增添了两句，修改之后的文句变为“即来见来者，满心欢喜，报与宋江”。此处“来者”出现得莫名其妙，如果报与宋江的是杨林，那就不需要见来者，如果报与宋江的是来者，那前后文则不衔接。更为关键的是“满心欢喜”一句的增添，从后文宋江大惊来看，这并不是一件值得欢喜之事。

所以，由以上诸例可见，文海堂本多出文字之处或为衍文，或为编刊者增文。文海堂本与恒盛堂本有直接的亲缘关系，文海堂本乃是恒盛堂本的翻刻本。此点从二者共同的误字之处也可看出，像恒盛堂本“柴进将书看了，大惊”误作“柴进将书看了，大京”（5.35a）、“发遣我们出去，他要来住”误作“发遣我们出去，他要来来往往”（5.35a）、“大吼一声”误作“入吼一声”（5.36a）、“蓟州管下名山访问”误作“苏州管下名山访问”（5.37b）、“店主安排素酒饭与二人吃了”误作“店主安排系酒饭与二人吃了”（5.38b）等误字之处，二本均同。其他回数也如此，如第23回恒盛堂本“拜谢登程”误作“拜谢登呈”（3.4b）、“往来结伙成队”误作“往来结伙成坠”（3.5a）、“口鼻迸出鲜血”误作“口鼻并出鲜血”（3.6a）、“都来看迎大虫”误作“都来看逓大虫”（3.6b）等，文海堂本此等处与恒盛堂本均同。

恒盛堂本比映雪堂本主要多出文字之处有：

恒盛堂本：高廉大败逃走。入城令军士紧守城池，**不可进兵**，等他平复，然后出兵。（5.37b）

映雪堂本：高廉大败逃走。入城令军士紧守城池，待箭疮平复，然后出兵。（6.10b）

（例一）

恒盛堂本：李逵曰：“我与哥哥**往苏州**同去**何如**。”（5.37b-38a）

映雪堂本：李逵曰：“我与哥哥同去。”（6.11a）

（例二）

恒盛堂本：戴宗曰：“你跟我去也罢，只是要听我言语，须要吃素，方

可去得。”（5.38a）

映雪堂本：戴宗曰：“你跟我去，须吃素，听我言语。”（6.11a）

（例三）

恒盛堂本：戴宗想：“他必瞒我，去吃荤，待我暗暗去张看。”他见李逵讨两角酒，一盘牛肉，自在那边吃。（5.38a）

映雪堂本：戴宗想：“他必瞒我，去吃荤。”暗暗张看见李逵讨两角酒，一盘牛肉自吃。（6.11a）

（例四）

恒盛堂本：李逵曰：“我今后若再要吃荤，等他嘴上生疔疮。再不敢吃。”（5.38b）

映雪堂本：李逵曰：“今后若再吃，嘴上便生疮。再不敢吃。”（6.12a）

（例五）

以上五例恒盛堂本多出的文字，邓藏本、大道堂本均同于映雪堂本。映雪堂本也有删字之处，像例二映雪堂本为“我与哥哥同去”，邓藏本为“我与哥哥同去走一遭”（5.24b-25a）。由此可以看出，恒盛堂本与文海堂本类似，多出文字之处，为编刊者所增。

以上第51回乃诸本文字较为特殊的一回，其余18回中绝大多数映雪堂本字数与他本差异不大，值得注意的有4回，分别为第36回、第46回、第47回、第48回。第36回映雪堂本3468字，恒盛堂本3489字，恒盛堂本比映雪堂本多21字；第46回映雪堂本2418字，恒盛堂本2450字，恒盛堂本比映雪堂本多32字；第47回映雪堂本1283字，恒盛堂本1259字，恒盛堂本比映雪堂本少24字；第48回映雪堂本2134字，恒盛堂本2161字，恒盛堂本比映雪堂本多27字。此4回文字主要差异之处为：

恒盛堂本：要吃板刀面，**或要吃馄饨？宋江曰：这话怎说？稍公曰：老爷和你说知**，要吃板刀面，我有一把泼风刀，不消三刀把你们利下水去。若要吃馄饨，你三个脱了衣裳，自跳下江里去。（4.15a）

映雪堂本：要吃板刀面，我有一把泼风刀，不消三刀把你们剁下水去。若要吃馄饨，你三个脱了衣裳，自跳下江里去。（4.34a）

（第36回）

恒盛堂本：宋江见石秀奔到，**马前告曰："哥哥休慌，兄弟已知路径，如今只看有白杨树便走去，不要管**路径阔狭。"（5.20b）

映雪堂本：宋江见石秀奔到，说路径阔狭。（5.28a）

（第 46 回）

恒盛堂本：今前心了东人，不来救应。只有西村扈家庄来相助。（5.21b）

映雪堂本：今番恶了东人，不救应。**前告曰："哥哥休慌，兄弟已知路径，如今只看有白杨树便走去，不要管**应。只有西村扈家庄来相助。"（5.39b）

（第 47 回）

恒盛堂本：孙立问曰："弟妇患甚么病？"**顾大嫂曰："我患救兄弟的病。"孙立曰："救甚么兄弟？"**顾大嫂曰："我兄弟解珍、解宝被毛太公设计陷害，我要劫牢救他。"（5.26a）

映雪堂本：孙立问曰："弟妇患甚么病？"顾大嫂曰："我兄解珍、解宝被毛太公设计陷害，我要劫牢救他。"（5.45b）

（第 48 回）

第 36 回映雪堂本同词"板刀面"脱文 25 字；第 48 回映雪堂本同词"顾大嫂曰"脱文 19 字。第 46 回映雪堂本脱文 28 字，第 47 回映雪堂本衍文 28 字，第 46 回映雪堂本缺少的文字，正好是第 47 回映雪堂本衍文，此处当为编刊者因某种缘故错置文字。以上数例可见映雪堂本与诸本没有直接的亲缘关系，刊刻时间也不会太早。

以上诸种百二十四回本的情况与关系基本明了，再通过文字相似度来考察。选取字数差异较大的第 51 回以及字数差异较小的第 55 回比对。

表 49　第 51 回与第 55 回诸本文字相似度情况

	映雪堂本与恒盛堂本	映雪堂本与文海堂本	映雪堂本与邓藏本	映雪堂本与大道堂本	恒盛堂本与文海堂本	恒盛堂本与邓藏本	恒盛堂本与大道堂本	文海堂本与邓藏本	文海堂本与大道堂本	邓藏本与大道堂本
51 回	94.43	92.59	76.26	76.06	96.58	75.09	74.89	74.18	73.98	99.74
55 回	92.69	88.71	94.41	93.81	93.07	93.33	92.86	89.55	89.1	99.37

通过第51回与第55回文字相似度情况来看，邓藏本与大道堂本关系极为亲密，恒盛堂本与文海堂本关系也十分亲密，与此前所得出的结论一致，即大道堂本的底本为邓藏本，文海堂本的底本为恒盛堂本。此外，正常情况下，映雪堂本与恒盛堂本、邓藏本关系的亲密程度相差不大。

综上所述，上图藏本是现存百二十四回本中刊刻最早的本子，也是最接近于初刻本的版本，此本误字较少，也没有明显的脱文、衍文。其他版本误字较多，也基本上存在脱文、衍文。其他版本中文海堂本的底本为恒盛堂本，大道堂本的底本为邓藏本，这两组版本之间并没有直接的亲缘关系。映雪堂本与前四者也并无直接的亲缘关系。

再次，诸行款本中翻刻本的情况。诸行款本中翻刻本甚多，概况部分已有提及，此处以笔者所藏三种半叶12行、行27字本窥之。以第23回为例，三种半叶12行、行27字本误字均不相同。有三本同误之处，如“大汉，你不认得”误作“你认你不认得”（3.3b）、“拜谢登程”误作“拜谢登呈”（3.4b）、“往来结伙成队”误作“往来结伙成坠”（3.5a）、“口鼻迸出鲜血”误作“口鼻并出鲜血”（3.6a）、“都来看迎大虫”误作“都来看逦大虫”（3.6b）。有甲乙本同误、丙本不误之处，如“江湖上人称他为”误作“江湖上人祇他为”（3.4a）、“正在这里埋伏”误作“正在这里理伏”（3.5b）、“一千贯赏武松”误作“一千贯实武松”（3.6a）、“任壮士主持”误作“任壮士王持”（3.6a）、“即唤押司”误作“即噢押司”（3.6a）。有甲本误、乙丙本不误之处，如“武松入店”误作“武松人店”（3.4b）、“你曾见大虫么”误作“你曾见太虫么”（3.5b）。有乙本误、甲丙本不误之处，如“走来揪住问”误作“走来掀住问”（3.3b）、“店主曰客官招牌上”误作“店主目客官招牌上”（3.4b）、“把稍棒立在一边”误作“把稍林立在一边”（3.5a）。有丙本误、甲乙本不误之处，如“就赐几杯酒”误作“就问几杯酒”（3.6a）。综上可见，即便是单种行款本的翻刻本，情况也非常复杂。

2. 百二十四回本的渊源

百二十四回本与八卷本不同，八卷本的渊源比较明显，与十卷本的亲密关系同样有线索可依循。而百二十四回本通过回数、卷数、分回、回目等诸方面的考察，均发现与现存诸本有一定差距。相对而言，与嵌图本的后续本关系亲密一些。后续本中有十卷本、文元堂本、兴贤堂本、征四寇本，不知百二十四回本与其中哪种本子更为接近。四种后续本中征四寇本只有征讨四大寇的内容部分，与全本百二十四回本定然疏远，另外三种与百二十四回本的亲疏关系则通过正文进行研究。

之前研究后续本诸种异同之时，比对了兴贤堂本与其他二者的区别，尤其体现在兴贤堂本脱文之处，此类脱文之例之前列举了3个，考察八卷本文字渊源之时，只用到一个例子就解决了问题。而探考百二十四回本的文字渊源，则需要用到全部3个例子，文字比对如下：

十卷本：行到一凉**棚**街上，王庆转过伞低过，世开挺起头巾，被伞裙拨落地下，张世开大怒，从人慌忙拾起头巾带上。世开到衙便问曰……（9.11b）

文元堂本：行到一凉**横**街上，王庆转过伞低过，世开挺起头巾，被伞裙拨落地下，张世开大怒，从人慌忙拾起头巾带上。世开到衙便问曰……（16.34b）

兴贤堂本：行到一凉**横**街上，王庆转过伞低过，世开挺起头巾，带上。世开到衙便问曰……（48.15a）

百二十四回本：正文中无此文字

（例一）

十卷本：话说吕师**囊共**统领五万南兵，据住江岸，摆列战船三十余**处**。江北岸却是瓜州渡口。（10.7a）

文元堂本：话说吕师**囊具**统领五万南兵，据住江岸，摆列战船二十余**处**。江北岸却是瓜州渡口。（18.26a）

兴贤堂本：话说吕师**囊共**统领五万南兵，据住江岸，却是瓜州渡口。（54.5b）

百二十四回本：统兵五万，据住江岸，江北岸便是瓜州渡口。（11.30b）

（例二）

十卷本：宋江**思**念玄女娘娘愿心未酬，命**工**重建九天玄女娘娘庙宇。妆饰圣像，俱已完备。（10.43b）

文元堂本：宋江**想**念玄女娘娘愿心未酬，命**江**重建九天玄女娘娘庙宇。妆饰圣像，俱已完备。（20.12b）

兴贤堂本：宋江**想**念玄女娘娘庙宇。妆饰圣像，俱已完备。

（59.16a）

百二十四回本：遂命主垂建玄女娘娘庙宇，妆饰圣像，俱已完备。（12.32b-33a）

（例三）

例一中百二十四回本无此段文字，无法比对。例二中兴贤堂本同词“岸”字脱文11字，百二十四回本在兴贤堂本脱文之处同样缺字，此例似乎可证明百二十四回本与兴贤堂本关系密切，但百二十四回本却比兴贤堂本多出“江北岸便是”数字，此数字保存在十卷本、文元堂本之中，所以前文百二十四回本缺字当是删节所致，而非以兴贤堂本为底本导致的脱文。

例三中兴贤堂本同词“玄女娘娘”四字，脱却14字。此处百二十四回本出现文字删节，但兴贤堂本所脱文字，百二十四回本却存在，可见例二中百二十四回本的缺文确实是删节所致，兴贤堂本与百二十四回本的关系较为疏远。例三中百二十四回本“主垂”二字为误字，恒盛堂本、文海堂本同，大道堂本为“工重”，“主垂”为“工重”形误，文元堂本此处为“江重”。由此可见，相对于其他后续本而言，百二十四回本与十卷本的关系最为亲近。以下研究百二十四回本之时，则以十卷本作为主要比对对象，参校其他本子。

3. 百二十四回本文字的删减

首先，诗词、韵语的删节。此点百二十四回本与八卷本基本一致，诸繁本与简本书中引首诗、正文诗词、回末诗，百二十四回本中悉数被删节。正文诗词除了包括人物、事件的诗赞之外，尚有描写环境的诗句以及描写人物外貌穿着的词句。

同样以十卷本第87回“公孙胜再访罗真人　没羽箭智伏乔道清”为例，此回十卷本的引首诗为“万古交驰水似倾，滔滔名利足亡身。常疑好事成虚事，却想闲人是贵人。老逐少来终不了，辱随荣后定须均。劝君莫去夸头角，梦里相逢总不真”（8.26a）。正文中的诗词有“妙诀真言不易传，当时一语透玄关。殷勤记取留胸臆，此去成功马耳山”（8.28a）、“幞头黄裹气昂昂，手执钢鞭孰敢当。怒目睁开神鬼惧，凶心才起魅魍降。马蹄到处狼烟息，旗帜来时寇虏亡。浑似赵公明在世，天兵阵从出丹房”（8.28b）、“芙蓉冠顶用金箱，羽扇翩翩拂玉骖。三尺龙泉生杀气，一身素体立心胸。使令鬼神如使仆，爱惜军兵胜子孙。大宋将军应有分，纶中羽扇入金门”（8.29a）。

回末的诗词套语有"有分教:宋朝真主,收一时宰辅良臣;河北草君,不半载身亡国灭"(8.30a)。这些诗词韵语在百二十四回本中均被删除。

其次,字词句的删节。此等处属于小范围文字删节,举例观之。

十卷本:宋江抚慰已毕,就令裴宣取过空头官诰,填受都指挥之职,即教排筵贺喜。次日,商议起兵打狮子岭。**孙安曰:"小弟愿往。"**乔道清曰:"关内是田虎妻舅何彦呈守把……"(8.36b)

百二十四回本:宋江抚慰毕,就令裴宣取空头官诰,填受都指挥之职,即叫排筵贺喜。次日,商议起兵打狮子岭。乔道清曰:"关内是田虎妻旧何彦呈守把……"(10.4a)

(例一)

十卷本:孙立曰:"不可。兵法云:临斗之后,莫要劫寨;**到围之日,不要攻城。等**待明日再**决一**战,看他如何。"(8.40a)

百二十四回本:孙立曰:"不可。兵法云:临闻之后,莫要劫寨。待明日再战,看他如何。"(10.7b)

(例二)

十卷本:众人看见喝采不止。**又使了几个旗鼓势**,龚正曰:"告列位**怜**,送些标手。"(9.9b)

百二十四回本:众人看见喝采不止。龚正曰:"告列位送些标手。"(10.22b)

(例三)

以上三例中,百二十四回本相对十卷本而言,均有字词句的删节,此等处在百二十四回本中随处可见。例一中十卷本"已毕""取过",百二十四回本变成了"毕"和"取",同时百二十四回本还缺少一句话"孙安曰小弟愿往"。例二中十卷本"等待"和"再决一战",百二十四回本变成了"待"和"再战",同时百二十四回本缺少一句话"到围之日不要攻城"。例三中百二十四回本比之十卷本,缺少了"怜"字,以及一句话"又使了几个旗鼓势"。

这些文字的删节,基本不影响文句的通畅,甚至有的都不太影响文意,只是在本已简略的文字上,进一步修剪细枝末节。这种修剪比之八卷本的剪裁,更过于细致。像例一中"已毕"和"毕"、"取过"与"取",例二中的"等待"和"待"、"再决一战"和"再战",这些词语的删减并不影响文意。而例二中“到围之日不要攻城”与例三中“又使了几个旗鼓势”,这些句子在正文中可有可无,删节之后并不会对文意造成影响。当然,也有一些文句的删节会对情节造成影响,如例一中删去的孙安所说之言语“孙安曰小弟愿往”,此句话表现了孙安立功心切的意愿。

再次,段落的删节。此等处属于大范围文字删节,因为文字较多,仅举两例以观之。

十卷本:同王庆四个来见张世开。唱了喏,世开见了王庆曰:“好个大汉。”便叫王庆打伞。过两日有官员请张世开赴筵,叫王庆打着凉伞。张世开回衙,时日转西,王庆执伞向西边马前行……张世开曰:“明日不要这厮打伞,交在本衙市买。”次日,院子来分付王庆,衙里要买蹄子,又买大鲫鱼三斤,一霎时又要买白鲞五斤,豆付五斤。王庆来到市上,件件买到,堂里交收,王庆自上箔帐,具个单子来见张世开支钱。世开曰:“十日一次来支给。”王庆只得将自己的钱去还。世开终是要寻他罪。过了十日,王庆具单来见世开支钱。世开曰:“日前只买豆付、鲫鱼,何曾买蹄鲞,你才市买,便要赖帐。”叫左右打三十,只支得五贯钱,余钱赖了不肯算。王庆因做半年市买,将龚正袄内金银赔使……不由分说,就棒疮上又打五十。王庆只得赔二十贯钱,把罗还铺里。(9.11b-12a)

百二十四回本:王庆不知就理来见世开。世开见王庆:“好个大汉。”就今王庆在本衙买办。次日,院子来分付王庆,衙里要买蹄子,并鲫鱼三斤,一切时又要买白鲞五斤,豆腐五斤。王庆来到市上件件买,到衙交收,王庆自上簿帐,具单来见世开支钱。世开曰:“十日一次来支钱。”王庆只得将自己的钱去使用他。终日要寻他过,代舅报仇。过了十日,王庆具单来支钱。世开曰:“日前只买豆腐、鲫鱼,何曾买蹄鲞,你才做买办,便要赖帐。”叫左右把王庆打了三十,打得皮开肉绽,鲜血迸流,只发钱五贯,余钱赖了不肯算。王庆曰做半年买办,将龚正袄内金银赔使。又被打了十余次,十分难当。(10.25a)

(例一)

十卷本:王庆住了十数日,范全盘费都吃尽了,只得把衣服典当与他吃。一日,范全取一个骰盘,六只色子,对王庆曰:“此去二里有座林子,唤做椒花快活林,里面有二十余处赌场,我拿你嫂嫂衣裳当得四百钱在此,你可胡乱去开个赌场,到晚也有三五贯钱回来,强如在家闲坐。"……王庆只得忍气,到晚范全回家,妻子把范全骂了一夜。次早,王庆起来,打了一缸水,烧着火,因去取柴,见桌版上油单纸,包着把朴刀,在王庆见了喝采曰:"既有此物件,不去做,却作别经营。"只因这物件,直教王庆受万人唱喏,应了金剑先生四句卦象。正是:禽静始知蝉在树,灯残方见月临窗。且听下回分解。(9.15b-16b)

百二十四回本:王庆住了十数日,范全盘费都吃尽了,只得把妻子衣服典当,与他吃。全妻子见了这光景,终日骂东骂西,于碍王庆,王庆只是忍苑气,全亦无可奈何。一日,王庆心生一计,拿一条棒走出门去,未知做出何事,且看下回分解。(10.29a)

(例二)

此二例由于十卷本字数过多,故而中间省略了一些文字,其中例一中十卷本528字,百二十四回本只有219字;例二中百二十四回本删节的字数更多,十卷本1099字,百二十四回本只有85字。例一中百二十四回本保留了王庆给张世开做买办时,张世开刁难王庆的故事,而十卷本中张世开其他两处故意刁难王庆的情节则被删去,这两处情节为王庆打伞与买彩缎之事。例二中百二十四回本更是删去了王庆到范全家之后的经历,包括王庆两次做买卖都惨淡收场的故事。

从主线情节角度来说,百二十四回本的文字删节并无问题,删节之后的文字与前后内容都能衔接。但是从情节丰富性以及故事内容的表现力来说,删节之后的情节肯定更加单薄。像例一如果仅仅只有王庆作为买办被张世开故意找茬这么一件事情,那么情节过于单一,而且张世开未免太没有想象力,仅通过一件事情不断找茬。而多出两件找茬之事,一件撑伞不稳、一件买彩缎故意裁减,则可知平常生活中,张世开明里暗里给王庆设了多少绊子,也为最后王庆的爆发埋下了伏笔。

例二中删去了王庆快活林开赌场的两段经历。这两段经历除了生动有趣、颇具故事性之外,还能看出王庆的一些性格特征,像焦躁又怕事的性格。而且这两段经历也能使得王庆的发迹变泰故事更加丰满,从中窥见王庆在发迹之前受过不少苦难,包括诸事不顺、遭受嫂子的冷遇与白眼,这些都可以与王庆发迹之后的故事对看。

4. 百二十四回本文字的改易

研究百二十四回本渊源之时，已然知道现存版本中与百二十四回本最为亲近的是十卷本。那么，接下来考察这两个本子之间文字相似度的多寡，选取田虎、王庆故事部分各三回进行比对，得出以下文字相似度如下：

表 50 十卷本与百二十四回本部分回数文字相似度比对情况

回数	90	91	92	95	96	97
十卷本与百二十四回本文字相似度	45.48%	45.85%	42.59%	38.19%	28.84%	31.39%

从文字相似度来看，十卷本与百二十四回本差异甚大，两个本子文字相同之处甚少。实际上百二十四回本的情况与八卷本相同，因为百二十四回本与十卷本文字字数差异颇大，所以才造成文字相似度如此之大的差异。以下为十卷本与百二十四回本的字数情况：

表 51 十卷本与百二十四回本部分回数文字字数比对情况

回数	90	91	92	95	96	97
十卷本	2743	2612	1988	2747	2734	3451
百二十四回本	1857	1995	1441	2057	1971	2102

这 6 回中文字比最少的，百二十四回本占十卷本文字的 60%；文字比最多的，百二十四回本占十卷本文字的 76%。这个数值比体现了百二十四回本与十卷本之间的字数差距，所以要想确切知道百二十四回本所存文字中十卷本与百二十四回本的文字相似度，则要去除十卷本比百二十四回本多出的文字，得出文字相似度如下：

表 52 删节文字后十卷本与百二十四回本部分回数文字相似度比对情况

回数	90	91	92	95	96	97
十卷本与百二十四回本相似度	81.31%	79.90%	85.56%	81.16%	76%	88.83%

将十卷本多出文字删节之后，十卷本与百二十四回本的文字相似度得到了大幅度提升。从此处文字相似度来看，十卷本与百二十四回本有共同的祖本，但是二者之间也存在一定的差别。这些差别主要表现在：

其一，对文字进行缩写。

种德书堂本：次日，吴用分兵安排围城：南门张清、琼英女、董平、文仲容、黄信、邓飞；东门卢俊义、邹润、邹渊、于茂、唐斌、石勇；西门孙安、秦明、花荣、马粦、戴宗；北门乔道清、公孙胜、胡延灼、柴进、李云、凌振。各门引兵团团二万围住，似铁桶一般。（20.7b）

十卷本：次日，吴用分兵安排围城：南门张清、琼英、文仲容、董平、黄信、邓飞；东门卢俊义、邹润、邹渊、于茂、唐斌、石勇；西门孙安、秦明、花荣、马麟、戴宗；北门乔道清、公孙胜、呼延灼、柴进、李云、凌振。各门领兵二万团团围住，似铁桶一般。（8.39a）

百二十四回本：是夜，吴用令众将稍稍把城四面围住。（10.6b）

（例一）

种德书堂本：王庆告太尉道："小人无罪，乞问邻人便知。"高俅道："你这厮我交去头巾。"兀自不伏，指着手下人，即时取了王庆巾带交打。着二十众人向前拿着王庆。王庆不伏道："太尉屈打小人，只为柳世雄报仇。"高俅道："恁地不要打他，放起来。"（21.3ab）

十卷本：王庆告太尉曰："小人无罪，乞问邻人便知。"俅曰："众人向前拿下。"王庆曰："只为柳世雄报仇。"俅曰："不要打，且放他起来。"（9.7b）

百二十四回本：王庆曰："小人无罪，乞问邻人便知。"高俅不听。（10.20a）

（例二）

种德书堂本：因到这李州来见个亲戚，在此做着非细的官职。小官姓庞名元，为恐上任之时，又是三年，先米和他相见一面，却去上任，到此路遥，恐缺盘缠。（21.7a）

十卷本：因到这李州来见亲戚，小官姓庞名元，为恐上任之时，又是三年，先来和他相见一面，再去上任，到此路遥，恐缺盘费。（9.10b）

百二十四回本：因到这李州来见亲戚，小官姓庞名元，要去上任，恐

路途欠缺盘费。（10.23b）

（例三）

此三例均是百二十四回本缩写文字之例。例一把吴用安排众将四面围城的具体事宜，缩写成了一句话，十卷本 84 字，缩写之后变成 15 字。例二中王庆说话之后，高俅与王庆还有一番对话，百二十四回本中高俅在王庆说完之后直接置之不理，十卷本 44 字，缩写之后变成 17 字。例三中百二十四回本缩减了庞元来此的缘由，即怕上任之后难与亲戚会面，因此先来此处会面。百二十四回本中文句的缩写本质上是为了减少字数。

文句的缩写并不会影响整个小说情节的走向，但是缩写之后的文字对于某些细节的解读还是存在一定差别。像例一中百二十四回本缩写后的文字就看不到吴用具体的排兵布阵。例二中百二十四回本缩写后的文字则看不到王庆再一次低智商的行为，高俅故意要找王庆麻烦，是人尽皆知之事，王庆此时当众讲出，再一次跟高俅撕破脸，使得高俅恼羞成怒。例三中百二十四回本缩写后的文字看不到庞元的心思，而此点小九九与后文庞元表演棍棒的心思比较后，更能看出庞元的狡狯。

其二，对文字进行改易。

种德书堂本：次日早入朝，众文武立班，**引进司乞复**枪法，王庆与柳世雄比枪。二人就金阶下**戮枪，使了数回**，王庆使一枪来，柳世雄躲过，王庆复一枪来，把柳世雄牙齿打落。（21.2a）

十卷本：次日早朝，众文武立班，**引进司乞复**枪法，王庆、柳世雄比枪。二人就金阶下**斗枪，使了数回**，王庆使一枪来，柳世雄躲过，王庆复一枪，把柳世雄牙齿打落。（9.6b）

百二十四回本：次日早朝，众文武立班，**高俅请覆试**枪法，引进司引王庆、柳世雄到金阶下，**各使了斗枪数回**，王庆就一枪来，柳世雄躲过，王庆复一枪来，把世雄牙齿打落。（10.19ab）

（例一）

种德书堂本：王庆道："昨夜因烧夜香，只见香炉飞入来，香桌自走进家里，小人见这样怪事，即将香桌打碎，因闪着左臂肿**痛**。今日出去**赎药**，用酒**调吃回来**，不知大尉到此。"太尉道："这里是朝廷禁城，如何有这怪异事情，却不是撰造妖言，惊吓**班中**老小是一项，**我到此点名，你**

不遵礼节，面带酒容。”（21.3a）

十卷本：王庆曰：“昨日因烧夜香，见香炉飞入来，香桌自走进家，小人见是怪事，即将香桌打碎，因闪了左臂肿痛。今日出去赎药，用酒调吃回来，不知太尉到此。”高俅曰：“这是朝廷禁城，如何有此怪异，却不是撰造妖言，惊唬班中老小，到此点名，不遵礼节，面尚带酒，罪不容恕。”（9.7b）

百二十四回本：王庆曰：“昨日因烧夜香，见香桌自走进来，小人见是怪事，即将香桌打碎，闪了左臂肿疼。今日出去买药，用酒调贴在身上，因此不知太尉到此。”高俅曰：“这是朝廷禁城，如何有此怪异，却不是撰造妖言，京流一城老小，又兼点名不到，罪不容恕。”（10.20a）

（例二）

种德书堂本：那人问道：“阁下因甚人谋夺贵职？”王庆把高俅报柳世雄事了一遍。（21.4b）

十卷本：那人问曰：“足下因甚人谋夺贵职？”王庆把高俅报柳世雄事说了一遍。（9.8b）

百二十四回本：那人问曰：“足下被甚人陷害？”王庆把高俅谋夺总管之事说了。（10.21b）

（例三）

此三例百二十四回本对文字进行了改易，这点从种德书堂本、十卷本、百二十四回本三者文字的比对即可看出。改易后的文字有一部分差异甚大，如例三中“因甚人谋夺贵职”和“被甚人陷害”、“高俅报柳世雄事”和“高俅谋夺总管之事”。但是细查百二十四回本诸例文字能够发现，改易后的文句，意思与原文并无差别。像例三中的两句话，所要表达的意思与原文相同。例二中“肿疼”与“肿痛”、“赎药”与“买药”、“调吃回来”与“调贴在身上”、“班中老小”与“一城老小”、“到此点名，不遵礼节”与“又兼点名不到”，含义也基本相同或相似。

这些文字的改易并没有使字数过多减少，可见百二十四回本改易文字并非为了减少字数。那么，百二十四回本改易文字的目的是什么？从以上三例可以窥见一二，应该是为了让小说情节与文字看起来更为通俗、自然。像例二“赎药”与“买药”、“班中老小”与“一城老小”、“到此点名，不遵礼节”与“又兼点名不到”,显然百二十四回本文字更为通俗。例三“高俅报柳世雄事”和“高俅谋夺总管之事”,也是百二十四回本“高俅谋夺总管之事”更能见出高俅之恶,相反用“高俅报柳世雄事”之言,则有替高俅开脱的意思。

其三,对文字进行增添。

种德书堂本:三路各引兵一万,下岭迎敌。何常出马与呼延灼斗三十余合,何常力怯,回马便走,安仁美挺枪与呼延灼便斗。(20.5b)

十卷本:三路各引兵一万迎敌。何常出马与呼延灼斗三十合,何常力怯,回马便走,安仁美挺枪与呼延灼便斗。(8.37b)

百二十四回本:三路各引兵一万迎敌。**宋兵三路齐到**,何乐出马与呼延灼斗三十合,何乐力怯,回马便走,安仁美挺枪与呼延灼便斗。(10.4b)

(例一)

种德书堂本:李逵贪看斗鸡忘了归路,心甚慌惧。走得几步,却见内有人家,便去苦告王人道:“小人是迷失路途,到此天晚,权投一宿,明日早去。”(20.11b)

十卷本:李逵贪看斗鸡忘了归路,心甚慌惧。走回几步,却见内有人家,便去苦告曰:“小人是迷失路径,到此天晚,权投一宿,明日早去。”(8.42b)

百二十四回本:李逵贪看斗鸡忘了归路,**不觉天色已晚**,李逵心慌。走回几步,见一个老人立在门首,向前告曰:“小人是迷失路径,到此天晚,权借一宿,明日早去。”(10.10a)

(例二)

种德书堂本:我爹爹不忍,常问你赎药,后来把我嫁了你,又借钱与你讨官。(21.8b)

十卷本:爹爹时常问你讨药,后来把我嫁你,又替你说了官。(9.11b)

百二十四回本:我爹爹时常照顾你,后来又替你谋了官,**你今日恩将仇报**。(10.24b)

(例三)

以上三例是百二十四回本增添文字之处，将百二十四回本与十卷本、种德书堂本比对即知。百二十四回本多出的文字，十卷本与种德书堂本均不存。百二十四回本例一中多出“宋兵三路齐到”，例二中多出“不觉天色已晚”，例三中多出“你今日恩将仇报”，这些多出的字句字数并不多，比之百二十四回本删除的文句更是小巫见大巫。

至于百二十四回本为何添加文字，应该是百二十四回本（或其底本）的编刊者在校对文字之时，为了使文句或者情节更加通顺、合理，于是增添了少量文字。像例二加了一句“不觉天色已晚”，即符合之后李逵的对话内容，又让情节更加合理，仅仅是忘了归路，李逵可能未必心慌，然而既忘了归路，天色又晚，那李逵很可能要心慌，毕竟此处乃大虫出没之地。例三加了一句“你今日恩将仇报”，可以显露出此时张世开妻子言语上的愤慨。从总体上来说，这些增添的文字，还是会为小说增色不少。

三、八卷本与百二十四回本的关系研究

1. 八卷本与百二十四回本的关系

从上文可知，对于八卷本以及百二十四回本而言，与这两个本子关系最为亲密的其他《水浒传》本子为十卷本。而对于十卷本而言，这两个本子有一个最大的共通点，即删节文字。之前已逐一对这两个本子的删节情况作出研究，现将此二本放在一起进行比对，下表为二本文字的删节情况：

表 53　十卷本、八卷本、百二十四回本部分回数的文字字数比对情况

回数	90	91	92	95	96	97
十卷本	2743	2612	1988	2747	2734	3451
八卷本	1399	1789	1246	1602	1237	1953
百二十四回本	1857	1995	1441	2057	1971	2102

虽然择取的回数只有 6 回，但是依旧可以比对二本文字的删节情况。以十卷本作为参照，百二十四回本的文字比之十卷本少了 29.8%，八卷本的文字比之十卷本少了 43.3%。从字数来看，八卷本的删节程度要高于百二十四回本，多了十余个百分点。那么，八卷本是否可能以百二十四回本为底本进行删节？考察二本文字相似度即可得知：

表 54　十卷本、八卷本、百二十四回本部分回数文字相似度比对情况

回数	90	91	92	95	96	97
十卷本与八卷本相似度	42.48%	51.65%	45.29%	47.35%	32.27%	44.05%
十卷本与百二十四回本相似度	55.08%	61.03%	62.02%	60.78%	54.79%	54.13%
八卷本与百二十四回本相似度	45.48%	45.85%	42.59%	38.19%	28.84%	31.39%

上表是十卷本、八卷本以及百二十四回本部分回数的文字相似度比对情况。由表中可以看出，八卷本与百二十四回本的文字相似度比二本各自与十卷本的文字相似度要低。按理来说，八卷本与百二十四回本的字数差异远较二本与十卷本的字数差异为小，八卷本的字数大概是百二十四回本字数的 80%，而八卷本、百二十四回本的字数大致是十卷本字数的 57% 和 70%。同等条件下，八卷本与百二十四回本的文字相似度肯定是要高于二本各自与十卷本的文字相似度，但是实际上二本文字相似度却要低于二本各自与十卷本的文字相似度，而且差异还不小。八卷本与百二十四回本文字相似度大致为 39%，而八卷本与十卷本、百二十四回本与十卷本的文字相似度分别为 44%、58%。造成这种情况的原因只有一种，八卷本与百二十四回本的文字差异颇大。所以，此二本不可能有直接的渊源关系，即八卷本不可能删节自百二十四回本。

实际上还有更加直观的方法可见八卷本与百二十四回本的差异，这种方法便是二本文字删节之处的不同。通过这些差异可知，二本之间没有直接的渊源关系。

其一，八卷本文字存在而百二十四回本不存的情况。

十卷本：王庆口中不说，心中忖曰：“当初六国强勤三太尉斗枪，都不敢敌，吾拼死与他作对，被我搠死，到今只少四个月，便是总管之职，教我让与他，我反做听令使臣。”肚里焦燥，免强应曰：“太尉钧旨谨领，银不敢受。”（9.6b）

八卷本：王庆口中不言，心中想曰："我只少四个月，便是总管之职，教我让他，我反放听令使臣。"肚里焦燥，免强应曰："太尉钧旨自当谨领，不敢受赐。"（7.17a）

百二十四回本：王庆不悦，只得勉强应曰："太尉钧旨谨领，银不敢受。"（10.19a）

（例一）

十卷本：府中有个老都管，见王庆受苦，对王庆曰："太尉只要寻事打你，是替庞巡检报仇，要打你九百九十九棒做利钱。我与你上帐，前后也吃打了八百棒，更少一百九十棒。"（9.12ab）

八卷本：府中有个老都管，见王庆每日吃苦，对王庆曰："太尉每日寻事打你，是替王巡检报仇，要打你九百九十九棍。教我与你记帐，前后也打了八百棍，还少一百九十九棍。"（7.19b）

百二十四回本：时府中有个老都管，见王庆受苦，对王庆曰："本官只要寻事打你，是替庞巡检报仇，要打你九百九十九棒做利钱。"（10.25a）

（例二）

其二，百二十四回本文字存在而八卷本不存的情况。

十卷本：张斌禀曰："只有一个是十万禁军教头王庆，少四个月便出职。原日因六国，差个六国使臣强来勒我朝廷枪手，比试斗敌胜负，做了六国赏罚文字，若胜便不来侵你国，若输与六国强时，每年纳六国岁币。这六国是九子国、都与国、龙毹国、菭泪国、野马国、新建国。却得王庆取了军令状，就金殿下与六国强比枪，被王庆刺死，止有四个月满，便升总管。太尉要报恩人，只要王庆肯让便好。"（9.6ab）

百二十四回本：张斌曰："只有一个是十万禁军教头王庆，少四个月便出职。原日因六国，差一人使臣强来勒我朝廷枪手，比试回敌胜负，做了六国赏罚文字，若胜便不来侵你国，若输与六国强时，每年纳六国岁币。这六国是九子国、都与国、龙毹国、薄泪国、野马国、新建国。却得王庆取了军令状，就金殿下与六国强比枪，被王庆刺死，止有四个月满，便升总管。太尉要报恩人，只要王庆肯让就是。"（10.18b）

八卷本：张斌禀曰："只有一个是十万禁军教头王庆，只少四个月便

升总管，太尉要报恩人，只要王庆肯让便好。”（7.17a）

（例一）

十卷本：当下气得高俅失色。回到帅府中，**世雄来见太尉曰：“谢得举荐。”高俅曰：“恩人不妨，我做殿帅府太尉，这总管在我手里，我直灭那厮不见一星火便罢。”**却唤殿司前十个带牌的分付曰：“去雄武营前巡视王庆。”（9.6b-7a）

百二十四回本：当下气得高俅失色。回到帅府，**世雄自“谢得举荐。”高俅曰：“恩人不妨，我做殿帅府太尉，这总管在我手里，我直灭这人罢。”**便唤殿司前十个带牌的分付曰：“你去雄武营巡视王庆。”（10.19b）

八卷本：当下气得高俅人色。回到府中，即唤殿司前十个带牌的分付曰：“去雄武营前巡视王庆。”（7.17b）

（例二）

从以上几个例子来看，某些文字八卷本存在而百二十四回本不存在，某些文字百二十四回本存在而八卷本却不存在。此足以说明八卷本与百二十四回本的关系颇为疏远，没有直接的亲缘关系。同时也可解答上文的疑问，为何字数更为接近的两个本子，其文字相似度反而没有字数更为疏远的两个本子文字相似度高。因为八卷本与百二十四回本之间文字差异更大，除了文字此有彼无之外，八卷本与百二十四回本各自改易文字也加大了彼此的差异。

2. 十卷本、八卷本、百二十四回本关系的启示

上文对十卷本、八卷本、百二十四回本三者关系作出了研究，下面将对三者关系进行梳理。现存《水浒传》诸本中，与八卷本、百二十四回本关系最为亲密的本子均为十卷本，但十卷本（或其底本）是否为八卷本、百二十四回本的底本，此点很难判断。如若不是，十卷本与八卷本，以及十卷本与百二十四回本之间，还曾出现过几种本子，此点也很难判断。但是可以确知的是，相对于十卷本而言，八卷本与百二十四回本均删节了文字，其中八卷本文字删节情况更为严重。同时，八卷本与百二十四回本之间并无直接亲缘关系，二者文字关系颇为疏远。

十卷本、八卷本、百二十四回本的文字关系，与种德书堂本、插增本、评林本三者之间的关系颇为相似。相对于种德书堂本而言,插增本、评林本均删节了文字,但是种德书堂本系统是否为插增本、评林本的底本,种德书堂本与评林本之间、种德书堂本与插增本之间是否有其他版本的存在,这些都不好判断。同时,插增本、评林本属于种德书堂本系统下面的两条分支,二者并没有直接的亲缘关系,二本文字的差异相较二本各自与种德书堂本文字的差异为大。

通过十卷本、八卷本、百二十四回本三者文字关系的考察,可以得知此前所研究的种德书堂本、插增本、评林本三者,有很大的可能性存在着非常亲密的亲缘关系。即使相对于种德书堂本而言,插增本与评林本改易了一些文字,增添了个别文字,但依旧无法掩盖三者之间亲密的关系。因为这些改易以及增添的文字基本上是书坊主或者编辑者所为,而不是来自于更早的祖本。

以十卷本、八卷本、百二十四回本三者来说,八卷本与十卷本的文字相似度大致为40%,删除多出文字后文字相似度大致为75%;百二十四回本与十卷本的文字相似度大致为55%,删除多出文字后文字相似度大致为80%。尽管75%与80%的文字相似度并不是很高,但依旧可以看出八卷本与百二十四回本脱胎于十卷本的痕迹。至于三者之间的其他不同,乃是因为八卷本、百二十四回本随意的改文与增文所致。而这些改文、增文,八卷本与百二十四回本既不同于十卷本,也与其他更早的本子有异,可知这些文字当为后改者与后增者。

至于种德书堂本与插增本、评林本之间,文字相似度则远远超过了十卷本、八卷本、百二十四回本三者,插增本与种德书堂本的文字相似度大致为84%,删除多出文字后的文字相似度大致为91%;评林本与种德书堂本的文字相似度大致为83%,删除多出文字后的文字相似度大致为94%。此三者的亲缘关系远远超出十卷本、八卷本、百二十四回本三者的关系,所以不能因为插增本、评林本出现了不同于种德书堂本的文字或者多于种德书堂本的文字,就认为三者关系并不亲密。这些改文与增文很可能像八卷本、十卷本一样,是书坊主或编辑者随意的改动以及增加,只是插增本、评林本改易更为谨慎,所以差异较小;八卷本、百二十四回本改易更为大胆,所以差异较大。

最后选取诸本均有的3回文字,考察各本文字的删节情况。所选本子包括种德书堂本、插增本、评林本（代表评林本以及英雄谱本）、十卷本（代表嵌图本及嵌图本后续本）、百二十四回本、八卷本。所选回数为刘兴我本（即十卷本）的第95、96、97回：

表55 诸本部分回数字数比对情况

回数	95	95	97
种德书堂本	3291	3341	4628
插增本	2730	2550	3735
评林本	2525	2601	3374
十卷本	2747	2734	3451
八卷本	1602	1237	1953
百二十四回本	2057	1971	2102

从这三回字数来看，现存简本中底本最早的种德书堂本字数最多，此后各本字数相比种德书堂本而言逐步减少。插增本字数占种德书堂本字数的80%，评林本字数占种德书堂本字数的75%，十卷本字数占种德书堂本字数的79%，八卷本字数占种德书堂本字数的43%，百二十四回本字数占种德书堂本字数的54%。从删节程度来看，种德书堂本处于一层次，插增本、评林本、十卷本处于一层次，百二十四回本、八卷本处于一层次，于此可见简本在一次次的删节过程中，字数也在不断减少。

综上两节内容，可以得出以下结论：

1. 八卷本与百二十四回本均属于清代坊间刊本，此二种版本翻刻本甚多。八卷本至少有三版，还出现过钞本。百二十四回本则有6种行款本，诸本之中上图藏本是现存百二十四回本中刊刻最早者，此本误字较少，没有明显的脱文、衍文。其他版本中文海堂本的底本为恒盛堂本，大道堂本的底本为邓藏本，这两组版本之间并没有直接的亲缘关系。映雪堂本与前四者也并无直接的亲缘关系。

2. 现存诸版本中，与八卷本及百二十四回本关系最为亲密的版本均为十卷本。相对于十卷本而言，八卷本回数与之完全相同，均为115回，回目与之相比也十分相似；百二十四回本的回目最贴近十卷本，但参照繁本进行了改动与增添。此外，百二十四回本的分回位置与诸本均不相同，当是编辑者做过一定改动。

3. 相对于十卷本而言，八卷本与百二十四回本均进行了文字的删减，其中八卷本删节的文字较之百二十四回本为多。

4. 除去二本删节的文字，八卷本与十卷本、百二十四回本与十卷本之间，文字有颇多相似之处，可见两两之间应该有共同的祖本。但是两两之间文字依旧有一定差异，主要是由于八卷本与百二十四回本除删减文字之外，还进行了文字改易及增添的工作。

5. 八卷本与百二十四回本之间并没有直接的亲缘关系，二者应该是十卷本（或其底本）下面两条不同的分支，文字差异比较大。

6. 从八卷本与百二十四回本的删节情况，可以看出简本删节的过程以及改编的方式。同时可知，即使是后出本，文字与底本相比，有所不同或是增添，也不代表后出本来自于其他本子，很可能只是编辑者对文字的改动或添加。

第九章　三十卷本《水浒传》研究

第一节　三十卷本《水浒传》的概况与辨识

三十卷本，现存有两种，一种为宝翰楼刊本，另一种为映雪草堂刊本。宝翰楼刊本现藏巴黎法国国家图书馆，存六卷，第六卷存 17 叶，未完。映雪草堂刊本有两部，一藏于东京大学总合图书馆，存三十卷全本，十二册，有补钞，卷三第 1 叶与第 2 叶全缺，第 3 叶至第 8 叶残缺，为中屋幸三郎原藏本；另一部藏于东京大学文学部汉籍中心，存三十卷全本，十二册，为幸田露伴原藏本。

三十卷本，顾名思义，因全书共有 30 卷而得名。30 卷是《水浒传》诸多本子中比较特别的卷数。更为特别的是，其他《水浒传》版本无论是否分卷，均有回数。如容与堂本 100 卷 100 回，每一卷为一回；刘兴我本 25 卷 115 回，每一卷有多回，而三十卷本只分卷并不分回。这也是所有《水浒传》版本中唯一一种不分回的本子，所以用“三十卷本”作为此本的称呼，最具有代表性。除此之外，因此本序言末题署“五湖老人题于莲子峰小曼陀精舍”，故而又称之为“五湖老人序本”。

三十卷本，首封面，次五湖老人所作序言，次目录，次图像，次正文[①]。目录部分有总目，正文中无分目，总目以卷为单位，每卷下有多则单句标目，卷中单句标目并不一定构成双句回目，有的回目会被分为上下两则，分属两卷之中。每卷所收标目数量不一，全书共计有三十卷，355 则标目。图像部分先是有大幅插图，每幅大插图中又包含两至六幅小插图。关于宝翰楼本及映雪草堂本的封面、序言、目录、图像等具体信息，下文将会叙及。

正文半叶 10 行、行 20 字，文中有眉批及回末总评，眉批每行 3 字。正文部分首“水浒传全本卷之一”，次另行书“元　施耐庵编　明李卓吾评点”，全书题署部分基本相同，但偶尔小异，卷之十无“李卓吾”三字，卷之十三“明李卓吾评点”无“明”字，卷之十九“评点”二字上空 4 字，卷之二十四作

①宝翰楼本与映雪草堂本附件的顺序有差异，宝翰楼本为序、图、目，映雪草堂本为序、目、图。

“堂主人评点”，卷之二十五无“元施耐庵编”字样。

关于三十卷本的研究，现今已有不少成果。但是因为有的学者见过藏于法国的宝翰楼本，而未见过藏于日本的映雪草堂本，如郑振铎、刘修业等先生，有的学者见过藏于日本的映雪草堂本，而未见过藏于法国的宝翰楼本，如孙楷第、刘世德、陆树崙等先生，所以诸多学者对三十卷本中这两种本子的论述多有误差。以下将对诸学者论述中出现的差讹进行辨析。

宝翰楼本，又称之为文杏堂本。郑振铎先生《巴黎国家图书馆中之中国小说与戏曲》著录此书之时称为“文杏堂批评水浒传”，没有提到“宝翰楼”字样[①]。而刘修业先生《古典小说戏曲丛考》中提到此书封面有“宝翰楼章”，但并未提到“文杏堂”字样[②]。如此介绍以至于陆树崙先生在文章中感叹“郑、刘二先生介绍的是同一部书，而有关书名的记载，却互不相同，这究竟是怎么一回事，不得而知”[③]。

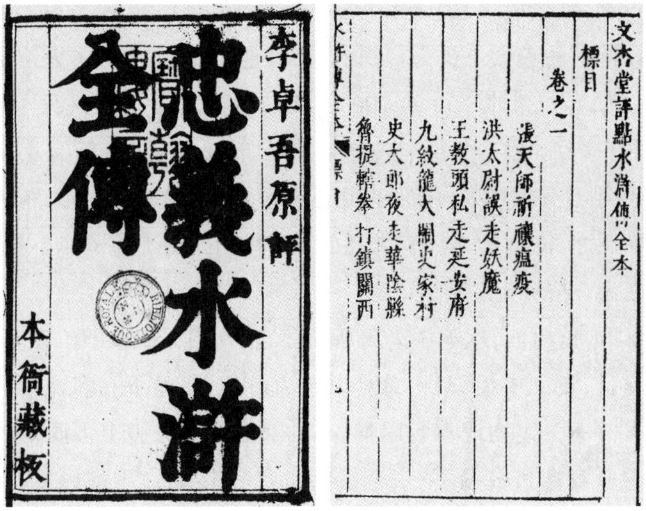

宝翰楼刊本封面与目录书影

实际上这两个书名均存在此书当中，“宝翰楼”字样出现于书的封面上，封面右栏顶格直书“李卓吾原评”，中间大字书“忠义水浒全传”，此栏中间有

①郑振铎：《巴黎国家图书馆中之中国小说与戏曲》，《小说月报》1927 年第 11 期。
②刘修业：《古典小说戏曲丛考》，作家出版社 1958 年版，第 84 页。
③陆树崙：《映雪草堂本〈水浒全传〉简介》，《水浒争鸣》1985 年第 4 辑。

朱色印章一枚“宝翰 / 楼章”，左栏下角署“本衙藏板”。“文杏堂”字样出现在总目部分，总目卷端题“文杏堂评点水浒传全本　标目”。所以法国所藏三十卷本可称之为宝翰楼本，又可称之为文杏堂本。此外，刘修业先生在著录宝翰楼本之时，将“宝翰楼本”误作“宝瀚楼本”。刘世德先生误袭此说，并在注释中特意说到“‘宝瀚楼’，许多人写作‘宝翰楼’，唯刘修业先生写作‘宝瀚楼’。刘修业先生是在巴黎见过原书的，当不会写错。兹从刘说”①。至于为何会出现两个堂号，根据笠井直美先生的研究，宝翰楼可能使用其他书肆所刊刻之板木，并在封面加上“宝翰楼”的印记刊行发兑②。所以文杏堂可能是刊刻板木的书坊，而宝翰楼是翻印的书坊，或者是参与出版的书坊。

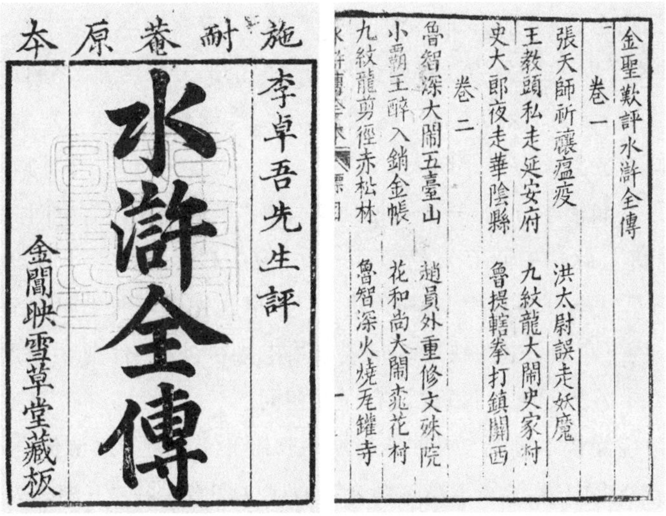
施耐菴原本
李卓吾先生評
水滸全傳
金閶映雪草堂藏板

金聖歎評水滸全傳
卷一
張天師祈禳瘟疫　洪太尉誤走妖魔
王教頭私走延安府　九紋龍大鬧史家村
史大郎夜走華陰縣　魯提轄拳打鎮關西
卷二
魯智深大鬧五臺山　趙員外重修文殊院
小霸王醉入銷金帳　花和尚大鬧桃花村
九紋龍剪徑赤松林　魯智深火燒瓦罐寺

映雪草堂本封面与目录书影

映雪草堂本，因封面署题“金阊映雪草堂藏板”而得名。虽然映雪草堂本与宝翰楼本同为三十卷本，但至于此二本是否属于同一版本，不同的学者又有不同的看法。神山闰次先生认为“映雪堂本，现存东京帝国大学，存于巴黎者虽云是文杏堂本（仅存卷一乃至卷五全部及卷六半部），但同有五湖老人序，则内容应相同”③。孙楷第先生则把宝翰楼本和映雪草堂本同置于

①刘世德：《谈〈水浒传〉映雪草堂刊本的概况、序文和标目》，《水浒争鸣》1984 年第 3 辑。
②［日］笠井直美：《吴郡宝翰楼书目》，《东洋文化研究所纪要》2013 年。
③［日］神山闰次：《水浒传诸本》，《小说月报》1930 年第 5 期。按：映雪堂本，误，当为映雪草堂本。

“文杏堂批评水浒传三十卷”标题之下[①],并且认为“与郑西谛在巴黎所见宝翰楼刊本同”[②]。可见此二位先生认为此二本是同一本子。

陆树崙先生认为“映雪草堂本和宝翰楼本,不是同一个本子,也是可以肯定的。不过,并不排除这两个本子存在某种沿袭关系的可能”[③]。刘世德先生则更是将“要把宝瀚楼刊本和映雪草堂刊本互相区别开来”作为文章的小标题,主张不要笼统地将映雪草堂本和宝翰楼本统称为三十卷本或者五湖老人序本,而应该有所区别地用映雪草堂本与宝翰楼本来称呼[④]。可见此二位先生认为此二本并非属于同一本子。

之所以会产生以上两种完全不同的看法,是因为以上诸位先生均未同时见到法国巴黎藏宝翰楼本和日本东京藏映雪草堂本,所以在比对各自看到本子之时,总是引用他人著录的文字。那么,宝翰楼本与映雪草堂本是否为同一种本子?此处分为卷首附件与正文两个部分来考察。卷首附件包括封面、序言、目录、图像四方面。这四个方面,宝翰楼本与映雪草堂本均存在一定差异,有的方面差异还颇大。

封面,宝翰楼本分为三栏,右栏顶格直书“李卓吾原评”,中间大字书“忠义水浒全传”,此栏中间有朱色印章一枚“宝翰楼章”,左栏下角署“本衙藏板”;映雪草堂本分为三栏,右栏顶格书“李卓吾先生评”,中间大字书“水浒全传”,左栏下角署“金阊映雪草堂藏板”,上端栏外横书“施耐庵原本”。封面部分,二本差异颇大,可以说没有一处相同。

序言,宝翰楼本题为“水浒传全本序”,版心上端题“水浒传全本序”,末署“五湖老人题于莲子峰小曼陀精舍”,有阴文印章一枚“五湖老人”,半叶4行、行10字,共计11叶半,899字;映雪草堂本题为“水浒全传序”,版心上端题“水浒全传序”,末署“五湖老人题于莲子峰小曼陀精舍”,有印章两枚,阴文“五湖老人”与阳文“莲子峰”,半叶7行、行13字,共计3叶,437字。序言部分,二本差异更大,从序言题名到行款、版心、字数、印章,无一相同。至关重要的一点是,二本序言字数差距颇大,宝翰楼本序言字数是映雪草堂本的两倍有余。

---

①孙楷第:《中国通俗小说书目》,人民文学出版社1982年版,第215页。

②孙楷第:《日本东京所见小说书目》,人民文学出版社1958年版,第109页。

③陆树崙:《映雪草堂本〈水浒全传〉简介》,《水浒争鸣》1985年第4辑。

④刘世德:《谈〈水浒传〉映雪草堂刊本的概况、序文和标目》,《水浒争鸣》1984年第3辑。

目录，宝翰楼本题为“文杏堂评点水浒传全本标目”，每行刊一则标目，目录部分计有20叶半；映雪草堂本题为“金圣叹评水浒全传标目”，每行刊两则标目，目录部分计有12叶。总目部分文字也多有差异，宝翰楼本卷数均写作“卷之×”，映雪草堂本则写作“卷×”，宝翰楼本有卷之二十七，而映雪草堂本则漏刻卷之二十七。其余总目的差异基本表现为，映雪草堂本的误刻、补刻与改窜。如卷九宝翰楼本为“镇三山大闹青州道”，映雪草堂本为“镇三山大战清风镇”；卷十五宝翰楼本“公孙胜芒砀山降魔”，映雪草堂本为“公孙胜芒锡山降魔”；卷二十二宝翰楼本为“宋公明夜渡益津关”，映雪草堂本为“宋公明夜渡孟津关”；卷二十二宝翰楼本为“宿太尉颁恩降诏”，映雪草堂本为“宿太尉颂恩降诏”；卷之二十四宝翰楼本为“谋坟地阴险产逆”，映雪草堂本为“谋坟地险阴产逆”；卷之二十四宝翰楼本为“孙安领军马攻魏州”，映雪草堂本为“孙安领军攻魏州”；卷之二十四宝翰楼本为“宋江分兵攻魏州城”，映雪草堂本为“宋江分兵救陷军”；卷之二十五宝翰楼本为“宋公明梦中见圣帝”，映雪草堂本为“宋江梦中见圣帝”；卷之二十五宝翰楼本为“宋军佯输收服马灵”，映雪草堂本为“宋军佯输收马灵”；卷之二十五宝翰楼本为“宋江出阵卞祥打话”，映雪草堂本为“宋江出师卞祥打话”；卷之二十五宝翰楼本为“宋江遣兵拒把海口”，映雪草堂本为“宋江遣兵守海口”；卷二十六宝翰楼本为“王庆出营赎药问卜”，映雪草堂本为“王庆出营卖药问卜”；卷二十六宝翰楼本为“高俅临营王庆失点”，映雪草堂本为“爵俅临营王庆失点”；卷二十九宝翰楼本为“宋公明智取清溪洞”，映雪草堂本为“宋公明智取清溪”。由此来看，目录部分，宝翰楼本与映雪草堂本也存在一定差异。

插图，宝翰楼本有插图23叶，46幅，版心上端题“水浒传全像”；映雪草堂本有插图20叶，40幅，版心上端题“水浒传全像”。二本插图所在位置有所不同，宝翰楼本插图在序言与目录之间，映雪草堂本插图在序言与目录之后。除此之外，宝翰楼本插图与映雪草堂本的区别在于，宝翰楼本插图共有23叶，46幅，而映雪草堂本的插图有20叶，40幅。宝翰楼本插图比映雪草堂本少第7叶，映雪草堂本插图比宝翰楼本少“第又三叶”“第又十叶”、第20叶、第21叶①。插图部分，宝翰楼本与映雪草堂本依旧存在

①刘修业先生载录宝翰楼本插图之时，言插图22叶，此言有误。虽然宝翰楼插图最后的叶数为“二十二”，但实际上少了第7叶插图，又多出“第又三叶”“第又十叶”插图，所以实为23叶插图。

差异。

从卷首的封面、序言、目录、插图四个附件部分来看，宝翰楼本与映雪草堂本虽然存在相似部分，但绝对属于两个不同的本子。那么，正文部分二本的情形又是如何？是否也如卷首附件一般，存在一定差异？

首先，行款方面，宝翰楼本与映雪草堂本相同，半叶10行、行20字。其次，字体与正文内容方面，二本亦相同。于此可知，正文部分宝翰楼本与映雪草堂本属于同一版本的可能性非常大。至于是否如此，则需要考察一些特殊之处二本的异同，此点尤其表现在断板之处。考察宝翰楼本与映雪草堂本版刻上的断痕，一些较为明显之处二本完全一致。

如卷一第1叶下中间第8字处有一小条细线的断板、第6叶下中间第9字处有较为明显的断板，卷二第1叶上中间左起第9字有一条很明显的下斜线断板，卷二第1叶下中间左起第7字有一条很明显的下斜线断板，卷二第2叶上中间第7字有一条线的断板，卷二第2叶下中间左起第10字有一条明显的上斜线的断板，卷三第2叶上出现了4个字的空白。此等断板之处甚多，宝翰楼本断板之处，映雪草堂本无一不存在断板。由此可见，宝翰楼本与映雪草堂本正文部分确实出自同版。但是现存宝翰楼本不少断板之处经过修补，应是后人所为。而映雪草堂本断板之处较之宝翰楼本更为明显，且断板及模糊之处也更多。从中也可以看出，虽然二者用的是相同的板木，但是映雪草堂本的刊刻应该在宝翰楼本之后。

由上可知，宝翰楼本与映雪草堂本卷首附件部分差异颇大，并非出自同版，而正文部分则是出自同版。二本卷首附件部分的差异，乃是映雪草堂本承袭宝翰楼本而来，但又在宝翰楼本的基础上做了一些删减、编辑的工作。像序言部分，映雪草堂本将宝翰楼本序言文字删减了一半，同时改变了行款，将每半叶40字的序言变成每半叶91字，如此一来，宝翰楼本需要11叶半刊完的序言，映雪草堂本仅用了3叶；目录部分，映雪草堂本则将宝翰楼本每行只刊一则标目，增加为每行刊两则标目，如此一来，宝翰楼本需要20叶半刻完的目录，映雪草堂本仅用了12叶即刊刻完成。这样做的目的毫无疑问是为了减少纸张消耗，节约成本。

至于此二本的刊刻时间，宝翰楼本与映雪草堂本也不尽相同，宝翰楼本的刊刻时间要早于映雪草堂本。从宝翰楼本封面所题“李卓吾原评”来看，此本刊刻于李卓吾去世之后（万历三十年，1602），而再从标目中出现百二十回本回目来看，宝翰楼本的刊刻时间还在百二十回本刊刻之后。之前的研究一般认为百二十回本的刊刻时间为万历四十二年（1614），所以断定三十卷本的刊刻时间在万历四十二年（1614）至清初这段时间[①]。但根据笔者的最新研究，百二十回本的刊刻时间在崇祯七年（1634）八月至崇祯八年（1635）五月之间[②]。那么，宝翰楼本的刊刻时间当在崇祯七年（1634）至清初这段时间。此点从映雪草堂本的包装也可看出，虽然映雪草堂本的封面依旧以"李卓吾先生评"作为招徕读者的广告，但是目录部分已经将"文杏堂评点水浒传全本标目"改成了"金圣叹评水浒全传标目"，可见映雪草堂本刊刻之时，金圣叹评本已经在市面上产生了一定的影响，但映雪草堂本的刊刻时间也不至于太晚，若是到了金圣叹评本完全风靡之时，封面也就不用伪托李贽招徕读者了，直接伪托金圣叹效果应该更好。于此可知，宝翰楼本的刊刻时间当在崇祯七年（1634）至清初这段时间内，映雪草堂本的刊刻时间当在崇祯十四年（1641）至清初这段时间内。

以下讨论三十卷本问题之时，卷首附件部分以宝翰楼本为主，参校映雪草堂本，正文部分因宝翰楼本不全，则主要以映雪草堂本为主。

第二节　三十卷本《水浒传》图像与标目研究

一、图像研究

三十卷本的图像共计有24叶，48幅大图。其中宝翰楼本存图23叶，46幅大图，缺第7叶插图，可能是漏刊，也可能是缺失。宝翰楼本插图版心下有页码，从"一"至"二十二"，本该有22叶，但第3叶后插有"又三"，第10叶后插有"又十"，所以实际当是24叶。此"又三"与"又十"的插图应是补刊，插图刊刻完成后，校对之时发现漏刊，然后增补进去，内容正好在第3叶、第4叶以及第10叶、第11叶之间。映雪草堂本存图20叶，40幅大图。比宝翰楼本少了"第又三叶""第又十叶"、第20叶、第21叶。其中"第又三叶""第又十叶"不论，可能觉得没有插补的必要，第20叶与第21叶插图的

①邓雷：《三十卷本〈水浒传〉研究——以概况、插图、标目为中心》，《中国典籍与文化》2019年第2期。

②邓雷：《〈水浒全传〉田王故事作者考辨——兼论〈水浒全传〉的刊刻时间》，《中国典籍与文化》2021年第4期。

宝翰楼本插图第 5 叶上

内容涉及征讨王庆与方腊，此二叶的删除可能与编辑者要保存整数叶插图的心态有关。

三十卷本的插图到底承袭自何本？同样也有截然相反的两种说法：一种认为“绣像覆容与堂本”，此种观点以孙楷第先生为代表。当然，最早提出此观点的并非孙楷第先生，而是日本江户时代中后期的无名氏在《水浒刊本品类随见抄之》一文中所提出的[①]。另一种认为“细察其图（容与堂本），与映雪草堂刊本绝不相同”[②]，此种观点以刘世德先生为代表。那么，到底容与堂本插图与三十卷本插图存在何种关系？比对二本插图便能明了。

①此文见之于神山闰次《水浒传诸本》，《小说月报》1930 年第 5 期。

②刘世德：《谈〈水浒传〉映雪草堂刊本的概况、序文和标目》，《水浒争鸣》1984 年第 3 辑。

容与堂本相应部分插图[①]

三十卷本插图选择的是第5叶上半的插图，此大图中包含着四幅小图，从上到下、从左至右依次是王婆计啜西门庆（第25回）、郓哥不忿闹茶肆（第24回）、王婆贪贿说风情（第24回）、景阳江武松打虎（第23回）。从此四幅小图的图目来看，小图之间的顺序杂乱无章，并非依据回目而来。将容与堂本相应部分的插图参照来看，宝翰楼本此大图中的四幅小图与容与堂本插图没有一幅是完全相同的，但是却可以看得出明显的因袭痕迹。宝翰楼本四幅小图与容与堂本插图有着密切联系，宝翰楼本插图均是截取容与堂本插图中精华部分进行仿刻，虽然精细程度远不如容与堂本插图。由此来看，既不能说三十卷本插图覆容与堂本，也不能说三十卷本插图与容与堂本绝不相同。或许更像陆树崙先生所说“图的艺术构思，与容与堂本接近，但简要得多”[②]。为便于之后的研究，现将图目摘录于此：

第一叶上半：两幅小图，张天师祈禳瘟疫（第1回，标目残缺）、王教头私走延安府（第二回）

第一叶下半：三幅小图，九纹龙大闹史家村（第2回，无标目）、史大郎夜走华阴县（第3回）、鲁智深拳打镇关西（第3回）

①此四幅插图中后三幅来自国图所藏容与堂全本之中，第一幅插图由于国图所藏容与堂全本残缺，故而用日本天理图书馆所藏容与堂本插图。

②陆树崙：《映雪草堂本〈水浒全传〉简介》，《水浒争鸣》1985年第4辑。

第二叶上半：两幅小图，鲁智深大闹五台山（第4回）、小霸王醉入销金帐（第5回）

第二叶下半：两幅小图，九纹龙剪径出松（第6回）、花和尚大闹桃花村（第5回）

第三叶上半：两幅小图，豹子头误入白虎堂（第7回）、花和尚大闹野猪林（第8回）

第三叶下半：两幅小图，陆虞候火烧草料场（第10回）、林冲棒打洪教头（第9回）

第又三叶上半（此叶本该为第四叶，但版心为“又三”，之后为“四”）：五幅小图，晁天王认义东溪村（第14回）、赤发鬼醉卧灵官庙（第14回）、急先锋东郭争功（第13回）、青面兽北京比试（第13回）、汴梁城杨志卖刀（第12回）

第又三叶下半：六幅小图，花和尚单打一龙山（第17回）、青面兽双夺宝珠寺（第17回）、吴用智取生辰纲（第16回）、杨志押送金艮担（第16回）、公孙胜七星聚会（第15回）、吴学究说三院撞筹（第15回）

第四叶上半：两幅小图，美髯公智稳插翅虎（第18回）、宋公明私放晁天王（第18回）

第四叶下半：两幅小图，梁山泊义士尊晁盖（第20回）、晁盖梁山小夺泊（第19回）

第五叶上半：四幅小图，王婆计啜西门庆（第25回）、郓哥不忿闹茶肆（第24回）、王婆贪贿说风情（第24回）、景阳江武松打虎（第23回）

第五叶下半：三幅小图，母夜叉孟州道卖人肉（第27回）、共人头武二郎说祭（第26回）、淫妇药鸩武大郎（第25回）

第六叶上半：五幅小图，施恩重霸孟州赵（第29回）、武松醉打蒋门神（第29回）、施恩义夺快活林（第28回，无标目）、武都头十字坡遇张青（第27回）、武松威震平安寨（第28回）

第六叶下半：五幅小图，张都监血溅鸳鸯楼（第31回）、武行者醉打孔亮（第32回）、武行者夜走蜈蚣岭（第31回）、武松大闹飞云浦（第30回）、施恩三入死囚牢（第30回）

第七叶上半（宝翰楼本无此叶，此据映雪草堂本补）：五幅小图，宋江夜看小鳌山（第33回）、霹雳火夜走瓦砾场（第34回）、镇三山大

闹青州道(第34回)、花荣人闹清风寨(第33回)、锦毛虎义释宋江(第32回)

第七叶下半(宝翰楼本无此叶,此据映雪草堂本补):五幅小图,小李广梁山射雁(第35回)、船火儿夜闹□阳江(第37回)、没遮拦追赶及时雨(第37回)、梁山泊吴用举戴宗(第36回)、石将军村店寄书(第35回)

第八叶上半(书中无第七叶,第六叶后直接为第八叶):五幅小图,梁山泊好汉劫法场(第40回)、寻阳楼宋将令反请(第39回)、梁山泊宋江传假信(第39回)、黑旋风斗浪里白跳(第38回)、及时雨会神行太保(第38回)

第八叶下半:四幅小图,宋公明遇九天玄女(第42回)、还道村受三卷天书(第42回)、张顺活捉黄文炳(第41回)、白龙庙英雄小聚会(第40回)

第九叶上半:六幅小图,杨荣醉骂潘巧云(第45回)、石秀智杀裴如海(第45回)、病关索长街遇石秀(第44回)、锦豹子小径逢戴(第44回)、黑旋风沂岭杀四虎(第43回)、假李逵剪径劫单身(第43回)

第九叶下半:五幅小图,宋公明二打祝家庄(第48回)、一丈青单捉王矮虎(第48回)、宋公明一打祝家庄(第47回)、拼命三火烧祝家店(第46回)、病关素大闹翠屏山(第46回)

第十叶上半:五幅小图,东平府误陷九纹龙(第69回)、宋公明义释双枪将(第69回)、卢俊义活捉史文恭(第68回)、关胜降水火二将(第67回)、宋江赏马步三军(第67回)

第十叶下半:三幅小图,忠义堂石碣受天文(第71回)、宋公明弃粮擒壮士(第70回)、没羽箭飞石打英雄(第70回)

第又十叶上半(此叶本该为第十一叶,但版心为“又十”,之后为第十一叶):三幅小图,戴宗智取公孙胜(第53回)、柴进失陷高唐州(第52回)、李逵打死殷天锡(第52回)

第又十叶下半:三幅小图,黑旋风探穴救柴进(第54回)、入云龙斗法破高廉(第54回)、李逵斧劈罗真人(第53回)

第十一叶上半:五幅小图,汤隆赚徐宁上山(第56回)、徐宁教使钩镰枪(第57回)、吴用使时迁盗甲(第56回)、高太尉大兴三路兵(第55

回）、呼延灼摆布连环马（第55回）

第十一叶下半：两幅小图，三山聚义打青州（第58回）、中虎同心归水泊（第58回）

第十二叶上半：两幅小图，宋江闹西岳华山（第59回）、吴用赚金铃吊挂（第59回）

第十二叶下半：两幅小图，公孙胜芒砀山降魔（第60回）、晁天王曾头市中箭（第60回）

第十三叶上半：六幅小图，关胜议取梁山泊（第63回）、劫法场石秀跳墙（第62回）、宋江兵打北京城（第63回）、放冷箭燕青救王（第62回）、吴用智赚玉麒麟（第61回）、张顺夜闹金沙渡（第61回）

第十三叶下半：六幅小图，时迁火烧翠云楼（第66回）、吴用智取大名府（第66回）、浪里白跳水上报冤（第65回）、托天王梦中显圣（第65回）、宋公明雪天擒索超（第64回）、呼延灼月夜赚关胜（第64回）

第十四叶上半：四幅小图，刘唐放火烧战船（第79回）、宋公明一败高太尉（第78回）、十节度议取梁山泊（第78回）、宋公明两赢童贯（第77回）

第十四叶下半：四幅小图，戴宗定计出乐和（第81回）、燕青月夜遇道君（第81回）、宋江二败高太尉（第79回）、宋江三败高太尉（第80回）

第十五叶上半：两幅小图，梁山泊分金大买市（第82回）、宋公明全伙受招安（第82回）

第十五叶下半：两幅小图，呼保义滴泪斩小卒（第83回）、宋公明奉诏征大辽（第83回）

第十六叶上半：两幅小图，宋公明兵打蓟州城（第84回）、卢俊义大战玉田县（第84回）

第十六叶下半：两幅小图，宋公明大战独鹿山（第86回）、宋公明夜渡孟津关（第85回）

第十七叶上半：三幅小图，卢俊义兵陷青石塔（第86回）、宋公明大战幽州（第87回）、呼延灼力擒番将（第87回）

第十七叶下半：三幅小图，五台山宋江参禅（第90回）、双林渡燕青射雁（第90回）、宋公明梦授玄女法（第88回）

第十八叶上半：三幅小图，时迁石秀火烧宝塔、梁中书设宴待宋江、宋江路上凄惨不悦

第十八叶下半：三幅小图，卢元帅占夺金乌领、许贯中献纳地理图、陵川太守远迎

第十九叶上半：三幅小图，王庆直伞撇落头巾、柳世雄与王庆比试、柳世雄参见高太尉

第十九叶下半：三幅小图，王庆开场引人赌博、王庆送罗买嘱夫人、段二娘与王庆卖肉

第二十叶上半：三幅小图，叶光孙引路救李逵、宿太尉奏旌奖公明、宋江入城中将献功

第二十叶下半：三幅小图，昭德水战大胜宋兵、上官义槌打死江度、宋公吴用仝众叙话

第二十一叶上半：两幅小图，乌龙岭神助宋公明（第97回）、睦州城箭射邓元觉（第97回）

第二十一叶下半：两幅小图，宋公明智取清溪洞（第98回）、卢俊义大战昱岭关（第98回）

第二十二叶上半：两幅小图，宋公明衣锦还乡（第99回）、鲁智深浙江坐化（第99回）

第二十二叶下半：两幅小图，宋公明神聚蓼祝寺（第100回）、徽宗帝梦逝梁山泊（第100回）

这些标目可以分为两个部分，一是百回故事部分，二是田虎、王庆故事部分。其中百回故事部分有插图21叶，从第1叶至第17叶、第21叶至第22叶，共有小插图148幅；田王故事部分有插图3叶，从第18叶至第20叶，共有小插图12幅。

百回故事部分的小插图标目除去明显误字不论外，尚有几处值得注意的地方，第一处是第5叶下半之图“共人头武二郎说祭”①，第二处是第14叶下半之图“戴宗定计出乐和”。上文说到宝翰楼本插图虽非覆刻容与堂本插图，但也基本上是依据容与堂本插图而来。而此二处插图标目却例外，与容与堂本插图标目以及回目均不相同。

①此标目有误，当为“供人头武二郎设祭”。

查此二处插图标目的来源，可能来自三大寇本、大涤余人序本以及百二十回本回目之中。此处说的是回目而不是插图标目，因为此三本插图标目同样与宝翰楼本不同。三大寇本插图袭自容与堂本，此二处插图标目与容与堂本相同，为“武松斗杀西门庆”与“戴宗定计赚萧让”①。大涤余人序本及百二十回本中则压根没有此二处插图。这也意味着如果历史上没有存在过这样一种版本，刻有“供人头武二郎设祭”与“戴宗定计出乐和”两幅插图，那么这两处插图，尤其是“共人头武二郎说祭”一图，当出自三十卷本的独创。

至于编辑者为何改动这两处插图标目，似乎是为了与之后的回目相对应。综合目录标目与正文内容来看，宝翰楼本此二处插图标目来自百二十回本回目的可能性最大。编辑者依据百二十回本回目来修改插图标目，证明编辑者手中有此种本子。既然编辑者手中有百二十回本，何以田、王故事部分的插图并未选择百二十回本插图作为底本？此中缘由留待后文再来揭晓。

另外，还有两处值得注意的插图标目，一处是第 8 叶上半之图“梁山泊宋江传假信”，此图标目本来也无甚奇处，只是将“梁山泊戴宗传假信”误作“梁山泊宋江传假信”。但值得注意的地方是，此处错误并非是宝翰楼本单独出错，而是一直以来的承误，容与堂本中此图标目即是如此。此点更加能证明宝翰楼本插图袭自容与堂本插图一脉。

另一处是第 22 叶下半“宋公明神聚蓼祝寺”。“蓼祝寺”这个名字十分陌生，因为在所有《水浒传》版本中，回目的最后一回均是“宋公明神聚蓼儿洼”。那么，宝翰楼本此插图标目是否独出？首先查阅其底本容与堂本插图。现今最易得到的容与堂本插图是国图所藏容与堂全本插图，翻阅此图，发现标目的最后两个字正好残缺一半，但依稀可以看出是“祝寺”二字②。既然国图藏容与堂全本无法查证此二字，那么再查阅其他容与堂本插图以及容与堂本插图一脉的三大寇本插图，所查阅本子为日本天理大学图书馆所藏容与堂本插图、日本无穷会图书馆所藏三大寇本插图、日本天理大学图书馆所藏三大寇本插图，其中天理大学图书馆所藏容与堂本插图标目为“宋公明神聚蓼儿洼”，其余两种本子此幅插图标目均为“宋公明神聚蓼祝寺”。由

①邓雷：《无穷会本〈水浒传〉研究——以批语、插图、回目为中心》，《东方论坛》2015 年第 5 期。
②国图所藏容与堂全本插图此二字的缺失，也是“蓼祝寺”无人讨论的重要原因。

此看来，宝翰楼本此图标目确有所本，非是误字或自撰。确证出处之后，再查询诸种《水浒传》正文当中"蓼祝寺"相关文字，结果让人非常失望，现存诸多《水浒传》版本中均无文字提到"蓼祝寺"。那么"蓼祝寺"之名的出现只有两种可能性，一种是最初刊刻之时刊工出现误刊，另一种是"蓼祝寺"出现在早期版本中，现今关于"蓼祝寺"的文字已被删去，不见痕迹。第二种可能性更大。

田王故事部分的插图，无论是叶数，还是小插图的数量，比之百回故事部分均见少。此部分插图的底本不再是繁本，此点从插图标目即可得见。田王故事部分插图底本非繁本，并不是因为繁本没有田王故事部分的插图，百二十回本即有田王故事部分的插图。至于为何不用百二十回本的插图，下文"三十卷本所经历的几个阶段"中会说到。田王故事部分插图的底本为简本插图，其插图标目可能是上图下文式建阳简本的插图标目。

田王故事部分的插图依旧有值得注意的地方，其中田虎故事部分的插图标目未见之于总目之中，而王庆故事部分的插图标目则全部见之于总目之中。至于具体原因，下面"标目研究"中将会言明。

二、标目研究

此标目研究本应该称之为回目研究，但因为三十卷本无回目，故而用三十卷本总目题名的称呼"标目"。三十卷本标目与他本回目并无太大区别，像三十卷本卷一有 6 则标目，分别为"张天师祈禳瘟疫""洪太尉误走妖魔""王教头私走延安府""九纹龙大闹史家村""史大郎夜走华阴县""鲁提辖拳打镇关西"，这 6 则标目两两结合即是他本回目。标目的研究同样可以分为百回故事部分与田王故事部分。

百回故事部分，其中标目中一些明显的误字与改动不作讨论。此部分故事内容在三十卷本的第一卷至第二十二卷、第二十九卷至第三十卷，总计 24 卷。标目累加计有 200 则，相当于有百回故事回目①。这个数字是繁本《水浒传》本子的回目数量，因现存简本百回故事部分回目均无百回，所以三十卷本的标目不可能以简本为底本。再具体考察百回故事部分的标目以哪一种繁本为底本。三十卷本中有数则特殊的标目，计有"偷骨殖何九叔送

①三十卷本百回故事部分只有 199 则标目，少了"宋公明大战乌龙岭"此则标目，同时第二十二卷又多出"宋公明兵渡黄河"一则标目。

丧”“供人头武二郎设祭”“黑旋风扯诏骂钦差”“戴宗定计出乐和”“双林镇燕青遇故”。前四则标目可能出自三大寇本、大涤余人序本、百二十回本，但加上第五则标目“双林镇燕青遇故”，则完全可以证明三十卷本百回故事部分标目出自百二十回本，因为“双林镇燕青遇故”此则标目为百二十回本独有标目。

百二十回本中某些回目的总目与分目，文字稍有差异，如“花和尚大闹野猪林”（正文“花和尚”作“鲁智深”）、“船火儿大闹浔阳江”（正文“大闹”作“夜闹”）、“假李逵剪径劫单身”（正文“单身”作“单人”）、“宋公明义释双枪将”（正文“义释”作“义识”）、“柴进簪花入禁苑”（正文“禁苑”作“禁院”）、“李逵寿昌乔坐衙”（正文“寿昌”作“寿张”）、“宋公明夜渡益津关”（正文“夜渡”作“夜度”）、“宋公明报捷还京”（正文“报捷还京”作“衣锦还乡”）。三十卷本中这些回目为“花和尚大闹野猪林”（同总目）、“船火儿夜闹浔阳江”（同分目）、“假李逵剪径劫单人”（同分目）、“宋公明义释双枪将”（同分目）、“柴进簪花入禁院”（同分目）、“李逵寿张乔坐衙”（同分目）、“宋公明夜渡益津关”（同总目）、“宋公明衣锦还乡”（同分目）。既有同于总目之处，亦有同于分目之处，看来三十卷本刊刻标目时，并未全然依据总目或者分目而为。

田虎、王庆故事部分，在三十卷本的第二十三卷至第二十八卷，总计6卷。虽然6卷卷数并不算多，但此6卷内容涵盖的标目却多达155则。其中标目内容也错综复杂。第二十三卷起始标目为“卢俊义赚城黑夜”，此标目与第二十二卷最后一则标目“宋公明兵渡黄河”结合起来就是百二十回本第91回回目“宋公明兵渡黄河　卢俊义赚城黑夜”，接下去第二十三卷标目为“振军威小李广神箭”“打盖郡智多星密筹”“李逵梦闹天池”“宋江分兵两路”，此皆为百二十回本回目。

三十卷本从第二十三卷至第二十四卷前半的标目均为百二十回本回目，内容从第91回至第106回，涉及全部田虎故事以及部分王庆故事。此中标目存在一些问题，其一，百二十回本第101回与第102回回目分别为“谋坟地阴险产逆　踏春阳妖艳生奸”和“王庆因奸吃官司　龚端被打师军犯”，而三十卷本这四则标目分别为“踏春阳妖艳生奸”“王庆因奸被官司”“龚端被打师军犯”“谋坟地阴险产逆”，此中不仅岔开了第101回回目，而且此回回目上下则的顺序还颠倒了。其二，百二十回本第103回、第104

回回目在三十卷本标目中均缺少一半，第 103 回缺少“范节级为表兄医脸”，第 104 回缺少“段家庄重招新女婿”。其三，百二十回本有一部分田王故事标目并未列出，缺少的部分为第 107 回至第 110 回 4 回标目“宋江大胜纪山军　朱武打破六花阵”“乔道清兴雾取城　小旋风藏炮击贼”“王庆渡江被捉　宋江剿寇成功”“燕青秋林渡射雁　宋江东京城献俘”。其四，第二十四卷百二十回中第 106 回回目“书生谈笑却强敌　水军汨没破坚城”之后的标目为“宋江迎接琼英郡主”“宋江分兵打白虎岭”“李逵一斧砍死宗朝”“张清飞石打死唐昌”“孙安下马活捉田豹”“琼英劝田豹降大宋”等。从这些标目来看，与之前标目完全不同，不仅文采逊色不少，而且两两之间并不能构成回目。这些标目明显不可能从任何一本有回目的《水浒传》本子中来，无论是繁本还是简本。再对这些标目的行文以及数量进行考察，发现此类标目很可能是建阳所刊简本的插图标目。现存建阳简本中田王故事部分有插图标目的本子有种德书堂本、插增本、评林本、刘兴我本、藜光堂本、李渔序本等。经过比对后发现，与三十卷本此类标目比较接近的是评林本与李渔序本，现将三十卷本与此二本对应部分的标目一齐列出，以便观照：

表 56　三十卷本标目与评林本、李渔序本插图标目比对情况

评林本	李渔序本	三十卷本
宋江迎接琼英郡主	宋江迎琼英郡主到	宋江迎接琼英郡主
陈旭备羊酒见宋江		
宋江分兵打白虎岭	宋江分兵打白虎岭	宋江分兵打白虎岭
李逵一斧砍死宗朝		李逵一斧砍死宗朝
张清飞石打死唐昌	张清飞石打死唐昌	张清飞石打死唐昌
孙安下马活捉田豹	孙安下马活捉田豹	孙安下马活捉田豹
宋江吴用等来到白虎岭		
琼英劝田豹归顺大宋	琼英劝田豹降大宋	琼英劝田豹降大宋
金真标死凤翔		
魏州城官坚闭不战	宋江领军马攻魏州	孙安领军马攻魏州
关胜报孙安十将被陷	魏州城中陷死十将	魏州城十将被陷
宋江分兵攻魏州城	宋江分兵亲打魏州	宋江分兵攻魏州城
葛延等被捉见宋江		

续表

评林本	李渔序本	三十卷本
魏州城外宋江哭祭十将	宋江令斩十将献祭	斩魏州十将祭陷将
孙安活捉玄度上关	孙安活捉守将玄度	孙安活捉守将玄度
孙安引玄度见宋江		
孙安胡延灼领兵前进	众将同议打狮子岭	卢俊义计攻狮子岭
胡延灼大战何常	孙安与安仁美大战	
孙安大战何常何春	汝廷器战败走回寨	汝廷器战败逃回寨
乔道清用雷破城池	公孙一清仗剑作法	乔道清行雷破城池
孙安引柏森见吴用		宋军入关设筵庆贺
吴用入关写道清头功	吴用议计战取城内	吴用议计战取城内
玉栏楼时迁放火	智深大战余呈先锋	智深大战余呈先锋
何乐孙彦成报卞祥		孙立止智深劫寨
鲁智深误陷悬缠井		宋江拨将跟寻智深
戴宗到山寨参见宋江		
宋江梦中朝见圣帝	宋公明请吴用员梦	宋公明梦中见圣帝
智深井中遇见仙翁		
悬缠井内智深玩景致		
李逵下井寻鲁智深	李逵下井跟寻智深	李逵下井跟寻智深
李逵误入斗鸡村观景致	李逵误入斗鸡仙境	
宋江询问李逵井内之事		李逵出井说入仙境
李逵催兵队伍前行		
琼英阵中石打冯翊		
乔道清布迷魂法阵	乔道清布迷魂阵法	乔道清布迷魂法阵
	宋江出阵□□卞祥	宋江亲自出阵大战
马灵金砖打退宋兵	马灵金砖打退宋军	马灵金砖打退宋军
史进诈败武能追赶	宋军出阵佯输而逃	宋军佯输收服马灵
马灵众将归降宋江		
宋江亲览卞祥书	宋江出阵卞祥打话	宋江出阵卞祥打话
卞江见父卞祥诉情	宋江遣兵拒把海口	宋江遣兵拒把海口
卞祥到沁州奏田虎		卞祥往沁州见田虎

续表

评林本	李渔序本	三十卷本
薛时引兵往龙蟠州		花荣卞祥出阵大战
马灵用火轮烧田彪		
田虎令卞祥迎敌宋江		
田虎被捉解见宋江	史进解田虎来参见	史进解押田虎献俘
宋江延设太平筵宴		宋江设宴犒赏三军
戴宗马灵朝奏徽宗	宋江班师回到东京	宋公明班师回朝
宿太尉奏主亲迎宋江		
徽宗御驾亲迎宋江等	宋公明谢恩出宫殿	
法司凌迟田虎兄弟示众		
蔡京童贯议论计策	蔡京等三人同议计	敕命中使安抚河北
柳世雄参见高太尉	柳世雄参见高太尉	柳世雄参见高太尉
王庆来见高太尉		
王庆与柳世雄戮枪比试	柳世雄与王庆比枪	柳世雄与王庆比枪
王庆问李杰求卦数		王庆出营赎药问卜
高太尉勘问王庆	高俅临营王庆失点	高俅临营王庆失点
开封府尹决问王庆杖罪		
王庆辞妻眷刺配往李州	王庆配军夫妻泪别	王庆配军夫妻别泪
龚端酒礼相待王庆	王庆使棒乞讨盘缠	王庆使棒乞讨盘缠
王庆到店询问龚正	王庆到店询问龚正	王庆到店询问龚正
王庆使棒众邻赐标手	龚正请邻赠王庆钱	龚正请邻赠王庆钱
王庆黄达斗枪法		
太尹升堂王庆参见		
庞元使棒众人观看	庞元卖药张口讨钱	庞元使棒众人观看
王庆入场撞拒庞元	王庆入场拒撞庞元	
庞元被打去投姐姐		庞夫人激夫报弟仇
张世开令卒唤王庆	王庆直伞掀落头巾	王庆直伞掀落头巾
王庆到铺支讨紫罗		
老都管对王庆诉说情由		都管对王庆说情由
王庆持红罗贺小夫人	王庆送罗买嘱夫人	王庆送罗买嘱夫人

续表

评林本	李渔序本	三十卷本
王庆忿怒打死世开	王庆忿怒打死世开	王庆愤怒打死世开
王庆复遇李杰卜课	王庆径投吴太公庄	王庆径投吴太公庄
项襄龚正二人斗打		项襄龚正二人相战
王庆龚正剖诉旧情	王庆辞龚正去淮西	
王庆用棒打死黄达		
王庆寻觅姨兄范全		王庆寻觅姨兄范全
王庆开场引人赌博	王庆开场引人赌博	王庆开场引人赌博
王庆空回来见嫂嫂		
段三娘收取点心钱		段三娘收取点心钱
王庆怒回见嫂叙情	王庆怒回与嫂叙情	王庆怒回与嫂诉若
		王庆取柴看见朴刀
段五虎与王庆对敌	段五虎与王庆比试	段五鬼与王庆比试
段五虎归庄报父亲		
段三娘与王庆比试	段三娘与王庆比试	段三娘与王庆比试
王庆回家报兄喜事		
段三娘招赘王庆	段家招赘王庆成亲	段三娘亲赘招王庆
段三娘仝王庆卖肉	段三娘仝王庆卖肉	段三娘仝王庆卖肉
王庆夫妇收拾回庄		
庞元夜巡从人跟随		
西阳镇王庆杀庞元	西阳镇王庆杀庞元	西阳镇王庆杀庞元
王庆梦中见前世身	王庆入庙前身降梦	王庆入庙前身降梦
王庆逃走杀死数人		王庆躲入庙厨幔内
王庆夫妻到红桃山	王庆三娘上红桃山	王庆三娘上红桃山
王庆廖立二人比试	王庆三娘见廖立等	
红桃山王庆招军买马		王庆立旗招军买马
李杰等三人见王庆	王庆拜李杰为军师	王庆拜李杰为军师
宋帝升殿文武表奏		蔡京上本征讨淮西
宋江众等迎接圣旨		
宋江军马水陆并进	宋江调兵征进淮西	宋江调兵征进淮西

续表

评林本	李渔序本	三十卷本
宋江兵至吕梁关	宋江唤问潘迅路径	
公孙胜拱秀山仗剑作法		余呈刀砍鲁成下马
黄施俊箭射死于玉	刘敏杀死宋将任光	刘敏杀死宋将任光
上官义计议敌宋兵	宋江入城众将献功	宋江入城众将献功
卢俊义大战上官义		上官义锤打死江度
上官义败走入城池	上官义打死姚期等	官义打死姚期二将
萧引凤引众见上官义	洮阳文书申奏秦王	
紫虚台王庆段妃赏月	秦王段妃登台赏月	王庆段妃登台赏月
二都尉梁州见上官义	上官义回马捉余呈	上官义回马捉余呈
宋江入城众将献功		
宋江调人马望洮阳进发	宋江拨人马攻洮阳	江调人马洮阳进发
上官义败走入洮阳	上官义败走入洮阳	上官义败走入洮阳
刘以敬仲实计议擒李逵		以敬仲实计擒李逵
黄仲实计困李逵于骆谷	李逵等受陷于骆谷	仲实计困逵于骆谷
潘迅寻问田夫路径		潘迅寻问田夫路径
潘迅访谒叶光孙	潘迅引光孙见宋江	
宋将攀藤越岭来救李逵	宋将越岭救出李逵	叶光孙引路救李逵
光孙缚李逵赚取洮阳城	光孙缚逵赚取洮阳	光孙缚逵赚取洮阳
孙安一剑挥死刘以敬		
宋江剖上官义祭拜余呈	宋江剖心肝祭余呈	江度上官义祭余呈
宿太尉表奏旌奖宋公明	宋公明等跪听圣旨	宿太尉奏旌奖公明
宋江众等跪受御赐	宿太尉辞宋江回京	
宋江召问潘迅水路		
宋江兄弟设宴望江楼	宋江等宴赏望江楼	宋江等设宴望江楼
望江楼上各陈己志		
宋江仝众弟兄叙话清谈		宋江吴用仝众叙话
宋江吴用等论谈兵法	宋江吴用谈论兵法	
吴学究背诵孔明兵书		
吴用谈兵策宋公明大悦		

续表

评林本	李渔序本	三十卷本
孙安拜辞前进九湾河		孙安拜辞进九湾河
李俊遣将探听虚实	李俊遣将探听虚实	李俊遣将探听虚实
贼兵埋伏宋将遭伤	贼兵埋伏宋将遭伤	贼兵埋伏宋将遭伤
刘悌伟凯计议行兵	刘悌韩凯计议行兵	刘悌伟凯计议行兵
李俊大战危招得	李俊大战危招德等	李俊大战危昭德等
叶清一剑劈落刘悌左臂		
燕青领兵望越江而进		
危招得兵马夜水战大胜		昭德水战大胜宋兵
孙安卞祥议论进兵之策	孙安卞祥议论进兵	孙安卞祥议论进兵
孙安挥剑斩死毕先		孙安挥剑斩死毕先
孙安令人寻觅李胜尸身		孙安寻觅李胜身尸
闻人世崇箭射安仁美	闻人世崇射死仁美	
孙安寻觅土人问其路径	孙安寻问居民路径	孙安寻问老人路径
宋兵埋伏贼将伤败	宋江埋伏贼将伤败	宋兵埋伏贼将伤败
鄂全忠斩死闻人世崇		全忠斩死闻人世崇
孙安奠祭李胜安仁美		
孙安病死哀动三军	孙安梦见龙王来请	孙安病死哀动三军
宋公明大哭孙安		宋公明大哭孙安等
宋江大哭奠祭孙安	宋江祭奠大哭孙安	
宋江等在龙王庙内祈签	宋江等龙王庙祈签	宋江等龙王庙祈签
燕青书报李俊里应外合	燕青通俊里应外合	燕青李俊里应外合
天降大雪江岸铺满		天降大雪江岸铺满
淮西将卒尸身填满江口	燕青成功来见宋江	
李俊点折三将闷闷不乐		李俊点折三将忧闷
乡民箪食壶浆以迎宋师	乡民壶浆迎接宋江	乡民壶浆以迎宋江
宋江赏赐乡民娟疋		宋江赏赐乡民娟疋
宋江等到庙中祭神		
独火鬼王追赶宋江	独火鬼王追赶宋江	独火鬼王追赶宋江
公孙胜辞兄往马耳山		

续表

评林本	李渔序本	三十卷本
公孙胜马麟足踏风火轮往马耳山	马灵孙胜往马耳山	公孙胜马麟往马耳山
神灵显现孙马二将拜地	马耳山华光现真身	马耳山华光现真身
天兵夜焚东鹫山庙	华光躯灭独火鬼王	
宋江召土人问红桃山路径		宋江召土人问路径
宋江吴用计议进兵	宋江吴用计议进兵	宋江吴用议计进兵
林冲刺雷应春下马	林冲刺雷应春下马	林冲刺雷应春下马
白夫人骑兽战宋兵大伤		白夫人骑战败宋兵
马麟腰缠胡卢往白虎城取水	吴用令人制造假兽	
宋兵用假兽鞭死白夫人	宋兵用假兽战大胜	宋兵用假兽战大胜
宋公明令人寻于茂尸首		宋江令人寻于茂尸
卢俊义领兵至峡溪口		
汪太史奏王庆纳降宋江	汪太史奏王庆降宋	汪太史奏王庆降宋
宋军围绕密庆寺		宋军围绕密庆寺
冯虎砍死司存孝	秦明棍打孙明下马	冯虎砍死司存孝等
王庆在城与段妃取乐	王庆城中与妃取乐	王庆城中与妃取乐
公孙胜用计破王庆		公孙胜用计破王庆
宋江入城安抚百姓		宋江入城安抚百姓
王庆走流沙河寻讨船只	王庆走流沙河寻路	王庆走流沙河寻船
卢俊义舟中捉获王庆		卢俊义舟中捉王庆
张招讨出廓迎接宋公明		
宋江设醮超度出军亡将	宋公明等斑师回京	
宋江卢俊义面见宋天子	宋江卢俊义见天子	宋江卢俊义见天子
公孙胜辞兄归乡侍老母	公孙胜乔道清辞归	公孙胜辞众兄弟归

此中评林本共有插图标目 179 则，李渔序本共有插图标目 101 则，三十卷本共有标目 124 则。三十卷本的标目数量介于李渔序本与评林本之间，更接近李渔序本。其内容涉及部分田虎故事以及全部王庆故事，位置大概在李渔序本的第十九卷第 88 回至第二十三卷第 106 回。

三十卷本与评林本、李渔序本相对应的这些标目中,三十卷本与评林本相同或者相似的标目共有85则,三十卷本与李渔序本相同或者相似的标目共有75则。从相同或相似的标目数量来看,评林本要多于李渔序本,但是从相同或者相似的比率来看,李渔序本却要高于评林本。三十卷本与评林本标目相同或相似比为47.5%,三十卷本与李渔序本标目相同或者相似比为74.3%。将评林本与李渔序本的插图标目结合起来,与三十卷本目录标目比对,三十卷本仅有16则与此二本不同,占总数的13%。由此可见,三十卷本此类标目所用的底本是建阳简本插图标目,此建阳简本介于评林本与李渔序本之间。

显然,此种被映雪草堂本用作底本的建阳简本现今已经不存,但是通过这些标目可以大致推测它的面貌:首先,考察三十卷本的底本与现存诸简本何种关系比较亲密。从标目来看,三十卷本的底本不可能是种德书堂本或插增本。此二本是较为早期的建阳简本,余呈故事尚未改写,小说中余呈跟任光一同被杀,应该死于"刘敏杀死宋将任光"此则标目之时。但是三十卷本此则标目之后还有"上官义回马捉余呈"以及"江度上官义祭余呈"的剧情,所以三十卷本所用标目的底本刊刻时间较晚。

其次,考察三十卷本的特殊标目。三十卷本"公孙胜马麟往马耳山"与评林本"公孙胜马麟足踏风火轮往马耳山"均误,李渔序本为"马灵孙胜往马耳山";三十卷本"刘悌伟凯计议行兵"与评林本"刘悌伟凯计议行兵"均误,李渔序本为"刘悌韩凯计议行兵"。三十卷本"江度上官义祭余呈"显误,评林本为"宋江剖上官义祭拜余呈",李渔序本为"宋江剖心肝祭余呈",三十卷本的底本当由评林本删节而来,但删节出了问题。从这些特殊之处来看,三十卷本插图标目与评林本插图标目关系较之他本应该更为亲近。

具体而言,李渔序本部分标目与三十卷本底本标目均是从评林本(或其底本)之后的某个本子而来。这个本子在评林本(或其底本)标目的基础上进行了修改,使得标目更加简约,此本标目又被之后的李渔序本及三十卷本所继承。李渔序本与三十卷本在此底本的基础上,可能还对标目进行了一些处理,尤其是李渔序本,将标目全部改作8个字。

表 57 李渔序本与三十卷本部分标目修改之例

评林本	李渔序本	三十卷本
琼英劝田豹归顺大宋	琼英劝田豹降大宋	琼英劝田豹降人宋
王庆与柳世雄戮枪比试	柳世雄与王庆比枪	柳世雄与王庆比枪
紫虚台王庆段妃赏月	秦王段妃登台赏月	王庆段妃登台赏月
宋江调人马望洮阳进发	宋江拨人马攻洮阳	江调人马洮阳进发
孙安卞祥议论进兵之策	孙安卞祥议论进兵	孙安卞祥议论进兵
宋江等在龙王庙内祈签	宋江等龙王庙祈签	宋江等龙王庙祈签
乡民箪食壶浆以迎宋师	乡民壶浆迎接宋江	乡民壶浆以迎宋江
汪太史奏王庆约降宋江	汪太史奏王庆降宋	汪太史奏王庆降宋
王庆在城与段妃取乐	王庆城中与妃取乐	王庆城中与妃取乐
宋江卢俊义面见宋天子	宋江卢俊义见天子	宋江卢俊义见天子

知悉了三十卷本田王故事部分标目的底本与评林本关系较近,与种德书堂本、插增本关系较远之后,可以大致推测此底本的版面情况。因评林本标目与三十卷本底本标目数量上差距甚远,而评林本正文字数与其他本子,如刘兴我本、藜光堂本等差异不大,所以用刘兴我本、藜光堂本跟三十卷本比对。比对后发现,三本相对应部分,刘兴我本插图标目共有 131 则,藜光堂本插图标目共有 127 则,而三十卷本标目 124 则,与藜光堂本相当接近。由此观之,三十卷本每半叶字数大致与藜光堂本相当而略多。藜光堂本每半叶 447 字,刘兴我本 437 字,三十卷本的底本每半叶当为 457 字左右。

接下来继续回到错综复杂的田王故事部分标目问题。由上来看,田王故事部分标目同样能分为两部分。第一部分是百二十回本田王故事的标目,有 32 则,内容包括全部田虎故事、部分王庆故事,此部分少了后半王庆故事的标目。第二部分是简本田王故事插图标目,有 124 则,内容包括部分田虎故事、全部王庆故事,此部分少了前半田虎故事的插图标目。

此即意味着田王故事部分的标目实际上包含两个系统,一个是百二十回本标目,一个是简本标目。两个系统标目衔接之处,各自系统标目均出现了遗漏。此遗漏之处有没有可能是脱叶所致?首先,确定遗漏标目是否存在。百二十回本自不用说,遗漏的标目部分定然存在。简本插图标目的遗漏部分也同样存在,此点从三十卷本插图图目可以看出。再将田王故事部分图目单列于此：

第 18 叶上半：三幅小图，时迁石秀火烧宝塔、梁中书设宴待宋江、宋江路上凄惨不悦

第 18 叶下半：三幅小图，卢元帅占夺金乌领、许贯中献纳地理图、陵川太守远迎

第 19 叶上半：三幅小图，王庆直伞掀落头巾、柳世雄与王庆比试、柳世雄参见高太尉

第 19 叶下半：三幅小图，王庆开场引人赌博、王庆送罗买嘱夫人、段二娘与王庆卖肉

第 20 叶上半：三幅小图，叶光孙引路救李逵、宿太尉奏旌奖公明、宋江入城中将献功

第 20 叶下半：三幅小图，昭德水战大胜宋兵、上官义槌打死江度、宋公吴用仝众叙话

此部分第 19 叶至第 20 叶 12 则图目全部在标目之中，而第 18 叶的 6 则图目则全部不在标目之中。究其原因，因为此 6 则图目在田虎故事部分，而此部分恰巧是简本标目所遗漏的内容。将三十卷本此 6 则图目与评林本、李渔序本相对应部分进行比对：

表 58 三十卷本田虎故事部分图目与评林本、李渔序本图目对应之处

评林本	李渔序本	三十卷本
宋江路上凄惨不悦		宋江路上凄惨不悦
许贯忠献纳地理图	许贯忠献纳地理图	许贯中献纳地理图
梁中书设宴待宋江		梁中书设宴待宋江
陵州太守远迎宋江	凌州太守远迎宋江	陵川太守远迎
时迁石秀火烧百尺宝塔		时迁石秀火烧宝塔
卢俊义占夺金乌岭		卢元帅占夺金乌领

由表中可见，三十卷本田虎故事部分 6 则图目均存在于评林本图目之中，二者文字基本相同。结合此条结论与三十卷本王庆故事部分图目均在标目之中，以及三十卷本现存标目与评林本、李渔序本图目的关系，可知

三十卷本插图图目当出自标目。所以,三十卷本所缺失的田虎故事部分标目应当存在。

其次,辨析是否脱叶。既然田王故事部分标目的两个系统百二十回本与简本所缺失的标目都存在,何以衔接处却各自缺少了一部分?其中一种可能是编辑者有意删节。这种可能性不大,因为编辑者都摘录了如此之多的标目,甚至不厌其烦地将百二十回本回目与简本图目同时置于标目之中,这就代表其没有删节的理由。

另一种更大的可能性就是脱漏。考察三十卷本标目,发现这一脱漏其实有迹可循,宝翰楼所刊三十卷本繁本回目与简本回目的转换处,正好是第13叶下至第14叶上的转折之处。这两个半叶的字体不尽相同,一个字体较小,一个字体较大,有可能是两个刊工所为,即便是同一刻工所刊,也应该是两次不同时间的作业,所以出现脱卯也属于很正常的事情。而这一特征在映雪草堂本所刊三十卷本中,由于重刻了目录,所以已经看不出来了。

至此,可以估算一下三十卷本所缺失的标目有多少。其中田虎故事部分缺失标目之处对应的诸建阳简本图目数量,评林本50则,藜光堂本34则,李渔序本28则。三十卷本标目数量应该在李渔序本与藜光堂本之间,即28则至34则,加上所脱百二十回本王庆故事部分的4回,共计8则标目,所脱标目总计在36则至42则之间。宝翰楼所刊三十卷本为半叶9行,若所脱之处恰好为2叶整,则所脱为36则标目。考虑到三十卷本在百二十回本回目末尾处进行了省并,将“段家庄重招新女婿　房山寨双并旧强人”“宋公明避暑疗军兵　乔道清回风烧贼寇”省并成了“房山寨双并旧强人”与“宋公明避暑疗军兵”,若之后的4回尚有如此省并的话,那么三十卷本所缺标目很可能正好为两叶36则。

由此节可以得出以下结论:

1. 三十卷本百回故事部分的插图乃是以容与堂本为底本,截取精华部分进行了精简,其中有两幅插图用百二十回本回目做了修订。

2. 三十卷本田王故事部分的插图是以建阳简本插图为底本。

3. 三十卷本百回故事部分的标目乃是以百二十回本为底本。

4. 三十卷本田王故事部分的标目则是合百二十回本回目与建阳简本图目而成,中间有所脱漏。

5. 三十卷本所依据的建阳简本与现存诸简本均不同,此建阳简本与种德书堂本、插增本关系较疏远，与评林本、李渔序本关系较亲密，属于较为后期的简本，每半叶约有 457 字。

第三节 三十卷本《水浒传》正文研究

一、三十卷本百回故事部分的底本

三十卷本属于简本，此点宝翰楼本的序言中已经说得非常明白，“余近岁得《水浒》正本一集，较旧刻颇精简可嗜”。不仅如此，此简本还是删节本①。既然是删节本，那自然有所依凭的底本。三十卷本正文底本的研究，与插图及标目一样，需要分为两个部分，百回故事部分与田王故事部分。之所以要分开研究，是因为两个部分明显出自不同的底本。田王故事部分是以非常生硬的方式插入到百回故事部分当中，此点后文会详述。百回故事部分的底本，已有学者进行过研究，却得出了不同的结论。其中大内田三郎先生《〈水浒传〉版本考——关于〈文杏堂批评水浒传三十卷本〉》一文，认为三十卷本的底本是一百二十回本②。刘世德先生《谈〈水浒传〉映雪草堂刊本的底本》一文，则认为三十卷本的底本为容与堂刊本的乙本（即日本内阁文库藏本）③。这两种观点到底以何者为是，抑或三十卷本百回故事部分别有所本？

1. 大内田三郎先生关于三十卷本正文底本的研究

大内田三郎先生认为三十卷本的底本为一百二十回本的主要依据有三：其一，三十卷本“移置阎婆事”④；其二，三十卷本田王故事与百二十回本田王故事的内容大体相同；其三，三十卷本的回目有些与百二十回本相同。第二条论据留待后文再述，第三条论据并不能证明三十卷本百回故事部分的底本为百二十回本，因为无论是插图还是回目，均属于正文的附件，可以独立于正文之外，而三十卷本的插图与回目，百回故事部分的底本却指向不同

①关于三十卷本为简本以及删节本的具体论证可参见刘世德先生《〈水浒传〉映雪草堂刊本——简本和删节本》，《水浒争鸣》1985 年第 4 辑。

②［日］大内田三郎：《〈水浒传〉版本考——关于〈文杏堂批评水浒传三十卷本〉》，《水浒争鸣》1984 年第 3 辑。

③刘世德：《谈〈水浒传〉映雪草堂刊本的底本》，《明清小说研究》1985 年第 2 期。

④“移置阎婆事”可参详李金松《郭勋“移置阎婆事”考辨——论〈水浒传〉版本嬗递过程中一处情节的移动》，《中国典籍与文化》2001 年第 2 期。

的版本，一种是容与堂本，一种是百二十回本，所以不能以此作为证据说明正文的底本为百二十回本。

能说明三十卷本正义百回故事部分为百二十回本的证据只有第一条，三十卷本“移置阎婆事”。现存《水浒传》版本中“移置阎婆事”的有三大寇本、大涤余人序本、百二十回本、金圣叹本，其余像石渠阁补印本、容与堂本、钟伯敬本、建阳简本均未“移置阎婆事”。据此条证据是否能证明三十卷本百回故事部分的底本为“移置阎婆事”的本子，而非未“移置阎婆事”的本子？其实并不能，因为“阎婆故事”是《水浒传》情节中一个重大漏洞，三十卷本的底本可能为未“移置阎婆事”的本子，但是依据其他“移置阎婆事”的本子进行了修改。

2. 刘世德先生关于三十卷本正文底本的研究

刘世德先生认为三十卷本的底本为容与堂刊本的乙本。其主要的研究方法是通过细致的文字比勘，依次排除了贯华堂本（即金圣叹本）、袁无涯本（即百二十回本）、天都外臣序本（即石渠阁补印本）、容与堂刊本的甲本（即中国国家图书馆所藏全本）成为三十卷本底本的可能性，最后认为三十卷本的底本是容与堂刊本的乙本。刘世德先生关于三十卷本底本的研究文章发表于 1985 年，由于时代的限制，不少繁本并未发现或是传入国内，这些本子包括容与堂刊本的丙本（日本天理大学藏本）、钟伯敬本、三大寇本以及大涤余人序本。这几种本子加入探讨之中，是否会改变研究的结果？以下选取刘世德先生所举之例，加入其他本子以观之。

三大寇本：**宋公明**兄长特分许多将校与我。（98.4a）

大涤序本：**宋公明**兄长特分许多将校与我。（98.4a）

钟伯敬本：**宋公**兄长特分许多将校与我。（98.3b）

容丙本：**宋公**兄长特分许多将校与我。（98.4a）

容乙本：**宋公明**兄长特分许多将校与我。（98.4a）

三十卷本：**宋公明**分许多将校与我。（29.49b）

（例一）

三大寇本：人都叫做鼓上阜。（46.8b）

大涤序本：人都叫做鼓上阜。（46.9a）

钟伯敬本：人都叫他做鼓上蚤。（46.7a）

容丙本：人都叫他做鼓上蚤。（46.8b）

容乙本：人都叫他做鼓上蚤。（46.8b）

三十卷本：人都叫他做鼓上蚤。（11.35b）

（例二）

三大寇本：当时杨雄**便问时迁**：你如何在这里？（46.9a）

大涤序本：当时杨雄**便问时迁**：你如何在这里？（46.9a）

钟伯敬本：当时杨雄喝道，**便问时迁**：你说甚么？（46.7a）

容丙本：当时杨雄喝道，**便问时迁**：你说甚么？（46.9a）

容乙本：当时杨雄喝道：**时迁**你说甚么？（46.9a）

三十卷本：杨雄喝道：**时迁**你说甚么？（10.35b）

（例三）

三大寇本：人见小弟**赤发黄须**，都呼小人为金毛犬。（60.4b）

大涤序本：人见小弟**赤发黄须**，都呼小人为金毛犬。（60.4b-5a）

钟伯敬本：人见小弟**赤须黄发**，都呼小人为金毛犬。（60.4a）

容丙本：人见小弟**赤须黄发**，都呼小人为金毛犬。（60.5a）

容乙本：人见小弟**赤须黄发**，都呼小人为金毛犬。（60.5a）

三十卷本：人见小弟**赤须黄发**，都唤做金毛犬。（15.12b）

（例四）

三大寇本：行不**到数里**之上。（30.14a）

大涤序本：行不**到数里**之上。（30.14b）

钟伯敬本：行不**数十里**之上。（30.11a）

容丙本：行不**数十里**之上。（30.13b）

容乙本：行不**上数里**之**路**。（30.13b）

三十卷本：行不**上数里**之**路**。（8.17a）

（例五）

三大寇本：武松按住，将**去割时**，**刀切头**不入。（31.5a）

大涤序本：武松按住，将**去割时**，**刀切头**不入。（31.5b）

钟伯敬本：武松按住，将**去割时**，**刀切头**不入。（31.4b）

容丙本：武松按住，将**去割时**，**刀切头**不入。（31.5b）

容乙本：武松按住，将**刀去割头时**，**却切**不入。（31.5b）

三十卷本：武松按住，将**刀去割头时**，**却切**不入。（8.21a）

（例六）

三大寇本：把黄文炳劈腰抱住，拦头揪起。（41.10a）

大涤序本：把黄文炳劈腰抱住，拦头揪起。（41.10a）

钟伯敬本：把黄文炳匹腰抱住，拦头揪起。（41.8a）

容丙本：把黄文炳匹腰抱住，拦头揪起。（41.10ab）

容乙本：把黄文炳拦腰抱住，匹头揪起。（41.10ab）

三十卷本：把黄文炳拦腰抱住，劈头揪起。（10.28b）

（例七）

以上数例虽然个别本子的个别例文与三十卷本相同，像例一三大寇本、大涤余人序本与三十卷本相同，例四容与堂本丙本、钟伯敬本与三十卷本相同，但是基本上四种版本的文字与三十卷本相异。所以，即便加入了四个新的版本，依旧没有影响刘世德先生论文的结论，即三十卷本正文百回故事部分的底本为日本内阁文库所藏容与堂本。

再回到三十卷本“移置阎婆事”的问题，三十卷本正文的底本是内阁文库所藏容与堂本，而容与堂本并未“移置阎婆事”，何以三十卷本会“移置阎婆事”，刘世德先生对此并未做出解释。但是结合插图与标目的研究来看，实际上答案比较明显，三十卷本“移置阎婆事”参考了百二十回本。值得注意的是，虽然三十卷本参考了百二十回本“移置阎婆事”，但是其文字依旧是以容与堂本为底本，而非百二十回本，此点从下面两例可以看出。

百二十回本：你便可回山寨去，莫在此停阁。（20.17a）[①]

容与堂本：你便可回山寨去，莫在此担阁。（20.12b）[②]

三十卷本：可便回山寨，莫在此担阁。（6.4ab）

（例一）

百二十回本：便是重生的父母，再长的爷娘。（20.12a）

容与堂本：便是重生的父母，再长的爹娘。（21.2ab）

三十卷本：便是重生的父母，再长的爹娘。（6.2a）

（例二）

---

①此章百二十回本所据为日本内阁文库所藏郁郁堂本，下不另出注。

②此章容与堂本所据为日本内阁文库藏本，下不另出注。

另外,百二十回本与容与堂本相比,有一些较为显著的差异,如第51回扈三娘、王英结婚情节的移置,第84回辽国蓟州守将介绍的移置等,这些地方百二十回的情节均优于容与堂本,但是三十卷本却并未参照百二十回本进行修改。究其原因,一者可能是"阎婆故事"在容与堂本属于巨大的情节漏洞,不得不进行修改,而其他地方则属于较小的情节漏洞。二者可能是三十卷本的编纂参考了百二十回本,但并没有据此进行细致修改,而仅仅是做了一些表面工作,如插图、回目的修改等。三十卷本之所以会据百二十回本"移置阎婆事",是因为百二十回本卷首《发凡》中提到"郭武定本,即旧本,移置阎婆事,甚善",《发凡》在一部书中属于非常显眼的位置,所以三十卷本依此进行了修改。

二、三十卷本田王故事部分的底本

三十卷本正文百回故事部分的底本为容与堂本,而容与堂本只有一百回本,并无征讨田虎、王庆的故事,因此三十卷本正文田王故事部分必然来自其他本子。同时,三十卷本正文百回故事部分又参考了百二十回本"移置阎婆事",可见三十卷本的编纂者手头有百二十回本,那么三十卷本正文田王故事部分的底本是否为百二十回本?大内田三郎与刘世德二位先生均持此论。

大内田三郎先生认为"《三十卷本》中'讨伐田虎、王庆'的故事和《一百二十回本》中的'讨伐田虎、王庆'的故事比较,虽然文字有'繁'与'简'的不同,但大体能看到内容上共同的部分以及留有在《一百二十回本》基础上删节的痕迹"[①]。刘世德先生同样认为"在征田虎、征王庆的故事情节和文字描写上,映雪草堂刊本和袁无涯刊本是基本上一致的"[②]。

当然,其他学者也有不同的意见,认为三十卷本正文田王故事部分并非源自百二十回本。像陆树崙先生即认为"征田虎王庆部分,映雪草堂本与袁无涯本有很大的不同,与双峰堂本也有所差异……三种本子,互不相同,说明其间没有直接承袭的关系"[③]。那么,三十卷本正文田王故事部分的底本

---

①[日]大内田三郎:《〈水浒传〉版本考——关于〈文杏堂批评水浒传三十卷本〉》,《水浒争鸣》1984年第3辑。

②刘世德:《谈〈水浒传〉映雪草堂刊本的底本》,《明清小说研究》1985年第2期。

③陆树崙:《映雪草堂本〈水浒全传〉简介》,《水浒争鸣》1985年第4辑。

是否是百二十回本？研究之前，先将诸版本以及三十卷本田王故事的概况捋清。

现存《水浒传》版本中有田王故事的可以分为两大系统，一类是繁本，一类是简本。繁本中有田王故事的仅百二十回本一种，简本中全部版本均有田王故事。这两大系统的田王故事有较大差异，像王庆的出身，简本中王庆是十万禁军教头，被发配乃因得罪高俅，而繁本中王庆则是开封府副牌军，被发配是因与童贯侄女、蔡京孙媳娇秀私通。繁本与简本田王故事的关系，是繁本在简本田王故事的基础上进行了加工与改造。

繁本与简本的田王故事虽然内容上有所差异，但是二者在与百回故事的前后衔接，以及后续故事情节的处理上，均做了一定的工作。如简本征讨田虎、王庆故事之后遗留下的田王遗将琼英、文仲容、苗道成等，被安排到征讨方腊故事当中。而三十卷本田王故事的处理，则相当粗疏，与百回故事部分完全没有衔接，而且由于多出田王故事所产生的情节变动，也没有任何处理，仅仅是将他本的田王故事插增于此，而其他百回故事部分则完全没有变动。像第 22 卷末，宋江已经送别公孙胜回蓟州罗真人处修道，但是之后的第 23 卷至第 28 卷征讨田虎、王庆故事中，公孙胜却又频频出现，同时第 28 卷末，宋江又重复送别公孙胜回蓟州。出现此种情节矛盾，乃是因为百回本公孙胜是征辽得胜之后回蓟州，而百二十回本公孙胜则是征讨王庆之后回蓟州，三十卷本编刊者没有注意到这个问题，以至于出现矛盾。再如，征讨田虎、王庆之后的田王遗将，在三十卷本征讨方腊情节中毫无踪迹，甚至征讨田虎、王庆之后，论功行赏之时，这些田王遗将也不见一丝痕迹。如此总总，无一不说明，三十卷本百回故事部分与田王故事部分实际上是割裂的，二者没有任何联系，百回故事部分共 24 卷（第 1—22 卷、第 29—30 卷），田王故事部分共 6 卷（第 23—28 卷）。那么，三十卷本田王故事部分的底本究竟为何种？

1. 百二十回本非三十卷本田王故事部分的底本

选取百二十回本与三十卷本进行比对研究，另将简本中评林本作为参校本，结果显示三十卷本与百二十回本差异过大，二本文字情节基本不相同。以下举数例以观之。

百二十回本：燕青对宋江道："前日破辽班师，回至双林镇，所遇那个姓许双名贯忠的,他邀小弟到家,临别时,将此图相赠。他说是几笔丑画。弟回到营中闲坐,偶取来展看,才知是三晋之图。”(91.6b)

评林本:皇甫端禀曰:“此处有一人,姓许名贯忠,乃河北曲阳人也,幼与小弟在芦江相会,曾言田虎请他画宫殿,留部下听用,后见田虎不仁,逃归故里,见在本乡教学,曾应武举,射得好箭,跟过田虎,必知来历。哥哥着人请来,问他根由,岂不美哉。”(18.17b)

三十卷本:皇甫端禀曰:“此处有一人,姓许名贯忠,乃河北曲阳人也,幼与小弟为吻颈交,曾言田虎留他彩画官殿,因为部下偏裨,窃见田虎不仁,还归故里,见在乡肄业,曾应武举,射得好箭,跟过田虎,必知来历。请来问他根由,岂不美哉。”(23.4b)

(例一)

百二十回本:宋江、卢俊义、吴用回到寨中,吴用唤临川降将耿恭,问盖州城中路径。耿恭道:“钮文忠将旧州治做帅府,当城之中。城北有几个庙宇,空处却都是草场。”吴用听罢,对宋江计议,便唤时迁、石秀近前密语道:“如此依计,往花荣军前密传将令,相机行事。”(92.7a)

评林本:宋江与吴用商议取关,时迁曰:“小弟探知关里有个百尺浮图宝塔,我同石秀哥带轰天子母炮四个,潜地扒上关去,将炮架在城楼上,用药线三五丈长,引着连硃炮响,就关内放起火来。哥哥引兵里应外合。”(18.21a)

三十卷本:宋江与吴用议取关中,时迁曰:“小弟探知关里有个百尺浮图宝塔,我同石秀哥带轰子母炮四个,潜地扒上关去,将炮架在关楼上,用药线三五丈长,引着连珠炮响,就关内放起火来。哥哥引兵里应外合。”(23.9a)

(例二)

百二十回本:那琼英年方一十六岁,容貌如花的一个处女,原非邬梨亲生的。他本宗姓仇,父名申,祖居汾阳府介休县,地名绵上。(98.1a)

评林本:池方曰:“乌利国舅有一女,唤做琼英郡主,能飞石打将,百发百中,年二十四岁,有万夫不当之勇,尚未嫁夫,发下誓愿:若有一般使飞石的,便招为夫。”(19.9a)

三十卷本:乌利得安有一女,能飞石打将甚众,勇冠万夫,发愿若有

对手,便招为夫。"(24.6a)

(例三)

百二十回本:那王庆原是东京开封府内一个副排军。他父亲王砉,是东京大富户,专一打点衙门,攛唆结讼,放刁把滥,排陷良善,因此人都让他些个。(101.5b-6a)

评林本:只有十万禁军教头,原日因六番奉使,差个六国强来勒我朝廷枪手比试,斗敌胜负……被王庆刺死,止有四个月满,便升总管。(21.1ab)

三十卷本:只有十万禁军教头,原日因六番奉使,差个六国强来勒我朝廷枪手比试,斗敌胜负……被王庆刺死,止有四个月满,便升总管。(26.1ab)

(例四)

百二十回本:张医士道:"他是张管营小夫人的同胞兄弟,单讳个元字儿。那庞夫人是张管营最得意的。那庞大郎好的是赌钱,又要使枪棒耍子。亏了这个姐姐常照顾他。"王庆听了这一段话,九分猜是"前日在柏树下被俺打的那厮,一定是庞元了,怪道张世开寻罪过摆布俺"。(103.4b-5a)

评林本:府中有个老都管见王庆受苦,对王庆说曰:"太尉只要寻事打你,代庞巡检报仇,要打你九百九十九棒做利钱。我与你上帐,前后也吃打了八百棒,兀自少一百九十棒。"(21.9ab)

三十卷本:中有老都管见王庆受苦,对庆说曰:"太尉只要寻事打你,代庞巡检报仇,要打你九百九十九棒做利钱。我与你上帐,前后也吃打了八百棒,兀自少一百九十棒。"(26.8a)

(例五)

百二十回本:便放下竹篙,将王庆劈胸扭住,双手向下一按,扑通的按倒在艎板上。王庆待要挣扎,那艄上摇橹的放了橹,跳过来,一齐擒住……当下李俊审问从人,知是王庆,拍手大笑,绑缚到云安城中。一面差人唤回三阮同二张守城。(109.14b-15b)

评林本:王庆走到流沙河,望见船只无数,令人沿河大叫:"秦州兵马,特来投降胡主。"哨船上应曰:"吾等胡地进粮之船。既是秦州兵马,莫非秦王么?"王庆曰:"正是!"那人曰:"秦王素与我胡地有恩,可作急下船。”后面军马赶来得紧,即将船只撑近河口,接王庆等众人下船停当。只见后哨船头锣鸣,船上众军乃是卢俊义等,把王庆等众捆缚捉获。(23.12ab)

三十卷本:王庆走到流沙河,望见船只。令人沿河大叫:“秦州兵马,特来投降胡主。”哨船上应曰:“吾等胡地进粮之船。既是秦州兵马,莫非秦王庆?”王庆曰:“正是!”那人曰:“秦王素与我胡地有恩,可作急下船。”只见后哨船锣鸣如号,船上众军乃是卢俊义等,把王庆众人捆缚一处。(28.20b-21a)

(例六)

以上六例前三例是田虎故事内容,后三例是王庆故事内容。这些例子很明显可以看出,百二十回本与三十卷本的差异极大,情节设置虽然类似,但是文字却基本不同。例一中百二十回本与三十卷本虽然同有许贯忠献地图的情节,但身份设定与献图过程全然不同。百二十回本中许贯忠是燕青的故交,地图是许贯忠偷偷送给燕青的,三十卷本中许贯忠则是皇甫端的旧友,地图是因宋江询问才进献。例二中百二十回本和三十卷本同有时迁放火的情节,但放火的因由,二本也不尽相同。百二十回本是吴用从降将耿恭处得知信息,然后定下计策,时迁只不过是计策的执行者,而三十卷本中时迁既是信息的提供者,也是计谋的策划者,同时还是行动的实施者。例三中百二十回本与三十卷本同有琼英这个角色,但二本琼英的身世却完全不同,百二十回本琼英是邬梨国舅的养女,本姓仇,田虎乃是其仇人,而三十卷本琼英则是乌利国舅的亲生女儿。

例四中百二十回本与三十卷本的王庆出身也完全不同,百二十回本王庆是个斗鸡走马的副排军,而三十卷本王庆则是个于国家有功绩的禁军教头,马上要升任总管之职。例五中百二十回本与三十卷本虽然同有王庆被张世开棒打的情节,但是百二十回本王庆乃是自己洞悉了被打缘由,而三十卷本被打缘由则是老都管告知的王庆。例六中百二十回本与三十卷本同有王庆被擒的情节,但二本擒拿之人与擒获经过却不相同,百二十回王庆是被李俊无意间所擒,而三十卷本王庆则是被卢俊义有准备的擒捉。

无论从文字还是情节来看,百二十回本都不可能是三十卷本田王故事部分的底本,二者差异太大。反而从参校的评林本文字与情节来看,三十卷本田王故事部分无疑来自简本。既然百二十回本田王故事部分与三十卷本差异如此明显,何以大内田三郎、刘世德二位先生还会断定三十卷本田王故事部分的底本是百二十回本?

一者,可能是标目的原因,三十卷本卷首标目的田王故事部分抄袭了大部分百二十回本回目,而二位先生又没有细察田王故事部分的正文,所以觉得正文也袭用了百二十回本。二者,虽然三十卷本田王故事部分绝大多数文字情节与百二十回本差异过大,但是却有一小段情节从百二十回本而来。这段情节在王庆出身传部分,具体是第二十六卷第 3 叶与第 4 叶,总共两叶内容。列举部分文字以观之,同样以评林本作为参校本。

> 百二十回本:王庆见是个卖卦的,他已有娇秀这椿事在肚里,又遇着昨日的怪事,他便叫道:"李先生,这里请坐。"那先生道:"尊官有何见教?"口里说着,那双眼睛骨渌渌的把王庆从头上直看至脚下。王庆道:"在下欲卜一数。"李助下了伞,走进膏药铺中,对钱老儿拱手道:"搅扰。"便向单葛布衣袖里摸出个紫檀课筒儿,开了筒盖,取出一个大定铜钱,递与王庆道:"尊官那边去,对天默默地祷告。"王庆接了卦钱,对着炎炎的那轮红日,弯腰唱喏。却是疼痛,弯腰不下,好似那八九十岁老儿,硬着腰,半揖半拱的兜了一兜,仰面立着祷告。那边李助看了,悄地对钱老儿猜说道:"用了先生膏药,一定好的快,想是打伤的。"钱老道:"他见甚么板凳作怪,踢闪了腰肋。适才走来,说话也是气喘,贴了我两个膏药,如今腰也弯得下了。"李助道:"我说是个闪朒的模样。"王庆祷告已毕,将钱递与李助。那李助问了王庆姓名,将课筒摇着,口中念道:日吉辰良,天地开张。圣人作易,幽赞神明。包罗万象,道合乾坤。与天地合其德,与日月合其明,与四时合其序,与鬼神合其吉凶。今有东京开封府王姓君子,对天买卦。甲寅旬中,乙卯日,奉请周易文王先师、鬼谷先师、袁天纲先师,至神至圣,至福至灵,指示疑迷,明彰报应。李助将课筒发了两次,叠成一卦,道是水雷屯卦,看了六爻动静,便问:"尊官所占何事?"王庆道:"问家宅。"李助摇着头道:"尊官莫怪小子直言,屯者,难也,你的灾难方兴哩。有几句断词,尊官须记着。"李助摇着一把竹骨摺叠油纸扇儿,念道:家宅乱纵横,百怪生灾家未宁。非古庙,即危桥。白虎冲凶官病遭。有头无尾何曾济,见贵凶

惊讼狱交。人口不安遭跌蹼,四肢无力拐儿撬。从改换,是非消。逢着虎龙鸡犬日,许多烦恼祸星招。当下王庆对着李助坐地,当不的那油纸扇儿的柿漆臭,把皂罗衫袖儿掩着鼻听他。李助念罢,对王庆道:"小子据理直言,家中还有作怪的事哩。须改过迁居,方保无事。明日是丙辰日,要仔细哩。"王庆见他说得凶险,也没了主意,取钱酬谢了李助。(102.2b-4a)

评林本:只见营前众人围一卖卦,金剑先生李杰。这王庆乃姚西人也,身长七尺,头雌马腹,猿臂豹身。便将十文钱来卜卦。李杰问了年月,排下一卦。李杰曰:"尊官问灾不问福,此卦象不好,是勾陈爻交失象,是一牛二尾,乃是失字,你宅上曾有怪事否?"庆曰:"见过了。"杰曰:"既见过,目下灾甚急,有四句卦象与收,后有应验。"象曰:白虎临爻象,隄防不侧忧。须然无病疾,不死便为囚。王庆收了卦象,辞李杰便去。(21.2b)

三十卷本:王庆见是卖卦的,他因有娇秀事在心,又有昨日怪事,便叫:"先生这里请坐。"那先生道:"有何见教?"王庆道:"欲卜一数。"先生将课筒递与王庆。默默祷告,将钱递与李杰。问了王庆姓名,将课筒摇了两次,叠成一卦,是水雷屯卦,便问:"尊官,所占何事?"王庆道:"问家宅。"李杰道:"莫怪直言,屯者难也。你的灾难方兴哩。明日是丙辰日,须要仔细。"王庆听了,也没主意,谢了李杰卦钱。(26.3a)

上述文字虽然三十卷本比百二十回本有所缩减,但依旧能够看出二者之间的承袭关系,反而三十卷本与评林本之间文字差异颇大。由此可见,三十卷本田王故事部分这两叶内容其底本为百二十回本。

三十卷本田王故事部分的底本基本为简本,此处突然出现两叶百二十回本的内容,乃因补版所致。原板木这两叶应该是遗失或者损毁,所以利用百二十回本的相关内容进行补版。此点可从补版的衔接处看出端倪,"出营前赎药,只见营前围一卖卦,金 / 王庆见是卖卦的"(26.2b-3a),"金"字之后是补版的正文,但此处多出一"金"字,明显语意不通。评林本此处文字是"出营前赎药,只见营前众人围一卖卦**金剑先生李杰**"(21.2b),补版者因为不知"金剑先生",所以在补版之时留下漏洞。

此外,补版之时修补者手头并无简本,所以才以百二十回本相关内容进行补版,此点可从他处修版得知。田王故事部分有两处文字进行了修板,分别是28.15b与28.16a,此两个半叶下端六字均为修版所成,修版后的文字与其他简本完全不同,有的甚至不知所云。以下举四个例子观之:

评林本:宋江传令,次日平明齐进。差公孙胜登上埠,以备返其风雨。将制下狮子,点着尾上火炬,推向阵前。后面军马,摇旗擂鼓,纳喊连天,杀奔关下。(23.7b)

三十卷本:宋江、**呼延灼等黎**明齐进,差公孙胜登高埠,以备返其**幻术。将焰硝种**子点着尾土火炬,推向阵前,后面马**麟逞威督阵,喊**呐连天,杀奔关下。(28.15b)

(例一)

评林本:宋军后队火炮、火箭乱放来。这里张应高舞刀纵马,跟着白夫人杀去。(23.7b)

三十卷本:宋军张<u>**盖帅字旗,紧紧**</u>跟着白夫人。(28.15b)

(例二)

评林本:夫人见折了二将,背上葫芦喷出迷人水,望宋军阵中一喷。宋军准备,全然不动。(23.7b-8a)

三十卷本:夫人见折子二将,背上葫芦喷出迷人水,<u>**来陷害宋军不**</u>喷。宋军准备,全然不动。(28.16a)

(例三)

评林本:宋军准备,全然不动,人各吐出法水,奋力大战,白夫人见法不灵,大惊曰:“原来宋军中能解此法。”(23.8a)

三十卷本:宋军准备,全然不动,且人各吐出**瑞气,术不能侵**。白夫人见法不灵,大惊曰:“原来宋军中**亦有异人**。”(28.16a)

(例四)

此四例中三十卷本修版补了文字,例一、例四添补的文字勉强可通,例二、例三增补的文字则完全不知所云。其他简本内容与评林本相差无几,如果修补者手头有其他简本,则很容易据此进行修版。所以无论是修版,还是补版,修补者手头并无简本可凭依。

2. 三十卷本田王故事部分的底本大部分介于评林本与刘兴我本之间

由以上可知,三十卷本田王故事部分的底本为简本《水浒传》,其中又可以分为两个部分来探讨，第一部分是田虎故事第77回“五台山宋江参禅　双林渡燕青射雁”至第82回“宋江兵会苏林岭　孙安大战白虎关”，与王庆故事全部；第二部分是田虎故事第83回“魏州城宋江祭诸将　石羊关孙安擒勇士”至第87回“徽宗降敕安河北　宋江承命讨淮西”[①]。之所以如此划分，是因为两个部分的底本并不相同。

现存简本《水浒传》的系统大致可以分为种德书堂本、插增本、评林本（包括评林本、英雄谱本）、刘兴我本（包括刘兴我本、藜光堂本、慕尼黑本、李渔序本、十卷本）、百二十四回本、八卷本六种。其中百二十四回本与八卷本是清代中晚期的本子，不可能成为三十卷本的底本。其他四个系统的本子，选取种德书堂本、插增本、评林本、刘兴我本作为比对对象。

第一部分田虎故事第77回至第82回与王庆故事全部，比对后发现此部分与种德书堂本、插增本关系疏远，与评林本、刘兴我本关系接近，但四者均非三十卷本的底本。具体情况见如下例子：

种德书堂本：此处有一人道，**乃河北曲阳人氏，姓许名大忠**……宋江听罢，请来相见。皇甫端随即径到守义坊见了**许头忠**。（18.17b-18a）

评林本：此处有一人，**姓许名贯忠，乃河北曲阳人也**……宋江听罢，叫皇甫端随即径到守义坊见了**许贯忠**。（18.17b）

刘兴我本：此处有一人，**姓许名贯忠，乃河北曲阳人也**……宋江听罢，叫皇甫端肃迎。端随即迳到守义访见了**许贯忠**。（18.13b）

三十卷本：此处有一人，**姓许名贯忠，乃河北曲阳人也**……宋江即叫皇甫端随到守义坊见了**许贯忠**。（23.4b）

（例一）

插增本：宋江、庐俊义兵到北京。（18.19b）

评林本：宋江与卢俊义拜辞宿太尉、赵枢密上路，此时三军来到北京。（18.18b）

刘兴我本：宋江与卢俊义拜辞宿太尉、赵枢密上路，此时三军已到北京。（18.14a）

三十卷本：宋江与卢俊义**拜别宿太尉、赵枢密上路，此时三军方**到北京。（23.5b）

---

①回数与回目以评林本为准，他本有所差异。

（例二）

种德书堂本：宋江与吴用商议取关，时迁**道**："哥哥，小弟探知关里有个百尺浮图宝塔……"（18.20b）

插增本：宋江与吴用商议取关，时迁**道**："哥哥，小弟探知关里有个浮图宝塔……"（18.22a）

评林本：宋江与吴用商议取关，时迁**曰**："小弟探知关里有个百尺浮图宝塔……"（18.21a）

刘兴我本：宋江与吴用商议取关，时迁**曰**："小弟听知关内有个百尺浮图宝塔……"（18.15b）

三十卷本：宋江与吴用议取关中，时迁**曰**："小弟探知关里有个百尺浮图宝塔……"（23.9a）

（例三）

种德书堂本：谢英便举斧来敌孙安，**余呈见了，挺枪来战谢英。斗上五合，谢英把余呈斩于马下**。任光便来战刘敏，斗上十合，亦被刘敏杀死……诉说折了**余呈**、任光。（21.25a）

插增本：谢英举斧来敌孙安，**余呈见了，挺枪来战。斗上五合，谢英把余呈斩于马下**。任光便来战刘敏，斗上十合，亦被刘敏杀死……诉说折了**余呈**、任光。（20.25ab）

评林本：谢英便举斧来敌孙安，任光便来战上十合，被刘敏杀死……诉说折了**任光**。（21.25a）

刘兴我本：谢英便举斧来敌孙安，任光便来接住战了十合，被刘敏杀死……诉说折了**任光**。（21.18a）

三十卷本：谢英便举斧来敌孙安，任光便来战上十合，被刘敏杀死……诉说折了**任光**。（27.2a）

（例四）

评林本：王庆棒头点些尿水，抹黄达一口，**只得当输**。（21.6a）

刘兴我本：王庆却将棒头点尿水，抹黄达一口，**黄达输了**。（21.5a）

三十卷本：王庆棒头点尿水，抹黄达一口，**黄达输了**。（26.6a）

（例五）

评林本：感激周济之恩。**异日得回，重当报答**。（21.6a）

刘兴我本：感激周济之恩，**异日犬马之报**。（21.5a）

三十卷本:感激周济之恩,**异日犬马之报**。(26.6b)

(例六)

评林本:引领马军五万**随护**,张招讨为后军接应。(21.24a)

刘兴我本:引领军马五万**随后保护**,张招讨为后军接应。(21.17a)

三十卷本:引领马军五万**随后保护**,张招讨为后军接应。(26.24a)

(例七)

评林本:李杰曰:"**王丈**何故至此?"(21.4b)

刘兴我本:李杰曰:"**王官人**何故至此?"(21.3b-4a)

三十卷本:李杰曰:"**王丈**何故至此?"(26.5a)

(例八)

评林本:王庆便拿起棒来,**与黄达演数合**,黄达抵敌不住。(21.6a)

刘兴我本:王庆便把棒与黄达斗**了数合**,黄达抵敌不住。(21.4b-5a)

三十卷本:王庆便拿棒,**与黄达演数合**,黄达抵敌不住。(26.6a)

(例九)

评林本:看了王庆自曰:"好个大汉!"**女子曰:"大汉**,把馒头钱来。"(21.14b)

刘兴我本:看了王庆自曰:"好个大汉,把馒头钱来。"(21.11a)

三十卷本:看了王庆道曰:"好个大汉!"**女子曰:"大汉**,把馒钱来。"(26.14a)

(例十)

评林本:**穆横、穆椿**死救杨林回阵。(19.8b)

刘兴我本:**穆春、穆弘**死救杨林回阵。(19.6a)

三十卷本:**穆横、穆椿**死救杨林回阵。(24.2ab)

(例十一)

评林本:公孙胜曰:"只得一人同去最好。"**马麟**曰:"此去马耳山有一万余里,会飞也要一个月。"(23.3b)

刘兴我本:公孙胜曰:"只得一人同去最好。"**马灵**曰:"去马耳山有一万余里,会飞也要一个月。"(23.2b)

三十卷本:公孙胜曰:"再得一人同往最好。"**马麟**曰:"此去马耳山有一万余里,会飞也要一个月。"(28.11a)

（例十二）

例一中三十卷本“许贯忠”之名，种德书堂本或作“许大忠”，或作“许头忠”，且种德书堂本姓名籍贯的顺序与三十卷本不同，而评林本、刘兴我本同于三十卷本。例二中三十卷本比插增本多出一句话，评林本、刘兴我本均多出此句话。此两例可证种德书堂本、插增本均非三十卷本的底本，当然更具有说服力的例子是例三与例四。例三中三十卷本人物对话均用“曰”，评林本、刘兴我本同之，而插增本人物对话部分用“道”，部分用“曰”，种德书堂本人物对话则基本用“道”。例四是评林本、刘兴我本与种德书堂本、插增本情节上差异较大的一处，种德书堂本、插增本中余呈死于石祁城之战，评林本、刘兴我本中余呈则死于梁州城之战。由此可知，此部分种德书堂本、插增本非三十卷本的底本。

例五至例七为三十卷本文字同于刘兴我本，而异于评林本之处，例八至例十二为三十卷本文字同于评林本，而异于刘兴我本之处。从这八个例子来看，三十卷本的文字既有同于评林本之处，也有同于刘兴我本之处，此即可证文字不同处并非三十卷本乱改，而是有所本，所以评林本、刘兴我本均非此部分三十卷本的底本。

那么，此二本中何本与三十卷本更为接近？从例十一和例十二来看，三十卷本与评林本的渊源颇深，人名的错误一模一样，尤其是例十二中三十卷本“马灵”误为“马麟”，共计有11处，均误。再从文字相似度来看，依旧可见三十卷本文字更为接近评林本。

表59　诸本与三十卷本文字相似度比对情况

回数\相似度百分比	评林本与三十卷本	刘兴我本与三十卷本	种德书堂本与三十卷本
77（田虎故事）	62	61.95	52.91
78	66.97	64	56.08
79	57.1	52.75	53.39
80	70.27	63.97	54.31
81	55.8	52.42	42.8
82	58.24	54	49.36
88（王庆故事）	30.27	30.64	24.32

续表

回数\相似度百分比	评林本与三十卷本	刘兴我本与三十卷本	种德书堂本与三十卷本
89	66.72	61.62	40.53
90	67.61	61.21	58.25
91	78.32	72.64	67.55
92	68.55	64.53	51.1
93	66.07	58.37	56.82
94	68.62	63.21	58.33
95	62.75	58.23	51.72
96	45.66	42.92	41.71

从表中可见,部分回数诸本与三十卷本的文字相似度并不高,主要是因为三十卷本在简本基础上还做了一些删节,此点下文会谈到。从文字相似度来看,三十卷本此部分的底本应该更加接近于评林本。

同时,此底本既有文字同于评林本,又有文字同于刘兴我本,从三十卷本此部分的编辑来看,以两种本子对校的可能性微乎其微。之所以产生如此情况,最有可能是此底本是介于评林本与刘兴我本之间的某种本子。

3. 三十卷本田王故事部分的底本小部分接近种德书堂本

第二部分为田虎故事第 83 回“魏州城宋江祭诸将　石羊关孙安擒勇士”至第 87 回“徽宗降敕安河北　宋江承命讨淮西”。此部分与第一部分有一个相当大的差别在于,第一部分人物对话基本用“曰”字,而少有用“道”字,像田虎故事第 77 至 82 回,“曰”字 227 处,“道”字仅 1 处,王庆故事“曰”字 413 处,“道”字 10 处①。而到了第二部分田虎故事第 83 至 87 回,“曰”字仅 12 处,“道”字 118 处,由此二字的用法,可以很明显看出两个部分的差异。

现存众多简本中,人物对话“道”字用得比较多的是种德书堂本与插增本,种德书堂本田虎故事第 83 至 87 回,“道”字 162 处,“曰”字 2 处,虽然“曰”字比三十卷本要少 10 处,可见种德书堂本并非三十卷本此部分的底本,但相对来说,算是比较接近。插增本田虎故事第 83 至 87 回基本不存,

①此处统计未算入以百二十回本补刊的两叶。

所以无法比对，仅能从其他部分大致窥探此本“道”“曰”的比例。此本田虎故事其他所存部分“道”字10处，“曰”34处，王庆故事所存部分“道”343处，“曰”24处。从插增本王庆故事“道”“曰”的比例来看，比较接近三十卷本，但是田虎故事“道”“曰”的比例与三十卷本差异较大，插增本也非三十卷本此部分的底本。此点从插增本田虎故事第83回至第87回残存部分的文字比对即可看出，举两例以观之：

插增本：宋江军中小校拾得，递与宋江。开封览之。（19.27a）

评林本：宋江军中小校拾得，递与宋江。**宋江**开封览之。（20.15b-16a）

三十卷本：宋军小校拾得，递与宋江。**宋江**开封览之。（25.15b）

（例一）

插增本：皆申说王庆掠了淮西一十七座军州，自称秦王。（19.33a）

评林本：皆申说王庆掠了淮西**一派**一十七座军州，自称秦王。（20.22a）

三十卷本：皆申说王庆掠了淮西**一派**十七座军州，自称秦王。（25.22ab）

（例二）

例一插增本比三十卷本少“宋江”二字，例二插增本比三十卷本少“一派”二字，评林本均存。由此可见，插增本并非三十卷本此部分的底本。

除“道”“曰”二字使用的差异外，以下文字也可看出第二部分的底本并非评林本与刘兴我本。

评林本：关胜与唐斌寨中商议攻魏州之计。正说间，戴宗来到。（20.2a）

刘兴我本：关胜与唐斌商议攻魏州之计。正说间，戴宗来到。（20.2a）

种德书堂本：关胜与唐斌寨中商议攻魏州之计。**唐斌道：“日前葛延出战，意若令人去求救兵，被我这里杀了时凤，乃回走入城，坚守不出。虽则四面攻打，其实没奈他何。”**正说间，戴宗来到。（20.2b）

三十卷本：关胜与唐斌计曰：**“前葛延出战，意若令人去求救兵，不意时凤死，乃回走入城，至今坚壁耳。”**乃戴宗至。（24.20a）

此处三十卷本比评林本、刘兴我本要多出一小段话，此段话在种德书堂本中存在，文字基本相同，可见三十卷本此部分的底本有此段话，因此此部分的底本就不可能是评林本与刘兴我本。同时，再从下面两个例子可见此部分的底本也不可能是种德书堂本。

> 评林本：新降十将，招军追赶入城，连人军马都跌下陷坑中。两边埋伏着枪手，尽皆搠死在陷坑内，二千军马不留得一个回阵。（20.1b）
>
> 刘兴我本：新降十将，招军追赶入城，连人带马都跌下陷坑去。两边埋伏着枪手，尽行搠死在陷坑内，一千军马不留一人回阵。（20.1b）
>
> 种德书堂本：新降十将，招军追赶入城，连人军马都跌下陷坑中。两边埋伏着枪手，尽皆搠死在陷坑内，二千军马不留得一个回阵。（20.1b）
>
> 三十卷本：新降十将，招军追赶入城，连人军马都没下陷坑阵中。**葛延敌关胜不过，回马便走，关胜逐北，却好入城，见前军金真等军马都被陷死。**（24.19a）
>
> （例一）
>
> 评林本：臣武艺低浅，难为万军之长。今有涿州李天锡智谋远大。（20.17a）
>
> 刘兴我本：臣武艺低浅，难为万军之长。今有涿州李天锡智谋远大。（20.13b）
>
> 种德书堂本：臣武艺低浅，难为万军之长。今有涿州李天锡智谋远大。（20.16a）
>
> 三十卷本：臣武艺低浅，难为万军之长，**恐误戎行**。今有涿州李天锡智谋远大。（25.18a）
>
> （例二）

例一中三十卷本有一段文字与种德书堂本、评林本、刘兴我本均不同，此段文字与情节衔接也比较合理。例二中三十卷本比其他三本多出四字“恐误戎行”，多此四字对情节内容并没有任何影响。考虑到三十卷本田王故事的编纂质量，编写者没有必要对例一进行改写，以及增加例二的四字，此二例的异文与增文当为底本所有。所以，种德书堂本也非三十卷本田王故事第二部分的底本。

从以上研究来看，三十卷本此部分的底本并非是现存任何一种简本，而是一种接近于种德书堂本，但是刊行于种德书堂本之后的本子。此部分与种德书堂本、评林本、刘兴我本三本文字相似度情况可见下表：

表 60　诸本与三十卷本文字相似度比对情况

回数\相似度百分比	评林本与三十卷本	刘兴我本与三十卷本	种德书堂本与三十卷本
83（田虎）	44.48	45.82	53.65
84	66.42	65.18	75.92
85	66.92	66.29	75.48
86	57.06	62.01	66.4
87	35.89	35.3	45.05

知晓了此部分底本情况之后，可以对三十卷本田王故事部分出现两种底本做一个猜测。猜测之前有必要明确一点，第二部分田虎故事第 83 回至第 87 回，无论是在种德书堂本、插增本之中，还是在评林本、刘兴我本之中，此部分都正好为一卷内容。那么，三十卷本田王故事部分出现两种底本有三种可能性：其一，田王故事第一部分的底本残缺，以第二部分的底本补之。此种可能性较小，因为若能以第二部分的底本补之，何不直接以第二部分的底本作为全部内容的底本。其二，田王故事在刊行后，此部分木板丢失，之后以他本进行了配补。此种可能性也较小，因为此部分在三十卷本中并非一卷，不可能出现如此巧合的丢失，而且前后文字的刊刻也没有看出配补的痕迹。其三，田王故事的底本为配补本，即底本的原样便是如此，此种可能性较大。

4. 三十卷本田王故事部分的性质

刘世德先生曾撰文讨论三十卷本百回故事部分的性质，认为此部分实际上是来源于繁本的删节本，即来源于容与堂本的删节本[①]。从上文已知田王故事部分的底本是简本，此部分的性质又是如何？先来看下面一组数据：

---

①刘世德：《〈水浒传〉映雪草堂刊本——简本与删节本》，《水浒争鸣》1985 年第 4 辑。

表 61 诸本田王故事部分的字数情况

回数\字数	种德书堂本①	评林本	刘兴我本	三十卷本
77（田虎）	924	737	743	755
78	3791	3076	3082	2813
79	4115	3853	3781	2941
80	3546	3015	3042	2567
81	4029	3309	3369	2358
82	2719	2410	2382	1664
83	2460	2048	2182	1722
84	2699	2439	2664	2241
85	4532	4233	4499	3899
86	2289	2135	2235	1737
87	1392	1328	1376	787
88（王庆）	6553	5099	5418	2931
89	4584	3338	3411	2576
90	5550	5098	5136	3854
91	3250	3019	3001	2639
92	3547	2867	2845	2391
93	6802	6089	6041	4724
94	3981	3402	3323	2719
95	7691	6463	6494	4859
96	1659	1483	1421	855
总计	76113	65441	66445	51032

从上表可见，三十卷本田王故事部分的字数与种德书堂本相比，大致是后者的三分之二；与评林本、刘兴我本相比，大致是后者的四分之三。而由刘世德先生所统计，三十卷本百回故事部分的字数与底本容与堂本相比，大致是后者的五分之二②。相对于三十卷本百回故事部分而言，田王故事部分的字数与底本相比，差距并没有那么大，但依旧可以看出删节。因为有不少

①种德书堂本个别回数有缺叶的情况，缺失部分以评林本相关内容补足。诸本的字数统计均除却引首诗。

②三十卷本百回故事部分的字数为 262000 字，容与堂本字数为 674000 字。

文字，现存建阳简本均存在，而三十卷本却被刊落。那么，三十卷本田王故事部分在哪些方面做了删节？

刘世德先生曾归纳出三十卷本百回故事部分八种比较重要的删节情况①。这八种情况不少在田王故事部分并不存在，田王故事部分主要的删节情况实际上就是三种：（1）删去全部诗词、韵语。简本田王故事部分有大量的诗词韵文，但在三十卷本中被悉数删节殆尽，一首都没有留下来。

（2）删去人物对话。此种情况在田王故事部分非常常见，尤其是有的场景有多句对话，只保留了其中一部分。像王庆在小树林救了龚正，龚正马上询问王庆的情况，评林本有一段对话，“龚正问曰：王丈一向在何处？王庆叫曰：吾不是王庆，乃李德。龚正与众曰：今日回去，改日成亲”（21.12a），此段对话为三十卷本所删节。再如高俅要王庆让出总管之职，评林本中二人有一段很长的对话，三十卷本将末段部分关于银两收受与否的情况删去，删节文字为“……只此银不敢受。太尉曰：此银便是定物，如何不受？庆曰：受了此银，恐后有事，告到太尉处，难来搅恼。高俅曰：言之有理”（21.1b-2a）。

（3）删去不少细节描写以及枝蔓情节。此种情况在田王故事部分也相当常见。细节删除，如评林本“便取黄旗一面、铜铃七颗、白银一百两与王庆”（21.12b）、三十卷本为“便取黄旗、铜铃、白银百两与王庆”（26.11b），黄旗和铜铃的具体数量被删去。枝蔓情节删除，如张世开没有听小夫人之言饶了王庆，之后发生了一系列趣事，评林本有如下文字，“世开不听夫人，又责王庆，因此小夫人终日闭上房门不采。次日，管家婆与众养娘置酒打和。当夜太尉吃得大醉，不肯去睡，缠至三更。两夫人焦燥，各自去睡。张世开见夫人焦燥，却没安身处，便走出厅来，伏几而卧”（21.10a），三十卷本将此段情节删节。

当然，也有一些较长的枝蔓情节被删去，如第81回罗真人讲述独火鬼王之事，评林本“真人曰：只是如此，你后往淮西……老母曰：吾儿小心收伏蛮子，早回伏侍老身”（19.15ab），此段238字，三十卷本删改为“真人曰：只此足矣”（24.10a）；第88回庞元给众人讲故事暗讽众人，评林本“小官姓庞名元，为恐上任之时又是三年……众人见说这言，俱有嫌他之意”（21.7ab），

①刘世德：《〈水浒传〉映雪草堂刊本——简本与删节本》，《水浒争鸣》1985年第4辑。

此段 373 字，三十卷本删改为“姓庞名元，出言放浪，颇犯众怒”（26.6b）；第 93 回吴用论述武侯新书，评林本“诸葛武侯《新书》……宋江听罢，深服吴用之言”（22.9b-10b），吴用详细论述《新书》的内容 540 字，三十卷本删改为“凡武侯《新书》，中有五十论数，若天地人要旨，一一抵掌不讳，宋江听罢，深服吴用之言”（27.17b）。

由上来看，三十卷本田王故事部分的实质是简本的删节本，其在简本基础上又进一步删节。

三、三十卷本与容与堂本

知悉三十卷本百回故事部分的底本为容与堂本之后，可以对三十卷本的删节过程作出考察。此前刘世德先生已经做过一些研究，但仍然留有一定的研究空间[①]。研究三十卷本之时，将每卷内容拆成与容与堂本对应的回数进行研究。

表 62　三十卷本与容与堂本前三卷的部分数据统计情况

	容与堂本字数	三十卷本字数	三十卷本、容本字数比	容本、三十卷本文字相似度	容本、三十卷本删除文字后的相似度
第 1 回	4786	893	18.66%	18.4%	98.6%
第 2 回	11529	3699	32.08%	29.7%	92.6%
第 3 回	6559	2773	42.28%	40.19%	95.1%
第 4 回	9334	3590	38.46%	35.96%	93.5%
第 5 回	6552	2390	36.48%	34.18%	93.7%
第 6 回	6412	1918	29.91%	24.41%	81.6%
第 7 回	6089	1981	32.53%	27.87%	85.7%
第 8 回	4635	1410	30.42%	28.71%	94.4%
第 9 回	6518	1910	29.30%	26.97%	92.01%
第 10 回	5167	2280	44.13%	39.09%	88.59%
第 11 回	5546	1303	23.49%	21.16%	89.67%
平均值	6648	2195	33.02%	29.69%	91.4%

①刘世德先生具体的研究文章参见刘世德《〈水浒传〉映雪草堂刊本——简本和删节本》，《水浒争鸣》1985 年第 4 辑。

上表是三十卷本前三卷的内容，此三卷内容在容与堂本中大致是从第1回到第11回。在此11回文字中，对比三十卷本与容与堂本的字数，最少的一回三十卷本字数只有容与堂本的18.66%，相当于1/5不到，最多的一回三十卷本字数为容与堂本的44.13%，超过2/5。三十卷本全部三卷内容的字数为容与堂本的33.03%，接近1/3。单独看待三十卷本字数没有直观性，与建阳简本中刘兴我本进行比较。刘兴我本前11回内容与容与堂本相比，其字数大致占容与堂本字数的50%。由此来看，三十卷本文字删节的力度犹在建阳后期所刊简本之上。

其次考察三十卷本与容与堂本的文字相似度。由于二本字数差距太大，直接比对，文字相似度也必然差异甚大，所以将容与堂本多出文字去除，再比对容与堂本与三十卷本的文字相似度。前11回中文字相似度最高的一回高达98.6%，最低的一回也有81.6%，11回文字相似度平均为91.4%。由此可见，三十卷本与容与堂本重叠文字确实极为相似，但又不完全相同。文字相同之处无甚可说，文字不同之处主要表现在以下几个方面：

1. 字词的改动

容与堂本：小王都太尉取出玉龙笔架和两个镇纸玉狮子，着一个小金盒子盛了，用黄罗包袱包了，写了一封书呈，却使高俅送去……小的是王都尉亲随，受东人使令，赍送两般玉玩器来进献大王。有书呈在此拜上。（2.4b-5b）

三十卷本：小王都尉取出玉龙笔架和两个镇纸玉狮子，着一个小金盒子盛了，用黄罗包袱包着，写了一封启本，却使高俅送去……小的是王都尉亲随人，赍玉器进献大王。有启本进上。（1.6ab）

（例一）

容与堂本：小官人若是不当村时，较量一棒耍子。（2.12b）

三十卷本：小官人若不怪，较量一棒耍子。（1.9a）

（例二）

容与堂本：那老儿抢下楼去，直至那骑马的官人身边，说了几句言语。（4.3a）

三十卷本：那老儿抢下楼去，直到那骑马官人耳边，说了几句言语。（2.2b）

（例三）

容与堂本：今夜小女招夫，以此烦恼。（5.4b）

三十卷本：今夜小女招夫，因此烦恼。（2.11a）

（例四）

三十卷本与容与堂本的异文，不少是字词方面。其中又分为两种：一种是无意的修改，例四即属于此种，“以此”即为“因此”之意，二者并无差别。编辑者之所以修改，可能是为了符合自己的语言习惯。

另一种是有意的修改，例一至例三均是如此。此种方式的改动，三十卷本中并非少数。例一中“书呈”与“启本”，文意均可通。“书呈”即书信函件的意思。而“启本”也是文书的名称，魏晋已有之，明代之时，臣民向皇太子和诸王上书称为启本。小说此处是小王都太尉给端王所写的书信，编辑者可能认为用一般的“书呈”不足以彰显身份，故而改为“启本”。

例二中“不当村”是不以为蠢、不嫌弃的意思；“不怪”是不见怪、不责怪的意思。二者词义在此处均能说得通。但很明显“不当村”的词义比较难理解，编辑者可能基于此种考虑，将此词改为“不怪”。

例三中一个“身边”，一个“耳边”，乍看起来并无分别，但是细细考量，则“耳边”一词明显更好。金老汉是十分精细之人，从代州雁门县街口看到被通缉的鲁达，称呼其为“张大哥”，便知此人精细。此时金老汉明知鲁达为官府通缉之人，在与赵员外述说之时必然会注意，“身边”为平常之语，而“耳边”则更凸显金老汉的细心与慎重，显然“耳边”一词为佳。

2. 句子的改动

容与堂本：王进笑道：奸不厮欺，俏不厮瞒。小人不姓张，俺是东京八十万禁军教头王进的便是……（2.13a）

三十卷本：王进笑道：实不相瞒，小人是东京八十万禁军教头王进……（1.9b）

（例一）

容与堂本：没计奈何，父亲自小教得奴家些小曲儿，来这里酒楼上赶座子。每日但得些钱来，将大半还他，留些少子父们盘缠。（3.7b-8a）

三十卷本：没计奈何，父亲自小教得奴家些小曲儿，只得来这酒楼上赶座子。讨些钱来，陆续还他。（1.16b）

（例二）

容与堂本：两个都头正待走时，陈达、杨春赶上，一家一朴刀，结果了两个性命。（3.2b）

三十卷本：陈达、杨春把两个都头，一家一朴刀，结果了性命。（1.14b）

（例三）

容与堂本：王伦接来拆开看了，便请林冲来坐第四位交椅，朱贵坐了第五位。（11.8b-9a）

三十卷本：王伦接来拆开看了，便请林冲同朱贵坐下。（3.21a）

（例四）

容与堂本：智深离了铁匠人家，行不到三二十步，见一个酒望子挑出在房檐上。智深掀起帘子，入到里面坐下，敲那桌子叫道："将酒来！"卖酒的主人家说道："师父少罪，小人住的房屋也是寺里的，本钱也是寺里的，长老已有法旨，但是小人们卖酒与寺里僧人吃了，便要追了小人们本钱，又赶出屋。因此只得休怪。"智深道："胡乱卖些与洒家吃，俺须不说是你家便了。"店主人道："胡乱不得，师父别处去吃，休怪休怪。"智深只得起身，便道："洒家别处吃得，却来和你说话。"出得店门，行了几步，又望见一家酒旗儿直挑出在门前。智深一直走进去，坐下叫道："主人家，快把酒来卖与俺吃。"店主人道："师父，你好不晓事。长老已有法旨，你须也知，却来坏我们衣饭。"智深不肯动身，三回五次，那里肯卖。智深情知不肯，起身又走，连走了三五家，都不肯卖。（4.15ab）

三十卷本：智深离了铁匠人家，连进几家酒肆，都道："长老法旨，山上师父不敢卖与酒吃。"（2.7a）

（例五）

容与堂本：两个再打入寺里来，香积厨下那几个老和尚，因见智深输了去，怕崔道成、丘小乙来杀他，已自都吊死了。（6.8b）

三十卷本：两个打入寺里来，这几个老和尚一刀一个都结果了性命。（2.19b）

（例六）

三十卷本与容与堂本的异文中，句子的改动也占了不少比重。也可以划分为多种情况：其一，换种叙述方法，语意未变。一般来说，所换叙述方法要比容与堂本文字更为通俗。例一、例二即属此类。例一中“奸不厮欺，俏不厮瞒”与“实不相瞒”是一个意思，但是“奸不厮欺，俏不厮瞒”此句带有说书艺人习气，而“实不相瞒”则更符合正常用语，简洁明了，通俗易懂。例二中“每日但得些钱来，将大半还他”与“讨些钱来，陆续还他”二句意思也相通，但三十卷本更近通俗。

其二，小段文字的删节，由此而造成的文字省并。例三与例四即是如此。例三中三十卷本省并了两个都头要逃跑的文字，但为了交代两个都头被杀死，所以改写了文字。例四同样如此，容与堂本文字比较具体，为“林冲来坐第四位交椅，朱贵坐了第五位”，介绍了林冲与朱贵的座次情况，而三十卷本则省并改写，只言“林冲同朱贵坐下”。

其三，大段文字的删节，由此而造成的文字省并。这种情况基本上是以一句话来概括一段文字发生的情节。例五中容与堂本对于鲁智深买酒被拒的描写十分详细，有两家店主人与鲁智深详细的对话，之后才说去了三五家地方皆是如此。而三十卷本把一整段文字省并为一句话，描述几家酒店主人都说了同样的话，因为长老的法旨才不敢卖酒。

其四，对情节的改易。之前无论是改换叙述方法，还是省并小段文字或大段文字，其基本情节内容并未改变。而此类文字的改易，则改变了内容情节。例六容与堂本中老和尚乃上吊自杀，三十卷本中却为鲁智深、史进所杀，三十卷本中此一情节改易，不知编辑者是漏掉了主语，抑或出于其他考虑。此类情节文字的改易，在三十卷本中属绝少数。

3. 文字的增添

容与堂本：端王说道：“这高俅踢得两脚好气毬，孤欲索此人做亲随，如何？”（2.6a）

三十卷本：端王说道：“<u>昨日都尉差来的</u>高俅踢得好气毬，孤欲索此人做亲随，<u>都尉心下</u>如何？”（1.7a）

（例一）

容与堂本：王进却不打下来，将棒一掣，却望后生怀里直搠将来。只一缴，那后生的棒丢在一边，扑地望后倒了。（2.12b-13a）

三十卷本：王进却不打下来，将棒一掣，却望后生怀里直搠将来。

只一搅，略点着，那后生的棒丢在一边，扑地望后倒了。（1.9a）

（例二）

容与堂本：史进叫王四问道："你说无回书，如何却又有书？"（3.1b）

三十卷本：史进叫王四到梯子边问道："你说没有回书，如何却又有书？"（1.14a）

（例三）

容与堂本：一头骂，一头大踏步去了。街坊邻舍并郑屠的火家，谁敢向前来拦他。（3.12a）

三十卷本：一头骂，一头大踏步去了。谁敢向前来拦他。那店小二也走了。（1.19b）

（例四）

容与堂本：只见包裹已拿在彼，未曾打开。智深道："既有了包裹，依原背了。"再寻到里面，只见床上三四包衣服。史进打开，都是衣裳，包着些金银，拣好的包了一包袱，背在身上。（6.8b）

三十卷本：包裹已拿在彼，未曾打开。智深却就背了包裹，拿了械器，还了史进渭州借的赍发金银。同走到妇人房内，只见床上三四包衣服。打开看时，却都是些币帛金银，智深都与史进分了。（2.19b）

（例五）

三十卷本中增添文字之处，相比于上述两种情况，存在数量较少。这种情况分为两种。一种是对文句的增补修饰，例一至例三均是如此。例一中三十卷本增添文字后，更加符合用语习惯。首先，上句不应该突兀提起高俅，前面加上修饰词比较好；其次，下句增添称呼，显示对小王都尉的尊重。当然，如果端王是狂悖之人，容与堂本中端王此言则无甚不妥之处。例二中三十卷本多出"略点着"一词，多此三字，细思而言，情节更加合理。王进棒一缴，所以史进的棒子丢了；而王进棒略点着史进，所以史进才向后倒了。例三中三十卷本多出"到梯子边"四字，从下文来看，史进一直没下过梯子，所以此时叫王四来问话，也当是在梯子旁，多此四字则文字交代得更加清楚。

第二种是对情节的增补。例四与例五均为此种。此类情节添补，金圣叹本中存在较多，尤其是前文介绍了某事或某人，后文并无下落，金圣叹本则会增补其下落。以“玉娇枝”此人为例,此女是攻打华州城事件的开端,但是事件完结后,诸本对此女均不闻不问,并未给出下落,金圣叹本则补充了此一情节漏洞,安排玉娇枝投井而死。

三十卷本也有一些添补情节漏洞之处。例四中三十卷本添补了店小二的去向。一开始鲁达来郑屠处闹事,店小二也随后来了,但没敢过去,此后鲁达打死郑屠,店小二去向如何,诸本未曾提及,三十卷本则添补了店小二也走了这一情节。此一举动比较符合店小二胆小怕事的性格,多一事不如少一事。例五中三十卷本有一些文字的改动,此处不多论,仅看“还了史进渭州借的赍发金银”此句。此句为何意?原来在渭州之时,鲁达借了史进十两银子,赍发金老汉父女,之后鲁达因打死郑屠,逃亡在外,一直未见到史进,借银之事便不了了之,他本也再未提及。三十卷本则把鲁智深还银之事增补于此,此处是鲁智深继渭州之别后再次见到史进。

由以上三个方面来看,虽然三十卷本与容与堂本存在一些异文,但是这些不同之处,无论是字词、句子的改动,还是文字的增添,都能看得出编辑者的用心。关于此点,下文还会详述。

四、三十卷本与其他简本

三十卷本章节研究之前,已经对其他现存简本做过一系列研究,其中包括京本忠义传、种德书堂本、插增本、评林本、英雄谱本、刘兴我本、藜光堂本、慕尼黑本、李渔序本、十卷本、征四寇本、汉宋奇书本、百二十四回本、八卷本等。此章所考察的三十卷本,不同于之前所研究的任何一种简本。

之前所研究的诸种简本都属于建阳刊本系统,其中京本忠义传、种德书堂本、插增本、评林本、英雄谱本、刘兴我本、藜光堂本、慕尼黑本、李渔序本确知为建阳刊本,十卷本、征四寇本、汉宋奇书本属于嵌图本(刘兴我本、藜光堂本、慕尼黑本、李渔序本)的后续本,文字与嵌图本极为相近,百二十四回本、八卷本又与十卷本有一定关联。

三十卷本则属于江南本系统。现存两种三十卷本,一种是宝翰楼刊本,宝翰楼据笠井直美先生目验,多为“吴郡”“金阊”“吴门”的书坊,此本虽未标明为何处书坊,但从其版式、刻字来看,大抵不脱此三处[①]。另一种是映雪

①具体详见笠井直美:《吴郡宝翰楼书目》,《东洋文化研究所纪要》2013年。

草堂本，此本封面题为“金阊映雪草堂本藏板”。无论是吴郡、金阊，还是吴门，都是苏州的代称，苏州所刻本又属于江南本系统。

早在明末清初之时，时人就已意识到《水浒传》可分为江南刊本以及建阳刊本，周亮工曾在《因树屋书影》中谈到：

> 予见建阳书坊中所刻诸书，节缩纸板，求其易售，诸书多被刊落。此书（指《水浒传》）亦建阳书坊翻刻时删落者。六十年前，白下、吴门、虎林三地书未盛行，世所传者，独建阳本耳。①

周氏此说是为了区别江南繁本与建阳简本而言，但是从中也可看出《水浒传》刊刻地域可划分为江南与建阳两地。刊刻于江南的简本三十卷本与其他建阳简本存在着诸多不同，以下将从几个方面来考察。

1. 版面与行款

建阳刊本小说历来颇受诟病，其中一个比较重要的原因就是版面字数过多，导致字小行密，使得读者阅读极为吃力。而江南本则版面疏阔、字大行疏，阅之沁人心目。此处将其他简本与三十卷本的行款作一比对便可得知。

京本忠义传：半叶13行，行28字，每半叶364字

种德书堂本：半叶上图下文，14行，行22字，每半叶308字；半叶文字，半叶14行，行30字，每半叶420字

插增本：半叶13行，行23字，每半叶299字

评林本：每半叶14行，行21字，每半叶294字

英雄谱本：《水浒》部分半叶15行，行13字，每半叶195字；《三国》部分半叶13行，行22字，每半叶286字，总计481字

刘兴我本：半叶15行，图两旁各两行，行35字，图下11行，行27字，每半叶437字

藜光堂本：半叶15行，图两旁各3行，行34字，图下9行，行27字，每半叶447字

慕尼黑本：半叶16行，图两旁各3行，行36字，图下10行，行29字，每半叶506字

---

①［清］周亮工：《书影》卷一，上海古籍出版社1981年版，第8页。

李渔序本：半叶17行，图两旁各3行，行37字，图下11行，行30字，每半叶552字

十卷本：半叶14行，行30字，每半叶420字

征四寇本：半叶10行，行23字，每半叶230字

文元堂本：《水浒》部分半叶16行，行12字，每半叶192字；《三国》部分半叶15行，行23字，每半叶345字，总计537字

兴贤堂本：《水浒》部分半叶13行，行10字，每半叶130字，《三国》部分半叶12行，行20字，每半叶240字，总计370字

大道堂本：半叶15行，行32字，每半叶480字

八卷本：半叶14行，行36字，每半叶504字

其中插增本、评林本、刘兴我本、藜光堂本、慕尼黑本、李渔序本，每半叶均有将近三分之一版面的插图。英雄谱本、文元堂本、兴贤堂本每半叶分为《水浒》《三国》上下两栏，《水浒》栏只占整个版面的三分之一。征四寇本与兴贤堂本为巾箱本，开本较小。

再来考察三十卷本的行款，半叶10行，行20字，每半叶200字。建阳所刊诸简本中，版面文字最少的评林本，其半叶字数是三十卷本的1.5倍；而版面文字最多的李渔序本，其半叶字数则是三十卷本的2.75倍之多。其他属于建阳刊本系统的简本，版面文字最少的是征四寇本，其半叶字数与三十卷本相差无几；但版面文字最多的八卷本，其半叶字数则是三十卷本的2.5倍之多。征四寇本与三十卷本字数相差无几，乃因为征四寇本为巾箱本，板框高11.7厘米、宽9.3厘米，三十卷本板框高20.4厘米、宽12.8厘米。于此可见，其他简本与三十卷本版面以及行款上的差距颇大。

2. 图像

建阳刊本标志性特征为上图下文。此即意味着大多数建阳刊本每半叶一图，所以从插图数量上来说，建阳刊本极为丰富，但是从插图质量上来说，建阳刊本却颇为简陋。人与物千篇一律，徒具其形，不见其神，若没有插图标目的说明，则根本不知所画为何事。更有甚者，即便有插图标目的文字介绍，图与目也无法对应。三十卷本插图则是袭自精美异常的容与堂本插图，此图虽然比之容与堂本原图要简略不少，但比之建阳刊本插图明显精美许多。建阳刊本插图到了后期，也逐渐开始寻求创新，英雄谱本与十卷本都袭用了江南本中钟伯敬本的插图。

3. 标目

上文已经提到三十卷本没有回目，全书只分卷不分回，总目部分有标目，标目相当于回目的一则。三十卷本百回故事部分的标目袭自百二十回本，田王故事部分标目袭自百二十回本与建阳简本。袭自建阳简本的标目并非建阳简本回目，而是建阳简本插图标目，所以三十卷本标目与其他简本回目有巨大的差异。

首先，田王故事部分的标目完全不同。其次，简本特有的某些回目，三十卷本因为标目同于百二十回本，而与简本不同。例如百二十回本第 8 回回目“林教头刺配沧州道　花和尚大闹野猪林”，诸简本均缺[①]；百二十回本第 26 回回目“偷骨殖何九叔送丧　供人头武二郎设祭”，诸简本大致为“郓歌报知武松　武松杀西门庆”[②]；百二十回本第 73 回回目“黑旋风乔捉鬼　梁山泊双献头”，建阳简本为“黑旋风杀死王小二　四柳村除奸斩淫妇”等。

4. 诗词韵语

三十卷本几乎将《水浒传》中所有诗词韵语删节殆尽，整部小说只留下 22 首诗词韵语，这些余留下的诗词韵语基本为小说人物所写、所说或所唱，构成了小说故事情节不可缺少的部分[③]。所删去之诗词韵语包括引首诗、回末诗、人物外貌穿着描写、环境描写等等。这些诗词韵语与情节关联不大，故而均被三十卷本所删。建阳所刊诸简本虽然比之繁本，诗词韵语有不少删节，但是保留的诗词韵语也不少，尤其像每回引首诗，保存得比较完好。其余像回末诗、人物外貌穿着描写、环境描写、诗词赞语等均保存不少。清代后期刊刻的百二十四回本与八卷本其情况则与三十卷本类似，诗词韵语几乎删节殆尽。

5. 正文

三十卷本与其他简本在小说情节方面显著的不同便是“阎婆事”的处理。其他简本均未“移置阎婆事”，而三十卷本则“移置阎婆事”。此外，建阳刊本《水浒传》正文还有一个重要特征，误字、脱字、俗字颇多，文字也时常使用简化字，最明显的便是“道”字改为“曰”字。三十卷本误字极少，容与

---

①百二十四回本有此回，但分回、回目与百二十回本均不相同。

②诸简本此回回目稍有差异，所用者为评林本回目。

③此 22 首诗词的详细情况参见刘世德先生《〈水浒传〉映雪草堂刊本——简本和删节本》，《水浒争鸣》1985 年第 4 辑。

堂本中的“道”字也全部保留了下来。

至于具体正文部分，三十卷本与其他建阳刊本的差异如何，可以以建阳刊本后期最为流行的刘兴我本为例，比对三十卷本与刘兴我本的文字，考察二者的异同。选取三十卷本前三卷内容比对，刘兴我本中有两回未分回的回数，依照容与堂本进行分回后，再与三十卷本比对。比对情况如下：

表 63　三十卷本与刘兴我本前三卷数据统计情况

	刘兴我本字数	三十卷本字数	三十卷本、刘本字数比	刘本、三十卷本文字相似度	刘本、三十卷本删除文字后的相似度
第1回	2341	893	38.14%	17.71%	46.43%
第2回	4883	3699	75.75%	30.31%	40.01%
第3回	3138	2773	88.37%	32.71%	37.01%
第4回	4373	3590	82.09%	28.86%	35.15%
第5回	2360	2390	101.27%	25.89%	26.22%
第6回	2368	1918	90%	23.55%	29.08%
第7回	2627	1981	75.41%	24.73%	32.79%
第8回	1941	1410	72.64%	21.52%	29.62%
第9回	2220	1910	86.04%	22.43%	26.07%
第10回	2369	2280	96.24%	28.73%	29.85%
第11回	2663	1303	48.93%	22.51%	46%
平均值	2844	2195	77.72%	25.36%	34.38%

从上表来看，正文字数方面，三十卷本比刘兴我本要少，但每一回差异颇大，有些回数三十卷本的字数甚至比刘兴我本还多，而有些回数三十卷本的字数只有刘兴我本的2/5。其他简本中字数最少的八卷本与百二十四回本，百二十四回本前11回每回字数大约为2092字，八卷本前11回每回字数大约为1937字。三十卷本与此二种本子相比，字数大致相同而略多。

文字相似度方面，无论是直接比对，还是删去刘兴我本多出文字部分的比对，二者文字差异都是显而易见的。前11回删去刘兴我本多出文字后的平均相似度仅仅只有1/3，可见二本文字差异之大。下面将择取经典的故事片段“鲁提辖拳打镇关西”，挑选几种代表性本子进行文字比对：

表 64　诸本“拳打镇关西”文字比对情况

容与堂本	评林本	刘兴我本	三十卷本	百二十四回本	八卷本
郑屠大怒，两条忿气从脚底下直冲到顶门，心头那一把无明业火，焰腾腾的按纳不住，从肉案上抢了一把剔骨尖刀，托地跳将下来。鲁提辖早拔步在当街上。众邻舍并十来个火家，那个敢向前来劝，两边过路的人都立住了脚，和那店小二也惊的呆了。郑屠右手拿刀，左手便来要揪鲁达。被这鲁提辖就势按住左手，赶将入去，望小腹上只一脚，腾地踢倒了在当街上。鲁达再入一步，踏住胸脯，提起那错钵儿大小拳头，看着这郑屠道：“洒家始投老种经略相公，做到关西五路廉访使，也不枉了叫做镇关西。你是个卖肉的操刀屠户，狗一般的人，也叫做镇关西！你如何强骗了金翠莲！”扑的只一拳，正打在鼻子上，打得鲜血迸流，鼻子歪在半边，却便似开了个油酱铺：咸的、酸的、辣的，一发都滚出来。郑屠挣不起来，那把尖刀也丢在一边，口里只叫：“打得好！”鲁达骂道：“直娘贼！还敢应口。”提起拳头来就眼眶际眉稍只一拳，打得眼睖缝裂，乌珠迸出，也似开了个彩帛铺的：	郑屠大怒，从肉案上抢了一把尖刀，跳将**出**来。**就**要揪**了**达。被鲁**达**就势按住，望小腹上只一脚，踢倒了。鲁达踏住胸**前**，提起拳头，看着郑屠曰：“洒家始**从**老种经略相公，做**道**关西五路廉访使，也不枉了叫做镇关西。你是个卖肉屠户狗，也叫做镇关西！你如何强骗了金翠莲！”只一拳，正打**中**鼻子上，打得鲜血迸流，鼻子歪在半边。郑屠挣不起来，口**中**只叫：“打得好！”鲁达曰：“**你**敢应口。”就眼**睛**眉稍**又打**一拳，打得眼**睛**缝裂，乌珠迸出，**西傍**看的人惧怕，**不**敢向前。又只一拳，太阳上正着，只见郑屠挺在地下，**渐渐没气**。	郑屠大怒，从肉案上抢了一把尖刀，跳将**出**来。**就**要揪鲁达。被**达**就势按住**了刀**，望小腹上只一脚，踢倒了。**便**踏住胸**前**，提起拳头，看着郑屠曰：“洒家始**从**老种经略相公，做到关西五路廉访使，也不枉了叫做镇关西。你是个卖肉的屠户狗，也叫做镇关西！你如何强骗了金翠莲！”只一拳，正打**于**鼻子上，打得鲜血迸流，鼻子歪在一边。郑屠挣不起来，口里只叫：“打得好！”鲁达曰：“**你还**敢应口。”**望**眼**睛**眉稍**上又打**一拳，打得眼珠**突**出，**两傍**看的的人惧怕，**不**敢向前。又**打**一拳，太阳上正着，只见郑屠挺在地下，**渐渐**	郑屠**忍**不住，从肉案上抢了一把剔骨尖刀，托地跳将下来。鲁提辖早拔步在当街上。十来个火家，那个敢劝，那店小二也惊的呆了。郑屠右手拿刀，左手便来要揪鲁达。被这鲁提辖就势按住左手，赶将入去，望小腹上只一脚，腾地踢倒在当街上。鲁达再**赶**入一步，踏住胸脯，提起那错钵儿大小拳头，看着这郑屠道：“你是个操刀屠户，狗**也似**的人，**叫甚么**镇关西！你如何强骗了金翠莲！”扑的只一拳，正打在鼻子上，打得鲜血迸流，鼻子歪在半边。郑屠挣不起来，那把尖刀丢在一边，口里只叫：“打得好！**打得好**。”鲁达	郑屠大怒，**拿起**尖刀，跳将**出**来。要揪鲁达。被**鲁达**按住**了刀**，望小腹一脚，踢倒。**便**踏**在**胸**前**，提起拳头，看着郑屠曰：“你**不过**是一个屠户，**怎敢擅称**镇关西！强骗了金翠莲！”一拳**打去**，正**在**鼻上，解血**并**流，郑屠挣不起来，口里只叫：“打得好！”鲁达曰：“**你还**敢应口。”**望**眼**睛**眉稍**上又打**一拳，眼珠**突**出，再又**打**一拳，	郑屠大怒，从肉**架子**上**拿**了一把尖刀，跳出来。要揪鲁达。被**鲁达**就势按住，**喝曰**：“洒家始**从**老经略相公，做到关西五路廉访使，也不枉叫做镇关西。你一个卖肉的屠户，狗**一般的人**，也**称为**镇关西！如何强骗了金翠莲！”只一拳，**打在**鼻上，**那**鼻子歪在一边，**鲜血迸流**。郑屠挣不起来，口里只叫：“打**的**好！”鲁达曰：“**你还**敢应口。”**望**眼**又是**一拳，

续表

容与堂本	评林本	刘兴我本	三十卷本	百二十四回本	八卷本
红的、黑的、绛的，都滚将出来。两边看的人惧怕鲁提辖，谁敢向前来劝？郑屠当不过讨饶。鲁达喝道："咄！你是个破落户，若是和俺硬到底，洒家倒饶了你。你如何对俺讨饶，洒家却不饶你！"又只一拳，太阳上正着，却似做了一个全堂水陆的道场：磬儿、钹儿、铙儿一齐响。鲁达看时，只见郑屠挺在地下，口里只有出的气，没了入的气，动弹不得。鲁提辖假意道："你这厮诈死，洒家再打。"只见面皮渐渐的变了，鲁达寻思道："俺只指望痛打这厮一顿，不想三拳真个打死了他。洒家须吃官司，又没人送饭，不如及早撒开。"拔步便走，回头指着郑屠尸道："你诈死，洒家和你慢慢理会。"一头骂，一头大踏步去了。街坊邻舍并郑屠的火家，谁敢向前来拦他。（3.11a-12a）	鲁达寻思曰："**俺**只**要**痛打这厮一顿，不想三拳真个打死了。"回头指着郑屠曰："你诈死，洒家和你**漫漫**理会。"大踏步去了。街坊邻舍谁敢拦他。（1.19b-20a）	**没气**。鲁达寻思曰："俺只**要**痛打这厮一顿，不想三拳真个打死了。"**脱身便走**。回头指着郑屠曰："你诈死，洒家慢慢**和你**理会。"大踏步去了。街坊邻舍谁敢拦他。（1.13b-14a）	道："还敢应口。"提起拳头来就眼眶际一拳，打得眼睖缝裂，乌珠迸出。郑屠当不过讨饶。鲁达喝道："洒家却不饶你！"又一拳，太阳上正着。鲁达看时，只见郑屠挺在地**上**，口里只有出的气，没**有**入的气，动弹不得。鲁达寻思道："俺只指望痛打这厮一顿，不想三拳真个打死了他。"拔步便走，回头指着郑屠道："你诈死，洒家和你慢慢理会。"一头骂，一头大踏步去了。谁敢向前来拦他。（1.19ab）	**正着**太阳上，郑屠**渐渐没气**。鲁达**见了**，**脱身就走**。街坊邻舍**知他利害**，谁敢拦他。（1.14b）	打**的**眼珠突出，**两边**看的人惧怕，**不敢向前**。又一拳，**打重太阳**，只见郑屠挺在地上，**渐渐气息**。鲁达自思曰："**我**只**要**痛打这厮一顿，不想真个打死了。"**脱身便走**。**假意**回头指着郑屠曰："你诈死，洒家慢慢**和你**理会。"大踏步**回去**。（1.7a）

从六种本子此段情节的文字可以看出，评林本、刘兴我本、三十卷本、百二十四回本、八卷本的文字均出自容与堂本。评林本、刘兴我本的文字差异不大，百二十四回本、八卷本的文字确切而言，出自刘兴我本，在此基础上又有所删减、改易。五种本子相对于容与堂本而言，都存在一定程度的删节，尤其是一些修饰性的描写，多被删去。像鲁智深拳打镇关西的描写，有味觉、视觉、听觉上的精彩比喻，诸简本悉数删去。三十卷本与其他四种本子相比，出现了文字此有彼无的情况，可见二者删节内容选择的不同。此点从这段文字的字数也可看出，此段容与堂本 584 字、评林本 252 字、刘兴我本 256 字、三十卷本 341 字，原本字数当比评林本、刘兴我本少的三十卷本，此处尚且多出不少文字，可见其与建阳刊本选择了不同的删节内容。

五、三十卷本的编纂质量

三十卷本的编纂质量主要讨论的是文本的编纂情况。之所以会讨论这个问题，主要是因为刘世德先生在论证三十卷本百回故事部分为删节本时，谈到三十卷本因为删节字句所存在的五个问题，分别为删改个别字句，使得文句意思模糊；删去人名，致使下文显得突兀；删改原文，造成错误的拼接，于情理不合；删改文字，出现移花接木、张冠李戴的错误；删改文字，致使一些文句出现不通的现象①。

如果以刘世德先生所说的情况来看，三十卷本的编纂质量应该与建阳书坊所刊简本如出一辙，即内容错漏百出，难以卒读。但实际情况却并非如此，三十卷本因为删节文字，确实存在一些问题，但这是任何删节本都无法回避的情况，试想将一部 67 万余字的作品压缩到 26 万余字，文字压缩了五分之三，出现错舛自然是在所难免之事。更何况刘先生所说的五个问题，实际上在三十卷本中并不常见，三十卷本的编纂者与建阳简本的编纂者，其编辑态度截然不同。以下将分为两个部分来讨论三十卷本的编辑质量，一是田王故事部分，一是百回故事部分。

1. 田王故事部分的编纂质量

马幼垣先生曾对建阳简本《水浒传》有一个评价，认为此书“错字漏字星罗棋布，俯拾即有。零星的错字漏字，就算很密集地出现，通常并不致造

①刘世德：《〈水浒传〉映雪草堂刊本——简本与删节本》，《水浒争鸣》1985 年第 4 辑。

成阅读障碍。但若此等错字漏字是罔顾文意、颠倒文法所造成的，连勉强的句读也经常无法办得到”[①]。具体而言，建阳简本《水浒传》所存在的问题有：主语缺失或不明确；语意混乱，不知所云；语句不流畅或不通顺；情节突兀、混乱，可以说一部小说能存在的问题，建阳简本都存在。而三十卷本田王故事部分又是以建阳简本为底本，再次进行删节。不仅建阳简本所存在的问题没有修正，而且还出现了新的问题，因此三十卷本田王故事部分的编纂质量不言而喻。举以下数例以观之。

评林本：只见三娘在臂膊上取了四只**金镯**来，曰："四只**金镯**将做定物，和你比试。"（21.16a）

三十卷本：只见三娘在臂上取**金钗**来，曰："四只**金钗**将作定物，和你比试。"（26.15b）

（例一）

评林本：廖立曰："三娘，你哄弄得我好。今日你嫁这个丈夫，却也不枉了。"**孙胜笑曰："哥哥，你看王文恁地模样。哥哥休怪我说，你的面貌一似活鬼。"廖立曰："谢你褒得好，且闭鸟口！"**便问三娘："今来投奔，因甚事而来？"（21.21a）

三十卷本：廖立曰："三娘，你哄弄得我好。今日你嫁这个丈夫，却不枉了。"便问三娘："你来投奔，想有急难？"（26.21a）

（例二）

评林本：使人报知宋哥哥，说郡主等离了苏林岭，望宋公明寨中而来。河北草君，不半载即丧身亡国，且听下回分解。（19.18b）

三十卷本：再报知宋公明，说郡主等离了苏林岭，望宋兵寨中而来。**河北草君忽焉乌有矣。**（24.13b）

（例三）

评林本：王庆见了，喝采曰："既有此物件，不去做，却作别经营？"只因这件物，直交王庆受万人唱喏，应了金剑先生四句卦象。正是：禽静始知蝉在树，灯残方见月临窗。且听下回分解。（21.15a）

三十卷本：王庆见了，喝采曰："既有此物不去做，却作别经营？"只**因这物，直教王庆受万人唱喏，应了金剑先生四句卦象。正是王庆持此**

①马幼垣：《水浒二论》，生活·读书·新知三联书店 2007 年版，第 157 页。

朴刀便往快活林里来。（26.14b）

（例四）

例一中三十卷本“金镯”误作“金钗”，评林本中金镯是从臂膊上取下，三十卷本中金钗同样从臂膊上取下，三十卷本这一举动显然是不可能完成的。例二中三十卷本在评林本的基础上，删节了孙胜与廖立的对话，使得廖立跟段三娘只有一次对话，却有两次说话动作，显得累赘。例三、例四中三十卷本均多出一句与情节无关、莫名其妙的话，从评林本可知这两句话属于回末结束的套语，但三十卷本却误入正文之中。

除以上种种因删节所产生的问题外，三十卷本田王故事部分还有一处较大的漏洞，即出现了漏叶的情况。三十卷本 23.12b-23.13a 的文字为“吴元 // 敬曰：否。遂急引兵一万五千”，此部分文字完全不知所云，因为没有“吴元敬”这个人物。评林本此部分前后文字为“吴元被解宝杀死……竺统军不听，自引军一万五千”（19.3ab），竺统军的名字为竺文敬，所以三十卷本的“吴元敬”实为两个人，“吴元”与“竺文敬”，只是因为漏叶，出现了错舛。从以上情况来看，三十卷本田王故事部分的编纂质量相当之差。

2. 百回故事部分的编纂质量

对于一本书籍而言，编纂质量的好坏，其实有一个标准，就是校勘的精确性。建阳所刊简本小说之所以被世人斥为劣本，一个很重要的原因便是错字、别字极多，有的时候连梁山好汉的名字都能刻错，像“李衮”误作“李滚”、“杜迁”误作“杜千”、“穆弘”误作“穆横”等等。而百回故事部分，虽然也有误字，像“我明日进定和那贱人来”（11.31b），“进定”当为“准定”；“说犹水了”（12.11b），“水了”当为“未了”；“你休沮我”（15.14a），“沮我”当为“阻我”等，但是为数不多。从错字、别字的层面来说，百回故事部分的编纂质量应该远远高于建阳简本。

除了校勘层面外，百回故事部分编纂质量相当之高，此一点尤其体现在情节文字的增补与修改方面。这一点在三十卷本与容与堂本比对研究之时，已有涉及，此处则换一种角度深入研究。另外，此点并未为之前的研究者所注意，但这却是三十卷本非常重要的特色，以及其作为一种简本，在文学层面所拥有的价值。具体情况可见以下诸例：

其一，情节文字的增补。

容与堂本：小人便是浪里白跳张顺。（65.5b）

三十卷本：小人便是**梁山泊**浪里白跳张顺。（16.27b）

（例一）

容与堂本：会集大小头领，都来与高太尉相见。（80.17a）

三十卷本：会集大小头领，**只除了林冲**，都来与高太尉相见。（20.22b）

（例二）

容与堂本：相辞柴进，拜别了便行。（11.4a）

三十卷本：拜别了柴进便行。**柴进打猎到晚，送些野味与军官，回庄去了**。（3.20b）

（例三）

容与堂本：走向泗州大圣庙里，睡到天明。（43.12a）

三十卷本：走向泗州大圣庙来，**那母大虫正死在那里**。李逵进庙里，睡到天明。（11.7b）

（例四）

容与堂本：智深道："既有了包裹，依原背了。"再寻到里面，只见床上三四包衣服。（6.8b）

三十卷本：智深却就背了包裹，拿了械器，**还了史进渭州借的赍发金银**。同走到妇人房内，只见床上三四包衣服。（2.19b）

（例五）

容与堂本：是夜药发，临危嘱付从人……（100.10a）

三十卷本：是夜药发，临危**把九天玄女天书焚了**，嘱付从人……（30.13b）

（例六）

例一、例二文字的增补使得情节更加合理。例一中三十卷本虽然只增加了"梁山泊"三字，但却更加符合人物的对话情境。前文王定六之父谈到梁山泊宋江等人替天行道，希望来此处拯救他们。接下来便有张顺此言，但若是张顺仅仅自报名字，似有不妥，因为王定六之父未必听过张顺名字，而如果加上"梁山泊"三字，则正与王定六之父前言相应。像李逵经常跟别人自称的就是"梁山泊黑旋风"。例二中三十卷本增加"只除了林冲"五字，此五字无疑使得情节更加合理。因为林冲与高俅可谓是血海深仇，林冲家破人亡，最终被逼上梁山，皆拜高球所赐，这种情况下，林冲不可能平静地面对高俅。此点从林冲对高廉说出“我早晚杀到京师，把你那厮欺君贼臣高俅碎尸万段，方是愿足”（容.52.10b）这样的话，便可见一斑。

例三、例四文字的增补使得故事情节前后呼应，更加完整。例三柴进在出关之前，曾对守关军卒说过，猎得野味便来相送。三十卷本多出的句子，正好将上文对应之事补全。例四中三十卷本多出母大虫死亡所在，容与堂本前文只说到母大虫被李逵戳中了粪门，然后跳过涧边去了。至于母大虫死没死，死在哪，文中并没有叙述。直到后文众猎户与李逵上山来查看，才说到母大虫死在了泗州大圣庙前。三十卷本此处多出母大虫死亡所在，不仅使得前后情节对应，而且李逵到泗州大圣庙里睡觉，必然会看到死亡的老虎，有此一句，也使得情节更加合理。

例五、例六文字的增补同样是补足前文所缺漏的情节，但与例三、例四不同的是，例三、例四是前后相隔不远的文字情节呼应，而例五、例六则是前后相隔甚远的文字情节呼应。例五容与堂本第 3 回鲁智深找史进借了十两银子，此后再没有提到还钱。三十卷本此处多出的文字补足了这一情节漏洞，补足的回数在容与堂本第 6 回，前后相隔了 3 回。例六容与堂本第 42 回宋江受天书之时，九天玄女曾告诫宋江，天书不可泄于世，所以此处三十卷本多出的文字与第 42 回相呼应，三十卷本多出文字之处为容与堂本第 100 本，前后相隔了 58 回。

其二，情节文字的修改。

容与堂本：寻思道：**盘缠又没了**，举眼无个相识，却是怎地好？（17.2a）

三十卷本：寻思道：**盘缠都放在老都管身边**，不带得，那里安身好？（4.25a）

（例一）

容与堂本：官司行文书各处追捕。**小弟闻得，如坐针毡，连连写了十数封书去贵庄问信，不知曾到也否？**（33.2a）

三十卷本：官司行文追捕，**如何不迳到小弟这里，却在白虎山住了这一向？**（9.2b-3a）

（例二）

容与堂本：侍郎不知，前番足下来时，众军皆知其意，内中有一半人不肯归顺。若是宋江便随侍郎出幽州，朝见郎主时，有副先锋卢俊义，必然引兵追赶。若就那里城下厮并，不见了我弟兄们日前的义气。**我今先带些心腹之人，不拣那座城子，借我躲避。**（85.9b-10a）

三十卷本：前番侍郎去后，我着军师吴用体察众情，惟有卢俊义刚直，难以此情动他，若见我随侍郎北去，必引兵来追赶，倒难脱身，**宋江又放父亲不下，要去潜地搬来，以绝根本。必须附近一座城子安身，既可抵敌追兵，又好接应老父消息，如此宋江去得心稳。**（22.12b）

（例三）

容与堂本：张顺又问道：**你的主人家有多少人马？**吴成道：人有数千，马有百十余匹。嫡亲有两个孩儿……（91.5b）

三十卷本：张顺又问道：**你的主人什么名字？**吴成道：**主人陈观**，两个孩儿……（29.6a）

（例四）

以上四例是三十卷本情节文字修改之例，单独以容与堂本文字观照，很难发现其中有什么问题，因为没有特别明显的漏洞，但是经过三十卷本修改后的文字，却无疑更优。例一容与堂本中杨志虽然被劫了生辰纲，但是何以身上连盘缠都没有？三十卷本的改动则显得合情合理。例二容与堂本中花荣的问话，单看没有什么问题，但是结合上下文来看，花荣已经知晓宋江不在宋家庄，自然收不到信件，此段问话也就多显累赘了。三十卷本的改动则更近情理。例三容与堂本宋江以兄弟义气行诈降之计，则明显不如三十卷本以孝道行诈降之计来得有说服力。例四容与堂本此处对话存在一些问题，吴成答完人马数量后，紧接说到主人家的孩子，回答显得有些莫名其妙。三十卷本的问答则显得更加自然，问的是名字，答的是名字以及家庭情况。而且三十卷本文字更加合理之处在于，容与堂本后文张顺直接跟宋江说出陈观之名，但是此名前文并未出现，显得突兀。

从上文百回故事部分情节文字的增补以及修改来看，百回故事部分的编纂质量相当之高。另外，需要指出的是，百回故事部分做了大量的增补以及修改工作，并不仅仅局限于某几卷，或者某一情节部分，而是贯穿于整个百回故事部分之中。虽然繁本《水浒传》中三大寇本、大涤余人序本、百二十回本，尤其是金圣叹本，在增补以及修改文字方面，也做了一定工作，但是在弥补情节漏洞，使情节首尾相应方面，还没有任何一个本子比得上三十卷本，这也是三十卷本独特价值所在。

考察完三十卷本百回故事部分所做的工作之后，有一个疑问随之产生。三十卷本是繁本的删节本，为何要花如此大的气力对文字进行增补与修改，这与其初衷岂不是背道而驰？有没有可能删节之人与增补之人，其实并不是同一人？这种可能性又存在两种情况：第一种，“甲”先在容与堂本的基础上，进行了大量的文字增补与修改，之后“乙”再对增补过的本子进行删节，现今所见三十卷本即为增补本删节之后遗留下来的样子。第二种，容与堂本曾被“甲”删节成书，后“乙”在删节本的基础上，进行增补与修改。

按理来说，确实存在删节的人与增补的人并非是同一人的可能性，而且这种可能性还非常之大，但实际情况却并非如此。首先，无论是上述何种情况，都存在一个问题，即增补的容与堂本或删节的容与堂本，现今并不存世，无法确证其有无。其次，增补的文字中，有一例的出现证明三十卷本不可能是先增而后删，或是先删而后增，只可能是同时进行，即删节之人与增补、修改之人实为同一人。此例如下：

容与堂本：燕青迳到李师师门首，揭开青布幙，掀起斑竹帘，转入中门，见挂着一碗鸳鸯灯，下面犀皮香桌儿上，放着一个博山古铜香炉，炉内细细喷出香来。两壁上挂着四幅名人山水画，下设四把犀皮一字交椅。燕青见无人出来，转入天井里面，又是一个大客位，铺着三座香楠木雕花玲珑小床，铺着落花流水紫锦褥，悬挂一架玉棚好灯，摆着异样古董。（72.6b-7a）

三十卷本：燕青迳到李师师门首，揭开青布幙，掀起斑竹帘，转入中门，见挂着一碗鸳鸯灯，下面犀皮香桌儿上，放着一个博山古铜香炉，炉内细细喷出香来。两壁上挂着四幅名人山水画，下设四把犀皮交椅。转入里面，又是一个大客位，**列着花梨榻、紫檀几、大理石屏、奇楠香案，两边豆子痠木椅上，都**铺着落花流水紫**白**锦褥，**中间**悬一架玉棚**玲珑**灯，**四壁摆设琴棋书画玩好、筝篥萧管乐器，阶下攒攒簇簇假山，古古怪怪峰石，四五枝不曾见的希奇树，十数尾描不就的金银鱼。**（18.9b-10a）

此例是对李师师住宿的描写，容与堂本135字，三十卷本作为删节本，不仅前面的环境描写基本同于容与堂本，后面甚至还增加了描写文字，此段共计183字，比容与堂本多出40余字。

通过此例何以得知删节之人与增补修改之人为同一人？首先，若增补在先，删节在后，那么此段文字极有可能被删节。因为作为删节本而言，这种环境描写对情节最是无用，一般都是最先被删节的对象，像评林本此处文字为“燕青领诺到师师门首，揭开班竹帘，转入中门”（15.3a），环境描写几乎被删节殆尽。其次，若删节在先，增补在后，此种可能性更是微乎其微。这需要最初的删节者保留环境描写，之后的增补者还得对此段环境描写感兴趣，这种情况的出现基本不太可能。所以，从此例来看，只能是删节者与增补者是同一人，才可能出现这种情况。删节者对这一部分很感兴趣，不仅没有将其删节，还想展示自己的文采，多加了一些文字。

于此也可见出，虽然三十卷本百回故事部分是繁本的删节本，此部分确实也存在删节本的一些弊病，但是无论从主观意愿，还是客观行为来说，这一部分确实做了非常多的工作，其编纂质量远较建阳所刊简本为佳，而且还具有自身独特的价值。

六、三十卷本所经历的几个阶段

现存三十卷本存在着诸多矛盾，如评点者署名的矛盾、评点内容与故事情节的矛盾、百回故事部分与田王故事部分删改风格的矛盾、卷首总目与故事内容的矛盾等等。之所以会产生如此之多的矛盾，主要是因为三十卷本的形成并非一蹴而就，而是在编纂以及刊刻的过程中经历了诸多阶段。

最初的三十卷本底本为日本内阁文库所藏容与堂本，容与堂本初刻本的刊行时间应该是在万历三十八年（1610），《叙》末题“庚戌仲夏日虎林孙朴书于三生石畔”，庚戌即万历三十八年（1610）。现存容与堂本中比较接近初刻本的是中国国家图书馆所藏全本容与堂本，日本内阁文库所藏容与堂本正是国图藏本的同版后印本，其刊刻时间在万历三十八年（1610）之后。所以三十卷本的刊刻时间也应该在万历三十八年（1610）之后。

三十卷本第一次编纂工作是以容与堂本为底本进行删节与增修，其实际内容仅有容与堂本的百回故事，而无田王故事部分。此点可从两处看出：其一，田王故事部分的处理方式。田王故事部分的编纂质量之差，前文已有叙及，不仅衔接处与后续部分没有处理，底本有显著错误之处也未加以改正，更不用提增修文字以弥补漏洞之类。田王故事部分的编纂不仅仅是底本的选择问题，还有编纂态度的问题，与百回故事部分的编纂情况截然不同。不仅如此，田王故事部分的编纂习惯也与百回故事部分有所不同，像书中另叙一段故事之时，会以“且说”“却说”等词引首，百回故事部分中此类词基本被删节殆尽，而田王故事部分此类词则多被改为颇具特色的“此时”或“时”字。

其二，批语的内容。三十卷本每卷卷末均有总评，第二十九卷卷末总评中有此一句话，“宋先锋平辽之后，席未煖，复请剿方腊”，由此批语可见，评点者批点的《水浒传》征辽国后接续讨方腊。那么，最初批点的《水浒传》当无田王故事部分，以三十卷来计算，最初批点的《水浒传》应该只有二十四卷。

三十卷本评点者的身份，从序言来看，当为序作者五湖老人，“因与同社，略商其丹铅，而佐以评语”。据五湖老人自序，“余近岁得《水浒》正本一集，较旧刻颇精简可嗜”，在五湖老人之前，最初的三十卷本已有流传（此称之为五湖老人底本）。之后经过五湖老人的选编、校订、评点，“略商其丹铅，而佐以评语”“余之诠次有功”，再次刊行（此称之为五湖老人校评本）。此次刊行时间大致是在万历三十八年（1610）至万历四十五年（1617）之间。

因五湖老人序言中提到“尝见夫《西洋》《平妖》及《痴婆子》《双双小传》，甚者《浪史》诸书，非不纷藉其名，人函户缄，滋读而味说之为愉快，不知滥觞启窦，只导人慆淫耳”，此五种书籍大致刊刻于万历中后期，其中《三遂平妖传》刊刻于万历二十年（1592），《三宝太监西洋记通俗演义》刊刻于万历二十五年（1597），《痴婆子传》刊刻于万历四十年（1612）之前，《双双小传》刊刻于万历四十三年（1615）之前，《浪史》刊刻于万历二十年（1592）至万历四十八年（1620）之间[①]。这五种书中《痴婆子》《双双小传》《浪史》是比较明显的艳情小说，所以五湖老人才说这些书“只导人慆淫耳”，但是作为“慆淫”小说的集大成之作，在当时享有盛名的《金瓶梅》却未被提及，很有可能是五湖老人撰写序言之时，尚未见到《金瓶梅》。《金瓶梅词话》最早刊刻于万历四十五年（1617），结合容与堂本的刊刻时间，可知五湖老人校评本的刊行时间为万历三十八年（1610）至万历四十五年（1617）之间。

---

①五书的刊刻时间可参详陈大康：《明代小说史》，人民文学出版社 2007 年版，第 680—719 页。

三十卷本第二次编纂工作是在五湖老人校评本的基础上，插增了六卷田王故事部分。其插增时间应当在百二十回本流行之前。因为由前文可知，现存三十卷本必然依据百二十回本做了某些修订，若田王故事部分的插增与据百二十回本修订同时，那么田王故事的插增者没有理由放弃质量更佳的百二十回本，而选择了质量更差的建阳简本。这也是前文不断提及的为何田王故事部分插图未用百二十回本插图为底本，而选择简本插图为底本的原因。因为一者田王故事部分的文字底本为简本，插图要与之匹配，二者撰构田王故事部分插图之时，尚未有百二十回本可作参考。此时期三十卷本的编纂者插增田王故事的意图亦可推知。

万历年间，《水浒传》的刊刻有两大区域，一是江南，二是建阳。两大区域有比较明显的界限特征，江南所刊刻的基本上是百回本，像容与堂本、三大寇本、大涤余人序本均是如此，内容更少，但质量更佳，而建阳所刊行的基本上是带田王故事的本子，内容更多，但质量欠佳。两大区域的《水浒传》并行于世，面向不同的读者群体。五湖老人底本与五湖老人校评本则面临着非常尴尬的定位，比文本质量比不过江南繁本，比文本内容又比不过建阳简本。所以，在这种情况下，三十卷本插增了田王故事部分，以增强其市场竞争力。

之前的研究一般认为百二十回本的刊刻时间为万历四十二年（1614），所以断定三十卷本的刊刻时间在万历四十二年（1614）至清初这段时间[①]。但根据笔者最新研究，百二十回本的刊刻时间在崇祯七年（1634）八月至崇祯八年（1635）五月之间[②]。因此三十卷本插增田王故事应该在万历三十八年（1610）至崇祯七年（1634）之间。此次插增非常暴力，基本没有经过什么处理，仅仅是为了增入更多的内容，不仅文本增加了田王故事部分，总目为了显得更多，也以简本插图标目增之，而非简本回目。

三十卷本第三次编纂工作是以百二十回本为校本，对全本进行修订。此次修订工作主要包括：依据百二十回回目对个别插图进行修改，插增百二十回本田王故事部分回目到总目之中，依据百二十回本对三十卷本进行补版，

---

①邓雷：《三十卷本〈水浒传〉研究——以概况、插图、标目为中心》，《中国典籍与文化》2019年第2期。

②邓雷：《〈水浒全传〉田王故事作者考辨——兼论〈水浒全传〉的刊刻时间》，《中国典籍与文化》2021年第4期。

以及依据百二十回本“移置阎婆事”等。

当然,还有一项工作也可能是这个时期所为,即受到百二十回本的影响,将五湖老人评点的内容伪托为李卓吾所批。三十卷本的评语根据序言,“因与同社,略商其丹铅,而佐以评语”,可以明确知道是序作者五湖老人所批,但是现今无论是封面,还是各卷卷端,均题为李卓吾评点,封面文字为“李卓吾原评忠义水浒全传”,各卷卷端题为“明李卓吾评点”。三十卷本伪托李卓吾之名,实际上留下了比较明显的痕迹,一是挖改的“李卓吾”三字,字体与其他文字不同,且有的卷数墨色也较之其他文字更浓。二是有的挖改还留下马尾,卷十仅存“明评点”三字,中间空出;卷十九仅存“评点”二字,上端空出;卷二十四为“堂主人评点”。

同时,封面的书名“忠义水浒全传”,可能也是袭自百二十回本,百二十回本其中一种名为“忠义水浒全传”,而三十卷本除封面之外,序言、标目、卷端、版心均题为“水浒传全本”。

第三次三十卷本的编纂时间,上限为百二十回本的刊刻时间。下限从现存宝翰楼本与映雪草堂本来看,宝翰楼本仅存“李卓吾”之名,而映雪草堂本存在“李卓吾”与“金圣叹”两者之名,考虑到第三次编纂之时,金圣叹本尚未风靡于世,其下限应该是顺治十四年(1657),此年醉畊堂翻刻了金圣叹批点的七十回《水浒传》,可见此年金圣叹本已经有一定的名气。所以,第三次三十卷本的编纂时间当在崇祯七年(1634)至顺治十四年(1657)之间。

三十卷本第四次编纂工作,主要是三十卷本在出版过程中所产生的版本变化。现存两种三十卷本,宝翰楼本与映雪草堂本,是同版异印本,后者在前者的基础上做了不少工作。封面部分,宝翰楼本为“李卓吾原评\忠义水浒全传\本衙藏板”,映雪草堂本为“施耐庵原本\李卓吾先生评\水浒全传\金阊映雪草堂藏板”。序言部分,宝翰楼本题为“水浒传全本序”,全序893字,映雪草堂本题为“水浒全传序”,全序432字。目录部分,宝翰楼本题为“文杏堂评点水浒传全本”,每行只刊一则标目,映雪草堂本题为“金圣叹评水浒全传”,每行刊两则标目。插图部分,宝翰楼本46幅插图,映雪草堂本40幅插图。

正文部分,宝翰楼本与映雪草堂本绝大部分是同版,但映雪草堂本叶面情况比宝翰楼本差,断板之处更多,裂缝更大,是宝翰楼本的后印本。同时，也有少部分叶面，可能因为残损太过，映雪草堂本进行了补版，补版后的文字字体与原版不同，有些人名、地名的旁勒以及批语也付阙。映雪草堂本的刊刻时间从目录“金圣叹”之名可见，刊刻于崇祯十四年（1641）之后。

由上可知，三十卷本在编纂以及刊刻过程中经历了四个阶段。此四个阶段并不是三十卷本编纂以及刊刻所经历的全部阶段，仅仅是现存资料以及三十卷本现存版本所呈现出来的可知的几个阶段。

七、三十卷本与江南简本的传播

三十卷本的出现具有非常重大的意义，这种意义不仅仅在于多出了一种《水浒传》的版本，更在于借此能够窥见明代后期江南地域的出版文化。在此之前，得先确定三十卷本的刊刻地域。五湖老人底本具体刊行于何地不得而知，“余近岁得《水浒》正本一集”，但从其底本为容与堂本，而容与堂本又刊刻于杭州，可推知五湖老人底本很大概率刊刻于江南。到五湖老人得到此本之时，此本已经十分罕见，所以五湖老人才说“洵名山久藏之书，当与宇宙共之”“如曰什袭亦可，则罪同怀璧”。当然，关于五湖老人底本还有一种更大的可能性，所谓“得《水浒》正本一集”只是一种托词，其实并没有这种本子，五湖老人校评本实际上就是五湖老人以容与堂本为底本删节出来的本子。关于此种可能性，可以从时间上来推断，五湖老人底本刊刻于万历三十八年（1610）之后，五湖老人校评本刊刻于万历四十五年（1617）之前，前后最多相差七年，七年时间不足以让一个本子湮灭，也不足以称为“洵名山久藏之书”。

五湖老人校评本刊刻于江南，此点应该没有什么问题。虽然没有明确证据显示五湖老人校评本的刊刻地域，但是序言末题署为“五湖老人题于莲子峰小曼陀精舍”，结合“五湖”与“莲子峰”之名来看，此莲子峰当为苏州天池花山莲子峰。由此来看，序作者五湖老人住居苏州境内，五湖老人校评本也当刊刻于此地。另外，有意思的是，吴下三高之一朱白民亦曾隐居于莲子峰下，朱白民殁于崇祯年间，此即意味着五湖老人与朱白民在同一时间段隐居于莲子峰下，至于二人有什么关系，现今还不得而知。

现存三十卷本两种的刊刻地点则非常明确，均刊刻于苏州。一种是宝翰楼刊本，宝翰楼是明清之际苏州有名的书坊，现今已知其刊行的书籍逾百种，其坊主可能是尤云鹗或沈氏（沈明玉，或作沈鸣玉）[①]。一种是映雪草堂刊本，映雪草堂为苏州的书坊，此本封面题作“金阊映雪草堂藏板”，金阊即为苏州。由上可见，三十卷本从五湖老人校评本到现存宝翰楼本、映雪草堂本，其流传范围均在苏州。所以，可以确知三十卷本为江南刊本。

明代后期最为畅销的三部小说《三国志演义》《水浒传》《西游记》，均以两种形态在市面上传播，一种是繁本形态，文字比较繁缛，描写颇为细致，受众为具有一定经济实力、文化水平较高、对阅读有较高要求的读者；另一种则是简本形态，文字较为简略，描写粗疏蹇拙，此种是繁本的删节本，受众为经济实力有限、文化水平较低的普通民众。二者的刊刻有比较明显的界限，繁本的刊刻集中于江南，而简本的刊刻则在福建建阳。三十卷本《水浒传》也是现存小说中唯一一种由江南书坊所编纂的简本小说，这也证明了江南书坊曾经想在简本市场分一杯羹。

建阳所刊简本《水浒传》早在万历十六、十七年（1588、1589）就已经风靡于世，张凤翼曾在《水浒传序》中提到“坊间杂以王庆、田虎，便成添足，赏音者当辨之”[②]，胡应麟更是在同一时间段担心建阳简本可能会永久取代繁本，“十数载来，为闽中坊贾刊落……复数十年，无原本印证，此书将永废矣”[③]。由此可见，建阳简本在当时的影响力，以及市场上的销售份额应该相当之大。

从现有资料来看，江南书坊直到建阳简本风靡二十多年后，才试图进军简本市场。但是，这次的市场扩张，并没有取得非常好的效果。其一，只出现了三十卷本这样一种江南简本，而且从宝翰楼本到映雪草堂本一直都是用的一幅板木，可见印刷量并不是非常大。其二，之后三十卷本插增田王故事，伪托李卓吾评点，都可见三十卷本要靠各种方式来吸引读者的眼球。其三，福建建阳刻书式微之后，其他地方所刊刻的简本《水浒传》均是以建阳刊本为底本，而非江南刊本，如汉宋奇书本、征四寇本、八卷本等。

由此节可以得出以下结论：

1. 三十卷本百回故事部分的底本为日本内阁文库所藏容与堂本，但“移

①具体关于宝翰楼刊书的文章可见笠井直美：《吴郡宝翰楼书目》，《东洋文化研究所纪要》2013 年；《吴郡宝翰楼初探》，《古今论衡》2015 年第 27 期。

②［明］张凤翼：《处实堂续集》卷六，《四库全书存目丛书》集部第 137 册，齐鲁书社 1997 年版，第 524 页。

③［明］胡应麟：《少室山房笔丛》卷四十一，中华书局 1958 年版，第 572 页。

置阎婆事”。

2. 三十卷本田王故事部分的底本大部分介于评林本与刘兴我本之间，小部分接近种德书堂本。其中王庆故事部分以百二十回本为底本进行了补版。

3. 三十卷本百回故事部分文字与容与堂本存在一些差异。这些差异主要表现在字词的改动、句子的改动以及文字的增添，这些方面都能看出编辑者的用心。

4. 三十卷本在版面与行款、插图、标目、诗词韵语、正文等方面都与其他简本有一定差异。

5. 三十卷本田王故事部分的编纂质量较差。

6. 三十卷本百回故事部分的编纂质量相当高，做了大量增补以及修改工作。

7. 三十卷本至少经历四个编纂、刊刻阶段：删节与增修阶段，插增田王故事阶段，全本修订阶段，版本衍变阶段。

8. 三十卷本是现存唯一一种由江南书坊编纂的简本小说，体现了江南书坊有意学习建阳书坊刊刻简本，但并没有取得太好的成效。

结　语

《水浒传》简本目前知见共计十六种，分别为京本忠义传、种德书堂本、插增本、评林本、英雄谱本、二刻英雄谱本、刘兴我本、藜光堂本、慕尼黑本、李渔序本、十卷本、汉宋奇书本、征四寇本、八卷本、百二十四回本、三十卷本。通过前面九章《水浒传》诸简本的研究，以下将对所有简本《水浒传》的源流、系统以及诸简本的特征进行概括、总结。

简本的祖本。现今已经不存。简本的祖本为繁本，卷数当为二十卷，此点从现存刊刻较早的简本是25卷便可得知，其中20卷是百回故事部分，5卷是田王故事部分。简本祖本的刊刻时间早于容与堂本，甚至早于嘉靖残本，文字与嘉靖残本、容与堂本相类，有引首诗、未移置阎婆事。现存简本中还保留了一些《水浒传》早期版本的痕迹，这些痕迹在现存繁本中已然不存。

从简本祖本到现存简本，其间可能经历了多次加工与删节。包括最初增添的田虎、王庆故事，此部分文字应该较为繁缛，现存简本中田虎、王庆故事有文字删减的痕迹。

现存《水浒传》前期简本均为建阳刊刻，后期大部分简本也与建阳刊本有千丝万缕的联系。可以确定为建阳刊本或与建阳刊本有关的简本有：京本忠义传、种德书堂本、插增本、评林本、英雄谱本、二刻英雄谱本、刘兴我本、藜光堂本、慕尼黑本、李渔序本、十卷本、汉宋奇书本、征四寇本等。

京本忠义传。从卷数与内容的匹配上来看，此本百回故事部分为20卷。此本或有学者认为是繁本，或有学者认为是简本，亦有学者认为是繁简过渡本。考虑到京本忠义传为建阳刊本，同时文字比繁本容与堂本少了10%左右，故而将京本忠义传视为简本。

无论如何，京本忠义传的文字确实比容与堂本要少，虽然文字删节程度不如之后的简本，但京本忠义传可能是建阳书坊早年的尝试性删节本。从京本忠义传到种德书堂本再到插增本、评林本，删节的文字越来越多。当然，此一链条并不代表建阳简本版本演化的全部过程，像京本忠义传到种德书堂本这一过程，中间不知还经历了几次删节环节。同时，此链条也并非说明京本忠义传是种德书堂本的底本或者祖本，只能说京本忠义传在建阳删节本中，代表了某个文字删节较少阶段的版本形态。

种德书堂本。种德书堂本比之京本忠义传，在字数方面下降不少。京本忠义传相比容与堂本而言，文字删削了10%，种德书堂本相比容与堂本而言，文字删削了45%。由于文字删节之处过多，种德书堂本及之后的简本在主语、语意、语句、情节等方面都存在一定问题。从文字部分来看，现存种德书堂本中征辽、征方腊两部分，文字基本在容与堂本范围之内。但与容与堂本稍有不同的是，种德书堂本存在一些后改文字，此点尤其表现在诗词韵语方面。从改动文字来看，编辑者有一定文学素养，但是水平并不高。

同时，种德书堂本中田王故事部分虽然也有删节，但从保存的诗词韵语来看，田王故事部分的作者有一定文学修养，但水平也不高。另外，从王庆故事部分回末折将名单可以看出，王庆故事部分的回数存在并回情况，这种情况在此后插增本、评林本、英雄谱本、刘兴我本等本子中均有出现。

插增本。关于插增本的源流问题，要结合种德书堂本、评林本二种共同考察。插增本与评林本二者文字差异较大，每回字数互有多寡，文字也往往此有彼无，此二本没有直接的渊源关系。然而，此二本与种德书堂本相较，未见比种德书堂本多出文字之处，可见二本文字均来源于种德书堂本系统，是种德书堂本系统下面两条并行的分支，种德书堂本系统在当时应该属于一种比较流行的简本系统。此二本相比于种德书堂本而言，文字方面都有删减，删节内容虽互有不同，但是删减幅度大概都在15%左右。其中插增本与种德书堂本的关系要近于评林本与种德书堂本的关系。

评林本。此本源出种德书堂本系统，但比之种德书堂本有一些改动，尤其是余呈故事部分，评林本与种德书堂本有相当大的差别。在余呈问题上，种德书堂本与插增本为一类，余呈之死较早，死得平淡无奇；评林本与英雄谱本（二刻英雄谱本）、刘兴我本、藜光堂本、李渔序本、十卷本、汉宋奇书本、征四寇本、八卷本、百二十四回本等为一类，余呈之死较晚，死得轰轰烈烈，惊心动魄。可见种德书堂本之后，评林本的底本成为了一种流行版本，这种本子改写了余呈故事，影响了之后包括评林本在内的一系列本子。

现存评林本较为完整的有两种，一种是日本日光山轮王寺慈眼堂藏本（存25卷），另一种是日本内阁文库藏本（存18卷）。此二本文字与图像出自同版，但是版心以及细节处稍有差异。内阁文库藏本的刊刻时间早于轮王寺本。现存轮王寺本断板处有修补痕迹，此修补不知为收藏者所为，还是刊刻书坊所为，抑或是影印之时的修版。现存内阁文库本与轮王寺本均非余象斗双峰堂所刊初刻本，初刻本版心当有“双峰堂”三字，以上二本均被挖去。内阁文库本中尚有一叶版心保留了“双峰堂”字样。

英雄谱本。英雄谱本属于杂交本，主体文字是评林本系统，部分回数的文字采用了种德书堂本系统，百回故事部分的文字又参照钟伯敬本做了修改以及增饰。除此之外，由于版式缘故，为了配合下栏《三国志演义》的卷数，将《水浒传》25卷改为20卷。同时，为使《水浒》《三国》二栏能够对齐，重新划分卷数、编排回数；移置卷末文字，或提前或推后；用钟伯敬本增补情节文字等。

英雄谱本出版之后，由于形式新颖、插图精美，受到读者欢迎，很快刊行了二刻本、三刻本。初刻本在文字与插图方面都要优于二刻本、三刻本，二刻本的文字优于三刻本。二刻本与初刻本在版式上有一定差距，这种差异体现在二刻本为降低刊刻成本，以初刻本板子拼版，使得初刻本每半叶行款增加一行。同时，为节省最后一叶纸张，二刻本删减了初刻本的一些诗词以及回末文字。

二刻本现存版本较多，其中京都大学藏本与内阁文库藏本是两个十分相近的本子，二本部分叶面同版，部分叶面异版。内阁文库藏本更接近于原本二刻本。京都大学藏本为百衲本，叶面至少由三种本子构成，其一初刻本，其二内阁文库藏本，其三与内阁文库藏本异版的二刻本。郑振铎原藏本与内阁文库藏本异版，郑振铎原藏本当刊刻于内阁文库藏本之后。内阁文库藏本图赞相较郑振铎原藏本，更接近于初刻本。

嵌图本系统。此系统包括刘兴我本、藜光堂本、慕尼黑本、李渔序本。四种“嵌图本”文字极为相近，属于同一系统。根据插图与插图标目的不同，四本可以分为两组：刘兴我本与藜光堂本；慕尼黑本与李渔序本。四本的刊刻顺序为，刘兴我本早于藜光堂本，慕尼黑本早于李渔序本。其中刘兴我本刊刻于崇祯元年（1628），藜光堂本刊刻于崇祯年间，慕尼黑本刊刻于崇祯元年（1628）至康熙二十三年（1684）之间，李渔序本刊刻于清康熙二十三年（1684）前后。

四种嵌图本中刘兴我本与藜光堂本有直接渊源关系，藜光堂本乃据刘兴我本翻刻而成；刘兴我本与慕尼黑本也有直接渊源关系，慕尼黑本亦是据刘兴我本翻刻而成；李渔序本与慕尼黑本同源，虽然二者是否有直接的渊源关系很难辨明，但是李渔序本源出慕尼黑本的可能性很大。

由这四种本子可知，刘兴我本系统在当时比较流行，不断有书坊对其进行翻刻，慕尼黑本、李渔序本只是将插图改换，旧瓶装新酒。刘兴我本系统是明末至清代最具影响力的简本，钟伯敬本缺叶即用此本系统进行补刊，此后十卷本、汉宋奇书本、征四寇本文字都属于刘兴我本系统，算是刘兴我本系统的后续本。相比评林本、英雄谱本而言，刘兴我本做了不少修正与改订的工作，这使得刘兴我本成为建阳诸简本中最为精善者。

嵌图本后续本系统。此系统包括十卷本、汉宋奇书本、征四寇本。汉宋奇书本中又包括文元堂本与兴贤堂本。此系统文字从嵌图本系统而来，与之关系十分亲密。具体言之，诸后续本与嵌图本中李渔序本关系最为亲密，诸多李渔序本脱文之处，后续本同之，后续本的底本可能即为李渔序本。

若再细致划分，十卷本、汉宋奇书本、征四寇本等后续本又是从嵌图本中独立出来的分支系统，不少地方与嵌图本系统存在差异，尤其表现在部分回目的异文、正文第 9 回的有无、第 6 回回末第 7 回回首诗词的差异、第 38 回回首文字的繁简、第 115 回回末批语的增入等。

十卷本、文元堂本、兴贤堂本、征四寇本，这四种本子与李渔序本关系最为亲密的是十卷本，此本刊刻时间当为诸本中最早；兴贤堂本则是诸后续本中刊刻时间最晚者；文元堂本、征四寇本刊刻时间晚于十卷本，而早于兴贤堂本；文元堂本刊刻时间早于征四寇本。四者之间是否有直接的亲缘关系，则很难辨别。

八卷本。此本 8 卷 115 回，是清代后期的坊间刊本，与刘兴我本系统同为 115 回。现存版本中与八卷本关系最近的是十卷本，回目与之十分相似。二本文字也多有相似之处，应该有共同的祖本。但是二本之间存在较大差异，主要表现在文字的删改上。比之十卷本，八卷本做了进一步大刀阔斧的删节，书中与正文无关的诗词皆被删除殆尽。此外，八卷本少数文字进行了改易及增添。

百二十四回本。此本 12 卷 124 回。这一版本翻刻本甚多，有 6 种行款本。诸本之中，上图藏本是现存百二十四回本中刊刻最早者，此本误字较少，没有明显脱文、衍文。其他版本中文海堂本的底本为恒盛堂本，大道堂本的底本为邓藏本，这两组版本之间并没有直接的亲缘关系。映雪堂本与前四者也并无直接的亲缘关系。

百二十四回本与八卷本一样，同为清代后期坊间刊本，错字、别字较多。此本底本应该也是建阳所刊简本，但此本文字删节亦颇为严重。现存版本中与百二十四回本关系最近的是十卷本，二本文字有颇多相似之处，应该有共同的祖本。但此本参照繁本进行了改动与增添，如百二十四回本的分回部分与诸本均不相同，当是编辑者做过一定改动。此外，八卷本与百二十四回本之间，并没有直接的亲缘关系，二者应该是十卷本（或其底本）下面两条不同的分支，文字差异较大。

三十卷本。此本为30卷不分回。三十卷本是所有简本中最为奇特的本子，其刊刻的时间大约在明末清初。之所以说此本奇特，是因为此本是一个四不像的本子：第一，此本分卷不分回，无论在繁本，还是简本中，均未出现此种情况。第二，此书每半叶插图虽然是用多幅图像拼凑而成，但是图像底本却是容与堂本插图。第三，此本虽然是简本，但却是唯一一种不属于建阳简本体系的简本，而是一种杂交本。此本正文百回故事部分的底本是容与堂本，但参照百二十回本"移置阎婆事"；田王故事部分的底本为建阳简本，但王庆故事部分以百二十回本为底本进行了补版。

三十卷本田王故事部分的编纂质量较差；百回故事部分的编纂质量相当高，做了大量增补以及修改工作。此本至少经历四个编纂、刊刻阶段：删节与增修阶段，插增田王故事阶段，全本修订阶段，版本衍变阶段。三十卷本现存两种，一种宝翰楼本（或称文杏堂本），一种映雪草堂本，二者为同版异印本，宝翰楼本刊印在前，映雪草堂本刊印在后，宝翰楼本的刊刻时间为崇祯七年（1634）至清初，映雪草堂本的刊刻时间为崇祯十四年（1641）至清初。此二本虽为同版，但卷首附件部分存在较大差别。三十卷本是现存唯一一种由江南书坊编纂的简本小说，体现了江南书坊有意学习建阳书坊刊刻简本，但并没有取得太好的成效。

国家社科基金
GUOJIA SHEKE JIJIN HOUQI ZIZHU XIANGMU
后期资助项目

《水浒传》版本研究

Research on the Version of
Outlaws of the Marsh

下 册

邓 雷 著

中華書局
ZHONGHUA BOOK COMPANY

下编　繁本《水浒传》版本研究

第一章　全图式《水浒传》插图的分类及源流考

《水浒传》的插图大抵可以分为三种，“一是根据《水浒》回目内容作的故事插图；一是依照故事发展作的图文对照、有连续性、在形式上接近连环图画的插图……除去以上两种以外，还有一些专画《水浒》人物像的插图”①。陈启明先生此话虽略有不妥，第一种插图并不全是依据回目内容所作，有些也是依据故事内容所作，如大涤余人序本的插图，但陈氏分类大致不差。之后马蹄疾先生在其未刊出的《水浒插图选集》序言中同样将《水浒传》插图分为三类，同时还将此三类插图进行了命名。“《水浒》的插图，概括说来，大致可以分作三种：‘全像’‘偏像’和‘绣像’。‘全像’：接近现代的连环画，按照故事的发展，全书的每一页都是图文对照的……‘偏像’：根据故事内容、概括集中地表现某个突出的或重大的情节……‘绣像’：根据故事中的主要人物的性格、特征、容貌，着重刻划人物形象”②。

全像式插图基本上指的就是建阳刊本，此类本子上图下文，每半叶或者每一叶有插图一幅。此类本子共计有七种，分别为种德书堂本（包括德莱斯顿藏本、梵蒂冈藏本）、插增本（包括斯图加特本、艾氏藏本、哥本哈根藏本、巴黎藏本、牛津残叶）、评林本、刘兴我刊本、藜光堂刊本、慕尼黑藏本、李渔序本。

绣像式插图主要是人物像插图，此类以陈洪绶《水浒叶子》为代表，不少本子借用《水浒叶子》作为书前插图，主要有兴贤堂所刻汉宋奇书本、醉畊堂本（包括初刻本与后刻本）、百二十四回本（映雪堂本、文海堂本、大道堂本）等。

以上两种插图的命名均没有太大分歧，至于第三种根据回目内容或故事内容所作插图的命名则多有不同。像马蹄疾先生将其命名为“偏像”，戴

①陈启明校订：《水浒全传插图》，人民美术出版社1955年版，第2页。

②马蹄疾编著：《水浒书录》，上海古籍出版社1896年版，第642—643页。

不凡先生将其命名为“出像”或“全图”[①]。考虑到“偏像”的意思现今依旧有争论,而“出像”的意思不甚明确,这里选用“全图式”作为第三种插图的命名。早在20世纪30年代,鲁迅先生《连环图画琐谈》一文中就将这种插图命名为“全图式”,“有画每回故事的,称为‘全图’”[②]。

关于《水浒传》插图的研究情况,正如赵敬鹏先生《百年来〈水浒传〉小说与插图关系研究述评》中所说,“在明清小说及古代文学研究界并未得到足够的观照”[③]。其中从版本角度对《水浒传》插图进行研究,或是通过插图来考察《水浒传》版本衍变及流传的文章则更少。所以,有必要厘清明清之际诸多《水浒传》版本的插图,归纳其种类,考订其源流演变。本章的主要研究对象是明清时期全图式木刻插图,并不包括晚清、民国之时石印本的插图。本章的主要研究内容是对全图式插图进行分类,厘清现存插图的源流及其演变,并指出现存插图影印本所存在的一些问题。

第一节　全图式《水浒传》插图的分类

据笔者所知见,现存诸种《水浒传》版本中全图式《水浒传》共有17种,可以分为三大系统:第一种为容与堂本系统,属于此一系统的本子有中国国家图书馆藏容与堂全本(以下简称为国容本)、日本天理图书馆藏容与堂本(以下简称为天容本)、中国国家图书馆藏六十六回三大寇残本(以下简称为国寇本)、日本天理图书馆藏七十四回三大寇残本(以下简称为天寇本)、日本东京无穷会图书馆藏三大寇本(以下简称为无穷会本)、中国国家图书馆藏石渠阁补印本(以下简称为石补本)、巴黎法国国家图书馆藏宝翰楼刊本(以下简称为宝翰楼本)、日本东京大学总合图书馆藏映雪草堂刊本(以下简称为映雪草堂本)。

此一系统若再按照版本进一步细致划分的话,其实又可分为四种类型的本子,一种为容与堂本,包括国容本与天容本;第二种为三大寇本,包括国寇本、天寇本、无穷会本;第三种为石补本;第四种为三十卷本,包括宝翰楼本与映雪草堂本。

---

①戴不凡:《小说见闻录》,浙江人民出版社1980年版,第294页。

②鲁迅:《且介亭杂文》,人民文学出版社2006年版,第26页。

③赵敬鹏:《百年来〈水浒传〉小说与插图关系研究述评》,《明清小说研究》2014年第2期。

第二种为钟伯敬本系统，属于此一系统的本子有钟伯敬本（此种本子带插图的藏处有三：巴黎法国国家图书馆藏本、日本东京大学总合图书馆藏本、日本京都大学附属图书馆藏本，三个本子属于同一版本[①]，以下选取巴黎法国国家图书馆藏本作为代表）、英雄谱本（此种本子带插图的已知有二：香港中文大学图书馆藏本、薄井恭一所见本）、二刻英雄谱本（此种本子带插图的已知有四：日本内阁文库藏本、日本尊经阁文库藏本、中国国家图书馆所藏残本两种：索书号14925本与索书号16712本，以下选取日本内阁文库藏本作为代表）、十卷本（此种本子带插图的藏处有二：中国国家图书馆藏本、山东蓬莱慕湘藏书楼藏本，二本有较大差异，中国国家图书馆藏本以下简称为国十本、山东蓬莱慕湘藏书楼藏本以下简称慕十本）。

第三种为大涤余人序本系统，属于此一系统的本子有大涤余人序本（以下简称为涤序本，此种本子带插图的已知有四：中国国家图书馆藏李玄伯原藏本、日本佐贺县多久市多久乡土资料馆藏遗香堂刊本、金谷园刊本、柏克莱加州大学东亚图书馆藏本，以下选取李玄伯原藏本作为代表）、芥子园本（此种本子带插图的已知有三：中国国家图书馆藏本、日本东京都立图书馆、薄井恭一所见本，以下选取中国国家图书馆藏本作为代表）、三多斋本、百二十回全传本（以下简称为全传本，此种本子有北京大学图书馆所藏袁无涯本、日本宫内厅书陵部所藏宝翰楼本，以下选取北大所藏袁无涯本作为代表）、百二十回全书本（以下简称为全书本，此种本子有郁郁堂本、郁郁堂挖印本，以下选取郁郁堂挖印本作为代表）。

此一系统若再按照版本进一步细致划分的话，可以划分为两种类型的本子，一种为百回本，包括涤序本、芥子园本、三多斋本；另一种为百二十回本，包括全传本与全书本。

第二节　容与堂本系统插图考

容与堂本系统插图共有8种，按照版本的类型分为容与堂本、三大寇本、石渠阁本、三十卷本。其中容与堂本中国容本是现存最早的全图式插图本子，这里所言的最早不仅仅单指刊刻时间，同时也指国容本插图的影

①刘世德：《钟批本〈水浒传〉的刊行年代和版本问题》，《文献》1989年第2期。

响。从刊刻时间来说，据日本内阁文库所藏容与堂本《叙》后文字“庚戌仲夏日虎林孙朴书于三生石畔”，庚戌即万历三十八年（1610），学界一般认为容与堂本即刊刻于此年，国容本插图的底本刊刻时间或还早于此年，而万历三十八年（1610）也是全图式插图本子中最早的年份。从插图影响来说，国容本的插图可以算作其他全图式插图的祖本，差异较小的容与堂本系统其他本子的插图基本从其而来，差异较大的钟伯敬本系统的插图以及大涤余人序本系统的插图或多或少受其影响。

一、国容本插图

国容本插图是现存全图式插图中放置位置最为奇特的一种，其他全图式插图无论何种系统，插图均置于书首，国容本 100 叶 200 幅插图，分别置于每一回回首，每回回首有插图一叶两幅。从读者阅读角度来说，这种回首插图的形式更便于阅读。从出版角度来说，将插图全部移置于书首显然更为方便。国容本插图也是容与堂本系统中唯一一种插图有刊工名姓的本子，《王教头私走延安府》图有“黄应光”之名，《众虎同心归水泊》图有“黄应光”之名，《镇三山大闹青州道》图有“吴凤台刊”之名。

现今流传最广的一种明刊《水浒传》插图即为国容本插图，此皆因国容

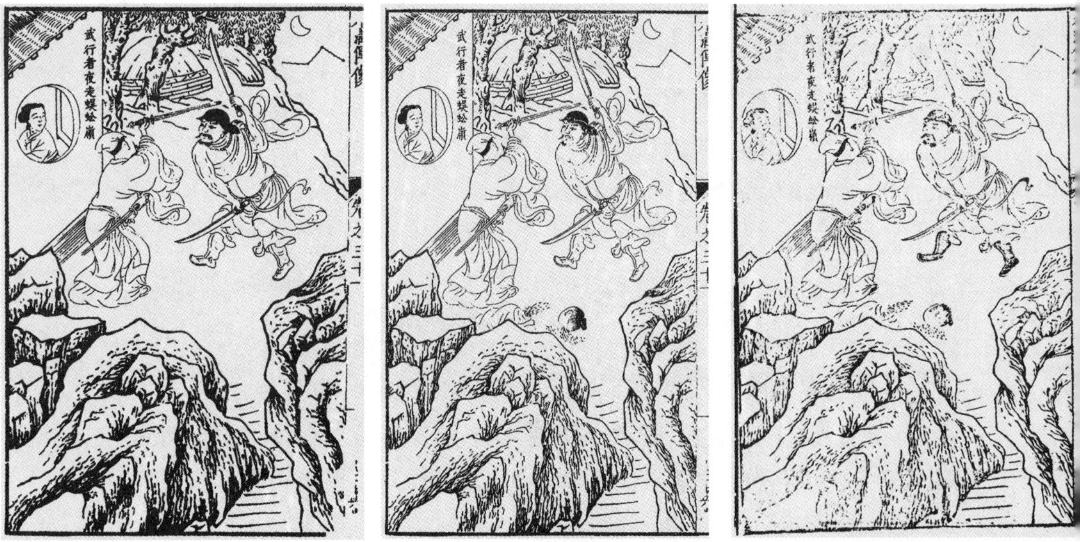

《武行者夜走蜈蚣岭》图（左中华书局本，中再造善本，右无穷会本）

本多次影印出版之功。然而，各类国容本影印本插图却存在诸多问题。首先，中华书局影印本的问题。笔者曾在《关于国图藏全本容与堂刊〈水浒传〉的几个问题》一文中指出了国容本影印本插图所存在的一些问题①。其中中华书局影印本以及以中华书局影印本为底本的翻刊本最大的问题是，为了消除插图当中过于血腥暴力的成分，将《武松斗杀西门庆》《武行者夜走蜈蚣岭》《揭阳岭宋江逢李俊》《石秀智杀裴如海》《张顺魂杀方天定》五幅插图做了处理。抹去了《武松斗杀西门庆》中潘金莲的头颅、《武行者夜走蜈蚣岭》中道童的尸身与头颅、《揭阳岭宋江逢李俊》中被当人肉来卖者的头颅、《石秀智杀裴如海》中头陀胡道的尸身和头颅、《张顺魂杀方天定》中方天定的头颅。除此外，中华书局影印本还将插图中原藏者罗原觉的印章全部删除，计有“杳冥君室”“澄观堂”“岭海遗珠”三种共 8 处。

其次，再造善本影印本的问题。笔者在上述文章中指出中国国家图书馆曾对国容本进行过修缮，再造善本是修缮工作完成之后的影印本，中华书局本则是修缮之前的影印本。限于篇幅原因，文章当时并没有具体展开讨

《虔婆醉打唐牛儿》图(左中华书局本，中再造善本，右无穷会本)

①邓雷：《关于国图藏全本容与堂刊〈水浒传〉的几个问题》，《明清小说研究》2016 年第 4 期。

论国容本插图具体做了哪些修缮工作，仅仅是举了两幅修缮的插图为例，这两幅插图残损程度较大，为《阎婆计啜西门庆》与《淫妇药鸩武大郎》。国容本现存插图 200 幅，逾 1/4 经过或多或少的修缮。然而修缮之处并没有参照相似程度颇大的天容本、国寇本、天寇本、无穷会本等，而是自行修补而成。

像《虔婆醉打唐牛儿》此图，国容本残损较为严重，经过修补后的国容本与同系统相似程度颇高的其他本子相比，呈现出不小的差异。首先是左边的树叶，修缮后的国容本与同系统其他本子不同。其次是宋江的形象，国容本原本基本残损，修缮之后宋江的形象与同系统本子不同。同系统本子宋江留着小胡须，符合其他插图当中宋江的形象。且宋江正对阎婆惜而坐，但反身听着阎婆与唐牛儿的动静，人物露出左手，右手放在左手之下虚掩着。修缮之后的宋江没有小胡须，背对阎婆惜而坐，露出右手，这完全不符合席间喝酒而又探听消息的人物形象。再次是阎婆的形象，国容本原本阎婆下半身残损，所以修补后的插图下半身服饰与同系统本子略有差距，且修补后的国容本阎婆的右边是一扇大门，同系统本子阎婆的右边则是门帘。

又如《母夜叉孟州道卖人肉》，此图版心处有一小部分残损，残损了押解武松的一个公差。修缮后的国容本与同系统其他本子依旧不同。同系统其

《母夜叉孟州道卖人肉》图（左中华书局本，中再造善本，右无穷会本）

他本子插图中残缺的公差普通模样，手里拿着一个包子正准备吃，桌上还有四个包子，而修缮之后的公差则俨然一副眉清目秀的小生形象，一点也不符合公差的样子，而且手上并无包子，桌上也仅有两个包子。

再如《石将军村店寄书》此图仅仅残损了石勇面部，同系统其他本子石勇面部无甚特别之处，而修缮之后的插图中石勇面目狰狞，眼睛和鼻子的画法明显较之其他人物更为复杂。

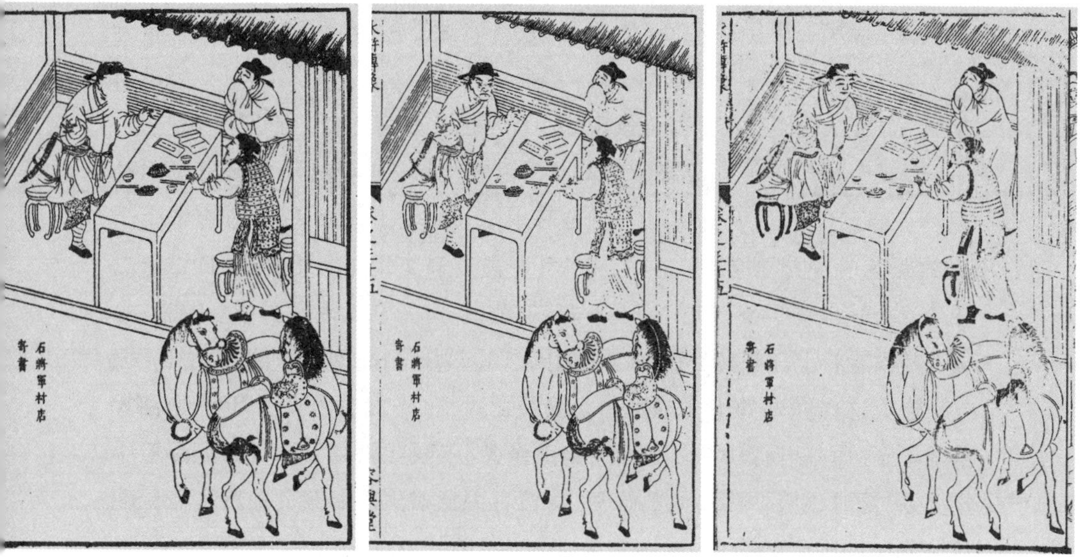

《石将军村店寄书》图(左中华书局本，中再造善本，右无穷会本)

以上仅举三例，但是已经可以看出修缮之后的国容本插图与原本差异颇大，这种差异甚至大过中华书局等影印本删节印章以及血腥暴力镜头所造成的差异。中华书局等影印本的删节不多，基本上是较为明显之处。而再造善本的修缮则毫无痕迹可依，若不是比对原本或者中华书局等影印本，则完全不知何处进行了修缮。这种修缮完全改变了原本面貌，不说对版本比对造成困扰，就说以上的修补，也多是一些败笔。同时也很容易产生误会，因为再造善本是修缮之后的插图，并没有任何文字说明，如此则容易让读者误以为原图即是如此。像《张顺夜伏金山寺》此图，左右两边均有一定残损，包括插图标目以及部分板框一并残损，但是修缮之后的插图，补上了

《张顺夜伏金山寺》图（左中华书局本，中再造善本，右无穷会本）

板框却没有补上插图标目，这很容易让人误以为此图漏刻了标目。

造成这些问题的主要原因便是修缮之时，工作人员并没有参照同系统其他本子，而是自行修补。当然这跟工作人员对《水浒传》版本不熟悉有一定关系，同时也有一些偷懒的缘故，并没有去比对国图所藏其他版本《水浒传》插图。中国国家图书馆藏有一部六十六回三大寇残本，前有插图，基本保存完好，图像与国容本插图极为相似，完全能够参照修补。

二、三大寇本插图

国容本插图之后，与之关系最为密切的并不是天容本，而是三种三大寇本，国寇本、天寇本以及无穷会本。此三种三大寇本插图，天寇本与无穷会本均存一百叶两百幅，国寇本存一百九十五幅插图，缺两叶半五幅插图。三本插图乃是袭自国容本，关于此点笔者已在《无穷会本〈水浒传〉研究——以批语、插图、回目为中心》一文中作出论述，文中举出强有力的一点证据即“容本全书一百回，一百卷，每回为一卷，每卷的回前有两幅插图，插图版心上刻着‘卷之几’的字样。穷本全书一百回不分卷，而这不分卷的穷本的插图版心上也刻着‘卷之几’的字样。那么也就很明显，穷本袭用了容本的插图”①。三大寇本插图虽然袭自国容本，但相较于国容本插图而言，三种三大寇本插图中的景物均有或多或少的缺失，小到花草树木、服饰纹章之类，大到插图中的人物。

《王教头私走延安府》图（左无穷会本，右天寇本）

三种三大寇本中天寇本与无穷会本属于同板，不少插图标目以及断板之处均可得证。如《王教头私走延安府》一图，无穷会本“私”字残缺，天寇本同样缺此字；《宋公明私放晁天王》一图，无穷会本右边的树枝有一处断板，天寇本同样有此断板；《黑旋风斗浪里白跳》一图，无穷会本“里”字中间有断痕，天寇本同之。但天寇本有些插图可能因为磨损太多的缘故，有所修补改动。如《横海郡柴进留宾》一图中右上角的壁画，无穷会本壁画中有几处树枝，天寇本壁画中树枝则变成了一片大荷叶，且天寇本此图与同系统其他本子不同；《郓哥大闹授官厅》一图中屏风的画，无穷会本有一叶扁舟，天寇本则无，且天寇本此图与同系统其他本子不同。此两种本子的讨论，以下选取无穷会本作为代表。

①邓雷：《无穷会本〈水浒传〉研究——以批语、插图、回目为中心》，《东方论坛》2015年第5期。

《横海郡柴进留宾》图（左国容本，中无穷会本，右天寇本）

三大寇本中无穷会本和国寇本属于不同的版本，且二者之间并没有直接的承袭关系。二本插图以国容本插图作为参照，均存在此有彼无的情况。从小的方面来说，插图中花草树木、服饰纹章之类的缺失，二本不同。如《林教头风雪山神庙》此图，无穷会本帘布少了花纹，妖精的棍子上缺了圈圈，而国容本与国寇本均有；《石将军村店寄书》此图，无穷会本人物和马匹身上服饰均缺少花纹，而国容本与国寇本均有；《急先锋东郭争功》此图，国寇本中台子、鼓、人物服饰缺少部分花纹，而国容本与无穷会本均有；《施恩议夺快活林》此图，国寇本少了一盆盆栽，屏风上少了一些草地，而国容本与无穷会本均有。

从大的方面来说，插图中图像人物的缺失，二本不同。像无穷会本中插图缺少人物的共有 7 幅，分别为《洪太尉误走妖魔》《公孙胜应七星聚义》《武行者醉打孔亮》《病关索大闹翠屏山》《解珍解宝双越狱》《吴学究双掌连环计》《宋公明全伙受招安》。其中国寇本同样缺失人物的只有 1 幅，为《宋公明全伙受招安》，其余 6 幅国寇本与国容本相比，均不缺。而国寇本除《宋公明全伙受招安》一图缺失人物外，尚有《宋公明私放晁天王》《燕青智扑擎天柱》二图缺失人物。

从上述来看，国寇本插图与无穷会本插图没有直接的承袭关系，二本应

《洪太尉误走妖魔》图(左国容本,右无穷会本)

该是国容本插图或三大寇本初刻本插图下面的两条分支。再从二本细枝末节的缺失以及人物的遗漏来看,二本中国寇本与国容本的关系应该更加接近,国寇本局部有所删减的图像远少于无穷会本有所删减的图像。

除了这些细微处的删减以及人物的遗漏外,国寇本、无穷会本插图与国容本插图极为相近。这种相近除了图像部分外,还包括插图标目的位置、插图标目中明显的误字、插图顺序与回目顺序的不同等等,此等处均保持高度一致。国容本插图标目分布于插图各个位置,或中间,或左上,或左中,或左下等等,有时图目一行,有时图目两行,国寇本与无穷会本仅有个别例子不同,其余地方与国容本完全一致。国容本插图标目明显误字之处,如《阎婆计啜西门庆》当为《王婆计啜西门庆》、《梁山泊宋江传假信》当为《梁山泊戴宗传假信》,国寇本与无穷会本也完全同于国容本。国容本有些插图顺序与回目顺序不同,如第 18 回回目为“美髯公智稳插翅虎　宋公明私放晁天王”,而插图顺序为《宋公明私放晁天王》《美髯公智稳插翅虎》;第 42 回回目为“还道村受三卷天书　宋公明遇九天玄女”,而插图顺序为《宋公明遇九天玄女》《还道村受三卷天书》,这种插图顺序与回目顺序颠倒的情况,国寇本与无穷会本均同于国容本。

三、石补本插图

三大寇本之后，与国容本插图关系较为密切的是石补本。此本共有插图96幅，插图末版心标50叶，插图中间叶数有重出以及越次者，所以实际只有48叶，96幅图。48叶插图关联书中48回，每叶依据回目分为上下两图，但图中并未标明何图为何回，48回插图的选择也是随机分配，并无规律可循[①]。此本插图与国容本插图相比，总体上基本相同，但是石补本插图比国容本插图更为简略。

石补本插图当仿刻国容本插图而成，而不可能出现相反的情况。其一，国容本插图为100叶200幅，均依据回目所画，石补本仅有48叶96幅，而且并非每回一幅，依旧如国容本插图，若有插图的回数同样是每回两幅，可见石补本的插图当是从国容本插图中随意以回数抽出仿刻而成。其二，国容本插图的标目分布于插图各个位置，而石补本插图标目则位于天头位置，从插图的演变来看，自然是从杂乱无章到规规矩矩，而不太可能是相反的情

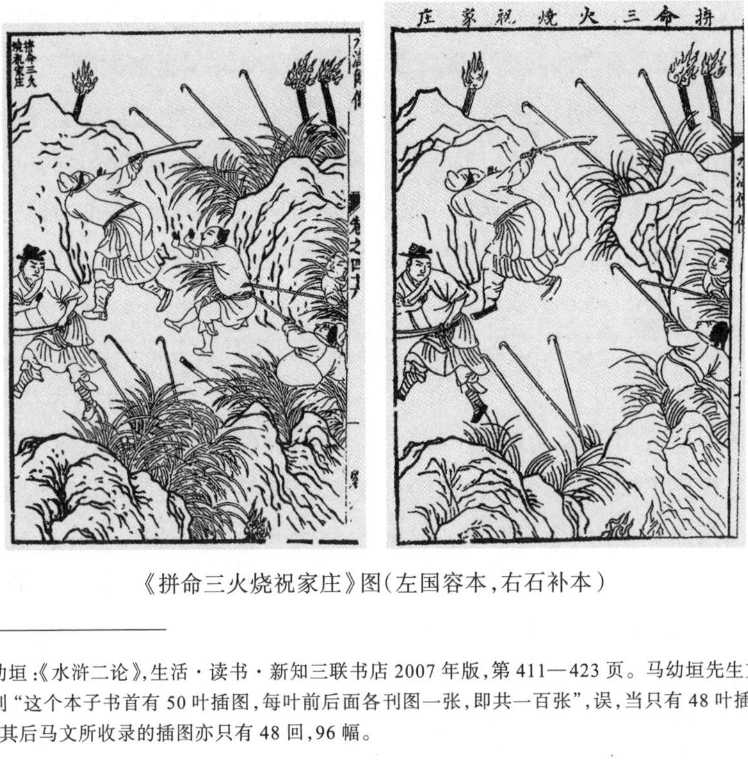

《拼命三火烧祝家庄》图（左国容本，右石补本）

①马幼垣：《水浒二论》，生活·读书·新知三联书店2007年版，第411—423页。马幼垣先生文章中提到"这个本子书首有50叶插图，每叶前后面各刊图一张，即共一百张"，误，当只有48叶插图，96张，其后马文所收录的插图亦只有48回，96幅。

况。且石补本插图标目中还存在一些误字，如“汴凉城杨志卖刀”的“凉”字、“吴学究说三阮撞俦”的“俦”字等等，这些误字国容本中都不存在。

其三，也是最关键的一点，石补本插图与国容本插图相比，更为简略。据笔者统计，石补本比国容本简略的插图至少有三分之二。石补本插图简略之处若仅仅只是花草树木、服饰纹章的话，那么也可能是国容本插图的增添，但是石补本与国容本插图相比，有不少人物的缺失，这种人物缺失又与三大寇本人物缺失不同，三大寇本应该是刻画之时有所遗漏，而石补本则是有意的删节，因为石补本人物缺失的插图占全部插图的将近五分之一，这用刻画过程中有所遗漏去解释是绝对行不通的。而且这种缺失具有不可逆性，只能是石补本在国容本基础上的删节，而不可能是国容本在石补本基础上的增添。因为不少人物的缺失有明显的删节痕迹，如“病关索大闹翠屏山　拼命三火烧祝家庄”一回两图中，石补本两图均缺失了一个人物时迁，《病关索大闹翠屏山》中躲在树后的时迁没了，《拼命三火烧祝家庄》中被挠钩抓住的时迁没了，而这两处时迁在故事情节以及插图中明显应该存在。

由上来看，石补本插图当仿刻国容本插图而成，但较之国容本插图更为简略。这是石补本插图的总体特征。此外，石补本中有些插图比较奇特，较之国容本系统有所增添或改易，如《呼延灼月夜赚关胜》此图，石补本较之

《呼延灼月夜赚关胜》图（左国容本，右石补本）

国容本更为繁复，且石补本呼延灼手里拿的是钢鞭，而他本拿的则是枪；《柴进簪花入禁院》此图，石补本较之国容本屏风多出四大寇名姓，而他本没有。

马幼垣先生认为石补本偶见插图的增添以及改易是做了改良。这种可能性当然存在，但笔者认为此种可能性不大，更大的可能性是这些比国容本多出或改易之处在石补本底本中即存在，石补本底本插图应该与国容本差别不大，只是到了石补本之时做了删节工作，但是多出或者改易之处还是有所保留。这一点从石补本某些地方不同于国容本而与其他容与堂本系统本子相同即可得知，如《张天师祈禳瘟疫》一图，国容本与三大寇本牛头向前方，而石补本中牛头转向后方，无独有偶，天容本中牛头也转向后方；《宋公明夜打曾头市》一图，国容本中间一将缨盔上有三根翎毛，而石补本与国寇本则没有这三根翎毛。可见石补本某些地方的改易还存在于他本之中，而有的地方他本则不存，这些不存的改易之处很可能存在于历史上某个本子之中，只是此本散佚不见。

四、三十卷本插图

三十卷本中有宝翰楼本与映雪草堂本，二本插图基本相同，但是叶数上有所差异。其中宝翰楼本存图 23 叶，46 幅大图，缺第 7 叶插图，可能漏刊，也可能缺失。此本插图版心下有页码，从“一”至“二十二”，本当实有 22 叶，但第 3 叶后插有“又三”，第 10 叶后插有“又十”，所以实际当为 24 叶。映雪草堂本存图 20 叶，40 幅大图。比宝翰楼本少了“第又三叶”“第又十叶”、第 20 叶、第 21 叶。研究三十卷本插图时，以宝翰楼本为主，增入映雪草堂本第 7 叶插图。

关于三十卷本与国容本关系如何，有截然相反的两种说法。一种认为“绣像覆容与堂本”，此种观点以孙楷第先生为代表。当然，最早提出此观点的并非孙楷第先生，而是日本江户时代中后期无名氏在《水浒刊本品类随见抄之》一文中所提出[①]。另一种认为“细察其图（容与堂本），与映雪草堂刊本绝不相同”[②]，此种观点以刘世德先生为代表。那么，容与堂本插图与三十卷本插图到底存在何种关系？

三十卷本 24 叶插图可以分为两个部分，一是百回故事部分，二是田虎

①［日］神山闰次：《水浒传诸本》，《小说月报》1930 年第 5 期。

②刘世德：《谈〈水浒传〉映雪草堂刊本的概况、序文和标目》，《水浒争鸣》1984 年第 3 辑。

王庆故事部分。其中百回部分有插图 21 叶,从第 1 叶至第 17 叶、第 21 叶至第 22 叶,共有小插图 148 幅;田虎、王庆部分有插图 3 叶,从第 18 叶至第 20 叶,共有小插图 12 幅。

将三十卷本百回故事插图与国容本比较,以三十卷本第 6 叶上半插图

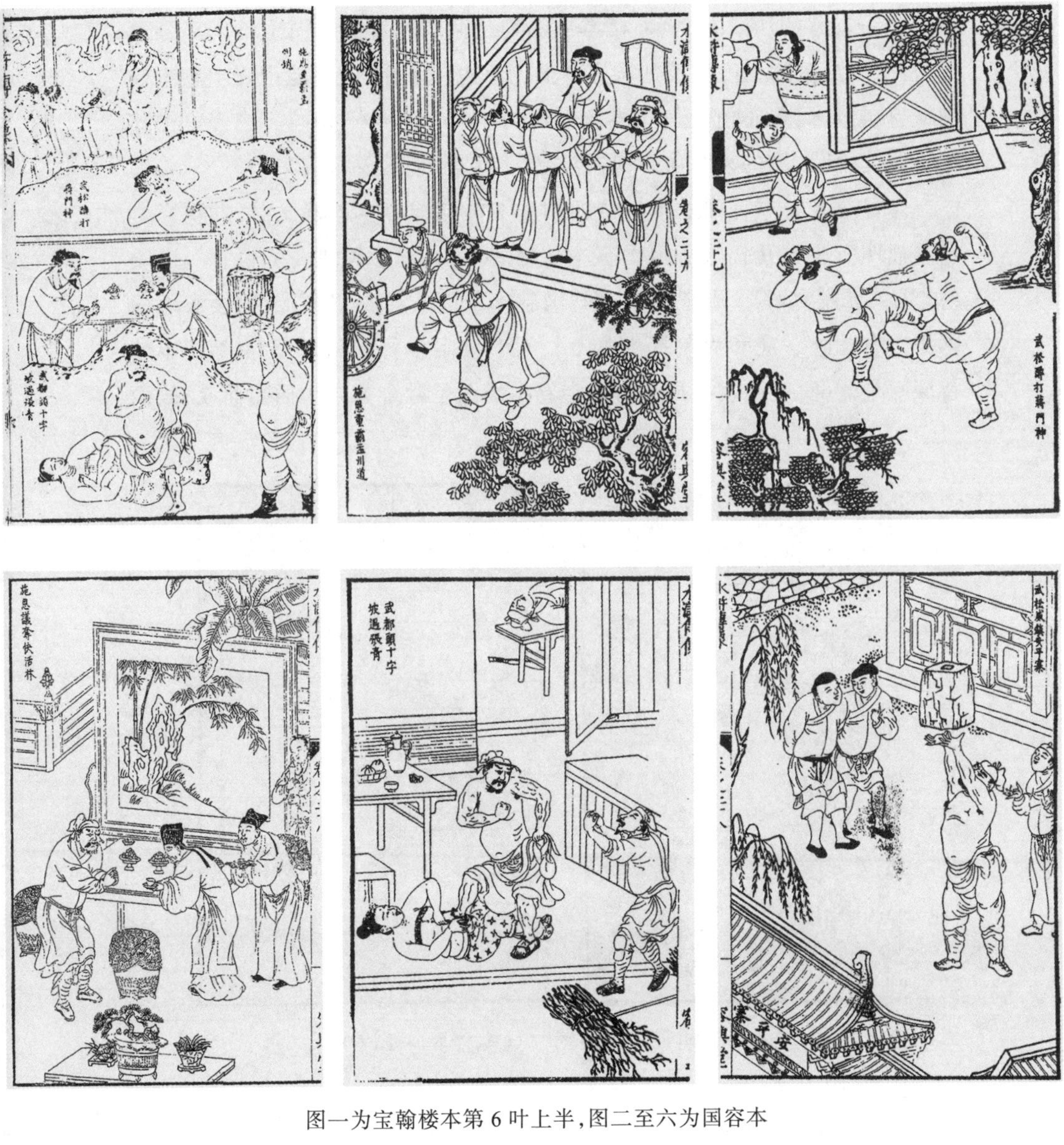

图一为宝翰楼本第 6 叶上半,图二至六为国容本

为例，此半叶插图中包含着 5 幅小图，从上到下、从左至右依次是施恩重霸孟州道（第 29 回）、武松醉打蒋门神（第 29 回）、施恩义夺快活林（第 28 回）、武都头十字坡遇张青（第 27 回）、武松威震平安寨（第 28 回）。从此 5 幅小图的图目来看，小图之间的顺序杂乱无章，并非依据回目而来。将国容本相应部分插图参照来看，宝翰楼本此大图中的 5 幅小图与国容本插图没有一幅完全相同，但是却可以看得出明显因袭的痕迹。宝翰楼本 5 幅小图与国容本插图有着密切联系，宝翰楼本插图均是截取国容本插图中精华部分进行仿刻，虽然精细程度远不如国容本插图。由此来看，既不能说三十卷本插图覆容与堂本，也不能说三十卷本插图与容与堂本绝不相同。或许更像陆树崙先生所说“图的艺术构思，与容与堂本接近，但简要得多”①。

再将三十卷本百回故事部分插图 148 幅与国容本进行比对，发现三十卷本插图有少数几幅除了比国容本简略之外，人物形象或姿势也有一定改易。如《赤发鬼醉卧灵官庙》一图，国容本刘唐头向左躺卧，宝翰楼本刘唐则头向右躺卧；《花和尚单打二龙山》一图，国容本鲁智深背身，宝翰楼本鲁智深则是侧身，这种改易是因为三十卷本插图是融合数幅小插图而成，故而

《赤发鬼醉卧灵官庙》图（左宝翰楼本，右国容本）

①陆树崙：《映雪草堂本〈水浒全传〉简介》，《水浒争鸣》1985 年第 4 辑。

需要在版面上进行一些调整，或为美观，或为更好理解插图标目。

除此之外，三十卷本尚有两幅小插图值得注意，第一处是第5叶下半之图《共人头武二郎说祭》，第二处是第14叶下半之图《戴宗定计出乐和》。上面说到宝翰楼本插图虽非覆刻容与堂本插图，但也基本上是依据容与堂本插图而来。而此二处插图标目却例外，与容与堂本插图标目以及回目均不相同。查此二处插图标目的来源，可能来自三大寇本、大涤余人序本以及百二十回本回目之中。此处说的是回目而不是插图标目，因为此三本插图标目同样与宝翰楼本不同。三大寇本插图袭自容与堂本，此二处插图标目与容与堂本相同，为“武松斗杀西门庆”与“戴宗定计赚萧让”[①]。大涤余人序本及百二十回本中则压根没有此二处插图。这也意味着如果历史上没有存在过这样一种版本，刻有“供人头武二郎设祭”与“戴宗定计出乐和”两幅插图，那么这两处插图，尤其是“共人头武二郎说祭”一图，当出自三十卷本的独创。

五、天容本插图

天容本与国容本虽同属于容与堂本，但天容本插图与国容本的差距较之以上诸本插图与国容本的差距为大。以上诸本插图虽也与国容本存在差异，但基本上不脱国容本插图框架，少有变动与增饰。而天容本插图则不同，此本图像的基本内容与国容本相同，甚至他本出现缺少人物的情形，天容本中也不存在。但与国容本相比，天容本插图又有所变动与增益，尤其表现在将插图视距拉远，容纳更多的山水、园林及器物。

据笔者统计，天容本相较国容本而言，视距有所拉远的插图占全部插图的十之七八。有些只是视距稍微拉远，增加了一些山石草木，如《九纹龙大闹史家村》，天容本视距稍有拉远，插图中多出一些树木草地；《赵员外重修文殊院》，天容本视距稍有拉远，插图下面部分多了台阶和花草，上面部分多了屋檐。有些视角拉远距离较大，除了增加山水、园林及器物外，还增加了一些人物，如《柴进失陷高唐州》一图，国容本整个构图只房屋中有一躺卧被陷之人，而天容本视距被拉远，图中院内多出两人；《黑旋风探穴救柴进》一图，国容本插图只有枯井内部的视野，以及井底的李逵与柴进，而天容本

---

①邓雷：《无穷会本〈水浒传〉研究——以批语、插图、回目为中心》，《东方论坛》2015年第5期。

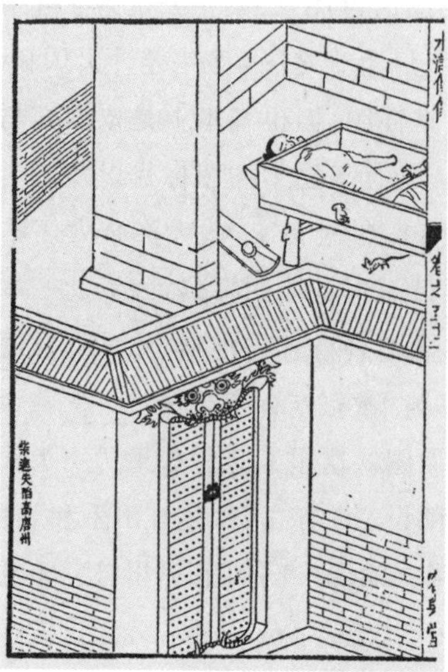

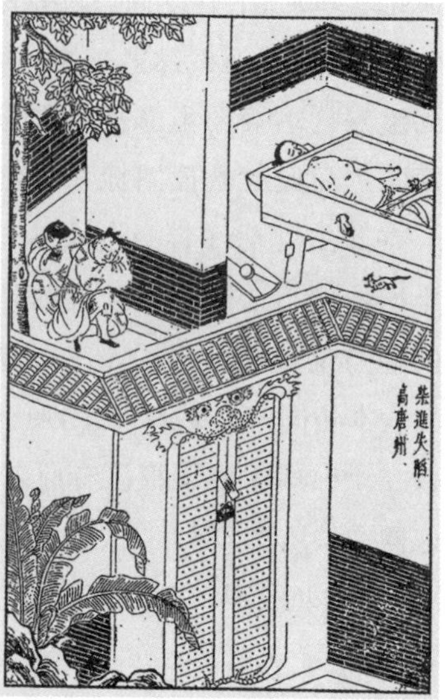

《柴进失陷高唐州》图(左国容本,右天容本)

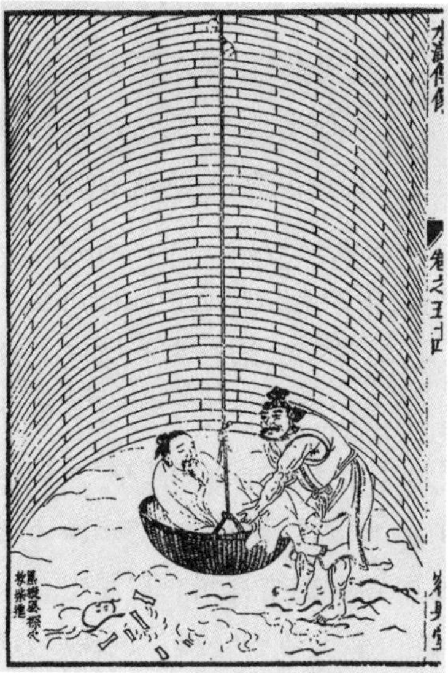

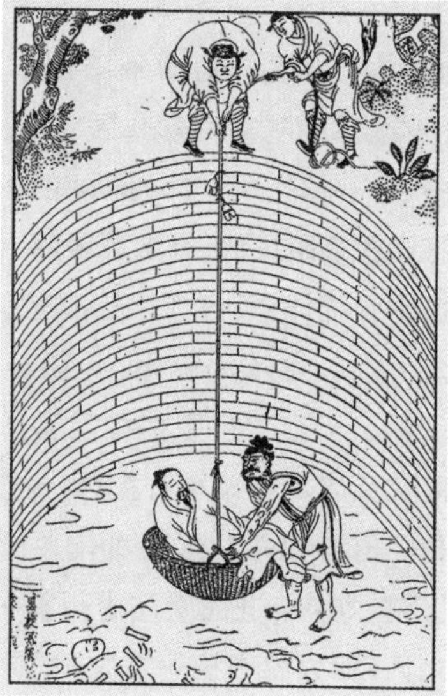

《黑旋风探穴救柴进》图(左国容本,右天容本)

井底图像与国容本一般无二，但井上面有两个拉扯绳索之人以及一些树木。此类因为视距拉远而增加人物的天容本插图共计有16幅。

天容本这些改动都是有意而为之，为了适应时代而作。国容本插图人物硕大、形象分明，具有很高的辨识度，于今也得到高度赞赏。周心慧曾言此本插图"画面疏略，背景简明，人物突出，就如《水浒》英雄无往而不胜的气势一样，大刀阔斧，壮烈恢宏"①。但是国容本插图风格并不符合晚明文人的审美标准，晚明书画大家文震亨在其《长物志·论画》中论述当时绘画的审美标准，"山水第一，竹、树、兰、石次之，人物、鸟兽、楼殿、屋木小者次之，大者又次之……或高大不称，或远近不分，或浓淡失宜，点染无法，或山脚无水面，水源无来历，虽有名款，定是俗笔，为后人填写。至于临摹赝手，落墨设色，自然不古，不难辨也"②。

虽然《长物志》中关于绘画的鉴赏，主要是针对文人画作而言，小说插图并不涵盖其中，但是当时《水浒传》的出版划分为江南与建阳两大阵营，建阳《水浒传》刊本多为简本，主要面向经济能力有限、文化水平较低的普通民众，江南《水浒传》刊本多为繁本，主要面向有一定经济能力、文化水平较高的精英阶层。容与堂本、钟伯敬本、大涤余人序本等即为繁本，出版商要考虑繁本《水浒传》所面向的读者群体，自然要考虑这个群体的审美风尚。以"高大不称""远近不分""浓淡失宜""点染无法"等标准而论，国容本200幅插图基本上没有一幅完全合格，属于"俗笔"所为，硕大的人物图像又是最次等之图。有鉴于当时的绘画审美风尚，天容本有意对国容本插图进行改造，将插图视距拉远，将人物适当缩小，容纳更多山水、园林及器物，同时将一些室内场景转移到室外，变室内景物为山水草木。

此外，相对于国容本而言，天容本对于插图可谓精心结撰，国容本某些插图标目的明显误字以及某些插图顺序与回目顺序的不同，天容本插图基本进行了修正。如"阎婆计啜西门庆"被改为"王婆计啜西门庆"、"霹雳火夜走瓦烁场"被改为"霹雳火夜走瓦砾场"、"宋公明排九官八卦阵"被改为"宋公明排九宫八卦阵"。第18回国容本插图顺序为《宋公明私放晁天王》《美髯公智稳插翅虎》，被改为《美髯公智稳插翅虎》《宋公明私放晁天王》；第42回国容本插图顺序为《宋公明遇九天玄女》《还道村受三卷天书》，被

①周心慧：《水浒插图考》，《中国版画史丛稿》，学苑出版社2002年版，第138页。

②［明］文震亨：《长物志》卷五，中华书局2012年版，第117页。

改为《还道村受三卷天书》《宋公明遇九天玄女》等。

天容本插图在全图式《水浒传》插图链条中占据着重要位置。虽然天容本插图视距拉远，将人物缩小，容纳更多山水园林，但这种处理方式的程度相当有限，有的插图只有细微改变，到之后钟伯敬本系统，乃至大涤余人序本系统，这种构图风尚才慢慢得以体现，尤其是钟伯敬本系统插图，很可能直接受到天容本插图的影响。由此可见，天容本上承国容本插图一脉，下开钟伯敬本插图系统以及大涤余人序本插图系统，其代表着《水浒传》插图风尚的一种转变。

第三节 钟伯敬本系统插图考

钟伯敬本系统插图共有 4 种，按照刊刻的时间顺序分别为钟伯敬本、英雄谱本、二刻英雄谱本、十卷本。其中钟伯敬本的刊刻时间根据《水浒传序》末端有“嘻！世无李逵、吴用，令哈赤猖獗辽东，每诵秋风思猛士，为之狂呼叫绝，安得张、韩、岳、刘五六辈，扫清辽、蜀妖氛，剪灭此而后朝食也”之句，可知刊行在明代天启五年至六年（1625—1626）之间[①]。英雄谱本与二刻本英雄谱本的刊刻时间据《英雄谱弁言》中“东望而三经略之魄尚震，西望而两开府之魂未招”之句，可知刊行在崇祯十五年（1642）之后[②]。又据日本并入红叶山文库的德川幕府《御文库目录》载录二刻英雄谱本的入藏时间为后光明天皇正保三年（1646），即清顺治三年，可知刊行于顺治三年（1646）之前[③]。十卷本据卷首序作者陈枚的生卒年可知，此本的刊刻时间大致在康熙年间，不晚于康熙四十六年（1707）。

一、钟伯敬本插图

钟伯敬本共有插图 38 叶，图 39 幅，除首尾两幅插图外，其余插图后均配有赞语。此本插图除了第一幅图《三十六煞聚啸》之外，其余 38 幅插图皆从容与堂本中来。此处所谓从容与堂本中来，一是指钟伯敬本插图内容

①刘世德《钟批本〈水浒传〉的刊行年代和版本问题》一文认为刊刻于天启四年至五年（1624—1625）之间，载《文献》1989 年第 2 期。据笔者考证当为天启五年至六年（1625—1626）之间，详见后文研究。

②黄霖：《微澜集——黄霖序跋书评选》，凤凰出版社 2011 年版，第 285 页。

③李树果：《日本读本小说与明清小说》，天津人民出版社 1998 年版，第 200 页。

皆在容与堂本插图范围之内，二是指钟伯敬本插图的构图基本与容与堂本插图的构图相似，只有两幅图差异较大，为《豹子头误入白虎堂》与《放冷箭燕青救主》。此 38 幅插图的选取并无特别之处，有些是容与堂本一回中的一幅，有些是容与堂本一回中的两幅。

《放冷箭燕青救主》图（左国容本，右钟伯敬本）

钟伯敬本插图与容与堂本插图关系密切，尤其与天容本插图关系密切，很有可能承袭天容本插图而来。天容本插图在国容本插图的基础上将视距拉远，容纳更多山水、园林及器物。这些天容本多出的物事，有一些在钟伯敬本中同样出现。如《淫妇药鸩武大郎》一图，天容本左下角有一些山石树木，国容本没有，而钟伯敬本同样存在；《吴用智赚玉麒麟》一图，天容本比之国容本视距拉远，多出一位童子、一只仙鹤和一只麋鹿，而这三者形象在钟伯敬本中全部出现了；《李逵寿昌乔坐衙》一图，天容本比之国容本视距拉远，李逵的右边多出一个文书，此文书在钟伯敬本中同样存在。这些足以说明钟伯敬本与天容本的密切关系，很可能承袭天容本插图而来。

不过钟伯敬本插图比之天容本又有新的发展。首先，钟伯敬本插图视距比之天容本，某些地方又更进一步拉远。如《宋公明私放晁天王》一图，天容本插图比之国容本，视距拉远后，多出了一棵树，以及其他山石草木，而钟伯敬

《吴用智赚玉麒麟》图(左国容本,中天容本,右钟伯敬本)

《李逵寿昌乔坐衙》图(左国容本,中天容本,右钟伯敬本)

《宋公明私放晁天王》图（左国容本，中天容本，右钟伯敬本）

本此图视距则拉得更远，除了增加更多的景物之外，还增加了一个人物。

其次，无论是国容本还是天容本，其插图标目均取自回目，而钟伯敬本插图标目则较为随意，有些取自回目如“柴进门招天下客”“林冲雪夜上梁山”，而有些标目则是自拟，如“林冲并王伦”“金莲毒死武大”，自拟的标目可能是为了使文字更为简洁通俗。

再次，钟伯敬本插图的构图虽然与容与堂本十分相似，但是钟伯敬本插图似乎有意要与容与堂本有所区别，对某些人物位置以及姿势做出调整。如容与堂本《淫妇药鸩武大郎》一图，潘金莲在右，武大郎在左，钟伯敬本中则变为潘金莲在左，武大郎在右；容与堂本《假李逵剪径劫单身》一图，李逵在左，李鬼在右，钟伯敬本中则变为了李逵在右，李鬼在左，人物动作也有区别。此等处钟伯敬本插图有意的改动似乎并没有多大意义，甚至有些改动还略显不妥。如容与堂本《张都监血溅鸳鸯楼》一图，楼下一男一女背对读者，似乎在听楼上武松诸人的动静，此处比较符合小说的情节，因为事后张都监夫人知晓了楼上的动静，以为是楼上的人喝醉了，之所以知道，应该是下人向张都监夫人禀报。钟伯敬本插图中一男一女却是正对着读者，不知在干何事，但感觉对楼上之事一无所知。

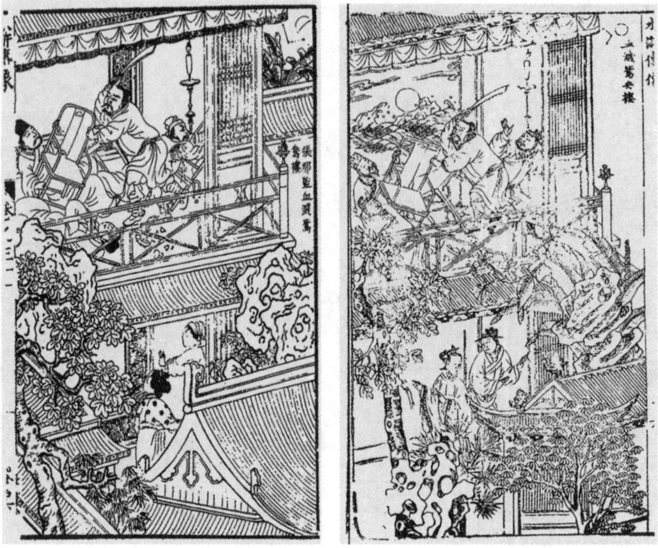

《张都监血溅鸳鸯楼》图(左国容本,右钟伯敬本)

二、英雄谱本、二刻英雄谱本插图

英雄谱本共有图赞38叶,图38幅,只比钟伯敬本少1幅,即钟伯敬本第一幅插图《三十六煞聚啸》。除此之外,英雄谱本38幅插图与钟伯敬本均极为相似,到底是钟伯敬本抄袭了英雄谱本,还是英雄谱本抄袭了钟伯敬本?因英雄谱本《水浒传》部分的插图现仅存两叶,所以以下讨论多以二刻英雄谱本为主。

首先,从刊刻时间来看,钟伯敬本刊刻于英雄谱本之前。其次,钟伯敬本插图内容均在回目中有所体现,而英雄谱本却有4幅插图的标目没有在英雄谱本回目中出现。分别为英雄谱本《水浒传》部分的第18图《梁山泊好汉劫法场》、第22图《宋江大破连环马》、第34图《混江龙太湖小结义》、第35图《鲁智深夜渡益津关》。英雄谱本此4幅插图在回目中缺失,理由也很简单,因为英雄谱本省并了回目,此4幅插图所对应的回目正好在省并之中。再次,钟伯敬本可知回数的插图37幅,分布较为平均,第1—10回有5幅、第11—20回有6幅、第21—30回有4幅、第31—40回有3幅、第41—50回有2幅、第51—60回有3幅、第61—70回有3幅、第71—80回有6幅、第81—90回有2幅、第91—100回有3幅。英雄谱本插图内容与钟伯敬本完全相同，但是钟伯敬本只有百回，插图表现的是百回故事内容，所以插图分布没有任何问题，而英雄谱本故事内容却不止百回，其情节尚有田虎、王庆故事，但英雄谱本插图中却没有一幅描绘田虎、王庆故事。由此条就可以确知，英雄谱本插图是以钟伯敬本为底本。所以，无论是插图没有在回目中体现，还是插图没有顾及田虎、王庆故事，这些都是英雄谱本摹刻钟伯敬本插图之时，未曾注意到的问题。

既然知悉了英雄谱本插图是以钟伯敬本作为底本，那么英雄谱本插图与钟伯敬本插图存在何种差别？从大的方面来看，英雄谱本插图与钟伯敬本插图无异，但精细程度钟伯敬本插图差英雄谱本太多。此点也可以理解，毕竟现存钟伯敬本的刻板刊刻了非常多次，板子磨损颇为严重，图像粗糙也十分正常。

二本的差异主要在细节之上。二本细节处虽然各有多寡，如第 3 图《花和尚倒拔垂杨柳》中，英雄谱本有 5 只鸟，钟伯敬本只有 4 只鸟；第 4 图《豹子头误入白虎堂》，英雄谱本左边比钟伯敬本要多出一棵树；第 15 图《武松醉打蒋门神》，钟伯敬本比英雄谱本左下角要多出一块山石；第 22 图《宋江大破连环马》，钟伯敬本比英雄谱本左下角多出一片草丛。但是从总体上来说，英雄谱本较之钟伯敬本，细节处更加丰满，而且二刻本图像比钟伯敬本缺少之处，可能是二刻本重刻之时偷工减料所致。真正的初刻本图像较之二刻本更为精致，此点从薄井恭一《明清插图本图录》所保存的那一叶初刻本插图即可窥见一二[①]。

《明清插图本图录》保存的初刻本插图为《汴梁城杨志卖刀》一图，此图钟伯敬本与初刻本相比几乎相同，但初刻本细节还是要比钟伯敬本多出一些，左上角大树下的小树枝，钟伯敬本只有三簇，初刻本却有多簇，而且初刻本枝桠明显要长出不少。再来看二刻本，比之初刻本，所缺之处则多出不少，首先，左上角的树枝就缺了一处；其次，桥栏上的雕花也没有；再次，桥墩上的狮子仅剩下一个轮廓。从此处来看，英雄谱本的初刻本插图在钟伯敬本插图上后出转精，对于一些细节的处理更加细腻。而后来的二刻本重新刊刻之时，则有偷工减料之嫌，不少插图细节都被删去。

除了插图细节更加细腻之外，二刻本对插图标目的位置上也做了一些

①［日］薄井恭一：《明清插图本图录》，东京共立社 1942 年版，第 18 页。

《汴梁城杨志卖刀》图(左钟伯敬本,中初刻英雄谱本,右二刻英雄谱本)

调整。钟伯敬本插图标目或在左边,或在右边,或在中间,或在上边,或在下边,或写成一行,或写成两行,各不相同。而二刻本则将这些插图标目位置进行统一,全部置于插图左上角。这样调整有一个好处,即阅读插图之时不用再去找插图标目在何处,但同样也有缺陷,即插图标目经常被其他插图物体所遮掩,识别起来比较困难。

上面谈到初刻本插图与二刻本之间的一些区别,现存初刻本《水浒传》部分的插图,无论是香港中文大学藏本,还是薄井恭一所见本,都仅存一纸残叶,很难看到其间更多的差别。但是通过香港中文大学所藏初刻本《三国志演义》部分残存的插图,可见初刻本插图与二刻本之间,还是存在一定差别。最明显的就是二本插图刊工不同,二刻本刊工是刘玉明,第 1 叶图及第 64 叶图刊,初刻本刊工是次泉,初刻本《孙刘成亲》一图有“次泉刻”字样。其次,插图部分也存在一些不同,如《延津诛丑》一图,二本右上角有一株树的画法不同,初刻本树的根部被石头遮掩,二刻本树则完全露出来;《走荐诸葛》一图,二本最右边一棵树树叶的画法不同,此外二刻本比初刻本右边少了一棵树;《孙刘成亲》一图,二本屋檐下方装饰的颜色不同,初刻本多了一块窗帘,初刻本两个侍女手上复杂的吊灯,二刻本一个变成了酒壶,一个

《孙刘成亲》图（左初刻英雄谱本，右二刻英雄谱本）

变成了菜盘。再次，赞语部分存在不同，赞语不同表现在赞语文字、字体、版式、题署诸处。如《横槊赋诗》中，二本赞语文字相同，但字体、排版均不同，题署亦不同，初刻本为“金之俊”，二刻本为“杨廷枢”。

再谈一下二刻英雄谱本插图影印本的问题。此插图最早由东西文化学社、金陵大学文学院 1949 年影印出版，双色影印，极为精美。但比对二刻本插图原版与插图影印本，可以发现二者之间存在不同。影印本应该是用珂罗版印刷法印刷而成，但又有修板。原本与影印本之间，所能见到较大差别的是插图标目，原本为朱色印刷，但因历时甚久，已不甚清晰，影印本插图标目则为墨色印刷，字迹颇为清晰。当然，影印本并非单色影印，而是与原本一样，朱墨双色套印，影印本中印章、封面、赞语的评语皆为朱色印刷，只是将朱色插图标目改为墨色。

其余一些有差异之处，原本插图可能由于板子多次印刷的缘故，某些地方刊刻不甚清晰，或者存在断痕，这些地方在影印本中均十分之清晰，而且墨色加重，未有断痕。且最值得注意的是，原本与影印本之间，插图中不少人物的眼睛、鼻子、嘴巴多有不同，尤其是眼睛部分，原本人物眼睛不少为一条线，但影印本中或加了眼珠，或改变了线条长短，或改变了线条曲线。可见影印本在原本基础上对不少地方进行了修板，使得插图多有失真，细节处往往不如，但却更加精美和清晰。之后1949年版的翻印本如江苏广陵古籍刻印社1997年版、线装书局2001年版等采用了单色影印，失真处较之1949年版更甚。

三、十卷本插图

十卷本共有图赞20叶，图20幅，每图后有赞语。插图与钟伯敬本、英雄谱本十分相似，20幅插图全部涵盖在此二本插图内容中。具体而言，十卷本插图的底本应该是钟伯敬本，而非英雄谱本。就插图而言，钟伯敬本插图与英雄谱本出现差异之处，十卷本均同于钟伯敬本。如《花和尚倒拔垂杨柳》一图，英雄谱本天上的鸟有6只，钟伯敬本与十卷本都只有4只；《洪太尉误走妖魔》一图，英雄谱本插图标目为“误走妖魔”，钟伯敬本与十卷本插图标目为“洪太尉误走妖魔”；《武松醉打蒋门神》一图，英雄谱本插图标目在左上角，钟伯敬本与十卷本插图标目在图中间，位置完全相同。除此之外，钟伯敬本最后一图既无标目，亦无赞语，英雄谱本此图标目为“班师还朝”，符合图像内容以及图像所在位置，而十卷本插图标目为“梁山泊全伙受

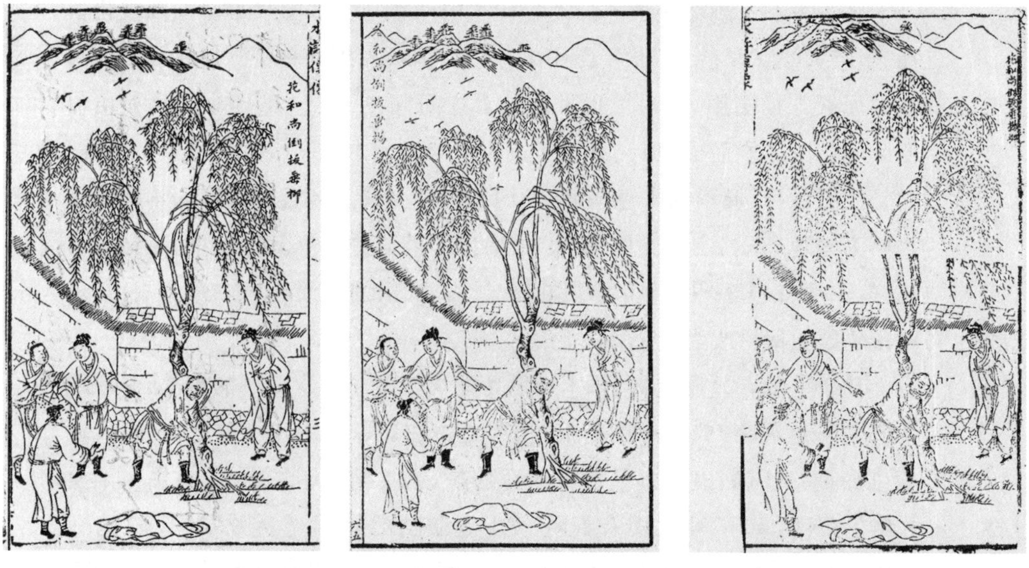

《花和尚倒拔垂杨柳》图（左钟伯敬本，中二刻英雄谱本，右十卷本）

招安”，完全不符合插图所在位置，因为此图的上一图为《张顺魂杀方天定》，内容已到征讨方腊情节。正是因为钟伯敬本此图既无标目，又无赞语，所以导致十卷本此图自行添加标目以及赞语，出现了错误。

与钟伯敬本插图相比，十卷本插图要粗疏不少，像《洪太尉误走妖魔》一图，十卷本中洪太尉衣服纹饰更为简略。但二者更大的不同在于，十卷本翻刻钟伯敬本插图，并非全盘照抄，而是有所改易，削减了钟伯敬本插图左边或者右边、上边或者下边的一小部分。像《母夜叉卖人肉》一图，钟伯敬本右边是一棵大树，十卷本削减之后，大树只残存部分，树干底部也被画成山石模样。再如《梁山泊好汉劫法场》一图，钟伯敬本中人物有 15 个，十卷本削减了右边一小部分，把人物删减为 13 个。

《梁山泊好汉劫法场》图（左钟伯敬本，右慕十本）

十卷本又有两种版本，慕十本与国十本，二者插图差异较大。慕十本比国十本要精致，细节处也多出一些。精致处，如《洪太尉误走妖魔》一图，慕十本右下角有一只乌龟，国十本变成了龟壳。再如《汴京城杨志卖刀》一图，慕十本桥头雕饰为一只狮子，国十本却变成了一只狗。又如《浔阳楼宋江题反诗》一图，慕十本房檐上有 4 座龙头雕饰，国十本所画则不知为何物。细节处，如《洪太尉误走妖魔》一图，慕十本左上角多出两团云气，台阶上多出

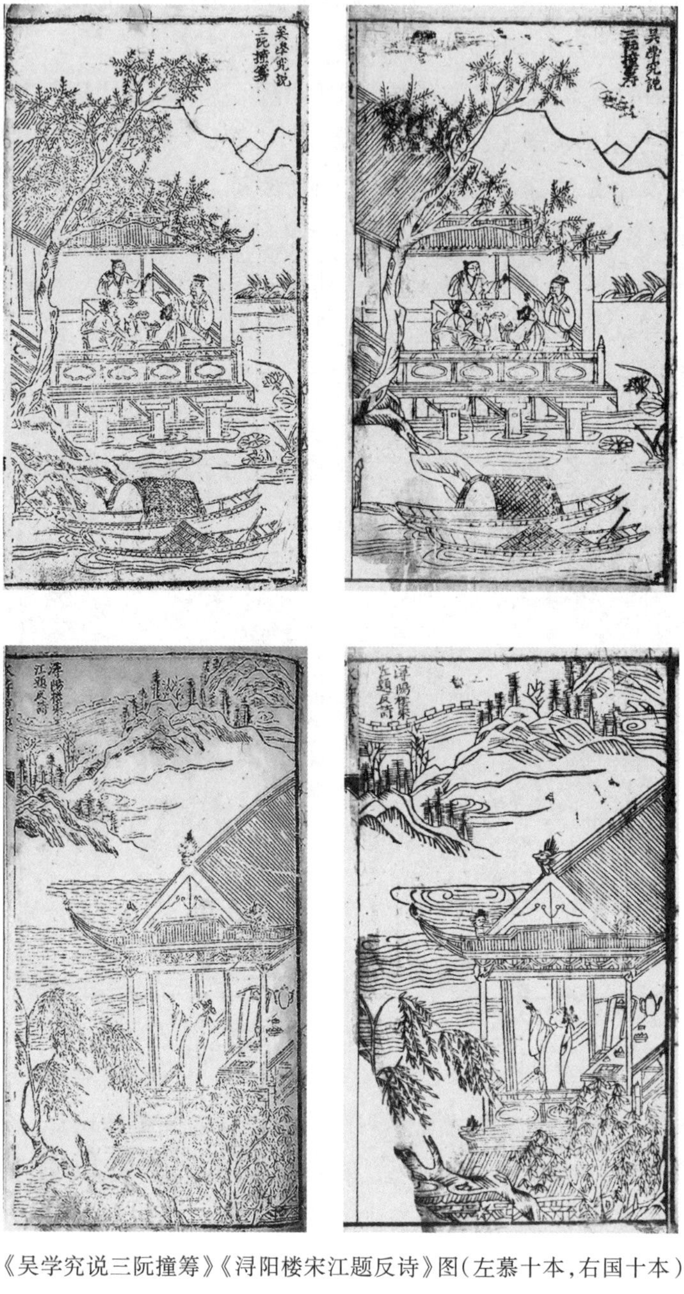

《吴学究说三阮撞筹》《浔阳楼宋江题反诗》图（左慕十本，右国十本）

草丛；再如《吴学究说三阮撞筹》一图，慕十本右下角有两片荷叶，树干上树叶以及树枝较多，国十本仅有一片荷叶，树干上树叶以及树枝较少；又如《母夜叉卖人肉》一图，慕十本左边的桌子上多出一双筷子，武松的手中多出一个杯子。

第四节　大涤余人序本系统插图考

大涤余人序本系统插图共有 5 种，按照底本刊刻时间顺序大致为涤序本、芥子园本、三多斋本、全传本、全书本。其中涤序本刊刻于顺治年间至康熙初年、芥子园本刊刻于康熙八年至三十八年（1669—1699）间、三多斋本刊刻于乾隆年间①。全传本与全书本从书中文字多有避明熹宗（朱由校）、毅宗（朱由检）讳来看，当刊刻于崇祯年间或之后。全传本与全书本的初刻本确切刊刻时间为崇祯七年（1634）八月至崇祯八年（1635）五月之间②。

大涤余人序本系统 5 种本子百回故事部分的插图均是 100 幅，此 100 幅插图的内容与之前的容与堂本系统以及钟伯敬本系统的本子有所不同。之前两种系统插图内容均来自回目，而大涤余人序本系统的插图内容有部分来自回目，有部分来自书中情节。来自回目的自不待言，来自书中情节的如第 2 回插图《毬进身》与《史庄义求》。来自回目的插图，有的构图与容与堂本插图相似，有的则与容与堂本插图不同，如《拳打镇关西》一图，容与堂本所绘为鲁达与郑屠交手之时的画面，大涤余人序本所绘为鲁达正欲与郑屠交手的画面；《劫生辰纲》一图，容与堂本所绘为七人劫取生辰纲后的情景，大涤余人序本所绘为白胜卖酒给其他七人时的情景。

据笔者统计，大涤余人序本系统 100 个插图标目中内容与容与堂本相同或相似的有 70 个，相似度为 70%。此 70 幅插图中，有 41 幅插图的构图与容与堂本插图相近或相似，约占相同插图总数的 60%。从反方向来说，100 幅大涤余人序本插图，有将近 60% 与容与堂本插图不同。此 100 幅插图也并非一回一图，精彩之处一回连画两三幅插图，而有的回数则一幅插图也没有。可以说，相对于容与堂本系统以及钟伯敬本系统插图而言，大涤余

①邓雷：《大涤余人序本〈水浒传〉的分类以及刊刻年代考辨》，《文学研究》2016 年第 2 期。

②邓雷：《〈水浒全传〉田王故事作者考辨——兼论〈水浒全传〉的刊刻时间》，《中国典籍与文化》2021 年第 4 期。

《拳打镇关西》图(左国容本,右全传本)

《劫生辰纲》图(左国容本,右全传本)

人序本系统插图有相当大程度的创新，无怪乎百二十回本《发凡》针对插图会说“今别出新裁，不依旧样，或特标于目外，或叠采于回中，但拔其尤，不以多为贵也”①。

同时，相对于容与堂本系统、钟伯敬本系统插图而言，大涤余人序本系统的插图在处理山水景物与人物之间的关系时，有了明显变化。之前无论是天容本还是钟伯敬本插图，虽然在国容本插图基础上调整了布局，拉远了视距，容纳更多山水、园林及器物，但这种改变其实并不算明显，采用的依旧是平行视角，人物与景物之间并没有远近高低之感。大涤余人序本系统的插图则完全改变了这一点，采用的是鸟瞰视角，使人物侧身于景物之中，使插图有了立体感，十分符合晚明绘画的审美标准，山水第一，人物小者优于大者。

《景阳冈武松打虎》图（左国容本，右全书本）

像《景阳冈武松打虎》一图，容与堂本中武松与老虎的形象着实硕大，占据着全图正中央位置，以石头和树木点缀，大小与人物齐等；大涤余人序本中武松打虎场景与容与堂本十分相似，包括人物与老虎的动作、位置等，但

①［明］施耐庵、罗贯中：《李卓吾批评忠义水浒传全书》，天一出版社1985年版，第19页。

此一打虎场景，仅占全图四分之一不到，位于全图左上角，围绕在武松打虎周围的是苍莽的山水图景，云阔天高、悬崖断壁、古木苍松，在那一片宁静幽远的山水场景一隅，正发生着一场激烈的生死搏斗，给人以惊心动魄之感。

一、涤序本、芥子园本、三多斋本插图

此三种本子前均有署名大涤余人所作序言，都可以称之为大涤余人序本。笔者曾在《大涤余人序本〈水浒传〉的分类以及刊刻年代考辨》一文将这些本子分为两类，一类是李玄伯原藏本系统（即涤序本），一类是芥子园本系统[①]。其中三多斋本属于芥子园本系统，是一种有着“三多斋”封面的芥子园本，正文版心处尚刻有“芥子园藏板”字样，但此本图像极不清晰，基本上只剩下模糊的轮廓，内中细理条纹已不可辨识。此二类本子插图部分最大的区别在于插图刊工名姓以及位置的不同。

李玄伯本系统插图刊工的姓名以及位置为：第 1 叶上半第 1 幅图《误走妖魔》，图右下方刻“新安黄诚之刻”字样；第 3 叶下半第 6 幅图《误入销金帐》，图左边中间刻“新安黄子立刊”字样；第 5 叶下半第 10 幅图《火烧草料场》，图右边中间刻“黄诚之刻”字样；第 6 叶上半第 11 幅图《林冲斗杨志》，图右边中间刻“新安刘启先刻”字样；第 9 叶下半第 18 幅图《杀阎婆惜》，图左边中间刻“刘启先刻”字样。芥子园本系统插图刊工的姓名以及位置为：第 1 叶上半第 1 幅图《误走妖魔》，图右下方刻“白南轩刻”字样；第 5 叶下半第 10 幅图《火烧草料场》，图右边中间刻“黄诚之刻”字样；第 6 叶上半第 11 幅图《林冲斗杨志》，图右边中间刻“新安刘启先刻”字样。

对比发现，李玄伯本系统与芥子园本系统有两幅插图的刊工姓名与位置相同，为《火烧草料场》与《林冲斗杨志》。有一幅插图刊工的位置相同，但刊工的姓名却不同，为《误走妖魔》图，一为“新安黄诚之刻”，一为“白南轩刻”。除此之外，李玄伯本系统还比芥子园本系统多出两张刻有刊工名姓的插图，为《误入销金帐》的“黄子立”以及《杀阎婆惜》的“刘启先”。

除此之外，李玄伯本系统的插图与芥子园本系统插图差距甚微，若不细加比对，很难看出差异。从总体上来看，李玄伯本系统插图在细枝末节上要比芥子园本系统多一些，如《说三阮撞筹》一图李玄伯本系统比芥子园本系

①邓雷：《大涤余人序本〈水浒传〉的分类以及刊刻年代考辨》，《文学研究》2016 年第 2 期。

《说三阮撞筹》图（左李玄伯原藏本，右芥子园本）

统插图上面地上多出两处草丛，下面树上多了一处枝桠；《夺宝珠寺》一图李玄伯本系统中间一棵树枝叶比较茂盛，芥子园本系统枝叶则比较稀疏，诸如此类。

再谈一下李玄伯原藏本插图影印本的问题，此插图郑振铎编《中国古代版画丛刊》收录，1958 年中国古典文学出版社出版，后 1988 年上海古籍出版社再版。此插图影印本有着国容本插图影印本同样的问题，为了消解血腥暴力，影印本中特意删去了某些内容，或者使某些插图模糊了。如《杀西门庆》《火烧瓦砾场》二图中出现的头颅均被模糊化处理，《杀裴如海》图中胡僧头颅流出的血被删去，《翠屏山》图中丫鬟的尸身及流血部分被删去，《劫法场》图中一个被斩了头颅倒在地上的人被删去。

二、全传本、全书本插图

百回大涤余人序本系统插图与百二十回本系统插图极为相似，但在某些方面也存在一些差别。首先，插图刊工不同；其次，插图标目不同，大涤余人序本标目在栏外版心中间，用篆体刻成，百二十回本标目在栏外版心下端，用手写体刻成，且大涤余人序本标目二字至七字不等，而百二十回本变

《追甲赶时迁》图（左李玄伯原藏本，右全传本）

为整齐的五字标目；再次，插图内容小有差异。以李玄伯原藏本和全传本插图为例，如《怒打镇关西》图，李玄伯原藏本左上角树枝上的树叶要多一些；《大闹五台山》图，全传本左上角多了两横云彩；《棒打洪教头》图，李玄伯原藏本左边墙沿上的树叶多出一点；《火并隘王伦》《火烧瓦砾场》图，二本波浪的画法不一样，全传本是横线，李玄伯原藏本是格子；《追甲赶时迁》图，李玄伯原藏本右上角多了一些树叶，门上两个环，全传本只有一个环。二本插图差距甚小，不同的地方，有李玄伯原藏本比全传本细节多出之处，也有全传本比李玄伯原藏本细节多出之处。从总体上来说，李玄伯原藏本比全传本细节多出之处要更多一些。

百二十回本系统中全传本与全书本的插图同样极为相似，但细节处也有一些差别。首先，插图刊工不同。全传本插图刊工为刘君裕，此本第 5 叶下半《火烧草料场》、第 52 叶上半《众女闹新婚》、第 56 叶下半《西市剐元凶》图中均刻有“刘君裕刻”字样；全书本刊工姓名中有“轩”字，《活捉韩存保》一图左下角石头处有刊工名姓“轩刻”字样。其次，插图细节处的差别。如《弩拗走妖魔》一图，全书本围墙雕栏上没有花饰；《殷勤送宝玩》一图，全书本桌上盆栽的树叶少了不少，树下台子没有雕饰；《怒打镇关西》一图，全

《誓拗走妖魔》图（左全传本，右全书本）

书本左边少了一些树枝和树叶，树叶的画法二本不一样，全传本树叶有些类似五角星，全书本则是点点点；《秋林学射雁》一图，全书本少了“飞报”二字等等。基本上来说，全书本插图的细节不如全传本，全传本细枝末节处要比全书本多一些。

由上文基本可以厘清全图式《水浒传》插图的分类，可分为容与堂本系统、钟伯敬本系统、大涤余人序本系统三种，每一种系统中又都有各自的小分支，其间各种本子也互有差异。从各种本子的差异中可以看出，为了适应晚明绘画的审美标准，全图式《水浒传》插图由人物为主要图景，向着由山水为主要图景进行演进，体现为国容本→天容本→钟伯敬本→大涤余人序本这样一条脉络①。

①孔夫子旧书网 2019 年 10 月曾拍出一部坊间所刊一百二十回巾箱本《水浒传》残本，为书林昭华馆重订本，书前有插图 20 叶 40 幅。从公开的 12 幅插图书影观之，此本插图取材情况较为复杂，部分插图来自天容本，如《洪太尉误走妖魔》《鲁提辖拳打镇关西》《花和尚倒拔垂杨柳》《母夜叉孟州道卖人肉》《武松醉打蒋门神》《宋江大破连环马》《燕青破搜擎天任》《宋公明衣锦还乡》；部分插图来自百二十回本，如《吴用智取生辰纲》；部分插图与钟伯敬本相似，如《宋公明私放晁天王》《吴用使时迁盗甲》；部分插图未见于其他版本，或为自创，如《五台山宋江参禅》。此本首幅插图《洪太尉误走妖魔》题“项南洲刊”。

第二章 《水浒传》批语的分类及源流考

《水浒传》评点是《水浒传》研究的重要课题，一直以来学界都是从文艺学角度对《水浒传》评点进行阐发，揭示其美学内蕴与文学理论价值。《水浒传》评点本中尤其受到重视的是容与堂本与金圣叹本。进入21世纪之后，小说评点研究有了新进展，研究者开始将小说评点与小说版本结合，通过考察评语异同考辨版本演变关系。当代学者如谈蓓芳、乔光辉等先生都有过成功案例①。笔者也曾从版本角度对《水浒传》批语做过一些研究。然而，由于资料所限、关注度不够高等原因，从版本角度对《水浒传》批语所做的考察，虽然取得了一定的成绩，但也仅仅是一些尝试性的研究，并没有形成系统，更不用说全面对《水浒传》批语进行版本学上的分类以及源流考辨。本书将在现有资料上对《水浒传》批语的分类以及源流问题进行考辨。

第一节 《水浒传》批语的分类

现存《水浒传》版本共有27种，其中评点本有13种。13种评点本中简本4种，分别为评林本、英雄谱本、二刻英雄谱本、三十卷本；繁本9种，分别为三大寇本、遗香堂本、芥子园本、全传本、郁郁堂本、容与堂本、钟伯敬本、金圣叹本、王望如本②。

由于小说批语与小说插图类似，虽然与正文有联系，但是又独立于正文之外。因此同一本子由不同书坊刊刻或是不同版次，其插图或批语可能不同。如国图所藏容与堂全本与日本天理图书馆所藏容与堂本，虽然都是容与堂本，但插图并不相同；同一系统的本子，其文字大体相似，但插图或批语也可能不同，如钟伯敬本与国图所藏容与堂全本文字属于同一系统，但二者插图关系，反较文字并非同一系统的三大寇本与国图所藏容与堂全本的关

---

①许勇强、李蕊芹:《〈水浒传〉研究史》，中国社会科学出版社2017年版，第378—379页。

②笔者曾撰有《〈水浒传〉评点本综论》一文，其中遗漏英雄谱本、二刻英雄谱本，载《绥化学院学报》2013年第11期。

系为远。这样就导致了有些插图本或评点本，其所用底本正文文字较早，但插图或批语却较晚。所以，以下考察诸评点本之时，只以批语先后进行分类以及编排，而不以底本文字先后进行分类以及编排。

13种《水浒传》评点本按照批语来划分，大致可以分为7种系统，其中繁本4种，简本3种。繁本4种系统分别为：第一种为三大寇本系统，包括的本子有中国国家图书馆所藏六十六回残本（以下简称为国寇本）、林九兵卫刊本（以下简称为林刊本）、日本无穷会图书馆藏本（以下简称为无穷会本）、唐拓（即西辽先生）所藏五回残本（以下简称为唐藏本）。

第二种为大涤余人序本系统，此种可分为两类，一类为百回本，一类为百二十回本。其中百回本包括：中国国家图书馆所藏李玄伯原藏本（以下简称为李藏本）、日本佐贺县多久市多久乡土资料馆藏遗香堂刊本（以下简称为遗香堂本）、芥子园刊本（以下简称为芥子园本）、北京大学图书馆所藏三多斋刊本（以下简称为三多斋本）。百二十回本包括：北京大学图书馆所藏全传本（或称为袁无涯本，以下简称为全传本）、郁郁堂刊本（以下简称为郁郁堂本）。

第三种为容与堂本系统，此系统有两种本子，一种为容与堂本，另一种为钟伯敬本。容与堂本存世多种刊本，考察的本子有中国国家图书馆所藏容与堂全本（以下简称为国容全本）、日本天理图书馆所藏容与堂本（以下简称为天理本）、中国国家图书馆所藏容与堂八十回残本（以下简称为国容残本）①、日本内阁文库所藏容与堂本（以下简称为内阁本）、上海图书馆所藏五回残本（以下简称为上图本）。钟伯敬本存世一种刊本，但是有多种印本，考察的本子有日本东京大学图书馆藏本（以下简称为东大本）、日本京都大学图书馆藏本（以下简称为京大本）、法国国家图书馆藏本（以下简称为法图本）。

第四种为金圣叹本系统，此系统主要有三种本子：一种为贯华堂本，第二种为王望如本，第三种为句曲外史序本。因金圣叹本系统本子在清代流传极为广泛，各种本子均有多种书坊进行多次刊刻，所存本子亦甚多，因此对于此系统三种本子，不同书坊的刊刻问题以及先后印问题暂且不做讨论，只对三种本子之间的批语问题进行研究。

①中国国家图书馆所藏容与堂八十回残本与天理图书馆藏本同版，所以以下考察时二本仅以天理图书馆藏本为代表。

简本3种系统分别为:第一种评林本系统;第二种英雄谱本系统,包括英雄谱本、二刻英雄谱本,二刻英雄谱本又有多种刊本,考察的本子有日本内阁文库藏本(以下简称为内阁本)、日本京都大学图书馆藏本(以下简称为京大本);第三种为三十卷本系统,考察的本子有宝翰楼刊本、映雪草堂刊本。

本书的主要考察对象为4种繁本评点本系统,旁及3种简本评点本系统。这些评点本又分为四种情况:其一,不同版本系统;其二,同一系统不同版本;其三,同一版本不同刻本;其四,同一刻本不同印本。通过批语可以对诸评点本的版本问题进行初步考察。

第二节　三大寇本系统批语考

三大寇本批语的特征以及艺术特色,谈蓓芳先生①以及笔者②均有过一定研究。此本批语应该属于较为早期的创作,带有明显草创性以及轻率性特征。像梁山泊好汉每一个人物刚一出场就有批语提示,"史进出世"(林.2.14b)、"朱武、陈达、杨春出世"(林.2.19a)、"李忠出世"(林.3.5b)等等。这些批语本身并无特殊之义,仅仅作为提示而出现。然而,三大寇本有些批语因为轻率下笔,前后出现矛盾,如对周通的评价,一会是"真大丈夫"(林.5.13a),一会是"原不是丈夫"(林.5.13b)。也有些批语与小说内容并不符契,如"虽说好汉无泪,好汉见好汉自然泪流也"(林.2.16a),此条批语批在史进与王进二人分别之时,而批语内容却似二人相逢之时。

总体来说,三大寇本批语内容主要是关于小说人物与情节,多是一些无实义的叹惋式批评,如鲁智深教训董超、薛霸处,批道"快心"(林.9.2a),柴进担心林冲有所顾忌,对其进行宽慰处,批道"好柴进"(林.9.10a)等,亦有针对小说生发出对世情的感慨,如高俅审问王进,问其托了谁的势力敢不来处,批道"小人开口便是托势,因自家惯托势故也"(林.2.8a)。与其他繁本批语相比,三大寇本批语显得稚嫩,从文学发展眼光以及商业出版角度来

①谈蓓芳:《试谈海内外汉籍善本的缀合研究——以李贽评本〈忠义水浒传〉为中心》,《中国典籍与文化论丛》第7辑,北京大学出版社2002年版,第113—123页。后收入《中国文学古今演变论考》中,第362—378页。

②邓雷、许勇强:《〈水浒传〉林九兵卫刊本批语初探》,《宜宾学院学报》2013年第8期。

看，三大寇本批语出现的时间，较之容与堂本与大涤余人序本批语为早。如若不然，在繁本领域内，三大寇本批语若比其他本子晚出，则毫无竞争力可言[①]。

三大寇本中国寇本、林刊本、无穷会本、唐藏本，其中国寇本存66回，第1回至第20回，第26回至第71回；林刊本存10回，第1回至第10回；无穷会本存100回；唐藏本存5回，第91回至第95回。因四种本子多为残本，是以考察四本批语的情况，只能将四种本子重叠处进行比对，林刊本与国寇本相关部分比对，林刊本与无穷会本相关部分比对，国寇本与无穷会本相关部分比对，唐藏本与无穷会本相关部分比对。

一、林刊本与国寇本的关系

林刊本与国寇本重叠的10回（第1—10回）内容中，林刊本批语共179条，眉批112条，单行夹批与双行夹批67条；国寇本批语共172条，眉批105条，单行夹批与双行夹批67条[②]。二本单行夹批与双行夹批数量相等，差异主要是眉批。林刊本眉批与国寇本相比，多出者为9条，缺少者为2条。二本之间，此有彼无的眉批是否为三大寇本原本所有，还是某一版本增入所致？

谈蓓芳先生研究三大寇本批语之时，发现了一处细节，三大寇本版心下端有小字刻成的数字，这些数字是该叶所刻文字的总字数，该叶文字包括正文、眉批、夹批、音注及书口文字等[③]。通过诸本叶面版心下的数字，可以辨别林刊本、国寇本相互多出的眉批是否为原本所有。

林刊本比国寇本多出的眉批有9条，分别为：

互相哄骗妙甚（3.1b）

酸臭（3.3a）

①关于三大寇本批语早于大涤余人序本、百二十回本以及容与堂本批语的其他证据，可参见谈蓓芳《也谈无穷会藏本〈水浒传〉——兼及〈水浒传〉版本中的其他问题》，《中国文学研究》（辑刊）2000年第1期；邓雷《袁无涯刊本〈水浒传〉原本问题及刊刻年代考辨——兼及李卓吾评本〈水浒传〉真伪问题》，《福建师范大学学报》（哲学社会科学版）2017年第3期。

②国寇本有阙叶，此种以现存算。另，所有统计数据均来自于笔者《水浒传汇评本》一书。

③谈蓓芳：《试谈海内外汉籍善本的缀合研究——以李贽评本〈忠义水浒传〉为中心》，《中国典籍与文化论丛》第7辑，北京大学出版社2002年版，第118页。后收入《中国文学古今演变论考》中，第370页。

李忠出世(3.5b)

月持得金老这般人也不枉了(4.2b-3a)

古人结交,如何便皆这等?宜卓老终其身寻不见也(4.9a)

原不是丈夫(5.13b)

好计好计(7.11a)

出自意外,快人快人(10.9b)

三恶聚而圆谶,亦是天意(10.9b-10a)

逐一对此9处眉批进行考察,第一处第3回第3叶林刊本与国寇本版心数字为"四、四十"(四百四十),此叶国寇本正文415字,书口文字8字,总计423字,即便加上林刊本眉批6字,也与版心数字440字对应不上,还差了11字。第二处第3回第3叶国寇本版心数字为"四、二十六"(四百二十六)①,此叶国寇本正文416字,书口文字8字,总计424字,若加上林刊本2字眉批,正好为426字。第三处第3回第5叶,国寇本版心数字为"四、六十"(四百六十),此叶国寇本正文440字,书口文字8字,其中一条眉批8字,总计456字,若再加上林刊本4字眉批,正好为460字。第四处因为横跨两叶,所以计算时要计算第4回第2叶与第3叶的字数,国寇本此二叶版心数字分别为"四、廿九"(四百二十九)、"四、五七"(四百五十七),总计字数886,国寇本此二叶正文851字,书口文字16字,其中一条眉批7字,总计874字,若加上林刊本12字眉批,正好为886字。其余五处,第五处、第六处、第八处、第九处国寇本字数均少于版心下端数字,若加上林刊本多出眉批字数后,则与版心数字吻合。第七处与第一处相同,即便国寇本字数加上林刊本多出的眉批字数,依旧与版心下端数字对应不上,还差了2字。

再看国寇本比林刊本多出的2条眉批为:有景(3.11a)、忒毒(8.9b)。其中第一处第3回第11叶林刊本与国寇本版心数字为"四、五十五"(四百五十五),此叶林刊本正文440字,书口文字8字,一条眉批字数5字,总计453字,若加上国寇本2字眉批,正好为455字。第二处第8回第9叶国寇本版心数字为"四百五十",此叶林刊本正文440字,书口文字8字,总

①此处林九兵卫刊本叶下无数字,以下列举两本数字者则为二本均有数字,若只列举一本数字者则为一本版心下有数字,另一本无数字。

计 448 字，若加上国寇本 2 字眉批，正好为 450 字。

从林刊本与国寇本上述情况可以发现，无论是林刊本多出的批语，还是国寇本多出的批语，均为三大寇本原本所有，林刊本与国寇本均是后出的本子，二本批语各有缺失。此外，林刊本比国寇本多出批语的第一处与第七处值得注意，此二处林刊本与国寇本的字数与版心数字并不统一，叶面全部字数比版心数字要少。第一处林刊本字数比版心数字少 11 字，第七处少 2 字，这说明林刊本此二处应该还缺少了 11 字批语与 2 字批语。由此也可再次证明，林刊本与国寇本是后出之本，二本批语在相互补充的情况下，依旧有所缺失。

至于林刊本底本[①]与国寇本刊刻先后问题则较难判断，虽然从前 10 回批语缺失情况来看，林刊本批语数量较之国寇本多一些，但并不代表林刊本的刊刻时间就在国寇本之前。虽然二本刊刻先后顺序不可断定，但其亲缘关系却可明确，林刊本与国寇本之间不存在直接的承袭关系，二本眉批互有多寡，应该是某个祖本之下并行的两条分支。

另外，根据版心下端数字，也能判断林刊本与国寇本略有不同的批语孰是孰非。如国寇本批语“林冲当时何故错与他相好”（7.8a），此条批语林刊本多了一个字，为“林冲当时何故错与他相好戒”（7.8a），第 7 回第 8 叶国寇本版心数字为“四、七五”（四百七十五），此叶国寇本正文、书口、眉批共计 474 字，正好少了 1 字，所以以林刊本批语为是。再如国寇本批语“如见”（10.3b），林刊本为“描得如见”（10.3b），国寇本批语比林刊本少了 2 字。第 10 回第 3 叶林刊本与国寇本版心数字为“四、六五”（四百六十五），此叶国寇本正文、书口、眉批共计 463 字，正好少了 2 字，所以同样以林刊本批语为是。

二、林刊本与无穷会本的关系

林刊本与无穷会本重叠的 10 回（第 1—10 回）内容中，林刊本批语共 179 条，眉批 112 条，单行夹批与双行夹批 67 条；无穷会本批语共 130 条，眉批 64 条，单行夹批与双行夹批 66 条。二本双行夹批数量相等，单行夹批数量仅差 1 条，眉批数量则差异甚大。林刊本眉批与无穷会本相比，多出 49

①之所以言林刊本底本，是因为林刊本乃是和刻本，刊刻时间较晚。

条,缺少 1 条。同样,从版心数字来看,林刊本与无穷会本互为多出的批语,是否为三大寇原本所有?因林刊本眉批比无穷会本超出甚多,而二本版心处数字常有缺失,故而选取版心处所存数字之例以观之。如第 2 回,无穷会本缺失批语有 8 条:

针线(2.1b)
乱始(2.2a)
史进比高俅何如(2.13b)
史进出世(2.14b)
虽说好汉无泪,好汉见好汉自然泪流也(2.16a)
朱武亦是真义气,不止苦计(2.22b)
多少人为算命的误了(2.25a)
极误事的人偏会答应(2.26a)

第一处第 2 回第 1 叶林刊本版心数字为“三、七十四”(三百七十四),此叶无穷会本正文 364 字,书口文字 8 字,总计 372 字,若加上林刊本 2 字眉批,正好为 374 字。第二处第 2 回第 2 叶林刊本版心数字为“四、五十八”(四百五十八),此叶无穷会本正文共有 440 字,书口文字 8 字,两条眉批 8 字,总计 456 字,加上林刊本 2 字眉批,正好为 458 字。第三处第 2 回第 13 叶林刊本版心数字为“四、五十五”(四百五十五),此叶无穷会本正文 440 字,书口文字 8 字,总计 448 字,加上林刊本眉批 7 字,正好 455 字。第四处第 2 回第 14 叶林刊本版心数字为“四、五十”(四百五十),此叶无穷会本正文 440 字,书口文字 8 字,若加上林刊本眉批 4 字的话,则为 452 字,超过版心数字 450 字。其余 4 处无穷会本字数均少于版心下端数字,但加上林刊本多出眉批字数后,则与版心下端数字吻合。

由第 2 回 8 个例子已可说明,无穷会本所缺批语,同样为三大寇本原本所有,而非后来增加所致。其中值得注意的是第四处,此处林刊本全叶字数竟然比版心数字多出 2 字,而此处国寇本批语同样如是,这说明林刊本此条批语没有问题。之所以会出现叶面总字数比版心数字多的情况,是因为刊工计算叶面刊刻字数之时,出现了错误。

无穷会本比林刊本多出的 1 条眉批为:有景(3.11a)。此条眉批国寇本同样多出,上文已证此条眉批为三大寇本原本所有。所以,从林刊本与无穷会本的眉批比对可知,林刊本底本与无穷会本刊刻先后顺序也较难确定,但可以肯定的是,林刊本与无穷会本之间没有直接的承袭关系。

第1—10回内容中,林刊本眉批112条,无穷会本眉批64条,林刊本比无穷会本多了49条眉批,相当于无穷会本以林刊本作为参照,批语缺少了四成以上,此一缺失比重相当之大。无穷会本100回仅有595条批语,其中眉批308条[①],单行夹批与双行夹批287条。从前10回批语情况来看,无穷会本应该缺失了大量眉批,此一点从批语内容的某个侧面也可看出。之前说过三大寇本批语具有草创性,每个梁山泊英雄第一次登场,就有"某某某出世"的批语,此一习惯贯穿全书,最后一个登场的梁山泊人物是皇甫端,此人刚登场时,无穷会本有批语"皇甫端见"(70.9b)。考察无穷会本全书批语,仅仅只有47位好汉出场时有批语,这个数量仅占全部好汉四成多,其余人物的出场批语则应缺失。以这个比例来看,无穷会本缺失的眉批当有原书六成左右。

三、国寇本与无穷会本的关系

国寇本与无穷会本重叠的66回(第1—20回、第26—71回)内容里,其中第1—10回,国寇本批语共172条,眉批105条,单行夹批与双行夹批67条;无穷会本批语共130条,眉批64条,单行夹批与双行夹批66条。国寇本与无穷会本相比,国寇本比无穷会本多出48条批语,国寇本比无穷会本缺少6条批语。第11—20回与第26—71回,国寇本批语547条,眉批402条,单行夹批与双行夹批145条;无穷会本批语316,眉批179条,单行夹批与双行夹批137条。国寇本独出批语242条,其中眉批232条,单行夹批与双行夹批10条;无穷会本独出批语9条,其中眉批8条,单行夹批与双行夹批1条。从以上林刊本与国寇本以及林刊本与无穷会本的关系可知,无论是国寇本比无穷会本多出的批语,还是无穷会本比国寇本多出的批语,都应属于原本所有。为求所证,举三例国寇本比无穷会本多出批语以观之。

缓兵之计(18.10b)

朱贵原是地煞人数,故意气自然不同(19.8b)

①此统计数据包括残存个别文字以及模糊之处的批语,若是较为清晰的批语,则仅有244条。

算计人尽有智巧，恨多此智巧（40.3a）

此三处，第一处第18回第6叶无穷会本、国寇本版心数字为“四、五十三”（四百五十三），此叶无穷会本正文440字，书口文字9字，总计449字，若加上国寇本多出眉批4字，正好为453字。第二处第19回第8叶无穷会本、国寇本版心数字为“四、六五”（四百六十五），此叶无穷会本正文440字，书口文字9字，夹批1字，总计450字，再加上国寇本多出眉批15字，正好为465字。第三处第40回第3叶国寇本版心数字为“四百六十一”，此叶无穷会本正文440字，书口文字9字，总计449字，若加上国寇本多出眉批12字，正好为461字。

由此可确知，国寇本比之无穷会本多出的批语为三大寇本原本所有。至于无穷会本比之国寇本多出的批语则不另举例，前10回中无穷会本比之国寇本多出的6条眉批，都涵盖在林刊本比国寇本多出的批语之中，上文已有讨论，无穷会本比国寇本多出的批语亦为三大寇本原本所有。由上亦可见，国寇本与无穷会本批语互有多寡，二者没有直接的亲缘关系，而是不同的翻刻本。同时需要注意的是，无穷会本有2例双行夹批误入正文之例，分别为“至三十五里地名飞虎峪【欲】”（63.3b），“忽然阴风飒飒【竝】”（65.1b）。

另外，通过之前提及梁山泊108位好汉每一位出场都有批语提示的细节，可以从侧面探考国寇本批语缺失的数量。国寇本所存部分除中间缺少第21回至25回之外，其余部分正好涵盖所有梁山泊好汉的出场情节。第21回至第25回只有1位好汉出场，除去这1位，还有107位好汉。国寇本66回内容当中，94位好汉有出场批语提示。若以此比例来看国寇本批语数量，比之三大寇原刊本还缺失了10%以上。同时，从国寇本与无穷会本眉批比对来看，国寇本眉批507条，无穷会本眉批243条，无穷会本眉批数量不及国寇本一半，而国寇本眉批尚缺失了10%以上。由此观之，之前所言无穷会本全书缺失的眉批当有原书六成左右，此言恐怕非虚。

四、唐藏本与无穷会本

唐藏本与无穷会本二本重叠的5回（第91—95回）内容中，无穷会本共有批语6条，3条单行夹批，分别为“偏将”（92.3a）、“有见识”（93.15b）与“真言”（94.12a）；1条双行夹批，为“平”（93.6b）；2条眉批，分别为“说此四个好汉时，又胜三好汉矣”（93.9b-10a）、“好汉、真好汉”（93.10b）[①]。唐藏本共有批语14条，2条单行夹批为“偏将”（92.3a）、“有见识”（93.15b），1条双行夹批，与无穷会本同，11条眉批。唐藏本单行夹批数量比无穷会本少1条，眉批数量比无穷会本多9条。无穷会本多出的夹批以及唐藏本多出的眉批，是否为三大寇本原本所有，而非后来增入？同样通过版心下端数字来考察。

无穷会本多出夹批“真言”的叶数为第94回第12叶，此叶下端数字无穷会本缺，唐藏本下端数字为“四、五十八”（即四百五十八）。此叶唐藏本正文440字，书口文字10字，一条眉批8字，共计458字，唐藏本正文、书口、批语总字数已跟版心下方数字吻合。那么，无穷会本多出的2字夹批有两种可能性，其一乃是无穷会本后来所加，非原本所有，这种情况的可能性很小，因为从之前研究来看，无穷会本批语缺失甚多，不太可能存在增加的情况；其二唐藏本版心字数计算出现错误，这种情况之前研究就已出现，三大寇本其他地方也有存在，像第3回第8叶，版心下方数字为“四、十五”（四百一十五），这个数字明显有问题，因为此叶光正文字数就有440字，更毋庸说加上书口与眉批字数。此种叶面字数计算错误，导致夹批字数没有计算在内的可能性比较大。

再来看唐藏本比无穷会本多出的9条眉批。这9条眉批叶面版心下端无穷会本均无数字，甚至而言，第91回至第95回，此5回无穷会本版心下端无一处数字。唐藏本版心下端有数字的批语有7处，分别为：

语出中心，情足动人，诸兄弟视死如归矣（93.1b）

渔人也爱好汉，何况读书谈道者（93.8b）

不得不让他纳头矣（93.8b）

如何令人感念至此（94.12a）

李逵泪出不易矣，娘哭、鲍旭二次耳，郢人叹亡质，伯牙凭知音，千古同然，伤哉（95.13a）

像得紧（95.15b）

收得精神如此（95.16a）

①无穷会本此2条眉批均残损，但亦可见此处有眉批。

第一处第93回第1叶唐藏本版心数字为“四百廿二”，此叶无穷会本正文417字，书口文字10字，光此二处文字字数就有427字，超过版心数字422，可见正如上文所言，此处刊工计算字数出现错误。第二处、第三处为同一叶第93回第8叶，唐藏本版心数字为“四百六十六”，此叶无穷会本正文440字，书口文字10字，总计450字，唐藏本两条眉批的字数为21字，若加上则为471字，与版心数字又不相符，刊工计算字数出现错误。第四处第94回第12叶版心数字为“四、五十八”（四百五十八），此叶无穷会本正文440字，书口文字10字，总计450字，若加上唐藏本眉批8字，正好为458字。第五处第95回第13叶版心数字“四、八十”（四百八十），此叶无穷会本正文440字，书口文字10字，总计450字，若加上唐藏本眉批30字，正好为480字。第六处第95回第15叶版心数字“四、五三”（四百五十三），此叶无穷会本正文440字，书口文字10字，总计450字，若加上唐藏本眉批3字，正好为453字。第七处第95回第16叶版心数字“二、七二”，此叶无穷会本正文254字，书口文字10字，总计264字，加上唐藏本眉批6字，共计270字，比版心数字少了2，此处可能是刊工计算失误，也可能是此叶还少了2字批语。

由上来看，无论是唐藏本比无穷会本多出的批语，还是无穷会本比唐藏本多出的批语，均当为三大寇本原本所有。因唐藏本与无穷会本批语互有多寡，所以，此二本没有直接的承袭关系。

五、四种三大寇本与三大寇本原刊本

现存四种三大寇本（无穷会本、国寇本、林刊本、唐藏本）批语去除重复，共计有894条，其中眉批598条，夹批296条。这与原刻本批语数量还有一定差距，其一，现存全本三大寇本是翻刻质量最差的无穷会本，缺失批语特多，而翻刻质量较好的郑振铎原藏本、林九兵卫刊本、西辽藏本加起来仅存71回。其二，即便是翻刻质量较好的三种本子，批语依旧存在少量脱漏。

通过现存批语大致可以推定原刻本批语数量，因三大寇本在每一位梁山好汉出场之时，都会有批语提示，如“史进出世”（林.2.14b）、“朱武、陈达、杨春出世”（林.2.19a）、“李忠出世”（林.3.5b）等等。按理三大寇本原刻本当对108位好汉进行出场提示，而三大寇本四种刻本仅存其中100位好汉出场提示。若以此比例来看四种刻本的批语数量，比之三大寇本原刻本应缺失了7%左右。当然实际情况还会更高一些，因为全部好汉出场完，之后的故事还有30回，而这30回中有23回仅无穷会本现存。

六、三大寇本对后世评点本的影响

关于三大寇本批语对其他《水浒传》评点的影响，谈蓓芳先生论文有所涉及，论述了三大寇本与袁无涯本之间存在少数相同的批语[①]。笔者亦有文章《林九兵卫刊本〈水浒传〉批语研究》专门论及三大寇本批语与其他评点本批语的关系[②]，因当时所能见者为林九兵卫刊本，故而未涉及国寇本、无穷会本、唐藏本。此处撮其要介绍笔者文章观点，并适当补入其他本子情况。另外，此处只介绍三大寇本对其他评点本的影响情况，至于三大寇本以及其他评点本李卓吾真伪评的问题，下文会叙及。

《林九兵卫刊本〈水浒传〉批语研究》一文中介绍了林刊本批语对袁无涯刊本以及容与堂本批语的影响。其中林刊本对容与堂本批语的影响主要是内在，虽然前10回中容与堂本与林刊本并无一处相同的批语，甚至有些批语内容互相有抵牾之处，但是二本批语也有不少相通的地方：其一是特殊词语"卓老"，容与堂本与林刊本中均有出现。其二是对待道学的态度，容与堂本与林刊本批语相似，二本均有讽刺和批判道学的批语；其三是容与堂本与林刊本批语风格相似，林刊本有不少盛气凌人及过当的批语，往往体现出一种情绪化的语言，而容与堂本批语更是如此，带有晚明狂禅的意味，想到什么便说什么，毫无顾忌，毫无遮拦，恣意随性，是所有《水浒传》评点本中情绪化最为突出的一种。

林刊本对大涤余人序本系统批语的影响则体现在外在方面，十分明显。据文中统计，前10回中林刊本与大涤余人序本相同之处的批点有57处，基本上是眉批。这57处批语中有26条林刊本与大涤余人序本存在关联，其中12条大涤余人序本批语完全同于林刊本；有5条大涤余人序本内容意思与林刊本相同；有3条林刊本有部分内容跟大涤余人序本相同；有6条大涤余人序本内容大意同于林刊本，但于后者之上又多有生发。由此可见，林刊

①谈蓓芳：《也谈无穷会藏本〈水浒传〉——兼及〈水浒传〉版本中的其他问题》，《中国文学研究》（辑刊）2000年第1期，后收入《中国文学古今演变论考》中，第295—361页。

②邓雷：《林九兵卫刊本〈水浒传〉批语研究》，《古典文献学术论丛》2016年第5辑。

本批语对大涤余人序本批语影响甚大,57 处同位置的批语,有 26 条存在关联,比率高达 45%。其后笔者在另一篇研究无穷会本的文章中提到,无穷会本第 11 回至第 100 回,大涤余人序本系统与林刊本有关联的批语 38 条,其中完全相同或者几近相同者 20 条[①]。

以下将结合四种三大寇本,对三大寇本与大涤余人序本批语的关系进行重新梳理。三大寇本系统共有批语 951 条,其中眉批 655 条,夹批 296 条[②];大涤余人序本共有批语 2708 条,其中眉批 1869 条,夹批 839 条[③]。二者在相同位置进行评点的批语共有 272 处,其中 158 处批语则存在密切联系。这些紧密联系的批语按照关系度大致可以划分为三种:第一种二者完全相同,共计 59 处;第二种二者大体相同或相关,共计 53 处;第三种大涤余人序本批语内容大意同于三大寇本,且在后者基础上有所生发,共计 46 处[④]。

第一种,二者批语完全相同。如:

三大寇本:便有忠义堂气象。(16.1b)

大涤序本:便有忠义堂气象。(16.1b)

(例一)

三大寇本:杨志可与谈兵。(16.5a)

大涤序本:杨志可与谈兵。(16.5a)

(例二)

三大寇本:闲话叙得有情致。(16.6b)

大涤序本:闲话叙得有情致。(16.6b)

(例三)

第二种,二者批语大体相同或相关。如:

三大寇本:精细。(31.2b)

①邓雷:《无穷会本〈水浒传〉研究——以批语、插图、回目为中心》,《东方论坛》2015 年第 5 期。

②三大寇本批语数量为郑振铎原藏本、日本无穷会藏本、林九兵卫刊本、西辽先生藏本批语数量去重复叠加。

③大涤余人序本批语数量为大涤余人序本、芥子园本、全传本、郁郁堂本批语数量去重复叠加,其中全传本、郁郁堂本仅取百回部分。

④许勇强、邓雷:《〈水浒传〉林九兵卫本与袁无涯本比较研究——以评语为考察视阈》,《山西师大学报》(社会科学版)2015 年第 5 期。

大涤序本：如此精细。（31.2b）

（例一）

三大寇本：英雄时能打虎，困倦了似牵羊，可以慷慨，可以堕泪。（31.6b）

大涤序本：醉能打虎，困似牵羊，可以慷慨，可以堕泪。（31.7a）

（例二）

三大寇本：好伤心。（31.11b）

大涤序本：真可伤痛。（31.12a）

（例三）

三大寇本：细细零零，说得结义心肠，十分郑重，可以落泪出涕。（31.14a）

大涤序本：细细零零，吐出结义心肠，十分珍重，可以落泪出涕。（31.14b）

（例四）

第三种，二者批语大意同，后者有所生发。如：

三大寇本：真正心腹弟兄。（18.7a）

大涤序本：极忙急时还以一识好汉为要紧事，晁盖必欲引进，宋江并不推掉，真是心腹弟兄。（18.8ab）

（例一）

三大寇本：缓兵之计一。（18.10b）

大涤序本：为捉者缓兵，为走者躲闪。（18.11a）

（例二）

三大寇本：无因至前。（30.4b）

大涤序本：无因至前，即用着施恩家法，武松直汉，所以不疑。然后来回味，情皆是诈，恨毒倍深，此文章造事极奇妙处。（30.5a）

（例三）

三大寇本：孔目胜似知府。（30.10b）

大涤序本：孔目胜似知府，宋江是吏出身，且前曾解说宋时做吏之苦，故传中每见好吏。（30.11a）

（例四）

从批语来看,大涤余人序本与三大寇本之间有着密切关联。二者之间,必然有一者承继了另一者的批语。其中三大寇本的批语具有草创性与略显粗糙轻率的特点①,而大涤余人序本批语则明显是精心结撰而成。再结合大涤余人序本其他一些生发性批语,如三大寇本批语“斯,俗作搽,误”(28.7b),大涤余人序本作“斧以斯之,斯字出《诗经》,俗作搽、析,俱非”(28.7b);三大寇本批语“金公去远了(3.11a)”,大涤余人序本作“如此消遣,为耐得金公的脚跟远,亦激得郑屠与拳头近,绝好作用(3.11b)”等,可知三大寇本批语在大涤余人序本批语之前,大涤余人序本承继了部分三大寇本批语。

此外,虽然由于三大寇本四种本子均是后刻本,而非原刻本,批语有一定缺失,但是综合林刊本、国寇本、唐藏本、无穷会本四种本子所存批语来看,大涤余人序本系统与三大寇本有关联的批语158条,其中完全相同或几近相同的有59条。这些相关联的批语基本上是眉批,三大寇本现存眉批655条,相关联的批语大概占了1/4,而完全相同的批语占了1/10左右,这个比例相当之大。

虽然三大寇本批语在内在与外在对容与堂本及大涤余人序本均有所影响。但是不可否认的是,三大寇本批语还处于一种草创阶段。批语质量与数量均比不上容与堂本以及大涤余人序本。以数量来说,三大寇本所存批语最多的前10回,共有批语181条,总计1159字,其中眉批114条,1009字,单行夹批及双行夹批67条,150字。容与堂本与大涤余人序本前10回批语数量据《明代〈水浒传〉评点研究》一文统计,容与堂本前10回共有批语365条,总计1154字,其中眉批85条,581字,夹批及句末批280条,573字。大涤余人序本前10回共有批语402条,总计4366字,其中眉批284条,3711字,夹批118条,655字②。容与堂本与大涤余人序本批语数量远较三大寇本为多,大涤余人序本批语字数更是4倍于三大寇本。

从上述研究可见,三大寇本批语对后世评点本中大涤余人序本具有颇大影响,对容与堂本也具有一定影响。三大寇本现存四种本子林刊本、国寇本、唐藏本、无穷会本均非三大寇本原刊本,四者批语均有缺失。其中以林刊本批语缺失最少,无穷会本批语缺失最多,其刊刻时间当最晚。林刊本与

①邓雷:《〈水浒传〉林九兵卫刊本批语初探》,《宜宾学院学报》2013年第8期。
②邓雷:《明代〈水浒传〉评点研究》,东华理工大学2014年硕士学位论文。

无穷会本、林刊本与国寇本、国寇本与无穷会本、唐藏本与无穷会本之间，因为所存批语互有多寡，故而不存在直接的承袭关系。

第三节　大涤余人序本系统批语考

大涤余人序本批语的研究，一直以来都比较薄弱。关于此本文艺学或美学层面上的研究较少，主要讨论都集中在几个问题上，包括大涤余人序本批语是否为李贽原评，大涤余人序本系统中百二十回本田王故事批语是否为伪托，大涤余人序本系统中百回本与百二十回本批语的关系等。

关于这些问题，笔者曾撰写过一系列文章进行讨论①。但囿于当时有些材料未曾见及，有些材料取自二手，所以部分结论并不全面，有些结论甚至有所偏颇。其中最大的问题便是北京大学图书馆所藏袁无涯本刊刻时间的错估。一直以来此本都被认为是袁无涯原刊初印本，孙楷第、马蹄疾、王利器等《水浒传》版本研究专家均持此论②。笔者此前由于未曾见及此本，也以为此本是袁无涯原刊初印本，及至见到此本之后，发现此本"由"字避讳为"繇"字、"校"字避讳为"较"字、"检"字避讳为"简"字，则知此本并非袁无涯原刊初印本，而是后刊本，其刊刻时间至少在崇祯年间。有鉴于此，之前笔者研究之时，将袁无涯本定为原刊本而产生的诸多限制与假设情况，均可一一排除。于此，也可重新梳理大涤余人序本系统整个批语情况。

大涤余人序本系统的本子按照大类划分，可分为两类，一种为无田王故事的百回本，一种为有田王故事的百二十回本。两类虽然回数上相差20回，但是百回故事部分的批语，除数量上有多寡之分外，文字基本相同。这两类本子中又有不同的刊本，百回本中有李藏本、遗香堂本、三多斋本、芥子园本；百二十回本中有全传本③、郁郁堂本。研究之时，先对各大类中不同刊

①详见《遗香堂本〈水浒传〉批语初探》，《牡丹江大学学报》2013年第9期；《袁无涯刊本与大涤余人序本〈水浒传〉关系考辨》，《水浒争鸣》2014年第15辑；《袁无涯刊本〈水浒传〉原本问题及刊刻年代考辨——兼及李卓吾评本〈水浒传〉真伪问题》，《福建师范大学学报》（哲学社会科学版）2017年第3期。

②参详孙楷第：《中国通俗小说书目》，人民文学出版社1982年版，第215页；马蹄疾：《水浒书录》，上海古籍出版社1986年版，第95页；王利器：《〈水浒〉李卓吾评本的真伪问题》，《文学评论丛刊》1979年第2辑。

③此全传本即为北京大学图书馆所藏百二十回本，此本非袁无涯原刊本，上文已明了，故而此处以全传本称之。

本的关系进行研究，再将百回本与百二十回本这两大类进行比对研究。

一、百回本系统诸本的关系

上文对整个大涤余人序本系统进行划分，可以分为百回本与百二十回本。实际上百回本四种本子李藏本、遗香堂本、芥子园本、三多斋本，又可以划分为两类小系统，一类为李藏本系统，另一类为芥子园本系统。属于李藏本系统的有李藏本与遗香堂本，属于芥子园本系统的有芥子园本与三多斋本[①]。

1. 芥子园本与三多斋本

三多斋本与芥子园本实为一种本子，三多斋本前六回乃是补钞而成，其余部分正文版心处有“芥子园藏板”字样，封面中间大字书“水浒全传”四字，左下署“三多斋梓”，右上题“李卓吾先生评”，板框外横书“施耐庵原本”。此本应如马蹄疾先生所言“很可能芥子园版到清代为三多斋主人所得，三多斋主人原封加以重印，为了宣扬自己，特在前面加上一张版权页”[②]，所以此本当为芥子园本后印本。

此处考察的芥子园本为中国国家图书馆藏本。芥子园本与三多斋本相比，后者批语几乎与前者相同，但偶有缺失。如第 28 回第 5 叶、第 6 叶批语因部分板框缺失，导致两条眉批“好名目”（28.5b）与“说得如此周至”（28.6b）缺失；第 41 回第 14 叶上缺眉批一条“此一段行队与清风、对影山相同，赖此处小变”（41.14a）；第 63 回第 2 叶缺眉批一条“好告示”（63.2a）[③]。由此可见，三多斋本翻印芥子园本之时，存在批语缺失的情况。

2. 李藏本与遗香堂本

李藏本与遗香堂本虽然版心下方并无刊刻书坊，但是此二本实则出自同一刻板，不少断板、缺字之处，二本完全相同。断板相同之处如第 2 回第 2 叶下，李藏本有三条眉批，分别为“与前忠良呼应”“高俅也会枪棒，也曾断配，也曾为人惜养抬纳，只仁义礼智、信行忠良不会，皆影对水浒中人”“细

---

①关于李藏本、遗香堂本、芥子园本、三多斋本四种本子的分类可参见笔者《大涤余人序本〈水浒传〉的分类以及刊刻年代考辨》，《文学研究》2016 年第 2 期。

②马蹄疾编著：《水浒书录》，上海古籍出版社 1986 年版，第 70 页。

③日本国会图书馆所藏芥子园本也存在批语缺失的情况，如第 21 回第 1 叶上缺失“此一回不惟能画眼”几个字；第 99 回第 11 叶上缺失批语“不晓得的到实证得妙妙”。由此可见，日本国会图书馆藏芥子园本非芥子园原刊本，此本存在批语缺失的问题。

叙来历,便知其人”,此三条眉批残损,残损之后三条批语呈一条斜线,无独有偶,遗香堂本此处也残损,而且残损的模样与李藏本一模一样;第2回第27叶上,李藏本眉批“极误事的人偏会答应”,此眉批部分模糊不清,遗香堂本批语同样位置也模糊不清;第3回第8叶下,李藏本眉批“直恁爽利”,缺“直恁”二字,“爽”字也有所残缺,此半叶李藏本有三条眉批,其他两条均不残缺,只有此条残缺,可见李藏本此处木板残损,遗香堂本残损部分同于李藏本。

缺字相同之处如第11回第6叶下,李藏本眉批“先叙此一段,见王伦”,此批未完,查芥子园本可知此批为“先叙此一段,见王伦寡情可恨,便应有火并之理”(11.6b-7a),遗香堂本同李藏本;第21回第3叶上,李藏本眉批“布景,后着人,一一如见”,芥子园本为“画出房屋器具来,先布景,后着人,一一如见”(21.2b-3a),李藏本缺失前面部分文字,遗香堂本同于李藏本。此二处李藏本与遗香堂本之所以缺字,是因为批语处在两叶之间的位置,所以或保留了前面一叶文字,或保留了后面一叶文字。

这些相同的批语断板与缺字,已可说明李藏本与遗香堂本出自同版。但是二本的刊印依旧有先后之分。李藏本现存第1回至第44回,44回内容中,存在5条李藏本存而遗香堂本不存的眉批,分别为“便有说作,便亲热”(24.3a)、“好诗”(30.11b)、“财帛酒肉分口说,妙”(32.1b)、“好摹写”(33.5b)、“像像”(33.5b)。然而并无一条遗香堂本存而李藏本不存的批语。由此可知,5条眉批缺失应该是遗香堂本后印之时,板木磨损所致。

另外值得注意的是,李藏本与遗香堂本批语与此木板初印本批语应该存在一定差距。因为刊印李玄伯原藏本、遗香堂本之时,此本木板版面情况已经相当糟糕,不仅存在断口以及断板情况,而且有的叶面木板大面积缺损。表现在批语上,就是批语残损,如“高俅也会枪棒,也曾断配,也曾为人惜养抬纳,只仁义礼智、信行忠良不会,皆影对水浒中人”(2.2b),这条批语遗香堂本每行上两字缺。这种批语文字残损较为严重的情况,遗香堂本有30条。由此也可见,李藏本、遗香堂本因板木磨损缺失的批语不知凡几,这也是为何芥子园本刊刻质量不如遗香堂本,而所存批语数量却多于遗香堂本的原因之一。

3. 遗香堂本与芥子园本

遗香堂本与芥子园本批语的情况,笔者曾撰写《遗香堂本〈水浒传〉批语初探》一文做过研究。文章内容与结论大致如下：二本共同存在的批语基本相同，但也有此有彼无的批语，统计得出遗香堂本批语2500余条，其中芥子园本有而遗香堂本无的批语44条，遗香堂本有而芥子园本无的批语47条。通过内证与外证得出，芥子园本与遗香堂本互为多出的批语为二本祖本所有，非二本后来添加①。此文方法、举证、结论均无甚问题，但由于当时所用芥子园本来自于二手资料《水浒传会评本》（陈曦钟等人所辑），所以导致统计数据出现一些问题，同时某些论断也存在偏差。

今将遗香堂本与芥子园本批语重新统计如下：遗香堂本共有批语2510条，其中眉批1720条，夹批790条。芥子园本共有批语2657条，其中眉批1839条，夹批818条。芥子园本比遗香堂本多出批语159条，其中眉批124条，夹批35条；遗香堂本比芥子园本多出批语12条，其中眉批有5条，夹批有7条②。遗香堂本有批语2510条，芥子园本有批语2657条，二本批语相似度高达94%，可见二本批语乃同源批语。

遗香堂本与芥子园本二本互有多出的批语，当为二本祖本所有，而非二本添加所致。此点笔者在《遗香堂本〈水浒传〉批语初探》中已有论证，简述如下：无论是芥子园本，还是遗香堂本多出的批语，其风格均与二本其他批语类似。芥子园本第45回多出批语有"送亲""二引""三引""四引""色来""五引，入洞房"6条，此一技法金圣叹称之为草蛇灰线法，此类评点大涤余人序本其他地方也出现，金圣叹本不少批语也曾袭用，此数条批语恰在袭用之中。由此可见，这些批语乃大涤余人序本祖本原有，而非后来芥子园本所增。

此处再举一个侧面以观之，之前统计遗香堂本与芥子园本此有彼无之批时，仅统计了二本整条批语的有无，实际上二本还存在一些部分批语的有无，即二本批语相比，某本批语只多出部分文字。如：

先叙此一段，见王伦。（遗眉11.6b）

先叙此一段，见王伦寡情可恨，便应有火并之理。（芥眉11.6b-7a）（例一）

人有同心。（遗眉12.8a）

①邓雷：《遗香堂本〈水浒传〉批语初探》，《牡丹江大学学报》2013年第9期。

②此处所统计的二本互为多出的批语为整条批语，并不包括多出部分的批语。另外，李藏本有而遗香堂本无的批语，同样算作遗香堂本所存的批语。

人有同心，偏是做官的人高了一分，没了一分，可恨可怜。（芥眉 12.8a）

（例二）

何等亲热。（遗眉 17.4a）

何等亲热，与庞德公事何异。（芥眉 17.4a）

（例三）

布景，后着人，一一如见。（遗眉 21.3a）

画出房屋器具来，先布景，后着人，一一如见。（芥眉 21.2b-3a）

（例四）

伏后。（芥眉 42.13a）

结前伏后。（遗眉 42.13a）

（例五）

分解。（芥眉 90.11a）

分解得好。（遗眉 90.11a）

（例六）

此六例均是二本批语多出部分文字之例，其中前四例是芥子园本比遗香堂本批语多出部分文字之例，后两例是遗香堂本比芥子园本批语多出部分文字之例。从此六例可以看出，多出的部分文字，衔接严丝合缝，并没有后添的痕迹，尤其以例一、例三为著，当是原本便已存在。由此也可知，其余二本互有多寡的批语也当为二本祖本所有，而非添加所致。此点从遗香堂本比芥子园本多出 12 条批语亦可知，多出批语数量实在太少，若是后增，实无必要。

由上可知，遗香堂本与芥子园本批语没有直接的亲缘关系，二本批语系属同源，有共同的祖本。同时，从所存批语来看，芥子园本批语比遗香堂本批语多出百余条，可见芥子园本批语面貌较之遗香堂本，与祖本更为接近。

二、百二十回本系统诸本的关系

1. 郁郁堂本与郁郁堂挖印本

郁郁堂本有两种刻本，一种为郁郁堂本，是版心下端有“郁郁堂四传”的本子；一种为郁郁堂挖印本，是将版心“郁郁堂四传”印记挖除的本子，但是部分叶面并未挖除干净，有的保留郁字的“阝”，有的则完全保留“郁郁堂四传”字样。若是郁郁堂挖印本在郁郁堂本原板木基础上，将版心挖除，那么此两种本子将不是原刻与翻刻的区别，而是先印与后印的区别。郁郁堂挖印本情况较为复杂，虽然挖印本是郁郁堂本的后修本，挖印的板木有部分是郁郁堂本原板木，但二者板片也存在大量异版，此异版乃郁郁堂挖印本因为某些原因翻刻了郁郁堂本板片。二者批语产生的差异，基本上来自这些翻刻的板片，所以二者关系也比较明朗，就是原刻本与翻刻本的关系。

郁郁堂本共有批语2283条，其中眉批1494条，夹批789条。郁郁堂挖印本共有批语2235条，其中眉批1455条，夹批780条。郁郁堂本比郁郁堂挖印本共多出48条批语，其中眉批39条，夹批9条。而郁郁堂挖印本并未比郁郁堂本多出批语。这也再次说明了郁郁堂本为原刻本，而郁郁堂挖印本为翻刻本。郁郁堂挖印本翻刻之时，除了脱漏批语外，还有批语脱文以及批语误字的情况。如：

郁郁堂本：世间当面错过者甚多。（1.8b）

郁挖本：四间当面错过者甚多。（1.8b）

（例一）

郁郁堂本：好装束，俱堪描画。（12.1a）

郁挖本：好装束，俱堪白画。（12.1a）

（例二）

郁郁堂本：都先用解法，描出虔婆伎（后阙）。（21.4a）

郁挖本：都先用解法，（阙）出虔婆（后阙）。（21.4a）

（例三）

郁郁堂本：应沂水人，伏杀虎事。（40.11b）

郁挖本：（阙）沂水人，伏杀之事。（40.11b）

（例四）

例一、例二为郁郁堂挖印本批语误字之例，此种情况全书共计92条。例三、例四为郁郁堂挖印本批语脱文之例，此种情况全书共计22条。结合郁郁堂挖印本批语脱漏、批语脱文、批语误字的情况来看，郁郁堂挖印本翻刻质量并不高。

2. 全传本与郁郁堂本

百二十回本系统主要有两种本子，一种是全传本（或称之为袁无涯本），一种是郁郁堂本（此本又可称之为全书本）。此二本虽同为 120 回，但批语亦互有多寡。据笔者统计，全传本比郁郁堂本多出批语共 127 条，眉批 104 条，夹批 23 条；郁郁堂本比全传本多出批语共 159 条，眉批 149 条，夹批 10 条。全传本比郁郁堂本多出部分文字的批语有 7 条，郁郁堂本比全传本多出部分文字的批语有 9 条。

从统计数据来看，全传本与郁郁堂本批语的关系，应该同于芥子园本与遗香堂本的关系。虽然同为百二十回本系统，但是二者之间还是存在一定差异。按照之前研究结果来看，全传本与郁郁堂本相互多出的批语，当为祖本所有，而非增添所致。此点从二本多出部分文字的批语也可看出，因此类批语条数较少，现全部列举如下：

全传本比郁郁堂本多出部分文字的批语：

郁郁堂本：有此敬信，始不疑其吃荤。（5.3b）

全传本：有此敬信，始不疑其吃荤酒，始肯听其说因缘。（5.3b）

（例一）

郁郁堂本：尚有闲工卖公道，妙。（16.15b）

全传本：尚有闲工卖公道，妙。饶半贯，却取十万贯。（16.15b-16a）

（例二）

郁郁堂本：世间有心同而言语情事不可相通者，此。（18.12b）

全传本：世间有心同而言语情事不（阙）相通者，此类是也。知此方与论父道。（18.12b-13a）

（例三）

郁郁堂本：宋江结识好汉，众兄弟俱肯招纳豪杰，气。（44.13b）

全传本：宋江结识好汉，众兄弟俱肯招纳豪杰，气类之感如此。（44.13b-14a）

（例四）

郁郁堂本：信义服人，安得不死。（60.3b）

全传本：信义服人，安得不死心为用。（60.3b-4a）

（例五）

郁郁堂本：又寻一个闻焕章，对。（79.1b）

全传本：又寻一个闻焕章，对照吴加亮，亦有意头。（79.1b-2a）

（例六）

郁郁堂本：此一段将英雄相识情事，说得明明列列，从梁山泊外现出一。（113.8a）

全传本：此一段将英雄相识情事，说得明明烈烈，从梁山泊外现出一扶余国。想头超远，妙甚。（113.8ab）

（例七）

从此七处全传本比郁郁堂本多出部分文字的批语可以看出，全传本批语多出的文字当为祖本所有，其中郁郁堂本有几条批语缺少文字后，文不成句，像例三至例七均是如此。造成批语缺少部分文字的原因，观例文后叶数便可得知，郁郁堂本缺少的文字，一般是到了换叶之处，批语下半部分则缺失不见。

郁郁堂本比全传本多出部分文字的批语：

全传本：会在衣上做道理的，恐衣内未必有人理。（6.11a）

郁郁堂本：如今和尚会在衣上做道理的，恐衣内未必有人理。（6.11ab）

（例一）

全传本：此一篇光说，次第连络，及种种挑播处，皆绝世奇文。（24.23a）

郁郁堂本：此一篇光说，次第连络，及种种挑播处，皆绝世奇文。有目共知，不须批揭。（24.23a）

（例二）

全传本：射倒一个便一齐奔走，马军冲倒步军，说话近人情。（41.2a）

郁郁堂本：射倒一个便一齐奔走，马军冲倒步军，说话近人情、得要领，常笔必又痛说一番杀法矣。（41.2a）

（例三）

全传本：割舍得放下这大银，是真孝真弟。（43.9a）

郁郁堂本：割舍得放下这大银，是真孝真第，且是有算计。（43.9a）

（例四）

全传本：若前面先。（50.3b）

郁郁堂本：若前面先说了便无意味。（50.3b）

（例五）

全传本：必如此扫除，扈三娘才死心作贼，又。（50.8b）

郁郁堂本：必如此扫除，扈三娘才死心作贼，又寨中有钱粮，信者之意，政用此一错。（50.8b）

（例六）

全传本：将雷横在议职事前，安置得好。（51.1a）

郁郁堂本：将雷横在议职事前，安置得好，此可悟文位。（51.1a）

（例七）

全传本：似考工文字。（57.1b）

郁郁堂本：不说枪法，既嫌无据；太说得多，又觉厌烦。此独简尽，似考工文好。（57.1b）

（例八）

全传本：真会作耍。（74.12b）

郁郁堂本：真会作耍，可知事晕文澜之妙。（74.12b）

（例九）

此九处郁郁堂本比全传本多出部分文字的批语，除例六可以明显看出是全传本缺文外，其余例子全传本批语虽然缺少字句，但是依旧能够读得通。当然，这些郁郁堂本批语多出的字句当为原本所有，而非后来增添所致。此点从郁郁堂本批语多出字句与其他文字严丝合缝便可得知。若是后来者意欲再批，完全没有必要在原批上添加，重新批点便可，何况像例一、例八还是在批语之前增添文字，难度实在过大。

由上可见，无论是全传本批语多出的部分文字，还是郁郁堂本批语多出的部分文字，均应为祖本所有，而非后来增加所致。其余全传本与郁郁堂本各自多出的批语也当为祖本所有，此点下文还会谈及。同时，从全传本与郁郁堂本批语各自多出的文字部分来看，全传本批语虽然文字有所脱漏，但是刊刻颇为精良，而郁郁堂本刊刻则颇为简陋，此点从以下几个方面也可看出：

首先，郁郁堂本刊刻简陋，除了上文提到郁郁堂本批语出现换叶之时偶有文字缺失之外，还有以下两种情况：

其一，郁郁堂本常有刻错之字。以下三例便是郁郁堂本误刻之例。

全传本：少不得这些话，衬递时日。(12.9a)

郁郁堂本：少不得这些话，衬遍时日。(12.9a)

(按：查芥子园本此“递”字乃异体字“逓”，形似“遍”字)

(例一)

全传本：忘记张青嘱付，便有此祸。(32.7b)

郁郁堂本：忘记张三嘱付，便有此祸。(32.7b)

(例二)

全传本：只三人便有队伍大势。(46.14a)

郁郁堂本：只死人便有队伍大势。(46.14a)

(例三)

其二，郁郁堂本有一些批语位置放置错误。如：

七宝字义便近出家消息，非妄下者。(4.4a)

(例一)

杀之再三，可怜可怜。(79.5a)

(例二)

又的有名人证据，此非他小说所能及。(79.6a)

(例三)

以上三例，郁郁堂本批语位置与全传本不同。例一全传本此批“地名七宝村”文字上方，郁郁堂本此批位置往左偏移了大概8字格。例二全传本此批在宋江跟韩存保、党世雄对话文字上方，郁郁堂本此批位置往右偏移了大概10字格。例三全传本此批在韩忠彦出来的文字上方，郁郁堂本此批位置往左偏移了大概4字格。但凡郁郁堂本批语位置与全传本出现不同之处，均是郁郁堂本批语位置出现了偏移。综上，可以看出郁郁堂本刊刻之粗疏。

其次，全传本刊刻精良，除上文提到全传本批语缺少文字，也尽量将剩余文字理顺之外，还表现在其他两个方面：

其一，将与回末总评相似或部分相同的眉批删去。郁郁堂本有5条眉批与回末总评相似或部分相同，这些批语全传本中均不存。

【郁眉】此一段杀，说得灯月与刀光历乱，使静人、儒士亦能英雄。（31.1b）

【总评】此一段杀，说得灯月与刀光历乱，使静人、懦士亦能愤雄。（31.16b）

（例一）

【郁眉】恩将仇报，世上多有此事，真使人恨。（33.6a）

【总评】恩将仇报，世上多有此事，只看刘知寨妻认公明为贼，真使人恨极。（33.15a）

（例二）

【郁眉】看李俊如此一种热切肚肠，怜惜英雄，便是太湖结义根本，可自作扶余。（37.12b）

【总评】看李俊如此一种热肠，怜惜英雄，便是太湖结义根本，可自作扶余王。（37.17b）

（例三）

【郁眉】黄文炳到底有恶见识，不是没用的人，只是为自己起官主意害人，所以可恨。（39.11a）

【总评】黄文炳抄反诗，勘破宋江假风症，到底有恶见识，不是没用的人。只为自己起官主意害人，所以可恨。（39.23ab）

（例四）

【郁眉】为自己辨冤事轻，怕杨雄受害念重，是真骨肉，是真圣贤。（46.3a）

【总评】石秀为自己辩冤事轻，怕杨雄受害念重，是真骨肉，是真圣贤。翠屏山上杨雄犹无主意，终赖石秀做得一个烈丈夫。（46.15b）

（例五）

以上5条眉批，郁郁堂本与回末总评相似或部分相同，全传本中均不存，若再将大涤余人序本系统其他本子如遗香堂本加入统计，则此类眉批又多出3条，全传本中依然不存。这些眉批与回末总评相似或部分相同，当是一者抄袭了另一者，全传本的编辑者在编辑之时，发现了这种抄袭现象，担心影响批语质量，故而删节了相似的眉批。

其二，删节或修改影响小说的批语。全传本是百二十回本，比一百回本多出田王故事部分，此本批语署名李卓吾评点，卷首有李卓吾《忠义水浒传叙》，其中涉及小说相关内容，“是故愤二帝之北狩，则称大破辽以泄其愤；愤南渡之苟安，则称灭方腊以泄其愤”，这句话提到征讨辽国与方腊，而无田虎、王庆情节，全传本此处则将“灭方腊以泄其愤”改为“剿三寇以泄其愤”，以符合小说内容情节。

此外，全传本删节了第72回的一条眉批，“世本添演征王庆、田虎者，既可笑；又有去王庆、田虎，改入蓟北辽国者，因有征辽事耳，与添演王庆、田虎何异？不知入庆、虎方成一类，辽则不止于寇矣。且后文政不必一一昭出，于此中只举征方腊已尽寇之大而最著者，此外旁及征辽，更见胜敌之能，此史笔用疏处、有波澜处，岂可妄改”（72.5ab），这是一条与情节相关的重要批语。可证明批点者所用本子是百回本，而非百二十回本。同时，批点者认为增添王庆、田虎故事的本子非常可笑，此条批语若出现在百二十回本中，岂不是对百二十回本的讽刺，因此全传本编辑者删节了此条批语。

综上所述可知，全传本刊刻颇为精良，郁郁堂本刊刻则较为粗糙。全传本与郁郁堂本批语没有直接的承袭关系，二本批语互有多寡，具有共同祖本。另外值得注意的是，二十回田虎、王庆故事，只有全传本比郁郁堂本多出批语之处，而无郁郁堂本比全传本多出批语之处，此二十回批语郁郁堂本可能从全传本而来。

三、百回本系统与百二十回本系统诸本的关系

百回本系统本子与百二十回本系统本子之间的关系，就是遗香堂本、芥子园本、全传本、郁郁堂本四种本子之间的关系，主要问题集中于四种本子批语之间是否有传承关系，如若没有，四种本子批语关系又是如何？百二十回本比百回本多出20回，此20回批语是否为原本所有？百二十回本比百回本多出回末总评，此回末总评又是否为原本所有？

第一个问题，四种本子批语之间是否有传承关系？之前研究表明遗香堂本与芥子园本批语有共同的祖本，但是没有直接的亲缘关系。全传本与郁郁堂本同样有共同的祖本，但是也没有直接的亲缘关系。而遗香堂本、芥子园本与全传本、郁郁堂本之间的关系又是如何？笔者曾在《袁无涯刊本与大涤余人序本〈水浒传〉关系考辨》一文中统计出，芥子园本比全传本多出

批语 504 条，全传本比遗香堂本多出批语 93 条[①]。当时由于未曾见及芥子园本与全传本原本，故而统计有所偏差。

现重新对四本批语情况进行统计（以下的数据皆以四个本子的 100 回部分统计）：遗香堂本共有批语 2510 条，其中眉批 1720 条，夹批 790 条。芥子园本共有批语 2657 条，其中眉批 1839 条，夹批 818 条。全传本共有批语 2129 条，其中眉批 1373 条，夹批 756 条。郁郁堂本共有批语 2161 条，其中眉批 1419 条，夹批 742 条。从各本的批语数量来看，批语最多的是芥子园本，批语最少的是全传本，二者相差了 528 条批语。同时，从批语数量上也可以看出，百回本与百二十回本两个小系统各自的本子批语数量更为接近。芥子园本比全传本多出的批语当为原本所有，而非后来所增。

这里再来看一组数据，遗香堂本、芥子园本、全传本、郁郁堂本共有批语 1908 条，眉批 1193 条，夹批 715 条。遗香堂本、芥子园本、全传本共有批语 102 条，其中眉批 81 条，夹批 21 条[②]。遗香堂本、芥子园本、郁郁堂本共有批语 141 条，其中眉批 139 条，夹批 2 条。芥子园本、全传本、郁郁堂本共有批语 71 条，其中眉批 62 条，夹批 9 条。遗香堂本、全传本、郁郁堂本共有批语 3 条，均为夹批。遗香堂本、芥子园本共有批语 347 条，其中眉批 302 条，夹批 45 条。芥子园本、全传本共有批语 20 条，均为眉批。芥子园本、郁郁堂本共有批语 1 条，为眉批。遗香堂本、全传本共有批语 2 条，其中眉批 1 条，夹批 1 条。全传本、郁郁堂本共有批语 20 条，其中眉批 14 条，夹批 6 条。

从以上数据可以看出，大涤余人序本系统四种本子的批语均存在此有彼无的情况，尤其是其中一种或两种不存，而另外三种或两种存在的批语，此足以说明该批语为原本所有，而非后来所增。如：

遗、芥、传本：屡认该死，才是真人。（4.5a）

（例一）

遗、芥、传本：凡出家者，以影占身体四字反勘，必当愧汗。（6.2b）

（例二）

遗、传、郁本：绝倒。（5.8a）

（例三）

①邓雷：《袁无涯刊本与大涤余人序本〈水浒传〉关系考辨》，《水浒争鸣》2014 年第 15 辑。

②遗香堂本、芥子园本、全传本共有批语，即指遗香堂本、芥子园本、全传本均有，而郁郁堂本不存的批语，下不另出注。

遗、传、郁本：赘两句有情兴。（20.3b）

（例四）

遗、芥、郁本：先破解一番，妙。（10.8a）

（例五）

遗、芥、郁本：褊妒之人，好处亦是奸处。（12.2b）

（例六）

芥、传、郁本：只要瞒得天子过，从来边臣皆传受此衣钵。（2.1b）

（例七）

芥、传、郁本：不惟写出踢毬腔板，且嵌此二句在腰系足穿之间，更见行文之妙。（2.5b）

（例八）

以上八例均是一本阙失而另外三本存在的例子，这些批语均为原本所有。此外，四种本子中有些本子的批语比另外的本子多出一些文字，这些批语多出的文字，同样当为原本所有，而非后来所增。如：

芥、传、郁本：人有同心，**偏是做官的人高了一分，没了一分，可恨可怜**。（12.8a）

遗香堂本：人有同心。（12.8a）

（例一）

遗、传、郁本：**结前**伏后。（42.13a）

芥子园本：伏后。（42.13a）

（例二）

遗、芥、传本：有此敬信，始不疑其吃荤**酒，始肯听其说因缘**。（5.3b-4a）

郁郁堂本：有此敬信，始不疑其吃荤。（5.3b）

（例三）

遗、芥、郁本：此一篇光说，次第连络，及种种挑播处，皆绝世奇文。**有目共知，不须批揭**。（24.23a）

全传本：此一篇光说，次第连络，及种种挑播处，皆绝世奇文。（24.23a）

（例四）

以上四例均是一本批语缺少部分文字，而另外三本多出的例子，这些多出的文字当为原本所有。当然，四种本子中皆有独出的批语，其中芥子园本独出的批语67条，眉批41条，夹批26条；遗香堂本独出的批语7条，眉批4条，夹批3条；全传本独出的批语3条，眉批2条，夹批1条；郁郁堂本独出的批语17条，眉批9条，夹批8条。这些独出的批语虽然没有确凿证据证明为原本所有，但依旧存在一些痕迹可以看出与原本其他批语相类。如前文所举之例芥子园本第45回独出的6条批语，有"送亲""二引""三引""四引""色来""五引，入洞房"。此类对某一事物或字眼关注的批语，金圣叹称之为"草蛇灰线法"，大涤余人序本其他地方也有出现，如第30回，关于灯光的批语便有"灯光一见、再见、三见、四见、五见、六见、七见、八见，一灭、再灭"；关于月亮的批语亦有"初见、再见、三见、四见、五见"，这些基本可以证明芥子园本独出的批语为原本所有，而非后来增补[①]。

由上可以看出，大涤余人序本系统中的四种本子同出一源，但是相互之间并没有直接的亲缘关系，没有哪一种是另一种的底本。四种本子当有共同的祖本，此祖本至少有2709条批语，其中眉批1869条，夹批840条。

四种本子中遗香堂本刊刻于清顺治年间至康熙初年；芥子园本刊刻于清康熙八年至三十八年（1669—1699）之间[②]。全传本与郁郁堂本的具体刊刻时间未知，但是百二十回初刻本的刊刻时间当在崇祯七年（1634）八月至崇祯八年（1635）五月之间[③]。从刊刻时间来看，与大涤余人序本祖本关系最近的是百二十回本，其次是遗香堂本，最后才是芥子园本。然而从批语的数量来看，与大涤余人序本祖本关系最近的却是芥子园本，其次是遗香堂本，最后才是百二十回本。再从刊刻的质量来看，与大涤余人序本祖本关系最近的是遗香堂本，其次是芥子园本，再次是全传本，最后是郁郁堂本[④]。

第二个问题，百二十回本系统比百回本系统多出20回田王故事部分，

①邓雷：《遗香堂本〈水浒传〉批语初探》，《牡丹江大学学报》2013年第9期。

②邓雷：《大涤余人序本〈水浒传〉的分类以及刊刻年代考辨》，《文学研究》2016年第2期。

③邓雷：《〈水浒全传〉田王故事作者考辨——兼论〈水浒全传〉的刊刻时间》，《中国典籍与文化》2021年第4期。

④所谓刊刻质量主要指批语缺字与误字情况，遗香堂本缺字批语28条，误字批语3条，共计31条；芥子园本缺字批语18条，误字批语51条，共计69条；全传本缺字批语75条，误字批语55条，共计130条；郁郁堂本缺字批语72条，误字批语336条，共计408条。

此20回批语是否为原本所有？要解决此问题，一来可以考察此20回批语风格与他回是否相同，二来可以看此20回批语数量与他回是否相似。从批语风格来看，考察难度较大，因为大涤余人序本系统批语本身并不像容与堂本、金圣叹本批语，具有比较明显的个性特征。那么，只能通过批语数量来解决此一问题。

由于批点者对于不同的故事情节兴趣不同，可能导致不同回数批语数量多寡不均。所以，比对之时要选取百回本中与田王故事情节相似的回数，作为比对对象，即选取征辽与征方腊故事内容。这两个部分在百回本第83至89回、第91至99回，总计16回故事内容，田虎、王庆故事部分选取百二十回本中第91至109回，总计19回故事内容。批语数量与字数比对结果如下：

表65 征讨辽国、方腊、田虎、王庆部分批语数量与字数比对情况

	眉批条数	眉批字数	夹批条数	夹批字数	总批语条数	总批语字数
辽国7回	68	675	13	52	81	727
方腊9回	96	1446	17	104	113	1550
总16回	164	2121	30	156	194	2277
田虎10回	50	360	21	64	71	424
王庆9回	45	404	31	119	76	523
总19回	95	764	52	183	147	947

从表中可以看出，虽然征讨辽国、方腊、田虎、王庆四个部分，均多为战争描写情节，同时田虎、王庆故事部分19回比辽国、方腊故事部分16回多出3回，但无论是批语数量，还是批语字数，田虎、王庆故事部分均比辽国、方腊故事部分要少甚多。尤其是眉批数量与总字数，辽国、方腊故事部分与田虎、王庆故事部分相差十分之大，前者是后者眉批数的1.7倍，总字数的2.4倍。同时有一点需要注意的是，征讨王庆的9回内容，其中包括比较出彩的王庆出身传，此一部分批语依旧很少。于此，基本可以断定，田王二传故事内容的批语乃增补而成，非大涤余人序本祖本所有。

第三个问题，百二十回本比百回本多出回末总评，此回末总评是否为原本所有？此问题叶朗先生从回末总评的文字内容和文字风格着手考察，认为百二十回回末总评“很可能全是出版者新加上的”[①]。此一推断,论据稍显单薄。再从其他方面来看,之前研究全传本刊刻精良之时,说到全传本将与回末总评相似或者部分相同的眉批删去,郁郁堂本保存了此类眉批5条,百回本(遗香堂本、芥子园本)则又多保存了3条,现将此3条批语罗列于下:

【芥眉】【遗眉】看此一场,虽太公兵法、孔子春秋不是过也。如星斗灿烂,昭布森罗,风霜严寒,疏软髓骨,可敬也夫,可畏也夫。(26.18b-19a)

【总评】看此一篇,虽太公兵法、孔子春秋不是过也。如星斗灿烂,昭布森罗,风霜严寒,疏软髓骨,可敬可畏。(26.19b-20a)

(例一)

【芥眉】【遗眉】使当路者如此爱惜人才,天下岂有乱时。(27.11b)

【总评】张青不坏三等人,是何等爱惜人才,使当路者尽如此,天下岂有乱时。(27.12b)

(例二)

【芥眉】【遗眉】朱富入伙以后,不显所长,只此一段,兄弟朋友师生之义都尽,可传可敬。(43.20b-21a)

【总评】石炉汲水,黑旋风亦颇有识,谁知反送了老母性命,虽深入虎穴,而终天之恨何能已已。朱富入伙以后,不显所长,然救李逵并救李云一段,兄弟朋友师生之义已尽,可传可敬。(43.21ab)

(例三)

前文说到全传本编辑者因为担心眉批与回末总评相似或部分相同,故而将与回末总评相似或部分相同的眉批删去。此3处郁郁堂本的做法也是如此,只不过郁郁堂本编辑者比全传本编辑者粗疏不少,删去的都是离回末总评颇近的眉批,离得较远的眉批则未曾顾及。此8条眉批与回末总评的相似已可说明,回末总评乃是后来增入,而非祖本所有。一般眉批都是随文所批,批点在回末总评之前,只可能是回末总评抄袭眉批,眉批则无甚必要抄袭回末总评。此点参照金圣叹本夹批与回前总评的关系亦可得知。同时,全传本与郁郁堂本删去与回末总评相似或部分相同的眉批,也是为了掩

①叶朗:《中国小说美学》,北京大学出版社1982年版,第293—294页。

盖回末总评乃是后来增入的事实。

此外，全传本署名李卓吾批点，第 106 回回末总评为：“或赞萧让脱尽头中气。卓老曰：‘未必。’或问故，卓老曰：‘吾恐萧让只会笑谈吃酒耳。’”（106.11a）回末总评中出现“卓老”，也是总评增入者为了增强批语乃李卓吾评点的真实性，却不知如此做法反而弄巧成拙，因为全书仅此一处出现李卓吾之名。另一部伪托李卓吾评点的《水浒传》容与堂刊本，此本评点为了增强其书乃为李卓吾批点的真实性，同样在回末总评中各种题署李卓吾的别名。

回末总评不可能为李卓吾所批点，此点从总评内容与实际情况自相矛盾也可得知。如第 3 回全传本回末总评为：“陈眉公有云：天上无雷霆，则人间无侠客……”（3.16a）陈眉公即是陈继儒，晚明有名的文人，此诗见之于陈继儒《题西楼记》以及《侠林叙》当中，然而无论是《题西楼记》，还是《侠林叙》，李贽生前都不可能看到。《西楼记》作者袁于令，生于万历二十年（1592），这个时间点基本上就是李贽批点《水浒传》的时间，而十年后李贽去世，此时袁于令不过十岁孩童，自然写不出《西楼记》。而《侠林叙》据文末所叙“余少好任侠，老觉身心如死灰”①，可见此序是陈继儒晚年所作。陈继儒高寿，活了八十余岁，自觉老了那至少是五六十岁以后，而陈继儒与李贽年岁相差三十余，写此序言之时，李贽早已作古。所以，李贽不可能在批点《水浒传》之时，用到陈继儒此句诗文。

再如第 115 回回末总评“众英雄之死，宋公明之哭，公义私恩各极其至。若捉方天定，则又张睢阳厉鬼杀贼肝肠也，出色处佳甚”（115.16b）。李贽《藏书》在张巡传“臣生不能报陛下，死当为厉鬼以杀贼”语下批曰“胡说甚”②。对于厉鬼杀人，一个说“出色处佳甚”，一个说“胡说甚”，矛盾十分明显。由上可见，百二十回本回末总评乃是后来增入，同时亦非李卓吾所评。

从上述研究中可见，大涤余人序本系统的本子可分为百回本与百二十回本。其中百回本有李玄伯原藏本、遗香堂本、芥子园本、三多斋本四种，李玄伯原藏本与遗香堂本同版异印，李玄伯原藏本为先印本，遗香堂本为后印本。芥子园本与三多斋本为同版异印，芥子园本为先印本，三多斋本为后印本。李玄伯原藏本与芥子园本批语乃是同源批语，但二者之间没有直接的

①［明］陈继儒：《晚香堂小品》，上海杂志公司 1936 年版，第 185 页。

②［明］李贽：《藏书》，《续修四库全书》（史部别史类・三〇二），上海古籍出版社 1994 年版，第 538 页。

亲缘关系。百二十回本中有全传本与郁郁堂本，二者批语乃是同源批语，但没有直接的亲缘关系。二本中全传本刊刻精良，郁郁堂本刊刻则较为粗糙。郁郁堂本中又有郁郁堂本与郁郁堂挖印本两种刻本，郁郁堂本为原刻本，郁郁堂挖印本为翻刻本，翻刻质量较差。百回本与百二十回本中百回部分的批语同样属于同源批语，百回本批语与祖本关系更近，百二十回本批语与祖本关系较远。百二十回本比百回本多出的二十回批语以及回末总评皆为后来增入，而非大涤余人序本祖本所有。

第四节　容与堂本系统批语考

探考容与堂本系统批语之前，有一个问题势必要做说明，此问题便是容与堂本系统批语于本章放置的位置。前文三大寇本系统批语放置于大涤余人序本系统批语之前，此点无甚异议，之前已经分析过大涤余人序本系统批语对三大寇本批语的继承。而对于容与堂本系统而言，容与堂本正文文字当在三大寇本系统与大涤余人序本系统之前，然而其批语却置于三大寇本系统与大涤余人序本系统之后，此为何故？这就涉及李卓吾批点真伪问题的讨论。

一、李卓吾批点真伪问题考论

关于李卓吾批点《水浒传》真伪问题的讨论，是《水浒传》研究的一大热点，基本上伴随着《水浒传》版本研究而生，早在明末清初就已经有人记录过此问题，如钱希言《戏瑕》、周亮工《书影》、盛于斯《休庵影语》等。20世纪之后此问题更是大兴其热，自20世纪20年代鲁迅、胡适二位先生提及这个问题以来，距今已经有百余年历史。在这百余年之间，相关文章有数十篇之多，参与讨论的学者层出不穷，涉及的方法，内证、外证、旁证一应俱全。

李卓吾批点《水浒传》真伪问题之所以会成为研究的一大热点，其中一个比较重要的原因是署名李卓吾批点的《水浒传》本子甚多。现存《水浒传》本子中，署名李卓吾批点的《水浒传》有容与堂本、石渠阁补印本、三大寇本、百二十回本、二刻英雄谱本、三十卷本6种。如此之多的《水浒传》本子，均署名李卓吾批点，可见金圣叹评点本出来之前，李卓吾之名在《水浒传》评点界，甚至于在小说戏曲评点界，有着极强的号召力。

当然，这些本子当中有一些不需要过多辨识，就可知乃是伪托李卓吾之名。像石渠阁补印本封面题署“李卓吾先生评”，部分卷数卷端也题署“李卓吾评阅”字样，但是此本实际上没有一条批语，所谓“评”或“评阅”也就无从谈起。再如英雄谱本，此本有批语，但总体上来说比较平庸，而且此本初刻本未有任何迹象表明批语与李卓吾有关联，而此本二刻本单数卷卷端则多出“明温陵李载贽批点”一行字，显然乃是托名李卓吾批点。又如三十卷本封面题署“李卓吾先生评”，但此本有两种刊本，其中之一宝翰楼本目录题“文杏堂评”，另一种映雪草堂本目录则题“金圣叹评”，批点署名颇为混乱，而且批语甚为平庸，可见也是伪托李卓吾批点。

以上3种本子“李卓吾”署名的真伪较易辨识，所以无甚争论。关于李卓吾评本真伪的主要争论在容与堂本、三大寇本、百二十回本以及未有署名何人批点的大涤余人序本这4种本子之上。其中百二十回本与百回大涤余人序本的关系，上文已经说到，二本各自多出的批语均为二本祖本所有，百二十回本多出回末总评以及田王故事批语均为后来增添所致，非祖本所有。若百二十回本为李卓吾所评，百二十回本中回末总评与田王故事部分批语也不可能是李卓吾所评，所以最终需要考察的本子只有3种，即三大寇本、大涤余人序本以及容与堂本。

关于李卓吾批点真伪问题的讨论，笔者在前人研究基础上做过一些探讨，像《袁无涯刊本〈水浒传〉原本问题及刊刻年代考辨——兼及李卓吾评本〈水浒传〉真伪问题》一文，针对大涤余人序本、袁无涯本、容与堂本的真伪问题进行考辨①。现简述于下，对于重要之处则进行摘录。

此文由一则不太为人所关注的材料而起，因此则材料颇为重要，现抄录于此：

> 昭代博物君子推升庵第一，其著述甚富。而卓老之选录批评具在是编，题曰《读升庵集》，盖卓老自命也。往岁龙湖杨凤里携此集及《水浒传》至吴中，余求而得之，先刻《水浒》用慰人望。而遂有叶生文通者，模《藏书》为伪评以欺武林书贾，虽嫫母效颦，适足形西子之妍，而余校刻苦心亦稍阑矣。顷闻坊间买武林本，去者往往不当意，旋顾益价

①邓雷：《袁无涯刊本〈水浒传〉原本问题及刊刻年代考辨——兼及李卓吾评本〈水浒传〉真伪问题》，《福建师范大学学报》（哲学社会科学版）2017年第3期。

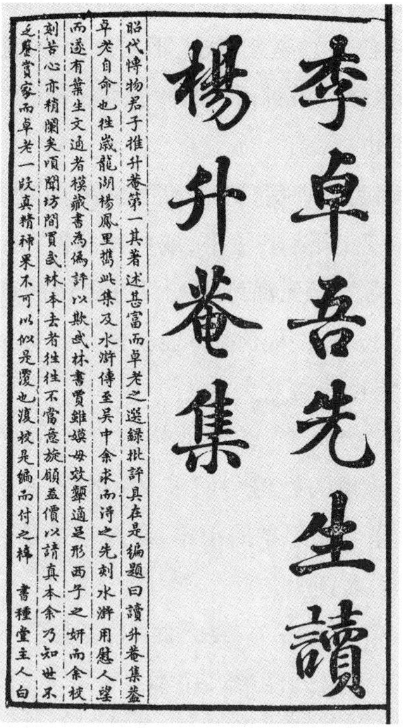

李卓吾先生讀

楊升菴集

昭代博物君子推升菴第一其著述甚富而卓老之選録批評具在是編題曰讀升菴集蓋卓老自命也往歲龍湖楊鳳里携此集及水滸傳至吴中余求而得之先刻水滸用慰人望而遂有葉生文通者模藏書為僞評以欺武林書賈雖嫫母效顰適足形西子之妍而余校刻苦心亦稍闡矣頃聞坊間買武林本去者往往不當意旋顧益價以請真本余乃知世不乏鑒賞家而卓老一段真精神果不可以似是濁也復校是編而付之梓

書種堂主人白

《李卓吾先生读杨升庵集》封面书影

以请真本。余乃知世不乏鉴赏家,而卓老一段真精神果不可以似是覆也。复校是编而付之梓。

书种堂主人白

以上文字出自美国哥伦比亚大学所藏的《李卓吾先生读杨升庵集》封面的出版告白。通过对此段文字的分析可知,杨定见《小引》与袁无涯这篇出版告白所叙经过相同,两相契合;袁无涯本刊刻时间早于容与堂本,大约在万历三十七年至三十八年(1609—1610)之间;叶昼模仿《藏书》伪造了容与堂本批语,而且批点得不错,但是伪评在当时就被识破。另外,袁无涯本中有一些精彩的批语,容与堂本进行了改写或抄袭。如第 21 回袁无涯本眉批“此一回不惟能画眼前,且画心上,不惟能画心上,且并画意外”(21.1a),此条眉批在容与堂本中被改成回末总评“卓吾曰:此回文字逼真,化工肖物。摩写宋江、阎婆惜并阎婆处,不惟能画眼前,且画心上,不惟能画心上,且并画意外。顾虎头、吴道子安得到此?至其中转转关目,恐施、罗二君亦不自料到此，余谓断有鬼神助之也”（21.20b）。第24回几乎针对同一文字，潘金莲勾引武松未遂，武松愤然离家，武大不明就里，潘金莲恼羞成怒处，袁无涯本与容与堂本均有这样一条批语“将一个烈汉，一个呆子，一个淫妇人，描写得十分肖象，真神手也”。

知晓容与堂本批语为伪评后，对袁无涯本《小引》中提到的袁无涯、杨定见、陈无异等人进行研究，或考其生平，或察其品性，探讨诸人是否有作伪的可能。研究发现杨定见与袁无涯二人均没有作伪的动机，或者说二人作伪的弊要远远大于利，所以此二人不太可能去作伪。如此说来，袁无涯本为真正的李卓吾评本的可能性非常之大。

之后又通过考察无穷会本、袁无涯本、大涤余人序本三者之间的关系，得出袁无涯本中田王故事的批语与回末总评均非李卓吾原评，李卓吾原评本应该是现存百回大涤余人序本的祖本，此祖本才是袁无涯本的原刊本，现存百二十回本都是新刻本。

此文主要是对大涤余人序本、袁无涯本、容与堂本三种本子进行考述，辨析其批语真伪，最终得出大涤余人序本才是李卓吾真评本。至于三大寇本批语与大涤余人序本批语真伪的辨析，笔者则在另一篇文章《林九兵卫刊本〈水浒传〉批语研究》之中有所论及[①]。

《林九兵卫刊本〈水浒传〉批语研究》一文由于写作时间较早，当时笔者并未见到上文所说《李卓吾先生读杨升庵集》扉页出版告白，所以文中有些观点采用的是学术界普遍认同的观点，如容与堂本刊刻时间在袁无涯本之前，此观点现今已知是错误的。也正因为有些观点依据出现了问题，所以使得文中部分结论出现了偏差，如认为三大寇本批语才是李卓吾所评，其余本子署名李卓吾者乃是伪托等。

正因为此，关于三大寇本与大涤余人序本批语，何者为李卓吾真评的问题，有必要重新梳理一番。前文所提及笔者《袁无涯刊本〈水浒传〉原本问题及刊刻年代考辨——兼及李卓吾评本〈水浒传〉真伪问题》一文，已经通过大量文献以及事例考证出，大涤余人序本才是真正的李卓吾评本。由于之前没有考虑三大寇本与大涤余人序本批语之间的关系，所以此一结论要想成立，还需要解决一些问题。

---

①邓雷：《林九兵卫刊本〈水浒传〉批语研究》，《古典文献学术论丛》2016年第5辑。

前文在论述三大寇本批语之时，已经了解大涤余人序本中不少批语与三大寇本相似或完全相同，那么若大涤余人序本是真正的李卓吾评本，何以李卓吾要抄袭三大寇本批语？而且大涤余人序本批语的抄袭又与金圣叹本抄袭大涤余人序本批语有所不同。金圣叹抄袭可能是因为出版之故，且抄袭的也是他人批语①。而大涤余人序本所抄袭的三大寇本有这样两条批语，“古人结交，如何便皆这等？宜卓老终其身寻不见也”（4.9a）、“□个知府，必□卓吾”（51.10a），从“卓老”和“卓吾”字样可知，此批语若不是李卓吾所批，那便是他人伪托李卓吾所作。李卓吾又何以会去抄袭伪托自己所批的批语？这着实不太符合情理。

若三大寇本才是真正的李卓吾所评（笔者《林九兵卫刊本〈水浒传〉批语研究》一文即持此论，王利器、谈蓓芳二位先生也持此论②），问题同样存在。既然三大寇本为李卓吾真评本，从此本与大涤余人序本相似或相同的批语来看，袁无涯、杨定见等人持有此真评本，何故还要花大力气去制造新的批评本？一般是没有真本，才去伪造，有了真本，还去伪造，这完全不符合常理。何况此新评本在最初一段时间内并不是很畅销，其销量被批语语气模仿李卓吾的容与堂本所压制。之前研究三大寇本系统批语之时，已经说到容与堂本与三大寇本批语风格相似，所以三大寇本批语若是李卓吾真评，袁无涯、杨定见等人再去制造一种新评本的行为，无异于缘木求鱼，放弃了真正能挣钱的三大寇本，花大力气制造一种不能挣钱的大涤余人序本。

以上总总不合理的情况，再加上之前所说，袁无涯、杨定见等人没有作伪的动机，或者说二人作伪的弊要远远大于利。那么，一切要想说得通，只有一种合理的解释，即三大寇本与大涤余人序本批语均为李卓吾所评。其中三大寇本批语为初评，所以体现出一种草创性，随文所批，有些批语内容前后尚有矛盾，批语情绪化倾向比较严重。而大涤余人序本批语则为后评，所以批语较为细腻，情绪化批语减少甚多，开始注重小说细节以及艺术性问题，同时也吸收了初评本中一些批语。

---

①关于金圣叹本批语抄袭情况，可见笔者论文《金圣叹评点〈水浒传〉的历时性》，《哈尔滨学院学报》2014 年第 2 期。

②王利器：《李卓吾评郭勋本〈忠义水浒传〉之发现》，《河北师院学报》1994 年第 3 期；谈蓓芳：《也谈无穷会藏本〈水浒传〉——兼及《水浒传》版本中的其他问题》，《中国文学研究》（辑刊）2000 年第 1 期。

实际上，李卓吾批点《水浒传》是一个长期的过程，早在万历十七年（1589）之时，李卓吾曾给焦竑写过一封信，“闻有《水浒传》，无念欲之，幸寄与之，虽非原本亦可；然非原本，真不中用矣”（《复焦弱侯》）[①]，此时李卓吾还不曾见及《水浒传》，因为无念和尚想看，所以希望焦竑给他寄一本。到万历二十年（1592），袁中道过武昌访李卓吾之时，李卓吾已在批点《水浒传》，“记万历壬辰夏中，李龙湖方居武昌朱邸，予往访之，正命僧常志抄写此书，逐字批点”（《游居杮录》）[②]，同年李卓吾写给焦竑的另一封信《与焦弱侯》中也提到“《水浒传》批点得甚快活人”[③]。

从万历二十年（1592）至李卓吾被捕的万历三十年（1602），中间有近十年时间，很难说这十年时间里，李卓吾不会多次批点《水浒传》。袁中道《游居杮录》中一则材料也透露出这样的讯息，“今日偶见此书，诸处与昔无大异，稍有增加耳”[④]。此前这则材料经常被误读，学者认为袁中道的意思是袁无涯本增加了田王故事部分，所以说“诸处与昔无大异，稍有增加耳”。其实不然，因为通过上文分析，已经知道袁无涯所刻乃百回本，并非百二十回，因而没有田王故事部分。此则材料所说的“稍有增加”指的应该是批语部分，袁无涯出版之时的李卓吾批语比之袁中道当年看到的批语有所增加，而且可以肯定的是，袁中道万历二十年（1592）看到的李卓吾批语并非李卓吾初评本的批语。因为三大寇本批语，无论是数量，还是字数，与大涤余人序本批语都相差甚大，不可能只是稍有增加。至于李卓吾到底评点过几次《水浒传》，现在还不甚明了。

也正因为李卓吾批点过多次《水浒传》，前后可能时间跨度有些大，所以三大寇本与大涤余人序本某些批语相互抵牾。此点在《林九兵卫刊本〈水浒传〉批语研究》一文中也有所提及。当时笔者觉得二本批语存在不同应该是不同批者所为，而今看来应该是李卓吾处于不同时期，对小说有了不同层次的理解，所以才导致前后批语出现矛盾[⑤]。于此，关于李卓吾批点真伪问题的讨论也可以告一段落，诸评点本中三大寇本批语为李卓吾初评，大涤余人序

①［明］李贽：《焚书》（增补二），中华书局 1975 年版，第 269 页。
②［明］袁中道：《珂雪斋集》卷九，上海古籍出版社 1989 年版，第 1315 页。
③［明］李贽：《续焚书》卷一，中华书局 1975 年版，第 34 页。
④［明］袁中道：《珂雪斋集》卷九，上海古籍出版社 1989 年版，第 1315 页。
⑤此种情况实际上并不鲜见，也符合常情，《红楼梦》的评点者即是如此，尤其是那些多次批点《红楼梦》者，如王伯沆等。

本批语为李卓吾定评。

二、容与堂本诸种的关系

容与堂本批语存在差异的有四种本子，国容全本、天理本、内阁本以及上图本，国容全本存100回全本；天理本存100回全本；内阁本存100回全本；上图本存5回，第51回第4叶下至第55回第10叶。四种容与堂本批语关系可分为两种，一种是不同刻本之间批语的关系，一种是不同印本之间批语的关系。

不同刻本之间批语的关系，主要是国容全本与天理本二者之间批语的关系。国容全本共有批语2847条，其中眉批844条，夹批1923条，句末批80条。天理本共有批语2524条，其中眉批713条，夹批1731条，句末批80条。二者相比，国容全本比天理本多了325条批语，眉批131条，夹批194条，而天理本则比国容全本多了2条夹批，分别为："依然唱着山歌，自下冈子去了。【妙】（16.14b）""正如此藏兵捉将。【是】"（57.2b）

按照之前的判定，两种本子批语存在此有彼无的情况，那此二本当均非原刻本，而是翻刻本，而且二者之间并无承继关系。国容全本与天理本的关系应该也是如此。其一，天理本比之国容全本，缺失了大量的批语，可见翻刻质量颇差，翻刻之时没有理由去增添这两条不起眼的批语，此2条批语当为原刻本所有。其二，国容全本16.14b此处缺失的"妙"字批语，乃是旁圈中间的夹批，从旁圈位置来看，此处明显有一字空位，而国容全本空位之处有一些模糊的痕迹，不知是"妙"字批语被挖除，还是翻刻之时，正好漏了此条批语。然而不管哪种情况，都可见此处确实存在一条批语，为原刻本所有。

天理本除却脱漏325条批语外，现存批语与国容全本相比，也存在一些不同。这些不同除了极少量批语修改了国容全本的讹误外，如国图全本"有趋"（63.12a），天理藏本作"有趣"（63.12a）；国图全本"此时李大哥六知作何光景"（82.6a），天理藏本作"此时李大哥不知作何光景"（82.6a）等[①]。其余基本为天理本批语舛误之处，主要表现为批语文字的脱误以及讹误。如：

---

①此等修改国图全本批语讹误之例，全书仅有4条。

国图全本：瘟疫盛行，为君为相底无调燮手段，反去求一道士，可笑可笑。（1.3ab）

天理藏本：瘟疫盛行，为君为相底无调燮手段，反去求一（后阙）。（1.3a）

（例一）

国图全本：只此反有味。（24.21b）

天理藏本：只（后阙）。（24.21b）

（例二）

国图全本：描写得妙。（42.8b）

天理藏本：进写得妙。（42.8b）

（例三）

国图全本：这个蛮子真好石子。（83.14a）

天理藏本：这个石子真是石子。（83.14a）

（例四）

前两例为天理本批语缺失文字之例，这些批语脱误之处乃是翻刻之时造成，而并非因为刊刻过多磨损所致。因为一般磨损脱误的批语基本为眉批，例二中天理本批语缺失文字却是夹批，而且这种情况却并不鲜见，天理本共有批语脱误61条，其中有27条为夹批。后两例为天理本批语讹误之例，此种情况共有21条。所以，从批语总体情况来看，虽然国容全本与天理本均为翻刻本，但是国容全本与原刻本面貌极为接近，而天理本的翻刻质量则并不甚佳。

不同印本之间批语的关系，主要是国容全本、内阁本与上图本三者之间批语的关系。此三者为同版异印本，国全本刊印之时，板木情况良好，断口以及断板之处较少，断板裂缝也非常之小。内阁本刊印之时，板木情况已经很糟糕，断口以及断板几乎每一叶都有，数量非常之多，而且裂缝也比较大。上图本版面情况与内阁本几乎相同，但是细较之下，断板裂缝还是要稍大一些。

以上图本所存第51回至第55回部分来看，国容全本较为明显的断口以及断板之处有51.14a、52.11a、52.13ab、53.6a、53.8b、53.9a、53.10ab、53.18b、54.1a、54.2a、54.7a、54.12b、55.6b、55.8b。而内阁本与上图本几乎

每一叶都有断口或者断板，且数量远多于国容全本，裂缝也比国容全本要大。如 53.18b 国容全本左边栏有 2 个断口，而内阁本与上图本则有 4 个断口；55.6b 国容全本“里”字左边只有一条微小裂缝，延伸到第 3 个字，而内阁本与上图本断口从一丝裂缝变成半个字大小，裂缝也明显变大，延伸到第 4 个字。上图本与内阁本相比，断口以及断板之处几乎相同，但细察之，还是能发现上图本断口更多，裂缝要稍微大一点，如 53.3b 上图本左栏有一处小断口，而内阁本无；51.10b 内阁本“州”字有一条裂缝，上图本裂缝则要更大一些。

了解了国容全本、内阁本、上图本三种版面的大致情况，再来看三本批语概况。国容全本共有批语 2847 条，其中眉批 844 条，夹批 1923 条，句末批 80 条；内阁本共有批语 2740 条，其中眉批 834 条，夹批 1826 条，句末批 80 条；上图本所存部分有批语 132 条，其中眉批 42 条，夹批 88 条，句末批 2 条[①]。国容全本比内阁本多出 109 条批语，其中眉批 10 条，夹批 99 条；内阁本则比国容全本多出 2 条夹批；上图本所存部分，内阁本批语数量与之相同，国容全本则比之多出 14 条夹批。

以上数据显示的似乎是不同翻刻本之间批语的情况，而非不同翻印本之间批语的情况，何以会出现这种现象？首先是先印的国容全本比后印的内阁本、上图本多出批语的情况。像国容全本比上图本多出的 14 条夹批，分别为：“好货”（51.6a）、“好货”（51.6b）、2 个“佛”（52.6a）、3 个“恶”（53.3b）、“痴子”（53.4a）、“痴”（53.4a）、“痴”（53.4b）、“佛”（53.12b）、“不”（54.10b）、“不肖”（54.11b）、“到此则不妨矣”（54.11b）。

容与堂本夹批一般分为两种，一种是批语在旁圈空隙处，这种夹批的缺失本来看不太出端倪，但是此 14 条批语中有 2 条批语留有挖除痕迹，为 2 个“佛”（52.6a）字的批语，上图本批语虽然不存，但是依稀能看出此处存有文字的痕迹；另一种是批语在界行中间，此种夹批缺失，界行留有明显挖除的痕迹，像“好货”（51.6a）此批缺失，本来是一整行的界行，批语挖除后中间就留有两个空白格。14 条批语中，有 6 条是夹在界行中的批语，均留下挖除痕迹。此外，内阁本、上图本还留下文字未挖除干净的痕迹，像国容全本“未必”（53.1b-2a），这条批语正好横跨两叶，内阁本、上图本将 1b 叶面

---

①上海图书馆藏本存第 51 回至第 55 回。

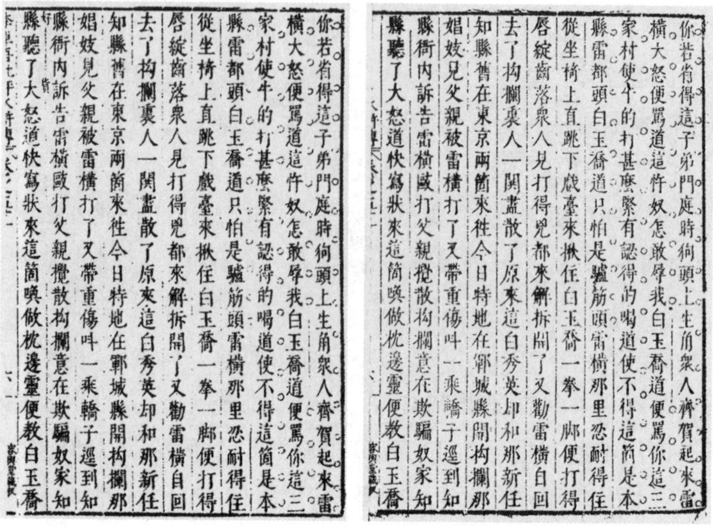
你若省得這子弟門庭時狗頭上生角衆人齊賀起來雷橫大怒便罵道這忤奴怎敢辱我白玉喬道便罵你這三家村使牛的打甚麽緊有認得的喝道使不得這箇是本縣雷都頭白玉喬道只怕是驢筋頭雷橫那里忍耐得任從坐椅上直跳下戲臺來揪住白玉喬一拳一脚便打得唇綻齒落衆人見打得兇都來解拆開了又勸雷橫自回去了构欄裏人一閧盡散了原來這白秀英却和那新任知縣舊在東京兩箇來往今日特地在鄆城縣開构欄那娼妓見父親被雷橫打了又帶重傷叫一乘轎子逕到知縣衙内訴告雷橫毆打父親攪散构欄意在欺騙奴家知縣聽了大怒道快寫狀來這箇喚做枕邊靈便教白玉喬

国容全本与上图本第 51 回第 6 叶上书影

“末”字挖除，而留下 2a 叶面“必”字。内阁本这种批语未挖除干净的例子尚有 5 处。

由上可知，内阁本、上图本夹批的缺失，是挖除所致，至于为何要将批语挖除，现今不得而知，但却耐人寻味。内阁本除 99 条夹批被挖除外，尚有 10 条眉批缺失，这些缺失的眉批可能同样是被挖除，当然也有可能是板木磨损所致。因为现存批语中，有 7 条眉批就因为板木磨损而缺字，如“(阙)公(阙)闻知报，亦必大喜”(99.3a)。

其次是后印的内阁本比先印的国容全本多出批语的情况，共有 2 条，分别为“冷语”(62.10b)与“趣”(78.2b)，与这 2 条批语一起多出的还有文字的旁圈。此两个半叶从版面上看，内阁本与国容全本依旧为同版，像 62.10b 左栏“蔡”字边有一丝微小的裂缝，国容全本与内阁本均存；78.2b 下栏“礼”字边有一处小断口，国容全本与内阁本均存，所以不存在内阁本以他本进行补叶的情况。既然二者同版，那么为何后印的内阁本比先印的国容全本要多出 2 条批语？此处可从几条回末总评观之。

国容全本：……殊不知智深后来作佛正在此等去。何也……(5.15a)

内阁藏本：……殊不知智深后来作佛正在此等去处。何也……（5.15a）

天理藏本：……殊不知智深后来作佛正在此等去处。何也……（5.15a）

（例一）

国容全本：李生曰：刘高妻子是个淫旱之妇……（33.14b）

内阁藏本：李生曰：刘高妻子是个淫悍之妇……（33.14b）

天理藏本：李生曰：刘高妻子是个淫悍之妇……（33.14b）

（例二）

国容全本：……不然，耶惊天动地，济得甚事。（59.15a）

内阁藏本：……不然，即惊天动地，济得甚事。（59.15a）

天理藏本：……不然，即惊天动地，济得甚事。（59.15a）

（例三）

以上三例回末总评，内阁本虽然与国容全本同版，但是却有文字与异版的天理本相同，与同版的国容全本不同，可见内阁本曾参照他本修改了文字，尤其是例一"去处"二字乃是挖改而成，占一字格，内阁本竟然也与天理本相同。当然，内阁本参照的本子不一定就是天理本，或者说可能并不是只有天理本。所以，内阁本多出的这2条批语，也当是内阁本抄自他本的批语。

另外，还需要厘清两个问题，一是从国容全本到内阁本之间，板木应该几经易手，其间以他本为参照修改批语以及增加批语的行为，与挖除批语的行为，应该是在不同书坊主手上所完成。二是多出的批语应该为原刻本所有，像"趣"字之批在容与堂本中出现特多，不似出自他人之手。且上文已经说到国容全本为翻刻本，所以此2条批语也当为其所脱漏之批。

至于内阁本与上图本的批语问题，虽然二者批语数量与文字均完全相同，但是二者在回末总评部分却存在差异。上图本将回末总评起始的第三人称称谓全部挖除，第51回删除"秃翁"二字、第53回删去"李和尚"三字、第54回删去"卓吾"二字，唯有第52回保留"李生"二字。而删去了李卓吾别名之后的回末总评留下了明显的删除痕迹，原本空一格的回末总评变成了空数格，前面没有了人名却依旧保留了"曰"这个字。之所以会做如

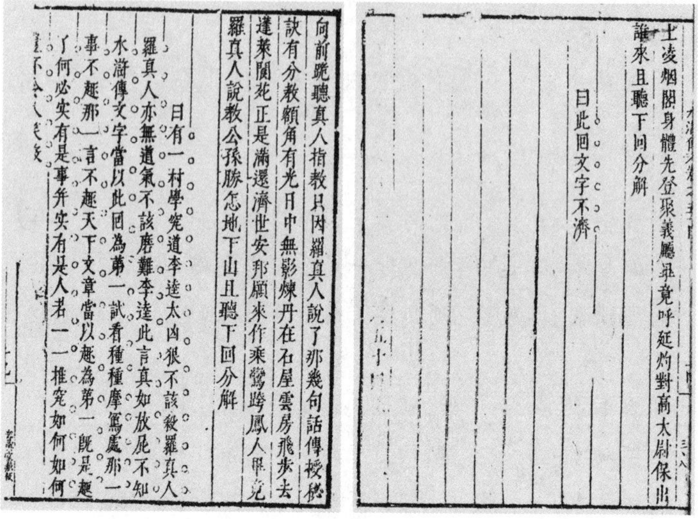

向前跪聽真人指教只因羅真人說了那幾句話傳授秘
訣有分教額角有光日中無影煉丹在石屋雲房飛步去
蓬萊閬苑正是滿還濟世安邦願来作乘鸞跨鳳人畢竟
羅真人說教公孫勝怎地下山且聽下回分解

日有一村學究道李逵太凶狠不該殺羅真人
羅真人亦無道氣不該磨難李逵此言真如放屁不知
水滸傳文字當以此回為第一試看種種摩寫處那一
事不趣那一言不趣天下文章當以趣為第一既是趣
了何必实有是事并实有是人若一一推究如何如何

上淩烟閣身體先登聚義廳畢竟呼延灼對高太尉保出
誰來且聽下回分解

曰此回文字不濟

上图本第 53 回、第 54 回回末总评书影

此无谓的挖除工作,应该跟批点者李卓吾的著作在明代被禁毁有关。由此也可见,容与堂本此套板木从国容全本到内阁本再到上图本,其间经过了多次板木挖改。

三、容与堂本与钟伯敬本的关系

1. 钟伯敬本诸种的关系

探讨容与堂本与钟伯敬本批语关系之前,先考察钟伯敬本的情况。现存钟伯敬本有 3 处藏本,分别为东大本、京大本、法图本,此三者为同版异印本。其中京大本与法图本为同版同印本,断口以及断板之处完全相同。而东大本相对于其他二本而言为先印本,断口较之其他二本更少,断板裂缝更小,文字也更为清晰。像 1.2a 右栏"香"字有一处断板,京大本、法图本裂缝延伸到第 5 个字,而东大本只延伸到第 2 个字,且京大本、法图本右下方"太"字边有一处大断口,而东大本无;2.8ab 上栏第一行文字,京大本、法图本漶漫不清,而东大本则较为清晰①。

知道了东大本、京大本、法图本三本版面的大致情况,再来看三者批语

①日本京都大学图书馆藏本此处有后人描改的痕迹。

的概况。东大本共有批语2601条，其中眉批1565条，夹批1036条；京大本、法图本共有批语2567条，其中眉批1531条，夹批1036条。东大本比京大本、法图本共多出34条批语，均为眉批。从京大本、法图本缺失的批语均为眉批来看，很可能因为是后印本的关系，板木磨损致使批语缺失，此点也可从京大本、法图本一些眉批仅存部分文字看出。

东大藏本：都有意态。（24.3b）

京大藏本、法国藏本：意。（24.3b）

（例一）

东大藏本：妙人妙事。（27.6a）

京大藏本、法国藏本：人妙。（27.6a）

（例二）

东大藏本：真是好男子。（28.3b）

京大藏本、法国藏本：好。（28.3b）

（例三）

以上是东大本存整条眉批，而京大本、法图本眉批仅存部分文字的例子，这种情况共有10处。京大本、法图本眉批仅存部分文字当是板木磨损所致，而眉批缺失也应是此原因。另外，相对于京大本、法图本而言，东大本虽然是先印本，但是此本的版面状况也不容乐观，同样也存在一些眉批因板木磨损仅存部分文字，如：

容与堂本：好点缀。（13.7b）

东大藏本：缀。（13.6a）

（例一）

容与堂本：处处传神。（24.6b）

东大藏本：处传。（24.5b）

（例二）

容与堂本：果然精细。（44.17b）

东大藏本：精。（44.14a）

（例三）

于此可知，即便是东大本与钟伯敬本初印本相比，其批语面貌应当也存在一定差距。

2. 容与堂本与钟伯敬本的关系

接下来探讨容与堂本批语与钟伯敬本批语的关系。钟伯敬本批语作为容与堂本系统批语中的一种，一直以来受关注程度并不高。学界论及钟伯敬本批语，都认为是容与堂本批语的附庸，与容与堂本批语无甚差别。像陈曦钟先生所言“从此书正文和评语看，可以断言，它（按：钟伯敬本）的祖本确是容与堂刻本。因我当时手头没有容与堂本，故未能将两书的正文和眉批、行侧批一一加以比较，但大致相同，则可以肯定”①；谭帆先生所言“作为评点本，此书（按：钟伯敬本）无甚价值，乃书商假托钟惺据‘容与堂本’《李卓吾批评忠义水浒传》改造而成”②；日本佐藤炼太郎先生所言“本书（按：容与堂本）评语被天启年间钟伯敬所评的四知馆本继承”③，诸位学者所说意思都差不多，都认为钟伯敬本批语跟容与堂本批语差不多，没有什么价值。

由于前辈学者对钟伯敬本批语或是观其大概，或是主要针对回末总评，并未对全部批语进行研究，所以得出结论略显偏颇。钟伯敬本批语虽然承袭自容与堂本批语，但是并非一味抄袭，有的批语也在容与堂本基础上进行了改写，从而呈现出自身的特征。笔者曾对钟伯敬本批语做过一些研究，撰文《钟伯敬本〈水浒传〉批语略论》④，现重新整理，概述如下：

钟伯敬本批语与容与堂本批语确实存在比较密切的关系，此二本批语一般认为是钟伯敬本承袭自容与堂本，关于此点从二本的一条回末总评可证。容与堂本批语署名李卓吾评点，回末总评部分有各种李卓吾异名出现，诸如“李贽”“李卓吾”“李卓老”“李秃翁”“李和尚”等 14 种。钟伯敬本批语署名钟伯敬评点，除序言署名外，每回卷端书名均题为“钟伯敬批评”。但与容与堂本不同的是，钟伯敬本回末总评并无批点者署名，全书均如此，唯独第 64 回出现了一处例外，此回钟伯敬本回末总评与容与堂本完全相同，回末总评为“李和尚曰：这回文字没身分，叙事处亦欠变化，且重复可厌，不济不济”。钟伯敬本此回回末总评多出了他回没有的“李和尚曰”四个字，

①曦钟：《关于〈钟伯敬先生批评水浒忠义传〉》，《文献》第 15 辑，书目文献出版社 1983 年版，第 42—52 页。

②谭帆：《中国小说评点研究》，华东师范大学出版社 2001 年版，第 192 页。

③［日］佐藤炼太郎：《关于李卓吾评〈水浒传〉》，张志合译，《黄淮学刊》1991 年第 3 期。

④邓雷：《钟伯敬本〈水浒传〉批语略论》，《文艺评论》2015 年第 4 期。按：部分批语数据亦重新统计。

此四字正是容与堂本回末总评的标识，而“李和尚”也是“李卓吾”的异名。由此可见，钟伯敬本批语乃是承袭自容与堂本批语，钟伯敬本删除容与堂本回末总评署名之时，因为一时疏忽出现了第 64 回这条漏网之鱼。

容与堂本共有批语 2847 条，其中眉批 844 条，夹批 1923 条，句末批 80 条。钟伯敬本共有批语 2601 条，其中眉批 1565 条，夹批 1036 条。容与堂本与钟伯敬本批语数量虽然相差无多，但是相较另外三类系统中不同版本批语的差异而言，容与堂本与钟伯敬本批语的差异明显更大。

其中一种情况，钟伯敬本将容与堂本夹批改为眉批，计有 177 条。之所以改易可能是为了刊刻方便之故[①]。由于钟伯敬本将夹批改为了眉批，一些地方也出现了错舛，如第 1 回洪太尉说道士们为了蛊惑百姓，假称镇锁了妖魔，然后卖弄自己的学问说自己读了不少书，从来没见过什么锁魔镇妖的法子。容与堂本此处有两条夹批，第一条针对洪太尉说道士们蛊惑百姓假称镇锁了妖魔，批道“大是”（1.9a），第二条针对洪太尉炫耀自己读书之多处批道“卖弄”（1.9b）。容与堂本批语甚为明白，然而到了钟伯敬本之中，这两条夹批变成了眉批，而且还合成了一条，变为了“卖弄大是”（1.7b），如此批语则不知是说洪太尉卖弄学问卖弄的是，还是说洪太尉卖弄学问批评道士批评的是。只因为容与堂本这两条夹批相距比较近，钟伯敬本抄袭又改为眉批后，误将此两条批语变成一条批语，使得批语出现了错舛。

除此之外，钟伯敬本与容与堂本批语相比，大致可以分为三种情况：完全相同或基本相同的批语（包括夹批改为眉批）、比容与堂本多出的批语、同一位置与容与堂本不同的批语（包括针对容与堂本之批）。

第一种完全相同或基本相同的批语，共计有 1753 条，占总批语数量的 67.4%。如：

> 容与堂本：婉转而来，遇合甚奇。（2.3a）
> 钟伯敬本：婉转而来，遇合甚奇。（2.2b）

（例一）

> 容与堂夹：何不对天子说道“遇洪而开”。（2.1b）
> 钟伯敬眉：何不对天子说道“遇洪而开”。（2.1b）

（例二）

①明清小说之中，有不少翻刻本将原刻本眉批改为夹批之例，如《艳史》《新列国志》等。

容与堂本：便是三人供状口辞。（10.9a）

钟伯敬本：三人口辞便是供状。（10.7a）

（例三）

第二种比容与堂本多出的批语，共计708条，占总批语数量的27.2%。如：

钟伯敬本：此即禳灾大方。（1.1b）

（例一）

钟伯敬本：何必如此。（1.1b）

（例二）

钟伯敬本：画出一个神仙官。（1.2b）

（例三）

第三种同一位置与容与堂本不同的批语，共计140条，占总批语数量的5.4%。如：

容与堂本：吃素便志诚了？（1.4a）

钟伯敬本：吃素未便志诚。（1.3b）

（例一）

容与堂本：好个赛伯当！（2.23b）

钟伯敬本：赛伯当名号亦妙。（2.18b）

（例二）

容与堂本：既知此矣，何故到此？（3.3a）

钟伯敬本：好个清白好汉。（3.2b）

（例三）

从整个钟伯敬本批语情况来看，钟伯敬本批语虽然袭自容与堂本，有三分之二的批语完全相同或基本相同，但是尚有三分之一的批语与容与堂本不同，或为其独创，或为其改写，由此可见钟伯敬本批语因袭演变的情况。

钟伯敬本回末总评共99条，条数与容与堂本相同，但是总评字数却只有容与堂本的六成①，可见钟伯敬本回末总评做了不少偷工减料的工作。这99条总评与容与堂本相比，大致有三种类型：与容与堂本批语不同者45

①钟伯敬本回末总评字数3671字，容与堂本回末总评字数6054字。

条，摘录者 25 条，全部照抄或基本相同者 28 条。其中“摘录”“相同”的批语共有 53 条，占 98 条可比较总评的 54%。综合眉批、夹批以及回末总评的情况，基本上可以说，钟伯敬本继承了容与堂本批语，但是在此基础上又有所创造，并不是容与堂本的替代品。

下面具体看一下占整个钟伯敬本批语 30% 的改写及独创性批语，与容与堂本批语相比，所呈现出的面貌。

第一，钟伯敬本批语比之容与堂本批语少些嬉笑怒骂，多些中正平和。容与堂本批语多用嬉笑怒骂的方式来批判与否定，其中又可以分为冷嘲和热骂①。冷嘲的例子如第 1 回洪太尉说：俺从京师食素到此，如何心不志诚。容与堂本批道：“吃素便志诚了？”（1.4a）讽刺一些专门做表面工作的人。钟伯敬本此处批语改成“吃素未便至诚”（1.3b），改成之后成为叙述性语言，批判力度大大降低。热骂的例子在容与堂本中最明显的是对道学的批判。容与堂本批语中共出现 14 条批判道学的批语，最主要集中于回末总批中，用力最勤，批判亦最力，99 回回末总评有 9 回批判了假道学。然而在钟伯敬本批语中，虽然批判道学之语并未减少太多，总计有 10 条之多，但是回末总评中却仅仅出现 2 次，而且明显可以看出钟伯敬本批者有意识将一些批判道学之语删节。由此可见，钟伯敬本批语与容与堂本批语相比，感情没有那么汹涌澎湃，语言也没有那么尖锐，更多趋于中和。

第二，人物评价趋于理性，减少盲目的爱憎。容与堂本批语中有着颇为明显的人物爱憎，对李逵的爱，以及对宋江、吴用的憎。对李逵的喜爱，以至于觉得李逵做任何事情都是对的，如李逵残忍地劈死了无辜的小衙内，容与堂本回末总评批道：“朱仝毕竟是个好人，只是言必信行必果耳，安有大丈夫而为一太守作一雄乳婆之理？即小衙内性命，亦值恁么，何苦为此匹夫之勇、妇人之仁，好笑好笑。”（51.16a）批者对一条幼小无辜的生命不仅不予怜悯，甚至口出“值恁么”之语，可见容与堂本批者对李逵维护到了何种程度。钟伯敬本此处回末总评为：“朱仝是个好人，只言必信行必果耳，安有大丈夫而为一太守作一雄乳婆之理？可发一笑。”（51.12b）批语内容与容与堂本批语前半部分基本相同，却正好删掉了后面那句过分的批语。

第三，更专注于对文章内容的赏析，而减少了艺术性的评论；更多对小

①何毅、张恩普：《叶昼小说评点的主要倾向》，《古籍整理研究学刊》2013 年第 6 期。

说的认同，而减少对小说的批判。容与堂本批语中关于小说的艺术理论，绝大部分集中于回末总评，而钟伯敬本对容与堂本回末总评中艺术性评论的抄袭较少，更多的是阐述小说内容。如第3回容与堂本回末总评，此评是非常有名的塑造小说人物典型性格理论，"李和尚曰：描画鲁智深，千古若活，真是传神写照妙手。且水浒传文字妙绝千古，全在同而不同处有辨。如鲁智深、李逵、武松、阮小七、石秀、呼延灼、刘唐等，众人都是急性的。渠形容刻画来，各有派头，各有光景，各有家数，各有身分，一毫不差，半些不混，读去自有分辨，不必见其姓名，一睹事实就知某人某人也。读者亦以为然乎？读者即不以为然，李卓老自以为然不易也"（3.15a）。而此回钟伯敬本回末总评却为："鲁智深打死郑屠，救活金老父子，胜造七级浮屠，后来成佛作祖，实根基真种子都在这里。"（3.12a）将容与堂本艺术批评变成了内容赏析。同时，容与堂本批语对小说后半段多有批评，而钟伯敬本批语则更多是寻找内容中的闪光点。如第54回，容与堂本回末总评为："卓吾曰：此回文字不济。"（54.14b）此回钟伯敬本回末总评为："其刻画战斗处亦委曲详明。"（54.11b）

以上通过将钟伯敬本独出或者改写的批语与容与堂本批语比较，可见钟伯敬本批语的感情及艺术倾向。但需要注意的是，钟伯敬本大部分批语袭自容与堂本，跟容与堂本批语特点一致，因此也导致钟伯敬本批语中，某些独出或者改写的批语与其他袭自容与堂本的批语，出现前后矛盾之处，或是评点倾向不一致。

另外，值得一提的是，通过钟伯敬本批语还能确知其底本为容与堂本诸种中的哪一种。此举两例以观之：

> 容全本：公孙胜望娘一**团**奸诈。（42.15b）
> 容内本：公孙胜望娘一**团**奸诈。（42.15b）
> 容天本：公孙胜望娘一**圆**奸诈。（42.15b）
> 钟本：公孙胜望娘一**圆**奸诈。（42.12a）

（例一）

> 容全本：也好供膳宋**太**公。（44.3b）
> 容内本：也好供膳宋**太**公。（44.3b）
> 容天本：也好供膳宋**令**公。（44.3b）

钟本：也好供膳宋令公。（44.3a）

（例二）

以上两例均为日本天理图书馆所藏容与堂本批语出现误字，钟伯敬本同之之例。由此也可见，钟伯敬本的底本当为日本天理图书馆所藏容与堂本。

四、钟伯敬本与英雄谱本的关系

1. 英雄谱本系统批语考

探讨钟伯敬本与英雄谱本批语关系之前，先考察英雄谱本的情况。英雄谱本批语系统属于简本三大批语系统中的一种，其中包括两种版本，英雄谱本与二刻英雄谱本；二刻英雄谱本又包含两种不同的刻本，内阁本与京大本。

先考察二刻英雄谱本批语的情况。内阁本共有批语 1187 条，京大本共有批语 1090 条。内阁本比京大本多了 99 条批语，京大本比内阁本多了 2 条批语。此即意味着内阁本与京大本存在着此有彼无的批语。

京大本比内阁本多出 2 条批语，这 2 条批语并非京大本所增，而是原刻本即存在。因为此 2 条内阁本缺失的批语，初刻英雄谱本中存在，且内阁本此处板木情况良好，也不可能因为板木磨损导致批语缺失，所以内阁本与京大本均非二刻英雄谱本的原刻本，而是翻刻本，且二者之间并无直接的承继关系。

二者均非原刻本，而是不同的翻刻本，此点从批语内容也可看出，内阁本与京大本存在一些文字不同的批语，如：

初刻本：不消报**停停就知**。（1.24b）

内阁藏本：不消报**停停**。（1.23a）

京大藏本：不消报**鲁达**。（1.23a）

（例一）

初刻本：□人的打得果好。（1.25a）

内阁藏本：人的（阙）付采好。（1.23b）

京大藏本：人此一付乎好。（1.23b）

（例二）

初刻本：你到肯回。（4.27b）

内阁藏本：你到肯何。（4.26a）

京大藏本：你到肯回。（4.26a）

（例三）

初刻本：好汉人要分明上饮食。（4.29b）

内阁藏本：好汉人要分明土饮食。（4.28a）

京大藏本：好汉人要分明上饮食。（4.28a）

（例四）

初刻本：如今才晓得。（1.14a）

内阁藏本：如今才晓得。（1.13a）

京大藏本：外今况晓得。（1.13a）

（例五）

初刻本：惹起英雄一点心。（1.22a）

内阁藏本：惹起英雄一点心。（1.21a）

京大藏本：若起英雄一点心。（1.21a）

（例六）

例一、例二为内阁本与京大本不同，且与初刻本不同的例子，此类例子在书中有5处。例三、例四为内阁本与京大本不同，但京大本与初刻本相同的例子，此类例子在书中有13处。例五、例六为内阁本与京大本不同，但内阁本与初刻本相同的例子，此类例子在书中有25处。此等处亦可证明内阁本与京大本均非原刻本，二者是不同的翻刻本，且并无承继关系。从脱漏批语与不同批语的数量来看，内阁本的翻刻质量要高于京大本。

再考察英雄谱本与二刻英雄谱本批语的情况。二刻英雄谱本乃为英雄谱本的重刻本。二刻英雄谱本为了节省纸张将英雄谱本半叶15行、行13字，改为半叶16行、行13字，同时删节了43首诗词[①]。英雄谱本共有批语1247条，二刻英雄谱本有批语1189条[②]，二刻本相对于初刻本而言，少了58条批语。

除此之外，批语文字部分，也存在一些不同。这些不同有二刻本订正初

①邓雷：《再论雄飞馆刊本〈英雄谱〉与〈二刻英雄谱〉的区别》，《中国典籍与文化》2015年第3期。

②二刻英雄谱本批语数量为日本内阁文库藏本、日本京都大学图书馆藏本批语数量去重复叠加。

刻本讹误之处，如：

初刻本：小人一得志便横。（1.11b）

二刻本：小人一得志便横行。（1.11a）

（例一）

初刻本：不去是（阙）獃子。（3.21b）

二刻本：不去是二獃子。（3.20a）

（例二）

虽然二刻本封面栏外比之初刻本多出“二刻重订无讹”数字，但实际上此等订正的批语仅五见。更多批语异文是二刻本重刻之时的误刊。如：

初刻本：要他来方服得他。（1.32b）

二刻本：要（阙）方服得他。（1.30b）

（例一）

初刻本：冤家一发结深了。（2.11a）

二刻本：宛家（阙）发结深了。（2.10a）

（例二）

二刻本与初刻本存在差异的批语共有83条①，其中订正初刻本讹误处5条，出现误刊之处62条，其余16条为文字两可之批语。

2. 钟伯敬本与英雄谱本的关系

接下来探讨钟伯敬本与英雄谱本批语的关系。钟伯敬本共有批语2601条，英雄谱本百回故事部分共有批语1181条②。二者批语虽然数量相差较大，而且乍一看去并无关联，但是实际上英雄谱本有少量批语与钟伯敬本相同，包括完全相同与基本相同者，共计58条。

其中完全相同者22条，如：

钟伯敬本：勘得明白。（31.8a）

英雄谱本：勘得明白。（5.4b）

①此有差异的批语数量为内阁文库所藏与京都大学所藏二刻本共有之批，二本单独有差异的批语，京都大学藏本有31处，内阁文库藏本有30处。

②钟伯敬本批语数量为日本东京大学图书馆藏本的批语数量；英雄谱本批语数量为日本筑波大学藏本的批语数量。

（例一）

钟伯敬本：方显英雄手段。（36.11a）

英雄谱本：方显英雄手段。（5.46b）

（例二）

钟伯敬本：专倚兄弟作行货。（37.9b）

英雄谱本：专倚兄弟作行货。（5.52b）

（例三）

基本相同者36条，如：

钟伯敬本：这四人也造化。（31.7b）

英雄谱本：也造化。（5.4a）

（例一）

钟伯敬本：李俊救他两次了。（37.8b）

英雄谱本：李俊救他二次了，也是天幸。（5.52a）

（例二）

钟伯敬本：铁牛也怕笑。（38.3b）

英雄谱本：牛也怕笑。（6.3a）

（例三）

结合钟伯敬本刊刻时间在天启五年至六年（1625—1626）之间[①]，而英雄谱本刊刻时间在崇祯十五年至顺治三年（1642—1646）之间[②]。由此可知，钟伯敬本与英雄谱本二者之间的批语关系，当为英雄谱本承袭钟伯敬本批语。

从上述研究中可见，容与堂本批语为叶昼模仿李卓吾而作，刊刻时间晚于大涤余人序本的祖本。三大寇本批语为李卓吾的初评，大涤余人序本批语为李卓吾的定评。现存容与堂本中国容全本批语最为齐全，接近容与堂本祖本原貌。内阁本、上图本与国容全本为同版异印本，内阁本刊印在国容全本之后，批语比国容全本少不少，上图本刊印又在内阁本之后，批语数量与内阁本完全相同，但又在内阁本基础上做了一些加工，挖去了与“李卓吾”

①邓雷：《钟伯敬本〈水浒传〉研究》，载《钟伯敬先生批评水浒忠义传》跋语，广陵书社2018年版，第1—48页。

②邓雷：《〈水浒传〉版本知见录》，凤凰出版社2017年版，第268页。

相关的文字。天理本与国容全本为异版,此二本为容与堂本初刻本的不同翻刻本,天理本的翻刻质量较差。钟伯敬本继承了容与堂本批语,但是在此基础上又有所创造与改造,其中创造与改造的批语占整个批语30%。这些批语有着自己的评点倾向,此倾向与容与堂本批语不同,比之容与堂本批语少些嬉笑怒骂,多些中正平和;对人物评价则更加趋于理性,而少些盲目的爱憎;更专注于对文章内容的赏析,而少艺术性的评论;更多对小说的认同,而减少对小说的批判。简本中英雄谱本的批语有一小部分参考了钟伯敬本批语。

第五节 金圣叹本系统批语考

关于金圣叹评点《水浒传》的研究,一直以来都是《水浒传》研究的热点,甚至于说,关于金圣叹的研究在整个古代文学研究中都能排得上号。陈大康先生曾对20世纪90年代古典文学作家作品研究进行排行,其中金圣叹相关研究有105篇,排在了第34位[①]。21世纪前10年2002年至2011年,金圣叹相关研究不仅没有减少,反而越来越多,仅金圣叹评点《水浒传》的相关研究文章就有210篇之多。当然绝大多数文章还是从文艺学以及美学的角度,对金圣叹评点理论进行阐释与解读[②]。本文意不在此,主要是讨论金圣叹评本《水浒传》中批语的渊源关系以及诸种金圣叹本批语的关系。

一、金圣叹本与大涤余人序本的关系

关于金圣叹本批语与其他《水浒传》批点本的关系,学界早有学者关注到。白岚玲先生在其书《才子文心——金圣叹小说理论探源》中探讨了金圣叹本与袁无涯本批语的关系:

> 金圣叹评点《第五才子书施耐庵水浒传》时,受袁无涯刻本影响的痕迹则更为清晰。大量事实表明,金圣叹不仅以袁本为评点、删改《水浒传》的底本,更在具体评点中大量袭用袁本评语,在很大的程度上表现出对袁本评点所体现出的理论观点的认同。[③]

①陈大康:《古代小说研究及方法》,中华书局2006年版,第29页。

②邓雷:《近十年金圣叹〈水浒传〉评点研究的定量分析》,《广东技术师范学院学报》(社会科学版)2013年第1期。

③白岚玲:《才子文心——金圣叹小说理论探源》,北京广播学院出版社2002年版,第148页。

此外，白岚玲先生在其书附录二《金圣叹评本〈第五才子书施耐庵水浒传〉评语明显受袁无涯本〈出像评点忠义水浒全传〉评语影响者一览》中，辑录此类批语144条。由于白岚玲先生统计的只是金圣叹本与袁无涯本之间有关系的批语，上文研究表明袁无涯本批语属于大涤余人序本系统，袁无涯本有不少缺失的批语，这些缺失的批语与金圣叹本批语同样有关系。如鲁智深见了泼皮说到这伙人不三不四处，芥子园本批语为“张三李四，不三不四”（7.1a），金圣叹本批语同为“张三李四，不三不四”（11.4a）。又如狱吏跟武松说人命之事，须要尸、伤、病、物、踪处，芥子园本批语为“对映潘、驴、邓、小、闲”（26.12a），金圣叹本批语为“忽与潘、驴、邓、小、闲作对，真乃以文为戏”（30.27a）等。基于此，笔者重新整理大涤余人序本系统与金圣叹本有关系的批语，具体情况如下：

大涤余人序本七十回部分共有批语2244条，其中眉批1527条，夹批717条；金圣叹本共有批语10760条，其中眉批231条，夹批10529条[①]。二者批语数量差距甚大，但是批语关系却非常明显。二者相同位置处批语共有1241条，其中364条具有明显关联。这些相关批语同样可以划为三类：完全或基本相同者、大意相同者、大意相同且有生发者。

第一种，完全或基本相同者，此种甚少，仅有21条。如：

大涤序本：意在小肚之下，不料撞着吾师。（5.8a）
金圣叹本：意在肚皮之下，不料乃遇吾师。（9.14b）

（例一）

大涤序本：张三李四，不三不四。（7.1a）
金圣叹本：张三李四，不三不四。（11.4a）

（例二）

大涤序本：败子回头，忠臣怕死，皆用此八个字。（17.1a）
金圣叹本：败子回头，忠臣惜死，皆有此八个字。（21.6a）

（例三）

第二种，大意相同者，此种特多，有275条。如：

大涤序本：朱武亦是真义气，不止苦计。（2.23a）

①金圣叹本批语数量为叶瑶池刊本批语数量。

金圣叹本：不止是苦计，亦实有义气也。（6.35b）

（例一）

大涤序本：从打铁人眼里写出剃须发的鲁达真形来，是何等想笔。（4.15a）

金圣叹本：从打铁人眼中现出鲁智深做和尚后形状，奇绝之笔。（8.25b）

（例二）

大涤序本：从口中度出，接事不死。（4.19a）

金圣叹本：接口将叙事带说过去，何等笔法。（8.33a）

（例三）

第三种，大意相同且有生发者，此种不甚多，有68条。如：

大涤序本：须先问，然不须问。（7.10a）

金圣叹本：此一句，若在神闲气定之时，便必不问，今极忙中，便必问矣。问此一句，正写林冲气急心乱也。不然，则将夫妻相见，竟不开口，于情理为大失，若问别句，则亦更无第二句也。（11.18a）

（例一）

大涤序本：妙。（16.13b）

金圣叹本：此二语之妙，不惟说过卖酒者，亦已罩定杨志矣。（20.25ab）

（例二）

大涤序本：如此闲暇。（31.2b）

金圣叹本：前文施恩送绵衣、碎银、麻鞋三件，今忽将两件插在前边，一件插在后边，为百忙中极闲之笔，真乃非尝之才。（35.7a）

（例三）

由以上事例，可见大涤余人序本与金圣叹本二者之间批语的承继性。考虑到大涤余人序本刊刻时间在金圣叹本之前，以及金圣叹本批语中有明显针对大涤余人序本批语所批者，如大涤余人序本批语“难得难得”（27.3b），金圣叹本作“此篇写武松既写得异尝，则写四边人定不得不都写得异尝。譬如画虎者，四边草木都须作劲势，不然，便衬不起也。不知文者，竟漫谓难得陈文昭，真痴人说梦矣”（31.7ab）。所以此二者批语的关系，当是金圣叹本批语承继了大涤余人序本部分批语。

当然，大涤余人序本批语内容对金圣叹评点《水浒传》也产生了颇大的影响，如金圣叹本批语中十五条读法，有不少即脱胎于大涤余人序本批语，读法中“草蛇灰线法”，大涤余人序本批语“若作者笔无远情，必以此段即接东京事后，以为紧凑，不知间入狄女一段，更得龙脉伏脱之妙。且狄事亦属奸淫，又草里蛇踪也”（73.5a）；读法中“极省法”，大涤余人序本批语“卢俊义事皆以言见，以虚为实，得省文法”（92.14a）；读法中“鸾胶续弦法”，大涤余人序本批语“文章情事，承接无痕，只是不扯淡，不弄巧，须看此等用意处”（52.1a）；读法中“正犯法”，大涤余人序本批语“刀跟人，人看刀，相知处林杨一合”（12.4b）等。

二、金圣叹本诸种的关系

金圣叹本系统本子现今存世较多，主要有三种，贯华堂本、王望如本、句曲外史序本。每种本子多有翻刻，行款版式多有不一。以下选取七十五卷半叶8行行19字贯华堂本、七十五卷半叶8行行19字王望如本、七十五卷半叶10行行23字句曲外史序本进行研究。此三种为同一系统不同版本批语的研究。

1. 贯华堂本与王望如本批语的关系

先看贯华堂本与王望如本的批语关系。贯华堂本与王望如本的亲缘关系，应该毋庸置疑。王望如本为贯华堂本的翻刻本，贯华堂本刊刻于崇祯十四年（1641），王望如本最早由醉畊堂刊刻于顺治十四年（1657），醉畊堂刊刻王望如本之时，金圣叹尚在人世，应是取得其授权后刊行。今存醉畊堂刊本以《评论出像水浒传》为题，除回末加入了王望如回末总评之外，书中正文文字、批语以及行款皆与贯华堂本相同，书中题写“圣叹外书”。

作为翻刻本而言，王望如本批语出现了误刊与遗漏的情况。误刊的情况如：

贯华堂本：一篇如奔风激浪，至此已得收港，却不肯便住，故又另自蹴起一波，其才如许。（23.15b）

王望如本：一篇如奔风激浪，至此已得收港，却不肯便住，故又另自蹴起一波，其才知许。（23.15b）

（例一）

贯华堂本:次日,又办筵宴庆会。一连吃了数日筵席。晁盖与吴用等众头领计议,整点仓廒,【金夹:一。】修理寨栅,【金夹:二。】打造军器,枪刀弓箭,衣甲头盔,准备迎敌官军。【金夹:三。】(24.7a)

王望如本:次日,又办筵宴庆会。一连吃了数日筵席。晁盖与吴用等众头领计议,整点仓廒一,修理寨栅二,打造军器,枪刀弓箭,衣甲头盔,准备迎敌官军三。(24.7a)

(例二)

贯华堂本:早被花荣张起弓,当头一箭,射翻了一个,【金夹:好,足矣。】大喝道:"要死的便来救火!"(45.15b)

王望如本:早被花荣张起弓,当头一箭,射翻了一个,李逵大喝道:"要死的便来救火!"(45.15b)

(例三)

例一是王望如本批语误字之例,全书并不多见,但异文之例较多。例二是王望如本批语误入正文之例,例三是王望如本批语为正文所替代之例。例二与例三全书仅此一见。遗漏的情况如:

贯华堂本:智深见刀偏不开口者,非不识宝刀,为让林冲是本文主人也。(11.22ab)

(例一)

贯华堂本:漏锦儿。(12.8a)

(例二)

以上两例为贯华堂本所存之眉批,王望如本缺失之例。此种眉批缺失的情况,王望如本共有 21 处。以小说重刻本或翻刻本而言,出现误刊以及遗漏是十分常见之事,前文也有提及。

由于最早刊刻王望如本的是醉畊堂,此为金陵周氏的书坊,周氏书坊是金陵著名的家族式书坊,醉畊堂本乃是在周亮节主持、周亮工参与下刊刻完成[①]。其质量得到了一定的保证,虽有疏误,不至太多,而且尚有修改贯华堂本错舛之处。如:

贯华堂本:奇文骑事,得未曾有。(63.9a)

①陆林:《金圣叹史实研究》,人民文学出版社 2015 年版,第 384—403 页。

王望如本：奇文骇事，得未曾有。（63.9a）

（例一）

贯华堂本：每欠援兵，皆从山上明写调拨，此处忽变为突如其来之文，不先提出，亦是行文避熟也。（63.21b）

王望如本：每次援兵，皆从山上明写调拨，此处忽变为突如其来之文，不先提出，亦是行文避熟也。（63.21b）

（例二）

其中尤其值得注意的是，王望如本比贯华堂本多出两条眉批，分别为：

王望如本：此一段应不可力敌。（62.13b）

（例一）

王望如本：目此处起，皆吴用所定计。（68.9b）

（例二）

此两条眉批非王望如所加，当为原本所有。第一例眉批后面贯华堂本尚有夹批“此一段应前不可力敌一句，下一段应前只可智擒一句”（62.14b），眉批“此一段应只可智擒”（62.15a），结合王望如本多出的批语来看，当为对应之批语。同样第二例眉批后面贯华堂本有眉批“直至此语，皆吴用所定计”（68.17a），与王望如本多出批语对应。

至于为何王望如本比贯华堂本多出此2条眉批，有两种可能性：其一，现存贯华堂本虽不知是否为初刻本，但可以肯定的是并非初印本，再印的过程中导致眉批的缺失①。其二，贯华堂本的初刻本在刊刻之时，便漏刻了此2条批语，周亮节在刊刻王望如本之时，得到了金圣叹批评的原稿，便补足了这2条批语，但同时又产生了其他的疏误。

关于王望如本的批语情况，此处略述一二。王望如本主要分为两种刻本，一种是七十五卷本，较为少见，一种是二十卷本，较为常见。二十卷本为七十五卷本的翻刻本，除卷数差别外，二者批语也有一定的差异。像二十卷本无眉批；二十卷本批语误字之处，相较七十五卷本为多，尤其是二十卷本的翻刻本，批语误字随处可见；回末总评部分，二十卷本时常缺失部分文字。

①笔者查阅了世界范围内所藏贯华堂本数十处，发现现存最早的贯华堂本为叶瑶池刊本，其余均为翻刻或翻印本，而现存叶瑶池刊本中并无初印本，具体可参详繁本第十章第一节《贯华堂原本〈水浒传〉考》。

举例以观之[①]。

二十卷本批语误字之处：

七十五卷本：轻轻生出王昇，以为衔怨之繇。读之但见其出笔之突兀，不知其用笔之轻妙也。（6.13b）

二十卷本：轻轻生出王昇，以为帅怨之繇。读之但见其出笔之突兀，不知其用笔之轻妙也。（2.8a）

（例一）

七十五卷本：得此一笔，便令王进为无瑕之璧，不似后文众人身犯刑法。（6.14a）

二十卷本：得此一笔，便令王进为无瑕之璧，不似役文众人身犯刑去。（2.8b）

（例二）

七十五卷本：全是高眼慈心，亦复儒者气象。（6.21b）

二十卷本：全是高眼慈心，亦我儒者气弟。（2.13a）

（例三）

二十卷本回末总评部分批语缺失之处：

七十五卷本：王望如曰：徽宗听林灵素讲经，自称教主，道君皇帝盖妖魔之领袖也。妖魔立于朝，则百姓应于野。小人道长，君子道消。高俅至，而王进行，理有必然者。《水浒》一百八人，开口先提孝子王进，以见此人非盗，并见一百八人非生而为盗。

又曰：高俅为东京破落户子弟高二，贫而失教，得志则依草附木而逞奸。九纹龙为华阴县史家村史进，富而失教，壮年则拖枪使棒而为盗，是以君子贵义方焉。（6.43b-44a）

二十卷本：王望如曰：徽宗喜林灵素讲经，自称教主，道君皇帝盖妖魔之领袖也。妖魔立于朝，则百姓应于野。小人道长，君子道消。高俅至，而王进行，理有必然者。《水浒》一百八人，开口先提孝子王进，以见此人非盗，并见一百八人非生而为盗。（2.25b）

---

①误字部分以二十卷本的翻刻本（哈佛大学燕京图书馆藏本）为例，总评部分以东京大学东洋文化研究所藏本为例。

（例一）

七十五卷本：王望如曰：王进奉母遇太公，避高俅之祸也；王进奉母辞太公，避史进之祸也。大郎不守家业，浪结强人，彼少华山之朱武、陈达、杨春，乃县官所捕之盗，即无醉露回书之庄客王四、出首回书之摽兔李吉，折柬相邀，祸不旋踵。王教头于习武艺时，早有以窥其微矣。

又曰：镇关西者非他，小种经略相公门下策应屠儿是也。占金老之女，居翠莲之奇，则屠儿以上，假虎威者又不知几何矣。鲁达送金老时，撜坐城门，使小二赶不着。入郑屠家，立肉案边，使小二报不得。为人为彻，是粗鲁汉极精细处。

又曰：气之所至，拳不宽假，无所为而为善，鲁达一人而已。虽然时当圣明，首告官司可耳，何必捐金报仇，杀身救人，如斯之激切耶？呜呼，其亦可以征世变矣！（7.26a-27a）

二十卷本：王望如曰：王进奉母遇太公，避高俅之祸也；王进奉母辞太公，避史进之祸也。大郎不守家业，浪结强人，彼少华山朱武、陈达、杨春，乃县官所捕之盗，即无醉露回书之庄客王四、出首回书之摽兔李吉，折柬相邀，祸不旋踵。王教头于习武艺时，早有以窥其微矣。（2.40b）

（例二）

七十五卷本：王望如曰：渭州楼上三人倾盖。今李忠在桃花山，坐第一把交椅。史进流落天涯，剪径赤松林，几为智深所剪。后得取彼与此，落草二龙。一陷华州缧绁，再陷东昌缧绁，回忆对朱武不肯玷辱清白之言，竟成两截矣。

又曰：这一回书，借崔道成、丘小一痛骂释道二门，尽是放火杀人强盗。禅杖辟开危险路，戒刀杀尽不平人，固赖知深，然当饥饿时，便敌不住，以见寡不敌众，弱不敌强。

又曰：崔道成、丘小一，杀人放火者也；鲁智深、史大郎，亦杀人放火者也。杀人者，人亦杀其人；放火者，人亦放其火，报施固如是也。

或曰：花和尚好作撮合山，这瓦官寺内婆娘，却不如金家刘家女。余曰：二女为强人所逼，该救他；婆娘与崔、丘相好，该死他。（10.28a-29a）

二十卷本：王望如曰：渭州楼上三人倾盖。今李忠在桃花山，坐第一把交椅。史进流落天涯，剪径赤松林，几为智深所剪。后得取彼与此，落草二龙。一陷华州缧绁，再陷东昌缧绁，回忆对朱武不肯玷辱清白之言，竟成两截矣。

或曰：花和尚好作撮合山，这瓦官寺内婆娘，却不如金家刘家女。余曰：二女为强人所逼，该救他；婆娘与崔、丘相好，该死他。（3.33b）

（例三）

2. 贯华堂本与句曲外史序本批语的关系

比对贯华堂本与句曲外史序本批语，发现句曲外史序本缺少眉批。二者刊刻时间，句曲外史序本在后，可见当是句曲外史序本删节了眉批。删节原因可能是重刻之时行款改变，双行夹批按照正文逐字逐句翻刻，不易弄错，而眉批位置则不太好确定，所以索性将其删去。当然，句曲外史序本眉批的缺失，也可能与王望如本中七十五卷本、二十卷本情况类似，或许笔者所见句曲外史序本并非初刻本，而是翻刻本，翻刻本在翻刻之时将眉批删去。

句曲外史序本与贯华堂本批语其他方面的差异，主要在于批语误字。举数例以观之[①]。

贯华堂本：后文水穷云起，全仗此语作线。（6.20a）

句曲外史序本：后文水穷云起，全**使**此语作线。（6.13b）

（例一）

贯华堂本：数语写史进精神之极，遂与春夏读书，秋冬射猎，一样争胜。（6.26b）

句曲外史序本：数语写史进精神之极，遂与春**秋**读书，秋冬射猎，一样争胜。（6.18a）

（例二）

贯华堂本：横插二语，奇笔妙笔。（6.36b）

句曲外史序本：横插二语，奇笔**奇**妙。（6.24b）

（例三）

句曲外史序本批语中还存在一种情况，使得文字与贯华堂本不同。因

①所用句曲外史序本为美国国会图书馆藏本。

贯华堂本刊刻于明末，文字避讳非常严谨[①]，句曲外史序本由于刊刻于清代，时间晚于贯华堂本，明代之讳已不需要再避，所以明代的讳字，句曲外史序本有些地方改易，有些则予以保留。如：

贯华堂本：不是寻尝家数。（6.22b）

句曲外史序本：不是寻常家数。（6.15b）

（例一）

贯华堂本：此六字，直与最后炤夜玉狮子马，作章法。（6.28b）

句曲外史序本：此六字，直与最后照夜玉狮子马，作章法。（6.19a）

（例二）

其中“常”字乃避明光宗朱常洛的讳改为“尝”，“照”字乃避明武宗朱厚照的讳改为“炤”。除此之外，句曲外史序本还有一些批语文字与贯华堂本不同，此为两可文字。如：

贯华堂本：以獐儿兔儿，引出虎儿蛇儿，曲折之笔。（6.28b）

王望如本：以獐儿兔儿，引出虎儿蛇儿，曲折之妙。（6.28b）

句曲外史序本：以獐儿兔儿，引出虎儿蛇儿，曲折之妙。（6.19a）

（例一）

贯华堂本：史进叫绑陈达，众人赶走喽啰，大将意在大将，小卒意在小卒，写得甚好。（6.34a）

王望如本：史进叫绑陈达，众人赶走喽啰，大将意在大将，小卒意在小卒，写得极好。（6.34a）

句曲外史序本：史进叫绑陈达，众人赶走喽啰，大将意在大将，小卒意在小卒，写得极好。（6.23a）

（例二）

以上两例批语的两可文字，句曲外史序本异于贯华堂本，却同于王望如本，可知王望如本与句曲外史序本批语可能有共同的祖本。此祖本虽然从贯华堂本而来，但是有些文字却与贯华堂本稍有差异。

从上述研究可见，金圣叹本批语对大涤余人序本有明显因袭的痕迹，不

①胡适：《记金圣叹刻本〈水浒传〉里避讳的谨严》，《胡适古典文学研究论集》，上海古籍出版社2013年版，第704—708页。

少《读第五才子书法》的理论从大涤余人序本批语中来。金圣叹本系统三种本子,句曲外史序本将眉批删去。与贯华堂本相比,王望如本与句曲外史序本部分批语存在误字。同时,王望如本、句曲外史序本某些相同的批语,贯华堂本存在异文,可能王望如本、句曲外史序本来自于同一个祖本。此祖本虽然翻刻自贯华堂本,但有些文字与贯华堂本稍有差异。

3. 三十卷本系统批语考

三十卷本系统批语属于简本三大批语系统之一,此一系统的批语既与其他简本批语系统无关,又与四大繁本批语系统无关,之所以列于此处,因为内容较少,作为补充内容列于此。此一批语系统涉及的不同批语为不同印本之间批语的差异。

三十卷本有两种版本,一种为宝翰楼刊本,一种为映雪草堂刊本。此二者为同版异印本[①],其中宝翰楼刊本为先印本,映雪草堂刊本为后印本,且二者之间刊印时间有一定差距,映雪草堂本断口以及断板之处相较宝翰楼刊本,要远多之。如1.11b上栏宝翰楼本有一处大断口,映雪草堂本此处断口比宝翰楼本更大,且多出了其他3处小断口;左栏“做”字旁有断板,宝翰楼本裂缝延伸到第二个字,映雪草堂本延伸到第四个字;左栏“肉”字旁有断板,宝翰楼本裂缝延伸到第一个字,映雪草堂本延伸到第三个字。

知道了宝翰楼本与映雪草堂本先后印的关系,再来看二者批语的情况。宝翰楼本所存六卷部分共有批语179条;映雪草堂本相同部分共有批语128条,宝翰楼本比映雪草堂本多出51条批语。按照上述钟伯敬本中东京大学藏本与京都大学藏本、法国藏本的关系以及大涤余人序本中李玄伯原藏本与遗香堂本的关系来看,这51条批语当是后印本板木磨损导致的缺失。然而实际情况却并非如此,映雪草堂本缺失的批语并非由于板木磨损所致,而是映雪草堂本对某些叶面进行了补版。

如2.11a宝翰楼本存在一条眉批,映雪草堂本不存,比较二本此处版面情况,发现并非同版,宝翰楼本上栏有两处断口,下栏有两处断口,左栏有一处断口,而映雪草堂本却仅仅只是左栏有两处断口,且断口位置还与宝翰楼本不同,此外宝翰楼本文字旁圈以及旁勒,映雪草堂本中不存,此足以说明此半叶二者并非同版。

①邓雷:《三十卷本〈水浒传〉研究——以概况、插图、标目为中心》,《中国典籍与文化》2019年第2期。

当然51条批语的缺失并非全部都是映雪草堂本补版所致，有的同样也是因为后印时板木磨损导致如此，像3.14a，宝翰楼本与映雪草堂本为同版，宝翰楼本有一条眉批“□害林冲人”，映雪草堂本不存，此种缺失的批语为板木磨损所致。51条批语中由于板木磨损导致缺失的批语有8条，由于补版导致缺失的批语有43条。至于映雪草堂本为何补版，很可能是因为宝翰楼本板木磨损太过严重，文字出现大量漶漫不清，所以现今补版后的映雪草堂本版面情况均要优于宝翰楼本，但是在补版之时将批语删去。

由上文基本可以厘清《水浒传》批语的分类，繁本可分为三大寇本系统、大涤余人序本系统、容与堂本系统、金圣叹本系统四种，简本可分为评林本系统、英雄谱本系统、三十卷本系统三种，每一种系统中又都有不同的版本，每一种版本中又都有不同的刻本，每一种刻本中又有不同的印本，而诸类批语均有所差异。从各种本子的差异中可以看出，《水浒传》批语基本上沿着三大寇本→大涤余人序本 / 容与堂本→金圣叹本，这样一条脉络在发展着。再更加具体的脉络可见下图：

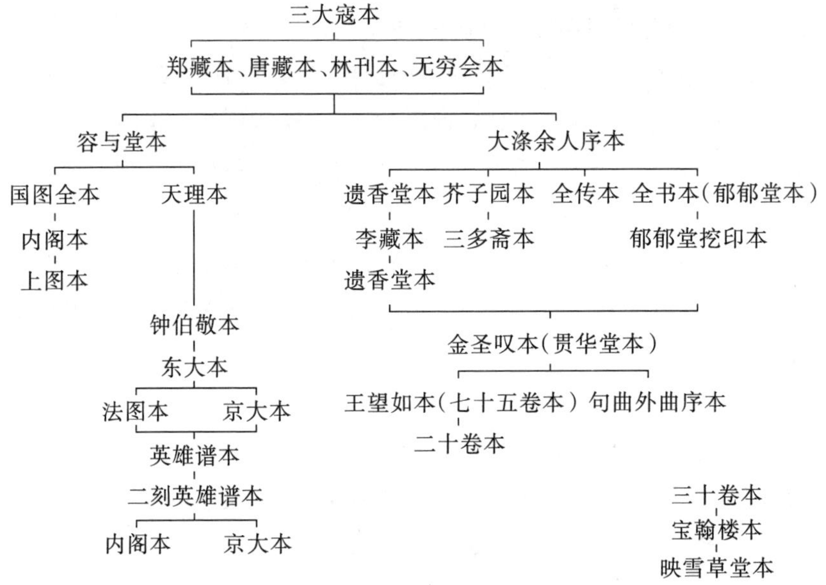

《水浒传》评点本源流脉络图

第六节　《水浒传》批语的版本启示

以上诸类《水浒传》评点本批语的考察，虽然是以系统作为划分标准，同时按照系统先后顺序编排，但实际上不仅仅区分了不同版本系统之间批语的关系，还涵盖了同一系统不同版本、同一版本不同刻本、同一刻本不同印本的批语源流。通过分析四类《水浒传》批语的关系，也可见中国古代小说评点所具有的版本价值。这种价值，不仅仅体现在通过批语判定版本的源流先后上，更为重要的是批语所具备的判定版本源流的快速性以及有效性。快速方面，繁本《水浒传》全书字数至少是数十万，像容与堂本全书 70 万字，而批语字数，除金圣叹本批语之外，其余版本批语不过寥寥数万，像容与堂本批语也就 1 万多字，大涤余人序本批语也不过 3 万多字。相比于正文对勘，批语比勘快捷甚多。有效方面，小说正文文字除非出现同词脱文，以及其他明显标志性差异，要不然仅凭文字异同，很难判断到底何种版本在前，何种版本在后。而批语中却经常出现一种情况，这种情况正文中很少出现，即批语此有彼无，或者是批语大量脱漏，此点能够对其版本关系进行有效判定。以下对《水浒传》批语的版本性问题再做一总结。

一、不同版本系统之间批语的关系考察。此类系统批语关系的梳理，需要对批语进行全面考察，有的关系比较容易觉察，像大涤余人序本与三大寇本批语的关系、金圣叹本与大涤余人序本批语的关系；有的关系则较难发现，像容与堂本与大涤余人序本批语的关系、英雄谱本与钟伯敬本批语的关系。

不同版本系统之间批语的承继关系，绝大多数也代表着版本系统之间的渊源，像大涤余人序本的底本为三大寇本，金圣叹本的底本为大涤余人序本，英雄谱本则在编纂过程中参校了钟伯敬本。当然，也有批语之间的承袭关系与版本系统渊源不同的情况，像容与堂本批语借鉴了大涤余人序本批语，但是容与堂本在版本链条上的位置却在大涤余人序本之前。然而无论如何，至少可以说明，容与堂本评点者在批点容与堂本之时，曾经阅读以及借鉴过大涤余人序本批语。

二、同一系统不同版本之间批语的关系考察。此类不同版本批语的考察，关系都十分明显，像英雄谱本与二刻本英雄谱本之间的承继关系，容与堂本与钟伯敬本之间的承继关系，贯华堂本与王望如本之间的承继关系，大涤余人序本四种之间的同源关系等。但是这些版本之间有些内在联系却不易察觉，需要全面的批语比对才可得知，像大涤余人序本四种之间具体的关系如何，王望如本多出的两条眉批原因究竟为何等。

通过考察可以得知，重刻本相对于初刻本而言，一般批语会有所遗漏，误刊也会增加，像王望如本之于贯华堂本，二刻英雄谱本之于英雄谱本均是如此。有的重刻本也会改动一些批语，然后冒充他人的批语刊刻，像钟伯敬本之于容与堂本。在初刻本缺失的情况下，多种重刻本之间可以通过批语考察，大致判断其与初刻本的关系。这种关系与刊刻时间的早晚可能并不成正比，有的刊刻时间晚的本子与初刻本关系更近，像芥子园本刊刻时间晚于遗香堂本，但是其保留的批语数量却更多。

三、同一版本不同刻本之间批语的关系考察。此类不同刻本批语的考察，需要对批语进行全面而细致的校对。其中诸刻本之间，翻刻质量情况比较好断定。像无穷会藏三大寇本相对于郑振铎原藏三大寇本、林九兵卫刊三大寇本、西辽藏三大寇本而言，脱漏批语特多，刊刻质量较差；天理图书馆藏容与堂本相对国家图书馆藏容与堂本而言，脱漏批语较多，刊刻质量较差；京都大学所藏二刻本相较内阁文库所藏二刻本，脱漏批语较多，刊刻质量较差。

而诸刻本之间是原刻本与翻刻本之间的关系，还是翻刻本与翻刻本之间的关系，则较难断定。因为有的时候，翻刻较差的本子，较之翻刻较好的本子，往往只多出个别批语。像天理图书馆藏容与堂本比国家图书馆藏容与堂本仅多出 2 条批语；京都大学所藏二刻英雄谱本比内阁文库所藏二刻英雄谱本仅多出 2 条批语；无穷会藏三大寇本比林九兵卫刊三大寇本仅多出 1 条批语，比郑振铎原藏三大寇本多出 9 条批语，比西辽藏三大寇本多出 2 条批语。这些多出的批语数量虽然极少，但是无疑证明天理图书馆藏容与堂本与国家图书馆藏容与堂本之间、京都大学所藏二刻英雄谱本与内阁文库所藏二刻英雄谱本之间以及无穷会藏三大寇本与郑振铎原藏三大寇本、林九兵卫刊三大寇本、西辽藏三大寇本之间并无直接的承袭关系，而是不同的翻刻本。

通过考察可以得知，翻刻本相对于原刻本而言，一般都会出现批语脱漏、批语脱文、批语误字此三种情况，像以上所举四种版本的不同刻本均是如此。而不同的翻刻本之间，有的翻刻本刊刻质量较好，批语脱漏、脱文、误字的情况也较少，像林九兵卫刊三大寇本、国家图书馆藏容与堂本；有的翻刻本刊刻质量特差，批语脱漏、脱文、误字的情况也较多，像京都大学所藏二刻英雄谱本。

四、同一刻本不同印本之间批语的关系考察。当然，上文四种不同印本的批语关系，只是存在的一些特殊情况。一般来说，同一刻本的不同印本，批语应当不会有太大的差异。不同印本批语的考察，有的差异比较明显，既是显眼的眉批，又呈现出批语缺失的状态，像钟伯敬本中东京大学藏本与京都大学藏本、法国藏本；大涤余人序本中李玄伯原藏本与遗香堂本；三十卷本中宝翰楼本与映雪草堂本。有的差异则比较隐晦，可能要细校全本才能发现，像容与堂本中国家图书馆藏本与内阁文库藏本，内阁文库藏本1826条夹批中仅比国家图书馆藏本多出2条。

通过考察可以得知，同一刻本不同印本之间批语关系也相当复杂，甚至比同一版本不同刻本之间批语的关系还要复杂。从总体上来看，先印本如果比后印本多出批语，那么一般是后印本的板木磨损，导致批语缺失。像钟伯敬本中东京大学藏本与京都大学藏本、法国藏本；大涤余人序本中李玄伯原藏本与遗香堂本均是如此。也存在其他情况，如后印本因为补版将批语删除，三十卷本中映雪草堂本即是如此。以及后印本因为某些原因挖除批语，容与堂本中内阁文库藏本便如是。当然，不同印本也存在一些比较难解释的情况，像后印本比先印本多出一些批语，这种情况就要具体分析。同时，通过现存不同印本批语情况的比对，也可以推知其与初印本之间大致的关系。

上文虽然是以《水浒传》评点中所出现的各种情况为例，探讨批语在版本判定方面的价值，但是其中所介绍的四类情况，包括不同版本系统之间批语的关系、同一系统不同版本之间批语的关系、同一版本不同刻本之间批语的关系、同一刻本不同印本之间批语的关系，基本上已经囊括了所有古代小说在批语方面所存在的版本价值。而这四类批语的情况在诸小说中或多或少存在，如《三国志演义》评点本中李卓吾评本与英雄谱本的关系，李卓吾评本与钟伯敬本的关系，李卓吾评本与宝翰楼本的关系，李卓吾评本与遗香堂本的关系，李卓吾评本与毛宗岗评本的关系，遗香堂本与李渔刊本的关系，毛宗岗评本与李渔刊本的关系，周曰校本与夏振宇本的关系，周曰校本与评林本的关系，周曰校本与双峰堂本的关系等；《西游记》评本中李卓吾评本与闽斋堂本的关系，内阁文库所藏李卓吾评本与宫内厅所藏李卓吾评本、浅野文库所藏李卓吾评本的关系等；《金瓶梅》评本中首都图书馆所藏张竹坡评本与东洋文库所藏张竹坡评本、吉林大学所藏张竹坡评本、大连图书馆所藏张竹坡评本、梨花女子大学所藏张竹坡评本的关系等；《石头记》评本中甲戌本与庚辰本、己卯本的关系，蒙府本与戚序本的关系等；《红楼梦》评本中东观阁本与姚燮评本的关系，刘履芬评本与姚燮评本的关系，刘履芬评本与陈其泰评本的关系等等。

第三章　都察院本与郭勋刊本《水浒传》探考

都察院本与郭勋刊本《水浒传》是明代书目当中有记载的两个本子，其中都察院本的载录见之于周弘祖《古今书刻》，郭勋刊本的载录见之于晁瑮《宝文堂书目》。虽然二本有明确记载，但是由于现存《水浒传》诸本中并没有某种明确为都察院本或郭勋刊本，所以关于此二本的情况一直以来都处于云雾之中。都察院本由于仅书录一见，没有其他材料，论述较少。郭勋刊本则一直是《水浒传》版本研究的一个热点，此本研究不仅仅关乎《水浒传》版本源流，也关乎现存繁本如容与堂本、石渠阁补印本、袁无涯本等诸本的刊刻时间，甚至于《水浒传》成书时间也与此有关。本章将对都察院本与郭勋刊本进行探考，试图解开都察院本的神秘面纱，以及在前人研究基础上，对郭勋刊本相关材料加以辨析，探考郭勋刊本的情况。

第一节　都察院本《水浒传》探考

周弘祖《古今书刻》载录《水浒传》一部。《古今书刻》是第一部以地区与刊刻者为线索的目录学著作，《水浒传》收录于“都察院”所刊书籍名目下，故名之曰都察院本①。都察院乃明代中央监察机构，具有极大的权力，长官为都御史，下属十三道都监察御史。其长官职权为“纠劾百司，辩明冤枉，提督各道，为天子耳目风纪之司”（《明史》卷七十三《志第四十九·职官二》）②。如此职权部门刊刻了不少书籍，通行本《古今书刻》中载录“都察院”刊刻书籍33种，这肯定不是都察院所刊刻书籍的全部，甚至可以说，这仅仅只是其中一小部分，明人曾编有《都察院书目》一书，现今不存，但此书载录于《绛云楼书目》（卷一书目类）③、《玄赏斋书目》（卷三书目类）④、《千顷堂

---

①［明］周弘祖：《古今书刻》上编，叶德辉《观古堂书目丛刻》本，第2叶下。

②［清］张廷玉：《明史》卷七十三，中华书局1974年版，第1767—1768页。

③［清］钱谦益：《绛云楼书目》卷一，商务印书馆1935年版，第29页。

④［明］董其昌：《玄赏斋书目》史部卷三，《董其昌全集》第8册，上海书画出版社2013年版，第81页。

书目》(卷十簿录类)[①] 等书目中。

周弘祖,生卒年不详,《明史》(卷二百十五《列传第一百三》)有载,麻城人,嘉靖三十八年(1559)进士,授任吉安推官,调任御史,出任督管屯田、马政事务。隆庆年间因言事迁福建提学副使,后为高拱所恶,贬为安顺判官[②]。其后《岑用宾传》载周弘祖贬谪后不久,高拱退职,周弘祖被调为广平推官。万历年间,升迁为南京光禄卿。后因穿红色衣服去拜谒陵墓而被免职[③]。《明史》中未记载周弘祖免官去职的时间,但从《明神宗实录》可以知悉周氏免官时间在万历十三年(1585)[④]。有学者认为《古今书刻》当写于周弘祖南京任职期间,此时周弘祖不仅有充裕的时间,更有丰富的图书以供参考[⑤]。这一说法比较合理,所以《古今书刻》当作于万年元年至十三年(1573—1585)之间。

关于都察院本《水浒传》,有学者认为此本嘉靖三十六年(1557)、嘉靖三十七年(1558)这两年间胡宗宪刊刻于杭州[⑥]。此一说法的论据有不少值得商榷之处,如都察院刊刻书籍是否只有最高长官左右都御史才可施为;嘉靖年间对待小说的态度远不如万历年间开放,刊印小说作为军事参考书是否合理;《三国志通俗演义》当作军事参考书后世确有实例,而《水浒传》是否有资格成为军事参考书籍等等。以上还只是可商榷之处,而其刊刻地点则不可能为杭州,当为北京,这点从《古今书刻》书目编排也可得知。《古今书刻》按照地区刊书收录书目,全书起首地区便是北京,依次为内府、礼部、兵部、工部、都察院、国子监、钦天监、太医院、隆福寺,居于中间的都察院毫无疑问属于北京。如果这尚不明显的话,台湾"中央"研究院傅斯年图书馆藏有一种黄嘉善校刻本《古今书刻》[⑦],此本与通行本《古今书刻》有一些不同,出版机构中多出"南京都察院"一条[⑧],这样就很明显了,之前的"都察院"为北京都察院。至于都察院本《水浒传》的刊刻时间,有学者认为是嘉

①[清]黄虞稷:《千顷堂书目》卷十,上海古籍出版社2001年版,第294页。
②[清]张廷玉:《明史》卷二百十五,中华书局1974年版,第5676—5677页。
③[清]张廷玉:《明史》卷二百十五,中华书局1974年版,第5677—5678页。
④[明]《明神宗实录》卷一百六十,"中央"研究院历史语言研究所1966年版,第2938页。
⑤崔文印:《〈古今书刻〉浅说》,《中国典籍与文化》2007年第1期。
⑥李永祜:《〈水浒传〉三题》,《明清小说研究》2015年第3期。
⑦此本《明代版刻综录》卷四"叶四十二上"断为万历三十六年(1608)刊刻,不知所据为何。
⑧陈清慧:《〈古今书刻〉版本考》,《文献》2007年第4期。

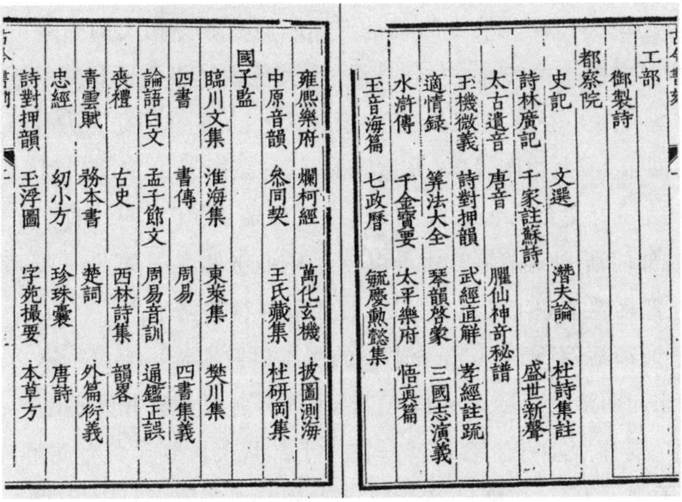
工部
御製詩
都察院
史記　文選　潛夫論　杜詩集註
詩林廣記　千家註蘇詩　盛世新聲
太古遺音　唐音　臞仙神奇秘譜
玉機微義　詩對押韻　武經直解　孝經註疏
適情録　筭法大全　琴韻啓蒙　三國志演義
水滸傳　千金寶要　太平樂府　悟真篇
玉音海篇　七政曆　毓慶勲懿集
雍熙樂府　爛柯經　萬化玄機　披圖測海
中原音韻　參同契　王氏藏集　杜研岡集
國子監
臨川文集　淮海集　東萊集　樊川集
四書　書傳　周易　四書集義
論語白文　孟子節文　周易音訓　通鑑正誤
喪禮　古史　西林詩集　韻畧
青雲賦　務本書　楚詞　外篇衍義
忠經　幼小方　珍珠囊　唐詩
詩對押韻　玉浮圖　字苑撮要　本草方

观古堂书目丛刻本《古今书刻》书影

靖初年，当时“嘉靖八才子”所看到的《水浒传》即为都察院本[①]。

笔者详细研究了都察院本所刊刻的33种书籍，为方便说明，现胪列于下（括号内为笔者所注）：《史记》（史学类）、《文选》（文学类）、《潜夫论》（杂著类）、《杜诗集注》（文学类）、《诗林广记》（文学类）、《千家注苏诗》（文学类）、《盛世新声》（文学类）、《太古遗音》（琴曲谱类）、《唐音》（文学类）、《臞仙神奇秘谱》（琴曲谱类）、《玉机微义》（医学类）、《诗对押韵》（音韵类）、《武经直解》（兵书类）、《孝经注疏》（经学类）、《适情录》（棋谱类）、《算法大全》（数学类）、《琴韵启蒙》（琴曲谱类）、《三国志演义》（文学类）、《水浒传》（文学类）、《千金宝要》（医学类）、《太平乐府》（文学类）、《悟真篇》（丹经类）、《玉音海篇》（字书类）、《七政历》（历书类）、《毓庆勋懿集》（家世传记类）、《雍熙乐府》（文学类）、《烂柯经》（棋谱类）、《万化玄机》（棋谱类）、《披图测海》（不详）、《中原音韵》（音韵类）、《参同契》（丹经类）、《王氏藏集》（专书类）、《杜研冈集》（专书类）。

从上可以看出，这33种书籍中既有史学类、文学类、经学类、字书类、音韵学类，也有兵书类、历书类、医学类、数学类，还有琴曲谱类、棋谱类等等，

①王齐洲：《中国通俗小说史》，武汉大学出版社2015年版，第224页。

三教九流各种门类的书籍都有。而且文学类既有正统的诗文类，也有小道的戏曲与小说类。唯独缺少的就是与本职监察业务相关的书籍，这也是让人十分纳罕之事。再查询《古今书刻》中其他朝廷机构所刊刻书籍，礼部刊刻《大狩龙飞集》《大礼集义》《历科会试录》《历朝登科录》《素问钞》，兵部刊刻《大阅录》《九边图说》《九边图》《历科武举录》，工部刊刻《御制诗》，钦天监刊刻《天文刻》，太医院刊刻《铜人针灸图》《大明律直引》《医林集要》，这些部门所刊刻书籍基本与其所管辖业务相关。如此一来，都察院刊刻书籍与都察院本职工作无甚关联，便越发显得格格不入。

再查询都察院所刊刻33种书籍的版本以及明清以来藏书家目录，书目来源于《宋元明清书目题跋丛刊》[①]与《中国著名藏书家书目汇刊》[②]，发现33种书籍中，现存版本并未有任何一种属于都察院所刊。若将此解释为时间久远，本子湮灭不存，也能说得过去，但是明清藏书家书目中竟然除了《古今书刻》中提到都察院刊刻书籍外，竟然没有任何一本书目提到都察院所刊刻书籍，甚至包括会简单注明各类版本的晁瑮《宝文堂书目》，里面也没有所谓的都察院本。如果将此解释为时间久远，本子湮灭不存，那就着实说不过去了，因为有些目录书籍即为明人所著，像《百川书志》《宝文堂书目》等。那么，此一现象便非常奇怪，都察院确实曾刊刻书籍，且有《都察院书目》为证，何以都察院所刊刻书籍一本都没有流传至今，甚至明清藏书家也未曾见过都察院刊刻之书籍？

在搜寻33种书籍现存版本的过程中，笔者发现了中国国家图书馆所藏汪谅刊本《文选》[③]目录后的一则广告：

> 金台书铺汪谅见居
>
> 正阳门内西第一巡警更铺对门，今将所刻古书目录列于左，及家藏今古书籍不能悉载，愿市者览焉。
>
> 翻刻司马迁正义解注史记一部
>
> 翻刻梁昭明解注文选一部
>
> 翻刻黄鹤解注杜诗一部全集

①《宋元明清书目题跋丛刊》，中华书局2006年版，四卷十九册，收宋至清末著名书目题跋近百种。

②《中国著名藏书家书目汇刊》，商务印书馆2005年版，七十册，收宋至20世纪前期有代表性的藏书目158种。

③中国国家图书馆所藏汪谅刊本《文选》卷首末尾有广告者，如索书号02336、索书号10354等。

翻刻千家注苏诗一部
翻刻解注唐音一部
翻刻玉机微义一部系医书
翻刻武经直解一部刘寅进士注
（笔者按：以上）俱宋元板
重刻名贤丛话诗林广记一部
重刻韩诗外传一部十卷韩婴集
重刻潜夫论汉王符撰一部
重刻太古遗音大全一部
重刻臞仙神奇秘谱一部
重刻诗对押韵一部
重刻孝经注疏一册
（笔者按：以上）俱古板
嘉靖元年十二月望日金台汪谅古板校正新刊

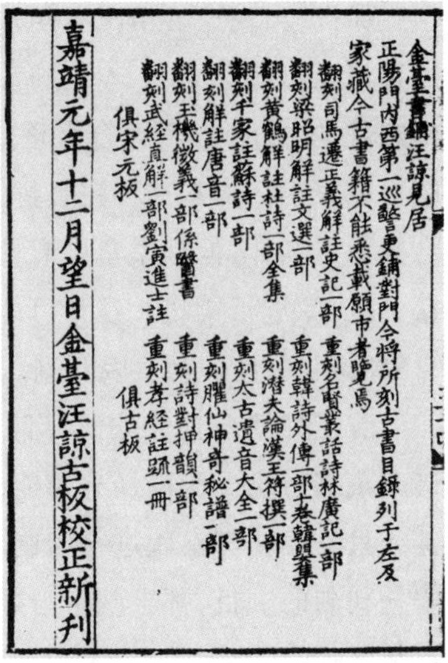
金臺書鋪汪諒見居
正陽門内西第一巡警更鋪對門今將所刻古書目錄列于左及
家藏今古書籍不能悉載願市者覽焉
翻刻司馬遷正義解註史記一部
翻刻梁昭明解註文選一部
翻刻黃鶴解註杜詩一部全集
翻刻千家註蘇詩一部
翻刻解註唐音一部
翻刻玉機微義一部係醫書
翻刻武經直解一部劉寅進士註
俱宋元板
重刻名賢叢話詩林廣記一部
重刻韓詩外傳一部十卷韓嬰集
重刻潛夫論漢王符撰一部
重刻太古遺音大全一部
重刻臞仙神奇秘譜一部
重刻詩對押韻一部
重刻孝經註疏一冊
俱古板
嘉靖元年十二月望日金臺汪諒古板校正新刊

国图所藏《文选》广告书影

这是一则刊刻于目录之后的广告，这种广告现今书籍当中颇为常见，一般刊刻于封底。此则广告距今已有500年历史，发布于嘉靖元年（1522）。广告发布者是北京一位书商，书店名为金台书铺，金台或为地名，即金朝仿古之黄金台于中都所建之金台，书店地址位于现今北京西交民巷一带。本来古代书商打广告也不是一件稀见的事情，但是这则广告却颇不寻常，前人也多有注意到此则广告，引入文章，或说明广告事务，或说明书籍版本，但却很少有人将此则广告跟《古今书刻》中都察院所刊书籍联系起来①。

细勘此则广告中14种书籍，其中竟然有13种与《古今书刻》中都察院所刊书籍相同，仅仅只有1种《韩诗外传》不存于《古今书刻》书目中。而且广告中书籍的信息远比《古今书刻》中载录的详细，有的著录版本，有的注明类型，有的书名更为详细。如果仅仅只有一两种或者数种书籍与《古今书刻》所载录者相同，那可能是巧合，但是14种书籍竟然有13种都在书目当中，那就绝对不仅仅是巧合所能解释，况且这相同的13种书籍有些并不是常见书籍，像《玉机微义》还特别注明是医书，就是怕读者不清楚。

①李开升《明嘉靖刻本研究》一书曾注意到此问题，并认为《古今书刻》中都察院的书目部分从汪氏售书广告中抄来，但并未解释何以著录都察院名目下书籍，却抄袭汪谅售书广告（见中西书局2019年版，第92—93页）。

那么，出现这种情况有四种可能性：第一，汪谅翻刻都察院出版的书籍，这种情况可能性太小，本身汪谅就在北京繁华之地开店，如此明目张胆盗版都察院的书籍，太不符合常理。第二，都察院翻刻汪谅出版的书籍，这种可能性也很小。首先这种盗版行为对官府机构名声不太好；其次既然是翻刻，自然为射利计，但是书单中有些书籍并非畅销书。第三，都察院负责出版书籍，让汪谅进行销售。这种可能性同样很小，因为汪谅在书籍中明确说了是自家所刊刻，而非都察院刊刻。

前三种情况均无法解释何以都察院刊刻的书籍，于明代之时未见之于诸家藏书目录。所以最有可能的是第四种情况，汪谅委托都察院进行刊刻，甚或只是委托都察院进行印刷，而《都察院书目》即是记录都察院接受他人委托刊刻的书目，都察院自身并不主动刊刻书籍，所以其刊行书籍中也就没有都察院的"名号"，以至于明代藏书家或不知书籍来源于都察院，或并不将此作为都察院刊本，而是委托者的刊本[①]。

再从现存汪谅所刻书籍以及其他一些资料中可以知悉，汪谅确实有能力委托都察院进行刊刻。汪谅是旌德（今安徽）人，后移居去北京开书店[②]。这在陆深所写《重刻唐音序》中可以得知，"旌德汪谅氏既刻杜集，力复举此，予嘉其勤也，复为之序"[③]，此《重刻唐音序》当为《解注唐音》的序言。汪谅与陆深关系不错，以至于陆氏愿意将家藏本子借给汪谅刊刻，汪谅刊刻《黄鹤解注杜诗》的底本即为陆深家藏本，陆深还为此书写了序言《重刻杜诗序》，"近时杜学盛行，而刻杜者亦数家矣。余所蓄千家注者，于杜事为备，间付汪谅氏重翻之，以与学杜者共诵其诗"[④]。陆深，初名荣，字子渊，号俨山，南直隶松江府（今上海）人，明代中叶著名文学家与书法家，弘治十八年（1505）进士，授编修，遭刘瑾忌，改南京主事，瑾诛，复职，累官四川左布政使，嘉靖中，官至詹事府詹事。卒，赠礼部右侍郎，谥文裕。汪谅与其关系匪浅才可能得到其所写序言，以及拿其家藏本子进行翻刻。

此外，现今所存可明确为汪谅所刊书籍有4种，分别为《史记》[⑤]《文

①笔者在复旦大学博士后中期考核之时，曾得陈正宏先生指教，言及都察院本名下书目，或为都察院所收藏之书籍，而非刊刻之书籍，此说暂记于此，感谢陈正宏先生。

②现今不少著作均将汪谅当成金台（北京）人，其实并不准确。

③［明］陆深：《俨山集》卷三十八，上海古籍出版社1993年版，第237页。

④［明］陆深：《俨山集》卷三十八，上海古籍出版社1993年版，第237页。

⑤此本中国国家图书馆、黑龙江省图书馆、湖南省图书馆、陕西省图书馆有藏。

选》[①]《集千家诗分类杜工部诗》[②]《太古遗音》[③]。《史记》目录后题有“明嘉靖四年乙酉金台汪谅氏刊行”,《太古遗音》卷一首叶题有“书林金台汪氏重刊”。其他两种中《文选》首有李廷相所写《雕文选引》,“旌德汪谅氏偶获宋刻,私自念曰:吾若重价鬻之,才足一人,而不足以溥其传。莫若举而锓诸梓,则吾之获利也亡已,而学士大夫之利之也,亦岂有已哉”,末署“嘉靖癸未冬十二月立春日濮阳李廷相识”。《集千家诗分类杜工部诗》首有李廷相所写序言,有“旌德汪谅氏以鬻书名京师,□获杜诗千家注□帙,凡若干卷,盖胜国时物也,乃捐赀锓诸梓”之句,末署“正德己卯秋八月朔日赐进士及第翰林院侍讲学士奉直大夫经筵讲官同修国史濮阳李廷相叙”。后有马龠跋语,末署“嘉靖元年仲春望日前进士西充马龠跋”。

考察为汪谅所刻之书写序跋的李廷相与马龠二人生平。李廷相,字梦弼,河南濮阳人,弘治十五年(1502)探花,授翰林院编修,正德年间,宦官刘瑾专权,李廷相被改为兵部主事。刘瑾被诛才官复原职,升任春坊中允,充经筵讲官。历官南京吏部侍郎、礼部侍郎,嘉靖十七年(1538)升任户部尚书,兼翰林学士,加太子宾客。马龠,字汝载,四川西充人,明弘治十二年(1499)进士,历官参政。陆深、李廷相、马龠三人身份地位均不低,能为汪谅写序跋,可见与汪谅的关系还不错,尤其像陆深、李廷相均写过两篇序言。于此也可知,汪谅当时应该结交了不少文人墨客、朝廷权贵,因此想要委托都察院刊印书籍当不是什么难事。

都察院不仅接受他人委托刊印书籍,同时也刊印本职长官的著作,此点从《古今书刻》所载录的两本书籍可知。《古今书刻》载录33本都察院刊刻书籍中只有两部是时人文集作品,《王氏藏集》与《杜研冈集》。《王氏藏集》即《王氏家藏集》,又曰《浚川集》,乃王廷相著作。王廷相,字子衡,号浚川,河南封仪(今河南兰考)人,生于成化十年(1474),卒于嘉靖二十三年(1544),明代著名文学家、思想家、哲学家,明代文坛“前七子”之一。除此之外,王廷相还有一个官职头衔,都察院左都御史(都察院最高长官),嘉靖十二年(1533)至嘉靖二十年(1541)掌都察院[④]。《王氏家藏集》成书于

①此本中国国家图书馆、天津图书馆、江苏省海安县图书馆有藏。
②此本中国国家图书馆有藏。
③此本现藏于台湾故宫博物院图书文献处,著录为《新刊太音大全集》。
④葛荣晋:《王廷相年谱》,《文献》1987年第4期。

嘉靖十五年(1536)[①],都察院刊书时间当在嘉靖十五年(1536)至嘉靖二十年(1541)之间,因为之后王廷相因郭勋之事被罢官归里,再未被启用。《杜研冈集》也称之为《研冈集》,现今已不存,乃杜柟著作。杜柟,字子才,号研冈,临颍(今属河南)人,正德十六年(1521)进士,历任户部、兵部主事,迁通政使司左右参议、左右通政,累官至都察院左佥都御史协理院事。杜柟嘉靖十七年(1538)去世,其书《研冈集》王廷相为其所写序言在嘉靖十四年(1535),所以都察院刊刻《研冈集》的时间当为嘉靖十四年至十七年(1535—1538)之间。同时,王、杜二人关系非常之好,王廷相《王氏家藏集》有杜柟序言,杜柟《研冈集》有王廷相所写序言,杜柟去世后的墓志铭亦由王廷相所撰。

知悉了都察院刻书情形后,再来看都察院刊刻的其他书籍也就比较明了了。像《盛世新声》,此书编者是臧贤,字愚之,别字良之,号樵仙,又号雪樵,山西夏县人,出生艺人世家,正德年间教坊司乐官,由左司乐升至奉銮,因技艺深得武宗宠幸。武宗赐予各种金钱、殊服,居住的房屋可比王侯,不少人通过其关系谋职,祠泰山时,官吏迎候,到济南,三司出城郊慰劳,武宗朝臧贤可谓权势滔天。但正德十四年(1519)之时,臧贤参与宁王朱宸濠谋反活动,东窗事发被武宗发配广西,发配途中被钱宁派人杀死[②]。《盛世新声》初刻本首有正德十二年(1517)的《盛世新声引》,此本应该就是由都察院所刊刻,此时臧贤的声势可以轻而易举做到这一点,而且臧贤编刊书籍后,需要找一个刊印的地方,都察院正是个好选择。同时,都察院只可能在正德十二年至十四年(1517—1519)期间刊刻臧贤所编《盛世新声》,因为正德十四年(1519)之后,臧贤就变成了叛臣、罪臣,作为明朝监督机构的都察院也不可能去刊刻犯人所编刊的《盛世新声》。

以上所言甚多,主要为了说明都察院并不主动刊刻书籍,而是接受他人委托刊印书籍。那么,再来看《古今书刻》当中都察院所刊刻的一些书籍,其中有五部值得注意,分别是《三国志演义》《水浒传》《千金宝要》《毓庆勋懿集》《雍熙乐府》,此五部书籍据载郭勋都曾刊刻过[③]。而且此五部书籍

---

①葛荣晋:《王廷相著作考》,《吉林大学社会科学学报》1983年第4期。

②王钢、王永宽:《〈盛世新声〉与臧贤》,《文学遗产》1991年第4期。

③胡吉勋:《郭勋刊书考论——家族史演绎刊布与明中叶政治的互动》,《中华文史论丛》2015年第1期。

很可能便是郭勋委托都察院所刊刻，尤其像《毓庆勋懿集》，这是郭勋欲表彰其先祖之功业及庆流后嗣所编辑的一部书籍，主要内容是“武定侯家录其历世玺书文翰、琬琰诗章也”（《百川书志》）[①]。这样类型的一部书籍若非郭勋委托，很难想象都察院何以要刊刻。再如《雍熙乐府》，此书初刻本为嘉靖十年（1531）序刻本，此初刻本亦当为都察院所刊，此本情形与《盛世新声》类似，郭勋在世之时，都察院不可能翻刻郭勋所编纂之书籍，而郭勋最后因犯事于嘉靖二十一年（1542）瘐死狱中，之后都察院也不可能刊刻一个罪臣的著作。此点从《盛世新声》与《雍熙乐府》在后世被翻刻时，臧贤与郭勋之名被挖改，以至于编者湮灭无闻便可得知[②]。所以，此书当是郭勋委托都察院于嘉靖十年（1531）刊刻所成。于此来看，据史料记载，正德、嘉靖年间刊刻了《三国志演义》《水浒传》二书，而又有能力委托都察院进行刊印之人也只有郭勋了，所谓都察院刊本《水浒传》很有可能便是郭勋刊本《水浒传》。知悉了都察院本与郭勋刊本很可能为一种本子后，接下来便是关于郭勋刊本的探考。

第二节　郭勋刊本《水浒传》探考

一、《宝文堂书目》所载录郭勋刊本是否真实存在

郭勋刊本《水浒传》的资料最早见于晁瑮《宝文堂书目》，《宝文堂书目》“子杂”类中载录《水浒传》两部，分别为“忠义水浒传”[③]与“水浒传武定板”[④]。晁瑮《宝文堂书目》是晁氏父子晁瑮、晁东吴二人的藏书目录，二人皆喜藏书。晁瑮，字君石，号春陵，开州（今河南濮阳）人，生于正德二年（1507），卒于嘉靖三十九年（1560），享年54岁，嘉靖二十年（1541）进士，历任翰林院检讨（从七品）、翰林院修撰（从六品）、司经局洗马（从五品）管司业（正六品）事。晁东吴，字叔泰，乃晁瑮次子，生于嘉靖十一年（1532），卒于嘉靖三十三年（1554），卒年23岁，嘉靖三十二年（1553）进士，选翰林院庶吉士。

①［明］高儒：《百川书志》卷二十，叶德辉《观古堂书目丛刻》本，第11叶上。

②王钢、王永宽：《〈盛世新声〉与臧贤》，《文学遗产》1991年第4期。

③［明］晁瑮：《宝文堂书目》，《四库全书存目丛书》史部第277册，齐鲁书社1996年版，第128页。

④［明］晁瑮：《宝文堂书目》，《四库全书存目丛书》史部第277册，齐鲁书社1996年版，第132页。

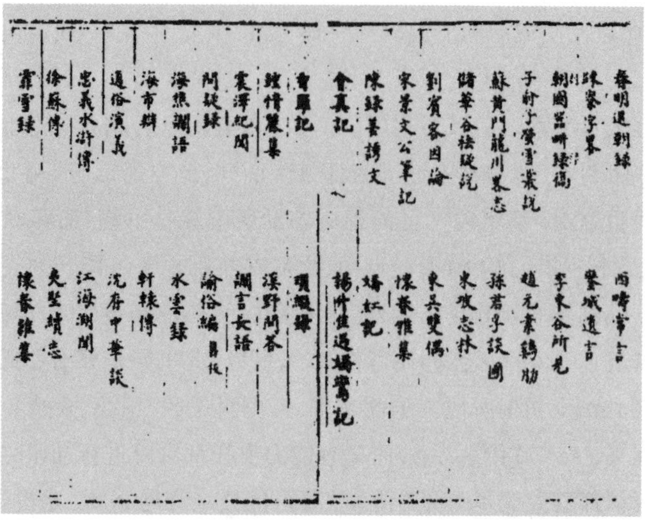
春明退朝錄　西嶠常言
珠家字纂　鑒城遺言
朝國異聞錄　李東谷所見
子紆子發雪叢說　趙元素雞肋
蘇黃門龍川略志　孫君孚談圃
儲華谷祛疑說　東坡志林
劉賓客因論　東吳雙偶
宋景文公筆記　懷春雅集
陳錄善誘文　嬌紅記
會真記　揚州佳遇嬌鶯記
剪燈記　瓊纓錄
鍾情叢集　溪野閑答
震澤紀聞　瀾言長語
閑談錄　諭俗編 易板
海樵淵語　水雲錄
海市輯　軒轅傳
通俗演義　沉香中華談
忠義水滸傳　江海測聞
徐縣傳　夷堅續志
霏雪錄　懷春雜纂

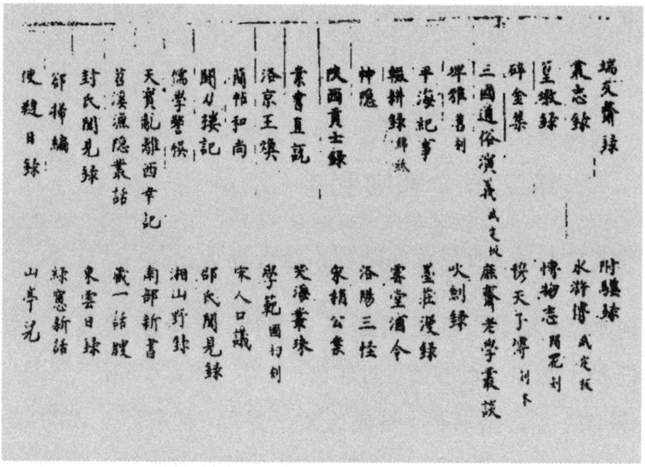
端友齋錄　附驥錄
叢志錄　水滸傳 武定板
笙嶽錄　博物志 閩花刻
碎金集　訪天子學 川本
三國通俗演義 武定板　庸齋老學叢談
埤雅 書刊　吹劍錄
平海紀事　墨莊漫錄
輟耕錄 綿紙　雲堂酒令
神隱　洛陽三怪
陝西貢士錄　家禎公集
叢書直說　笑海叢珠
洛京王集　學範 國初刻
蘭帖和尚　宋人口議
關刀樓記　邵氏聞見錄
儒學警悟　湘山野錄
天寶亂離西幸記　南部新書
苕溪漁隱叢話　藏一話腴
封氏聞見錄　東雲日錄
鄒擣編　綠窗新話
使粒日錄　山亭兒

《宝文堂书目》所载《水浒传》条目书影

关于晁瑮、晁东吴的事迹，明清多部书籍中有记载，如《国朝献征录》《畿辅通志》《畿辅人物考》、光绪《开州志》等。其中关于晁东吴行状，《国朝献征录》记载较为详细，言曰晁东吴读中秘书，为文法秦汉，擅长临摹书法，真假难辨，宰相以下，折节与交，比之黄叔度，其死后，晁瑮录其遗文四卷、墨迹一卷，名之《诚痛录》①。晁瑮事迹则在其墓志铭中载录尤详，墓志中对晁

①[明]焦竑:《国朝献征录》卷二十二,《明代传记丛刊·综录类》第26册,明文书局1991年版,第91页。

瑮描述为“性恬澹无所嗜好，独□古籍名画，历年所藏书万余卷，首尾俱用图记，□传久远。为文根极理要，不尚华靡，而旨趣宏远有味”①。

据墓志铭中记载：晁瑮早年读书，34岁中举人，35岁中进士，之后任京官，嘉靖二十年（1541）35岁、嘉靖二十四年（1545）39岁两次将父亲接到京城居住，嘉靖三十年至三十一年（1551—1552）45岁—46岁因父亲晁德龙染恙，告假回乡照顾，嘉靖三十二年（1553）47岁之时，儿子晁东吴中进士，晁德龙怕孙子晁东吴少不更事，让儿子晁瑮复任。一年后，嘉靖三十三年（1554）48岁之时，晁瑮父亲晁德龙去世，晁瑮、晁东吴同归乡里料理后事，半月后，晁东吴亦去世。嘉靖三十五年（1556）50岁，晁瑮守丧期满，以性不偕俗，绝意仕进，筑庄院于镜湖之滨，与山水草木为伴，若将终生。一两年之后，朝廷依旧要晁瑮进京当官，晁瑮进京后任官至嘉靖三十九年（1560）54岁，因偶感寒疾去世。通过晁瑮行状可大致推测其编纂《宝文堂书目》的时间，应该是其父亲以及儿子去世之后，心灰意冷、绝意仕进的这段时间内，即嘉靖三十三年至三十九年（1554—1560）。此点从晁瑮编撰的书籍时间也可看出，晁瑮编撰的书籍现今有多种由宝文堂刊刻于嘉靖三十三年（1554），如《晁文元公道院集要》《晁氏客语》《晁氏儒言》《具茨晁先生诗集》等。

晁瑮《宝文堂书目》载录两种《水浒传》，其中《忠义水浒传》未著录版本信息，不知其详，但从书名来看，此本为繁本。现存诸繁本中尚有嘉靖残本、石渠阁补印本、三大寇本、大涤余人序本的书名为“忠义水浒传”，而诸简本中则无此书名，简本书名均千奇百怪，如“京本忠义传”“京本增补校正全像忠义水浒志传评林”“新刻全像水浒传”“新刻出像京本忠义水浒传”等。第二种“武定板”即郭勋刊本，郭勋正德三年（1508）袭封武定侯爵位，世称郭武定，武定板即其刊刻之书。

郭勋生于成化十一年（1475），乃明代开国功臣武定侯郭英的五世孙，于正德三年（1508）袭武定侯爵位。嘉靖初年于“大礼议”事件中支持世宗而获得宠信，煊赫一时，嘉靖十八年（1539）晋封为翊国公，嘉靖二十年（1541）因得罪世宗下狱，二十一年（1542）瘐死狱中。关于郭勋的生平事迹已有较

①王义印：《明代晁德龙、晁瑮墓志研究》，载程凤堂主编《濮阳文物研究》，中州古籍出版社2003年版，第208—212页。

多研究，此处不再赘言[①]。郭勋史称“颇涉书史”[②]，时人多有所知，“号好文多艺能计数”[③]。从现存书籍以及资料当中可知，郭勋以武定侯之名刊刻了不少书籍，文学方面的有白居易诗集、文集、《元次山文集》《水浒传》《三国通俗演义》《皇明开运辑略武功名世英烈传》《雍熙乐府》；杂著类有医学的《千金宝要》、重刻宋人所编历代名将事迹《将鉴论断》《太和传》；本族事迹文献《毓庆勋懿集》《三家世典》《郭氏家传》《续传》《书庄记》等。

郭勋刊刻众多书籍，一方面确实出于对文艺的兴趣爱好，另一方面也是为了通过刊刻书籍，尤其是编修家传以及通俗小说，来抬高家室声望，以此提高自己的政治地位。像正德十年（1515）前后，郭勋编纂《三家世典》，就将修书作为一种政治手段，通过对家室和自身功业的追述，以期达到改善自身政治境遇的目的[④]。再如郭勋仿《三国志俗说》《水浒传》为《国朝英烈记》，将陈友谅被射死、张士诚被生擒等功劳全部归于其先祖郭英身上，使得嘉靖十六年（1537）郭英神主得以祀于太庙之廊庑，抬高了自身的政治地位[⑤]。甚至嘉靖二十年（1541）郭勋下狱论罪，明世宗尚且将郭勋所刻《太和传》作为其平生功绩而予以宽刑，“念勋曾赞大礼，并刻《太和传》等劳，令释刑具，即问奏处分”[⑥]。

对于郭勋来说，刻书既是一种文艺兴趣，同样也是一种政治投资，这种投资很可能跟明世宗有很大关系。像之前所说郭勋编撰《国朝英烈传》，即是投世宗所好，世宗喜欢通俗文学，皇宫当中有专门人员给世宗演唱小说与戏曲，所以郭勋“令内官之职平话者，日唱演于上前，且谓此相传旧本”[⑦]，通过此种方法让世宗觉得郭英功劳大而赏赐少，达到了让郭英神主入祀太庙的目的。而另外一本戏曲选集《雍熙乐府》同样也是如此，郭勋为投世宗所好，“世庙时，武定侯进《雍熙乐府》，首篇云：‘国泰民安太平了。’世

①参详戴不凡：《疑施耐庵即郭勋》，《小说见闻录》，浙江人民出版社1980年版，第90—135页；袁世硕：《郭勋与〈水浒传〉》，《水浒争鸣》1985年第4辑；刘馥：《郭勋研究》，湖南大学2016年硕士论文。

②［清］张廷玉：《明史》卷一百三十，中华书局1974年版，第3823页。

③［明］沈德符：《万历野获编》卷五，中华书局1959年版，第139页。

④胡吉勋：《郭勋刊书考论——家族史演绎刊布与明中叶政治的互动》，《中华文史论丛》2015年第1期。

⑤［明］郑晓：《今言》卷一，中华书局1984年版，第48页。

⑥［明］《明世宗实录》卷二百五十三，上海书店1983年版，第5082页。

⑦［明］沈德符：《万历野获编》卷五，中华书局1959年版，第140页。

庙色动曰：'太平岂有了时耶？'改为'好'"[1]。现在虽然没有明确文献记载郭勋刊刻《水浒传》《三国志通俗演义》与明世宗有关，但是通过《英烈传》与《雍熙乐府》事件可以想见郭勋刊刻此二书，很大程度上便是为了取悦明世宗。

郭勋刊刻《水浒传》的地点当在北京，既然要取悦世宗，自然要在北京任职，而不太可能是放外任之时。此点从汪道昆《水浒传叙》所言嘉靖时郭勋刊刻《水浒传》也可知，自世宗即位嘉靖元年（1522）始，郭勋除了外出平定祸乱之外，均在京师任职。而其刊刻《水浒传》时间下限当在嘉靖十年（1531），郑晓《今言》与陈建、沈国元《皇明从信录》均记载了郭勋仿《三国志俗说》《水浒传》为《国朝英烈记》之事，但二书记载此事时间有所不同。郑晓《今言》"嘉靖十六年，郭勋欲进祀其立功之祖武定侯英于太庙，乃仿《三国志俗说》及《水浒传》为《国朝英烈记》"[2]，沈国元订补《皇明从信录》"嘉靖十年间，刑部郎中李瑜议进诚意伯刘基侑祀高庙，位次六王，至是武定侯郭勋欲进其立功之祖英于太庙，乃仿《三国志俗说》及《水浒传》为《国朝英烈记》"[3]。沈国元订补《皇明从信录》时间在郑晓《今言》之后，从文字上来看，沈国元对郑晓有所因袭，但在此基础上又有所增订。二人记载此条资料的时间点虽然有所不同，但是并没有矛盾。郑晓所言是结果，嘉靖十六年（1537）之时，郭英神主入祀太庙，沈国元所言是起因，早在嘉靖十年（1531）郭勋看到刘基神主入祀太庙之时，内心就有所意动，策划让郭英神主入祀太庙之事。由此可见，嘉靖十年（1531）之前郭勋已经刊刻《三国志俗说》及《水浒传》，所以郭武定本《水浒传》刊刻时间当为嘉靖元年至十年（1522—1531）之间。

晁瑮《宝文堂书目》载录了两种《水浒传》，此二种《水浒传》并非置于一处载录，而是先载录了《忠义水浒传》，之后隔了两百余条目才著录了武定板《水浒传》[4]。这种杂乱的编排方式，《四库全书总目提要》有所批评，"特其编次无法，类目丛杂，复见错出者，不一而足，殊妨简阅，盖爱博而未能精者

---

①［明］宋懋澄：《九籥集》卷十，中国社会科学出版社 1984 年版，第 218—219 页。

②［明］郑晓：《今言》卷一，中华书局 1984 年版，第 48 页。

③［明］陈建撰，沈国元订：《皇明从信录》卷三十，《续修四库全书》（史部·编年类·三五五），上海古籍出版社 2002 年版，第 494 页。

④《四库全书存目丛书》（史部第 277 册）影印的《宝文堂书目》著录《忠义水浒传》在第 128 页，著录武定板《水浒传》在第 132 页。

也"[①]。这跟《宝文堂书目》"账簿"式的编纂方法有很大关系,这种著录方法仅为藏书家清查藏书而入目[②]。于此也可看出,晁瑮家中确实有两部《水浒传》,一部可能是早期的《忠义水浒传》,另一部则是郭勋刊本《水浒传》,在书籍背后注明版本也是其入目的一种方式,并非像有些学者所认为的,因为没有看到郭勋题署,才简注了"武定板"三字[③]。至此亦可知,郭勋刊本真实存在过,此点很重要,因为之后关于郭勋刊本的材料记录者,均未曾见及郭勋刊本。若出现以讹传讹的情况,那郭勋刊本的研究则成为了空中楼阁。

二、《百川书志》中的《水浒传》是否为郭勋刊本

在《宝文堂书目》著录《水浒传》之前,还有一种书目载录了《水浒传》,此书是高儒的《百川书志》。据卷首序末题署"大明庚子岁嘉靖夏五月端阳日书于志道堂之楹",可知此书成于嘉靖庚子年,即嘉靖十九年(1540)。《百川书志》载录《水浒传》一种,"忠义水浒传一百卷。钱塘施耐庵的本,罗贯中编次,宋寇宋江三十六人之事并从副百有八人,当世尚之。周草窗《癸辛杂志》中具百八人混名"[④]。此本是否可能是郭勋刊本?有学者认为"高儒曾在嘉靖五年请求郭勋篆书墓志顶盖,但身为锦衣卫指挥的高儒,只不过是一个低级武弁,他能请求(恐怕系托人请求)郭勋俯允的也仅仅是为顶盖篆书十余字而已,他不可能得到郭勋赠与《水浒传》的殊荣"[⑤]。情形是否如此,还要从高儒家世与藏书说起。

高儒《百川书志序》中有这么一段话:

> 《百川书志》既成,追思先人昔训之言曰:"读书三世,经籍难于大备,亦无大阙,尔勉成世业,勿自取面墙之叹。"予对曰:"小子谨书绅。"至今数年,音容迥隔,遗言犹在。愈励先志,锐意访求,或传之士大夫,或易诸市肆。数年之间,连床插架,经籍充藏,难于检阅。闲中次第部帙,定立储盛,又恐久常无据,淆乱逸志,故六年考索,三易成编。[⑥]

---

①[明]晁瑮:《宝文堂书目》,《四库全书存目丛书》史部第277册,齐鲁书社1996年版,第181页。
②温庆新:《晁瑮〈宝文堂书目〉的编纂特点——兼论明代私家书目视域下的小说观》,《孝感学院学报》2011年第5期。
③竺青、李永祜:《〈水浒传〉祖本及"郭武定本"问题新议》,《文学遗产》1997年第5期。
④[明]高儒:《百川书志》卷六,叶德辉《观古堂书目丛刻》本,第3叶上。
⑤竺青、李永祜:《〈水浒传〉祖本及"郭武定本"问题新议》,《文学遗产》1997年第5期。
⑥[明]高儒:《百川书志》,叶德辉《观古堂书目丛刻》本。

高儒藏书乃积三世所成，但此三世并非高儒祖父、父亲如此简单传承下来。高儒祖父及以前先祖家境十分贫寒，如若不然也不可能让高儒叔祖高凤入宫当太监。而高家发迹则是从高儒叔祖高凤开始，高凤生于正统四年（1439），卒于正德七年（1512），年七十四岁，乃弘治年间刘瑾太监集团重要一员，所谓“八虎”之一，排名第三位，深得明孝宗、武宗信任，弘治十一年（1498）已官至司礼监太监，权倾一时。高儒父亲高荣、伯父高得林能够得以晋升，皆因高凤显贵而得恩荫。甚至高凤因为乞请武宗令高得林掌锦衣卫，而惹起朝野轩然大波。高得林生于景泰七年（1456），卒于嘉靖五年（1526），最高官至正一品后军都督府右都督。高荣生于成化九年（1473），卒于嘉靖十四年（1535），最高官至正三品锦衣卫指挥使。高儒生年不明，卒于嘉靖三十二年（1553），最高官至从三品锦衣卫指挥同知。高凤无子嗣，死后由高得林持人子礼，殓殡祭葬，高得林有二子，但早夭，嘉靖五年（1526）去世后由高儒持人子礼扶柩下葬。所以此处高儒序中所言三世也就很明朗了，从高凤到高得林、高荣再到高儒。

高儒的藏书应该始自高凤，高凤早年入宫即受学于内书馆，两年结业后留在司礼监掌管书札事，与书籍产生了不解之缘。后来被派往东宫伺候未来的武宗皇帝朱厚照读书，每天帮助太子温习功课，可见高凤颇精于文墨。高儒父亲对于读书的重视更是不用多说，从序言中他与高儒的谈话就可以看出来。而最初高荣事儒业，本打算走科举这条正途，但多次科考不第，才借助高凤的恩宠授为从七品文华殿中书舍人之职。高儒本人博览群书，旁通诗赋，且深究诸兵家方略。从这些信息中透露了，高家三代皆喜读书与藏书之原因①。

从上述高儒家世与藏书情况可以知悉，虽然归葬高得林之时，高儒职位不高，但其显赫的家室却是毋庸置疑。此点从其伯父高得林去世墓志铭的撰、书、篆的题写人员官职便知，颍川贾咏（赐进士出身、荣禄大夫、少保兼太子太保、礼部尚书、武英殿大学士、知制诰、经筵官、国史总裁）撰，古沧张瓒（赐进士出身、嘉议大夫、太常寺卿、前兵科都给事中、侍经筵）书，武定侯凤阳郭勋（后军都督府掌府事、奉敕提督五军营兼提督十二团营诸军事总兵

①参详齐畅：《明代宦官高凤家族史事考》，载《华北区域历史变迁国际学术研讨会论文集》；艾俊川：《明高氏藏书之家与〈百川书志〉及房山十字寺》，载《文津学志》第7辑；罗旭舟：《高儒生平家世与〈百川书志〉》，载《中国典籍与文化》2014年第3期。

官、侍经筵、荣禄大夫、太保兼太子太傅）篆。此一阵容相当豪华，如果高儒仅是一介低级武弁，是绝对不可能请到这些人来题写墓志铭，但是加上高儒的家世，那就完全没有问题。已故高儒的伯父高得林，是正三品锦衣卫指挥使，而且高得林曾经做过正一品后军都督府右都督，郭勋职位里有一项便是后军都督府掌府事，郭勋会为高得林篆书墓志顶盖，肯定是因为郭勋、高得林二人生前有过情谊。

高得林去世之后，高儒父亲高荣承袭锦衣卫指挥使之职，这也是正三品的高官，所以高家想要得到郭勋所刊《水浒传》一书，完全是有可能的。而且与高家显赫的家室相比，嘉靖二十年（1541）郭勋入狱之时才考上进士，最后仅官至从五品的晁瑮家世简直不值一提，晁瑮都有渠道能够获得郭勋刊本，高家没有理由得不到这一本子。再者高儒《百川书志》中还载录郭勋祖、父辈著述多种，可见高家确实有能力得到郭勋刊刻之书籍。

现今《百川书志》中著录的《忠义水浒传》是否为郭勋刊本，此点则很难说。虽然《百川书志》中载录书名为“忠义水浒传”，《宝文堂书目》中载录书名为“水浒传”，但是此点说明不了什么，就像《宝文堂书目》中把“三国志通俗演义”称为“三国通俗演义”，之前提到的郑晓《今言》中将“英烈传”称为“英烈记”，古代小说书名最初记载之时都比较随意。如果《百川书志》中载录的《忠义水浒传》并非郭勋刊本，其实也能理解。嘉靖时期读者对待小说的态度远不如之后的万历时期，此时将《水浒传》《三国志演义》载入书录，也仅是作为“史”的一种附庸“野史”，所以高儒未必把小说当作一回事情，对其版本孜孜以求，更何况把武定板当作善本，也是万历之后的事情。作为嘉靖朝时人，未必知道郭勋所刊《水浒传》即为善本，尤其是与其他经史子集善本比较的情况下，郭勋所刊《水浒传》未必有出众之处。

三、石渠阁补印本是否为郭勋刊本

通过以上研究可知郭勋刊本真实存在过，而且很可能是郭勋委托都察院所刊刻，所谓都察院本即郭勋刊本。接下来要探究一个问题，也是众多学者最为关心的问题，现存《水浒传》本子中是否有郭勋刊本或其翻刻本？关于这个问题还要从有关郭勋刊本的材料开始辨析。

故老传闻：洪武初，越人罗氏，诙诡多智，为此书，共一百回，各以妖异之语引于其首，以为之艳。嘉靖时，郭武定重刻其书，削去致语，独存本传。余犹及见《灯花婆婆》数种，极其蒜酪。余皆散佚，既已可恨。（天都外臣《水浒传叙》）[①]

最早对郭勋刊本有所描述的是天都外臣《水浒传叙》，材料来源于石渠阁补印本序言，此本序言题署残缺，据吴晓铃、戴望舒二人籀读为“万历己丑孟冬天都外臣撰”[②]。天都外臣即汪道昆，关于此则序言的归属权已有文章进行考证，此处不多赘言[③]。从材料中可以知悉汪道昆曾闻洪武之时《水浒传》共一百回，回首有“妖异之语”，即致语，这些致语后来在郭勋重刻之时被删去。关于致语到底为何物，争论非常多，其中以王利器先生所考最为详尽，认为致语大多是回前引头之诗词[④]。王利器先生文章所考“致语”无甚问题，但是考证出致语所代表的内容，是否就是汪道昆所要说的，这一点则很难说。

材料中“嘉靖时，郭武定重刻其书，削去致语，独存本传”后面跟着“余犹及见《灯花婆婆》数种”此一句。很明显，汪道昆所言之致语应该是指《灯花婆婆》此类小故事。还需要注意的是“数种”这个词，如果汪道昆此处“致语”是回前诗词之意的话，那么肯定不能用“数种”此词。“妖异之语”实际上就是荒诞不羁的小故事。再者，若郭勋刊本删去致语是删去回前诗词之意，那么汪道昆所言“余皆散佚，既已可恨”此句也就无从着落，因为现在所能看到回前有诗词的本子就有嘉靖残本、容与堂本、石渠阁补印本、钟伯敬本等好几种，在明代这类回前有诗词的本子必然会更多，谈不上“散佚”一说。

这种并不把致语当作回前诗的看法，钱希言《戏瑕》中同样存在：

词话每本头上有请客一段，权做个德胜利市头回，此政是宋朝人借彼形此，无中生有妙处。游情泛韵，脍炙千古，非深于词家者，不足与道也。微独杂说为然，即《水浒传》一部，逐回有之，全学《史记》体。文

①［明］施耐庵、罗贯中：《水浒全传》，人民文学出版社1954年版，第1825页。
②吴晓铃：《漫谈天都外臣序本〈忠义水浒传〉——双楷掇琐之四》，《光明日报》1983年8月2日。
③可参详徐朔方：《关于张凤翼和天都外臣的〈水浒传〉序》，载《光明日报》1983年5月10日；胡益民：《从语词运用看〈天都外臣序〉作者问题》，载《中国典籍与文化》2008年第2期；邓雷：《〈水浒传〉天都外臣序言考辨》，载《临沂大学学报》2015年第1期。
④王利器：《李卓吾评郭勋本〈忠义水浒传〉之发现》，《河北师院学报》（社会科学版）1994年第3期。

待诏诸公暇日喜听人说宋江,先讲摊头半日,功父犹及与闻。今坊间刻本,是郭武定删后书矣。郭故跗注大僚,其于词家风马,故奇文悉被划薙,真施氏之罪人也。而世眼迷离,漫云搜求武定善本,殊可绝倒。胡元瑞云:二十年前,所见《水浒传》本,尚极足寻味。今为闽中坊贾刊落,遂几不堪覆瓿,更数十年无原本印证,此书将永废矣。然则元瑞犹及见之,征余所闻,罪似不在闽贾。(钱希言《戏瑕》)①

钱希言此段话基本上脱胎于汪道昆之言,虽然钱氏并未提及郭勋刊本删去致语,但是其将郭勋刊本删除内容比作宋话本"请客""头回"与"摊头"。此处不用分析"请客""头回""摊头"到底为何,只需要注意钱希言此处一句话"今坊间刻本,是郭武定删后书矣",便知钱氏所言删除内容定然不是回前诗词。《戏瑕》一书自序写于万历四十一年(1613),此时有回前诗词的容与堂本《水浒传》已经问世,而且钱希言也见过容与堂本,《戏瑕》卷六《赝籍》中钱氏揭露了叶昼冒名李卓吾批点各类小说、戏曲,还有近期辑录的《黑旋风集》,这些书籍大部分都由容与堂刊行。容与堂本《水浒传》与石渠阁补印本一样,都有回前诗词,如果钱氏所言删除内容是指回前诗词,那么容与堂本显然没有删除这些,又何以能说"今坊间刻本,是郭武定删后书矣"。由此可见,钱氏所谓删去"致语""摊头"其实也是删去书中原有小故事、笑话或者短篇唱词之意,而不会是容与堂本、石渠阁补印本回首之诗词。

当然,也有学者指出《水浒传》一百回,每回回前都有这种小故事是不太可能的事情。此点确实可疑,但需要指出的是,汪道昆所言"妖异之语引其首"是"故老传闻",并非自己亲眼所见,这个传闻到底有多大可信度很难说,这位故老也并非洪武年间人,其所述每回有"妖异之语"的本子又是否听他人所传,此点亦未可知。这种辗转流传、以讹传讹之事时有发生。不过即便每回回首有"妖异之语"的本子不能确定实有,汪道昆所见之早期《水浒传》也与现今所存本有所不同。汪氏所见本确实夹杂着其他一些类似于《灯花婆婆》的小故事。汪氏去郭勋刊本时代未远,郭勋刊本刊刻于嘉靖元年至十年(1522—1531)之间,汪道昆出生于嘉靖四年(1525),如果这些小故事真的是郭勋重刻之时才删除的话,或许不至于湮灭得如此之快。

此点从上述钱希言的材料中也可见出,"文待诏诸公暇日喜听人说《宋

①[明]钱希言:《戏瑕》卷一,《四库全书存目丛书》子部第97册,齐鲁书社1995年版,第13页。

江》，先讲摊头半日，功父犹及与闻”。钱允治（功父）出生于嘉靖二十年（1541），其时文征明已72岁。钱允治能跟文征明一起听《宋江》，还能记事，那至少得是其七八岁以后，即嘉靖二十六、二十七年之后，而文征明逝世于嘉靖三十八年（1559），故而钱允治与文征明一起听《宋江》的时间就在嘉靖二十六、二十七年至嘉靖三十八年这十余年时间内。由此也可知，虽然刊刻于嘉靖初年（1522—1531）的郭勋本就将致语删除，但是嘉靖一朝这些致语可能并未完全湮灭，有的还存留在说话艺术之中，而到了万历朝这些致语就慢慢湮灭不存。汪道昆所见有数种小故事的本子若不是残本的话，也可能就是“妖异之语”的全部了。或者最初《水浒传》为二十卷本，每卷之前或者隔几卷才有这样的小故事也是有可能的。

郭勋刊本删除致语一说，影响甚大，但除了汪道昆曾亲见郭勋刊本之前的本子外，其余转录者均是辗转抄袭，并不了解郭勋刊本之前《水浒传》的面貌，以至于错讹百出。像上文所说钱希言《戏瑕》中的材料，此则材料基本上可以说是钱希言道听途说而来，很多地方钱氏自己都未弄明白。这段话一开始说的是《水浒传》致语的问题，但中间又插了句“游情泛韵，脍炙千古，非深于词家者，不足与道也”，其后又回到致语的问题，认为《水浒传》每回都有致语，还举了文征明的例子。中间所插那句话到底是什么意思？此句话出自《戏瑕》后文所引胡应麟（元瑞）之言“二十年前所见《水浒传》本，尚极足寻味。十数载来，为闽中坊贾刊落，止录事实。中间游词余韵、神情寄寓处，一概删之，遂几不堪复瓿。复数十年，无原本印证，此书将永废”[①]。不知有意还是无意，上文横线中的这些字在《戏瑕》引文中正好被删除，此便是中间那句话的由来。但是胡应麟这段话压根就不是针对郭勋刊本删除致语而言，而是对闽本删节故事内容而论，钱希言将闽本删节之例与郭勋刊本删除致语混淆放在一起，可见其压根没有弄清楚郭勋刊本删节致语与简本删节文字的不同，有关郭勋刊本以及闽本的问题皆其道听途说而来。

汪道昆写作序言的时间距钱希言《戏瑕》写作时间也不过才二三十年光景，但钱氏已将一些事情弄错。其他一些时间距离更久的材料，辗转抄袭所造成的讹误则更严重。

> 故老传闻：明洪武初，越人罗氏为此书一百回，各以妖异语引其首；

①［明］胡应麟：《少室山房笔丛》卷四十一，中华书局1958年版，第572页。

嘉靖时,郭武定重刻其书,削去致语,独存本传。(梁维枢《玉剑尊闻》)[①]

故老传闻:罗氏为《水浒传》一百回,各以妖异语引其首;嘉靖时,郭武定重刻其书,削其致语,独存本传。金坛王氏《小品》中亦云此书每回前各有楔子,今俱不传。予见建阳书坊中所刻诸书,节缩纸板,求其易售,诸书多被刊落。此书亦建阳书坊翻刻时删落者。(周亮工《因树屋书影》,金植《不下带编》、俞樾《茶香室续钞》转录)[②]

此二则材料可以看出与汪道昆所言一脉相承,应是抄袭汪氏之语。《玉剑尊闻》刻于顺治十一年(1654),《因树屋书影》成书于顺治十七年(1660)。其中《玉剑尊闻》删除了汪氏文字当中罗氏性格"诙诡多智"以及"以之为艳"二句。"艳"大致就是"致语"之意,而梁维枢未袭此语大概是因为不知道"艳"为何意。

《因树屋书影》又在《玉剑尊闻》的基础上,删除了罗氏作书时间"洪武初"以及籍贯"越人",删节原因可能是周亮工不同意这种说法。另外《因树屋书影》还转录了金坛王氏《小品》之语,"此书每回前各有楔子,今俱不传",此语本身便有问题,可能为道听途说之语。楔子为金圣叹本所独有,金圣叹把他本第一回"张天师祈禳瘟疫　洪太尉误走妖魔"改成了楔子,王氏大概听说"各以妖异语引其首"的传闻,就误以为这些妖异语类似于金圣叹本楔子,是以觉得每回回前都有楔子。周亮工欲引此言证前言,不曾想以讹传讹,弄巧成拙。

其后《因树屋书影》提及建阳书坊常删节书籍,《水浒传》亦为其所删节。此话乍一看去没有问题,但这段话跟在郭勋刊本删除致语之后,其意在说明致语为建阳书坊所刊落。《因树屋书影》前文所言郭勋刊本删除致语乃故老传闻,周亮工知《水浒传》有所删节,但却不认为此举是郭勋所为,而认为是建阳书坊所刊落。周亮工与钱希言犯了同样的错误,没有弄清楚郭勋刊本删除致语与简本删节文字的不同。从这些错漏百出的材料可见,这些听闻、传闻之语再加之辗转抄袭之话,未谨慎辨明清楚之前,不可轻易信之。

因此,汪道昆那则材料,若汪氏不是蓄意说谎的话,现存《水浒传》诸本之前,应当还有一种回前有小故事的《水浒传》本子,但将《水浒传》回前小

①[清]梁维枢:《玉剑尊闻》卷六,上海古籍出版社1986年版,第413页。
②[清]周亮工:《书影》卷一,上海古籍出版社1981年版,第8页。

故事全部删节的人是否为郭勋,此点有待考证。按照汪道昆的说法,郭勋刊本删节了回前小故事,而现今所存诸本均是未见这种小故事的本子,那么现今所存诸本当均为郭勋刊本之后的再传本。此种说法是否可信,还要结合其他的材料来看。

虽然郭勋刊本的原本在明代之时已是难见,但其作为善本的名声在汪道昆写作序言之时就已传开。汪道昆写作序言的时间在万历十七年(1589),几乎是同一时间,张凤翼《水浒传序》便提到"刻本惟郭武定为佳,坊间杂以王庆、田虎,便成添足,赏音者当辨之"①。张凤翼此序现存于《处实堂续集》卷六之中,《处实堂续集》中的文章基本是按年编排,卷六所收文章皆为万历十六年(1588)与万历十七年(1589)所作②,像此卷《跋陈季迪宋榻绛贴》末署"万历戊子冬杪携以示予漫识岁月于后"③,万历戊子年即万历十七年(1589)。故而张凤翼《水浒传序》当作于万历十六年至十七年(1588—1589)之间。而且张凤翼此序很可能为郭勋刊本的翻刻本所作,全序除了夸赞梁山泊诸人、斥责高俅等人之外,只在最后一句提了一下郭武定本为佳本,贬斥了多出田王故事的坊本。既然序言夸赞了郭武定本,并直言"刻本惟郭武定为佳",此刊本若非翻刻自郭武定本,也就等于说此本并非佳本,所以张凤翼所序本当为郭武定本的翻刻本。

同时,汪道昆所序之石渠阁补印本实际上也是郭勋刊本的翻刻本。虽然汪道昆序言当中看不上郭勋刊本,并认为郭勋刊本删去致语,是《水浒传》的一次灾难,但汪氏其后所言"近有好事者,憾致语不能复收,乃求本传善本校之,一从其旧,而以付梓",隐晦地说出此本底本其实也是郭勋刊本或郭勋刊本的翻刻本,因为万历年间没有致语的本传,可称为善本并见之于文献者,似乎也只有郭勋刊本而已。沈德符《万历野获编》中所记载的文献有力地证明了此点,"武定侯郭勋,在世宗朝,号好文多艺能计数。今新安所刻《水浒传》善本,即其家所传,前有汪太函序,托名天都外臣者"④。

沈德符《万历野获编》中记载的这则材料,除了点明有汪道昆序言的本

①[明]张凤翼:《处实堂续集》卷六,《四库全书存目丛书》集部第137册,齐鲁书社1997年版,第524页。

②试得:《关于张凤翼的〈水浒传序〉》,《光明日报》1965年5月9日。

③[明]张凤翼:《处实堂续集》卷六,《四库全书存目丛书》集部第137册,齐鲁书社1997年版,第528页。

④[明]沈德符:《万历野获编》卷五,中华书局1959年版,第139页。

子是郭勋刊本的翻刻本之外，还需要特别注意一个字眼，“今新安所刻”的“今”字，这个“今”字表明此新安刻本的年份距离沈德符记载的时间不会太过久远。《万历野获编》据序言末题署“万历三十四年丙午仲冬日沈德符题于瓮汲轩”可知成书于万历三十四年（1606）。而汪道昆写作序言时间为万历十七年（1589），两者相差17年时间，用“今”来形容，似乎不太合适。此处有两种可能性，第一种可能性《万历野获编》此条材料写作时间较早，沈德符生于万历六年（1578），汪道昆殁于万历二十一年（1593），汪氏去世之时沈德符不过16岁，即使晚几年也不过20出头，此时撰写《万历野获编》似不太可能。第二种可能性为汪道昆所序《水浒传》为郭勋刊本的翻刻本，而沈德符所记载的此新安刻本或为再翻本。由此也可见，郭勋刊本在后世确实多有翻刻。

关于《万历野获编》此则材料，同样需要辨明是否可信。《万历野获编》虽然记载的是野史，但都是沈德符耳闻目睹的亲身经历，记事颇为严谨。朱彝尊就曾经称赞过此书，“孝廉（沈德符）生禀异质，日读一寸书，所撰《万历野获编》，事有左证，论无偏党，明代野史未有过焉者”①。沈德符能够知道此新安刻本既有天都外臣序言，还知道天都外臣就是汪道昆，即使沈氏未曾收藏过这个本子，也应该见过。同时，沈德符家中藏书甚多，又博学多闻，善于读书，精于考订，特邃版本、校雠之学，《万历野获编》也载录沈氏寓目书籍版本特多，所以对于《水浒传》版本一事当不会无的放矢②。

从上述一系列材料辨析中，基本可以确定现存石渠阁补印本即是郭勋刊本的翻刻本。当然也有一些学者提出异议，如严敦易认为天都外臣不满郭勋刊本，把郭勋刊本删去致语与村学究损益称为《水浒传》二厄，并且也不标榜这个本子是郭勋刊本，可见天都外臣序本并不校从郭勋刊本③。汪道昆对郭勋本颇有微词此为事实，这与汪道昆的身份有很大关系。万历十七年（1589）汪道昆退居还家十数载，但其作为正统文人的身份并未改变，可以说汪道昆与其说是对郭勋刊本不满，不如说对《水浒传》心有轻蔑，所以把刊刻《水浒传》之人称为“好事者”，还对刊刻《水浒传》的行为作出一番解释。

①[清]朱彝尊：《静志居诗话》卷十七，《明代传记丛刊·学林类》第8册，明文书局1991年版，第601页。

②范知欧：《沈德符家族藏书事迹始末钩沉》，《文献》2011年第4期。

③严敦易：《水浒传的演变》，作家出版社1957年版，第177页。

再如王古鲁、范宁等先生认为此篇序言很有可能是从他本移置而来①。如果是移置于他本，有两种可能性，其一石渠阁补印本的原本就已移置，其二石渠阁补印之时，将此序言移置过来。先说第二种可能性，天都外臣是汪道昆这一则信息现今只保存在《万历野获编》中，其后被俞樾《茶香室续钞》转录，俞樾是晚清人，石渠阁补印的时候为康熙五年（1666），《茶香室续钞》此则信息可以不论。保存信息的书籍如此之少，甚至可以说是孤证，知道的人必定不会太多，像明代后期一些笔记小说都没有提及此事可见一斑。而且汪道昆生前虽算名人，但是到了清康熙年间未必为人所熟知，所以移置他笔名的序言完全起不到广告效应。这一点从现存石渠阁补印本部分回首标有“李卓吾评阅”字样就可知书商还是靠李卓吾来作广告。而康熙五年（1666）李卓吾序言早已流传于世，如果此篇汪道昆序言是移置而来的话，那直接移置李卓吾序言岂不是更好？

再来看第一种可能性，序言是否为石渠阁补印本原本所移置。这里可以推算一下序言可能移置的时间段，应该是在万历十七年（1589）序言写成之后，万历三十八年（1610）容与堂本刊出之前，容与堂本有李卓吾序，如果要移置明显可以移置此篇序言。天都外臣序本刻于万历十七年（1589），石渠阁补印本原本的序言若要移置当在万历十七年至三十八年（1589—1610）这 20 年之内，且不说这 20 年间是否可能有新的《水浒传》本子出现，即便有，那 20 年时间，甚至更短的时间，刊刻天都外臣序本的书坊必然还存在于世，其他书坊又怎敢如此明目张胆盗用他人序言？所以，此篇序言不太可能从他本移置而来，而是原本就有。

四、三大寇本、袁无涯刊本是否为郭勋刊本

本来材料分析至此，现存诸本中石渠阁补印本为郭勋刊本的翻刻本已经明了，但问题却并没有想象中简单，因为百二十回本《发凡》中又出现了一条关于郭勋刊本的材料。

> 古本有罗氏“致语”，相传《灯花婆婆》等事，既不可复见；乃后人有因四大寇之拘而酌损之者，有嫌一百廿回之繁而淘汰之者，皆失。郭武

①王古鲁：《“读水浒全传郑序”及“谈水浒传”》，《北京师范大学学报》（社会科学版）1957 年第 1 期；范宁：《〈水浒传〉版本源流考》，《中华文史论丛》1982 年第 4 期。

定本，即旧本，移置阎婆事，甚善；其于寇中去王、田而加辽国，犹是小家照应之法，不知大手笔者，正不尔尔，如本内王进开章而不复收缴，此所以异于诸小说，而为小说之圣也欤！

旧本去诗词之烦芜，一虑事绪之断，一虑眼路之迷，颇直截清明。第有得此以形容人态，顿挫文情者，又未可尽除。兹复为增定：或撺原本而进所有，或逆古意而益所无。惟周劝惩，兼善戏谑，要使览者动心解颐，不乏咏叹深长之致耳。

订文音字，旧本亦具有功力，然淆讹舛驳处尚多。如首引一词，便有四谬。试以此刻对勘旧本，可知其余。至如"耐"之为"奈"，"躁"之为"燥"，犹云书错。若溷"戴"作"带"，溷"煞"作"殺"，溷"閂"作"拴"；"冲""衝"之无分，"逕""竟"之莫辨，遂属义乖。如此者更难枚举，今悉较改。其音缀字下，虽便寓目；然大小断续，通人所嫌，故总次回尾，以便翻查。回远者例观，音异者别出。若半字可读，俗义可通者，或用略焉。(《出像评点忠义水浒全书发凡》)①

以上材料是百二十回本的三条《发凡》，第一条《发凡》前面的文字跟汪道昆所言并无差别，但此则材料并未将致语删节归因于郭勋刊本，而是重新归纳了郭勋刊本的一些特征：移置阎婆事、改四大寇为三大寇、删节诗词、订文音字。同时，《发凡》作者指出此刊本以郭勋刊本为底本修订过。从《发凡》对郭勋刊本的描述来看，郭勋刊本当为现存版本中的三大寇本。也正因为《发凡》的这段描述，不少学者认为三大寇本为郭勋刊本，百二十回本是郭勋刊本的翻刻本。如王利器、谈蓓芳等先生认为无穷会本（即三大寇本）大致保存了郭勋刊本的面貌②；王古鲁、范宁等先生认为芥子园本与郭勋刊本一脉相承③；章培恒先生认为袁无涯本比其他本子更接近郭勋刊本，在一定程度上保留了郭勋本的特色④。这些学者关于郭勋刊本的论断要想成立，得有一个先决条件，那便是《发凡》所言确实可信。

①[明]施耐庵、罗贯中：《李卓吾批评忠义水浒传全书》，天一出版社1985年版，第20—21页。
②王利器：《李卓吾评郭勋本〈忠义水浒传〉之发现》，《河北师院学报》（社会科学版）1994年第3期；谈蓓芳：《也谈无穷会藏本〈水浒传〉——兼及〈水浒传〉版本中的其他问题》，《中国文学研究》（辑刊）2000年第1期。
③王古鲁：《"读水浒全传郑序"及"谈水浒传"》，《北京师范大学学报》（社会科学版）1957年第1期；范宁：《〈水浒传〉版本源流考》，《中华文史论丛》1982年第4期。
④章培恒：《关于〈水浒〉的郭勋本与袁无涯本》，《复旦学报》（社会科学版）1991年第3期。

《发凡》文字未曾署名，章培恒、谈蓓芳二位先生认为这篇《发凡》为李卓吾所写（前提是袁无涯本批语为李卓吾所作），但是其间夹杂了袁无涯等人的私货[①]。章培恒先生认为《发凡》“古本有罗氏致语”此条有李卓吾原文，也有袁无涯等人手笔，谈蓓芳先生进而认为但凡《发凡》有“旧本”字样皆为李卓吾手笔。笔者观点与二位先生略有不同，认为其中一部分为袁无涯所撰，另有一部分为后来新刻者所加[②]。然而，无论《发凡》文字为何人所写，只要此本为李卓吾评本，便与李卓吾脱不开关系，李卓吾又是否能得到郭勋刊本。

“闻有《水浒传》，无念欲之，幸寄与之，虽非原本亦可；然非原本，真不中用矣”[③]，这是李卓吾《复焦弱侯》中文字，作于万历十七年（1589）秋冬之际，由此段文字可以看出万历十七年（1589）之前李卓吾没有看过《水浒传》，或者可以说压根就没听说过《水浒传》，因为无念和尚想看，所以向焦竑（弱侯）借阅此书，考虑到信件一来一回，焦竑借给李卓吾《水浒传》的时间最快也要到万历十八年（1590），李卓吾批点《水浒传》的时间则要更晚。袁中道《游居柿录》提到“记万历壬辰夏中，李龙湖方居武昌朱邸，予往访之，正命僧常志抄写此书，逐字批点”[④]，万历壬辰即万历二十年（1592），同年李卓吾写给焦竑的另一封信《与焦弱侯》中也提到“《水浒传》批点得甚快活人”[⑤]。可见李卓吾批点《水浒传》的时间在万历二十年（1592）。

从上述材料可知，李卓吾的《水浒传》由焦竑所提供，信中李卓吾希望焦竑为其找一部原本《水浒传》，此原本并非未删去致语的本子，也非郭勋刊本，而是繁本《水浒传》。因为简本《水浒传》在当时已经非常流行，从汪道昆和张凤翼的序言可窥见一二，胡应麟甚至还担心简本会完全取代繁本，所以李卓吾希望要一部繁本《水浒传》。如果没有繁本，简本也可以，最终焦竑给李卓吾寄过去的正是李卓吾所希望的繁本。需要指出的是，焦竑可以帮李卓吾买到一部繁本《水浒传》，但却很难弄到一部郭勋刊本。从郭勋死后

①章培恒：《关于〈水浒〉的郭勋本与袁无涯本》，《复旦学报》（社会科学版）1991 年第 3 期；谈蓓芳：《也谈无穷会藏本〈水浒传〉——兼及〈水浒传〉版本中的其他问题》，《中国文学研究》（辑刊）2000 年第 1 期。

②邓雷：《袁无涯刊本〈水浒传〉原本问题及刊刻年代考辨——兼及李卓吾评本〈水浒传〉真伪问题》，《福建师范大学学报》（哲学社会科学版）2017 年第 3 期。

③[明]李贽：《焚书》（增补二），中华书局 1975 年版，第 269 页。

④[明]袁中道：《珂雪斋集》卷九，上海古籍出版社 1989 年版，第 1315 页。

⑤[明]李贽：《续焚书》卷一，中华书局 1975 年版，第 34 页。

嘉靖二十一年到万历十八年(1542—1590),时间过去了近五十年之久,连大藏书家钱允治都说郭勋刊本十分难得,可能他本人都没有获得,即使藏有郭勋刊本的人也会将其当作秘宝珍藏,而刚刚考中状元(焦竑中万历十七年状元)还身处京师的焦竑,如何去给李卓吾弄一部郭勋刊本?所以,李卓吾用以批点的《水浒传》不太可能是郭勋刊本。

其次,许自昌《樗斋漫录》里有一篇为袁无涯刊本所撰写的序言,其中提到"(《水浒传》)然雕刻颇广,传写易讹,中间不无画蛇添足,为妄人增损。至我朝惟郭武(定)家刻称精,未易得也"①,从这段话可见许自昌应该未藏有郭勋刊本,但是许自昌创作了《水浒记》,其中故事内容移置了阎婆事。若移置阎婆事的本子即为《发凡》中所说郭勋刊本,那么未藏有郭勋刊本的许自昌何以能将其作为底本创作《水浒记》?而且许自昌明知郭勋刊本为善本,且很难觅得,若袁无涯刊本所用底本即是郭勋刊本,此点肯定值得大书特书,而序言全篇却未置一词,这着实不符合常理。原因只可能是《发凡》中所提到移置阎婆事的本子并非郭勋刊本。

综合以上两点,再加上之前所说的各种材料,这些材料或在《发凡》之前,或在《发凡》之后,但均只提到郭勋刊本删节致语这一条特征,从未提到郭勋刊本其他特征。可以说《发凡》关于郭勋刊本的描述实为孤证,而且与事实情理并不相符,所以《发凡》所言郭勋刊本特征之处并不可信,应是袁无涯之后的书商为制造商机所为。当时郭勋刊本为读者所渴求,以至于出现钱希言所言"世眼迷离,漫云搜求武定善本"之事。此时若有商家鼓吹自己所卖本的底本为郭勋刊本,并在郭勋刊本的基础上进行精校,增定诗词,改易文字,其价值毫无疑问更在郭勋刊本之上,更容易吸引读者。至此可知,三大寇本以及袁无涯刊本均非郭勋刊本。

五、嘉靖残本是否为郭勋刊本

在现存本何种为郭勋刊本的探讨过程中,有一种本子在没有任何材料证据支持的情况下,就成为了郭勋刊本的候选者,此本便是嘉靖残本,现存8回,卷之十的第47回至第49回,卷之十一的第51回至第55回,其中第47回至第49回为四明朱氏原藏,第51回至第55回为郑振铎原藏。

①[明]许自昌:《樗斋漫录》卷六,《续修四库全书》(子部·杂家类·一一三三),上海古籍出版社1994年版,第102页。

最早提出嘉靖残本为郭勋刊本的是郑振铎先生，此观点为郑先生在人民文学出版社1954年版《水浒全传》序言中提出，称此本为郭勋本①。其后一些学者如白木直也②、徐朔方③等均持此观点。这些学者虽然支持嘉靖残本为郭勋刊本，但是并未给出充分理由。直到20世纪80年代易名发表《谈〈水浒〉的"武定板"》一文，嘉靖残本为郭勋刊本的考证才有了实质性方法。此文通过版式比勘，将嘉靖残本与郭勋所刻《白乐天文集》《雍熙乐府》进行版式比较，得出结论为嘉靖残本即郭勋本④。之后20世纪90年代末竺青、李永祜发表《〈水浒传〉祖本及"郭武定本"问题新议》，在易名文章基础上添加了郭勋所刊《三国志通俗演义》一书，同样对版式、字体进行比勘，结论与易名一致，嘉靖残本即郭勋本⑤。持此论者，进入21世纪之后仍有人在，像黄俶成《〈水浒〉版本衍变考论》即持此论⑥。

探讨嘉靖残本为郭勋刊本的主要方法就是版式比对，将嘉靖残本与郭勋刊刻的其他书籍，如《白乐天文集》《雍熙乐府》《三国志通俗演义》等进行比对。关于此种版式比对的方法，马幼垣先生曾撰《嘉靖残本〈水浒传〉非郭武定刻本辨》一文指出其中弊病，如《白乐天文集》刊刻于正德十四年（1519），郭勋刊本刊刻于嘉靖年间，两书刊刻时间相距甚久，不可能仅采用一种版式，也不会仅聘用一个刻工，所以二书版式是否相同亦未可知；《雍熙乐府》版本情况比较复杂，最早的刻本是嘉靖十年（1531）刊本，此本是否为郭勋刊本尚未可知；《三国志通俗演义》嘉靖元年（1522）并无郭勋刊刻字样，是否为郭勋刊本亦未可知。所以通过版式比对去判定嘉靖残本为郭勋刊本并非是一件特别靠谱的事情⑦。

之后马幼垣先生通过新的方法对嘉靖残本是否为郭勋刊本进行判定，将嘉靖残本与容与堂本文字进行比勘，发现嘉靖残本文句既有不少错字之例，又有不少漏字之例，这些错字、漏字之处在8回嘉靖残本中有80余处之多。最后马幼垣先生认为除非不相信郭勋刻书以精美准确见称，否则此

①[明]施耐庵、罗贯中：《水浒全传》，人民文学出版社1954年版，第5页。
②[日]白木直也：《郭武定本私考》，自印本1968年版。
③徐朔方：《从宋江起义到〈水浒传〉成书》，《中华文史论丛》1982年第4期。
④易名：《谈〈水浒〉的"武定板"》，《水浒争鸣》1985年第4辑。
⑤竺青、李永祜：《〈水浒传〉祖本及"郭武定本"问题新议》，《文学遗产》1997年第5期。
⑥黄俶成：《〈水浒〉版本衍变考论》，《扬州大学学报》（人文社会科学版）2001年第1期。
⑦马幼垣：《水浒二论》，生活·读书·新知三联书店2007年版，第62—86页。

部嘉靖残本笔画屡屡刻得不显、错字漏字满纸连篇，没有多大可能是郭勋刊本。

诚如马幼垣先生所言，郭勋刊本《水浒传》在明代一直以善本著称，此部嘉靖残本连篇累牍的错字、漏字，怎么也不像是郭勋刊本，尤其是嘉靖残本现存8回，竟然有3回回目文字刻错了，“一丈青单捉王踥虎”“美髯公悟失小衙内”“呼延灼摆布琏环马”，这完全不像一部善本书籍会出现的问题。所以，在没有确切材料出现之前，不宜将嘉靖残本定为郭勋刊本。

综上所述，可以得出以下结论：

1. 都察院本很可能即为郭勋刊本。

2. 郭勋刊本刊刻于嘉靖元年至十年（1522—1531）之间。

3. 现存本中石渠阁补印本为郭勋刊本的翻刻本。

4. 现存本中三大寇本、大涤余人序本（袁无涯刊本）、嘉靖残本均非郭勋刊本。

第四章　嘉靖残本《水浒传》为建阳刊本考

嘉靖残本《水浒传》现存8回，为卷之十第47回至第49回，卷之十一第51回至第55回，另有残叶一张，为第50回第2叶。其中第47回至第49回为四明朱氏所藏，后归于中国国家图书馆；第51回至第55回为郑振铎所藏，后归于中国国家图书馆。

第一节　嘉靖残本《水浒传》的递藏经过及传奇色彩

嘉靖残本《水浒传》是一部极其具有传奇色彩的书籍，其传奇色彩与郑振铎等人的造神运动有相当大的关系。关于此部残本的发现以及收藏经过可以参见郑振铎先生1941年6月《劫中得书续记》、赵万里先生1963年6月《西谛书目序》以及路工先生1962年5月《古本小说新见》中文字。

> 此《忠义水浒传》虽是残本，余殊珍重视之。亡友马隅卿尝语余云：鄞县大酉山房林集虚处，有残本《水浒传》一册，为友好零星索取，仅存二页。此二页后为隅卿所得。余尝假得影洗数份，为研究中国小说者之参证。即此嘉靖本也。今得此一册，诚足偿素愿矣。此册为第十一卷，存第五十一回至五十五回。原书当以五回为一卷，全部当为二十卷，一百回……独《水浒传》则遍访不获。虽获二残页，仍于研究少所裨助。余今得此，足以傲视诸藏家矣。惜隅卿墓木已拱，未及见此，可痛也……今所知之《水浒传》，此本殆为最古、最完整之本矣。书贾朱某以五元从地摊上得之。后辗转数手，归中国书店。余以一百二十金从中国得之。以一残本，而费至百金以上，其奇昂殆前人所未尝梦见者。（郑振铎《劫中得书续记》）①

> 记得一九三一年八月，我们同到宁波访书，偶然在林集虚大酉山房的书架上发现棉纸印本《忠义水浒传》残本八回，西谛大喜过望，认为

①郑振铎：《劫中得书续记》，《文学集林》1941年第5辑，第176—177页。

> 这就是嘉靖年间武定侯郭勋的校刊本,在现存《水浒传》版刻中,再没有比它更早的了,是一个新的重大的发现。当时我就表示异议,觉得嘉靖刊本是十分可能的,但武定侯郭勋刊的可能性并不大,因为它和郭勋刊的《元次山文集》《白乐天文集》字形和版式都不相同,和嘉靖本《雍熙乐府》比较,也有显著的差别。过了几年,西谛在书友郭石麒的帮助下买到了其中的五回,但其他三回,却为一个五金商人豪夺而去。直到一九五八年,才由北京图书馆从上海购回,大家多年来的愿望,终于得到实现。(赵万里《西谛书目序》)①

二人记述嘉靖残本收藏经过多有参差之处,赵万里先生提及与郑振铎先生同去宁波大酉山房访书之事,郑振铎先生却绝口不提此事,其后郑振铎先生买到嘉靖残本,也未提到是否即是当时大酉山房林氏之书。由于郑振铎日记此部分佚失,无法知悉各中详情,但是郑氏所藏之书与四明朱氏所藏之书应该均是出自林集虚处。其后四明朱氏所藏部分 1958 年入藏中国国家图书馆,郑振铎所藏部分 1959 年入藏中国国家图书馆。

再结合路工先生的记载情况来看:

> 《忠义水浒传》,明嘉靖年间刊本,白棉纸印。半页十行,每行二十字。郑振铎先生肯定为武定侯郭勋刻本。全书二十卷,每卷五回,共一百回,是现存《水浒》的最早刻本。前郑先生所藏为第十一卷,五十一回到五十五回。题"施耐庵集撰","罗贯中修纂"。按此书是解放后宁波一书贾从废书堆中发现的,共两册。另一册是第十卷,四十六回至五十回,该贾将第十一卷售给郑先生,后又将第十卷中四十七回、四十八回、四十九回转卖给上海朱某。另将其余两卷拆成单页,我在他家曾见四十六回一页,曾问其余两回,他说已经卖掉,不得其实。该贾死后,四十六回至五十回不知下落,遍访不见。(路工《古本小说新见》)②

嘉靖残本的大致情形已然明了。最初的嘉靖残本由宁波大酉山房的林集虚在废书堆发现,共计两册,一册是第 46 回至第 50 回,一册是第 51 回至

①北京图书馆编著:《西谛书目》,文物出版社 1963 年版,第 3 页。
②路工:《访书见闻录》,上海古籍出版社 1985 年版,第 153 页。

第 55 回。其中一册第 51 回至第 55 回辗转归于中国书店，为郑振铎先生买去，后归于中国国家图书馆。另外一册中第 47 回至第 49 回为四明朱氏购得，后亦归于中国国家图书馆。此册中第 46 回与第 50 回不知是否因为残损过甚的缘故，被拆成单叶零售，马廉所藏残叶即来源于此二回。

马廉所藏残纸两叶，其中有一叶刊登在《国立北平图书馆馆刊》1934 年 3、4 月第 8 卷第 2 号上，“马廉在逝世前，把已刊布的那张残叶送给赵万里。赵后以之转赠吴晓铃。吴归道山后，此残叶不知何去矣（吴所遗藏品，闻多归首都图书馆所有，此残叶或在其中）。幸早已刊布，未致消失无痕”[①]。

从郑振铎先生《劫中得书续记》中“此《忠义水浒传》虽是残本，余殊珍重视之”“余今得此，足以傲视诸藏家矣”“以一残本，而费至百金以上，其奇昂殆前人所未尝梦见者”等语，以及赵万里先生《西谛书目序》中记述“西谛大喜过望”“大家多年来的愿望，终于得到实现”，可见郑振铎以及赵万里等先生对此书颇为珍重。

郑、赵二位先生的情结也可以理解，郑振铎与赵万里二位先生去宁波访书之时是 1931 年，此时孙楷第先生《中国通俗小说书目》尚未出版，国内可见或可知《水浒传》版本甚少，胡适以及鲁迅先生在 20 世纪 20 年代撰写《水浒传》相关文章之时，所提及《水浒传》版本仅寥寥数种，郑振铎先生本人于 1929 年撰写《〈水浒传〉的演化》一文时，所叙及《水浒传》版本也不过 9 种之多，其中还有数种未曾亲见。当时国内所发现的繁本《水浒传》除金圣叹本之外，仅有李玄伯先生于 1924 年所收藏大涤余人序本以及百二十回郁郁堂本。而再查检郑振铎先生《西谛书目》，里面载有郑振铎先生所收藏《水浒传》18 种，其中最为珍贵者也确系嘉靖残本，为海内外孤本。有鉴于此，可以想见，当郑振铎先生看到此种新的《水浒传》版本之时，那种兴奋愉悦之情。也正因为郑振铎先生对于此本《水浒传》过于重视，所以有意无意之间拔高了此一版本在《水浒传》版本史上的价值。

最初郑振铎先生于《劫中得书续记》中仅把此本定为嘉靖年间刊本，“此《忠义水浒传》虽是残本……即此嘉靖本也”[②]。关于此残本的刊刻年代，有过目验此本的专家学者均是如此判定，马廉先生在《国立北平图书馆馆

①马幼垣：《水浒二论》，生活·读书·新知三联书店 2007 年版，第 63—64 页。

②郑振铎：《劫中得书续记》，《文学集林》1941 年第 5 辑，第 176 页。

刊》公布一纸残叶之时，题为“明嘉靖刊本水浒传残叶（马隅卿先生藏）”[①]；赵万里先生同样同意此本是嘉靖年间所刊，“觉得嘉靖刊本是十分可能的”[②]；吴晓铃先生为《西谛书跋》作按语时，称呼此本为嘉靖残本，“去先生所藏此嘉靖本残帙远甚”[③]；路工先生在“忠义水浒传”解题中，也介绍此本为“明嘉靖年间刊本”[④]。

仅刊刻年代这一项，就使得嘉靖残本在现存诸多《水浒传》本子中处于至关重要的位置。因为嘉靖残本是现存诸《水浒传》本子中刊刻年代最早的一种，其余有比较明确刊刻时间的《水浒传》本子，基本上刊刻于嘉靖之后，像种德书堂本刊刻于万历年间、余象斗本刊刻于万历二十二年（1594）、石渠阁补印本刊刻于万历十七年（1589）、容与堂本刊刻于万历三十八年（1610）等。正因为如此，使得嘉靖残本在诸多《水浒传》书目当中都占据着靠前的位置，孙楷第先生《中国通俗小说书目》（1957年版）嘉靖残本排在现存本第一位[⑤]；马蹄疾先生《水浒书录》嘉靖残本排在现存繁本第二位，仅次于京本忠义传[⑥]；《中国古籍善本书目》嘉靖残本排在《水浒传》部分第一位[⑦]；《中国古籍总目》嘉靖残本排在《水浒传》部分第一位[⑧]；笔者《〈水浒传〉版本知见录》嘉靖残本排在现存繁本第一位[⑨]。

其后，郑振铎先生在人民文学出版社1954年版《水浒全传》序言中进一步指出此残本为“明嘉靖间武定侯郭勋刻本”[⑩]，但是并未给出理由。赵万里先生追忆之时也曾提及“西谛大喜过望，认为这就是嘉靖年间武定侯郭勋的校刊本”[⑪]。此一观点得到不少学者拥护，更有学者通过将嘉靖残本与郭勋刊刻的其他书籍，如《白乐天文集》《雍熙乐府》《三国志通俗演义》等，进行用纸、字体、题署、版式行款、书板尺寸等方面的比对，得出嘉靖残本即郭勋

①《国立北平图书馆馆刊》第8卷第2号。
②北京图书馆编著：《西谛书目》，文物出版社1963年版，第3页。
③郑振铎撰，吴晓铃整理：《西谛书跋》，文物出版社1998年版，第430页。
④路工：《访书见闻录》，上海古籍出版社1985年版，第153页。
⑤孙楷第：《中国通俗小说书目》，作家出版社1957年版，第183页。
⑥马蹄疾编著：《水浒书录》，上海古籍出版社1986年版，第54页。
⑦中国古籍善本书目编辑委员会编：《中国古籍善本书目》子部，上海古籍出版社1994年版，第765页。
⑧中国古籍总目编纂委员会编：《中国古籍总目》子部，上海古籍出版社2010年版，第2300页。
⑨邓雷：《〈水浒传〉版本知见录》，凤凰出版社2017年版，第1页。
⑩[明]施耐庵、罗贯中：《水浒全传》，人民文学出版社1954年版，第4—5页。
⑪北京图书馆编著：《西谛书目》，文物出版社1963年版，第3页。

刊本的结论①。但是此种方法早在赵万里先生为《西谛书目》写作序言之时就已经用过，而且得出的结论却是嘉靖残本并非郭勋刊本，“当时我就表示异议，觉得嘉靖刊本是十分可能的，但武定侯郭勋刊的可能性并不大，因为它和郭勋刊的《元次山文集》《白乐天文集》字形和版式都不相同，和嘉靖本《雍熙乐府》比较，也有显著的差别”②。赵万里先生是著名文献学家，长期在中国国家图书馆工作，深谙版本之学，其用相同方法进行比勘，却得出了与其他学者相反的结论，此点至少证明“嘉靖残本即是郭勋刊本”的结论值得商榷。

郑振铎先生之所以将嘉靖残本定为郭勋刊本，同样也是为了提升嘉靖残本的地位。自《水浒传》流传以来，只有一种本子一直为人所称道以及追捧，此种本子就是郭勋刊本。“刻本惟郭武定为佳”③，“今新安所刻《水浒传》善本，即其家（按：郭勋）所传”④，“而世眼迷离，漫云搜求武定善本，殊可绝倒”⑤，“至我朝惟郭武（定）家刻称精，未易得也”⑥。将嘉靖残本与郭勋刊本画上等号，自然也就是与善本画上等号，然而嘉靖残本却绝非善本。

第二节 嘉靖残本《水浒传》非善本考

要证明嘉靖残本非善本，首先要明白何为善本，现今善本一般指的是精刻、精印、精抄、精校并且难得的古书，珍贵的手稿、孤本，罕见文献等。黄永年先生将善本划分为两种，一种是校勘性善本，即校勘精审的古籍；另一种是文物性善本，即距离收藏者年限较远的古籍。明人称郭勋刊本为善本，自然只能是符合第一种标准，即校勘精审⑦。当然，明人对于善本的要求更加严格，胡应麟曾在《少室山房笔丛·经籍会通》中指出：

①参详易名：《谈〈水浒〉的“武定板”》，《水浒争鸣》1985年第4辑；竺青、李永祜：《〈水浒传〉祖本及“郭武定本问题”新议》，载《文学遗产》1997年第5期。

②北京图书馆编著：《西谛书目》，文物出版社1963年版，第3页。

③[明]张凤翼：《处实堂续集》卷六，《四库全书存目丛书》集部第137册，齐鲁书社1997年版，第524页。

④[明]沈德符：《万历野获编》卷五，中华书局1959年版，第139页。

⑤[明]钱希言：《戏瑕》卷一，《四库全书存目丛书》子部第97册，齐鲁书社1995年版，第13页。

⑥[明]许自昌：《樗斋漫录》卷六，《续修四库全书》（子部·杂家类·一一三三），上海古籍出版社1994年版，第102页。

⑦黄永年：《古籍版本学》，江苏教育出版社2005年版，第14页。

凡书之直之等差，视其本，视其刻，视其纸，视其装，视其刷，视其缓急，视其有无。本视其钞刻，钞视其讹正，刻视其精粗，纸视其美恶，装视其工拙，印视其初终，缓急视其时，又视其用。远近视其代，又视其方。合此七者，参伍而错综之，天下之书之直之等定矣。①

胡应麟从七个方面对书籍价值进行评判，此即胡氏关于善本的观念。其中“纸”“装”“刷”是版本形式，“本”“钞”则版本内容与形式，“缓急”“有无”则是时代、地域、市场等影响因素。可以知悉的是，在胡应麟眼中，书籍要有价值，可以视为善本，至少得是抄写准确无误、书法称优、印书用纸精良、书籍装潢考究、初刻本为佳。

由此来观之，从古至今，一本书要称之为善本，抛去其他外在形式不论，至少得有一个先决条件，就是精校，文字抄写准确无误。然而，这一先决条件嘉靖残本都达不到。1954 年人民文学出版社出版，由郑振铎、王利器、吴晓铃等先生点校的《水浒全传》校勘记中，第 51 回至第 55 回有嘉靖残本校勘记，其中明确标示嘉靖残本出现错误的地方有 70 处。

马幼垣先生也曾对嘉靖残本 8 回加 1 残叶的内容进行过校勘，去除重复错误的情况下，得出嘉靖残本错误之处 82 例②。其实这还不是嘉靖残本全部错误之处，据笔者校勘统计，嘉靖残本错误之处至少有 230 处之多，马幼垣先生所统计的部分存在不少遗漏。以第 48 回而论，马氏文中只列举 3 处错误之例：

容与堂本：李大官人前日已被**祝彪**那厮射了一箭。（48.2b）

嘉靖残本：李大官人前日已被**祝**那厮射了一箭。（48.3a）

（例一）

容与堂本：……杨雄、石秀、李**俊**……（48.5a）

嘉靖残本：……杨雄、石秀、李**椎**……（48.5b）

（例二）

容与堂本：对敌尽皆**雄**壮士。（48.5b）

嘉靖残本：对敌尽皆**椎**壮士。（48.5b）

（例三）

①［明］胡应麟：《少室山房笔丛》卷四，中华书局 1958 年版，第 57 页。

②马幼垣：《水浒二论》，生活 · 读书 · 新知三联书店 2007 年版，第 80—85 页。

实际上此回嘉靖残本的错误远不止此3例，尚有下面11例：

容与堂本：才得望火把亮处取路。（48.1b）

嘉靖残本：付能望火把亮处取路。（48.1b）

（例一）

容与堂本：鹿角都塞了路口。（48.1b）

嘉靖残本：鹿角都搽了路口。（48.1b）

（例二）

容与堂本：飘扬旗帜惊鸟雀。（48.5b）

嘉靖残本：飘杨旗织惊鸟雀。（48.6b）

（例三）

容与堂本：玉纤手将猛将生拿。（48.6a）

嘉靖残本：玉纤将猛将生拿。（48.7b）

（例四）

容与堂本：众庄客齐上，把王矮虎横拖倒拽捉了去。（48.7a）

嘉靖残本：众庄客一上，把王踒虎横拖倒拽捉了去。（48.8a）

（例五）

容与堂本：带了铁锤，上马挺枪。（48.7b）

嘉靖残本：带了铁枪，上马挺枪。（48.9ab）

（例六）

容与堂本：背后随从约有五百人马。（48.8b）

嘉靖残本：背后随纵约有五百人马。（48.10a）

（例七）

容与堂本：一个是拚命三郎石秀。（48.8b）

嘉靖残本：一个是弃命三石秀。（48.10a）

（例八）

容与堂本：霜花骏马频嘶。（48.9b）

嘉靖残本：霜花骏马频厮。（48.11a）

（例九）

容与堂本：林冲把蛇矛逼个住，两口刀逼斜了。（48.9b）

嘉靖残本：林冲把蛇矛逼个住，两口逼斜了。（48.11b）

（例十）

容与堂本：却好有此这个机会。（48.11a）

嘉靖残本：却限有此这个机会。（48.13a）

（例十一）

嘉靖残本8回文字，其错误之处竟然高达230余例，平均下来每回文字都有将近29处错误，这实在是一个令人惊异的数字。而且这些错误之处并不包括嘉靖残本本身内容的错误，仅仅是其中十分明显的误字、脱字、衍字情况，有些错误错得令人瞠目结舌，以下均举例以观之。

容与堂本：美髯公误失小衙内（51.1a）

嘉靖残本：美髯公悟失小衙内（51.1a）

（例一）

容与堂本：绕寺庄严，列地狱四生六道。（51.11b）

嘉靖残本：绕寺装严，列地狱四生六道。（51.14a）

（例二）

容与堂本：掩心铠甲，前后竖两面青铜照眼旌旗。（52.10a）

嘉靖残本：掩心凯甲，前后竖两面青铜照眼旌旗。（52.12a）

（例三）

容与堂本：施功紫塞辽兵退。（51.1ab）

嘉靖残本：施功柴塞辽兵退。（51.1b）

（例四）

容与堂本：……朱富、宋清……（51.3b）

嘉靖残本：……朱富、朱清……（51.4a）

（例五）

容与堂本：……杨雄、石秀……（51.3b）

嘉靖残本：……杨椎、石秀……（51.4b）

（例六）

容与堂本：今日特地在郓城县开勾栏。（51.6a）

嘉靖残本：今日得地在郓城县开勾栏。（51.7b）

（例七）

容与堂本：拍下一声界方，念了四句七言诗。（51.4b）

嘉靖残本：抬下一声界方，念了四句七言诗。（51.5b）

（例八）

容与堂本：那小衙内双手扯住朱仝长髯。（51.10b）

嘉靖残本：那小衙内双手牡住朱仝美髯。（51.12b）

（例九）

容与堂本：不必殿帅忧虑，但恐衣甲未全。（55.2a）

嘉靖残本：不必殿帅忧惠，怛恐衣甲未全。（55.2a）

（例十）

容与堂本：你如何得此重罪。（51.10a）

嘉靖残本：你如得此重罪。（51.12b）

（例十一）

容与堂本：沧州知府至晚不见朱仝抱小衙内回来。（52.2b）

嘉靖残本：沧州知府至晚不见朱仝抱小衙回来。（52.2b）

（例十二）

容与堂本：李逵道：柴皇城被他打伤呕气死了（52.8b-9a）

嘉靖残本：李逵道：柴皇被他打伤呕气死了。（52.10b）

（例十三）

容与堂本：我弟兄两个杀翻了他几个，不想乱草中间舒出两把挠钩。（47.1b）

嘉靖残本：我弟兄两个不想杀番了他几个，不想乱草中间舒出两把挠钩。（47.1b）

（例十四）

容与堂本：原来这乐和是个聪明伶俐的人。（49.6b）

嘉靖残本：原来这乐和尚是个聪明伶俐的人。（49.8a）

（例十五）

容与堂本：一个是锦豹子杨林。（49.10b）

嘉靖残本：一个是锦豹子头杨林。（49.12b）

（例十六）

以上16例均是嘉靖残本中比较明显的错误之处，勿须辨别，一眼即明。其中例一至例十均为误字之例，又分为多种，例一至例三是音近导致的误字之例；例四至例六是形似导致的误字之例；例七、例八是普通误字之例，误写之字尚是正常文字；例九、例十亦是误字之例，但误写之字则是不存在的文字，即错字。因误字而产生的错误，在嘉靖残本中占绝大多数。例十一至例十三是脱字之例，例十四至例十六是衍字之例。

从嘉靖残本的这些错误之处，可以很明显看出，嘉靖残本绝非善本。一般古籍从写样到刊印，至少有三次校对过程，写样后仔细校对，初校发现错误后挖去，贴上白纸，然后覆校，覆校无误后才能上版，刷印之后还得三校，校出错误后，则需在板木上进行挖补。而从嘉靖残本错误之处来看，似乎连一次校勘都没有，如若不然也不可能出现如此之多一眼即明的错误。不仅如此，写样的抄手在抄写文字之时就极度不认真，刊刻的刊工同样不负责，才会出现如此之多的误字、漏字、衍字的情况。无怪乎马幼垣先生会痛斥此本“不仅不足称为善本，简直就是劣极的垃圾本”[①]。

此外，嘉靖残本 8 回文字内容当中，显示出至少有 3 个写样的抄手，第 49 回中的“尉迟”均误作“蔚迟”，而到了第 54 回、第 55 回中，又全部变作正确的写法“尉迟”，这其间显示出有两个不同的抄手。第 54 回与第 55 回之间文字又存在不同，第 54 回的“纵”字，第 55 回基本误作“从”字，第 54 回的“直”字，第 55 回大多作“只”字，第 54 回的“两个”一词，第 55 回大多写作“二人”，这其间又显示出有两个不同的抄手。3 个不同的抄手在抄写之时，均出现如此之多的错误，可见嘉靖残本的书坊主所聘请的抄写之人专业素质何等低劣，对于此书重视程度何等不足。当然，此中还有种可能，即嘉靖残本 8 回文字均出自一人之手，但此人抄写之时太过于随意，而且态度也极不认真，即便知悉自己抄错也不加以改正，还随意改动文字。然而，无论嘉靖残本的抄手是哪一种情况，都无法改变其劣本的本质。

由上来看，从校勘性善本角度观之，嘉靖残本并非善本，也自然不可能成为明代张凤翼、沈德符、钱希言、许自昌等一众文人、学者口中所推崇的郭勋所刊善本《水浒传》[②]。

---

①马幼垣：《水浒二论》，生活·读书·新知三联书店 2007 年版，第 74 页。

②马幼垣先生虽然认为嘉靖残本没有多大可能是郭勋刊本，但是依旧保留余地，“但若认为郭勋刻书不一定本本精美准确，而郭本《水浒》又不见得非与今本殊异不可，则此本为郭刻的可能性仍是不能完全否定的”，实际上从明人记述郭勋刊本《水浒传》为善本来看，嘉靖残本没有可能是郭勋刊本。

第三节　嘉靖残本《水浒传》乃建阳刊本考

嘉靖残本非但不是善本，而且连篇累牍的误字、漏字以及衍字，有些错误之处错得让人匪夷所思，像所存 8 回回目就有 3 回出现错误，“一丈青单捉王矮虎”误作“一丈青单捉王踒虎”、“美髯公误失小衙内”误作“美髯公悟失小衙内”、“呼延灼摆布连环马”误作“呼延灼摆布琏环马”。再如梁山好汉人物姓名以及绰号，“宋清”误作“朱清”、“杨雄”误作“杨椎”、“乐和”误作“乐和尚”、“锦豹子”误作“锦豹子头”等，这些错误可以让人想见嘉靖残本的刊刻是何等粗疏，此本是何等劣质。如此劣本不得不让人怀疑其刊刻地点可能是福建建阳。

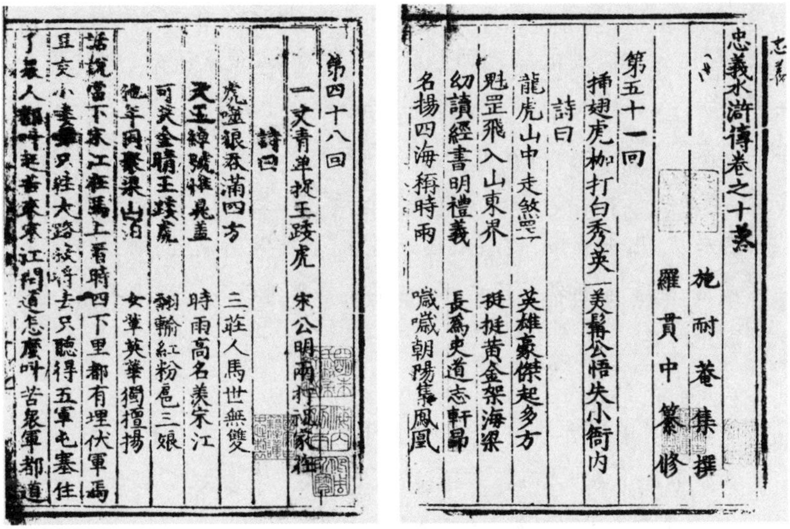

嘉靖残本第 48 回、第 51 回书影

早在宋代之时，建阳刊本文字多有错舛的情况就为人所诟病。这里可见一则关于建阳所刊书籍的趣事：

> 符建间，有杭州学教授出《易》题，误写“坤为釜”作“金”字。一学生知其非，佯为未喻，怀经上请，教授因立义以酬之。生徐曰：“先生所读恐是建本，据此监本乃是‘釜’字。”教授大惭，鸣鼓自罚三直。（方勺

《泊宅编》卷上)[①]

这种情形在宋代还存在不少,诸如郑康佐跋《眉山唐先生文集》中所言"闽本舛讹不可辨,未几又得蜀本,校之,闽本益加多矣";苏诩跋其曾祖苏辙《栾城集》中所云"建安本颇多缺谬,其在麻沙者尤甚";葛常之《韵语阳秋》评诗语中所云"若麻沙本之差舛,误后学多矣";张淏《云谷杂记》云"近时闽中书肆往往擅加改易……将来谬乱书传,贻误后学,皆由此也"等等[②]。

时至明代,建阳刊本大盛,但除却少部分精品外,建阳刊本粗制滥造的形象早已深入当时文人之心。

> 然板本最易得而藏多,但未免差讹,故宋时试策以为井卦何以无象,正为闽本落刻,传为笑柄。我朝太平日久,旧书多出,此大幸也。亦惜为福建书坊所坏。盖闽专以货利为计,但遇各省所刻好书,闻价高即便翻刊。卷数、目录相同而于篇中多所减去,使人不知,故一部止货半部之价,人争购之。(郎瑛《七修类稿》卷四十五)[③]
>
> 宋时刻本以杭州为上,蜀本次之,福建最下。今杭刻不足称矣,金陵、新安、吴兴三地,剞劂之精者不下宋板,楚、蜀之刻皆寻常耳。闽建阳有书坊,出书最多,而板纸俱最滥恶,盖徒为射利计,非以传世也。大凡书刻,急于射利者必不能精,盖不能捐重价故耳。近来吴兴、金陵,骎骎蹈此病矣。
>
> …………
>
> 近来闽中稍有学吴刻者,然止于吾郡而已。能书者不过三五人,能梓者亦不过十数人,而板苦薄脆,久而裂缩,字渐失真,此闽书受病之源也。(谢肇淛《五杂俎》卷十三)[④]

宋、明以来,建阳所刊书籍几乎成为劣本的代名词。同样刊刻于建阳的简本《水浒传》,其间就有不少误字,如:

> 种德书堂本:其余不堪用的小船,尽行<u>合</u>散与附近居民收用。(17.2b)

---

①[宋]方勺:《泊宅编》卷上,中华书局1983年版,第73页。
②具体参详张秀民:《中国印刷史》,上海人民出版社1989年版,第185页。
③[明]郎瑛:《七修类稿》卷四十五,上海书店出版社2001年版,第478页。
④[明]谢肇淛:《五杂俎》卷十三,上海书店出版社2001年版,第266页。

容与堂本：其余不堪用的小船，尽行给散与附近居民收用。(83.4a)

(例一)

种德书堂本：肃等将寡人御酒，一并克减半并，肉一斤，止有十两。(17.3b)

容与堂本：尔等尚自巧言令色，对朕支吾。寡人御赐之酒，一瓶克减半瓶，赐肉一斤，只有十两。(83.7b)

(例二)

种德书堂本：直抵坛州来，却说坛州洞仙侍郎。(17.5a)

容与堂本：直抵檀州来，却说檀州洞仙侍郎。(83.11a)

(例三)

这3个例子中的误字，既有形误，也有音误，此点与嘉靖残本相同。之所以会出现这样的错误，很明显是校勘不精的结果，这种误字在众简本中屡见不鲜，也算是简本《水浒传》的"特色"之一。

当初马幼垣先生研究嘉靖残本之时，发现此本俯拾皆是的错字、漏字，曾两次将此本与建阳刊本联系起来。第一次是此文初稿之时提到"世人多责闽刻简本《水浒》为粗拙之物，其实此本(即嘉靖残本)的印刷品质较不少闽本还要劣"；第二次是此文改稿的后记中提到简本《水浒传》中某些刻字与嘉靖残本相同，但马氏仅是怀疑嘉靖残本的刊刻年代为万历后半①。马氏两次将嘉靖残本与建阳刊本联系起来，但却均未指出嘉靖残本为建阳刊本的可能性。

当然，光凭嘉靖残本刊刻错误之处特多，与建阳所刊简本《水浒传》相同，进而得出嘉靖残本为建阳刊本的结论，是不足以服众的。下面将再列出一些实质性的证据，证明嘉靖残本与建阳所刊简本《水浒传》之间的渊源。现存建阳所刊简本《水浒传》中刊刻时代较早的种德书堂本与插增本由于均为残本，嘉靖残本所存8回内容部分，此二本均不存，所以无法进行比对。其他建阳所刊简本《水浒传》评林本与英雄谱本为同一系统，刘兴我本与藜光堂本、慕尼黑本、李渔序本为同一系统，所以选取评林本、刘兴我本与嘉靖残本、容与堂本进行比对。

其中评林本刊刻于万历二十二年(1594)，刘兴我本刊刻于崇祯元年

①马幼垣：《水浒二论》，生活·读书·新知三联书店2007年版，第62—86页。

(1628),二本均是比较后期的建阳简本,比之容与堂本或是嘉靖残本,内容篇幅删节了一半以上,所以有些嘉靖残本与容与堂本的不同之处,二本文中并不存在,无法比对。但即便如此,以评林本和刘兴我本删节之后的文字内容与嘉靖残本比对,依旧可以发现不少相似之处。

首先,嘉靖残本中有一些字用了简化字,建阳所刊简本与之相同。此点尤其表现在将“教”与“叫”简化为“交”字。教,其中有一种含义是动词,使、令、让、教的意思;叫,亦有使令之意;交的意思中则无“教”“叫”之意,而是简本“教”“叫”的简化字。嘉靖残本中“教”与“叫”字基本改为了“交”字,仅有个别保留原字。简本的评林本亦是如此,刘兴我本则将“交”字改为“令”字或是“教”字。举数例以观之:

容与堂本:便**教**白玉乔写了状子。(51.6ab)

嘉靖残本:便**交**白玉乔写了状子。(51.7b)

评林本:便**交**白玉乔写了状子。(11.2b)

刘兴我本:便**令**白玉乔写了状子。(11.2a)

(例一)

容与堂本:便**教**这个犯人休发下牢城营里,只留在本府听候使唤。(51.10a)

嘉靖残本:便**交**这个犯人休发下牢城营里,只留在本府听候使唤。(51.12a)

评林本:便**交**把犯人休发在牢城,留在本府听候使唤。(11.4a)

刘兴我本:便**令**犯人休发下牢城,留在本府听用。(11.3a)

(例二)

容与堂本:因此特地**教**吴军师同兄弟前来相探。(51.12a)

嘉靖残本:因此特地**交**吴军师同兄弟前来相探。(51.14b)

评林本:**交**吴用和雷都头相请足下。(11.5a)

刘兴我本:**教**吴用和雷都头相请足下。(11.3b-4a)

(例三)

容与堂本:故意**教**李逵杀害了小衙内。(51.15a)

嘉靖残本:故意**交**李逵杀害了小衙内。(51.18b)

评林本:故意**交**李逵杀害小衙内。(11.6a)

刘兴我本：故意教李逵杀死小衙内。（11.4b）

（例四）

此类简化字尚有“翻”简化为“番”。当然“番”字含义中有一种与“翻”相同，表示翻转、翻身等意思。嘉靖残本中不少“翻”字简化作“番”，简本中评林本与刘兴我本同样如是。举数例以观之：

容与堂本：拽满弓，觑得较亲，背翻身一箭。（47.6b-7a）

嘉靖残本：拽满弓，觑得较亲，背番身一箭。（47.8a）

评林本：拈弓搭箭，番身射来。（10.8b）

刘兴我本：拈弓搭箭，番身射来。（10.6a）

（例一）

容与堂本：拽起绊马索来，连人和马都绊翻了。（48.8a）

嘉靖残本：拽起绊马索来，连人和马都绊番了。（48.9b-10a）

评林本：拽起绊马索来，连人和马都绾番了。（10.15a）

刘兴我本：拽起绊马索来，连人和马都绊番了。（10.10b）

（例二）

容与堂本：才把解珍、解宝押到厅前，不由分说，捆翻便打。（49.5b）

嘉靖残本：才把解珍、解宝押到厅前，不由分说，捆番便打。（49.6b）

评林本：把解珍、解宝押到厅前，捆番便打。（10.17b）

刘兴我本：将解珍、解宝押到厅前，知府教捆番便打。（10.12b）

（例三）

其次，嘉靖残本与容与堂本存在一些异文，二本文字均可通，建阳所刊简本文字与嘉靖残本相同。如：

容与堂本：此间独龙冈前面有三座山冈。（47.2a）

嘉靖残本：此间独龙岗前面有三座山岗。（47.2a）

评林本：此间独龙岗前有三座山。（10.6b-7a）

刘兴我本：此间独龙岗上有三座山。（10.5a）

（例一）

容与堂本：容得入得来，只是出不去。（47.12b-13a）

嘉靖残本：容易入得来，却是出不去。（47.15b）

评林本：容易入得来，却是出不去。（10.10b）

刘兴我本：容易入得来，却是出不去。（10.7b）

（例二）

容与堂本：纷纭矛盾生光芒。（48.5b）

嘉靖残本：纷纭剑戟生光芒。（48.6b）

评林本：纷纭剑戟生光芒。（10.14a）

刘兴我本：纷纭剑戟生光芒。（10.9b）

（例三）

容与堂本：谈笑西陲屯甲胄。（51.1a）

嘉靖残本：谈笑西陲屯介胄。（51.1b）

评林本：谈笑西陲屯介胄。（11.2a）

刘兴我本：谈笑西陲屯介胄。（11.1a）

（例四）

容与堂本：朱仝故意延迟了半日。（51.9b）

嘉靖残本：朱仝故意延迟了半晌。（51.11ab）

评林本：朱仝故意延迟半晌。（11.3b）

刘兴我本：朱仝故意迟延半晌。（11.3a）

（例五）

容与堂本：分拨众头领下了七八个寨栅。（52.14a）

嘉靖残本：分拨众头领下了七八个小寨。（52.16b）

评林本：分拨众头领下了七八个小寨。（11.11a）

刘兴我本：分付众头领下了七八个小寨。（11.8a）

（例六）

以上6例均为嘉靖残本与容与堂本文字有异，而与建阳所刊简本文字相同的例子。其中尤其值得注意的是例一与例二，例一当中“冈”与“岗”的问题，容与堂本包括其他繁本中的“毒龙冈”“景阳冈”等山冈的“冈”字，在嘉靖残本以及其他简本中均作“岗”字，如“景阳岗”“毒龙岗”等。例二当中异文无甚特殊之处，此例特殊在于此为一首诗中句子，《水浒传》刻本中诗词一般都要另起一行，单独列出，繁本与简本均如是，而此首诗在容与堂本与嘉靖残本中却存在不同，容与堂本中此诗并未单独列出，而是放置于正文之中，嘉靖残本中此诗则单独列出。之所以会出现如此情况，是因为此诗并非诗赞，而是钟离老人所说的话，算是故事情节，所以二本才出现了不同的处理方法。其他繁本对此诗的处理与容与堂本相同，而简本中评林本与刘兴我本的处理却与嘉靖残本相同。

再次，嘉靖残本文字存在一些谬误之处，建阳所刊简本与之相同。如：

容与堂本：女辈英华独擅场。（48.1a）
嘉靖残本：女辈英华独擅扬。（48.1a）
评林本：女辈英华独擅扬。（10.13a）

（例一）

容与堂本：启动戴院长到山寨里走一遭。（49.17a）
嘉靖残本：启动戴仙长到山寨里走一遭。（49.20a）
评林本：戴仙长到山寨……（10.22a）

（例二）

容与堂本：岁岁朝阳集凤凰。（51.1a）
嘉靖残本：噦噦朝阳集凤凰。（51.a）
评林本：噦唤朝阳集凤凰。（11.1b）

（例三）

容与堂本：小人是柴世宗嫡派子孙。（52.7a）
嘉靖残本：小人是柴世宗的派子孙。（52.8a）
评林本：小人是柴世宗的派子孙。（11.8b）

（例四）

容与堂本：掩心铠甲，前后竖两面青铜照眼旌旗。（52.10a）
嘉靖残本：掩心凯甲，前后竖两面青铜照眼旌旗。（52.12a）
评林本：掩心凯甲，前后坚两面青铜照眼旌旗。（11.9b）

（例五）

以上5例嘉靖残本出现错误，建阳所刊评林本与之相同。例一中“擅场”是指技艺高超出众、压倒全场的意思，“擅扬”则是一个误词。例二中此句话是吴用所说之言语，戴宗只会一点神行术，根本算不得仙长，前后文中均称作“戴院长”，“仙长”二字应是误笔。例三中“噦噦”指的是有节奏的铃声，置于此处文句不通，当为误字，而评林本更误作“噦唤”。例五中“凯甲”

一词当为“铠甲”之误。

5例当中尤为值得注意的是第四例，此例马幼垣先生曾经提及，并且惊异嘉靖残本将“派”刻作“泒”，以及“再”字的缺笔、漏刻，实际上“泒”字并非误字，而是“派”字的异体字，“再”字的缺笔、漏刻同样如此，乃是“再”字的异体字。嘉靖残本8回文字中，有3次出现“的泒”一词，评林本存在相同正文的地方仅有一处，而这一处的写法竟然与嘉靖残本一模一样，包括误字，包括异体字。

至此，嘉靖残本为建阳刊本已经十分明了。从嘉靖残本到评林本、刘兴我本，其间不知经历了多少次版本更迭，而在这一漫长的衍变过程当中，又不知有多少文字被修改，像刘兴我本就不少文字经过修订，与嘉靖残本、评林本文字不同。然而即便如此，依旧能发现嘉靖残本与建阳所刊简本如此之多的相似点，文字错舛之处特多、使用相同简化字、不少异文相同、不少错误之处相同，这些足以证明嘉靖残本为建阳刊本。

第四节　嘉靖残本与容与堂本、评林本的关系及刊刻年代考

嘉靖残本与容与堂本的关系，马幼垣先生曾论及，举出5例嘉靖残本与容与堂本同误之处，进而得出结论：或后出的容与堂本在嘉靖残本的基础上做出改良，但不彻底，故而有同误之处；或二本同出一源[①]。马氏所论第一种可能性，不太可能发生，因嘉靖残本存在同词脱文之处，自然不可能成为容与堂本的底本，此点稍后会详叙。第二种可能性，若二本有字词同误，确实可证同源，但马氏所举之例是否同误有待商榷，具体例子列于下可观之：

我们今日只做登州对调来郓州守把径过，来此相望。（容与堂本.49.15b、嘉靖残本.49.19a）

（例一）

鹤发驼颜。（容与堂本.53.8b、嘉靖残本.53.10b）

（例二）

①马幼垣：《水浒二论》，生活·读书·新知三联书店2007年版，第78页。

两个睡到三更佐侧。（容与堂本.53.12b、嘉靖残本.53.15a）

（例三）

雁翅般摆开在西边。（容与堂本.54.5a、嘉靖残本.54.6a）

（例四）

德胜回梁山泊。（容与堂本.54.12a、嘉靖残本.54.14a）

（例五）

此5例当中除第四例“西边”确系“两边”之误外，其余误字犹可商榷。例一“径过”一词，书籍中多有出现，如“乘风径过，惜未一游”（《浮生六记》卷四）；例二“驼颜”一词通“酡颜”，他书亦曾出现，如“松柏长年不老，驼颜依旧”（《双兰花记》卷一）；例三“佐侧”的“佐”字当通“左”字；例五“德胜”即“得胜”之义，话本小说入话的“德胜头回”即作“德胜”。

当然，嘉靖残本与容与堂本属于同一系统本子，应无甚疑义，二本除了明显的误字以及简化字不同之外，其他文字几近相同。以第52回而论，除却明显的误字、漏字、衍字外，嘉靖残本与容与堂本文字不同的地方有25处，而此回文字共计6400余，不同之处的文字字数比之总字数还不到1%，可见二者文字极为相似。嘉靖残本与容与堂本的不同之处，不少地方两本文字均可，不知究竟何者文字为先。如：

容与堂本：一灵缥缈，西方佛子唤同行。（52.3b）

嘉靖残本：一灵漂渺，西方佛子唤同行。（52.4a）

（例一）

容与堂本：诸人不许欺侮。（52.4a）

嘉靖残本：诸人不许欺负。（52.4b）

（例二）

容与堂本：李逵猛恶无人敌。（52.6a）

嘉靖残本：李逵狞恶无人敌。（52.7b）

（例三）

例一至例三，容与堂本与嘉靖残本文字均可通，不知何者做出修改。此外，容与堂本也有一些文字出错，或不如嘉靖残本处。如：

容与堂本：背彼孙提辖骑着马。（49.11b）

嘉靖残本：背后孙提辖骑着马。（49.13b）

（例一）

容与堂本：那时又没人送饭**求**救你。（49.12b）

嘉靖残本：那时又没人送饭**来**救你。（49.15a）

（例二）

容与堂本：孙立、孙新把两个当住了。（49.14b）

嘉靖残本：孙立、孙新把两**边**当住了。（49.17b）

（例三）

这些容与堂本文字出错，或是文字不如嘉靖残本之处，并不多见。8回文字之中仅有十数例如此。

嘉靖残本与评林本、刘兴我本的关系，从上文已经知悉嘉靖残本为建阳刊本，及从文字多寡来看，此本应该属于建阳早期刊本，之后的建阳刊本包括京本忠义传、种德书堂本、插增本、评林本、英雄谱本、刘兴我本、藜光堂本、慕尼黑本、李渔序本等均有一定程度的删节。那么嘉靖残本有没有可能成为评林本、刘兴我本的底本，即评林本、刘兴我本均是依据嘉靖残本删节而来？

上文已经举例嘉靖残本的一些简化字、异文、误字，评林本、刘兴我本均有与之相同之处，当然评林本与刘兴我本也有与之相异之处，但这并不能作为评林本、刘兴我本不以嘉靖残本为底本的依据。因为从嘉靖残本到评林本、刘兴我本，其间不知道经历了多少次版本更迭与演变，每一次版本更迭与演变，都可能使文字发生变动，这点从某些误字评林本与嘉靖残本保持一致，而后出的刘兴我本已经改动就可得知。既然异文无法判别评林本、刘兴我本的底本是否为嘉靖残本，那么是否有其他方法能够判定此点？先来看以下三个例子：

容与堂本：左手拈弓，右手取箭，搭上箭，拽满弓。（47.6b）

嘉靖残本：左手拈弓，右手取箭，拽满弓。（47.8a）

评林本：拈弓搭箭，番身射来。（10.8b）

刘兴我本：拈弓搭箭，番身射来。（10.6a）

（例一）

容与堂本：扶搀乐大娘子上了车儿，顾大嫂上了马，帮着便行。（49.15a）

嘉靖残本：扶搀乐大娘子上了马，帮着便行。（49.17b）

评林本：扶挽乐大娘子上车，顾大嫂上马便行。（10.21b）

刘兴我本：扶挽乐大娘子上车，顾大嫂上马押车。（10.15a）

（例二）

容与堂本：都来到祝家庄后门前，庄上墙里望见是登州旗号。（50.2a）

嘉靖残本：都来到祝家，庄上墙里望见是登州旗号。（50.2b）

评林本：来到祝家庄后门，庄上望见是登州旗号。（10.22b）

刘兴我本：来到祝家庄后门，庄上人望见是登州旗号。（10.16a）

（例三）

以上三例嘉靖残本均属于同词脱文，例一同“箭”字，脱“搭上箭”3字；例二同“上了”2字，脱“车儿顾大嫂上了”7字；例三同“庄”字，脱“庄后门前”4字。嘉靖残本这三处脱文，评林本与刘兴我本虽然字数少了，但依旧能看出并未脱文。由此三例也可知晓，嘉靖残本并非评林本、刘兴我本的底本。此点嘉靖残本与京本忠义传相似，京本忠义传同样是刊刻较早的建阳刊本，文字删节较少，且与容与堂本比较，存在一些异文，这些异文与评林本相同，但同样不是评林本的底本。此外，此三例嘉靖残本的同词脱文也可证之前所言，嘉靖残本不可能成为容与堂本的底本。

关于嘉靖残本的刊刻年代，马廉、郑振铎、赵万里、吴晓铃、路工等专家学者均认为刊刻于嘉靖年间。马幼垣先生则在文章中两次有所怀疑，却欲言又止，“参与此本发现和早期庋藏的马廉、郑振铎、赵万里、吴晓铃和路工（叶枫，1920—1996；他见过残叶一张）都是经验丰富的版本学家。他们都认为这是嘉靖刊本。这点或不可辩”“马廉、郑振铎、赵万里、吴晓铃、路工全都认为残本是嘉靖年代之物。这点我没有资格和他们辩，故本文标题始终用‘嘉靖残本’字样……难道这是万历后半刊刻这类通俗读物者的常见特征？能否单凭这些特征便指残本为万历后半期的刊物（这样说，当然还可加上残本内容与刊于万历后期的容与堂本无别这点观察），我不敢武断地说。起码沿传统说法，仍称其为嘉靖残本之余，尚应保留存疑的空间”①。

马氏所言“万历后半刊刻这类通俗读物者的常见特征”乃是将“派”刻作“泒”，以及“再”字的缺笔和漏刻。之前已经说过这些均是异体字，与其

①马幼垣：《水浒二论》，生活·读书·新知三联书店2007年版，第62—86页。

说是万历后期刊本的特征，不如说是建阳刊本的特征。那么，嘉靖残本是否真的刊刻于嘉靖年间？

> 此书（笔者按：《水浒传》）所载四六语甚厌观，盖主为俗人说，不得不尔。余二十年前，所见《水浒传》本，尚极足寻味。十数载来，为闽中坊贾刊落，止录事实，中间游词余韵、神情寄寓处，一概删之，遂几不堪覆瓿。复数十年，无原本印证，此书将永废矣。余因叹是编初出之日，不知当更何如也。（胡应麟《少室山房笔丛·庄岳委谈》）①

此则材料出自胡应麟的《少室山房笔丛》（庄岳委谈下），胡应麟生于嘉靖三十年（1551），《少室山房笔丛》中共有十二种书，大致成书于万历十二年至二十年（1584—1592）之间，其中《庄岳委谈》据《庄岳委谈引》末署“己丑阳月朔日识”可知写于万历己丑年，即万历十七年（1589）。按此则材料来看，二十年前即隆庆三年（1569），胡应麟二十岁左右的时候曾经读过《水浒传》，此时的《水浒传》还是繁本，“十数载来，为闽中坊贾刊落”，十几年的时间，建阳书坊删节了《水浒传》，而且删节文字后的简本在市场上占据了巨大份额，以至于胡应麟感叹，再过几十年，没有《水浒传》原本对照的话，《水浒传》这本书可能就要永远消亡了。

建阳刊本《水浒传》的删节工作并非一蹴而就。从现存建阳刊本《水浒传》来看，其删节工作至少经历了好几个阶段。相比容与堂本文字而言，京本忠义传属于删节较早的本子，文字删节 10% 左右，到了种德书堂本，文字删节 45% 左右，再到评林本，文字删节 55% 左右。至评林本，建阳刊本《水浒传》文字字数基本固定，评林本之后的本子像英雄谱本、刘兴我本等，字数方面均无太大的变化。而嘉靖残本从字数上来看，明显属于最早期的建阳刊本，应该是建阳书坊从其他地方引进繁本《水浒传》予以翻刻，此时文字尚未删节，只是刊刻较为粗疏。于此可知，嘉靖残本的刊刻时间应该早于京本忠义传，京本忠义传一般认为刊刻于嘉靖前后，那么嘉靖残本的刊刻时间为嘉靖年间则可说得通。

此外，从嘉靖残本的行款也可窥见嘉靖残本的刊刻时间。一般来说，越为后出的本子，其行款比之前本要更为绵密，此点尤其表现在建阳刊本之

---

①［明］胡应麟：《少室山房笔丛》卷四十一，中华书局 1958 年版，第 572 页。

上。嘉靖残本的行款颇为疏阔，半叶10行，行20字，每半叶200字；京本忠义传比之细密不少，半叶13行，行28字，每半叶364字；种德书堂本无图叶的行款则更为细密，半叶14行，行30字，每半叶420字。再看刊刻于嘉靖元年（1522）的《三国志通俗演义》行款，半叶9行，行17字，每半叶153字，嘉靖残本与嘉靖本《三国志通俗演义》行款上有一些差距，但差距并不大，刻于嘉靖年间是比较合理的时间。

综上所述，可以得出以下结论：

1. 嘉靖残本并非善本。

2. 嘉靖残本为建阳刊本。

3. 嘉靖残本并非容与堂本的底本。

4. 嘉靖残本并非评林本、刘兴我本的底本。

第五章　容与堂本《水浒传》四种研究

容与堂本《水浒传》是《水浒传》版本演变史上一个非常重要的本子，其底本可能是现存诸本《水浒传》中最早的本子之一，其他《水浒传》本子或与其同出一脉，或据其演变延伸而来。在现代《水浒传》传播史上，容与堂本同样占据着重要位置，基本上所有的一百回《水浒传》排印本均是以容与堂本为底本点校或汇校。然而，正是如此重要的《水浒传》本子，专门对其版本进行研究的文章却寥寥。此一章节将对容与堂本《水浒传》版本所存在的一些问题进行研究。

第一节　容与堂本《水浒传》诸种的概况与辨识

容与堂本《水浒传》得名于刊刻的书坊——容与堂。此本正文版心下端有“容与堂藏板”五字。容与堂是杭州一家著名书坊，容与堂本《水浒传》中并没有特别注明容与堂所在地域，但容与堂刊刻的其他书籍则有说明，像容与堂刊刻《李卓吾先生批评幽闺记》[①]《李卓吾先生批评玉合记》[②]《李卓吾先生批评红拂记》[③]《李卓吾先生批评琵琶记》[④]等书，首卷卷端均有“虎林容与堂梓”字样。虎林乃杭州旧称，可见容与堂本《水浒传》刊刻于杭州。现今从《全明分省分县刻书考》中可知容与堂刊刻的书籍有 8 种，《李卓吾先生批评金印记》《李卓吾先生批评忠义水浒传》《李卓吾先生批评幽闺记》《李卓吾先生批评红拂记》《李卓吾先生批评玉合记》《李卓吾先生批评琵琶记》《李卓吾先生批评北西厢记》《集古评释西山真先生文章正宗》，基本为小说与戏曲[⑤]。

---

①《李卓吾先生批评幽闺记》，中国国家图书馆藏本，索书号 16191，第 1 叶上。
②《李卓吾先生批评玉合记》，中国国家图书馆藏本，索书号 12432，第 1 叶上。
③《李卓吾先生批评红拂记》，中国国家图书馆藏本，索书号 A01855，第 1 叶上。
④《李卓吾先生批评琵琶记》，中国国家图书馆藏本，索书号 16189，第 1 叶上。
⑤杜信孚、杜同书：《全明分省分县刻书考》（浙江省卷），线装书局 2001 年版，第 3 叶上。

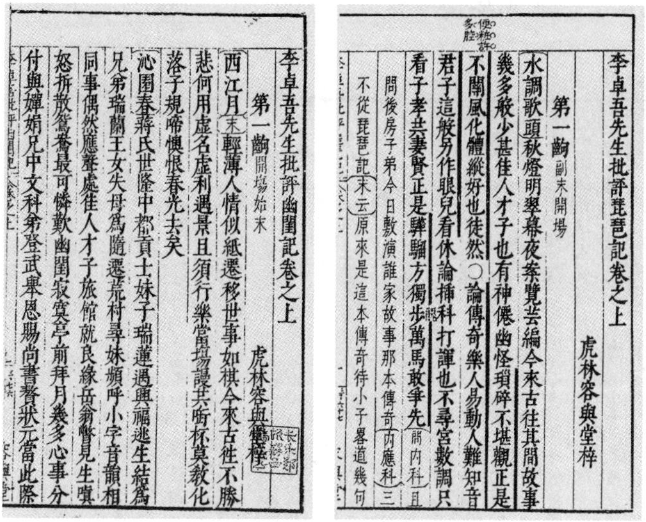
李卓吾先生批評幽閨記卷之上　虎林容與堂梓
第一齣 開場始末
西江月（末）輕薄人情似紙遷移世事如棋今來古往不勝
悲何用虛名虛利遇景且須行樂當場謾共銜杯莫教化
落子規啼懊恨春光去矣
沁園春蔣氏世隆中都貢士妹子瑞蓮遇興福逃生結爲
兄弟瑞蘭王女失母爲隨遷荒村尋妹頻呼小字音韻相
同事偶然應聲處佳人才子旅館就良緣岳翁瞥見生嗔
怒拆散鴛鴦最可憐歎幽閨寂寞亭前拜月幾多心事分
付與嬋娟兄中文科弟登武舉恩賜尚書贅狀元當此際

便難許多腔
李卓吾先生批評琵琶記卷之上　虎林容與堂梓
第一齣 副末開場
水調歌頭秋燈明翠幕夜案覽芸編今來古往其間故事
幾多般少甚佳人才子也有神僊幽怪瑣碎不堪觀正是
不關風化體縱好也徒然○論傳奇樂人易動人難知音
君子這般另作眼兒看休論插科打諢也不尋宮數調只
看子孝共妻賢正是驊騮方獨步萬馬敢爭先（問內科）且
問後房子弟今日敷演誰家故事那本傳奇（內應科）三
不從琵琶記（末云）原來是這本傳奇待小子畧道幾句

《幽闺记》《琵琶记》书影

容与堂本《水浒传》现存共有 8 种，分别为中国国家图书馆所藏全本（以下简称国全本）、中国国家图书馆所藏残本（以下简称国残本）、日本内阁文库藏本（以下简称内阁本）、日本天理图书馆藏本（以下简称天理本）、中国社会科学院文学研究所所藏残本（以下简称社科本）、上海图书馆所藏残本（以下简称上图本）、薄井恭一《明清插图本图录》所载本（以下简称薄井本）、北京大学图书馆藏本（以下简称北大本）①。

一、国全本

国全本，此本所存一百回全本，残缺数叶，计有第 11 回第 12 叶、第 20 回第 14 叶、第 40 回第 13 叶下、第 70 回第 17 叶下。其余部分叶面文字保存较好，但版心处则多有残损。此本卷首附件有《批评水浒传述语》《梁山泊一百单八人优劣》《水浒传一百回文字优劣》《又论水浒传文字》《李卓吾先生批评忠义水浒传目录》，书首无李卓吾序。全书加上残损部分共计 1658 叶，其中序言 8 叶、目录 10 叶、插图 100 叶、引首 3 叶、正文 1537 叶。此本原藏者为罗原觉（1891—1965），有藏书印“罗原觉”“原觉”“杳冥君

①刘世德先生为国家图书馆出版社 2018 年版《容与堂刊忠义水浒传》写作序言时，提到“目前中外公私各处所藏《水浒传》容与堂刊本（包括完本、残本）已不下十种之多”。

室”“澄观堂”“岭海遗珠”等①。

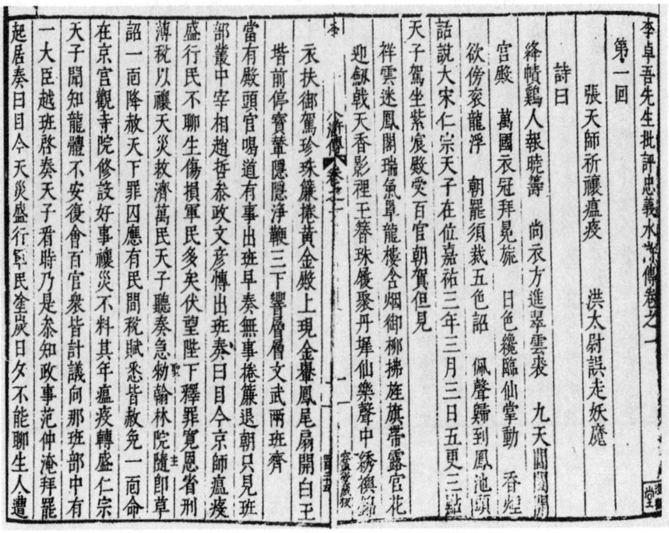
李卓吾先生批評忠義水滸傳卷之一
第一回　張天師祈禳瘟疫　洪太尉誤走妖魔
詩曰
絳幘鷄人報曉籌　尚衣方進翠雲裘　九天閶闔開
宮殿　萬國衣冠拜冕旒　日色纔臨仙掌動　香烟
欲傍衮龍浮　朝罷須裁五色詔　佩聲歸到鳳池頭
話說大宋仁宗天子在位嘉祐三年三月三日五更三點
天子駕坐紫宸殿受百官朝賀但見
祥雲迷鳳閣瑞氣罩龍樓含烟御柳拂旌旗帶露宮花
迎劍戟天香影裡玉簪珠履聚丹墀仙樂聲中綉襖錦
衣扶御駕珍珠簾捲黄金殿上現金轝鳳尾扇開白玉
堦前停寶輦隱隱淨鞭三下響層層文武兩班齊
當有殿頭官喝道有事出班早奏無事捲簾退朝只見班
部叢中宰相趙哲參政文彥博出班奏曰目今京師瘟疫
盛行民不聊生傷損軍民多矣伏望陛下釋罪寬恩省刑
薄稅以禳天災救濟萬民天子聽奏急勑翰林院隨即草
詔一面降赦天下罪囚應有民間稅賦悉皆赦免一面命
在京宮觀寺院修設好事禳災不料其年瘟疫轉盛仁宗
天子聞知龍體不安復會百官衆皆計議向那班部中有
一大臣越班啓奏天子看時乃是參知政事范仲淹拜罷
起居奏曰目今天災盛行軍民塗炭日夕不能聊生人遭

国图所藏容与堂全本《水浒传》书影

正文版心上题书名“李卓吾批评水浒传”，书名下为黑鱼尾或白鱼尾，鱼尾下刻卷之 × 及叶数字，叶数下有横线，横线下右刻“容与堂藏板”五字，左刻数字小字一行，此数字表示此叶所刻的字数，包括正文、批语、版心（版心所刻字数有“李卓吾批评水浒传卷之 ×”“容与堂藏板”）全部字数。版心亦偶见刊工名姓，如第 43 回第 1 叶，有“毕幼刊”三字，第 2 叶有“幼元”二字，第 81 回第 6 叶有“戴思”二字，其余单名之字有幼、思、台、天、仁、大、连、云、山、仕、水等。因不少版心破损较为严重，故而存在缺失。

国全本比较让人感兴趣的话题是，此本是否为容与堂本的初版初印本。关于此点，此本原藏者罗原觉即认为此本为初印本，“此皆初印本未经清校之据”②。但是从国全本的版面情况来看，此本并非初印本，而是后印本。因为国全本有不少版面存在断板的情况，比较明显的有 4.7b、4.8a、

①此前一些影印本如 1966 年中华书局影印本、1975 年上海人民出版社影印本等均将罗原觉藏书章删除，具体可参详笔者《关于国图藏全本容与堂刊〈水浒传〉的几个问题》，《明清小说研究》2016 年第 4 期。

②罗原觉：《李卓吾批评〈水浒传〉容兴堂本》，《广州文博》2013 年第 1 期。

5.10a、7.2a、9.5b、9.14b、13.2b、20.3b、21.5b、22.9b、22.10a、37.13b、45.17a、48.5b、53.8b、53.9a、54.1a、54.11a、54.12b、55.5a、57.2b、58.3b、67.9a、67.10a、67.10b、76.2b、77.1b、77.2a、80.2b、95.3b、96.10a。

断板是判断书籍是先印本还是后印本的有利因素，“书版反复刷印，表面必然会逐渐受到磨损。首当其冲的是最接近书版外沿又凸起的版匡，特别容易磨出缺口，一旦如此，在印出的书叶上就会产生版匡线有一处甚至多处断开不连的情况，这就是所谓的‘断口’……书版的断口时常会有向版匡内部延伸的趋势，致使刷印后的纸面文字间出现横向或斜侧性横向的空白带，此即版本学上所谓的断板。断版长度的多少与宽度的大小，同样可以作为鉴定同一版本的不同部古籍刷印时间前后的依据”①，印刷次数越多，断板现象也会越发明显。国全本断板之处也证明此本并非初印本，至于是否为初版，则有待于文字部分考察。

二、内阁本

内阁本，此本存一百回全本，第 3 回第 15 叶残损、第 35 回第 17 叶残缺、第 41 回第 11 叶残缺。其余部分保存完好，但叶面偶有窜页，第 29 回第 9 叶、第 10 叶与第 39 回第 9 叶、第 10 叶互窜，第 15 回第 13 叶窜入第 14 回第 2 叶与第 3 叶之间，第 38 回第 14 叶窜入第 38 回第 11 叶与第 12 叶之间，第 61 回第 18 叶窜入第 62 回第 20 叶与第 63 回第 1 叶之间，第 67 回第 15 叶窜入第 68 回第 15 叶与第 69 回第 1 叶之间，第 84 回第 15 叶窜入第 84 回第 12 叶与第 13 叶之间，第 9 回第 5 叶与第 6 叶、第 39 回第 21 叶与第 22 叶、第 41 回第 18 叶与第 19 叶、第 53 回第 15 叶与第 16 叶、第 76 回第 9 叶与第 10 叶、第 84 回第 3 叶与第 4 叶、第 90 回第 11 叶与第 12 叶诸处叶面顺序颠倒。

此本卷首附件有《忠义水浒传叙》《梁山泊一百单八人优劣》《批评水浒传述语》《又论水浒传文字》《水浒传一百回文字优劣》《李卓吾先生批评忠义水浒传目录》。学界据此本《叙》后“庚戌仲夏日虎林孙朴书于三生石畔”字样，认为庚戌即万历三十八年（1610），而容与堂本即刊刻于此年。此本序目顺序与国全本完全不同，从《又论水浒传文字》与《水浒传一百回文

①陈正宏、梁颖：《古籍印本鉴定概说》，上海辞书出版社 2005 年版，第 148—151 页。

字优劣》顺序颠倒，可知此本序目混乱。

此本正文版心上题书名“李卓吾批评水浒传”，书名下为黑鱼尾或白鱼尾，鱼尾下刻卷之 × 及叶数字，叶数下有横线，横线下右刻“容与堂藏板”五字，左刻数字小字一行。上文所言，国全本版心处有不少地方残损，内阁本版心情况则完好，将内阁本与国全本版心所存地方比较，发现二者“容与堂藏板”五字缺少之处、黑白鱼尾出现之处、刊工名姓以及出现之处、版心下无数字小字之处等均相同。以内阁本可见容全本版心具体情况，现将内阁本版心情况列于下。

内阁本版心下无“容与堂藏板”五字共计有四处，分别为：第 6 回（11、12）[①]，第 28 回（11），第 30 回（9）[②]。

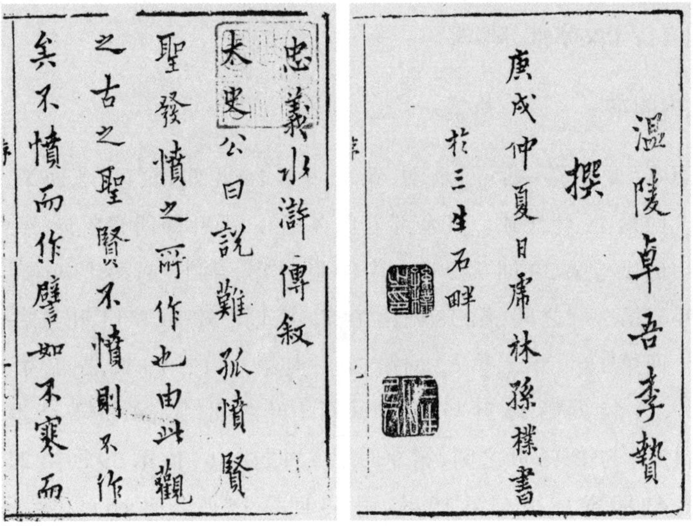
溫陵卓吾李贄
撰
庚戌仲夏日虎林孫樸書
於三生石畔

忠義水滸傳叙
太史公曰說難孤憤賢
聖發憤之所作也由此觀
之古之聖賢不憤則不作
矣不憤而作譬如不寒而

内阁本序言书影

内阁本版心所刻刊工具体情况：

版心有刊工“思”之处有第 2 回（1、3、5、7、9、11、13、15、17、19、21），第 3 回（7、9、11、13），第 7 回（1、3、5、7、9、11、13），第 11 回（1、3、7、9、11），第 13 回（1、3、5、7、9、11），第 21 回（11），第 31 回（1、3、5），第 44 回（9、11、

①括号内数字为此回叶数。

②以下统计，内阁本与国全本部分回数回末半叶看不清文字或是叶面残损，不知版心情况如何，此等处不统计在内。

17），第 48 回（5、7），第 49 回（9、13），第 50 回（9），第 64 回（1、3、9、13），第 81 回（9），第 82 回（3、9、11），第 83 回（3、4、11），第 87 回（3），第 89 回（9、11、13），第 91 回（15）；

版心有刊工“大”之处有第 6 回（5、7、8），第 10 回（3、4），第 14 回（11），第 19 回（7、8），第 22 回（11、12），第 30 回（5、6），第 32 回（5、6），第 47 回（15、16），第 48 回（11），第 52 回（9、10），第 53 回（7、8、11、12），第 64 回（11、12），第 69 回（5、6），第 76 回（9—12），第 82 回（7、8），第 87 回（11），第 88 回（1—4），第 89 回（4），第 95 回（5、6、15），第 97 回（9、10）；

版心有刊工“天”之处有第 8 回（1—4），第 17 回（9、10），第 22 回（7、8），第 42 回（9、10），第 45 回（12），第 88 回（13），第 90 回（15、16），第 93 回（1—4）；

版心有刊工“台”之处有第 9 回（1），第 21 回（19），第 30 回（1、3），第 32 回（17、18），第 36 回（7），第 87 回（10），第 92 回（7），第 93 回（9）；

版心有刊工“幼”之处有第 10 回（1、2），第 30 回（7、8），第 43 回（3—6、9—11、13—19），第 44 回（1、2），第 46 回（1、2），第 58 回（1、2），第 61 回（3、4、13、14），第 65 回（11、12），第 75 回（9、10），第 84 回（1、2），第 93 回（15）；

版心有刊工“云”之处有第 46 回（3），第 81 回（2、8、15），第 82 回（1），第 83 回（1、2），第 91 回（3、4）；

版心有刊工“个”之处有第 36 回（13），第 38 回（2、4、7），第 40 回（2），第 62 回（7），第 79 回（3、6）；

版心有刊工“仁”之处有第 47 回（5、6），第 84 回（9、10）；

版心有刊工“连”之处有第 47 回（13、14），第 84 回（5、6、7、8）；

版心有刊工“仕”之处有第 81 回（3、4、14），第 82 回（5、6）；

版心有刊工“毕幼刊”之处有第 43 回（1）；

版心有刊工“幼元”之处有第 43 回（2）；

版心有刊工“水”之处有第 52 回（7、8）；

版心有刊工“戴思”之处有第 81 回（6）；

版心有刊工“孟云”之处有第 81 回（7）；

版心有刊工“山”之处有第 40 回（10），第 61 回（16），第 81 回（13），第 83 回（13）；

版心有刊工“周”之处有第 91 回(13);

版心有刊工“小”之处有第 92 回(10)。

共有不同刊工名姓 18 种,共计 212 处,约占正文全部叶面的 13.8%。这些刊工有些挺有意思,像“思”字刊工出现的叶面基本上是奇数叶,第 81 回短短 15 叶却出现 6 个不同的刊工名姓。

内阁本版心左侧无数字小字的具体情况:

第 5 回(6—15), 第 6 回(1、2、9—15), 第 14 回(5、6), 第 15 回(5—14),第 18 回(13、14),第 21 回(1、2、9、10),第 24 回(27、34),第 27 回(3—6), 第 30 回(9、15), 第 38 回(15), 第 39 回(17、18), 第 40 回(11、12), 第 41 回(16、17), 第 42 回(4、13—15), 第 44 回(3—6), 第 46 回(7、8、13、14),第 49 回(5、6),第 55 回(7—13),第 58 回(11、12、14),第 60 回(3、4、13—16),第 61 回(5),第 66 回(1、2、7、8、11—13),第 67 回(1—15),第 68 回(1、2、9、10、13、14、15), 第 76 回(13—16), 第 80 回(15—19), 第 82 回(11), 第 84 回(13、14), 第 85 回(1), 第 86 回(1、2), 第 91 回(1、2、9、10、12),第 92 回(11、12),第 95 回(1—4、7、8、15),第 99 回(23)。

内阁本版心数字小字不在左侧而与“容与堂藏板”同一侧的具体情况:

第 16 回第 4 叶、第 34 回第 11 叶、第 39 回第 4 叶、第 42 回第 9 叶、第 78 回第 4 叶、第 82 回第 16 叶、第 83 回第 14 叶、第 98 回第 1 叶、第 100 回第 5 叶。

版心左侧无数字共计 142 处,约占正文全部叶面的 9.2%,版心数字与“容与堂藏板”在同一侧共计 9 处。

从上述所言内阁本版心情况来看,内阁本诸处与国全本完全相同,二本可能是同版。再从内阁本整个版面情况来看,更可见内阁本与国全本确属同版,国全本上述所言比较明显的断板之处,内阁本全部存在,裂痕相同,但内阁本与国全本不同的是,内阁本断板之处远比国全本多。以第 52 回为例,国全本此回并没有明显的断板,但内阁本此回却有 5 处断板,分别为 52.1b、52.2a、52.3a、52.8b、52.13b。而且即使是内阁本与国全本相同断板处,内阁本有的断板裂缝也更大。如 20.3b,国全本第 4 至 11 行第 7 字位置存在断板,内阁本此处存在同样的断板,但是裂缝较之国全本更大,裂缝从国全本第 4 行至第 11 行,扩大到第 1 行至第 11 行。由此可见,内阁本与国全本虽然是同版,但是内阁本是国全本之后的印本,其断板处较之国全本更多，裂缝有的也更大。

三、国残本

国残本，此本仅存80回，缺第11回至第30回，缺序言、目录、图像，正文从引首始。正文残缺数叶，计有第1回第1叶上半残缺，第6回第7叶缺、第15叶缺，第8回第11叶缺，第40回第13叶下半缺，第59回第2叶缺，第72回第10叶缺，第73回第14叶下半残缺，第76回第15叶、第16叶缺。

此本正文版心情况与国全本、内阁本有较大区别。首先，版心上端书名题署不同。国全本与内阁本题为“李卓吾批评水浒传”，全部叶面均如此，而国残本回末版心书名却偶有题作“诸名家批评水浒传”者，计有第1回、第2回、第32回、第37回、第44回、第50回、第52回、第53回、第56回最后一叶，以及第37回倒数第2叶，共计9回。与此相对应的是，正文部分回数回末书名题署也从“李卓吾先生批评忠义水浒传卷之×终”变成了“诸名家先生批评忠义水浒传卷之×终”，这些回数有第2回、第32回、第52回、第56回①。此外，国残本偶有版心上端无“李卓吾批评水浒传”字样，如第41回第19叶、第82回第18叶等，国残本第84回第13、14叶版心“李卓吾”三字被涂黑，此等处均与国全本、内阁本不同。

其次，书名下端黑鱼尾与白鱼尾，国残本与国全本、内阁本不同。有的地方国全本、内阁本为白鱼尾，而国残本却为黑鱼尾，这种情况比较多，计有第5回（6—11）、第6回（9—13）、第9回（13、14）、第32回（14）、第33回（1、2、11—13）、第34回（1—16）、第39回（17—18）、第42回（11、12）、第44回（7、8）、第46回（10）、第50回（1—13）、第51回（1—2、8—16）、第54回（1—4、11—13）、第57回（4—10）、第59回（7、10—12、15）、第62回（3—12）、第76回（6）、第77回（7—11）、第79回（1—4、7）、第86回（7）、第90回（1、2、5、6、9、10）、第97回（1、2、4、5）；有的地方国全本、内阁本为黑鱼尾，而国残本却为白鱼尾，这种情况比较少，计有4处，为第42回（4）、第59回（1、2）、第97回（11、12）。

再次，版心下端右侧所刻书坊标识“容与堂藏板”，国残本与国全本、内

①回末标题与回末版心题署对比，因为其中第1回、第44回、第50回、第53回最末半叶残缺，第37回缩减版面，所以未知此数回回末是否同样题名为“诸名家先生批评忠义水浒传卷之×终”。

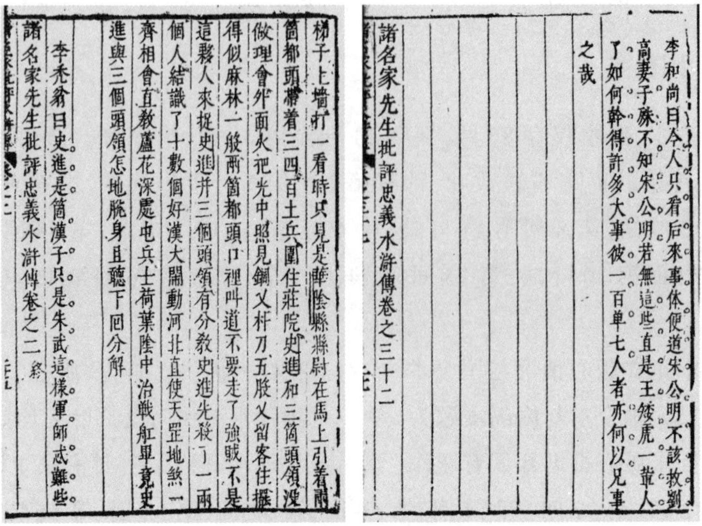
梯子上墻打一看時只見是華陰縣縣尉在馬上引着兩
箇都頭帶着三四百土兵圍住莊院史進和三箇頭領沒
做理會外面火把光中照見鋼叉朴刀五股叉留客住擺
得似麻林一般兩箇都頭口裡叫道不要走了強賊不是
這夥人來捉史進并三個頭領有分教史進先殺了一兩
個人結識了十數個好漢大鬧動河北直使天罡地煞一
齊相會直教蘆花深處屯兵士荷葉陰中治戰船畢竟史
進與三個頭領怎地脫身且聽下回分解
李禿翁曰史進是箇漢子只是朱武這樣軍師忒難些
諸名家先生批評忠義水滸傳卷之二 終

李和尚曰今人只看后來事体便道宋公明不該救劉
高妻子孫不知宋公明若無這些直是王矮虎一輩人
了如何幹得許多大事彼一百单七人者亦何以見事
之哉
諸名家先生批評忠義水滸傳卷之三十二

国家图书馆所藏残本容与堂本书影

阁本不同。国全本与内阁本基本上每叶存在书坊标识“容与堂藏板”,左端所刻代表每叶文字字数的小字数字,仅是小部分缺失。国残本书坊标识“容与堂藏板”基本被挖去,仅有十数叶残存,计有第 7 回(12)、第 8 回(3—6、9)、第 57 回(11、12)、第 73 回(11、12)、第 95 回(2、5、6),共计 13 叶。小字数字同样基本被挖去,仅有数叶残存,分别为第 7 回(12)、第 8 回(3—6)、第 57 回(11、12)、第 73 回(11、12),共计 9 叶。

除此外,国全本与内阁本尚刻有刊工名姓 212 处,国残本也基本不存,只残留 4 处,分别为刻有“思”字的刊工 3.13、7.1、刻有“幼”字的刊工 43.10、刻有“天”字的刊工 45.12。

从这些残存的书坊标识“容与堂藏板”、版心下小字数字以及刊工名姓可知,国残本的底本版心处当有这些内容,只是为国残本所挖去。同时,国残本所残存的 4 处刊工名姓,无论是刊工名姓,还是刊工位置,均与国全本、内阁本完全相同,可知国残本与国全本、内阁本有相同的底本。

然而,从国残本与国全本、内阁本不同的黑白鱼尾,以及所存小字数字共计 9 处,但是却有 2 处国残本与国全本、内阁本不同,国残本第 7 回第 12 叶数字为“五百六十”、国全本与内阁本此叶数字为“五百〇一”,国残本第 8 回第 5 叶数字为“四、七十”、国全本与内阁本此叶数字为“四、六十九”,可知国残本与国全本、内阁本乃是异版。

当然，从版面上来看，最能说明国残本与国全本、内阁本是异版的证据，应该是三本不同的断板之处。

国残本比较明显的断板之处有：2.1b、2.23a、3.2a、3.13a、4.15a、4.15b、4.16b、4.17b、4.18a、7.7a、7.7b、7.8a、7.8b、7.11b、8.5b、8.6a、10.5b、10.12a、31.1b、31.12a、32.7b、32.8a、34.5a、34.7b、34.78a、35.4a、36.1b、36.2a、38.12b、40.1b、40.3a、41.6b、42.14a、43.14a、44.1a、46.12b、47.1b、47.2a、47.15b、47.16a、50.10b、51.3b、51.4a、51.11a、52.1a、52.7b、52.9b、52.10a、55.1b、57.7b、58.2b、58.5b、58.6a、59.7b、60.10a、61.9b、61.17b、61.18a、62.14b、62.15a、63.2a、66.4b、67.4b、67.8a、68.13b、68.14a、70.3b、71.3b、71.4a、71.9b、71.10a、71.13b、71.14a、73.8b、73.12b、74.4a、75.5a、76.9a、76.10a、76.10b、78.3a、78.3b、78.4a、80.12b、81.1b、81.2a、81.12b、82.8b、82.15b、82.16a、85.4a、88.5b、88.6a、88.11a、88.13b、90.3b、90.4a、90.4b、91.9b、91.10a、98.1a、100.17a。

国残本断板之处与国全本、内阁本断板之处存在不同，主要有三种情况：其一，国残本断板之处，国全本、内阁本没有断板，此种如 7.8a、7.8b、32.8a、36.2a、40.1b、40.3a、50.10b、68.13b、68.14a、90.4b 等。其二，国全本、内阁本断板之处，国残本没有断板，此种如 4.8a、5.10a、7.2a、9.14b、37.13b、45.17a、53.9a、54.11a、54.12b、67.9a、67.10a、67.10b、76.2b、80.2b、96.10a 等。其三，国残本与国全本、内阁本在同一个半叶均存在断板，但是断板位置不同。如 54.1a，国残本此半叶在第 1 行第 10 字“水”字处，有一条细小的裂缝，一直向下延伸至第 3 行；而此半叶国全本与内阁本断板却在第 1 行第 15 字“五”字下面有一条裂缝，同时右边板框受损。

国残本版面部分除了断板现象与国全本、内阁本不同之外，还有其他一些情况也与二本不同。如界行缺失情况，国残本 80.19b、91.15b 回末总评部分界行缺失，而国全本、内阁本则存在；如缺行情况，容与堂本每半叶 11 行，但是国残本 7.13b 此半叶只有 10 行，少了该空出的一行，国全本、内阁本则存在；再如省行并叶情况，国残本 31.15b、37.16b 省行并叶，此二处为两回回末。31.15b 国全本与内阁本此叶文字内容未完，到 31.16a 才完结，同时末处有题署“李卓吾先生批评忠义水浒传卷之三十一”，而国残本 31.15b 首先将正文文字与总评之间本该空出的一行刻上文字，同时将回末题署删去，使得本回文字在第15叶完结。37.16b国全本与内阁本此叶文字内容未完，到37.17a才完结，同时末处有题署，而国残本37.16b首先将文字与总评之间本该空出的一行刻上文字，其次将回末题署删去，再次为将两行总评变作一行，改“李和尚曰”为“李曰”，最终使得全文在第16叶完结。诸处均说明，国残本与国全本、内阁本乃是异版。

由以上版面情况可知，国残本与国全本、内阁本有共同的底本，但国残本对底本版心某些文字进行了挖除。同时，国残本版心以及断板等处与国全本、内阁本有较大差距，属于异版。

关于国残本比较受关注的问题是——此本与国全本何者刊刻在前，有的学者认为“‘容残本’刊行较早，而‘容库本’问世最晚”“容刻《水浒传》评点本起初并未用李卓吾的名头相标榜，而是称作‘诸名家先生批评水浒传’”“叶昼最初的评点本是用‘诸名家先生批评’的名号，而未用李卓吾的名号，这表明李卓吾此时仍然在世，使容与堂不能不有所顾忌，不敢假冒，以免引起严重纠纷，自毁招牌。所以，这个有‘诸名家’名号的版本，应当是出现在万历三十年（1602）之前，是容与堂首刻的有评语的《水浒传》版本”①。

此种说法仅仅是从情理上进行推论，先有“诸名家”而后有“李卓吾”，但若从逻辑上来讲，同样存在先有“李卓吾”后有“诸名家”的情况。而且这种情形并非没有事实依据，从下文所列上图本挖去“李卓吾”名字便可知，“李卓吾”之名可能在某一段时间内成为禁忌。

从上述国残本概况来看，国残本刊行时间可能晚于国全本。国残本与国全本有一定差异，这种差异若仅仅是表现在版心上，可以解释为后来书坊得到国残本板片后，将原书坊标识“容与堂藏板”挖去。但是省行并叶的行为，必然是在原本未省行并叶的版面上实施，所以从此点来看，国残本刊行时间当晚于国全本。当然，要确切知悉二者刊刻时间的先后，还是得从正文文字上着手。

四、上图本

上图本，此本为残本，仅存5回，第51回第4叶下至第55回第10叶

---

①李永祜：《水浒考论集》，北京燕山出版社2015年版，第238—239页。

下，全书共计 70 叶。其中第 52 回缺最后一叶，缺部分批语；第 53 回缺最后半叶，缺部分批语。

此本所存部分版心上方有黑鱼尾或白鱼尾，下端均有“容与堂藏板”五字，其中第 55 回第 7 叶至第 13 叶版心下方左端无小字数字。有部分叶数刻有刊工名姓，计有刊工“水”之处第 52 回（7、8）；有刊工“大”之处第 52 回（9、10），第 53 回（7、8、11、12）。从版心部分来看，上图本与国全本、内阁本关系很亲密，上图本黑白鱼尾颜色以及出现位置、无小字数字位置、刊工名姓以及位置均与二本完全对应，三本有可能是同版。

再从版面断板情况来看，国全本第 51 回至第 55 回比较明显的断板之处有 53.8b、53.9a、54.1a、54.11a、54.12b、55.5a，这几处断板上图本均存在，而且位置完全相同，但与国全本不同的是，上图本这几处断板裂缝更大更长。如 53.9a 国全本第 10 字位置有一条小裂缝，从第 1 行延伸到第 4 行，上图本此条裂缝变大，延伸位置也变长，从第 1 行延伸到第 6 行，此一断板情况与内阁本完全相同。内阁本此 5 回比较明显的断板之处有 51.5a、51.8a、51.8b、51.12b、51.14b、52.1b、52.2a、52.3a、52.8b、52.13b、53.2b、53.4a、53.6a、53.7a、53.7b、53.9a、54.1b、54.3a、54.6a、54.6b、54.7a、54.8b、54.9a、54.11a、54.12b、55.1b、55.2a、55.2b、55.3b、55.4a、55.5a、55.5b、55.6b、55.11b，上图本完全同于内阁本。由此来看，上图本与内阁本应是同版。

以上从版心鱼尾、数字、刊工名姓，以及断板情况来看，上图本与内阁本当是同版无疑。然而上图本与内阁本依旧存在一定差异，这种差异表现为上图本在内阁本基础上对板木中“李卓吾”相关字样进行了挖除。

内阁本版心上端所刻书名“李卓吾批评水浒传”，上图本挖去了“李卓吾批评”五字，只剩下“水浒传”三字，此三字位置与内阁本版心“李卓吾批评水浒传”中“水浒传”位置相同。内阁本每卷卷端顶格书“李卓吾先生批评忠义水浒传卷之 ×”，上图本删去“李卓吾先生批评忠义”数字，变成“水浒传卷之 ×”，依旧顶格直书，此数字应是重刻。回末题署部分，因书籍残缺的原因，只有第 51 回回末题“水浒传卷之 ×”，位置与他本“水浒传卷之 ×”字样位置相同，可见也是挖去了“李卓吾先生批评忠义”数字。

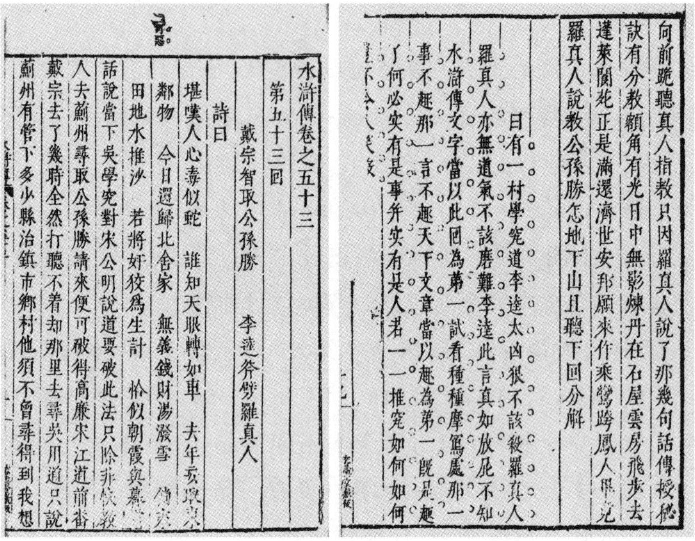
水滸傳卷之五十三
第五十三回
戴宗智取公孫勝　李逵斧劈羅真人
詩曰
堪嘆人心毒似蛇　誰知天眼轉如車　去年妄取東
鄰物　今日還歸北舍家　無義錢財湯潑雪　倘來
田地水推沙　若將奸狡為生計　恰似朝霞與暮
話說當下吳學究對宋公明說道要破此法只除非快教
人去薊州尋取公孫勝請來便可破得高廉宋江道前番
戴宗去了幾時全然打聽不着却那里去尋吳用道只說
薊州有管下多少縣治鎮市鄉村他須不曾尋得到我想

向前跪聽真人指教只因羅真人說了那幾句話傳授秘
訣有分教額角有光日中無影煉丹在石屋雲房飛步去
蓬萊閬苑正是滿還濟世安邦願來作乘鸞跨鳳人畢竟
羅真人說教公孫勝怎地下山且聽下回分解
曰有一村學究道李逵太凶狠不該殺羅真人
羅真人亦無道氣不該磨難李逵此言真如放屁不知
水滸傳文字當以此回為第一試看種種摹寫處那一
事不趣那一言不趣天下文章當以趣為第一既是趣
了何必實有是事并實有是人若一一推究如何如何

上海图书馆藏本第 53 回书影

除了版心与回首、回末书名挖去“李卓吾”相关字样，回末总评部分上图本同样删去李卓吾各种别名，第 51 回删去“秃翁”二字，第 53 回删去“李和尚”三字，第 54 回删去“卓吾”二字，唯有第 52 回保留“李生”二字。而删去李卓吾别名之后的回末总评，留下了明显的删除痕迹，原本空一格的回末总评变成了空数格，前面没有了人名，却依旧保留“曰”这个字。

从以上信息可以看出，上图本虽然与内阁本同版，但却是内阁本之后的印本，其板片在内阁本板片基础上进行修板，挖去与“李卓吾”相关字样。这种修板非常粗糙，有批语却不敢题署批评者名字，甚至使得总评部分出现较大漏洞。之所以会做如此无谓的挖除修板工作，应该跟批点者李卓吾的著作在明代被禁毁有关。

从现今典籍记载来看，李卓吾的著作在明代至少被禁毁过两次。其一为明神宗万历三十年（1602），也是李卓吾生命终结的那一年闰二月廿二日，礼科给事中张问达上疏劾奏李贽，奏中谈及“望敕礼部檄行通行地方官，将李贽解发原籍治罪，仍檄行两畿各省，将贽刊行诸书，并搜简其家未刊者，尽行烧毁，毋令贻乱于后，世道幸甚”，疏上后，万历皇帝批示“李贽敢倡乱道，惑世诬民，便令厂卫五城严拿治罪。其书籍已刊未刊者，令所在官司尽搜烧毁，不许存留。如有徒党曲庇私藏，该科及各有司访参奏来，并治罪”①。

其二为明熹宗天启五年（1625）九月，“四川道御史王雅量疏：‘奉旨，李贽诸书怪诞不经，命巡视衙门焚毁，不许坊间发卖，仍通行禁止。’而士大夫多喜其书，往往收藏，至今未灭”②。

明代这两次对李卓吾著作的禁令，并没有阻碍李卓吾著作的传播。此点从李卓吾同时期文人的记载便可看出，如刊刻于万历三十九年（1611）《续藏书》的两篇序言就提到，“宏甫殁，遗书四出，学者争传诵之”（焦竑《续藏书序》）③，“李卓吾先生没，而其遗书盛传”（李维帧《续藏书序》）④。可见万历三十九年（1611）之时，李卓吾著作依然大行于世。万历四十一年（1613）之时，据钱希言《戏瑕》所载，不仅李卓吾著作大行于世，其他不少书籍也借助李卓吾名头出版销售，“数年前，温陵事败，当路命毁其籍，吴中锓藏书板并废。近年始复大行，于是有李宏父批点《水浒传》《三国志》《西游记》《红拂》《明珠》《玉合》数种传奇及《皇明英烈传》，并出叶笔，何关于李”⑤。

当然，从钱希言记载中同样可以知悉，朝廷颁布禁令之后的一段时间里，李卓吾著作处于销声匿迹的状态，但是没过几年又重新出现并且流行。至于到底销声匿迹了几年，此点可从现存李卓吾著作，或托名李卓吾著作的刊刻时间推测出来。万历三十年（1602）禁令颁布后，从万历三十年至三十四年（1602—1606）这五年时间里，均没有署名李卓吾的著作出版。直至万历三十五年（1607）之时，张国祥刊刻《续道藏》，里面收录李卓吾《易因》，题为《李氏易因》，之后李卓吾著作陆续出版，万历三十六年（1608）出版了题为温陵李贽宏甫所著、岭南张萱孟奇订的《疑耀》，万历三十七年（1609）出版了王守仁撰、李贽选、武林继锦堂刊本《阳明先生道学钞》⑥。万历三十八年（1610）就已有了托名李卓吾批评的著作，如容与堂本《李卓吾先生批评忠义水浒传》、容与堂本《李卓吾先生批评北西厢记》以及起凤馆本

①［明］《明神宗实录》卷三百六十九，“中央”研究院历史语言研究所1966年版，第6918—6919页。

②［清］顾炎武：《日知录集释》卷十八，上海古籍出版社2014年版，第421页。

③［明］李贽：《续藏书》，中华书局1974年版，第1页。

④［明］李贽：《续藏书》，中华书局1974年版，第3页。

⑤［明］钱希言：《戏瑕》卷三，《四库全书存目丛书》子部第97册，齐鲁书社1995年版，第55页。

⑥现今李卓吾所存著作及评点、辑选诸书目录可参详林海权《李贽年谱考略》，福建人民出版社2005年版，第514—534页。

《元本出相北西厢记》。

天启五年（1625）禁令颁布后，其效力不知几何，考虑到天启皇帝只有七年在位时间，其禁令约束力可能会持续到崇祯年间，现存书籍当中可确切知悉刊刻于崇祯何年的李卓吾著作为《李卓吾先生批点西厢记真本》，刊刻于崇祯十三年（1640）。其他两种李卓吾著作只知刊刻于崇祯年间，而不知具体年份，为崇祯年间武林王克安重订刊本《初潭集》以及崇祯年间燕超堂刊本《李氏丛书》。当然，天启五年（1625）的禁令不可能到崇祯十三年（1640）才被打破，崇祯四年（1631）之时，已有书坊打着李卓吾旗号进行出版活动，刊刻于崇祯四年（1631）的闽斋堂本《新刻增补批评全像西游记》，有部分卷数卷端题署“仿李秃老批评闽斋堂杨居谦校”，李秃老即李卓吾别名。由此可知，第二次禁令之后，至迟在崇祯四年（1631）的时候，李卓吾著作又得以行之于世。

由于两次禁令的颁布，对李卓吾著作的刊刻与发行也产生了一定影响。容与堂本《水浒传》由于内阁本序言末题署“庚戌仲夏日虎林孙朴书于三生石畔”，一般被认为刊刻于万历庚戌年，即万历三十八年（1610）。上图本虽与内阁本同版，但毫无疑问刊刻于内阁本之后，所以上图本中“李卓吾”相关字样遭到挖除，不可能是受到万历三十年（1602）禁令的影响，此时容与堂本尚未刊刻，上图本应该是受到天启五年（1625）禁令的影响，其刊刻时间当在天启五年至崇祯四年（1625—1631）之间。

再回到之前国残本“诸名家批评”的问题，有的学者认为此名是容与堂本最初的书名，出现在万历三十年（1602）之前，李卓吾去世之后才将“诸名家”改为“李卓吾”。然而从上面所颁布的万历三十年（1602）禁令来看，此说法未必可靠。若题写“诸名家”的容与堂本在万历三十年（1602）之前便已出版，由于禁令的原因，其要改为“李卓吾”之名，至少也要到万历三十五年（1607）的时候，这时距以“诸名家”为名头的容与堂本出版至少也有六年了，而六年时间足以让此本风行于世，若此时再改名，完全就是自欺欺人之举，所以“诸名家”的问题当与上图本挖除情况类似，是由于天启五年（1625）禁令的影响而进行的修改。

实际上，受两次禁令的影响，尤其是天启五年（1625）禁令的影响，不少李卓吾的著作或托名李卓吾的著作都有一定程度的修订，除了国残本与上图本外，《水浒传》诸本中钟伯敬本文字与容与堂本基本相同，只是将“李卓吾”的名头改为了“钟伯敬”,但在回末总评部分还是不小心透露了李卓吾的痕迹[①]。钟伯敬本一般被认为刊刻于天启四年至五年(1624—1625)之间[②],此本可能也是在天启五年(1625)禁令影响下,所产生的容与堂刊李卓吾评本的变本。除此之外,其他与“李卓吾”相关的小说也有如此修订,如日本广岛市中央图书馆浅野文库以及广岛大学中国文学语言研究室所藏《西游记》,其底本为《李卓吾先生批评西游记》,但是此二本将原有的“李卓吾”相关字样挖去。《三国志演义》中一百二十回李卓吾评本,有一种刊本将“李卓吾”之名改为“陈眉公”,而其行款、文字、批语均与其他李卓吾评本无异[③]。这些均是受到天启五年(1625)禁令影响所作出的修改。

以上4种容与堂本乃笔者亲见,下文将详细对其文字部分进行研究。另外尚有几种本子,或残损过甚,或不知所踪,或未曾亲见,仅概述以观。

五、天理本

天理本,此本存一百回全本,有缺叶以及手写补抄部分,缺叶部分为第4回第13叶与第14叶、第9回第12叶、第20回第11叶至第14叶、第21回第1叶至第12叶、第29回第11叶、第38回第17叶、第40回第12叶与第13叶、第45回第20叶、第54回第14叶、第70回第11叶、第76回第3叶与第4叶、第81回第15叶、第87回第11叶、第97回第6叶,共计31叶。补钞部分为田虎、王庆故事20回[④]。

此本卷首附件有《忠义水浒传叙》《梁山泊一百单八人优劣》《水浒传一百回文字优劣》《又论水浒传文字》《批评水浒传述语》《李卓吾先生批评忠义水浒传目录》。附件顺序既不同于国全本,也不同于内阁本。此本版心上端刻“李卓吾批评水浒传”,版心下基本无文字,偶见“容与堂藏板”五字,如第7回(12)、第8回(3—6、9)、第17回(1、2、8、9、11、12、14)、第18回(1—4)、第21回(17、18)、第57回(11、12)、第73回(11、12)、第95回(5、6)等。每回末有“李卓吾先生批评忠义水浒传卷之×终”,有数回题作

①邓雷:《钟伯敬本〈水浒传〉批语略论》,《文艺评论》2015年第4期。

②刘世德:《钟批本〈水浒传〉的刊行年代和版本问题》,《文献》1989年第2期。据笔者研究,钟伯敬本当刊刻于天启五年至六年(1625—1626)之间,载《钟伯敬先生批评水浒忠义传》跋语,广陵书社2018年版,第1—48页。

③石昌渝主编:《中国古代小说总目·白话卷》,山西教育出版社2004年版,第306页。

④天理图书馆藏本其钞补部分的底本,从内容与衔接处来看,当抄自全传本。

“诸名家先生批评忠义水浒传卷之 × 终”，计有第 1 回、第 2 回、第 6 回、第 32 回、第 44 回、第 50 回、第 52 回、第 53 回、第 56 回。

从上述所列天理本的一些特殊特征，包括版心下端偶见“容与堂藏板”五字的位置，以及回末“诸名家先生批评忠义水浒传”题署位置均与国残本所存部分相同判断，二本当为同版。

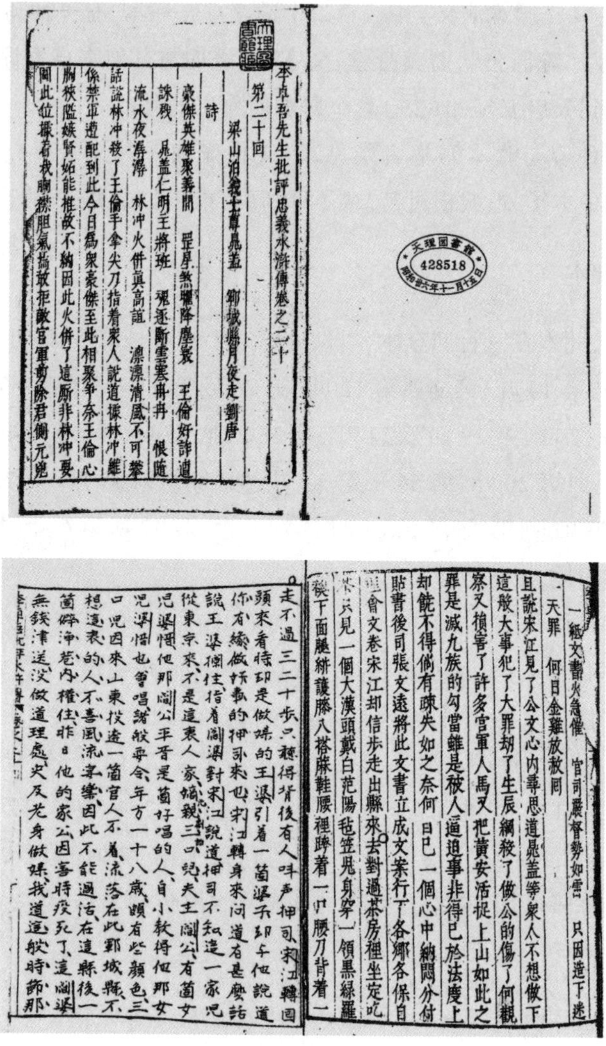
李卓吾先生批評忠義水滸傳卷之二十
第二十回　梁山泊義士尊晁蓋　鄆城縣月夜走劉唐
詩
豪傑英雄聚義間　罡星煞曜降塵寰　王倫奸詐遭誅戮　晁蓋仁明主將班　魂逐斷雲寒冉冉　恨隨流水夜潺潺　林冲火併真高誼　凜凜清風不可攀
話說林冲殺了王倫手拿尖刀指着衆人說道據林冲雖係禁軍遭配到此今日爲衆豪傑至此相聚爭奈王倫心胸狹隘嫉賢妒能推故不納因此火併了這厮非林冲要圖此位據着我胸襟膽氣焉敢拒敵官軍剪除君側元兇

一紙文書火急催　官司嚴督勢如雷　只因造下迷天罪　何日金雞放赦回
且說宋江見了公文心內尋思道晁蓋等衆人不想做下這般大事犯了大罪劫了生辰綱殺了做公的傷了何觀察又損害了許多官軍人馬又把黃安活捉上山如此之罪是滅九族的勾當雖是被人逼迫事非得已於法度上却饒不得倘有疏失如之奈何自己一個心中納悶分付貼書後司張文遠將此文書立成文案行下各鄉各保自理會文卷宋江却信步走出縣來去對過茶房裏坐定吃茶只見一個大漢頭戴白范陽毡笠兒身穿一領黑綠羅襖下面腿絣護膝八搭麻鞋腰裏跨着一口腰刀背着一
走不過三二十步只聽得背後有人叫声押司宋江轉回頭來看時却是做媒的王婆引着一箇婆子却与他說道你有緣做好事的押司來也宋江說道有甚麼話說王婆攔住指着閻婆對宋江說道押司不知這一家兒從東京來不是這裏人家嫡親三口兒夫主閻公有箇女兒婆惜他那閻公平昔是箇好唱的人自小教得他那女兒婆惜也會唱諸般耍令年方一十八歲頗有些顏色三口兒因來山東投奔一箇官人不着流落在此鄆城縣不想這裏的人不喜風流宴樂因此不能過活在這縣後一箇僻淨巷內權住昨日他的家公因害時疫死了這閻婆無錢津送没做道理處央及老身做媒我道這般時節那

天理图书馆藏本第 20 回书影

六、北大本

北大本，此本所存部分不详，是否存佚不详。聂绀弩与刘世德先生曾撰文提及此本，聂绀弩《〈水浒〉五论》“容与堂本就是这种本子，而且是这种本子中的代表。因为它是这种本子中的最早的完全本（大字本残，天都本是清康熙年间的复刻），也是保存得最多的（北大图书馆、北京图书馆［不全］，文学研究所［无图无‘优劣’论］均有藏本，国外未计）”①；“有序本现藏北大图书馆”②。刘世德《谈〈水浒传〉映雪草堂刊本的底本》“我们知道，容与堂刊本存世者不止一种。据目前所知，至少有四种：（1）国家图书馆藏本（2）北京大学藏本（3）中国社会科学院文学研究所藏本（4）日本内阁文库藏本”③。然而现今遍查《北京大学图书馆馆藏古典小说目录》《北京大学图书馆藏古籍善本书目》均不见此本，笔者曾多次去北京大学图书馆查阅《水浒传》诸多版本，也未见此本，不知此本见今是否还藏在北京大学图书馆，抑或归于别处。

七、社科院本

社科院本，此本现存40回，第1回至第18回、第26回至47回，有序无图④。关于此本的资料比较少，兹列举部分学者的相关文字。马蹄疾《容与堂刻本〈水浒传〉——水浒书录之三》“明万历三十八年容与堂刻本《水浒传》，现在已经知道世上有流传的有一部半，一部为日本内阁文库藏，还有半部是去年新在安徽发现的，已给科学院文学研究所购得（此书我曾借赏一过，只存前半部）”⑤。聂绀弩《〈水浒〉五论》“容与堂本就是这种本子，而且是这种本子中的代表。因为它是这种本子中的最早的完全本（大字本残，天都本是清康熙年间的复刻），也是保存得最多的（北大图书馆、北京图书馆［不全］，文学研究所［无图无‘优劣’论］均有藏本，国外未计）”⑥；“无

---

①聂绀弩：《〈水浒〉五论》，《中国古典小说论集》，复旦大学出版社2005年版，第104页。

②聂绀弩：《〈水浒〉五论》，《中国古典小说论集》，复旦大学出版社2005年版，第105页。

③刘世德：《谈〈水浒传〉映雪草堂刊本的底本》，《明清小说研究》1985年第2期。

④此本无图当可确定，而是否有序则出现两种不同的说法，范宁先生言有序，聂绀弩先生言无序，具体见下。

⑤马蹄疾：《容与堂刻本〈水浒传〉——水浒书录之三》，《文汇报》1961年11月16日。

⑥聂绀弩：《〈水浒〉五论》，《中国古典小说论集》，复旦大学出版社2005年版，第104页。

序本为近年发现，闻已归文学研究所”[①]。李滋《〈水浒〉的版本和〈水浒〉的政治倾向》“中国科学院文学研究所收藏的系残本，计第一回至十八回，第二十六回至四十七回，共四十回；无图，墨色清晰”[②]。范宁《〈水浒传〉版本源流考》“唯日本内阁文库藏有另一种容与堂本（中国社会科学院文学研究所也有这个版本的残卷），前面都有李卓吾《忠义水浒传叙》，和末题‘庚戌仲夏虎林孙朴书于三生石畔’”[③]。刘世德《谈〈水浒传〉映雪草堂刊本的底本》“中国社会科学院文学研究所藏本接近于日本内阁文库藏本”[④]。

社科院本为路工先生（1920—1996）原藏，有“路工”印章[⑤]。此本有序言，但并不完整，阙第1叶，其他叶面亦有破损缺字，如第2、3叶序文，版心位置第一行文字无法辨识，附录如下：□为阙字，“（2a）上中原处下一时君相　犹然处堂燕雀纳币　称臣甘心屈膝于犬羊　□矣施罗二公身在元□□□□□□□□□□　（2b）□□□□□□□□□□　□则称大破辽以泄□愤愤南渡之苟安则称　灭方腊以泄其愤敢问　泄愤者谁乎则前日啸　（3a）聚水浒之强人也欲不谓　之忠义不可也是故施　罗二公传水浒而复以忠义名其传焉夫忠义何　□□□□□也其□□□　（3b）□□水浒之众何以□□　□忠义也所以致之者　可知也今夫小德役大德　小贤役大贤理也若以　小贤役人而以大贤役于”，第4叶之后基本完整，序末题署“温陵卓吾李贽撰，庚戌仲夏日虎林孙朴书于三生石畔”，此序与内阁本序言一模一样。此本无插图、《梁山泊一百单八人优劣》《水浒传一百回文字优劣》《又论水浒传文字》，存《批评水浒传述语》《李卓吾先生批评忠义水浒传目录》。据氏冈真士先生考证，社科院本与国全本为同版[⑥]。

---

①聂绀弩：《〈水浒〉五论》，《中国古典小说论集》，复旦大学出版社2005年版，第105页。

②李滋：《〈水浒〉的版本和〈水浒〉的政治倾向》，《文物》1975年第11期。

③范宁：《〈水浒传〉版本源流考》，《中华文史论丛》1982年第4期。

④刘世德：《谈〈水浒传〉映雪草堂刊本的底本》，《明清小说研究》1985年第2期。

⑤路工先生《访书见闻录》中《古本小说新见》并未提及社科院本，《古本小说新见》一文写于1962年5月。

⑥笔者曾于2017年、2018年两度造访社科院访寻社科院所藏容与堂本《水浒传》，但均无果，古籍室管理员提供的书籍为林九兵卫刊本《忠义水浒传》。笔者一度以为社科院本已佚失不见，后得见氏冈真士先生文章，大喜过望，获知社科院本依旧藏于社科院中。氏冈真士：《另一个北京所藏的容与堂本〈水浒〉》，《信州大学人文科学论集》2020年第8号。后2023年再度造访社科院，在左怡兵、陈瑶等老师帮助下，终于得见社科院本。此本除略有虫蛀外，内叶保存完好。社科院本与国全本为同版，印次也基本相同。

八、薄井本

此本现今仅存图像两幅,“母夜叉孟州道卖人肉”与“武松醉打蒋门神”,收入于薄井恭一《明清插图本图录》之中。题为“李卓吾先生批评忠义水浒传一百卷一百回　明罗贯中　明万历中容与堂刻本”。此本据《明清插图本图录》中载“版心鱼尾上时有‘以贞’刻工字样,又图中尚可见‘吴凤台刊’(卷三四)等字样”①。

薄井本两幅图像由于是影印本,插图细节处会失真,此点将国全本原本插图与影印本插图比对即知。薄井本与国全本相比,“母夜叉孟州道卖人肉”一图,差异较为明显处,其一为武松嘴唇下的胡须,国容本是正三角形形状,薄井本为倒三角形形状;其二为屋檐下第三根与第四根小方块,国容本有横线,薄井本则无横线,其他小方块二本则均存横线。“武松醉打蒋门神”一图,情况则较为复杂,部分细节显示二者为同版,如右边板框中间略下处有一处断板,二本均同;右上角树旁横梁横线的断痕,二本均同;台阶下版心处横线的断痕,二本均同;右边台阶第一层横线断断续续,二本均同。但是部分细节又显示二者为异版,如国全本中缝鱼尾上有长方形小墨块,似留刊工名姓未刻,而薄井本此小墨块则不存;武松右拳处,国全本掌下横线有断痕,薄井本则是拳上横线有断痕。

出现以上情况有三种可能性:其一,二者同版,之所以会产生差异,一是因为影印失真,二则是薄井本刊印在后,版面有所磨损,此种可能性最大。其二,二者异版,之所以有断板与断痕相同处,乃覆刻之时,为保持原貌故。其三,“母夜叉孟州道卖人肉”一图异版,“武松醉打蒋门神”一图同版。

第二节　容与堂本《水浒传》四种的文字研究

以上对诸种容与堂本《水浒传》概况做了大致介绍,并通过版面情况,初步判断了诸容与堂本的关系。下文将通过文字部分,对国全本、内阁本、上图本、国残本四种容与堂本关系进行研究。由于上图本只存第51回至第55回,所以先对四本此部分进行研究,之后再对国容本、内阁本、国残本其他部分进行研究。

---

①[日]薄井恭一:《明清插图本图录》,东京共立社1942年版,第3—4页。

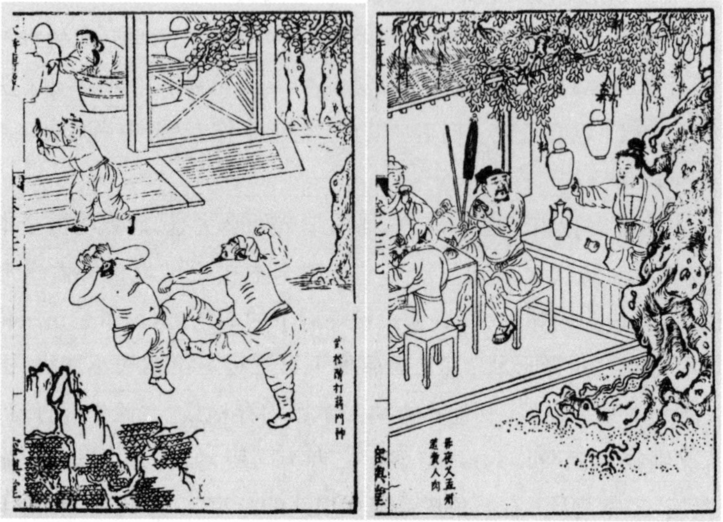

薄井所见本插图书影

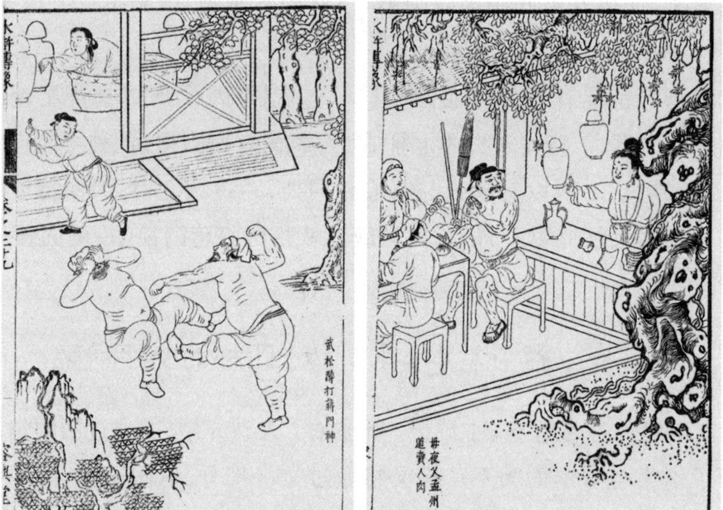

国家图书馆所藏全本插图书影

一、上图本与内阁本的关系

之前从版心鱼尾、数字、刊工的情形，以及断板情况判定出上图本与内阁本为同版，同时又从上图本“李卓吾”相关字样被挖去，知悉上图本乃是内阁本的同版后印本。现今再比对上图本与内阁本文字，发现二本文字完全相同，包括上图本挖除文字以及挖补文字之处，内阁本亦同。如 53.2b 第 4 行有一字空格，挖除“甚”字，二本同；53.2b 第 11 行有一字空格，挖除“也”字，二本同；52.5a“暂书”二字乃挖改而成，占一字格，二本同；52.8a“和美”二字乃挖改而成，占一字格，二本同。关于文字挖除以及挖改问题，在之后论述中还会详细叙述。

此外，一些因木板磨损而造成文字刊刻不清晰之处，或是因木板破损造成缺字之处，二本也相同。如 51.8b 上图本第 9 行“叠”字右上部分没刻出来，内阁本同；52.12b 上图本第 1 行“早”字缺了一竖，内阁本同；51.4b 上图本第 11 行“格范”二字因断板缺了“范”字，内阁本同；51.13b 上图本第 11 行“劈做两半”，板木破损缺了“做”字，内阁本同。由此可见，上图本与内阁本属于同版无疑，上图本是内阁本的后印本，在内阁本板木上做了一些修板工作，挖去了“李卓吾”相关字样。

二、内阁本与国全本的关系

之前从版心鱼尾、数字、刊工的情形，以及断板情况判定出内阁本与国全本为同版，同时又从内阁本断板处较之国全本更多，裂缝有的更大，知悉内阁本乃是国全本的同版后印本。现今再比对内阁本与国全本文字部分，探析二者文字是完全相同，还是存在差异。通过内阁本与国全本第 51 回至第 55 回内容的比勘，发现二本文字关系并不像内阁本与上图本一样。内阁本与上图本文字完全相同，而内阁本与国全本文字则存在一定差异。这些差异主要表现为三种情况。

其一，国全本出现问题的文字，内阁本将其改正。如：

国全本：雷横扯住朱仝：哥哥休寻……（51.13a）

内阁本：雷横扯住朱仝道：哥哥休寻……（51.13a）

（例一）

国全本：只见屏风背转出一人来。（51.14b）

内阁本：只见屏风背后转出一人来。（51.14b）

（例二）

国全本：李逵问道：戴宗哥哥那里去了？我怕你在柴大官人庄上惹事不好，特地教他来唤你回山。（52.8b）

内阁本：李逵问道：戴宗哥哥那里去了？**吴用道**：我怕你在柴大官人庄上惹事不好，特地教他来唤你回山。（52.8b）

（例三）

国全本：戴宗取四个甲马，去李逵两只腿上**也**缚了。（53.2b）

内阁本：戴宗取四个甲马，去李逵两只腿上缚了。（53.2b）

（例四）

国全本：李逵依**然**原又去睡了。（53.14a）

内阁本：李逵依原又去睡了。（53.14a）

（例五）

国全本：面如红玉，须似皂绒。仿佛有一丈身材，纵横有**一**千斤气力。（53.17b）

内阁本：面如红玉，须似皂绒。仿佛有一丈身材，纵横有千斤气力。（53.17b）

（例六）

国全本：**若使**这厮会使神师计，他必然今夜要来劫寨。（52.13a）

内阁本：**既是**这厮会使神师计，他必然今夜要来劫寨。（52.13a）

（例七）

国全本：戴宗自入到里面看时，一带三间草房，门上悬挂一**个**芦帘。（53.8b）

内阁本：戴宗自入到里面看时，一带三间草房，门上悬挂一**扇**芦帘。（53.8b）

（例八）

国全本：花荣略带住了马，拈弓取箭，纽转身躯，只**弓**箭，把薛元辉头重脚轻射下马去。（54.6b）

内阁本：花荣略带住了马，拈弓取箭，纽转身躯，只**一**箭，把薛元辉头重脚轻射下马去。（54.6b）

（例九）

此九例皆是国全本文字存在问题，而内阁本文字则在此基础上进行修订之例。修订方式同样有三种，第一种是例一至例三，国全本缺字，内阁本挖改木板重新刻字。例一“哥哥休寻”后面文字均为雷横所说言语，但是国全本却没有说话动作，内阁本添加了一个动词“道”，此“道”字是将第一个“哥”字挖除后，重新嵌入木板刻上“道哥”二字，此二字只占一字格，后面挖改之处均是如此。例二国全本句子不甚通顺，内阁本将“背”字挖改为“背后”二字，使得语句更加通顺，二字占一字格。例三“我怕你在柴大官人庄上惹事不好，特地教他来唤你回山”，此句话国全本由于缺少主语，变成李逵所说之话，明显不对，内阁本则进行了挖改，增加了“吴用道”三字，乃是将“去了我”三字挖去，变作“去了吴用道我”，六个字占三字格。

第二种是例四至例六，国全本衍字，或是多出文字，语句不通顺，内阁本直接在板木上将此文字挖除。例四内阁本挖去“也”字，因为之前描述中并没有戴宗在自己腿上绑上甲马的情节，除非是文字脱漏，要不然此“也”字无从着落。例五国容本中“依然原”文字不通顺，内阁本将“然”字挖去，变成“依原”，乃是照旧、仍旧的意思。例六中文句是对黄巾力士的外貌描写，国全本“一千斤气力”太过于坐实，使得语句板滞，内阁本将“一”字删去，文句则更加通顺。

第三种是例七至例九，国全本文字存在问题，内阁本将原文字挖去，进行修改。例七中国全本“若使”是假使、假如、如果的意思，此词不符合文意，因为吴用在说此话之时，已经知悉高廉会法术，不需要假设了。内阁本将其改为“既是”，即既然之意，表示因果关系，符合文句逻辑。例八中国全本为“一个芦帘”，帘子用“个”表示，显然不太恰当，内阁本将其改为“一扇芦帘”，则更为妥洽。例九中国全本“只弓箭”三字不知何意，语句不通，内阁本将“弓”改为“一”，句子则颇为顺畅。

其二，国全本与内阁本的文字两可。如：

国全本：朱仝只得带上行枷，两个防送公人领了**文案**，押送朱仝上路。（51.9b）

内阁本：朱仝只得带上行枷，两个防送公人领了**公文**，押送朱仝上路。（51.9b）

（例一）

国全本:朱仝见那人人物轩昂,**资质**秀丽,慌忙施礼。(51.14b)

内阁本:朱仝见那人人物轩昂,**资容**秀丽,慌忙施礼。(51.14b)

(例二)

国全本:那阵内皂旗,便是**神师计**的军兵。但恐又使此法,如何迎敌?(52.12a)

内阁本:那阵内皂旗,便是**用妖法**的军兵。但恐又使此法,如何迎敌?(52.12a)

(例三)

国全本:只这个高廉尚且破不得,倘或别添他处军马,并力来**劫**,如之奈何?(52.14b)

内阁本:只这个高廉尚且破不得,倘或别添他处军马,并力来**攻**,如之奈何?(52.14b)

(例四)

国全本:我们只顾**看顾**柴大官人,因此忘了你,休怪。(54.11b)

内阁本:我们只顾**看视**柴大官人,因此忘了你,休怪。(54.11b)

(例五)

国全本:白秀英却在**茶房**里听得,走将过来。(51.7b)

内阁本:白秀英却在**茶坊**里听得,走将过来。(51.7b)

(例六)

国全本:忽一日,本官知府正在厅上坐堂,朱仝**在阶**侍立。(51.10a)

内阁本:忽一日,本官知府正在厅上坐堂,朱仝**在下**侍立。(51.10a)

(例七)

国全本:皇城去扯他,反被这厮**推抢**殴打,因此受这口气,一卧不起,饮食不吃,服药无效。(52.4a)

内阁本:皇城去扯他,反被这厮**推跌**殴打,因此受这口气,一卧不起,饮食不吃,服药无效。(52.4a)

(例八)

国全本:此时已是秋残冬初**时分**,日短夜长,容易得晚。(53.11a)

内阁本:此时已是秋残冬初**时候**,日短夜长,容易得晚。(53.11a)

(例九)

国全本:**府尹**听了大怒,亲自到林子里看了,痛哭不已,备办棺木烧

化。（52.2b）

内阁本：知府听了大怒，亲自到林子里看了，痛哭不已，备办棺木烧化。（52.2b）

（例十）

以上十例均为国全本与内阁本存在不同文字，但二者词义并没有多大差别，置于文句之下，两者文字均可通。这里面又有两种情况，一种是内阁本文字意思与国全本相同，但是内阁本文字意思更加通俗或是文句更加顺畅；另一种是内阁本文字意思与国全本不存在差别，也没有更加通俗顺畅，仅是换了一种说法。

第一种情况是例一至例五，例一国全本“文案”一词就是官署中公文、书信等，内阁本改作“公文”，实则一个意思，但更为通俗。例二国全本“资质”一词一般是用来表示天赋材质的意思，当然也有气质之意，内阁本改作“姿容”，意思则更为通俗，明确指向外貌、仪容。例三国全本“神师计”一词，初一看不知何意，但联系上下文，尤其是下文再次出现了“神师计”一词，可知此词就是妖法之意，诸圣邻《大唐秦王词话》也曾出现过此词，内阁本改作“妖法”，词意明显更为通俗。例四国全本“劫”字与内阁本“攻”字，同样也是一个意思，“攻”字意思比较好理解，意即攻打，而“劫”字是劫寨、劫营的意思，即袭击敌人营寨。例五国全本“看顾”即照顾、照应之意，内阁本“看视”实际上与“看顾”同一个意，但因为前面已有了“顾”字，内阁本估计怕文字重复，读之拗口，所以改为了“视”字。

第二种情况是例六至例十，例六国全本“茶房”与内阁本“茶坊”二词明显可通，没有任何区别，小说当中既有作“茶房”之例，也有作“茶坊”之例。例七国全本“在阶”意指在大堂下的台阶上，内阁本“在下”指的是大堂的下面，二者置于此情境下均可通。例八国全本“推抢”一词是推挤争夺的意思，内阁本“推跌”一词是推跌倒的意思，二词在此处均能说得通。例九国全本“时分”与内阁本“时候”在此处完全是一个意思。例十国全本“府尹”与内阁本“知府”也指的是同一官职。

其三，国全本文字不存在问题，内阁本文字修订之后，反而不如国全本。如：

国全本：朱仝独自带过雷横，只做水火，乘后面僻净处开了枷，放了

雷横。(51.9a)

内阁本:朱仝独自带过雷横,只做水火,来后面僻净处开了枷,放了雷横。(51.9a)

(例一)

国全本:当时朱仝肩臂着小衙内,绕寺看了一遭,却来水陆堂放生池边看放河灯。(51.11b)

内阁本:当时朱仝肩背着小衙内,绕寺看了一遭,却来水陆堂放生池边看放河灯。(51.11b)

(例二)

国全本:被我把些麻药抹在口里,直拕出城来,如今睡在林子里,你自请去看。(51.13b)

内阁本:被我把些麻药抹在口里,直驼出城来,如今睡在林子里,你自请去看。(51.13b)

(例三)

国全本:非分功名真晓露,白来财物等浮烟。到头挠扰为身累,辜负日高花影眠。(52.1a)

内阁本:非分功名真晓露,白来财物等浮烟。到头搅扰为身累,辜负日高花影眠。(52.1a)

(例四)

国全本:这等人只可驱除了罢,休带回去。(53.17a)

内阁本:这等人只可刬除了罢,休带回去。(53.17a)

(例五)

以上五例均是内阁本修改国全本字词,但是修改后的字词反不如前之处。例一中国全本“乘”字与内阁本“来”字,“乘”是乘机的意思,表现出朱仝的谨慎小心,朱仝乘着如厕的机会把雷横给放了,修改后的“来”字则显得比较轻慢随意,不像在做一件慎重的事情。例二中国全本“肩臂”此词,内阁本将其改为“肩背”,其实“肩臂”的意思是指将某物放在胳膊上,朱仝应该是让小衙内坐在肩膀上,这个动作十分形象,改为“肩背”之后,反而没有那么生动。例三国全本“拕”是拖的意思,与内阁本“驼”字意思不同,很明显“拕”字更能显示出李逵的凶残,直接将一个4岁孩童拖着走。

例四国全本“挠扰”是烦恼之意,内阁本“搅扰”是打扰的意思,从诗意来看,明显前者意思是对的。例五国全本“驱除”是驱逐消除的意思,内阁本“刬除”即“劫除”,虽然意思跟驱除差不多,但多用于医药方面,反不如“驱除”通俗。

从以上所举内阁本与国全本不同文字的例证来看,虽然国全本与内阁本是同版,但是内阁本在国全本基础上进行了修板,对一些文字予以修订。再从文字修订效果来看,虽然内阁本有的修改之处并不尽如人意,但是大部分文字的修改,还是优于国全本,可见修订者在修订之时花费了不少心思。而之所以进行修订,也是为了完善此部书籍。

从上图本所存部分来看,这些修订之处还不少,包括挖改、挖补以及挖除的地方共有 90 余处之多①,平均下来每回有将近 20 处做了修订。于此也可见,内阁本修订者对国全本进行了一番细致的校订。

若是将挖补以及挖除之处具体到百回当中,内阁本挖补之处有:

2.8b、5.15a、6.3a、6.10b、8.5a、10.2b、11.8a、12.10a、13.2a、13.9a、13.11a、13.12a、14.2a、14.4a、14.11a、15.5b、15.7b、15.12b(两处)、15.13a、16.1b、16.8a、16.10b、18.2a、18.3a、18.8a、18.14a、20.9b、21.2a、21.12a、21.17b、22.9a、22.12b(两处)、23.4b(两处)、23.11a、23.11b、24.23b、24.30b、24.33b、25.8a、25.10a、26.2a、26.5b、26.6b、26.7b、26.15a、26.16a、27.5a、28.4b、28.10b、29.2a、29.10a、30.1b、30.5a、30.7a、30.8a、30.12a、31.4b、31.15b、32.3a、32.7a、32.15b、34.7b、35.2a、35.2b、35.6b、35.8b、35.11b、36.13a、37.7b、37.9b、37.11b、37.15a、38.4a、38.4b、38.7a、38.15b、39.1b、39.9b、39.12b、40.8a、42.6a、42.13b(两处)、43.10b、43.14a、44.4b、44.12a、44.13b、44.15b、45.9b、45.14b、46.4a、46.5a、48.4b、49.9a、49.14a、50.12b、51.13a、51.14b、52.5a、52.8a(两处)、52.8b、52.14b、53.4a、53.15a、53.17b、55.4a、55.8b、55.9b、56.4a、56.11b、57.5b、57.6a、57.8a、57.9b、57.10b(两处)、58.2b、58.7a、59.10a(两处)、59.14a、60.1b、61.3a、61.6b、62.1a、62.2b、62.14b、64.13a、66.7a、67.5a、70.7b(两处)、71.14b、73.5b(两处)、73.6a(两处)、73.7b、73.9a、74.2a、75.8a、75.9a、76.4b、76.16b、80.18a、81.7b、81.12b、84.10b、84.12b、90.17a、91.11b、92.3b、

①因上图本所存部分并非第 51 回至第 55 回全部,乃是从第 51 回第 4 叶下至第 55 回第 10 叶下,故统计亦仅在此范围内。

95.7b、95.13b、95.14a、96.7a、96.9a、98.4a、98.4b、98.14b、99.4b、99.5b、99.13a。

内阁本挖除之处有①：

1.3b、2.7b、2.8a、4.14b（两处）、5.5b（两处）、6.3b、7.7a、7.11a、8.3b（两处）、8.5a、10.8a、10.9a、10.11b、12.3b、12.11a、13.3b、13.12a、14.8b、14.10b、15.3a、16.3a、16.4a、17.1a、17.8b、17.10b、18.4b、19.3a、19.7b、20.12b、21.4b、21.5b、21.7a、21.9a、21.10b、21.19b（两处）、22.6b（两处）、22.7b、23.10b（两处）、24.28a、24.29a、25.5b、25.6a、25.9b、30.12a、30.13a、31.2a、31.10b、31.11a、32.10a、33.10b、33.14a、35.1a、35.3a、35.6b、35.13a、36.1b、36.4b、36.5a、36.11a、37.1a、37.6a、37.9b、37.14a（两处）、37.14b、38.2b、38.13a、38.15a、38.15b、39.4a、39.7b、39.8a、39.8b、39.10a、39.11a、39.12a、39.19a、39.19b、39.20a、39.20b、40.3a、40.5a、40.7a、40.10b、40.11a、40.12a、41.6b（两处）、41.8a、41.9b、41.12a、41.16a、42.4a、42.11b、43.2a、43.16a、44.5b、44.13a、45.4b、45.8a、45.14b、45.19a、45.20a、45.21a、46.9a、46.11a、46.12b、46.13b、47.14a、47.15b、47.16a、48.1b、48.2b、48.3b、48.4b、48.11a（两处）、49.2a、49.7a、49.8b、49.12a（两处）、49.13b、50.6b、50.7b、50.8b、51.4b、51.11a、51.13b、53.2b（两处）、53.3a、53.14a、53.17b、54.3a、55.6b、55.10b、56.2b、57.1b、57.3b、57.4a、57.4b、57.7b、57.8b、57.9b、58.10b、58.11a、58.11b、58.14b、60.9a、60.11b、62.2a（两处）、62.8a、62.14b、62.16a、63.12a、64.5a、64.8b、64.13a、65.6a、67.4a（两处）、67.4b、68.7b、69.3b、69.7b、69.9b、71.15b、72.2b、72.7a、73.2b、73.12b、74.8a、74.8b、74.11a、77.4b、77.10b、79.11a、80.16b（两处）、80.19a、81.2a、81.12b、81.13a、82.2b、82.12a、82.15b、83.2a、84.4a、84.9a、84.9b、84.14a、86.4a、86.4b、86.7b、87.11a、88.2a、90.1b、90.5b、90.11a、90.17b、91.3b、94.1a、94.15a、94.15b（两处）、97.13a、98.7a、98.15a、98.19a、99.4b、100.2a、100.3a、100.10b、100.11a、100.12b、100.14b。

其中挖补的地方共计169处，挖除的地方共计有224处，总共393处。由这些地方再次可见内阁本在国全本基础上所做的工作。

①有一些因为断板而缺字处，计有40.6a、44.2a、51.4b、51.12b、66.5b、67.13a、80.15b。

三、国全本、国残本以及内阁本三者的关系

以上对内阁本与国全本的关系进行了厘定，下文将对国全本、国残本以及内阁本三者关系进行考察。国残本从版面上来看，与国全本、内阁本不属于同版，现今再从文字上进行考量，主要希望解决以下几个问题：国残本是否为初刻本、国全本是否为初刻本、国全本与国残本之间是否存在关系、内阁本与国残本之间是否存在关系。

第一个问题，国残本是否为初刻本？

从国残本误字来看，国残本刊刻颇为粗糙，国全本一些未错的文字，国残本刊刻错误。如：

国全本：白秀英大怒，抢向前只一掌，把那婆婆打个踉跄。那婆婆却待挣扎，白秀英再赶入去，老大耳光子只顾打。（51.7b）

国残本：白秀英大怒，抢向前只一掌，把那婆婆打个踉跄。那婆婆却待挣札，白秀英再赶入去，老大耳光子只顾打。（51.7b）

（例一）

国全本：你快来，我要去橋上看河灯。（51.12a）

国残本：你快来，我要去穚上看河灯。（51.12a）

（例二）

国全本：只说李逵在柴进庄上，住了一月之间，忽一日见一个人赍一封书急急奔庄上来。（52.2b）

国残本：只说李逵在柴进庄上，住了一月之间，忽一口见一个人赍一封书急急奔庄上来。（52.2b）

（例三）

国全本：既是大官人去时，我也跟大官人去走一遭如何？（52.3a）

国残本：既是大官人去时，我也跟大官八去走一遭如何？（52.3a）

（例四）

国全本：去年妄取东邻物，今日还归北舍家。（53.1a）

国残本：去年妄取东邻物，今日还归比舍家。（53.1a）

（例五）

以上五例，国残本很明显是由于刊工刊刻之时粗心大意，以至于文字出

现了错误。当然,这仅仅是其中能够辨识的例子,还有不少文字由于缺笔少划无法辨识,如 53.12a 第 8 行“管”字下方两个口而缺了一竖;55.6b 第 3 行“上”字缺了上面一横等。

国残本刊刻粗疏之处还不仅仅如此,容与堂本文字中有不少地方有上下乙之的符号,如 52.3ab,此种上下乙之的符号,到了国残本中,有的地方缺了上乙符号,有的地方缺了下乙符号。缺了上乙符号的有 9.12a、52.3a、90.7b;缺了下乙符号的有 4.6b-7a、34.1a、54.6a、90.15b、100.3a①。

除此之外,国残本刊刻之时,还存在一些偷工减料的情况,如相同文字处使用重文符号。8.8a 国全本“疏林穰穰鸦飞”,国残本第二个“穰”字简写为两短横;国全本“唧唧乱蛩鸣腐草”,国残本第二个“唧”字简写为两短横;国全本“纷纷宿鹭下莎汀”,国残本第二个“纷”字简写为两短横。此种重文符号的使用,全书还有不少,如 36.5a、44.8b、89.2b、89.5b、93.3a、93.4b、93.11a 等。

由上来看,国残本不可能为初刻本,无论是刊刻误字、乙之符号的缺失,还是使用重文符号,都证明此本为后刻本。最为关键的是,上图本所存第 51 回至第 55 回当中,国残本存在挖补以及挖除文字之处。挖补之处有 55.4a“挺棚”二字挖补成“韩滔挺搠”,55.8b“向”字挖补成“不向”,55.9b“头”字挖补成“伤头”;挖除之处有 54.3a 第 5 行挖除“来”字,55.6b 第 1 行挖除“拿”字,55.10b 第 11 行挖除“应”字。国残本这些挖补以及挖除文字的地方,国全本均保持原样,而国残本与国全本又非同版,所以国残本为后刻本无疑。

国残本所存 80 回中,挖补之处计有 27 处,分别为 1.3a、5.15a、6.3a、31.4b、32.15b、34.7b、35.2a、35.2b、35.6b、35.8b、35.11b、37.7b、37.9b、37.11b、37.15a、55.4a、55.8b、55.9b、56.4a、56.11b、62.1a、62.2b、62.14b、67.4a、71.14b、95.13b、96.9a。挖除之处计有 20 处②,分别为 4.14b(两处)、6.3b、33.10b、35.3a、35.6b、37.6a、37.9b、37.14a、47.16a、54.3a、55.6b、55.10b、56.2b、62.2a、71.15b、83.16a、88.2a、93.9a、100.2a。

天理本第 11 回至第 30 回,挖补之处计有 8 处,分别为 18.2a、18.3a、23.4b(两处)、25.8a、27.5a、28.10b、29.2a。挖除之处则无。

①所缺第 11 回至第 30 回据天理藏本,缺了上乙符号的有 22.11b;缺了下乙符号的有 11.4ab。

②100.8a 有两处空字,非挖除,乃是断板所致。

第二个问题，国全本是否为初刻本？

上图本所存第51回至第55回的5回文字内容当中，国全本未见挖补或挖除之处，但是如果将这个范围扩大到全书的话，国全本也存在一些挖补以及挖除之处。

其中挖补之例共计有11处，分别为11.8a、12.10a、14.2a、15.5b、15.7b、21.17b、23.4b、26.5b、30.1b、31.15b、35.2b；挖除之例共计有9处[①]，分别为21.10b、36.5a、36.5b、37.1a、37.3a、37.6a、72.6a、88.2a、94.12b。

当然，如果仅凭挖补以及挖除之处，尚不足以证明国全本非初刻本，因为这些挖补或是挖除之处可能是初刻本在校样之时进行的修改。要确定国全本是否为初刻本，首先得确定国全本的挖补或者挖除之处，国残本是否同样存在。将国全本挖补以及挖除之处与国残本进行比对，发现国全本有些挖补以及挖除之处，国残本并未修改。

其中挖补之处国全本基本集中于第11回至第30回，此部分国残本正好残缺，以天理本补之。比对后可知，国全本11处挖补的地方，仅仅只有2处在相同位置挖补，分别为23.4b"把（三支）碗"处、35.2b"（如何）迎敌"处。有9处国残本并未挖补，分别为11.8a、12.10a、14.2a、15.5b、15.7b、21.17b、26.5b、30.1b、31.15b。其中11.8a天理本与国全本文字相同，为"聚义厅前杀气生"，但国全本"前杀"二字乃挖补而成，占一字格。12.10a天理本与国全本文字相同，为"一齐发起擂来"，但二本有所不同，天理本"一"字乃插入文字中，国全本"一齐"二字乃挖补而成，占一字格。14.2a天理本文字为"拿个把小小贼"，国全本"个"字挖补为"得个"，文字变为"拿得个把小小贼"。15.5b天理本文字为"小二道"，国全本"二"字挖补为"二哥"，文字变为"小二哥道"。15.7b天理本文字为"甚么官司敢来打鱼鲜"，国全本"打"字挖补为"禁打"，文字变为"甚么官司敢来禁打鱼鲜"。21.17b天理本文字为"听了公厅两字，怒气起"，国全本"起"字挖补为"直起"，文字变成"听了公厅两字，怒气直起"。26.5ab天理本文字为"打了一条麻绦系在身边，藏了一把尖长柄短、背厚刃薄的解腕刀"，国全本"在身"字挖补为"在腰里身"，文字变成"打了一条麻绦系在腰里，身边藏了一把尖长柄短、背厚刃薄的解腕刀"。30.1b国残本文字为"你这厮鸟蠢，景阳冈上……"国全本

①国全本有不少地方书叶破损，使得文字出现空缺，影印本中看起来像挖除之处，如8.8b、22.2b、30.6b、91.4a、93.10b、96.2b等。

“景”字挖补为“汉景”，文字变成“你这厮鸟蠢汉，景阳冈上……”31.15b 国残本文字为“倒了个的是谁”，国全本“了”字挖补为“了一”，文字变成“倒了一个的是谁”。

挖除之处，国全本有 9 处，其中有 5 处国全本挖除，而国残本未挖除，分别为 36.5a、36.5b、37.3a、72.6a、94.12b①。其中 36.5a 国残本文字为“我只是这句话，由你们众人商量”，国全本挖除“众人”二字，文字变作“我只是这句话，由你们商量”。36.5ab 国残本文字为“只见吴用、花荣两骑马在前，后带十来骑马跟着”，国全本挖除“带”和“来”两个字，并将“十”字位置向下调整一字位，文字变成“只见吴用、花荣两骑马在前，后十骑马跟着”。37.3a 国残本文字为“三个便拽开脚步，望大路上走。看看见一轮红日低坠”，国全本挖除“走”字，文字变成“三个便拽开脚步，望大路上看，看见一轮红日低坠”。72.6a 国残本文字为“宋江、柴进扮作闲凉官，戴宗扮作承局”，国全本缺一“戴”字，文字变成“宋江、柴进扮作闲凉官，宗扮作承局”。94.12b 国残本文字为“柳映六桥明月，花香十里熏风”，国全本缺一“映”字，文字变成“柳六桥明月，花香十里熏风”。

由以上国全本挖补或挖除之处，国残本中并未作出修改，可知国全本也非初刻本。同时，从国全本挖补与挖除之处共计 20 处，国残本所存 80 回加上天理本 20 回挖补与挖除之处计有 55 处，可知国全本相比于国残本而言，与初刻本更为相近。

第三个问题，国全本与国残本之间是否存在关系？

由以上两个问题已经知悉，国全本与国残本均非初刻本。与初刻本相比，国全本与国残本均是后刊本，国残本乃是初刻本之外重新造板刊刻的本子，而且此本亦非所造新板的初印本，而是后印本，板木有补板痕迹。如 9.7a 国残本左上角，部分文字与其他文字字形完全不一样；52.1b-52.2a 国残本 1b 左上角与 2a 右上角，有几行文字较之叶面其他文字更大且更粗，此种地方应该是补板所致。

国全本是初刻本之外重新造板刊刻的本子，还是在初刻本板木上修板的本子，此点现今尚未可知。但是从整个版面情况来看，此本应是初刻本板木上修板的本子，即便是重新造板的本子，此本与初刻本样貌也十分接近，

---

①21.10b 天理本叶面残损，故而不知是否挖除。

不会如国残本一般，出现不少误字、漏刊、省略等情况。所以，国残本与国全本之间的关系，也可以看成国残本与初刻本之间的关系。那么，国残本是如何以初刻本为底本进行翻刻？

一般来说，翻刻有三种方法，临、摹与覆，前人对此定义为：

> 复制底本无非采用两种方法，一是临，就是对照底本尽可能原样抄写。二是摹，就是将半透明的薄纸覆于底本书叶之上，照原样摹写。如果用已有的现成名词来科学地区分的话，用“临”的方法复制而成的刻本应称之为仿刻本，而用“摹”的方法复制而成的刻本应称之为影刻本。
>
> 除此二者之外，还有一种更为简便的版本复制方法，采用这种方法不必重新书写版样，而只是将原本之书叶拆散，然后作为版样直接粘贴于版片上，照原本的版式、字画原样雕镌。用这种复制方法刻印而成的刻本即可称之为覆刻本。①

从国残本与国全本版面的比对情况来看，国残本的翻刻不可能采用的是仿刻或影刻的方法，用这两种方法翻刻的对象均是那些底本年代久远、雕印精美、流传稀少的书籍，故而不惜工本费用，用特殊方法将其逼真的复制翻刻，尤其像是影刻本，有时甚至用到最能忠实反映底本原貌的先双钩后填墨的双钩廓填法。国残本的刊刻情况，上文已经介绍，不仅比不上初刻本的精美，而且还相当粗糙，国残本的翻刻应该用的是覆刻之法。此点从国残本与国全本一些特殊文字的刊刻之处可以看出。

容与堂本全书的行款基本上是半叶 11 行、行 22 字，但是国全本有些地方每行字数超出 22 字。如 47.14a 第 4 行“多一发上去因”六个字挤着占五字格；48.8b 第 6 行“三郎石秀东北”六个字挤着占五字格；49.14a 第 3 行“在亭心坐着看”六个字挤着占五字格；61.5a 第 3 行“仪表似天”四个字挤着占三字格；61.13b 第 6 行“将入来”三个字挤着占两字格；63.12a 第 9 行“说了一遍”四个字挤着占三字格；81.8a 第 7 行“道店中离此”五个字挤着占四字格；91.4b 第 3 行“船边除下”四个字挤着占三字格；91.7a 第 3 行“吕枢密相见”五个字挤着占四字格；92.8b 第 6 行“仁一刀”三个字挤着占两字格。这些例子每行字数为 23 字，因为是补字，所以并不知道原先所缺为何

①姚伯岳：《中国图书版本学》，北京大学出版社 2004 年版，第 273—274 页。

字，但是经过增补文字后的句子颇为顺畅。

上述文字多出的地方，国残本皆与国全本相同，而且更为重要的是，多出文字的放置位置，国残本与国全本也完全相同。由此可见，这些增补文字应该是初刻本时便已存在，或是初刻本校样之时所做修改。国残本用的是覆刻方法进行翻刻，这些地方基本与初刻本保持一致，但是因为覆刻之时刊工并不追求精善，所以导致国残本出现了类似误字、漏刊、省略等问题，文字字形与国全本也稍有出入。

以上国全本所举例子是国残本所存部分，有的国残本不存的部分，国全本同样存在这样的情况。如 21.9a 第 10 行“众人道”三个字挤着占两字格①；21.10b 第 7 行“拴了口里”四个字挤着占三字格②；21.10b 第 11 行“那厮一”三个字挤着占两字格③；22.2a 第 10 行“打这厮左右”五个字挤着占四字格，天理本同之；24.28a 第 7 行“大郎所为”四个字挤着占三字格，天理本为“夫所谓”。除了每行多出字数之外，也有每行减少字数的例子，如 24.23b 第 11 行“虽然”二字两个字扩着占三字格，此行只有 21 字，天理本为“然虽道”。从此数处天理本与国全本不同之例来看，此种特殊的文字处理方式，有些是初刻本所为，有些则是国全本所为。

第四个问题，内阁本与国残本是否存在关系？

从上文研究可以知悉，国全本与国残本为异版，二者挖补以及挖除文字之处并不相同，而内阁本是国全本的同版后修本，按理而言，内阁本与国残本之间应该无甚关系，然而事实情况却并非如此。

上文提及上图本所存第 51 回至第 55 回内容当中，内阁本相对于国全本而言，挖改、挖补、挖除之处共计 90 余处。将国残本此部分与国全本、内阁本比对，发现了一个奇怪的现象，国残本除明显误字之外，国全本与内阁本不同的文字，国残本基本上或同于国全本，或同于内阁本，少有独出文字。

具体而言，第 51 回国全本与内阁本文字不同有 20 处，国残本同于国全本 18 处，同于内阁本 2 处；第 52 回国全本与内阁本文字不同有 25 处，国残本同于国全本 18 处，同于内阁本 6 处，文字独出 1 处；第 53 回国全本与内阁本文字不同有 24 处，国残本同于国全本 24 处；第 54 回国全本与内阁本

①此处天理本叶面残损。
②此处天理本叶面残损。
③此处天理本叶面残损。

文字不同有 15 处,国残本同于内阁本 15 处;第 55 回国全本与内阁本文字不同有 12 处,国残本同于内阁本 12 处。

由上可知,5 回文字内容,国残本仅仅只有一处独出文字,其余文字竟然均与国全本或内阁本相同,考虑到内阁本是国全本的同版后修本,即便修改文字,也不可能每处修改正好与国残本相同,最可能的解释便是内阁本在以国全本为底本修订之时,参照了国残本。

再将对照范围扩大到国残本所存 80 回挖补与挖除之处,国残本共有挖补 27 处、挖除 20 处。将内阁本与国残本进行比对,国残本挖补 27 处中有 26 处内阁本在同样位置挖补,其中有 25 处挖补文字完全相同,只有 1 处国残本挖补而内阁本未挖补。国残本挖除 20 处中有 18 处内阁本在同样位置挖除,而且挖除文字也相同,仅有 2 处国残本挖除而内阁本未挖除。天理本 20 回共有挖补 9 处,内阁本均在同样位置挖补。由此来看,内阁本在国全本基础上修订之时,参照了国残本。

至于国残本偶有几处挖补或挖除之处,内阁本未参考修改,却是为何?此可从未修改之例来看。首先是国残本挖除之处内阁本未挖除,此二例中例一在 83.16a 总评部分,国全本为“宋公明**有**些秀才气”,国残本少了“有”字,很明显句子不通;第二例在 93.8b-9a,国全本此处为“一个是出洞蛟童威,一个是翻江唇童猛”,国残本少了后一个“一”字,很明显所缺文字乃国残本遗漏。

其次是国残本挖补之处,内阁本未挖补或挖补文字不同。未挖补之处在 1.2b-3a,此处国全本为“左壁厢天丁力士,参随着太乙真君;右**势**下玉女金童,簇捧定紫微大帝”,国残本将“势”挖补为“壁厢”,看起来与前文对应,但实则多了一“下”字,国全本“右势下”之意就是右边、右侧,而“左壁厢”就是左侧、左边之意,二词既对应又不重复,完全没有问题,国残本挖补之后反而存在问题,故而内阁本未改。挖补文字不同之处在 67.4a,国全本为“蔡京听了大怒,喝叱道:汝为谏议大夫,反灭朝廷纲纪,猖獗小人,罪合赐死!天子曰:**如此,目下便令**出朝,无宣不得入朝。当日**革**了赵鼎官爵,罢为庶人”。国残本为“蔡京听了大怒,喝叱道:汝为谏议大夫,反灭朝廷纲纪,猖獗小人,罪合赐死!天子曰:**准奏,便令赵鼎**出朝,无宣不得入朝。当日**又革**了赵鼎官爵,罢为庶人”。国残本相对于国全本,除了修改文字外,为了对应前文所出现的主语词,还将“革”字挖补为“又革”。内阁本则出现了不同的修改方法,此处文字为“蔡京听了大怒,喝叱道:汝为谏议大夫,反灭朝廷纲纪,罪合赐死!天子准奏,便令赵鼎出朝,革了官爵,罢为庶人”,很明显内阁本的修改更为简洁得体。

由此可见,内阁本于个别国残本挖补或挖除之处未修改,是因为国残本挖除或挖补之处有误或修改得不好。此点同样体现在挖改之处,之前第51回至第55回提到国残本仅有一例文字独出,此处文字在52.4a,国全本为“诈奸不及”,国残本将其改为“诈奸诈伪”,内阁本觉得国全本文字不对,国残本改得又不好,将此词再改为“诈奸诈及”。

以上分析是以内阁本参照国残本修改文字为基准,有没有可能是相反的情况,即国残本参照内阁本修改文字?此种可能性甚小,因为以上挖补、挖除之处,国残本与内阁本文字不同,不太可能存在国残本承袭内阁本,但自作主张修改的几处文字,修改却更差的情况。所以,只可能是内阁本以国残本作为修订文字的参照本,而此点也再次证明内阁本以国全本为底本修订之时,下了不少功夫。除此外,内阁本修订所下的功夫还体现在,即便是国全本挖补或挖除的内容,内阁本也没有轻易接受,有修订不妥之处,内阁本则重新修正或是恢复原样。

挖补之处的修改如21.17b,国全本“宋江听了公厅两字,怒气**直起**”,“直起”二字占一字格,乃挖补而成,内阁本此句为“宋江听了公厅两字,怒气**直冲起来**”,“直冲起来”四字占一字格,内阁本在国全本基础上再次增补,相较而言,内阁本文句更为顺畅。

挖除之处的修改如36.5ab,此处国残本为“只见吴用、花荣两骑马在前,后**带十来**骑马跟着”,国全本挖除“带”与“来”二字,并将“十”字位置向下调整了一位,国全本文字变为“只见吴用、花荣两骑马在前,后**十**骑马跟着”。内阁本觉得国全本挖除得并不好,对文字重新增补,恢复了文字原貌,内阁本中“带十来”三字有明显修补痕迹。其他国全本挖除而内阁本依照国残本恢复之处,尚有37.3a、72.6a、94.12b。

再如88.2a,国全本与国残本文字均为“深栽鹿角,警守营寨,濠堑齐□,军器并施,整顿云梯炮石之类”,“齐”字后缺一字。此字缺后,文句不通顺,但若在“齐”字后加一“备”字,“濠堑齐备”同样不明所以。内阁本则重新修订,增加“备”字,并挖除“并施”二字,文字变为“深栽鹿角,警守营寨濠堑,齐备军器,整顿云梯炮石之类”,如此改动,整个语句则变得通畅了。

实际上内阁本修订文字的方法，除了直接挖除文字、挖改文字以及挖补将两个或多个文字占一字格外，还有两种之前提到的方法。一种是单行压缩文字法，一种是单行扩充文字法。单行压缩文字法如 12.11a 第 6 行“又恼犯了”四个字挤着占三字格，国全本为“恼犯了”；31.1b 第 7 行“一把”两个字挤着占一字格，国全本为“一”；39.7a 第 1 行“报兀谁的仇”五个字挤着占四字格，国全本为“执仇兀谁”；47.12b 第 9 行“庄前路杂初”五个字挤着占四字格，国全本为“我们初来”。单行扩充文字法如 16.4b 第 2 行“行货打扮”四个字扩着占五字格，国全本为“打扮行货也”；20.12b 第 7 行“相请你”三个字扩着占四字格，国全本为“留你相请”；22.12a 第 5 行“便笑道”三个字扩着占四字格，国全本为“笑道便叫”；23.11b 第 5 行“那些”两个字扩着占三字格，国全本为“这十个”；30.6b 第 7 行“转朱阁”三个字扩着占四字格，国全本为“高卷朱帘”；36.8a 第 9 行“了却”两个字扩着占三字格，国全本为“去了便”。此两种修订方法有一个好处，能够使得版面更加整洁，若不细看，则较难看出修订痕迹。

由此节可以得出以下结论：

1. 国全本与国残本均非容与堂本初刻本，二本均有挖补以及挖除之处，相较而言，国全本与初刻本关系更近。

2. 内阁本是国全本的同版后修本，其在国全本基础上，参校国残本文字，对底本进行了细致修订。

3. 上图本是内阁本的同版后修本，其文字与内阁本完全相同，但在内阁本基础上，挖除了“李卓吾”相关字样，其刊刻时间当在天启五年（1625）之后。

4. 国残本与国全本为同书异版，二者文字小有差异。国残本刊刻颇为粗疏，多有误字、漏刊、省略等情况。

第六章 石渠阁补印本《水浒传》研究

石渠阁补印本《水浒传》，亦称为天都外臣序本，因部分叶面版心有“康熙五年石渠阁补”以及“石渠阁补”字样，所以被称为石渠阁补印本。又因卷首有署名天都外臣的序言，故而被称为天都外臣序本。此本在《〈水浒传〉稀见版本汇编》出版前，未有影印本出版，所以相关研究较少，而且一些研究结论尚有可商榷之处，下文将对此本进行研究。

第一节 石渠阁补印本《水浒传》的概况与辨识

一、石渠阁补印本的基本概况[①]

此本原藏者为陈杭（1906—1968），字济川，为北京著名书坊来薰阁的主人，与不少专家学者过从甚密，尤与郑振铎关系甚笃。此石渠阁补印本乃1949年前后陈杭先生在苏州某小书肆购得[②]，后听取吴晓铃先生建议，于1950年7月1日经由郑振铎先生无偿捐给国家，此书便入藏中国国家图书馆[③]。

此本乃是百卷百回本，与容与堂本、钟伯敬本相同。封面分三栏，中栏大字直书“水浒全传”4字，右栏上角书“李卓吾先生评”，左栏下角书“本衙藏板”。全称为“李卓吾先生评水浒全传”。卷首有《水浒传叙》，版心中端书“水浒传序”，半叶8行、行16字。末端有署题文字，今已残缺，只留部分笔画痕迹，据吴晓铃、戴望舒二先生籀读出来为“万历己丑孟冬天都外臣撰”[④]。次《忠义水浒传目录》，版心中间刻“水浒传目录”，共计一百卷一百回。

---

①以下所述均为中国国家图书馆所藏石渠阁补印本。

②苏州某小书肆或为苏州文学山房，见路工《访书见闻录》，上海古籍出版社1985年版，第154页。

③关于石渠阁补印本的递藏问题，具体可参见《西谛书跋》中吴晓铃先生的案语，《西谛书跋》，文物出版社1998年版，第430—431页；吴晓铃：《漫谈天都外臣序本〈忠义水浒传〉》，《光明日报》1983年8月2日。

④吴晓铃：《漫谈天都外臣序本〈忠义水浒传〉》，《光明日报》1983年8月2日。

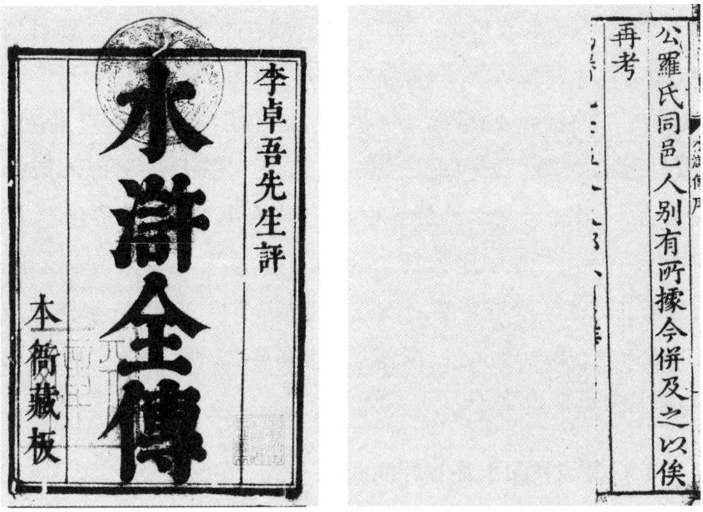
李卓吾先生評
水滸全傳
本衙藏板

公羅氏同邑人別有所據今併及之以俟
再考

国图所藏石渠阁补印本封面、序末书影

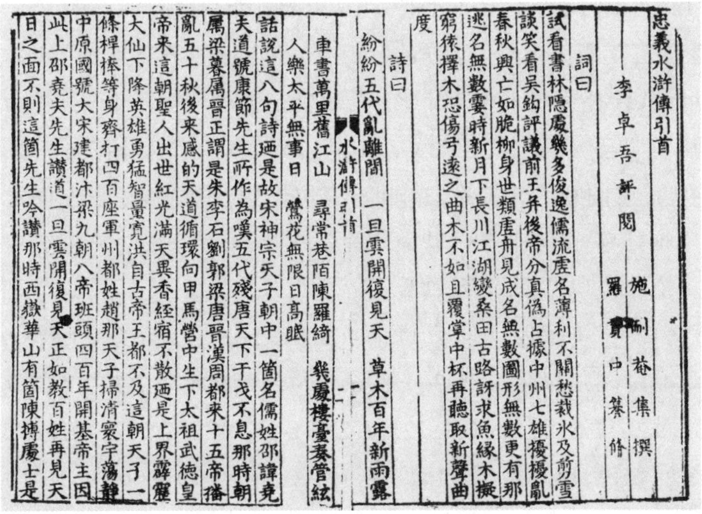
忠義水滸傳引首
李卓吾評閱　施耐菴集撰　羅貫中纂修
詞曰
試看書林隱處幾多俊逸儒流虛名薄利不關愁裁冰及剪雪
談笑看吳鈎評議前王并後帝分真偽占據中州七雄擾擾亂
春秋興亡如脆柳身世類虛舟見成名無數圖形無數更有那
逃名無數霎時新月下長川江湖變桑田古路訝求魚緣木擬
窮猿擇木恐傷弓遠之曲木不如且覆掌中杯再聽取新聲曲
度
詩曰
紛紛五代亂離間　一旦雲開復見天　草木百年新雨露
車書萬里舊江山　尋常巷陌陳羅綺　幾處樓臺奏管絃
人樂太平無事日　鶯花無限日高眠
話說這八句詩迺是故宋神宗天子朝中一箇名儒姓邵諱堯
夫道號康節先生所作為嘆五代殘唐天下干戈不息那時朝
屬梁暮屬晉正謂是朱李石劉郭梁唐晉漢周都來十五帝播
亂五十秋後來感的天道循環向甲馬營中生下太祖武德皇
帝來這朝聖人出世紅光滿天異香經宿不散迺是上界霹靂
大仙下降英雄勇猛智量寬洪自古帝王都不及這朝天子一
條桿棒等身齊打四百座軍州都姓趙那天子掃清寰宇蕩靜
中原國號大宋建都汴梁九朝八帝班頭四百年開基帝主因
此上邵堯夫先生讚道一旦雲開復見天正如教百姓再見天
日之面不則這箇先生吟讚那時西嶽華山有箇陳摶處士是

国图所藏石渠阁补印本引首书影

插图96幅，像末标50叶，其中像中间叶数有重出以及越次者，所以实际只有48叶，96幅图。48叶插图关联书中48回，每叶依据回目分为上下两图，但图中并未标明何图为何回，48回插图的选择也是随机分配，并未有规律可循。版心刻“水浒传像”，或在上端，或在中端。插图中标目列于板框外天头位置。

正文半叶12行、行24字。首《忠义水浒传引首》，顶格直书“忠义水浒传引首”，另行书“李卓吾评阅”“施耐庵集撰”“罗贯中纂修”，版心中端刻“水浒传引首”。次《忠义水浒传》正文，顶格直书“忠义水浒传卷之×”，另行书“李卓吾评阅”“施耐庵集撰”“罗贯中纂修”，另行书“第×回”，另行书回目，版心中端刻“水浒传卷之×”。其中“李卓吾评阅”字样乃是挖补而成，前10回均有，第10回之后则偶见，计有第22回、第43回、第62回、第82回等，全书未见评点文字。

二、关于石渠阁补印本补刊叶的问题

关于石渠阁补印本补刊叶的问题，曾有多位学者做过统计，其中王古鲁先生统计出有“石渠阁补”字样的叶面248处，有“康熙五年石渠阁补”字样的叶面14处，此14处尚有2处挖去了“康熙五年”四字[1]。马蹄疾先生统计出有“康熙五年石渠阁补”字样的叶面共25叶，有“石渠阁补”字样的叶面共237叶，共计补刻叶面262叶[2]。马幼垣先生则对补刊叶做了更为详细的统计，有“康熙五年石渠阁补”八字者共17叶，其中有2叶挖去“康熙五年”四字，有“石渠阁补”四字者239叶。三位先生统计各异，王古鲁先生与马蹄疾先生统计有“石渠阁补”叶面均为262叶，马幼垣先生则为256叶。现笔者重新统计补刊叶面，罗列如下：

“石渠阁补”叶面：目录3、目录4、3.1、3.2、3.5、3.6、3.7、3.8、3.9、3.10、4.3、4.4、4.11、4.12、4.17、5.7、5.8、6.1、6.2、6.3、6.4、7.3、7.4、7.9、7.10、7.11、8.1、8.2、11.5、11.6、12.3、12.6、12.9、14.5、14.6、14.7、14.8、15.3、15.4、15.7、15.8、15.9、15.10、15.11、18.9、18.10、19.5、19.6、19.9、19.10、20.3、20.4、21.13、21.14、21.15、21.16、23.1、23.2、23.5、24.1、24.2、24.23、24.24、25.7、26.11、26.12、27.1、27.2、27.9、27.10、28.1、28.2、29.1、29.2、30.1、

①王古鲁：《“读水浒全传郑序”及“谈水浒传”》，《北京师范大学学报》（社会科学版）1957年第1期。
②马蹄疾编著：《水浒书录》，上海古籍出版社1986年版，第71页。

30.2、31.7、31.8、31.9、31.10、31.11、31.12、32.7、32.8、32.9、32.10、32.11、32.12、32.13、32.14、32.15、32.16、33.1、33.2、33.9、33.10、33.11、33.12、34.9、34.10、35.5、35.6、35.9、35.10、36.1、36.2、36.3、36.4、36.5、36.6、37.3、37.4、37.9、38.7、38.8、39.15、39.16、39.17、39.18、40.9、40.10、41.9、41.10、42.11、42.12、45.1、45.2、46.1、46.2、46.3、46.4、46.5、46.6、47.7、47.8、47.11、47.12、47.13、47.14、48.5、48.6、48.7、48.8、49.1、49.2、49.9、49.10、52.3、52.4、53.5、53.6、53.9、53.10、53.13、53.14、54.5、54.6、56.1、56.2、58.3、58.5、60.7、60.8、60.9、60.10、61.9、61.10、61.13、61.14、66.5、66.6、67.3、67.4、67.5、67.6、68.9、68.10、68.11、68.12、69.5、69.6、71.5、71.6、71.7、71.8、73.7、73.8、73.9、73.10、75.5、75.6、76.7、76.8、79.3、79.4、79.5、79.6、80.13、80.14、84.1、84.2、84.11、84.12、85.9、85.10、86.3、86.4、86.5、86.6、86.9、86.10、88.1、88.2、90.9、90.10、92.1、92.2、95.1、95.2、95.3、95.4、95.13、95.14、100.1、100.2、100.3、100.4、100.5、100.6、100.7、100.8、100.9、100.10、100.11、100.12、100.13、100.14。

"康熙五年石渠阁补"叶面：2.17、2.18、2.19、2.20、11.9、11.10、21.1、21.2、37.10、41.13、41.14、62.13、62.14、62.15、62.16①。

笔者所统计的补刊叶面，"康熙五年石渠阁补"者数量同于马幼垣先生，"石渠阁补"者数量同于马蹄疾先生。

另外，此书还有不少版心未加题识，但实际上是补刊书叶以及部分补刊书叶，此类据马幼垣先生统计，无题识整叶补刊书叶共有 55 叶，无题识部分补刊书叶共有 202 行。除此之外，原本书叶以及补刊书叶还有不少模糊之处，据马幼垣先生统计，这等模糊字迹或有缺字之处涉及 914 行②。全书补刊书叶以及模糊、缺字之处合计 355.5 叶，占全书 27.5%③。

---

①马幼垣先生据人民文学出版社 1954 年版《水浒全传》认为卷六十二首 2 叶"康熙五年石渠阁补"被挖去，仅剩"石渠阁补"（见《水浒二论》，生活·读书·新知三联书店 2007 年版，第 107 页）。《水浒全传》"这回原本自第一叶'忠义水浒传卷之六十二'至第二叶'抵死不为非'，又自第十三叶'莫不是魂魄和你相见么'至第十六叶'石秀从楼上跳将下来手'，共六叶一百四十四行三千二百五十三字系补刊，其中第一、第二两叶系'□□□□石渠阁补'，后又挖去，尚存'石渠阁补'四字左边一小部分……"，第 1068 页。实际上，卷六十二第 2 叶有"石渠阁补"四字左边一小部分，而第 1 叶则全然看不到，但此卷但凡有石渠阁补过叶面均为白鱼尾，而其他叶面为黑鱼尾，第 1 叶亦为白鱼尾，此或为《水浒全传》判断依据。

②马幼垣：《水浒二论》，生活·读书·新知三联书店 2007 年版，第 107—109 页。

③此一数据为马幼垣先生所统计，与笔者所统计者大致不差。

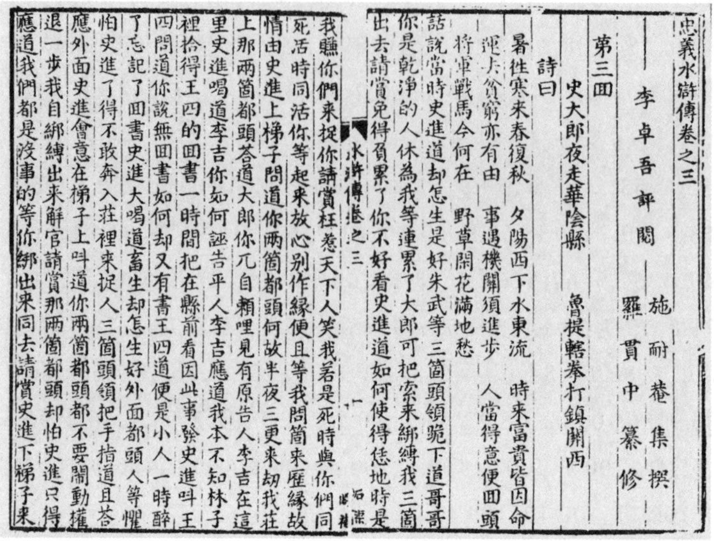
忠義水滸傳卷之三
李卓吾評閱 施耐菴集撰
羅貫中纂修
第三回
史大郎夜走華陰縣 魯提轄拳打鎮關西
詩曰
暑往寒来春復秋 夕陽西下水東流 時来富貴皆因命
運去貧窮亦有由 事遇機關須進步 人當得意便回頭
將軍戰馬今何在 野草閑花滿地愁
話說當時史進道却怎生是好朱武等三箇頭領跪下道哥哥
你是乾淨的人休為我等連累了大郎可把索来綁縛我三箇
出去請賞免得負累了你不好看史進道如何使得恁地時是
水滸傳卷之三 一 石渠閣補
我賺你們来捉你請賞枉惹天下人笑我若是死時與你們同
死活時同活你等起来放心別作緣便且等我問箇来歷緣故
情由史進上梯子問道你兩箇都頭何故半夜三更来刼我莊
上那兩箇都頭荅道大郎你兀自賴哩見有原告人李吉在這
里史進喝道李吉你如何誣告平人李吉應道我本不知林子
裡拾得王四的回書一時間把在縣前看因此事發史進叫王
四問道你說無回書如何却又有書王四道便是小人一時醉
了忘記了回書史進大喝道畜生却怎生好外面都頭人等懼
怕史進了得不敢奔入莊裡来捉人三箇頭領把手指道且荅
應外面史進會意在梯子上叫道你兩箇都頭都不要鬧動權
退一步我自綁縛出来解官請賞那兩箇都頭却怕史進只得
應道我們都是沒事的等你綁出来同去請賞史進下梯子来

"石渠阁补"叶面书影

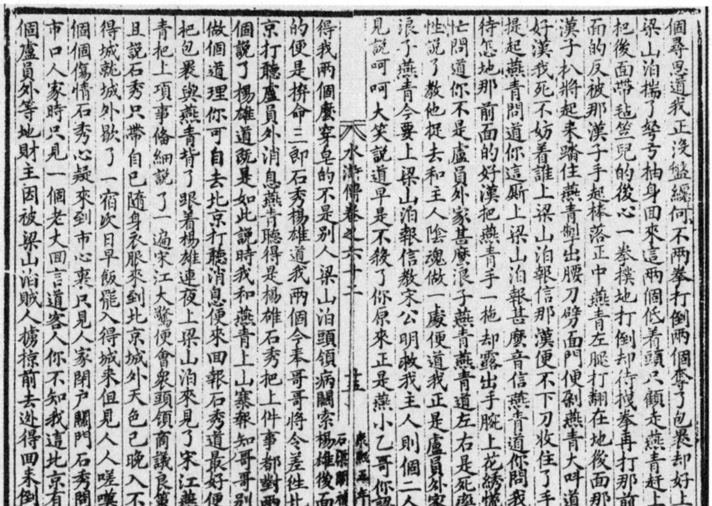
個尋思道我正沒盤纏何不兩拳打倒兩個奪了包裹却好上
梁山泊揣了弩弓抽身回來這兩個低着頭只顧走燕青趕上
把後面帶氊笠兒的後心一拳撲地打倒却待拽拳再打那前
面的反被那漢子手起棒落正中燕青左腿打翻在地後面那
漢子扒將起來踏住燕青掣出腰刀劈面門便剁燕青大叫道
好漢我死不妨着誰上梁山泊報信那漢便不下刀收住了手
提起燕青問道你這廝上梁山泊報甚麼音信燕青道你問我
待怎地那前面的好漢把燕青手一拖却露出手腕上花綉慌
忙問道你不是盧員外家甚麼浪子燕青燕青道左右是死率
性說了教他捉去和主人陰魂做一處便道我正是盧員外家
浪子燕青今要上梁山泊報信教宋公明救我主人則個二人
見說呵呵大笑說道早是不殺了你原來正是燕小乙哥你認
水滸傳卷之六十二 十三 石渠閣補 康熙五年
得我兩個麼穿皂的不是別人梁山泊頭領病關索楊雄後面
的便是拚命三郎石秀楊雄道我兩個今奉哥哥將令差往北
京打聽盧員外消息燕青聽得是楊雄石秀把上件事都對兩
個說了楊雄道既是如此說時我和燕青上山寨報知哥哥別
做個道理你可自去北京打聽消息便來回報石秀道最好便
把包裹與燕青背了跟着楊雄連夜上梁山泊來見了宋江燕
青把上項事備細說了一遍宋江大驚便會衆頭領商議良策
且說石秀只帶自己隨身衣服來到北京城外天色已晚入不
得城就城外歇了一宿次日早飯罷入得城來但見人人嗟嘆
個個傷情石秀心疑來到市心裏只見人家閉户關門石秀問
市口人家時只見一個老丈回言道客人你不知我這北京有
個盧員外等地財主因被梁山泊賊人擄掠前去逃得回來倒

"康熙五年石渠阁补"叶面书影

关于补刊叶的性质，马幼垣先生如是言之：

> 繁本之间字句差异有限，但分别还是有的。一本某处缺了若干叶或若干行，拟从另外一个本子移用相应部分以供补刊时，得面对两个难题：（一）那段既缺了，根本就不知道何谓原貌，工作起来，除了确知要填补多少个字和可按文理判断外，就难得另有法则可循。（二）自别本移用的段落未必字数相同。遇到这种情形，除了径作增删，务求填满那空隙外，还有什么可用之策？
>
> 要将繁本《水浒》按年代分组，有一法可用，就是利用宋江与阎婆惜同居事的移前置后来定组别。今所见"置后"组三繁本讲阎婆惜故事文字及字数不无小别。假如一本缺了其中一段落，从其他两本中任何一本移用相应部分过去作填充之料，需得增删一番始能刚好填满那空隙。结果补刊出来的一段，固然不可能回复缺漏前的原貌，也不再是被借用的文字的原有样子。这就是说，纵使那个本子确是天都外臣序本，凡是补刊过的地方都应视作别本。涉及的篇幅所占的比例可真不少！①

正因为马氏对补刊叶面有如此理解，所以他才会说补刊叶面不可用，硬要用此本的话，要废掉所有补刊部分②。马氏文章所言，对于不少有补刊的书籍而言，实际情况确系如此。如钟伯敬本《水浒传》有三纸补刊书叶，钟伯敬本为繁本，而补刊书叶却为简本，补刊书叶与原书文字差距相当之大。但事情也有例外，马氏并未将石渠阁补印本的原刊文字、补刊文字与其他本子的文字进行比对，只是臆想补刊叶面并非原貌。

实际上，马氏所言"'置后'组三繁本"为石渠阁补印本、容与堂本以及钟伯敬本，这三种本子正文中阎婆事并未移置，宋江纳阎婆惜之事在刘唐下书之后，故事情节不符合事实逻辑，文本保留着较为古老的面貌。此三本均为百卷百回本，文字相似度极高，具体高到什么程度，下文会详细叙述，所以并非如马氏所言，一本中缺少某段，将其他两本相应部分补充，需要做一番增删工作。如果说石渠阁补印本缺少正文中某一段，将容与堂本或钟伯敬本任意一种拿去增补，基本上只要找到相应位置，就能做出增补，根本不需要做所谓的增删工作，甚至一个字都不需要改动。

①马幼垣：《水浒二论》，生活·读书·新知三联书店 2007 年版，第 109—110 页。
②马幼垣：《水浒二论》，生活·读书·新知三联书店 2007 年版，第 112 页。

当然,若是如此的话,即便拿容与堂本或钟伯敬本进行增补,补刊叶依旧属于他本,而非原本。但是还有一种可能性,补刊的叶面依旧属于原本,那就是石渠阁除了得到原刊本板木之外,还得到了原刊板木刊刻的《水浒传》。所谓补刊叶,其实也是依靠原本《水浒传》补刻。这一种解释从情理上来说,最为合乎情理。正如马幼垣先生所言,石渠阁之所以补刊,主要是因为原板木因为多次刊刻,磨损甚为严重,所以将字迹模糊、难以卒读的部分进行补刊,这些补刊部分既有整叶,也有单行。但试想一下,石渠阁当年收购此板木之时,发现此板木不能用的地方高达 1/4,如此之多的叶面需要找他本进行配补,是一件相当繁琐之事,且不论其工作量如何,一旦配补之处增删得磕磕绊绊,也容易遭人诟病,所以此种情形任何书坊在收购之时,均会掂量一二。但是若有原刊本,就不存在这种问题,只需要在字迹模糊或难以卒读之处,照原刊本补刊便是。至于为何不依照原刊本重新造版刊刻,也是为了节省人力物力。即便现今石渠阁补印本全部补刊之处加起来,也不过占全书 1/4,全书还有 3/4 不需要刊刻,如此则节省下 3/4 的造板成本。而且石渠阁刊刻书籍也并非追求精良的极致,只需达到差不多则可,此点从现存石渠阁补印本中有不少字迹模糊与缺字之处便可得知。

关于石渠阁补印本补刊叶面所用乃原刊本文字,并非只是情理推测之词,以下正文研究当中会发现原刊部分与补刊部分文字,与比对本文字的差异基本相同,并没有显示出补刊部分文字差异较之原刊部分文字差异更大。而且补刊部分文字与比对本相较,毫无填充文字的增删痕迹。除此之外,至为关键的一点是,补刊叶面不仅用原刊本作为底本进行补刊,而且是将原刊本作为版样直接覆刻。补刊字迹与原刊字迹颇为相同,原刊叶面某些文字的特殊写法,补刊叶面同样出现了。如果这种情况是一两处的话,犹能说是巧合,但是多处出现的话,就不能用巧合来解释了,而只能是补刊叶面同样用原刊本为版样直接覆刻补刊,才会出现如此情况。

这种原刊叶面和补刊叶面某些字的特殊写法,如第 47 回“船”字的某些异体字写法“舡”,原刊叶与补刊叶相同;第 51 回“殷”字的某些异体字写法“殷”,原刊叶与补刊叶相同;第 51 回、第 53 回“商”字的某些错误写法“商”,原刊叶与补刊叶相同;第 51 回、第 53 回“柴”字的某些异体字写法“˜”,原刊叶与补刊叶相同;第 53 回“走”字的某些异体字写法“𧺆”,原刊叶与补刊叶相同;第 53 回“起”字的某些异体字写法“𧺆”,原刊叶与补刊叶相同;第53回"石"字的某些异体字写法"后",原刊叶与补刊叶相同;第53回"肉"字的某些异体字写法"肉",原刊叶与补刊叶相同等。

当然,也并非所有补刊叶均出自原刊本,众多补刊叶中有一叶半即来自他本。此一叶半马幼垣先生也曾提到,即第88回最后一叶半,88.13a-88.14a。此一叶半与其他补刊叶面相比,差异比较明显,首先其他补刊叶有界行,而此一叶半无界行,其次版面也较之其他补刊叶为小,再次字迹也明显有所不同。最关键的是,文字部分与其他补刊叶有显著差异,其他补刊叶文字部分与容与堂本基本相同,而此一叶半的补刊叶,文字却与容与堂本有巨大差异,容与堂本中此部分有一首诗"玉女虚无忽下来",补刊叶不存;容与堂本中最末部分有"尽此一阵,须用大将。吴用道:愿闻良策如何破敌。宋江言无数句,话不一席,有分教:大辽国主拱手归降,兀颜统军死于非命"(88.16b),这48字,补刊叶不存。此一叶半补刊叶内容与不分卷本相同,如三大寇本、大涤余人序本、百二十回本等,将百二十回本此部分与之相比,文字完全相同。由此可见,此一叶半的补刊叶当是原板木缺失或模糊不清导致原刊本残缺,所以石渠阁以他本进行补刊。

除以上一叶半补刊叶可确证来自他本之外,尚有五叶补刊叶版面文字情况与他叶不同,不知文字是否来自他本。此五叶文字分别为:5.5a-5.6b,此二叶字体与前后叶版刻字体不同,并且板框无界栏,明显比前后叶板框小;15.1a-15.2b,此二叶字体与前后叶版刻字体不同,且版心下端有"○"符号;82.13ab,此叶字体与前后叶版刻字体不同,且版心下端有"○"符号。此五叶版心下端虽未题有"康熙五年石渠阁补"或"石渠阁补"字样,但明显可以看出是补刊叶。此五叶补刊叶之所以无法确定是否来自他本,是因为此五叶补刊叶文字与容与堂本、钟伯敬本相同,属于百卷百回本,即与石渠阁补印本文字一致,因此不知是石渠阁以底本修补,还是以其他百回本修补。

另外,值得注意的是,全书叶面版心下端有4处小字数字,分别为6.9b(527)、43.11a(576)、51.5b(576)、97.12a(544)。小字数字一般是叶面字数的统计,三大寇本、容与堂本等均有如此特征,将石渠阁补印本此4处叶面文字做出统计,叶面字数正好与小字数字相同,但此文字字数仅包括正文字数,而不含版心字数在内。版心刻有小字数字,或为原刊书叶面貌。

由上文可知,无论是原刊书叶,还是补刊书叶,二者均出自原刊本,书中除却914行字迹模糊或缺字之处的叶面外,石渠阁补印本的品质并未如马幼垣先生所说的那般不堪，虽然未能称得上是精品，但在小说刊刻中也算得上合格。

三、王利器关于石渠阁补印本研究的疏误

王利器先生是我国著名学者，其参与了由郑振铎先生牵头的《水浒全传》编校工作，《水浒全传》全部校勘工作由王利器先生完成，此书最后由人民文学出版社 1954 年出版，在海内外引起了巨大反响。时至今日，距离此书出版已过去数十年之久，但 1954 年版《水浒全传》编校所用版本之多，至今没有任何一种整校本能够超越。

关于此书王利器先生自然最有发言权，其在 1954 年此书出版之时写了一篇文章《关于〈水浒全传〉的版本及校订》，对此书进行了介绍。其中涉及石渠阁补印本与其他本子比对的情况，现摘录如下：

> 又如第六十三回，“梁中书听了大喜，随即取金碗绣缎，赏劳二将”。删改《水浒》的不知赏金碗是宋朝赏赐有功将士的一种制度，于是如容与堂本、四知馆本、杨定见序本、芥子园本、金圣叹批本都改“金碗”为“金花”了。又如，第七十五回，“陈太尉拴束马匹，整点人数，十将捧十瓶御酒，装在龙凤担内挑了，前插黄旗”，删改《水浒》的不知十将是宋代一种武官，于是如容与堂本、四知馆本就把“十将捧十瓶御酒”句改为“将那捧十瓶御酒”①，杨定见本、芥子园本则改为“将十瓶御酒”了。这些，都很好地说明了天都外臣序本非常忠实地保存了《水浒》的原始面貌，而删改《水浒》的不仅没有亲身体验到宋元人的生活，就连从间接知识中去了解宋元人生活，也一点没有做到，不问历史时代，不管时代色彩，主观而粗暴地把《水浒》删改成一个宋不宋、元不元、明不明、清不清的四不象的东西。②

若他本文字确如王利器先生所言，那么石渠阁补印本原本的刊刻时间当早于他本，且接近《水浒传》原貌。但事实情况远比王利器先生所言复杂得多，杨定见本（即百二十回本）、芥子园本、金圣叹评本第 63 回、第 75 回的

---

①原文此处为“将十瓶御酒”，误，据原本改。此原本为内阁文库所藏容与堂本，其他容与堂本及钟伯敬本为“十将捧十瓶御酒”。

②王利器：《关于〈水浒全传〉的版本及校订》，《文学书刊介绍》1954 年第 3 期。

两例文字均不存在问题，相对于石渠阁补印本文字而言，三本确实进行了修改，此三种属于石渠阁补印本原刊本之后的本子。

其余两种本子容与堂本、钟伯敬本与石渠阁补印本一样，属于百卷百回本。王利器先生关于此二本的例子出现了疏误，第63回之例，钟伯敬本并非将“金碗”改成了“金花”，而是改成了“金綵”；第75回之例，钟伯敬本与石渠阁补印本文字相同，为“十将捧十瓶御酒”。钟伯敬本文字的疏误是因为编校所用钟伯敬本并非原本，也非影印本，而是刘修业先生的校录本。此校录本以1934年北京流通图书馆排印的百回水浒作为底本，因为是校录本，所以疏误之处在所难免。

至于容与堂本例子的问题则比较复杂，《水浒全传》编校所用容与堂本为日本内阁文库藏本，此本是中国国家图书馆所藏全本容与堂本的同版后修本，对原本文字有不少改动。1954年王利器等人编校《水浒全传》之时，能见到的容与堂本只有日本内阁文库藏本，此本文字确如王利器先生文中所举例子一样，对原本进行了修改，而其他容与堂本如中国国家图书馆所藏全本以及中国国家图书馆所藏残本，这两例文字均同于石渠阁补印本。所以，通过王利器先生所举之例，只能证明石渠阁补印本原本的刊刻时间当早于百二十回本、芥子园本、金圣叹本，而不能证明其早于容与堂本与钟伯敬本。至于石渠阁补印本与其他早期刊本的关系如何，则是接下去要研究的内容。

四、京都大学图书馆所藏石渠阁补印本述略

以上是中国国家图书馆所藏石渠阁补印本的基本情况，此本一直以来都是海内外孤本，直到2017年11月19日东京开拍的古籍拍卖会“平成二十九年度东京古典会古典籍展观大入札会”出现了另外一部石渠阁补印本。此石渠阁补印本为平田昌司先生买下，后捐与日本京都大学，现藏于京都大学文学研究科图书馆。

京都大学图书馆所藏石渠阁补印本共计12册，存98回，第3回之前缺失，缺失部分包括卷首与第1回、第2回，此部分以林九兵卫刊本配补，共计1册，其余部分共计11册。此本板框高19.9厘米，宽13厘米，半叶12行，行24字，左右双边，白口黑鱼尾。部分叶面版心下刻“康熙五年石渠阁补”或“石渠阁补”。

京都大学藏本与国图藏本相比，二者为同版，断板之处相同。如 3.1a 右边与上边板框的断口，二者相同；4.2a 上边与下边板框的断口，二者相同；4.4b 下边板框的断口，二者相同；6.6a 上边板框的断口，二者相同；7.4a 右边板框的断口，二者相同等。但是相较而言，国图藏本为后印本，断板之处更多，裂缝也更大。如 3.5a 京都大学藏本右侧断板延伸到第一字，国图藏本延伸到第四字；55.5b 京都大学藏本左侧板框仅有一处小断口，国图藏本此处断口不仅变大，而且有非常大的裂缝，一直延伸到另一个半叶 55.5a 第二字；55.6a 京都大学藏本右侧板框有一处小断口，裂缝延伸到第三字，国图藏本则有两处小断口，其中京都大学藏本断口处裂缝变大，延伸到第十二字；55.9b 京都大学藏本左侧板框有三处小断口，国图藏本则有四处断口，其中多出处为大断口，此断口有裂缝，一直延伸到第十二字；55.10a 京都大学藏本右侧板框有四处断口，国图藏本则有六处断口，其中多出的一处断口有裂缝，一直延伸到第十二字；55.10b 京都大学藏本左侧板框有三处小断口，国图藏本则有四处断口，其中多出断口处有裂缝，一直延伸到第九字；82.12ab 京都大学藏本 82.12b 右侧板框有一处裂缝，一直延伸到 82.12a 第一字，国图藏本此处裂缝则一直延伸到 82.12a 第六字。由上可见，国图藏本为京都大学藏本的同版后印本。

除断板之处更多、裂缝更大之外，国图藏本与京都大学藏本还存在一些不同。其一，文字漶漫处，国图藏本更多。据马幼垣先生统计，国图藏本有模糊字迹或有缺字之处涉及 914 行，换算下来就是 38 叶。京都大学藏本此等处远较国图藏本为少，如 77.1a 国图藏本前三行文字漶漫，其中书名一栏模糊不清，“施耐庵”“罗贯中”数字不可辨识，京都大学藏本此半叶文字仅是稍有模糊，完全可以辨识。

其二，卷末题写书名处，京都大学藏本保存更多。京都大学藏本卷末存在书名的回数有：3—7、9、12、13、18、20、31、32、43、45、46（残存）、48、56、59、60、64、65、68、70、71、72、74、76、80、82、83、84、90、94、95、96、98、99、100，共计 38 回，国图藏本卷末存在书名的回数有：3、4、12、13、20、68、84、96、99、100，共计 10 回，国图藏本卷末存在书名处远比京都大学藏本少。

其三，国图藏本在京都大学藏本基础上书叶另有补刊。上文提到国图藏本板框或文字明显不同于其他叶面的补刊叶有六叶半：5.5a-5.6b、15.1a-15.2b、82.13ab、88.13a-88.14a，其中国图藏本有三叶不同于京都大学

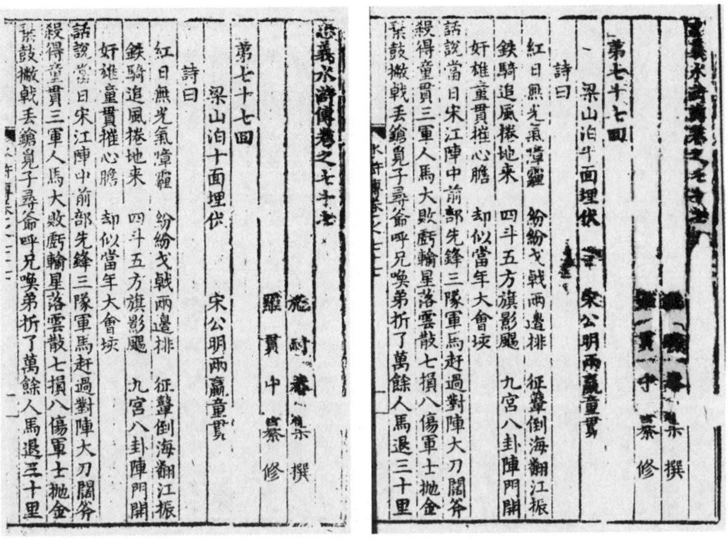

忠義水滸傳卷之七十七

施耐庵集撰

羅貫中纂修

第七十七回　梁山泊十面埋伏　宋公明兩贏童貫

詩曰

紅日無光氣障霾　紛紛戈戟兩邊排　征鼙倒海翻江振

鐵騎追風捲地來　四斗五方旗影颭　九宮八卦陣門開

奸雄童貫摧心膽　却似當年大會垓

話說當日宋江陣中前部先鋒三隊軍馬赶過對陣大刀闊斧殺得童貫三軍人馬大敗虧輸星落雲散七損八傷軍士拋金棄鼓撇戟丟鎗覓子尋爺呼兄喚弟折了萬餘人馬退三十里

京都大学藏本与国图藏本第 77 回首叶书影

藏本，为 15.1a-15.2b、82.13ab，此三叶京都大学藏本板框与刻字均与上下叶面相同，而国图藏本则不同，且国图藏本此三叶版心下有“〇”标识。

当然，也有极个别叶面，国图藏本的刊刻优于京都大学藏本，如 47.14 国图藏本版心有“石渠阁补”字样，而京都大学藏本则无，此或为京都大学藏本刊印不清晰之处。

京都大学藏本的发现虽然有令人遗憾之处，此本缺少序言，所以并不知序言末尾十一字题署是否为“万历己丑孟冬天都外臣撰”，但是京都大学藏本的发现却有重大意义。首先，多了一处新的藏本，而且此新藏本还是国图藏本的同版先印本，质量较之国图藏本更佳。其次，京都大学藏本的发现，也推翻了石渠阁补印本为劣本的言论。马幼垣先生在其文章中，多次提到“这个本子满满是模糊的字迹和有缺字之处，称此毛病星罗密布并不算夸张”“为何会有那么多模糊不清的地方？答案在刻工之不济。版面高度刻得不平均，低下来之处便会印不清楚，做成字迹模糊”“鼓吹这种货色为绝佳善本，肇因于以玩古董的心态去治学”“这个千疮百孔的本子根本就不值得我们理会”①。由京都大学藏本可见，模糊的字迹与缺字之处大大减少，而且

①马幼垣：《水浒二论》，生活·读书·新知三联书店 2007 年版，第 108—112 页。

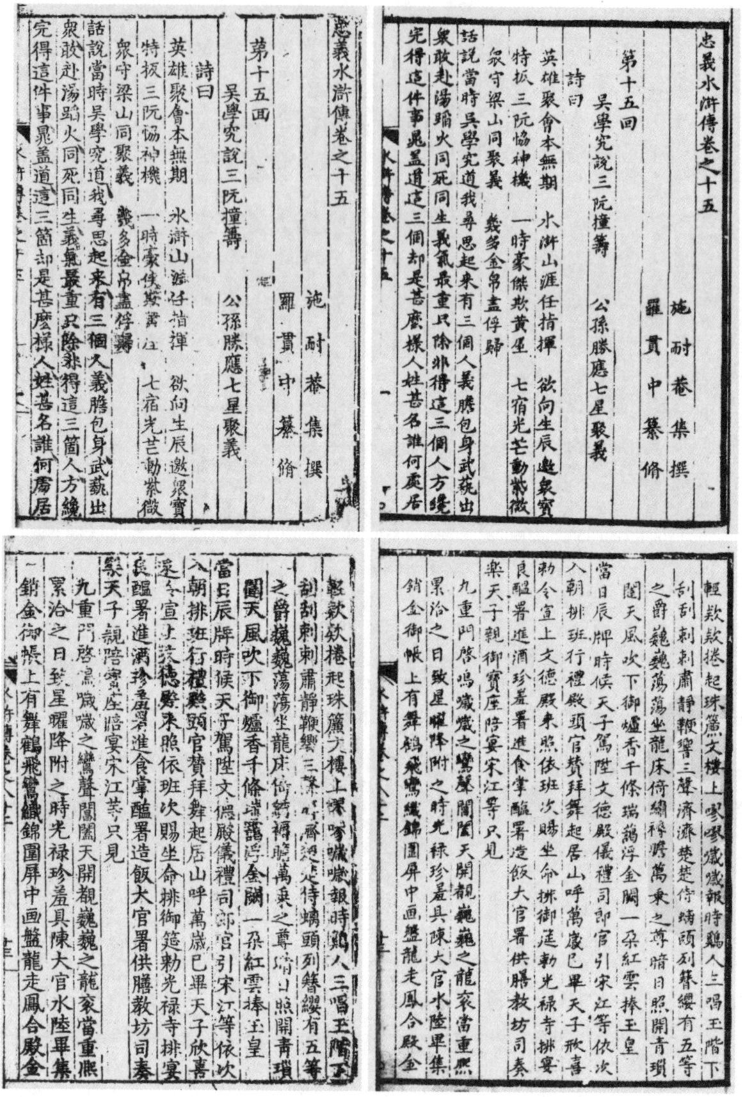

忠義水滸傳卷之十五

施耐菴集撰

羅貫中纂脩

第十五回 吳學究說三阮撞籌 公孫勝應七星聚義

詩曰

英雄聚會本無期 水滸山涯任指揮 欲向生辰邀眾寶

特扳三阮協神機 一時豪俠欺黃屋 七宿光芒動紫微

眾守梁山同聚義 幾多金帛盡俘歸

話說當時吳學究道我尋思起來有三個人義膽包身武藝出眾敢赴湯蹈火同死同生義氣最重只除非得這三個人方纔完得這件事晁蓋道這三個卻是甚麼樣人姓甚名誰何處居

輕款款捲起珠簾文樓上咚咚鼕鼕報時雞人三唱玉階下刮刮剌剌肅靜鞭響三聲濟濟楚楚侍螭頭列簪纓有五等之爵巍巍蕩蕩坐龍床倚綉褥隱萬乘之尊暗日照開青瑣闥天風吹下御爐香千條瑞靄浮金闕一朵紅雲捧玉皇

當日辰牌時候天子駕陞文德殿儀禮司郎官引宋江等依次入朝排班行禮殿頭官贊拜舞起居山呼萬歲已畢天子欣喜勑令宣上文德殿來照依班次賜坐命排御筵勑光祿寺排宴良醞署進酒珍羞署進食掌醢署造飯大官署供膳教坊司奏樂天子親御寶座陪宴宋江等只見

九重門啟鳴噦噦之鸞聲閶闔天開覩巍巍之龍袞當重熙累洽之日致星曜降附之時光祿珍羞具陳大官水陸畢集

一錯金御帳上有舞鶴飛鸞織錦圍屏中畫盤龍走鳳合殿金

京都大学藏本与国图藏本第 15 回首叶、第 82 回第 13 叶书影

京都大学藏本可能还并非石渠阁最初的补印本，最初的本子版面情况应该更好。同时，国图藏本模糊不清处甚多，并非由于刊工不济，只是因为刊印次数过多，板木磨损所致。

再次，京都大学藏本的发现，也让人知道了石渠阁补印本一直处于补刊的状态。从现存石渠阁补印本的叶面来看，石渠阁补印本的补刊至少经历过五个阶段。最开始的两个阶段是“石渠阁补”与“康熙五年石渠阁补”阶段，或以“石渠阁补”阶段在前，此一阶段补刊叶面的形态近似原刊叶面，“康熙五年石渠阁补”阶段在后，此一阶段补刊叶面的形态与原刊叶面有一定差异[①]。此两个阶段之后，则是六叶半的补刊叶，其中88.13a-88.14a、5.5a-5.6b三叶半补刊在前，15.1a-15.2b、82.13ab三叶补刊在后。88.13a-88.14a与5.5a-5.6b又属于不同时期的补刊，前者为全传本系统文字，与石渠阁补印本文字不同，后者为百卷百回本系统文字，与石渠阁补印本文字相同。或以88.13a-88.14a补刊在前，此时期板木或磨损或丢失，而又无原本文字对照，只能用全传本系统文字补刊。5.5a-5.6b补刊在后，此二叶补刊情况或与15.1a-15.2b、82.13ab补刊叶类似，因原板木磨损严重，所以重新造版补刊，此二叶补刊有原本可依，文字或为石渠阁补印本原本文字。最后的补刊叶是15.1a-15.2b、82.13ab，此三叶为国图藏本补刊，补刊叶面刻字与原本不同，但文字与原本相同。

第二节　石渠阁补印本《水浒传》的正文研究

石渠阁补印本《水浒传》正文研究，首先得确定与之比对的本子，不分卷本中三大寇本、大涤余人序本、百二十回本等以及金圣叹评本文字，与石渠阁补印本文字差异较大，暂时不取。百卷百回本中钟伯敬本乃是翻刻容与堂本中国家图书馆所藏残本而成，选取国家图书馆所藏残本容与堂本则不选钟伯敬本。百卷百回本中容与堂本现存8种，主要文字系统有3种：国家图书馆所藏全本（以下简称为国容全本）、国家图书馆所藏残本（以下简称为国容残本）、日本内阁文库藏本（以下简称为内阁本），三者全部选取，作为比对参照对象。剩余一种则是二十卷百回的嘉靖残本，同样选取作为比对参照对象，由于此本仅存第47回至第49回以及第51回至第55回，所以诸本比对回数以此部分为主。

此部分石渠阁补印本补刊叶面有第47回第7、8、11、12、13叶（石渠阁补）；第48回第5、6、7、8叶（石渠阁补）；第49回第1、2、9、10叶（石渠阁

①马幼垣先生关于“石渠阁补”与“康熙五年石渠阁补”补刊叶的先后顺序与笔者相同，但是马先生认为石渠阁补印本是等所有叶面补刊完才刊行，实际情况并非如此（见马幼垣《水浒二论》，生活·读书·新知三联书店2007年版，第111页）。

补),第5、6叶(无题识);第51回第3叶下半第7行至第4叶上半第6行(无题识);第52回第3、4叶(石渠阁补),第5叶下半第10行至第6叶上半第3行(无题识);第53回第5、6、9、10、13、14叶(石渠阁补),第15、16叶(无题识);第54回第3、4叶(无题识),第5、6叶(石渠阁补);第55回第6叶下半第4行至第8叶下半第12行(无题识)。以下例句若出现在补刊叶中,则在后面缀以"补"字。

一、石渠阁补印本与容与堂本诸种的关系

探讨石渠阁补印本与三种容与堂本之间的关系,旨在探明石渠阁补印本与何种容与堂本关系更加亲密。具体情况见以下例证:

石渠阁本:你这千人骑、万人压、乱人入的贱母狗。(51.6b)

国容全本:你这千人骑、万人压、乱人入的贱母狗。(51.7b)

国容残本:你这千人骑、万人压、乱人入的贱母狗。(51.7b)

内阁本:你这千人骑、万人压、乱人**射**的贱母狗。(51.7b)

(例一)

石渠阁本:若还吃了一块牛肉,只要走十万里方才得住。(53.3b)

国容全本:若还吃了一块牛肉,只要走十万里方才得住。(53.4a)

国容残本:若还吃了一块牛肉,只要走十万里方才得住。(53.4a)

内阁本:若还吃了一块牛肉,**定**要走十万里方才得住。(53.4a)

(例二)

石渠阁本:激出师父来,**这个**太莽了些。(53.9a)(补)

国容全本:激出师父来,**这个**太莽了些。(53.10a)

国容残本:激出师父来,**这个**太莽了些。(53.10a)

内阁本:激出师父来,**却是**太莽了些。(53.10a)

(例三)

石渠阁本:许多诈奸**不及**的三二十人。(52.3b)(补)

国容全本:许多诈奸**不及**的三二十人。(52.4a)

国容残本:许多诈奸**诈伪**的三二十人。(52.4a)

内阁本:许多诈奸**诈及**的三二十人。(52.4a)

(例四)

石渠阁本：因在牢里六十日限满断结，解上济州。（51.7b）

国容全本：因在牢里六十日限满断结，解上济州。（51.8b）

国容残本：监在牢里六十日限满断结，解上济州。（51.8b）

内阁本：监在牢里六十日限满断结，解上济州。（51.8b）

（例五）

石渠阁本：鞍上将似南山猛虎，人人好斗偏争。（52.8a）

国容全本：鞍上将似南山猛虎，人人好斗偏争。（52.9b）

国容残本：鞍上将似南山猛虎，人人好斗能争。（52.9b）

内阁本：鞍上将似南山猛虎，人人好斗能争。（52.9b）

（例六）

石渠阁本：束发冠珍珠厢嵌，绛红袍锦绣攒成。（54.5a）（补）

国容全本：束发冠珍珠厢嵌，绛红袍锦绣攒成。（54.6a）

国容残本：束发冠珍珠镶嵌，绛红袍锦绣攒成。（54.6a）

内阁本：束发冠珍珠镶嵌，绛红袍锦绣攒成。（54.6a）

（例七）

石渠阁本：来后面僻净处开了枷。（51.7b）

国容全本：乘后面僻净处开了枷。（51.9a）

国容残本：乘后面僻净处开了枷。（51.9a）

内阁本：来后面僻净处开了枷。（51.9a）

（例八）

石渠阁本：苍然古貌，鹤发酡颜。（53.7b）（补）

国容全本：苍然古貌，鹤发驼颜。（53.8b）

国容残本：苍然古貌，鹤发驼颜。（53.8b）

内阁本：苍然古貌，鹤发酡颜。（53.8b）

（例九）

石渠阁本：只见一个青衣童子拦住李逵。（53.11b）

国容全本：只有一个青衣童子拦住李逵。（53.13b）

国容残本：只有一个青衣童子拦住李逵。（53.13b）

内阁本：只见一个青衣童子拦住李逵。（53.13b）

（例十）

石渠阁本：李逵看他屋里都是铁砧。（54.2b）

国容全本：李逵看他屋里都是铁钻。（54.3a）

国容残本：李逵看他屋里都是铁砧。（54.3a）

内阁本：李逵看他屋里都是铁砧。（54.3a）

（例十一）

石渠阁本：只一箭把薛元辉头重脚轻射下马去。（54.5b）（补）

国容全本：只弓箭把薛元辉头重脚轻射下马去。（54.6b）

国容残本：只一箭把薛元辉头重脚轻射下马去。（54.6b）

内阁本：只一箭把薛元辉头重脚轻射下马去。（54.6b）

（例十二）

石渠阁本：忽听得山坡后连珠炮响。（54.8a）

国容全本：忽听后山坡后连珠炮响。（54.9a）

国容残本：忽听得山坡后连珠炮响。（54.9a）

内阁本：忽听得山坡后连珠炮响。（54.9a）

（例十三）

石渠阁本：若是这厮会使神师计。（52.11a）

国容全本：若使这厮会使神师计。（52.13a）

国容残本：若使这厮会使神师计。（52.13a）

内阁本：既是这厮会使神师计。（52.13a）

（例十四）

上文14个例子，可分为五种情况，第一种情况为例一至例三，石渠阁补印本同于国容全本、国容残本而异于内阁本之例；第二种情况为例四至例七，石渠阁补印本同于国容全本而异于国容残本、内阁本之例。其中例四与其他三例又有所不同，其他三例国容残本文字与内阁本相同，而例四中国容全本、国容残本、内阁本三者文字各异，石渠阁补印本同于国容全本；第三种情况为例八至例十，石渠阁补印本同于内阁本而异于国容全本、国容残本之例；第四种情况为例十一至例十三，石渠阁补印本同于国容残本、内阁本而异于国容全本之例；第五种情况为例十四，石渠阁补印本异于三种容与堂本之例。

由这些例子来看，石渠阁补印本既有同于国容全本之处，也有同于国容残本之处,还有同于内阁本之处。那么,石渠阁补印本与三者的关系似乎不好判定。实际情况绝非如此,以上仅是举例观之,若将其转换为数据的话,则一目了然。以第51回至第55回而论,第一种情况存在59例,其中补刊叶有12例;第二种情况存在35例,其中补刊叶有7例;第三种情况存在3例;第四种情况存在3例,其中补刊叶有1例;第五种情况下文另行讨论。

总的来说,但凡国容全本与国容残本或者内阁本文字存在不同时,石渠阁补印本基本上同于国容全本,这种例子有94处,而石渠阁补印本同于国容残本或内阁本的例子仅有6处,此6处还是因为国容全本文字出错或是不佳。所以,很明显可以看出,三种容与堂本中石渠阁补印本与国容全本关系最为密切。此外,原刊叶中石渠阁补印本与国容全本相同者75例,不相同者5例;补刊叶中石渠阁补印本与国容全本相同者19例,不相同者1例,原刊叶与补刊叶中石渠阁补印本与三种容与堂本的关系并无差别。

二、石渠阁补印本与嘉靖残本、容与堂本之间的关系

石渠阁补印本文字与容与堂本非常相似,但也存在像上文所举例的第五种情况,即石渠阁补印本文字与三种容与堂本均不相同。具体来看一下这种情况,列举石渠阁补印本与容与堂本文字不同之处[①],以国容全本为主,其他两种容与堂本文字不另列出。石渠阁补印本与国容全本文字不同之处,罗列嘉靖残本相关文字参看,通过这些例证以观石渠阁补印本、嘉靖残本、容与堂本三者之间的关系。诸本当中异体字不算在文字不同之列。

石渠阁本:人都叫他做鬼脸儿。(47.1a)

容与堂本:人都**唤**他做鬼脸儿。(47.1a)

嘉靖残本:人都叫他做鬼脸儿。(47.1ab)

(例一)

石渠阁本:当锋**都**是少年郎。(48.4b)

容与堂本:当锋**多**是少年郎。(48.5b)

嘉靖残本:当锋**都**是少年郎。(48.6b)

(例二)

石渠阁本:行不到二十**来**里。(47.10a)

①此不同即石渠阁补印本与三种容与堂本文字均不相同之处。

容与堂本:行不到二十里来。(47.11b)

嘉靖残本:行不到二十来里。(47.13b)

(例三)

石渠阁本:只见小衙内倒在地上。(51.11b-12a)

容与堂本:只在小衙内倒在地上。(51.13b)

嘉靖残本:只见小衙内倒在地上。(51.16b)

(例四)

石渠阁本:鹿角都搽了路口。(48.1b)

容与堂本:鹿角都塞了路口。(48.1b)

嘉靖残本:鹿角都搽了路口。(48.1b)

(例五)

石渠阁本:若是误举,干当重罪。(54.12a)

容与堂本:若是误举,甘当重罪。(54.14a)

嘉靖残本:若是误举,干当重罪。(54.17a)

(例六)

石渠阁本:试把兴亡重点检。(54.1a)

容与堂本:试把兴亡重检点。(54.1a)

嘉靖残本:试把兴亡重点检。(54.1a)

(例七)

石渠阁本:早辰都披挂了衣甲。(54.4b)(补)

容与堂本:早晨都披挂了衣甲。(54.5a)

嘉靖残本:早辰都披挂了衣甲。(54.5b)

(例八)

石渠阁本:因此倒抱了小衙内去了。(51.11a)

容与堂本:因此到抱了小衙内去了。(51.13a)

嘉靖残本:因此到抱了小衙内去了。(51.15b)

(例九)

石渠阁本:只见一丈青飞马赶来。(48.7b)(补)

容与堂本:只见一丈青飞马回来。(48.9a)

嘉靖残本:只见一丈青飞马回来。(48.10b)

(例十)

石渠阁本：于直被林冲心窝里一蛇矛刺着，翻筋斗攧下马去。（52.9ab）

容与堂本：于直被林冲心窝里一蛇矛刺着，翻筋斗攧下马去。（52.11a）

嘉靖残本：于直被林冲心窝里一蛇矛刺着，番筋斗攧下马去。（52.12b）

（例十一）

石渠阁本：取了行李包果。（53.6b）（补）

容与堂本：取了行李包裹。（53.7b）

嘉靖残本：取了行李包裹。（53.9a）

（例十二）

石渠阁本：那个鼓上躁时迁，他原是此等人。（47.8a）

容与堂本：那个鼓上蚤时迁，他原是此等人。（47.9a）

嘉靖残本：那个鼓上皂时迁，他原是此等人。（47.11a）

（例十三）

石渠阁本：解珍也就厅前搬折栏干。（49.4a）

容与堂本：解珍也就厅前搬折阑干。（49.4b）

嘉靖残本：解珍也就厅前搬折栏杆。（49.5ab）

（例十四）

上述14例存在三种情况：第一种情况为例一至例六，石渠阁补印本同于嘉靖残本而异于容与堂本；第二种情况为例七至例十二，容与堂本同于嘉靖残本而异于石渠阁补印本；第三种情况为例十三、例十四，石渠阁补印本、容与堂本、嘉靖残本三者文字均不相同。前面两种情况文字互有优劣，第一种情况例一、例二石渠阁补印本、嘉靖残本与容与堂本文字两可，例三、例四石渠阁补印本、嘉靖残本文字优于容与堂本，例五、例六石渠阁补印本、嘉靖残本文字劣于容与堂本。第二种情况例七、例八石渠阁补印本与容与堂本、嘉靖残本文字两可，例九、例十石渠阁补印本文字优于容与堂本、嘉靖残本，例十一、例十二石渠阁补印本文字劣于容与堂本、嘉靖残本。

整个第47回至第49回、第51回至第55回的8回文字当中，石渠阁补印本与容与堂本共有76处文字不同。这个数量非常之少，甚至比同为容与堂本的国容全本、国容残本、内阁本之间的差异还小，可见石渠阁补印本与容与堂本文字同属于一个系统，关系十分之密切。此76处不同文字，石渠阁补印本与嘉靖残本相同者有63处，容与堂本与嘉靖残本相同者有10处，有3处三本均不同。由此可见，石渠阁补印本不仅与容与堂本关系密切，与嘉靖残本关系同样密切,此三个本子当有共同的祖本,所以文字互有差异,但又联系紧密。

此76处不同文字有24处属于补刊叶,其中石渠阁补印本与嘉靖残本相同者有19处,容与堂本与嘉靖残本相同者有4处,有1处三本均不同。由此来看,补刊叶情况与原刊叶相似,正如上文所言,原刊叶与补刊叶当均是出自原刊本。

通过上文例证以及其他76处文字的例证似乎仅能说明嘉靖残本、容与堂本、石渠阁补印本三者文字关系密切,而无法看出何者文字在先。即便某本有个别文字脱漏或增添,也无法判定是前刊者无意脱漏,还是后刊者有意补刊。此外,三本文字互有脱漏,这样无疑加大了判定的难度。如:

石渠阁本:若是破阵冲敌。(47.9b)

容与堂本:若破阵冲敌。(47.10b-11a)

嘉靖残本:若是破阵冲敌。(47.13a)

(例一)

石渠阁本:你赖我大虫,和你官司里去理会。(49.4a)

容与堂本:你赖我大虫,和你官司理会。(49.4b)

嘉靖残本:你赖我大虫,和你官司里去理会。(49.5b)

(例二)

石渠阁本:锦鞍鞯稳称桃花马。(54.4b)

容与堂本:锦鞯稳称桃花马。(54.5a)

嘉靖残本:锦鞍鞯稳称桃花马。(54.6a)

(例三)

石渠阁本:当不住这里人多,一发上,因此吃拿了。(47.12a)

容与堂本:当不住这里人多,一发上去,因此吃拿了。(47.14a)

嘉靖残本:当不住这里人交,一发上,因此吃拿了。(47.17a)

(例四)

石渠阁本:一个是拚命三石秀。(48.7b)

容与堂本:一个是拚命三郎石秀。(48.8b)

嘉靖残本:一个是弃命三石秀。(48.10a)

(例五)

石渠阁本：包节级正在亭心着看见。（49.12a）

容与堂本：包节级正在亭心坐着看见。（49.14a）

嘉靖残本：包节级正在亭心着看见。（49.16b）

（例六）

从上述例子确实无法判断三本文字的先后，尤其是例四至例六，很明显容与堂本文字更佳，但光从文字来看，无法知悉到底是容与堂本在前，石渠阁补印本、嘉靖残本文字脱漏，还是石渠阁补印本、嘉靖残本在前，容与堂本补刊。

虽然直接通过文字无法判断本子的先后，但是可以通过其他方面来判断。容与堂本版面某些特殊的刻字方式透露出的信息，对于判断本子的先后颇有帮助。现存三种容与堂本均非容与堂初刊本，而是后刊本，三本文字均有不同程度的挖补、挖除、挖改。其中挖补是将一字挖去，补上两字或数字占一字格，挖除是将文字直接挖去，版面留下空白。这两种情况在版面上都很容易看出，但是第47回至第49回以及第51回至第55回当中，关系与石渠阁补印本最为亲密的国容全本并没有挖补与挖除之处。

除此之外，容与堂本还有一种修改文字的方式，即将每行22字变为每行23字，例四至例六正是此种情况。例四容与堂本47.14a第4行，“多一发上去”五个字挤着占四字格，例五容与堂本48.8b的第6行，“三郎石秀东北”六个字挤着占五字格，例六容与堂本49.14a的第3行“在亭心坐着看”六个字挤着占五字格。由此来看，更加可以证明嘉靖残本、石渠阁补印本、容与堂本三种有共同的祖本，祖本此处脱文，容与堂本发现后进行补刊。将石渠阁补印本与容与堂本的比对范围扩大，可以发现其他回数国容全本挖补、挖改以及行22字变23字之处，大部分石渠阁补印本均未作修改，如：

石渠阁本：左右列着三五十对金鼓手，一发起擂来。（12.9a）

国容全本：左右列着三五十对金鼓手，（一齐）发起擂来。（12.10a）

（例一）

石渠阁本：阮小五道：甚么官司敢来打鱼鲜。（15.6b）

国容全本：阮小五道：甚么官司敢来（禁打）鱼鲜。（15.7b）

（例二）

石渠阁本：只见店主人把三碗、一双筯、一碟热菜放在武松面前。（23.4a）

国容全本：只见店主人把（三支）碗、一双筯、一碟热菜放在武松面前。（23.4b）

（例三）

石渠阁本：我只是这句话，由你们怎地商量。（36.4b）

国容全本：我只是这句话，由你们□□商量。（36.5a）

（例四）

石渠阁本：吴用、花荣两骑马在前，后面数十骑马跟着。（36.4b）

国容全本：吴用、花荣两骑马在前，后□□十骑马跟着。（36.5ab）

（例五）

石渠阁本：望大路上走，看看见一轮红日低坠。（37.2b）

国容全本：望大路上□，看看见一轮红日低坠。（37.3a）

（例六）

石渠阁本：众道：我方才见他和阎婆两个过去。（21.8a）

国容全本：众人道：我方才见他和阎婆两个过去。（21.9a）

（例七）

石渠阁本：知县道："胡说！且把这厮捆翻，打这厮！"左右两边狼虎一般公人……（22.2a）

国容全本：知县道："胡说！且把这厮捆翻了，打这厮！"左右两边狼虎一般公人……（22.2a）

（例八）

石渠阁本：卢俊义挺着朴刀，随后赶将入。（61.11b）

国容全本：卢俊义挺着朴刀，随后赶将入来。（61.13b）

（例九）

其中例一至例三是国容全本文字挖补之例，括号内为两字挖补占一字格，石渠阁补印本文字未增补。例四至例六是国容全本文字挖除之例，□为挖除的文字，石渠阁补印本文字未挖除。例七至例九是容与堂本行22字变23字之处，例七"众人道"三个字挤着占两字格，例八"了打这厮左右"六个字挤着占五字格，例九"将入来"三个字挤着占两字格，石渠阁补印本文字未作增补。

当然，也有小部分国容全本挖补、挖改以及行 22 字变 23 字之处，石渠阁本同样进行了修改，文字同于国容全本，如：

石渠阁本：敝村曾拿得个把小小贼么。（14.2a）

国容全本：敝村曾拿（得个）把小小贼么。（14.2a）

（例一）

石渠阁本：小二哥道：新宰得一头黄牛。（15.4b）

国容全本：小（二哥）道：新宰得一头黄牛。（15.5b）

（例二）

石渠阁本：只是搬是搬非。（21.9b）

国容全本：只是□搬是搬非。（21.10b-11a）

（例三）

石渠阁本：那厮一地里去搪酒吃。（21.9b）

国容全本：那厮一地里去搪酒吃。（21.10b）

（例四）

石渠阁本：张顺扒到船边，除下头上衣包。（91.4a）

国容全本：张顺扒到船边，除下头上衣包。（91.4b）

（例五）

其中例一、例二是国容全本文字挖补之例，括号内为两字挖补占一字格，石渠阁补印本文字同。例三是国容全本文字挖除之例，□为挖除文字，石渠阁补印本文字同。例四、例五是容与堂本行 22 字变 23 字之处，例四“那厮一”三个字挤着占两字格，例五“船边除下”四个字挤着占三字格，石渠阁补印本文字同。具体而言，国容全本文字挖补之处有 11 例，其中石渠阁补印本未补者有 7 例；国容全本文字挖除之处有 8 例，其中石渠阁补印本未挖者有 7 例。

由此基本可以说明，石渠阁补印本、嘉靖残本虽然与现存容与堂本属于同一系统的本子，三者有共同的祖本，但是石渠阁补印本与嘉靖残本保存着更多祖本文字的面貌，而现存容与堂本则对祖本文字不合理之处进行了修订。

第三节 石渠阁补印本《水浒传》的刊刻书坊以及刊行年代

一、石渠阁与补板时间

关于石渠阁补印本的刊刻书坊最先想到的肯定是石渠阁，此书坊之名很明确出现在石渠阁补印本补刊叶面版心下，或刻“康熙五年石渠阁补”，或刻“石渠阁补”。

石渠阁是南京的一家书坊，又称为“梅墅石渠阁”，是一家老字号书坊。《全明分省分县刻书考》中载录石渠阁刊刻的书籍共8种：万历三十年（1602）刊《月令广义》、万历三十年（1602）刊《汇书详注》、万历三十二年（1604）刊《文献通考》、万历四十七年（1619）刊《山堂肆考》、天启六年（1626）刊《新刻精纂详注仕途悬镜》、天启六年（1626）刊《岳石帆先生鉴定四六宙函》、崇祯年间刊《鼎锲叶太史汇纂玉堂纲鉴》①。此外，明代石渠阁还有万历三十八年（1610）刊《杏苑生春》、万历四十四年（1616）刊《笺释梅亭先生四六标准》、崇祯五年（1632）刊《大学衍义》、崇祯七年（1634）刊《音韵日月灯韵母》、崇祯十一年（1638）刊《石渠阁精订摄生秘剖》等。《全清分省分县刻书考》中没有著录石渠阁刊本的信息，但石渠阁在清代依旧刊刻了不少书籍，如顺治十四年（1657）序刊《唐诗品汇》、康熙二十四年（1685）序刊《六臣注文选》、康熙三十年（1691）《元韵谱》、顺治年间《唐诗类苑选》、康熙年间《治平略增定全书》、康熙年间《石渠阁精订皇明英烈传》等。

据《江苏艺文志·镇江卷》载“蒋时机，字无谋，一字道化。明句容人。于金陵开设书坊石渠阁。曾为王世茂车书楼编书，后始独自经营”②。并列举刊刻书籍五种《新刻精纂详注仕途悬镜》《杏苑生春》《地理析髓经琐言》《百家评注文章轨范》《岳石帆先生鉴定四六宙函》。从书籍刊刻时间来看，蒋时机主要活动范围在万历年间至天启年间。之后蒋时机是否还有主持石渠阁，则很难说，但应该是将石渠阁托付给了其他亲属经营。现存《石渠阁三订重刻周易去疑》中，有《重梓去疑副言》一篇，末署“石渠阁校书侬蒋时

①杜信孚、杜同书：《全明分省分县刻书考·江苏省书林卷》，线装书局2001年版，第6叶上—第6叶下。

②南京师范大学古文献整理研究所编著：《江苏艺文志·镇江卷》，江苏人民出版社1994年版，第675页。

机无谋氏”，首卷卷端题“绛岩　蒋先庚　震青　增补”，蒋先庚应该即是蒋时机的传人。其他石渠阁刊刻书籍当中，有署“句容　畏菴　蒋先庚　注疏”“华阳　蒋畏菴注疏”等语，其中绛岩、华阳均为句容县地名，而蒋时机、蒋先庚为同地人，姓相同，同刻过一本书，可见二者的亲密关系。

由此可见，石渠阁从万历年间就开始刊刻书籍，书坊主为蒋时机，直至康熙年间石渠阁依旧活跃在出版界，此时的书坊主为蒋先庚。石渠阁补印本《水浒传》可能即在蒋先庚手上主持完成。而且从现存资料来看，石渠阁似乎颇为热衷于对书籍做增修、补订工作。除《水浒传》之外，现存石渠阁刊本《本草纲目》《汇书详注》《山堂肆考》等均存在这种情况。《本草纲目》版心有“石渠阁补”字样，《汇书详注》版心有“石渠阁补”“石渠阁补刻”字样，《山堂肆考》版心有“石渠阁补”字样。

关于石渠阁补印本的补板时间，根据补刊叶版心“康熙五年石渠阁补”8字，可知补于康熙五年（1666），此等处有15叶，此外还有“石渠阁补”237叶，无题识补刊叶55叶。对于这些补刊叶，马幼垣先生如此解释，“最先补刊时用四字题识。待工作做得差不多了，才发现还有些地方需要补刊，为了注明这是随后才做的工作，故用加上年份的八字题识。但后来又觉得此举不妥，遂试挖掉若干八字题识。至于那些不加题识的整叶补刊，时间可能还要后一点。如果这观察够准确，这本石渠阁补刊本便要过了康熙五年才能出版了”①。关于石渠阁补印本的补板时间，笔者上文已有介绍，现摘录于下：

从现存石渠阁补印本的叶面来看，石渠阁补印本的补刊至少经历过五个阶段。最开始的两个阶段是“石渠阁补”与“康熙五年石渠阁补”阶段，或以“石渠阁补”阶段在前，此一阶段补刊叶面的形态近似原刊叶面，“康熙五年石渠阁补”阶段在后，此一阶段补刊叶面的形态与原刊叶面有一定差异。此两个阶段之后，则是六叶半的补刊叶，其中88.13a-88.14a、5.5a-5.6b三叶半补刊在前，15.1a-15.2b、82.13ab三叶补刊在后。88.13a-88.14a与5.5a-5.6b又属于不同时期的补刊，前者为全传本系统文字，与石渠阁补印本文字不同，后者为百卷百回本系统文字，与石渠阁补印本文字相同。或以88.13a-88.14a补刊在前，此时期板木或磨损或丢失，而又无原本文字对照，只能用全传本系统文字补刊。5.5a-5.6b补刊在后，此二叶补刊情况或

①马幼垣：《水浒二论》，生活·读书·新知三联书店2007年版，第111页。

与15.1a-15.2b、82.13ab补刊叶类似，因原板木磨损严重，所以重新造版补刊，此二叶补刊有原本可依，文字或为石渠阁补印本原本文字。最后的补刊叶是15.1a-15.2b、82.13ab，此三叶为国图藏本补刊，补刊叶面刻字与原本不同，但文字与原本相同。从石渠阁补印本补刊叶的不同阶段来看，石渠阁补印本最早可能刊行于康熙一、二年（1662、1663）、康熙五年（1666）又有补刊发行，康熙五年之后依旧有补刊印行。

二、天章阁与刊行时间

康熙五年（1666）是石渠阁补板的时间，但并非现存石渠阁补印本的刊印时间，此是为何？石渠阁所刊印书籍一直比较注重自己的版权，有的会在书名上直接题加"石渠阁"字样，如《石渠阁精订摄生秘剖》《石渠阁精订皇明英烈传》《石渠阁三订重刻周易去疑》《石渠阁重订草堂诗余》《石渠阁订刻王谨山先生集》等，有的则会在封面题写"梅墅石渠阁藏板""梅墅石渠阁梓""石渠阁重订"等字样。而国图藏本《水浒传》无论封面、目录、每卷卷端均无刊行者字样，目录与每卷卷端题为"忠义水浒传"，封面中栏大字直书"水浒全传"四字，右栏上角书"李卓吾先生评"，左栏下角书"本衙藏板"，全称为"李卓吾先生评水浒全传"。

"本衙藏板"沈津先生所言即"和其他书上的'××阁藏板''××堂藏板''××斋藏板'都是同样的意思，即是说明雕刻本书的书版在完成刷印后所藏之处"，本衙藏板"实际上，家刻、官刻、坊刻都涉及到了"，而对于小说而言，"之所以书坊也打着'本衙藏板'的旗号，不敢亮出自己的招牌，或是意欲不想惹出什么官司是非来，随便找个'本衙'来应付一番。因此，'本衙藏板'，似不排斥也有书坊刻书藏版牟利的成分"①。

国图所藏石渠阁补印本《水浒传》封面的"本衙藏板"，不知具体为何书坊藏板，但现今国图藏本封面有两个藏章，一直未为人所注意，其一是朱红色树枝花纹图案盖在中栏"水"字以及板框之上；其二是"天章阁"朱红色印章，盖在本衙藏板之上。此"天章阁"印章并非藏书章，而是刊印发兑的书坊章，这种使用别的书肆所刊刻的板木来印行、发兑书籍的方法在出版界很常见。石渠阁所刊印的书籍中即有此种，石渠阁所刊刻的《本草纲目》封

①沈津：《说"本衙藏板"》，《昌彼得教授八秩晋五寿庆论文集》，学生书局2005年版，第211—220页。

面中栏为大字“本草纲目全书”，右为“石渠阁重订江西”，左为“梅墅烟萝阁藏板”，之下有“石渠阁”印章一枚。《水浒传》的版本中也有此种，宝翰楼本《水浒传》封面中栏大字书“忠义水浒全传”，右为“李卓吾原评”，左下角为“本衙藏板”，中栏上有“宝翰楼章”印章一枚。

天章阁据《全明分省分县刻书考》中所载，刊有书籍两种，一种是《医贯》，题为“明赵献可撰。明崇祯元年江苏省金陵书林天章阁视履堂刊本”；一种是《李卓吾先生批点西厢记真本》，题为“元王德信撰，明李贽批点。崇祯十三年江苏省金陵书林天章阁刊本”①。刊刻《医贯》的天章阁确属金陵，封面左下角题署“金陵天章阁 / 视履堂梓行”，天章阁和视履堂并排刊刻，当属两个不同书坊合力刊刻此书。视履堂还刊刻了其他书籍，主要以医书为主，如《万密斋书》《万氏家传幼科发挥》《万氏家传养生四要》《女科要言》等。刊刻《西厢记》的天章阁并非属于金陵，而是杭州，此本封面左下角题署“西陵天章阁藏板”，西陵乃是杭州孤山西面的一处地名，被用来指代杭州，也作“西泠”，后世有名的诗人群体“西陵十子”之名即取自此地。刊刻此本《水浒传》的天章阁从刊刻类型上来看，当为杭州书坊。当然，也有可能是杭州的天章阁与金陵的天章阁为一家书坊的两家分店。

《李卓吾先生批点西厢记真本》从序言末尾题署“崇祯岁庚辰中秋之朔”，可知刊刻于崇祯庚辰年，即崇祯十三年（1640）。有意思的是，西陵天章阁刊本《西厢记》与容与堂刊本《西厢记》有着密切联系，据陈旭耀先生考证“（西陵天章阁《西厢记》）其底本为容与堂刊本当无疑”②。而石渠阁补印本《水浒传》与容与堂本《水浒传》的文字从上文来看，同样有着密切联系。

由以上来看，天章阁刊印石渠阁补修的本子，有两种可能性：一种是天章阁得到木板后，委托石渠阁帮忙补修，自己只负责刊行，所以仅有补刊叶有“石渠阁”字样，而其他部分没有“石渠阁”版权字样，此种情况石渠阁补印本的刊印时间距离康熙五年（1666）不远。第二种可能是石渠阁于康熙五年（1666）之后，将补好的板木出售，天章阁得到此套板木，将有关石渠阁的版权信息予以挖除。若是此种情况的话，现存石渠阁补印本的刊印时间则要晚于康熙五年（1666），可能要到康熙中后期。

①杜信孚、杜同书：《全明分省分县刻书考・江苏省书林卷》，线装书局2001年版，第4叶上。

②陈旭耀：《现存明刊〈西厢记〉综录》，上海古籍出版社2007年版，第236页。

三、“李卓吾评阅”“水浒全传”以及序言的问题

国图所藏石渠阁补印本封面有“李卓吾先生评”“水浒全传”字样。先说“李卓吾先生评”的问题，国图藏本除封面有“李卓吾”字样外，部分卷数卷端有“李卓吾评阅”数字，这样的回数有第1回至第10回、第22回、第43回、第62回、第82回，而目录书名以及每卷书名均无“李卓吾”字样。“李卓吾评阅”五字郑氏校勘本称“原本这五字系出剜补”①，但查石渠阁补印本此五字字迹与正文文字相同，应属同一时期刊刻。

现今已知署名李卓吾评点的《水浒传》本子有容与堂本、石渠阁补印本、三大寇本、百二十回本、二刻英雄谱本、三十卷本6种。其中容与堂本、三大寇本、百二十回本、二刻英雄谱本、三十卷本，这5种本子不管是否为真正的李卓吾评本，均确有批语存在。石渠阁补印本则不然，虽然封面题“李卓吾先生评”，卷端也有“李卓吾评阅”，但是整本书却没有任何一条批语。可见无论是封面部分“李卓吾先生评”，还是卷端“李卓吾评阅”字样，均属伪托所为。为的就是以李卓吾之名作广告，招徕读者。此等作伪之处，非石渠阁所为，亦非天章阁所为，而是原本即如此。那么，原本刊刻时间到底在

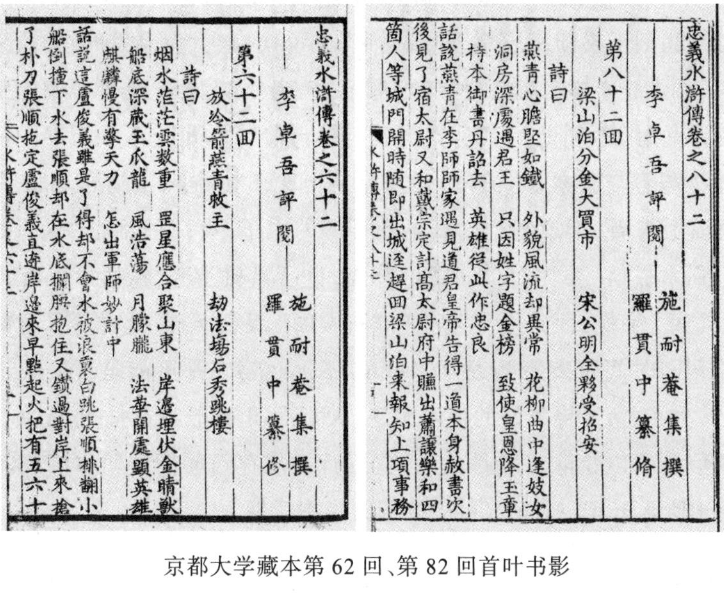
忠義水滸傳卷之六十二
李卓吾評閱　施耐菴集撰　羅貫中纂修
第六十二回
放冷箭燕青救主　劫法場石秀跳樓
詩曰
烟水茫茫雲數重　罡星應合聚山東　岸邊埋伏金睛獸
船底深藏玉爪龍　風浩蕩　月朦朧　法華開處顯英雄
麒麟慢有擎天力　怎出軍師妙計中
話說這盧俊義雖是了得却不會水被浪裏白跳張順排翻小
船倒撞下水去張順却在水底攔腰抱住又鑽過對岸上來搶
了朴刀張順拖定盧俊義直奔岸邊來早點起火把有五六十

忠義水滸傳卷之八十二
李卓吾評閱　施耐菴集撰　羅貫中纂修
第八十二回
梁山泊分金大買市　宋公明全夥受招安
詩曰
燕青心膽堅如鐵　外貌風流却異常　花柳曲中逢妓女
洞房深處遇君王　只因姓字題金榜　致使皇恩降玉章
持本御書丹詔去　英雄從此作忠良
話說燕青在李師師家遇見道君皇帝告得一道本身赦書次
後見了宿太尉又和戴宗定計高太尉府中賺出蕭讓樂和四
箇人等城門開時隨即出城逕趕回梁山泊來報知上項事務

京都大学藏本第62回、第82回首叶书影

①[明]施耐庵、罗贯中:《水浒全传》,人民文学出版社1954年版,第10页。

何时？

再来看封面“水浒全传”四字，此四字也是独出，序言题为“水浒传叙”，目录题为“忠义水浒传目录”，正文卷端题为“忠义水浒传卷之 ×”，版心题为“水浒传卷之 ×”，均无“全”字。所谓“水浒全传”，相对于“水浒传”而言，多了一个“全”字，即增加二十回田虎、王庆故事。然而，石渠阁补印本是百卷百回本，压根没有田虎、王庆故事。此点再一次证明封面与正文完全不符，当出自后来书坊伪托所为。结合“李卓吾先生评”与“水浒全传”来看，石渠阁补印本原本的刊刻当在李卓吾评本《水浒传》风行之后以及《水浒全传》刊行之后。此点还有一处旁证，石渠阁补印本总目当中第 81 回回目“戴宗定计出乐和”，“出乐和”3 字乃挖改而成，正文回目为“戴宗定计赚萧让”，“出乐和”的回目正是来自百二十回本《水浒全传》当中，总目可能据此本进行了挖改。李卓吾评本《水浒传》的风行当在万历三十八年（1610）容与堂本刊刻之后，而《水浒全传》的刊行则当在崇祯年间①。那么，石渠阁补印本原本的刊刻时间也当在崇祯年间或之后。

再来看石渠阁补印本的序言问题，这也是此本争论最大的地方。因为此本以前多被称为天都外臣序本，即因此篇序言末尾所署天都外臣而得名，然而“天都外臣”这几个字，并非刊刻得清楚明白，而是序言末尾题署被撕毁，只剩下残迹，吴晓铃、戴望舒二位先生根据残迹籀读出“天都外臣”等数字。也有学者力证此序言确为天都外臣汪道昆所作②，但为审慎起见，此处关于序言作者仅用序作者表示。此篇序言当为石渠阁补印本原本的底本所有，而非石渠阁补印本原本所添加。因为石渠阁补印本原本一直以来都以李卓吾作为噱头招徕读者，而李卓吾评本《水浒传》的序言早已在市面上流传，而且收入李贽文集当中，但是石渠阁补印本此篇序言显然不是李卓吾所作序言，当为石渠阁补印本原本的底本所有。

此篇石渠阁补印本序言，若序作者无心作伪的话，其写作时间应当比较

①之前学界认为袁无涯本《水浒传》的刊行在万历四十二年（1614），但据笔者考证此时间点要往前推数年，而且袁无涯刊本当为百回本，非百二十回本，百二十回本的刊刻从北京大学图书馆所藏《水浒全传》以及郁郁堂本《水浒全书》的刊刻来看，当在崇祯年间或之后，具体参详笔者《袁无涯刊本〈水浒传〉原本问题及刊刻年代考辨——兼及李卓吾评本〈水浒传〉真伪问题》，载《福建师范大学学报》（哲学社会科学版）2017 年第 3 期；笔者《〈水浒全传〉田王故事作者考辨——兼论〈水浒全传〉的刊刻时间》，载《中国典籍与文化》2021 年第 4 期。

②具体参详胡益民：《从语词运用看〈天都外臣序〉作者问题》，载《中国典籍与文化》2008 年第 2 期；邓雷：《〈水浒传〉天都外臣序言考辨》，载《临沂大学学报》2015 年第 1 期。

早。序文中有“嘉靖时，郭武定重刻其书，削去致语，独存本传。余犹及见《灯花婆婆》数种，极其蒜酪”之句，郭勋刊本的刊刻时间在嘉靖元年至十年（1522—1531）之间，可见序作者的活动时间去嘉靖初年未远。其后序言中一些书籍的举例也可证此点，石渠阁补印本序言中所提及的书目有《三国演义》《三遂平妖传》《艳异编》《七修类稿》《西湖游览志余》等。

《三国演义》现今最早的刻本为嘉靖元年（1522）刊本。《三遂平妖传》嘉靖年间即已刊刻，最早见于晁瑮的《宝文堂书目》，有“上下卷”以及“南京刻”两种。《艳异编》嘉靖四十五年（1566）九月就已成书，是时王世贞在给徐子兴的信中已经提到“仆所为《三洞记》，足下试观之，八选体，自谓不减康乐，亦一印证否……《艳异编》附览，毋多作业也”（《弇州山人四部稿》卷一百十八）[①]，其刊刻时间当在此前后。《七修类稿》为郎瑛所作，郎瑛生于成化二十三年（1487），卒年未知，嘉靖四十五年（1566）八十岁时尚在人世，一生未仕，以生员身份终身。《七修类稿》最早的建安坊刻本刻于嘉靖二十六年（1547）[②]。《西湖游览志余》作者为田汝成，田汝成是嘉靖五年（1526）进士[③]，《西湖游览志余》是其嘉靖二十年（1541）告病还家之后所作。

从石渠阁补印本序言所举书籍例证来看，基本都限于嘉靖年间，其中最晚的是《艳异编》，刊刻于嘉靖四十五年（1566）前后，此为嘉靖最后一年。由此来看，此篇序言写作时间当为隆庆、万历年间，这也是石渠阁补印本原本底本的刊刻时间。由此也可见，吴晓铃、戴望舒二位先生根据残迹所籀读出来的“万历己丑孟冬”，即万历十七年（1589）这个时间点是合理的。

再回到石渠阁补印本原本刊刻时间的问题上，推断石渠阁补印本原本的刊刻时间为崇祯年间或之后，而非跟序言同时的隆庆、万历年间。除了《水浒全传》刊刻时间这条证据之外，还有其他材料的旁证。

石渠阁补印本序言中有一段话，“故老传闻：洪武初，越人罗氏，恢诡多智，为此书，共一百回，各以妖异之语引于其首，以为之艳。嘉靖时，郭武定重刻其书，削去致语，独存本传”。此段文字被梁维枢《玉剑尊闻》与周亮工《因树屋书影》分别载录，文字基本相同。现将二书文字录于后，“故老传闻：

---

①［明］王世贞：《弇州山人四部稿》卷一百十八，国家图书馆藏万历五年世经堂刊本，第7叶上下。

②黄阿明：《明代学者郎瑛生平与学术述略》，《苏州科技学院学报》（社会科学版）2009年第1期。

③关于田汝成的生卒年，《杭州历代名人》《浙江省人物志》所载为1503—1557，但据王宁《田艺蘅研究》、詹明瑜《田汝成研究》，田汝成的生年为1503年，其卒年未知，但嘉靖四十二年（1563）之时，尚在人间。

明洪武初，越人罗氏为此书一百回，各以妖异语引其首；嘉靖时，郭武定重刻其书，削去致语，独存本传”（梁维枢《玉剑尊闻》）①，“故老传闻：罗氏为《水浒传》一百回，各以妖异语引其首；嘉靖时，郭武定重刻其书，削其致语，独存本传”（周亮工《因树屋书影》）②。

此二则材料可以看出与石渠阁补印本序言一脉相承，应是抄袭后者。《玉剑尊闻》刻于顺治十一年（1654），《因树屋书影》成书于顺治十七年（1660）。其中《玉剑尊闻》删除了汪氏文字当中的罗氏性格“诙诡多智”以及“以之为艳”二句。“艳”大致就是“致语”之意，而梁维枢未袭此语大概是因为不知“艳”为何意。《因树屋书影》又在《玉剑尊闻》的基础上，删除了罗氏作书时间“洪武初”以及籍贯“越人”，删节的原因可能是周亮工不同意这种说法。

从隆庆、万历年间，或即万历十七年至顺治十一年（1589—1654），这中间有六十余年时间。此六十余年间，有不少明人笔记记载郭勋删节《水浒传》致语一事，如钱希言《戏瑕》、许自昌《樗斋漫录》、百二十回本《水浒全传·凡例》等，但文字与石渠阁补印本序言均有较大差异。而在顺治年间出现的笔记《玉剑尊闻》《因树屋书影》，其文字却与石渠阁补印本序言极为相似。这种情况让人很是纳罕，较为合理的判断只能是，距离顺治年不远的时间内，石渠阁补印本序言得到了传播，而这种传播很可能就是石渠阁补印本的翻刻出版。如果再将石渠阁补印本原本的刊刻时间范围缩小的话，则是在崇祯八年至十五年（1635—1642）之间。因为《水浒全传》具体的刊刻时间在崇祯七年（1634）八月至崇祯八年（1635）五月之间③，《玉剑尊闻》虽然刊刻于顺治十一年（1654），但其主要创作于崇祯辛巳、壬午年（1641、1642），梁维枢入清之后只是稍微增删④。

据此石渠阁补刊本各个阶段的情况大致可以推知，此本原本的底本大致刊刻于隆庆、万历年间，可能是万历十七年（1589），序作者可能是汪道昆。崇祯年间此本被重刻，文字应该基本保存了底本原貌，但插图在重刻之时进行了精简，所以有些插图部分保留了早期面貌，但总体来说遭到不少删减，

①［清］梁维枢：《玉剑尊闻》卷六，上海古籍出版社1986年版，第413页。

②［清］周亮工：《书影》卷一，上海古籍出版社1981年版，第8页。

③邓雷：《〈水浒全传〉田王故事作者考辨——兼论〈水浒全传〉的刊刻时间》，《中国典籍与文化》2021年第4期。

④林宪亮：《〈玉剑尊闻〉创作年代考——〈四库全书总目〉订误一则》，《古籍研究》2012年第1期。

正文行款也有所变化，比之底本每半叶容纳字数应该更多。同时，由于李卓吾评本的风行，书坊在封面以及卷端部分伪托李卓吾之名招徕读者。其后石渠阁补刊本原板为石渠阁所得，但因多次刊印，版面磨损严重，石渠阁于康熙五年（1666）前后多次补板，后此板又为天章阁所得，今所见国图所藏石渠阁补印本即天章阁所刊印之本。

综上所述，可以得出以下结论：

1. 石渠阁补印本现今已知藏处有两种，京都大学图书馆藏本与中国国家图书馆藏本，二者为同版，中国国家图书馆藏本为后印本，文字漶漫之处更多。

2. 国图所藏石渠阁补印本的补刊叶至少分五次完成，最开始两次是"石渠阁补"与"康熙五年石渠阁补"补刊叶，之后则是六叶半补刊叶，其中88.13a-88.14a、5.5a-5.6b分为两次补刊，15.1a-15.2b、82.13ab三叶为最后一次补刊。

3. 现存国图所藏石渠阁补印本为天章阁所刊印，石渠阁对其进行了补板。

4. 石渠阁补印本原本的底本刊刻于隆庆、万历年间，可能即是万历十七年（1589），石渠阁补印本的原本刊刻于崇祯八年至十五年（1635—1642）之间，现存石渠阁补印本刊印于康熙五年（1666）之后。

5. 石渠阁补印本封面与卷端李卓吾相关字样，为石渠阁补印本原本所添加，原本翻刻底本之时，可能对插图与行款部分进行了修改。

6. 石渠阁补印本的补刊叶并非以他书补刊，而是出自原本。

7. 石渠阁补印本、嘉靖残本、容与堂本三本文字有共同的祖本，属于同一系统，其中石渠阁补印本与嘉靖残本保存着更多祖本文字的面貌。

8. 石渠阁补印本与诸种容与堂本中国容全本关系最为密切。

第七章　钟伯敬本《水浒传》研究

钟伯敬本《水浒传》从文字上来看，属于容与堂本一脉，其第 66 回回末总评遗留下“李和尚曰”四字，明显表露出此本底本为容与堂本，钟伯敬本乃是据容与堂本翻刻而成。也正因为钟伯敬本无论从正文文字，还是从评语上来看，与容与堂本均有密切关系，所以学界在研究《水浒传》之时，均把此本当作容与堂本的附庸，少有专门对其版本进行研究的文章。

第一节　钟伯敬本《水浒传》的概况与辨识

钟伯敬本《水浒传》此本或称为钟伯敬本，因其书名为《钟伯敬先生批评忠义水浒传》；或称为四知馆本，因法国巴黎藏本封面左下端署题“四知馆梓行”；或称为积庆堂本，因卷二十二第 3 叶板心下端残存“积庆堂藏板”字样。一般认为此本为积庆堂旧板，四知馆利用积庆堂板木进行重印，但挖去版心“积庆堂藏板”字样[①]。以下简称为钟伯敬本。

钟伯敬本现存有三处：一、巴黎法国国立图书馆藏本；二、日本东京大学综合图书馆藏本，此本为神山闰次原藏本；三、日本京都大学附属图书馆藏本。据刘世德先生考证，虽然神山闰次藏本与京都大学图书馆藏本缺失题有“四知馆梓行”的封面，但此三种本子均为四知馆刊本，属于同一版本[②]。三本基本保存完好，但偶有残损，其中巴黎藏本第 24 回第 25 叶上半缺失；神山闰次藏本钟惺《水浒传序》《水浒传人品评》以及图赞部分缺失，以他本钞补[③]；京都大学藏本第 4 回、第 19 回、第 30 回、第 80 回末叶以及第 82 回第 4 叶缺失。以下讨论将以巴黎藏本作为参照[④]。

---

①刘世德：《钟批本〈水浒传〉的刊行年代和版本问题》，《文献》1989 年第 2 期。

②刘世德：《钟批本〈水浒传〉的刊行年代和版本问题》，《文献》1989 年第 2 期。

③图赞部分的钞补只有赞语部分，插图仅抄写图目，而无图像，钞补末处题写“紫野竹隐居主临书”。目录亦缺失，但并未钞补。

④巴黎藏本、东京大学藏本、京都大学藏本为同版，文字之间几乎没有差异，但是三者存在前后印的问题，批语方面有差异，具体可参详繁本第二章钟伯敬本批语相关情况。

一、钟伯敬本的基本概况

钟伯敬本首封面，大字直书“钟伯敬先生批评水浒忠义传”，右上角小字“像仿古今名人笔意”，左下角署“四知馆梓行”。次《水浒传序》，版心刻“水浒序”，尾署“楚景陵伯敬钟惺题”，有印章两枚，阳文“钟惺 / 之印”与阴文“伯敬 / 印”，半叶 5 行，行 11 字、12 字不等，共 5 叶半，序文共计 616 字；次《钟伯敬先生批评水浒传卷之一目录》，目录题“卷 × 第 × 回”，版心上方刻“批评水浒传”，中间刻“卷之目录”，末署“目录终”；次《水浒传人品评》，计有宋江、吴用、李逵、卢俊义、鲁智深、林冲、扈三娘、杨雄石秀、海阇藜潘巧云九则，版心刻“水浒传评”。

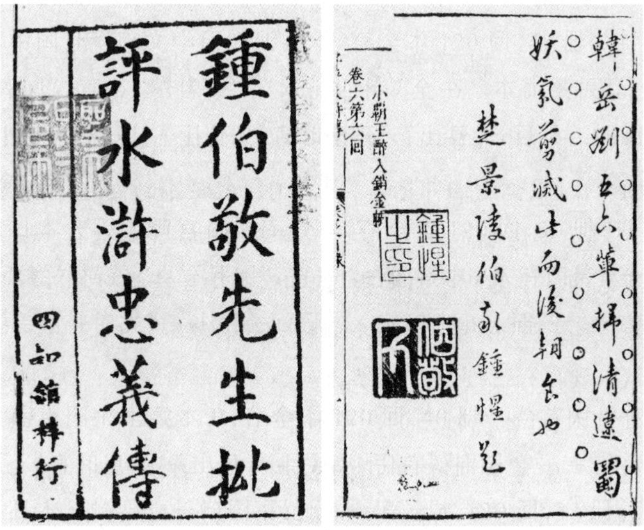

巴黎藏本封面、序末书影

回目部分，目录总目除四回漏字外，其余全部同于国图藏全本容与堂本，这四回分别为：第 12 回“梁山泊林冲落”、第 37 回“没遮拦追赶及时”、第 39 回“浔阳楼宋吟反诗”、第 68 回“卢俊活捉史文恭”。正文分目除个别字因为刊刻原因出现异文外，其他均同于国图藏全本容与堂本，而异于内阁文库藏容与堂本。如补刊叶的“美髯公智赚插翅虎”、第 40 回“曰龙庙英雄小聚义”、第 65 回“浪里白跳水上报究”。

次插图，共有插图 38 叶，图 39 幅，除首尾两幅插图外，其余插图后均配有赞语，图像中有标目，版心刻“水浒传像”。其中第28叶上赞语有落款署名“无知子”，其余赞语均无署名。

次正文，半叶12行，行26字。首卷卷端顶格直书“钟伯敬先生批评忠义水浒传卷之×”，次另行下“竟陵钟惺伯敬父批评”，次退一格书“第×回”，次再退两格书回目，版心上刻“批评水浒传”，中刻“卷之×”，每卷卷末有“钟伯敬先生批评忠义水浒传卷之×终”。每卷即对应每一回，一百卷即一百回。题名“钟伯敬先生批评忠义水浒传”为全称，除此之外，还有缺“忠义”二字者“钟伯敬先生批评水浒传”以及缺“先生”二字者“钟伯敬批评忠义水浒传”。

钟伯敬本为评点本，书中有眉批、行间夹批、回末总评三种形式。其中眉批共计1565条，行间夹批共计1036条，共计批语条数2601条，全部批点字数近万①。全书一百回，共有99回回末总评，缺第20回回末总评。

全书共计1273叶，其中序言6叶、目录9叶、人物品5叶、插图38叶、正文1210叶。

二、钟伯敬本补刊书叶考

钟伯敬本正文中有三处纸张系后补而成，版式与其他叶面均不相同，非原刻本积庆堂所有，当是四知馆所为。分别是第18回第1叶，前半叶14行，行32字，此半叶396字，后半叶12行，行字数不等，1至8行、第12行行25字，第10、11行行23字，第9行行22字，半叶293字，此叶共计689字，版心下刻“一至二”，将原本所缺两叶合并为了一叶，其中原本是“第十八回”的回数误刊为“第十七回”②；第21回第13叶至第14叶，前半叶10行，行19字，后半叶9行，行19字，但最后一行为27字，此叶共369字，版心下刻“十三至十四”，将原本所缺两叶合并为一叶；第81回第3叶至第4叶，前半叶12行，行32字，后半叶12行，行字数不等，1至9行23字，10至11行20字、12行19字，此叶共598字，版心下刻“三至四”，将原本所缺两叶合并为了一叶。

①所统计数据为东京大学藏本批语，京都大学藏本、巴黎藏本眉批共计1531条，行间夹批共计1036条，共计批语条数2567条。

②刘世德先生《钟批本〈水浒传〉的刊行年代和版本问题》一文中，仅认为此叶前半叶为补刊，将一叶半合并为半叶。

鍾伯敬先生批評水滸傳卷之十八

第十七回　美髯公智穩插翅虎　宋公明私放晁天王

親愛無過弟與兄　便從酒後露真情。何清不為同胞義　觀察安知衆賊名

冤惡長奸人暗走　驚蛇打草事難成　只因一紙閑文字　蕩遍天罡地煞兵

却說何清去身邊招文袋摸出一個經摺兒來指曰這夥賊都在上面不瞞哥哥說。小弟前日因賭錢輸了。有個人引小弟去北門外十五里地名安樂村有個王家客店內賭錢。近來官司行下文書着落各村但是開客店的要置立文簿上面用勘合印信每夜有客商來歇須要問他那里來姓名官司查照每月一次那小二哥不識字。央我替他抄了半日那日是六月初三日有七個販棗客人是鄆城縣東溪村晁保正我問他姓名他便道我姓李濠州人來販棗去東京賣我雖寫了有些疑心次日他們去了。店小二邀我去村裡賭錢路口見一個漢子挑一擔桶了我認不得他店小二叫曰白大郎那里去那人應曰有担醋挑去村裡賣小二哥對弟說這人叫做白日鼠白勝後人聽道黃泥岡上一夥販棗客人將蒙汗藥麻翻了人劫去生辰綱。我猜只不是晁保正如今可捕白勝便知端

批評水滸　十八卷　一

的。何濤大喜。隨即引何清到州衙裡見了府尹。府尹問曰。公事知下落否。何濤稟曰。畧有消息。府尹遂喚何清進後堂。一一稟明。府尹便差公人同何濤何清連夜來到安樂村。叫店小二作伴。三更時分逕到白勝家裡。白勝正在床上睡。就在床上捉起同他妻子綁了。何濤喝曰。黃泥岡上做得好事。白勝那里肯認。婦人也不肯招。衆公人遶屋搜贓。尋到床上見地下不平。衆人掘開取出一包金銀。隨即把白勝并老婆鎖了。衆人扛擡贓物。隨即連夜送到濟州來。把白勝押到廳前審細問生情造意。白勝死不肯招。連打四十。打得皮開肉綻。鮮血迸流。打熬不過。只得招說為首的是鄆城縣晁保正。他自同六人來。糾合小人與他挑酒。其實不認得那六人。知府曰。這個不難。只捉住晁蓋。那六人便有下落。令取一面五斤重枷。枷了。[illegible]

婆惜道。你說老娘和張三通情。諒罪不至死。原來你私通打刼賊。這封書。老娘牢牢收着。若要把此書還你。只依我三件事便罷。宋江曰。便是三十件也依你。婆惜曰。要將原典我的文書還我。任從改嫁張三。第二件與我首飾用度。要立一紙文書。不許日後來取。第三件要那晁盖送你一百兩金子。快把來與我。便饒你。天大的官司。便還招文袋。宋江曰。頭二件事。只要手動依你便是。那一百兩金。我果不曾收他的。婆惜曰。常言公人見財。如蠅見血。他送金與你。豈有不受之理。你待瞞誰。宋江

批評水滸傳　卷之廿一　十三

曰。你若不信限我三日。將家私變賣一百兩與你。你先還我招文袋。婆惜曰。招文袋還你。這封書留下三日。等你拿金子來。兩相交付。宋江曰。果然不曾受他金子。婆惜曰。明日到公厮時。你也說不曾拿。宋江見說公厮兩字大怒。扯起婆惜被。蓋。見了鑾帶。用力一拽。把壓衣刀拿在手裡。那婆惜見了。連叫兩聲。黑三郎殺人。宋江按住婆惜。一刀斫斷。頭落枕下了。忙取招文袋內得書燈上燒了。那閻婆在樓下。听得女兒叫殺人。慌忙穿了衣服。走上樓來。尚未信。正欲拍

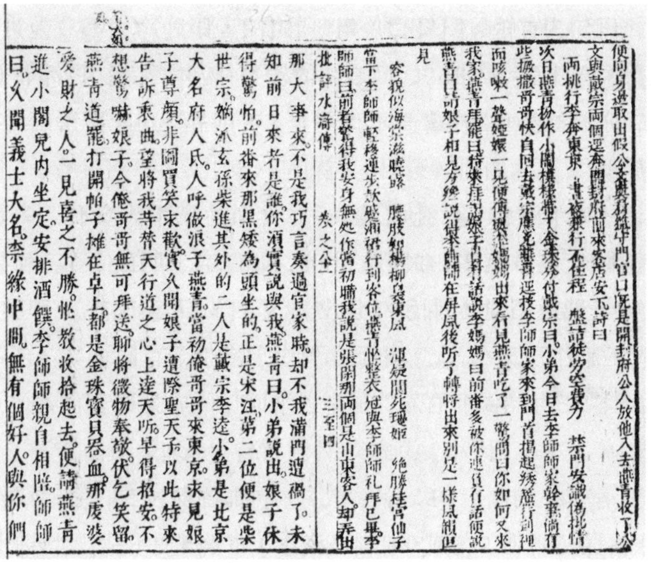
便向身邊取出假公文與看守門官曰既是開封府公人放他入去燕青收了公
文與戴宗兩個逕奔開封府前來客店安下詩曰
兩挑行李奔東京　晝夜兼行不住程　盤詰徒勞空費力　禁門安識俺挑情
次日燕青扮作小閑模樣帶了金珠吩付戴宗曰。小弟今日去李師師家幹事倘有
些撅撒哥哥快自回去戴宗應允燕青逕投李師師家來到門首揭起綉簾行到裡
面咳嗽一聲娘子一見便傳報李媽媽出來看見燕青吃了一驚問曰你如何又來
我家。燕青拜罷曰特來拜望娘子有話說李媽媽曰前番多被你連累有話便說
燕青曰可娘子相見方然說得李師師在屏風後听了轉將出來別是一樣風韻但
見
容貌似海棠滋曉露　腰肢如楊柳裊東風　渾疑閬苑瓊姬　絕勝桂宮仙子
當下李師師輕移蓮步款蹙湘裙行到客位。燕青整衣冠與李師師礼拜已畢。李
師師曰。前者驚得我安身無處你當初瞞我說是張閑那兩個是山東客人却弄出
批評水滸傳　卷之八十一　三至四
那大事來。不是我巧言奏過官家時。却不我滿門遭禍了。未
知前日來者是誰。你須實說與我。燕青曰。小弟說出。娘子休
得驚怕。前番來那黑矮為頭坐的。正是宋江。第二位便是柴
世宗。嫡派玄孫柴進。其外的二人是戴宗李逵。小弟是北京
大名府人氏。人呼做浪子燕青。當初俺哥哥來東京。求見娘
子尊顏。非圖買笑求歡。實久聞娘子遭際聖天子。以此特來
告訴衷曲。望將我等替天行道之心上達天听。早得招安。不
想驚嚇娘子。今俺哥哥無可拜送。聊將微物奉敬。伏乞笑留。
燕青道罷。打開帕子攤在卓上。都是金珠寶貝器血。那虔婆
愛財之人。一見喜之不勝。忙教收拾起去。便請燕青
進小閣兒內坐定。安排酒饌。李師師親自相陪。師師
曰。久聞義士大名。奈緣中間無有個好人與你們

第 18、21、81 回三叶补刊叶书影

钟伯敬本正文半叶 12 行，行 26 字，每半叶 312 字，理论上缺少两叶的字数当为 1248 字。确切而言，参照容与堂本对应内容，第 18 回钟伯敬本所缺内容为 1141 字、第 21 回钟伯敬本所缺内容为 1201 字、第 81 回钟伯敬本所缺内容为 1169 字。以补刊叶对照，第 18 回钟伯敬本补刊叶文字为 689 字，为原文字数的 60%；第 21 回钟伯敬本补刊叶文字为 369 字，为原文字数的 30%；第 81 回钟伯敬本补刊叶文字为 598 字，为原文字数的 51%。

从补刊意愿来看，四知馆书坊主还是希望全书能够完整，而不是残缺了 6 叶。从补刊条件来看，补刊者无法获得其他繁本《水浒传》作为补刊的底本，现存诸繁本《水浒传》这几处文字均大致相同。从补刊效果来看，补刊叶面颇为粗糙，补刊之前，字数等方面并没有经过精确计算，以至于出现半叶字数以及行字数不等的情况。同时，文字衔接处也多有问题，第 18 回补刊叶与下文衔接处为“即差何观察 / 作眼拿人，一同何观察领了一行人”（18.2b-3a），很明显语句不通顺，容与堂本此处语句为“就带原解生辰纲的两个虞候作眼拿人，一同何观察领了一行人”（18.3ab）。第 21 回补刊叶与上文衔接处为“我须不曾冤你做贼婆惜 / 婆惜道”（21.12b-13a），衔接处两个“婆惜”，很明显不通顺。第 81 回补刊叶与上文衔接处为“你颠倒只管盘

问,梁山泊/便问身边取出假公文”(81.2b-3a),语句衔接完全不知所云,容与堂本此处语句为“你颠倒只管盘问,梁山泊人眼睁睁的都放他过去了。便问身边取出假公文”(81.3b)。但是钟伯敬本补刊文字确为《水浒传》内容,有所凭依,并非自己杜撰出来。于此可见,补刊者补刊叶面所用底本当为简本《水浒传》。

现存简本《水浒传》系统共计9种,分别为京本忠义传、种德书堂本、插增本、评林本、英雄谱本、嵌图本、八卷本、百二十四回本、三十卷本,其中京本忠义传与种德书堂本残存部分没有这3回,无法比较。其余诸本以第18回补刊叶面为例,钟伯敬本此回所缺为回首叶,有回前诗一首,八卷本、百二十四回本、三十卷本,均无此回首诗,此三种成为补刊叶底本的可能性不大。

再比较诸本补刊内容的文字字数,其中插增本为553字、评林本为691字、英雄谱本为689字、嵌图本(刘兴我本)为685字、百二十四回本为479字、八卷本为468字、三十卷本为670字。从字数情况来看,补刊叶字数为689,插增本、百二十四回本、八卷本字数与补刊叶字数差距颇大,成为底本的可能性不大。最后,随意选取正文一段,比对诸本与补刊叶的文字情况。

> 补刊叶:却说何清去身边招文袋里,摸出一个经摺儿来,指曰:“这伙贼都在上面。不瞒哥哥说,小弟前日因赌钱输了,有个人引小弟去北门外十五里,地名安乐村,有个王家客店内赌钱。近来官司行下文书:‘着落各村,但是开店,须要置立文簿,上面用勘合印信。每夜有客商宿歇,须要盘问,抄写上簿。官司查照,每月一次。’那小二哥不识字,央我替他抄了半日。那日是六月初三日,有七个贩枣客来歇。我认得为头的客人,是郓城县东溪村晁保正。我写着文簿,问他姓名,他便道:‘我等姓李,濠州人,来贩枣去东京卖。’我虽写了,有些疑他。次日他门去了,店小二邀我去村里赌钱,路口见一个汉子,挑一担桶子,我认不得他。店小二叫曰:‘白大郎,那里去?’那人应曰:‘有柤醋桃去村里卖。’小二哥对弟说:‘这人叫做白日鼠白胜。’后人听道:‘黄泥冈上一伙贩枣客人,将蒙汗药酒麻番了人,劫去生辰杠。’我猜莫不是晁保正?如今可捕白胜,便知端的。”(18.1ab)
>
> 插增本:只见何清说身边招文袋里,摸出一个经摺儿来,指道:“这伙贼人都在上面。不瞒哥哥说,小弟前日为赌博输了,有个人引小弟去

北门外十五里，地名安乐村，有个王家客店内赌钱。为官司行文：'着落本村，但凡客店，须要置立文簿。每夜有客商歇宿，须要问他那里来，何处去，姓甚名谁，做甚买卖。都要抄写上簿。官司查照，每月一次。'小二哥不识字，央我替他抄了半日。当日是六月初三，七个贩枣子客人推着七辆车儿来歇。我认得一个为头客人，是郓城县东溪村晁保正。我写在文簿，又一个应道：'姓李，濠州来贩枣子，要去东京卖。'我虽写了，有些疑心。第二日店主带我去村里三叉路口，见个汉子挑两桶来。店主叫道：'白大郎，卖醋米？'后来听人说道：'黄泥岗上一伙贩枣子客人，把蒙汗药酒麻番了，去劫生辰杠。'捉了白胜，便知端的。"（4.10ab）

评林本：只见何清去身边招文袋里，摸出一个经摺儿来，指曰："这伙贼人都在上面。不瞒歌歌说，小弟前日为赌博输了，有个人引小弟去北门外十五里，地名安乐村，有个王家客店内辏碎赌。为官司行下文：'着落本村，但凡开店，须要置立文簿，一面上用勘合印信。每夜有客商歇宿，须要盘问，抄写上簿。官司查照，每月一次。'小二歌不识字，央我替他抄了半日。当日是六月初三日，七个贩枣子客人来歇。我认得一个为头客人，是郓城县东溪村晁保正。我写着文簿，问他高姓，只见一个应曰：'我等姓李，濠州来贩枣子，要去东京卖。'我虽写了，有些疑心。第二日他自去了，店主带我去村里相赌，路口见一个汉子，挑两个桶了，我认不得他。店主人叫曰：'白大郎，那里去？'那人应曰：'有担醋将去村里卖。'店主人曰：'这人叫做白日鼠白胜。'后来听人说曰：'黄泥岗上一伙贩枣子客人，把蒙汗药麻番了人，劫了生辰杠去。'我猜莫不是晁保正？如今只捕了白胜，便知端的。"（4.11b-12a）

英雄谱本：只见何清去身边招文袋里，摸出一个经摺儿来，指曰："这伙贼人都在上面。不瞒哥哥说，小弟前日为赌博输了，有个人引小弟去北门外十五里，地名安乐村，有个王家客店内辏碎赌。为官司行下文：'着落本村，但凡开店，须要置立文簿，一面上用勘合印信。每夜有客商歇宿，须要盘问，抄写上簿。官司查照，每月一次。'小二哥不识字，央我替他抄了半日。当日是六月初三日，七个贩枣子客人来歇。我认得一个为头客人，是郓城县东溪村晁保正。我写着文簿，问他高姓，只见一个应曰：'我等姓李，濠州来贩枣子，要去东京卖。'我虽写了，有些疑心。第二日他自去了，店主带我去村里相赌，路口见一个汉子，挑两个桶了，我认不得他。店主人叫曰：'白大郎，那里去？'那人应曰：'有担醋将去村里卖。'店主人曰：'这人叫做白日鼠白胜。'后来听人说曰：'黄泥岗上一伙贩枣子客人，把蒙汗药麻番了人，劫了生辰杠去。'我猜莫不是晁保正？如今只捕了白胜，便知端的。"（3.16b-17b）

刘兴我本：却说何清去身边招文袋里，摸出一个经摺儿来，指曰："这伙贼人都在上面。不瞒哥哥说，小弟前日为赌钱输了，有个人引小弟去北门外十五里，地名安乐村，有个王家客店内赌钱。近来官司行下文书：'着落各村，但是开店，须要置立文簿，上面用勘合印信。每夜有客商宿歇，须要盘问，抄写上簿。官司查照，每月一次。'那小二哥不识字，央我替他抄了半日。那日是六月初三日，有七个贩枣客人来歇。我认得为头的客人，是郓城县东溪村晁保正。我写着文簿，问他姓名，他便说道：'我等姓李，濠州人，来贩枣子去东京卖。'我虽写了，有些疑他。次日他们去了，店小二邀我去村里赌钱，路口见一个汉子，挑两个桶子，我认不得他。店小二叫曰：'白大郎，那里去？'那人应曰：'有担醋挑去卖。'店小二曰：'这人叫做白日鼠白胜。'后人听道：'黄泥冈上一伙贩枣客人，将蒙汗药麻番了人，劫去生辰杠。'我猜莫不是晁保正？如今可捕了白胜，便知端的。"（4.8ab）

八卷本：却说何清去身边招文袋里，摸出一个经揭儿来，指曰："这贼都在上面。不瞒哥哥说，小弟前日有个人引我去北门外十五里，地名安乐村，有个王家店内赌钱。近来开店，须要置立文簿，凡有客商投宿，要写姓名。那二哥不识字，央我替他抄了半日。那日是六月初三日，七个贩枣客人来歇。我认的为头的客，是郓城县里东溪村晁保正。问他姓名，他说道：'我姓李，濠州人，来贩枣子东京去卖。'我虽写了，有些疑惑。次日同小二去村中赌钱，遇见一个汉子，挑着两个木桶。店小二叫曰：'白大郎，那里去？'那人应曰：'有担醋挑去卖。'店小二曰：'这人叫做白日鼠白胜。'后又听的人说：'黄泥冈上有一伙贩枣客人，将蒙汗药麻番了人，劫了生辰杠。'莫不是晁保正？如今可捕了白胜，便知端的。"（2.7b）

百二十四回本：何清曰："不瞒哥哥说，小弟前日为赌钱输了，有个人引小弟来北门外十五里，地名安乐村，有个王家客店内赌钱。说近来官司下文书：'着落各村，但是开店，须要置立文簿，官司盘查，每月一次。'那二哥不识字，央我替他抄了半日。那日是六月初三日，有七个贩枣子客人来歇。我认得为头的客，是郓城县东溪村晁盖。写立文簿，问他姓名，他说姓李，濠州人，来贩枣子去东京卖。我当时有些疑他。次日他门去了，店小二邀我去村里赌钱，路口见一个汉子，挑两个桶，我识不得他。店小二叫曰：'白大郎，那里去？'那人应曰：'有揖醋挑去卖。'店小二告我曰：'这人叫做白日鼠白胜。'后听得人说：'黄泥冈上一伙贩枣子客人，将蒙汗药麻番了人，打劫生辰杠。'我猜必是晁盖。如今可捕了白胜，便知端的。"（2.25ab）

三十卷本：何清去身边招文袋内，摸出一个经摺儿来，指道："这伙贼人都在上面。"何涛道："怎么地？"何清道："兄弟前日去安乐村王家客店内赌。官司行下文书：'着落客店，置立文簿，每夜客商来歇，要问那里来，何处去，姓甚名谁，做甚买卖，都要写在簿子上。官司查照。'小二哥不识字，央我替他写。当日是六月初三日，有七个贩枣子的客人推着七辆江州车儿来歇。我却认得一个为头的客人，是郓城县东溪村晁保正。我曾跟一个闲汉去投奔他，因为认得。我写着文簿，问他道：'客人高姓'，只见一个白净面皮的过来答应道：'我等姓李，从濠州来，贩枣子去东京卖。'我写便写了，有些疑心。第二日店主人带我去村里赌，来到一处三岔路口，一个汉子挑两个桶来。店主人道：'白大哥，那里去？'那人应道：'有担醋将过冈去卖。'店主人和我说道：'这人叫做白日鼠白胜，也是个赌客。'后来听得沸沸扬扬地说道：'黄泥冈上一伙贩枣子的客人，把蒙汗药麻翻了人，劫了生辰纲去。'我猜不是晁保正却是谁？如今只捕了白胜一问，便知端的。"（5.3a-4a）

以上是七种本子与补刊叶的比对情况，其中八卷本与百二十四回本比之补刊叶缺文不少，不可能成为补刊叶的底本。插增本与三十卷本比之补刊叶既有缺文之处，也有增文之处，也不可能成为补刊叶的底本。评林本与插增本比之补刊叶，虽然没有缺文与增文处，但是文字不同之处不少。尤其值得注意的一处是，何清帮店小二抄写文簿，后来带何清去赌钱的是店主人，看见白胜问话的也是店主人，插增本、评林本、英雄谱本、三十卷本均如此，容与堂本亦如是。而钟伯敬本补刊叶带何清去赌钱以及问话白胜的人却是店小二。

七种本子中唯有刘兴我本与补刊叶文字最为相似，截取文字中，刘兴我本与补刊叶基本相同。将三处补刊叶文字与刘兴我本全部比对，发现第18回钟伯敬本补刊叶与刘兴我本文字相似度为90.3%，第21回钟伯敬本补刊叶与刘兴我本文字相似度为85.4%，第81回钟伯敬本补刊叶与刘兴我本文字相似度为83.5%。从文字相似度来看，钟伯敬本补刊叶很有可能是以刘兴我本系统文字为底本，其中一些差异可能是补刊者粗心造成，也有一些可能是有意为之。像第81回补刊叶少了一首“动来玉指纤纤软”的诗，插增本、评林本、英雄谱本、刘兴我本均有此诗。当然，还有一些差异，可能是底本确是如此，如之前截取内容中补刊叶“有柤醋桃去村里卖。小二哥对弟说”，刘兴我本为“有担醋挑去卖。店小二曰”，刘兴我本少了“村里”与“对弟”二词。“村里”一词评林本与英雄谱本均存，“对弟”一词，与容与堂本中“店主人和我说道”表达内容相似，二者都表达了“对我说”这一行为动作，可见二词当为补刊叶底本所有。由此也可知，钟伯敬本补刊叶所用底本现今已然不存，此本与现存简本当中刘兴我本系统相近。

三、积庆堂与四知馆

现存钟伯敬本板木当为积庆堂原有，后转卖给四知馆，转卖之时，板木有6叶残缺，四知馆用简本进行了补刊。关于积庆堂与四知馆的问题，积庆堂刊刻的书籍尚有《钟伯敬先生批评三国志》，此书卷三第31叶与第32叶、卷十二第39叶与第40叶、卷十九第20叶板心下端题有“积庆堂藏板”。《钟伯敬先生批评水浒传》与此书板式相同，均为上评下文；行款相同，均为半叶12行、行26字；补刊叶字体及方式极为相似；补刊叶底本均为简本；二本均保留了“积庆堂藏板”5字，于此，此本《钟伯敬先生批评三国志》也被认为是四知馆以积庆堂板木补刻的印本[①]。

除此之外，积庆堂之名在《明代版刻综录》与《全明分省分县刻书考》二书中均未查阅到。《小说书坊录》中将《钟伯敬先生批评水浒传》的出版权划在积庆堂名下，而非四知馆，其他积庆堂刊刻的小说则未见，包括钟伯敬本《三国志》[②]。《中国版刻综录》中积庆堂出现过两次，一是明代“金林积庆堂”崇祯六年（1633）刊刻了书籍，一是清代嘉庆十八年（1813）刊刻了书籍[③]。金林到底为何处，不明，似乎为金陵所误。《明代书坊与小说研究》中

①王长友：《〈钟伯敬先生批评三国志〉探考》，《〈三国演义〉与中国文化》，巴蜀书社1992年版，第131—148页。

②王清原、牟仁隆、韩锡铎编纂：《小说书坊录》，北京图书馆出版社2002年版，第10页。

③杨绳信编著：《中国版刻综录》，陕西人民出版社1987年版，第54、266页。

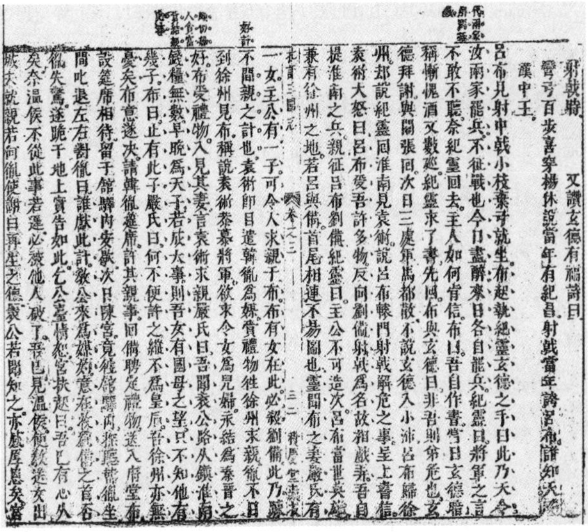

钟伯敬本《三国》卷三书影

将《钟伯敬先生批评水浒传》此书归为两地，有四知馆本，也有积庆堂本，而积庆堂被划归“所处地区不详的书坊”[①]。另外通过“全国古籍普查登记基本数据库”“中文古籍联合目录及循证平台”“日本所藏中文古籍数据库”等数据库的检索，发现明代积庆堂刊刻的书籍有三种：第一种为明万历四年（1576）陈氏积庆堂所刊《南华真经口义》；第二种为明万历三十一年（1603）积庆堂刊刻《新镌通鉴节要》；第三种为崇祯六年（1633）金林积庆堂刊刻《音韵日月灯》[②]。

四知馆的情况，《中国版刻综录》中有记载四知馆，但未提坊主。剩下的

①程国赋：《明代书坊与小说研究》，中华书局2008年版，第401页。

②金林积庆堂崇祯六年（1633）所刊《音韵日月灯》即《中国版刻综录》所提及之书，此书日本京都大学人文科学研究所有藏，存《同文铎》三十卷并卷首四卷，《同文铎》封面中间大字书“同文铎”，右栏上署“吕介儒先生著”，左栏下题“金林积庆堂”，关于此刊本的研究甚少。《音韵日月灯》最早的刊本为志清堂刊本，此本封面有“志清堂藏板”字样，后有重订本，重订本封面有“重订定本”字样。积庆堂刊本与此二本均有差异，此本卷一卷端题为“字学正韵通”，而其他两本均为“音韵日月灯”，积庆堂刊本卷首序言也与二本有较大差异。志清堂刊本《音韵日月灯》或为南京书坊所刊，卷首序言的题署基本在南京。积庆堂刊本当为志清堂刊本的翻刻本，其具体的翻刻地或亦为南京。英国曼彻斯特大学约翰·赖兰兹图书馆所藏《音韵日月灯》的《韵母》部分，此部分卷端同样题为“字学正韵通”，此藏本《韵母》与京都大学所藏《同文铎》当为同一部书中的两个部分，此部分封面中间大字书“正韵通”，右上署“吕豫石先生著”，左上题“一纂洪武正韵 一纂洪武通韵”，左下题“本衙藏版”，栏外横题“韵瑞韵府删复补阙”。此藏本《韵母》部分叶面版心下题“石渠阁补”，石渠阁即为南京书坊。

书籍记录中大多数认为四知馆坊主为杨丽泉，但对于四知馆的归属地却有三说：第一种是《全明分省分县刻书考》在徽州府学“四知馆书林”条中所载：杨金，字丽泉，号君临，又号轸飞，安徽省当涂县人，设书肆歙县[①]。此说仅此一见。第二种为多数学者的观点，认为四知馆为建阳杨氏书坊。这种观点的代表有：《建阳刻书史》《福建省志·出版志》（题作“杨氏四知堂”当为“四知馆”之误）、《明代书坊与小说研究》《明代建阳书坊刊刻戏曲知见录》。第三种则认为四知馆并非建阳书坊，这种说法主要表现在一些著作在叙述建阳刻书之时，并未将四知馆列入其中，如《福建古代刻书》《在盛衰的背后：明代建阳书坊传播生态研究》（此书参考了《建阳刻书史》一书，但依旧未将四知馆列入其中）。

关于第一种说法，杜信孚氏 1985 年在《明代版刻综录》一书“四知馆”条的记录仅为：杨金，字丽泉，号君临[②]。后 2001 年出版《全明分省分县刻书考》一书，此条目下的书目出现了变更，坊主名姓更为具体，且认为杨氏为徽人，书坊也在歙县。不知《全明分省分县刻书考》中杨氏名姓字号乃至籍贯的由来，杜氏有何根据，不过此说并未被后世学者所采用，如《明代建阳书坊刊刻戏曲知见录》一文中依旧有“未知杨丽泉、杨君临、杨轸飞之间是何关系”的疑问[③]。关于第二种说法，诸家多为目录列举之说，并未给出太多的根据，只有《建阳刻书史》一书中独为详细：

> 杨氏四知馆之得名，与清白堂一样，也源于杨氏先人杨震。杨震是东汉弘农华阳（今属陕西）人，任东莱太守时，荐举王密为邑令，密感德怀金十斤赠之。曰：“暮夜无知者。”杨震回答说：“天知、地知、我知、你知，怎么能说无人知呢？”杨震因之有清白吏之誉。今存《建瓯新村杨氏祖谱》记载此事，有“馈金却不受，家传有四知。清白遗子孙，顽夫廉化之”的传家诗。清白堂、四知馆因此也成了杨氏后人的书堂之名。[④]

无独有偶，引文中的清白堂书坊同样也存在，而且更为巧合的是，杨丽泉在清白堂主持刊刻了《新刻全像达摩出身传灯传》。《新刻全像达摩出身

①杜信孚、杜同书：《全明分省分县刻书考·安徽江西卷》，线装书局 2001 年版，第 10 叶上。
②杜信孚纂辑：《明代版刻综录》，江苏广陵古籍刻印社 1983 年版，卷一第 42 叶下。
③陈旭东、涂秀虹：《明代建阳书坊刊刻戏曲知见录》，《中华戏曲》2011 年第 1 期。
④方彦寿：《建阳刻书史》，中国社会出版社 2003 年版，第 331 页。

传灯传》一书在《全明分省分县刻书考》中被列为建阳杨江清白堂刊刻[①]，在《小说书坊录》中被列为清江堂刊刻[②]。现存《达摩出身传灯传》卷一署“书林丽泉杨氏梓行”，卷二卷三署“书林清白堂杨丽泉梓行”（《中国古代小说总目·白话卷》载卷二卷三卷四署“书林清白堂杨丽泉梓行”，误，卷四未见题署），且此书为孤本，藏于日本天理图书馆，不存在其他的版本，故而《全明分省分县刻书考》与《小说书坊录》所载均误。同时，《明代版刻综录》一书，清白堂共有四处，而在《全明分省分县刻书考》中清白堂则变为了两处，均在建阳，一为杨先春清白堂，一为杨江清白堂。关于此点，或许更像程国赋先生《明代书坊与小说研究》中的归类，一个书坊有多个坊主，杨先春、杨丽泉等人均为清白堂的坊主。而清白堂以杨先春为主，杨丽泉则更多主持四知馆。

由此，在未有确切证据证明杨丽泉为徽人时，四知馆应归为建阳书坊。其一，《徽州刻书与藏书》介绍徽州书坊之时，并未提到杨氏某个书坊特别发达，而建阳杨氏四知馆则刊刻了不少书籍[③]，其中更有书籍可以直接证明杨丽泉为福建建阳人，杨丽泉所刊刻的《太医院增补捷法医林统要通玄方论大全》，此书卷首《锓医林统要序》末署“万历己酉冬谷月潭城四知馆杨丽泉识”，潭城即福建建阳。其二，杨丽泉刊刻的书籍中，有不少具有明显的建阳标志性板式：上图下文。如上文所说《新刻全像达摩出身传灯传》刻于清白堂，以及《新选南北乐府时调青昆》刻于四知馆。其三，钟伯敬本《水浒传》中有三处由四知馆修补的补刊叶，这三处补刊叶均为简本文字。据校勘，此三处补刊叶文字接近刘兴我本系统，而刘兴我本即刻于建阳。若四知馆不在建阳，何以补刊的书页用的都是建阳简本。其四，钟伯敬本《水浒传》对后来某些建阳所刊简本《水浒传》产生了一定的影响。之所以有影响，也是因为钟伯敬本在建阳翻印。如若不然，诸简本为何没有受到其他繁本的直

①杜信孚、杜同书：《全明分省分县刻书考·福建河南卷》，线装书局2001年版，第30叶上。

②王清原、牟仁隆、韩锡铎编纂：《小说书坊录》，北京图书馆出版社2002年版，第2页。

③明确与杨丽泉四知馆相关的书籍有：《太医院增补捷法医林统要通玄方论大全》，书末牌记“万历新岁春月艺林四知馆杨丽泉梓行”；《增补评林西天竺藏板佛教源流高僧传宗》，书末牌记“崇祯新岁春月艺林四知馆杨丽泉梓行”；《神峰张先生通考辟谬命理正宗大全》，首卷卷端题“艺林四知馆丽泉杨金绣梓”；《婴童百问》，书末牌记“艺林四知馆杨丽泉梓”；《三教源流圣帝佛帅搜神大全》，封面栏外横题“四知馆杨丽泉梓行”等。徐学林《徽州刻书史长编》认为四知馆为安徽书坊，杨丽泉为安徽人，“杨金，字丽泉，号君临，又号轸飞，安徽当涂人”，此说受杜信孚《全明分省分县刻书考》影响，实误。

接影响？凡此种种，足以证明四知馆是建阳书坊，钟伯敬本《水浒传》翻印于建阳。

以上是关于前人著述中四知馆地域的考论，基本可以确定四知馆为建阳书坊，但是通过以上材料无法获知钟伯敬本《水浒传》的刊行者为何人。德国柏林国立图书馆藏有一部《新刻京本春秋五霸七雄全像列国志传》，此书卷一卷端题署“四知馆　美生杨瑜校刊　羽生杨鸿编集”，封面题署“书林杨美生梓”。根据此种《列国志传》版式为上图下文来看，此书林即建阳书坊，杨美生除了刊刻小说《列国志传》外，还刊行了《新刻按鉴演义全像三国英雄志传》。由此可见，杨美生此人对于刊行通俗小说比较热衷，那么同样由四知馆所刊行的钟伯敬本《水浒传》也很有可能为杨美生所刊行。

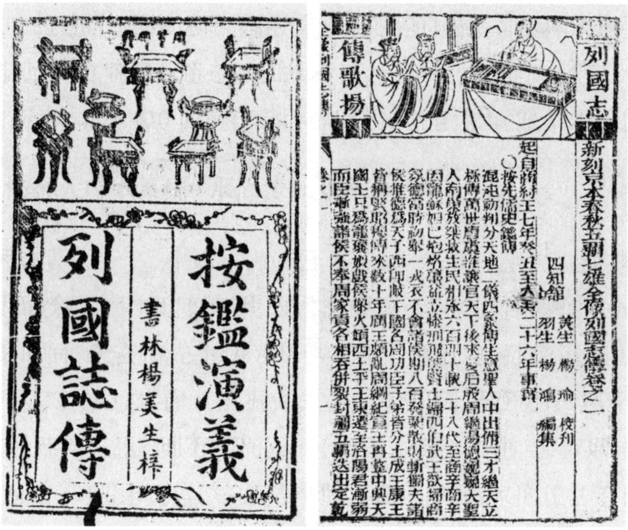

《列国志传》封面、卷一首叶书影

四、钟伯敬本的伪托及刊刻时间考

钟伯敬本《水浒传》题名“钟伯敬先生批评忠义水浒传”，且有一篇序言，序言尾署“楚景陵伯敬钟惺题”，并有钟惺印章两枚，阳文“钟惺 / 之印”与阴文“伯敬 / 印”。如此言之凿凿的钟伯敬批评本，其实却属伪托之作。

先说钟伯敬本批语部分，全书眉批及行间夹批两项共计 2601 条，其中与容与堂本相同的批语共计 1753 条，占整本书籍评语总数的 67.4%。总评部分钟伯敬本共计99条，与容与堂本相同或部分相同的有53条，占了全部总评的54%。可以说，所谓钟伯敬批评实际上有很大一部分是抄袭自容与堂本批语，第66回钟伯敬本回末总评更是透露出这一点。此回总评为“李和尚曰：这回文字没身分，叙事处亦欠变化，且重复可厌，不济不济”（66.10ab）。此条钟伯敬本批语与容与堂本完全相同，但却出现了一个其他回数回末总评未曾出现的署名“李和尚”。一本署名“钟伯敬”批评的书籍，却出现了“李贽”别号的批语，而且这个别号署名在题为李卓吾批评的容与堂本《水浒传》中十分普遍，这正说明了钟伯敬本抄袭了容与堂本批语，而钟伯敬本删除容与堂本回末总评署名之时，因为一时疏忽，出现了第66回这条漏网之鱼①。

再说署名钟伯敬所写序言，此序当中有一大段文字抄袭容与堂本书首《水浒传一百回文字优劣》，钟伯敬本此段文字为“世人先有《水浒传》中几番行径，然后施耐庵、罗贯中借笔墨拈出，与迁史同千古之恨。世上先有淫妇人，然后以杨雄之妻、武松之嫂实之；世上先有马泊六，然后以王婆实之；世上先有家奴与主母通，然后以卢俊义之贾氏、李固实之。若管营，若差拨，若董超，若薛霸，若富安，若陆谦，情状逼真，笑语欲活。非世人先有是事，即令文人面壁九年，呕血十石，安能有此笔舌耶”。又有一小段文字抄袭容与堂本书首《又论水浒传文字》，钟伯敬本此段文字为“仍以鲁智深临化数言揭内典之精微，唤醒一世沉梦。若罗真人、清道人、戴院长，又极道家变幻，为渡世津筏，撑泛睡不醒汉于彼岸乎”。

除此之外，钟伯敬本书首有九则《水浒传人品评》，分别为宋江、吴用、李逵、卢俊义、鲁智深、林冲、扈三娘、杨雄石秀、海阇藜潘巧云，此《水浒传人品评》多从容与堂本《梁山泊一百单八人优劣》中来，如宋江、吴用、李逵的品评，便是完全抄袭《梁山泊一百单八人优劣》文字。

从以上可以看出，无论是批语、序言，抑或是人物品评，均非钟惺所为，乃是书商伪托钟伯敬之名所作。现今可知托名钟伯敬批点的小说有十数种之多，如《钟伯敬先生秘书十五种》《盘古至唐虞传》《有夏志传》《有商志传》《夏商合传》《新刊按鉴编纂开辟衍释通俗志传》《新刻钟伯敬先生批评封神演义》《新刻剑啸阁批评西（东）汉演义传》《大隋志传》《大唐志传》

①邓雷：《钟伯敬本〈水浒传〉批语略论》，《文艺评论》2015年第4期。

《薛家将平西演传》《钟伯敬先生批评三国志》《钟伯敬先生批评忠义水浒传》等[①]。由此也可看出，明末清初之时，钟惺在小说界的声望以及在书坊主心目中的地位非常之高，可与李卓吾、陈继儒、汤显祖等人比肩。

关于伪托者为何人，黄霖师曾做过研究[②]，现将其观点摘录于下：伪托“陈仁锡较阅”乃至伪托钟惺批评《三国》《水浒》的人，很可能是活跃在崇祯年间的杭州书贾鲁重民。日本荒木猛教授《关于〈新刻绣像批评金瓶梅〉（内阁文库藏本）的出版书肆》[③]一文就内阁文库本《金瓶梅》封皮衬叶的研究，认为这些衬叶就是当时书坊印刷《八品函》和《十三经类语》多余下来的废纸。《史品赤函》即是《八品函》中的一部分。经考证，刊行这些书及内阁本《金瓶梅》的人即是杭州书贾鲁重民。同时，孙楷第先生在《日本东京所见小说书目》中著录《钟伯敬先生评忠义水浒传》时提及：“刻工形式，与长泽规矩也氏所藏之明本《金瓶梅》乃极相似。”所谓“长泽规矩也氏所藏之明本《金瓶梅》”，今归东京大学东洋文化研究所。此本与内阁文库本《金瓶梅》为同版书。换言之，钟评《水浒》也即可能出自刻印《金瓶梅》的同一书坊。黄先生曾在东洋文化研究所实地翻阅过原长泽规矩也所藏之钟评《三国》和《金瓶梅》，也有孙楷第先生同样的感觉。因此，黄先生认为钟评《三国》有可能是崇祯年间杭州书贾鲁重民之流所伪托。其后黄先生将《四库全书总目提要》《中国善本书提要》等有关鲁重民的著录摘录，包括《十三经类语》《经史子集合纂类语》《官制备考》《姓氏谱纂》《舆图摘要》《时物典汇》《四六类编》等。最后黄先生认为鲁重民，字孔式，明末杭州书贾。其印书的特点是，好印一些粗制滥造的通俗畅销书，并习惯于伪托名家以行。李日华、罗万藻是他托名的对象，批点《水浒》《三国》的钟惺、陈仁锡之名，恐怕也是他的伪托。

至于伪托的时间，按照一般情理来推测，书坊主伪托钟伯敬之名出版其评点的小说，当在本人逝世之后，不太可能是在本人生前明目张胆伪托其名。所以，钟惺卒年也关系到钟伯敬本的刊刻时间。刘世德先生在考证论

①具体可参详李先耕：《钟惺评点小说考》，《古籍整理研究学刊》2007 年第 3 期；郑艳玲：《钟惺评点研究》，人民日报出版社 2006 年版，第 158—161 页。

②黄霖：《关于〈三国〉钟惺与李渔评本两题》，《’93 中国古代小说国际研讨会论文集》，开明出版社 1996 年版，第 180—183 页。

③［日］荒木猛：《关于〈新刻绣像批评金瓶梅〉（内阁文库藏本）的出版书肆》，《日本研究〈金瓶梅〉论文集》，齐鲁书社 1989 年版，第 130—138 页。

文中得出钟伯敬本刊刻于天启四年至五年（1624—1625）之间，其中一个依据就是钟惺卒于天启四年（1624）[①]。然而实际上，钟惺卒年当为天启五年（1625），具体卒于天启五年（1625）六月二十一日[②]。因此刘世德先生关于钟伯敬本刊刻于天启四年至五年（1624—1625）之间的结论并不可靠。钟伯敬本的刊刻时间应在天启五年（1625）六月二十一日之后，如果考虑到刊刻书籍所需要的时间，钟伯敬本面世时间可能还要晚一些。

重新对刘世德先生文章中的时间截点进行考述，主要依据为钟伯敬本序言一段，"嘻！世无李逵、吴用，令哈赤猖獗辽东，每诵秋风思猛士，为之狂呼叫绝，安得张、韩、岳、刘五六辈，扫清辽、蜀妖氛，剪灭此而后朝食也"。序言中有两个值得注意的时间点，一是"哈赤猖獗辽东"，一是"辽、蜀妖氛"。

其中"辽、蜀妖氛"中的"蜀"指的是天启年间的"奢安之乱"，发生在四川、贵州一带，由四川永宁（今叙永）宣抚使奢崇明、贵州水西（今大方一带）宣慰司安位叔父安邦彦发起的叛乱。时间从熹宗天启元年（1621）九月奢崇明部在重庆叛变，到崇祯三年（1630）春安位投降，此次"奢安之乱"前后历时八年有余。钟伯敬本刊刻之时，序作者并未看到"奢安之乱"被平定，所以钟伯敬本至迟当在崇祯三年（1630）前即被刊刻。

"辽、蜀妖氛"中的"辽"指的是努尔哈赤割据辽东建立大金，与明朝对峙之事。与"奢安之乱"不同的是，辽东之乱最终未被平定，反而是明朝为清朝所取代。从此句时间截点，只能判定出钟伯敬本当刊刻于清代之前，若是大明被覆灭，此时文句就不当是扫除辽地妖氛，而应当是恢复了。另外一句"哈赤猖獗辽东"，则将钟伯敬本刊刻时间范围缩小，刘世德先生文章中认为"'猖獗辽东'云云，其时必在努尔哈赤势力强盛的阶段。否则，就失去了特指的意义。因此，写下这几句话的时间，当在天启六年正月努尔哈赤兵败和伤重而死之前"[③]。此说有值得商榷之处。

天启六年（1626）正月，努尔哈赤发动宁远之战，虽被袁崇焕击败，但其势并未衰颓，同年四月，努尔哈赤还亲率大军，征蒙古喀尔喀。而努尔哈赤

①刘世德：《钟批本〈水浒传〉的刊行年代和版本问题》，《文献》1989年第2期。

②关于钟惺卒年的辨证可参详张业茂：《钟惺生卒年及谭元春卒年考辨》，《华中师范大学学报》（哲学社会科学版）1986年第5期；李先耕：《钟惺卒年辨正》，《文学遗产》1987年第6期；陈广宏：《钟惺年谱》，复旦大学出版社1993年版。

③刘世德：《钟批本〈水浒传〉的刊行年代和版本问题》，《文献》1989年第2期。

的死因是否由宁远之战伤重而亡，还有待考量。但可以确定的是，《清太祖武皇帝实录》以及《清史稿》中均记载努尔哈赤死于天启六年（1626）八月。努尔哈赤去世后，明军方面为探听虚实，袁崇焕曾派人前往吊唁努尔哈赤，以偷偷察看努尔哈赤死因的真实性。考虑到努尔哈赤的死讯为明朝百姓所知悉时间当晚于天启六年（1626）八月，但至迟不会超过天启六年（1626）。于此，钟伯敬本的刊刻时间不会晚于天启六年（1626）。

综上钟惺以及努尔哈赤二人去世时间，钟伯敬本刊刻时间当在天启五年（1625）至天启六年（1626）之间。值得一提的是，孙楷第先生在《日本东京所见中国小说书目》当中曾指出“书（钟伯敬本）刻当在天启乙丑丁卯间”[①]，乙丑即天启五年（1625），丁卯则是天启七年（1627），此论庶几近之。

另外，钟伯敬本《水浒传》批语大部分来源于容与堂本《李卓吾先生批评忠义水浒传》中托名李卓吾的批语，而另外一本小说《钟伯敬先生批评三国志》的批语也基本上来自《李卓吾先生批评三国志》中托名李卓吾的批语。书坊主花费如此大的力气重新刊刻一部书籍，将李卓吾之名改成钟伯敬，恐怕并不仅仅是因为版权的原因，或者是钟伯敬名气要比李卓吾大，而更有可能的是与明代两次李卓吾著作的禁令有关。

第一次为明神宗万历三十年（1602），也是李卓吾生命终结的那一年闰二月廿二日，礼科给事中张问达上疏劾奏李贽，奏中谈及“望敕礼部檄行通行地方官，将李贽解发原籍治罪，仍檄行两畿各省，将贽刊行诸书，并搜简其家未刊者，尽行烧毁，毋令贻乱于后，世道幸甚”，疏上后，万历皇帝批示“李贽敢倡乱道，惑世诬民，便令厂卫五城严拿治罪。其书籍已刊未刊者，令所在官司尽搜烧毁，不许存留。如有徒党曲庇私藏，该科及各有司访参奏来，并治罪”[②]。

第二次为明熹宗天启五年（1625）九月，“四川道御史王雅量疏：‘奉旨，李贽诸书怪诞不经，命巡视衙门焚毁，不许坊间发卖，仍通行禁止。’而士大夫多喜其书，往往收藏，至今未灭”[③]。

明熹宗天启五年（1625）九月下达了关于李卓吾著作的禁令，而天启五年至六年（1625—1626）之间就有书商将署名李卓吾评点的书籍，伪托钟伯

①孙楷第：《日本东京所见小说书目》，人民文学出版社1958年版，第109页。

②［明］《明神宗实录》卷三百六十九，“中央”研究院历史语言研究所1966年版，第6918—6919页。

③［清］顾炎武：《日知录集释》卷十八，上海古籍出版社2014年版，第421页。

敬之名重新改头换面出版。发生这样的事情，不得不让人怀疑二者之间的联系。而重新刊刻出版的钟伯敬本《水浒传》比之容与堂本《水浒传》，每个版面容纳了更多文字，刊刻一部书籍需要的纸张更少，节约了出版成本。容与堂本每半叶 11 行，行 22 字，每半叶 242 字；钟伯敬本 12 行，行 26 字，每半叶 312 字。容与堂本全书共计 1658 叶，钟伯敬本全书共计 1273 叶，钟伯敬本与容与堂本叶数比例大概是 76.8%，约为 3/4，即容与堂本刊刻三本书籍，钟伯敬本便能刊刻四本。

第二节　钟伯敬本《水浒传》正文研究

钟伯敬本《水浒传》正文研究，主要是钟伯敬本《水浒传》正文底本的研究。关于此点，可以先看一下前辈学者的相关说法。孙楷第先生在《中国通俗小说书目》当中认为钟伯敬本"内容文字，与李卓吾评本略同"[①]；又在《日本东京所见小说书目》中进一步指出"文中亦照刻拟删符号，钩乙甚多，大致与容与堂李卓吾评本同"[②]。陈曦钟先生认为"从此书（钟伯敬本）正文和评语看，可以断言，它的祖本确是容与堂刻本"[③]。范宁先生则进一步指出"容与堂的挖改本即内阁文库藏本，改动较大，后来钟伯敬批的四知馆本即以这个本子为底本而翻刻的"[④]。

基本上来说，众学者均认为钟伯敬本正文的底本为容与堂本，此点也应无甚异议。首先，钟伯敬本属于繁本，与简本则无涉。其次，钟伯敬本有回前诗，而繁本中三大寇本、大涤余人序本、百二十回本、金圣叹评本均无回前诗，此四种本子不可能是钟伯敬本的底本。剩下嘉靖残本、石渠阁补印本、容与堂本，这三种本子文字属于同一系统，均为容与堂本系统，钟伯敬本正文与此三本文字均极为相似，结合钟伯敬本抄袭容与堂本批语的情况来看，钟伯敬本的底本当为容与堂本。

容与堂本现今所存共有 8 种，分别是中国国家图书馆所藏全本（以下简称国全本）、中国国家图书馆所藏残本（以下简称国残本）、日本内阁文库藏

①孙楷第：《中国通俗小说书目》，人民文学出版社 1982 年版，第 213 页。
②孙楷第：《日本东京所见小说书目》，人民文学出版社 1958 年版，第 109 页。
③曦钟：《关于〈钟伯敬先生批评水浒忠义传〉》，《文献》1983 年第 1 期。
④范宁：《〈水浒传〉版本源流考》，《中华文史论丛》1982 年第 4 期。

本(以下简称内阁本)、日本天理图书馆藏本、中国社会科学院文学研究所所藏残本、上海图书馆所藏残本、薄井恭一《明清插图本图录》所载本、北京大学图书馆藏本[①]。不同的容与堂本子之间,文字稍有差异,国全本、国残本、内阁本三种本子文字各有不同。国残本与国全本是同书异版,二者文字小有差异。内阁本是国全本的同版后修本,在国全本的基础上,参校国残本文字,对底本进行了细致修订[②]。钟伯敬本的底本到底为这三种中的哪一种,抑或是其他佚失的容与堂本系统本子?

首先,比对钟伯敬本与国全本的文字情况,选取国全本中一些特殊文字处与钟伯敬本进行比对:其一,国全本有11处文字挖补的地方,挖补即将原文字挖去,将两字或者多字补上,占一字格。这些国全本文字挖补之处,钟伯敬本即有同于国全本之处,也有不同于国全本之处。如:

国全本:断金亭上愁云起,聚义厅前(杀气)生。(11.8a)

钟伯敬本:断金亭上愁云起,聚义厅前杀气生。(11.6b)

(例一)

国全本:左右列着三五十对金鼓手,(一齐)发起擂来。(12.10a)

钟伯敬本:左右列着三五十对金鼓手,一齐发起擂来。(12.8a)

(例二)

国全本:只见店主人把(三支)碗、一双筯、一碟热菜放在武松面前。(23.4b)

钟伯敬本:只见店主人把(三支)碗、一双筯、一碟热菜放在武松面前。(23.3b-4a)

(例三)

国全本:敝村曾拿(得个)把小小贼么?(14.2a)

钟伯敬本:敝村曾拿个把小小贼么?(14.2a)

(例四)

国全本:麻绦系(在腰里,身)边藏了一把尖长柄短、背厚刃薄的解腕刀。(26.5b)

钟伯敬本:麻绦系在身边,藏了一把尖长柄短、背厚刃薄的解腕刀。

①邓雷:《关于国图藏全本容与堂刊〈水浒传〉的几个问题》,《明清小说研究》2016年第4期。

②关于诸种容与堂本的研究可参见繁本第五章《容与堂本〈水浒传〉四种研究》。

（26.4b）

（例五）

国全本：休言你这厮鸟蠢（汉，景）阳冈上那只大虫，也只打三拳两脚，我兀自打死了。（30.1b）

钟伯敬本：休言你这厮鸟蠢，景阳冈上那只大虫，也只打三拳两脚，我兀自打死了。（30.1b）

（例六）

其中括号内文字为挖补文字，两字占一字格，前三例国全本挖补处同于钟伯敬本，且第3例钟伯敬本“三支”二字同为挖补，占一字格。后三例国全本挖补之处钟伯敬本均未挖补，语句不通顺。查国全本11处文字挖补的地方，1处乃是钟伯敬本补刊叶处，其余10处，钟伯敬本同于国全本的有4处，钟伯敬本异于国全本的有6处。

其二，国全本有9处文字挖除的地方，挖除即将原文字挖去，文本处留下空白。这些国全本文字挖除之处，钟伯敬本与之均不相同。如：

国全本：只是□搬是搬非。（21.10b-11a）

钟伯敬本：只是个搬是搬非。（21.8b）

（例一）

国全本：我只是这句话，由你们□□商量。（36.5a）

钟伯敬本：我只是这句话，由你们众人商量。（36.4b）

（例二）

国全本：望大路上□，看看见一轮红日低坠。（37.3a）

钟伯敬本：望大路上走，看看见一轮红日低坠。（37.2b）

（例三）

国全本：警守营寨，濠堑齐□，军器并施，整顿云梯炮石之类。（88.2a）

钟伯敬本：警守营寨，濠堑齐一，军器并施，整顿云梯炮石之类。（88.1b）

（例四）

以上四例，国全本□处所指代的是文字挖除后所留下的空白，钟伯敬本与之不同，文字均未挖除。

以上所举国全本两种特殊文字处，一种是挖补之处，一种是挖除之处，其中挖补之处既有与钟伯敬本相同的地方,也有与钟伯敬本不同的地方,挖除之处则与钟伯敬本均不相同。由此可见,国全本并非钟伯敬本正文的底本。

其次,比对钟伯敬本与内阁本的文字情况,验证是否如范宁先生所言,钟伯敬本即以此本为底本进行翻刻。同样选取内阁本中一些特殊文字处,挖补以及挖除的地方,与钟伯敬本进行比对。比对后发现,内阁本中这些文字挖补以及挖除之处,有不少与钟伯敬本不同。如:

内阁本:报捷(与宋)先锋知会。(95.7b)

钟伯敬本:报捷宋先锋知会。(95.6a)

(例一)

内阁本:你等既(是宋)国良民,可依此行计。(95.14a)

钟伯敬本:你等既宋国良民,可依此行计。(95.11a)

(例二)

内阁本:燕青改名云璧,人都称为云奉(都尉)。(96.7a)

钟伯敬本:燕青改名云璧,人都称为云奉尉。(96.5b)

(例三)

内阁本:宋(公明)兄长特分许多将校与我。(98.4a)

钟伯敬本:宋公兄长特分许多将校与我。(98.3b)

(例四)

内阁本:殁于王事者,□将家眷人口,关给与恩赏钱帛金银。(100.3a)

钟伯敬本:殁于王事者,正将家眷人口,关给与恩赏钱帛金银。(100.2b)

(例五)

内阁本:我等以忠义为主,替天行道□□,不曾负了天子。(100.10b)

钟伯敬本:我等以忠义为主,替天行道于心,不曾负了天子。(100.8b)

(例六)

内阁本:坐享荣华到今□十余载,皆赖兄长之德。(100.11a)

钟伯敬本:坐享荣华到今数十余载,皆赖兄长之德。(100.9a)

(例七)

内阁本:又不知宋江消息,常只挂念□□,每日被高俅、杨戬议论奢华受用所惑。(100.12b)

钟伯敬本:又不知宋江消息,常只挂念于怀,每日被高俅、杨戬议论

奢华受用所惑。(100.10a)

(例八)

其中例一至例四内阁本括号内文字均是挖补文字,两个字占一字格,钟伯敬本与之不同,文字均未挖补,钟伯敬本文字语句不如内阁本通顺。例五至例八内阁本□处是文字挖除后所留下的空白,钟伯敬本与之亦不相同,文字均未挖除,同样钟伯敬本文字语句不如内阁本通顺。由这些钟伯敬本与内阁本文字不同的例证已足以看出,内阁本并非钟伯敬本正文的底本。

再次,比对钟伯敬本与国残本的文字情况,同样选取国残本中一些特殊文字处与钟伯敬本进行比对。其一,国残本有27处文字挖补的地方,其中有25处钟伯敬本与之相同,只有2处钟伯敬本文字与之不相同。其中之一是在回末总评处,钟伯敬本批语与国残本批语不同,此处不论。另外一处为:

国全本:却是鸟两个公人。(37.9b)

国残本:却是□两个(鸟公)人。(37.9b)

钟伯敬本:却是甚是鸟公人。(37.8a)

此例比较特殊,国残本觉得国全本文字不通顺,所以进行了修改,在国全本基础上先是挖除了一个文字,在□处,随后又挖补“鸟公”二字,占一字格,修改之后的句子确实更加通顺。钟伯敬本句子同于国残本,但是有二字之别,语句不通顺,可能是误刊所致。

其余25处国残本文字挖补的地方,钟伯敬本与之相同,又分为两种情况。一种是钟伯敬本与国残本文字相同,且同样挖改,两字或多字占一字格;另一种是钟伯敬本与国残本文字相同,但没有挖改。如:

国残本:两个(都在那里)挣命。(31.4b)

钟伯敬本:两个都在那里挣命。(31.3b)

(例一)

国残本:杀了阎婆惜逃出在江湖上的宋(三郎)么?(32.15b)

钟伯敬本:杀了阎婆惜逃出在江湖上的宋三郎么?(32.12b)

(例二)

国残本:一条红绿结子并手帕(都做一包)。(56.4a)

钟伯敬本：一条红绿结子并手帕都做一包。（56.3b）

（例三）

国残本：张顺（拖定）卢俊义直奔岸边。（62.1a）

钟伯敬本：张顺拖定卢俊义直奔岸边。（62.1a）

（例四）

国残本：右（壁厢）下玉女金童，簇捧定紫微大帝。（1.3a）

钟伯敬本：右（壁厢）玉女金童，簇捧定紫微大帝。（1.2b）

（例五）

国残本：亦有探细的人在数（十里）外探听。（35.6b）

钟伯敬本：亦有探细的人在数（十里）外探听。（35.5b）

（例六）

国残本：直取韩滔，（韩滔挺搠）跃马来战。（55.4a）

钟伯敬本：直取韩滔，（韩滔挺搠）跃马来战。（55.3b）

（例七）

国残本：只教带（伤头）领上山养病。（55.9b）

钟伯敬本：只教带（伤头）领上山养病。（55.7b）

（例八）

此8例中前四例国残本文字挖补，钟伯敬本同之，但钟伯敬本文字并未以挖补形式出现。后四例国残本文字挖补，钟伯敬本同之，且钟伯敬本文字同样挖补，与国残本完全相同。

国残本有27处文字挖补的地方，除却1处属于批语不同外，其余26处挖补的地方，钟伯敬本均与之相同，其中更是有14处钟伯敬本文字同样以挖补形式出现。由这些相同的挖改文字，以及相同的挖改形式，基本可以判定钟伯敬本的底本为国残本。

国残本所缺的20回，同版的天理藏本此部分挖补之处共计8处。其中2处为钟伯敬本补刊叶，剩余6处钟伯敬本文字均与之相同，且有2处以挖补形式出现。

其二，国残本有20处文字挖除的地方。这些文字挖除之处，钟伯敬本既有与之相同的地方，如：

国残本：知府正值陛厅□公座。（33.10b）

钟伯敬本：知府正值陞厅公座。（33.8b）

（例一）

国残本：山顶又放一个炮，□响声未绝。（47.16a）

钟伯敬本：山顶又放一个炮，响声未绝。（47.12b）

（例二）

国残本：再三再四谦让在中间□坐了。（62.2a）

钟伯敬本：再三再四谦让在中间坐了。（62.2a）

（例三）

国残本：便是关王刀也□只有八十一斤。（4.14b）

钟伯敬本：便是关王刀也□只有八十一斤。（4.11b）

（例四）

国残本：宋江见活捉□得天目将彭玘。（55.6b）

钟伯敬本：宋江见活捉□得天目将彭玘。（55.5a）

（例五）

国残本：且说凌振把□有用的烟火药料……（55.10b）

钟伯敬本：且说凌振把□有用的烟火药料……（55.8b）

（例六）

此6例均为国残本挖除文字，钟伯敬本与之相同。值得注意的是，例四至例六，钟伯敬本不仅文字与国残本相同，就连挖除后留下的空格，钟伯敬本也与之相同，此点再次可证钟伯敬本的底本为国残本。

然而，国残本挖除文字之处的情况并不如挖补之处单一，挖补之处钟伯敬本文字全部同于国残本，而挖除之处钟伯敬本除了部分同于国残本外，还有不少地方异于国残本。如：

国全本：宋江大笑，**道**却把这打劫生辰钢金银一事直说到刘唐寄书将金子谢我。（35.3a）

国残本：宋江大笑，□却把这打劫生辰钢金银一事直说到刘唐寄书将金子谢我。（35.3a）

钟伯敬本：宋江大笑，**的**却把这打劫生辰钢金银一事直说到刘唐寄书将金子谢我。（35.2b）

（例一）

国全本：宋江**把上件事都告诉了**，就与二位劝和如何。（35.6b）

国残本：宋江道：我□□□□□□，就与二位劝和如何。（35.6b）

钟伯敬本：宋江道：**我久闻壮士英名**，就与二位劝和如何。（35.5a）

（例二）

国全本：一行人都送到**到**浔江边。（37.14a）

国残本：一行人都送到□浔阳边。（37.14a）

钟伯敬本：一行人都送到**那**浔阳边。（37.11b）

（例三）

国全本：奉养老母以终天年，后**自**寿至六十而亡。（100.2a）

国残本：奉养老母以终天年，后□寿至六十而亡。（100.2a）

钟伯敬本：奉养老母以终天年，后**来**寿至六十而亡。（100.2a）

（例四）

此四例国残本挖除之处，钟伯敬本均有文字保留，由此是否可以推翻之前所得出的结论，钟伯敬本文字的底本为国残本？事实是并不能够推翻，因为钟伯敬本在国残本挖除文字留有空白的地方存在文字，并不是底本如此，而是钟伯敬本在空白处自行添加文字，此点与未挖除文字的国全本一比即知。四例国残本挖除文字而国全本未挖除之处，钟伯敬本竟然没有一处同于国全本。而且钟伯敬本增补的文字有的能够说得过去，如例三与例四；有的则补得不知所云，如例一无论怎么句读，“的”字都无法融入句子当中。例二钟伯敬本增补了数字“久闻壮士英名”，增补后的句子虽然能读得通，但是从文意角度来说，还是不甚符契。大涤余人序本此处文字为“宋江把上件事都告诉了，便道：既幸相遇，就与二位劝和如何”（35.6b）。

国残本挖除文字的地方共有20处，有10处钟伯敬本与之相同，这10处当中又有5处钟伯敬本同样留下挖除后的空白。另外10处钟伯敬本与国残本不同，国残本挖除了文字，而钟伯敬本留有文字。此10处钟伯敬本与未挖除文字的国全本相比，只有1处相同，其余9处钟伯敬本与国全本不同，与上述举例一样，这些文字乃钟伯敬本所补而成，当非底本所有。

为何钟伯敬本在国残本挖除文字之处，有的进行增补，而有的则保留了原有的空白？这与钟伯敬本有多个抄手有关，不同的抄手在对待底本之时，采取了不同的方法。有的抄手原封不动进行抄写，即便留有空白之处，依旧保存,此点在挖补的地方同样如是,二字占一字格的挖补形式,抄手一并保存;有的抄手则嫌留有空白,版面不美观,则直接抹去空白之处,此点在挖补的地方同样如是,二字占一字格的版面肯定不美观,抄手则改变形式,按照单字一格抄写;有的抄手则以为留有空白处是缺字,则自行修补。

以下再选取第51回至第55回的内容,来看一下钟伯敬本正文的底本情况。凡国残本不同于国全本之处,钟伯敬本均同于国残本。如:

国全本:因在牢里六十日限满断结,解上济州。(51.8b)
国残本:监在牢里六十日限满断结,解上济州。(51.8b)
内阁本:监在牢里六十日限满断结,解上济州。(51.8b)
钟伯敬本:监在牢里六十日限满断结,解上济州。(51.7a)

(例一)

国全本:便是神师计的军兵。(52.12a)
国残本:便是用妖法的军兵。(52.12a)
内阁本:便是用妖法的军兵。(52.12a)
钟伯敬本:便是用妖法的军兵。(52.9b)

(例二)

国全本:只弓箭把薛元辉头重脚轻射下马去。(54.6b)
国残本:只一箭把薛元辉头重脚轻射下马去。(54.6b)
内阁本:只一箭把薛元辉头重脚轻射下马去。(54.6b)
钟伯敬本:只一箭把薛元辉头重脚轻跌下马去。(54.5b)

(例三)

国全本:却差人下来看视,小人恐见罪责。(54.10b)
国残本:倘差人下来看视,小人恐见罪责。(54.10b)
内阁本:倘差人下来看视,小人恐见罪责。(54.10b)
钟伯敬本:倘差人下来看视,小人恐见罪责。(54.8b)

(例四)

国全本:便道韩滔、彭玘各往陈、颍二州。(55.2b)
国残本:便遣韩滔、彭玘各往陈、颍二州。(55.2b)
内阁本:便遣韩滔、彭玘各往陈、颍二州。(55.2b)
钟伯敬本:便遣韩滔、彭玘各往陈、颍二州。(55.2a)

(例五)

此类国残本相对于国全本而言，文字有所差异而又非明显误刊的地方，在第51回至第55回有38处之多，其中无一例外，钟伯敬本文字全部同于国残本，而未有相反的例子。

凡国残本不同于内阁本之处，钟伯敬本均同于国残本。如：

内阁本：白秀英却在茶**坊**里听得。（51.7b）
国全本：白秀英却在茶**房**里听得。（51.7b）
国残本：白秀英却在茶**房**里听得。（51.7b）
钟伯敬本：白秀英却在茶**房**里听得。（51.6a）

（例一）

内阁本：你这千人骑、万人压、乱人**射**的贱母狗。（51.7b）
国全本：你这千人骑、万人压、乱人**入**的贱母狗。（51.7b）
国残本：你这千人骑、万人压、乱人**入**的贱母狗。（51.7b）
钟伯敬本：你这千人骑、万人压、乱人**入**的贱母狗。（51.6a）

（例二）

内阁本：老咬虫，**乞**贫婆。（51.7b）
国全本：老咬虫，**吃**贫婆。（51.7b）
国残本：老咬虫，**吃**贫婆。（51.7b）
钟伯敬本：老咬虫，**吃**贫婆。（51.6a）

（例三）

内阁本：**来**后面僻净处开了枷。（51.9a）
国全本：**乘**后面僻净处开了枷。（51.9a）
国残本：**乘**后面僻净处开了枷。（51.9a）
钟伯敬本：**乘**后而僻净处开了枷。（51.7a）

（例四）

内阁本：家私尽可**赔**偿。（51.9a）
国全本：家私尽可**倍**偿。（51.9a）
国残本：家私尽可**倍**偿。（51.9a）
钟伯敬本：家私尽可**倍**偿。（51.7b）

（例五）

此类国残本相对于内阁本而言，文字有所差异而又非明显误刊的地方，在第51回至第55回有61处之多,其中无一例外,钟伯敬本文字全部同于国残本,而未有相反的例子。

此外,这5回文字当中还有一些特殊之处,钟伯敬本亦同于国残本。如国残本文字既不同于国全本,也不同于内阁本,此类文字有1处,此处钟伯敬本同于国残本。

> 国全本:许多诈奸**不及**的三二十人。(52.4a)
>
> 内阁本:许多诈奸**诈及**的三二十人。(52.4a)
>
> 国残本:许多诈奸**诈伪**的三二十人。(52.4a)
>
> 钟伯敬本:许多许多**诈伪**的三二十人。(52.3a)

三种容与堂本的词语"诈奸不及""诈奸诈及"与"诈奸诈伪",不同之处主要在后两个字,而钟伯敬本此词后两个字正与国残本相同,至于前两个字的不同则明显是因为形似而造成的误刊。

再如一些没刻好的字,钟伯敬本与国残本相同,国残本55.6b"手腕上绰起那条竹节","上"字缺上面一横,钟伯敬本与之相同,而国全本、内阁本均不缺。一些刻错的字,钟伯敬本与国残本相同,国残本51.7b"却待挣札"的"札"字乃是"扎"字的误刻,钟伯敬本与之相同,而国全本、内阁本均未错。此等处正如上文所言,有的抄手依照底本原封不动的抄写,文字刻错或未刻全依旧保持不变,此等处足以说明钟伯敬本正文的底本为国残本。

关于国全本、国残本、内阁本、钟伯敬本有一个问题值得一提,就是第100回关于关胜结局的问题。国全本文字为"关胜在北京大名府总管兵马,甚得军心,众皆钦伏。一日操练军马回来,因大醉失脚,落马得病身亡"(100.2b),国残本、内阁本、钟伯敬本三本文字皆为"关胜在北京大名府总管兵马,甚得军心,众皆钦伏。后来刘豫欲降兀术,关胜执义不从,竟为所害"(钟.100.2a)。

此外,关于钟伯敬本正文的底本还有一点需要说明的是,此本底本虽然为国残本,但并非是现存的国残本,而是以国残本板木刊印较早的本子。今本国残本由于刊刻次数较多,出现了不少的断板之处,如2.1b、2.23a、3.2a、3.13a、4.15a等。其中比较严重的地方板木磨损,字迹不清晰,如国残本87.7b"精兵二十余万□国而起",国残本□处有墨丁,字迹不可辨识,钟伯敬本 87.6b 此处为“倾”字,文字与国全本相同;国残本 88.9a “输□这一阵”,国残本□处有白丁,字迹不可辨识,钟伯敬本 88.7a 此处为“了”,文字与国全本相同。或是板框破损导致缺文少字,如国残本 100.8a “宋江自饮御酒之□觉道肚腹疼痛”,国残本□处破损,缺少文字,钟伯敬本 100.6ab □处为“后”字,文字与国全本相同;国残本 100.8a “急令□人打听”,国残本□处破损,缺少文字,钟伯敬本 100.6b □处为“从”字,文字与国全本相同。由此可见,国残本这些板框磨损或破损处,钟伯敬本皆有本可依,其底本应该是以国残本板木刊印较早的本子。

既然知悉了钟伯敬本正文的底本为国残本,那么相比于底本国残本而言,钟伯敬本文字是否有所不同。此一问题的答案当然也是肯定的,作为抄手或者刊工而言,依照底本抄写或者刊刻,抄错、抄漏或者误刊在所难免,钟伯敬本中也存在此种情况。抄错或误刊的地方以第 51 回至第 55 回为例,如:

国残本:卖酒卖肉招**接**四方入伙。(51.3a)

钟伯敬本:卖酒卖肉招**招**四方入伙。(51.2b)

(例一)

国残本:撇了雷横,**自**出外面赶碗头脑去了。(51.4b)

钟伯敬本:撇了雷横,**目**出外面赶碗头脑去了。(51.3b)

(例二)

国残本:因此上做不的**面**皮。(51.7a)

钟伯敬本:因此上做不的**而**皮。(51.5b)

(例三)

国残本:只听闻叫做黑旋风李**逵**。(51.13b)

钟伯敬本:只听闻叫做黑旋风李**逩**。(51.10b)

(例四)

国残本:戴宗**寻思**道:这厮必然瞒着我。(53.2b)

钟伯敬本:戴宗道:这厮**寻思**必然瞒我。(53.2a)

(例五)

此 5 例均是钟伯敬本文字出现抄错或者误刊的情况,例二至例四是因为文字形似而造成抄错或误刊,例五则是抄手或刊工看错了文字,将“寻思”

二字移置到了后文。

抄漏的情况，在钟伯敬本中同样存在，比较明显的例子如：

国残本：戴宗道："且都请你们到琵琶亭上**说话。"张顺讨了布衫穿着。李逵也穿了布衫。四个人再到琵琶亭上**来坐下。（38.15b）

钟伯敬本：戴宗道："且都请你们到琵琶亭上来坐下。"（38.12a）

（例一）

国残本：京北弘农节度使王文德、颍州汝南节度使**梅展、中山安平节度使张开、江夏零陵节度使**杨温。（78.5a）

钟伯敬本：京北弘农节度使王文德、颍州汝南节度使杨温。（78.4a）

（例二）

国残本：童威、童猛解上徐京；李俊、张横解上王文德；杨雄、石秀解上杨温；三阮解上李从吉；郑天寿、薛永、李忠、曹正**解上梅展；杨林解献丘岳首级；李云、汤隆、杜兴解献叶春、王瑾首级；**解珍、解宝擄捉闻参谋并歌儿舞女，一应部从，解将到来。（80.16b）

钟伯敬本：童威、童猛解上徐京；李俊、张横解上王文德；杨雄、石秀解上杨温；三阮解上李从吉；郑天寿、薛永、李忠、曹正、解珍、解宝擄捉闻参谋并歌儿舞女，一应部从，解将到来。（80.13a）

（例三）

国残本：汤隆、**石勇、时迁、丁得孙**、孙新、顾大嫂、张青、孙二娘。（96.4b）

钟伯敬本：汤隆、孙新、顾大嫂、张青、孙二娘。（96.3b）

（例四）

国残本：忽听得江上潮声雷响。**鲁智深是关西汉子，不曾省得浙江潮信，只道是战鼓响，**贼人生发，跳将起来，模了禅杖，大喝着便抢出来。（99.11a）

钟伯敬本：忽听得江上潮声雷响。贼人生发，跳将起来，模了禅杖，大喝着便抢出来。（99.8b）

（例五）

这5处例子均是钟伯敬本文字脱漏之例，当是抄手抄写之时不小心遗漏，其中例一至例三是同词脱文，例一同"到琵琶亭上"五字，例二同"节度使”三字，例三同“解”字。

除了抄错、抄漏或误刊之外，钟伯敬本依然存在其他一些文字与国残本不同。如：

国残本：众头领**都**是媒人。（51.2a）

钟伯敬本：众头领**俱**是媒人。（51.1b）

（例一）

国残本：新任知县好生**欣喜**。（51.2b）

钟伯敬本：新任知县好生**欢喜**。（51.2a）

（例二）

国残本：朱仝**帮住**雷横、吴用。（51.13a）

钟伯敬本：朱仝**跟住**雷横、吴用。（51.10b）

（例三）

国残本：只**在**小衙内倒在地上。（51.13b）

钟伯敬本：只**见**小衙内倒在地上。（51.11a）

（例四）

国残本：打得脑浆迸流。（51.7b-8a）

钟伯敬本：打得脑**裂**，**血**浆迸流。（51.6a）

（例五）

国全本：郑屠右手拿刀，左手**便来**要揪鲁达，被这鲁提辖就势按住左手。（3.11a）

国残本：郑屠右手拿刀，左手**拿刀**要揪鲁达，被这鲁提辖就势按住左手。（3.11a）

钟伯敬本：郑屠右手拿刀，要揪鲁达，被这鲁提辖左手**拿刀**，就势按住左手。（3.9a）

（例六）

以上6例，例一与例二的改文钟伯敬本与国残本并没有什么区别，“都”与“俱”、“欣喜”与“欢喜”实际上都是一个意思。例三“帮住”的意思是“靠紧对方身旁使之不能自由动作”，或解释为“揪住”，此词在《水浒传》中其他地方也有出现，修改者可能觉得词义不好理解，就改为了“跟住”，但修改后的词语反而不如原文好，不能表现出朱仝此时急迫而又愤怒的心情。

例四国残本文字有误,钟伯敬本进行了修改。例五钟伯敬本对语句进行了增饰。

例六则明显可以看出钟伯敬本是如何对国残本进行修改的。首先,国残本文字出现误刊,“便来”刻成“拿刀”,刻错之后语句不通顺,郑屠变成了左右手拿刀,而且拿刀的左手还想去揪鲁达。钟伯敬本有鉴于此,对此处进行修改,把右手拿刀归于郑屠,左手拿刀归于鲁达。如此修改,钟伯敬本语句虽然通顺了,但前后文却无法对照,因为从前后文来看,鲁达完全没有拿刀的迹象。

当然,这些钟伯敬本与国残本存在异文之处,并不代表钟伯敬本的底本不是国残本,而正如前文所讲,钟伯敬本有的抄手喜欢自作主张改动底本,将某些字词改成他们喜欢用的,或者是觉得正确的。

由此章可以得出以下结论：

1. 钟伯敬本刊刻时间为天启五年至六年(1625—1626)之间。

2. 积庆堂刊本为现存钟伯敬本的原刊本,四知馆刊本则是以积庆堂原板木进行翻印的本子。

3. 四知馆为建阳书坊,刊印钟伯敬本《水浒传》者可能为四知馆杨美生。

4. 现存钟伯敬本中三纸补刊书叶的底本为简本,此底本现今已然不存,但与现存简本当中刘兴我本相近。

5. 钟伯敬本正文的底本为容与堂本,具体而言,是容与堂本中的中国国家图书馆所藏80回残本。

6. 钟伯敬本正文与底本相比极为相似,但也存在极少量误字、改字以及文字脱漏等情况。

第八章　三大寇本《水浒传》研究

三大寇本《水浒传》在《水浒传》版本演变过程中扮演着承前启后的重要角色。以前学术界均认为繁本《水浒传》中容与堂本系统之后便是大涤余人序本系统，其实在二者之间还有一种本子，便是三大寇本。三大寇本上承容与堂本、石渠阁补印本，下开大涤余人序本、百二十回本①。近年来，学术界对三大寇本《水浒传》有所关注，但是研究多有不足，以下将对三大寇本《水浒传》版本的一些问题进行考察。

第一节　三大寇本《水浒传》诸种的概况

一、三大寇本《水浒传》的命名

三大寇本《水浒传》得名于小说第72回，此回柴进换了王班直的服饰与令牌偷入禁宫中，在睿思殿素白屏风上，看到御书四大寇姓名，为“山东宋江　淮西王庆　河北田虎　江南方腊”（容.72.5a）。此处诸《水浒传》版本，包括繁本中容与堂本、石渠阁补印本、钟伯敬本、大涤余人序本、百二十回本，简本中评林本、英雄谱本、刘兴我本、藜光堂本、李渔序本、百二十四回本等，内容均相同。而三大寇本此处屏风的名字却从“四大寇”变为“三大寇”，文字为“山东宋江　蓟北辽国　江南方腊”（72.5a），是所有本子中唯一一种作三大寇者。有鉴于此，将此本独有的三大寇之名的特征作为其命名。

关于第72回屏风上“四大寇”与“三大寇”的问题，三大寇本与大涤余人序本均有批语，现列于下以观。三大寇本此处批语录自无穷会本，无穷会本批语残缺处以□代替，“□□□大寇□□□王庆□□田虎遂□□□究效□□□今改□□□大寇而□□北辽国”（72.5a）。此条批语残缺过甚，但是从其中王庆、田虎、辽国字样可以看出，三大寇本底本屏风上的字样也应该是四大寇，三大寇本将其中“淮西王庆　河北田虎”改为“蓟北辽国”。大涤

①邓雷：《无穷会本〈水浒传〉研究——以批语、插图、回目为中心》，《东方论坛》2015年第5期。

余人序本此处批语为“世本添演征王庆、田虎者，既可笑；又有去王庆、田虎，改入蓟北辽国者，因有征辽事耳，与添演王庆、田虎何异？不知入庆、虎方成一类，辽则不止于寇矣。且后文政不必一一照出，于此中只举征方腊已尽寇之大而最著者，此外旁及征辽，更见胜敌之能，此史笔用疏处、有波澜处，岂可妄改”（72.5ab），大涤余人序本此批可证当时市面上流通的多种本子，其中一种是有田虎、王庆故事的本子，此类应该是建阳所刊刻的简本，再有一种就是三大寇本。

二、三大寇本《水浒传》的刊刻时间

三大寇本的刊刻时间，一般认为是明代[①]，具体时间则难以判定，因现存诸种三大寇本封面或牌记等均无法提供刊刻时间。那么，要大致推测三大寇本的刊刻时间，只能通过其他文献资料的记载。《水浒传》问世之后，有不少戏曲以之为底本进行改编，许自昌《水浒记》正是其中颇为有名的一种。此种传奇据徐朔方先生《许自昌年谱》所载，创作于万历三十六年（1608）[②]，里面的情节将宋江与阎婆惜的婚事置于刘唐下书之前，即《水浒传》版本中有名的“移置阎婆事”。现存诸版本中繁本《水浒传》包括容与堂本、石渠阁补印本、钟伯敬本，以及所有的简本《水浒传》包括插增本、评林本、英雄谱本、刘兴我本、藜光堂本、李渔序本等，均未移置阎婆事，“移置阎婆事”的版本有三大寇本、大涤余人序本、百二十回本、金圣叹评本。“移置阎婆事”的版本中三大寇本属于最早的版本，也应该是最早“移置阎婆事”的版本，所以由许自昌《水浒记》的创作时间，可知三大寇本刊刻于万历三十六年（1608）之前。

实际上，这一时间点还可以往前推移，许自昌《水浒记》之前，曾有无名氏所作《水浒记》，情节部分同样“移置阎婆事”。此无名氏本《水浒记》刊行于许自昌《水浒记》之前，内封中行直书“万历庚寅夏月世德堂梓”，左右两边书“锲重订出像注／释水浒记题评”，万历庚寅年为万历十八年（1590），此本为重订本，其原本应在万历十八年（1590）之前，由此可见三大寇本的刊

①谈蓓芳：《也谈无穷会藏本〈水浒传〉——兼及〈水浒传〉版本中的其他问题》，《中国文学研究》2000年第1期。

②徐朔方：《许自昌年谱》，《徐朔方集》第二卷《晚明曲家年谱》，浙江古籍出版社1993年版，第468—470页。

刻时间当在万历十八年（1590）之前[1]。

三大寇本半叶10行，行22字，白口，四周单边，无鱼尾。现存有五处藏本，分别为日本无穷会专门图书馆藏本、郑振铎原藏六十六回残本、日本天理图书馆藏本、西辽先生藏本、日本林九兵卫刊本，以下将对五本概况进行介绍。

三、无穷会藏本《水浒传》概况

此本现藏于日本东京都町田市无穷会专门图书馆，书中有印章三枚"金匮／细野申三／云笈""织田／氏图／书记""无穷会／神习文库"，可见其分别为细野申三（1872—1961）、织田小觉（1858—1936）、无穷会图书馆所收藏。此本也是五种三大寇本中唯一的全本，存一百回全本。

此本首封面，中间大字直书"水浒传"三字，右边题署"李卓吾先生评"，栏外上书"绘像"二字。次《读忠义水浒传序》；次《全像忠义水浒传目录》；次图像100叶200幅，每回2幅；次正文，正文中无题署。全书有眉批、单行

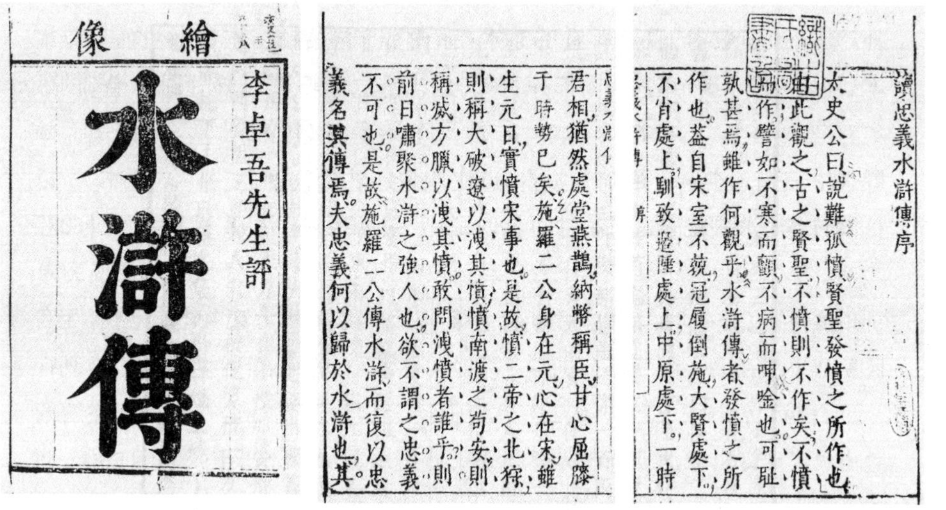
繪像
水滸傳
李卓吾先生評

讀忠義水滸傳序
太史公曰說難孤憤賢聖發憤之所作也
由此觀之古之賢聖不憤則不作矣不憤
而作譬如不寒而顫不病而呻唫也可耻
孰甚焉雖作何觀乎水滸傳者發憤之所
作也蓋自宋室不競冠屨倒施大賢處下
不肖處上馴致夷狄處上中原處下一時

君相猶然處堂燕鵲納幣稱臣甘心屈膝
于時勢已矣施羅二公身在元心在宋雖
生元日實憤宋事也是故憤二帝之北狩
則稱大破遼以洩其憤憤南渡之苟安則
稱滅方臘以洩其憤敢問洩憤者誰乎則
前日嘯聚水滸之強人也欲不謂之忠義
不可也是故施羅二公傳水滸而復以忠
義名其傳焉夫忠義何以歸於水滸也其

无穷会藏本封面、序言书影

①关于无名氏《水浒记》其底本的问题笠井直美《关于日本御茶之水图书馆藏金陵世德堂刊〈水浒记〉》（载《明清小说研究》1996年第2期）、彭秋溪《日本藏万历世德堂刊传奇〈水浒记〉考述》（载《中华戏曲》2016年第1期）曾有论及，彭文论述较详，虽未提及三大寇本，但可参看。

夹批、双行夹批三种形式。书中正文有圈点，人物首次出场人名有旁勒。

无穷会本序言文字与李贽原序相比，原序中的“夷狄处上”和“屈膝于犬羊”，无穷会本分别作“边陲处上”和“屈膝于时势”。且“边陲”和“时势”这两个词的字体与其他文字有别，显系后来剜改之故。可知此本为明刻清印本，因序言中有明显的违碍字，故而进行了修改。

四、郑振铎藏残本《水浒传》概况

此本现藏于中国国家图书馆，原为郑振铎所收藏，存第 1 回至第 20 回、第 26 回至第 71 回，共计 66 回。其余部分也有残缺，书不存序言，目录从第 5 叶上半始，即目录第 40 回“梁山泊好汉劫法场　白龙庙英雄小聚义”。图像部分存第 1 图至第 195 图“卢俊义大战昱岭关”，缺末 5 幅，两叶半。其余部分与无穷会本基本相同。

郑振铎先生收藏此书的时间为 1957 年，具体见于《郑振铎日记全编》1957 年的两则日记：其一，七月七日（日）“来熏阁来。大雅堂来。听说三友堂得到一部《水浒传》，即往观，其插图果然大为不同。是一百回，题作《忠义

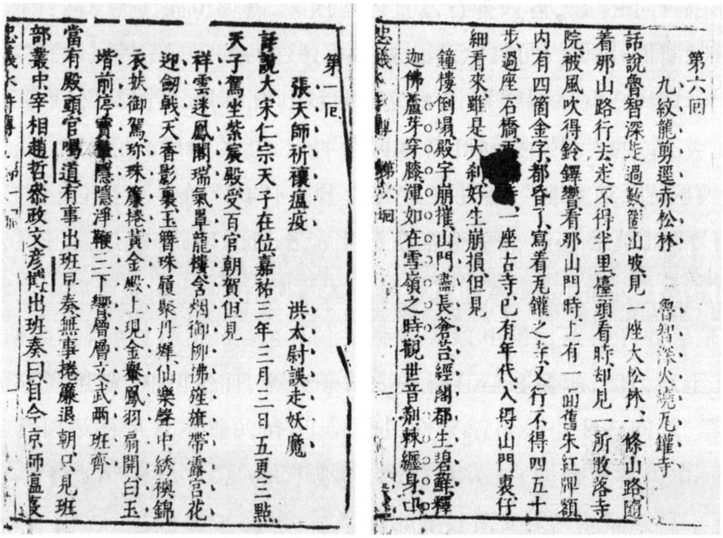

第六回
九紋龍剪逕赤松林　魯智深火燒瓦罐寺
話說魯智深走過數箇山坡見一座大松林一條山路隨
着那山路行去走不得半里擡頭看時却見一所敗落寺
院被風吹得鈴鐸響看那山門時上有一面舊朱紅牌額
內有四箇金字都昏了寫着瓦罐之寺又行不得四五十
步過座石橋再[illegible]一座古寺已有年代入得山門裏仔
細看來雖是大刹好生崩損但見
鐘樓倒塌殿宇崩摧山門盡長蒼苔經閣都生碧蘚釋
迦佛蘆芽穿膝渾如在雪嶺之時觀世音荆棘纏身山

第一回
張天師祈禳瘟疫　洪太尉誤走妖魔
話說大宋仁宗天子在位嘉祐三年三月三日五更三點
天子駕坐紫宸殿受百官朝賀但見
祥雲迷鳳閣瑞氣罩龍樓含烟御柳拂旌旗帶露宮花
迎劍戟天香影裏玉簪珠履聚丹墀仙樂聲中綉襖錦
衣扶御駕珍珠簾捲黄金殿上現金轝鳳羽扇開白玉
堦前停寶輦隱隱淨鞭三下響層層文武兩班齊
當有殿頭官喝道有事出班早奏無事捲簾退朝只見班
部叢中宰相趙哲參政文彥博出班奏曰目今京師瘟疫

国图所藏三大寇本第 1 回、第 6 回书影

水浒传》，却从未见过。即取其插图一册回”[①]；其二，八月二十六日（一）“三友堂送钟评《水浒传》残本十一册来，即付书款300元”[②]。此本在郑振铎先生所收藏的《水浒传》版本中也属于精品，但郑氏并未过多关注。一来可能是兴趣的转移，对《水浒传》已没有了之前的热情。二来像日记当中所载，误认为此本为钟伯敬本，郑氏1927年曾去法国亲见钟伯敬本，但可能由于时间太过久远，误将此书认作钟伯敬本[③]。1957年12月郑振铎先生所著《插图本中国文学史》由作家出版社再版，其中收录郑藏三大寇本的两幅插图“林教头刺配沧州道”与“宋江夜看小鳌山”。

五、天理图书馆藏本《水浒传》概况

天理图书馆所藏三大寇本为残本，现存第1回至第20回、第38回至第91回，共计74回，原为吉川幸次郎（1904—1980）藏本。此本前有《读忠义水浒传序》，封面双边有界，墨书“水浒传”，右侧题曰“李卓吾先生评”，栏上横书“绘像”，与无穷会本同。

此本从插图上看与无穷会本当是同版，如第2回插图“王教头□走延安府”，无穷会本“私”字残缺，而天理图书馆藏本同样缺此字；第18回插图“宋公明私放晁天王”，无穷会本右边的树枝有一处断板，而天理图书馆藏本同样有此断板；第38回“黑旋风斗浪里白跳”，无穷会本“里”字中间有断痕，而天理图书馆藏本此字同样有。有些图可能因为磨损太多的原因，而有所修补改动，如第23回插图“横海郡柴进留宾”右上角的壁画，无穷会本是几处树枝，而天理图书馆藏本一处树枝变为了一片大的叶子；第26回插图“郓哥大闹授官厅”屏风的画上，无穷会本有一叶扁舟，而天理图书馆藏本则无。

六、西辽先生藏本《水浒传》概况

此本现藏于西辽先生（唐拓）之手，为残本，存第91回至第95回，共计5回。此本2016年4月10日在孔夫子旧书网拍卖，最终由西辽先生以13090元的价格拍下。此本版式行款均同于无穷会本，但与无穷会本又有一些小异。具体可详见下文诸版本的研究。

---

①郑振铎：《郑振铎日记全编》，山西古籍出版社2006年版，第534页。

②郑振铎：《郑振铎日记全编》，山西古籍出版社2006年版，第545页。

③从书名、书的册数、《西谛书目》中所收录的《水浒传》种类来看，此本当为三大寇本。

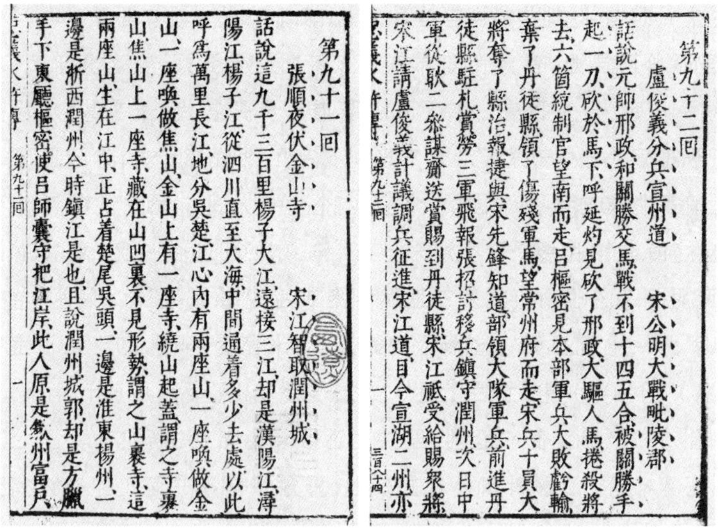
第九十一回
張順夜伏金山寺　宋江智取潤州城
話說這九千三百里楊子大江遠接三江却是漢陽江潯
陽江楊子江從泗川直至大海中間通着多少去處以此
呼爲萬里長江地分吳楚江心內有兩座山一座喚做金
山一座喚做焦山金山上有一座寺遶山起蓋謂之寺裹
山焦山上一座寺藏在山凹裏不見形勢謂之山裹寺這
兩座山生在江中正占着楚尾呉頭一邊是淮東揚州一
邊是浙西潤州今時鎭江是也且說潤州城郭却是方臘
手下東廳樞密使呂師囊守把江岸此人原是歙州富戶

第九十二回
盧俊義分兵宣州道　宋公明大戰毗陵郡
話說元帥邢政和關勝交馬戰不到十四五合被關勝手
起一刀砍於馬下呼延灼見砍了邢政大驅人馬捲殺將
去六箇統制官望南而走呂樞密見本部軍兵大敗虧輸
棄了丹徒縣領了傷殘軍馬望常州府而走宋兵十員大
將奪了縣治報捷與宋先鋒知道部領大隊軍兵前進丹
徒縣駐札賞勞三軍飛報張招討移兵鎭守潤州次日中
軍從耿二參謀齎送賞賜到丹徒縣宋江祗受給賜衆將
宋江請盧俊義計議調兵征進宋江道目今宣湖二州亦

西辽藏本第91、92回书影

七、林九兵卫刊本《水浒传》概况

此本为和刻本，存第1回至第20回，共计20回。另有后人抄补的第21回至第30回，共计10回。其中前20回分两次刊刻完成，前10回为日本享保十三年（1728）孟春京都林九兵卫刊刻，后10回为宝历九年（1759）五月京都林九兵卫、林权兵卫刊刻。此本有《读忠义水浒传序》，《李卓吾先生批点忠义水浒传目录》，目录回数多寡视刊刻回数而定，如前10回只刊刻前10回目录。此本无插图，版式、行款以及其他方面与无穷会本基本相同，但此本比其他三大寇本多出《引首》，题为《李卓吾先生批点忠义水浒传引首》，另行下署“施耐庵集撰　罗贯中纂修”。

此20回本前10回较为常见，国内中国国家图书馆、北京大学图书馆、上海图书馆、大连图书馆等均有收藏，而后10回则较为稀见，日本立命馆大学图书馆、日本东京大学东洋文化研究所等有收藏①。

林九兵卫与林权兵卫均是京都有名的汉籍出版商，现今可知为林九兵卫翻刻的汉籍有元禄三年（1691）刊刻的《物类相感志》、元禄四年（1692）刊刻的《许鲁斋先生心法》、元禄四年（1692）刊刻的《南濠诗话》、元禄五年

①关于林九兵卫刊本的具体藏处详见邓雷《〈水浒传〉版本知见录》，凤凰出版社2017年版。

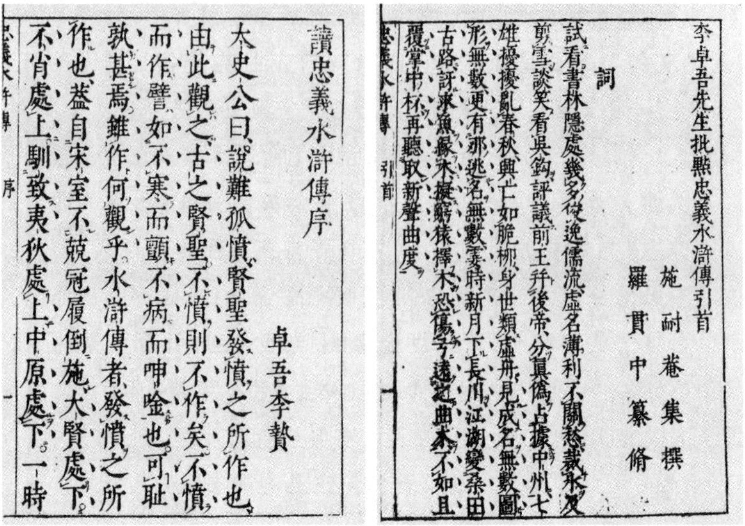
讀忠義水滸傳序

卓吾李贄

太史公曰說難孤憤賢聖發憤之所作也由此觀之古之賢聖不憤則不作矣不憤而作譬如不寒而顫不病而呻唫也可耻孰甚焉雖作何觀乎水滸傳者發憤之所作也蓋自宋室不競冠履倒施大賢處下不肖處上馴致夷狄處上中原處下一時

忠義水滸傳 序 一

李卓吾先生批點忠義水滸傳引首

施耐菴集撰

羅貫中纂脩

詞

試看書林隱處幾多俊逸儒流虛名薄利不關愁裁冰及剪雪談笑看吳鈎評議前王并後帝分真僞占據中州七雄擾擾亂春秋興亡如脆柳身世類虛舟見成名無數圖形無數更有那逃名無數霎時新月下長川江湖變桑田古路訝求魚緣木擬窮猿擇木恐傷弓遠之曲木不如且覆掌中杯再聽取新聲曲度

忠義水滸傳 引首

林九兵卫刊本序言、引首书影

(1693)刊刻的《剪灯余话》、元禄七年(1695)刊刻的《李卓吾批点世说新语补》、元禄九年(1697)刊刻的《新锲李卓吾先生增补批点皇明正续合并通纪统宗》、元禄十年(1698)刊刻的《泉志》等。为林权兵卫翻刻的汉籍有宝历十三年(1763)刊刻的《传家宝狐白》、宝历十四年(1764)刊刻的《古今官制沿革图》、安永五年(1776)刊刻的《吕氏春秋》、宽政五年(1793)刊刻的《史记》、宽政八年(1796)刊刻的《管子》等。

第二节 三大寇本《水浒传》四种研究

上文对诸种三大寇本《水浒传》进行了简要介绍,诸种三大寇本文字之间小有差异,以下将对其进行研究,辨别诸种三大寇本之间原刻与翻刻的关系,研究的本子有无穷会本、郑振铎藏本、西辽先生藏本、林九兵卫刊本。因诸种三大寇本除无穷会本之外均为残本,所以仅能选取其相对应部分进行研究。西辽先生藏本只能与无穷会本对照进行研究,其余三种可相互参照研究。

一、无穷会本与西辽藏本的关系

西辽藏本仅存第 91 回至第 95 回的内容，将无穷会本此部分与之进行比对。比对后发现如下特征：

1. 无穷会本断板与叶下数字情况与西辽藏本不同

无穷会本与西辽藏本在第 91 回至第 95 回之间均存在断板的情况，其中西辽藏本断板情况较少，计有 92.12b、92.14a、93.12a、93.13a、93.14b，此外有一些叶面墨迹较淡，如 91.14a、91.14b。西辽藏本断板之处，无穷会本均未断板，可见此二本非同版，且西辽藏本并非此板初印本，而是后印本。无穷会本此 5 回部分木板磨损较为严重，不少书叶最上面一行和最下面一行字迹都不甚清晰，如 91.5a-9b、91.16a、92.10b、92.12a、92.13ab、93.5a、93.6a、93.10a、93.11a、93.12ab、93.15a、94.6a、94.11a、94.12b、94.13b、94.14a、94.15b、94.16a、95.2ab、95.5b、95.7a 等，可见无穷会本同样是此板后印本，刊刻之时板子磨损较为严重。

三大寇本每叶版心下有数字小字，代表此叶正文文字、批语文字、版心文字的总字数。西辽藏本此 5 回部分叶数有数字小字，这些叶面有第 91 回第 5、6、8、10 叶，第 92 回的第 1—4、11—15 叶，第 93 回的第 1—8、15 叶，第 94 回的第 3—18 叶，第 95 回的第 3、4、7—16 叶。无穷会本此 5 回文字无一叶版心有数字小字。由此可见，西辽藏本与无穷会本均非此版本的初刻本，乃是翻刻本。

二本在版面上还存在一些不同，如无穷会本部分叶面有黑鱼尾，第 91 回第 3—4 叶，第 92 回第 7—8 叶，第 93 回第 7—8 叶，第 94 回第 17 叶，西辽藏本则无黑鱼尾。无穷会本部分叶面文字与其他叶面不同，似为补板，如 92.7-8、93.7-8、95.13，尤其是 95.13，此叶版心无“忠义水浒传”以及“第九十五回”字样，其他叶面均有。此外，无穷会本为后刊本还有一条确证，第 94 回西辽藏本有 18 叶，而无穷会本只有 17 叶，因为无穷会本缩减了 1 叶，西辽藏本倒数第 2 叶最后一行文字为“京师取回一员将佐”，最后一叶文字为“安道全”，之后有“第九十四回终”的字样，无穷会本把“安道全”人名放之“京师取回一员将佐”下，此一行为不符合一贯的刊刻方法，且惯常的“第九十四回终”字样也被删去。

2. 无穷会本圈点、旁勒较之西辽藏本为少

西辽藏本所存第 91 回至第 95 回的 5 回回目,每字旁均有墨点。无穷会本则有两回不存,第 91 回回目“张顺夜伏金山寺　宋江智取润州城”以及第 95 回回目上半“张顺魂捉方天定”旁无墨点。

三大寇本正文文字下有句读小墨点,无穷会本比西辽藏本要少。如第 91 回,“地分吴楚江心内有两座山一座唤做金山一座唤做焦山金山上有一座寺绕山起盖谓之寺裹山焦山上一座寺藏在山凹里不见形势谓之山裹寺”(91.1a),无穷会本句读为“地分吴楚江心内有两座山一座唤做金山。一座唤做焦山金山上有一座寺。绕山起盖谓之寺裹山。焦山上一座寺。藏在山凹里不见形势谓之山裹寺。”,西辽藏本句读为“地分吴楚。江心内有两座山。一座唤做金山。一座唤做焦山。金山上有一座寺。绕山起盖。谓之寺裹山。焦山上一座寺。藏在山凹里。不见形势。谓之山裹寺。”,无穷会本有 5 处句读,西辽藏本则有 11 处句读,西辽藏本比无穷会本多出 6 处句读。

再如“此人原是歙州富户因献钱粮与方腊官封为东厅枢密使幼年曾读兵书战策惯使一条丈八蛇矛武艺出众部下管领着十二个统制官名号江南十二神协同守把润州江岸”(91.1ab),无穷会本句读为“此人原是歙州富户。因献钱粮与方腊官封为东厅枢密使幼年曾读兵书战策惯使一条丈八蛇矛武艺出众部下管领着十二个统制官名号江南十二神协同守把润州江岸。”,西辽藏本句读为“此人原是歙州富户。因献钱粮与方腊。官封为东厅枢密使。幼年曾读兵书战策。惯使一条丈八蛇矛。武艺出众。部下管领着十二个统制官。名号江南十二神。协同守把润州江岸。”,此段文字无穷会本仅有 2 处句读,西辽藏本则有 9 处句读,西辽藏本比无穷会本多出 7 处句读。

又如“此时先锋使宋江兵马战船水陆并进已到淮安了约至扬州取齐当日宋先锋在帐中与军师吴用等计议此去大江不远江南岸便是贼兵守把谁人与我先去探路一遭打听隔江消息可以进兵”(91.2a),无穷会本句读为“此时先锋使宋江。兵马战船水陆并进已到淮安了。约至扬州取齐。当日宋江正在帐中。与军师吴用等计议。此去大江不远。江南岸便是贼兵把守。谁人与我先去探路一遭打听隔江消息可以进兵。”,西辽藏本句读为“此时先锋使宋江。兵马战船。水陆并进。已到淮安了。约至扬州取齐。当日宋先锋在帐中。与军师吴用等计议。此去大江不远、江南岸便是贼兵守把。谁人与我先去探路一遭。打听隔江消息。可以进兵。”,此段文字无穷会本有8处句读,西辽藏本有12处句读,西辽藏本比无穷会本多出4处句读。

三大寇本首次出现的人物人名旁有旁勒,无穷会本时有时无。如第91回介绍润州江岸十二神,“擎天神福州沈刚 游奕神歙州潘文得 遁甲神睦州应明 六丁神明州徐统 霹雳神越州张近仁 巨灵神杭州沈泽 太白神湖州赵毅 太岁神宣州高可立 吊客神常州范畴 黄幡神润州卓万里 豹尾神江州和潼 丧门神苏州沈抃”(91.1b),西辽藏本每个人名旁均有旁勒,无穷会本无;提到方腊面前引进使冯喜、司天太监蒲文英时,西辽藏本与无穷会本人名旁均有旁勒。第92回提到守城统制官钱振鹏时,西辽藏本人名旁有旁勒,无穷会本无;提到上濠人金节、钱振鹏心腹许定,西辽藏本与无穷会本人名旁均有旁勒。有时一并出现的人物,无穷会本也有的有旁勒,有的没旁勒。提到家余庆手下六员统制官,“李韶、韩明、杜敬臣、鲁安、潘濬、程胜祖”(92.14a),西辽藏本六人人名旁均有旁勒,而无穷会本只有前三人“李韶、韩明、杜敬臣”有旁勒,后三人“鲁安、潘濬、程胜祖”则无。

三大寇本正文文字旁时有白圈或墨点,与西辽藏本相比,无穷会本有些不存,有些残缺。如第91回“一根木头也无”(91.3a),西辽藏本此数字旁有墨点,无穷会本无;“受八面之天风”“倚千层之石壁,梵塔高侵沧海日,讲堂低映碧波云”“看万里征帆”“纳一天爽气”(91.4a),西辽藏本此数句旁有墨点,无穷会本无;“直赶到那船边。船上两个人摇着橹,只望北岸,不提防南边,只顾摇”(91.4b-5a),西辽藏本此数字旁有墨点,无穷会本无。“一面使人催趱战船过去”(91.9a),西辽藏本此数字旁有墨点,无穷会本“催趱”二字缺墨点;“哨见对港三百来只战船,一齐出浦”(91.10a),西辽藏本此数字旁有墨点,无穷会本“一齐”二字缺墨点;第92回“被关胜手起一刀,砍于马下”(92.1a),西辽藏本此数字旁有墨点,无穷会本“被关胜手”四字缺墨点。

第92回“共是九十九人,已自不满百数”(92.5a),西辽藏本此数字旁有白圈,无穷会本“共是九十九人”为白圈,“已自不满百数”为墨点;第93回“若是我四个要做官时,方腊手下,也得个统制做了多时”(93.9b-10a),西辽藏本此数字旁有白圈,无穷会本“若我个做时腊下个制做”数字旁有白圈,其余字则无白圈;第94回“有日太平之后,一个个必然来侵害你性命”

(94.1a),西辽藏本此数字旁有白圈,无穷会本“日之一侵你”字旁无白圈。第95回“得了孙新、顾大嫂夫妻二人”(95.3b),西辽藏本此数字旁有白圈,无穷会本无;“心中添闷,眼泪如泉”(95.4a),西辽藏本此数字旁有白圈,无穷会本无。

3. 无穷会本文字刻法与西辽藏本不同

无穷会本正文刊刻基本与西辽藏本相同,但是某些文字刻法与西辽藏本不同,此分为两种情况,其一是文字相同,但是二者笔画刻法不同;其二是文字相同,但是二者为异体字。

第一种情况如“方腊手下东厅枢密使”(91.1a)的“密”字,西辽藏本中间的点为点,无穷会本中间的点为短横;“幼年曾读兵书战策”(91.1b)的“曾”字,西辽藏本头上两点为内八,无穷会本头上两点为外八;“带了两个伴当”(91.2a)的“伴”字,西辽藏本头上两点为外八,无穷会本头上两点为内八;“凭高一望,淘淘雪浪,滚滚烟波”(91.2b)的“浪”字,西辽藏本头上一点为点,无穷会本头上一点为一横;“看兄弟赴水过去对江金山脚下”(91.3a)的“弟”字,西辽藏本头上两点为内八,无穷会本头上两点为外八;“把些贿赂与那和尚,讨个虚实”(91.4a)的“那”字,西辽藏本中间两横是平直的,无穷会本中间两横是斜向下的;“把这头巾衣服裹了两个大银”(91.4b)的“衣”字,西辽藏本上面的点为点,无穷会本上面的点为短横。

第二种情况如“游奕神歙州潘文得”(91.1b)的“游”字,西辽藏本为三点水旁“游”,无穷会本为走字底“遊”;“统领着五万南兵,据住江岸”(91.1b)的“统”字,西辽藏本为“綂”,无穷会本为“統”;“滚滚烟波,是好江景也”(91.2b)的“烟”字,西辽藏本为“煙”,无穷会本为“烟”;“尽皆关闭,推门不开”(91.3a)的“关”字,西辽藏本为“關”字,无穷会本为“関”字;“与你些银子作房钱,并不搅扰你”(91.3b)的“并”字,西辽藏本为“竝”,无穷会本为“並”;“何故烦恼,有伤玉体”(91.14b)的“体”,西辽藏本为“體”字,无穷会本为“体”字;“斗到十四五合,一将翻身落马”(91.16a)的“斗”字,西辽藏本为“鬬”字,无穷会本为“鬪”字;“略斗数合,拨回马望本阵先走”(92.7a)的“略”字,西辽藏本为“畧”,无穷会本为“略”;“急要报仇,撇了许定”(92.7a)的“仇”字,西辽藏本为“仇”,无穷会本为“讐”;“大阔板刀,随于侧首”(92.8b)的“阔”字,西辽藏本为“闊”,无穷会本为“濶”;“于”字,西辽藏本为“於”,无穷会本为“于”;“逃回至无锡县”(93.1b)的

“回”字，西辽藏本为“囘”，无穷会本为“回”；“花荣、秦明两个，带领了一千军马”（94.8ab）的“两”字，西辽藏本为“兩”，无穷会本为“両”；“先是僧人摇铃诵咒，摄招呼名”（94.17b）的“咒”字，西辽藏本为“呪”，无穷会本为“咒”；“祝赞张顺魂魄，降坠神幡”（94.17b）的“魂魄”二字，西辽藏本为“䰟䰡”，无穷会本为“魂魄”。

4. 无穷会本文字与西辽藏本不同

无穷会本与西辽藏本同属于三大寇本，文字基本相同，但小有差异，具体情况见以下例文。

西辽藏本：风恬浪**静**，水天一色。（91.4ab）

无穷会本：风恬浪**净**，水天一色。（91.4ab）

容与堂本：风恬浪**静**，水天一色。（91.4a）

（例一）

西辽藏本：及吕枢密**札**付一道。（91.5b）

无穷会本：及吕枢密**劄**付一道。（91.5b）

容与堂本：及吕枢密**札**付一道。（91.5b）

（例二）

西辽藏本：扮**做**艄公艄婆。（95.13b）

无穷会本：扮**作**艄公艄婆。（95.13b）

容与堂本：扮**做**稍公稍婆。（95.14a）

（例三）

西辽藏本：我今直把你**诛**尽杀绝。（93.4a）

无穷会本：我今直把你**珠**尽杀绝。（93.4a）

容与堂本：我今直把你**诛**尽杀绝。（93.4a）

（例四）

西辽藏本：从**泗**川直至大海，中间通着多少去处，以此呼为万里长江。（91.1a）

无穷会本：从**四**川直至大海，中间通着多少去处，以此呼为万里长江。（91.1a）

容与堂本：从**四**川直至大海，中间通着多少去处，以此呼为万里长江。（91.1a）

（例五）

西辽藏本:江南岸便是贼兵**守把**。(91.2a)

无穷会本:江南岸便是贼兵**把守**。(91.2a)

容与堂本:江南岸便是贼兵**守把**。(91.2a)

(例六)

西辽藏本:彭玘和韩滔是一正一副的**弟兄**。(92.7a)

无穷会本:彭玘和韩滔是一正一副的**兄弟**。(92.7a)

容与堂本:彭玘和韩滔是一正一副的**弟兄**。(92.6b)

(例七)

西辽藏本:南阵上高**可立**、张近仁两骑马便来抢关胜。(92.7b)

无穷会本:南阵上高**立可**、张近仁两骑马便来抢关胜。(92.7b)

容与堂本:南阵上高**可立**、张近仁两骑马便来抢关胜。(92.7a)

(例八)

西辽藏本:为**头**的是黑旋风李逵。(92.8b)

无穷会本:为**首**的是黑旋风李逵。(92.8b)

容与堂本:为**头**的是黑旋风李逵。(92.7b)

(例九)

西辽藏本:宋江在当**中**证盟。(94.17b)

无穷会本:宋江在当**案**证盟。(94.17b)

容与堂本:宋江在当**中**证盟。(94.16b)

(例十)

西辽藏本:次后戴宗宣**读**祭文。(94.17b)

无穷会本:次后戴宗宣**说**祭文。(94.17b)

容与堂本:次后戴宗宣**读**祭文。(94.17a)

(例十一)

西辽藏本:当日宋**先锋**在帐中。(91.2a)

无穷会本:当日宋**江正**在帐中。(91.2a)

容与堂本:当日宋**先锋**在帐中。(91.2a)

(例十二)

西辽藏本:李逵也哭**了,**回寨里来。(95.13a)

无穷会本:李逵也哭**奔**回寨里来。(95.13a)

容与堂本:李逵也哭**了,**回寨里来。(95.13b)

（例十三）

西辽藏本：燕青到寨中，上帐拜罪宋江。（94.3b）

无穷会本：燕青到寨中，上帐拜罢宋江。（94.3b）

容与堂本：燕青到寨中，上帐拜罢宋江。（94.3b）

（例十四）

西辽藏本：拴缚在头上。（91.4b）

无穷会本：拴膊在头上。（91.4b）

容与堂本：拴缚在头上。（91.4a）

（例十五）

西辽藏本：吕枢密直教小人去苏州。（91.5b）

无穷会本：吕枢蜜直教小人去苏州。（91.5b）

容与堂本：吕枢密直叫小人去苏州。（91.5a）

（例十六）

西辽藏本：吕枢密引了许定，自投南门而走。（92.12b）

无穷会本：吕枢密引了计定，自投南门而走。（92.12b）

容与堂本：吕枢密引了许定，自投南门而走。（92.11b）

（例十七）

西辽藏本：赏赐金节金银段匹，鞍马酒礼。（92.13a）

无穷会本：贯赐金节金银段匹，鞍马酒礼。（92.13a）

容与堂本：赏赐金节金银段匹，鞍马酒礼。（92.12a）

（例十八）

西辽藏本：只见草厅上坐着四个好汉。（93.7b）

无穷会本：只见草厅上全着四个好汉。（93.7b）

容与堂本：只见草厅上坐着四个好汉。（93.7b）

（例十九）

西辽藏本：急待问是甚人时。（93.13a）

无穷会本：急持问是甚人时。（93.13a）

容与堂本：急待问是甚人时。（93.13a）

（例二十）

西辽藏本：宋江当下差正将二员。（94.8a）

无穷会本：宋江当下差王将二员。（94.8a）

容与堂本：宋江当下差正将二员。（94.8a）

（例二十一）

西辽藏本：从邪廊庙生堪愧。（92.13a）

无穷会本：从彬德庙生堪愧。（92.13a）

容与堂本：无此句

（例二十二）

西辽藏本：可直到金、焦二山上宿歇。（91.2a）

无穷会本：可直到金山、焦山上宿歇。（91.2a）

容与堂本：可直到金、焦二山上宿歇。（91.2ab）

（例二十三）

西辽藏本：李俊又应道："你们要杀便杀，我等姓名，至死也不说与你，枉惹的好汉们耻笑。"（93.8a）

无穷会本：李俊又道："你们要杀便杀，我等的姓名，至死也不说与你，枉惹的好汉们耻笑。"（93.8a）

容与堂本：李俊又应道："你们要杀便杀，我等姓名，至死也不说与你，枉惹的好汉们耻笑。"（93.8b）

（例二十四）

西辽藏本：随即点李逵、鲍旭、项充、李衮四个。（94.17a）

无穷会本：随点李逵、鲍旭、项充、李衮四个等。（94.17a）

容与堂本：随即点李逵、鲍旭、项充、李衮四个。（94.16a）

（例二十五）

西辽藏本：石秀自和阮小七带了两个伴当，投焦山去了。（91.2b）

无穷会本：石秀自和阮小七带了个伴当，只投焦山去了。（91.2b）

容与堂本：石秀自和阮小七带了两个伴当，投焦山去了。（91.2b）

（例二十六）

以上皆是无穷会本与西辽藏本存在异文之例，为便于比对，将国图所藏全本容与堂本文字附之于后，无穷会本与西辽藏本的异文又分为多种情况。例一至例五是音同而文异，其中例一至例三二本文字均可，例四西辽藏本文字正确，无穷会本文字有误，例五无穷会本文字正确，西辽藏本文字有误。例六至例八无穷会本词语文字前后颠倒，例六、例七文字颠倒之后二本文意不变,例八无穷会本文字颠倒后人名错乱,出现错误。例九至例十三二本文字相异,但文意均可。

例十四至例二十一为字形相近而误,其中例十四是西辽藏本形近而出现错误,其余七例均是无穷会本形近而出现错误。例二十二为无穷会本文字出现错误之例。例二十三至例二十六同样是二本存在异文,但此四例异文与其他例子中异文又有所区别,其他例子中是同一位置文字出现不同,此四例是无穷会本前面缺字,后面补上,总字数不变。前三例不同之处无穷会本文意可通,例二十六无穷会本文意则不通,因为前文说到“四人辞了宋江,各带了两个伴当”,后文也说到“柴进和张顺也带了两个伴当”,所以石秀与阮小七伴当的数量当为“两个”,而非“一个”。

从上文无穷会本与西辽藏本诸多不同之处,可以得出以下结论:第一,无穷会本与西辽藏本并非同版。第二,无穷会本与西辽藏本均非三大寇本的初刊本,二者均为翻刻本,且二者均为各自板木的后印本。第三,无穷会本与西辽藏本二者,后者与初刻本差异小,错舛之处较少;前者与初刻本差异较大,不仅文字与初刻本之间存在差异,而且多有误字,还做了不少偷工减料的工作,如版心小字数字未刻、文字圈点旁勒缺失、删减叶面等。

二、无穷会本、郑藏本、林刊本的关系

选取林刊本所存第 1 回至第 10 回作为主要比对对象,将无穷会本、郑藏本、林刊本此部分进行比对,比对后发现如下特征:

1. 无穷会本、郑藏本、林刊本的断板与叶下数字情况不同

上文说到无穷会本第 91 回至第 95 回,木板磨损比较严重,不少叶面最上面一行与最下面一行,字迹都不甚清晰。无穷会本第 1 回至第 10 回木板情况相较第 91 回至第 95 回为好,比较严重的磨损情况较为少见。即便板木磨损,受损程度也较轻。板木磨损之处如 4.10a、4.10b、4.15b、7.13b、8.2a、8.2b 等叶。同时,无穷会本有不少断板之处,如 2.6a、2.6b、2.7a、2.7b、2.8a、2.8b、2.14a、2.15b、3.2b、3.5a、3.5b、3.7a、3.9b、4.9b、4.10b、4.16a、5.1b、5.2b、6.11b、7.9a、8.10a、9.1a、9.1b、9.2a、9.11b、9.13a 等叶。这些板木磨损与断板之处再次可证无穷会本乃是此板木的后印本,而且刊刻之时板木情况已是不容乐观。

郑藏本第1回至第10回刊刻颇为清晰，断板之处较少，计有1.5b、2.10b、4.11b、4.12b、5.6a、6.2a、6.5b、6.11b、10.5a等处，即便是断板之处，裂缝也较小。此外郑藏本第2回第20叶版心缺“第二回”三字。由此可见，郑藏本当是其板木较早期的印本，但非初印本。林刊本则未见断板之处，可能因和刻本印刷较少、板木保存较好之故。

叶下版心数字小字的情况，三本也多有不同。其中郑藏本叶下数字小字保存最为完好，缺失之处极少，第1回至第10回缺失之处只有第4回第18叶、第8回第6叶两处。林刊本叶下数字小字缺失则较多，其存留数字小字之处有第1回第1—8叶，缺3叶；第2回全部；第3回第1、6—13叶，缺6叶；第4回第3—6、19—22叶，缺14叶；第5回第1—4、12—15叶，缺7叶；第6回第1—4、7、9—12叶，缺5叶；第7回第11—14叶，缺10叶；第8回无，缺10叶；第9回第2—5、10—15叶，缺5叶；第10回第1—6、11、12叶，缺4叶。前10回总叶数156叶，林刊本缺了64叶版心数字小字，缺失了大概2/5。林刊本叶下数字小字的缺失，当是其底本已缺失，因为林刊本版心数字小字处有些是墨丁，盖因此处底本不清晰，林刊本无法刊刻，便用墨丁替代。墨丁之处计有第3回第14、15叶，第4回第1、2、15—18叶，第5回第5—8叶，第7回第7—10叶，总计16叶。由此可见林刊本翻刻比较忠实于底本，所以林刊本叶下数字小字的缺失，乃因底本便是如此。

无穷会本版心叶下数字小字则脱漏更多，第91回至第95回并无一处叶下数字小字，第1回至第10回所存叶下数字小字亦少，计有第1回第11叶，缺10叶；第2回第9、10、17、18叶，缺23叶；第3回第1—4叶，缺11叶；第4回第11、15、16、21、22叶，缺13叶；第5回第1、5、6叶，缺12叶；第6回第1—4、7、9—12叶，缺5叶；第7回第3、4叶，缺12叶；第8回无，缺11叶；第9回无，缺15叶；第10回无，缺12叶。总计所存版心叶下数字小字叶面为28叶，第1回至第10回总叶数为156叶，所存数字小字叶面部分不到总叶数的20%。

无穷会本不仅版心叶下数字小字脱漏甚多，其数字小字与郑藏本、林刊本也多有不同。林刊本虽然所存数字小字之处较之郑藏本为少，但是其数字小字的位置以及数字小字的数字与郑藏本均相同，二者即便没有直接的传承关系，其关系也比较亲密。而无穷会本数字小字的数字与二本则多有不同，如第2回第17叶无穷会本数字小字为“四、五十”，郑藏本、林刊本为“四、四八”。第18叶无穷会本为“三、六十八”，郑藏本、林刊本为“三、四十八”；第4回第16叶无穷会本为“四五十”，郑藏本为“四四八”。第21叶无穷会本为“四五十”，郑藏本、林刊本为“四四九”；第5回第1叶无穷会本为“三百九十七”，郑藏本、林刊本为“三百八七”。第6叶无穷会本为“四〇十”，郑藏本为“四〇八”；第6回第4叶无穷会本为“四五十”，郑藏本、林刊本为“四、五十二”。第5叶无穷会本为“四、五十”，郑藏本为“四百五十”。第6叶无穷会本为“四、廿二”，郑藏本为“四百廿二”；第7回第4叶无穷会本为“四·四十二”，郑藏本为“四十二”。

由叶下数字小字的情况可以看出，郑藏本即便不是初刻本，其与初刻本的关系也最为亲密，林刊本与初刻本的关系次之，其底本则不可能是初刻本，无穷会本关系则与初刻本关系最远。同时，从叶下数字小字存在的比例以及刊刻前精后疏的情况来看，西辽藏本与郑藏本为同一种的可能性不大，西辽藏本与林刊本底本为同一种的可能性则比较大。

2. 无穷会本、郑藏本、林刊本圈点、旁勒以及文字刻法的不同

上文提及第91回至第95回圈点部分，无穷会本文字下句读小墨点较之西辽藏本为少。现在比对第1回至第10回，此10回部分无穷会本句读小墨点与郑藏本、林刊本基本相同。再者，第91回至第95回人物第一次出现时人名旁有旁勒，无穷会本旁勒较之西辽藏本为少，而第1回至第10回，此10回无穷会本旁勒与郑藏本完全相同，未见缺失。由此再结合上文叶下数字小字情况可知，无穷会本前面部分的刊刻要优于后面部分。

无穷会本圈点部分与郑藏本、林刊本相较，有差异之处在于文字旁墨点与圈点，无穷会本较之郑藏本、林刊本为少。首先是回目旁墨点，无穷会本有所缺失。无穷会本第4回回目下半“鲁智深大闹五台山”旁无墨点、第5回整回回目“小霸王醉入销金帐　花和尚大闹桃花村”旁无墨点、第9回回目下半“林冲棒打洪教头”旁无墨点，其他两本此等回目处文字旁则均有墨点。

其次是正文文字旁圈点，无穷会本有所缺失。如“黑烟霭霭扑人寒，冷气阴阴侵体颤”（1.10b），郑藏本、林刊本旁有墨点，无穷会本“阴侵体颤”四字无；“闪开双目有如盲，伸出两手不见掌”（1.10b），郑藏本、林刊本旁有墨点，无穷会本无；“常如三十夜，却似五更时”（1.10b），郑藏本、林刊本旁有墨点，无穷会本无；“说犹未了”（2.12b），郑藏本、林刊本旁有墨点，无穷会本无；“却望后生怀里直搠将来”（2.13b），此句话郑藏本、林刊本旁有圈，无穷会本“里直搠将”四字缺；“既然如此，便叫庄客拣两头肥水牛来杀了，庄内自有造下的好酒，先烧了一陌顺溜纸，便叫”（2.17b），郑藏本、林刊本旁有墨点，无穷会本无；“金瓯潋滟倾欢伯……昔年侍宴玉皇前”（4.14a），郑藏本、林刊本旁有墨点，无穷会本“潋”“欢”“侍”“皇”数字无；“古刹今番经劫火……自古白云无去住”（6.13b），郑藏本、林刊本前句旁有墨点，后句旁有圈，无穷会本“劫火”“去住”四字缺；“接了银子”（9.15a），郑藏本、林刊本旁有圈，无穷会本无。

郑藏本与林刊本在圈点、旁勒部分虽较之无穷会本为多，但亦有少部分缺失。如林刊本旁勒部分就有两处缺失，3.5b“李忠”、5.4a“刘太公”，这两个人物第一次出场之时，林刊本无旁勒，而郑藏本、无穷会本则有。郑藏本在回目文字圈点处也有缺失，第5回整回回目“小霸王醉入销金帐　花和尚大闹桃花村”旁无墨点、第9回“柴进门招天下客”的“下”字旁无墨点，林刊本此等处则均有墨点。正文圈点二本也略有缺失，如“天摧地塌，岳撼山崩”（1.11b），郑藏本“山”字缺旁点，林刊本、无穷会本存；“千古幽扃一旦开，天罡地煞出泉台”（2.1a），郑藏本“一”字缺旁点，林刊本、无穷会本存；“许下酸枣门外岳庙里香愿”（2.9a），郑藏本“岳庙”二字旁有圈，林刊本、无穷会本无；“云遮峰顶，日转山腰”（4.5b），“日”字无穷会本旁有墨点，郑藏本、林刊本无等。

无穷会本、郑藏本、林刊本三本文字的刻法问题。首先要谈的是相同之处，正文某些文字用了笔划比较复杂或较为生僻的异体字，三本均相同。如2.15a“窗”字，三本均作“窓”；3.9a“爽”字，三本均作“爽”；4.7a“傍”字，三本均作“徬”；4.15a“暴”字，三本均作“暴”；4.4a“赵”字，有3个“趙”字、1个“趙”字，三本均相同。从这些相同的异体字可知，三本均是覆刻本，文字刻法基本依照初刻本而来。此点尤其体现在同一叶不同“赵”字的刻法上，以及一些误字的刊刻，如6.11a“放下包裹、禅杖”中“包裹”三本均误作“包裹”，而其他地方有的“包裹”字样却并未刻错。

其次是三本刻法不同之处，主要表现为异体字。无穷会本、郑藏本、林刊本三本虽然均是覆刻本，文字刻法基本依照初刻本而来，关系也极为亲密，但是仍然存在一些不同之处。如1.9b“如何上面重重叠叠”的“面”字，林刊本为“靣”，郑藏本、无穷会本为“面”；“妄生怪事”的“怪”字，林刊本为“恠”,郑藏本、无穷会本为“怪”;2.14b“死”字,林刊本作“𣦵”,郑藏本、无穷会本作“死”;2.18a“递”字,郑藏本、林刊本作“遞”,无穷会本作“逓”;3.3b“险”字,林刊本作“險”,无穷会本、郑藏本作“嶮”;4.3b“吃了半夜”的“吃”字,林刊本作“吃”,郑藏本、无穷会本作“喫”;4.5b“关”字,无穷会本作“関”,郑藏本、林刊本作“關”;5.3b“刘”字,无穷会本作“刘”,郑藏本、林刊本作“劉”;6.10b“楼”字,无穷会本为“楼”字,郑藏本、林刊本为“樓”字。“灯”字,无穷会本为“灯”字,郑藏本、林刊本为“燈”字。

文字刻法的不同,可见三本虽为覆刻本,但刊工覆刻之时可能会根据自己的习惯来刻字,或是为了省时省力。此点表现得尤为明显的是无穷会本,上文所举之例中无穷会本有一些是简体字,而郑藏本、林刊本则为正体字。此外,有一些相同的文字,无穷会本为省事用了重文符号,此种情况在前10回中有数处,如4.13a郑藏本、林刊本“齁齁地”,无穷会本为“齁ヒ地”;6.10a郑藏本、林刊本“纷纷朱翠交辉”,无穷会本为“纷ヒ朱翠交辉”;6.10a郑藏本、林刊本“济济衣冠聚集”,无穷会本为“济ヒ衣冠聚集”;7.12b郑藏本、林刊本“金子做生铁卖了,罢罢”,无穷会本为“金子做生铁卖了,罢ヒ”。这些重文符可见无穷会本为后刊本。

由圈点、旁勒以及文字刻法的情况可以知悉,无穷会本、郑藏本、林刊本三者均为覆刻本,关系亲密,但是并无直接承袭关系。圈点、旁勒部分三本均有所缺失,其中郑藏本、林刊本缺失较少,无穷会本缺失较多。无穷会本在文字刻法上,为了省时省力,有些文字使用简体字或是重文符,可见无穷会本刊刻当在郑藏本、林刊本之后。

3. 无穷会本、郑藏本、林刊本文字的不同

与无穷会本、西辽藏本文字异同类似,无穷会本、郑藏本、林刊本三本文字基本相同,但小有差异,具体情况可见以下例文。为便于比对三本文字情况,例文中附上中国国家图书馆所藏全本容与堂本文字。

郑藏本:鲁达相辞了金老父子一人。(4.4a)

林刊本:鲁达相辞了金老父子二人。(4.4a)

无穷会本:鲁达相辞了金老父子二人。(4.4a)

容与堂本:鲁达相辞了金老父子二人。(4.4a)

(例一)

郑藏本：你这店王人好欺客。（9.5a）

林刊本：你这店主人好欺客。（9.5a）

无穷会本：你这店主人好欺客。（9.5a）

容与堂本：你这店主人好欺客。（9.5a）

（例二）

郑藏本：交叉上面**贴着十数**道封皮。（1.9a）

林刊本：交叉上面**两扇朱红**道封皮。（1.9a）

无穷会本：交叉上面**贴着十数**道封皮。（1.9a）

容与堂本：交叉上面**贴着十数**道封皮。（1.8b）

（例三）

郑藏本：此乃**是**前代老祖天师锁镇魔王之殿。（1.9a）

林刊本：此乃前代老祖天师锁镇魔王之殿。（1.9a）

无穷会本：此乃**是**前代老祖天师锁镇魔王之殿。（1.9a）

容与堂本：此乃**是**前代老祖天师锁镇魔王之殿。（1.9a）

（例四）

郑藏本：不落手看**了一**回。（2.5a）

林刊本：不落手看**一二**回。（2.5a）

无穷会本：不落手看**了一**回。（2.5a）

容与堂本：不落手看**了一**回。（2.4b）

（例五）

郑藏本：被鲁智深就势**劈**头巾带角儿揪住。（5.8a）

林刊本：被鲁智深就势**擗**头巾带角儿揪住。（5.8a）

无穷会本：被鲁智深就势**劈**头巾带角儿揪住。（5.8a）

容与堂本：被鲁智深就势**劈**头巾带角儿揪住。（5.7b）

（例六）

郑藏本：**滚**鞍下马，撇了枪。（5.10b）

林刊本：**要**鞍下马，撇了枪。（5.10b）

无穷会本：**滚**鞍下马，撇了枪。（5.10b）

容与堂本：**滚**鞍下马，撇了枪。（5.10a）

（例七）

郑藏本：三者当不的他两个生力。（6.5b）

林刊本：二者当不的他两个生力。(6.5b)

无穷会本：三者当不的他两个生力。(6.5b)

容与堂本：三者当不的他两个生力。(6.5b)

(例八)

郑藏本：行至**宫前宫后**。(1.9a)

林刊本：行至**宫后宫前**。(1.9a)

无穷会本：行至**宫前宫后**。(1.9a)

容与堂本：行至**宫前宫后**。(1.8b)

(例九)

郑藏本：今日我等**愿情**伏侍。(7.2a)

林刊本：今日我等**情愿**伏侍。(7.2a)

无穷会本：今日我等**愿情**伏侍。(7.2a)

容与堂本：今日我等**愿情**伏侍。(7.2b)

(例十)

郑藏本：**扇**惑百姓良民。(1.9b)

林刊本：**煽**惑百姓良民。(1.9b)

无穷会本：**扇**惑百姓良民。(1.9b)

容与堂本：**煽**惑百姓良民。(1.9a)

(例十一)

郑藏本：遇着客店，早歇**晚**行。(9.3ab)

林刊本：遇着客店，早歇**暗**行。(9.3ab)

无穷会本：遇着客店，早歇**晚**行。(9.3ab)

容与堂本：遇着客店，早歇**暗**行。(9.3ab)

(例十二)

郑藏本：远远地杏花深处，市**梢**尽头。(4.17a)

林刊本：远远地杏花深处，市**稍**尽头。(4.17a)

无穷会本：远远地杏花深处，市**梢**尽头。(4.17a)

容与堂本：远远地杏花深处，市**稍**尽头。(4.15b)

(例十三)

郑藏本：你又吃我**你**的。(6.3b)

林刊本：你又吃我**们**的。(6.3b)

无穷会本：你又吃我你的。（6.3b）

容与堂本：你又吃我们的。（6.3b）

（例十四）

郑藏本：提了包裹，拿了禅杖、戒刀。（6.11b）

林刊本：提了包裹，拿了禅杖、戒刀。（6.11b）

无穷会本：提了包裹，拿了禅杖、戒刀。（6.11b）

容与堂本：提了包裹，拿了禅杖、戒刀。（6.12a）

（例十五）

郑藏本：太尉笑道……（1.9b）

林刊本：太尉笑道……（1.9b）

无穷会本：太尉等道……（1.9b）

容与堂本：太尉笑道……（1.9a）

（例十六）

郑藏本：挑那担儿到客房。（2.12a）

林刊本：挑那担儿到客房。（2.12a）

无穷会本：挑那担儿到容房。（2.12a）

容与堂本：挑那担儿到客房。（2.11a）

（例十七）

郑藏本：只是令郎学的都是花棒，只好看，上阵无用。（2.14b）

林刊本：只是令郎学的都是花棒，只好看，上阵无用。（2.14b）

无穷会本：他是令郎学的都是花棒，只好看，上阵无用。（2.14b）

容与堂本：只是令郎学的都是花棒，只好看，上阵无用。（2.13b）

（例十八）

郑藏本：且说这鲁智深寻思道……（5.14a）

林刊本：且说这鲁智深寻思道……（5.14a）

无穷会本：且说这鲁智深寻到道……（5.14a）

容与堂本：且说这鲁智深寻思道……（5.13a）

（例十九）

郑藏本：却似守香山之日。（6.1ab）

林刊本：却似守香山之日。（6.1ab）

无穷会本:却以守香山之日。(6.1ab)

容与堂本:却似守香山之日。(6.1b)

(例二十)

郑藏本:有缉捕的访知史进和哥哥赍发那唱的金老。(6.7a)

林刊本:有缉捕的访知史进和哥哥赍发那唱的金老。(6.7a)

无穷会本:有缉捕的访知史进和哥哥齐发那唱的金老。(6.7a)

容与堂本:有缉捕的访知史进和哥哥赍发那唱的金老。(6.7a)

(例二十一)

郑藏本:备细说着鲁智深出家缘由。(6.11b)

林刊本:备细说着鲁智深出家缘由。(6.11b)

无穷会本:备细说着鲁智深出家绿由。(6.11b)

容与堂本:无

(例二十二)

郑藏本:只见这二三十个泼皮。(6.14b)

林刊本:只见这二三十个泼皮。(6.14b)

无穷会本:只也这二三十个泼皮。(6.14b)

容与堂本:只见这二三十个泼皮。(6.14b)

(例二十三)

郑藏本:社醞壮农夫之胆,村醪助野叟之容。(9.4b)

林刊本:社醞壮农夫之胆,村醪助野叟之容。(9.4b)

无穷会本:社醞壮农夫之胆,林醪助野叟之容。(9.4b)

容与堂本:社醞壮农夫之胆,村醪助野叟之容。(9.4b)

(例二十四)

郑藏本:若非恩人垂救,怎能勾有今日。(4.2a)

林刊本:若非恩人垂救,怎能勾有今日。(4.2a)

无穷会本:若非恩人来救,怎能勾有今日。(4.2a)

容与堂本:若非恩人垂救,怎能勾有今日。(4.2a)

(例二十五)

郑藏本:子父两个兀自拜哩。(4.2b-3a)

林刊本:子父两个兀自拜哩。(4.2b-3a)

无穷会本：父女两个兀自拜哩。（4.2b-3a）

容与堂本：子父两个兀自拜俚。（4.3a）

（例二十六）

前10回文字当中，郑藏本文字与其他二本相比，独出之处甚少，例一、例二即是此类，属于明显误刊之处，而且误刊文字与原文字差异不大，均是漏刻了一笔。

林刊本文字与其他二本相较，独出之处较多，例三至例十五均是此类。此类又分为两种情况，第一种是明显疏误之处，例三至例八均属此种情况。其中例三是隔行错抄，将上一行"正面两扇朱红槅子"中的"两扇朱红"误抄进文字中。例四则是文字脱漏，因为"是"字脱漏，改变了林刊本行款，林刊本每行22字，第1回第9叶上半前两行每行只有21字，之后整个第9叶文字位置与郑藏本、无穷会本皆不对应，第9叶下林刊本最后一行变为23字，至第10叶林刊本又与郑藏本、无穷会本文字对应起来。

第二种是林刊本文字与郑藏本、无穷会本不同，但异文两可。其中例九、例十中"宫后宫前""情愿"与"宫前宫后""愿情"，两对词语在词意上没无区别，只是颠倒了文字先后顺序，但此二例林刊本文字与容与堂本不同。例十一至例十三林刊本与郑藏本、无穷会本同样出现两可异文，但林刊本文字与容与堂本同。例十四、例十五郑藏本、无穷会本文字出现错误，林刊本文字正确，且与容与堂本相同。由上述林刊本例文可以知悉，无穷会本虽然是四种本子中刊刻最晚的本子，但其与郑藏本关系较为亲密。林刊本与初刻本的关系虽然不如郑藏本与初刻本关系亲密，但也保留了一些郑藏本所不存的初刻本信息。

无穷会本文字与其他二本相较，独出之处也较多，例十六至例二十六均是此类。但无穷会本与林刊本不同的是，林刊本出现异文，异文更多的情况是与其他二本文字两可，或是文字更优。而无穷会本出现异文，基本是文字误刊，所举11例中有9例是文字误刊之例。不少还是形似而误，像例十六、例十七、例二十、例二十一、例二十二、例二十四均是如此。这些误字也可见无穷会本刊工刊刻之时并不是很认真。例二十五、例二十六无穷会本与郑藏本、林刊本文字两可，但与容与堂本不同，应系刊工径改。

从以上无穷会本、郑藏本、林刊本诸多不同之处，可以得出以下结论：第一，无穷会本与郑藏本、林刊本均非同版。第二，无穷会本、郑藏本、林刊本均非三大寇本的初刻本，三者为翻刻本，与初刻本相比存在一定差异。第三，郑藏本与初刻本关系最为亲密，圈点、旁勒、文字等方面最接近初刻本；无穷会本与初刻本关系最为疏远，当是较为后期的翻刻本，此本版心叶下数字小字、圈点缺失较多，刻字有用简体字与重文符，文字亦多错舛。林刊本与初刻本关系密切程度虽不如郑藏本，且存在一些误字，但保留了一些郑藏本不存的初刻本信息。

鉴于现存诸种三大寇本中不存初刻本，且诸本文字均小有差异，若遇刊刻误字之处，或是与其他本子文字两可之处，不知是初刻本便是如此，还是翻刻本径改，所以下文三大寇本与容与堂本的比对，将以无穷会本为代表，参照其他三种三大寇本，以大关节处或大段落处的有无作为主要比较对象，兼及个别文字的比对。

第三节　三大寇本《水浒传》诗词韵文的问题

诗词韵文是小说的重要组成部分，不同版本的《水浒传》其诗词韵文也有所不同。齐裕焜先生在划分繁本《水浒传》系统之时，将引首诗的有无作为划分版本系统的重要依据[①]。但因三大寇本影印本的出版时间较晚，齐裕焜先生文章中未予以讨论。此节将详细讨论三大寇本诗词韵文的问题。

《水浒传》的诗词韵文从版面上来看，诸繁本在处理之时有一个特征，即比其他正文低一格书写。统计诸本《水浒传》诗词韵文之时，将以此作为最重要的依据，旁及极少量在正文中未低一格处理的诗词韵文。此外，正文中低一格处理的文字除诗词韵文外，还有少量信件与诏书等亦是如此，统计之时需要注意，如第 8 回林冲写给林娘子的休书、第 23 回景阳冈上大虫出没的告示、第 68 回宋江的信函、第 75 回的诏书等。

三大寇本诗词韵文与容与堂本相较，有一个十分明显的特征，即容与堂本每回回首均有引首诗，而三大寇本则无。从现存诸繁本《水浒传》来看，三大寇本是最早删去引首诗的本子，之后的繁本包括大涤余人序本、百二十回本、七十回本均无引首诗。而引首诗的有无，也是早期《水浒传》版本与

①齐裕焜：《〈水浒传〉不同繁本系统之比较》，《中国典籍与文化》2011 年第 1 期。

后期《水浒传》版本一个比较明显的差异。

除去引首诗有无的差异外，容与堂本与三大寇本诗词韵文在数量上也有相当大的差距。据笔者统计，容与堂本 100 回（不含引首）共有诗词韵文 842 首，三大寇本 100 回（不含引首）共有诗词韵文 453 首，容与堂本比三大寇本多出 389 首诗词韵文，除去 100 首引首诗外，容与堂本比三大寇本还要多出 289 首诗词韵文[①]。389 首诗词韵文是总体上容与堂本比三大寇本多出的数量，具体而言，容与堂本比三大寇本多出诗词韵文 395 首，三大寇本比容与堂本多出诗词韵文 6 首。

三大寇本比容与堂本多出的 6 首诗词韵文分别为：第 2 回 3 首，第 41 回 1 首，第 49 回 1 首，第 99 回 1 首。第 2 回多出 3 首诗词为朱武、陈达、杨春三人入场诗，分别为“道服裁棕叶，云冠剪鹿皮。脸红双眼俊，面白细髯垂。阵法方诸葛，阴谋胜范蠡。华山谁第一，朱武号神机”（2.18b）[②]、“力健声雄性粗卤，丈二长枪撒如雨。邺中豪杰霸华阴，陈达人称跳涧虎”（2.18b）、“腰长臂瘦力堪夸，到处刀锋乱撒花。鼎立华山真好汉，江湖名播白花蛇”（2.19a）。梁山泊每一位英雄甫一登场均有一首诗赞，容与堂本中此三人登场未有诗赞，三大寇本有鉴于此，将第 59 回三人诗赞移置于此回[③]。

第 41 回容与堂本有欧鹏、蒋敬、马麟、陶宗旺四人出场诗各 1 首，三大寇本将其合并为 1 首，放在其他位置，文字为“力壮身强无赛，行时捷似飞腾，摩云金翅是欧鹏，首位黄山排定。幼恨毛椎失利，长从韬略搜精，如神算法善行兵，文武全才蒋敬。铁笛一声山裂，铜刀两口神惊，马麟形貌更狰狞，厮杀场中超乘。宗旺力如猛虎，铁锹到处无情，神龟九尾喻多能，都是英雄头领”（41.15a）。第 49 回容与堂本有邹渊、邹润二人出场诗各 1 首，三大寇本将其合并为 1 首，同样放在其他位置，文字为“厮打场中为首，呼卢队里称雄。天生忠直气如虹，武艺惊人出众。结寨登云台上，英名播满山东。翻江搅海似双龙，岂作池中玩弄”（49.10b）。第 99 回叙说李俊做了暹罗国王后，

①容与堂本与三大寇本每回诗词韵文的比对，详情可参见繁本第九章大涤余人序本诗词韵文的问题章节后的附表。

②以下引文容与堂本以国图所藏全本为主，参校他本；三大寇本以郑藏本为主，校以无穷会本，郑藏本所阙部分，则引无穷会本文字，下不另出注。

③关于梁山泊好汉出场诗的问题，可参详侯会《〈水浒〉源流管窥》（《文学遗产》1986 年第 4 期）、齐裕焜《〈水浒传〉出场诗刍议》（《明清小说研究》2017 年第 3 期）。

三大寇本有诗赞"知几君子事,明哲迈夷伦。重结义中义,更全身外身。浔水舟无系,榆庄柳又新。谁知天海阔,别有一家人"(99.15b),容与堂本无。

虽然三大寇本比容与堂本多出诗词仅有6首,但是从此6首诗词可以窥见三大寇本增删诗词者的文学素养。此6首多出的诗词,其中有2首古体诗,2首五律,2首七绝。从6首诗词文字来看,写得比较流畅,像第49回邹渊、邹润叔侄出场诗,6字与7字结合,读起来颇有气势。2首七绝均押韵,但陈达出场诗在平仄方面不符合律诗的要求。2首五律,其中李俊诗赞写得颇好,押韵、平仄、对仗诸方面均无甚大问题。朱武出场诗虽然在对仗以及平仄方面符合要求,但是却出韵,"皮""垂"押的是"四支"韵、"蠡"押的是"八齐"韵、"机"押的是"五微"韵。不过因为是人物诗赞,要将名字与绰号均放置其间,有一些出入也能够理解。从总体上看,三大寇本诗词增删者有着不俗的文学素养,此一点从之后诗词韵文的修改也能看出来。

容与堂本比之三大寇本,除了多出将近400首诗词韵文外,其他诗词韵文也有一定差异。这些差异大致可以分为三种情况:第一种是诗词韵文的改易,第二种是诗词韵文的移置,第三种是诗词韵文的改易移置。

第一种情况诗词韵文的改易,即在相同位置,三大寇本与容与堂本诗词韵文有所不同,当是三大寇本对容与堂本诗词韵文进行了修改。有三种修改方式:其一是诗词韵文文字的删节,这种情况在诗词韵文的改易中最为常见。举数例以观之:

容与堂本:一来一往,一上一下。一来一往,有如深水戏珠龙;一上一下,却似半岩争食虎。**左盘右旋,好似张飞敌吕布;前回后转,浑如敬德战秦琼**。九纹龙忿怒,三尖刀只望顶门飞;跳涧虎生嗔,丈八矛不离心坎刺。好手中间逞好手,红心里面夺红心。(2.19a)

三大寇本:一来一往,一上一下。一来一往,有如深水戏珠龙;一上一下,却似半岩争食虎。九纹龙忿怒,三尖刀只望顶门飞;跳涧虎生嗔,丈八矛不离心坎刺。好手中间逞好手,红心里面夺红心。(2.21a)

(例一)

容与堂本:桂花离海峤,云叶散天衢。彩霞照万里如银,素魄映千山似水。**一轮爽垲,能分宇宙澄清;四海团圞,射映乾坤皎洁**。影横旷野,惊独宿之乌鸦;光射平湖,照双栖之鸿雁。冰轮展出三千里,玉兔平吞四百州。(2.24b)

三大寇本：桂花离海峤，云叶散天衢。彩霞照万里如银，素魄映千山似水。影横旷野，惊独宿之乌鸦；光射平湖，照双栖之鸿雁。冰轮展出三千里，玉兔平吞四百州。（2.27a）

（例二）

容与堂本：崎岖山岭，寂寞孤村。披云雾夜宿荒林，带晓月朝登险道。落日趱行闻犬吠，严霜早促听鸡鸣。**山影将沉，柳阴渐没。断霞映水散红光，日暮转收生碧雾。溪边渔父归村去，野外樵夫负重回。**（3.3b-4a）

三大寇本：崎岖山岭，寂寞孤村。披云雾夜宿荒林，带晓月朝登险道。落日趱行闻犬吠，严霜早促听鸡鸣。（3.3b）

（例三）

容与堂本：鬅松云髻，插一枝青玉簪儿；袅娜纤腰，系六幅红罗裙子。素白旧衫笼雪体，淡黄软袜衬弓鞋。蛾眉紧蹙，汪汪泪眼落珍珠；粉面低垂，细细香肌消玉雪。若非雨病云愁，定是怀忧积恨。**大体还他肌骨好，不搽脂粉也风流。**（3.7a）

三大寇本：鬅松云髻，插一枝青玉簪儿；袅娜纤腰，系六幅红罗裙子。素白旧衫笼雪体，淡黄软袜衬弓鞋。娥眉紧蹙，汪汪泪眼落珍珠；粉面低垂，细细香肌消玉雪。若非雨病云愁，定是怀忧积恨。（3.7ab）

（例四）

例一至例四均是容与堂本诗词韵文比三大寇本多出文字的例子，当是三大寇本将容与堂本诗词韵文部分文字删去。其中例一、例二是删去中间部分文字，例三、例四是删去末尾部分文字。三大寇本诗词韵文虽然删去部分文字，比容与堂本少了数句诗文，但是从总体上来说，并不影响整首诗的内容以及连贯性。其中例一、例四三大寇本少了部分文字，诗文反而更加简洁融通。另外，需要注意的是，三大寇本改易的诗词韵文中，只有三大寇本删节容与堂本文字之例，而未有三大寇本增补容与堂本文字之例。

其二是诗词韵文部分文字的改易，即三大寇本与容与堂本诗词韵文有部分文字相同，部分文字不同。当是三大寇本改易容与堂本部分文字，此类改动最易看出三大寇本修改者的水平，举数例以观之：

容与堂本：清光夺目，冷气侵人。远看如玉沼春冰，近看似琼台瑞

雪。花纹密布,**鬼神见后心惊;气象纵横,奸党遇时胆裂**。太阿巨阙应难比,干将莫邪亦等闲。(7.11b)

三大寇本:清光夺目,冷气侵人。远看如玉沼春冰,近看似琼台瑞雪。花纹密布,**似丰城狱内飞来;紫气横空,似楚昭梦中收得**。太阿巨阙应难比,莫邪干将亦等闲。(7.12b)

(例一)

容与堂本:门迎黄道,山接青龙。万株桃绽武陵溪,千树花开金谷苑。聚贤堂上,四时有不谢奇花;百卉厅前,八节赛长春佳景。堂悬敕额金牌,家有誓书铁券。朱甍碧瓦,掩映着九级高堂;画栋雕梁,真乃是三微精舍。**仗义疏财欺卓茂,招贤纳士胜田文**。(9.6a)

三大寇本:门迎黄道,山接青龙。万枝桃绽武陵溪,千树花开金谷苑。聚贤堂上,四时有不谢奇花;百卉厅前,八节赛长春佳景。堂悬敕额金牌,家有誓书铁券。朱甍碧瓦,掩映着九级高堂;画栋雕梁,真乃是三微精舍。**不是当朝勋戚第,也应前代帝王家**。(9.6a)

(例二)

容与堂本:眍兜脸两眉竖起,略绰口四面连拳。胸前一带盖胆黄毛,背上两枝横生板肋。臂膊有千百斤气力,眼睛射几万道寒光。**人称立地太岁,果然混世魔王**。(15.2b)

三大寇本:眍兜脸两眉竖起,略绰口四面连拳。胸前一带盖胆黄毛,背上两枝横生板肋。臂膊有千百斤气力,眼睛射几万道寒光。**休言村里一渔人,便是世间真太岁**。(15.2b)

(例三)

容与堂本:古道村坊,傍溪酒店。杨柳阴森门外,荷花旖旎池中,飘飘酒旆舞金风,短短芦帘遮酷日。磁盆架上,白泠泠满贮村醪;瓦瓮灶前,香喷喷初蒸社醖。**村童量酒,想非昔日相如。少妇当垆,不是他年卓氏。休言三斗宿醒,便是二升也醉**。(29.6b)

三大寇本:古道村坊,傍溪酒店。杨柳阴森门外,荷花旖旎池中,飘飘酒旆舞金风,短短芦帘遮酷日。磁盆架上,白泠泠满贮村醪;瓦瓮灶前,香喷喷初蒸社醖。**未必开樽香十里,也应隔壁醉三家**。(29.6b)

(例四)

同样,改易的部分文字既有处于中间位置者,也有处于末尾位置者。例一诗赞描述林冲买的宝刀,三大寇本改易文字要优于容与堂本,容与堂本中"鬼神见后心惊"与"奸党遇时胆裂",文句太过夸张,而且从描述宝刀,变成引申之义,之后又变成描述宝刀,诗句转折不太顺畅。三大寇本改为"似丰城狱内飞来"与"似楚昭梦中收得",连续用了两个典故,将宝刀比作龙泉、湛卢,与其后诗句连贯起来。例二诗赞所描写的是柴进庄院,三大寇本改易文字要优于容与堂本,容与堂本最后两句"仗义疏财欺卓茂,招贤纳士胜田文",由称赞柴进庄院变成了称赞柴进其人,而此时柴进并未出场,三大寇本改易后的文句依旧针对庄院所述,"不是当朝勋戚第,也应前代帝王家",更符合整首诗所描写的对象。例三是阮小二出场诗,三大寇本改易文字要优于容与堂本,容与堂本最后一句"人称立地太岁,果然混世魔王",为了将阮小二绰号放置于诗文中,诗句略显拼凑,三大寇本修改后的诗句"休言村里一渔人,便是世间真太岁",则更显得流动自然。例四诗赞所描写的是武松醉打蒋门神途中的小酒肆,三大寇本改易文字要优于容与堂本,容与堂本中"村童量酒,想非昔日相如。少妇当垆,不是他年卓氏"将司马相如、卓文君当垆卖酒典故融入诗文中,不太合适,三大寇本修改后的诗句为"未必开樽香十里,也应隔壁醉三家",接上文描述酿酒,文字则更佳。

其三是诗词韵文的全文改易,即三大寇本与容与堂本在同一位置描写某物、某人或某事时,用了不同的诗词韵文。举数例以观之:

> 容与堂本:层层如雨脚,郁郁似云头。杈枒如鸾凤之巢,屈曲似龙蛇之势。根盘地角,弯环有似蟒盘旋;影拂烟霄,高耸直教禽打捉。直饶胆硬心刚汉,也作魂飞魄散人。(8.9b)
>
> 三大寇本:枯蔓层层如雨脚,乔枝郁郁似云头。不知天日何年照,惟有冤魂不断愁。(8.10a)

(例一)

> 容与堂本:水浒英锋不可当,黄安捕捉太诪张。战船人马俱亏折,更把何颜见故乡。(20.7a)
>
> 三大寇本:堪笑王伦妄自矜,庸才大任岂能胜!一从火并归新主,会见梁山事业新。(20.7b)

(例二)

容与堂本：为诛红粉便逋逃，地窖藏身计亦高。不是朱家施意气，英雄准拟入天牢。（22.7b）

三大寇本：一身狼狈为烟花，地窖藏身亦可拿。临别叮咛好趋避，髯公端不愧朱家。（22.8a）

（例三）

容与堂本：云情雨意两绸缪，恋色迷花不肯休。毕竟难逃天地眼，武松还砍二人头。（25.7a）

三大寇本：恋色迷花不肯休，痴心只望永绸缪。谁知武二刀头毒，更比砒霜胜一筹。（25.7a）

（例四）

例一中诗赞描绘的是野猪林，容与堂本为古体诗，三大寇本据此改为七绝，三大寇本诗句要优于容与堂本，容与堂本最后一句“直饶胆硬心刚汉，也作魂飞魄散人”，与野猪林描写并无关系，因为野猪林本身并不杀人，杀人者乃是他人。三大寇本四句诗文则写得颇好，平仄、对仗、押韵均无问题，前两句描写野猪林的自然环境，后两句感叹野猪林中不知埋葬了多少屈死的冤魂，暗指野猪林是杀人越货的好去处。例二诗赞描写的是梁山林冲伙并王伦之后对阵黄安的第一仗，容与堂本与三大寇本均为七绝，内容上各有优劣。容与堂本描写的是黄安战梁山泊失利之事，三大寇本描写的是梁山泊易主之后欣欣向荣之事，容与堂本着眼于当前，三大寇本关注的则是全局。例三诗赞所描述的是朱仝义释宋公明之事，容与堂本与三大寇本均为七绝，内容上三大寇本优于容与堂本。容与堂本诗句有明显抵牾之处，为颔联“地窖藏身计亦高”与尾联“英雄准拟入天牢”，颔联所赞宋江藏身地窖之计高明，末二联却说若无朱仝义气，宋江将被关进天牢。既然计策高明，则何以能被抓住关进牢房？三大寇本诗句则更佳。例四诗赞描述的是王婆献计与西门庆、潘金莲欲毒死武大之事，容与堂本与三大寇本均为七绝，三大寇本诗句更佳。容与堂本最后两句“毕竟难逃天地眼，武松还砍二人头”，不仅没能提升全诗格调，还略显凑诗之嫌。三大寇本最后两句“谁知武二刀头毒，更比砒霜胜一筹”，则写得颇妙，不仅没有直叙武松报仇一事，而且诗句颇为流畅，将整首诗的气势一下子提升了起来。

从以上八例来看，三大寇本修改后的诗句明显要优于容与堂本，可见三大寇本修改者确实有着不俗的文学素养。以上三种修改方式包括文字删节、部分文字改易、全文改易，有时候文字删节与部分文字改易两种修改方式，会出现在同一首诗词韵文中。据统计，此类三大寇本改易的诗词韵文共有120首，约占三大寇本总诗词韵文数量的1/4。

第二种情况诗词韵文的移置，即容与堂本某处诗词韵文，三大寇本将其移置到其他位置。此种情况一般是容与堂本引首诗的移置，比较少见的是容与堂本其他诗词韵文的移置。

容与堂本引首诗的移置，如第2回“千古幽扃一旦开，天罡地煞出泉台。自来无事多生事，本为禳灾却惹灾。社稷从今云扰扰，兵戈到处闹垓垓。高俅奸佞虽堪恨，洪信从今酿祸胎”（2.1a），三大寇本因无引首诗，故而将此诗移置到回前不远的“如今太尉走了，怎生是好”（2.1a）文字之后。再如第5回“禅林辞去入禅林，知己相逢义断金。且把威风惊贼胆，谩将妙理悦禅心。绰名久唤花和尚，道号亲名鲁智深。俗愿了时终证果，眼前争奈没知音”（5.1a），三大寇本同样因无引首诗，故而将此诗移置到回前不远“赵员外自将若干钱物来五台山再塑起金刚，重修起半山亭子，不在话下”（5.1b）的文字之后。诸如此类引首诗移置尚有第6回、第10回、第11回、第45回、第49回、第71回等。

此外，以上引首诗移置属于同回移置，也有少量引首诗移置属于隔回移置。如容与堂本第39回引首诗“闲来乘兴入江楼，渺渺烟波接素秋。呼酒谩浇千古恨，吟诗欲泻百重愁。赝书不遂英雄志，失脚翻成狴犴囚。搔动梁山诸义士，一齐云拥闹江州”（39.1a），被三大寇本移置到第40回众好汉一齐动手劫法场之处。此处容与堂本原诗为“两首诗成便被囚，梁山豪杰定谋猷。赝书舛印生疑惑，致使浔阳血漫流”（40.8b），很明显三大寇本移置的诗词，更贴合此时情境。此类隔回移置引首诗尚有容与堂本第43回引首诗被移置到三大寇本第38回、容与堂本第79回引首诗被移置到三大寇本第47回、容与堂本第85回引首诗被移置到三大寇本第84回、容与堂本第78回引首诗被移置到三大寇本第90回、容与堂本第95回引首诗被移置到三大寇本第94回等。

容与堂本其他诗词韵文的移置，如第10回容与堂本在林冲杀死陆谦等人逃走途中描写雪景处，有诗赞“凛凛严凝雾气昏，空中祥瑞降纷纷。须臾四野难分路，顷刻千山不见痕。银世界，玉乾坤，望中隐隐接昆仑。若还下到三更后，仿佛填平玉帝门”（10.10b），三大寇本将此诗移置到林冲从天王堂奔赴草料场途中，作为描写雪景的诗赞，此处容与堂本原诗为“作阵成团空里下，这回忒杀堪怜，剡溪冻住子猷船。玉龙鳞甲舞，江海尽平填，宇宙楼台都压倒，长空飘絮飞绵。三千世界玉相连，冰交河北岸，冻了十余年”（10.5b-6a）。

第三种情况是诗词韵文的改易移置，即容与堂本某处诗词韵文，三大寇本将其改易，或删节，或修改部分文字，之后移置到其他位置。与诗词韵文的移置一样，改易移置一般是容与堂本引首诗的改易移置，比较少见的是容与堂本其他诗词韵文的改易移置。同时，改易移置也分为同回改易移置与隔回改易移置。

引首诗同回改易移置的例子，如容与堂本第26回引首诗为“参透风流二字禅，好因缘是恶因缘。痴心做处人人爱，冷眼观时个个嫌。野草闲花休采折，贞姿劲质自安然。山妻稚子家常饭，不害相思不损钱”（26.1a），三大寇本将其改作“参透风流二字禅，好姻缘是恶姻缘。山妻稚子家常饭，不害相思不损钱”（26.3b），用来描述女色坑陷人时有成时也有败。再如容与堂本第44回引首诗为“豪杰遭逢信有因，连环钩锁共相寻。矢言一德情坚石，歃血同心义断金。七国争雄今继迹，五胡云扰振遗音。汉廷将相繇屠钓，莫惜梁山错用心”（44.1a），三大寇本将其改作“豪杰遭逢信有因，连环钩锁共相寻。汉廷将相繇屠钓，莫怪梁山错用心”（44.8ab），用来描述众好汉的相逢。

引首诗隔回改易移置的例子，如容与堂本第25回引首诗为“可怪狂夫恋野花，因贪淫色受波查。亡身丧己皆因此，破业倾资总为他。半晌风流有何益？一般滋味不须夸。他时祸起萧墙内，血污游魂更可嗟”（25.1a），三大寇本将其移置到第24回并改作“半晌风流有何益，一般滋味不须夸。他时祸起萧墙内，悔杀今朝恋野花”（24.34b），用来描述西门庆与潘金莲的偷情。这样的例子还有容与堂本第21回引首诗被改易移置到三大寇本第42回、容与堂本第88回引首诗被改易移置到三大寇本第87回等。

其他诗词韵文改易移置的例子，如容与堂本第57回“四拨三钩通七路，共分九变合神机。二十四步那前后，一十六翻大转围。破锐摧坚如拉朽，搴旗斩将有神威。闻风已落高俅胆，此法今无古亦稀”（57.2a），三大寇本将其改易为“四拨三钩通七路，共分九变合神机。二十四步那前后，一十六翻大转围”(57.1b),并将此诗移置到稍微前面的文字位置。此种例子尚有容与堂本第59回朱武的出场诗被改易移置到三大寇本第2回,容与堂本第21回阎婆惜出场诗被改易移置到三大寇本第20回等。

从上文三大寇本与容与堂本诗词韵文的比对情况可以知悉,三大寇本在容与堂本(或其底本)基础上做了不少工作。相对于正文来说,诗词韵文游离于小说情节之外,读者关注较少,修改不易,需要有一定的文学功底。三大寇本修订者花费了很大力气,对容与堂本诗词做了大量删减、改易以及移置的工作。这些改易过的诗词,基本上优于底本。由此,一是可见三大寇本修改者具备一定文学素养,二是可见三大寇本修改者对于底本的修改付出了不少心血。以下将再从正文部分来考察三大寇本修改者所做的工作。

第四节 三大寇本《水浒传》正文研究

此节有两个需要解决的问题:其一,三大寇本与容与堂本系统中何种本子关系最为亲密,或是有直属亲缘关系;其二,三大寇本与容与堂本系统本子相比,正文方面有哪些显著差异。

一、三大寇本与容与堂本系统诸本的关系

容与堂本系统的本子有嘉靖残本、石渠阁补印本、容与堂本、钟伯敬本,其中容与堂本又有三种本子,文字不尽相同,为中国国家图书馆所藏全本(以下简称国全本)、中国国家图书馆所藏残本(以下简称国残本)、日本内阁文库藏本(以下简称内阁本)。其中嘉靖残本因文字错舛过多,与三大寇本关系必然疏远,钟伯敬本为容与堂本中国残本的重刻本,二者文字基本相同,故而比勘过程中,将此两种本子排除在外。选取容与堂本中国全本、国残本、内阁本以及石渠阁补印本作为三大寇本的比对对象[①]。

文字比对之后所出现的各种情况见以下例子:

国全本:右势下玉女金童,簇捧定紫微大帝。(1.3a)

国残本:右(壁厢)下玉女金童,簇捧定紫微大帝。(1.3a)

内阁本:右势下玉女金童,簇捧定紫微大帝。(1.3a)

①国残本所缺部分则用同版天理本对勘。

石渠阁本:右势下玉女金童,簇捧定紫微大帝。(1.2b)

无穷会本:右势下玉女金童,簇捧定紫微大帝。(1.2b)

(例一)

国全本:阮小五道:甚么官司敢来(禁打)鱼鲜。(15.7b)

天理本:阮小五道:甚么官司敢来**打鱼鲜**。(15.7b)

内阁本:阮小五道:甚么官司敢来(禁打)鱼鲜。(15.7b)

石渠阁本:阮小五道:甚么官司敢来**打鱼鲜**。(15.6b)

无穷会本:阮小五道:甚么官司敢来**打鱼鲜**。(15.7b)

(例二)

国全本:那几个老和尚吃智深寻出粥来,只得苦。(6.3a)

国残本:那几个老和尚吃智深寻出粥来,**只(叫得)苦**。(6.3a)

内阁本:那几个老和尚吃智深寻出粥来,**只(叫得)苦**。(6.3a)

石渠阁本:那几个老和尚吃智深寻出粥来,只叫苦。(6.2b)

无穷会本:那几个老和尚吃智深寻出粥来,**只叫得苦**。(6.3a)

(例三)

国全本:直取韩滔,挺搠跃马来战。(55.4a)

国残本:直取**韩滔,(韩滔挺搠)**跃马来战。(55.4a)

内阁本:直取**韩滔,(韩滔挺搠)**跃马来战。(55.4a)

石渠阁本:直取韩滔,挺搠跃马来战。(55.3b-4a)

无穷会本:直取**韩滔,韩滔挺搠**跃马来战。(55.4a)

(例四)

国全本:便是关王刀**也则**只有八十一斤。(4.14b)

国残本:便是关王刀也□只有八十一斤。(4.14b)

内阁本:便是关王刀也□只有八十一斤。(4.14b)

石渠阁本:便是关王刀**也则**只有八十一斤。(4.12b)

无穷会本:便是关王刀也只有八十一斤。(4.15b)

(例五)

国全本:雷横扯住朱仝:哥哥休寻。(51.13a)

国残本:雷横扯住朱仝:哥哥休寻。(51.13a)

内阁本:雷横扯住朱仝**(道:哥)**哥休寻。(51.13a)

石渠阁本:雷横扯住朱仝:哥哥休寻。(51.11a)

无穷会本：雷横扯住朱仝道：哥哥休寻。（51.13a）

（例六）

国全本：只见屏风背转出一人来。（51.14b）

国残本：只见屏风背转出一人来。（51.14b）

内阁本：只见屏风(背后)转出一人来。（51.14b）

石渠阁本：只见屏风背转出一人来。（51.12b）

无穷会本：只见屏风**背后**转出一人来。（51.14b）

（例七）

国全本：杀了阎婆惜逃出在江湖上的**宋江**么。（32.15b）

国残本：杀了阎婆惜逃出在江湖上的宋(三郎)么。（32.15b）

内阁本：杀了阎婆惜逃出在江湖上的宋(三郎)么。（32.15b）

石渠阁本：杀了阎婆惜逃出在江湖上的**宋江**么。（32.13b）

无穷会本：杀了阎婆惜逃出在江湖上的**宋江**么。（32.16b）

（例八）

国全本：每一队三十四马一齐跑发，不容你**向前**走。（55.8b）

国残本：每一队三十四马一齐跑发，不容你(不向)前走。（55.8b）

内阁本：每一队三十四马一齐跑发，不容你(不向)前走。（55.8b）

石渠阁本：每一队三十四马一齐跑发，不容你**向前**走。（55.7b）

无穷会本：每一队三十四马一齐跑发，不容你**向前**走。（55.8a）

（例九）

国全本：张顺**把**卢俊义直奔岸边。（62.1a）

国残本：张顺(拖定)卢俊义直奔岸边。（62.1a）

内阁本：张顺(拖定)卢俊义直奔岸边。（62.1a）

石渠阁本：张顺拖定卢俊义直奔岸边。（62.1a）

无穷会本：张顺**把**卢俊义直奔岸边。（62.1a）

（例十）

国全本：那十个**车脚共与**他白银十两。（62.2b-3a）

国残本：那十个车脚(夫共)与他白银十两。（62.2b-3a）

内阁本：那十个车脚(夫共)与他白银十两。（62.2b-3a）

石渠阁本：那十个车脚夫共与他白银十两。（62.2b）

无穷会本：那十个**车脚共与**他白银十两。（62.2b）

（例十一）

国全本：再三再四谦让在**中间里**坐了。（62.2a）

国残本：再三再四谦让在中间□坐了。（62.2a）

内阁本：再三再四谦让在中间□坐了。（62.2a）

石渠阁本：再三再四谦让在中间坐了。（62.2a）

无穷会本：再三再四谦让在**中间里**坐了。（62.2a）

（例十二）

国全本：奉养老母以终天年，后**自**寿至六十而亡。（100.2a）

国残本：奉养老母以终天年，后□寿至六十而亡。（100.2a）

内阁本：奉养老母以终天年，后□寿至六十而亡。（100.2a）

石渠阁本：奉养老母以终天年，后自寿全六十而亡。（100.2a）

无穷会本：奉养老母以终天年，后**自**寿至六十而亡。（100.2a）

（例十三）

国全本：一个是拚命三郎石秀。东北上又一个好汉。（48.8b）

国残本：一个是拚命三郎石秀。东北上又一个好汉。（48.8b）

内阁本：一个是拚命三郎石秀。东北上又一个好汉。（48.8b）

石渠阁本：一个是**拚命三**石秀。东北上又一个好汉。（48.7b）

无穷会本：一个是拚命三郎石秀。东北上又一个好汉。（48.9a）

（例十四）

国全本：威风凛凛，仪表似天。（61.5a）

国残本：威风凛凛，仪表似天。（61.5a）

内阁本：威风凛凛，仪表似天。（61.5a）

石渠阁本：**威风凛**，仪表似天。（61.4b）

无穷会本：威风凛凛，仪表似天。（61.4b-5a）

（例十五）

国全本：左右列着三五十对金鼓手，（一齐）发起擂来。（12.10a）

天理本：左右列着三五十对金鼓手，一齐发起擂来。（12.10a）

内阁本：左右列着三五十对金鼓手，（一齐）发起擂来。（12.10a）

石渠阁本：左右列着三五十对金鼓手，**一发**起擂来。（12.9a）

无穷会本：左右列着三五十对金鼓手，一齐发起擂来。（12.10a）

（例十六）

国全本：众人道：我方才见他和阎婆两个过去。（21.9a）

天理本：众人道：我方才见他和阎婆两个过去。（21.5b）①

内阁本：众人道：我方才见他和阎婆两个过去。（21.9a）

石渠阁本：**众道**：我方才见他和阎婆两个过去。（21.8a）

无穷会本：众人道：我方才见他和阎婆两个过去。（21.5b-6a）

（例十七）

国全本：只见店主人把（三支）碗、一双筯、一碟热菜放在武松面前。（23.4b）

天理本：只见店主人把（三支）碗、一双筯、一碟热菜放在武松面前。（23.4b）

内阁本：只见店主人把（三支）碗、一双筯、一碟热菜放在武松面前。（23.4b）

石渠阁本：只见店主人把**三碗**、一双筯、一碟热菜放在武松面前。（23.4a）

无穷会本：只见店主人把三支碗、一双筯、一碟热菜放在武松面前。（23.4b）

（例十八）

国全本：包节级正在亭心坐着看见。（49.14a）

国残本：包节级正在亭心坐着看见。（49.14a）

内阁本：包节级正在亭心坐着看见。（49.14a）

石渠阁本：包节级正在亭心**着看**见。（49.12a）

无穷会本：包节级正在亭心**着看**见。（49.14b）

（例十九）

国全本：警守营寨，濠堑齐□，军器并施，整顿云梯炮石之类。（88.2a）

天理本：警守营寨，濠堑齐□，军器并施，整顿云梯炮石之类。（88.2a）

内阁本：警守营寨，濠堑齐备，军器□□，整顿云梯炮石之类。（88.2a）

石渠阁本：警守营寨，濠堑**齐备**，军器**并施**，整顿云梯炮石之类。（88.2a）

无穷会本：警守营寨，濠堑齐备，军器并施，整顿云梯炮石之类。（88.2a）

（例二十）

①此处天理本为钞补叶。

国全本：我只是这句话，由你们□□商量。（36.5a）

国残本：我只是这句话，由你们众人商量。（36.5a）

内阁本：我只是这句话，由你们□□商量。（36.5a）

石渠阁本：我只是这句话，由你们**怎地**商量。（36.4b）

无穷会本：我只是这句话，由你们**怎地**商量。（36.5a）

（例二十一）

国全本：吴用、花荣两骑马在前，后□□十骑马跟着。（36.5ab）

国残本：吴用、花荣两骑马在前，后带十来骑马跟着。（36.5ab）

内阁本：吴用、花荣两骑马在前，后带十来骑马跟着。（36.5ab）

石渠阁本：吴用、花荣两骑马在前，后**面数**十骑马跟着。（36.4b）

无穷会本：吴用、花荣两骑马在前，后**面数**十骑马跟着。（36.5a）

（例二十二）

国全本：然吃他□害了性命。（37.6a）

国残本：必吃他□害了性命。（37.6a）

内阁本：必吃他□害了性命。（37.6a）

石渠阁本：**必然**吃他害了性命。（37.5a）

无穷会本：**必然**吃他害了性命。（37.5b）

（例二十三）

国全本：亦有探细的人在四十里探听。（35.6b）

国残本：亦有探细的人在数（十里）外探听。（35.6b）

内阁本：亦有探细的人在数（十里）外探听。（35.6b）

石渠阁本：亦有探细的人在**四下里**探听。（35.6a）

无穷会本：亦有探细的人在**四下里**探听。（35.7a）

（例二十四）

国全本：一行人都送到到浔阳边。（37.14a）

国残本：一行人都送到□浔阳边。（37.14a）

内阁本：一行人都送到□浔阳边。（37.14a）

石渠阁本：一行人都送到**浔阳江**边。（37.12a）

无穷会本：一行人都送到**浔阳江**边。（37.14b）

（例二十五）

国全本：一个名唤做浪里白跳。（37.11b）

国残本:一个(诨名)唤做浪里白跳。(37.11b)

内阁本:一个(诨名)唤做浪里白跳。(37.11b)

石渠阁本:一个(诨名)唤做浪里白跳。(37.10a)

无穷会本:一个**异名**唤做浪里白跳。(37.11b)

(例二十六)

国全本:卢俊义挺着朴刀,随后赶将入来。(61.13b)

国残本:卢俊义挺着朴刀,随后赶将入来。(61.13b)

内阁本:卢俊义挺着朴刀,随后赶将入来。(61.13b)

石渠阁本:卢俊义挺着朴刀,随后赶将入。(61.11b)

无穷会本:卢俊义挺着朴刀,**随后赶去**。(61.13b-14a)

(例二十七)

国全本:众人都跪在面告道。(71.14b)

国残本:众人都跪在面(前告)道。(71.14b)

内阁本:众人都跪在面(前告)道。(71.14b)

石渠阁本:众人都跪在面告道。(71.13b)

无穷会本:众人都**跪下告道**。(71.16a)

(例二十八)

国全本:备细说了一遍,如今将甚计策。(63.12a)

国残本:备细说了一遍,如今将甚计策。(63.12a)

内阁本:备细说了一遍,如今将甚计策。(63.12a)

石渠阁本:备细说了一遍,如今将计策。(63.10b)

无穷会本:备细说了一遍,如今**将何计策**。(63.12b)

(例二十九)

国全本:李逵问道:戴宗哥哥那里去了?我怕你在柴大官人庄上惹事不好,特地教他来唤你回山。(52.8b)

国残本:李逵问道:戴宗哥哥那里去了?我怕你在柴大官人庄上惹事不好,特地教他来唤你回山。(52.8b)

内阁本:李逵问道:戴宗哥哥那里(**去了?吴用道:我**)怕你在柴大官人庄上惹事不好,特地教他来唤你回山。(52.8b)

石渠阁本:李逵问道:戴宗哥哥那里去了?我怕你在柴大官人庄上惹事不好,特地教他来唤你回山。(52.7ab)

无穷会本：李逵问道：戴宗哥哥那里去了？**吴学究道**：我怕你在柴大官人庄上惹事不好，特地教他来唤你回山。（52.8b-9a）

（例三十）

从第二节三大寇本诸种的研究可知，现存三大寇本均为后刻本，正文中存在一些误字，为避免误字对研究产生影响，以上所举诸例均是容与堂本三种中比较特殊的文字之处，其中有挖补、挖除以及文字压缩的情况。挖补即将一个字变成两个字，两个字分左右两边占一字格；挖除即将文字挖去，版面留下空白；文字压缩即将每行22字变为每行23字，这一行中有几个文字是挤着排列的，如5字挤着占4字格[①]。例文中有括号的皆为挖补之例，有□的皆为挖除之例，其余基本为文字压缩之例。

以上例子中，例一至例十二是容与堂本三种与三大寇本文字异同的情况。从例文中可以看出，光以容与堂本三种而论，三大寇本有单独同于国全本之例，如例八至例十三，也有异于国全本之例；有单独同于内阁本之例，如例六、例七，也有异于内阁本之例；有单独同于国残本之例，如例二，也有异于国残本之例。这些例子中有文字修改得较好的，三大寇本与之相同，如例三至例七，也有文字有误并未修改的，三大寇本与之相同，如例九至例十三。

由此可知，三大寇本的底本并非容与堂本三种中任何一种，但是从总体上来说，容与堂本三种与三大寇本关系最为亲密的是国全本。以第51回至第55回为例，容与堂本三种存在异文，而异文之处三大寇本也存有文字的有97处，其中同于国全本有62处，同于国残本有47处，同于内阁本有23处（三者文字有交叉）。

例十四至例二十五是容与堂本、石渠阁补印本与三大寇本文字异同的情况。从例文中可以看出，三大寇本有同于容与堂本诸本而异于石渠阁补印本之例，如例十四至例十八，也有同于石渠阁补印本而异于容与堂本诸本之例，如例十九至例二十五。三大寇本与石渠阁补印本相同的例子中，既有文字较好的，如例二十一至例二十五，也有文字有误的，如例十九、例二十。

由此可知，三大寇本的底本亦非石渠阁补印本，但与容与堂本相比，石渠阁补印本与三大寇本关系更为亲密。以第51回至第55回为例，国全本与石渠阁补印本存在异文，而异文之处三大寇本也存有文字的有37处，其

①具体情况可以参见相关繁本第五章容与堂本研究章节。

中同于石渠阁补印本的有28处，同于国全本的有9处。

最后五例例二十六至例三十，三大寇本文字与容与堂本诸种、石渠阁补印本皆不相同。产生此种情况的原因有两种，一种是底本文字即是如此，若是此种情况则可再次证明，三大寇本底本非容与堂本诸种以及石渠阁补印本，而是一种与容与堂本、石渠阁补印本关系非常密切的本子。另一种情况是，三大寇本在底本基础上对文字进行了改易。

以下研究将不再以单个字词作为比对对象。容与堂本系统诸种文字大关节处差异不大，所以下文研究将以最为通行的国全本作为三大寇本其他部分的比对对象。

二、三大寇本与容与堂本系统本子的差异

三大寇本与容与堂本系统本子①正文方面，除个别字词存在差别之外，还有其他一些显著差异，主要表现在两个方面：一是文字改易与移置；二是文字删削与插增。

1. 文字的改易与移置

相比于文字删削与插增，三大寇本文字改易与移置属于比较少见的情况，这种情况值得注意的地方有以下几处：其一，三大寇本得名之处，将屏风上"四大寇"改为"三大寇"。小说第72回柴进换了王班直服饰与令牌偷入禁宫中，在睿思殿素白屏风上，看到御书四大寇姓名。容与堂本为"山东宋江　淮西王庆　河北田虎　江南方腊"（72.5a），三大寇本为"山东宋江　蓟北辽国　江南方腊"（72.5a）。之前从三大寇本诗词部分的删削、移置以及改易，已经知晓三大寇本改写者具备一定文学素养，此处情节修改则可以窥见三大寇本改写者文学素养的另一个侧面。

从小说情节角度来说，此处改写更加吻合整部《水浒传》故事情节，因为百回本《水浒传》情节部分只有朝廷征讨宋江、辽国与方腊故事，而无征讨田虎、王庆故事。然而从小说艺术描写角度来说，虚实相间更符合《水浒传》全书特质，小说第16回"智取生辰纲"中"紫金山、二龙山、桃花山、伞盖山、黄泥冈、白沙坞、野云渡、赤松林"（容.16.4a）文字处，金圣叹就曾指出此种虚实相间的写法，"数出八处险害，却是四虚四实，然犹就一部书论之也，若

①以下"容与堂本系统本子"则以"容与堂本"径称之。

只就一回书论之，则是七虚一实耳”（贯.20.10b）。由此可以看出，三大寇本修改者更多只在乎小说情节，在此方面用力甚勤，而忽略小说艺术等其他方面的考虑。这一点在后文所提及的三大寇本文字修改中也可以看出。

其二，移置阎婆事。所谓阎婆事即《水浒传》中宋江遇到阎婆与娶阎婆惜的故事内容。所谓移置，即阎婆事在容与堂本中有一个巨大的漏洞，三大寇本将此故事某部分顺序进行了调换。容与堂本《水浒传》第20回回末，宋江遇到从梁山泊下来的刘唐，带来晁盖书信以及一百两黄金，宋江没有收下黄金，写了一封回信送走了刘唐，并将晁盖书信放到招文袋中，在回去路上听到背后有人叫他，第21回回首则叙述了背后叫住宋江之人为王婆，此后发生了一系列故事，包括王婆引荐阎婆，给宋江做媒娶了阎婆惜，阎婆惜与张文远偷情，宋江听闻偷情之事疏远阎婆惜，阎婆置酒欲缓和二人关系，酒后宋江将招文袋遗落在阎婆惜床头。从宋江见刘唐到宋江遗落招文袋，这其间历经数月之久，但是宋江并未从招文袋中取出晁盖书信，因此被阎婆惜发现此封书信。这是容与堂本故事情节中一个巨大的漏洞，虽然小说对宋江未取出招文袋中书信用了“一向蹉跎忘了”的理由，但是此理由完全不符合小说中宋江谨慎的性格，而且干系如此重大之事，宋江何以数月都不曾记起，招文袋又何以数月不曾打开？

三大寇本有鉴于此，对此故事情节做出调整，将容与堂本第21回发生的一系列事情，包括王婆叫住宋江引荐阎婆，给宋江做媒娶了阎婆惜，阎婆惜与张文远偷情，宋江听闻后疏远阎婆惜之事，全部放到了第20回，也是在这些事情之后，宋江才碰到了梁山泊下来的刘唐，拿到了晁盖的书信，将书信放到了招文袋中，三大寇本第20回回末在宋江要回家的路上，被一个人叫住了。第21回回首此次叫住宋江的已非王婆，而是欲置酒缓和宋江与阎婆惜二人关系的阎婆，在此之后才发生了酒后宋江遗落招文袋，被阎婆惜发现晁盖信件之事。所谓“移置阎婆事”此时便十分明了，是将阎婆遇见宋江一系列故事从第21回移置到第20回，置于刘唐下书之前，这样使得容与堂本故事情节上的巨大漏洞得以弥补。

之前所举诸种容与堂本与三大寇本异文之例，均无法有力证明容与堂本与三大寇本的先后关系，而“移置阎婆事”则可以清楚看出，三大寇本晚于容与堂本。此例只有后出转精的可能性，只能是三大寇本在容与堂本基础上修改而成，而不可能出现相反的情况。

其三，扈三娘、王英结婚情节的移置。容与堂本第50回回末宋江主张扈三娘与王英结婚，之后在宴席上有人来报，朱贵酒店有郓城县人要见头领。第51回回首一开始并未提到此郓城县人是何人，而是再次详述宋江给扈三娘、王英完婚之事，之后才说到郓城县来人是雷横。显然，容与堂本第50回回末与第51回回首衔接得并不是很好，而且故事出现了重复。三大寇本将容与堂本第51回回首详述宋江为扈三娘、王英婚配之事，移置到第50回回末，最后收结处依旧是宴席上有人来报，朱贵酒店有郓城县人要见头领，紧接第51回即介绍来人是雷横。

从上下回衔接、故事情节安排来说，三大寇本均要优于容与堂本。再从回目情节内容来说，三大寇本同样优于容与堂本。第50回回目为"吴学究双用连环计　宋公明三打祝家庄"，第51回回目为"插翅虎枷打白秀英　美髯公误失小衙内"，扈三娘与王英完婚之事，当属于第50回宋公明三打祝家庄之后的余波，放在第50回回末比较合理，若放在第51回回首叙述则不太合适，此回已进入雷横的小故事单元，回首接入雷横是最优选择。此处故事情节移置同样可见三大寇本较之容与堂本后出。

其四，辽国蓟州守将介绍的移置。容与堂本第84回有一段蓟州守将的介绍文字，"原来这蓟州，却是大辽郎主差御弟耶律得重守把，部领四个孩儿，长子耶律宗云，次子耶律宗电，三子耶律宗雷，四子耶律宗霖，手下十数员战将，一个总兵大将唤做宝密圣，一个副总兵唤做天山勇，守住着蓟州城池"（84.9a）。容与堂本此段介绍在卢俊义大战蓟州玉田县之后，耶律得重不仅带领四个儿子与卢俊义进行了大战，而且四个儿子也战死了两个，耶律宗云与耶律宗霖。由此来看，容与堂本此段出场介绍显得不太合适。

三大寇本则将耶律得重此段出场介绍，移置到宋江刚开始分兵攻打蓟州平峪县与玉田县，耶律得重分付抵御之后，此时耶律得重刚出场，其四子与两位总兵均未出场。三大寇本将此段文字移置于此处，更符合情节要求。此处移置再次可见三大寇本较之容与堂本后出。

2. 文字的删削与增补

其一，三大寇本对文字的增补。从以上三处三大寇本对文字的移置可以看出，三大寇本修改者对于小说情节颇为重视，在小说情节出现漏洞或矛盾之处，做了不少工作。此点在三大寇本增补处表现得尤为明显。

国容全本：张顺随至里面，把这闹江州跟宋江上山的事一一告诉了。后说宋江见患背疮，特地来请神医，扬子江中险些儿送了性命，都实诉了。（65.6b-7a）

无穷会本：张顺随至里面，把这闹江州跟宋江上山的事一一告诉了。后说宋江见患背疮，特地来请神医，扬子江中险些儿送了性命，**因此空手而来，**都实诉了。（65.7a）

（例一）

国容全本：宋江取出张横书付与张顺，相别去了。戴宗、李逵也自作别赶入城去了。（39.2b）

无穷会本：宋江取出张横书付与张顺，相别去了。**宋江又取出五十两一锭大银对李逵道："兄弟你将去使用。"**戴宗、李逵也自作别赶入城去了。（39.2b）

（例二）

国容全本：众多好汉都笑。晁盖先叫安顿穆太公一家老小。（41.18a）

无穷会本：众多好汉都笑。**宋江又题起拒敌官军一事，说道："那时小可初闻得这个消息，好不惊恐。不期今日轮到宋江自身上。"吴用道："兄长当初若依了弟兄们之言，只住山上快活，不到江州，不省了多少事。这都是天数，注定如此。"宋江道："黄安那厮如今在那里？"晁盖道："那厮住不勾两三个月便病死了。"宋江嗟叹不已。当日饮酒，各各尽欢。**晁盖先叫安顿穆太公一家老小。（41.18ab）

（例三）

国容全本：吴用道："再叫张青、孙新扮作拽树民夫，杂在人丛里，入船厂去。却叫顾大嫂、孙二娘，扮做送饭妇人，和一般的妇人杂将入去。却教时迁、段景住接应前后。"（80.7b）

无穷会本：吴用道："再叫张青、孙新扮作拽树民夫，杂在人丛里，入船厂去。叫顾大嫂、孙二娘，扮做送饭妇人，和一般的妇人杂将入去。却叫时迁、段景住相帮，**再用张清引军接应，方保万全。**"（80.8a）

（例四）

国容全本：当日再排大宴，序旧论新，筵席直至更深方散。第三日，高太尉定要下山。宋江等相留不住，再设筵宴送行。高俅道："义士可叫一个精细之人，跟随某去。我直引他面见天子，奏知你梁山泊衷曲之

事，随即好降诏敕。"（80.18b-19a）

无穷会本：当日再排大宴，序旧论新，筵席直至更深方散。第三日，高太尉定要下山。宋江等相留不住，再设筵宴送行。**抬出金银彩段之类，约数千金，专送太尉为折席之礼，众节度使以下另有餽送，高太尉推却不的，只得都受了。饮酒中间，宋江又提起招安一事，**高俅道："义士可叫一个精细之人，跟随某去。我直引他面见天子，奏知你梁山泊衷曲之事，随即好降诏敕。"（80.19ab）

（例五）

国容全本：此人原是歙州山中樵夫，因去溪边净手，水中照见自己头戴平天冠，身穿衮龙袍，以此向人道他有天子福分，因而造反。（90.16b-17a）

无穷会本：此人原是歙州山中樵夫，因去溪边净手，水中照见自己头戴平天冠，身穿衮龙袍，以此向人说自家有天子福分。**因朱晋昭在吴中征取花石纲，百姓大怨，人人思乱，**方腊乘机造反。（90.16a）

（例六）

国容全本：大惠禅师下了火已了，众僧诵经忏悔，焚化龛子，在六和塔山后，收取骨殖，葬入塔院。所有鲁智深随身多余衣钵金银并各官布施，尽都纳入六和寺里，常住公用。（99.12b）

无穷会本：大惠禅师下了火已了，众僧诵经忏悔，焚化龛子，在六和塔山后，收取骨殖，葬入塔院。所有鲁智深随身多余衣钵**及朝廷赏赐**金银并各官布施，尽都纳入六和寺里，常住公用。**浑铁禅杖，并皁布直裰，亦留于寺中供养。**（99.12ab）

（例七）

国容全本：宋江等军马，只就城外屯住，扎营于旧时陈桥驿，听候圣旨。宋江叫裴宣写录见在朝京大小正偏将佐数目，共计二十七员。（99.15b）

无穷会本：宋江等军马，只就城外屯住，扎营于旧时陈桥驿，听候圣旨。**此时有先前留下伏侍李俊等小校，从苏州来报说，李俊原非患病，只是不愿朝京为官，今与童威、童猛不知何处去了。宋江又复嗟叹，**叫裴宣写录见在朝京大小正偏将佐数目，共计二十七员。（99.16a）

（例八）

此上八例或是容与堂本情节存在漏洞，三大寇本进行增补，或是三大寇本对情节进行增饰，使情节更加丰满。例一容与堂本中张顺跟安道全叙旧并诉说来此缘由，此处情节存在漏洞，因为张顺特意长途跋涉来请安道全医治宋江，怎么可能不带聘金，但此时张顺却是空手而来，聘金所归何处，张顺势必要说明一二。三大寇本则弥补了此一漏洞，多加了一句文字，“因此空手而来”，便将诊金的去处交代明白。

例二容与堂本情节无甚问题，三大寇本则对情节进行增饰，增补了宋江赠银与李逵这一情节。此情节十分符合宋江的人物性格，出手阔绰，以恩义结人。早在宋江结识武松之时，宋江与武松分别，也曾赠银与武松。此处宋江明知李逵缺银，赠银与李逵也在情理之中，颇为符合故事逻辑，以及宋江一贯的作风。

例三为三大寇本对容与堂本情节的补充与增饰。黄安奉命去捉拿晁盖一行人，大败被捉后，下落音讯全无。三大寇本借宋江之口问出黄安去处，算是对之前情节做出补充。此例三大寇本其他补充内容也与之前情节相对应，既符合故事逻辑，也符合人物性格。

例四从下文来看，容与堂本情节存在漏洞。此例是吴用针对高俅讨伐梁山泊的排兵布阵，下文行动基本按照吴用计划而来，但是其中多出张清一节，“原来没羽箭张清，引着五百骠骑马军在那里埋伏”（80.9ab）。由此来看，张清埋伏早在吴用计划之内，但是吴用调令中却没有出现。三大寇本弥补了容与堂本此处漏洞，将张清之事加入到调令之中。

例五容与堂本故事情节乍一看去并无问题，但是细细琢磨，则不符合情理。宋江一方需要招安，怎么可能不贿赂贪财的高俅，这不但不符合常理，也不符合宋江的性格。而且按照高俅的性格，又怎可能自己主动提起招安之事。三大寇本对此不合常理之事进行了修改，宋江在送走高俅之时，用大量金银财宝贿赂高俅与其他相关人员，并且主动提起招安一事，之后才有了高俅的接话，此番增饰使得整个故事情节更加符合逻辑。

例六容与堂本中方腊的造反理由太过于草率，仅仅因为方腊在水中照见自己有皇帝之相便起兵造反，此既不符合历史真相，也不符合方腊枭雄本色。三大寇本则根据真实的历史，在文中加入了关键的一句，“因朱晋昭在吴中征取花石纲，百姓大怨，人人思乱”，这才给了方腊可乘之机。三大寇本所添之句弥补了容与堂本情节上的漏洞。

例七容与堂本情节无甚问题，三大寇本对此情节进行了增饰，多出一句将“浑铁禅杖，并皂布直裰，亦留于寺中供养”。从人情物理上来说，此举更加符合事实逻辑。鲁智深虽然算不得得道高僧，但也是传奇僧人，正如智真长老所言，鲁智深日后正果非凡。对于这样的僧人，寺庙将其禅杖、衣物供养起来，也是常有之事。

例八为三大寇本对容与堂本情节的补充与增饰。前文李俊在苏州诈病不去京师，让童威、童猛照顾，并对宋江言及“待病体痊可，随后赶来朝觐”（99.15a），之后书中叙述了李俊去处，与童威、童猛及费保四人乘船出海，投化外国去了，后来成为暹罗国之主，但是这些事情宋江并不知晓，而且文中还提到宋江对李俊诈病一事并不疑虑，可见小说中李俊一事并未收束。三大寇本对此情节进行了补充，通过小校之口让宋江知道李俊诈病实情。而且将此情节插增于此处，也是对裴宣写录朝见名单之时不写李俊等人做一个交代。

通过以上三大寇本插增文字的八例可以看出，三大寇本修改者在小说情节修补以及完善方面，做了不少工作。修改者不仅对文本非常熟稔，而且十分细心，像例一、例四、例八这样的情节漏洞，若非细读文本，且具备一定文学嗅觉，必定难以发现。

其二，三大寇本对文字的删削。因为三大寇本修改者对于小说情节过于重视，一切修改以小说情节为重心，难免对小说其他方面产生伤害，此点尤其表现在文字删削上。相对于三大寇本文字增补而言，三大寇本文字删削之处所存甚多，具体情况可见以下例文：

> 国容全本：两个公人一路上做好做恶，管押了行。看看天色傍晚，约行了十四五里，前面一个村镇，寻觅客店安歇。**旧时客店，但见公人监押囚徒来歇，不敢要房钱。**当时小二哥引到后面房里，安放了包裹。（62.13a）
>
> 无穷会本：两个公人一路上做好做恶，管押了行。看看天色傍晚，约行了十四五里，前面一个村镇，寻觅客店安歇。当时小二哥引到后面房里，安放了包裹。（62.13ab）
>
> （例一）
>
> 国容全本：林冲别了智深，自引了卖刀的那汉，去家去取钱与他。

将银子折算价贯，准还与他。（7.12a）

无穷会本：林冲别了智深，自引了卖刀的那汉，到家去取钱与他。（7.13a）

（例二）

国容全本：只有当案一个叶孔目不肯，因此不敢害他。这人忠直仗义，不肯要害平人，**亦不贪爱金宝，只有他不肯要钱，**以此武松还不吃亏。（30.10a）

无穷会本：只有当案一个叶孔目不肯，因此不敢害他。这人忠直仗义，不肯要害平人，以此武松还不吃亏。（30.10b）

（例三）

国容全本：知客又与他披了袈裟，教他先铺坐具。**知客问道："有信香在那里？"智深道："甚么信香？只有一炷香在此。"知客再不和他说，肚里自疑忌了。**（6.11b）

无穷会本：知客又与他披了袈裟，教他先铺坐具。（6.11a）

（例四）

国容全本：茶博士道："这是东京上厅行首，唤做李师师。**间壁便是赵元奴家。**"……宋江喏喏连声，带了三人便行。出得李师师门来，**与柴进道："今上两个表子，一个李师师，一个赵元奴。虽然见了李师师，何不再去赵元奴家走一遭？"宋江迳到茶坊间壁，揭起帘幕。张闲便请赵婆出来说话。燕青道："我这两位官人，是山东巨富客商，要见娘子一面，一百两花银相送。"赵婆道："恰恨我女儿没缘，不快在床，出来相见不得。"宋江道："如此却再来求见。"赵婆相送出门，作别了。**四个且出小御街，迳投天汉桥来看鳌山。（72.6b-9a）

无穷会本：茶博士道："这是东京上厅行首，唤做李师师。"……宋江喏喏连声，带了三人便行。出得李师师门来，穿出小御街，迳投天汉桥来看鳌山。（72.6a-8b）

（例五）

国容全本：何清道："不要慌，且待到至急处，兄弟自来出些气力拿这伙小贼。"阿嫂便道："阿叔，胡乱救你哥哥，也是弟兄情分。如今被太师府钧帖，立等要这一干人。天来大事，你却说小贼。**不知甚么去处，只这等无门路了。**"（17.15b）

无穷会本：何清道："不要慌，且待到至急处，兄弟自来出些气力拿这伙小贼。"阿嫂便道："阿叔，胡乱救你哥哥，也是弟兄情分。如今被太师府钧帖，立等要这一干人。天来大事，你却说小贼。"（17.16ab）

（例六）

国容全本：只把这山下三座关牢牢地拴住，**又没个道路上去。打紧这座山生的险峻**，又没别路上去，那撮鸟由你叫骂，只是不下来厮杀，气得洒家正苦，在这里没个委结。（17.7a）

无穷会本：只把这山下三座关牢牢地拴住，又没别路上去，那撮鸟由你叫骂，只是不下来厮杀，气得洒家正苦，在这里没个委结。（17.7ab）

（例七）

国容全本：主人在村店里被他作贱，小乙伏在外头**壁子缝里都张得见。本要跳过来杀公人，却被店内人多不敢下手**。比及五更里起来，小乙先在这里等候，想这厮们必来这林子里下手。（62.15a）

无穷会本：主人在村店里时，小乙伏在外头，比及五更里起来，小乙先在这里等候，想这厮们必来这林子里下手。（62.15b）

（例八）

国容全本：一路上只是小心伏侍宋江。三个人在路，**免不得饥餐渴饮，夜住晓行**。在路约行了半月之上，早来到一个去处。（36.7b-8a）

无穷会本：一路上只是小心伏侍宋江。三个人在路约行了半月之上，早来到一个去处。（36.7b）

（例九）

国容全本：贾氏道："丈夫，虚事难入公门，实事难以抵对。你若做出事来，送了我的性命。**自古丈夫造反，妻子不首**，不奈有情皮肉，无情杖子。你便招了，也只吃得有数的官司。"（62.7ab）

无穷会本：贾氏道："丈夫，虚事难入公门，实事难以抵对。你若做出事来，送了我的性命。不奈有情皮肉，无情杖子。你便招了，也只吃得有数的官司。"（62.7b）

（例十）

国容全本：清长老接书，把来拆开看时，**上面写道："智真和尚合掌白言贤弟清公大德禅师：不觉天长地隔，别颜睽远。虽南北分宗，千里同意。今有小浼：敝寺檀越赵员外剃度僧人智深，俗姓是延安府老种经**

略相公帐前提辖官鲁达，为因打死了人，情愿落发为僧。二次因醉，闹了僧堂，职事人不能和顺。特来上刹，万望作职事人员收录。幸甚！切不可推故。此僧久后正果非常，千万容留。珍重，珍重！”（6.11b-12a）

无穷会本：清长老接书拆开看时，中间备细说着鲁智深出家缘由，并今下山投托上刹之故。万望慈悲收录，做个职事人员，切不可推故。此僧久后必当正果。（6.11b）

（例十一）

国容全本：且说宿太尉领了圣旨出朝，迳到宋江行寨军前开读。宋江等忙排香案，**拜谢君恩，开读诏敕：**

制曰：舜有天下，举皋陶而四海咸服；汤有天下，举伊尹而万民俱安。朕自即位以来，任贤之心，夙夜靡怠。近得宋江等众，顺天护国，秉义全忠。如斯大才，未易轻任。今为辽兵侵境，逆虏犯边。敕加宋江为破辽兵马都先锋使，卢俊义为副先锋。其余军将，如夺头功，表申奏闻，量加官爵。就统所部军马，克日兴师，直抵巢穴，伐罪吊民，扫清边界。所过州府，另敕应付钱粮。如有随处官吏人等，不遵将令者，悉从便益处治。故兹制示，想宜知悉。宣和四年夏月日。当下宋江、卢俊义等，跪听诏敕已罢，众皆大喜。（83.2b-3a）

无穷会本：且说宿太尉领了圣旨出朝，迳到宋江行寨军前开读。宋江等忙排香案迎接，跪听诏敕已罢，众皆大喜。（83.2a）

（例十二）

以上12处均是三大寇本删文之例，这些例子仅是三大寇本删文之处很小的一部分。此12处例文代表了三大寇本删文的多种情况，但无论哪一种情况，从小说逻辑上来说，并没有产生任何漏洞，而且对总体故事情节并无影响。例一删去了一些介绍性文字，例二至例五删去了一些细节或是枝蔓情节，例六至例八删去了一些人物对话，例九、例十删去了一些套语、俗话，例十一、例十二删去了书信以及诏书内容。

光从小说情节与文字来说，三大寇本删削了不少内容，使得整个小说故事与文字更加简洁、紧凑。但是从小说涵盖性、深广性以及对事件、人物的描述、刻画来说，这些被删节的内容，也存在一定价值。

例一中容与堂本多出对宋代习俗的介绍，此一句存在与否无关大局，但是小说从某一方面来说，并不仅仅是情节、故事的汇集，而应该涵盖多方面内容，读者能够通过阅读小说获取情节之外的信息与知识。例十一与例十二同样如此，容与堂本中智清长老的书信与颁发的诏书被删削、省略，虽然并不影响情节进展，但是却少了两篇可供读者参阅的尺牍文章。例九、例十亦如是，三大寇本删节了容与堂中不少俗语、谚语、套语，这些文字有的存在于叙述性语言中，有的存在于人物对话中，不仅丰富了语言，同时也有利于刻画人物。而历史上很多俗语、谚语、套语都是借由小说保存下来。

例二、例三中三大寇本删去了小说一些细节。例二中细节被删去虽然对情节无甚影响，而且文字更加简洁，但是此细节也非常合理。因为宝刀最终成交价为一千贯钱，一贯钱即一千铜钱，一千贯则为一百万铜钱，普通人家中不会藏有如此多的铜钱，所以林冲按照银子折算付钱。此点也从侧面反映了宋朝百姓家中一些情况。例三同样如此，删去细节使得文字更加简洁，但是此细节进一步呼应了上文所说蒋门神用钱贿赂衙门一干人等。虽然叶孔目忠直仗义，但更为关键的是不爱财，所以蒋门神的计划才未能得逞。

例四、例五中三大寇本删去了小说一些枝蔓情节。其中例四是较小的枝蔓情节，例五是较大的枝蔓情节。二者文字被删去，对于小说主线情节而言，并无甚影响，但是这些枝蔓情节对于人物刻画却起到一定作用。例四中容与堂本多出枝蔓情节为知客问鲁智深信香一事，鲁智深不知，而知客亦不多说。此即可见鲁智深无半点僧人模样，也为之后知客进谗言埋下伏笔，而知客不敢多言也有怕鲁智深的因素。例五中容与堂本多出枝蔓情节为赵元奴故事，赵元奴与李师师一样，同为野史当中所记载人物，宋江拜访完李师师后，马上便欲拜访赵元奴，此一情节符合宋江此时病急乱投医的心态。

例六至例八中三大寇本删减了人物一些对话。这些对话被删减之后，条理更加明晰，逻辑也更加清楚。像例六中三大寇本删去何涛之妻所言最后一句，整段对话则变得更加有针对性，何涛之妻所言便是回答何清上一句话。例七中容与堂本鲁智深所说之言语明显发生重复，“又没个道路上去”与“又没别路上去”重复。但是如果考虑当时情境以及人物性格，则会发现容与堂本中多出的这些对话并非毫无道理。例六在当时的情境下，何涛之妻必是心急如焚，所以才会发出最后号呼似的言语；例七中鲁智深性格本就急躁，遇到如此事情则更加焦躁，所以说话颠三倒四也是正常之事；例八中燕青多出的言语则颇为符合其一贯谨慎小心的性格。

从此部分三大寇本在容与堂本基础上对文字的改易与移置、增补与删削的情况来看，三大寇本修改者对《水浒传》文本非常熟悉，针对三大寇本底本做了大量工作，基本上每回都有所修订，但是修订中心主要是围绕小说的情节与故事，而对于小说其他方面诸如艺术性、丰富性等则有所损伤。

综上所述，可以得出以下结论：

1. 三大寇本刊刻时间当在万历十八年（1590）之前。

2. 无穷会本与西辽藏本并非同版，无穷会本、郑藏本、林刊本三者亦非同版。

3. 郑藏本、西辽藏本、林刊本、无穷会本均非三大寇本初刻本，四者均为翻刻本。与初刻本相比，四者均存在一定差异。

4. 无穷会本与西辽藏本相比，后者与初刻本差异小，错舛之处较少，前者与初刻本差异较大。无穷会本、郑藏本、林刊本三者相比，郑藏本与初刻本关系最为亲密，无穷会本与初刻本关系最为疏远，当是较为后期的翻刻本。

5. 三大寇本诗词韵文相对于容与堂本而言，删节甚多。除此之外，还有不少诗词韵文改易以及移置的情况。

6. 三大寇本的底本非容与堂本诸种以及石渠阁补印本，而是一种与容与堂本、石渠阁补印本关系非常密切的本子。

7. 三大寇本在容与堂本基础上做了大量修改工作，包括文字的改易、移置、增补、删削等。

8. 三大寇本修订者具备不俗的文学素养，对《水浒传》文本非常熟悉，而且修订工作细致认真。整个修订过程主要是为了完善与精炼小说的情节内容，而对于小说的艺术性、丰富性等有所损伤。

第九章　大涤余人序本系统《水浒传》研究

大涤余人序本系统《水浒传》版本从大方向来划分，可以分为两类，一类是百回本，一类是百二十回本。此两类本子虽然在回数上有较大差异，百二十回本比百回本多出二十回，但是从版本角度来说，此二类本子行款完全相同，均为半叶 10 行，行 22 字，且相同的百回内容中二本文字基本相同，当是一本为另一本的翻刻本，所以此处将二本置于一章讨论。此章所要解决的问题较多，计有大涤余人序本系统与三大寇本孰前孰后的问题、大涤余人序本系统中百回本与百二十回本孰前孰后的问题、大涤余人序本文字修改的问题、大涤余人序本中百回本诸种文字异同的问题、大涤余人序本中百二十回本诸种文字异同的问题等等。

第一节　大涤余人序本系统《水浒传》诸种的概况

一、大涤余人序本系统《水浒传》的种类

（一）百回本

大涤余人序本系统的本子一般可以分为两类，一类为百回本，一类为百二十回本。百回本，因此类本子卷首有署名“大涤余人”所序《刻忠义水浒传缘起》，故而一般称之为大涤余人序本。此类本子半叶 10 行，行 22 字，首《刻忠义水浒传缘起》，版心刻“缘起”，尾署“大涤余人识”；次《忠义水浒传目》，版心上刻“水浒传”以及“目”；次插图，共有插图 50 叶，100 幅，每幅图栏外版心处有篆体标目，标目字数不一，从 3 字至 7 字不等。插图标目不按回目书写，而是另立标目，如第 1 回“张天师祈禳瘟疫　洪太尉误走妖魔”，插图标目作“误走妖魔”；次正文，每回回首单行顶格书“忠义水浒传”，退一格书“第 × 回”，再退一格或者两格书每一回回目，版心上端刻“水浒传”3 字，中间刻“第 × 回”。若是芥子园本，则目录与正文版心下端有“芥子园藏板”5 字。

此类本子现今存世有 11 种之多，分别为：

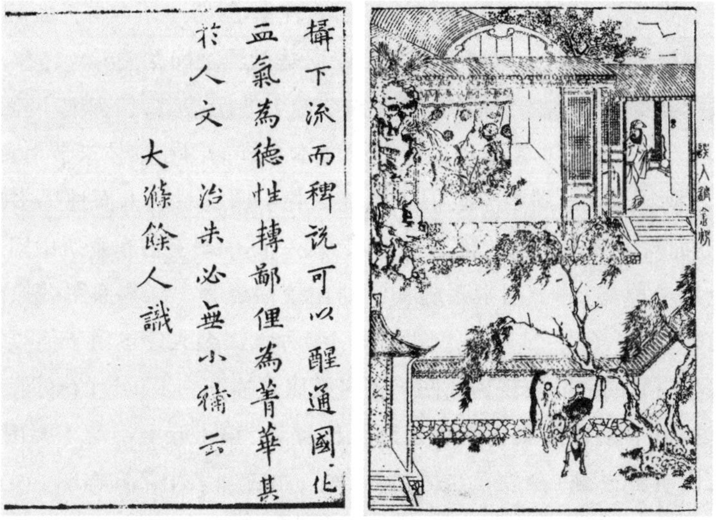
攝下流而稗說可以醒通國化
血氣為德性轉鄙俚為菁華其
於人文　治未必無小補云
大滌餘人識

李玄伯原藏本序末、插图书影

（1）李玄伯原藏本，现存第 1 回至第 44 回，共计 44 回，藏于中国国家图书馆。

（2）遗香堂本，存全本 100 回，藏于日本佐贺县多久市多久历史民俗资料馆。

（3）金谷园本，存第 1 回、第 6 回至第 100 回，共计 96 回，曾见之于中国拍卖行。

（4）重庆图书馆藏本，存序末至插图、第 5 回至第 10 回、第 22 回至第 40 回、第 45 回至第 100 回，共计 81 回，藏于重庆图书馆。

（5）柏克莱藏本，存序目及插图，藏于美国柏克莱加州大学东亚图书馆。

（6）芥子园本，存全本 100 回，藏于中国国家图书馆。

（7）芥子园本，缺第 3 回之前全部内容，存 98 回，藏于日本国会图书馆。

（8）芥子园本，存第 61 回至第 72 回、第 77 回至第 100 回，共计 36 回，藏于北京大学图书馆。

（9）芥子园本，存序言、目录以及图像，藏于日本东京都立图书馆。

（10）芥子园本，存插图 1 幅，收录于薄井恭一《明清插图本图录》。

（11）三多斋本，存全本 100 回，藏于北京大学图书馆。

这 11 种大涤余人序本可分为两小类，一类是李玄伯藏本系统，这一系统包括前面 5 种本子，李玄伯藏本、遗香堂本、金谷园本、重图藏本、柏克莱藏本；

另一类是芥子园本系统,这一系统包括后 6 种本子,芥子园本与三多斋本。

对大涤余人序本分类划分的主要依据是插图之间的差异。考察李玄伯藏本系统与芥子园本系统插图,两者在图像上差距甚微,仅有细小差别。从总体上来看,李玄伯本系统插图比芥子园本系统插图在细枝末节上多一些,如《说三阮撞筹》一图中李玄伯本系统比芥子园本系统上面地上多出两处草丛,下面树上多出一处枝桠;《夺宝珠寺》一图中李玄伯本系统中间一棵大树枝叶比较茂盛,芥子园本系统枝叶则比较稀疏等。二本插图图像的差异十分隐晦,不易辨别,试图通过图像判明某种大涤余人序本属于何类非常困难。较为明显的差异表现为插图刊工名姓以及插图刊工位置的不同。

李玄伯本系统插图刊工名姓以及位置为:第 1 叶上半第 1 幅图"误走妖魔",图右下方刻"新安黄诚之刻"字样;第 3 叶下半第 6 幅图"误入销金帐",图左边中间刻"新安黄子立刊"字样;第 5 叶下半第 10 幅图"火烧草料场",图右边中间刻"黄诚之刻"字样;第 6 叶上半第 11 幅图"林冲斗杨志",图右边中间刻"新安刘启先刻"字样;第 9 叶下半第 18 幅图"杀阎婆惜",图左边中间刻"刘启先刻"字样。芥子园本系统插图刊工名姓以及位置为:第 1 叶上半第 1 幅图"误走妖魔",图右下方刻"白南轩刻"字样;第 5 叶下半第 10 幅图"火烧草料场",图右边中间刻"黄诚之刻"字样;第 6 叶上半第 11 幅图"林冲斗杨志",图右边中间刻"新安刘启先刻"字样。

比对后发现,李玄伯本系统与芥子园本系统有两幅插图刊工名姓与位置相同,一幅插图刊工位置相同,但是插图刊工名姓却完全不同,此图为第 1 叶上半"误走妖魔"图,一为"新安黄诚之刻",一为"白南轩刻"。除此之外,李玄伯本系统还比芥子园本系统多出两幅刻有刊工名姓的插图,分别在"误入销金帐"与"杀阎婆惜"图中。

知晓了两个系统之间的差别后,对于判断各个本子的归属也就十分容易了。以柏克莱藏本为例,此本仅存序目与插图,所以不能通过正文版心来判断此本是否为芥子园本。《柏克莱加州大学东亚图书馆中文古籍善本书志》对此本著录为"忠义水浒传一百回　元施耐庵撰,明李贽评,明末芥子园刻本,一册"[①]。不知撰写者据何得出此本为芥子园本,但是通过卷首插图刊工名姓与位置可以知晓此本并非芥子园本,而是李玄伯本系统的大涤余人序本。此

①柏克莱加州大学东亚图书馆编:《柏克莱加州大学东亚图书馆中文古籍善本书志》,上海古籍出版社 2005 年版,第 206 页。

李玄伯藏本与芥子园本首幅插图书影

本现存插图 80 幅，残缺了 10 叶 20 幅插图。剩余插图中"误走妖魔"图有"新安黄诚之刻"字样，"火烧草料场"图中有"黄诚之刻"字样，"杀阎婆惜"图中有"刘启先刻"字样。与上文大涤余人序本两个系统中刊工名姓与刊工位置情况做出比对，可以确知柏克莱藏本属于李玄伯本系统的本子。

（二）百二十回本

百二十回本，以前也称之为袁无涯刊本，现存百二十回本是否为袁无涯刊本，此点尚有争论[①]。因《水浒传》各种本子中，百二十回是其他本子都不曾出现的回数，故而此处将以百二十回本作为此种本子别名径称之。此类本子半叶 10 行，行 22 字。百二十回本又分为两小类，一类是全传本系统，一类是全书本系统。

1. 全传本

全传本系统存世较少，以北京大学图书馆所藏本为代表，首《读忠义水浒全传序》，版心上端有"序"，共计 8 叶，序末题署"卓吾李贽撰"，有印章两枚"卓吾 / 氏""李贽 / 之印"；次《小引》，末署"楚人凤里杨定见书于胥江舟次"，有钤印两枚，白方"定见 / 私印"与墨方"聚星 / 馆"，版心上端刻"小

①参详邓雷：《袁无涯刊本〈水浒传〉原本问题及刊刻年代考辨——兼及李卓吾评本〈水浒传〉真伪问题》，《福建师范大学学报》（哲学社会科学版）2017 年第 3 期。

引”；次《宋鉴》，版心题“宋鉴”；次《宣和遗事》，版心上端刻“宣和遗事”；次《出像评点忠义水浒全传发凡》，版心上端刻“凡例”，共有“凡例”10 条；次《水浒忠义一百八人籍贯出身》，版心上端刻“水浒传姓氏”或“水浒全传姓氏”，第 1、4、5、6 叶版心书“水浒传姓氏”，第 2、3 叶版心上端刻“水浒全传姓氏”；次《忠义水浒全传目录》，版心上端刻“水浒全传”，中间刻“目录”；次《新镌李氏藏本忠义水浒全传引首》，另行题署“施耐庵集撰　罗贯中纂修”，版心上端刻“水浒全传”，中间刻“引首”二字；次插图，版心上端刻“水浒全传”，每幅插图栏外版心下端有标目，共计 60 叶，120 幅；次正文，右端顶格书“忠义水浒全传”；次退一格书回数，如“第一回”；次再退两格书回目，如“张天师祈禳瘟疫　洪太尉误走妖魔”，版心上端刻“水浒全传”，中间刻“第 × 回”，正文有圈点，人名旁有旁勒。

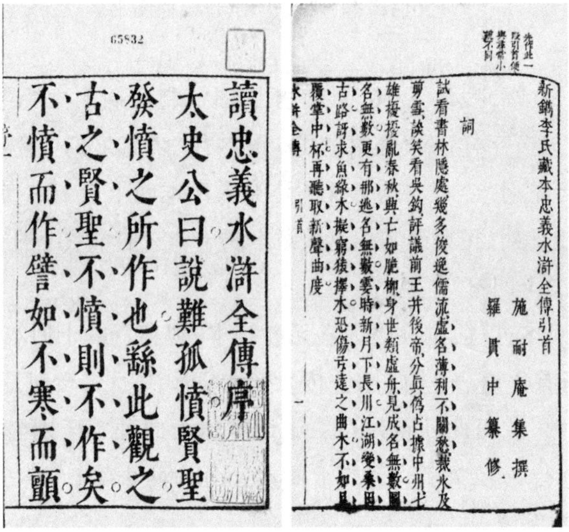
讀忠義水滸全傳序
太史公曰說難孤憤賢聖
發憤之所作也繇此觀之
古之賢聖不憤則不作矣
不憤而作譬如不寒而顫

新鐫李氏藏本忠義水滸全傳引首
施耐庵集撰
羅貫中纂修
詞
試看書林隱處幾多俊逸儒流虛名薄利不關愁裁冰及
剪雪談笑看吳鈎評議前王并後帝分真僞占據中州七
雄擾擾亂春秋興亡如脆柳身世類虛舟見成名無數圖
名無數更有那逃名無數霎時新月下長川江湖變桑田
古路訝求魚緣木擬窮猿擇木恐傷弓遠之曲木不如且
覆掌中杯再聽取新聲曲度
水滸全傳　引首　一

北大所藏全传本序言、引首书影

除此之外，全传本还有以下几种[①]：

①此处全传本与下文全书本资料主要来自笔者《〈水浒传〉版本知见录》，以及中原理惠《一百二十回本〈忠义水浒全传〉〈忠义水浒全书〉版本考》，载《版本目录学研究》2021 年第 1 期；中原理惠《水浒传百二十回本〈忠义水浒全传〉について：諏访市博物馆藏钞本を中心に》，载《日本中国学会报》2019 年第 71 集；中原理惠《〈水浒全书〉郁郁堂本について》，载《中国古典小说研究》2017 年第 20 号。中原理惠女士长期致力于百二十回本研究，研究甚精，博士论文即为《百二十回本〈水浒传〉の版本学的研究とその受容、并びに明清时代における书肆の出版活动について》，日本京都大学 2021 年博士论文。

（1）日本宫内厅书陵部所藏德山毛利本，存全本120回，32册。卷首部分与北大藏本有所不同，与北大藏本相比，缺了《读忠义水浒全传序》与《宋鉴》，且附件顺序也有所不同，依次为《小引》《出像评点忠义水浒全传发凡》《水浒忠义一百八人籍贯出身》、插图、《忠义水浒全传目录》《新镌李氏藏本忠义水浒全传引首》《宣和遗事》。封面书“李卓吾先生评/水浒全书/本衙藏版”，有“宝翰楼藏书记”朱文发兑印。

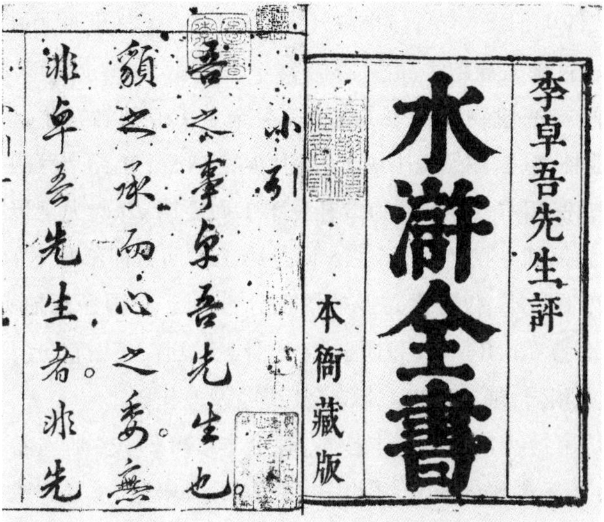
李卓吾先生評
水滸全書
本衙藏版
小引
吾之事卓吾先生也。
顔之承而心之委無
非卓吾先生者。非先

德山毛利藏本封面、小引书影

（2）日本宫内厅书陵部所藏高辻本，缺第95回至第107回，存107回，22册[①]。封面书“李卓吾先生评/水浒全书/本衙藏版”，有“意趣不凡”朱文发兑印。卷首附件顺序为：《小引》《宣和遗事》《引首》《发凡》《出身》《目录》、插图。

（3）日本天理大学图书馆所藏古义堂文库本，存第95回至第107回，共计13回，2册。此本与高辻本为同一部书，而分藏两地。

（4）日本酒田市立光丘文库藏本，存全本120回，24册。封面书“李卓吾先生评/水浒全书/本衙藏版”，有“意趣不凡”朱文发兑印。卷首附件顺序为：《小引》《宣和遗事》《引首》《发凡》《出身》《目录》、插图。

①另缺第82回第8叶、第120回第17叶下半至第18叶（最后叶）。

（5）日本东京大学文学部图书室汉籍部藏本，存第5回至第120回，共计116回，32册，原神山闰次所藏。所缺部分均有钞补或配补，其中钞补部分有封面、《小引》《发凡》《宣和遗事》《出身》《目录》《梁山泊一百单八人优劣》《批评水浒传述语》《又论水浒传文字》《水浒传一百回文字优劣》《李卓吾先生批评》《李氏逸书》《李氏焚书》；配补部分为《读忠义水浒传序》《引首》、第1回至第4回（以林九兵卫刊本配补）。

（6）日本东京大学东洋文化研究所藏仓石文库本，存全本120回，24册，原仓石武四郎旧藏。卷首附件顺序为：《小引》《发凡》《引首》《宣和遗事》《出身》《目录》、插图。

（7）中国国家博物馆图书馆藏本，存全本120回，27册。此本为百衲本，封面为钞补，卷首附件《小引》《发凡》《宣和遗事》《出身》《目录》、插图来自郁郁堂挖印本，《引首》为钞补。第1回至第70回为全传本，第71回至第114回为郁郁堂挖印本，第115回至第120回为郁郁堂本的抄本。

（8）郑骞原藏本，仅存卷首及插图部分，1册。中国嘉德拍卖行曾拍卖，卷首附件依次为《小引》《宣和遗事》《出身》《发凡》《引首》《目录》、插图。与宫内厅藏本相同，缺《读忠义水浒全传序》及《宋鉴》。

（9）诹访市博物馆所藏日本抄本，存全本120回，24册。卷首附件依次为《题》《读忠义水浒全传序》《小引》《发凡》《宋鉴》《宣和遗事》《引首》《出身》《目录》、插图。插图缺第59叶、第113回缺第16叶。

（10）北京大学图书馆所藏日本抄本，存全本120回，20册，原李盛铎所藏。卷首附件依次为《序》《小引》《读忠义水浒传序》《目录》《出身》《引首》。

2. 全书本

全书本系统，此种存世较多，一般为郁郁堂本与郁郁堂挖印本。郁郁堂本即郁郁堂刊刻的本子，版心下端有“郁郁堂四传”5字。郁郁堂挖印本即将木板版心“郁郁堂四传”挖去的本子，但是挖除之处留有痕迹，不少叶面尚留有未完全挖除的“郁”字的“阝”，如《引首》第3叶有“郁郁堂”3字右半边。部分叶面“郁郁堂四传”5字更是遗漏未曾挖去，如第3回第3叶、第28回第10叶、第33回第4叶等。郁郁堂挖印本为郁郁堂本的后修本，挖印的板木有部分是郁郁堂本原板木，但二者板片也存在大量异版，此异版乃郁郁堂挖印本因为某些原因翻刻了郁郁堂本板片。这些翻刻的板片，除某些字的刻法与郁郁堂本存在差异外，如第 1 回第 1 叶上“妙”“误”“阶”3 字的刻法，尚存在一些误刊之字。百二十回本中郁郁堂挖印本存世最多。

全书本卷首附件与日本宫内厅书陵部所藏全传本相同，只是附件顺序各本有所不同，存《小引》，末署“楚人凤里杨定见书于胥江舟次”，版心上端刻“小引”；《宣和遗事》，版心上端刻“宣和遗事”；《水浒忠义一百八人籍贯出身》，第 1、4、5、6 叶版心书“水浒书姓氏”，第 2、3 叶版心上端刻“水浒全书姓氏”；《出像评点忠义水浒全书发凡》，版心上端刻“凡例”，共有“凡例”10 条；《忠义水浒全书目录》，版心上端刻“水浒全书”，中间刻“目录”；《新镌李氏藏本忠义水浒全书引首》，另行题署“施耐庵集撰　罗贯中纂修”，版心上端刻“水浒全书”，中间刻“引首”；次插图。

现今存世全书本罗列如下。（1）至（9）为郁郁堂本，（10）至（52）为郁郁堂挖印本，（53）至（59）版本未知。

（1）日本尊经阁文库藏本，存全本 120 回，24 册。封面栏外横题“卓吾评阅”，直书“绣像藏本 / 水浒四传 / 全书　郁郁堂梓行”，有魁星朱文印章，“郁郁堂藏板”白文发兑印。卷首附件依次为《小引》《发凡》《出身》《目录》《宣和遗事》《引首》、插图。

（2）美国耶鲁大学东亚图书馆藏本，存全本 120 回，20 册，胡天猎旧藏

尊经阁藏本封面书影

耶鲁大学藏本封面书影

本。封面栏外横题“卓吾评阅”，直书“绣像藏本 / 水浒四传 / 全书　郁郁堂梓行”，有魁星朱文印章。

（3）南京图书馆藏本 A，存全本 120 回，36 册，张乃熊旧藏本。封面栏外横题“卓吾评阅”，直书“绣像藏□ / 水浒四传 / 全书　郁郁堂梓行”。卷首附件依次为《小引》《发凡》《出身》《引首》《宣和遗事》《目录》、插图。部分叶面钞补，部分叶面为挖印本配补。

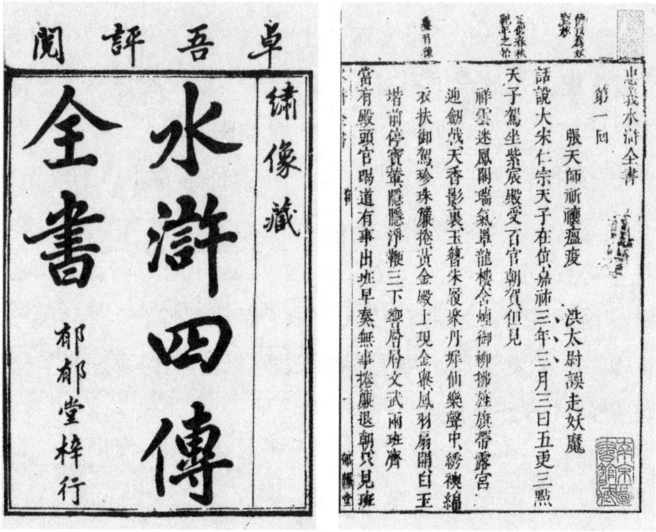

南京图书馆藏本扉页、正文首叶书影

（4）清华大学图书馆藏本，存全本 120 回，32 册。封面栏外横题“卓吾评阅”，直书“绣像藏本 / 水浒四传 / 全书　本衙藏板”。部分叶面为钞补，部分叶面为挖印本配补。

（5）日本静嘉堂文库藏本，存全本 120 回，32 册，中村敬宇旧藏本。封面栏外横题“卓吾评阅”，直书“绣像藏本 / 水浒四传 / 全书　郁郁堂梓行”。卷首附件依次为《小引》《发凡》《出身》《宣和遗事》《引首》《目录》、插图。

（6）日本内阁文库藏本 A，存全本 120 回，32 册，毛利高标旧藏本。卷首附件依次为《小引》《发凡》《出身》《引首》《宣和遗事》《目录》、插图。

（7）大连市图书馆藏本，存全本 120 回，12 册，大谷光瑞旧藏本。

（8）美国加利福尼亚大学伯克利分校东亚图书馆藏本 A，缺第 5 回至第 9 回，存 95 回，23 册，薄井恭一旧藏本。封面栏外横题“绘像”，直书“李卓

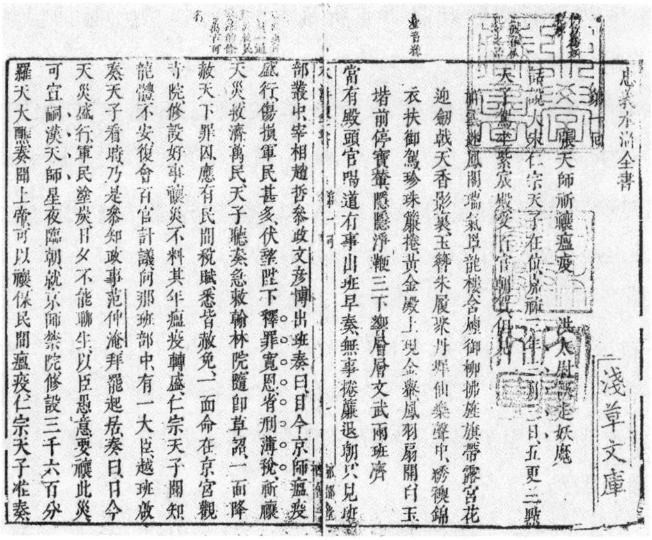
忠義水滸全書
第一回
張天師祈禳瘟疫　洪太尉誤走妖魔
話說大宋仁宗天子在位嘉祐三年三月三日五更三點
天子駕坐紫宸殿受百官朝賀但見
祥雲迷鳳閣瑞氣罩龍樓含煙御柳拂旌旗帶露宮花
迎劍戟天香影裏玉簪朱履聚丹墀仙樂聲中綉襖錦
衣扶御駕珍珠簾捲黃金殿上現金轝鳳羽扇開白玉
堦前停寶輦隱隱淨鞭三下響層層文武兩班齊
當有殿頭官喝道有事出班早奏無事捲簾退朝只見班
部叢中宰相趙哲參政文彥博出班奏曰目今京師瘟疫
盛行傷損軍民甚多伏望陛下釋罪寬恩省刑薄稅祈禳
天災救濟萬民天子聽奏急敕翰林院隨即草詔一面降
赦天下罪囚應有民間稅賦悉皆赦免一面命在京宮觀
寺院修設好事禳災不料其年瘟疫轉盛仁宗天子聞知
龍體不安復會百官計議向那班部中有一大臣越班啟
奏天子看時乃是參知政事范仲淹拜罷起居奏曰目今
天災盛行軍民塗炭日夕不能聊生以臣愚意要禳此災
可宣嗣漢天師星夜臨朝就京師禁院修設三千六百分
羅天大醮奏聞上帝可以禳保民間瘟疫仁宗天子准奏

内阁文库藏本首叶书影

吾先生评 / 水浒传 / 文盛堂藏板”。卷首附件依次为《小引》《目录》、插图。此本第 1 回至第 4 回以林九兵卫刊本配补。此本实际回数只有百回，目录、插图、正文均为百回，而非百二十回。

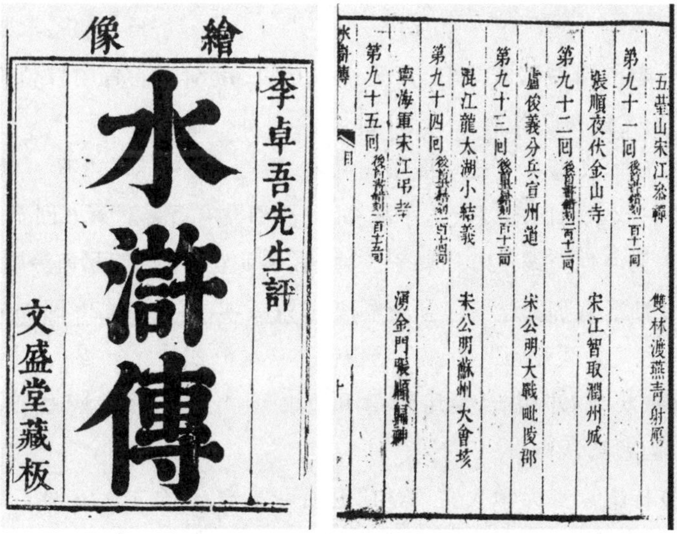
繪像
李卓吾先生評
水滸傳
文盛堂藏板

五臺山宋江參禪　雙林渡燕青射鴈
第九十一回　後刊增刻一百十一回
張順夜伏金山寺　宋江智取潤州城
第九十二回　後刊增刻一百十二回
盧俊義分兵宣州道　宋公明大戰毗陵郡
第九十三回　後刊增刻一百十三回
混江龍太湖小結義　宋公明蘇州大會垓
第九十四回　後刊增刻一百十四回
寧海軍宋江弔孝　湧金門張順歸神
第九十五回　後刊增刻一百十五回
水滸傳　目

文盛堂本封面、目录书影

（9）中国艺术研究院戏曲研究所藏本，存全本120回，傅惜华旧藏本。此本缺卷首附件部分。

（10）中国国家图书馆藏本A，存全本120回，48册，齐如山旧藏本。卷首附件依次为《小引》《发凡》《出身》《宣和遗事》《引首》《目录》、插图。

（11）日本天理大学图书馆藏本A，存全本120回，32册。卷首附件依次为《小引》《发凡》《出身》《宣和遗事》《引首》《目录》、插图。部分叶面因残阙钞补。

（12）台湾大学图书馆藏本，存全本120回，36册，久保天随旧藏本。封面栏外横题“卓吾评阅”，直书“绣像藏本／水浒四传／全书　本衙藏板”。卷首附件依次为《小引》《发凡》《出身》《宣和遗事》《引首》《目录》、插图。偶有叶面因残阙钞补。

（13）中国社科院文学研究所藏本，存全本120回，48册。封面栏外横题“卓吾评阅”，直书“绣像藏本／水浒四传／全书　本衙藏板”。卷首附件依次为《小引》《发凡》《引首》《宣和遗事》《出身》《目录》、插图。偶有叶面因残阙钞补。

（14）日本大阪天满宫御文库藏本，存全本120回，30册，近藤南州旧藏本。封面栏外横题“卓吾评阅”，直书“绣像藏本／水浒四传／全书　本衙藏板”。卷首附件依次为《小引》《发凡》《宣和遗事》、插图、《引首》《出身》《目录》。

（15）南京图书馆藏本B，存全本120回，40册。卷首附件依次为《小引》《发凡》《宣和遗事》《出身》《目录》《引首》、插图。

（16）日本长崎县立长崎图书馆藏本，存全本120回，33册。缺卷首与插图部分。此本由两本以上本子配补而成，回数有重复。第6回至第26回属于甲种，第9回至第120回属于乙种，第1回至第5回归属何种则不详。

（17）日本京都大学文学研究科图书馆藏本，存全本120回，36册。封面栏外横题“卓吾评阅”，直书“绣像藏本／水浒四传／全书　本衙藏板”。卷首附件依次为《小引》《发凡》《宣和遗事》《出身》《目录》《引首》、插图。偶有叶面因残阙钞补。

（18）日本京都大学人文科学研究所藏本A，存全本120回，32册。封面栏外横题“卓吾评阅”，直书“绣像藏本／水浒四传／全书　本衙藏板”。卷首附件依次为《小引》《发凡》《引首》《目录》《出身》《宣和遗事》、插图。

（19）天津图书馆藏本A，存全本120回，48册，王利器旧藏本。封面栏外横题“卓吾评阅”，直书“绣像藏本／水浒四传／全书 本衙藏板”。附件依次为《小引》《发凡》《引首》《宣和遗事》《出身》《目录》、插图。

（20）天津图书馆藏本B，存全本120回，32册。封面栏外横题“卓吾评阅”，直书“绣像藏本／水浒四传／全书 本衙藏板”。附件依次为《小引》《发凡》《引首》《目录》《宣和遗事》《出身》、插图。

（21）中国国家图书馆藏本B，存全本120回，36册。附件依次为《小引》《发凡》《引首》《目录》《出身》《宣和遗事》、插图。

（22）京都府立京都学・历彩馆藏本，存全本120回，33册。封面栏外横题“卓吾评阅”，直书“绣像藏本／水浒四传／全书 本衙藏板”。附件依次为《小引》《发凡》《宣和遗事》《出身》《目录》《引首》、插图。

（23）辽宁省图书馆藏本，存全本120回，32册。封面栏外横题“卓吾评阅”，直书“绣像藏本／水浒四传／全书 本衙藏板”。附件依次为《小引》《发凡》《引首》《宣和遗事》《出身》《目录》、插图。

（24）日本内阁文库藏本B，存全本120回，32册。封面栏外横题“卓吾评阅”，直书“绣像藏本／水浒四传／全书 本衙藏板”。卷首附件依次为《小引》《发凡》《引首》《宣和遗事》《出身》《目录》、插图。其中第17回至第26回为配本。

（25）日本天理大学图书馆藏本B，存全本120回，32册，温谷盐旧藏本。封面栏外横题“卓吾评阅”，直书“绣像藏本／水浒四传／全书 本衙藏板”。卷首附件依次为《小引》《发凡》《引首》《宣和遗事》《出身》《目录》、插图。

（26）日本东京大学总合图书馆藏本A，存全本120回，48册，神山闰次旧藏本。封面栏外横题“卓吾评阅”，直书“绣像藏本／水浒四传／全书 本衙藏板”。卷首附件依次为《小引》《发凡》《引首》《宣和遗事》《出身》《目录》、插图。

（27）日本东京大学总合图书馆藏本B，存全本120回，32册，依田学海旧藏本。封面栏外横题“卓吾评阅”，直书“绣像藏本／水浒四传／全书 本衙藏板”。卷首附件依次为《小引》《发凡》《引首》《宣和遗事》《出身》《目录》、插图。

（28）日本天理大学图书馆藏本C，存全本120回，30册。缺卷首与插图部分。

（29）日本东北大学附属图书馆藏本，存全本120回，32册。封面栏外横题“卓吾评阅”，直书“绣像藏本 / 水浒四传 / 全书　本衙藏板”。卷首附件依次为《小引》《发凡》《引首》《宣和遗事》《出身》《目录》、插图。

（30）日本东京大学文学部图书室汉籍部藏本A，缺第101回至第120回，存100回，26册。卷首附件依次为《发凡》《引首》《宣和遗事》《出身》《目录》。缺《小引》，目录第11、12叶，插图。

（31）上海图书馆藏本A，存全本120回，48册。卷首附件依次为《小引》《发凡》《引首》《宣和遗事》《出身》《目录》、插图。

（32）上海图书馆藏本B，存残本卷首部分，两册。封面栏外横题“卓吾评阅”，直书“绣像藏本 / 水浒四传 / 全书　本衙藏板”。卷首附件依次为《小引》《发凡》《引首》《宣和遗事》、插图。

（33）日本九州大学图书馆藏本A，存全本120回，48册，石崎又造旧藏本。封面栏外横题“卓吾评阅”，直书“绣像藏本 / 水浒四传 / 全书　本衙藏板”。卷首附件依次为《小引》《发凡》《引首》《宣和遗事》《出身》《目录》、插图。

（34）日本九州大学图书馆藏本B，存全本120回，31册，幸田露伴旧藏本。封面栏外横题“卓吾评阅”，直书“绣像藏本 / 水浒四传 / 全书　本衙藏板”。卷首附件依次为《小引》《发凡》《引首》《宣和遗事》《出身》《目录》。缺插图部分。部分叶面因残损钞补。

（35）日本九州大学图书馆藏本C，存全本120回，36册。封面栏外横题“卓吾评阅”，直书“绣像藏本 / 水浒四传 / 全书　本衙藏板”。卷首附件依次为《小引》《发凡》《引首》《宣和遗事》《出身》《目录》、插图。

（36）日本东京大学文学部图书室汉籍部藏本B，存全本120回，32册，森槐南。卷首附件依次为《小引》《发凡》《引首》《宣和遗事》《出身》《目录》、插图。

（37）日本东京外国语大学图书馆藏本，存全本120回，32册。封面栏外横题“卓吾评阅”，直书“绣像藏本 / 水浒四传 / 全书　本衙藏板”。卷首附件依次为《小引》《发凡》《引首》《宣和遗事》《出身》《目录》、插图。

（38）日本关西大学图书馆藏本，存全本120回，32册。封面栏外横题“卓吾评阅”，直书“绣像藏本 / 水浒四传 / 全书　本衙藏板”。卷首附件依次为《小引》《发凡》《引首》《宣和遗事》《出身》《目录》、插图。

（39）日本京都大学人文科学研究所藏本 B，存全本 120 回，32 册。卷首附件依次为《小引》《发凡》《宣和遗事》《出身》《引首》《目录》、插图。

（40）首都图书馆藏本 A，存全本 120 回，32 册。封面栏外横题“卓吾评阅”，直书“绣像藏本 / 水浒四传 / 全书　本衙藏板”。卷首附件依次为《小引》《发凡》《宣和遗事》《出身》《引首》《目录》、插图。

（41）华东师范大学图书馆藏本，缺第 19 回至第 22 回、第 33 回至第 52 回、第 101 回至第 120 回，存 76 回，20 册，齐如山旧藏本。卷首附件依次为《小引》《发凡》《宣和遗事》《目录》《出身》《引首》、插图。部分叶面为钞补。

（42）台湾“中央”研究院历史语言研究所傅斯年图书馆藏本，存全本 120 回，36 册，胡适旧藏本。封面栏外横题“卓吾评阅”，直书“绣像藏本 / 水浒四传 / 全书　本衙藏板”。卷首附件依次为《小引》《发凡》《宣和遗事》《出身》《目录》《引首》、插图。

（43）中国国家图书馆藏本 C，存全本 120 回，32 册，郑振铎旧藏本。封面栏外横题“卓吾评阅”，直书“绣像藏本 / 水浒四传 / 全书　本衙藏板”。附件依次为《小引》《发凡》《宣和遗事》《出身》《引首》《目录》、插图。

（44）日本早稻田大学图书馆藏本，存全本 120 回，36 册。封面栏外横题“卓吾评阅”，直书“绣像藏本 / 水浒四传 / 全书　本衙藏板”。附件依次为《小引》《发凡》《宣和遗事》《出身》《引首》《目录》、插图。插图第 25 叶下半至第 60 叶残阙。目录第 6 叶至第 13 叶、第 57 回为钞补。此本第 53 回至第 57 回、第 58 回至第 120 回为郁郁堂本，其他为郁郁堂挖印本。

（45）日本东京大学东洋文库藏本，存全本 120 回，27 册，前野直彬旧藏本。附件依次为《小引》《发凡》《目录》《宣和遗事》《出身》、插图。《小引》与插图有阙叶。第 25 回至于第 28 回为郁郁堂本。

（46）中国国家图书馆藏本 D，仅存卷首部分，1 册，郑振铎旧藏本。封面栏外横题“卓吾评阅”，直书“绣像藏本 / 水浒四传 / 全书　本衙藏板”。附件依次为《小引》《发凡》《宣和遗事》《出身》《引首》《目录》、插图。

（47）日本东京大学文学部图书室汉籍部藏本 C，仅存第 64 回至第 67 回，1 册。

（48）美国加利福尼亚大学伯克利分校东亚图书馆藏本 B，存全本 120 回，24 册，今关天彭旧藏本。封面栏外横题“卓吾评阅”，直书“绣像藏本 / 水浒四传 / 全书　本衙藏板”。附件依次为《小引》《发凡》《宣和遗事》《出身》《引首》《目录》、插图。

（49）美国国会图书馆藏本，存全本120回，15册，平出铿二郎、铃木虎雄旧藏本。封面栏外横题"卓吾评阅"，直书"绣像藏本 / 水浒四传 / 全书　本衙藏板"。附件依次为《小引》《发凡》《宣和遗事》《目录》《出身》《引首》、插图。

（50）美国哈佛大学哈佛燕京图书馆藏本，存全本120回，32册，平出铿二郎、铃木虎雄旧藏本。封面栏外横题"卓吾评阅"，直书"绣像藏本 / 水浒四传 / 全书　本衙藏板"。附件依次为《小引》《发凡》《引首》《宣和遗事》《出身》《目录》、插图。

（51）邓雷藏本，存第31回、第32回、第48回至第50回，共计5回，2册。

（52）唐拓藏本，存第68回至第71回，共计4回，1册。

（53）吉林大学图书馆藏本。

（54）郑州大学图书馆藏本。

（55）湖南省图书馆藏本。

（56）武汉大学图书馆藏本。

（57）山东大学图书馆藏本。

（58）烟台地区文物管理小组藏本。

（59）安徽大学图书馆藏本。

（60）代县图书馆藏本。

（61）重庆图书馆藏本。

（62）英国伦敦大学亚非学院藏本。

（63）首都图书馆藏抄本，存全本120回，24册，吴晓铃旧藏本。半叶12行，行20字。卷端题"忠义水浒全书"。附件依次为《目录》《发凡》《出身》《宣和遗事》《引首》。此本底本为郁郁堂本。

全传本与全书本相比，二者有较为明显可辨识的标识：首先，二者封面不同。全传本封面为"李卓吾先生评 / 水浒全书 / 本衙藏版"，全书本封面一为栏外横题"卓吾评阅"，直书"绣像藏本 / 水浒四传 / 全书　郁郁堂梓行"，一为栏外横题"卓吾评阅"，直书"绣像藏本 / 水浒四传 / 全书　本衙藏板"。其次，二者题名不同。除插图版心二者均作"水浒全传"外，其余部分全传本基本题作"水浒全传"，如《出像评点忠义水浒全传发凡》《忠义水浒全传目录》《新镌李氏藏本忠义水浒全传引首》等。全书本则题作“水浒全书”，如《出像评点忠义水浒全书发凡》《忠义水浒全书目录》《新镌李氏藏本忠义水浒全书引首》等。

3. 新见昭华馆本略考

存世的百二十回本基本上为全传本与全书本，2019 年 10 月 26 日孔夫子旧书网出现一种新的百二十回本，昭华馆重订本。此本为巾箱本，存卷首部分至第一卷，序言部分残损。此本从孔网所放出来的 14 张图片可稍作考索。

序言可见半叶，为第 4 叶下半，半叶 5 行，行 10 字，文字为“□然未有忠义如宋公□□也。今□□百单八人□同功同过，同死同生，□□义之心，犹之乎宋公□□。独宋公明者，身居水浒□”。此篇序言为李贽《忠义水浒传叙》，存世全传本与全书本除个别本子外，基本不存。

次见《凡例》半叶，文字为“凡例・一姓名，《水浒》所载天罡地煞，数可□指，至三寇襍出则别以丨而□□。一地名，《水浒》所载王畿国都，形如列眉，至三寇纷错，则画以 ‖ 而了然。一刻式，坊间《三国》《水浒》虽长篇广帙，中多缺遗，不若兹刻幅小□面，且便于携囊，乃本斋特创”。《凡例》中虽言人名与地名有旁勒，但实际上书中并无。

次见《水浒志传姓氏》两个半叶，首半叶与末半叶，文字为“水浒志传姓氏・天星降世明君，仁宗皇帝：讳祯，真宗第十六子，在位四十三年，寿五十四，帝之在位，君子满朝，恭俭仁恕，终始如一，是以至死之日而深山远谷莫不奔走悲号，如丧考妣，然仁柔有余，而刚断不足，是以有夷狄之忧，不能如汉唐之盛。宋朝，帝纪，徽宗皇帝：讳佶，神宗第十一子，初封端王，哲宗无嗣，大臣白太后立之，在位二十六年，寿五十四，帝为人，性机巧，多技艺，不修国政，大兴土木，穷极民乐，天变人怨，以致宋江、田虎、王庆、方腊割据上壤，贼害良民，其后虽曰讨平，反覆不□，屏弃忠正，信用奸邪，寻为金人所欺，惜□。良臣，包拯：仁宗嘉祐三年为瘟疫盛行，开方疗治。宿元景……睦州守城贼将，祖士远：右丞相；沈寿：参将；桓逸：佥书；谭高：元帅；王勣、白钦、景德、伍应星。乌龙岭四员贼将，成贵：玉爪龙；瞿源：锦鳞龙；乔正：冲波龙；谢福：珍珠龙；包道一：金华山人、灵应天师；郑彪：太尉。星岭关贼将，庞万春：绰■王养由基；雷炯、计稷。歙州守把伪官，方凰：皇叔；王寅：尚书；高玉：侍郎。神州守把伪官，方杰：皇■；杜徵：都太尉；贺从龙：教师。姓氏终”。■处原本即为墨丁。此《水浒志传姓氏》全传本与全书本不存，见于英雄谱本之中，题为《水浒传英雄姓氏》，但昭华馆本误字之处特多，好几处人名、地名、绰号均写错，如“讳佶”误作“讳佸”、“昱岭关”误作“星岭关”、“方垕”误作“方凰”、“小养由基”误作“王养由基”等。

次见《目录》三个半叶，首半叶、倒数第2叶下半、末半叶，首题“水浒四传目次”，次题“第一卷”，次题“第一回　张天师祈禳瘟疫　洪太尉误走妖魔”。最终卷数为第24卷，最终回数为第120回，所以目录是每卷5回。所见总目中有几回需要注意，第119回总目“宋公明衣锦还家”，全传本、全书本总目作“宋公明报捷还京”；第120回总目“宋公明神显蓼儿洼　徽宗梦游梁山泊”，此目录文字现存所有《水浒传》版本中，只有藜光堂本正文分目与之相同。

次见《梁山泊图赞》1叶，上半叶为赞，下半叶为图，图目题为“梁山泊之图”，赞语题为“梁山泊图赞”，署“凤来杨文苞题”，赞文为“山分八寨，岩立三关。断金亭，高悬石绿之碑，忠义堂，特扁金书之额。金沙滩里，涌出艋艟战舰；水心亭内，射来响箭雕翎。帅旗独植，上写替天行道，酒店四开，帘摇纳士招贤。乱芦攒万队刀枪，怪树列千层剑戟。无限断头港陌，许多绝径林峦。天生虎穴龙巢，地产金城铁壁”。此诗赞未见于任何本子，当为杨文苞原创，但有部分诗句来自第11回与第71回之中。

次见插图12幅，插图共计20叶40幅。插图取材情况较为复杂，部分插图来自天理图书馆所藏容与堂本，如《洪太尉误走妖魔》《鲁提辖拳打镇关西》《花和尚倒拔垂杨柳》《母夜叉孟州道卖人肉》《武松醉打蒋门神》《宋江大破连环马》《燕青破搜擎天任》《宋公明衣锦还乡》；部分插图来自百二十回本，如《吴用智取生辰纲》；部分插图与钟伯敬本相似，如《宋公明私放晁天王》《吴用使时迁盗甲》；部分插图未见于其他版本，或为自创，如《五台山宋江参禅》。此本首幅插图《洪太尉误走妖魔》题“项南洲刊”。项南洲是杭州著名木刻家，其刊刻过的版画有崇祯九年（1636）《新镌全像孙庞斗志演义》、崇祯十二年（1639）《张深之先生正北西厢秘本》、崇祯十二年（1639）《新镌节义鸳鸯塚娇红记》、崇祯十三年（1640）《七十二朝人物演义》、崇祯十三年（1640）《李卓吾先生批点北西厢真本》、崇祯年间《醋葫芦》、崇祯年间《西厢记》、崇祯年间《怀远堂批点燕子笺》、崇祯年间《白雪斋选定乐府吴骚合编》、明刊本《诗赋盟传奇》等[①]。现存《水浒传》诸本版画，并无署名“项南洲”刊刻者。昭华馆本虽署名“项南洲刊”，但插图并不精

①李忠明：《晚明通俗小说刊工考略》，《明清小说研究》2003年第4期。

昭华馆本插图书影

细，似为翻刻而承袭刊工之名。

次见正文3个半叶，首卷半叶与卷一末尾两个半叶。首卷卷端题“李卓吾先生批评水浒四传卷之一”，另行署“书林昭华馆重订”，另行题“第一回”，另行题“张天师祈禳瘟疫　洪太尉误走妖魔”。版心上题“水浒四传”，中题

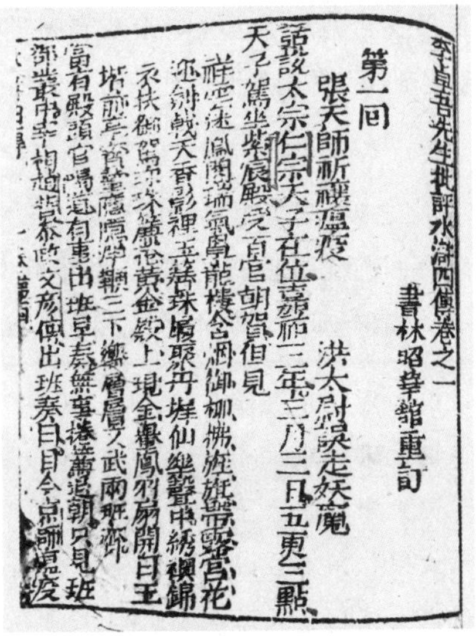

李卓吾先生批評水滸四傳卷之一

書林昭華館重訂

第一回

張天師祈禳瘟疫　洪太尉誤走妖魔

話說太宗仁宗天子在位嘉祐三年三月三日五更三點

天子駕坐紫宸殿受百官朝賀但見

祥雲迷鳳閣瑞氣罩龍樓含烟御柳拂旌旗帶露宮花

迎劍戟天香影裡玉簪珠履聚丹墀仙樂聲中繡襖錦

衣扶御駕珍珠簾捲黃金殿上現金轝鳳羽扇開白玉

堦前停寶輦隱隱淨鞭三下響層層文武兩班齊

當有殿頭官喝道有事出班早奏無事捲簾退朝只見班

部叢中宰相趙哲參政文彥博出班奏曰目今京師瘟疫

昭华馆本首卷首叶书影

"一卷第一回"。卷一末题"水浒四传卷之一终"。半叶12行、行22字。书名题为"李卓吾先生批评",实际上书中并无评点。

首卷半叶文字昭华馆本与诸繁本基本相同,与简本有一定差异。如:

容与堂本:嘉祐三年三月三日五更三点,天子驾坐紫宸殿。(1.1a)

三大寇本:嘉祐三年三月三日五更三点,天子驾坐紫宸殿。(1.1a)

郁郁堂本:嘉祐三年三月三日五更三点,天子驾坐紫宸殿。(1.1a)

评林本:加祐三年三月三日驾坐紫宸殿。(1.2b)

刘兴我本:嘉祐三年三月三日驾坐紫宸殿。(1.2a)

昭华馆本:嘉祐三年三月三日五更三点,天子驾坐紫宸殿。(1.1a)

(例一)

容与堂本:层层文武两班齐。当有殿头官喝道:"有事出班早奏,无事卷帘退朝。"只见班部丛中,宰相赵哲……(1.1b)

三大寇本:层层文武两班齐。当有殿头官喝道:"有事出班早奏,无事卷帘退朝。"只见班部丛中,宰相赵哲……(1.1a)

郁郁堂本:层层文武两班齐。当有殿头官喝道:"有事出班早奏,无事卷帘退朝。"只见班部丛中,宰相赵哲……(1.1a)

评林本:层层文武两班齐。时有宰相赵哲……(1.2b-3a)

刘兴我本:层层文武两班齐。时有宰相赵哲……(1.2a)

昭华馆本:层层文武两班齐。当有殿头官喝道:"有事出班早奏,无事卷帘退朝。"只见班部丛中,宰相赵哲……(1.1a)

(例二)

繁本比简本多出文字之处,昭华馆本均同于繁本。考虑到百二十回本回数与总目回数相同,以及回前无引首诗的情况,此半叶文字多半承袭百二十回本。但是个别误字昭华馆本却与评林本系统相同。如:

容与堂本:话说**大宋**仁宗天子在位。(1.1a)

三大寇本:话说**大宋**仁宗天子在位。(1.1a)

郁郁堂本:话说**大宋**仁宗天子在位。(1.1a)

评林本:话说**太宗**仁宗在位。(1.2b)

昭华馆本:话说**太宗**仁宗天子在位。(1.1a)

(例一)

容与堂本：白玉阶前停宝辇。（1.1b）

三大寇本：白玉阶前停宝辇。（1.1a）

郁郁堂本：白玉阶前停宝辇。（1.1a）

评林本：白玉阶前亭宝辇。（1.1a）

昭华馆本：白玉阶前亭宝辇。（1.1a）

（例二）

上述两例均是昭华馆本明显误字之处，尤其是例一，“大宋”误作“太宗”，导致语句不通顺。此等处昭华馆本与繁本文字不同，但却与评林本系统文字相同，可见二者之间应该有一定渊源。

卷一倒数第2叶下半与卷一末半叶文字属于第5回，文字情况与卷一首半叶完全不同，现将此两个半叶文字录于下：

见。智深把为僧事说了一遍，问：“却才俺打的那汉是谁？”李忠曰：“小弟自从与哥哥在渭州酒楼，三人分散，次日听得哥哥打死郑屠，我去寻史进商议，又不知他投那里去了。小弟听得差人缉捕，也走了。在此山下经过，那汉先在桃花山扎寨，唤做小霸王周通。引人下山来与小弟厮杀，被我赢了，他留我在山，让我为主，以此落草。”智深曰：“兄弟既然在此，刘太公这头亲事，再也休提。将原定金子、段疋，你与他收了。”李忠曰：“这个不妨事。且请哥哥同刘太公去山寨几日。”智深带了禅杖、戒刀，一同李忠众人上山。入到寨中坐定。周通出来见了和尚，怒曰：“哥哥却不与我报仇，到请他来寨里。”李忠曰：“兄弟，认得这和尚么？”周通曰：“我若认得他时，却不吃他打了。”李忠笑曰：“这和尚，是我往日和你说的三拳打死镇关西的便是。”周通纳头便拜。智深答礼曰：“休怪冲撞。”四人坐定，智深曰：“周兄弟，你听俺说，刘太公止生一女儿养老，你若娶了，教他老人家失所。你别选一个好的。原定金子段疋，将在这里。你心下如何？”周通曰：“就听大哥言语，弟再不敢。”智深曰：“大丈夫作事，休要反悔。”周通折箭为誓。刘太公拜谢自下山去了。李忠安排筵席，管待数日，要讨下山，两个苦留。智深曰：“俺如今既出了家，如何肯落草。”李忠、周通曰：“哥哥要去时，难以相留。”取出白金十两，送别去了。智深离了桃花山，开脚步从早晨直走至晚，肚中又饥，东观西望，听得铃铎之声。智深曰：“此非道观，必是寺院,洒家寻那里去投斋安宿。”正不知甚么寺院。

此段文字与繁本差异极大,郁郁堂本此段故事情节1927字,昭华馆本此段文字仅有504字,昭华馆本文字篇幅仅约为郁郁堂本的1/4。很显然,昭华馆本此段文字源自简本。诸简本中存在第5回的本子有2大系统,一者为评林本系统,一者为刘兴我本系统。经过比对后发现,昭华馆本此段文字与评林本系统最为亲密,而与刘兴我本系统较为疏远。具体情况如下:

评林本:智深带了禅杖、戒刀,一同**李忠众人**上山。(1.32ab)
刘兴我本:智深带了禅杖、戒刀,一同**李忠、太公**上山。(1.22a)
昭华馆本:智深带了禅杖、戒刀,一同**李忠众人**上山。
(例一)

评林本:这和尚,**便是我往日**和你说的三拳打死镇关西的便是。(1.32b)
刘兴我本:这和尚,**我常**和你说的三拳打死镇关西的便是。(1.22b)
昭华馆本:这和尚,**是我往日**和你说的三拳打死镇关西的便是。
(例二)

评林本:智深离了桃花山,**开脚步**从早晨直走至晚。(1.33a)
刘兴我本:智深离了桃花山,从早直走到晚。(1.22b)
昭华馆本:智深离了桃花山,**开脚步**从早晨直走至晚。
(例三)

英雄谱本:此处**非道观**,必是寺院,洒家自寻去那里投斋安宿。(1.42b)
刘兴我本:此处必是个寺院,洒家且去那里投斋安宿。(1.22b)
昭华馆本:此**非道观**,必是寺院,洒家寻那里去投斋安宿。
(例四)

例一、例二为评林本与刘兴我本异文之处,昭华馆本同于评林本;例三、例四为评林本比刘兴我本多出文字之处,昭华馆本亦同于评林本①。由此来看,昭华馆本此段文字,与诸简本中评林本系统最为接近。虽说接近,但是二者文字之间依旧有一定差异,此点尤其表现在评林本系统比昭华馆本多

①评林本例四版面有所漶漫,以同系统英雄谱本文字录之。

出不少文字。评林本此段文字 630 字，昭华馆本 504 字，评林本字数是昭华馆本的 1.25 倍。昭华馆本缺少文字之处如：

评林本：智深把为僧事说了一遍，**及去东京大相国寺投智清，在庄上借宿事情，俱说一番。“不想与兄弟相见。**却才俺打的那汉是谁？”（1.32a）

昭华馆本：智深把为僧事说了一遍，问：“却才俺打的那汉是谁？”

（例一）

评林本：智深曰：“兄弟既然在此，刘太公这头亲事，再也休提。”**太公大喜，安排酒食管待二位。太**公将原定金子、段疋。**智深曰：“兄弟，**你与他收了。”（1.32a）

昭华馆本：智深曰：“兄弟既然在此，刘太公这头亲事，再也休提。将原定金子、段疋，你与他收了。”

（例二）

评林本：李忠安排筵席，管待数日，**引智深山前山后观看景致。果是好座排花山，四周险峻，只一条路上去，四下里都是乱草。看了回寨，住了两日，**要讨下山。（1.32b）

昭华馆本：李忠安排筵席，管待数日，要讨下山。

（例三）

二者文字相似度为 86.7%，去除评林本多出文字后，二者文字相似度为 96.11%。从昭华馆本缺少文字来看，此等处皆为旁枝末节，当为昭华馆本所删。评林本系统主要有两种本子，一种为评林本，一种为英雄谱本，二本此处文字几乎完全相同，所以难以判断昭华馆本具体以何本为底本。考虑到昭华馆本《水浒志传姓氏》承袭英雄谱本《水浒传英雄姓氏》而来，昭华馆本此处文字或承袭英雄谱本而来，但英雄谱本卷一为第 1 回至第 6 回，而昭华馆本卷一为第 1 回至第 5 回，二者之间存在差异。又考虑到《水浒志传姓氏》题名“水浒志传”，此题名与评林本“水浒志传评林”相同，且分卷相同，昭华馆本文字或承袭评林本而来。

综上情况来看，昭华馆本应该是明末清初坊间刊本，且杂糅诸本而成。卷端题名“李卓吾先生批评水浒四传”，“李卓吾先生”之名可见金圣叹本并未盛行，“水浒四传”之名最早见之于郁郁堂本封面，结合正文首半叶情况来看，昭华馆本应该参考了郁郁堂本。序言承袭了容与堂本、三大寇本或百二十回本。《水浒志传姓氏》参考了英雄谱本《水浒传英雄姓氏》，“水浒志传”之名参考了评林本。图像部分参考了天容本、钟伯敬本、郁郁堂本等。回目部分参考了藜光堂本。正文部分参考了百二十回本、评林本系统。

从残册厚度来看，昭华馆本中百二十回本文字所占比例必定不多，郁郁堂本此5回38307字，共计94叶，郁郁堂本行款为半叶10行、行22字，昭华馆本行款为半叶12行、行22字，每行字数相同，郁郁堂本每半叶比昭华馆本多出2行，所以若昭华馆本全部为郁郁堂本文字的话，至少有79叶，而从昭华馆本卷端文字至卷末文字的纸张厚度来看，显然不可能有这个叶数。昭华馆本卷端文字至卷末文字的纸张厚度不会超过40叶，40叶远远低于79叶这个数量。评林本此5回17500字左右，换算成叶数的话，大约是35叶，基本符合不超过40叶的数量，再考虑昭华馆本删节文字的幅度，昭华馆本卷一正文中所含百二十回本文字不会超过一回。所以，昭华馆本实际上是一种“挂羊头卖狗肉”的新简本，其120回应该是简本回数，与全传本、全书本不同。

二、大涤余人序本系统《水浒传》刊刻年代考

1. 百回本

关于大涤余人序本刊刻年代的说法颇多，诸家所言多有差异。李玄伯原藏本刊刻时间，李玄伯先生认为是嘉靖年间所刊①、孙楷第先生认为刻书于昌历（万历、泰昌）之际②、郑振铎先生认为刊刻于万历末年③，其他诸家的说法有：马蹄疾先生“明万历间”④、《中国古籍善本书目》“明末刻本”⑤、《中国古籍总目》“明末刻本”⑥。芥子园本刊刻时间诸家的说法有：薄井恭一先生“清康熙中芥子园刊本”⑦、《中国古籍善本书目》“明末芥子园刻本”⑧、

①李玄伯：《重刊忠义水浒传序》，《百回本水浒传》，北京燕京印书局1925年版，第1页。

②孙楷第：《中国通俗小说书目》，人民文学出版社1982年版，第212页。

③郑振铎：《〈忠义水浒传插图〉跋》，《忠义水浒传插图》，上海古籍出版社1988年版，第786页。

④马蹄疾编著：《水浒书录》，上海古籍出版社1986年版，第56页。

⑤中国古籍善本书目编辑委员会编：《中国古籍善本书目》子部下，上海古籍出版社1994年版，第765页。

⑥中国古籍总目编纂委员会编：《中国古籍总目》子部，中华书局2010年版，第2300页。

⑦[日]薄井恭一：《明清插图本图录》，东京共立社1942年版，第18页。

⑧中国古籍善本书目编辑委员会编：《中国古籍善本书目》子部下，上海古籍出版社1994年版，第765页。

《中国古籍总目》“明末芥子园刻本”①。三多斋本刊刻时间诸家的说法有：杜信孚先生《明代版刻综录》“明天启金陵三多斋刊”②、杜信孚先生《全明分省分县刻书考》“明崇祯”③、马蹄疾先生《水浒书录》“清中叶”④。

由上可见，大涤余人序本刊刻年代诸家说法纷繁不定，小则差距数个时期，大则差距两个朝代，所以重新对大涤余人序本刊刻年代作出考察很是必要。前文将大涤余人序本分为两个系统，正是因为这两个系统的大涤余人序本刊刻年代不尽相同，刊工正是判断刊刻时间的重要依据。

通过刊工活动年限来判断大涤余人序本刊刻年代这一方法，早在2001年之时，李金松先生《〈水浒传〉大涤余人序本之刊刻年代辨》一文即已使用⑤，但是由于李先生并未亲见大涤余人序本，而是转录孙楷第先生《中国通俗小说书目》中文字，孙先生著录多有差池，《中国通俗小说书目》对刊工名姓的记录只有三条，分别为“新安黄诚之刻”“黄诚之刻”“新安刘启先刻”，少了两条“新安黄子立刊”“刘启先刻”，而且没有著录刊工名姓所在位置，再加上李先生文章中使用的是旁证方法，并没有对刊工活动年限作出直接考证，所以使得文章最后结论有所偏差。而且文章中所考证出的大涤余人序本刊刻年代仅仅属于李玄伯藏本系统，并不能代表整个大涤余人序本。

重新考察并分析李玄伯藏本系统和芥子园本系统刊工名姓，李玄伯藏本系统共有三位刊工，分别为：黄诚之、黄子立、刘启先；芥子园本系统共有三位刊工，分别为：白南轩、黄诚之、刘启先。其中刘启先、白南轩二位刊工生平已不可考，另外两位刊工黄诚之、黄子立则是安徽虬村著名的黄氏刊工。

先说黄诚之，周芜先生《徽派版画史论集》书中据《虬川黄氏宗谱》认为黄诚之即黄氏27世子孙黄一遂（1632—1699），字成之，生活在明崇祯五年至清康熙三十八年之间⑥。对此，李国庆先生《明代刊工姓名全录》附录《虬川黄氏宗谱》有更加详细的记载，“一遂公，字成之，生于崇祯壬申年（1632）二月二十日巳时，殁于康熙己卯年（1699）三月三十日酉时。娶叶氏，生于

①中国古籍总目编纂委员会编：《中国古籍总目》子部，中华书局2010年版，第2301页。
②杜信孚纂辑：《明代版刻综录》，江苏广陵古籍刻印社1983年版，卷一第4叶下。
③杜信孚、杜同书：《全明分省分县刻书考·江苏省书林卷》，线装书局2001年版，第2页下。
④马蹄疾编著：《水浒书录》，上海古籍出版社1986年版，第70页。
⑤李金松：《〈水浒传〉大涤余人序本之刊刻年代辨》，《文献》2001年第2期。
⑥周芜：《徽派版画史论集》，安徽人民出版社1984年版，第44页。

崇祯丁丑年（1637）十二月十五日子时，殁于庚寅年（1710）七月二十二日。合葬邨前，乙山辛向。子定中"[①]。"黄诚之"之名在宗谱中记载为"黄成之"，这种宗谱名字与实际之名偶有小异的情况十分多见，像建阳刊刻名家熊成冶，其名在光绪元年（1875）木活字本《潭阳熊氏宗谱》中就误作"熊成治"。

再说黄子立，一直以来李玄伯原藏本的刻工，诸家皆以为只有两个：黄诚之与刘启先。其实不然，还有一个颇为有名的刻工隐藏在此本版画暗处未被发现，他便是新安黄子立，在李玄伯原藏本第六幅插图"误入销金帐"之中[②]。刻字在左上处，因为刻字与山石连成一片，故而难以发觉，刻字为"新安黄子立刊"[③]。黄子立即是新安虬村黄氏第28世子孙，黄建中，字子立[④]。其刊刻的版画有明万历间刻、清补修本《闺范》4卷，黄子立为其中补修者；明崇祯十年（1637）《楚辞述注》5卷萧山来氏刻本，黄子立与黄肇初刻图；明崇祯刻本《新刻绣像批评金瓶梅》100回，刻工为新安刘应祖、黄子立、刘启先、黄汝耀、洪国良；明崇祯刻本《新镌绣像评点玄雪谱》，刻工黄子立；清顺治十年（1653）刻本《博古叶子》48图，刻工黄子立。

关于黄子立的生卒年，周芜先生《徽派版画史论集》中著录黄子立生年为明神宗万历三十九年（1611）[⑤]，李国庆先生《明代刊工姓名全录》著录同于周先生，"建中公，生于万历辛亥（1611）八月十五日戌时"[⑥]。

从两位刊工的生卒年以及活动年限可以看出，黄诚之生年为崇祯五年（1632），终明一朝，到崇祯最后一年（1644），黄诚之不过13岁，不可能进行刊刻，所以大涤余人序本无论是李玄伯本系统，还是芥子园本系统都不可能刊刻于明代。

而黄诚之与黄子立年纪相差21岁，分处于黄氏第27世子孙与第28世子孙。黄诚之与黄子立一起刊刻李玄伯本系统《水浒传》版画，算是年长的侄子带着年轻的叔叔一起工作。在此之前，黄子立与刘启先在崇祯末、顺治初年就已经合作刊刻了《新刻绣像批评金瓶梅》版画，后来再与老朋友刘启先一起带着黄诚之一同刊刻《忠义水浒传》版画，应该也是很正常的事情。

①李国庆编：《明代刊工姓名全录》（增补本），上海古籍出版社2014年版，第1064页。

②中国国家图书馆公布的李玄伯原藏本电子版此叶由于中缝装订的原因，已看不到刊工名姓。

③《忠义水浒传插图》，收入郑振铎《中国古代版画丛刊》，上海古籍出版社1988年版，第786页。

④刘尚恒：《徽州刻书与藏书》，广陵书社2003年版，第155页。

⑤周芜：《徽派版画史论集》，安徽人民出版社1984年版，第45页。

⑥李国庆编：《明代刊工姓名全录》（增补本），上海古籍出版社2014年版，第1025页。

其实早在崇祯十年(1637),黄子立就已经跟他的另一位黄氏族叔黄肇初一起合作刊刻过《楚辞述注》版画。至于为何黄子立与黄诚之一起刊刻李玄伯本系统《水浒传》版画,后来刊刻芥子园本《水浒传》版画之时,却由白南轩取代了黄子立的位置,这一点就要从芥子园的建制说起。

芥子园之名始于李渔,为李渔迁居金陵之时所建立的一个小园子。李渔生于万历三十九年(1611)①,从《李渔年谱》中可以看到,终明一朝,李渔都没有在金陵定居过,自然就不可能建立芥子园,也不可能刊刻《忠义水浒传》。李渔移家金陵后建成芥子园在康熙八年(1669),且自谓命名之意:地止一丘(不及三亩),因名芥子,并创办了芥子园书坊②。因此,芥子园刻本《忠义水浒传》刊刻当在康熙八年(1669)之后,而三多斋重印的芥子园本应更晚于此时。据学者考证,诸多书坊拥有芥子园藏板,是芥子园于乾隆年间向各地书店出让书籍版权,书店全部开版印刷的结果。金陵的文光堂、同文堂,金阊的文渊堂、书业堂,姑苏的经义堂、赵氏书业堂、三多斋等版本,就属于这种情况③。可以推见,芥子园刊刻《忠义水浒传》也是这种情况,芥子园所刻《忠义水浒传》书板为三多斋所得,但因书板使用次数过多,已有磨损,故而图像极为不清晰,细理条纹已不可辨识。

如此一来,各本刊刻情况也就比较明了了。黄子立、刘启先、黄诚之三人早先一起刊刻李玄伯本系统《水浒传》。黄子立生年为万历三十九年(1611),黄子立所刻版画中,现存刊刻时间最早的是在崇祯年间,可能即为崇祯十年(1637)所刻本,而最晚的刻本为顺治十年(1653)刻本,此时黄子立已经43岁。到康熙八年(1669)之后,黄子立没有再参与芥子园本《忠义水浒传》的版画刊刻,因为那时黄子立若在世的话,已逾59岁。刊刻是颇费目力与腕力的活计,黄子立若在世的话,恐怕已经力不从心。因此,芥子园本《忠义水浒传》版画刻工当中与黄诚之、刘启先的合作者便成了白南轩。再结合黄诚之生年为崇祯五年(1632),考虑其成年能从事刊刻工作至少要到顺治年间。于此可知,李玄伯本系统《水浒传》刊刻时间当在清顺治年间至康熙初年。

---

①单锦珩:《李渔年谱》,《李渔全集》第19卷,浙江古籍出版社1991年版,第3页。

②单锦珩:《李渔年谱》,《李渔全集》第19卷,浙江古籍出版社1991年版,第67页。

③[日]古原宏伸:《〈芥子园画传初集〉解题》,《美术史与观念史(III、IV)》,南京师范大学出版社2005年版,第224页。

至于芥子园本的刊刻时间，自当在芥子园建成的康熙八年(1669)之后，其下限当为黄诚之逝世的康熙三十八年(1699)。三多斋本的刊刻时间当在乾隆年间，芥子园向三多斋出让《水浒传》刊刻版权。

此外，从遗香堂本的刊刻书坊也可大致推测此本刊刻时间。遗香堂之名，《明代书坊与小说研究》《小说书坊录》均有载录，但并未标明是何处书坊。据笔者考证，现存遗香堂所刊书籍有《绘像水浒传》《绘像三国志》《楚词王注》三种，均有“溪香书屋”印章。此前笔者一直以为此印为藏书章，但《楚词王注》扉页题署为“遗香堂楚词王注　溪香馆梓行”，另有“溪香书屋”阴文印章。原来溪香馆或称溪香书屋竟然是刊刻书籍的书坊，此书坊为卢之颐所有，《楚词王注》书首亦有卢之颐序言。卢之颐，字子繇，一字繇生，号晋生，晚号芦中人，钱塘(今杭州)人，生于万历二十七年(1599)，卒于康熙三年(1664)[①]。卢之颐长于医术，是钱塘医派早期的重要人物，著有医书多种，《本草乘雅》《金匮要略摸象》《摩索金匮》《伤寒金鎞疏钞》《痎疟论疏》《学古诊则》等[②]。实际上，卢之颐除了是名医之外，还是有名的刻书家，其名下溪香馆(或称溪香书屋)《全明分省分县刻书考》中就载录刊书4种，分别为《梁昭明文选》二十四卷、《三经晋注》(《周易》三卷、《道德经》二卷、《南华真经》十卷)、《国语注》十卷、《合刻周秦诸书十种》二十八卷[③]。

从现存遗香堂所刊刻书籍均有“溪香书屋”印章来看，遗香堂应是卢之颐的书坊或堂号，当然也存在溪香馆拿遗香堂旧板本翻刻的可能，只是这种可能性不会很大。若为翻刻，卢之颐完全可以另加封面，不需要留下遗香堂的印记。而且现今所刻《水浒传》与《三国志》虽有断板，但叶面绝大部分颇为清晰，不似以旧板所刊。所以，遗香堂应为杭州卢之颐的书坊，其刊刻《水浒传》时间当在清康熙三年(1664)之前，这个时间点也符合之前李玄伯本系统本子刊刻时间的推论，清顺治年间至康熙初年。

2. 百二十回本

关于百二十回本的刊刻时间，以前学者多认为此本即为袁无涯刊本，刊刻于万历四十年(1612)或万历四十二年(1614)。并且认为北京大学图书

---

①陈梦赉:《中国历代名医传》，科学普及出版社1987年版，第327—329页。一说卢之颐生于天启年间，见《名医卢之颐传》，《杭世骏集》第2册，浙江古籍出版社2015年版，第428—430页。

②赵熽黄:《清代医药家卢之颐及其著作》，《上海中医药杂志》1957年第7期。

③杜信孚、杜同书:《全明分省分县刻书考·浙江省卷》，线装书局2001年版，第9叶上。

馆所藏全传本是袁无涯所刊原刊初印本，像孙楷第、马蹄疾、王利器等《水浒传》版本研究专家均持此论[①]。然而事实并非如此，百二十回本是否为袁无涯刊本，此点尚有争论。此外，据笠井直美女士的研究，北京大学所藏全传本田王故事部分二十回避讳“由”和“检”[②]。由此可见，北大所藏全传本不可能是袁无涯原刊初印本，其刊刻时间至少在崇祯年间。全书本的情况同样如此，书中文字多有避明熹宗（朱由校）、毅宗（朱由检）讳，尤其集中在田王故事部分，“由”字避讳为“繇”字、“校”字避讳为“较”字、“检”字避讳为“简”字，故而全书本也当刊刻于崇祯年间或之后。

此外，从刊刻全传本的宝翰楼与刊刻全书本的郁郁堂着手，也可大致考察二本刊刻时间。郁郁堂是明末清初苏州有名的书坊，《明代书坊与小说研究》收录郁郁堂刊刻书籍两种“天启刻李春芳编《新锲全像海忠介公居官公案》”与“崇祯刻施耐庵《李卓吾忠义水浒全传》”[③]；《小说书坊录》中除了收录前两种之外，还收录了“清刻《官板大字全像三国志》”[④]；《全明分省分县刻书考》除收录《水浒全书》与《海忠介公居官公案》外，还收录了“天启年间刻《医堂入门》”[⑤]。实际上郁郁堂所刊刻书籍远不止此，尤其是在清代刊刻了众多书籍，如康熙三十六年（1697）所刊《重订增补陶朱公致富奇书》、康熙四十年（1701）所刊《资治通鉴纲目》、康熙五十年（1711）所刊《叶太史参补古今大方诗经大全》、康熙五十年（1711）所刊《易经大全》、康熙五十年（1711）所刊《黄翰林校正书经大全》、康熙五十年（1711）所刊《黄太史订正春秋大全》、清代所刊《论语》、清代所刊《孟子》、清代所刊《精选古今诗余醉》等。宝翰楼是明清之际苏州有名的书坊，现今已知其刊行的书籍逾百种之多，其坊主可能是尤云鹗或沈氏（沈明玉，或作沈鸣玉）。其刊刻书籍时间从明末至清代咸丰年间，其中康熙年间刊刻者最多，计有42种，约占可考总数的一半左右[⑥]。从书坊活动时间来看，宝翰楼所刊全传本与郁郁堂所刊全

①参详孙楷第：《中国通俗小说书目》，人民文学出版社1982年版，第215页；马蹄疾编著：《水浒书录》，上海古籍出版社1986年版，第95页；王利器：《〈水浒〉李卓吾评本的真伪问题》，《文学评论丛刊》1979年第2辑。

②[日]笠井直美：《北京大学图书馆藏〈忠义水浒全传〉》，《名古屋大学中国语学文学论集》，2009年。

③程国赋：《明代书坊与小说研究》，中华书局2008年版，第391—392页。

④王清原、牟仁隆、韩锡铎编纂：《小说书坊录》，北京图书馆出版社2002年版，第10页。

⑤杜信孚、杜同书：《全明分省分县刻书考·江苏省书林卷》，线装书局2001年版，第27叶上。

⑥具体关于宝翰楼刊书的文章可见笠井直美：《吴郡宝翰楼书目》，《东洋文化研究所纪要》，2013年；《吴郡宝翰楼初探》，《古今论衡》2015年第27期。

书本时间均应在明末清初。

以上无论是通过考察避讳,还是通过考察书坊活动时间,仅仅只能得出百二十回本大致刊刻时间,或在崇祯年间或之后,或在明末清初。以下笔者将通过考察田王故事部分的创作时间,推知百二十回本的具体刊刻时间。在考察田王故事创作时间之前,得先弄清楚田王故事的创作者为何人。

关于百二十回本《水浒全传》田王故事的作者争论颇多,计有李卓吾、杨定见、袁无涯、冯梦龙等人。其中以冯梦龙说影响最大,此说最早由傅承洲先生在1992年《冯梦龙与〈忠义水浒全传〉》一文中提出①,事隔19年后,2011年傅氏在其论文《〈忠义水浒全传〉修订者考略》中重申此论②,并进一步认为《水浒全传》的修订工作同样由冯梦龙所完成。傅氏前文收入其《明代文人与文学》一书中③,后又与《〈忠义水浒全传〉修订者考略》一起被收入傅氏《冯梦龙文学研究》一书当中④。由于傅承洲先生是冯梦龙研究的专家,所以此论影响甚大。邓绍基先生为《明代文人与文学》一书写序之时,特意提到傅氏前文,并表示相信此文的结论,即田虎、王庆故事由冯梦龙所补⑤。徐朔方先生编撰《冯梦龙年谱》之时,在补遗里采用了傅氏考证的结论⑥,后凤凰出版社出版《冯梦龙全集》中收录徐朔方先生《冯梦龙年谱》,将傅氏结论增补到正文之中⑦。马步升、巨虹二位先生所著冯梦龙人物传记《冯梦龙》亦吸收此结论,标注为“增补修订《忠义水浒全传》”⑧。

傅承洲先生此一观点出现之后,受到质疑以及驳难也不少。林嵩先生在《〈水浒传〉田虎王庆故事与〈平妖传〉关系考论》一文中,认为“(傅承洲)仅凭一则笔记的记载与文学思想的近似,以及几处文字上的雷同,就断定‘袁杨本’《水浒》中有冯梦龙的手笔,显得证据单薄了一些”⑨。杨大忠先生则直接以“袁无涯本《水浒》增补的田虎、王庆故事不可能出自冯梦龙之手”

---

①傅承洲:《冯梦龙与〈忠义水浒全传〉》,《明清小说研究》1992年第3、4期。
②傅承洲:《〈忠义水浒全传〉修订者考略》,《文献》2011年第4期。
③傅承洲:《明代文人与文学》,中华书局2007年版,第25—36页。
④傅承洲:《冯梦龙文学研究》,中国社会科学出版社2013年版,第73—88页。
⑤傅承洲:《明代文人与文学》,中华书局2007年版,第1—2页。
⑥徐朔方:《冯梦龙年谱》,《晚明曲家年谱》,浙江古籍出版社1993年版,第755—756页。
⑦徐朔方:《冯梦龙年谱》,《冯梦龙全集》,凤凰出版社2007年版,第30—31页。
⑧马步升、巨虹:《冯梦龙》,江苏人民出版社2015年版,第61—64页。
⑨林嵩:《〈水浒传〉田虎王庆故事与〈平妖传〉关系考论》,《明清小说研究》2014年第2期。

为题撰写论文，认为田王故事的作者不可能是冯梦龙①。诸方各执一词，那么《水浒全传》田王故事的编者是否为冯梦龙？

傅承洲先生认为田王故事作者为冯梦龙的主要证据有三点，其一是明人许自昌《樗斋漫录》的记载：李卓吾“愤世疾时，亦好此书（即《水浒传》），章为之批，句为之点……李有门人携至吴中，吴士人袁无涯、冯游龙等，酷嗜李氏之学，奉为蓍蔡，见而爱之，相与校对再三，删削讹缪，附以余所示《杂志》《遗事》，精书妙刻，费凡不赀，开卷琅然，心目沁爽，即此刻也”②。许自昌明确记载了冯梦龙参与了李卓吾评本《水浒传》整理出版工作。关于此点，杨大忠先生认为《樗斋漫录》说冯梦龙曾“校对”“删削”过李卓吾评点的《水浒传》，但没有明确说到他增补田王故事，所以《樗斋漫录》记载最多只能说明冯梦龙具有增补田王故事的可能性，而不能作为定论。

其二，《水浒全传》中田王故事部分，常将一些地名与上古，尤其是春秋时期的事件联系起来，与增补者冯梦龙有关。为考科举，冯梦龙专治《春秋》，著有《麟经指月》《春秋衡库》等多种经学著作，对上古尤其是春秋时期的历史、地理非常熟悉，当冯梦龙增补小说，遇到与春秋时期有关地名时，便信笔将它们联系起来。关于此点，杨大忠先生认为此条证据有很大偶然性，《水浒全传》中田王故事常常引用上古地名不假，冯梦龙精通春秋之学也确为事实，但谁能否定在冯梦龙之外，其他精通上古文献的人也具有增补田王故事的可能性？

其三，冯梦龙增补四十回本《新平妖传》中主人公王则的出身经历与《水浒全传》中王庆的出身经历基本相同，这两段文字是同一个人在不同时期根据同一故事原型所创作，王则故事为冯梦龙所补，王庆故事也就出自冯梦龙之手。关于此点，林嵩先生认为很有可能是冯梦龙在增补《新平妖传》过程中，借鉴了《水浒全传》田王故事部分某些文字。杨大忠先生则认为王庆主要经历是糅合百回繁本《水浒传》人物故事所形成，文字上也常常大段引用、抄袭百回繁本《水浒传》原文，所以《新平妖传》中王则事迹，充其量只是王庆故事取材的一部分，并不能证明田王故事出自冯梦龙之手。

①杨大忠：《袁无涯本〈水浒〉增补的田虎、王庆故事不可能出自冯梦龙之手》，《南京师范大学文学院学报》2015 年第 2 期。
②［明］许自昌：《樗斋漫录》卷六，《续修四库全书》子部杂家类第 1133 册，上海古籍出版社 1994 年版，第 103 页。

傅承洲先生关于冯梦龙为田王故事作者的主要论据均遭到反驳,其中前两点杨大忠先生的反驳有一定道理,而第三点为杨大忠先生所着力论证并反驳之处,却存在一定问题。此问题在于杨大忠先生并未理解傅承洲先生所举王庆与王则出身经历相同之处的意义所在,同时改变了繁本《水浒全传》田王故事的性质。

繁本《水浒全传》中田王故事的性质并非原创,而是改编,是在简本《水浒传》田王故事的基础上进行的加工与改编。此点从简本与繁本田王故事之中将领名姓绝大部分相同即可看出,傅承洲先生之文同样提到此点,“将简本《水浒》中的征田虎、王庆的故事进行加工、改写,补进繁本《水浒》,最早见于明袁无涯刊本《李卓吾忠义水浒全传》”。

杨大忠先生认为繁本王庆主要经历是糅合百回繁本《水浒传》人物故事形成的,其实这个说法并不准确,糅合百回繁本《水浒传》人物故事的是简本,繁本不过是对简本田王故事进行加工与改造而已。像杨大忠先生详细列举的繁本三个例子之中,例一发配王庆之事、例二王庆杀死张世开的情节,简本田、王故事中均存在。其余杨大忠先生所言故事情节类似的有:王庆充军途中帮助龚端、龚正兄弟痛打黄达;王庆与庞元结怨,庞元通过张世开百般报复、陷害王庆;王庆陕州杀人,连累龚氏兄弟,后来王庆造反称王,龚氏兄弟闻王庆召军,也来入伙;王庆事发后投奔房山寨,被寨主廖立所拒,后杀廖立,成为新寨主;王庆在定山堡赌博与段氏兄弟发生争执等事。与繁本《水浒传》部分情节类似,也并非是繁本田王故事蹈袭百回《水浒传》故事内容,而是简本田王故事之中即有此内容,繁本田王故事只是在此基础上进行加工与改编。至于说杨大忠先生所举例三的情节,简本田王故事未有,而繁本田王故事存在,一者可能是简本田王故事的祖本有此情节,现存简本被删节;二者可能是繁本田王故事在改编之时确实有借鉴百回《水浒传》内容。所以,杨大忠先生据此反驳傅承洲先生的论点并不能成立。

傅承洲先生所举王庆与王则出身经历相同的例子,意义在于此处情节来自繁本田王故事增补者之手,而非简本田王故事。因为繁本田王故事中王庆出身经历与简本不同,简本中王庆的出身是禁军教头,于国家有大功劳,而繁本则被改编成浮浪子弟,此处情节修改必然是繁本田王故事增补者所为,且修改之后王庆的家世、出身、性格均与《新平妖传》中王则一般。由此,傅承洲先生认为如此相同的两段文字,当是同一人在不同时期根据同一故事原型所创作。当然,这仅仅是其中一种可能性,另一种可能性便如林嵩先生所言,《水浒全传》中田王故事与《新平妖传》之间存在借鉴关系。

林嵩先生在傅承洲先生所举王庆与王则出身经历相同之例外,另外列举了三例繁本田王故事不同于简本田王故事,但与《新平妖传》情节文字类似或雷同之处,并且认为二者之间或有直接因袭关系,或是出自更早的文字材料。其中第一种可能性更大。除此之外,林嵩先生还发现了冯梦龙增补《新平妖传》的手法与《水浒全传》改造田王故事的方法有很多共通之处。包括:其一,二者都在改编过程中明确作品主题与立场;其二,人物塑造方面,开始注意到性格与形象一致性问题;其三,整理、增补旧本过程中,《水浒全传》与《新平妖传》采取了一些近似的手法,如通过梦兆和谶语来勾连重要关目,在人物设置方面注意删繁就简等;其四,《水浒全传》与《新平妖传》相对旧作均从主题、文字、人物、情节等各方面做了全面润色与提升。

林嵩先生发现了《水浒全传》与《新平妖传》在改造、增补旧本方面有着如此之多共通之处,虽然他依旧不认为二本的增补、改造者是同一个人——冯梦龙,而仅仅觉得二本之间存在一定因袭关系,是一本在增补、改造之时借鉴了另一本,但林嵩先生所增举之例以及发现二书在深层次方面的共通之处,无疑使得冯梦龙为田王故事增补者的可能性更进了一步。因为材料因袭比较简单,而深层次处理、改造旧本的理念,不同的两个人要想达到较高的契合度却是很难。

那么,事实情况是否如傅承洲先生所言,《水浒全传》与《新平妖传》的增补者均为冯梦龙?通过增补的正文内容,现今已是很难判断,因为无法确知增补、改造的内容是出自原创还是借鉴。既然如此,下面将通过无法借鉴的内容来探考《水浒全传》田王故事的作者,此内容便是批语。

《新平妖传》中存在批语,均为眉批,此批语毫无疑问是冯梦龙所评。现存早期两种《新平妖传》,无论题署“天许斋批点”,还是“墨憨斋批点”,实即均为冯梦龙所为①。《水浒全传》田王故事中存在两种批语形式,一种为眉批,一种为夹批,此点与其他部分批语形式保持一致。由于田王故事乃是插增所成,需要与百回故事其他内容保持一致,而百回故事其他内容存有批语,所以田王故事在创作之时,便应是正文与批语同时创作,也当是同一人

①天许斋与冯梦龙的关系可参详傅承洲:《天许斋小考》,载《文献》2008年第4期。

所为。况且田王故事批语甚少,若再找一个人批点,实无必要。

选取《新平妖传》批语与《水浒全传》田王故事批语进行比对,比对后发现二者批语之间存在不少相似之处。首先,批语数量相似。《水浒全传》田王故事 19 回,每回平均有 7.7 条批语,而《新平妖传》40 回,每回平均有 6.7 条批语,批语数量接近。从批语数也可见批点者并不热衷于批点,所以批语数量比较少。此批语数量仅与《水浒全传》征辽国与方腊故事批语比较,就有不小差距。辽国与方腊故事 16 回,每回平均有 12.1 条批语,比田王故事每回多出 4 条批语,而若与《水浒全传》其他部分比较,这种差距则会更大。《水浒全传》前 70 回每回平均有 30.7 条批语,比田王故事每回多出 23 条批语。所以《新平妖传》与《水浒全传》田王故事批语除了数量接近之外,数量少也是其特点之一。

其次,批语关注点类似。主要表现为对小说艺术手法与世情的关注。如:

新平妖传:转折处节节相生,妙绝。(10.9a)

(例一)

新平妖传:三盗法凡三转,此又第四转。(11.2a)

(例二)

新平妖传:关目照应处,点水不漏。(18.3b)

(例三)

新平妖传:妇人愚而易信,多此类也。(1.2a)

(例四)

新平妖传:以文字获罪,盛世决无此事。(2.5a)

(例五)

新平妖传:凡受魅者,自已先有个魅根。(3.3a)

(例六)

水浒全传:埋伏,妙甚。(93.9a)

(例七)

水浒全传:伏。(94.11a)

(例八)

水浒全传:针线整密。(95.1b)

（例九）

水浒全传：会说嘴的偏没用。（95.5b）

（例十）

水浒全传：势败奴欺主，活者尚然，何况死者。（98.2a）

（例十一）

水浒全传：热肠固是美德，然明哲保身，虽至亲亦须看事做起。（104.5b）

（例十二）

其中《新平妖传》前三例是对艺术手法关注之例，后三例是对世情感慨之例。《水浒全传》六例同样如是，前三例关乎小说艺术手法，后三例是对世情体悟所发出的感慨之言。二本关注点类似。

再次，批语用词存在不少类似之处。诸如：

新平妖传：关目照应处，点水不漏。（18.3b）照应前语。（22.5a）炤应处滴水不漏。（40.12a）

水浒全传：绝好照应。（91.6a）照应。（92.8b）

（例一）

新平妖传：一路形容如画。（8.7b）描写热心冷面如画如锦。（8.15b）

水浒全传：如画。（92.10a）如画。（101.9a）

（例二）

新平妖传：点缀得好。（2.5a）点缀好。（11.12a）点缀。（32.8a）

水浒全传：点缀曲折。（93.2b）

（例三）

新平妖传：一路描写逼真，不让《水浒》。（3.5a）二路模写逼真。（21.2b）

水浒全传：逼真。（93.3a）

（例四）

新平妖传：语多透骨。（2.11a）说得透彻。（10.22a）说得透骨。（33.2a）

水浒全传：透彻。（97.7b）

（例五）

例一中“照应”、例二中“如画”、例三中“点缀”、例四中“逼真”、例五中“透彻”,这些词汇在《新平妖传》与《水浒全传》田王故事批语中均有出现,可见二者用词存在不少类似之处。

以上所言三点可作为《水浒全传》田王故事增补者与《新平妖传》改编者为同一人的旁证,但不能当作作者为同一人的确证。因为即便如上述所言,二书批语存在诸多相似之处,也有可能是批点者的批点习惯与批点喜好正好相同。但无论如何,上述例证至少可以说明二书批点者的批点风格与批点内容有诸多相似之处。

接下来的两例则可确证二书批点者为同一人。因为即使是批评风格、习惯或是喜好再相似的两个人,也不可能对不同的小说内容发出近似或几近相同的言论,如果出现,那么只有一个可能性,那就是二者为同一人。

新平妖传:倘贼军作起妖法,虎豹突至,放出三百狮衣马,军士筛锣随后。狮为百兽之尊,筛锣以象其声,虎豹见之必退矣。自己引大军随后而进,再教段雷、茹刚各引三百弓弩手,预先埋伏左右,只等贼兵出城,抄出背后乱箭射之。(34.10b)

批语:刘彦威尽有智略,但其对付妖人,如庸医**头痛医头,脚痛医脚**,未免相左致败。(34.10b)

水浒全传:宋江正与吴用计议攻打荆南郡之策,忽报陈安抚处奉枢密院札文,转行文来说:“西京贼寇纵横,摽掠东京属县。着宋江等先荡平西京,然后攻剿王庆巢穴。”(106.10a)

批语:**头痛医头,脚痛医脚**,国家败坏,都为这个病痛。(106.10a)(例一)

新平妖传:自葬过之后,妈妈刘氏一连怀八遍胎。只第一胎是个女,其余七胎都是男。那王则是第五胎生的。(31.9a)

批语:**祸福相倚如漆暗,使一帆风者,谁肯转念。**(31.9a)

水浒全传:王砉出尖,把那家告纸谎状。官司累年,家产荡尽。那家敌王砉不过,离了东京,远方居住。后来王庆造反,三族皆夷。独此家在远方,官府查出是王砉被害,独得保全。(101.6a)

批语:**祸福伏倚如漆暗,使一帆风的,谁肯转念。**(101.6a)(例二)

例一中对于两处完全不同的小说内容，二书批语却出奇近似，均是用“头痛医头，脚痛医脚”此句俗谚来批点，只不过一个是针对战事而言，一个是针对国事而论。例一中两条批语相似的内容是比较通俗的谚语，而例二中二书批语内容则颇为冷僻，这么冷僻的批语内容，两条批语却仅仅只有两个字不同，此足以证明两处批语出自同一人之手，而此人正是冯梦龙。另外需要指出的是，例二中冷僻的批语“祸福伏倚如漆暗”，在冯梦龙所编《警世通言》第十五卷引首诗中也有类似文字出现，“祸福前程如漆暗，但平方寸答天公”①。

由以上批语的相似情况，加之傅承洲先生所述论据，以及林嵩先生所提及二书深层次处理、改造旧本理念的类似，已经足以说明《新平妖传》改编者与《水浒全传》田王故事增补者为同一人——冯梦龙。接下来便可探讨《水浒全传》田王故事的创作时间。

关于《水浒全传》田王故事的创作时间，一般认为是在万历三十八年至四十二年（1610—1614）之间。傅承洲先生在给冯梦龙著作编年之时便持此论，“《忠义水浒全传》征田虎王庆二十回万历三十八庚戌（公元1610年）至万历四十二年甲寅（公元1614年）间增补”②。

上限万历三十八年（1610）得自于王利器先生的考证，《水浒全传》田王故事中不少地方景物描写来自《方舆胜略》，《方舆胜略》有万历三十八年（1610）朱谋玮的序言以及万历己酉年（1609）焦竑的题跋③。下限万历四十二年（1614）的依据来自袁中道《游居柿录》卷九中所载“袁无涯来，以新刻卓吾批点《水浒传》见遗”④，《游居柿录》是一部日记，而此则日记时间是万历四十二年（1614）七、八月之间。一般认为此处所载《水浒》即《水浒全传》，而北京大学图书馆所藏《水浒全传》是袁无涯原刊初印本。但实际情况并非如此，此点上文已有论述。

北大所藏全传本并非袁无涯刊刻的原刊初印本，其刊刻时间至少在崇祯年间。当然，即便北大所藏全传本的刊刻时间为崇祯年间，也无法抹除《水浒全传》刊刻于万历年间的可能性，因为北大所藏全传本可能是翻刻本，

①［明］冯梦龙：《警世通言》卷十五，上海古籍出版社1994年版，第521页。
②傅承洲：《冯梦龙文学研究》，中国社会科学出版社2013年版，第46页。
③王利器：《耐雪堂集》，中国社会科学出版社1986年版，第251—252页。
④［明］袁中道：《游居柿录》，《续修四库全书》集部别集类第1376册，上海古籍出版社1994年版，第338页。

其初刻本有可能刊刻于万历年间。虽然如此，笔者在《袁无涯刊本〈水浒传〉原本问题及刊刻年代考辨》一文中根据《水浒传》版本演变的情况发现，现存百回大涤余人序本的祖本才是袁无涯所刊刻的原刊本。袁无涯刊刻了百回本《水浒传》之后，容与堂本《水浒传》问世，销量非常好，远远胜过袁无涯原刊本，再然后便有书坊改造了袁无涯刊刻的百回本《水浒传》，增加了原本没有的回末总评，以及改造、插增田王二传，以繁本全传本作为号召进行发售，取得了相当大的成功[①]。所以《水浒全传》田王故事创作时间的下限万历四十二年（1614）并不可靠。徐朔方先生认同了傅承洲先生所言冯梦龙增补《水浒全传》田王故事20回的结论，但却将冯梦龙增补之事放置于《冯梦龙年谱》万历四十八年（1620）之下[②]，此据不知为何。

关于田王故事的创作时间，百二十回本《水浒全传》中有两条批语值得注意，其中一条为第3回回末总评。回末总评虽然不能断定为冯梦龙所批，但是鉴于此类批语同样为《水浒全传》所添加，其增补时间应该与田王故事创作时间相类。此条批语为“陈眉公有云：‘天上无雷霆，则人间无侠客。’郑屠以虚钱实契而强占金翠莲为妾，此是势豪长技，若无提辖老拳，几咎天网之疏”（3.16a）。陈眉公即陈继儒，晚明时期著名文人，此诗见之于陈继儒《题西楼记》以及《侠林叙》当中。陈继儒批评《西楼记》的刊刻时间大致在万历晚期，现存批评本虽不存陈继儒《题西楼记》，但应该为脱漏所致，原本当有此序言[③]。《侠林叙》写作时间则颇晚，据文末所叙“余少好任侠，老觉身心如死灰”[④]，可见此序是陈继儒晚年所作。陈继儒高寿，活了八十余岁，自觉老了至少是六十岁之后，时间至少在万历晚期。由此条批语虽然能得出一个时间点，但是未脱却万历晚期。

值得注意的是，此条批语也为《水浒全传》回末总评为冯梦龙所增补提供了一个旁证。因为《西楼记》为袁于令所作，冯梦龙与袁于令交好，据褚人获《坚瓠续集》所载，袁于令《西楼记》中《错梦》一出即为冯梦龙所补[⑤]。除此之外，冯梦龙还改订了袁于令《西楼记》，题作《墨憨斋重订西楼楚江情

①邓雷：《袁无涯刊本〈水浒传〉原本问题及刊刻年代考辨——兼及李卓吾评本〈水浒传〉真伪问题》，《福建师范大学学报》（哲学社会科学版）2017年第3期。

②徐朔方：《冯梦龙年谱》，《晚明曲家年谱》，浙江古籍出版社1993年版，第755页。

③李复波：《〈西楼记〉版本补录》，《戏曲研究》第22辑，文化艺术出版社1987年版，第228—229页。

④[明]陈继儒：《晚香堂小品》，上海杂志公司1936年版，第185页。

⑤[清]褚人获：《坚瓠集》续集卷二，上海古籍出版社2012年版，第850页。

传奇》,作为《墨憨斋传奇定本十种》之一。所以冯梦龙必然对陈继儒《题西楼记》相当熟悉,在批点之时引用其中文句也是正常之事。

另一条值得注意的批语是《水浒全传》田王故事中第95回眉批,此批语为"己巳、甲戌之役,绅巾迎虏。李逵等目不识丁,骂贼不屈,强似识字的多多"(95.6ab)。此条批语一直以来未受到研究者关注,但却是解开田王故事创作时间以及百二十回本刊刻时间的关键。

"己巳""甲戌"为纪年,整个明代有五个己巳年,分别为洪武二十二年(1389)、正统十四年(1449)、正德四年(1509)、隆庆三年(1569)、崇祯二年(1629);整个明代历有五个甲戌年,分别为洪武二十七年(1394)、景泰五年(1454)、正德九年(1514)、万历二年(1574)、崇祯七年(1634)。考虑到己巳、甲戌的称呼而不加年号,不可能是两个不同年号的时间,那么只有可能是洪武、正德、崇祯年间的己巳与甲戌年。同样,此种不加年号的纪年法,很可能是批语所记之年正是作者当前所处之年代,所以将年号略去不提,那么洪武、正德二朝便可排除,此二朝不可能是批语作者所处之年代。冯梦龙在《新平妖传》中曾记叙一则批语,"万历丁酉年,闻京师有内臣阚院咬妓遍体俱伤而死,以千金贿其家免讼,可见此辈淫心一发,更倍常人"(15.2a),因此批语为泰昌元年(1620)所增补,与所提及年代不同,故而在记录年代之时加上了年号"万历"。再查阅历史当中洪武、正德、崇祯三朝中己巳、甲戌二年对北方外族的战争,只有崇祯一朝符合。

崇祯己巳年,即崇祯二年(1629),此年发生了一件明朝历史上的大事件,皇太极于此年十月发动了第一次南略,历时七个月,明朝人称之为"己巳虏变",清人则称之为"己巳之役"。"怀宗崇祯二年(己巳,一六二九)冬十月,建州兵大举入大安口,参将周镇死之"①。崇祯甲戌年,即崇祯七年(1634),此年七月至闰八月,皇太极发动了第二次南略,历时三个月,此战主要在长城各入口展开战役,史称为"入口之战"。"(清兵)甲戌七月七日辛卯,入大同、张家口。初八日壬辰,入保安、怀来。初九日癸巳,京师戒严"②。

批语中提到的这两次战争,缙绅迎虏之事同样于史有征。己巳之役中有不少官员投降,如参将张万春迎接并投降后金,"又分入马兰峪,参将张万

①[清]谷应泰:《明史纪事本末补遗》卷六,中华书局1977年版,第1487页。
②[清]计六奇:《明季北略》卷十,中华书局1984年版,第164页。

春迎降”[①]。将领李丰、金有光、李思等投降，“明副将标下官李丰率兵薙发出降。又招降潘家口守备金有光，遣其中军范民良、蒋进乔赍书来降”，“罗文峪守备李思礼降”[②]。卢龙知县张养初、户部郎中陈此心、兵备道白养粹、行人崔及弟、户部主事白养元等人投降，“户部郎中陈此心、兵备道白养粹、革职副将孟乔芳等皆降”[③]，“阿敏、硕托将城内归降汉官巡抚白养粹，知府张养初，太仆卿陈玉庭，行人崔及弟，主事白养元，知县白珩，掌印官陈清华、王业宏、陈元美，参将罗墀，都司高攀桂等，悉戮之”[④]。甲戌之役中同样有官员投降，崞县知县黎壮图投降，“建虏陷灵丘县，入崞代，崞县知县黎壮图辫发降之”[⑤]。

由上述可以确知第95回此条批语所写之内容谈及崇祯二年(1629)与崇祯七年(1634)清军两次南略事件，所以也可知《水浒全传》田王故事的创作时间至少在崇祯七年(1634)八月之后，至于其下限则可能是崇祯八年(1635)五月。因为此年五月至七月皇太极又发动了第三次南略[⑥]，“八年(乙亥，一六三五)五月，建州兵入河套，收插汉全部”[⑦]。而此次南略却并未在批语中体现出来，很可能是因为冯梦龙在批点之时，还未发生第三次南略事件。由此可知，《水浒全传》田王故事的创作时间为崇祯七年(1634)八月至崇祯八年(1635)五月之间，此时间也大致是百二十回本《水浒全传》的刊刻时间。同时，百二十回本的刊刻时间与上文所言百二十回本《水浒全传》田王故事避崇祯帝朱由检讳相呼应，也再次证明了百二十回本《水浒全传》不可能是袁无涯的原刊本。

另外，此处所说的百二十回本的刊刻时间为百二十回本初刊本的刊刻时间，现存全传本与全书本，从二种批语此有彼无的情况来看，均非初刊本，其刊刻时间当在崇祯八年(1635)五月之后。

①[清]谷应泰：《明史纪事本末补遗》卷六，中华书局1977年版，第1487页。

②[清]蒋良骥：《东华录》卷二，中华书局1980年版，第24—25页。

③[清]蒋良骥：《东华录》卷二，中华书局1980年版，第26页。

④[清]蒋良骥：《东华录》卷二，中华书局1980年版，第28页。

⑤[明]谈迁：《国榷》卷九十三，中华书局1958年版，第5655页。

⑥关于清兵南略的问题可参详沈一民：《入关前清(后金)南略次数考——兼论〈清实录〉之失载》，载《满语研究》2007年第1期。

⑦[清]谷应泰：《明史纪事本末补遗》卷六，中华书局1977年版，第1495页。

第二节　大涤余人序本系统《水浒传》诸种的关系

一、百回本与百二十回本的关系

前文已经说到大涤余人序本系统可分为两大类，一类是百回本[①]，一类是百二十回本。此二种本子可以肯定的是，有着密切联系，一种必然以另一种作为底本进行翻刻，那么到底是百回本以百二十回本为底本进行删节，还是百二十回以百回本为底本进行插增？从现存本子刊刻时间来看，似乎是百回本以百二十回本为底本删节了田王故事，因为百二十回本刊刻于百回本之前，百二十回本刻于明崇祯七年（1634）八月至崇祯八年（1635）五月之间，而现存百回本均刻于清代之后。但是此一结论并不可靠，因为现存百回本可能均为翻刻本，无法代表百回本初刊本的刊刻时间。所以，要考察百回本与百二十回本的关系，还需要从其他方面着手。

之前繁体第二章批语的研究已经知悉，百回本与百二十回本批语均非大涤余人序本祖本（初刊本）的原貌，百回本与祖本关系更近，百二十回本与祖本关系更远。百二十回本多出的20回批语从数量上来看，与其他百回故事部分有一定差距，此部分批语应是增补而成，而非大涤余人序本祖本所有。百二十回本比百回本多出回末总评，从眉批与回末总评相同的情况，以及回末总评与李贽观点相左之处，可见百二十回本回末总评乃是后来增入。所以从批语角度来看，百二十回本乃是以百回本为底本，增入了田王故事。

再从文字逻辑角度来看百回本与百二十回本的关系。大涤余人序本系统的底本是三大寇本（此点之后会详细叙述），此即意味着百回本或者百二十回本其中一种的底本为三大寇本。之所以说一种，是因为百回本与百二十回文字极其相近，不可能两种都依据三大寇本而来。合理的顺序应该是甲本的底本是三大寇本，而乙本的底本是甲本。

明白此一问题之后，解决百回本与百二十回本关系的关键在于，考察百二十回本田王故事之后所留下的田王痕迹处，百回本是何模样。如果百回本仅仅是删掉田王二传痕迹，而文字与三大寇本不同，甚至留有田王二传痕迹的话，那么百回本删节自百二十回本。如果百回本在百二十回本留有田王二传痕迹之处，文字与三大寇本一般无二的话，那么百回本的底本才是

①此即大涤余人序本，为便于对比叙述，此处径称为百回本。

三大寇本。因为基本上不可能存在第三种情况,即百回本以百二十回本为底本,删除田王故事部分之后小部分文字以三大寇本为底本,之后又改回以百二十回本为底本,此种做法太过繁琐。

将百二十回本王庆故事部分之后的文字,与百回本、三大寇本同位置文字进行比对,发现百二十回本王庆故事部分之后,文字留下田王痕迹之处,百回本完全同于三大寇本。

例如:百二十回本征讨王庆胜利之后,回朝报功说到:

> 今元凶授首,淮西平定,实陛下威德所致,臣等何劳之有。再拜称谢奏道:臣等奉旨,将王庆献俘阙下,候旨定夺。天子降旨:着法司会官,将王庆凌迟处决。宋江将萧嘉穗用奇计克复城池,保全生灵,有功不伐,超然高举。天子称奖道:皆卿等忠诚感动!命省院官访取萧嘉穗赴京擢用。宋江叩头称谢。那些省院官,那个肯替朝廷出力,访问贤良。此是后话。(110.6b-7a)

三大寇本、百回本此处文字为:

> 今逆虏投降,边庭宁息,实陛下威德所致,臣等何劳之有。再拜称谢。(寇.90.7a)

又如,百二十回本宋江感慨征战辛苦处,"破辽平寇,东征西讨,受了许多劳苦"(110.9ab),三大寇本、百回本此处文字则为"破辽受了许多劳苦"(寇.90.9a)。

再如,百二十回本中有一些关于琼英等田王遗将的信息,三大寇本、百回本中均不见此类文字。除此之外,其他一些小细节百回本也均同于三大寇本,而不同于百二十回本。像百二十回本"秋林渡",三大寇本、百回本均作"双林渡"。由此也可得见,以三大寇本为底本的是百回本,百二十回本则是在百回本基础上插增田王故事而成。

知晓了百回本与百二十回本关系之后,除田王故事的有无之外,二本其他部分文字是否存在差异,可以通过以下例子观之:

> 无穷会本:如今太尉走了,怎生是好?有诗为证……(2.1a)
> 遗香堂本:如今太尉走了,怎生是好?有诗为证……(2.1a)
> 芥子园本:如今太尉走了,怎生是好?有诗为证……(2.1a)

北大藏本：如今太尉**放他**走了，怎生是好？有诗为证……（2.1a）

郁郁堂本：如今太尉**放他**走了，怎生是好？有诗为证……（2.1a）

（例一）

无穷会本：太公大喜，教**那**后生穿了衣裳，一同来后堂坐下。（2.14a）

遗香堂本：太公大喜，教**入**后生穿了衣裳，一同来后堂坐下。（2.14b）

芥子园本：太公大喜，教**入**后生穿了衣裳，一同来后堂坐下。（2.14b）

北大藏本：太公大喜，教**那**后生穿了衣裳，一同来后堂坐下。（2.14b）

郁郁堂本：太公大喜，教**那**后生穿了衣裳，一同来后堂坐下。（2.14b）

（例二）

无穷会本：石秀、阮小七来到江边，杀了一家老小，夺**头**一只快船。（92.4b）

遗香堂本：石秀、阮小七来到江边，杀了一家老小，夺**头**一只快船。（92.4b）

芥子园本：石秀、阮小七来到江边，杀了一家老小，夺**头**一只快船。（92.4b）

北大藏本：石秀、阮小七来到江边，杀了一家老小，夺**得**一只快船。（112.4b）

郁郁堂本：石秀、阮小七来到江边，杀了一家老小，夺**得**一只快船。（112.4b）

（例三）

无穷会本：林冲举手肐察的一枪，先**搠**倒差拨。（10.9b）

遗香堂本：林冲举手肐察的一枪，先**搠**倒差拨。（10.10a）

芥子园本：林冲举手肐察的一枪，先**搠**倒差拨。（10.10a）

北大藏本：林冲举手肐察的一枪，先**槊**倒差拨。（10.10a）

郁郁堂本：林冲举手肐察的一枪，先**槊**倒差拨。（10.10a）

（例四）

无穷会本：何不与哥哥出些**力**气。量兄弟一个怎救的哥哥！（17.16a）

遗香堂本：何不与哥哥出些**力**气。量兄弟一个怎救的哥哥！（17.17a）

芥子园本：何不与哥哥出些**力**气。量兄弟一个怎救的哥哥！（17.17a）

北大藏本：何不与哥哥出些**大**气。量兄弟一个怎救的哥哥！（17.17a）

郁郁堂本：何不与哥哥出些**大**气。量兄弟一个怎救的哥哥！（17.17a）

（例五）

无穷会本：飞鱼袋内，高插着**描**金雀画细轻弓。（9.6b）

遗香堂本：飞鱼袋内，高插着**描**金雀画细轻弓。（9.7a）

芥子园本：飞鱼袋内，高插着**描**金雀画细轻弓。（9.7a）

北大藏本：飞鱼袋内，高插着**装**金雀画细轻弓。（9.7a）

郁郁堂本：飞鱼袋内，高插着**装**金雀画细轻弓。（9.7a）

（例六）

无穷会本：**我**有片言，不知众位肯依我么？（19.16a）

遗香堂本：**我**有片言，不知众位肯依我么？（19.16b）

芥子园本：**我**有片言，不知众位肯依我么？（19.16b）

北大藏本：**弟**有片言，不知众位肯依我么？（19.16b）

郁郁堂本：**弟**有片言，不知众位肯依我么？（19.16b）

（例七）

无穷会本：押司都不要听，且只顾**饮**酒。（21.4b）

遗香堂本：押司都不要听，且只顾**饮**酒。（21.4b）

芥子园本：押司都不要听，且只顾**饮**酒。（21.4b）

北大藏本：押司都不要听，且只顾**吃**酒。（21.4b）

郁郁堂本：押司都不要听，且只顾**吃**酒。（21.4b）

（例八）

无穷会本：北幽南至睦，两处见奇功。（42.9a）

遗香堂本：北幽南至睦，两处见奇功。（42.9a）

芥子园本：北幽南至睦，两处见奇功。（42.9a）

北大藏本：**外夷及内寇，几处**见奇功。（42.9a）

郁郁堂本：**外夷及内寇，几处**见奇功。（42.9a）

（例九）

无穷会本：即目前面大江拦截，作何可渡？**破辽国时，都是旱路，水军头领不曾建得功劳。今次要渡江南，**须用水军船只向前。（90.17ab）

遗香堂本：即目前面大江拦截，作何可渡？**破辽国时，都是旱路，水军头领不曾建得功劳。今次要渡江南，**须用水军船只向前。（90.17ab）

芥子园本：即目前面大江拦截，作何可渡？**破辽国时，都是旱路，水军头领不曾建得功劳。今次要渡江南，**须用水军船只向前。（90.17ab）

北大藏本：即目前面大江拦截，须用水军船只向前。（90.18a）

郁郁堂本：即目前面大江拦截，须用水军船只向前。（90.18a）

（例十）

以上10个例子分为三种情况：第一种是百二十回本文字优于百回本之处，例一至例三属于此类；第二种是百回本文字优于百二十回本之处，例四至例六属于此类；第三种是百回本与百二十回本文字两可之处，例七至例十属于此类。

例一至例三，百回本例一少了“放他”二字，整个语句意思不甚明确，例二与例三百回本“入”字与“头”字不知所云，很明显此三例百二十回本经过修改之后，文字要优于百回本。

例四至例六，例四中百二十回本“槊”字为名词，却用作动词，此处当是“搠”字之误，例五中百二十回本“大气”不知何意，例六中百二十回本将“描金”改为“装金”，“描金”是一种传统工艺美术技巧，而“装金”不知何意。此三例百二十回本文字不如百回本。

例七至例十，其中例七、例八中百回本与百二十回本文字虽然有异，但是并不影响文意，二者文字均可通。例九与例十同样如此。需要注意的是，例九与例十文字改动较大，因为这两处涉及田王故事的内容，例九百回本诗句暗指的是辽国与方腊，而百二十回本将“两处”改为“几处”，则是因为增添了征讨田虎、王庆故事，所以不能再以“两处”称之。例十中百回本说到水军在征辽途中未曾建功，说此话的时间是在征方腊前夕。对于百回本而言，此处没有任何问题，但是对于百二十回本来说，上面所衔接的故事是征讨王庆，所以此句放在百二十回本中便不甚合适，修订者则将其删除。由例九、例十也可以看出，百二十回本在插增过程中，对于某些细节修改也颇为到位。

例二中百二十回本文字同于三大寇本，而异于遗香堂本与芥子园本，如此情况再如：

无穷会本：吃了酒食。问道：“贤弟水路来，旱路来？”燕青答道：“乘传到此。”（94.3b）

遗香堂本：吃了酒食。问道：“贤弟水路来，旱路来？”燕青答道：“乘船到此。”（94.3b）

芥子园本：吃了酒食。问道："贤弟水路来，旱路来？"燕青答道："乘船到此。"（94.3b）

宝翰楼本：吃了酒食。问道："贤弟水路来，旱路来？"燕青答道："乘传到此。"（114.3b）

郁郁堂本：吃了酒食。问道："贤弟水路来，旱路来？"燕青答道："乘传到此。"（114.3b）

此例百二十回本文字不仅同于三大寇本，异于遗香堂本与芥子园本，而且三大寇本与百二十回本文字同误。由此可见，百二十回本的底本并非现存遗香堂本或芥子园本中任何一种，而是此二本的底本，或是真正的袁无涯刊本。

同时，考虑到现存百回本（大涤余人序本）诸种均刊刻于清代以后，而百二十回本初刻本当刊刻于崇祯七年（1634）八月至崇祯八年（1635）五月之间，所以百二十回本不可能以现存百回本为底本，其底本只可能是现存百回本的底本，或是底本的兄弟本，甚或百回本初刊本。

二、遗香堂本与芥子园本的关系

由上文可以知悉百回本与百二十回本的关系，百回本在前，百二十回本在后，百二十回本以百回本为底本，插增田虎、王庆故事。除此之外，百二十回本文字与百回本稍有小异。百回本当中又有遗香堂本（李玄伯原藏本）与芥子园本两种系统的本子，关于此两种本子又有诸多问题，包括两种本子中何种与百二十回本关系更为接近，两种本子自身有何种联系，两种本子是否存在直接亲缘关系，两种本子何者刊刻在前、何者刊刻在后等。

首先，刊刻时间方面。上文通过刊工活动时间与书坊的考察已经了解，遗香堂本刊刻时间在清顺治年间至康熙初年之间，芥子园本刊刻时间在清康熙八年至三十八年（1669—1699）之间。从刊刻时间上来看，遗香堂本刊刻在芥子园本之前。

其次，插图方面。遗香堂本插图中细枝末节要比芥子园本多一些，如《说三阮撞筹》一图中遗香堂本比芥子园本上面地上多了两处草丛，下面树上多了一处枝桠；《夺宝珠寺》一图中遗香堂本中间一棵树枝叶比较茂盛，芥子园本枝叶则比较稀疏等。此方面无法判断二本刊刻先后，因为可能出现后出转精的情况，也可能出现后出转劣的情况。

再次，批语方面。芥子园本比遗香堂本多出批语 159 条，其中眉批 124

条、夹批35条;遗香堂本比芥子园本多出批语12条,其中眉批5条、夹批7条[1]。遗香堂本共有批语2510条,其中眉批1720条、夹批790条。芥子园本共有批语2657条,其中眉批1839条、夹批818条。二本批语互有多寡。由此无法判定二者刊刻的先后,但可以看出芥子园本与遗香堂本并没有直接亲缘关系,二者中一者不可能以另一者为底本,芥子园本在批语方面较之遗香堂本,与初刊本更为接近。

最后,文字方面。通过正文比对遗香堂本与芥子园本之间的关系,并同时考察百二十回本与此二本何者关系更为接近。其中三大寇本选取无穷会本,百二十回本选取郁郁堂本作为共同比对的参照对象。

无穷会本:两个又斗了十数合,正斗到分积。(12.1b)
遗香堂本:两个又斗了十数合,正斗到分际。(12.1b)
芥子园本:两个又斗了十数合,正斗到分积。(12.1b)
郁郁堂本:两个又斗了十数合,正斗到分际。(12.1b)

(例一)

无穷会本:观察到弊县,不知上司有何公务?(18.5b)
遗香堂本:观察到敝县,不知上司有何公务?(18.5b)
芥子园本:观察到弊县,不知上司有何公务?(18.5b)
郁郁堂本:观察到敝县,不知上司有何公务?(18.5b)

(例二)

无穷会本:腰系一条金箱宝嵌玲珑玉带。(98.17b)
遗香堂本:腰系一条金镶宝嵌玲珑玉带。(98.17b)
芥子园本:腰系一条金箱宝嵌玲珑玉带。(98.17b)
郁郁堂本:腰系一条金镶宝嵌玲珑玉带。(118.17b)

(例三)

无穷会本:花荣披挂,拴束了弓箭,掉枪上马。(33.7b)
遗香堂本:花荣披挂,拴束了弓箭,绰枪上马。(33.7b)
芥子园本:花荣披挂,拴束了弓箭,掉枪上马。(33.7b)
郁郁堂本:花荣披挂,拴束了弓箭,绰枪上马。(33.7b)

(例四)

①此处所统计的二本互为多出的批语为整条批语,并不包括多出部分的批语。另外,李藏本有而遗香堂本无的批语,同样算作遗香堂本所存的批语。

无穷会本：若回去庄上，说脱了回书，大郎必然焦燥，定是赶我出去。（2.25b）

遗香堂本：若向去庄上，说脱了回书，大郎必然焦躁，定是赶我出去。（2.26b）

芥子园本：若回去庄上，说脱了回书，大郎必然焦躁，定是赶我出去。（2.26b）

郁郁堂本：若向去庄上，说脱了回书，大郎必然焦躁，定是赶我出去。（2.26b）

（例五）

无穷会本：本待要声张起来，又怕邻舍得知笑话，装你的望子。（45.19b）

遗香堂本：本待要声张起来，又怕邻舍得知笑话，装你的谎子。（45.20a）

芥子园本：本待要声张起来，又怕邻舍得知笑话，装你的恍子。（45.20a）

郁郁堂本：本待要声张起来，又怕邻舍得知笑话，装你的谎子。（45.20a）

（例六）

无穷会本：呼延灼闻知有天使至，与韩滔出二十里外迎接。（55.9b）

遗香堂本：呼延灼已知有天使至，与韩滔出二十里外迎接。（55.9b-10a）

芥子园本：呼延灼以知有天使至，与韩滔出二十里外迎接。（55.9b-10a）

郁郁堂本：呼延灼已知有天使至，与韩滔出二十里外迎接。（55.9b-10a）

（例七）

无穷会本：史进父亲太公染患病症，数日不起。（2.16a）

遗香堂本：史进父亲太公染病患症，数日不起。（2.17a）

芥子园本：史进父亲太公染病患证，数日不起。（2.17a）

郁郁堂本：史进父亲太公染病患证，数日不起。（2.17a）

（例八）

无穷会本：史进头**戴**白范阳毡大帽。（3.3b）

遗香堂本：史进头**戴**白范阳毡大帽。（3.3b）

芥子园本：史进头**带**白范阳毡大帽。（3.3b）

郁郁堂本：史进头**带**白范阳毡大帽。（3.3b）

（例九）

无穷会本：郑屠大怒，两条忿**气**从脚底下直冲到顶门。（3.11b）

遗香堂本：郑屠大怒，两条忿**气**从脚底下直冲到顶门。（3.11b）

芥子园本：郑屠大怒，两条忿**起**从脚底下直冲到顶门。（3.11b）

郁郁堂本：郑屠大怒，两条忿**起**从脚底下直冲到顶门。（3.11b）

（例十）

无穷会本：恋色迷花不肯休，**痴心**只望永绸缪。谁知武二刀头毒，更比砒霜**胜**一筹。（25.7a）

遗香堂本：恋色迷花不肯休，机谋只望永绸缪。谁知武二刀头毒，更比砒霜狠一筹。（25.7b）

芥子园本：恋色迷花不肯休，机谋只望永绸缪。**虔婆淫妇**心头毒，更比砒霜狠一筹。（25.7b）

郁郁堂本：恋色迷花不肯休，机谋只望永绸缪。谁知武二刀头毒，更比砒霜狠一筹。（25.7b）

（例十一）

无穷会本：知几君子事，明哲迈夷伦。重结义中义，更全身外身。浔水舟无系，榆庄柳又新。谁知天海阔，别有一家人。（99.15b）

遗香堂本：知几君子事，明哲迈夷伦。重结义中义，更全身外身。浔水舟无系，榆庄柳又新。谁知天海阔，别有一家人。（99.15b）

芥子园本：**幼辞父母去乡邦，铁马金戈入战场。截发为绳穿断甲，扯旗作带裹金疮。腹饥惯把人心食，口渴曾将虏血尝。四海太平无事业，青铜愁见鬓如霜。**（99.15b）

郁郁堂本：知几君子事，明哲迈夷伦。重结义中义，更全身外身。浔水舟无系，榆庄柳又新。谁知天海阔，别有一家人。（119.15b）

（例十二）

从正文比对诸例中，首先无法判断百二十回本与遗香堂本、芥子园本二者何者关系更亲密。例一至例七均是郁郁堂本同于遗香堂本而异于芥子园本之处，其中例一至例四，芥子园本与无穷会本文字相同，而且二本文字均误，此类文字应是翻刻之时承误所致，遗香堂本将文字改正，郁郁堂本同之。例五芥子园本与无穷会本文字相同，二本文字正确，而遗香堂本文字翻刻之时出现误刊，郁郁堂本同之。例六、例七是无穷会本、遗香堂本、芥子园本三者文字均不相同之处，郁郁堂本同于遗香堂本。本来如此之多的例证已足以说明，百二十回本与遗香堂本关系更为密切。

然而从例八至例十来看，事实又并非如此。此三例无穷会本文字同于遗香堂本，二本文字正确，而芥子园本可能由于误刊，导致文字音近而误，郁郁堂本同于芥子园本，文字同误。此等处又可见百二十回本与芥子园本的亲密关系。以上之所以会出现百二十回本某些文字与遗香堂本相近，某些文字又与芥子园本相近的情况，正是因为百二十回本并非以此二本中任何一种为底本，其底本当为现存百回本的底本，或是底本的兄弟本，甚或百回本初刊本。

通过正文比对可知，遗香堂本与芥子园本并没有直接的亲缘关系，二者中一者不可能以另一者为底本。二本出现某些异文，当是二本有共同祖本，但翻刻之时，某本改动文字或是出现误刊。此点可见于例十一与例十二，芥子园本对此二首诗词进行了颇有主观色彩的改动，尤其是例十一，其他本子均言武松刀头毒，而芥子园本则将此改为王婆与潘金莲心头毒，将批判矛头集中于王婆与潘金莲二人身上。例十二芥子园本不知因何原因，将描写李俊的诗赞改为第 55 回引首诗，诗句契合程度反不如遗香堂本。

三、全传本与全书本的关系

知悉了百回本中遗香堂本与芥子园本的关系后，同样来考察一下百二十回本中全传本与全书本的关系。考察的内容包括：此两种本子何种与百回本关系更为接近，两种本子自身又有何种联系，是否存在直接的亲缘关系，何种刊刻在前、何种刊刻在后等。

首先，刊刻时间方面。因为无法确切知悉全传本与全书本的刊刻时间，只能知道此二本刊刻于崇祯年间或之后，所以无法判断二本刊刻先后。

其次，插图方面。北大所藏全传本与全书本的插图也极为相似，但细节处有一些差别。如《骜拗走妖魔》一图全书本围墙雕栏上没有花饰；《殷勤送宝玩》一图全书本桌上盆栽的树叶少了不少，树下台子没有雕饰；《怒打镇关西》一图全书本左边少了一些树枝与树叶,树叶画法二本不同,全传本树叶有些类似五角星,全书本则是点点点;《秋林学射雁》一图全书本少了“飞报”二字等等。基本上来说,全书本插图细节不如全传本,全传本细枝末节处比全书本多一些。插图方面的差异依旧无法判断二本刊刻先后,因为可能出现后出转精的情况,也可能出现后出转劣的情况。

再次,批语方面。全传本比郁郁堂本多出批语共127条,眉批104条、夹批23条;郁郁堂本比全传本多出批语共159条,眉批149条、夹批10条。全传本比郁郁堂本多出部分文字的批语有7条,郁郁堂本比全传本多出部分文字的批语有9条。由此无法判定二者刊刻的先后,但可以看出全传本与全书本并没有直接的亲缘关系,二者中一者不可能以另一者为底本,二者当有共同的祖本。

最后,文字方面。通过正文比对来考察全传本与全书本之间的关系,并同时判断百回本与此两种本子何者更为接近。其中三大寇本选取无穷会本,百回本选取遗香堂本作为共同比对的参照对象。

无穷会本:梁中书听得,唬得目瞪痴呆,手脚无措。(64.12a)

遗香堂本:梁中书听得,唬得目瞪痴呆,手脚无措。(64.12a)

宝翰楼本:梁中书听得,唬得自瞪痴呆,手脚无措。(64.12a)

郁郁堂本:梁中书听得,唬得自瞪痴呆,手脚无措。(64.12a)

(例一)

无穷会本:倒吃这婆娘使个见识,拟定是反说我无礼。(45.20a)

遗香堂本:倒吃这婆娘使个见识,拟定是反说我无礼。(45.20b)

宝翰楼本:倒吃这婆娘使个见识,擳定是反说我无礼。(45.20b)

郁郁堂本:倒吃这婆娘使个见识,擳定是反说我无礼。(45.20b)

(例二)

无穷会本:又带挈他去看经,得些斋衬钱。(45.13b)

遗香堂本:又带挈他去看经,得些斋衬钱。(45.13b-14a)

宝翰楼本:又带挈他去诵经,得些斋衬钱。(45.13b-14a)

郁郁堂本:又带挈他去念经,得些斋衬钱。(45.13b-14a)

(例三)

无穷会本:李俊和张横先带了四十五个会水的火家,掉两只快船,从芦苇深处探路过去。(55.11b)

遗香堂本:李俊和张横先带了四五十个会水的火家,掉两只快船,从芦苇深处悄悄过去。(55.11b-12a)

宝翰楼本:李俊和张横先带了四五十个会水的火炮,用两只快船,从芦苇深处悄悄过去。(55.11b-12a)

郁郁堂本:李俊和张横先带了四五十个会水的军士,用两只快船,从芦苇深处悄悄过去。(55.11b-12a)

(例四)

无穷会本:斧钺并戈戟,牌棒与枪杌。(2.15a)

遗香堂本:斧钺并戈戟,牌棒与枪杌。(2.16a)

宝翰楼本:斧钺并戈戟,牌棒与枪杌。(2.16a)

郁郁堂本:斧钺并戈戟,牌棒与枪松。(2.16a)

(例五)

无穷会本:等明日慢慢凑的三二十人,一齐好过冈子。(23.6b)

遗香堂本:等明日慢慢凑的三二十人,一齐好过冈子。(23.6b)

宝翰楼本:等明日慢慢凑的三二十人,一齐好过冈子。(23.6b)

郁郁堂本:等明日慢慢凑的三二十人,一齐好过冈于。(23.6b)

(例六)

无穷会本:燕青见无人出来,转入天井里面。(72.6b)

遗香堂本:燕青见无人出来,转入天井里面。(72.6b)

宝翰楼本:燕青见无人出来,转入天井里面。(72.6b)

郁郁堂本:燕青见无人出来,转入天非里面。(72.6b)

(例七)

无穷会本:如今东京点放花灯火戏,庆赏丰年,今上天子与民同乐。(90.11a)

遗香堂本:如今东京点放花灯火戏,庆赏丰年,今上天子与民同乐。(90.11ab)

宝翰楼本:如今东京点放花灯火戏,庆赏丰年,今上天子与民同乐。(90.11ab)

郁郁堂本:如为东京点放花灯火戏,庆赏丰年,今上天子与民同乐。(110.11b)

(例八)

北大藏本：早被他每砍翻数十个，夺了城门。（91.11a）

郁郁堂本：早被他每砍翻数十个，夺了城门。（91.11a）

（例九）

北大藏本：张礼叫苦不迭，急挺抢下城，来寻耿恭，正撞着石秀。（91.11a）

郁郁堂本：张礼叫苦不迭，急挺枪下城，来寻耿恭，正撞着石秀。（91.11a）

（例十）

由以上10个例子可以看出，首先全传本与全书本关系非常密切，即便是错误之处，二本也相同，例一、例二即是如此。例一中"自"字是"目"字之误，宝翰楼本、郁郁堂本均误。例二中百二十回本"撺定"不知何意，当是不能理解百回本"拟定"之意妄改而成，其实"拟定"即一定的意思。由此二例可见全传本与全书本或有共同祖本，或有直接的亲缘关系。

再从例三、例四来看，百二十回本与百回本文字并不相同，且百二十回本中全传本与全书本二者文字亦不相同，可见全传本与全书本二者并没有直接的亲缘关系。二者文字最大的区别在于，全书本多有误字，而全传本误字则相对较少，例五至例八均是全书本明显的误字之例，例九、例十是全传本明显的误字之例，由此也可知全传本与全书本并没有直接的亲缘关系，二者中一者不可能以另一者为底本，二者当有共同的祖本。

由此节可以得出以下结论：其一，百二十回本的底本为百回本，但是并非现存遗香堂本或芥子园本中任何一种，而是其底本（或祖本）；其二，百回本中遗香堂本与芥子园本并没有直接的亲缘关系，二者中一者不可能以另一者为底本，二本存在某些异文，当是二本有共同的祖本，但翻刻之时，某本改动文字或是出现误刊；其三，百二十回本中全传本与全书本同样没有直接的亲缘关系，二者中一者不可能以另一者为底本，二本存在某些异文，当是二本有共同的祖本，但翻刻之时，某本改动文字或是出现误刊。

第三节　大涤余人序本《水浒传》诗词韵文的问题

上一章研究三大寇本之时，曾列有一节专门研究三大寇本诗词与容与堂本诗词的关系，此章专门列一节研究大涤余人序本的诗词。因为大涤余人序本诗词与容与堂本、三大寇本诗词均有一定差异，又存在相关联系。同时，之前的研究中一直提到三大寇本是大涤余人序本的底本，虽然从批语方面足以证实此点，但是正文方面还未得到论证，此处将从正文诗词方面先一步进行考察。

齐裕焜先生在划分繁本《水浒传》系统之时，将引首诗的有无以及文字的差异作为划分版本系统的重要依据①。其中特意提到甲本系统（以容与堂本为代表）与乙本系统（以大涤余人序本为代表）第71回梁山泊好处赞语的不同。此节研究将以此篇赞语为始，为便于比对，现将三本此处诗赞列于下。以下文字比对中容与堂本选取中国国家图书馆所藏全本容与堂本、三大寇本选取无穷会本、大涤余人序本选取遗香堂本作为比对对象。

> 容与堂本：山分八寨，旗列五方。交情浑似股肱，义气真同骨肉。断金亭上，高悬石绿之碑；忠义堂前，特扁金书之额。总兵主将，山东豪杰宋公明；协赞军权，河北英雄卢俊义。施谋运计，**吴加亮号智多星**；唤雨呼风，**入云龙是公孙胜**。五虎将英雄猛烈，八骠骑悍勇当先。马步将军，弓箭枪刀遮路；水军将校，艨艟战舰相连。八寨军兵，守护山头港泊；四方酒肆，招邀远路来宾。掌管钱粮，廉干李应柴进；总驰飞报，太保神行戴宗。飞符走檄，萧让是圣手书生；定赏行刑，裴宣为铁面孔目。神算须还蒋敬，造船原有孟康。金大坚置印信兵符，通臂猿造衣袍铠甲。皇甫端专攻医兽，安道全惟务救人。打军器须是汤隆，造炮石全凭凌振。修缉房舍，李云善布碧瓦朱甍；屠宰猪羊，曹正惯习挑筋剐骨。宋清安排筵宴，朱富醖造香醪。陶宗旺筑补城垣，郁保四护持旌节。人人戮力，个个同心。休言啸聚山林，真可图王伯业。**列两副仗义疏财金字障，竖一面替天行道杏黄旗**。（71.12ab）

> 三大寇本：山分八寨，旗列五方。交情浑似股肱，义气真同骨肉。断金亭上，高悬石绿之碑；忠义堂前，特扁金书之额。总兵主将，山东豪杰宋公明；协赞军权，河北英雄卢俊义。施谋运计，**吴学究智过孙吴**；唤雨呼风，**清道人术通神鬼**。五虎将英雄猛烈，八骠骑悍勇当先。马步将军，弓箭枪刀遮路；水军将校，艨艟战舰相连。八寨军兵，守护山头

①齐裕焜：《〈水浒传〉不同繁本系统之比较》，《中国典籍与文化》2011年第1期。

港泊；四方酒肆，招邀远路来宾。掌管钱粮，廉干李应柴进；总持飞报，太保神行戴宗。飞符走檄，萧让是圣手书生；定赏行刑，裴宣为铁面孔目。神算须还蒋敬，造船原有孟康。金大坚置印信兵符，通臂猿造衣袍铠甲。皇甫端专攻医兽，安道全惟务救人。打军器须是汤隆，造炮石全凭凌振。修缉房舍，李云善布碧瓦朱甍；屠宰猪羊，曹正惯习挑筋剐骨。宋清安排筵宴，朱富醖造香醪。陶宗旺筑补城垣，郁保四护持旌节。人人戮力，个个同心。休言啸聚山林，真可图王霸业。（71.13a-14a）

大涤序本：八方共域，异姓一家。天地显罡煞之精，人境合杰灵之美。千里面朝夕相见，一寸心死生可同。相貌语言，南北东西虽各别；心情肝胆，忠诚信义并无差。其人则有帝子神孙，富豪将吏，并三教九流，乃至猎户渔人，屠儿刽子，都一般儿哥弟称呼，不分贵贱；且又有同胞手足，捉对夫妻，与叔侄郎舅，以及跟随主仆，争斗冤雠，皆一样的酒筵欢乐，无问亲疏。或精灵，或粗卤，或村朴，或风流，何尝相碍，果然识性同居；或笔舌，或刀枪，或奔驰，或偷骗，各有偏长，真是随才器使。可恨的是假文墨，没奈何着一个圣手书生，聊存风雅；最恼的是大头巾，幸喜得先杀却白衣秀士，洗尽酸悭。地方四五百里，英雄一百八人。昔时常说江湖上闻名，似古寺钟声声传播；今日始知星辰中列姓，如念珠子个个连牵。在晁盖恐托胆称王，归天及早，惟宋江肯呼群保义，把寨为头。休言啸聚山林，早已瞻依廊庙。（71.13a-14a）

从此梁山泊赞语可见，三大寇本与容与堂本文字基本相同，只是中间有两处文字进行了改易，可能因为三大寇本修改者觉得此二句甚为不通。此外，三大寇本将容与堂本最后两句赞语删去。大涤余人序本赞语则与容与堂本、三大寇本截然不同，全文进行了改易。容与堂本与三大寇本此篇梁山泊赞语，仅仅是将梁山泊诸头领职位分工，用韵语方式再叙述了一遍。整篇赞语毫无文采可言，而经过改写的大涤余人序本赞语则颇具文人色彩，将梁山泊众人身份、职业、性格等诸方面一一叙及，更为精妙的是调侃了萧让和王伦，并且最后将整篇赞语的格调从“图王霸业”转向了“瞻依廊庙”。同时需要注意的是，大涤余人序本赞语的收束与三大寇本相同，二者与容与堂本相比，均少了一句。从此首赞语来看，大涤余人序本的底本为三大寇本的可能性很大，反之则无法说通。当然，光以此赞而言，也存在大涤余人序本直接以容与堂本为底本这种可能性。

与三大寇本一样，大涤余人序本同样没有引首诗。除去引首诗不论外，容与堂本（不含引首）共有诗词韵文842首，三大寇本（不含引首）共有诗词韵文453首，大涤余人序本（不含引首）共有诗词韵文564首。光从数量上来看，大涤余人序本较之三大寇本为多。若大涤余人序本以三大寇本为底本，那么多出的诗词必然是其增添所致。是否有这种可能性，此处来看一则百二十回本的《发凡》：

> 旧本去诗词之烦芜，一虑事绪之断，一虑眼路之迷，颇直截清明。第有得此以形容人态，顿挫文情者，又未可尽除。兹复为增定：或撺原本而进所有，或逆古意而益所无。惟周劝惩，兼善戏谑，要使览者动心解颐，不乏咏叹深长之致耳。

从此条《发凡》基本可以确定，大涤余人序本的底本即为三大寇本。现存各种繁本《水浒传》中，一类是容与堂本系统，此类版本有嘉靖残本、容与堂本、石渠阁补印本、钟伯敬本等，此类中诗词以容与堂本为代表，远较大涤余人序本为多，不可称之为“去诗词之烦芜”，此本非《发凡》中所言之旧本。一类是金圣叹本，此本刊刻时间在大涤余人序本之后，其底本即为大涤余人序本，也不可能是《发凡》所言之旧本。那么，唯一符合条件的便是三大寇本。

此外，从此条《发凡》中也可知，除去底本三大寇本之外，大涤余人序本修订之时应当还有一种参照本，根据此参照本，大涤余人序本才得以增订诗词，而此种参照本很可能便是容与堂本系统中的某一种。

大涤余人序本的底本为三大寇本，此点从诗词上来看，明显的证据在于，相对于容与堂本诗词而言，三大寇本有不少诗词进行了改易移置。即容与堂本某处诗词韵文，三大寇本将其改易，或删节，或修改部分文字，然后移置到其他位置。此种情况应该属于比较特殊的诗词韵文处理方式，此等处大涤余人序本同于三大寇本。

如容与堂本第26回引首诗为“参透风流二字禅，好因缘是恶因缘。痴心做处人人爱，冷眼观时个个嫌。野草闲花休采折，贞姿劲质自安然。山妻稚子家常饭，不害相思不损钱”（26.1a），三大寇本将其改作“参透风流二字禅，好姻缘是恶姻缘。山妻稚子家常饭，不害相思不损钱”（26.3b），用来描述女色坑陷人时有成时也有败，大涤余人序本同于三大寇本。容与堂本第25回引首诗为“可怪狂夫恋野花，因贪淫色受波查。亡身丧己皆因此，破业倾资总为他。半晌风流有何益？一般滋味不须夸。他时祸起萧墙内，血污游魂更可嗟”（25.1a），三大寇本将其移置到第24回并改作“半晌风流有何益，一般滋味不须夸。他时祸起萧墙内，悔杀今朝恋野花”（24.34b），用来描述西门庆与潘金莲偷情，大涤余人序本同于三大寇本。除此之外，三大寇本相对于容与堂本而言，有一些诗词的移置，大涤余人序本也相同。由此可见，大涤余人序本的底本即为三大寇本。

知晓了大涤余人序本的底本为三大寇本之后，接下来要考察的内容为：大涤余人序本以三大寇本为底本，再参照容与堂本修订诗词韵文之时，到底做了哪些工作？

其一，增入诗词。大涤余人序本比三大寇本多出诗词韵文共计有113首，而比三大寇本少的诗词韵文共计有2首。缺少的诗词其中一首为三大寇本第4回对茶的赞语，“玉蕊金芽真绝品，僧家制造甚工夫。兔毫盏内香云白，蟹眼汤中细浪铺。战退睡魔离枕席，增添清气入肌肤。仙茶自合桃源种，不许移根傍帝都”（4.7a），容与堂本有此赞语。另一首为三大寇本第93回李俊引用李涉《井栏砂宿遇夜客》一诗，“暮雨萧萧江上村，绿林豪客偶知闻。相逢不用频猜忌，游宦而今尽是君”（93.9b），容与堂本同样有此诗。不知大涤余人序本具体因何原因将此二首诗词删去，或是觉得与情节不符，或是觉得太过迂腐。

大涤余人序本比三大寇本多出的113首诗词韵文分为三种情况：第一种情况是根据容与堂本复为增订的诗词韵文，此种有27首。如第3回容与堂本比三大寇本多出2首描述人物外貌的赞语，一首为史进刚见鲁达之时，对鲁达装束的描绘，“头裹芝麻罗万字顶头巾，脑后两个大原府纽丝金环，上穿一领鹦哥绿纻丝战袍，腰系一条文武双股鸦青绦，足穿一双鹰爪皮四缝干黄靴。生得面圆耳大，鼻直口方，腮边一部貉貅胡须。身长八尺，腰阔十围”（3.4b）。另一首则是描述鲁达逃离渭州时的韵语，“失群的孤雁，趁月明独自贴天飞；漏网的活鱼，乘水势翻身冲浪跃。不分远近，岂顾高低。心忙撞倒路行人，脚快有如临阵马”（3.13b-14a）。此二首诗词韵语在三大寇本中均被删去，但是大涤余人序本又重新增入，而且诗词位置与容与堂本相同。

以上大涤余人序本依据容与堂本诗词增订的例子，是完全照录容与堂本诗词文字,也有一些改易容与堂本诗词文字之例。如第2回容与堂本有一首描述史进家庄园的赞语,“前通官道,后靠溪冈。一周遭杨**柳绿阴浓**,四下里**乔松青似染**。**草堂高起,尽按五运山庄;亭馆低轩,直造倚山临水**。转屋角牛羊满地,打麦场鹅鸭成群。田园广野,负佣庄客有千人;家眷轩昂,女使儿童难计数。正是家有余粮鸡犬饱,户多书籍子孙贤”(2.10a)。此赞语在三大寇本中被删去,大涤余人序本复为增订,但文字有所改动,“前通官道,后靠溪冈。一周遭**青缕如烟**,四下里**绿阴似染**。转屋角牛羊满地,打麦场鹅鸭成群。田园广野,负佣庄客有千人;家眷轩昂,女使儿童难计数。正是家有余粮鸡犬饱,户多书籍子孙贤”(2.11a)。大涤余人序本删去了容与堂本赞语中部分文字,并改写了其中两句话。

第二种情况是根据容与堂本改易的诗词韵文。即容与堂本在某处存在诗词韵文,三大寇本删去,大涤余人序本在同处增订诗词韵文,但赞语已有改易,此种共有30首。如第10回容与堂本草料场着火,有一首赞语描写火势,“一点灵台,五行造化,丙丁在世传流。无明心内,灾祸起沧州。烹铁鼎能成万物。铸金丹还与重楼。思今古,南方离位,荧惑最为头。绿窗归焰烬;隔花深处,掩映钓鱼舟。鏖兵赤壁,公瑾喜成谋。李晋王醉存馆驿,田单在即墨驱牛。周褒姒骊山一笑,因此戏诸侯”(10.8b),大涤余人序本在同处赞语为“雪欺火势,草助火威。偏愁草上有风,更讶雪中送炭。赤龙斗跃,如何玉甲纷纷;粉蝶争飞,遮莫火莲焰焰。初疑炎帝纵神驹,此方刍牧;又猜南方逐朱雀,遍处营巢。谁知是白地里起灾殃,也须信暗室中开电目。看这火,能教烈士无明发;对这雪,应使奸邪心胆寒”(10.8b-9a)。两首赞语,容与堂本虽然引经据典、纵横古今,但很明显描述用力过甚,不甚妥帖,而大涤余人序本改易后则更符合对火势的描写。

同回,李小二发现陆谦等人行迹,欲告诉林冲处,有赞语描述李小二好处,容与堂本此赞语为“潜为奸计害英雄,一线天教把信通。亏杀有情贤李二,暗中回护有奇功”(10.4a),大涤余人序本同处赞语为“谋人念动震天门,悄语低言号六军。岂独隔墙原有耳,满前神鬼尽知闻”(10.4a)。两首赞语,容与堂本诗赞直白,大涤余人序本诗赞文雅。

第三种情况为自行增添的诗词韵文。此种即容与堂本与三大寇本此处均无诗词韵文,大涤余人序本自行增添。以第2回为例,此回大涤余人序本自行增添了4首诗词。第一首在高俅因蹴球而受抬举,直到抬举做到殿帅府太尉之职处，“不拘贵贱齐云社，一味模棱天下圆。抬举高俅毬气力，全凭手脚会当权”（2.7ab）；第二首在王进母子二人商量去投奔老种经略相公处，“用人之人，人始为用。恃己自用，人为人送。彼处得贤，此间失重。若驱若引，可惜可痛”（2.9a）；第三首在史进输给王进后，拜王进为师处，“好为师患负虚名，心服应难以力争。只有胸中真本事，能令顽劣拜先生”（2.15a）；第四首在朱武到史进庄上负荆请罪，史进问朱武敢不敢吃他酒食处，“姓名各异死生同，慷慨偏多计较空。只为衣冠无义侠，遂令草泽见奇雄”（2.23b-24a）。

其二，改易诗词。研究大涤余人序本改易诗词之前，先看一下三大寇本在容与堂本基础上是如何改易诗词的。三大寇本改易诗词的方式有三种：第一种，部分文字删节，如“一来一往，一上一下。一来一往，有如深水戏珠龙；一上一下，却似半岩争食虎。左盘右旋，好似张飞敌吕布；前回后转，浑如敬德战秦琼。九纹龙忿怒，三尖刀只望顶门飞；跳涧虎生嗔，丈八矛不离心坎刺。好手中间逞好手，红心里面夺红心”（容.2.19a），“一来一往，一上一下。一来一往，有如深水戏珠龙；一上一下，却似半岩争食虎。九纹龙忿怒，三尖刀只望顶门飞；跳涧虎生嗔，丈八矛不离心坎刺。好手中间逞好手，红心里面夺红心”（寇.2.21a）。三大寇本删去了“左盘右旋，好似张飞敌吕布；前回后转，浑如敬德战秦琼”句。

第二种，部分文字改易，如“清光夺目，冷气侵人。远看如玉沼春冰，近看似琼台瑞雪。花纹密布，鬼神见后心惊；气象纵横，奸党遇时胆裂。太阿巨阙应难比，干将莫邪亦等闲”（容.7.11b），“清光夺目，冷气侵人。远看如玉沼春冰，近看似琼台瑞雪。花纹密布，似丰城狱内飞来；紫气横空，似楚昭梦中收得。太阿巨阙应难比，莫邪干将亦等闲”（寇.7.12b）。三大寇本将“鬼神见后心惊；气象纵横，奸党遇时胆裂”改为了“似丰城狱内飞来；紫气横空，似楚昭梦中收得”。

第三种，全文改易，如“层层如雨脚，郁郁似云头。杈枒如鸾凤之巢，屈曲似龙蛇之势。根盘地角，弯环有似蟒盘旋；影拂烟霄，高耸直教禽打捉。直饶胆硬心刚汉，也作魂飞魄散人”（容.8.9b），“枯蔓层层如雨脚，乔枝郁郁似云头。不知天日何年照，惟有冤魂不断愁”（寇.8.10a）。三大寇本将容与堂本诗词文字完全改易。

之所以特意提到三大寇本在容与堂本基础上改易诗词的情况，一是为了说明三大寇本改易容与堂本诗词之处,大涤余人序本基本上同于三大寇本,如上文所举三例三大寇本改易容与堂本诗词处,大涤余人序本均同之。二是与三大寇本改易容与堂本诗词手段相比,大涤余人序本改易三大寇本诗词的方法基本相同。同样是三种方法,部分文字删节、部分文字改易以及全文改易。

部分文字删节之处,如:

容与堂本:钟楼倒塌,殿宇崩摧。山门尽长苍苔,经阁都生碧藓。释迦佛芦芽穿膝,浑如在雪岭之时;观世音荆棘缠身,却似守香山之日。诸天坏损,怀中鸟雀营巢;帝释欹斜,口内蜘蛛结网。**方丈凄凉,廊房寂寞**。没头罗汉,这法身也受灾殃;折背金刚,有神通如何施展。香积厨中藏兔穴,龙华台上印狐踪。(6.1b)

三大寇本:钟楼倒塌,殿宇崩摧。山门尽长苍苔,经阁都生碧藓。释迦佛芦芽穿膝,浑如在雪岭之时;观世音荆棘缠身,却似守香山之日。诸天坏损,怀中鸟鹊营巢;帝释欹斜,口内蜘蛛结网。**方丈凄凉,廊房寂寞**。没头罗汉,这法身也受灾殃;折背金刚,有神通如何施展。香积厨中藏兔穴,龙华台上印狐踪。(6.1ab)

大涤序本:钟楼倒塌,殿宇崩摧。山门尽长苍苔,经阁都生碧藓。释迦佛芦芽穿膝,浑如在雪岭之时;观世音荆刺缠身,却似守香山之日。诸天坏损,怀中鸟雀营巢;帝释欹斜,口内蜘蛛结网。没头罗汉,这法身也受灾殃;折臂金刚,有神通如何施展。香积厨中藏兔穴,龙华台上印狐踪。(6.1ab)

(例一)

容与堂本:**两耳如同玉筯,双睛凸似金铃**。色按庚辛,仿佛南山白额虎;毛堆腻粉,如同北海玉麒麟。冲得阵,跳得溪,喜战鼓,性如君子;负得重,走得远,惯嘶风,必是龙媒。胜如伍相梨花马,赛过秦王白玉驹。(13.6a)

三大寇本:**两耳如同玉筯,双睛凸似金铃**。色按庚辛,仿佛南山白额虎;毛堆腻粉,如同北海玉麒麟。冲得阵,跳得溪,喜战鼓,性如君子;负得重,走得远,惯嘶风,必是龙媒。胜如伍相梨花马,赛过秦王白玉驹。(13.6a)

大涤序本：色按庚辛，仿佛南山白额虎；毛堆腻粉，如同北海玉麒麟。冲得阵，跳得溪，喜战鼓，性如君子；负得重，走得远，惯嘶风，必是龙媒。胜如伍相梨花马，赛过秦王白玉驹。（13.6b）

（例二）

容与堂本：面如红玉，须似皂绒。仿佛有一丈身材，纵横有一千斤气力。黄巾侧畔，金环耀日喷霞光；绣袄中间，铁甲铺霜吞月影。常在坛前护法，每来世上降魔。**脚穿抹绿雕䟥靴，手执宣花金蘸斧。**（53.17b）

三大寇本：面如红玉，须似皂绒。仿佛有一丈身材，纵横有千斤气力。黄巾侧畔，金环日耀喷霞光；绣袄中间，铁甲霜铺吞月影。常在坛前护法，每来世上降魔。**脚穿抹绿吊墩靴，手执宣花金蘸斧。**（53.17b）

大涤序本：面如红玉，须似皂绒。仿佛有一丈身材，纵横有千斤气力。黄巾侧畔，金环日耀喷霞光；绣袄中间，铁甲霜铺吞月影。常在坛前护法，每来世上降魔。（53.17b）

（例三）

部分文字改易之处，此又分为两种情况，一种是三大寇本与容与堂本文字相同，大涤余人序本改易。如：

容与堂本：皂直裰背穿双袖，青圆绦斜绾双头。**戒刀灿三尺春冰，深藏鞘内；禅杖挥一条玉蟒，横在肩头。**鹭鹚腿紧系脚絣，蜘蛛肚牢拴衣钵。嘴缝边攒千条断头铁线，胸脯上露一带盖胆寒毛。生成食肉餐鱼脸，不是看经念佛人。（5.2a）

三大寇本：皂直裰背穿双袖，青圆绦斜绾双头。**戒刀灿三尺春冰，深藏鞘内；禅杖挥一条玉蟒，横在肩头。**鹭鹚腿紧系脚絣，蜘蛛肚牢拴衣钵。嘴缝边攒千条断头铁线，胸脯上露一带盖胆寒毛。生成食肉餐鱼脸，不是看经念佛人。（5.2a）

大涤序本：皂直裰背穿双袖，青圆绦斜绾双头。**鞘内戒刀，藏春冰三尺；肩头禅杖，横铁蟒一条。**鹭鹚腿紧系脚絣，蜘蛛肚牢拴衣钵。嘴缝边攒千条断头铁线，胸脯上露一带盖胆寒毛。生成食肉餐鱼脸，不是看经念佛人。（5.2a）

（例一）

容与堂本：热气蒸人，嚣尘扑面。万里乾坤如甑，一轮火伞当天。四野无云，**风突突波翻海沸**；千山灼焰，𠜱剥剥石烈灰飞。空中鸟雀命将休，倒攧入树林深处；水底鱼龙鳞角脱，直钻入泥土窖里。直教石虎喘无休，便是铁人须汗落。（16.8b）

三大寇本：热气蒸人，嚣尘扑面。万里乾坤如甑，一轮火伞当天。四野无云，**风突突波翻海沸**；千山灼焰，咇剥剥石烈灰飞。空中鸟雀命将休，倒攧入树林深处；水底鱼龙鳞角脱，直钻入泥土窖中。直教石虎喘无休，便是铁人须汗落。（16.9a）

大涤序本：热气蒸人，嚣尘扑面。万里乾坤如甑，一轮火伞当天。四野无云，**风寂寂树焚溪坼**；千山灼焰，咇剥剥石烈灰飞。空中鸟雀命将休，倒攧入树林深处；水底鱼龙鳞角脱，直钻入泥土窖中。直教石虎喘无休，便是铁人须汗落。（16.9a）

（例二）

容与堂本：眉头重上三锽锁，腹内填平万斛愁。**若是贼徒难捉获，定教徒配入军州。**（17.13b）

三大寇本：眉头重上三锽锁，腹内填平万斛愁。**若是贼徒难捉获，定教徒配入军州。**（17.14a）

大涤序本：双眉重上三锽锁，满腹填平万斛愁。**网里漏鱼何处觅，瓮中捉鳖向谁求？**（17.14b-15a）

（例三）

另一种是三大寇本与容与堂本文字不同，大涤余人序本改易。如：

容与堂本：云遮峰顶，日转山腰；嵯峨仿佛接天关，崒嵂参差侵汉表。岩前花木舞春风，暗吐清香；洞口藤萝披宿雨，倒悬嫩线。飞云瀑布，银河影浸月光寒；峭壁苍松，铁角铃摇龙尾动。**宜是蹊揉蓝染出，天生工积翠妆成。根盘直压三千丈，气势平吞四百州。**（4.5ab）

三大寇本：云遮峰顶，日转山腰；嵯峨仿佛接天关，崒嵂参差侵汉表。岩前花木舞春风，暗吐清香；洞口藤萝披宿雨，倒悬嫩线。飞云瀑布，银河影浸月光寒；峭壁苍松，铁角铃摇龙尾动。**根盘直压三千丈，气势平吞四百州。**（4.5b）

大涤序本：云遮峰顶，日转山腰；嵯峨仿佛接天关，崒嵂参差侵汉表。岩前花木舞春风，暗吐清香；洞口藤萝披宿雨，倒悬嫩线。飞云瀑布，银河影浸月光寒；峭壁苍松，铁角铃摇龙尾动。**山根雄峙三千界，峦势高擎几万年。**（4.5b）

（例一）

容与堂本：盆栽绿艾，瓶插红榴。水晶帘卷虾须，锦绣屏开孔雀。菖蒲切玉，佳人笑捧紫霞杯；角黍堆**金**，美女高擎青玉案。食烹异品，果献时新。**弦管笙簧**，奏一派声清韵美；**绮罗珠翠，摆两行舞女歌儿。当筵象板撒红牙，遍体舞裙拖锦绣。逍遣壶中闲日月，遨游身外醉乾坤。**（13.9ab）

三大寇本：盆栽绿艾，瓶插红榴。水晶帘卷虾须，锦绣屏开孔雀。菖蒲切玉，佳人笑捧紫霞杯；角黍堆**金**，美女高擎青玉案。食烹异品，果献时新。**弦管笙簧**，奏一派声清韵美；**绮罗珠翠，摆两行舞女歌儿。当筵象板撒红牙，遍体舞裙拖锦绣。**（13.9b）

大涤序本：盆栽绿艾，瓶插红榴。水晶帘卷虾须，锦绣屏开孔雀。菖蒲切玉，佳人笑捧紫霞杯；角黍堆**银**，美女高擎青玉案。食烹异品，果献时新。**葵扇风中**，奏一派声清韵美；**荷衣香里，出百般舞态娇姿。**（13.9b-10a）

（例二）

容与堂本：身穿缟素，腰系孝裙。不施脂粉，自然体态妖娆；懒染铅华，生定天姿秀丽。**云鬟半整，有沉鱼落雁之容。星眼含愁，有闭月羞花之貌。恰似嫦娥离月殿，浑如织女下瑶池。**（32.17b）

三大寇本：身穿缟素，腰系孝裙。不施脂粉，自然体态妖娆；懒染铅华，生定天姿秀丽。**云鬟半整，有沉鱼落雁之容。星眼含愁，有闭月羞花之貌。恰如西子颦眉日，浑似骊姬涕泣时。**（32.18b）

大涤序本：身穿缟素，腰系孝裙。不施脂粉，自然体态妖娆；懒染铅华，生定天姿秀丽。**云含春黛，恰如西子颦眉；雨滴秋波，浑似骊姬垂涕。**（32.19a）

（例三）

全文改易之处，如：

容与堂本：尽道丰年瑞，丰年瑞若何？长安有贫者，宜瑞不宜多。

（24.7b）

三大寇本：尽道丰年瑞，丰年瑞若何？长安有贫者，宜瑞不宜多。（24.7a）

大涤序本：眼波飘瞥任风吹，柳絮沾泥若有私。粉态轻狂迷世界，巫山云雨未为奇。（24.7b）

（例一）

容与堂本：苦口良言谏劝多，金莲怀恨起风波。自家惶愧难存坐，气杀英雄小二哥。（24.14a）

三大寇本：苦口良言谏劝多，金莲怀恨起风波。自家惶愧难在坐，气杀英雄小二哥。（24.14a）

大涤序本：良言逆听即为雠，笑眼登时有泪流。只是两行淫祸水，不因悲苦不因羞。（24.14b）

（例二）

容与堂本：两意相交似蜜脾，王婆撮合更稀奇。安排十件挨光事，管取交欢不负期。（24.24a）

三大寇本：一见如花意似迷，王婆撮合更稀奇。安排十件挨光事，管取交欢不负期。（24.24b-25a）

大涤序本：岂是风流胜可争，迷魂阵里出奇兵。安排十面捱光计，只取亡身入陷坑。（24.25a）

（例三）

以上是大涤余人序本在三大寇本基础上改易诗词的几种方法。相对于大涤余人序本增入诗词而言，改易诗词的情况在大涤余人序本中所见较少。除去个别字词修改不论外，大致有40首三大寇本诗词被大涤余人序本所改易。

大涤余人序本在以三大寇本为底本，再参照容与堂本修订诗词之时，做了增入诗词与改易诗词这两项工作。而大涤余人序本所增入以及改易的诗词，可以很明显看出其中文人化倾向，尤其是大涤余人序本全文改易的诗词，与三大寇本诗词相较，显得更加文雅。由此也可见，大涤余人序本修改者具备相当的文学素养。

表66　容与堂本、三大寇本、大涤余人序本每回诗词情况比对

	容与堂本	三大寇本	大涤余人序本
第1回	11	10	10
第2回	8	9	14
第3回	7	5	6
第4回	12	11	10
第5回	7	6	7
第6回	10	7	7
第7回	4	3	5
第8回	5	4	4
第9回	7	6	8
第10回	7	3	5
第11回	9	7	8
第12回	6	2	3
第13回	11	8	11
第14回	5	3	5
第15回	9	7	8
第16回	6	5	9
第17回	5	2	8
第18回	6	3	7
第19回	7	4	8
第20回	4	3	4
第21回	8	3	6
第22回	4	3	4
第23回	6	4	4
第24回	20	9	14
第25回	4	2	4
第26回	3	1	3
第27回	4	2	3
第28回	2	1	3
第29回	6	3	3

续表

	容与堂本	三大寇本	大涤余人序本
第 30 回	9	4	5
第 31 回	8	3	8
第 32 回	9	8	8
第 33 回	6	2	4
第 34 回	4	3	3
第 35 回	6	4	6
第 36 回	6	3	5
第 37 回	9	6	6
第 38 回	9	5	9
第 39 回	12	6	6
第 40 回	5	3	4
第 41 回	10	4	4
第 42 回	8	5	6
第 43 回	10	5	9
第 44 回	12	7	11
第 45 回	10	7	11
第 46 回	8	4	5
第 47 回	7	3	7
第 48 回	5	3	4
第 49 回	11	9	9
第 50 回	2	0	1
第 51 回	7	4	4
第 52 回	7	6	7
第 53 回	16	5	6
第 54 四回	10	6	6
第 55 回	8	2	5
第 56 回	7	1	1
第 57 回	11	8	8
第 58 回	8	3	3
第 59 回	13	5	8

续表

	容与堂本	三大寇本	大涤余人序本
第60回	9	3	4
第61回	18	13	13
第62回	11	6	9
第63回	9	5	5
第64回	8	3	3
第65回	8	4	4
第66回	6	2	2
第67回	9	5	5
第68回	6	1	1
第69回	8	5	5
第70回	7	2	2
第71回	7	6	6
第72回	9	6	6
第73回	9	2	4
第74回	7	3	3
第75回	4	1	1
第76回	30	25	26
第77回	11	10	10
第78回	8	2	3
第79回	7	2	2
第80回	11	7	7
第81回	9	3	3
第82回	8	3	5
第83回	8	4	4
第84回	8	3	3
第85回	8	4	4
第86回	7	2	2
第87回	5	3	3
第88回	13	2	2
第89回	6	2	2

续表

	容与堂本	三大寇本	大涤余人序本
第 90 回	14	8	8
第 91 回	5	3	3
第 92 回	7	2	2
第 93 回	9	4	4
第 94 回	10	4	5
第 95 回	11	2	2
第 96 回	7	1	1
第 97 回	9	4	4
第 98 回	10	2	2
第 99 回	14	7	7
第 100 回	16	7	7

第四节　大涤余人序本《水浒传》正文研究

上文通过诗词韵文部分的研究,基本上可以得知大涤余人序本与三大寇本、容与堂本之间的关系,同时亦可知大涤余人序本在诗词韵文修订上使用了何种方法。现在再通过正文其他部分对此进行研究,试图解决以下几个问题:其一,三大寇本与大涤余人序本的关系;其二,大涤余人序本与三大寇本相比,正文方面有哪些差异?其三,大涤余人序本参照的容与堂本具体是何种本子?以下文字比对中,单独的容与堂本比对选取中国国家图书馆所藏全本,三大寇本选取无穷会本,大涤余人序本选取遗香堂本。

一、大涤余人序本与三大寇本的关系

通过诗词韵文部分已可得知三大寇本与大涤余人序本的关系,三大寇本乃是大涤余人序本的底本。再通过以下正文部分的比对,此一结论越发能够得到证实。

首先,与容与堂本相比,大涤余人序本与三大寇本关系更为亲密。三大寇本文字特殊改易之处,大涤余人序本绝大多数同之。

其一,三大寇本在容与堂本基础上将一些情节移置。如移置阎婆事,三

大寇本将容与堂本第21回发生的一系列事情，包括王婆叫住宋江引荐阎婆，给宋江做媒娶了阎婆惜，阎婆惜与张文远偷情，宋江疏远阎婆惜等，全部移置到第20回刘唐下书之前；扈三娘、王英结婚情节的移置，三大寇本将容与堂本第51回回首详细叙述宋江为扈三娘、王英婚配之事，移置到第50回回末；辽国蓟州守将介绍的移置，三大寇本将第84回容与堂本卢俊义大战蓟州玉田县之后耶律得重等人的介绍，移置到了宋江刚开始分兵攻打蓟州平峪县与玉田县、耶律得重分付抵御之时。此等处大涤余人序本均同于三大寇本。

其二，三大寇本在容与堂本基础上增补了一些文字。如：

容与堂本：众多好汉都笑。晁盖先叫安顿穆太公一家老小。（41.18a）

三大寇本：众多好汉都笑。**宋江又题起拒敌官军一事，说道："那时小可初闻得这个消息，好不惊恐。不期今日轮到宋江自身上。"吴用道："兄长当初若依了弟兄们之言，只住山上快活，不到江州，不省了多少事。这都是天数，注定如此。"宋江道："黄安那厮如今在那里？"晁盖道："那厮住不勾两三个月便病死了。"宋江嗟叹不已。当日饮酒，各各尽欢。**晁盖先叫安顿穆太公一家老小。（41.18ab）

大涤序本：众多好汉都笑。**宋江又题起拒敌官军一事，说道："那时小可初闻这个消息，好不惊恐。不期今日轮到宋江身上。"吴用道："兄长当初若依了弟兄之言，只住山上快活，不到江州，不省了多少事。这都是天数，注定如此。"宋江道："黄安那厮如今在那里？"晁盖道："那厮住不勾两三个月便病死了。"宋江嗟叹不已。当日饮酒，各各尽欢。**晁盖先叫安顿穆太公一家老小。（41.18b）

（例一）

容与堂本：当日再排大宴，序旧论新，筵席直至更深方散。第三日，高太尉定要下山。宋江等相留不住，再设筵宴送行。高俅道："义士可叫一个精细之人，跟随某去。我直引他面见天子，奏知你梁山泊衷曲之事，随即好降诏敕。"（80.18b-19a）

三大寇本：当日再排大宴，序旧论新，筵席直至更深方散。第三日，高太尉定要下山。宋江等相留不住，再设筵宴送行。**抬出金银彩段之类，约数千金，专送太尉为折席之礼，众节度使以下另有馈送，高太尉推**

却不的，只得都受了。饮酒中间，宋江又提起招安一事，高俅道："义士可叫一个精细之人，跟随某去。我直引他面见天子，奏知你梁山泊衷曲之事，随即好降诏敕。"（80.19ab）

大涤序本：当日再排大宴，序旧论新，筵席直至更深方散。第三日，高太尉定要下山。宋江等相留不住，再设筵宴送行。**抬出金银彩段之类，约数千金，专送太尉为折席之礼，众节度使以下另有餽送，高太尉推却不的，只得都受了。饮酒中间，宋江又提起招安一事，**高俅道："义士可叫一个精细之人，跟随某去。我直引他面见天子，奏知你梁山泊衷曲之事，随即好降诏敕。"（80.19ab）

（例二）

容与堂本：此人原是歙州山中樵夫，因去溪边净手，水中照见自己头戴平天冠，身穿衮龙袍，以此向人道他有天子福分，因而造反。（90.16b-17a）

三大寇本：此人原是歙州山中樵夫，因去溪边净手，水中照见自己头戴平天冠，身穿衮龙袍，以此向人说自家有天子福分。**因朱晋昭在吴中征取花石纲，百姓大怨，人人思乱，**方腊乘机造反。（90.16a）

大涤序本：此人原是歙州山中樵夫，因去溪边净手，水中照见自己头戴平天冠，身穿衮龙袍，以此向人说自家有天子福分。**因朱勔在吴中征取花石纲，百姓大怨，人人思乱，**方腊乘机造反。（90.16ab）

（例三）

容与堂本：大惠禅师下了火已了，众僧诵经忏悔，焚化龛子，在六和塔山后，收取骨殖，葬入塔院。所有鲁智深随身多余衣钵金银并各官布施，尽都纳入六和寺里，常住公用。（99.12b）

三大寇本：大惠禅师下了火已了，众僧诵经忏悔，焚化龛子，在六和塔山后，收取骨殖，葬入塔院。所有鲁智深随身多余衣钵**及朝廷赏赐**金银并各官布施，尽都纳入六和寺里，常住公用。**浑铁禅杖，并皁布直裰，亦留于寺中供养。**（99.12ab）

大涤序本：大惠禅师下了火已了，众僧诵经忏悔，焚化龛子，在六和塔山后，收取骨殖，葬入塔院。所有鲁智深随身多余衣钵**及朝廷赏赐**金银并各官布施，尽都纳入六和寺里，常住公用。**浑铁禅杖，并皁布直裰，亦留于寺中供养。**（99.12ab）

（例四）

容与堂本：宋江等军马，只就城外屯住，扎营于旧时陈桥驿，听候圣旨。宋江叫裴宣写录见在朝京大小正偏将佐数目，共计二十七员。（99.15b）

三大寇本：宋江等军马，只就城外屯住，扎营于旧时陈桥驿，听候圣旨。**此时有先前留下伏侍李俊等小校，从苏州来报说，李俊原非患病，只是不愿朝京为官，今与童威、童猛不知何处去了。宋江又复嗟叹，**叫裴宣写录见在朝京大小正偏将佐数目，共计二十七员。（99.16a）

大涤序本：宋江等军马，只就城外屯住，扎营于旧时陈桥驿，听候圣旨。**此时有先前留下伏侍李俊等小校，从苏州来报说，李俊原非患病，只是不愿朝京为官，今与童威、童猛不知何处去了。宋江又复嗟叹，**叫裴宣写录见在朝京大小正偏将佐数目，共计二十七员。（99.15b-16a）

（例五）

以上所举诸例，三大寇本较之容与堂本均有情节文字上的增补，此等处大涤余人序本均同于三大寇本。

其三，三大寇本在容与堂本基础上删削了一些文字。如：

容与堂本：清长老接书，把来拆开看时，**上面写道："智真和尚合掌白言贤弟清公大德禅师：不觉天长地隔，别颜睽远。虽南北分宗，千里同意。今有小浼：敝寺檀越赵员外剃度僧人智深，俗姓是延安府老种经略相公帐前提辖官鲁达，为因打死了人，情愿落发为僧。二次因醉，闹了僧堂，职事人不能和顺。**特来上刹，万望作职事人员收录。幸甚！切不可推故。此僧久后正果非常，千万容留。珍重，珍重！"（6.11b-12a）

三大寇本：清长老接书拆开看时，中间备细说着鲁智深出家缘由，并今下山投托上刹之故。万望慈悲收录，做个职事人员，切不可推故。此僧久后必当正果。（6.11b）

大涤序本：清长老接书拆开看时，中间备细说着鲁智深出家缘由，并今下山投托上刹之故。万望慈悲收录，做个职事人员，切不可推故。此僧久后必当证果。（6.11b）

（例一）

容与堂本：只把这山下三座关牢牢地拴住，**又没个道路上去。打紧这座山生的险峻**，又没别路上去，那撮鸟由你叫骂，只是不下来厮杀，气得洒家正苦，在这里没个委结。（17.7a）

三大寇本：只把这山下三座关牢牢地拴住，又没别路上去，那撮鸟由你叫骂，只是不下来厮杀，气得洒家正苦，在这里没个委结。（17.7ab）

大涤序本：只把这山下三座关牢牢地拴住，又没别路上去，那撮鸟由你叫骂，只是不下来厮杀，气得洒家正苦，在这里没个委结。（17.7b）

（例二）

容与堂本：两个公人一路上做好做恶，管押了行。看看天色傍晚，约行了十四五里，前面一个村镇，寻觅客店安歇。**旧时客店，但见公人监押囚徒来歇，不敢要房钱。**当时小二哥引到后面房里，安放了包裹。（62.13a）

三大寇本：两个公人一路上做好做恶，管押了行。看看天色傍晚，约行了十四五里，前面一个村镇，寻觅客店安歇。当时小二哥引到后面房里，安放了包裹。（62.13ab）

大涤序本：两个公人一路上做好做恶，管押了行。看看天色傍晚，约行了十四五里，前面一个村镇，寻觅客店安歇。当时小二哥引到后面房里，安放了包裹。（62.13b-14a）

（例三）

容与堂本：茶博士道："这是东京上厅行首，唤做李师师。**间壁便是赵元奴家。**"……宋江喏喏连声，带了三人便行。出得李师师门来，**与柴进道："今上两个表子，一个李师师，一个赵元奴。虽然见了李师师，何不再去赵元奴家走一遭？"宋江迳到茶坊间壁，揭起帘幕。张闲便请赵婆出来说话。燕青道："我这两位官人，是山东巨富客商，要见娘子一面，一百两花银相送。"赵婆道："恰恨我女儿没缘，不快在床，出来相见不得。"宋江道："如此却再来求见。"赵婆相送出门，作别了。**四个且出小御街，迳投天汉桥来看鳌山。（72.6b-9a）

三大寇本：茶博士道："这是东京上厅行首，唤做李师师。"……宋江喏喏连声，带了三人便行。出得李师师门来，穿出小御街，迳投天汉桥来看鳌山。（72.6a-8b）

大涤序本：茶博士道："这是东京上厅行首，唤做李师师。"……宋

江喏喏连声，带了三人便行。出得李师师门来，穿出小御街，迳投天汉桥来看鳌山。（72.6a-8b）

（例四）

容与堂本：且说宿太尉领了圣旨出朝，迳到宋江行寨军前开读。宋江等忙排香案，**拜谢君恩，开读诏敕：**

制曰：舜有天下，举皋陶而四海咸服；汤有天下，举伊尹而万民俱安。朕自即位以来，任贤之心，夙夜靡怠。近得宋江等众，顺天护国，秉义全忠。如斯大才，未易轻任。今为辽兵侵境，逆虏犯边。敕加宋江为破辽兵马都先锋使，卢俊义为副先锋。其余军将，如夺头功，表申奏闻，量加官爵。就统所部军马，克日兴师，直抵巢穴，伐罪吊民，扫清边界。所过州府，另敕应付钱粮。如有随处官吏人等，不遵将令者，悉从便益处治。故兹制示，想宜知悉。宣和四年夏月日。当下宋江、卢俊义等，跪听诏敕已罢，众皆大喜。（83.2b-3a）

三大寇本：且说宿太尉领了圣旨出朝，迳到宋江行寨军前开读。宋江等忙排香案迎接，跪听诏敕已罢，众皆大喜。（83.2a）

大涤序本：且说宿太尉领了圣旨出朝，迳到宋江行寨军前开读。宋江等忙排香案迎接，跪听诏敕已罢，众皆大喜。（83.2a）

（例五）

以上所举诸例，三大寇本较之容与堂本均删削了情节文字，此等处大涤余人序本依旧同于三大寇本。由此足以说明，相较容与堂本而言，大涤余人序本与三大寇本关系十分之密切。

其次，需要证明二本关系密切，是因为大涤余人序本以三大寇本为底本，而非相反的情况。

三大寇本故事情节当中有一处特殊的情节，也是所有版本中具有唯一性的情节。此情节在小说第 72 回，三大寇本将屏风“四大寇”改为“三大寇”。小说第 72 回柴进换了王班直服饰与令牌偷入禁宫中，在睿思殿素白屏风上，看到御书四大寇姓名。容与堂本为“山东宋江　淮西王庆　河北田虎　江南方腊”，三大寇本为“山东宋江　蓟北辽国　江南方腊”。大涤余人序本同于容与堂本，为四大寇“山东宋江　淮西王庆　河北田虎　江南方腊”。这是否说明大涤余人序本的底本并非三大寇本？答案是否定的。

百二十回本《发凡》中有这么一条：

古本有罗氏"致语"，相传"灯花婆婆"等事，既不可复见；乃后人有因四大寇之拘而酌损之者，有嫌一百廿回之繁而淘汰之者，皆失。郭武定本，即旧本，移置阎婆事，甚善；其于寇中去王、田而加辽国，犹是小家照应之法。不知大手笔者，正不尔尔，如本内王进开章而不复收缴，此所以异于诸小说，而为小说之圣也欤！

《发凡》所言之旧本即大涤余人序本的底本，之前诗词韵文部分的研究亦可得知。从此条《发凡》可知，大涤余人序本的底本移置了阎婆事，又在屏风上将田虎、王庆之名去掉，加上辽国之名。符合这一切条件的本子只有三大寇本，由此也可见三大寇本当系大涤余人序本底本无疑。同时，大涤余人序本人编纂者认为改"四大寇"为"三大寇"乃是小家照应法，所以又重新将其改了回来。

需要注意的是，屏风所题四大寇之处，大涤余人序本有一条批语，"世本添演征王庆、田虎者，既可笑；又有去王庆、田虎，改入蓟北辽国者，因有征辽事耳，与添演王庆、田虎何异？不知入庆、虎方成一类，辽则不止于寇矣。且后文政不必一一照出，于此中只举征方腊已尽寇之大而最著者，此外旁及征辽，更见胜敌之能，此史笔用疏处、有波澜处，岂可妄改"（72.5ab），此条批语详细解释了将"三大寇"改为"四大寇"的原因。

除此之外，《发凡》中还有一则条目可证大涤余人序本的底本为三大寇本。

订文音字，旧本亦具有功力，然淆讹舛驳处尚多。如首引一词，便有四谬。试以此刻对勘旧本，可知其余。至如"耐"之为"奈"，"躁"之为"燥"，犹云书错。若溷"戴"作"帶"，溷"煞"作"殺"，溷"閂"作"拴"；"冲""衝"之无分，"逕""竟"之莫辨，遂属义乖。如此者更难枚举，今悉较改。其音缀字下，虽便寓目；然大小断续，通人所嫌，故总次回尾，以便翻查。回远者例观，音异者别出。若半字可读，俗义可通者，或用略焉。

此条《发凡》又提到了旧本一条特征，即订文音字。音字方面，即将难认之字的字音缀于字下，所有本子中只有三大寇本符合"音字"这一特征。如三大寇本第4回便有数处注音的情况。列举如下：

把头发分做九路，绾了捆(肘)搮(牒)起来。(4.8a)

只如今教洒家做了和尚，饿得干瘪(鳖)了。(4.10ab)

开了桶盖，只顾舀(杳)着那冷酒吃。(4.11ab)

露出脊背上花绣来，揙(膻又去声)着两个膀子上山。(4.11b)

你是佛家弟子，如何噇(幢)得烂醉了上山来。(4.12a)

却待挣(诤)侧，智深再复一拳，打倒在山门下，只是叫苦。(4.12b)

离了僧房，信步踱(铎)出山门外立地，看着五台山，喝采一回。(4.15a)

那打铁的看见鲁智深腮边新剃暴长短须，戗戗地好渗濑(渗所禁切，濑音赖，俗语作测赖)人，先有五分怕他。(4.15b)

破瓮榨成黄米酒，柴门挑出布青帘(廉)。(4.17a)

智深大喜，用手扯那狗肉，蘸(站)着蒜泥吃。(4.18a)

下得亭子，把两只袖子搭(音搦，女角切)在手里，上下左右使了一回。(4.18ab)

只听得刮剌剌(腊)一声响亮，把亭子柱打折了。(4.18b)

跳上台基，把杉刺子只一拔，却似撧(绝)葱般拔开了。(4.18b)

括号内文字即是注音部分，即有直音法，也有反切法。

订文方面，三大寇本虽然明确指正误字之处并不多见，但批语中亦存在一些。如：

两个门子远远地望见，拿着竹批(一作篦，误)来到山门下。(4.12a)

那人便把熟鸡来析(斯，俗作搽，误)了，将注子里好酒筛下，请都头吃。(28.7b)

人都叫做鼓上皁(或作蚤、鼋、蟮，俱误)。(46.8b)

众人齐和(一作贺，非)起来，雷横大怒。(51.5a)

李逵道："我和哥哥警(一作鼈，误)口气，要投凌州去杀那姓单、姓魏的两个。"(67.8a)

至于说旧本，也就是大涤余人序本底本所存在的误字，至如"耐"之为"奈"、"躁"之为"燥"，犹云书错。若溷"戴"作"帶"、溷"煞"作"殺"、溷

“閂”作“拴”,“冲”“衝”之无分,“逕”“竟”之莫辨,这些情况在三大寇本中确实存在。如：

三大寇本：我是一个不带头巾男子汉,叮叮当当响的婆娘。(24.13b)

大涤序本：我是一个不戴头巾男子汉,叮叮当当响的婆娘。(24.14a)

(例一)

三大寇本：探听军情,多亏杀兄弟一个。(78.1a)

大涤序本：探听军情,多亏煞兄弟一个。(78.1a)

(例二)

三大寇本：迤逦回到东京,竟来金梁桥下董生药家,下了这封书。(2.3a)

大涤序本：迤逦回到东京,迳来金梁桥下董生药家,下了这封书。(2.3a)

(例三)

三大寇本：老都管道:“须是相公当面分付道:休要和他彆拗。因此我不做声。这两日也看他不得,权且奈他。”两个虞候道:“相公也只是人情话儿,都管自做个主便了。”老都管又道:“且奈他一奈。”(16.7b)

大涤序本：老都管道:“须是相公当面分付道:休要和他彆拗。因此我不做声。这两日也看他不得,权且耐他。”两个虞候道:“相公也只是人情话儿,都管自做个主便了。”老都管又道:“且耐他一耐。”(16.7b)

(例四)

三大寇本：那和尚发作,行者焦燥,大叫道:“俺不是出家人,俺是杀人的太岁鲁智深、武松的便是。”(85.13b)

大涤序本：那和尚发作,行者焦躁,大叫道:“俺不是出家人,俺是杀人的太岁鲁智深、武松的便是。”(85.13b)

(例五)

以上例证均是百二十回本《发凡》中所提及的旧本正文特征,三大寇本与之完全契合。由此可知,三大寇本毫无疑问就是大涤余人序本的底本。

二、大涤余人序本正文的改易

以上大涤余人序本将“带”改为“戴”、“杀”改为“煞”、“竟”改为“迳”、

“奈”改为“耐”、“燥”改为“躁”，由此可以看出，相较于三大寇本而言，大涤余人序本改易了某些文字。上述诸例均是个别文字改易之处，其他方面大涤余人序本还存在多种改易情况。

其一，大涤余人序本增添文字。

容与堂本：史进修整门户墙垣，安排庄院，拴束衣甲，整顿刀马，提防贼寇，不在话下。（2.17a）

三大寇本：史进修整门户墙垣，安排庄院，拴束衣甲，整顿刀马，提防贼寇，不在话下。（2.18a）

大涤序本：史进修整门户墙垣，安排庄院，**设立几处梆子**，拴束衣甲，整顿刀马，提防贼寇，不在话下。（2.18b-19a）

（例一）

容与堂本：王伦指着林冲对杨志道：“这个兄弟，他是东京八十万禁军教头，唤做豹子头林冲。”（12.3a）

三大寇本：王伦指着林冲对杨志道：“这个兄弟，他是东京八十万禁军教头，唤做豹子头林冲。”（12.2b）

大涤序本：王伦**心里想道：“若留林冲，实形容得我们不济，不如我做个人情，并留了杨志，与他作敌。”**因指着林冲对杨志道：“这个兄弟，他是东京八十万禁军教头，唤做豹子头林冲。”（12.2b）

（例二）

容与堂本：都上厅来，再拜谢了众军官，入班做了提辖。众军卒打着得胜鼓，把着那金鼓旗先散。（13.8b）

三大寇本：都上厅来，再拜谢了众军官，入班做了提辖。众军卒打着得胜鼓，把着那金鼓旗先散。（13.8b）

大涤序本：都上厅来，再拜谢了众军官，**梁中书叫索超、杨志两个也见了礼**，入班做了提辖。众军卒便打着得胜鼓，把着那金鼓旗先散。（13.9a）

（例三）

容与堂本：我已寻思在肚里了。如今我们收拾五七担挑了，一齐都走奔石碣村三阮家里去。晁盖道……（18.9a）

三大寇本：我已寻思在肚里了。如今我们收拾五七担挑了，一齐都

走奔石碣村三阮家里去。晁盖道……(18.9a)

大涤序本:我已寻思在肚里了。如今我们收拾五七担挑了,一齐都走奔石碣村三阮家里去。**今急遣一人,先与他弟兄说知。**晁盖道……(18.9b)

(例四)

容与堂本:梁中书听得这个消息,不由他不慌,传令教众将只是坚守,不许相战。且说宋江到寨中……(65.1a)

三大寇本:梁中书听得这个消息,不由他不慌,传令教众将只是坚守,不许出战。且说宋江到寨中……(65.1a)

大涤序本:梁中书听得这个消息,不由他不慌,传令教众将只是坚守,不许出战。**意欲杀了卢俊义、石秀,犹恐激恼了宋江,朝廷急无兵马救应,其祸愈速。只得教监守着二人,再行申报京师,听凭蔡太师处分。**且说宋江到寨中……(65.1a)

(例五)

容与堂本:蔡京见了大怒,且教首将退去。(67.3b)

三大寇本:蔡京见了大怒,且教首将退去。(67.3b)

大涤序本:蔡京**初意亦欲苟且招安,功归梁中书身上,自己亦有荣宠。今见事体败坏难遮掩,便欲主战,**因大怒道:"且教首将退去!"(67.3b)

(例六)

容与堂本:卢俊义听了大惊,如痴似醉,呆了半晌。神机军师朱武便谏道:"今先锋如此烦恼,有误大事,可以别商量一个计策,去夺关斩将,报此雠恨。"(98.4a)

三大寇本:卢俊义听了大惊,如痴似醉,呆了半晌。神机军师朱武便谏道:"今先锋如此烦恼,有误大事,可以别商量一个计策,去夺关斩将,报此雔恨。"(98.3b-4a)

大涤序本:卢俊义听了大惊,如痴似醉,呆了半晌。神机军师朱武,**为陈达、杨春垂泪已毕,**谏道:"先锋且勿烦恼,有误大事,可以别商量一个计策,去夺关斩将,报此雠恨。"(98.4a)

(例七)

容与堂本:俺也闻他名字。**那个阿哥不在这里。**洒家听得说,他在

延安府老种经略相公处勾当。(3.5a)

三大寇本:俺也闻他名字。洒家听得说,他在延安府老种经略相公处勾当。(3.5a)

大涤序本:俺也闻他名字。**那个阿哥不在这里。**洒家听得说,他在延安府老种经略相公处勾当。(3.5a)

(例八)

容与堂本:那官人扑翻身便拜道:"**闻名不如见面,见面胜似闻名。**义士提辖受礼。"(4.3a)

三大寇本:那官人扑翻身便拜道:"义士提辖受礼。"(4.3a)

大涤序本:那官人扑翻身便拜道:"**闻名不如见面,见面胜似闻名。**义士提辖受礼。"(4.3ab)

(例九)

容与堂本:次日,又备酒食管待。**鲁达道:"员外错爱,洒家如何报答。"赵员外便道:"四海之内,皆兄弟也。如何言报答之事。"话休絮烦。**鲁达自此之后,在这赵员外庄上住了五七日。(4.4a)

三大寇本:次日,又备酒食管待。鲁达自此之后,在这赵员外庄上住了五七日。(4.4a)

大涤序本:次日,又备酒食管待。**鲁达道:"员外错爱,洒家如何报答。"赵员外便道:"四海之内,皆兄弟也。如何言报答之事。"话休絮烦。**鲁达自此之后,在这赵员外庄上住了五七日。(4.4ab)

(例十)

以上10例均是大涤余人序本在三大寇本基础上增添文字,部分文字的增添对于人物性格刻画以及情节增饰都有非常好的效果。

例一虽然仅仅多了六个字"设立几处梆子",但是弥补了小说情节上的漏洞。因为后文小说中有"梆子响"的情节,"那庄前庄后,庄东庄西,三四百史家庄户,听得梆子响,都拖枪拽棒,聚起三四百人,一齐都到史家庄上"(容.2.18a)。例二中增添了王伦一段心理活动,更可见其酸腐秀才的性格,心眼极小,内心还阴暗。例三中多出梁中书让索超、杨志二人见礼的细节,此一举动是为了让争斗的将领和睦,同时也符合生活的情理。例四中同样多出一处小细节,此细节的添加明显更合常理,先派一个人去通报消息,一者可以通风报信，二者不至于之后弄得手忙脚乱。例五中文字的增入算是对小说情节的补充，解释了梁中书没有杀害卢俊义与石秀的原因。例六中增添的一句话，在不经意间对一个奸臣的嘴脸进行了生动刻画，心中只有个人得失，而毫无国家荣辱。例七中朱武对陈达、杨春之死流泪一语的增添，颇为符合情理，朱武、陈达、杨春三人自少华山便在一起共事，感情颇为深厚，至征方腊，陈达、杨春阵亡，若朱武毫无悲伤情绪，那才真是怪事了。

值得注意的是例八至例十。相对于三大寇本而言，大涤余人序本增添了文字，这些增添的文字在容与堂本中同样存在，并且完全相同。这并不是巧合，也不可能有如此巧合之事，大涤余人序本增添的文字完全与容与堂本相同，而且不止一处。那么这些例子产生的原因应该是，三大寇本在容与堂本基础上删节了文字，而大涤余人序本以三大寇本为底本改易文字之时，参照了容与堂本，所以将三大寇本删去的某些文字重新增补进来。此点与大涤余人序本诗词韵文部分的增补颇为相似。

其二，大涤余人序本删削文字。

容与堂本：这浮浪子弟门风，帮闲之事，无一般不晓，无一般不会，更无般不爱。更兼琴棋书画，**儒释道教**，无所不通。（2.4a）

三大寇本：这浮浪子弟门风，帮闲之事，无一般不晓，无一般不会，更无一般不爱。更兼琴棋书画，**儒释道教**，无所不通。（2.4a）

大涤序本：这浮浪子弟门风，帮闲之事，无一般不晓，无一般不会，更无一般不爱。**即如**琴棋书画，无所不通。（2.4a）

（例一）

容与堂本：亦是兄长名震寰海，王头领必当重用。**随即叫酒保安排分例酒来相待。林冲道："何故重赐分例酒食？拜扰不当。"朱贵道："山寨中留下分例酒食，但有好汉经过，必教小弟相待。既是兄长来此入伙，怎敢有失祗应。"**随即安排鱼肉盘馔酒肴，到来相待。（11.7a）

三大寇本：亦是兄长名震寰海，王头领必当重用。**随即叫酒保安排分例酒来相待。林冲道："何故重赐酒食？拜扰不当。"朱贵道："山寨中留下分例酒食，但有好汉经过，必教小弟相待。既是兄长来此入伙，怎敢有失祗应。"**随即安排鱼肉盘馔酒肴，到来相待。（11.7ab）

大涤序本：亦是兄长名震寰海，王头领必当重用。随即安排鱼肉盘

馔酒肴，到来相待。（11.7b）

（例二）

容与堂本：晁盖道："好兄弟，小心在意，速去早来。**我使刘唐随后来策应你们。**"（20.7ab）

三大寇本：晁盖道："好兄弟，小心在意，速去早来。**我使刘唐随后来策应你们。**"（20.7b）

大涤序本：晁盖道："好兄弟，小心在意，速去早来。"（20.7b）

（例三）

容与堂本：久闻兄长是个大丈夫，**不在蒋门神之下**，怎地得兄长与小弟出得这口无穷之怨气，死而瞑目。（29.2a）

三大寇本：久闻兄长是个大丈夫，**不在蒋门神之下**，怎地得兄长与小弟出得这口无穷之怨气，死而瞑目。（29.2a）

大涤序本：久闻兄长是个大丈夫，怎地得兄长与小弟出得这口无穷之怨气，死而瞑目。（29.2a）

（例四）

容与堂本：武松听得道："都监相公如此爱我，**又把花枝也似个女儿许我**。他后堂内里有贼，我如何不去救护？"（30.7b）

三大寇本：武松听得道："都监相公如此爱我，**又把花枝也似个女儿许我**。他后堂内里有贼，我如何不去救护？"（30.7b）

大涤序本：武松听得道："都监相公如此爱我，他后堂内里有贼，我如何不去救护？"（30.7b-8a）

（例五）

容与堂本：那江州军民百姓，谁敢近前。这黑大汉直杀到江边来，身上血溅满身，兀自在江边杀人。**百姓撞着的，都被他翻筋斗都砍下江里去**。（40.10a）

三大寇本：那江州军民百姓，谁敢近前。这黑大汉直杀到江边来，身上血溅满身，兀自在江边杀人。**百姓撞着的，都被他翻筋斗都砍下江里去**。（40.10b）

大涤序本：那江州军民百姓，谁敢近前。这黑大汉直杀到江边来，身上血溅满身，兀自在江边杀人。（40.10b）

（例六）

容与堂本:就中军竖起云梯将台,引吴用、朱武上台观望。宋江看了惊讶不已。**吴用看了,也不识的。**朱武看了,认的是天阵。(88.7a)

三大寇本:就中军竖起云梯将台,引吴用、朱武上台观望。宋江看了惊讶不已。**吴用看了,也不识得。**朱武看了,认的是天阵。(88.6a)

大涤序本:就中军竖起云梯将台,引吴用、朱武上台观望。宋江看了惊讶不已。朱武看了,认的是天阵。(88.6a)

(例七)

容与堂本:关胜听了,微微冷笑:"**盗贼之徒,不足与吾对敌。**"当时暗传号令,教众军俱各如此准备,"**贼兵入寨,帐前一声锣响,四下各自捉人。**"三军得令,各自潜伏。(64.4ab)

三大寇本:关胜听了,微微冷笑:"**盗贼之徒,不足与吾对敌。**"当时暗传号令,教众军俱各如此准备,"**贼兵入寨,帐前一声锣响,四下各自捉人。**"三军得令,各自潜伏。(64.3b-4a)

大涤序本:关胜听了,微微冷笑。当时暗传号令,教众军俱各如此准备,三军得令,各自潜伏。(64.3b-4a)

(例八)

容与堂本:却说梁中书正在衙前闲坐,初听报说,尚自不甚慌。次后没半个更次,流星探马接连报来,吓得魂不付体,慌忙快叫备马。说言未了,**时迁就在翠云楼上点着硫黄焰硝,放一把火来。**那火烈焰冲天,火光夺月,十分浩大。(66.8b)

三大寇本:却说梁中书正在衙前闲坐,初听报说,尚自不甚慌。次后没半个更次,流星探马接连报来,吓得魂不附体,慌忙快叫备马。说言未了,**时迁就在翠云楼上点着硫黄焰硝,放一把火来。**那火烈焰冲天,火光夺月,十分浩大。(66.9a)

大涤序本:却说梁中书正在衙前闲坐,初听报说,尚自不甚慌。次后没半个更次,流星探马接连报来,吓得魂不附体,慌忙快叫备马。说言未了,只见翠云楼上烈焰冲天,火光夺月,十分浩大。(66.9a)

(例九)

容与堂本:原来楚州南门外蓼儿洼,如果风景异常,四面俱是水,中有此山。宋江自到任以来,便看在眼里,**常时游玩乐情。虽然窄狭,山峰秀丽,与梁山泊无异。**常言:"我死当葬于此处。"不期果应其言。宋

江自与李逵别后，心中伤感，思念吴用、花荣，不得会面。（100.9b-10a）

三大寇本：**原来楚州南门外蓼儿洼，果然风景异常，四面俱是水，中有此山。宋江自到任以来，便看在眼里，常言："我死当葬于此处。"不期果应其言。**宋江自与李逵别后，心中伤感，思念吴用、花荣，不得会面。（100.9b-10a）

大涤序本：再说宋江自从与李逵别后，心中伤感，思念吴用、花荣，不得会面。（100.9b）

（例十）

以上10例大涤余人序本在三大寇本基础上删削了文字，文字删削之处对重塑人物形象、弥补情节逻辑以及提高艺术成就等均有一定帮助。例一中删去"儒释道教"一词，此处所言乃是浮浪子弟门风，"儒释道教"放置于此处，与琴棋书画、踢球打弹、品竹调丝、吹弹歌舞并列，不甚合适。例二中此处文字删节较多，有可能是大涤余人序本同词"随即"脱文，也可能是觉得朱贵前后两次安排酒食相待，文字略显累赘，故而删去前面部分。例三中三大寇本文字"我使刘唐随后来策应你们"，乍一看去并无不妥，但是与后文相照则有抵牾之处，后文提到"晁盖恐三阮担负不下，又使刘唐点起一百余人，教领了下山去接应"，此处文字似乎表明晁盖安排刘唐接应乃是临时起意，并非如之前文字所言是一开始定下的计策。

例四中被删去的"不在蒋门神之下"一语颇有歧义，似乎是说蒋门神也是个大丈夫。例五是武松的心理活动，删去的是武松心中女色的念头，大涤余人序本修改者认为女色不应该成为武松心中的牵绊，或者觉得武松心头存有女色会对其形象有所损伤，故而将其删去。例六中被删去的文字是李逵一直为人所诟病的地方——乱杀无辜，删去此处文字对于李逵的负面形象有一定缓解。例七中删去的是对吴用形象有所损伤的文字，一直以来吴用都是以智多星形象出现，也是梁山集团的军师，此处与辽国一次斗阵，吴用竟然认不出阵法，而位列地煞的朱武却认出来了，此一事件对于吴用形象来说，无疑是一次很大的打击，大涤余人序本修改者有鉴于此，便删去了此处文字。

例八、例九是大涤余人序本删节文字之后，艺术水平提高之例。例八中三大寇本描写颇为详尽，属于全知全能型叙事，大涤余人序本删节文字之后,变成了限知型叙事,给读者留有更多悬念。例九中大涤余人序本删去时迁放火一事,三大寇本此处叙事从梁中书突然转到时迁,视角转换显得突兀,而大涤余人序本文字删节之后,从梁中书眼中看出时迁放火的情形,情节文字更为流畅。值得玩味的是例十,三大寇本在容与堂本基础上删削文字,而大涤余人序本则又在三大寇本基础上删削文字。文字删节之后,情节更为紧凑,但是那种悲凉的氛围则减弱不少。

其三,大涤余人序本改易文字。

容与堂本:只见首座与众僧自去商议道:"这个人不似出家的模样,一双眼**恰似贼一般**。"(4.7a)

三大寇本:只见首座与众僧自去商议道:"这个人不似出家的模样,一双眼**恰似贼一般**。"(4.7a)

大涤序本:只见首座与众僧自去商议道:"这个人不似出家的模样,一双眼**却恁凶险**。"(4.7a)

(例一)

容与堂本:可怜王伦做了**半世强人**,今日死在林冲之手。(19.14b)

三大寇本:可怜王伦做了**半世强人**,今日死在林冲之手。(19.15b)

大涤序本:可怜王伦做了**多年寨主**,今日死在林冲之手。(19.16a)

(例二)

容与堂本:武松道:"高邻休怪,不必乞惊!武松虽是粗卤汉子,便死也不怕,还省得有冤报冤,有仇报仇,并不伤犯众位,只烦高邻做个证见。若有一位先走的,武松翻过脸来休怪,教他先吃我五七刀了去!武松便偿他命也不妨。"众邻舍**道:"却吃不得饭了。"**(26.14a)

三大寇本:武松道:"高邻休怪,不必吃惊!武松虽是粗卤汉子,便死也不怕,还省得有冤报冤,有雠报雠,并不伤犯众位,只烦高邻做个证见。若有一位先走的,武松翻过脸来休怪,教他先吃我五七刀了去!武二便偿他命也不妨。"众邻舍**道:"却吃不得饭了。"**(26.14b-15a)

大涤序本:武松道:"高邻休怪,不必吃惊!武松虽是粗卤汉子,便死也不怕,还省得有冤报冤,有讐报讐,并不伤犯众位,只烦高邻做个证见。若有一位先走的,武松翻过脸来休怪,教他先吃我五七刀了去!武二便偿他命也不妨。"众邻舍**俱目瞪口呆,再不敢动**。(26.15a)

(例三)

容与堂本：船上客帐司出来答道："此是朝廷太尉，奉圣旨去西岳降香。汝等是梁山泊义士，何故拦截？"吴用道："俺们义士，只要求见太尉尊颜，有告覆的事。"（59.5a）

三大寇本：船上客帐司出来答道："此是朝廷太尉，奉圣旨去西岳降香。汝等是梁山泊**义士**，何故拦截？"吴用道："俺们义士，只要求见太尉尊颜，有告覆的事。"（59.4b-5a）

大涤序本：船上客帐司出来答道："此是朝廷太尉，奉圣旨去西岳降香。汝等是梁山泊**乱寇**，何故拦截？"吴用道："俺们义士，只要求见太尉尊颜，有告覆的事。"（59.5a）

（例四）

容与堂本：高俅见了众多好汉，一个个英雄勇烈，**智勇威严，尽是锦衣绣袄，不似上阵之时，先有五分**惧怯。（80.17b）

三大寇本：高俅见了众多好汉，一个个英雄猛烈，**智勇威严，尽是锦衣绣袄，不似上阵之时，先有五分**惧怯。（80.18a）

大涤序本：高俅见了众多好汉，一个个英雄猛烈，**林冲、杨志怒目而视，有欲要发作之色，先有七八分**惧怯。（80.18a）

（例五）

容与堂本：大兵重重围住，直杀到四更方息，杀的辽兵二十余万**不留一个**。（89.5a）

三大寇本：大兵重重围住，直杀到四更方息，杀的辽兵二十余万**不留一个**。（89.5a）

大涤序本：大兵重重围住，直杀到四更方息，杀的辽兵二十余万**七损八伤**。（89.5a）

（例六）

以上6例大涤余人序本在三大寇本基础上修改文字，修改之后的文字较之原文字为佳。例一中寺里僧人所言的是花和尚鲁智深的样貌，前半句不似出家人模样倒也恰当，但是后半句三大寇本说鲁智深一双眼恰似贼一般，则明显不恰当，也不符合实际，使得鲁智深形象过于猥琐，大涤余人序本改为"却恁凶险"，则更符合鲁智深形象。例二中三大寇本对王伦的形容是"半世强人"，这个词语不太恰当，因为从后文阮小七口中可知，王伦占领水泊时间并不长，绝对没有“半世”之久，大涤余人序本改为“多年寨主”则更为妥帖。例三中如此紧张的气氛，三大寇本武大的邻舍还在想着吃饭，实在是太不符合情理了，大涤余人序本将此处改为“目瞪口呆，再不敢动”，则明显更符合事实，众邻舍被武松一时行为给震慑住。

例四中从客帐司的语气以及之后的言语来看，此处决然不会称呼梁山泊众人为义士，且若此处客帐司称呼梁山泊众人为义士，吴用回答中称呼自己为义士的举动也就无从着落，所以以大涤余人序本所改文字为当。例五中三大寇本文句无甚问题，但是大涤余人序本改易后的文字则显然更佳，使得小说情节前后有所照应，林冲与杨志均是与高俅有大仇之人，此处借高俅之眼看出他二人的忿恨，既对林冲、杨志见到高俅之后的举动有所交代，又让高俅的惧怯更加符合情理。例六中三大寇本文字“不留一个”显然是夸大其词，不符合常理，而大涤余人序本改为“七损八伤”则更近事实。

从此部分大涤余人序本在三大寇本基础上对文字增补、删削以及改易的情况来看，大涤余人序本修改者对文本比较熟悉，而且具有相当的文学功力，对文字、情节以及人物形象等把握比较准确，基本上来说，改动后的文字较之原文字更佳。同时，改动后的文字对于人物形象塑造、情节设置以及小说艺术性等方面均有所提升。

三、大涤余人序本与容与堂本系统诸本的关系

通过上文大涤余人序本诗词韵文问题的研究，以及大涤余人序本在三大寇本基础上增添文字的例八至例十，可以明确知道，大涤余人序本正文的底本虽然为三大寇本，但是也参照容与堂本进行了修改。这种情况在大涤余人序本中比较常见，如单个文字参照容与堂本修改之处，举例观之。

容与堂本：员外叫鲁达附耳低言：“你来这里出家，如何便对长老坐地？”（4.6a）

三大寇本：员外叫鲁达付耳低言：“你来这里出家，如何便对长老坐地？”（4.6a）

大涤序本：员外叫鲁达附耳低言：“你来这里出家，如何便对长老坐地？”（4.6b）

（例一）

容与堂本：那汉子双手掩着做一堆，蹲在地下，半日起不得。（4.10b）

三大寇本：那汉子双手掩着做一碓，蹲在地下，半日起不得。（4.11a）

大涤序本：那汉子双手掩着做一堆，蹲在地下，半日起不得。（4.11a）

（例二）

容与堂本：小人自用十分好铁打造在此。（4.15a）

三大寇本：小人自用十分好㖡打造在此。（4.16a）

大涤序本：小人自用十分好铁打造在此。（4.15b）

（例三）

容与堂本：边厢坐着一个年幼妇人。（6.4a）

三大寇本：边箱坐着一个年幼妇人。（6.4a）

大涤序本：边厢坐着一个年幼妇人。（6.4a）

（例四）

容与堂本：我们趁他新来，寻一场闹，一顿打下头来。（6.14a）

三大寇本：我们赶他新来，寻一场闹，一顿打下头来。（6.14a）

大涤序本：我们趁他新来，寻一场闹，一顿打下头来。（6.14a）

（例五）

容与堂本：这个差使又好似天王堂。（10.5a）

三大寇本：这个差使又好是天王堂。（10.5a）

大涤序本：这个差使又好似天王堂。（10.5b）

（例六）

既然知道了大涤余人序本修改文字之时，参照了容与堂本系统，那么是否能够更进一步考证出大涤余人序本所参照的容与堂本系统本子到底是何种？

容与堂本系统本子有嘉靖残本、石渠阁补印本、容与堂本、钟伯敬本，其中容与堂本又有三种本子，文字不尽相同，为中国国家图书馆所藏全本（以下简称国全本）、中国国家图书馆所藏残本（以下简称国残本）、日本内阁文库藏本（以下简称内阁本）。其中嘉靖残本因文字错舛过多，大涤余人序本参考的可能性不大，钟伯敬本为容与堂本中国残本的重刻本，文字基本相同，故而比勘过程中，这两种本子排除在外。选取容与堂本中国全本、国残本、内阁本以及石渠阁补印本作为三大寇本的比对对象。

选取大涤余人序本与三大寇本文字不同，而与容与堂本系统中某一种或多种文字相同之例，文字选取范围为国全本挖补与挖除之处、国残本挖补与挖除之处，第 51 回至第 55 回容与堂本系统诸本文字不同之处，所得例子如下：

国全本：花荣把枪去事环上带住。（34.7b）

国残本：花荣把枪（去了）事环上带住。（34.7b）

内阁本：花荣把枪（去了）事环上带住。（34.7b）

石渠阁本：花荣把枪去事环上带住。（34.6b）

三大寇本：花荣把枪去事环上带住。（34.8a）

大涤序本：花荣把枪去了事环上带住。（34.8a）

（例一）

国全本：或有戏舞或有吹弹或有歌唱。（51.4a）

国残本：或有戏舞或有吹弹或有歌唱。（51.4a）

内阁本：或是戏舞或是吹弹或是歌唱。（51.4a）

石渠阁本：或有戏舞或有吹弹或有歌唱。（51.3b-4a）

三大寇本：或有戏舞或有吹弹或有歌唱。（51.3b）

大涤序本：或是戏舞或是吹弹或是歌唱。（51.3b）

（例二）

国全本：当时朱仝肩臂着小衙内。（51.11b）

国残本：当时朱仝肩臂着小衙内。（51.11b）

内阁本：当时朱仝肩背着小衙内。（51.11b）

石渠阁本：当时朱仝肩臂着小衙内。（51.10a）

三大寇本：当时朱仝肩臂着小衙内。（51.11b）

大涤序本：当时朱仝肩背着小衙内。（51.11b）

（例三）

国全本：离城走下到二十里，只见李逵在前面。（51.13b）

国残本：离城走下到二十里，只见李逵在前面。（51.13b）

内阁本：离城约走到二十里，只见李逵在前面。（51.13b）

石渠阁本：离城走下到二十里，只见李逵在前面。（51.11b）

三大寇本：离城走下到二十里，只见李逵在前面。（51.13b）

大涤序本：离城约走到二十里，只见李逵在前面。(51.13b)

(例四)

国全本：李逵说柴大官人因去高唐州……(52.8a)

国残本：李逵说柴大官人因去高唐州……(52.8a)

内阁本：李逵(**说起**)柴大官人因去高唐州……(52.8a)

石渠阁本：李逵说柴大官人因去高唐州……(52.7a)

三大寇本：李逵说柴大官人因去高唐州……(52.8b)

大涤序本：李逵**说起**柴大官人因去高唐州……(52.8b)

(例五)

国全本：李逵问道：戴宗哥哥那里去了？我怕你在柴大官人庄上惹事不好，特地教他来唤你回山。(52.8b)

国残本：李逵问道：戴宗哥哥那里去了？我怕你在柴大官人庄上惹事不好，特地教他来唤你回山。(52.8b)

内阁本：李逵问道：戴宗哥哥那里(**去了？吴用道：我**)怕你在柴大官人庄上惹事不好，特地教他来唤你回山。(52.8b)

石渠阁本：李逵问道：戴宗哥哥那里去了？我怕你在柴大官人庄上惹事不好，特地教他来唤你回山。(52.7ab)

三大寇本：李逵问道：戴宗哥哥那里**去了？吴学究道：我**怕你在柴大官人庄上惹事不好，特地教他来唤你回山。(52.8b-9a)

大涤序本：李逵问道：戴宗哥哥那里**去了？吴用道：我**怕你在柴大官人庄上惹事不好，特地教他来唤你回山。(52.9a)

(例六)

国全本：哥哥是山寨之主，如何使得轻动。(52.9a)

国残本：哥哥是山寨之主，如何**可便**轻动。(52.9a)

内阁本：哥哥是山寨之主，如何**可便**轻动。(52.9a)

石渠阁本：哥哥是山寨之主，如何使得轻动。(52.7b)

三大寇本：哥哥是山寨之主，如何使得轻动。(52.9b)

大涤序本：哥哥是山寨之主，如何**可便**轻动。(52.9b)

(例七)

国全本：鞍上将似南山猛虎，人人好斗偏争。(52.9b)

国残本：鞍上将似南山猛虎，人人好斗**能**争。(52.9b)

内阁本：鞍上将似南山猛虎，人人好斗能争。（52.9b）

石渠阁本：鞍上将似南山猛虎，人人好斗偏争。（52.8a）

三大寇本：鞍上将似南山猛虎，人人好斗偏争。（52.10a）

大涤序本：鞍上将似南山猛虎，人人好斗能争。（52.10a）

（例八）

国全本：宋江阵门开处，分十骑马来，雁翅般摆开在西边。（54.5a）

国残本：宋江阵门开处，分十骑马来，雁翅般摆开在两边。（54.5a）

内阁本：宋江阵门开处，分十骑马来，雁翅般摆开在两边。（54.5a）

石渠阁本：宋江阵门开处，分十骑马来，雁翅般摆开在西边。（54.4b）

三大寇本：宋江阵门开处，分十骑马来，雁翅般摆开在西边。（54.5a）

大涤序本：宋江阵门开处，分十骑马来，雁翅般摆开在两边。（54.5a）

（例九）

国全本：主军且休烦恼。谁人敢下去探看一遭，便见有无。（54.10b）

国残本：主帅且休烦恼。谁人敢下去探看一遭，便见有无。（54.10b）

内阁本：主帅且休烦恼。谁人敢下去探看一遭，便见有无。（54.10b）

石渠阁本：主军且休烦恼。谁人敢下去探看一遭，便见有无。（54.9a）

三大寇本：主军且休烦恼。谁人敢下去探看一遭，便见有无。（54.11a）

大涤序本：主帅且休烦恼。谁人敢下去探看一遭，便见有无。（54.11a）

（例十）

国全本：高太尉带领众人，都往御教场中，敷演武艺。（55.1b）

国残本：高太尉带领众人，都往御教场中，操演武艺。（55.1b）

内阁本：高太尉带领众人，都往御教场中，操演武艺。（55.1b）

石渠阁本：高太尉带领众人，都往御教场中，敷演武艺。（55.1b）

三大寇本：高太尉带领众人，都往御教场中，敷演武艺。（55.1b）

大涤序本：高太尉带领众人，都往御教场中，操演武艺。（55.1b）

（例十一）

国全本：但知纳喊，并不交锋。（55.8a）

国残本：但只纳喊，并不交锋。（55.8a）

内阁本：但只纳喊，并不交锋。（55.8a）

石渠阁本：但知纳喊，并不交锋。（55.7a）

三大寇本：但闻纳喊，并不交锋。（55.8a）

大涤序本：但只纳喊，并不交锋。（55.8a）

（例十二）

国全本：不容你向前走。（55.8b）

国残本：不容你（不向）前走。（55.8b）

内阁本：不容你（不向）前走。（55.8b）

石渠阁本：不容你向前走。（55.7b）

三大寇本：不容你向前走。（55.8a）

大涤序本：不容你**不向**前走。（55.8b）

（例十三）

国全本：先令军健振起炮架，直去水边竖起，准备放炮。（55.11a）

国残本：先令军健**整顿**炮架，直去水边竖起，准备放炮。（55.11a）

内阁本：先令军健**整顿**炮架，直去水边竖起，准备放炮。（55.11a）

石渠阁本：先令军健振起炮架，直去水边竖起，准备放炮。（55.9b）

三大寇本：先令军健振起炮架，直去水边竖起，准备放炮。（55.11a）

大涤序本：先令军健**整顿**炮架，直去水边竖起，准备放炮。（55.11a）

（例十四）

有括号的地方为容与堂本诸种文字挖补之处，以上14例为所选取范围内大涤余人序本与三大寇本文字不同，而与容与堂本系统中某一种或多种文字相同的全部例子。由这些例子可见，大涤余人序本文字有部分与国残本、内阁本二本相同，有部分只与内阁本相同，所以大涤余人序本参照的容与堂本系统本子最可能的是内阁本。

综上所述，可以得出以下结论：

1. 大涤余人序本诸种皆刊刻于清代，其中李玄伯原藏本系统刊刻于清顺治年间至康熙初年；芥子园本刊刻于清康熙八年至三十八年（1669—1699）之间；三多斋本《水浒传》刊刻于清乾隆年间。

2. 百二十回初刊本刊刻于崇祯七年（1634）八月至崇祯八年（1635）五月之间，现存全传本与全书本的刊刻时间在此之后。

3. 百二十回本的底本为大涤余人序本，但是并非现存遗香堂本或芥子园本中任何一种，而是其底本（或祖本）。

4. 大涤余人序本中遗香堂本与芥子园本并没有直接的亲缘关系，二者中一者不可能以另一者为底本，二本某些文字不同，当是二本有共同的祖本，但翻刻之时，某本改动文字或是出现误刊。

5. 百二十回本中全传本与全书本同样没有直接的亲缘关系，二者中一者不可能以另一者为底本，二本某些文字不同，当是二本有共同的祖本，但翻刻之时，某本改动文字或是出现误刊。

6. 大涤余人序本诗词韵文相对于三大寇本而言，在三大寇本基础上，参照容与堂本修订，做了增入诗词与改易诗词这两项工作。

7. 大涤余人序本的底本为三大寇本，并在此基础上参照容与堂本做了不少修订工作，包括文字的增补、删削以及改易。

8. 大涤余人序本所参照的容与堂本系统的本子为日本内阁文库藏本。

9. 大涤余人序本的修改者对文本比较熟悉，而且具有相当的文学功力，改动后的文字在人物形象塑造、情节设置以及小说艺术性等方面均有所提升。

10. 百二十回昭华馆本实际上是一种杂糅诸本而成的新简本，与全传本、全书本不同。

第十章　金圣叹本《水浒传》研究

金圣叹本《水浒传》是繁本《水浒传》版本演变链条中最后一环，也是繁本《水浒传》最后定型之作。自金圣叹本问世之后，繁本《水浒传》则再无改易，金圣叹本成为有清一代最为流行的《水浒传》版本。虽然金圣叹本《水浒传》颇为常见，但是学界对此本研究多集中于金圣叹评点之上，而较少涉及此本版本。此章将解决金圣叹本所存在的一些版本问题，包括"古本"问题、刊刻时间问题、在清代流行问题、底本问题、文字改易问题等等。

第一节　金圣叹本《水浒传》的概况与辨识

一、金圣叹本《水浒传》的概况

金圣叹本《水浒传》或称为金圣叹本，因书中有金圣叹评点的评语；或称为七十回本，因此书最后一回为第70回。金圣叹本与其他版本《水浒传》有一个最大的区别，即其他版本《水浒传》，无论是繁本，还是简本，所存在的情节内容至少有大聚义、招安、征辽、征方腊这四个部分，有的本子甚至还多出征田虎与征王庆这两个部分，而金圣叹本却仅仅只有大聚义此一部分内容，最后一回为"忠义堂石碣受天文　梁山泊英雄惊恶梦"。

此外，金圣叹本虽然最后一回为第70回，但实际上此本内容为百回本前71回的内容。金圣叹本将百回本（或百二十回本）引首、第1回以及第2回洪太尉回京一小部分文字合并为楔子，将百回本第2回改为第1回，以此类推。所以，金圣叹本第70回实则为百回本第71回。同时，百回本第71回回目为"忠义堂石碣受天文　梁山泊英雄排座次"，金圣叹本增加卢俊义惊噩梦文字，作为全书收煞，变回目为"忠义堂石碣受天文　梁山泊英雄惊恶梦"。

金圣叹本之前的本子有：20卷100回本、100卷100回本、不分卷100回本、不分卷120回本，其中嘉靖残本为20卷100回本，容与堂本、石渠阁补印本、钟伯敬本属于100卷100回本，三大寇本、大涤余人序本属于不分卷100回本，百二十回本属于不分卷120回本。这些本子回数与卷次之间相对来说比较对应，而金圣叹本卷次与回数之间则存在一定差异，全书75卷70回，第5卷为楔子，第6卷为第1回，以此类推。金圣叹本前4卷内容，第1卷为序言三篇，第2卷为《宋史纲》与《宋史目》，第3卷为《读第五才子书法》，第4卷为古本《水浒传》自序。

二、贯华堂考辨

贯华堂作为一个堂号闻名于世，得益于金圣叹批点《水浒传》之时，于序三当中号称自己得到一种古本《水浒传》，而此古本《水浒传》来自贯华堂，"吾既喜读《水浒》，十二岁便得**贯华堂**所藏古本"（卷一）[①]，继而又于卷四收录托名施耐庵的序一篇，前题"**贯华堂**所藏古本《水浒传》前自有序一篇，今录之"。然而，关于贯华堂的归属，却有两种不同的意见，一种认为贯华堂为金圣叹堂号，另一种认为贯华堂为金圣叹友人韩住堂号。前者的主张以徐朔方先生为代表，认为"圣叹所居名贯华堂，廖燕记之于身后，圣叹季女《悼二侄女》诗亦云'贯华堂畔长青苔'，无可怀疑。圣叹有诗《贯华（韩住）先生病寓寒斋，予亦苦痁不已》，不得据此否定贯华堂为其斋名也"[②]。后者的观点以陆林先生为代表，现今成为学界主流意见，其《唱经堂与贯华堂关系探微》一文（以下简称陆文）详述其考证过程[③]。

此问题先抛开材料不论，光从逻辑上来梳理。金圣叹谈及所谓"贯华堂所藏古本"与施耐庵序言，现今已确知为伪托。简而言之，并没有所谓的施耐庵序古本《水浒传》。那么，明知书籍造假的情况下，谎称古本得自于自家容易圆谎一些，还是得自于他人容易圆谎一些，此点不言而喻。若贯华堂为韩住堂号，且不说金圣叹十二岁时是否认识韩住，即便认识，金圣叹又为何一定要谎称古本从韩住家得来，而不是自家旧藏？以金圣叹当时家境，可以入私塾读书，"吾年十岁，方入乡塾"（序三），同时有奴仆陪伴，"吾有一苍头，自幼在乡塾，便相随不舍"（第56回回前评），家中可读之书有《妙法莲

①［明］施耐庵：《第五才子书施耐庵水浒传》，中华书局1975年版。以下关于贯华堂本《水浒传》文字均出自此本，不另出注。

②徐朔方：《金圣叹年谱》，《晚明曲家年谱》，浙江古籍出版社1993年版，第728页。

③陆林：《唱经堂与贯华堂关系探微》，《社会科学战线》2012年第11期。

花经》《离骚》《史记》《水浒传》等，藏一古本《水浒传》，完全能说得过去。所以从逻辑上来看，贯华堂为韩住堂号，显然站不住脚。

1. 陆文关于贯华堂为韩住堂号辨

再从材料上来看陆文所列举的三条贯华堂为韩住堂号的例证是否成立：其一，本人的视角。陆文言及“某某堂‘所藏’，似非自家所有之口吻”，并引述陈登原之言，“知贯华堂必非圣叹之书斋。不然，何至于云‘便得’？又何至于‘日夜手抄’？‘日夜手抄’云云，意者，假韩住家书，故竭全力以赴之乎”①。此段论述所针对的文字是金圣叹序三中“吾既喜读《水浒》，十二岁便得贯华堂所藏古本，吾日夜手钞，谬自评释，历四五六七八月，而其事方竣，即今此本是已”（1.19b）。陈、陆所谓的从“便得”“所藏”“日夜手钞”之言来看，并非自家所藏，是建立在实有其事的前提下。事实上，序三金圣叹此言根本就是谎言，金圣叹评点《水浒传》的批语中，多有成年之后的痕迹，其批点《水浒传》一书并非十二岁完成②。而贯华堂所藏古本《水浒传》又不存在，所以金圣叹序三中“便得”“所藏”“日夜手钞”，从根本上来说就是一个伪命题，自然也就无法证明贯华堂是自家书斋，还是韩住堂号。

其二，友人的视角。陆文通过徐增《送三耳生见唱经子序》中徐增自述见金圣叹的两次经历，“甲申春（崇祯十七年 1644），同圣默见圣叹于**慧庆寺西房**，听其说法，快如利刃，转如风轮，泻如悬河，尚惴惴焉心神恍惚，若魔之中人也。又五年戊子（顺治五年 1648），再同圣默见圣叹于**贯华堂**，而始信圣叹之非魔也，不禁齿颊津津向诸君子辨其非魔”③，以及回答何处能够得见金圣叹，“不在**唱经堂**见，在三千大千世界中见……圣叹既无一处不现身，则无一处不可见”④，再结合此篇序文中出现韩住之名，“**贯华**、道树去见，圣叹即现身为**贯华**、道树”⑤，得出贯华堂与贯华有关。

此条材料是否能够证明贯华堂即为韩贯华堂号？首先，陆文认为慧庆寺西房与贯华堂是跟唱经堂相对之所。唱经堂是金圣叹住处，而慧庆寺西房与贯华堂为金圣叹出门讲经、讲学之处，属于三千大千世界之所在。此论不实，看徐增记述，慧庆寺确实为金圣叹讲经之所，至于贯华堂，徐增只提

①陈登原：《金圣叹传》，商务印书馆 1935 年版，第 25 页。
②邓雷：《金圣叹评点〈水浒传〉的历时性》，《哈尔滨学院学报》2014 年第 2 期。
③［清］徐增：《九诰堂集》，《清代诗文集汇编》第 41 册，上海古籍出版社 2010 年版，第 388 页。
④［清］徐增：《九诰堂集》，《清代诗文集汇编》第 41 册，上海古籍出版社 2010 年版，第 389 页。
⑤［清］徐增：《九诰堂集》，《清代诗文集汇编》第 41 册，上海古籍出版社 2010 年版，第 387 页。

及在此处见到金圣叹,并未言及讲经之事。而徐增所言"不在**唱经堂**见,在三千大千世界中见",唱经堂为金圣叹堂号不假,但金圣叹堂号远不止此一个,可堪考证的便有沉吟楼、学士堂、杜甫堂等[①]。其中"杜甫堂"为金圣叹堂号,乃徐增在其诗《访圣叹先生》中明确注出的,"来登杜甫堂(家有杜甫堂)"[②]。所以,若是按照陆文理解,除了唱经堂之外,金圣叹其他居所如沉吟楼、学士堂、杜甫堂等都属于三千大千世界所在。实际情况显然不是如此。

那么,为何徐增记述之时,只谈唱经堂,而不谈其他堂号?因为唱经堂是金圣叹的主居所,金圣叹自称"唱经子",金圣叹好友文章中也多关乎此堂号,而对于其他堂号则少有提及。包括沉吟楼,若非《沉吟楼诗选》传世,后世也不知金圣叹有此堂号。再者,既然唱经堂、贯华堂均为金圣叹堂号,徐增文章中为何只言"再同圣默见圣叹于**贯华堂**",而不言见于唱经堂?此点看"慧庆寺西房"之名便知,徐增记述非常细致且精准,本来言"慧庆寺"即可,却要多加"西房"二字。而贯华堂与唱经堂,虽同属金圣叹堂号,但若在贯华堂见面,自然不能写成唱经堂。

至于徐增文章中出现贯华之名,便将韩贯华与贯华堂联系起来,也并非确证。其实陆文也有说到此点,"不能根据韩住号'贯华',来认定其斋名就一定是'贯华堂',钱谦益号牧斋,也没有个'牧斋堂'"。但是此处陆文因为韩贯华与贯华堂同时出现,便将此二者联系在了一起。实际上,二者之间并没有逻辑上的必然性,因为"贯华"与"牧斋"此类新撰词不同,"贯华"语出佛典,韩住可用,金圣叹同样可用,像无锡尚有贯华阁存世。同样,金圣叹名人瑞,"人瑞"为常用词,与金圣叹同时,金陵有一处著名书坊取名人瑞堂[③],不能因为金圣叹名人瑞,便将此人瑞堂归为金圣叹所有。

其三,家人的视角。陆文提到金圣叹季女金法筵撰有《悼二侄女》诗,"**贯华堂**畔长青苔,寂守孀闺扃不开。梁燕旧时曾作伴,不胜哀怨一飞来"[④]。根据此诗之意,以及文献考察,陆文得出"金雍之女无论是否嫁给韩家,守寡后孀居之贯华堂,绝非房屋家产早已充公的金氏之屋"的结论。

陆文此说有两处值得商榷,首先,"发配流边时,独子金雍始 29 岁,已有

---

①陆林辑校整理:《金圣叹年谱简编》,《金圣叹全集》第 6 册,凤凰出版社 2016 年版,第 9 页。
②[清]徐增:《九诰堂集》,《清代诗文集汇编》第 41 册,上海古籍出版社 2010 年版,第 206 页。
③人瑞堂为郑尚玄(字幼白)的书坊。
④[清]沈祖禹:《吴江沈氏诗集》卷十一,中国国家图书馆藏本。

两女,自在情理之中”。金雍被发配之时,应该是一子一女,而非两女。此点由顾贞观《征纬堂诗》可知,集中有诗《题金别峰乞言卷,呈张见阳太守,王培庵州牧》,诗后附其子顾开陆识语“释别峰,名德云,金姓,苏州人,圣叹孙也。圣叹临命时,德云尚幼,生母以患难他适,流转六安。己卯冬,先君子客羊城,旅次遇别峰,询其颠末,为题乞言,卒藉太守张公俾得母子团聚”①。此金德云当即金雍之子。

其次,金法筵《悼二侄女》中“贯华堂畔长青苔”一句的理解问题。陆文认为金圣叹孙女可能嫁给了韩家,或是因丈夫早逝,夫家难居,退居韩家。无论哪一种情况,都得面对几个问题。贯华堂若是韩住堂号,金法筵诗中提及贯华堂,自然是其二侄女住居于此,且不说韩住书房给金法筵二侄女当闺房是否合适,“贯华堂畔长青苔”意味着什么?意味着此处走动的人太少,如果贯华堂是韩住堂号,岂不是说明韩家冷落金圣叹孙女?即便金圣叹孙女并未住在贯华堂,何以韩家贯华堂会长青苔?所以徐朔方先生认为此处乃是写金家贯华堂之事②。实际上,全诗可理解为金法筵回忆今昔过往,不胜唏嘘:我们幼时生活过的贯华堂已经荒废,旁边长满了青苔,而今你又孀居守寡,听闻这个消息,曾经与你做伴的我,怎能不充满哀伤?由此,通过此则文献,依然不能证明贯华堂为韩住堂号。

2. 贯华堂为金圣叹堂号考

是否有证据证明贯华堂为金圣叹堂号?首先,需要了解“贯华”的含义以及出处,佛经中经句之偈颂称贯华(花),语出《妙法莲华经文句》,“佛赴缘作散花、贯花两说,结集者按说传之,论者依经申之,皆不节目”③。金圣叹的思想受佛教影响很大,尤其是受天台宗影响。天台宗的实际创始者为智顗,所尊奉的正是《妙法莲华经》,金圣叹《唱经堂语录纂》与其他批点文字中引用《妙法莲华经》多达数十处④,此外还撰写了《法华三昧私钞》《法华讲场私钞》《法华百问》等著述⑤。金圣叹早年从事扶乩降神活动,更是以智顗弟子化身的名义,在吴中一带广行法事⑥。所以,金圣叹完全有理由用“贯华堂”

①[清]顾贞观:《徵纬堂集》卷下,《四库未收书辑刊》柒辑·贰拾捌册,北京出版社 1997 年版,第 207 页。

②徐朔方:《金圣叹年谱》,《晚明曲家年谱》,浙江古籍出版社 1993 年版,第 728 页。

③朱封鳌校释:《妙法莲华经文句校释》,宗教文化出版社 2000 年版,第 1 页。

④吴正岚:《金圣叹评传》,南京出版社 2006 年版,第 493—496 页。

⑤[清]金圣叹:《唱经堂遗书目录》,《小题才子书》,万卷出版社 2009 年版,第 373—374 页。

⑥陆林:《金圣叹史实研究》,人民文学出版社 2015 年版,第 101 页。

此堂号。更值得玩味的是，除了私塾读书之外，金圣叹接触的第一本书籍便是《妙法莲华经》，“吾最初得见者，是《妙法莲华经》”（序三）。

以上只是证明金圣叹有取“贯华堂”为堂号的可能性。接下来几条文献则可证明“贯华堂”确为金圣叹堂号：其一，《贯华堂选批唐才子诗甲集七言律》卷二为《鱼庭闻贯》，乃是金雍辑录其父金圣叹与友人讨论唐诗的信札。其开篇有题记说明，“寒家壁间柱上，有浮贴纸条，或竟实署柱壁。其有说律体者，又得数十余条”①。细检此卷，发现第5、19条得之“唱经堂东柱上”、第35条得之“贯华堂东柱”、第43条得之“唱经堂东壁”、第59条得之“唱经堂西柱”、第78条“唱经堂柱”、第87条得之“天女房窗上”。总共涉及三处堂名，一是唱经堂，二是贯华堂，三是天女房。陆林先生只发现了其中两处，一为唱经堂，一为贯华堂，所以陆林先生认为涉及唱经堂的有五段，涉及贯华堂的只有一段，“何为‘寒家’斋号，似已呼之欲出了”②，其后陆文又认为如此判断，“略嫌草率，即便仅一条亦可得自自家堂柱啊”。实情却系如此，哪怕仅有一条，也可能得自于自家堂柱。如前文所说，金圣叹不止一个堂号，自然不止一所房屋，像“天女房”虽不像金圣叹堂号，但肯定是金圣叹家某人的居处。若天女房归于金圣叹家，那贯华堂也必然归属金圣叹家。

陆文又指出，“考虑到此百余条中还包括圣叹与亲家韩俊的书信，而称呼皆以金雍口气拟之，金雍即便视韩氏‘贯华堂’为‘寒家’，不为大过”。此条证据是建立在韩住为韩俊兄弟行的基础上。然而，陆文认为韩俊与韩住当为兄弟行——取名皆以“亻”为傍，此推论并没有文献材料依据。且在《鱼庭闻贯》中金雍称呼自己岳父韩俊为内父，如《答内父韩孙鹤俊》，称呼金昌为伯父，如《与家伯长文昌》，若韩俊与韩住为兄弟行，怎能直接称呼韩住为韩贯华，如《答韩贯华嗣昌》《与韩贯华》？且从金雍记载的论诗来源看，“东柱”“东壁”“西柱”“窗上”，地点十分详实，若贯华堂为韩住之居所，此处怎会省略不题？金圣叹或可径称韩住居所为贯华堂，但金雍此处记载时不可不题。既然没有署名，那自然是自家堂号。

其二，赵时揖辑《贯华堂评选杜诗》，于序言中径称金圣叹为贯华先生，

---

①[清]金圣叹：《贯华堂选批唐才子诗甲集七言律》，《金圣叹全集》第1册，凤凰出版社2016年版，第95页。

②陆林：《〈晚明曲家年谱〉金圣叹史实研究献疑》，《文学遗产》2002年第1期。

"诚未有若**贯华先生**之意深而言快也"[①]。书末附刻《庶庵说杜》跋语中提到"赵时揖曰，后五首或亦以为**贯华先生**所说……与**贯华先生**游，情味特契"[②]。书名作《**贯华堂**评选杜诗》，版心下端题"**贯华堂真本**"。从这些文字来看，赵时揖将"贯华堂"当作金圣叹堂号，甚至称呼金圣叹为"贯华先生"，同时以"贯华堂真本"标识为金圣叹著作。那么，赵时揖这些言行到底有多大可信度？

《贯华堂评选杜诗》辑录自金圣叹身后，大约刊行于康熙初年，《清代版本图录》认为原刻本为康熙十年（1671）刊本[③]，此时距金圣叹去世仅十年。赵时揖辑录金圣叹批点杜诗的材料来自金昌、邵然、邵点，"向慕评杜之书而不得见，今岁客游吴门，询其故友，从**邵悟非**、**兰雪昆季暨金长文**诸公处，搜求遗稿。零星收辑得若干篇，惧其久而湮也，亟授之梓，天下于是得读第四才子之书矣"[④]。赵时揖此言非虚，赵氏所辑录的金圣叹批点杜诗仅是部分，全书上下两卷，上卷收诗 38 首，下卷收诗 23 首，仅得 61 首。其后金昌又广为搜集金圣叹遗墨，其中杜诗辑得 200 余首，名为《唱经堂杜诗解》，其《叙第四才子书》提到"余感之，欲尽刻遗稿，首以杜诗从事，已刻若干首，公之同好矣。兹泖上归，多方蒐缉，补刻又若干首。而后《第四才子》之面目略备，读者直作全牛观可乎"[⑤]。序中所言"已刻若干首，公之同好矣"，指的即是赵时揖所辑《贯华堂评选杜诗》。由此可见，赵时揖所言辑录金圣叹批点杜诗来自金昌等人不假，同时金昌对赵时揖此书也持肯定态度。

金昌何许人也？金昌为金圣叹族兄兼学友，字长文，号矍斋，法号圣瑗，明崇祯十六年（1643）随金圣叹学《易》二十年。金昌《才子书小引》中提到："唱经，仆弟行也。仆昔从之学《易》，二十年不能尽其事，故仆实私以之为师。"[⑥] 邵点，字兰雪，邵然，字悟非，二人皆是金圣叹友人，顺治十七年（1660），邵兰雪更是从京城归来，转述了顺治皇帝对金圣叹《才子书》的好评，"顺治庚子正月，邵子兰雪从都门归，口述皇上见某批《才子书》"[⑦]。此三

①陆林辑校整理：《金圣叹著作序跋》，《金圣叹全集》第 6 册，凤凰出版社 2016 年版，第 95 页。

②［清］金圣叹：《贯华堂评选杜诗》卷下，天津图书馆藏本，第 53 叶上。

③黄永年、贾二强撰集：《清代版本图录》，浙江人民出版社 1997 年版，第 34 页。此本为黄永年所藏。

④陆林：《金圣叹著作序跋》，《金圣叹全集》第 6 册，凤凰出版社 2016 年版，第 95 页。

⑤陆林：《金圣叹著作序跋》，《金圣叹全集》第 6 册，凤凰出版社 2016 年版，第 94 页。

⑥陆林：《金圣叹著作序跋》，《金圣叹全集》第 6 册，凤凰出版社 2016 年版，第 93 页。

⑦［清］金圣叹：《沉吟楼诗选》，《金圣叹全集》第 2 册，凤凰出版社 2016 年版，第 1234 页。

人皆是金圣叹亲近之人，赵时揖除了从这三人手中搜求到若干金圣叹批点杜诗的遗稿，还在《贯华堂评选杜诗总识》中，透露了不少关于金圣叹的消息，如金圣叹遗稿藏在燕都巨公之家，谈《易》的著作藏于金昌之处，解《离骚》《史记》《孟子》《左传》诸书，藏于松陵总持、不二、解脱三禅师处，金圣叹善画、好酒以及称“圣叹”何意等等①。赵时揖这些消息当是从金昌、邵然、邵点处听来，陆林先生同样认为“其可信度不言而喻”②，所以赵时揖将“贯华堂”归为金圣叹堂号，当有所据。

其三，金圣叹生前与身后著作中有“贯华堂”字样者。确定为金圣叹生前出版的著作，且书中有“贯华堂”字样者，为《第五才子书施耐庵水浒传》与《贯华堂第六才子书西厢记》。其中《第五才子书施耐庵水浒传》版心下端有“贯华堂”字样，《贯华堂第六才子书西厢记》封面以及正文书名均题为“贯华堂第六才子书西厢记”，版心下端有“贯华堂”字样。确定为金圣叹身后出版的著作，且书中有“贯华堂”字样者，有《贯华堂选批唐才子诗甲集七言律》《贯华堂评选杜诗》以及《贯华堂才子书汇稿》三种。《贯华堂选批唐才子诗甲集七言律》书名题有“贯华堂”字样，此诗集虽然有顺治十七年（1660）金圣叹所撰写的序言，但其刊刻当在金圣叹去世之后。《贯华堂

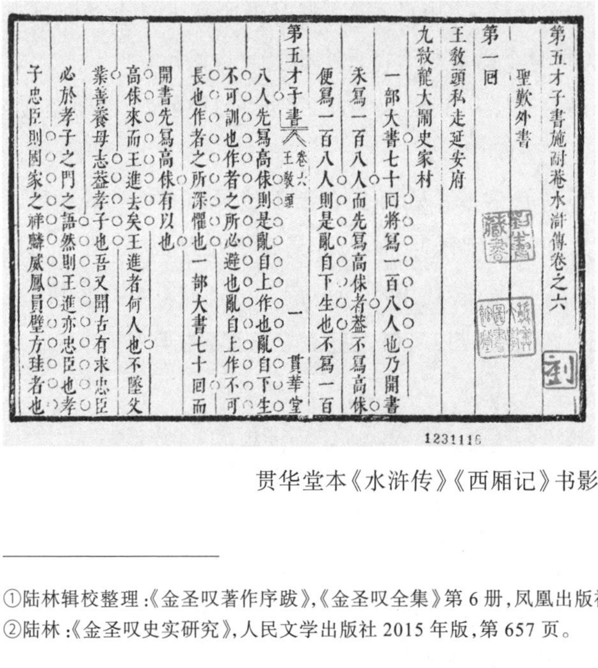
第五才子書施耐菴水滸傳卷之六
聖歎外書
第一回
王教頭私走延安府
九紋龍大鬧史家村
一部大書七十回將寫一百八人也乃開書
未寫一百八人而先寫高俅者蓋不寫高俅
便寫一百八人則是亂自下生也不寫一百
第五才子書 卷六 王教頭 一 貫華堂
八人先寫高俅則是亂自上作也亂自下生
不可訓也作者之所必避也亂自上作不可
長也作者之所深懼也一部大書七十回而
開書先寫高俅有以也
高俅來而王進去矣王進者何人也不墜父
業善養母志蓋孝子也吾又聞古有求忠臣
必於孝子之門之語然則王進亦忠臣也孝
子忠臣則國家之祥麟威鳳圓璧方珪者也
1231116

繪像真本
金聖歎先生批點
貫華堂第六
才子書
金谷園
藏板

贯华堂本《水浒传》《西厢记》书影

①陆林辑校整理：《金圣叹著作序跋》，《金圣叹全集》第6册，凤凰出版社2016年版，第98页。
②陆林：《金圣叹史实研究》，人民文学出版社2015年版，第657页。

评选杜诗》封面与正文书名均题为“贯华堂评选杜诗”,版心下端有“贯华堂真本”字样。《贯华堂才子书汇稿》共有十种,每书正文均题作“唱经堂×××”,如《唱经堂杜诗解》《唱经堂左传释》《唱经堂释孟子四章》等十种,然而此书封面却题作“贯华堂才子书汇稿”。

以上书籍刊刻,或是金圣叹在世时所完成,《第五才子书施耐庵水浒传》《贯华堂第六才子书西厢记》如是,或是金圣叹去世后,由亲朋好友所完成,《贯华堂评选杜诗》由赵时揖辑自金昌、邵然、邵点,《贯华堂才子书汇稿》由金圣叹族兄金昌整理完成,《贯华堂选批唐才子诗甲集七言律》由金圣叹之子金雍整理完成。这些人自然知悉贯华堂为何人堂号,若其为韩住所有,将金圣叹批点之书挂上韩住堂号,其意欲何为?陆林先生是这样解释的,或始于纪念《水浒》“古本”之提供者,或贯华堂是其最为常居的批书之所,或韩家曾资助过有关书籍的刊行[①]。此三点理由其实都不能成立:第一,本来就没有所谓的古本《水浒传》,又何来纪念一说?第二,此点并无文献支持,且从唱经堂与贯华堂壁柱上贴纸与署题数量来看,贯华堂并非最为常居的批书之所。第三,此点亦无文献支持,若是资助了相关书籍刊行,便要刻上自己的堂号,那韩住的品行着实有待考量。且若说到资助,金圣叹的另一位好友王斫山更可能资助金圣叹书籍的刊行,王斫山曾委婉地赠予过金圣叹三千金[②]。金圣叹也并未在书籍中刻上王斫山的堂号。

所以,结合金圣叹批点书籍中“贯华堂”题署情况,以及上面其他材料来看,贯华堂属于金圣叹堂号当无疑问。

最后,需要指出的是,在金圣叹逝世360多年后的今天,我们仍然在讨论贯华堂的归属,而在清人眼中,即便是与金圣叹同时或稍晚的人,已然将贯华堂视为金圣叹的标志。与金圣叹同时的周亮工在《赖古堂尺牍新钞》中介绍金圣叹为“金人瑞,字圣叹,一名彩,吴县人。《**贯华堂集**》”[③],其后又在《赖古堂尺牍新钞二选藏弆集》中再次介绍金圣叹,“金彩,字**贯华**,吴县人”[④]。周亮工对金圣叹的介绍,虽然不无错舛,但是也可见“贯华”二字在金圣叹身上的烙印。广东曲江人廖燕,对金圣叹非常仰慕,金圣叹逝世35年后,康熙

①陆林:《〈晚明曲家年谱〉金圣叹史实研究献疑》,《文学遗产》2002年第1期。
②[清]廖燕:《二十七松堂集》,《清代诗文集汇编》第164册,上海古籍出版社2010年版,第149页。
③[清]周亮工:《尺牍新钞》(上),《周亮工全集》第8册,凤凰出版社2008年版,第50页。
④[清]周亮工:《藏弆集》(上),《周亮工全集》第10册,凤凰出版社2008年版,第242页。

三十五年(1696)廖燕到吴门,访寻金圣叹的住所,"予过吴门,访先生故居而莫知其处"[①]。之后写下了对后世影响巨大的《金圣叹先生传》,其中提到"(金圣叹)于所居**贯华堂**设高座,召徒讲经"[②]。由于金圣叹批点《第五才子书施耐庵水浒传》的巨大影响力,后世不少小说都伪托金圣叹之名,盗用"贯华堂"之称。如《金云翘》书名题作"**贯华堂**评论金云翘传",另行署题"圣叹外书"。毛宗岗批本《三国演义》,有的版本封面题为"圣叹原评 / 毛声山先生批点 / **贯华堂**第一才子书",有的版本版心下端甚至刻有"贯华堂"字样。

三、贯华堂原本《水浒传》考

1. 贯华堂刻本辨

既然了解了贯华堂为金圣叹堂号,下面要辨析的一个问题是,所谓的贯华堂本《水浒传》是否为贯华堂刻本?

较早用贯华堂本称呼《水浒传》的是徐增,其在《天下才子必读书序》中提到"莫如先评《水浒》,此《第五才子书》出最早也,贯华堂本亦既盛行于世,天下皆知圣叹评《才子书》之意矣"[③]。徐增此处仅是用"贯华堂本"称呼,而没有说是刻本或刊本。其后贯华堂本的概念,逐渐演变成贯华堂刻本或贯华堂刊本,如清末道光年间李尚晖在其家所藏贯华堂本跋语中写道,"贯华堂原刻久作《广陵散》,世无第二本矣,此本收藏至余已三世"[④]。近时这种提法则更多,如何心先生《水浒研究》中对七十回本的介绍,"《第五才子书施耐庵水浒传》,七十五卷,楔子一回,正传七十回,明末贯华堂刊本"[⑤]。马蹄疾先生《水浒书录》认为"金圣叹批评第五才子书施耐庵水浒传"为"明崇祯十四年(1641)贯华堂刊"[⑥]。谭帆先生《中国小说评点研究》中著录"第五才子书施耐庵水浒传"为"贯华堂刊本"[⑦]。陆林先生整理《第五才子书施耐庵水浒传》时,称所用底本为"明崇祯贯华堂刻《第五才子书施耐庵水浒

①[清]廖燕:《二十七松堂集》,《清代诗文集汇编》第164册,上海古籍出版社2010年版,第150页。
②[清]廖燕:《二十七松堂集》,《清代诗文集汇编》第164册,上海古籍出版社2010年版,第149页。
③陆林辑校整理:《金圣叹著作序跋》,《金圣叹全集》第6册,凤凰出版社2016年版,第143—144页。
④[明]施耐庵:《第五才子书施耐庵水浒传》,天津图书馆藏本。
⑤何心:《水浒研究》,上海古籍出版社1985年版,第33页。
⑥马蹄疾编著:《水浒书录》,上海古籍出版社1986年版,第117页。
⑦谭帆:《中国小说评点研究》,华东师范大学2001年版,第204页。

传》"[①]。周锡山先生著录金圣叹著作《第五才子书施耐庵水浒传》时,载"明崇祯十四年(1641)贯华堂刻本"[②]。

以上所举数例仅是其中一隅,这些著录的作者或是《水浒传》研究专家,或是金圣叹研究专家,可见贯华堂刻本或贯华堂刊本的提法深入人心。然而,金圣叹本人与其亲朋好友的著述中,均未提到《水浒传》是由贯华堂所刊刻。之所以后世学者多用贯华堂刊刻的提法,是因为现存《第五才子书施耐庵水浒传》版心下端有"贯华堂"三字,而一般版心下端的堂号,代表着刊刻书坊。像《水浒传》中《李卓吾先生批评忠义水浒传》,版心下端有"容与堂"三字,一般称之为容与堂刊本;《忠义水浒全书》版心下端有"郁郁堂"字样,一般称之为郁郁堂刊本;《评论出像水浒传》版心下端有"醉畊堂"字样,一般称之为醉畊堂刊本。那么,版心有"贯华堂"字样的《水浒传》,是否能够称之为贯华堂刊本或刻本?

首先,考察贯华堂有没有可能既是读书、藏书之处,同时又是刻书之所?这种情况真实存在,与金圣叹同时期的毛晋,其大名鼎鼎的汲古阁即是藏书与刻书处。以下对上文提及的贯华堂相关文献,逐一进行辨析。金圣叹自言"贯华堂所藏古本《水浒传》",此处贯华堂为藏书所;徐增所言"再同圣默见圣叹于贯华堂",金法筵赋诗"贯华堂畔长青苔",此二处贯华堂似为书房;书名《贯华堂第六才子书西厢记》《贯华堂选批唐才子诗甲集七言律》《贯华堂评选杜诗》《贯华堂才子书汇稿》,此等处贯华堂为书房。从这些文献记载来看,贯华堂明显是读书、藏书之所,而没有任何迹象显示为刻书之处。

其次,金圣叹是否有能力刊刻《水浒传》及其他书籍?《第五才子书施耐庵水浒传》为大部头书,约有1950叶,64万字,其刊刻成本大抵几何?书籍的刊刻成本大致有刻工工价、写工工价、梨板价格、工匠食银、其他工价五个方面。明末刻工工价大概为每百字0.03两,写工工价大概为每千字0.04两,木板价格每块约0.04两,加上工匠食银以及其他工价,刊刻成本约为每百字0.05两[③]。那么《第五才子书施耐庵水浒传》光刻板的价格就要320两。

书籍纸张的成本,从叶梦珠《阅世编》所载来看,"竹纸如荆川太史连、

①[明]施耐庵:《第五才子书施耐庵水浒传》,《金圣叹全集》第3册,凤凰出版社2016年版,第1页。
②周锡山:《金圣叹文艺美学研究》,上海人民出版社2016年版,第388页。
③刘卫武、刘亮:《明代绣梓成本考》,《图书馆杂志》2009年第9期。

古筐将乐纸，予幼时七十五张一刀，价银不过二分，后渐增长。至崇祯之季、顺治之初，每刀止七十张，价银一钱五分”[①]。崇祯之季、顺治之初竹纸暴涨的原因，大概是鼎革之际战乱的局面，像清顺治四年（1647）十竹斋开花纸钤印本《印存初集》二卷，仅仅73叶，定价2两，而万历年间刊行的二十卷本《封神演义》定价也才2两，此书有1404叶。按照叶梦珠所记，刊刻一本《第五才子书施耐庵水浒传》的纸张成本价格大致为4.18两。

《第五才子书施耐庵水浒传》大概会刊印多少本？以万历末年金阊舒载阳刊本《封神演义》、金阊龚绍山刊本《春秋列国志传》的情况来看[②]。《春秋列国志传》大概30万字，955叶，刻板成本150两，纸张成本每本大概为0.255两，书籍定价为1两，书籍回本需要卖掉200部书。《封神演义》大概48万字，1404叶，刻板成本240两，纸张成本每本大概为0.374两，书籍定价为2两，书籍回本需要卖掉150部书左右。《第五才子书施耐庵水浒传》如果需要回本，大致需要卖掉150至200部书，如果还需要挣钱的话，那么至少得卖掉300部书。也便是说，光是纸张成本，刊印300部《第五才子书施耐庵水浒传》，需要银钱1254两，加上之前的刻板成本320两，刊刻《第五才子书施耐庵水浒传》的成本大致需要1570两。这在当时，不啻为一笔巨款。正七品的翰林院编修每年的俸禄也才58.5两[③]。

既然如此，金圣叹是否有资金刊刻《水浒传》?《第五才子书施耐庵水浒传》序言三末署“皇帝崇祯十四年二月十五日”。是年江南大旱，金圣叹撰诗《辛巳大饥无动惠米志谢》，其中有“彭泽妻孥相对饿，鹫山主伴自称尊”之句[④]，可见此时金圣叹家境日衰，在天灾人祸面前，需要友人的接济才能过活。之后的日子里，金圣叹也一直处于这般窘境之下，金昌曾在《才子书小引》当中记叙“（金昌）间尝窃请唱经，‘何不刻而行之？’哑然应曰‘吾贫无财’”[⑤]。金昌曾经问过金圣叹书籍出版事宜，但是金圣叹回答说没钱出不起，可见金圣叹根本没有资金刊刻《水浒传》或者其他书籍。

那么，金圣叹刊刻诸书的钱财从何得来？一者可能得自于朋友的资助。此点与金圣叹相关的文献中虽然并没有记载，但是其死后由金昌整理出版

①[清]叶梦珠：《阅世编》卷七，上海古籍出版社1981年版，第160页。
②孙文杰：《中国图书发行史》，武汉大学出版社2015年版，第277—278页。
③宋莉华：《明清时期说部书价述略》，《复旦学报》（社会科学版）2002年第3期。
④[清]金圣叹：《沉吟楼诗选》，《金圣叹全集》第2册，凤凰出版社2016年版，第1239页。
⑤陆林辑校整理：《金圣叹著作序跋》，《金圣叹全集》第6册，凤凰出版社2016年版，第93页。

的《贯华堂才子书汇稿》为“吴门同学诸子编次”，同时也是这些人醵金付梓，“仆以试事北发，辱同人饯之水涯，夜深偶语及此，皆慷慨欷歔，若不胜情。仆曰：‘岂有意乎？’皆举手曰：‘敬诺！’”[①]金昌在一次与吴门诸子的聚会过程中，提及出版金圣叹遗稿事宜，众人均表示赞同。但是这种情况应该不会太多，因为金圣叹生前批点著作甚多，但是出版甚少，若多有资助，应该早已出版。

二者与书坊合作。虽然金圣叹并不希望自己批点的书籍落入书商之手，此点他与金昌曾说过，“（金昌）‘然则何不与坊之人刻行之？’（金圣叹）又颦蹙曰：‘古人之书，是皆古人之至宝也。今在吾手，是即吾之至宝也。吾方且珠匮锦袭香熏之，犹恐或亵，而忍遭瓦砾、荆棘、坑坎便利之？惟命哉！’”[②]但事与愿违，金圣叹批点《西厢记》即是与书坊合作，“刻王实甫《西厢》，应坊间请，止两月，皆从饮酒之隙、诸子迫促而成者也”[③]。不仅如此，顺治十四年（1657）金圣叹与醉畊堂合作，再版了其批评的《水浒传》，此本以《评论出像水浒传》为题，除回末加入了王望如回末总评之外，书中正文、批语与行款皆与贯华堂本相同，题写“圣叹外书”。

由上可知，贯华堂并非刊刻《第五才子书施耐庵水浒传》以及其他金圣叹批点书籍的书坊，贯华堂本不宜称之为贯华堂刊本或刻本，而应称之为贯华堂评本。金圣叹或者书坊最早在版心刻上“贯华堂”字样，概因金圣叹于序言中伪托“贯华堂古本”之故，表明所刊之本为贯华堂所藏古本《水浒传》，而后贯华堂成了金圣叹个人标识，不仅版心题“贯华堂”，书名也冠以“贯华堂”字样。此点从赵时揖辑刊《贯华堂评选杜诗》亦可知，此书为金圣叹身后出版，但版心下端同样有“贯华堂真本”字样，很明显此书不可能为贯华堂所刊，标有“贯华堂真本”意指真实由金圣叹所评之书。版心下端不标刊刻书坊而标其他堂号的书籍，虽然少见，但并非没有。与金圣叹同时期的周亮工，著有《因树屋书影》一书，此书版心下端有“因树屋”三字。“因树屋”指的是刑部牢狱，周亮工曾经囚于刑部狱因树屋中，周亮工也号“因树屋主人”，黄经有《答因树屋主人》一文。很明显，版心“因树屋”并非指刊书书坊。

---

①陆林辑校整理：《金圣叹著作序跋》，《金圣叹全集》第6册，凤凰出版社2016年版，第94页。
②陆林辑校整理：《金圣叹著作序跋》，《金圣叹全集》第6册，凤凰出版社2016年版，第93页。
③陆林辑校整理：《金圣叹著作序跋》，《金圣叹全集》第6册，凤凰出版社2016年版，第144页。

2. 清华大学所藏贯华堂本考

金圣叹批评《水浒传》七十回本问世之后，市面上出现了多种七十回本，除贯华堂本之外，尚有王望如评七十五卷本、王望如评二十卷本、句曲外史序本等[①]。这些均是贯华堂本的翻刻本，此处暂不做探讨，后文会有介绍。以下研究对象为贯华堂本《水浒传》，即版心下端有“贯华堂”字样，行款为半叶8行、行19字的《第五才子书施耐庵水浒传》。此部分研究内容只有一个，即贯华堂本的初刻本为何种，其最早印本藏于何处。

学界一般认为现存最早的贯华堂本为清华大学图书馆藏本，此本为初刻本。像影响较大的《金圣叹全集》，由陆林先生整理，全书前言中提到“《唐才子诗》《第六才子书》《第五才子书》《天下才子必读书》亦皆以初刻本为底本”[②]。之后《第五才子书施耐庵水浒传》前言中提到所用底本，“此书之整理，以民国二十三年上海中华书局影印刘复藏明崇祯贯华堂刻《第五才子书施耐庵水浒传》为底本，以一九七五年北京中华书局影印叶瑶池重刻《第五才子书施耐庵水浒传》、清坊刻王望如评论《贯华堂第五才子书》为参校”[③]。此即意味着陆林先生认为刘复所藏贯华堂本为初刻本，刘复所藏贯华堂本即清华大学图书馆藏本。

清华大学所藏贯华堂本之所以会被认为是初刻本，或是现存最早的贯华堂本，与其收藏者以及之后的经历有莫大关系。清华大学所藏贯华堂本，原为刘半农（即刘复，半农为其字）所藏，刘半农是近代著名文学家、语言学家以及教育家，其收藏此书的时间为1933年3月。当此之时，国内研究《水浒传》版本的学者如胡适、鲁迅先生等均未见过贯华堂本，其他各大图书馆以及市面也少有见及贯华堂本。刘半农《影印贯华堂原本水浒传叙》中记载两事可见贯华堂本在当时极为少见：其一，直到1932年的冬季，北平图书馆（今中国国家图书馆）才收藏了一部贯华堂本，但是纸张已经全部酥脆了。其二，此贯华堂本乃是刘半农近二十年的访求所得，史学大家傅斯年同样也想寻求一部精刻本七十一回《水浒传》，但是一直未能找到，直到傅斯年去世，其藏品当中也只有一部郁郁堂挖印本《水浒全书》[④]。

---

①邓雷：《〈水浒传〉版本知见录》，凤凰出版社2017年版，第3页。

②陆林：《金圣叹全集·前言》，《金圣叹全集》第1册，凤凰出版社2016年版，第21页。

③［明］施耐庵：《第五才子书施耐庵水浒传》，《金圣叹全集》第3册，凤凰出版社2016年版，第2页。

④刘半农：《老实说了吧》，陕西人民出版社2013年版，第199—201页。

翌年（1934年）6月刘半农便将此藏本交付中华书局缩印出版，名为《金圣叹批改贯华堂原本水浒传》，原书板框高20公分，宽14公分，缩印板框高12.5公分，宽8.5公分。此后，刘半农先生的影印本便成为研究者的常备书，像胡适1937年2月23日日记中提到"看金圣叹本《水浒传》（半农影印本）"[①]，1947年10月2日写《记金圣叹刻本〈水浒传〉里避讳的谨严》一文又提到"前些时，我偶然翻看亡友刘半农影印的金圣叹批刻本《水浒传》。（民国二十三年中华书局发行）"[②]。在此书出版的同一时间，1934年7月14日，刘半农因病逝世。到了1947年，刘半农亲属将刘半农藏书出售给了清华大学，此《第五才子书施耐庵水浒传》即在其中[③]。

之后此藏本入选2013年第4批《国家珍贵古籍名录》，《国家珍贵古籍名录》现今有5批，共计12274种，其中《水浒传》仅有5种，可见其珍惜程度。更甚者为此藏本入选《中华再造善本·明代编·集部》，《水浒传》所有版本仅有此本与大名鼎鼎的中国国家图书馆藏容与堂刊本入选。《中华再造善本》的选录标准颇为严苛，其《编纂凡例》所言"明清编则更注重学术性，同时兼顾版本的珍贵价值"，"明代编、清代编以其存世典籍浩繁，不胜其选，故只能从学术的代表性、重要性入手从严遴选"[④]。

由以上可以看出，清华大学所藏贯华堂本由于出现时间早、流传范围广、经手为名家、受重视程度高，俨然成为贯华堂本初刻本、现存最早刊本的代表。

另外尚有一点需要提及的是，清华大学所藏贯华堂本的传播以及地位的确立，中华书局缩印本起到了很大作用，尤其是在原本难见真容、再造善本尚未出版之前。像陆林先生点校《第五才子书施耐庵水浒传》即是用中华书局影印本。然而，此中华书局影印本与原本有相当大的出入。陆林先生点校《第五才子书施耐庵水浒传》，除用中华书局影印本为底本外，还用了叶瑶池刊贯华堂本，以及其他《水浒传》版本作为参校，部分异文出了校注。

①胡适：《胡适日记》，《胡适全集》第32卷，安徽教育出版社2003年版，第615页。

②胡适：《记金圣叹刻本〈水浒传〉里避讳的谨严》，《大公报》1947年11月14日，载《胡适古典文学研究论集》，上海古籍出版社2013年版，第704页。

③孙玉蓉：《往事：人与书》，南京师范大学出版社2017年版，第179—180页。

④中华再造善本工程编纂出版委员会编：《中华再造善本总目》，国家图书馆出版社2015年版，第2页。

查阅全部校注可知，中华书局影印贯华堂本与叶瑶池所刊贯华堂本异文共有63处，其中仅有4处正确，其余59处除7处是陆林先生误校外[①]，其余52处清华藏本与叶瑶池本的异文均是中华书局影印本的改易，如8.37a叶瑶池本“便叫侍者”，清华藏本“叫”字残损，中华书局影印本描补为“对”字；16.13a叶瑶池本此处有眉批一条，清华藏本部分文字模糊不清，中华书局影印本将批语完全删去；30.14b叶瑶池本眉批“过时情事也”，清华藏本文字模糊，中华书局影印本将全部文字描补清晰，且将“事”字描改为“景”字；39.6a叶瑶池本此处有眉批“此一节是清风山起行”，清华藏本残存部分，中华书局影印本将批语完全删去；44.12a叶瑶池本“中元”二字，清华藏本“元”字少了上面一横，中华书局影印本描补为“先”字；47.40b叶瑶池本“一昧价”三字，清华藏本三字均有所残损，中华书局影印本描补为“一抹价”；67.8b叶瑶池本“何计”二字，清华藏本“计”字模糊，中华书局影印本描改为“何话”；69.5b叶瑶池本此处有眉批一条，清华藏本部分文字模糊不清，中华书局影印本将批语完全删去。诸如此类，不一而足。除文字修板外，中华书局影印本版面上也做了不少工作，像原本刻印不清晰之处，将其描补清晰；原本断口、断板较大之处，也全部做了描补等。中华书局影印本修板的目的在于，将清华藏本变成一个看起来极为精善的本子。

那么，清华大学所藏贯华堂本是否为初刻本，又是否是现存最早的贯华堂本？关于此一问题，先来看另外两位《水浒传》版本专家以及古代小说版本专家的论述。马蹄疾先生《水浒书录》中著录贯华堂本，首先是长泽规矩也藏本，其次是北京图书馆（今中国国家图书馆）藏本以及刘复藏本，且有按语“北京图书馆藏本非原刻本，与刘复影印本底本均为重刻本。据识者曰，原刻本旁圈滚圆，重刻本旁圈多为扁圆。刘复影印本底本及北京图书馆藏本的旁圈均为扁圆，故推知为重刻本，详见后叙。长泽氏藏本，余未曾目睹，是否为原刻本，无从知晓”[②]。长泽规矩也藏本因马蹄疾先生未见，暂且不提，刘半农原藏本以及国家图书馆藏本马蹄疾先生认为是重刻本，其理由是此二本旁圈为扁圆，但查此二本旁圈实为滚圆，并非重刻本。有的学者认为贯

①陆林先生校对之误如“安排了酒食果品之类”（6.23b），校曰“‘了’，贯华堂本作‘子’，据叶瑶池本改”，而叶瑶池本同样是“子”字；“不知此间乡俗地理”（51.21a），校曰“‘理’，贯华堂本作‘里’，据叶瑶池本改”，而叶瑶池本同样是“里”字。

②马蹄疾编著：《水浒书录》，上海古籍出版社1986年版，第117—118页。

华堂本的重刻本同样名为《第五才子书施耐庵水浒传》,行款与贯华堂本不同,半叶 9 行、行 20 字,版心下端无“贯华堂”字样,此本中国国家图书馆有藏,旁圈较贯华堂本为小,原刻本旁圈之说或是由此发挥[①]。此说有误,9 行 20 字本确实为贯华堂本的重刻本,但是并非马蹄疾先生所言之旁圈扁圆本,旁圈扁圆本另有所指,下文会详述。

马蹄疾先生所著长泽规矩也藏本为初刻本之言得自于孙楷第先生。孙楷第先生《日本东京所见小说书目》中提到长泽规矩也藏本,“此圣叹《水浒传》原本,吾国国立北京图书馆亦有一部。以书重刊者多,已无足贵,然原本亦不多见”[②]。孙楷第先生在其最终版《中国通俗小说书目》中著录“金人瑞删定水浒传七十回”,提到贯华堂本,“存明崇祯旧刊贯华堂大字本……【北京图书馆】中华书局影印本,附杜堇图。坊刊王望如加评本……芥子园袖珍本”[③]。由上可见,孙先生并没有认为长泽规矩也藏本为初刻本,而是与国家图书馆藏本一样,属于原本。此原本概念是相对于后来的重刊本而言,即坊刊王望如本与句曲外史序本等。

长泽规矩也所藏贯华堂本是否为初刻本?与清华藏本关系如何?长泽规矩也原藏本,现藏于日本东京大学东洋文化研究所双红堂文库,将长泽藏本与清华藏本比对后发现,二本乃是同版,有着相同的断口、断板。如:2.5b、3.1b、3.5a、3.6ab、5.11a、9.7b、9.11a、9.24a、9.27a、10.13a、10.25a、11.1b、13.14a、13.22ab、14.8b、14.24a、22.3b、22.16a、27.9a、28.33b、28.38b、28.59b、29.2a、29.5b、42.4ab、52.13b、54.21a。尤其是一些断板较大之处,二者亦相同,如:39.25ab、39.26ab、42.3ab、45.5ab、45.6ab、54.22ab、58.21ab、72.15ab、72.16ab。但是细较而言,长泽藏本为清华藏本的同版后印本。长泽藏本断口、断板之处,比之清华藏本要多出一些,如:1.4b、1.5b、2.3b、2.7a、3.10b、5.3a、5.22a、6.3a、6.19b、6.23b、6.29a、6.36b、8.3b、9.5a、9.18a。部分相同断板处,长泽藏本裂缝要更大、更长,如:5.2b 长泽藏本比清华藏本裂缝更大、更长,清华藏本裂缝延伸到两个字,长泽藏本延伸到三个字;6.15b 清华藏本只有微小断口,长泽藏本断口变大,且裂缝延伸到前两

①[日]氏冈真士:《七十回〈水浒〉的“原刻本”和“坊本”》,《信州大学人文科学论集》2016 年第 3 期。

②孙楷第:《日本东京所见小说书目》,人民文学出版社 1958 年版,第 112 页。

③孙楷第:《中国通俗小说书目》,人民文学出版社 1982 年版,第 216 页。

个字；9.4b清华藏本只有微小断口，裂缝延伸到第一字，长泽藏本断口变大，且裂缝延伸到第二字。如此一来，探讨清华藏本、长泽藏本是否为初刻本，是否为现存最早的贯华堂本，问题依旧回到清华藏本身上。要想探寻真相，必须找其他贯华堂本进行比对。

3.贯华堂本《水浒传》考

国内总共影印出版过两种贯华堂本，一种为清华大学藏本，另一种则为叶瑶池刊本。叶瑶池刊本一般认为是重刊本，像陆林先生点校《第五才子书施耐庵水浒传》之时，称呼叶瑶池刊本为“叶瑶池重刻《第五才子书施耐庵水浒传》”①；马蹄疾先生《水浒书录》中著录为“清初金阊叶瑶池重刊贯华堂古本”②；袁世硕先生《第五才子书水浒传》前言指出“清初金阊叶瑶池覆刻本”③。此叶瑶池刊本由中华书局1975年所影印，同样为缩印，原书板框高20公分，宽14公分，此板框高度与清华藏本同，出版说明中并未注明影印本底本藏处，只言“系以崇祯十四年（一六四一）贯华堂刻本为底本”④。此种说法并不准确，此书虽亦为贯华堂本，版心有“贯华堂”字样，但从封面题署来看，实为叶瑶池刊本。封面右栏书“施耐庵水浒传　金阊贯华堂古本叶瑶池梓行”，中栏大字书“第五才子书”，左下角署“本衙藏板”。此影印本后被《古本小说集成》所收录，命名为《第五才子书水浒传》。

将中华书局影印叶瑶池本与清华藏本进行比对，发现此叶瑶池本与清华藏本竟然同样是同版。而且更让人吃惊的是，与中华书局影印本相比，清华藏本竟然是同版后印本。考虑到中华书局叶瑶池本为影印本，底本情况不明，可能会存在影印修板的情况，正如上文所提及的中华书局在影印刘半农原藏本之时，进行了修板，影印修板这种情况颇为常见，中华书局影印的容与堂本也存在修板情况⑤，所以笔者在用中华书局影印本比对之时，择取比较对象格外小心。

首先，可以确定的一点是，中华书局影印叶瑶池本与清华藏本是同版。中华书局影印本有一些明显断口、断板处，如9.7b、9.11a、9.24a、9.27a、9.28b、

①［明］施耐庵：《第五才子书施耐庵水浒传》，《金圣叹全集》第3册，凤凰出版社2016年版，第2页。
②马蹄疾编著：《水浒书录》，上海古籍出版社1986年版，第119页。
③［明］施耐庵：《第五才子书水浒传》，上海古籍出版社1994年版，第2页。
④［明］施耐庵：《第五才子书施耐庵水浒传》，中华书局1975年版，第2页。笔者曾多方咨询中华书局编辑关于此影印本底本的藏处，但均未果，且各大图书馆藏本均非此影印本的底本。
⑤邓雷：《关于国图藏全本容与堂刊〈水浒传〉的几个问题》，《明清小说研究》2016年第4期。

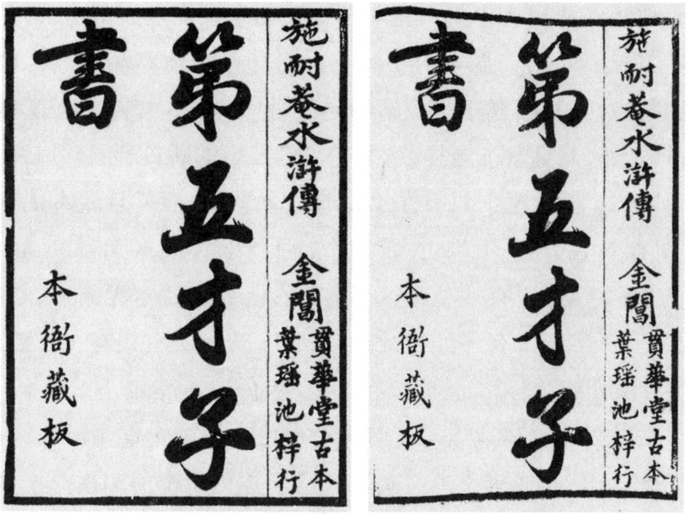

中华书局影印、复旦大学藏叶瑶池刊本封面书影

10.13a、10.25a、11.1b、13.14a、13.22ab、14.8b、14.24a、22.3b、22.16a、27.9a、28.33b、28.38b、28.59b、29.2a、29.5b、42.4ab、52.13b、54.21a，清华藏本均存在。其次，清华藏本与中华书局影印本相同断板处，清华藏本比之中华书局影印本裂缝更大、更长。此处不选取断口、断板的多寡作为比对对象，是考虑到中华书局影印本可能修板，而断板保留处，则证明此等处中华书局影印本没有修板。如：39.25ab 中华书局影印本此一叶有一条细长的断板裂缝，总共开裂 14 行文字，清华藏本此处断板裂缝变大，开裂 16 行文字；39.26ab 中华书局影印本上半叶只有断口而无裂缝，下半叶裂开 4 行文字，清华藏本上半叶裂开 5 行文字，下半叶裂开 5 行文字；45.6a 中华书局影印本此半叶有条微小的断板裂缝，裂开 3 行文字，清华藏本断板裂缝变大，上半叶裂开 6 行文字；54.22ab 中华书局影印本上半叶只有小断口而无裂缝，下半叶裂开 6 行文字，清华藏本上半叶裂开 7 行文字，下半叶裂开 7 行文字；72.15ab 中华书局影印本上下半叶均只有断口而无断板裂缝，清华藏本整叶文字全部裂开；72.16ab 中华书局影印本上下半叶只有断口而无断板裂缝，清华藏本整叶文字全部裂开。

由上来看，清华藏本为中华书局影印叶瑶池本的同版后印本。如此一来，清华藏本与长泽规矩也藏本均非现存最早的贯华堂本，且此二本有可能也是叶瑶池刊本，只是脱漏了封面，或者可能是叶瑶池将板木卖给了其他书坊，由其他书坊所刊。这两种可能性，哪种更符合实际？再将长泽规矩也藏本与另一种叶瑶池刊贯华堂本比对便知。此本为复旦大学图书馆藏本,周贻白、施镇昌递藏,封面题署与中华书局影印叶瑶池本相同。经比对后发现,复旦藏本乃是长泽规矩也藏本的同版后印本。长泽藏本上文所提及的断口、断板之处,复旦藏本同样存在,但复旦藏本的断口、断板处较之长泽藏本为多,如 1.2b 长泽藏本只有左上角有处大断口,而复旦藏本则有两处断口,第二处断口在“合”下端,比较细小;1.14a 长泽藏本无断口、断板,复旦藏本则在“辞”字旁边有一处细微断口;1.21a 长泽藏本无断口、断板,复旦藏本则在“而”字旁边有一处细微断口;4.3b 长泽藏本只有一处断口,而复旦藏本则有两处断口,第二处断口在“庵”字下端,非常细小。

中华书局影印叶瑶池本与复旦大学所藏叶瑶池本同为叶瑶池所刊,二者属于同版异印,而清华大学藏本与长泽规矩也藏本的印次介于这二者之间,也当属于叶瑶池刊本。另外,需要指出的是,复旦大学藏本虽然断口与断板处较之长泽规矩也藏本为多,但是此等处并不多见,而且裂缝都比较细小,基本上属于同一批次的印本。

至此,前文所讨论的四种贯华堂本,包括中华书局 1975 年影印本、清华大学藏本、长泽规矩也藏本、复旦大学藏本实际上均为叶瑶池刊本。那么,其他贯华堂本情况又是如何?笔者将考察范围扩大。

笔者考察了海内外所藏的贯华堂本,包括中国国家图书馆藏本、首都图书馆藏本、中国艺术研究院戏曲研究所藏本、上海图书馆藏本、天津图书馆藏本、南京图书馆藏本甲(索书号 GJ/27599)、南京图书馆藏本乙(索书号 GJ/25871)、浙江图书馆藏本甲(索书号善旧 5753)、浙江图书馆藏本乙(索书号善旧 5753.1)、杭州图书馆藏本、北京大学图书馆藏本、北京师范大学图书馆藏本、华东师范大学图书馆藏本、吉林大学图书馆藏本、西北大学图书馆藏本、新疆大学图书馆藏本、台湾大学图书馆藏本、唐拓藏本、日本早稻田大学图书馆藏本、法国国家图书馆藏本甲(索书号 CHINOIS-3995—3998)、法国国家图书馆藏本乙(索书号 CHINOIS-3999—4002)、美国哈佛大学哈佛燕京图书馆藏本,加上之前讨论的中华书局 1975 年影印本、清华大学图书馆藏本、长泽规矩也藏本、复旦大学图书馆藏本,共计 26 处[①]。将诸处藏本

①国内贯华堂本藏处查询依据《中国古籍善本书目》《中国古籍总目》以及“全国古籍普查登记基本数据库”“中文古籍联合目录及循证平台”“高校古文献资源库”等数据库,除个别藏本因书品问题未得借阅外,其余国内藏本均曾寓目。

比对后发现,26 处藏本可以分为三种,第一种叶瑶池刊本,第二种天瑞堂刊本,第三种即马蹄疾先生所提及的旁圈扁圆本。

第一种叶瑶池刊本,此种有 21 处藏本。此 21 处藏本属于同版异印本,其印次大致可以分为四类:第一类中华书局 1975 年影印本;第二类清华大学图书馆藏本;第三类长泽规矩也藏本,有中国国家图书馆藏本、首都图书馆藏本、中国艺术研究院戏曲研究所藏本、北京大学图书馆藏本、复旦大学图书馆藏本、南京图书馆藏本甲(索书号 GJ/27599)、杭州图书馆藏本、吉林大学图书馆藏本、西北大学图书馆藏本、法国国家图书馆藏本甲(索书号 CHINOIS-3995—3998);第四类日本早稻田大学图书馆藏本,有上海图书馆藏本、南京图书馆藏本乙(索书号 GJ/25871)、浙江图书馆藏本甲(索书号善旧 5753)、浙江图书馆藏本乙(索书号善旧 5753.1)、天津图书馆藏本、法国国家图书馆藏本乙(索书号 CHINOIS-3999—4002)、哈佛燕京图书馆藏本。

四类印本只是大致分类,尤其是第三类与第四类,诸藏本并不是完全一致,有细微差别。像之前所言第三类中长泽规矩也藏本比复旦大学藏本稍前,而首都图书馆藏本又比长泽规矩也藏本稍前,此种情况是因为印本的断板乃是渐变式而非突变式。第一类至第三类的情况上文已言明,此处不多赘述。

第四类断口、断板以及文字清晰度,较之第三类又有所改变。断口、断板处较之第三类有所增多,如 1.7a 长泽规矩也藏本有两处断口,早稻田大学藏本有三处断口;1.7b 长泽规矩也藏本有两处断口,早稻田大学藏本有三处断口;2.5b 长泽规矩也藏本有一处断口,早稻田大学藏本有两处断口;4.3b 长泽规矩也藏本有一处断板,早稻田大学藏本除一处断板外,还有两处断口。文字清晰度较之前三类也更差,如 62.1a 第八行文字中华书局影印本文字清晰无模糊,清华藏本“镂”字模糊,长泽规矩也藏本“腹镂炭”三字模糊,但“腹”“炭”二字依旧有形状,旁圈依稀可见,早稻田大学藏本“腹镂炭”三字完全模糊,旁圈亦完全模糊。最为关键的是,第三类印本依旧由叶瑶池刊行,而第四类印本则由其他书坊印行,叶瑶池已将板木卖给了其他书坊。像浙江图书馆藏本乙虽然封面与中华影印本、复旦大学藏本相同,但是“本衙藏板”右处有新的红色牌记文字,“本坊发兑古书时文,俱系苏浙原板,纸张洁白,破损剔净,每部有图章字号,伏冀海内高明垂鉴。广陵绿荫堂李苑文谨识。居北首朝南”；浙江图书馆藏本甲、早稻田大学图书馆藏本、法国国家图书馆藏本乙、哈佛燕京图书馆藏本，封面已非叶瑶池梓行，而变成了“施耐庵古本水浒传 / 第五才子 / 书，本府藏板、翻刻必究”；南京图书馆藏本乙封面则为“圣叹外书 / 施耐庵先生水浒传 / 贯华堂第五才子书”。

同时，在不断地刊印过程中，不同的本子又呈现出一些不同特征，像上文所提及的陆林先生所点校的《第五才子书施耐庵水浒传》，校勘记中清华藏本与中华书局影印本有 4 处文字不同，分别是 17.10b 中华影印本“等闲”，清华藏本作“等闻”；25.25a 中华影印本“第二”，清华藏本作“第一”；43.9a 中华影印本“嗟吁”，清华藏本作“嗟呼”；50.6b 中华影印本“倘或”，清华藏本作“倘盛”。除此外，清华藏本还有一些文字与中华书局影印本不同，如 17.10b 中华影印本“凡写”清华藏本作“比写”；50.6b 中华影印本“你又”清华藏本作“作又”。这些异文之处，乃是叶瑶池本在刊刻过程中，因为某些原因，部分板片重新造板，导致文字出现差讹。此种情况在之后印本中也有出现，像 1.7b 中华书局影印本、清华大学藏本“延”字左上角有一处斜断板，而长泽规矩也藏本与早稻田大学藏本的断板与前二本不同，乃是在“延”字左下角有一处横断板，很显然后二者此叶重新造板。

诸本在收藏过程中，因为种种原因也呈现出一些新特征，如哈佛燕京图书馆藏本卷一第 1 叶至第 3 叶乃钞补所成；杭州图书馆藏本卷首至卷一前两叶乃钞补而成，钞补所用底本为王望如评本；南京图书馆藏本甲第五十卷乃是配补而成，配补所用底本为勾曲外史序本；华东师范大学图书馆藏本拼凑旁圈扁圆本与叶瑶池本两种残本；复旦大学藏本、浙江图书馆藏本乙卷首部分有《施耐庵世籍考》，复旦大学藏本落款为“民国二十八年岁次己卯三月施镇昌识施李宝文书”，浙江图书馆藏本乙落款为“右录戊辰九月二十七日新闻报快活林”。

第二种天瑞堂刊本，此本仅一见，藏于新疆大学图书馆。此本为叶瑶池刊本的覆刻本，版心下端有“贯华堂”三字，旁圈同样滚圆。封面分为两栏，右栏两行书“施耐庵水浒全传 / 金圣叹手评外书”，左栏大字书“第五才子书”，下署“金阊贯华堂古本天瑞堂梓行”。从封面就可看出此本为覆刻本，“水浒全传”之名仅见于建阳所刊简本《水浒传》与百二十回本《水浒传》。所谓全传，即插增田虎、王庆故事。而金批本《水浒传》显然不是全传，不仅不全，而且还是腰斩本，只存 71 回。天瑞堂刊本将“全传”作为封面书名，应该是受到了明末清初百二十回本，尤其是郁郁堂所刊《水浒全书》的市场冲击，为避免读者觉得书不全而做了虚假广告。天瑞堂刊本覆刻时间大致在康熙年间，天瑞堂康熙二十三年（1684）刊刻了《新镌五行秘旨昭繇辟谬参赞阴阳历理通书》，康熙三十二年（1693）刊刻了《希贤录》。

第三种旁圈扁圆本共有 4 处藏本，分别为北京师范大学图书馆藏本、华东师范大学图书馆藏本、台湾大学图书馆藏本、唐拓藏本。北京师范大学图书馆藏本 4 函 32 册，存全本 75 卷，封面右栏为“施耐庵先生水浒传”，中间大字书“第五才子书”，左下角署“贯华堂原本”，栏外横题“圣叹外书”。华东师范大学图书馆所藏为残本，存 9 册 26 卷，第 1—15 卷、第 65—75 卷，此书为拼凑本，前 15 卷为旁圈扁圆本，后 11 卷为叶瑶池刊本，此本封面右栏题“施耐庵水浒传”，中间大字书“第五才子书”，左下角署“本衙藏板”，栏外横题“圣叹外书”。台湾大学图书馆藏本存全本 75 卷，无封面。唐拓藏本为残本，存 19 卷，分别为第 9、10、14、15、16、22、23、26、27、31、32、33、45、46、47、48、49、65、66 卷。

北京师范大学藏本版面大致情况与叶瑶池刊本无异，版心下端同样有“贯华堂”三字。此本与叶瑶池本最明显的差异正如马蹄疾先生提到的“有

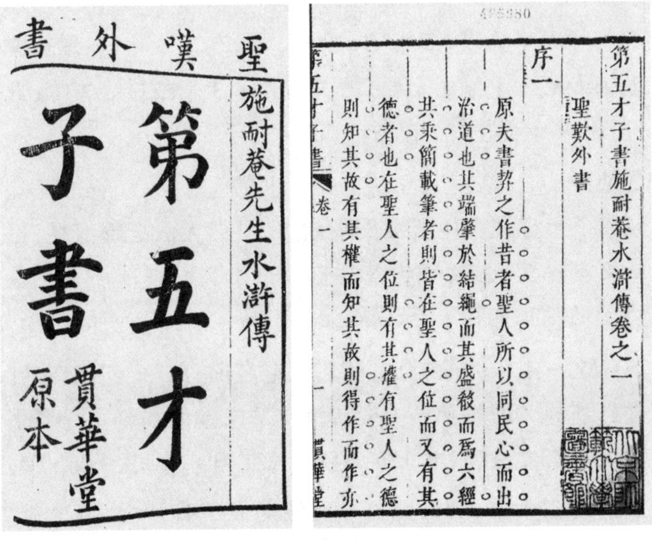
聖嘆外書
施耐菴先生水滸傳
第五才子書
貫華堂原本

第五才子書施耐菴水滸傳卷之一
聖歎外書
序一
原夫書契之作昔者聖人所以同民心而出
治道也其端肇於結繩而其盛殺而爲六經
其秉簡載筆者則皆在聖人之位而又有其
德者也在聖人之位則有其權有聖人之德
則知其故有其權而知其故則得作而作亦

北京师范大学所藏旁圈扁圆本书影

识者”所言，叶瑶池本旁圈滚圆，而此本旁圈扁圆。但是马蹄疾先生未曾见到这种旁圈扁圆本，所以误以为中国国家图书馆藏本以及清华大学藏本为重刻本。北京师范大学藏本除旁圈形状与叶瑶池刊本有差异外，其余一些地方也存在不同。如旁圈多寡，7.1a 第 6 行，叶瑶池本有 9 个旁圈，而北师大藏本只有 6 个旁圈；7.11b 第 6—7 行，叶瑶池本有 22 个旁圈，北师大藏本无旁圈；7.12a 第 3—5 行，叶瑶池本有 20 个旁圈，北师大藏本无旁圈；7.12a 第 6 行，叶瑶池本有 12 个旁圈，北师大藏本只有 11 个旁圈。再如文字差异，6.28a 叶瑶池本“一座奇峰，忽然跌落”，北师大本作“然产奇峰，忽然跌落”；7.11b 叶瑶池本“与史公并驱矣”，北师大本作“与史公并德矣”；7.11b 叶瑶池本“此处专写鲁达”，北师大本作“此专尊写鲁达”；27.1b 叶瑶池本“犯着鬼怪”，北师大本作“犯着思怪”。北师大藏本与叶瑶池本文字不同处，均是北师大本文字有误。

由以上北师大藏本与叶瑶池本所存在的不同，以及北师大藏本刊刻文字字形与叶瑶池本几乎完全相同来看，北师大藏本当为叶瑶池本的覆刻本。其刊刻时间当在雍正十二年（1734）之后，此时市面上的七十回本当为王望如本与句曲外史序本所占据，已难得见贯华堂本，所以此本才以“贯华堂原本”作为号召。现存北师大藏本、华东师大藏本、台湾大学藏本、唐拓藏本均非此种覆刻本的初印本，四者均有断板。其中北师大藏本的印次在华东师大藏本、台湾大学藏本、唐拓藏本之前，华东师大藏本、唐拓藏本的断口与断板之处较之北师大本为多，如 15.1a 北师大藏本 2 个断口，唐拓藏本 3 个断口；27.8b 北师大藏本上端 1 个断口，唐拓藏本 3 个断口；27.18a 北师大藏本下端小断口，唐拓藏本下端一片板框均无等。

4. 叶瑶池考

上文考察了世界范围内所藏贯华堂本，虽然无法全部穷尽，但是样本也足够多。从考察结果来看，绝大部分贯华堂本为叶瑶池所刊。叶瑶池刊刻贯华堂本只有两种可能性：其一，像绝大多数学者所认为的一样，叶瑶池刊本为覆刻本。这一主张的前提是，叶瑶池本之前有一个初刻本，叶瑶池本以之为底本进行翻刻。以前学界一般认为贯华堂本的初刻本是清华大学藏本或长泽规矩也藏本等，然而事实证明这些本子其实是叶瑶池刊本，现今并未见到一个所谓的初刻本，所以此一可能性的概率有多大，值得考量。其二，金圣叹批点贯华堂本即由叶瑶池刊行。关于此点可能性，之前已有部分证据，一者金圣叹没有足够的财力刊刻如此一部巨著，与书坊合作是必然的。二者金圣叹之后批点的《西厢记》也是与书坊合作。三者刊行书坊正好是金圣叹居住的苏州（金阊）书坊。以下再对叶瑶池此人做出考索，看其活动时间是否吻合贯华堂评本初刻本的刊刻时间。

叶瑶池此人，现存资料甚少，《中国古籍版刻辞典》著录其书坊名为“天葆堂”，乃是万历间苏州人，刻印过凌稚隆编的《五车韵瑞》160卷与《第五才子书施耐庵水浒传》70回本①。首都图书馆所藏《五车韵瑞》封面刻有“金阊叶瑶池梓行”字样，并钤有“叶氏天葆堂印”印章。此书刊刻时间未知，但是从凌稚隆所编书籍的刊刻时间来看，应该刊刻于万历年间②。除此书外，《河北省保定市图书馆古籍普查登记目录》著录《黄帝内经素问注证发微》为“明万历十四年（1586）金阊叶瑶池刻本”，此本极为少见，但是此书另有万历十四年（1586）天宝堂刻本，此刻本中国中医科学院图书馆、天津医学高等专科学校图书馆、湖南图书馆等有藏，天宝堂应即叶瑶池的书坊天葆堂。从万历十四年（1586）到贯华堂评本初刻本的刊刻时间崇祯十四年（1641），时间跨度55年，以万历十四年（1586）叶瑶池15岁而论，到崇祯十四年（1641），叶瑶池也70岁了，所以从时间上来说，如果叶瑶池刊刻的是贯华堂本的初刻本，年纪尚能允许，而若是翻刻本，那么身体也无能为力了。

苏州其他两位叶姓书坊主，一位是叶昆池，一位是叶敬池。从名字来看，此二位与叶瑶池当是昆仲辈。现今可知叶昆池书坊为能远居，刊刻书籍有明万历四十六年（1618）刊《新刊玉茗堂批点绣像南北宋传》、天启五年（1625）刊《春秋衡库》、崇祯八年（1635）刊《春秋三发》、天启年间刊《古今谭概》、明末刊《重订袁了凡注释群书备考》等③。叶敬池刊刻书籍有天启七年（1627）《醒世恒言》、崇祯十五年（1642）《扶轮集》、崇祯年间《新列国志》、崇祯年间《石点头》、明末《李卓吾先生批评三大家文集》等④。此二位刊刻书籍的时间与叶瑶池刊书时间基本重合。另外需要注意的是，叶昆池与叶敬池均喜欢刊刻小说，二人刊刻的小说有《新刊玉茗堂批点绣像南北宋

①瞿冕良编著：《中国古籍版刻辞典》，苏州大学出版社2009年版，第41页。

②周录祥：《明湖州出版家凌稚隆辑著文献考》，《湖州师范学院学报》2009年第6期。

③江澄波、杜信孚、杜永康编著：《江苏刻书》，江苏人民出版社1993年版，第103页。

④瞿冕良编著：《中国古籍版刻辞典》，苏州大学出版社2009年版，第154页。

传》《古今谭概》《新列国志》《醒世恒言》《石点头》等。同时，叶昆池与叶敬池又很喜欢与冯梦龙合作，《春秋衡库》《古今谭概》《新列国志》《醒世恒言》《石点头》等均为冯梦龙编纂的书籍。这些与叶瑶池刊刻《第五才子书施耐庵水浒传》均有共通之处。

四、金圣叹本《水浒传》重刻本概述

1. 贯华堂本的九行重刻本

贯华堂本的重刻本，内容悉数依照贯华堂本，只是改易了版式，将半叶8行、行19字改为半叶9行、行20字，中国国家图书馆有藏。此外，还有其他方面的不同。如版心不同，重刻本版心下端无“贯华堂”字样，版心中间文字书写也与原刻本有所不同，原刻本“卷一 / 序”为左右两边书写，重刻本的书写位置则为上下；圈点不同，重刻本圈点较之原刻本小一些，有些圈点处较之原刻本还有漏刻现象，1.1a第2行“道也”二字无圈点，第8行“则知其故”，“则”字无圈点，此等处原刻本均有圈点；界行不同，原刻本全书有界行，而重刻本全书则基本无界行；文字不同，相较于原刻本而言，重刻本正文误字颇多，如27.1a“伦次”误作“论次”，5.19a“九纹龙大闹史家村”误作“九纹龙大闘史家村”，5.21b“石秀智杀裴如海”误作“石秀智深杀裴如海”、“宋公明一打祝家庄”误作“宋公一打祝家庄”等。

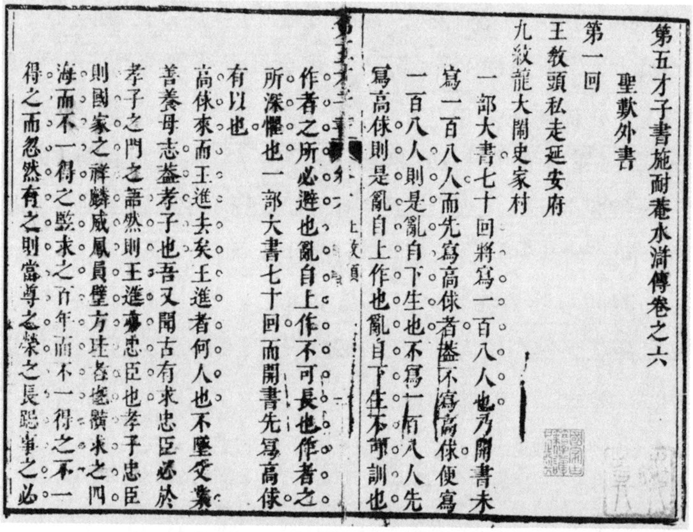
第五才子書施耐菴水滸傳卷之六
聖歎外書
第一回
王教頭私走延安府
九紋龍大閙史家村
一部大書七十回將寫一百八人也乃開書未寫一百八人而先寫高俅者蓋不寫高俅便寫一百八人則是亂自下生也不寫一百八人先寫高俅則是亂自上作也亂自下生不可訓也作者之所必避也亂自上作不可長也作者之所深懼也一部大書七十回而開書先寫高俅有以也
高俅來而王進去矣王進者何人也不墜父業善養母志蓋孝子也吾又聞古有求忠臣必於孝子之門之語然則王進亦忠臣也孝子忠臣則國家之祥麟威鳳圓璧方珪者也橫求之四海而不一得之竪求之百年而不一得之不一得之而忽然有之則當尊之榮之長跽事之必

国图所藏贯华堂本重刻本书影

2. 王望如本

贯华堂本之后比较流行的是王望如本，王望如本同样是贯华堂本的重刻本。此本改易了书名，增添了王望如回末总评以及序言等部分。王望如本扉页书名为“王望如先生评论五才子书水浒传”，首卷卷端书名题为“评论出像水浒传”。王望如本因在贯华堂本基础上增加王望如评语而得名。此本比之贯华堂本多出王仕云《评论水浒序》;《评论出像水浒传姓氏》;王仕云《评论出像水浒传总论》;陈章侯画像;每回回末王望如批语，一般以“王望如曰”起始。王望如即王仕云，望如为其字，仕云为其名。

关于王望如本，有争议的问题颇多:其一，醉畊堂主人为何人？之前学界认为醉畊堂主人为王望如，自陆林先生写文章辨析之后，一般认为醉畊堂主人为周亮工的弟弟周亮节，著有《醉畊堂集》[①]。醉畊堂是明末清初南京著名书坊，此书坊始于周亮工之父周文炜，后转至周亮工之弟周亮节主持，周亮节于康熙九年(1670)去世后，醉畊堂仍然在活动[②]。若醉畊堂主人为周亮节，此说存在一个疑问，顺治十四年(1657)周亮工赴闽面质，福州、泉州、延平五司李会审，其中王望如即是泉州司李[③]，而此年正是王望如本序言的写作时间，《评论水浒序》末尾题署“顺治丁酉冬月桐庵老人书于醉畊堂”，顺治丁酉即顺治十四年(1657)。时值此时，王望如是否有时间去拜访周亮节的醉畊堂？又或者是会审结束之后，王望如去周亮节处互通消息？

其二，桐庵老人为何人？一般认为桐庵老人即王望如。许振东先生对此提出异议，列举证据有两点:(1)乾隆三十六年(1771)《歙县志·宦绩》中所载王望如生平并无“桐庵老人”之号;(2)顺治十四年(1657)王望如34岁，如此年轻却称自己为“桐庵老人”有悖常情[④]。关于许氏的异议，其实均有待商榷:(1)县志中没有记录自号，此乃正常之事，王望如另外有一号“过客”，此见于文献记载，但县志中同样并无载录。(2)三十几岁自号“老人”是否有悖常理？有一个非常有名的例子，苏轼写《江城子·密州出猎》时亦不过38岁，同样自称“老夫”，那么王望如34岁称为“桐庵老人”亦无

①陆林:《周亮工参与刊刻金圣叹批评〈水浒〉、古文考论》,《社会科学战线》2003年第4期。

②许振东:《醉耕堂与王望如关系及其小说刊刻考探》,《河北师范大学学报》(哲学社会科学版)2014年第4期。

③孟晗:《周亮工年谱》,广西师范大学2007年硕士论文，第83页。

④许振东:《醉耕堂与王望如关系及其小说刊刻考探》,《河北师范大学学报》(哲学社会科学版)2014年第4期。

不可。

此外，更有确证可知“桐庵老人”即为王望如。藏于中国艺术研究院戏曲研究所的七十五卷王望如本以及其他某些二十卷王望如本，其序言末尾除题署之外，尚有两枚印章，“桐庵”与“过客”。“过客”此印属王望如无疑，施闰章有诗《喜王望如赦还》，前有诗序“王以不肯罗织周侍郎，下狱论死，终不更一语。赦归自号‘过客’”[①]。既然“过客”一印属于王望如，那么“桐庵”此印也当属王望如，王望如尚著有《桐庵笔随》此书。此外，通过“过客”此印也可知中国艺术研究院戏曲研究所藏本以及其他有印本皆为后刊本。王望如序言写于顺治十四年（1657），而“过客”此号是王望如赦归自号，王望如赦归为顺治十八年（1661）正月初七日，所以有“过客”之印的本子，当刻于顺治十八年（1661）之后，在王望如本再版之时，补上了王望如的印章。

王望如本的初刻本版式与贯华堂本相同，半叶8行、行19字，卷次与回数也与贯华堂本相同，同为75卷70回。此本扉页上端栏外直书“陈章侯画像”，右栏顶格直书“王望如先生评论　醉畊堂藏板”，中间大字书“五才子水浒传”。初刻本又称为醉畊堂本，因其版心下有“醉畊堂”三字。初刻本存世较少，中国国家图书馆、清华大学图书馆、中国艺术研究院戏曲研究所、日本根岛大学附属图书馆有藏，四者为同版。根据上文所说“过客”印可知，国家图书馆藏本为先刊本，中国艺术研究院戏曲研究所、日本根岛大学藏本为后刊本，后印本《评论水浒序》末尾有“桐庵”与“过客”两枚印章。

王望如本的初刻本之后，又有重刻本，为20卷75回，半叶11行、行24字，颇为常见。内容与75卷本相同，卷首前有《五才子水浒序》《王望如先生评论出像水浒传总论》《评论出像水浒传姓氏》、图像。20卷所对应的回数为：卷一（序目、楔子）、卷二（第1回至第3回）、卷三（第4回至第7回）、卷四（第8回至第11回）、卷五（第12回至第15回）、卷六（第16回至第18回）、卷七（第19回至第22回）、卷八（第23回至第25回）、卷九（第26回至第29回）、卷十（第30回至第33回）、卷十一（第34回至第37回）、卷十二（第38回至第41回）、卷十三（第42回至第44回）、卷十四（第45回至第48回）、卷十五（第49回至第51回）、卷十六（第52回至第55回）、卷十七

①［清］施闰章：《施愚山集》第2册，黄山书社1992年版，第545页。

（第 56 回至第 59 回）、卷十八（第 60 回至第 62 回）、卷十九（第 63 回至第 66 回）、卷二十（第 67 回至第 70 回）。

二十卷本与七十五卷本相比，差异较大，除卷数与版式区别之外，二十卷本版心下端无“醉畊堂”字样，扉页也与七十五卷本不同，尤其是二十卷本眉批悉遭删节，圈点、句读部分也缺失。二十卷重刻本同样经过多次翻刻，早期的二十卷刊本序言署名后有两枚印章，后期刊本为图省事将印章删去，且后期刊本文字部分多有舛误，如 1.4b 无印本文字与有印本文字并不对应，此半叶无印本有三处错误：“一烧不足以灭其迹者”，无印本无“者”字；“私书行而民之于恶乃至无所不有”，“恶”字无印本作“祸”；“是则始皇之罪犹可逭也”，“逭”字无印本作“自造”。

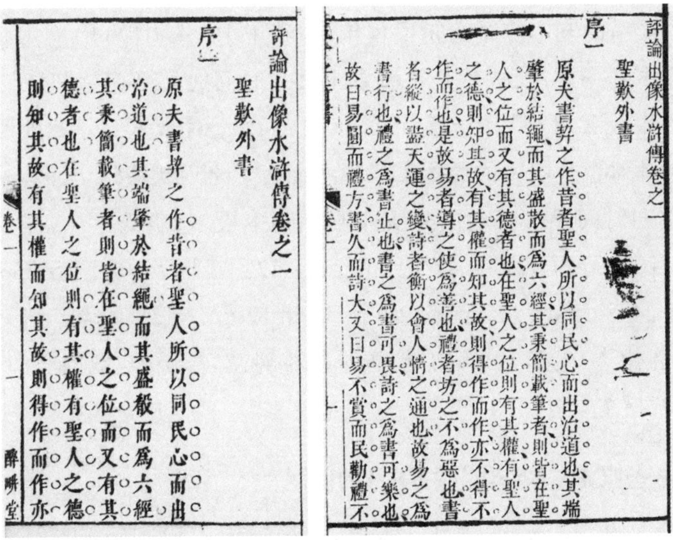
評論出像水滸傳卷之一
聖歎外書
序一
原夫書契之作昔者聖人所以同民心而出
治道也其端肇於結繩而其盛殽而爲六經
其秉簡載筆者則皆在聖人之位而又有其
德者也在聖人之位則有其權有聖人之德
則知其故有其權而知其故則得作而作亦
卷一　一　醉畊堂

評論出像水滸傳卷之一
聖歎外書
序一
原夫書契之作昔者聖人所以同民心而出治道也其端
肇於結繩而其盛散而爲六經其秉簡載筆者則皆在聖
人之位而又有其德者也在聖人之位則有其權有聖人
之德則知其故有其權而知其故則得作而作亦不得不
作而作也是故易者導之使爲善也禮者坊之不爲惡也書
者縱以囂天運之變詩者衡以會人情之通也故易之爲
書行也禮之爲書止也書之爲書可畏詩之爲書可樂也
故曰易圓而禮方書久而詩大又曰易不賞而民勸禮不

七十五卷本与二十卷本卷一首叶书影

除此之外，西班牙国家图书馆藏有一部金圣叹本，此书著录为“《第五才子水浒传》卷之十（第三十至第三十三回）贯华堂梓。一册。函套。大 32 开（25 × 16cm），板框 20.3 × 14cm。半页十一行二十四字。小字双行二十四字。四周单边，白口，单鱼尾。上书口刻‘五才子奇书’。书根为黑色，但在有些页的书根上刻‘贯华堂’。在每卷书的书名旁题‘圣叹外书’”[①]。此书极

①马德里自治大学东亚研究中心编：《西班牙图书馆中国古籍书志》，上海古籍出版社 2010 年版，第 48 页。

为奇怪，虽然版心或有“贯华堂”字样，但是版式与卷次均说明此书是王望如本的二十卷重刻本，只是书名与其他二十卷本又不同。书志除简要介绍外，还附有一张卷十书影，从书影可以看出此本即是二十卷本无疑，只是将书名“评论出像水浒传”改成“第五才子水浒传”，版心冒刻“贯华堂”，一切只是为了伪托成金圣叹本的原刻本。此本也是二十卷本的翻刻本。

3. 句曲外史序本

王望如本之后，另一种比较流行的金圣叹本为句曲外史序本。此本因有句曲外史所写序言而得名，书名题作“第五才子书水浒传”。此本与贯华堂本类似，同样为75卷70回，卷首《叙》末署“雍正甲寅上伏日句曲外史书”，次绘像，其余部分基本同于贯华堂本，全书有回前总评与双行夹批，而无眉批。

此本最早的刊本应是雍正甲寅年，即雍正十二年（1734）刊本。有些句曲外史序本卷一末尾，也就是贯华堂本书写时间之处，有刊刻时间“雍正拾贰年七月中元日重刊”，即雍正十二年（1734）七月十五日。此处所谓的重刊应当是针对金圣叹本的原本贯华堂本而言。之后句曲外史序本的翻刻本则将此重刊时间删去。句曲外史序本翻刻本极多，版式不一，据不完全统计，有半叶10行、行21字，半叶10行、行22字，半叶10行、行23字，半叶11行、行24字，半叶11行、行26字，半叶12行、行25字等。刊刻书坊亦颇多，有怀德堂、光霁堂、四勿堂、天平街维经堂、芥子园、双门底纬文堂、裕德堂、省城福文堂等。

五、金圣叹本《水浒传》“古本”的问题

金圣叹本“古本”问题，源自金圣叹本人所写序言，“吾既喜读《水浒》，十二岁便得贯华堂所藏古本，吾日夜手钞，谬自评释，历四五六七八月，而其事方竣，即今此本是已”（1.19b）。古本样貌即为现今所见贯华堂本样貌，“施耐庵《水浒》正传七十卷，又楔子一卷，原序一篇亦作一卷，共七十二卷”（1.16a）。金圣叹不仅把七十回本当作古本，而且多次在评语中斥责罗贯中狗尾续貂，“何罗贯中不达，犹祖其说，而有续《水浒传》之恶札也”（2.7b-8a），“笑杀罗贯中横添狗尾，徒见其丑也”（75.1ab）。

关于金圣叹本“古本”问题，早在清初之时就已有人直指其本质，也有人提出质疑。王望如在其增添的评论文字中提到金圣叹本的问题，总论中言

及“细阅金圣叹所评……而余最服其终之以恶梦，俾盗贼不寒而栗……余不喜阅《水浒》，喜阅圣叹之评《水浒》，为其终以恶梦，有功于圣人不小也”（总论.1b-2b），字里行间已表明删改《水浒传》者即金圣叹本人。周亮工《因树屋书影》中提到“《水浒传》相传为洪武初越人罗贯中作。又传为元人施耐庵作，田叔禾《西湖游览志》又云此书出宋人笔。近金圣叹自七十回之后，断为罗所续；因极口诋罗，复伪为施序于前，此书遂为施有矣。予谓世安有为此等书人，当时敢露其姓名者！阙疑可也。定为耐庵作，不知何据”[①]，更是明确指出贯华堂本所谓施耐庵序是伪序。王望如本最早刊刻于顺治十四年（1657），此时金圣叹尚在世。周亮工《因树屋书影》此书着手于顺治十六年（1659），完成于顺治十七年（1660）春[②]。其后晚清李葆恂在《旧学庵笔记》中也质疑“古本”的真实性，“向阅金圣叹所评《水浒传》，首载耐庵一序，极似金氏手笔，心窃疑之。后得明刊本，乃果无此篇，始信老眼无花”[③]。

20世纪之后，关于金圣叹本“古本”的讨论，保持着很高的热度，既有相信金圣叹真有古本者，也有斥金圣叹古本为伪者。最早相信金圣叹有一个古本《水浒传》的代表人物是胡适。胡适先生1920年发表《〈水浒传〉考证》之时，坚定相信金圣叹有一个所谓的古本《水浒传》[④]，而1921年发表《〈水浒传〉后考》之时，虽然有些动摇，但是依旧疑心嘉靖以前有种七十回本，是金圣叹的底本[⑤]。直到1929年发表《〈水浒传〉新考》之时，才修正了自己的观点，认为“最大的错误是我假定明朝中叶有一部七十回本的《水浒传》”[⑥]。

同一时期，鲁迅先生以及俞平伯等先生则认为金圣叹所谓古本为伪托，鲁迅先生在1924年出版的《中国小说史略》中认为“其书与百二十回本之前七十回无甚异，惟刊去骈语特多，百廿回本发凡有‘旧本去诗词之繁累’语，颇似圣叹真得古本，然文中有因删去诗词，而语气遂稍参差者，则所据

①［清］周亮工：《书影》卷一，上海古籍出版社1981年版，第16页。

②以前学界一般依据《赖古堂集》中周亮工长子所编撰的《年谱》认为《因树屋书影》成书于顺治十六年（1659），但据孟晗《周亮工年谱》考订，此书应成于顺治十七年（1660）（广西师范大学2007年硕士学位论文）。

③［清］李葆恂：《旧学庵笔记》，载录自《〈水浒传〉资料汇编》，南开大学出版社2002年版，第138页。

④胡适：《胡适古典文学研究论集》，上海古籍出版社2013年版，第609—648页。

⑤胡适：《胡适古典文学研究论集》，上海古籍出版社2013年版，第649—668页。

⑥胡适：《胡适古典文学研究论集》，上海古籍出版社2013年版，第675页。原文刊于《小说月报》1929年第20卷第9期，题为《〈水浒传〉新考》，1930年收入亚东图书馆初版《胡适文存》三集时题为《〈百二十回本忠义水浒传〉序》，后《中国章回小说考证》《胡适古典文学研究论集》等均沿用《〈百二十回本忠义水浒传〉序》之名。

殆仍是百回本耳”[①]。俞平伯先生在1928年《论〈水浒传〉七十回古本之有无》一文中认为“考量此七十回本为金所独有呢？抑在金以前另有一古本亦七十回，而为金所依据呢？胡适之先生在他的《水浒传》考证及《后考》中，倾向后说。我说恰正和他的相反”[②]，同样认为金圣叹所谓古本不存在。

此后金圣叹存在所谓古本的观点一度沉寂，但是因为一则材料的发现，陆陆续续有人在文章中提及。此则材料出自王圻《稗史汇编》“院本”条，“文至院本、说书，其变极矣。然非绝世轶材，自不妄作。如宗秀罗贯中，国初葛可久，皆有志图王者。乃遇真主，而葛寄神医工，罗传神稗史。今读罗《水浒传》，从空中放出许多罡煞，又从梦里收拾一场怪诞，其与王实甫《西厢记》始以蒲东遘会，终以草桥扬灵，是二梦语，殆同机局。总之，惟虚故活耳”[③]。周邨先生1962年《书元人所见罗贯中〈水浒传〉和王实甫〈西厢记〉》中认为金圣叹本很可能就是《稗史汇编》中提到的古本《水浒传》[④]。陈辽先生1983年《郭刻本〈水浒〉非〈水浒〉祖本——兼谈〈水浒〉版本的演变》一文同样根据王圻《稗史汇编》，推测金圣叹可能真有一种古本[⑤]。欧阳健先生1983年《〈水浒〉简本繁本递嬗过程新证》一文中也根据王圻《稗史汇编》中所言，觉得金圣叹得到了一种古本，在《水浒传》成书过程中存在过[⑥]。周维衍先生1985年《罗贯中〈水浒传〉原本无招安等部分》大致也持此论[⑦]。

直至世纪之交时，关于金圣叹古本问题又引起了一场大争论。周岭先生1998年发表的《金圣叹腰斩〈水浒传〉说质疑》，对之前所有认定金圣叹腰斩《水浒传》的论述进行了辨析，其主要通过分析王圻《稗史汇编》和胡应麟《庄岳委谈》等材料，认为金圣叹之前就有一部古本《水浒传》，金圣叹并未腰斩《水浒传》[⑧]。周文发表之后，马上受到多方责难。王齐洲先生1998年《金圣叹腰斩〈水浒传〉无可怀疑：与周岭同志商榷》[⑨]、崔茂新先生2000

①鲁迅：《中国小说史略》，北新书局1927年版，第148页。
②俞平伯：《俞平伯全集》第3卷，花山文艺出版社1997年版，第461页。
③[明]王圻：《稗史汇编》卷一百三，《四库全书存目丛书》子部第141册，齐鲁书社1995年版，第403—404页。
④周邨：《书元人所见罗贯中〈水浒传〉和王实甫〈西厢记〉》，《江海学刊》1962年第7期。
⑤陈辽：《郭刻本〈水浒〉非〈水浒〉祖本——兼谈〈水浒〉版本的演变》，《江汉论坛》1983年第3期。
⑥欧阳健：《〈水浒〉简本繁本递嬗过程新证》，《文史》1983年第18辑。
⑦周维衍：《罗贯中〈水浒传〉原本无招安等部分》，《复旦学报》（社会科学版）1985年第6期。
⑧周岭：《金圣叹腰斩〈水浒传〉说质疑》，《文学评论》1998年第1期。
⑨王齐洲：《金圣叹腰斩〈水浒传〉无可怀疑：与周岭同志商榷》，《江汉论坛》1998年第8期。

年《从金评本〈水浒传〉看"腰斩"问题》[①]、张国光先生2001年《鲁迅等定谳的金圣叹"腰斩"〈水浒〉一案不能翻》[②]均对周文表示反对，认为金圣叹腰斩《水浒传》绝无可疑。其中以王齐洲先生之文最具代表性，辨析得有理有据。在此之后，对于金圣叹是否存在所谓古本，依旧有人持肯定态度，如丁永林先生2012年发表论文《〈水浒传的本〉作者钩沉》中认为"以上两条资料所出年代，都在金圣叹之前，足可佐证施耐庵所著'贯华堂所藏古本'之存在"[③]。

金圣叹拥有一种七十回古本的观点，重要缺陷在于所谓的七十回古本只存在于金圣叹叙述当中，现今根本不存。能够证明的只是一些旁证，而这些旁证大多模棱两可，不能确切证明这样一部七十回古本的存在。像引用最多的一则材料，出自王圻《稗史汇编》，"今读罗《水浒传》，从空中放出许多罡煞，又从梦里收拾一场怪诞"。从梦里收拾一场怪诞，既能说成是金圣叹本中卢俊义的梦，也能说成是其他本子中宋徽宗的梦。而且王圻《稗史汇编》属于"辗转稗贩""割裂说部诸编"之作，其言是否可信尚且不知。

相反，作为同时代人的周亮工与王望如的言论，则指出金圣叹所谓古本作伪。此二人之言相较王圻等人明显可靠更多，王望如本人从其评语就可知是金圣叹的崇拜者，对金圣叹批点的《水浒传》极为服膺。周亮工据陆林先生考证，与金圣叹有着共同的友人及爱好，存在彼此相知的可能性，对金圣叹才华颇为欣赏、遭遇颇为同情、成就颇为肯定、不足颇有认识，堪称金圣叹研究古今第一人[④]。当然，周、王二人的言论也是属于旁证，要证明贯华堂本并非古本，还要从金圣叹本本身着手。

首先最值得怀疑的便是所谓施耐庵所写的序言，不仅清人周亮工、李葆恂等人均对此表示怀疑，现当代学者同样如此，戴不凡先生说到"后来看了不少晚明的各种书籍，又反复几遍钻了金批《第六才子书》(《西厢记》)，我发现这篇所谓施耐庵的自序，其中所写的潇洒生活完全是晚明文士生活的写照；文章的笔调和金圣叹批《第六才子书》的那些'条理畅达'的'痛快'笔调完全是一个模子里印出来的。金圣叹的这部'古本水浒'及所谓施耐庵

①崔茂新：《从金评本〈水浒传〉看"腰斩"问题》，《齐鲁学刊》2000年第5期。
②张国光：《鲁迅等定谳的金圣叹"腰斩"〈水浒〉一案不能翻》，《湖北大学学报》(哲学社会科学版)2001年第1期。
③丁永林：《〈水浒传的本〉作者钩沉》，《水浒争鸣》2012年第13辑。
④陆林：《周亮工参与刊刻金圣叹批评〈水浒〉、古文考论》，《社会科学战线》2003年第4期。

的自序，那完全是和《第六才子书》一样，是这位‘封建才子’自己‘发明创造’的，是伪托的”[①]。郁沅、刘逸生等先生更是发现了施序当中佛家用语、佛家思想与金圣叹如出一辙，甚至连施耐庵的住处也与金圣叹一样[②]。由此观之，施耐庵序言的作伪应当无甚异议，即便是“贯华堂为古本”的支持者周岭先生，同样承认此点。只不过周氏列举了多条理由为金圣叹作伪开脱，但无论如何，施耐庵序按照金圣叹的说法，属于古本一部分。既然此部分作伪，又如何敢相信其他部分没有作伪？

实际上，金圣叹本其他地方也存在作伪，而且露出了马脚。此一马脚足以证明金圣叹所谓的古本并非什么古本，而是删节自其他本子。贯华堂本第40回“宋江智取无为军　张顺活捉黄文炳”遇到欧鹏、蒋敬、马麟、陶宗旺处，有一段文字：

> 第四个好汉姓陶名宗旺，祖贯是光州人氏，庄家田户出身，能使一把铁锹，有的是气力，亦能使枪轮刀，因此人都唤做是九尾龟。**怎见得四个好汉英雄？**这四筹好汉接住宋江，小喽啰早捧过果盒，一大壶酒，两大盘肉，托来把盏。(45.25b-26a)

贯华堂本中“怎见得四个好汉英雄”一句与下面内容连接不起来，完全不知所云。查询其他本子此处内容，其中容与堂本为：

> 第四个好汉姓陶名宗旺，祖贯是光州人氏。庄家田户出身，惯使一把铁锹，有的是气力，亦能使枪轮刀。因此人都唤做九尾龟。有诗为证：五短身材黑面皮，铁锹敢掘泰山基。光州庄户陶宗旺，古怪人称九尾龟。这四筹好汉接住宋江，小喽啰早捧过果盒，一大壶酒，两大盘肉，托过来把盏。(41.15ab)

容与堂本中并无“怎见得四个好汉英雄”此一句。三大寇本、大涤余人序本、百二十回本此处为：

> 第四个好汉姓陶名宗旺，祖贯是光州人氏。庄家田户出身，惯使一把铁锹，有的是气力，亦能使枪轮刀，因此人都唤做九尾龟。怎见得四

①戴不凡：《小说见闻录》，浙江人民出版社1980年版，第105页。
②参详郁沅：《金圣叹贯华堂本〈水浒传〉考评》，《武汉师范学院学报》(哲学社会科学版)1979年第1期；刘逸生：《金圣叹伪造施耐庵序显证》，《学术研究》1981年第3期。

个好汉英雄，有《西江月》为证：

力壮身强无赛，行时捷似飞腾，摩云金翅是欧鹏，首位黄山排定。

幼恨毛锥失利，长从韬略搜精，如神算法善行兵，文武全才蒋敬。

铁笛一声山裂，铜刀两口神惊，马麟形貌更狰狞，厮杀场中超乘。

宗旺力如猛虎，铁锹到处无情，神龟九尾喻多能。都是英雄头领。

这四筹好汉接住宋江，小喽罗早捧过果盒，一大壶酒，两大盘肉，托过来把盏。（遗香堂 41.15ab）

三大寇本、大涤余人序本、百二十回本中有此“怎见得四个好汉英雄”一句，而下面便是一首赞词，道出了四个人好处。此一句话在三本中均有着落，前后文句贯通。金圣叹本之所以存此一句，很明显是在删节诗词之时忘记将此句套话删除，而这一处马脚也足可证明金圣叹本删节自此三本中的一种[①]。由此可知，金圣叹本的诗词亦为金圣叹所删去，那么此所谓七十回古本很显然便是金圣叹所自造、伪托的。

六、金圣叹本《水浒传》的刊刻时间

金圣叹本的刊刻时间，一般认为是崇祯十四年（1641）。依据为此本序三末尾所署时间，“皇帝崇祯十四年二月十五日”（1.23a），此时间一般被当作刊刻时间，像句曲外史序本便将此时间改作“雍正拾贰年七月中元日重刊”，作为重刊时间。按理此时间应无甚异议，但有的学者却提出了不同的看法，在此将予以考订。

郑振铎先生 1929 年发表《〈水浒传〉的演化》一文中提到“顺治间有金人瑞批评七十回本出现，系割取郭氏本的前七十一回自为一书。但其影响极大”[②]。郑氏此处所说七十回本在顺治间出现不知是误记，还是根据王望如本，不过因为未给出任何依据，不好判别。王辉斌先生在其《四大奇书探究》一书《金圣叹批评本〈水浒〉的成书年代》一章中则明确提出金圣叹本刊刻于崇祯十七年（1644）的看法，“‘甲申批《水浒传》’所指为金批本的梓行

①笔者在校勘之时发现此处例证，后阅曾晓娟《“评”与“改”：中国古典白话小说之雅化过程——以〈水浒传〉为中心》一书，发现已有提及，非敢专美，特记于此。书中除此例之外，尚列有其他三例，此三例是否能成为金圣叹本源自他本的确证有待商榷，但可参看。《“评”与“改”：中国古典白话小说之雅化过程——以〈水浒传〉为中心》，南开大学出版社 2017 年版，第 13—16 页。

②郑振铎：《中国文学研究》，人民文学出版社 2000 年版，第 145 页。

年代无疑”[①],甲申即崇祯十七年(1644)。接下来将对王文提出的论据进行辨析。

首先,王文认为金圣叹本不可能刊刻于崇祯十四年(1641)的两个原因,其一崇祯十四年(1641)天下大荒,金圣叹全家处在饥饿的生死线上,靠朋友周济才幸免饿死,没有财力梓行一部小说。此点依据不足为凭,因为从前文可知,金圣叹刊刻书籍的资金来源有两种,一种是朋友资助,一种是与书坊合作。所以,财力一事并不在金圣叹的考虑范围之内。

其次,王文认为金圣叹本“序三”提到此本是金圣叹在十二岁时,用五个月时间完成的。金圣叹在崇祯十四年(1641)相授给金雍的是一部早此完成的《水浒传》批点本,所以崇祯十四年(1641)不会是金圣叹本的成书时间。首先得说一点的是,金圣叹惯用狡狯之笔,之前所说的施耐庵序,以及所谓的七十回古本,皆是金圣叹伪托。而此处所谓十二岁完成金圣叹本的批点,也完全是不可信之言。王文在接下去的文字中也承认此点,认为“无论金圣叹在他孩提时代具有何等天资,一个十二岁的小孩是根本不可能去完成如此一部大书的评点工作的”,所以王文认为“序三”所载金圣叹“十二岁”批点《水浒传》应是脱漏了一个“三”字,实为三十二岁。

然而,观金圣叹叙述此句的语气,“吾既喜读《水浒》,十二岁便得贯华堂所藏古本,吾日夜手钞,谬自评释,历四五六七八月,而其事方竣,即今此本是已”(1.19b),一个“便”字可知金圣叹不可能是三十二岁才得到所谓的古本,而且金圣叹本中确实有金圣叹年幼时的批语,如“我年虽幼,而眷属凋伤,独为至多,骤读此言,不觉泪下”(53.18a)。其实实情并没有那么复杂,所谓十二岁批点即是金圣叹的狡狯之笔。据笔者研究,金圣叹的批语并非一时一地所作,而是以其少年时期的批语(主要是读书心得体会)为基础,之后再经过多次批点,包括为其子释弓以及其他子弟学习文法进行的评点,最后为了出版又增补添加的部分评点,包括增添序言读法、伪撰序言、改写百二十回本批语等[②]。由上来看,王文否定金圣叹本刊刻于崇祯十四年(1641)的两个依据皆不成立。

再来看王文认为金圣叹本刊刻于崇祯十七年(1644)的依据,王文认为崇祯十四年(1641)后一年崇祯十五年(1642)崇祯皇帝便颁布了禁毁《水浒

①王辉斌:《四大奇书探究》,黄山书社2014年版,第278页。

②邓雷:《金圣叹评点〈水浒传〉的历时性》,《哈尔滨学院学报》2014年第2期。

传》的圣旨，那么金圣叹本的梓行当在崇祯十五年（1642）之后。此处王文逻辑甚奇，难道《水浒传》的禁毁时间只持续了崇祯十五年（1642）一年吗？显然不可能，也不合理。按照常情，朝廷颁布禁毁旨令，可以推知金圣叹本或刊于禁毁旨令之前，或刊于明王朝灭亡之后，即崇祯十七年（1644）之后。

王文逻辑之所以如此奇怪，是因为之后的一则材料让王文得出金圣叹本刊刻于崇祯十七年（1644）的结论，此时间恰在崇祯十五年（1642）之后，而明朝又还未灭亡。此则材料来自无名氏《辛丑纪闻》，"岁甲申批《水浒传》，丙申批《西厢记》，亥子间方从事于杜诗，未卒业而难作，天下惜之"[①]。材料中写的是"批"字，而王文认为此"批"字乃是梓行之意，此点已值得商榷。据陆林先生考证，顺治丙申年（1656）金圣叹尚在批点《西厢记》[②]。其后王文认为材料的记述者述及金批《水浒传》和《西厢记》，必是以当时见到的刻本而言之。此处也值得商榷，因为若崇祯十四年（1641）金圣叹本已刊刻，那看到崇祯十七年（1644）的翻刻本一点也不矛盾。何况此则材料的真实性亦存疑，有记述者记错的可能性。综上，在没有确切证据之前，金圣叹本刊刻于崇祯十四年（1641）的观点还是不应否定。

另外，值得注意的是，金圣叹本的初刻本不可能刊刻于清顺治年间。因为"序三"中题署时间为"皇帝崇祯十四年二月十五日"，此题署到了王望如本则变作"崇祯十四年二月十五日"，将"皇帝"二字删去，此一改动明显是入清之后有所忌讳。此外，金圣叹本对于明代诸皇帝的避讳非常严格，"常"字避明光宗朱常洛讳改作"尝"，"照"字避明武宗朱厚照讳改作"炤"，"校"字避明熹宗朱由校讳改作"较"，"检"字避明思宗朱由检讳改作"简"，"由"字避明熹宗、明思宗讳改作"繇"。无怪乎胡适先生会说"这部崇祯十四年刻的《水浒传》原来处处严避明朝皇帝的名讳，可以说是明末刻书避讳的一种样本或范本"[③]。如果金圣叹本刊刻于清代的话，则完全没必要如此避讳。

七、金圣叹本《水浒传》是否是清代唯一的流行本

金圣叹本《水浒传》是《水浒传》传播史上最重要的版本之一。前辈学

---

①［清］无名氏：《辛丑纪闻》，《明清史料汇编》第2辑第8册，文海出版社1967年版，第1263页。

②陆林：《金圣叹评点〈西厢记〉史实二题》，《辨疑与新说：古典戏曲回思录》，黑龙江大学出版社2013年版，第55页。

③胡适：《胡适古典文学研究论集》，上海古籍出版社2013年版，第704页。

者多认为金圣叹腰斩本《水浒传》是清代唯一的流行本。此说几乎成为《水浒》学史以及文学史的定论，实则有待商榷。

1920年，胡适先生在《水浒传》研究的开山之作——《〈水浒传〉考证》中提到："自从金圣叹把'施耐庵'的七十回本从《忠义水浒传》里重新分出来，到于今已近三百年了（圣叹自序在崇祯十四年）。这三百年中，七十回本居然成为《水浒传》的定本。"[①] 胡适先生所言，意即金圣叹腰斩本是清代《水浒传》的定本，即唯一流传的版本。

此论一出，得到同时代学者广泛呼应，且观点愈发明确。如鲁迅先生说："金人瑞改《水浒传》及《西厢记》成法，即旧本遍加改窜，自云得古本，评刻之，亦称'圣叹外书'，而一切旧本乃不复行。"[②] 郑振铎先生也多次提及此说，并有所发展："自金圣叹的七十回本《水浒传》出现之后，郭本七十一回之后的本文，便几为世人所忘。三百年来，世人仅得读圣叹所删的前部七十一回。其后半的二十九回，不必说读者不多，即知之者亦少。"[③] "（七十回本）却打倒了、湮没了一切流行于明代的繁本、简本、一百回本、一百二十回本、余氏本、郭氏本……使世间不知有《水浒传》全书者几三百年。"[④] "这个贯华堂本出现以后，流行得极广，在很长时间内，代替了一切的百回本和百二十回本，成为一般读者中唯一流行的本子。"[⑤]

"金圣叹腰斩本是清代唯一流行的《水浒传》版本"，郑振铎先生这一论断影响深远，迄今仍是学界主流观点。《水浒》学会前任会长佘大平先生对此多次重申："自从'金本'《水浒传》出版以来……在全国风行达三百多年，并且逐渐淘汰了其它所有《水浒传》的版本。"[⑥] 而且认为这是郑振铎对《水浒传》研究的卓越贡献，"郑振铎最早、最明确地承认'金本'在《水浒传》传播史上'唯一流行'的地位，这在《水浒传》研究的学术史上是一个了不起的贡献"[⑦]。齐裕焜先生的《水浒学史》也持类似看法："金本出现后，《水浒传》其他版本几乎被人遗忘了。"[⑧]

---

①胡适：《胡适古典文学研究论集》，上海古籍出版社2013年版，第639页。
②鲁迅：《中国小说史略》，上海古籍出版社1998年版，第89页。
③郑振铎：《中国文学研究》，人民文学出版社2000年版，第123页。
④郑振铎：《中国文学研究》，人民文学出版社2000年版，第142页。
⑤郑振铎：《水浒全传序》，《水浒全传》，人民文学出版社1954年版，第3页。
⑥佘大平：《封杀"金本"〈水浒传〉纪事本末》，《水浒争鸣》2012年第13辑。
⑦佘大平：《封杀"金本"〈水浒传〉纪事本末》，《水浒争鸣》2012年第13辑。
⑧齐裕焜、冯汝常等编著：《水浒学史》，上海三联书店2015年版，第87页。

金圣叹腰斩本《水浒传》是清代唯一的流行本吗？这其实包含两个问题：

第一个问题，腰斩本是否为清代唯一的《水浒传》流传本？答案是否定的。有清一代，《水浒传》腰斩本并非唯一的流传本。腰斩本刊刻于明末崇祯十四年（1641）前后，此时距离大明王朝覆灭不过三年，腰斩本在入清前尚未产生较大影响力，而清初其他版本的《水浒传》依然层出不穷。单是康熙朝，就有石渠阁补印本、芥子园本、大涤余人序本、李渔序本和十卷本等，像英雄谱本入清后还出现了二刻本、三刻本。此外，清初尚有三大寇本、郁郁堂挖印本、映雪草堂本等。

金圣叹腰斩本《水浒传》自明末刊行以来，入清后不断被翻刻，著名的有顺治十四年（1657）王望如评本以及雍正十二年（1734）句曲外史序本。至雍、乾年间，腰斩本已产生了巨大的影响力，这可从毛宗岗、张竹坡、脂砚斋等人批点《三国演义》《金瓶梅》《石头记》时屡屡提及金圣叹之名看出来。即便如此，整个清代，并非如郑振铎先生所言，腰斩本"打倒了，湮没了"其他版本，仍有多种非腰斩本《水浒传》流传。这其中光乾隆朝就有三多斋本、汉宋奇书本、百二十四回本、大道堂本、征四寇本等数种之多，嘉庆至光绪朝此前的版本又多有翻刻，像百二十四回本在嘉庆、光绪年间多次翻刊，同时道光年间又出现了新的版本八卷本。所以，有清一代，腰斩本并非唯一的流传本。

第二个问题，腰斩本是清代唯一的《水浒传》流行本吗？此问题与第一个问题的差异在于一为"流传"、一为"流行"。"流传"与"流行"的差异在于，"流传"不一定"流行"。腰斩本在清代读者群中流行并有着巨大的影响力似不必细言，此处仅举两例以见之：其一为舒位《乾嘉诗坛点将录》诸版本所用底本均为腰斩本，其二《水浒传》续书除明末清初的《水浒后传》与《后水浒传》这两种接续非腰斩本外，其余从咸丰至民国年间的续书《荡寇志》《续水浒传》《古本水浒传》《残水浒传》《水浒中传》《水浒新传》等皆接腰斩本而续写。那么，是否如郑振铎先生所言，影响力巨大的腰斩本是清代唯一的《水浒传》流行本？答案依然是否定的。除腰斩本外，清代至少还有两种《水浒传》版本广为流传。

一种是汉宋奇书本。此本最早由金陵兴贤堂于乾隆年间刊刻。此后翻刻书坊特多，也不再局限于金陵一地，广州的天平街维经堂、五云楼、芸香堂、金玉楼，佛山的近文堂、右文堂，以及大酉堂、省城福文堂、翰巽楼、老会贤堂、英德堂、文光堂、善美堂、聚德堂、芸生堂等十余家书坊均有翻刊。刊本多，流传范围很广，影响力也不小，清代演雷应春与其妻张月娥之事的京剧《红桃山》即以汉宋奇书本为底本。

另一种是百二十四回本。此本最早刊于乾隆元年（1736），至光绪五年（1879）仍有书坊翻刻，流传时间超过140年。翻刻的书坊有苏州映雪堂，成都大道堂、天德堂、藜照书屋等，至少流传过6种版式的版本：半叶10行、行20字本，半叶10行、行23字本，半叶11行、行26字本，半叶12行、行27字本，半叶14行、行32字本，半叶15行、行32字本等。

从汉宋奇书本、百二十四回本的流行时间来看，即便是在腰斩本已经取得了巨大影响力的乾隆朝及之后，腰斩本也并非唯一的流行本。因此可以得出结论：金圣叹腰斩本既非清代唯一的《水浒传》流传本，也非清代唯一的《水浒传》流行本。

那么，何以20世纪二三十年代胡适、鲁迅、郑振铎诸位先生会认为金圣叹腰斩本是清代唯一的流行本，甚至是清代唯一的流传本？其实，胡适先生在《〈水浒传〉后考》中已有辩解："我去年做《考证》时，只曾见着几种七十回本的《水浒》，其余的版本我都不曾见着。"[①] 既然汉宋奇书本、百二十四回本、八卷本等在清末均有流传，那么显赫人物胡适为何也无法寓目？这与清末民初刊印技术的改变有很大关系。

自石印、铅印技术传入中国后，由于成本低、效率高，逐渐取代了之前的雕版印刷。尤其是光绪年间申报馆开始采用石印、铅印技术刊印小说，各大出版社纷纷效仿，小说的石印、铅印本几乎占据了整个流通市场。据马蹄疾《水浒书录》载，从光绪十二年至宣统三年（1886—1911）共有《水浒传》石印、铅印本31种，而到了胡适写《考证》的1920年，石印、铅印本增至37种。这37种石印、铅印本《水浒传》均是腰斩本[②]。也就是说，这30余年间的《水浒传》读者市场被物美价廉的石印、铅印腰斩本所垄断。这便是胡适、鲁迅、郑振铎三先生在当时只能觅得腰斩本的原因。所以，如果一定要说腰斩本《水浒传》是某段时期唯一的流行本，那么这个时期就是清光绪朝至民国初期的60余年。

①胡适：《胡适古典文学研究论集》，上海古籍出版社2013年版，第650页。
②马蹄疾编著：《水浒书录》，上海古籍出版社1986年版，第129—141页。

第二节　金圣叹本《水浒传》的底本

1. 前人关于金圣叹本《水浒传》底本的研究

关于金圣叹本《水浒传》底本的研究，历来学者争论较多。大体来说有三种观点：第一种认为金圣叹本所用底本正如金圣叹自己所言，是一种七十回古本，与诸本均不相同，此种观点在上文已有考述，为金圣叹伪托之言，此处不再赘述；第二种认为金圣叹本是删节本，从百二十回本系统删节而来；第三种认为金圣叹本是删节本，从百回大涤余人序本系统删节而来。

第二种观点是学界主流观点。大多数学者认为金圣叹本是由百二十回本删节而来。如何心先生认为“现在最流行的七十回本《水浒传》，乃是金圣叹所改编。他把百二十回本割掉了七十一回以下的后半部”①；孙楷第先生认为“圣叹此本即从袁无涯刊之百二十回本出”②；郁沅先生比对了百二十回本与其他本子文句不同之处，金圣叹本独同于百二十回本，并最终认为“金圣叹取当时比较流行的袁无涯一百二十回本《水浒全传》为底本，砍去了它的后半部”③；罗尔纲先生更是列出了详细证据，通过1954年人民文学出版社《水浒全传》中诸版本校勘记的异文，证明“金圣叹自称为古本的《贯华堂本》实实在在是把袁无涯刻的《忠义水浒全传》一百二十回本斫掉了七十一回以后，而用其七十一回以前加以修改而成的，并不是古本”④。

有部分学者持第三种观点。如王古鲁先生《“读水浒全传郑序”及“谈水浒传”》一文中列出“现存水浒传版本关系图”，将金圣叹删本水浒传七十回本放在李玄伯藏新安刻本（即大涤余人序本）之下，认为金圣叹本由大涤余人序本而来⑤。曾晓娟先生通过金圣叹本与芥子园本相同或者相似的批语，得出金圣叹批点所用底本是大涤余人序本的结论⑥。由于大涤余人序本比较难看到，所以这种观点的支持者较少。

后两种观点的支持者均存在一定问题，问题源于对现存《水浒传》版本以及版本之间的关系并未厘清。像支持第二种观点的学者，部分压根就没

①何心：《水浒研究》，上海古籍出版社1985年版，第94页。
②孙楷第：《沧州集》，中华书局2009年版，第102页。
③郁沅：《金圣叹贯华堂本〈水浒传〉考评》，《武汉师范学院学报》（哲学社会科学版）1979年第1期。
④罗尔纲：《水浒传原本和著者研究》，江苏古籍出版社1992年版，第138—139页。
⑤王古鲁：《“读水浒全传郑序”及“谈水浒传”》，《北京师范大学学报》（社会科学版）1957年第1期。
⑥曾晓娟：《“评”与“改”：中国古典白话小说之雅化过程——以〈水浒传〉为中心》，南开大学出版社2017年版，第16—22页。

有考虑过大涤余人序本也可能成为金圣叹本的底本,而有的学者考虑到大涤余人序本的问题,却认为大涤余人序本刊刻晚于百二十回本,从而认为金圣叹本应该出于百二十回本。罗尔纲先生将大涤余人序本中芥子园本与金圣叹本、百二十本进行比对,但却忽略了大涤余人序本中另一系统李玄伯原藏本。

支持第三种观点的学者,则对大涤余人序本刊刻时间以及大涤余人序本与百二十回本的关系并不了解。像曾晓娟先生发现金圣叹本有部分批语与芥子园本相同或相对,而这些批语百二十回本没有,但芥子园本刊刻时间晚于金圣叹本,则认为金圣叹本所用底本为芥子园本的底本大涤余人序本。曾先生如此判定的依据是大涤余人序本刊刻于昌历之际,这种说法的最早提出者是孙楷第先生,但是现今从大涤余人序本插图刊工来看,这一结论并不正确。现存诸大涤余人序本的刊刻时间均在清代。同时,曾晓娟先生对百二十回本与大涤余人序本的关系理解为百二十回本刊刻于大涤余人序本之前,大涤余人序本来自于百二十回本,但是删去了田王二传,过录批语之时又有所增加。这一说法实际上存在一定问题。

现存百二十回本与现存大涤余人序本之间必然有着密切的关系。这种密切关系从正文、行款、插图、批语等来看,均是如此。现存百二十回本有两种系统,第一种为全传本,版心、回首等诸多题名皆为“水浒全传”,这一种本子所存甚少,如北京大学图书馆藏本、日本宫内厅书陵部藏本属于此类。此种本子以前一直被当作袁无涯原刻本,刊刻于万历年间,但实际情况并非如此,此本书中文字多有避明熹宗(朱由校)、毅宗(朱由检)讳,“由”字避讳为“繇”字、“校”字避讳为“较”字、“检”字避讳为“简”字。避讳尤其集中在田虎、王庆故事部分,故而刊刻于崇祯年间或之后。第二种为全书本,版心、回首等诸多题名皆为“水浒全书”,这一种有郁郁堂本和郁郁堂挖印本,现今存世较多。两种本子之间文字小有差异。

现存大涤余人序本同样有两种系统,第一种为李玄伯原藏本,另一种为芥子园本。两种本子之间文字同样小有差异,芥子园本与李玄伯原藏本之间没有直接的亲缘关系,二者有共同的祖本。至于百二十回本与大涤余人序本之间的关系则比较复杂,虽然现存大涤余人序本刊刻时间晚于百二十回本,但其底本(或祖本)刊刻时间早于百二十回本。而且大涤余人序本的底本(或祖本)很可能是真正的袁无涯万历年间刊本,为百回本。百二十回本的初刻本刊刻于崇祯七年(1634)八月至崇祯八年(1635)五月之间,现存百二十回本刊刻更在此时间之后。大涤余人序本比百二十回本多出部分批语,这些多出的批语并非大涤余人序本后增,而是最初的祖本便有,所以才会出现全传本没有,但是大涤余人序本与全书本却存在的批语。也就是说大涤余人序本与百二十回本有共同的祖本,这个祖本可能是真正的袁无涯刊百回本,这个本子后来衍变为百二十回本与大涤余人序本。百二十回本又有全传本与全书本两种系统,大涤余人序本则有李玄伯原藏本和芥子园本两种系统①。由此可见,曾晓娟先生对于大涤余人序本与百二十回本关系的梳理存在一定问题。

2. 金圣叹本《水浒传》底本探究

既然知悉了百二十回本与大涤余人序本之间的关系,那么要判定金圣叹本的底本,只需将金圣叹本与他本进行比对便可得知。除却金圣叹本之外,繁本《水浒传》还有三大系统,一者为容与堂本系统,二者为三大寇本系统,三者为大涤余人序本系统。此前学界的研究,因为三大寇本一直不为人所知晓,所以从未被当作比对本。此处先比较金圣叹本与此三种系统的本子何者关系更近。

与容与堂本的比较,可以很明显看出,金圣叹本与容与堂本关系较为疏远,作为底本的可能性不大。阎婆事的移置以及王英、扈三娘婚事情节的移置,金圣叹本均同于其他二本,而不同于容与堂本。接下去的文字比对中,容与堂本系统选取中国国家图书馆所藏全本容与堂本、三大寇本系统选取无穷会本、大涤余人序本系统选取遗香堂本、金圣叹本选取中华书局1975年影印本。

(1)大涤余人序本文字多于容与堂本、三大寇本之处,金圣叹本同于大涤余人序本。如:

> 容与堂本:史进修整门户墙垣,安排庄院,拴束衣甲,整顿刀马,提防贼寇,不在话下。(2.17a)
>
> 三大寇本:史进修整门户墙垣,安排庄院,拴束衣甲,整顿刀马,提防贼寇,不在话下。(2.18a)

①关于大涤余人序本系统的具体研究,可参详"《水浒传》批语的分类及源流考"与"大涤余人序本系统《水浒传》研究"章节。

大涤序本：史进修整门户墙垣，安排庄院，**设立几处梆子**，拴束衣甲，整顿刀马，提防贼寇，不在话下。（2.18b-19a）

金圣叹本：史进修整门户墙垣，安排庄院，**设立几处梆子**，拴束衣甲，整顿刀马，提防贼寇，不在话下。（6.30a）

（例一）

容与堂本：王伦指着林冲对杨志道："这个兄弟，他是东京八十万禁军教头，唤做豹子头林冲。"（12.3a）

三大寇本：王伦指着林冲对杨志道："这个兄弟，他是东京八十万禁军教头，唤做豹子头林冲。"（12.2b）

大涤序本：王伦**心里想道："若留林冲，实形容得我们不济，不如我做个人情，并留了杨志，与他作敌。"因**指着林冲对杨志道："这个兄弟，他是东京八十万禁军教头，唤做豹子头林冲。"（12.2b）

金圣叹本：王伦**心里想道："若留林冲，实形容得我们不济，不如我做个人情，并留了杨志，与他作敌。"因**指着林冲对杨志道："这个兄弟，他是东京八十万禁军教头，唤做豹子头林冲。"（16.6b-7a）

（例二）

容与堂本：都上厅来，再拜谢了众军官，入班做了提辖。众军卒打着得胜鼓，把着那金鼓旗先散。（13.8b）

三大寇本：都上厅来，再拜谢了众军官，入班做了提辖。众军卒打着得胜鼓，把着那金鼓旗先散。（13.8b）

大涤序本：都上厅来，再拜谢了众军官，**梁中书叫索超、杨志两个也见了礼**，入班做了提辖。众军卒便打着得胜鼓，把着那金鼓旗先散。（13.9a）

金圣叹本：都上厅来，再拜谢了众军官，**梁中书叫索超、杨志两个也见了礼**，入班做了提辖。众军卒便打着得胜鼓，把着那金鼓旗先散。（17.15b-16a）

（例三）

容与堂本：我已寻思在肚里了。如今我们收拾五七担挑了，一齐都走奔石碣村三阮家里去。晁盖道……（18.9a）

三大寇本：我已寻思在肚里了。如今我们收拾五七担挑了，一齐都走奔石碣村三阮家里去。晁盖道……（18.9a）

大涤序本：我已寻思在肚里了。如今我们收拾五七担挑了，一齐都走奔石碣村三阮家里去。**今急遣一人，先与他弟兄说知。**晁盖道……（18.9b）

金圣叹本：我已寻思在肚里了。如今我们收拾五七担挑了，一齐都奔石碣村三阮家里去。**今急遣一人，先与他弟兄说知。**晁盖道……（22.16a）

（例四）

容与堂本：张三也耐不过众人面皮，因此也只得罢了。（22.7a）

三大寇本：张三也耐不过众人面皮，因此也只得罢了。（22.7b）

大涤序本：张三也耐不过众人面皮，**况且婆娘已死了，张三又平常亦受宋江好处**，因此也只得罢了。（22.7b）

金圣叹本：张三也耐不过众人面皮，**况且婆娘已死了，张三又平尝亦受宋江好处**，因此也只得罢了。（26.13b-14a）

（例五）

容与堂本：梁中书听得这个消息，不由他不慌，传令教众将只是坚守，不许相战。且说宋江到寨中……（65.1a）

三大寇本：梁中书听得这个消息，不由他不慌，传令教众将只是坚守，不许出战。且说宋江到寨中……（65.1a）

大涤序本：梁中书听得这个消息，不由他不慌，传令教众将只是坚守，不许出战。**意欲杀了卢俊义、石秀，犹恐激恼了宋江，朝廷急无兵马救应，其祸愈速。只得教监守着二人，再行申报京师，听凭蔡太师处分。**且说宋江到寨中……（65.1a）

金圣叹本：梁中书听得这个消息，不繇他不慌，传令教众将只是坚守，不许出战。**意欲便杀卢俊义、石秀，又恐激恼了宋江，朝廷急无兵马救应，其祸愈速。只得教监守着二人，再行申报京师，听凭太师处分。**且说宋江到寨中……（69.4a）

（例六）

容与堂本：蔡京见了大怒，且教首将退去。（67.3b）

三大寇本：蔡京见了大怒，且教首将退去。（67.3b）

大涤序本：蔡京**初意亦欲苟且招安，功归梁中书身上，自己亦有荣宠。今见事体败坏难遮掩，便欲主战**，因大怒道："且教首将退去！"

（67.3b）

金圣叹本：**蔡京初意亦欲苟且招安，功归梁中书身上，自己亦有荣宠。今见事体败坏难好遮掩，便欲主战**，因大怒道："且教首将退去！"（71.7b）

（例七）

容与堂本：俺也闻他名字。**那个阿哥不在这里**。洒家听得说，他在延安府老种经略相公处勾当。（3.5a）

三大寇本：俺也闻他名字。洒家听得说，他在延安府老种经略相公处勾当。（3.5a）

大涤序本：俺也闻他名字。**那个阿哥不在这里**。洒家听得说，他在延安府老种经略相公处勾当。（3.5a）

金圣叹本：俺也闻他名字。**那个阿哥不在这里**。洒家听得说，他在延安府老种经略相公处勾当。（7.9b）

（例八）

容与堂本：那官人扑翻身便拜道："**闻名不如见面，见面胜似闻名**。义士提辖受礼。"（4.3a）

三大寇本：那官人扑翻身便拜道："义士提辖受礼。"（4.3a）

大涤序本：那官人扑翻身便拜道："**闻名不如见面，见面胜似闻名**。义士提辖受礼。"（4.3ab）

金圣叹本：那官人扑翻身便拜道："**闻名不如见面，见面胜似闻名**。义士提辖受礼。"（8.6ab）

（例九）

容与堂本：次日，又备酒食管待。**鲁达道："员外错爱，洒家如何报答。"赵员外便道："四海之内，皆兄弟也。如何言报答之事。"话休絮烦**。鲁达自此之后，在这赵员外庄上住了五七日。（4.4a）

三大寇本：次日，又备酒食管待。鲁达自此之后，在这赵员外庄上住了五七日。（4.4a）

大涤序本：次日，又备酒食管待。**鲁达道："员外错爱，洒家如何报答。"赵员外便道："四海之内，皆兄弟也。如何言报答之事。"话休絮烦**。鲁达自此之后，在这赵员外庄上住了五七日。（4.4ab）

金圣叹本：次日，又备酒食管待。**鲁达道："员外错爱，洒家如何报**

答。”赵员外便道：“四海之内，皆兄弟也。如何言报答之事。”话休絮烦。鲁达自此之后，在这赵员外庄上住了五七日。（8.8a）

（例十）

（2）大涤余人序本文字少于容与堂本、三大寇本之处，金圣叹本同于大涤余人序本。如：

容与堂本：这浮浪子弟门风，帮闲之事，无一般不晓，无一般不会，更无般不爱。更兼琴棋书画，**儒释道教**，无所不通。（2.4a）

三大寇本：这浮浪子弟门风，帮闲之事，无一般不晓，无一般不会，更无一般不爱。更兼琴棋书画，**儒释道教**，无所不通。（2.4a）

大涤序本：这浮浪子弟门风，帮闲之事，无一般不晓，无一般不会，更无一般不爱。**即如**琴棋书画，无所不通。（2.4a）

金圣叹本：这浮浪子弟门风，帮闲之事，无一般不晓，无一般不会，更无一般不爱。**即如**琴棋书画，无所不通。（6.8a）

（例一）

容与堂本：庄家道：“早来有些牛肉，都卖没了，**只有些菜蔬在此**。”智深猛闻得一阵肉香。（4.16a）

三大寇本：庄家道：“早来有些牛肉，都卖没了，**只有些菜蔬在此**。”智深猛闻得一阵肉香。（4.17b）

大涤序本：庄家道：“早来有些牛肉，都卖没了。”智深猛闻得一阵肉香。（4.17a）

金圣叹本：庄家道：“早来有些牛肉，都卖没了。”智深猛闻得一阵肉香。（8.29b）

（例二）

容与堂本：智深又斗了十合，**斗他两个不过**，掣了禅杖便走。（6.6a）

三大寇本：智深又斗了十合，**斗他两个不过**，掣了禅杖便走。（6.5b-6a）

大涤序本：智深又斗了十合，掣了禅杖便走。（6.5b-6a）

金圣叹本：智深又斗了几合，掣了禅杖便走。（10.14a）

（例三）

容与堂本：亦是兄长名震寰海，王头领必当重用。**随即叫酒保安**

排分例酒来相待。林冲道:"何故重赐分例酒食?拜扰不当。"朱贵道:"山寨中留下分例酒食,但有好汉经过,必教小弟相待。既是兄长来此入伙,怎敢有失祗应。"随即安排鱼肉盘馔酒肴,到来相待。(11.7a)

三大寇本:亦是兄长名震寰海,王头领必当重用。**随即叫酒保安排分例酒来相待。林冲道:"何故重赐酒食?拜扰不当。"朱贵道:"山寨中留下分例酒食,但有好汉经过,必教小弟相待。既是兄长来此入伙,怎敢有失祗应。"**随即安排鱼肉盘馔酒肴,到来相待。(11.7ab)

大涤序本:亦是兄长名震寰海,王头领必当重用。随即安排鱼肉盘馔酒肴,到来相待。(11.7b)

金圣叹本:亦是兄长名震寰海,王头领必当重用。随即安排鱼肉盘馔酒肴,到来相待。(15.11b)

(例四)

容与堂本:晁盖道:"好兄弟,小心在意,速去早来。**我使刘唐随后来策应你们。**"(20.7ab)

三大寇本:晁盖道:"好兄弟,小心在意,速去早来。**我使刘唐随后来策应你们。**"(20.7b)

大涤序本:晁盖道:"好兄弟,小心在意,速去早来。"(20.7b)

金圣叹本:晁盖道:"好兄弟,小心在意,速去早来。"(24.14a)

(例五)

容与堂本:武松也知了八九分,自家只把头来低了,**却不来兜揽他。**那妇人起身去荡酒,武松自在房里拿起火筯簇火。(24.9a)

三大寇本:武松也知了八九分,自家只把头来低了,**却不来兜揽他。**那妇人起身去荡酒,武松自在房里拿起火筯簇火。(24.9a)

大涤序本:武松也知了八九分,自家只把头来低了。那妇人起身去荡酒,武松自在房里拿起火筯簇火。(24.9ab)

金圣叹本:武松也知了四五分,自家只把头来低了。那妇人起身去荡酒,武松自在房里拿起火筯簇火。(28.17ab)

(例六)

容与堂本:久闻兄长是个大丈夫,**不在蒋门神之下,**怎地得兄长与小弟出得这口无穷之怨气,死而瞑目。(29.2a)

三大寇本:久闻兄长是个大丈夫,**不在蒋门神之下,**怎地得兄长与

小弟出得这口无穷之怨气,死而瞑目。(29.2a)

大涤序本:久闻兄长是个大丈夫,怎地得兄长与小弟出得这口无穷之怨气,死而瞑目。(29.2a)

金圣叹本:久闻兄长是个大丈夫,怎地得兄长与小弟出得这口无穷之怨气,死而瞑目。(33.6b-7a)

(例七)

容与堂本:武松听得道:"都监相公如此爱我,**又把花枝也似个女儿许我**。他后堂内里有贼,我如何不去救护?"(30.7b)

三大寇本:武松听得道:"都监相公如此爱我,**又把花枝也似个女儿许我**。他后堂内里有贼,我如何不去救护?"(30.7b)

大涤序本:武松听得道:"都监相公如此爱我,他后堂内里有贼,我如何不去救护?"(30.7b-8a)

金圣叹本:武松听得道:"都监相公如此爱我,他后堂内里有贼,我如何不去救护?"(34.12b)

(例八)

容与堂本:那江州军民百姓,谁敢近前。这黑大汉直杀到江边来,身上血溅满身,兀自在江边杀人。**百姓撞着的,都被他翻筋斗都砍下江里去**。(40.10a)

三大寇本:那江州军民百姓,谁敢近前。这黑大汉直杀到江边来,身上血溅满身,兀自在江边杀人。**百姓撞着的,都被他翻筋斗都砍下江里去**。(40.10b)

大涤序本:那江州军民百姓,谁敢近前。这黑大汉直杀到江边来,身上血溅满身,兀自在江边杀人。(40.10b)

金圣叹本:那江州军民百姓,谁敢近前。这黑大汉直杀到江边来,身上血溅满身,兀自在江边杀人。(44.18b)

(例九)

容与堂本:却说梁中书正在衙前闲坐,初听报说,尚自不甚慌。次后没半个更次,流星探马接连报来,吓得魂不付体,慌忙快叫备马。说言未了,**时迁就在翠云楼上点着硫黄焰硝,放一把火来**。那火烈焰冲天,火光夺月,十分浩大。(66.8b)

三大寇本:却说梁中书正在衙前闲坐,初听报说,尚自不甚慌。次后没半个更次，流星探马接连报来，吓得魂不附体，慌忙快叫备马。说言未了，**时迁就在翠云楼上点着硫黄焰硝，放一把火来。**那火烈焰冲天，火光夺月，十分浩大。（66.9a）

大涤序本：却说梁中书正在衙前闲坐，初听报说，尚自不甚慌。次后没半个更次，流星探马接连报来，吓得魂不附体，慌忙快叫备马。说言未了，只见翠云楼上烈焰冲天，火光夺月，十分浩大。（66.9a）

金圣叹本：却说梁中书正在衙前醉了闲坐，初听报说，尚自不甚慌。次后没半个更次，流星探马接连报来，吓得一言不吐，单叫备马备马。说言未了，只见翠云楼上烈焰冲天，火光夺月，十分浩大。（70.17ab）

（例十）

（3）大涤余人序本文字异于容与堂本、三大寇本之处，金圣叹本同于大涤余人序本。如：

容与堂本：只见首座与众僧自去商议道："这个人不似出家的模样，一双眼**恰似贼一般**。"（4.7a）

三大寇本：只见首座与众僧自去商议道："这个人不似出家的模样，一双眼**恰似贼一般**。"（4.7a）

大涤序本：只见首座与众僧自去商议道："这个人不似出家的模样，一双眼**却恁凶险**。"（4.7a）

金圣叹本：只见首座与众僧自去商议道："这个人不似出家的模样，一双眼**却恁凶险**。"（8.11b）

（例一）

容与堂本：武松道："高邻休怪，不必乞惊！武松虽是粗卤汉子，便死也不怕，还省得有冤报冤，有仇报仇，并不伤犯众位，只烦高邻做个证见。若有一位先走的，武松翻过脸来休怪，教他先吃我五七刀了去！武松便偿他命也不妨。"众邻舍道：**"却吃不得饭了。"**（26.14a）

三大寇本：武松道："高邻休怪，不必吃惊！武松虽是粗卤汉子，便死也不怕，还省得有冤报冤，有雠报雠，并不伤犯众位，只烦高邻做个证见。若有一位先走的，武松翻过脸来休怪，教他先吃我五七刀了去！武二便偿他命也不妨。"众邻舍道：**"却吃不得饭了。"**（26.14b-15a）

大涤序本：武松道："高邻休怪，不必吃惊！武松虽是粗卤汉子，便死也不怕，还省得有冤报冤，有雠报雠，并不伤犯众位，只烦高邻做个证见。若有一位先走的，武松翻过脸来休怪，教他先吃我五七刀了去！武二便偿他命也不妨。”众邻舍**俱目瞪口呆，再不敢动**。（26.15a）

金圣叹本：武松道：“高邻休怪，不必吃惊！武松虽是粗卤汉子，便死也不怕，还省得有冤报冤，有雠报雠，并不伤犯众位，只烦高邻做个证见。若有一位先走的，武松翻过脸来休怪，教他先吃我五七刀了去！武二便偿他命也不妨。”众邻舍**都目瞪口呆，再不敢动**。（30.32a）

（例二）

容与堂本：船上客帐司出来答道：“此是朝廷太尉，奉圣旨去西岳降香。汝等是梁山泊**义士**，何故拦截？”吴用道：“俺们义士，只要求见太尉尊颜，有告覆的事。”（59.5a）

三大寇本：船上客帐司出来答道：“此是朝廷太尉，奉圣旨去西岳降香。汝等是梁山泊**义士**，何故拦截？”吴用道：“俺们义士，只要求见太尉尊颜，有告覆的事。”（59.4b-5a）

大涤序本：船上客帐司出来答道：“此是朝廷太尉，奉圣旨去西岳降香。汝等是梁山泊**乱寇**，何故拦截？”吴用道：“俺们义士，只要求见太尉尊颜，有告覆的事。”（59.5a）

金圣叹本：船上客帐司出来答道：“此是朝廷太尉，奉圣旨去西岳降香。汝等是梁山泊**乱寇**，何故拦截？”宋江躬身不起，船头上吴用道：“俺们义士，只要求见太尉尊颜，有告覆的事。”（63.8b）

（例三）

相较于容与堂本、三大寇本而言，大涤余人序本增添文字、删节文字以及改易文字之处，金圣叹本均同于大涤余人序本，由此已可明确知晓金圣叹本的底本为大涤余人序本系统。至于具体为大涤余人序本系统中哪一种本子，则需要更进一步的文字比对。先分为大涤余人序本与百二十回本，比对具体情况如下：

大涤余人本：如今太尉走了，怎生是好？（2.1a）

百二十回本：如今太尉**放他**走了，怎生是好？（2.1a）

金圣叹评本：如今太尉**放他**走了，怎生是好？（5.21b）

（例一）

大涤余人本：太公大喜，教入后生穿了衣裳，一同来后堂坐下。（2.14b）

百二十回本：太公大喜，教那后生穿了衣裳，一同来后堂坐下。（2.14b）

金圣叹评本：太公大喜，教那后生穿了衣裳，一同来后堂坐下。（6.23b）

（例二）

大涤余人本：史进要和三人说话，约至十五夜来庄上赏月饮酒。（2.25a）

百二十回本：史进要和三人说话，约至十五夜来庄上赏月取酒。（2.25a）

金圣叹评本：史进要和三人说话，约至十五夜来庄上赏月取酒。（6.39a）

（例三）

大涤余人本：太尉在里面中堂内坐地。（7.14a）

百二十回本：太尉在里面后堂内坐地。（7.14a）

金圣叹评本：太尉在里面后堂内坐地。（11.24b）

（例四）

大涤余人本：我有片言，不知众位肯依我么？（19.16b）

百二十回本：弟有片言，不知众位肯依我么？（19.16b）

金圣叹评本：弟有片言，不知众位肯依我么？（23.30a）

（例五）

大涤余人本：押司都不要听，且只顾饮酒。（21.4b）

百二十回本：押司都不要听，且只顾吃酒。（21.4b）

金圣叹评本：押司都不要听，且只顾吃酒。（25.9a）

（例六）

大涤余人本：押司不要使这科段。（21.7a）

百二十回本：押司不要使这科分。（21.7a）

金圣叹评本：押司不要使这科分。（25.13a）

（例七）

大涤余人本：腰里解下鸾带，上有一把压衣刀和招文袋。（21.9b）

百二十回本：腰里解下鸾带，上有一把解衣刀和招文袋。（21.9b）

金圣叹评本：腰里解下鸾带，上有一把解衣刀和招文袋。（25.15b）

（例八）

大涤余人本：且说陈府尹哀怜武松是个有义的烈汉。（27.3ab）

百二十回本：且说陈府尹哀怜武松是个仗义的烈汉。（27.3ab）

金圣叹评本：且说陈府尹哀怜武松是个仗义的烈汉。（31.7a）

（例九）

大涤余人本：赶来的岸上那伙人，却是镇上穆家哥儿两个。（37.10a）

百二十回本：赶来的岸上一伙人，却是镇上穆家哥儿两个。（37.10a）

金圣叹评本：赶来的岸上一伙人，却是镇上穆家哥儿两个。（41.19b）

（例十）

大涤余人本：便是蔡京亲自来时，我也搠他三二十个透明的窟窿。（19.7b）

百二十回本：便是蔡京亲自来时，我也搠他三二十个透明的窟籠。（19.7b）

金圣叹评本：便是蔡京亲自来时，我也搠他三二十个透明的窟窿。（23.15b）

（例十一）

大涤余人本：今后但吃时，舌头上生碗来大疔疮。（53.4a）

百二十回本：今后但吃荤，舌头上生碗来大疔疮。（53.4a）

金圣叹评本：今后但吃时，舌头上生碗来大疔疮。（57.8a）

（例十二）

大涤余人本：燕顺、石勇抱住。宋江哭得昏迷，半晌方才苏醒。（35.10b）

百二十回本：燕顺、石勇拘住。宋江哭得昏迷，半晌方才苏醒。（35.10b）

金圣叹评本：燕顺、石勇抱住。宋江哭得昏迷，半晌方才苏醒。（39.17b）

（例十三）

大涤余人本：各分行李在背上，算还了房宿钱，离了客店。（53.2b）

百二十回本：各分行李在背上，算还了房客钱，离了客店。（53.2b）

金圣叹评本：各分行李在背上，算还了房宿钱，离了客店。（57.5ab）

（例十四）

大涤余人本：罗真人喝一声："起！"（53.15a）

百二十回本：罗真人说一声："起！"（53.15a）

金圣叹评本：罗真人喝一声："起！"（57.25b）

（例十五）

大涤余人本：李逵叫道："阿也！我的不稳，放我下来！"（53.15a）

百二十回本：李逵叫道："阿呀！我的不稳，放我下来！"（53.15a）

金圣叹评本：李逵叫道："阿也！我的不稳，放我下来！"（57.25b）

（例十六）

大涤余人本：真人不知，这李逵虽是愚蠢，不省理法，也有些小好处。（53.17a）

百二十回本：真人不知道，李逵虽是愚蠢，不省理法，也有些小好处。（53.17a）

金圣叹评本：真人不知，这李逵虽是愚蠢，不省礼法，也有些小好处。（57.29b）

（例十七）

以上例文前十例为金圣叹本同于百二十回本之例，后七例为金圣叹本同于大涤余人序本之例。虽然两种本子的异文，均有与金圣叹本相同之处，但是从总体上来说，金圣叹本同于百二十回本之处远多于金圣叹本同于大涤余人序本之处。下面再将百二十回本分为全传本（宝翰楼本）、全书本（郁郁堂本），将大涤余人序本分为遗香堂本、芥子园本来看。

遗香堂本：两个又斗了十数合，正斗到分际。（12.1b）

芥子园本：两个又斗了十数合，正斗到分积。（12.1b）

宝翰楼本：两个又斗了十数合，正斗到分际。（12.1b）

郁郁堂本：两个又斗了十数合，正斗到分际。（12.1b）

金圣叹本：两个又斗了十数合，正斗到分际。（16.4b）

（例一）

遗香堂本：晁盖等七人在右边一字儿立下。（19.9b）

芥子园本：晁盖等七人在左边一字儿立下。（19.9b）

宝翰楼本：晁盖等七人在右边一字儿立下。（19.9b）

郁郁堂本：晁盖等七人在右边一字儿立下。（19.9b）

金圣叹本：晁盖等七人在右边一字儿立下。（23.18a）

（例二）

遗香堂本：众人都在江边，安排行枷，取酒食上船饯行。（37.14b）

芥子园本：众人都在江边，安排杯盒，取酒食上船饯行。（37.14b）

宝翰楼本：众人都在江边，安排行枷，取酒食上船饯行。（37.14b）

郁郁堂本：众人都在江边，安排行枷，取酒食上船饯行。（37.14b）

金圣叹本：众人都在江边，安排行枷，取酒食上船饯行。（41.26b）

（例三）

遗香堂本：每日只是起五更，来敲木鱼报晓，劝人念佛，天明时收掠斋饭。（45.13b）

芥子园本：每日只是起五更，来敲木鱼报晓，劝人念佛，天明时收略斋饭。（45.13b）

宝翰楼本：每日只是起五更，来敲木鱼报晓，劝人念佛，天明时收掠斋饭。（45.13b）

郁郁堂本：每日只是起五更，来敲木鱼报晓，劝人念佛，天明时收掠斋饭。（45.13b）

金圣叹本：每日只是起五更，来敲木鱼报晓，劝人念佛，天明时收掠斋饭。（49.22a）

（例四）

遗香堂本：史进父亲太公染病患症，数日不起。（2.17a）

芥子园本：史进父亲太公染病患证，数日不起。（2.17a）

宝翰楼本：史进父亲太公染病患证，数日不起。（2.17a）

郁郁堂本：史进父亲太公染病患证，数日不起。（2.17a）

金圣叹本：史进父亲太公染病患证，数日不起。（6.26b-27a）

（例五）

遗香堂本：史进头戴白范阳毡大帽。（3.3b）

芥子园本：史进头带白范阳毡大帽。（3.3b）

宝翰楼本：史进头带白范阳毡大帽。（3.3b）

郁郁堂本：史进头带白范阳毡大帽。（3.3b）

金圣叹本：史进头带白范阳毡大帽。（7.7a）

（例六）

遗香堂本：史进便入茶坊里来，拣一副座位坐了。（3.4a）

芥子园本：史进便入茶坊里来，拣一付坐位坐了。（3.4a）

宝翰楼本：史进便入茶坊里来，拣一付坐位坐了。（3.4a）

郁郁堂本：史进便入茶坊里来，拣一付坐位坐了。（3.4a）

金圣叹本：史进便入茶坊里来，拣一副坐位坐了。（7.7b）

（例七）

遗香堂本：郑屠大怒，两条忿气从脚底下直冲到顶门。（3.11b）

芥子园本：郑屠大怒，两条忿**起**从脚底下直冲到顶门。（3.11b）

宝翰楼本：郑屠大怒，两条忿**起**从脚底下直冲到顶门。（3.11b）

郁郁堂本：郑屠大怒，两条忿**起**从脚底下直冲到顶门。（3.11b）

金圣叹本：郑屠大怒，两条忿气从脚底下直冲到顶门。（7.20a）

（例八）

遗香堂本：众人且把这厮高吊起在门楼**下，看看**天色晓来。（11.1a）

芥子园本：众人且把这厮高吊起在门楼**下，看看**天色晓来。（11.1a）

宝翰楼本：众人且把这厮高吊起在门楼**下，看看**天色晓来。（11.1a）

郁郁堂本：众人且把这厮高吊起在门楼**底下，**看天色晓来。（11.1a）

金圣叹本：众人且把这厮高吊起在门楼**下，看看**天色晓来。（15.3a）

（例九）

遗香堂本：那庄客听得叫，手拿**柴棍，从门房里**走出来。（11.1a）

芥子园本：那庄客听得叫，手拿**柴棍，从门房里**走出来。（11.1a）

宝翰楼本：那庄客听得叫，手拿**柴棍，从门房里**走出来。（11.1a）

郁郁堂本：那庄客听得叫，手拿**着白木杆棒，齐**走出来。（11.1a）

金圣叹本：那庄客听得叫，手拿**柴棍，从门房里**走出来。（15.3a）

（例十）

遗香堂本：请去暖阁里坐地，安排酒食**杯盘**管待。（11.2a）

芥子园本：请去暖阁里坐地，安排酒食**杯盘**管待。（11.2a）

宝翰楼本：请去暖阁里坐地，安排酒食**杯盘**管待。（11.2a）

郁郁堂本：请去暖阁里坐地，安排酒食**一面**管待。（11.2a）

金圣叹本：请去暖阁里坐地，安排酒食**杯盘**管待。（15.4a）

（例十一）

遗香堂本：沿乡历邑，道店村坊，**画影图形**，出三千贯信赏钱，捉拿正犯林冲。（11.2a）

芥子园本：沿乡历邑，道店村坊，**画影图形**，出三千贯信赏钱，捉拿正犯林冲。（11.2a）

宝翰楼本：沿乡历邑，道店村坊，**画影图形**，出三千贯信赏钱，捉拿

正犯林冲。(11.2a)

郁郁堂本:沿乡历邑,道店村坊,**四处张挂**,出三千贯信赏钱,捉拿正犯林冲。(11.2a)

金圣叹本:沿乡历邑,道店村坊,**画影图形**,出三千贯信赏钱,捉拿正犯林冲。(15.4b)

(例十二)

以上所举十二个例子中,例一至例四是金圣叹本不同于芥子园本而同于他本之处,例五、例六是金圣叹本不同于遗香堂本而同于他本之处,例七、例八是金圣叹本独同于遗香堂本而不同于他本之处,例九至例十二是金圣叹本不同于全书本而同于他本之处。从这些例子基本可以看出,金圣叹本并不是从现存任何一种百二十回本、大涤余人序本删节而来。

金圣叹本的底本存在两种可能性,第一种是金圣叹将百二十回本与大涤余人序本两种系统本子对校,一种为底本,另一种为参校本。从金圣叹本与百二十回本文字相同处居多,以及金圣叹本与大涤余人序本相同处文字更佳的情况来看,金圣叹本可能以百二十回本为底本,更加具体一点的话,则是以全传本为底本,以大涤余人序本为参校本。

第二种可能性则是现存大涤余人序本或百二十回本均非金圣叹本的底本,金圣叹本的底本应该是一种与大涤余人序本或百二十回本同系统的本子。而这种本子的确存在,因为从批语上来考察,无论是百二十回本,还是大涤余人序本,都存在批语此有彼无的情况,可见此二种本子均是翻刻本,并没有呈现出祖本的原貌,所以必然存在其他同系统的本子。

不过,无论金圣叹本的底本为大涤余人序本系统中的哪一种,其文字出处也不会只有一种本子,必然还有其他参校本,容与堂本就是其中之一。之前比对容与堂本与金圣叹本文字,发现二者相异之处甚多,确定容与堂本不可能是金圣叹本的底本。但所举异文之例均是情节或文字修改较多之处,而某些字词异文,金圣叹本不同于大涤余人序本系统(包括全传本、全书本、遗香堂本、芥子园本,文字取遗香堂本),反而同于容与堂本。举例如下,参校三大寇本。

容与堂本:也要那里讨个出身,**求半世快乐**。(3.3a)

三大寇本:也要那里讨个出身,**求半世荣华**。(3.3a)

大涤序本:也要那里讨个出身,**来**半世快乐。(3.3a)

金圣叹本:也要那里讨个出身,**求**半世快乐。(7.6b)

(例一)

容与堂本:心头那一把无**明**业火,焰腾腾的按纳不住。(3.11a)

三大寇本:心头那一把无**明**业火,焰腾腾的按纳不住。(3.11b)

大涤序本:心头那一把无**名**业火,焰腾腾的按纳不住。(3.11b)

金圣叹本:心头那一把无**明**业火,焰腾腾的按捺不住。(7.20a)

(例二)

容与堂本:你看我师兄智**真**禅师好没分晓。(6.12a)

三大寇本:你看我师兄智**真**禅师好没分晓。(6.11b)

大涤序本:你看我师兄智**清**禅师好没分晓。(6.11b-12a)

金圣叹本:你看我师兄智**真**禅师好没分晓。(10.23b)

(例三)

容与堂本:那张三和这婆惜,如胶似**漆**,夜去明来。(21.4b)

三大寇本:那张三和这婆惜,如胶似**膝**,夜去明来。(20.14b)

大涤序本:那张三和这婆惜,如胶似**膝**,夜去明来。(20.14b)

金圣叹本:那张三和这婆惜,如胶似**漆**,夜去明来。(24.24b)

(例四)

容与堂本:随这两个承局来。**一路上**林冲道:"我在府中不认的你。"(7.12b)

三大寇本:随这两个承局来。林冲道:"我在府中不认的你。"(7.13b)

大涤序本:随这两个承局来。林冲道:"我在府中不认的你。"(7.14a)

金圣叹本:随这两个承局来。**一路上**林冲道:"我在府中不认得你。"(11.24a)

(例五)

容与堂本:如何敢无故辄入,**不是礼**。急待回身……(7.13a)

三大寇本:如何敢无故辄入。急待回身……(7.14a)

大涤序本:如何敢无故辄入。急待回身……(7.14ab)

金圣叹本:如何敢无故辄入,**不是礼**。急待回身……(11.25a)

(例六)

容与堂本:只除非快教人去蓟州寻取公孙胜请来,便可破得**高廉**。

宋江道……（53.1a）

三大寇本：只除非快教人去蓟州寻取公孙胜来，便可破得**高廉**。宋江道……（53.1a）

大涤序本：只除非快教人去蓟州寻取公孙胜来，便可破得。宋江道……（53.1a）

金圣叹本：只除非快教人去蓟州寻取公孙胜来，便可破得**高廉**。宋江道……（57.2b-3a）

（例七）

容与堂本：权放一日暇。拽上书斋门，将锁锁了。（14.10b）

三大寇本：权放一日暇。拽上书斋门，将锁锁了。（14.11a）

大涤序本：权放一日暇。有诗为证……**吴用**拽上书斋门，将锁锁了。（14.11ab）

金圣叹本：权放一日暇。拽上书斋门，将锁锁了。（18.18b）

（例八）

容与堂本：送献些与他便入了伙。晁盖道：既然恁地，商量定了。（18.9a）

三大寇本：送献些与他便入了伙。晁盖道：既然恁地，商量定了。（18.9b）

大涤序本：送献些与他便入了伙。正是……**当时**晁盖道：既然恁地，商量定了。（18.10a）

金圣叹本：送献些与他便入伙了。晁盖道：既然恁地，商量定了。（22.16b）

（例九）

容与堂本：目连救母生天，这贼秃为娘身丧。（46.2a）

三大寇本：目连救母生天，这贼秃为娘身丧。（46.2a）

大涤序本：目连救母生天，这贼秃为**婆**娘身丧。（46.2a）

金圣叹本：目连救母上西天，从不见这贼秃为娘身丧。（50.4b）

（例十）

容与堂本：自引了卖刀的那汉去家去，**取钱与他。将银子折算价贯，准还与他**。就问那汉道……（7.12a）

三大寇本：自引了卖刀的那汉到家去，**取钱与他**。就问那汉道……

（7.13a）

大涤序本：自引了卖刀的那汉到家去，**取钱与他**。就问那汉道……（7.13a）

金圣叹本：自引了卖刀的那汉去家中，**将银子折算价贯，准还与他**。就问那汉道……（11.23a）

（例十一）

容与堂本：**只吃我说道**罗真人的亲随直日神将。（53.18ab）

三大寇本：**只吃我说道**罗真人的亲随直日神将。（53.18a）

大涤序本：**我因说是**罗真人的亲随直日神将。（53.18a）

金圣叹本：**只吃我说道**罗真人的亲随直日神将。（57.31a）

（例十二）

其中例一至例四大涤余人序本文字有误，金圣叹本文字同于容与堂本，且文字正确。此种情况，因为是字词修改，或许可以解释为金圣叹本发现底本文字错误，然后进行了修改，修改后的文字与容与堂本恰巧一样。但是接下去的8处例文，则很难用巧合来解释。例五至例七容与堂本与金圣叹本文字相同，且比大涤余人序本文字多，例八至例十容与堂本与金圣叹本文字相同，且比大涤余人序本文字少。以上两种情况不太可能是金圣叹本修改文字之后，恰巧与容与堂本相同。尤其是例十一与例十二，容与堂本、金圣叹本与大涤余人序本之间，句意未变，但文字发生了较大变化。金圣叹即便再神奇，在没有看到容与堂本系统本子的情况下，也不可能将大涤余人序本字句修改得与容与堂本完全相同。

产生这种情况最有可能的原因便是，金圣叹本文字的修改参校了容与堂本系统本子。至于是否存在金圣叹所用底本融合了多种版本文字这种可能性，答案应该是否定的。因为上文说到如果真有这样一种底本，应该跟大涤余人序本、百二十回本属于同一系统，这一系统的本子行款相同，而上文从例五至例十二，文字的改动均会导致叶面行款发生变化。

容与堂本现存8种本子，文字略有差异，主要可分为三种：中国国家图书馆所藏全本、中国国家图书馆所藏80回残本、日本内阁文库所藏本。通过金圣叹本与容与堂本文字相同的一些例证，是否可知金圣叹本所参校的容与堂本为此三种中哪一种，或者说与哪一种容与堂本更为接近？具体见如下之例，参校石渠阁补印本。

国全本:你等都是甚么鸟人,**俺**这里戏弄洒家?(7.2a)

国残本:你等都是甚么鸟人,**到**这里戏弄洒家?(7.2a)

内阁本:你等都是甚么鸟人,**到**这里戏弄洒家?(7.2a)

石补本:你等都是甚么鸟人,**俺**这里戏弄洒家?(7.2a)

涤序本:你等都是甚么鸟人,**来**这里戏弄洒家?(7.2a)

金批本:你等都是甚么鸟人,**到**这里戏弄洒家?(11.5a)

(例一)

国全本:卷过来看了封皮,**又**见图书新鲜。(40.3a)

国残本:卷过来看了封皮,**又**见图书新鲜。(40.3a)

内阁本:卷过来看了封皮,**只**见图书新鲜。(40.3a)

石补本:卷过来看了封皮,**又**见图书新鲜。(40.2b)

涤序本:卷过来看了封皮,**又**见图书新鲜。(40.3a)

金批本:卷过来看了封皮,**只**见图书新鲜。(44.6b)

(例二)

国全本:只是无人识得路**境**,不知他地理如何。(41.3b)

国残本:只是无人识得路**境**,不知他地理如何。(41.3b)

内阁本:只是无人识得路**径**,不知他地理如何。(41.3b)

石补本:只是无人识得路**境**,不知他地理如何。(41.3a)

涤序本:只是无人识得路**境**,不知他地理如何。(41.3ab)

金批本:只是无人识得路**径**,不知他地理如何。(45.7a)

(例三)

国全本:打破祝家庄得粮五**千**万石,宋江大喜。(50.10a)

国残本:打破祝家庄得粮五**千**万石,宋江大喜。(50.10a)

内阁本:打破祝家庄得粮五**十**万石,宋江大喜。(50.10a)

石补本:打破祝家庄得粮五**千**万石,宋江大喜。(50.8b)

涤序本:打破祝家庄得粮五**千**万石,宋江大喜。(50.10b)

金批本:打破祝家庄得粮五**十**万石,宋江大喜。(54.19a)

(例四)

国全本:墙里望见两间小巧楼屋,侧**手**却是一根戗柱。(56.3a)

国残本:墙里望见两间小巧楼屋,侧**首**却是一根戗柱。(56.3a)

内阁本:墙里望见两间小巧楼屋,侧**首**却是一根戗柱。(56.3a)

石补本：墙里望见两间小巧楼屋，侧手却是一根戗柱。（56.2b）

涤序本：墙里望见两间小巧楼屋，侧手却是一根戗柱。（56.3a）

金批本：墙里望见两间小巧楼屋，侧首却是一根戗柱。（60.10a）

（例五）

以上五例皆是金圣叹本不同于大涤余人序本，而同于容与堂本某一种或某两种之处，其中有两例既同于国残本也同于内阁本，另外三例只同于内阁本。由此可见，金圣叹本以容与堂本作为参校本，此容与堂本更接近于内阁本。当然，因为此五例皆是金圣叹本文字优于其他本子，所以也有可能是金圣叹对底本文字不满意而进行的修改，修改后的文字恰巧与内阁本相同。

由此节文字可以得出，金圣叹本《水浒传》的底本或是一种与大涤余人序本或百二十回本同系统的本子，或是全传本，再以大涤余人序本作为参校。此外，金圣叹本还有一种参校本为容与堂本，此容与堂本接近内阁文库藏本。

第三节 金圣叹本《水浒传》文字的修改

大凡版本的更迭都伴随着文字的改易，容与堂本到三大寇本如是，三大寇本到大涤余人序本如是，大涤余人序本到金圣叹本亦如是。关于金圣叹本文字的改易，不少学者曾有提及。较早发现金圣叹本文字修改的是晚清的李葆恂，其《旧学庵笔记》中提到：

向阅金圣叹所评《水浒传》，首载耐庵一序，极似金氏手笔，心窃疑之。后得明刊本，乃果无此篇，始信老眼无花。此本当刻于天启末年，正李卓吾身后名盛之时，故备载李氏伪评，其中诗词赞语颇多，九天玄女亦是长赞，金氏只采仙容妙目八字，顿成绝世妙语，真具有点铁成金手段者。至字句之异同，更仆难数。大抵金评所谓俗本作某者，此本皆然；所谓古本者，皆其臆改者也，与平四寇共为一百二十回。然一片铸成，并无前后之说，放儿曾取两本对勘，欲成《水浒札记》一书尚未卒业。①

关于金圣叹本“古本”的问题，前文已备述，此不再赘言。所谓古本，乃

①［清］李葆恂：《旧学庵笔记》，载录自《〈水浒传〉资料汇编》，南开大学出版社2002年版，第138页。

是金圣叹本伪托之词。李葆恂（1859—1915）是清末著名收藏家，其早年所阅《水浒传》为金圣叹本，后得百二十回本一种，阅后发现百二十回本与金圣叹本异文之处颇多，这些异文均为金圣叹所改易。其子李放（1884—1924）更是将金圣叹本与百二十回本对校，欲成《水浒札记》一书，只是不知最后是否完成，但可惜的是此书并未流传下来。无论如何，金圣叹在底本基础上改易了大量文字，此点可以确定。接下来详细考察金圣叹在底本基础上所进行的修改。

1. 诗词韵文的删节与改易

繁本《水浒传》四大系统，每一次版本演变都伴随着诗词韵文的改易。从容与堂本到三大寇本，三大寇本在容与堂本基础上，对诗词韵文做了大量修改工作：其一，删节了近半数的诗词韵文，其中包括全部引首诗；其二，改易了部分诗词韵文；其三，移置了部分诗词韵文；其四，改易移置了部分诗词韵文。从三大寇本到大涤余人序本，大涤余人序本在三大寇本基础上，参照容与堂本，同样对诗词韵文做了大量修改工作：其一，增入诗词，既有依据容与堂本增入，亦有自行增入；其二，改易诗词，既有部分文字改易，也有全文改易。

从大涤余人序本到金圣叹本，金圣叹同样对诗词韵文做出了巨大改易，但是相对于容与堂本与三大寇本、三大寇本与大涤余人序本而言，金圣叹的工作则要简单太多，因为金圣叹本所保存的诗词韵文甚少。容与堂本所存诗词韵文 842 首，三大寇本所存诗词韵文 453 首，大涤余人序本所存诗词韵文 564 首。以上数据是三种本子一百回诗词韵文的数量，若只统计前 71 回诗词韵文的数量，此三本分别为容与堂本 562 首、三大寇本 325 首、大涤余人序本 429 首。而金圣叹本全部 71 回内容，却仅仅只有 40 首诗词韵文，连大涤余人序本的十分之一都不到[①]。金圣叹所保留的诗词韵文数量之少，着实让人惊讶。

既然金圣叹删节了如此之多的诗词韵文，那么其保留的 40 首到底是什么？其本人在批点内容中提到“此书每每横插诗歌，如五台亭里、瓦官寺前、黄泥冈上、鸳鸯楼下，皆妙不可言”（55.9b）。此四例金圣叹所提到的插诗之

①许景昭：《四大奇书改评本增删诗词韵文之特点及影响》，《古典文献研究》2014 年第 2 期。此文亦统计有《水浒传》诸本诗词韵文的数量，大涤余人序本略有偏差，金圣叹本则未统计外貌或装扮描写之诗赞等，可参看。

处分别为：第 3 回五台亭卖酒的汉子所唱之歌，第 5 回瓦官寺飞天夜叉邱小乙酒后嘲歌，第 15 回黄泥冈白胜卖酒所唱之歌，第 29 回鸳鸯楼玉兰所唱苏东坡《水调歌头》。

由此来看，金圣叹保留的诗词似乎是小说人物所出之诗词，但实际上并没有如此简单。虽然这些诗词由小说人物所出，但并非不可删去，像玉兰一诗，如果仅仅用一句话带过，并无不可，对情节也无任何影响。金圣叹保留这些诗词的原因，从其批语可略知一二，主要是因为这些诗词有兴味，不仅能与当时情境交融，同时也符合当事人身份。

这一点在第 50 回白秀英所念之诗中表现得至为明显，此诗为“新鸟啾啾旧鸟归，老羊羸瘦小羊肥。人生衣食真难事，不及鸳鸯处处飞”（55.9a）。单纯从诗的角度来说，此诗并非上乘，但却是全书唯一一首金圣叹为情节内容所增之诗，此诗他本均无，可能即是金圣叹所作。虽然此诗对小说情节乃至于人物形象刻画均无帮助，但从金圣叹 200 余字批点中，可见此诗放置于此处的好处。“定场诗，只是寻尝叹世语耳，却偏直贯入雷横双耳，真是绝妙之笔。○第一句言子望母，第二句言母念子，天下岂有无母之人哉，读之能不泪下也”“四句并不联贯，而实联贯入妙者，彼固以四句联贯一篇，不在求四句之联贯也。○第三句七字，说尽世界，又一样泪下”“一二句刺入雷横耳，第三句刺入合棚众人耳，到第四句忽然转到自家身上，显出与知县相好。只四句诗，便将一回情事罗撮出来，才子妙笔，有一无两”（55.9ab），此诗妙处在于与当时的人物身份以及情境颇为吻合，留有意味。

此种诗词金圣叹本保存不少，除却上述 5 首外，尚有第 18 回阮小五、阮小七所唱渔歌，第 36 回张横所唱之歌，第 45 回前巷与后巷好事子弟所唱之歌，第 56 回钩镰枪法诗诀，第 60 回阮小二、阮小五所唱之歌等。这些诗词韵文具有强烈的文人兴趣爱好倾向。

除了金圣叹本人所欣赏的这些诗词外，金圣叹本还保留了其他一些诗词，有以下几种：其一，《水浒传》的诗赞，或是针对情节，或是针对人物，这种诗赞无论是在容与堂本、三大寇本中，还是大涤余人序本中均颇为常见，但是金圣叹本却仅仅只有 4 处，分别在全书的开篇与结尾，开篇共有 2 首，结尾共有 2 首。其中结尾 2 首为金圣叹自撰，四首诗统摄全篇，也算金圣叹自创之结构，“以诗起，以诗结，极大章法”（75.23b）。

其二，与情节相关之诗。这些诗词推进了小说故事情节的进展，有第 3

回智真长老口号之诗2首，第4回智真长老偈子，第10回林冲墙壁题诗，第38回宋江所题2首反诗与小儿谣言诗1首，第59回曾头市小儿歌，第60回吴用口号与题墙诗各1首、阮氏三雄所唱之歌以及卢俊义所写之诗等。此等诗共计12首，因为是小说情节的有机组成部分，所以得以被保留。

其三，人物外貌或装扮描写之诗。此类诗在其他本子中同样大量存在，尤其是描述人物外貌或是装扮之诗，基本上每位梁山好汉出场都有一首出场诗，金圣叹本此类诗被删节殆尽。这并不是说金圣叹本没有人物外貌或装扮描写，而是此类诗词韵文被金圣叹改为了散句。如第41回描述九天玄女之韵文，大涤余人序本为“头绾九龙飞凤髻，身穿金缕绛绡衣。蓝田玉带曳长裙，白玉圭璋擎彩袖。脸如莲萼，天然眉目映云环；唇似樱桃，自在规模端雪体。正大仙容描不就，威严形像画难成”（遗.42.8a），金圣叹本改为了“身穿金缕绛绡之衣，手秉白玉圭璋之器，天然妙目，正大仙容”（46.17b）。

人物妆容之诗在金圣叹本中保留亦甚少，计有第2回鲁达的出场诗，第4回周通的出场诗，第6回林冲的出场诗，第12回索超的出场诗与杨志的装扮诗，第60回吴用、李逵妆容诗1首，燕青的出场诗1首，第66回圣水将军单廷珪与神火将军魏定国出场诗2首等。这些人物出场诗或妆容诗与其他同类型诗词相比，并无特别之处，金圣叹之所以将其保留，亦不知原因为何。

光从金圣叹删诗情况来看，金圣叹大刀阔斧将《水浒传》诗词韵文删节殆尽，仅留下一些与情节、结构相关之诗，以及自己所欣赏之诗，此一做法使得韵散结合的小说完全散文化，弱化了诗词韵文在小说中的作用。此举也使得原本节制无度、过分滥用的诗词韵文一扫而空。从小说阅读角度来说，删节诗词韵文有效加快了情节的推进。而为了能够达到更好的效果，金圣叹除了删节诗词韵文之外，也删节了小说中的一些套词、套语。如：

> 正是：从前作过事，无幸一齐来。（遗.6.8b）
> 恰似皂雕追紫燕，浑如猛虎啖羊羔。（遗.7.14b）
> 正是：有缘千里来相会，无缘对面不相逢。（遗.14.6a）
> 正应俗语道：饶你奸似鬼，吃了洗脚水。（遗.16.17a）
> 正应古人言：量大福也大，机深祸亦深。（遗.19.16a）
> 真乃是交情浑似股肱，义气如同骨肉。（遗.20.3b）
> 正是：西迎项羽三千阵，今日先施第一功。（遗.20.4b）

自古道：酒乱性，色迷人。（遗.45.11a）

宁可信其有，不可信其无。自古祸出师人口，必主吉凶。（遗.61.10a）

正是：鞍上将敲金镫响，马前军唱凯歌回。（遗.67.1b）

正如鹰拿野雀，弹打斑鸠。（遗.69.5b）

以上文字皆是大涤余人序本中的套词、套语，悉数为金圣叹删去。

当然，以金圣叹的眼光，对于诗词韵文的处理，不可能只是删节了事。在金圣叹本保留的40首诗词韵文中，除却3首为金圣叹自撰之外，不少诗词韵文同样为金圣叹所修改。如：

大涤序本：老爷生长在江边，不怕官司不怕天。昨夜华光来趁我，临行夺下一金砖。（37.8a）

金圣叹本：老爷生长在江边，**不爱交游只爱钱**。昨夜华光来趁我，临行夺下一金砖。（41.16ab）

（例一）

大涤序本：叵耐秃囚无状，做事直恁狂荡，暗约娇娥，要为夫妇，永同鸳帐。怎禁贯恶满盈，玷辱诸多和尚，血泊内横尸里巷。今日赤条条甚么模样，立雪齐腰，投岩喂虎，全不想祖师经上。目莲救母生天，这贼秃为婆娘身丧。（46.2a）

金圣叹本：堪笑报恩和尚，撞着前生冤障。将善男瞒了，信女勾来，要他喜舍肉身，慈悲欢畅。怎极乐观音方才接引，蚤血盆地狱塑来出相？想色空空色，空色色空，他全不记多心经上。到如今，徒弟度生回，连长老涅槃街巷。若容得头陀，头陀容得，和合多僧，同房共住，未到得无尝勾帐。只道目莲救母上西天，从不见这贼秃为娘身丧。（50.4ab）

（例二）

大涤序本：淫行沙门招杀报，暗中不爽分毫。头陀尸首亦蹊跷，一丝真不挂，立地吃屠刀。大和尚此时精血丧，小和尚昨夜风骚。空门里刎颈见相交，拼死争同穴，残生送两条。（46.2b）

金圣叹本：淫戒破时招杀报，因缘不爽分毫。本来面目忒蹊跷：一丝真不挂，立地放屠刀。大和尚今朝圆寂了，小和尚昨夜狂骚。头陀刎颈见相交，为争同穴死，誓愿不相饶。（50.4b-5a）

（例三）

大涤序本：芦花丛里一扁舟，俊杰俄从此地游，义士若能知此理，反躬逃难可无忧。（61.6b）

金圣叹本：芦花**滩上有**扁舟，俊杰**黄昏独自**游。**义到尽头原是命**，反躬逃难**必**无忧。（65.13a）

（例四）

大涤序本：慷慨北京卢俊义，远驮货物离乡地。一心只要捉强人，那时方表男儿志。（61.12a）

金圣叹本：慷慨北京卢俊义，**金装玉匣来深地。太平车子不空回，收取此山奇货去**。（65.21a）

（例五）

大涤序本：生来不会读诗书，且就梁山泊里居。准备窝弓射猛虎，安排香饵钓鳌鱼。（61.17a）

金圣叹本：**英雄**不会读诗书，**只合**梁山泊里居。准备窝弓**收**猛虎，安排香饵钓鳌鱼。（65.29b）

（例六）

大涤序本：乾坤生我泼皮身，赋性从来要杀人。万两黄金浑不爱，一心要捉玉麒麟。（61.17b）

金圣叹本：虽然我是泼皮身，杀贼原来不杀人。手拍胸前青豹子，眼睃船里玉麒麟。（65.30a）

（例七）

以上七例均是前文所说金圣叹欣赏之诗词，金圣叹对这些诗词既有字词修改，如例六；也有句子修改，如例一、例四；还有整首诗修改，如例二、例七。经过金圣叹修改后的诗句，未必能够比得上原文，但是每一例修改之处，金圣叹都有大段批语论述其好处。由此可见，金圣叹本诗词带有浓厚的文人色彩。诗词的文人化在大涤余人序本已初见端倪，而到了金圣叹本则愈发显露无疑。

2. 正文的删节与增补

除却诗词韵文的删节与改易之外，金圣叹本其他正文同样遭到金圣叹的增删与改易。首先是正文的删节与增补。具体情况可见以下例子：

大涤序本：婆子下楼来，收拾了灶上，洗了脚手，吹灭灯，自去睡了。

却说宋江坐在杌子上，只指望那婆娘似比先时，先来偎倚陪话，胡乱又将就几时。谁想婆惜心里寻思道："我只思量张三，吃他搅了，却似眼中钉一般。那厮倒直指望我一似先前时来下气，老娘如今却不要耍。只见说撑船就岸，几曾有撑岸就船。你不来睬我，老娘倒落得！"看官听说，原来这色最是怕人。若是他有心恋你时，身上便有刀剑水火，也拦他不住，他也不怕。若是他无心恋你时，你便身坐在金银堆里，他也不睬你。常言道："佳人有意村夫俏，红粉无心浪子村。"宋公明是个勇烈大丈夫，为女色的手段却不会。这阎婆惜被那张三小意儿百依百随，轻怜重惜，卖俏迎奸，引乱这婆娘的心，如何肯恋宋江？当夜两个在灯下，坐着对面，都不做声，各自肚里踌躇，却似等泥干掇入庙。看看天色夜深，窗间月上，但见：

银河耿耿，玉漏迢迢。穿窗斜月映寒光，透户凉风吹夜气。谯楼禁鼓，一更未尽一更催；别院寒砧，千捣将残千捣起。画檐间叮当铁马，敲碎旅客孤怀；银台上闪烁清灯，偏照闺人长叹。贪淫妓女心如火，仗义英雄气似虹。

当下宋江坐在杌子上睃那婆娘时，复地叹口气。（21.8a-9a）

金圣叹本：婆子下楼来，收拾了灶上，洗了脚手，吹灭灯，自去睡了。宋江坐在杌子上睃那婆娘时，复地叹口气。（25.15a）

（例一）

大涤序本：妇人送了和尚出门，自入里面来了。石秀却在门前低了头，只顾寻思。看官听说，原来但凡世上的人，惟有和尚色情最紧，为何说这句话？且如俗人出家人，都是一般父精母血所生，缘何见得和尚家色情最紧？这上三卷书中所说潘驴邓小闲，惟有和尚家第一闲。一日三餐，吃了檀越施主的好斋好供，住了那高堂大殿僧房，又无俗事所烦，房里好床好铺睡着，没得寻思，只是想着此一件事。假如譬喻说一个财主家，虽然十相俱足，一日有多少闲事恼心，夜间又被钱物挂念，到三更二更才睡，总有娇妻美妾，同床共枕，那得情趣。又有那一等小百姓们，一日价辛辛苦苦挣扎，早辰巴不到晚，起的是五更，睡的是半夜。到晚来，未上床，先去摸一摸米瓮看，到底没颗米，明日又无钱，总然妻子有些颜色，也无些甚么意兴。因此上输与这和尚们一心闲静，专一理会这等勾当。那时古人评论到此去处，说这和尚们真个利害，因此苏东坡学

士道:“不秃不毒,不毒不秃。转秃转毒,转毒转秃。”和尚们还有四句言语,道是:

一个字便是僧,两个字是和尚,三个字鬼乐官,四字色中饿鬼。

且说这石秀自在门前寻思了半晌,又且去支持管待。不多时,只见行者先来点烛烧香。(45.4a-5a)

金圣叹本:淫妇送了贼秃出门,自入里面去了。石秀却在门前低了头,只顾寻思,其实心中已瞧科四分。多时方见行者走来点烛烧香。(49.11a)

(例二)

大涤序本:史进正和三个头领**在后园饮酒,赏玩中秋**,叙说旧话新言,只听得墙外一声喊起,火把乱明。(2.28a)

金圣叹本:史进和三个头领叙说旧话新言,只听得墙外一声喊起,火把乱明。(6.42b-43a)

(例三)

大涤序本:史进引着一行人,且杀且走,**众官兵不敢赶来,各自散了。史进和朱武、陈达、杨春,并庄客人等**,都到少华山上寨内坐下,喘息方定。(3.2b)

金圣叹本:史进引着一行人,且杀且走,直到少华山上寨内坐下,喘息方定。(7.5b)

(例四)

大涤序本:当日家宴,午牌至二更方散,自此不在话下。**不说梁中书收买礼物玩器,选人上京去庆贺蔡太师生辰。**且说山东济州郓城县新到任一个知县,姓时,名文彬。(13.10b)

金圣叹本:当日家宴,午牌至二更方散,自此不在话下。却说山东济州郓城县新到任一个知县,姓时,名文彬。(17.18b)

(例五)

大涤序本:雷横也赶了一直回来,心内寻思道:朱仝和晁盖最好,多敢是放了他去,**我没来由做甚么恶人。我也有心亦要放他,今已去了,**只是不见了人情。**晁盖那人,也不是好惹的。**回来说道:“那里赶得上,这伙贼端的了得!”(18.14b)

金圣叹本:雷横也赶了一直回来,心内寻思道:朱仝和晁盖最好,多

敢是放了他去,我却不见了人情。回来说道:"那里赶得上,这伙贼端的了得!"(22.24a)

(例六)

大涤序本:那杜迁、宋万**见杀了王伦,寻思道:"自身本事低微,如何近的他们,不若做个人情。"**苦苦地请刘唐坐了第五位。(20.2b)

金圣叹本:杜迁、宋万却那里肯,苦苦地请刘唐坐了第五位。(24.6a)

(例七)

大涤序本:朱仝那人,也有些家私,不用与他,我自与他说知人情便了。**雷横这人,又不知我报与保正,况兼这人贪赌,倘或将些出去赌时,他便惹出事来,不当稳便,金子切不可与他。**贤弟,我不敢留你相请去家中住,倘或有人认得时,不是要处。(20.17a)

金圣叹本:朱仝那人,也有些家私,不用送去,我自与他说知人情便了。贤弟,我不敢留你去家中住,倘或有人认得时,不是要处。(24.28a)

(例八)

大涤序本:西门庆在床底下听了妇人这几句言语,提醒他这个念头,便钻出来**说道:"娘子,不是我没本事,一时间没这智量。"**便来拔开门,叫声:"不要打!"(25.5a)

金圣叹本:西门庆在床底下听了妇人这几句言语,提醒他这个念头,便钻出来拔开门,叫声:"不要打!"(29.7b)

(例九)

大涤序本:屏风背后走出娘子来,**乃是卢员外的浑家,年方二十五岁,姓贾,嫁与卢俊义,才方五载。**娘子贾氏便道……(61.9b)

金圣叹本:屏风背后走出娘子贾氏来,也劝道……(65.17b)

(例十)

大涤序本:那妇人只得把偷和尚的事,从做道场夜里说起,直至往来,一一都说了。(46.6b)

金圣叹本:那妇人只得**把和尚二年前如何起意;如何来结拜我父做干爷;做好事日,如何先来下礼;我递茶与他,如何只管看我笑;如何石叔叔出来,连忙去了;如何我出去拈香,只管捱近身来;半夜如何到布帘前捏我的手,便教我还了愿好;如何叫我是娘子,骗我看佛牙;如何求我图个长便;如何教我反间你,便撚得石叔叔出去;如何定要我把迎儿也**

与他,说不时我便不来了,一一都说了。(50.12ab)

(例十一)

大涤序本:且说郑屠家中众人,救了半日不活,呜呼死了。(3.13a)

金圣叹本:且说郑屠家中众人**和那报信的店小二**,救了半日不活,呜呼死了。(7.22b)

(例十二)

大涤序本:老都管道:"似你方才说时,他们都是没命的。"(16.12b)

金圣叹本:老都管**别了脸,对众军**道:"似你方才说时,他们都是没命的。"(20.22b)

(例十三)

大涤序本:却不是干鸟气么。你原是山寨里人,却来问甚么鸟师父! 明朝那厮又不肯,却不误了哥哥的大事? (53.12b)

金圣叹本:却不是干鸟气么。你原是山寨里人,却来问甚么鸟师父! **我本待一斧砍了,出口鸟气,不争杀了他,却又请那个去救俺哥哥。又寻思道:设使**明朝那厮又不肯,却不误了哥哥的大事? (57.21ab)

(例十四)

大涤序本:只见两个黄巾力士,押着李逵,耳边只听得风雨之声,不觉迳到蓟州地界,諕得魂不着体,手脚摇战。(53.15ab)

金圣叹本:只见两个黄巾力士,押着李逵,耳朵边有如风雨之声,**下头房屋树木一似连排曳去的,脚底下如云催雾趱,正不知去了多少远,**諕得魂不着体,手脚摇战。(57.26ab)

(例十五)

大涤序本:那人道:"乞退左右。"关胜道:"不妨。"(64.8a)

金圣叹本:那人道:"乞退左右。"关胜**大笑**道:"**大将身居百万军中,若还不是一德一心,安能用兵如指。吾帐上帐下,无大无小,尽是机密之人。你有话,但说**不妨。"(68.12ab)

(例十六)

以上所举例子,前10例是金圣叹删节之例,后6例是金圣叹增补之例。先看金圣叹本删节之例。例一、例二是金圣叹本中为数不多的大段文字删节之例。此二例中文字之所以被删节,跟诗词韵文被删类似,因为文字沾染了说书习气,阻滞了小说情节的进展,容易将读者带出书外。其余诸例中有的例子金圣叹或许觉得文字于情节无益，且略显累赘，便将其删除，如例三、例四、例五，但是同样也有一些例子，金圣叹将文字删节之后，反而对小说有所损伤，如例六至例十即是如此。

例六金圣叹删去了雷横的两句心理活动描写，此一描写可见雷横对私放晁盖的态度以及原因。例七金圣叹删去了杜迁、宋万的心理活动描写，此处二人的心理活动描写非常符合当时的情境。例八金圣叹删去了宋江的一句话，此句话从侧面刻画了雷横性格，对于丰满人物形象有重要作用。例九金圣叹删去了西门庆的一句话，此句话同样从侧面刻画了西门庆性格。例十金圣叹删去了贾氏的基本情况，此处文字删节对于理解小说情节会产生一定影响，正因为贾氏年少，以及与卢俊义结合不久，所以之后背叛卢俊义的行为，才更容易为人所理解。此等处金圣叹删节文字之后，反不如原文。

再看金圣叹增补之例。例十一是金圣叹本中为数不多的大段文字增补之例，此例文字的增补其实并无甚必要，但是从金圣叹批语中可见其意趣所在，“迎儿说一遍，巧云又说一遍，却句句不同，迎儿所说皆是事，巧云所说皆是情也”（50.12b）。其余五例均是如此，有些可以直接从增补文字当中知其妙处。如例十四金圣叹增补了几句李逵的心理活动，更可见李逵性情。例十五同样如此，从李逵视角来看，李逵不可能知道自己到了何处，所以金圣叹增补的形容文字更加符合实情。例十六金圣叹增补了几句关胜的对话，更是平添了关胜的风采。有些则只能从金圣叹批语中得知其增补的因由。如例十二金圣叹增补了店小二之名，从其批语中可知，此处增补完全是为调侃店小二，“鲁达已去，何不报信？读之绝倒。○小二恶知不自幸云：赖是走得快，几以身先试之”（7.22b）。

3. 正文的改易

金圣叹本不同于其底本的文字比比皆是，此在李葆恂之言中已可得证。据曾晓娟先生统计，与百二十回本相比，金圣叹本共计多了 1034 字，少了 8171 字，异文 9814 字[①]。以上情况如果换算成不同之处的话，则不知凡几。此处将选取金圣叹修改最为得意之处以观之。这些金氏修改得意之处均有一个明显特征，即加上批语，并称呼底本文字为“俗本”，自己所修改的文字为“古本”。具体情况列举如下：

①曾晓娟：《“评”与“改”：中国古典白话小说之雅化过程——以〈水浒传〉为中心》，南开大学出版社 2017 年版，第 16 页。

大涤序本：只中央一个石碑，约高五六尺，下面石龟趺坐，大半陷在泥里。（1.9b）

金圣叹本：只中央一个石碣，约高五六尺，下面石龟趺坐，大半陷在泥里。（5.19a）

金圣叹评：一部大书七十回，以石碣起，以石碣止，奇绝。○碣字俗本讹作碑字。（5.19b）

（例一）

大涤序本：大涤余人序本无楔子。

金圣叹本：金圣叹评本楔子即为他本第一回。

金圣叹评：楔者，以物出物之谓。此篇因请天师，误开石碣，所谓楔也。俗本不知，误入正书，失之远矣。（5.21ab）

（例二）

大涤序本：员外先使人去庄上叫牵两疋马来。（4.4a）

金圣叹本：员外先使人去庄上再牵一疋马来。（8.7b）

金圣叹评：俗本作叫牵两疋马来。（8.7b）

（例三）

大涤序本：鲁智深到庄前，倚了禅杖，与庄客打个问讯。（5.3a）

金圣叹本：鲁智深到庄前，倚了禅杖，与庄客唱个喏。（9.6a）

金圣叹评：俗本作打个问讯。（9.6a）

（例四）

大涤序本：智深将禅杖倚了，起身打个问讯。（5.3b）

金圣叹本：智深将禅杖倚了，起身唱个喏。（9.7b）

金圣叹评：俗本亦作打个问讯。（9.7b）

（例五）

大涤序本：大头领看时，只见二头领红巾也没了，身上绿袍扯得粉碎，下得马，倒在厅前，口里说道："哥哥救我一救！"（5.9b-10a）

金圣叹本：大头领看时，只见二头领红巾也没了，身上绿袍扯得粉碎，下得马，倒在厅前，口里说道："哥哥救我一救！"只得一句。（9.17b-18a）

金圣叹评：画出绝倒。○只得一句四字，画出气急败坏人，俗本恰

失此四字。（9.18a）

（例六）

大涤序本：智深、史进把这丘小乙、崔道成两个尸首都缚了，撺在涧里。两个再打入寺里来，香积厨下那几个老和尚，因见智深输了去，怕崔道成、丘小乙来杀他，已自都吊死了。智深、史进直走入方丈后角门内看时，那个掳来的妇人，投井而死。直寻到里面八九间小屋，打将入去，并无一人，**只见包裹已拿在彼，未曾打开，鲁智深见有了包裹，依原背了**。再寻到里面，只见床上三四包衣服……（6.8b）

金圣叹本：智深、史进把这丘小乙、崔道成两个尸首都缚了，撺在涧里。两个再赶入寺里来，香积厨下**拿了包裹**。那几个老和尚因见智深输了去，怕崔道成、丘小乙来杀他，已自都吊死了。智深、史进直走入方丈后角门内看时，那个掳来的妇人投井而死。直寻到里面八九间小屋，打将入去，并无一人。只见床上三四包衣服……（10.18b-19a）

金圣叹评：俗本此句误在后。（10.19a）

（例七）

大涤序本：只见智深先把那炷香插在炉内，拜了三拜。（6.11b）

金圣叹本：只见智深却把那炷香**没放处。知客忍不住笑**，与他插在炉内。拜到三拜，**知客叫住**。（10.22b-23a）

金圣叹评：不然，九拜矣。○俗本尽落。（10.23a）

（例八）

大涤序本：只叵奈雷横那厮**平白骗了晁保正十两银子**，又吊我一**夜。想那厮去未远，我不如拿了条棒赶上去，齐打翻了那厮们，却夺回那银子送还晁盖，他必然敬我**。此计大妙！（14.7a）

金圣叹本：只叵耐雷横那厮**平白地要陷我做贼，把我吊这一夜。想那厮去未远，我不如拿了条棒赶上去，齐打翻了那厮们，却夺回那银子送还晁盖，也出一口恶气**。此计大妙！（18.13a）

金圣叹评：此非写刘唐小忿，盖图曲曲转出吴学究来。所谓文生情、情生文，皆极不易之事也。○俗本作平白骗了晁盖十两银子，我夺来还了他，他必然敬我，此成何等语？（18.13a）

（例九）

大涤序本：你只是性气不好，把言语来伤触他，恼得押司不上门，闲

时恰在家里思量。我如今不容易请得他来,你却不起来陪句话儿。颠倒使性!（21.3a）(此处共有7处句读)

金圣叹本:你只是性气不好把言语来伤触他恼得押司不上门,闲时却在家里思量我如今不容易请得他来你却不起来陪句话儿颠倒使性!(25.6ab)

金圣叹评:俗本不知此两行半是二句,便读得七零八碎,减多少色。(25.6b)

(例十)

大涤序本:那汉定睛看了看,纳头便拜,说道:"**我不是梦里么**,与兄长相见!"(22.13b)

金圣叹本:那汉定睛看了看,纳头便拜,说道:"**我不信今日早**与兄长相见!"(26.22a)

金圣叹评:古有相见何晚之语,说得口顺,已成烂套。耐庵忽翻作不信相见恁早,真是惊出泪来之语。俗本改作我不是梦里么,真乃换金得矢也。(26.22a)

(例十一)

大涤序本:拖过这妇人来,跪在灵前,喝那婆子也跪在灵前,**武松**道……(26.16b)

金圣叹本:拖过这妇人来,跪在灵前,喝那老狗也跪在灵前,**洒泪**道……(30.34b)

金圣叹评:二洒泪字,俗本无。(30.34b)

(例十二)

大涤序本:主管慌道:"都头在上,小人又不曾伤犯了都头。"(26.17ab)

金圣叹本:主管慌道:"都头在上,小人又不曾伤犯了都……"(30.36a)

金圣叹评:不待辞毕,活画骇疾。○俗本都字下有头字。(30.36ab)

(例十三)

大涤序本:主管道:"却才和一个相识去狮子桥下大酒楼上吃酒。"(26.17b)

金圣叹本:主管道:"却才和……和一个相识去……去狮子桥下大酒楼上吃……"(30.36b)

金圣叹评：又不待辞毕，活画骇疾。○俗本吃字下有酒字。（30.36b）

（例十四）

大涤序本：武松也把眼来虚闭紧了，扑地仰倒在凳边。那妇人笑道："着了，由你奸似鬼，吃了老娘的洗脚水！"便叫："小二、小三，快出来！"只见里面跳出两个蠢汉来。先把两个公人扛了进去，这妇人后来卓上提了武松的包裹并公人的缠袋。捏一捏看，约莫里面是些金银，那妇人欢喜道："今日得这三头行货，倒有好两日馒头卖，又得这若干东西！"把包裹缠袋提了入去，却出来看这两个汉子扛抬武松，那里扛得动，直挺挺在地下，却似有千百斤重的。那妇人看了，见这两个蠢汉拖扯不动，喝在一边，说道："你这鸟男女只会吃饭吃酒，全没些用，直要老娘亲自动手！这个鸟大汉却也会戏弄老娘！这等肥胖，好做黄牛肉卖。那两个瘦蛮子只好做水牛肉卖。扛进去，先开剥这厮！"那妇人一头说，一面先脱去了绿纱衫儿，解下了红绢裙子，赤膊着，便来把武松轻轻提将起来。（27.8ab）

金圣叹本：武松也双眼紧闭，扑地仰倒在凳边。只听得笑道："着了，繇你奸似鬼，吃了老娘的洗脚水！"便叫："小二、小三，快出来！"只听得飞奔出两个蠢汉来。听他把两个公人先扛了进去，这妇人便来卓上提那包裹并公人的缠袋。想是捏一捏，约莫里面已是金银，只听得他大笑道："今日得这三头行货，倒有好两日馒头卖，又得这若干东西！"听得把包裹缠袋提入去了，随听他出来，看这两个汉子扛抬武松，那里扛得动，直挺挺在地下，却似有千百斤重的。只听得妇人喝道："你这鸟男女只会吃饭吃酒，全没些用，直要老娘亲自动手！这个鸟大汉却也会戏弄老娘！这等肥胖，好做黄牛肉卖。那两个瘦蛮子只好做水牛肉卖。扛进去，先开剥这厮用！"听他一头说，一头想是脱那绿纱衫儿，解了红绢裙子，赤膊着，便来把武松轻轻提将起来。（31.14a-15a）

金圣叹评：俗本无八个听字，故知古本之妙。（31.14b）

（例十五）

大涤序本：次日，武松要行，张青那里肯放，一连留住管待了三日。武松**因此**感激张青夫妻两个**厚意**。（28.2ab）

金圣叹本：次日，武松要行，张青那里肯放，一连留住管待了三日。武松**忽然**感激张青夫妻两个。（32.7a）

金圣叹评：作者忽于叙事缕缕中，奋笔大书云："武松忽然感激张青夫妻两个。”嗟呼！真妙笔矣。“忽然”字，俗本改作“因此”字，又于“两个”下，增“厚意”字，全是学究注意盘飧之语，可为唾抹，今并依古本订定。（32.2b-3a）

（例十六）

大涤序本：论年齿，张青却长武松**五年**。（28.2b）

金圣叹本：论年齿，张青却长武松**九年**。（32.7a）

金圣叹评：是年武松二十六岁也。○俗本九年作五年。（32.7ab）

（例十七）

大涤序本：那人便把熟鸡来**斯**了。（28.7b）

金圣叹本：那人便把熟鸡来**斯**了。（32.16a）

金圣叹评：诗云：斧以斯之。是此斯字出处也。俗本作撕字。（32.16a）

（例十八）

大涤序本：此间是个村醪酒店，**哥哥饮么**？（29.6b）

金圣叹本：此间是个村醪酒店，**也算一望么**？（33.14b）

金圣叹评：也算一望句，俗本作哥哥吃么。（33.14b）

（例十九）

大涤序本：两个就月明之下，一来一往，一去一回，**两口剑寒光闪闪，双戒刀冷气森森**。（31.16ab）

金圣叹本：两个就月明之下，一来一往，一去一回，**四道寒光旋成一圈冷气**。（35.28b）

金圣叹评：竟是剑术传中选句。俗本改去，何也？○写两口剑、两口刀，却偏增出月明之下四字，便有异尝气色。（35.28b）

（例二十）

大涤序本：武行者一刀砍将去，却砍个空，使得力猛，头重脚轻，翻筋斗倒撞下溪里去，却起不来。（32.6ab）

金圣叹本：武行者一刀砍将去，却砍个空，使得力猛，头重脚轻，翻筋斗倒撞下溪里去，却起不来。**黄狗便立定了叫**。（36.11ab）

金圣叹评：活画黄狗，活画小人。○黄狗得意。○俗本落此句。（36.11b）

（例二十一）

大涤序本：却见那口戒刀浸在溪里。（32.6b）

金圣叹本:却见那口戒刀浸在溪里,**亮得耀人**。(36.11b)

金圣叹评:爬起时,不记戒刀,起来后忽然耀眼,写醉人真是醉人,写戒刀真好戒刀。俗本落此句。(36.11b)

(例二十二)

大涤序本:宋江道:“你怎得知?我正是**宋三郎**。”(32.17a)

金圣叹本:宋江道:“你怎得知?我正是**宋三郎宋江**。”(36.28a)

金圣叹评:妙妙。〇无所不详矣,只余三郎二字,亦详出来,文心当面变化而出,非先有定式可据也。〇看他连用无数宋江字押脚,有渔阳掺挝之声,能令满座动色。〇俗本讹。(36.28a)

(例二十三)

大涤序本:**唤起**王矮虎、郑天寿快下来,三人纳头便拜。(32.17a)

金圣叹本:**便叫**王矮虎、郑天寿快下来,三人纳头便拜。(36.28ab)

金圣叹评:便叫来拜,妙绝妙绝。〇写得燕顺屁滚尿流如活。〇上七宋江字押脚,此四便字提头,文笔盘飞踢跳。俗本讹。(36.28b)

(例二十四)

大涤序本:宋江答道:“不恁地时,兄长如何肯死心塌地?虽然没了嫂嫂夫人,**宋江恰知得**花知寨有一妹,甚是贤慧。**宋江**情愿主婚,陪备财礼,与总管为室,若何?”(34.15b)

金圣叹本:宋江答道:“不恁地时,兄长如何肯死心塌地?若是没了嫂嫂夫人,花知寨自说有一令妹,甚是贤慧。他情愿赔出,立办装奁,与总管为室,如何?”(38.24b)

金圣叹评:古本《水浒》写花荣,便写到宋江悉为花荣所用。俗本只落一二字,其丑遂不可当。不知何人所改,既不可致诘,故特取其例一述之。(38.3a)

妙绝花荣,不惟善用兵,又善用将,乃至又善用其妹也。〇俗本讹。(38.24b-25a)

(例二十五)

大涤序本:**众人都让**宋江在居中坐了。(34.15b)

金圣叹本:**花荣仍请**宋江在居中坐了。秦明道:“好。”(38.25a)

金圣叹评:妙绝花荣,不惟戡定祸乱,又能正名定位,真是极写之

矣。〇俗本皆讹。(38.25a)

(例二十六)

大涤序本:老爷生长在江边,**不怕官司不怕天**。(37.8a)

金圣叹本:老爷生长在江边,**不爱交游只爱钱**。(41.16a)

金圣叹评:七字妙绝。〇太上,不爱钱,只爱交游。其次,爱钱以为交游之地。又次,爱交游以为钱之地也。夫不爱钱只爱交游,是非宋江之所及也。若云爱交游以为钱地,则亦非宋江之所出也。今日宋江,则正所谓以钱为交游地者耳。乃梢公忽云:只爱钱,不爱交游。然则宋江一路撒漫使银,悉作唐捐矣乎?只此一句,便令宋江神绝心死,政不须又用板刀面也。〇俗本讹。(41.16ab)

(例二十七)

大涤序本:只见江面上咿咿哑哑橹声响,**宋江探头看**时。(37.9b)

金圣叹本:只见江面上咿咿哑哑橹声响,**梢公回头看**时。(41.18b)

金圣叹评:俗本作宋江回头看。(41.18b)

(例二十八)

大涤序本:一只快船,飞也似从上水头**摇将**下来。(37.9b)

金圣叹本:一只快船,飞也似从上水头**急溜**下来。(41.18b)

金圣叹评:古本急溜二字,便写出船到之速。俗本改作摇将二字,谬以千里。(41.18b)

(例二十九)

大涤序本:这个好汉却是小弟结义的兄弟,原是小孤山下人氏,姓张名横。(37.11a)

金圣叹本:这个好汉却是小弟结义的兄弟,姓张。(41.20b-21a)

金圣叹评:将姓张名横四字,分作两段,所以深写宋江吓极,不闻张大哥、张爷爷、张兄弟多遍张字也。俗本讹。

(例三十)

大涤序本:这黄文烨平生只是行善事,修桥补路,塑佛斋僧,扶危济困,救拔贫苦,那无为军城中都叫他**黄佛子**。(41.4b)

金圣叹本:这黄文烨平生只是行善事,修桥补路,塑佛斋僧,扶危济困,救拔贫苦,那无为军城中都叫他**黄面佛**。(45.9a)

金圣叹评：好。〇俗本作黄佛子。（45.9a）

（例三十一）

大涤序本：赵能也抢入来，口里叫道：**"我们都是死也！"**（42.11a）

金圣叹本：赵能也抢入来，口里叫道：**"神圣……神圣救命！"**（46.22a）

金圣叹评：土兵叫神圣救命，赵能又叫神圣救命，令读者疑是玄女显化，定有鬼兵在后也，此皆作者特特为此鬼怪之笔。俗本乃作我们都是死也，一何可笑。（46.22a）

（例三十二）

大涤序本：走不到三十余步，只见草地上一团血迹。李逵见了，**心里越疑惑**。（43.11ab）

金圣叹本：走不到三十余步，只见草地上一团血迹。李逵见了，**一身肉发抖**。（47.27a）

金圣叹评：看宋江许多抖字，看李逵许多抖字，妙绝。〇俗本失。（47.27a）

（例三十三）

大涤序本：慌忙来家对爹娘说道："这个杀虎的黑大汉，便是杀我老公，烧了我屋的。他正是梁山泊黑旋风**李逵**。"（43.15a）

金圣叹本：慌忙来家对爹娘说道："这个杀虎的黑大汉，便是杀我老公，烧了我屋的。他叫做梁山泊黑旋风。"（47.32b）

金圣叹评：李鬼平日只提黑旋风三字，故其妻亦熟闻之。至于李逵二字，必留下里正口中出。俗本譌讹之极。〇写李鬼妻，只重在杀李鬼、烧房屋，黑旋风乃指其名耳，实不知有出榜赏钱之事。（47.32b-33a）

（例三十四）

大涤序本：一者朝廷**不明**，二乃奸臣**闭塞**。（44.14a）

金圣叹本：一者朝廷**闭塞**，二乃奸臣**不明**。（48.20b）

金圣叹评：朝廷用闭塞字，妙，言非朝廷不爱人材，只是奸臣闭塞之也。奸臣用不明字，更妙，言奸臣闭塞朝廷，亦非有大过恶，只繇不明故也。不明二字，何等轻细，却断得奸臣尽情，断得奸臣心服，真是绝妙之笔。俗本乃误作朝廷不明，奸臣闭塞，复成何语耶？只二字转换，其优劣相去如此。古本、俗本之相去，胡可尽说，亦在天下善读书人，取两本

细细对读，便知其异耳。（48.20b）

（例三十五）

大涤序本：那和尚一头接茶，两只眼涎瞪瞪的只顾看那妇人身上。这妇人也嘻嘻的笑着看这和尚。人道色胆如天，却不防石秀在布帘里张见。（45.3b）

金圣叹本：那和尚连手接茶，两只眼涎瞪瞪的只顾睃那妇人的眼。这妇人**一双眼**也笑迷迷的只管睃这和尚的眼。自古色胆如天，却不防石秀在布帘里**一眼**张见。（49.9b-10a）

金圣叹评：一双眼，张见四只眼，文情妙绝。俗本尽失。（49.10a）

（例三十六）

大涤序本：只见那妇人起来浓妆艳饰，打扮得十分济楚，包了香盒，买了纸烛，讨了一乘轿子。（45.8b）

金圣叹本：只见淫妇起来梳头、裹脚、洗脖项、薰衣裳，迎儿起来寻香盒、催早饭，潘公起来买纸烛、讨轿子。（49.15b）

金圣叹评：古本有如此妙文，俗本都失。（49.15b）

（例三十七）

大涤序本：这迎儿**得了些小意儿**，巴不到晚，自去安排了香桌儿，黄昏时掇在后门外。（45.15a）

金圣叹本：这一日倒是迎儿巴不到晚，早去安排了香桌儿，黄昏时掇在后门外。（49.24a）

金圣叹评：写小儿女不知人事情性如活，写奴才献勤如活。○俗本误。（49.24a）

（例三十八）

大涤序本：初更左侧，一个人，戴顶头巾，闪将入来。（45.15a）

金圣叹本：初更左侧，一个人，戴顶头巾，闪将入来。**迎儿吃一吓**。（49.24a）

金圣叹评：奇绝妙绝之文。○迎儿吃一吓，妙绝。俗本皆失，可笑。（49.24a）

（例三十九）

大涤序本：那人也不答应。**便除下头巾**，露出光顶来，这妇人在侧边见是海和尚，轻轻地骂一声：“贼秃，倒好见识！”（45.15a）

金圣叹本：那人也不答应。这淫妇在侧边伸手便扯去他头巾，露出光顶来，轻轻地骂一声："贼秃，倒好见识！"（49.24a）

金圣叹评：奇绝妙绝之文。俗本皆误。○淫妇倒好见识。（49.24b）

（例四十）

大涤序本：高声念佛，和尚和妇人梦中惊觉。（45.15b）

金圣叹本：高声念佛，贼秃和淫妇一齐惊觉。（49.24b）

金圣叹评：一齐二字，奇妙如活。俗本尽误。（49.24b）

（例四十一）

大涤序本：和尚下床，依前戴上头巾。（45.15b）

金圣叹本：贼秃下床，淫妇替他戴上头巾。（49.25a）

金圣叹评：淫极妙绝之文。俗本误。（49.25a）

（例四十二）

大涤序本：随后便是迎儿来关门。石秀见了。（45.16b）

金圣叹本：随后便是迎儿关门。石秀瞧到十分。（49.26a）

金圣叹评：十分了。○此十分瞧科之文，作者乃特特与十分研光相对。俗本悉行改失，何也？○设不遇古本，岂不惜哉！（49.26a）

（例四十三）

大涤序本：杨雄看了那妇人，一时蓦上心来。（45.18b）

金圣叹本：杨雄见他来除巾帻，一时蓦上心来。（49.29a）

金圣叹评：奇绝妙绝之文。○因除巾帻，忽然提着贼秃戴巾也。俗本悉改失。（49.29a）

（例四十四）

大涤序本：石秀道："嫂嫂，你休要硬诤，教你看个证儿。"（46.5b）

金圣叹本：石秀道："嫂嫂，嘻！"（50.10a）

金圣叹评：只一字妙绝。○上只四字，此只一字，而石秀一片精细，满面狠毒，都活画出来。俗本妄改许多闲话，失之万里。（50.10a）

（例四十五）

大涤序本：两个在独龙冈前，约斗了十数合，不分胜败。花荣卖个破绽，拨回马便走，引他赶来。（50.4a）

金圣叹本：两个在独龙冈前，约斗了十数合，不分胜败。花荣卖个破绽，拨回马便走。（54.8a）

金圣叹评：卖个破绽，拨马便走，当知此日将令，原只要如此，俗本自增引他赶来四字，失之千里。(54.8a)

(例四十六)

大涤序本：无。(51.4a)

金圣叹本：新鸟啾啾旧鸟归，老羊羸瘦小羊肥。人生衣食真难事，不及鸳鸯处处飞。(55.9a)

金圣叹评：一二句刺入雷横耳，第三句刺入合棚众人耳，到第四句忽然转到自家身上，显出与知县相好。只四句诗，便将一回情事罗撮出来，才子妙笔，有一无两。○俗本失此一段，可谓食蝌蛸乃弃其螯矣。○此书每每横插诗歌，如五台亭里、瓦官寺前、黄泥冈上、鸳鸯楼下，皆妙不可言。(55.9ab)

(例四十七)

大涤序本：这雷横**是个大孝的人**，见了母亲吃打，一时怒从心发。(51.7a)

金圣叹本：这雷横**已是啣愤在心**，又见母亲吃打，一时怒从心发。(55.14b-15a)

金圣叹评：与前喝采句应。○俗本此处增雷横大孝的人句。(55.15a)

(例四十八)

大涤序本：四下里望时，只见黑旋风远远地拍着双斧，叫道："来！来！来！**和你斗二三十回合**。"(51.14a)

金圣叹本：四下里望时，只见黑旋风远远地拍着双斧，叫道："来！来！来！"(55.25b-26a)

金圣叹评：笔笔作奇鬼之状。○俗本此处多一句。(55.26a)

(例四十九)

大涤序本：李逵却在前面，又叫："来！来！来！**和你拼个你死我活**。"(51.14a)

金圣叹本：李逵却在前面，又叫："来！来！来！"(55.26a)

金圣叹评：笔笔作奇鬼弄人之状，跳脱不可言。○俗本此处又增一句。(55.26a)

(例五十)

大涤序本：厉声高叫："**高唐州，纳命的出来！**"(52.11b)

金圣叹本：厉声高叫："姓高的贼，快快出来！"（56.22b）

金圣叹评：姓高的贼，所包甚广，俗本讹。（56.22b-23a）

（例五十一）

大涤序本：戴宗自去房里睡了，李逵吃了一回酒肉，恐怕戴宗说他，自**暗暗**的来房里睡了。（53.2ab）

金圣叹本：戴宗先去房里睡了，李逵吃了一回酒肉，恐怕戴宗问他，也**轻轻**的来房里睡了。（57.5a）

金圣叹评：轻轻妙。李逵亦有轻轻之日，真是奇事。俗本作暗暗，可笑。（57.5a）

（例五十二）

大涤序本：三个再到公孙胜家里，当夜安排些晚饭吃了。（53.12b）

金圣叹本：三个再到公孙胜家里，当夜安排些晚饭。**戴宗和公孙胜吃了。李逵却只呆想，不吃**。（57.20b）

金圣叹评：偷吃牛肉，便吃五七斤；同吃壮面，便吃五六个；干事不成，便只呆想不吃。李大哥诚乃无处不是。○俗本讹。（57.20b-21a）

（例五十三）

大涤序本：只听隔窗有人看诵**玉枢宝经**之声。（53.13a）

金圣叹本：只听隔窗有人念诵**什么经号**之声。（57.22a）

金圣叹评：不省得这般鸟做声，妙绝。○俗本作玉枢宝经，谁知之，谁记之乎？甚矣，古本之不可不读也。（57.22a）

（例五十四）

大涤序本：见罗真人独自一个坐在**云床**上。（53.13a）

金圣叹本：见罗真人独自一个坐在**日间这件东西**上。（57.22a）

金圣叹评：云床也，乃自戴宗眼中写之，则曰云床；自李逵眼中写之，则曰东西，妙绝。○俗本讹。（57.22a）

（例五十五）

大涤序本：面前卓儿上**烧着一炉好香**。（53.13a）

金圣叹本：面前桌儿上**烟煨煨地**。（57.22a）

金圣叹评：香也，却从李逵眼中写成四字，用笔之妙，几于出入神化矣。○俗本又讹，真乃可恨。（57.22a）

（例五十六）

大涤序本：戴宗拜谢。（53.14a）

金圣叹本：戴宗拜谢，**对李逵说了**。（57.24ab）

金圣叹评：五字妙。紧炤上文不省鸟做声句也。俗本失之，其过不小。（57.24b）

（例五十七）

大涤序本：罗真人听罢**甚喜**。（53.17a）

金圣叹本：罗真人听罢**默然**。（57.29a）

金圣叹评：四字写出真人。俗本作听罢甚喜，真俗本耳。（57.29a）

（例五十八）

大涤序本：李逵道：**"今番且除了一害。"**（53.13a）

罗真人道："这等人只可驱除了。"（53.17a）

金圣叹本：李逵道：**"这个人只可驱除了他。"**（57.22b-23a）

罗真人道："这等人只可驱除了罢。"（57.29a）

金圣叹评：与前对锁作章法。俗本悉无，真是可恨。（57.29ab）

（例五十九）

大涤序本：汤隆假意失惊道："红羊皮匣子……"（56.9b）

金圣叹本：汤隆失惊道："红羊皮匣子？"**问道**……（60.21ab）

金圣叹评：俗本失问道二字，便令上文红羊皮匣子五字，不得一顿，神色便减多少。（60.21b）

（例六十）

大涤序本：李忠笑道：**"他那时又打了你，又得了我们许多金银酒器，如何到有见怪之心**，他是个直性的好人，使人到彼，必然亲引军来救应。"（57.10a）

金圣叹本：李忠笑道：**"不然**，他是个直性的好人，使人到彼，必然亲引军来救我。"（61.18b）

金圣叹评：能知鲁达，此其所以为李忠也。俗本略增数字，便不复成语。（61.18b）

（例六十一）

大涤序本：就写了一封书，差两个了事的小喽啰，从后山**趕**将下去。（57.10a）

金圣叹本：就写了一封书，差两个了事的小喽啰，从后山**滚**将下去。

（61.19a）

金圣叹评：妙绝妙绝，数十卷前绝倒之事，此处忽然以闲笔又画出来。〇俗本作踅将下去，骤读之，亦殊不觉其失。及见古本乃是滚字，方叹一言之讹，相去无算也。（61.19a）

（例六十二）

大涤序本：智深便道："洒家当初离五台山时，到一个桃花村投宿，好生打了那**周通**撮鸟一顿。**李忠**那厮却来认得洒家，却请去上山吃了一日酒。"（57.10b-11a）

金圣叹本：智深便道："洒家当初离五台山时，到一个桃花村投宿，好生打了那撮鸟一顿。那厮却为认得洒家，倒请上山去吃了一日酒。"（61.20a）

金圣叹评：凡叙旧事，正以约略为妙耳。俗本止增一二字，便令太详，不复可读。〇略于叙旧，详于叙偷，写出妙人。（61.20a）

（例六十三）

大涤序本：以此无缘，不得相见罢了。（58.1b）

金圣叹本：以此无缘，不得相见。罢了。（62.7a）

金圣叹评：二字是计决抖擞之辞，俗本连上作一句读，可笑。（62.7a）

（例六十四）

大涤序本：于路无事，所过州县，秋毫无犯。（58.5a）

金圣叹本：所过州县，秋毫无犯。（62.11b）

金圣叹评：凡此书，每书所过州县四字者，皆特著宋江之恶，见其过都历国，公然横行，而又以秋毫无犯四字，为之省文也。俗本不知，乃又于二句上，另加于路无事四字。彼又岂知所过州县之即于路，秋毫无犯之即无事哉！世人不识字，至于如此。（62.11b）

（例六十五）

大涤序本：鲁智深动问道："洒家自与教头沧州别后，**曾知阿嫂信息否？**"（58.10b）

金圣叹本：鲁智深动问道："洒家自与教头别后，无日不念阿嫂，近来有信息否？"（62.20b）

金圣叹评：奇语绝倒，令人闻之，又感又笑。〇俗本改。（62.20b）

（例六十六）

大涤序本：鲁智深焦躁起来，便道："**都是你这般慢性的人，以此送**

了俺史家兄弟！你也休去梁山泊报知。看洒家去如何！”（58.13b-14a）

金圣叹本：鲁智深焦躁起来，便道：“**都是你这般性慢直娘贼，送了俺史家兄弟！只今性命在他人手里，还要饮酒细商！**”（62.26a）

金圣叹评：和血和泪之墨，带哭带骂之笔，读之纸上岌岌震动，妙绝之文。○俗本皆改去，何也？（62.26a）

（例六十七）

大涤序本：话说贺太守把鲁智深赚到后堂内，喝声：“拿下。”众多做公的，把鲁智深簇拥到厅阶下。**贺太守喝道：“你这秃驴从那里来？”鲁智深应道**……（59.1a）

金圣叹本：话说贺太守把鲁智深赚到后堂内，喝声：“拿下。”众多做公的，把鲁智深簇拥到厅阶下。**贺太守正要开言勘问，只见鲁智深大怒道**……（63.2b）

金圣叹评：太守不及勘问，鲁达反先怒发，文字都有身分。俗本悉改，令人气尽。（63.2b-3a）

据古本《水浒》第五十八回如此，不知俗本何故另改作一段奄奄欲死文字，乌焉成马，令人可恨。（63.3a）

俗本写鲁智深救史进一段，鄙恶至不可读，每私怪耐庵，胡为亦有如是败笔？及得古本，始服原文之妙如此。吾因叹文章生于吾一日之心，而求传于世人百年之手。夫一日之心，世人未必知，而百年之手，吾又不得夺，当斯之际，文章又不能言，改窜一惟所命，如俗本《水浒》者，真可为之流涕呜咽者也！（63.1ab）

（例六十八）

大涤序本：贺太守听了**大怒，把鲁智深拷打了一回**。（59.1b）

金圣叹本：贺太守听了，**气得做声不得，只道得个：我心疑是个行刺的贼，原来果然是史进一路**。（63.3b）

金圣叹评：古本如此情文曲折，俗本真是无理可笑。（63.3b）

（例六十九）

大涤序本：朱仝、李应各执长枪，**立在宋江、吴用背后**。（59.4b）

金圣叹本：朱仝、李应各执长枪，**立在宋江背后。吴用立在船头**。（63.8a）

金圣叹评：从船尾顺写至船头，读之如画。○正写之，则应作吴用立宋江前，朱仝、李应立宋江后也。○要知只四个人，便锁定一篇章法，盖吴用领第一段，宋江领第二段，朱仝领岸上诸人，李应领水军诸人也。细读之，便知其闔辟之妙耳。○俗本略缺。（63.8a）

（例七十）

大涤序本：无。（59.10a）

金圣叹本：鲁智深迳奔后堂，取了戒刀、禅杖。玉娇枝早已投井而死。（63.16b-17a）

金圣叹评：此二句，俗本失，古本有。（63.17a）

（例七十一）

大涤序本：宋江与吴用、公孙胜众头领就山下金沙滩饯行。饮酒之间，忽起一阵狂风，正把晁盖新制的认军旗半腰吹折。众人见了，尽皆失色。吴学究谏道：**"此乃不祥之兆，兄长改日出军。"宋江劝道**："哥哥方才出军，风吹折认旗，于军不利。不若停待几时，却去和那厮理会。"（60.7a）

金圣叹本：宋江与吴用、公孙胜众头领就山下金沙滩饯行。饮酒之间，忽起一阵狂风，正把晁盖新制的认军旗半腰吹折。众人见了，尽皆失色。吴学究谏道："哥哥方才出军，风吹折认旗，于军不利。不若停待几时，却去和那厮理会。"（64.12b-13a）

金圣叹评：上文若干篇，每动大军，便书晁盖要行，宋江力劝。独此行宋江不劝，而晁盖亦遂以死。深文曲笔，读之不寒而栗。○俗本妄添处，古本悉无，故知古本之可宝也。（64.12b）

（例七十二）

大涤序本：便差三阮、杜迁、宋万，先送回山寨。（60.11a）

金圣叹本：便差**刘唐**、三阮、杜迁、宋万，先送回山寨。（64.19a）

金圣叹评：差六人，章法奇绝人。读之，令人忽然想到初火并时，不胜风景不殊之痛。○古本之妙如此，而俗本尽讹，故知古本可宝也。（64.19a）

（例七十三）

大涤序本：李逵道："我又不教哥哥**做社长**，请哥哥做皇帝，倒要割了我舌头！"（60.13b）

金圣叹本：李逵道："我又不教哥哥**不做**，说请哥哥做皇帝，倒要割

了我舌头！”（64.23a）

金圣叹评：越弹压，越说出来，妙人妙文。○不做字妙，俗本讹。（64.23a）

（例七十四）

大涤序本：宋江聚众商议：“欲要与晁盖报雠，兴兵去打曾头市。”**军师吴用谏道**：“哥哥，庶民居丧，尚且不可轻动，哥哥兴师且待百日之后，方可举兵。”**宋江依吴学究之言**，守住山寨。（60.15ab）

金圣叹本：宋江聚众商议：“本要与晁天王报雠，兴兵去打曾头市，却思庶民居丧，尚且不可轻动，我们岂可不待百日之后然后举兵？”**众头领依宋江之言**，守在山寨。（64.26ab）

金圣叹评：俗士必将以此为孝，不知此正大书宋江之缓于报仇也。○俗本亦小讹，今依古本订正。（64.26b）

（例七十五）

大涤序本：**卢俊义自从算卦之后，寸心如割，坐立不安。**（61.7a）

金圣叹本：卢俊义自送吴用出门之后，每日傍晚便立在厅前，独自个看着天，忽忽不乐，亦有时自言自语，正不知甚么意思。（65.13b）

金圣叹评：写卢员外别吴用后，作书空咄咄之状，此正白绢旗、熟麻索之一片雄心，浑身绝艺，无可出脱，而忽然受算命先生之所感触，因拟一试之于梁山；而又自以鸿鹄之志未可谋之燕雀，不得已望空咄咄，以自决其心也。写英雄员外，正应作如此笔墨，方有气势。俗本乃改作误听吴用，“寸心如割”等语，一何丑恶至此！（65.3a）

（例七十六）

大涤序本：芦花丛里一扁舟，俊杰**俄从此地**游。**义士若能知此理**，反躬逃难可无忧。（61.6b）

金圣叹本：卢花滩上有扁舟，俊杰**黄昏独自**游。**义到尽头原是命**，反躬逃难必无忧。（65.13a）

金圣叹评：俗本讹。○四句忽然在前，忽然在后，忽然在壁上，忽然在河里，又是一样章法。（65.13a）

（例七十七）

大涤序本：**也是天罡星合当聚会，听了这算命的话**，一日耐不得，便叫当直的去唤众主管商议事务。（61.7a）

金圣叹本：这一日却耐不得，便叫当直的去唤众主管商议事务。（65.13b）

金圣叹评：笔势突兀，便活衬出卢员外来。俗本皆讹。（65.13b-14a）

（例七十八）

大涤序本：慷慨北京卢俊义，**远驮货物离乡地。一心只要捉强人，那时方表男儿志**。（61.12a）

金圣叹本：慷慨北京卢俊义，**金装玉匣来深地。太平车子不空回，收取此山奇货去**。（65.21a）

金圣叹评：此回前用卦歌，此用白绢旗，后用三阮唱歌，作章法。〇绝妙好诗，俗本之讹，真乃可恨。〇奇货字，又用得妙。（65.21a）

（例七十九）

大涤序本：**乾坤生我泼皮身，赋性从来要杀人。万两黄金浑不爱，一心要捉玉麒麟**。（61.17b）

金圣叹本：**虽然我是泼皮身，杀贼原来不杀人。手拍胸前青豹子，眼睃船里玉麒麟**。（65.30a）

金圣叹评：如此妙绝之语，俗本悉行改窜，真乃可恨。〇极险之情，极趣之笔，读之便欲满引一斗。（65.30a）

（例八十）

大涤序本：卢俊义答礼道："不才无识无能，误犯虎威，万死尚轻，何故相戏？"（62.2a）

金圣叹本：卢俊义大笑道："卢某昔日在家，实无死法。卢某今日到此，并无生望。要杀便杀，何得相戏！"（66.8b-9a）

金圣叹评：写卢员外宁死不从数语，语语英雄员外。梁山泊有如此人，庶几差强人意耳。俗本悉遭改窜，对之使人气尽。（66.1a）

数语画出一位英雄员外，读之令人起敬起爱，叹名下真无虚士也。俗本草草，一何可笑！〇亦暗用严将军语。（66.9a）

（例八十一）

大涤序本：嗔怪燕青违拗，将我赶逐出门，将一应衣服尽行夺了，赶出城外。更兼分付一应亲戚相识：但有人安着燕青在家歇的，他便舍半个家私和他打官司。因此无人敢着。小乙在城中安不得身，只得来城外求乞度日。**权在庵内安身，正要往梁山泊寻觅主人，又不敢造次……**

（62.5b-6a）

金圣叹本：嗔怪燕青违拗，将一房家私，尽行封了，赶出城外。更兼分付一应亲戚相识：但有人安着燕青在家歇的，他便舍半个家私和他打官司。因此小乙城中安不得身，只得来城外求乞度日。**小乙非是飞不得别处去，只为深知主人必不落草，故此忍这残喘，在这里候见主人一面**。（66.15ab）

金圣叹评：读俗本至小乙求乞，不胜笔墨疏略之疑。窃谓以彼其人，即何至无术自资，乃万不得已而且出于求乞？既读古本，而始流泪叹息也。（66.2a）

（例八十二）

大涤序本：卢俊义道："小可在此不妨……"（62.2b）

金圣叹本：卢俊义道："头领既留卢某不住，何不便放下山……"（66.10a）

金圣叹评：英雄员外，语语健旺，俗本尽讹。（66.10a）

（例八十三）

大涤序本：**贾氏和李固**也跪在侧边。（62.7a）

金圣叹本：**李固和贾氏**也跪在侧边。（66.17ab）

金圣叹评：俗本作贾氏和李固，古本作李固和贾氏。夫贾氏和李固者，犹似以尊及卑，是二人之罪不见也；李固和贾氏者，彼固俨然如夫妇焉，然则李固之叛，与贾氏之淫，不言而自见也。先贾氏，则李固之罪不见；先李固，则贾氏之罪见，此书法也。（66.17b）

（例八十四）

大涤序本：蔡福来到楼上看时，**却是**主管李固。（62.9ab）

金圣叹本：蔡福来到楼上看时，**正是**主管李固。（66.20b）

金圣叹评：俗本作却是，古本作正是。却是者，出自意外之辞也；正是者，不出所料之辞也。只一字，便写尽叛奴之毒、公人之惯，古本之妙如此。（66.20b）

（例八十五）

大涤序本：石秀在厅前**千贼万贼**价骂。厅上众人都諕呆了。（63.1ab）

金圣叹本：石秀在厅前**千奴才万奴才**价骂。厅上众人都諕呆了。（67.4a）

金圣叹评：俗本误作千贼万贼，无谓之甚。（67.4a）

（例八十六）

大涤序本：李逵大叫道："哥哥这般长别人志气，灭自己威风。且看兄弟去如何？若还输了，誓不回山。"（63.4b）

金圣叹本：李逵大叫道："哥哥前日晓得我一生口快，便要我去妆做哑子。今日晓得我欢喜杀人，便不教我去做个先锋！依你这样用人之时，却不是屈杀了铁牛！"（67.9ab）

金圣叹评：心直口快，骂得宋江更无可辨。○语语带定哑道童，便令章法不断，读者应知。○俗本讹。（67.9b）

（例八十七）

大涤序本：认得梁山泊好汉**黑旋风**么？（63.6b）

引军红旗上金书大字"**女将**一丈青"。（63.7b）

金圣叹本：认得梁山泊好汉**黑爷爷**么？（67.11b）

引军红旗上金书大字"**美人**一丈青"。（67.12b）

金圣叹评：奇称。○黑爷爷奇，美人一丈青又奇，俗本都失之，遂令文章削色不少。（67.12b）

（例八十八）

大涤序本：且说张横将引三二百人，从芦苇中间藏踪蹑迹，直到寨边，拔开鹿角，迳奔中军，望见帐中灯烛荧煌，关胜手撚髭髯，坐看兵书。（64.4a）

三阮在前，张顺在后，纳声喊，抢入寨来。**只见寨内枪刀竖立、旌旗不倒，并无一人。**（64.5a）

金圣叹本：且说张横将引三二百人，从芦苇中间藏踪蹑迹，直到寨边，拔开鹿角，迳奔中军，望见帐中灯烛荧煌，关胜手撚髭髯，坐着看书。（68.6a）

却说三阮在前，张顺在后，呐声喊，抢入寨来。**只见寨内灯烛荧煌，并无一人。**（68.7b）

金圣叹评：又一幅绝妙云长变相。○张横望见灯烛荧煌，关胜看书；三阮望见灯烛荧煌，并无一人。两灯烛荧煌句，相炤作章法。俗本讹。（68.6a）

（例八十九）

大涤序本：关胜笑道："无见识贼奴，**何足为虑**！"（64.4b）

金圣叹本：关胜笑道："无见识奴！"（68.7a）

金圣叹评：骂得妙，儒雅人骂人亦骂得儒雅，真乃妙笔传出。○俗本于此四字下，添入许多字，反减许多色泽。古本于此四字下，更无许多字，却有许多色泽，不可不知。（68.7ab）

（例九十）

大涤序本：林冲、秦明**都不喜欢**。（64.7a）

金圣叹本：林冲、秦明**变色各退**。（68.11a）

金圣叹评：变色妙。○已上皆所定之计也，俗本尽讹，遂不可读。（68.11a）

（例九十一）

大涤序本：宋江便令镇三山黄信出马，仗丧门剑，驱坐下马，直奔呼延灼。两马相交，斗不到十合，呼延灼手起一鞭，把黄信**打落**马下。（64.8b）

金圣叹本：宋江便令镇三山黄信出马，直奔呼延灼。两马相交，斗不到十合，呼延灼手起一鞭，把黄信**打死**马下。（68.13b）

金圣叹评：不说真假，竟叙打死，则非黄信可知也。俗本讹。（68.13b）

（例九十二）

大涤序本：当晚彤云四合，纷纷雪下。（64.13a）

金圣叹本：当晚云势越重，风色越紧。吴用出帐看时，却早成团打滚，降下一天大雪。（68.19b）

金圣叹评：凡三写欲雪之势，至此方写出雪来，妙笔。○俗本都讹。（68.19b）

（例九十三）

大涤序本：见一把厨刀，**明晃晃**放在灶上（65.9a）

金圣叹本：见一把厨刀，**油晃晃**放在灶上。（69.16b）

金圣叹评：油晃晃只三字，便活写出娼妓人家厨下。俗本误作明晃晃，便少却多少色泽，且与下文口卷不合也。（69.16b-17a）

（例九十四）

大涤序本：回到山寨忠义堂上，都来参见晁盖之灵。宋江传令。

（68.13b）

金圣叹本：回到山寨忠义堂上，都来参见晁盖之灵。**林冲请**宋江传令。（72.26ab）

金圣叹评：古本有此林冲请三字，俗本无，两本相去如此。（72.26b）

（例九十五）

大涤序本：地慧星一丈青扈三娘。（71.5b）

金圣叹本：地彗星一丈青扈三娘。（75.10a）

金圣叹评：俗本作慧。（75.10a）

（例九十六）

大涤序本：无。（71.18b）

金圣叹本：卢俊义梦中吓得魂不附体，微微闪开眼看堂上时，却有一个牌额，大书"天下太平"四个青字。（75.23a）

金圣叹评：真正吉祥文字，古本《水浒》如此。俗本妄肆改窜，真所谓愚而好自用也。（75.23a）

（例九十七）

以上97例便是金圣叹本所有"俗本"之处。在研究金圣叹本"俗本"文字修改之前，有另一个概念需要注意，就是金圣叹所谓的"俗笔"。有的学者将"俗本"与"俗笔"均当作金圣叹改易文字之处[①]，事实情况并非如此。以下举三例以观之：

大涤序本：原来摽兔李吉正在那山坡下张兔儿。（2.25b）

金圣叹本：原来摽兔李吉正在那山坡下张兔儿。（6.39b-40a）

金圣叹评：王四之醉也，便借送物事小喽啰；回书之失也，便借摽兔李吉，笔墨回环兜锁，妙不可言。若俗笔另添出无数人，便令文字散乱无致也。（6.40a）

（例一）

大涤序本：脱下那脚狗腿来。（4.19b）

金圣叹本：脱下那脚狗腿来。（8.33b-34a）

金圣叹评：取出来便是俗笔，今云脱下，写醉人节节忘废，入妙。

①曾晓娟：《〈水浒〉"古本"与容与堂本之关系》一文即持此论，载《文献》2013年第2期。

（8.34a）

（例二）

大涤序本：再说鲁智深正吃酒哩。（5.10ab）

金圣叹本：再说鲁智深正吃酒哩。（9.18b）

金圣叹评：神笔。〇此老岂浅斟细酌者哉，一个大王去，一个大王来，而犹在吃酒，则酒量为何如也？俗笔便要说是时鲁某，又吃了二三十碗酒矣。（9.18b）

（例三）

金圣叹本所谓的“俗笔”文字共计有27处，除却有1处金圣叹本与其底本文字不同之外[①]，其余26处，金圣叹本均同于大涤余人序本文字。由此可见，金圣叹所谓的“俗笔”文字，并非针对“古本”文字而言，而是泛指平庸的写作方法。此点在其他明清著作中也可得证，如明李贽《四书评·孟子一》，“‘不违农时’二节，安放在中间，真有‘天马行空’手段。若在俗笔，定倒在后”[②]，清王夫之《姜斋诗话》，“俗笔必于篇终结锁，不然则迎头便喝”[③]。

再回到“俗本”问题，从以上所举97例金圣叹本文字修改之处，基本上能看出金圣叹本相较于大涤余人序本而言，在哪些方面做了何种修改，而通过这些修改之处也可见《水浒传》在艺术水平上的提高。具体而言，有四个方面的改易，包括字词句的精炼、人物形象的改造、情节的修改、修辞技法的运用。

其一，字词句的精炼。炼字，是古已有之的传统。从“孔子作《春秋》，一字寓褒贬”的“春秋笔法”，到南北朝时期“一简之内音韵尽殊，两句之中轻重悉易”“俪采百句之偶，争价一句之奇”的骈文，再到唐诗中杜甫的“为人性僻耽佳句，语不惊人死不休”、贾岛的“二句三年得，一吟双泪流”，无一不说明这一传统的传承。但是真正能得炼字传统所垂青的领域即便不是史传、经典，也是诗文此类文学大宗，至于小说一枝，在古代被斥为不入流的“小道”，则难有此殊荣，所以现今普遍认为小说中的炼字要到《红楼梦》才出现。

①邓雷：《从金圣叹批“俗本”看贯华堂本〈水浒传〉的底本及其他问题》，《宜宾学院学报》2015年第3期。

②［明］李贽：《四书评》，上海人民出版社1975年版，第167页。

③［清］王夫之：《姜斋诗话笺注》卷一，人民文学出版社1981年版，第18页。

然而，早在金圣叹批改《水浒传》之时，金圣叹对底本文字的修改，便体现了金氏对小说炼字、炼词、炼句的自觉。如果说在小说评点方面，金圣叹解决了作品文本依据问题，推动了评点家的小说话语[①]，那么在小说文字方面，金圣叹对文字的修改，则真正将小说提高到能与诗文等视的地位。

金圣叹本的炼字从"俗本"之处可见。例六十二，桃花山被呼延灼围困，李忠与周通没办法，想向二龙山的鲁智深求救，派小喽啰去送信。大涤余人序本此处文字为"差两个了事的小喽啰，从后山踅将下去"，金圣叹将"踅"字改为"滚"字。踅表示折回、旋转的意思，在这里意指小喽啰曲折地从后山走下去。以当时桃花山被围困的紧急情况来看，"滚"肯定是更快捷有效的方法，更符合情境。将"踅"字改为"滚"字的意义，还不仅仅于此，还能照应之前鲁智深从后山滚下去的情事。所以金圣叹本此处批语提到"妙绝妙绝，数十卷前绝倒之事，此处忽然以闲笔又画出来"。

例八十五，李固陷害卢俊义，想买通节级蔡福在牢中暗害卢俊义，此时来找蔡福。大涤余人序本此处文字为"蔡福来到楼下看时，却是主管李固"，金圣叹将"却"字改为"正"字。一个"正"字表示不出所料，而一个"却"字表明十分意外。蔡福作为一个老练的节级，对于李固这种卖主求荣之人的狠辣心思早能猜透，所以李固来找他，蔡福应该早有心理准备。金圣叹本此一"正"字生动的将这种心态诠释了出来。

金圣叹本炼词之处。例二十九，宋江和两个公人在浔阳江上被张横逼得正欲跳江之时，一条船经过。大涤余人序本此处文字为"一只快船，飞也似从上水头摇将下来"，金圣叹将"摇将"一词改为"急溜"。"急溜"与"摇将"二词一相比较，高下立判。小说前文说到这是一只快船，后文说到船上李俊去赶些私盐，那么"急溜"一词明显将这快船的速度一下子彰显了出来，画面感十分之强，有着杜甫诗句"即从巴峡穿巫峡，便下襄阳向洛阳"的感觉。而"摇将"一词跟描写普通船的行使并无二致。

例九十四，张顺在李巧奴家偶遇仇敌截江鬼张旺，趁人皆醉倒后，进入厨房寻找刀子。大涤余人序本此处文字为"见一把厨刀，明晃晃放在灶上"，金圣叹将"明晃晃"一词改为"油晃晃"。很显然，无论是"油晃晃"还是"明晃晃"，形容刀都没有问题。"油晃晃"表明刀用完没洗，而"明晃晃"则暗指

①林岗:《明清之际小说评点学之研究》，北京大学出版社 1999 年版，第 80 页。

此刀新而锋利。从后文来看，这把厨刀砍了一个人就口卷了，明显不是新而锋利之刀。同时，油晃晃的刀也如金圣叹批语所言“活写出娼妓人家厨下”。

金圣叹本炼句之处。例二十，武松在蜈蚣岭与飞天蜈蚣王道人大战，拔起双刀与道人双剑交锋。大涤余人序本此处文字为“两口剑寒光闪闪，双戒刀冷气森森”，金圣叹将此句改为“四道寒光旋成一圈冷气”。大涤余人序本文字虽然不乏文采，但带有说书人套话的习气，且叙说比较直白，只对剑与刀做出静态描写。而金圣叹本文字则更富有文人气息，不仅意境绝胜，而且具有动态画面感，以至于金圣叹批语所言“竟是剑术传中选句”。

例九十三，宋江与索超鏖战之时，当晚下了一场雪。大涤余人序本此处文字为“当晚彤云四合，纷纷雪下”，金圣叹将此处文字改为“当晚云势越重，风色越紧。吴用出帐看时，却早成团打滚，降下一天大雪”。大涤余人序本语句平实，无甚出彩之处，只是在叙述一件事情，而且词汇匮乏，前文不远处刚说到“次日彤云压阵”，此处又是“当晚彤云四合”，一样的句式，一样的描述。而金圣叹本文句则将下雪描绘得鲜活生动，颇得晚明小品文轻逸灵巧之妙，像“早成团打滚”之语，即使放在现代散文之中，也是不可多得的佳句。

此外，金圣叹对《水浒传》语句的精炼不仅表现在文采上，同时也继承了孔子的“春秋笔法”。例八十四，李固与贾氏谋害卢俊义，到公堂出首。大涤余人序本此处文字为“**贾氏和李固**也跪在侧边”，金圣叹改易贾氏与李固名字排列顺序，变作“**李固和贾氏**也跪在侧边”。乍一看去，只是人名顺序发生了变化，并无特别之处，也没什么不同。但金圣叹此处却有批语“夫贾氏和李固者，犹似以尊及卑，是二人之罪不见也；李固和贾氏者，彼固俨然如夫妇焉，然则李固之叛，与贾氏之淫，不言而自见也。先贾氏，则李固之罪不见；先李固，则贾氏之罪见，此书法也”。可以想见，仅仅只是名字顺序的更换，其中却有深意存焉。不得不感叹金圣叹本文字之精严若斯。

其二，人物形象的改造。《水浒传》的成功，很大程度上得益于其塑造的经典人物形象，“《水浒传》写一百八个人性格，真是一百八样。若别一部书，任他写一千个人，也只是一样，便只写得两个人，也只是一样”。金圣叹本《水浒传》中，金圣叹最喜欢的人物是武松，其次便是鲁智深与李逵。其所言“俗本”文字修改之处，也有对鲁智深与李逵人物形象的修改。这些文字的改动，让人物形象的塑造更加贴近其性格，为众英雄增色不少。

鲁智深形象的修改。例六十七，鲁智深听闻史进为贺太守所擒，待要去救，却被朱武劝住，此时鲁智深焦躁起来。大涤余人序本此处鲁智深所说的话为“都是你这般慢性的人，以此送了俺史家兄弟！你也休去梁山泊报知。看洒家去如何”，金圣叹将此句话改为“都是你这般性慢直娘贼，送了俺史家兄弟！只今性命在他人手里，还要饮酒细商”。金圣叹本鲁智深语言的感情色彩要比大涤余人序本强烈许多，这也更符合鲁智深粗鲁的性格，况且此时还关系到他兄弟史进的性命，性子越发急躁，以至于说话十分凌厉，完全不顾及朱武的脸面。同时所说内容也十分贴切，史进性命危在旦夕，这里还在杀牛宰马的款待。而大涤余人序本中鲁智深语言不仅偏弱，而且带有任气逞强的意味，让这些人别去找什么援兵，自己一个人就能解决，不似以史进性命为重，倒像展示个人一番。

同一件事情，例六十八，鲁智深救史进不成，反被贺太守抓住。大涤余人序本此处鲁智深的行为为“贺太守喝道：你这秃驴从那里来？鲁智深应道”，金圣叹本将此改为“贺太守正要开言勘问，只见鲁智深大怒道”。将金圣叹本与大涤余人序本文字对比，鲁智深的精气神一下便突显了出来，盛怒之状，意气之态，虽为阶下囚，但瞬间反客为主，不似大涤余人序本一副唯唯诺诺之相。大涤余人序本鲁智深的行为不仅不像以前那个雷厉风行、锄强扶弱的形象，而且接下去对鲁智深的描写可以说让半部鲁智深形象尽毁于一旦，不仅试图欺瞒、强词狡辩、语无伦次，被贺太守识破之后，竟然用宋江会来报仇相威胁。

李逵形象的修改。例五十四、五十五、五十六，罗真人不许公孙胜下山，李逵欲趁夜袭杀罗真人。大涤余人序本叙述李逵所历之物事，“只听隔窗有人看诵玉枢宝经之声”“见罗真人独自一个坐在云床上”“面前桌儿上烧着一炉好香”，金圣叹将这数处改为“只听隔窗有人念诵什么经号之声”“见罗真人独自一个坐在日间这件东西上”“面前桌儿上烟猥猥地”。对于李逵这样粗卤中带着蛮的人来说，不可能知道什么是玉枢宝经、云床、好香。金圣叹将这些李逵看到、听到或者闻到的东西，以他所能理解的物事表现出来，更加符合李逵的性格，同时也强化了他的身份特征。

其三，情节的修改。作为我国古代长篇小说的开山之作，引发了之后一系列英雄传奇式小说的创作狂潮，被奉为我国古典四大名著之一的《水浒传》，其本身的经典自是不必多言。然而，就是这样一部经典著作，仍然有不少情节漏洞。《水浒传》经由金圣叹之手,对某些情节漏洞做出修订,使得金圣叹本《水浒传》更为精良,值得推敲。

例三,赵员外请鲁达到其庄上住些时日,让人去牵马。大涤余人序本此处文字为"员外先使人去庄上叫牵两疋马来",金圣叹将"两"改为"一"。此处情节,牵两匹马显得不合理,因为赵员外来到金氏父女住处乃是骑马而来,而后要回去牵马,也只需牵一匹马供鲁达所骑便可。庄客挑着担子,也没有资格骑马。所以以金圣叹所改为是。

例十七,武松与张青结拜,提到张青比武松大多少年岁。大涤余人序本此处文字为"张青却长武松五年",金圣叹将"五年"改为"九年"。第23回,潘金莲初遇武松之时,询问了武松的年纪,那时武松25岁,后武松去东京送礼、回来杀人后,押在监牢等着判刑,前后不过大半年光景,武松亦顶多不过26岁。而张青的年纪,前文说到三十五六,可见张青实比武松大九十岁。所以以金圣叹所改为是。

例七十一,史进欲救玉娇枝被贺太守抓住,鲁智深又欲救史进同样被贺太守抓住,宋江前来搭救,将二人救出。大涤余人序本述说宋江将二人救出后,未有玉娇枝的结局与下落。金圣叹则增了一句"鲁智深迳奔后堂,取了戒刀,禅杖。玉娇枝早已投井而死"。很明显,金圣叹弥补了《水浒传》情节上的漏洞,因史进是救玉娇枝而被抓,鲁智深又是救史进而被抓,因此这个目标人物的最终去向还是应该交代一下。金圣叹此一修改使得情节更加完整,避免了虎头蛇尾之嫌。

当然,金圣叹对《水浒传》情节的修改,不仅仅体现在修补情节漏洞,使得情节更加合理之上,经由金圣叹修改的情节,也愈发精彩。如例十五,武松假装吃了药酒,眼睛紧闭倒在凳子旁。其后孙二娘的动作与语言都是武松听到的,因而金圣叹本中多用"只听得""听他""听得"字样,金圣叹此处批道"俗本无八个听字,故知古本之妙"。大涤余人序本则皆不用"听"字,其后孙二娘的言语动作都是武松偷偷睁眼看到,以及通过作者叙述得知。可以想见,以金圣叹本文字论,由于武松闭着眼睛,接下来所发生的一切皆从其耳中听得,同时读者又不知武松该如何应对,这样闭着眼睛是否有危险,如此行文增强了读者的紧张感以及新奇的阅读体验,使得情节越发精彩,扣人心弦。

其四,修辞技法的运用。《水浒传》作为我国第一部古典长篇白话小说,其开创意义巨大。然而,由于其作为早期的长篇小说,加之于长期以来对小说以末流的眼光视之,小说的文体功能受到限制,以至于《水浒传》中少有后世那些纯熟的小说修辞技法。而金圣叹批改《水浒传》的年代为明崇祯末期,此时的小说较之于之前得到了空前的发展,明代四大奇书早已出炉,各种类型的小说也都蓬勃发展,小说的地位也得到了相当大的提高。加之金圣叹过人的艺术嗅觉和天赋,使得金圣叹本《水浒传》的修辞技法得到了颇多改善,艺术成就大为提高。

金圣叹本《水浒传》中金圣叹归纳了15条读法,而其中有一条读法是其根据自身修改文字所自创,此条读法为夹叙法。夹叙法,金圣叹也称之为不完句法,指的是文情局势紧张,人物说话或动作未做完。在金批"俗本"文字修改处也有不完句法。例十三,武松杀了潘金莲之后,去西门庆药铺寻西门庆不得,质问其主管。大涤余人序本此处有主管的两句对话"都头在上,小人又不曾伤犯了都头""却才和一个相识去狮子桥下大酒楼上吃酒",金圣叹将两句话的最后一个字"头"字与"酒"字删除。从文字情节来看,"头"字与"酒"字,即使不补出,读者也完全知道人物要说什么。而缺了这两个字却将当时武松报仇心切、急不可耐的样子生动刻画了出来,虎虎而有生气。不待主管说完便急切质问,不待主管说完便转身而走,可以想见武松盛怒之状。值得一提的是,在主管回答西门庆去向之时,大涤余人序本文字为"却才和一个相识去狮子桥下大酒楼上吃酒",金圣叹将此句改为"却才和……和一个相识,去……去狮子桥下大酒楼上吃……"金圣叹本将一个人受到惊吓时结巴的情态描写得栩栩如生,这才符合主管之后的情状,"那主管惊得半晌移脚不动"。

在金圣叹本中金氏还注意到修改文字使情节前后照应,让小说除了前后连贯之外,更加别有意趣,此等处金圣叹称之为对锁章法。例五十九,李逵杀死罗真人之后说了一句话。大涤余人序本为"今番且除了一害",金圣叹将其改为"这个人只可驱除了他"。金圣叹修改的意义在于,之后戴宗乞求罗真人放了李逵,罗真人也说了一句话"这等人只可驱除了罢"。金圣叹本中李逵言语与罗真人言语两相照应,颇有意趣。

例八十九,张横与三阮分别偷袭关胜营寨。大涤余人序本此二处文字分别为"且说张横将引三二百人,从芦苇中间藏踪蹑迹,直到寨边,拔开鹿角,迳奔中军,望见帐中灯烛荧煌,关胜手撚髭髯,坐看兵书""三阮在前,张顺在后，纳声喊，抢入寨来。只见寨内枪刀竖立、旌旗不倒，并无一人”。金圣叹则将三阮处文字“只见寨内枪刀竖立、旌旗不倒，并无一人”改为“只见寨内灯烛荧煌，并无一人”，与张横处文字照应。由此可见，对锁章法不仅使得小说前后文字具有一种对称美，让读者在阅读小说之时，更具有咀嚼的味道，同时颇有意趣。如罗真人之所以会说出如此话，肯定是因为听到李逵将其化身砍杀之后的自言自语，出于戏谑的心态说出这般言语。而关胜智擒张横与三阮，一样的场景，只是人在与人不在，却两次擒住敌人，更加突显了关胜的勇略果敢。

以上是金圣叹修改《水浒传》的优点。正如金圣叹批语文墨飞扬、经史子集随意寄于笔端一样[①]，金圣叹对于文本个性化的修改，也使得金圣叹本《水浒传》的艺术水平大大提升。

当然，金圣叹对《水浒传》的修改也并不是无懈可击，其中也存在一些问题。像何心先生《水浒研究》一书对此有专章阐述[②]。书中提到金圣叹删节诗词韵文，却将一些不应当删掉的句子也删掉了。如第60回大涤余人序本有樊瑞出场诗《西江月》一首，金圣叹将其删去，并将《西江月》之前樊瑞的籍贯履历都删去。第63回宣赞、郝思文被擒一节，大涤余人序本秦明、孙立擒的是宣赞，林冲、花荣、扈三娘擒的是郝思文，金圣叹则将所擒对象调换，秦明、孙立擒的是郝思文，林冲、花荣、扈三娘擒的是宣赞。从金圣叹批语中可知，这般对调是为了将丑郡马宣赞与一丈青扈三娘放置于一处，让这一丑一俊相映成趣。但是金圣叹只顾及人物丑俊，想增加趣味，却没有注意到宣赞、郝思文的兵器，此一对调之后使得向来使枪的郝思文变成了使刀。

除此之外，尚有第62回，宋江攻打大名府之时，一丈青的旗帜所写之文字。大涤余人序本为“女将一丈青”，这个称呼无甚问题，符合扈三娘的身份与定位。而金圣叹将“女将”改为“美人”，并在此处批到“美人一丈青又奇”。此一改动，除了金圣叹的恶趣味外，小说中扈三娘怎么也不可能在自己旗帜上写上“美人”二字，何况扈三娘自豪的是自己的武艺，而不是美貌，战场上旗帜题号“美人”二字，岂不是徒惹敌方笑话。

第59回，晁盖曾头市中箭，得数位将领救援。大涤余人序本救援的将

①邓雷：《“同而不同处有辨”——金圣叹与张竹坡评点比较研究》，《东华理工大学学报》（社会科学版）2013年第1期。

②何心：《水浒研究》，上海古籍出版社1985年版，第94—114页。

领为呼延灼、燕顺、刘唐、白胜,林冲接应。之后林冲回来点军时,三阮、宋万、杜迁水里逃得性命。此段情节金圣叹则改为救援的将领为三阮、刘唐、白胜,林冲接应。之后林冲回来点军时,三阮、宋万、杜迁只逃得性命。金圣叹将呼延灼、燕顺改为了三阮、刘唐,其中深意存焉,金氏批道“偏是五个初聚义人死救出来,生死患难之际,令人酸泪迸下”(64.18b)。此处修改好坏与否,先不予置评,但是金圣叹只顾着修改前面文字,而忘了将后面只逃得性命的将领名单更正,三阮在前文已拼死救得晁盖,后文定然不算只逃得性命。

类似上文金圣叹修改有所瑕疵之处,书中还存在一些,但是其中最为严重、最为集中,也是最为人所诟病的便是对宋江人物形象的修改。以上他处修改,即便有瑕疵,金圣叹的主观意愿也是好的,顶多就是有一些迂阔的恶趣味,但是对于宋江的修改,金圣叹的出发点就是坏的,要把宋江的一切行为都往坏处修改。此处随意举几个例子就可见一斑。

第 21 回,武松在介绍自己倾慕宋公明之时,说出了如下言语,大涤余人序本为“江湖上久闻他是个‘及时雨’宋公明。且又仗义疏财,扶危济困,是个天下闻名的好汉”(22.13a),金圣叹将其中“仗义疏财,扶危济困”文句删除,而这两句话正是宋江关键性的优秀品质。第 43 回,李逵还山之后,诉说取娘至沂岭,被虎吃了,因而杀了四虎,又说假李逵剪径被杀之事。此段叙述中,大涤余人序本在李逵说到假李逵剪径被杀之事后,众人大笑。而金圣叹将此段文字改为“又诉说杀虎一事,为取娘至沂岭,被虎吃了,说罢,流下泪来。宋江大笑道……”(48.4a),此处改动将宋江变为没心没肺,甚至丧心病狂之人,李逵的老娘被虎吃了,宋江竟然一个人在那独自大笑,此一情节完全不符合常理,也不符合宋江的人物性格。

再有就是宋江与晁盖之死的关系以及宋江为晁盖报仇的态度,此等处金圣叹也修改甚多:其一,大涤余人序本中晁盖要亲征曾头市,宋江多次劝谏。金圣叹则改为宋江不发一言,劝谏者变成吴用。其二,晁盖中箭后,大涤余人序本有宋江亲自为晁盖敷药灌汤的情节,金圣叹悉数删去。其三,祭祀晁盖之时,大涤余人序本是宋江传令,而金圣叹将其改为林冲请宋江传令。其四,大涤余人序本中晁盖去世,宋江欲起兵与晁盖报仇,吴用劝住了宋江,让其百日后方可举兵。金圣叹则改为宋江本人想要推迟报仇时间。如此总总,均可见金圣叹对宋江痛恶到了极点,以至于处处丑化宋江形象。

从总体上来说，金圣叹修改《水浒传》功大于过。白话文学语言在一些宋元话本小说与《水浒传》等长篇小说中，得到了出色运用，但相对来说，还有两点不足：一是这些小说的白话还带有较明显的早期白话特点，除词汇等方面的问题外，在技巧上还不十分成熟。二是这些小说由于它们或是在书场上口口相传的，或是经过长期积累的，虽然可能经过文人加工整理，但叙述语言更多体现的是一种民间艺人共同的语言风格，而不是作家的个性特点①。金圣叹从四个方面修改《水浒传》，包括字词句的精炼、人物形象的改造、情节的修改、修辞技法的运用，在一定程度上对以上两点不足进行了弥补。

综上所述，可以得出以下结论：

1. 贯华堂为金圣叹的堂号。贯华堂并非刊刻《水浒传》的书坊，而是批点书籍之处。

2. 现存贯华堂本有三种：第一种为叶瑶池刊本，第二种为天瑞堂刊本，第三种为旁圈扁圆本。天瑞堂刊本、旁圈扁圆本为叶瑶池本的覆刻本。

3. 现存贯华堂本绝大多数为叶瑶池刊本，叶瑶池刊本即为贯华堂本的初刻本。

4. 现存叶瑶池刊本的最早印本为中华书局 1975 年影印本的底本。

5. 金圣叹本主要有贯华堂本、王望如本、句曲外史序本三种。

6. 金圣叹所谓的七十回“古本”，为其自造、伪托而成。

7. 金圣叹本既非清代唯一的《水浒传》流传本，也非清代唯一的《水浒传》流行本。

8. 金圣叹本的底本或是一种与大涤余人序本同系统的本子，或是全传本，再以大涤余人序本参校。此外，金圣叹本还有一种参校本为容与堂本，此容与堂本接近内阁文库藏本。

9. 金圣叹本中的诗词韵文几乎被删节殆尽，只存留下极少量与情节相关之诗、人物妆容之诗以及金圣叹所欣赏之诗。

10. 金圣叹对《水浒传》的修改，主要在字词句的精炼、人物形象的改造、情节的修改、修辞技法的运用四个方面。

11. 金圣叹对《水浒传》的修改也存在一些弊病，尤其集中于宋江人物形象的修改。

---

①刘勇强：《中国古代小说史叙论》，北京大学出版社 2007 年版，第 282—283 页。

结　语

《水浒传》繁本目前知见共计8种，分别为嘉靖残本、容与堂本、石渠阁补印本、钟伯敬本、三大寇本、大涤余人序本、百二十回本、金圣叹本。通过前面十章对《水浒传》诸种繁本的研究，以下将对所有繁本《水浒传》的源流、系统以及诸种繁本的特征进行归纳、总结。

从《水浒传》版本源流来看，现存《水浒传》繁本的发展以卷数论，从二十卷本→百卷本→不分卷本；以回数论，从百回本→百二十回本→七十回本。具体而言，繁本《水浒传》版本的演变沿着嘉靖残本→容与堂本系统（容与堂本、石渠阁补印本、钟伯敬本）→三大寇本→大涤余人序本→百二十回本→金圣叹本这样一条脉络发展。

都察院本、郭勋刊本。此二种均是亡佚的版本，都察院本的载录见之于《古今书刻》，郭勋刊本的载录见之于《宝文堂书目》。通过对一系列文献的探考，可以得出以下认识：都察院本很可能即为郭勋刊本，郭勋刊本刊刻于嘉靖元年至十年（1522—1531）之间，现存《水浒传》版本中石渠阁补印本为郭勋刊本的翻刻本。

嘉靖残本。以前或称之为郑振铎藏残本，但这个名称并不恰当，因为这个残本现存8回，其中有5回为郑氏所藏，另外3回并非郑氏所藏。此本现存卷十第47回至第49回，卷十一第51回至第55回。从分卷来看，此本符合《也是园藏书目》中著录的二十卷本，应是现存繁本中刊刻时间最早的本子。此本回前有引首诗，文字与之后的容与堂本相类，但错舛之处特多。从总体上来说，此本并非善本，乃是福建建阳刊本，此本非繁本容与堂本的底本，也非简本评林本、刘兴我本的底本。

容与堂本。此本为100卷100回。现今一般认为刊刻于万历三十八年（1610），其底本刊刻时间当早于此时。此本还保存着较早版本的一些特点，如第26回回目为“郓哥大闹授官厅　武松斗杀西门庆”，未移置阎婆事等。此本有引首诗、回末诗。容与堂本在当时比较流行，现今知见者8种，各本互有差异。从各本情况可见容与堂本的发展过程，中国国家图书馆所藏百回全本是现存容与堂本中刊刻时间最早的本子，其余诸本均在此本之后。

国图所藏百回全本与国图所藏八十回残本均非容与堂本的初刻本，二本均有挖补与挖除之处。相较而言，国图所藏百回全本与初刻本关系更近。内阁文库藏本是国图所藏百回全本的同版后修本，内阁文库藏本在国图所藏百回全本的基础上，参校国图所藏八十回残本，对底本进行了细致修订。上海图书馆藏本又是内阁文库藏本的同版后修本，其文字与内阁文库藏本完全相同，但在内阁文库藏本基础上，挖除了“李卓吾”相关字样。国图所藏百回全本与国图所藏八十回残本是同书异版，二者文字小有差异，国图所藏八十回残本刊刻颇为粗糙，多有误字、漏刊、省略等情况。

石渠阁补印本。此本为 100 卷 100 回。又称为天都外臣序本，因书前有天都外臣所作序言。名石渠阁补印本，因版心多有“康熙五年石渠阁补”字样。一般认为此本刊刻时间颇早，但从此本插图以及某些与容与堂本相异的回目来看，此本的底本未必早于容与堂本，现存本是康熙五年（1666）前后所补，刊刻时间则更晚。石渠阁补印本文字虽与容与堂本有差异，但总体上来说，差异不大，同有引首诗、回末诗，未移置阎婆事等。

现存石渠阁补印本为天章阁所刊印，石渠阁对其进行了补板。石渠阁补印本封面以及李卓吾相关字样，为石渠阁补印本原本所添加。原本翻刻底本之时，可能对插图与行款部分进行了修改。石渠阁补印本的补刊叶并非以他书补刊，而是出自原本，补刊至少分五次完成。石渠阁补印本、嘉靖残本、容与堂本三本文字有共同的祖本，属于同一系统，其中石渠阁补印本与嘉靖残本保存了更多祖本文字原貌。石渠阁补印本与诸种容与堂本中国图所藏百回全本关系最为密切。

钟伯敬本。此本同为 100 卷 100 回。一般认为此本的底本为容与堂本，在容与堂本基础上变易了行款，将“李卓吾批评”改成“钟伯敬批评”，但是第 66 回回末总评有“李和尚曰”几个字，暴露了此本的来源。此本与容与堂本相比，重新刊刻了插图，批语也有一定程度调整。

钟伯敬本现存 3 种，分别为神山闰次藏本、巴黎藏本与京都大学藏本，此三本同版，神山闰次藏本刊印时间早于巴黎藏本、京都大学藏本。最早的钟伯敬本由积庆堂所刊，此三本均为建阳四知馆所刊，当是四知馆得到了积庆堂藏板，用此板木进行翻印。现存四知馆刊本中有缺叶，缺叶以建阳简本补刊，补刊叶的底本现今已然不存，但与现存简本当中刘兴我本相近。钟伯敬本正文的底本为容与堂本,具体而言,是容与堂本中中国国家图书馆所藏八十回残本。钟伯敬本正文与底本相比,极为相似,但也存在少量误字、改字以及文字遗漏等情况。

三大寇本。此本为100回不分卷。三大寇本是一个过渡本,上承容与堂本,下启大涤余人序本。在繁本演变链条上有着重要意义,之后的繁本与容与堂本存在差异,均由此本肇始。此本与容与堂本相比,既有相似之处,如插图袭用容与堂本,但枝节比容与堂本略少。亦有相异之处,如三大寇本只分回而不分卷;第26回容与堂本回目"郓哥大闹授官厅　武松斗杀西门庆",三大寇本改作"偷骨殖何九叔送丧　供人头武二郎设祭";三大寇本移置阎婆事;容与堂本有引首诗,三大寇本则删去等。三大寇本诗词韵文方面,相较于容与堂本而言,删节甚多,此外还有不少改易与移置的情况。其他正文方面,三大寇本则在容与堂本基础上做了大量修改工作,包括文字的改易、移置、增补、删削等。

现存三大寇本共计5种,即郑振铎藏66回残本、西辽先生(唐拓)藏5回残本、天理图书馆藏74回残本、无穷会本、林九兵卫刊本。无穷会本与西辽藏本并非同版,无穷会本与郑藏本、林刊本亦非同版。郑藏本、西辽藏本、林刊本、无穷会本均非三大寇本的初刻本,四者均为翻刻本,与初刻本存在一定差异。无穷会本与西辽藏本相比,后者与初刻本差异小,错舛之处较少,前者与初刻本差异较大。无穷会本、郑藏本、林刊本三者相比,郑藏本与初刻本关系最为亲密,无穷会本与初刻本关系最远,当是比较后期的翻刻本。三大寇本的底本非容与堂本诸种以及石渠阁补印本,而是一种与容与堂本、石渠阁补印本关系非常亲密的本子。

大涤余人序本。此本为100回不分卷。大涤余人序本现存数种均为清代刻本,但此本的底本刊刻时间颇早,或即袁无涯刊刻的原刊本。此本又分为两个系统:一种是李玄伯原藏本系统,一种是芥子园本系统。二本比较明显的差异在第一幅插图,李玄伯原藏本系统为"新安黄诚之刻",芥子园本为"白南轩刻"。李玄伯原藏本系统插图的刊工为黄子立、黄诚之、刘启先,芥子园本系统插图的刊工为白南轩、黄诚之、刘启先。此外,芥子园本版心处尚有"芥子园藏板"字样可辨识。

李玄伯藏本系统本子刊刻于芥子园本之前,但是相对于二本的底本来说,李玄伯藏本系统本子并没有比芥子园本更完整。李玄伯藏本系统本子与芥子园本的批语存在此有彼无的情况，这些批语均出于大涤余人序本的底本。芥子园本之后还有书坊翻印此本，如北大图书馆所藏三多斋本。三多斋本即为芥子园本的翻印本，可能是乾隆年间（1736—1795）芥子园将版片卖与了三多斋。三多斋本除封面有“三多斋梓”字样外，书中内容文字（包括版心）均同于芥子园本，此本图像极为模糊，应是板木由于刊刻次数过多磨损之故。

两种系统的本子与最初的原刊本均有一定差距，但基本保持了原刊本面貌。此两种系统的本子并没有直接的亲缘关系，二者中一者不可能以另一者为底本。二本某些文字不同，当是二本有共同的祖本，但翻刻之时，某本改动文字或是出现误刊。大涤余人序本承袭三大寇本而来，本子中绝大部分内容与三大寇本保持一致，如第26回回目同三大寇本为“偷骨殖何九叔送丧　供人头武二郎设祭”；移置阎婆事；删除引首诗、删节部分回末诗等等。当然，大涤余人序本在三大寇本基础上又有所改易，如重绘插图，同时改变了每回两图的形式；第72回屏风上大寇题名并非三大寇，而是四大寇。诗词韵文方面，大涤余人序本在三大寇本基础上，参照容与堂本进行了修订，做了增益诗词与改易诗词这两项工作。其他正文方面，大涤余人序本同样在三大寇本基础上，参照容与堂本做了修订工作，包括文字的增补、删削以及改易，所参照的容与堂本为日本内阁文库藏本。

百二十回本。此本为120回不分卷。以前也称之为袁无涯本，但是此本并非袁无涯原刊本，所以用百二十回本为名。此本承袭大涤余人序本而来，书中100回部分版式、行款均同于大涤余人序本；正文文字与批语部分也基本上同于大涤余人序本，但批语数量较之大涤余人序本为少；图像亦同于大涤余人序本，只是改易了插图标目。

百二十回本比之大涤余人序本，最大的差别在于，多出了20回征讨田虎、王庆的故事。以前或认为大涤余人序本是据百二十回本删节而来，但是因三大寇本的出现，此种说法基本不可能成立，只能是百二十回本在大涤余人序本基础上增添了田虎、王庆故事。百二十回本田虎、王庆故事与简本田虎、王庆故事多有不同。首先是故事情节上的不同，百二十回本田王故事与简本田王故事在故事情节上存在一定差距，如王庆出身传二者就颇为不同。其次是字数上的不同，百二十回本田王故事的字数比简本田王故事多出不少。百二十回本田王故事的增插，当是受简本田王故事影响，为更好招徕读者，书坊主倩人仿简本田王故事，重新再造新的田王故事。百二十回本田王故事的编写者可能是冯梦龙。

百二十回本可划分为两种系统的本子：一种是全传本，一种是全书本。全传本的版心、回首等诸多题名皆为“水浒全传”，此类本子所存甚少。全书本的版心、回首等诸多题名皆为“水浒全书”，有郁郁堂本与郁郁堂挖印本，现今存世较多。全传本与全书本之间，正文文字小有差异，批语亦存在一定差异，常出现此有彼无的情况。百二十回本的底本为大涤余人序本，但是并非现存遗香堂本或芥子园本中任何一种，而是二者底本（或祖本）。百二十回本中全传本与全书本没有直接的亲缘关系，二者中一者不可能以另一者为底本。二本某些文字的不同，当是二本有共同的祖本，但翻刻之时，某本改动文字或是出现误刊。

七十回本。也称为金圣叹评本，75卷70回。卷一至卷四为卷首附件，包括序、宋史纲、读法、伪施耐庵序等，卷五为楔子，卷六为第1回，之后每卷1回，共计70回。此本即是大名鼎鼎的金圣叹腰斩本，最重要的特征是删去了大聚义之后的文字，只保留前71回。同时，将原本的引首与第1回文字改为楔子，将第2回变为第1回，直到第70回“忠义堂石碣受天文　梁山泊英雄惊恶梦”，以卢俊义惊噩梦结尾。

七十回本出现后，成为有清一代最为流行的繁本，甚至可以说，《水浒传》没有像《三国志演义》《西游记》一样出现错综复杂的清代刊本，皆因七十回本在市场上占据了统治地位。

七十回本最早的刊本为贯华堂本，现存贯华堂本绝大多数为叶瑶池刊本，叶瑶池刊本即为贯华堂本的初刻本。贯华堂本刊出之后，出现了不少翻刻本，比较著名的有王望如评本与句曲外史序本。王望如评本在贯华堂本基础上，于回末增添王望如的回末总评，其余内容基本同于贯华堂本。王望如评本有七十五卷初刻本与二十卷翻刻本，二十卷翻刻本还有不同类别。句曲外史序本七十五卷七十回，此本现存多家书坊刻本，封面标明各家堂号，但诸本卷首均有句曲外史序言，内容基本同于贯华堂本，此本同样也有初刻本和翻刻本之分。

金圣叹本的底本或是一种与大涤余人序本同系统的本子，或是全传本，再以大涤余人序本作为参校。此外，金圣叹本还有一种参校本为容与堂本，此容与堂本接近内阁文库藏本。金圣叹本中的诗词韵文几乎被删节殆尽，只存留下极少量与情节相关之诗、人物妆容之诗以及金圣叹所欣赏之诗。金圣叹对《水浒传》的修改，主要在字词句的精炼、人物形象的改造、情节的修改、修辞技法的运用四个方面。这些修改也存在一定的弊病，尤其集中于宋江人物形象的修改。

附录:百年《水浒传》版本研究论文辑录

文华《〈水浒传〉七十回古本问题》,《猛进周刊》1925 年第 33、34 期
俞平伯《论〈水浒传〉七十回古本之有无》,《小说月报》1928 年第 19 卷第 4 期
胡适《〈水浒传〉新考》,《小说月报》1929 年第 20 卷第 9 期
郑振铎《〈水浒传〉的演化》,《小说月报》1929 年第 20 卷第 9 期
佚名《〈水浒传〉版本》,《大公报》(天津)1930 年 4 月 21 日
[日]神山闰次作,张梓生译《〈水浒传〉诸本》,《小说月报》1930 年第 21 卷第 5 期
孙楷第《在日本东京所见之明本〈水浒传〉》,《学文》1932 年第 1 卷第 5 期
赵孝孟《〈水浒传〉板本录》,《读书月刊》(北平图书馆)1932 年第 1 卷第 11 期
周木斋《金圣叹与七十回本〈水浒传〉》,《文学》(上海)1934 年第 3 卷第 6 期
稜磨《〈水浒〉最初本的推测》,《申报》1935 年 5 月 20 日
戴望舒《袁刊〈水浒传〉之真伪》,《星岛日报》副刊《俗文学》1941 年第 3 期
孙楷第《〈水浒传〉旧本考》,《图书季刊》1941 年第 3、4 期
孙楷第《由高阳李氏藏百回本〈水浒传〉推测旧本〈水浒传〉》,《星岛日报》副刊《俗文学》1941 年第 25、26、27 期
戴望舒《李卓吾评本〈水浒传〉真伪考辨》,《香岛月报》1945 年第 1 期
杨宪益《〈水浒传〉古本的演变》,《新中华》(复刊)1946 年第 4 卷第 14 期
戴望舒《一百二十回本〈水浒传〉之真伪》,《学原》1948 年第 2 卷第 5 期
何心《〈水浒〉研究》,《大公报》1951 年 10 月 20 日—12 月 3 日
王利器《关于〈水浒全传〉的版本及校订》,《文学书刊介绍》1954 年第 3 期
王利器《〈水浒全传〉田王二传是谁所加》,《文学遗产》(增刊)1955 年第 1 辑
王古鲁《读〈水浒全传〉郑序》,《文史哲》1955 年第 9 期

一丁《李玄伯所藏百回本〈忠义水浒传〉》,《新民报晚刊》(上海)1956年10月21日

王古鲁《“读水浒全传郑序”及“谈水浒传”》,《北京师范大学学报》(哲学社会科学版)1957年第1期

王古鲁《谈〈水浒志传评林〉》,《江海学刊》1958年第2期

马蹄疾《三槐堂刊本〈水浒传〉——水浒书录之一》,《文汇报》1961年9月14日

马蹄疾《关于西谛残藏嘉靖郭勋刻本〈水浒〉——水浒书录之二》,《文汇报》1961年10月12日

马蹄疾《容与堂刻本〈水浒传〉——水浒书录之三》,《文汇报》1961年11月16日

马蹄疾《唯一的钞本〈水浒传〉——水浒书录之四》,《文汇报》1961年11月26日

马蹄疾《日本翻刻的〈水浒〉——水浒书录之五》,《文汇报》1961年12月26日

马蹄疾《李宗侗重刊的〈水浒〉——水浒书录之六》,《文汇报》1962年1月4日

马蹄疾《富沙刘兴我刻本〈水浒传〉——水浒书录之七》,《文汇报》1962年1月23日

黄华《关于〈英雄谱〉》,《光明日报》1962年6月14日

周邨《书元人所见罗贯中〈水浒传〉和王实甫〈西厢记〉》,《江海学刊》1962年第7期

赵聪《关于〈水浒传〉的版本内容》,《华侨日报》1964年6月24日

试得《关于张凤翼的〈水浒传序〉》,《光明日报》1965年5月9日

王鹤鸣《关于〈水浒〉的版本和作者》,《图书工作》(安徽省图书馆)1975年第1期

菁平《〈水浒〉的演变》,《华中师范学院学报》1975年第3期

曲阜师范学院资料组《〈水浒〉的演变及版本简介》,《破与立》1975年第4期

谈凤梁《〈水浒〉的演变》,《南京师范学院学报》1975年第4期

山东师院《〈水浒〉的演变和版本简介》,《山东师院学报》(社会科学版)

1975 年第 5 期
海雪《〈水浒〉版本简介》,《光明日报》1975 年 9 月 17 日
柏途《略谈〈水浒传〉的版本》,《光明日报》1975 年 10 月 6 日
李滋《〈水浒〉的版本和〈水浒〉的政治倾向》,《文物》1975 年第 11 期
赤文《关于〈水浒〉的成书、作者及版本》,《新教育》(广东师院)1975 年第 11 期
顾廷龙、沈津《关于新发现的〈京本忠义传〉残页》,《学习与批判》1975 年第 12 期
四川大学中文系《水浒》评论组《〈水浒〉的故事演变和版本》,《四川大学学报》(增刊)1975 年
柳存仁《罗贯中讲史小说之真伪性质》,《香港中文大学中国文化研究所学报》1976 年第 8 卷第 1 期
郁沅《金圣叹贯华堂本〈水浒传〉考评》,《武汉师范学院学报》(哲学社会科学版)1979 年第 1 期
王利器《〈水浒〉李卓吾评本的真伪问题》,《文学评论丛刊》1979 年第 2 辑
崔文印《袁无涯刊本〈水浒〉李贽评辨伪》,《中华文史论丛》1980 年第 2 辑
聂绀弩《论〈水浒〉的繁本和简本》,《中华文史论丛》1980 年第 2 辑
王根林《论〈水浒〉繁本与简本的关系》,《中华文史论丛》1980 年第 2 辑
黄霖《一种值得注目的〈水浒〉古本》,《复旦学报》(社会科学版)1980 年第 4 期
陈洪《〈水浒传〉李卓吾评本真伪一辨》,《南开学报》(哲学社会科学版)1981 年第 3 期
马幼垣《牛津大学所藏明代简本〈水浒〉残叶书后》,《中华文史论丛》1981 年第 4 辑
叶朗《叶昼评点〈水浒传〉考证》,《古代文学理论研究丛刊》1981 年第 5 辑
张国光《鲁迅以来盛行的〈水浒〉简本“加工”为繁本说的再讨论》,《〈水浒〉与金圣叹研究》,中州书画社 1981 年版
官桂铨《〈水浒传〉的藜光堂本与刘兴我本及其它》,《文献》1982 年第 1 期
黄霖《〈水浒全传〉李贽评也属伪托》,《江汉论坛》1982 年第 1 期
[日]白木直也著,程耀鎏译《〈水浒传〉的传日与文简本》,《水浒争鸣》1982 年第 1 辑

[日]大内田三郎著，黄南山译《〈水浒传〉版本考——中心是繁本和简本的关系》，《水浒争鸣》1982年第1辑
张国光《〈水浒〉祖本探考——兼论施耐庵为郭勋门客之托名》，《江汉论坛》1982年第1期
范宁《〈水浒传〉版本源流考》，《中华文史论丛》1982年第4辑
何满子《从宋元说话家数探索〈水浒〉繁简本渊源及其作者问题》，《中华文史论丛》1982年第4辑
王根林《〈《水浒》祖本探考〉质疑》，《中华文史论丛》1982年第4辑
叶朗《叶昼评点〈水浒传〉考证》，《中国小说美学》，北京大学出版社1982年版
试得《读张凤翼〈水浒传序〉》，《光明日报》1983年1月4日
曦钟《关于〈钟伯敬先生批评水浒忠义传〉》，《文献》1983年第1期
龚兆吉《〈容本〉李评为叶昼伪作说质疑》，《水浒争鸣》1983年第2辑
刘冬、欧阳健《关于〈京本忠义传〉》，《文学遗产》1983年第2期
马幼垣《影印两种明代小说珍本序》，《水浒争鸣》1983年第2辑
秦文兮《杨定见序本〈水浒全传〉对天都外臣序本的篡改》，《水浒争鸣》1983年第2辑
周学禹《论〈水浒〉繁本与简本的先后关系》，《信阳师院学报》（哲学社会科学版）1983年第2期
陈辽《郭刻本〈水浒〉非〈水浒〉祖本——兼谈〈水浒〉版本的演变》，《江汉论坛》1983年第3期
聂绀弩《怀或本〈水浒〉》，《光明日报》1983年5月3日
徐朔方《关于张凤翼和天都外臣的〈水浒传〉序》，《光明日报》1983年5月10日
赵明政《〈水浒全传〉李贽评也属伪托补证》，《江汉论坛》1983年第7期
吴晓铃《漫谈天都外臣序本〈忠义水浒传〉——双楷掇琐之四》，《光明日报》1983年8月2日
欧阳健《〈水浒〉简本繁本递嬗过程新证》，《文史》1983年第18辑
欧阳健、萧相恺《吴从先〈读《水浒传》〉评析》，欧阳健《水浒新议》，重庆出版社1983年版
张国光《评〈忠义传〉残页发现"意义非常重大"论——〈关于《京本忠

义传》〉一文之商榷》,《武汉师范学院学报》(哲学社会科学版)1984年第1期
朱恩彬《李贽评点的〈水浒传〉版本辨析》,《山东师大学报》(哲学社会科学版)1984年第1期
[日]大内田三郎著,佟金铭译《〈水浒传〉的语言——关于谓语的后置成分》,《徐州师范学院学报》1984年第2期
官桂铨《〈水浒传〉的藜光堂本与刘兴我本及其它》,《文学遗产》1984年第2期
[日]大内田三郎著,彭修良译《〈水浒传〉版本考——关于〈文杏堂批评水浒传三十卷本〉》,《水浒争鸣》1984年第3辑
[日]大内田三郎著,佟金铭节译《〈水浒传〉的语言——关于〈水浒志传评林本〉的用语研究》,《扬州师院学报》(社会科学版)1984年第3期
高明阁《论〈水浒〉的简本系统》,《水浒争鸣》1984年第3辑
刘世德《谈〈水浒传〉映雪草堂刊本的概况、序文和标目——〈水浒传版本探索〉之一》,《水浒争鸣》1984年第3辑
马幼垣《呼吁研究简本〈水浒〉意见书》,《水浒争鸣》1984年第3辑
欧阳代发《袁刊本〈水浒〉李评确出李贽之手辨——兼评〈《容本》李评为叶昼伪作说质疑〉》,《水浒争鸣》1984年第3辑
铁玉钦《从〈信牌档〉中〈水浒〉残本的发现,看明末〈水浒〉的传入辽东及女真地区》,《水浒争鸣》1984年第3辑
闻莺《〈水浒传〉流变四章》,《水浒争鸣》1984年第3辑
欧阳代发《何者为〈水浒传〉李贽评本真迹——与朱恩彬同志商榷》,《山东师大学报》(哲学社会科学版)1984年第5期
陈兆南《德国所藏两本〈水浒传〉残卷浅探》,《木铎》1984年第10期
罗尔纲《从罗贯中〈三遂平妖传〉看〈水浒传〉著者和原本问题》,《学术月刊》1984年第10期
王同书《谈新发现之古本〈水浒〉的几个问题》,《苏州大学学报》1985年第1期
蒋祖钢《埋没的珍珠——简介梅氏藏本〈水浒〉》,《明清小说研究》1985年第2期
刘冬、欧阳健《〈京本忠义传〉评价商兑》,《贵州文史丛刊》1985年第2期

刘世德《谈〈水浒传〉映雪草堂刊本的底本——〈水浒传版本探索〉之一》，《明清小说研究》1985 年第 2 期

马幼垣《现存最早的简本〈水浒传〉——插增本的发现及其概况》，《中华文史论丛》1985 年第 3 期

李国才《论巴黎所藏〈新刊京本全像插增田虎王庆忠义水浒传〉》，《水浒争鸣》1985 年第 4 辑

刘世德《谈〈水浒传〉映雪草堂刊本的底本——〈水浒传版本探索〉之一》，《水浒争鸣》1985 年第 4 辑

陆树崙《映雪草堂本〈水浒全传〉简介》，《水浒争鸣》1985 年第 4 辑

易名《谈〈水浒〉的“武定板”》，《水浒争鸣》1985 年第 4 辑

周维衍《罗贯中〈水浒传〉原本无招安等部分》，《复旦学报》（社会科学版）1985 年第 6 期

马幼垣《梁山聚宝记》，《中外文学》（台）1985 年第 13 卷第 9 期

范宁《东京所见两部〈水浒传〉》，《明清小说研究》第 1 辑，中国文联出版公司 1985 年版

李骞《〈京本忠义传〉考释》，《明清小说研究》第 1 辑，中国文联出版公司 1985 年版

马成生《容与堂本〈水浒〉李卓吾评非叶昼伪托辨》，《中国古代小说理论研究》，华中工学院出版社 1985 年版

[日]大内田三郎著，王齐洲译《〈水浒传〉的语言——关于简本（百十五回）的文章》，《荆州师专学报》1986 年第 1 期

蒋祖钢《值得注意的〈古本水浒传〉》，《读书》1986 年第 1 期

蒋祖钢《新发现的“古本”〈水浒传〉》，《北京晚报》1986 年 2 月 25 日

商韬、陈年希《用〈三遂平妖传〉不能说明〈水浒传〉的著者和原本问题——与罗尔纲先生商榷》，《学术月刊》1986 年第 2 期

陈辽《古本〈水浒传〉并非古本辨》，《湖北大学学报》（哲社版）1986 年第 3 期

[日]大内田三郎著，佟金铭译《〈水浒传〉的语言——关于“容与堂本”的字句研究》，《扬州师院学报》（社会科学版）1986 年第 3 期

徐朔方《〈平妖传〉的版本以及〈水浒传〉原本七十回说辨正》，《浙江学刊》1986 年第 3 期

徐耀明《古本〈水浒传〉辨伪》,《湖北大学学报》(哲社版)1986年第3期
张国光《鱼目岂容混珠?——续辨所谓"新发现"的"古本"〈水浒传〉之伪》,《湖北大学学报》(哲社版)1986年第3期
蒋祖钢《梅寄鹤不是〈古本水浒传〉的作者》,《北京晚报》1986年4月5日
刘世德《谈〈水浒传〉刘兴我刊本——〈水浒传〉版本探索之一》,《中华文史论丛》1986年第4期
吕致远《评〈古本水浒传〉》,《郑州大学学报》(哲社版)1986年第4期
王利器《斥〈古本水浒传〉》,《光明日报》1986年9月23日
王利器《斥〈古本水浒传〉》,《光明日报》1986年10月7日
吴小如、陈曦钟《"古本水浒传"辨伪》,《读书》1986年第11期
宣啸东《梅氏〈古本水浒传〉即金圣叹所云〈古本〉》,江苏明清小说研究会1986年论文
陈兆南《〈水浒〉版本知见目》,《书目季刊》1987年第2期
黄海鹏《狗尾续貂——揭所谓〈古本水浒传〉之伪》,《黄冈师专学报》1987年第2期
严云受《容本〈忠义水浒传〉与袁本〈忠义水浒全传〉批语作者问题补考》,《安徽师大学报》(哲学社会科学版)1987年第2期
傅隆基《从"评林本"看〈水浒〉简本与繁本的关系》,《水浒争鸣》1987年第5辑
蒋祖钢《从"语言"看梅本〈水浒〉决非现代人伪作》,《耐庵学刊》1987年第5辑
李思明《通过语言比较来看〈古本水浒传〉的作者》,《文学遗产》1987年第5期
马幼垣《影印〈评林〉本缺叶补遗》,《水浒争鸣》1987年第5辑
张国光《再评聂绀弩等先生的〈水浒〉简本先于繁本说——兼辨〈水浒〉成书之前并无所谓"词话本"流传》,《湖北大学学报》(哲学社会科学版)1987年第5期
罗尔纲《金圣叹贯华堂〈水浒传〉的问题》,《文史》1987年第28辑
蒋祖钢《古本水浒传是伪续赝品吗?》,《团结报》1988年1月16日
刘冬《"草莽失身怜赤子"——对〈古本水浒传〉的一点看法》,《明清小说研究》1988年第1期

刘世德《雄飞馆刊本〈英雄谱〉与〈二刻英雄谱〉的区别——〈水浒传〉版本探索之一》,《阴山学刊》1988年第1期

马幼垣《嵌图本〈水浒传〉四种简介》,《汉学研究》(台湾)1988年第6卷第1期

范崇德《〈古本水浒传〉非出一人之手》,《明清小说研究》1988年第2期

侯会《再论吴读本〈水浒传〉》,《文学遗产》1988年第3期

夏梦菊《水浒演变史新论(上)》,《新疆师范大学学报》(哲社版)1988年第3期

东方黖《〈古本水浒传〉讨论漫评》,《耐庵学刊》1988年第6辑

罗尔纲《从〈忠义水浒传〉与〈忠义水浒全传〉对勘看出续加者对罗贯中〈水浒传〉原本的盗改》,《学术论坛》1988年第6期

夏梦菊《水浒演变史新论(中)》,《新疆师范大学学报》(哲社版)1989年第1期

周岭《金圣叹腰斩〈水浒传〉说质疑》,《淮北煤师院学报》(社科版)1989年第1期

刘世德《钟批本〈水浒传〉的刊行年代和版本问题——〈水浒传〉版本探索之一》,《文献》1989年第2期

宣啸东《从语言上看〈古本水浒传〉非梅寄鹤伪作——与王利器、李思明同志商榷》,《明清小说研究》1989年第3期

《巴黎国家图书馆藏〈新刊京本全像插增田虎王庆忠义水浒传〉残本》,《古典文献研究》(1988),南京大学出版社1989年版

李国才《关于〈新刊京本全像插增田虎王庆忠义水浒传〉》,《古典文献研究》(1988),南京大学出版社1989年版

应坚《古本〈水浒传〉真伪问题研究述评》,《龙岩师专学报》1990年第1期

刘清渭《鲁迅〈中国小说史略〉舛叙两种〈水浒传〉版本》,《鲁迅研究月刊》1990年第2期

黄绍筠《〈水浒传〉的“征四寇”油离考》,《学术月刊》1990年第5期

罗尔纲《〈水浒传原本〉序》,《学术月刊》1990年第5期

罗尔纲《关于用罗贯中〈三遂平妖传〉对勘〈水浒传〉著者和原本的问题》,《文史》1990年第33辑

章培恒《关于〈水浒〉的郭勋本与袁无涯本》,《复旦学报》(社会科学版)

1991年第3期
赵英《鲁迅对〈水浒传〉作者及版本的研究——介绍两份未曾面世的手稿》,《鲁迅研究月刊》1991年第3期
[日]佐藤炼太郎著,张志合译《关于李卓吾评〈水浒传〉》,《黄淮学刊》(社会科学版)1991年第3期
陈辽《孰优孰高·后人评说——谈我国古典小说五大名著的原本、改本问题》,《海南大学学报》(社科版)1991年第4期
王辉斌《李贽评点〈水浒〉真伪考论》,《宁夏教育学院学报》(社科版)1991年第4期
弈之《〈水浒传〉版本谈略》,《学术界》1991年第6期
罗尔纲《关于〈水浒传〉的原本和著者》,《文学报》1991年8月23日
张梦周《江阴梅氏藏〈古本水浒传〉探索》,《耐庵学刊》1991年第8辑
[日]白木直也著,严枫译《一百二十回〈水浒全传〉的研究——对〈李卓吾评〉的研究》,《〈金瓶梅〉及其他》,吉林文史出版社1991年版
[日]白木直也著,严枫译《一百二十回〈水浒全传〉的研究——通过〈发凡〉试评〈水浒全传〉》,《〈金瓶梅〉及其他》,吉林文史出版社1991年版
林同《古本〈水浒传〉讨论漫评》,《明清小说研究》(增刊)1991年
马幼垣《影印评林本缺叶再补》,《湖北大学学报》(哲学社会科学版)1992年第1期
张国光《伪中之伪的120回〈古本水浒传〉剖析》,《湖北大学学报》(哲学社会科学版)1992年第1期
左东岭《中国小说艺术演进的一条线索——从明代〈水浒传〉的版本演变谈起》,《郑州大学学报》(哲学社会科学版)1992年第2期
王辉斌《金批〈水浒〉的成书年代——兼及金圣叹批点〈水浒传〉的动机》,《固原师专学报》1992年第3期
池太宁《从人物处理看〈古本水浒传〉的真伪》,《台州师专学报》(社科版)1992年第4期
罗尔纲《续加者是怎样盗改和盗加罗贯中〈水浒传〉原本的》,《古籍整理与研究》1992年第7期
傅承洲《冯梦龙与〈忠义水浒全传〉》,《明清小说研究》1992年增刊
刘世德《论〈京本忠义传〉的时代、性质和地位》,《明清小说研究》1993年

第2期

刘世德《谈〈水浒传〉双峰堂刊本的引头诗问题》,《文献》1993年第3期

曲家源《〈水浒〉版本研究的重大进展——评马幼垣教授的〈水浒论衡〉》,《陕西师大学报》(社会科学版)1993年第4期

罗尔纲《一条〈水浒传〉原本的新证》,《广西民族学院学报》(哲学社会科学版)1994年第3期

王利器《李卓吾评郭勋本〈忠义水浒传〉之发现》,《河北师院学报》(社会科学版)1994年第3期

刘世德《〈水浒传〉袁无涯刊本回目的特征——〈水浒传〉版本探索之一》,《古籍研究》1995年第4期

张少康、刘三富《李贽〈忠义水浒传序〉及其〈水浒〉评本的真伪问题》,《中国文学理论批评发展史》,北京大学出版社1995年版

刘华亭《从水浒行文本身谈征田、征王两段是后加的》,《济宁师专学报》1996年第4期

王钰《〈水浒传〉版本之谜》,《固原师专学报》1996年第4期

谭帆《〈水浒传〉的版本流变》,《文汇报》1996年10月2日

蒋祖钢《我与〈古本水浒传〉》,《新闻记者》1997年第4期

竺青、李永祜《〈水浒传〉祖本及"郭武定本"问题新议》,《文学遗产》1997年第5期

张杰《初论〈水浒传〉简本与繁本的关系》,《唐都学刊》1998年第1期

周岭《金圣叹腰斩〈水浒传〉说质疑》,《文学评论》1998年第1期

崔茂新《〈水浒传〉祖本问题补说》,《齐鲁学刊》1999年第2期

周继仲《容与堂刻百回本〈水浒传〉应为〈水浒传〉祖本》,《贵州师范大学学报》(社会科学版)1998年第2期

侯会《〈水浒传〉版本浅说》,《古典文学知识》1998年第4期

苗怀明《柳荫成自无心间——〈京本忠义传〉残页的发现与研究》,《古典文学知识》1998年第4期

王齐洲《金圣叹腰斩〈水浒传〉无可怀疑——与周岭同志商榷》,《江汉论坛》1998年第8期

魏达纯《再证〈古本水浒〉后50回非施耐庵所作——前70回与后50回用语调查》,《中山大学学报》(社科版)1999年第3期

任冠文《关于李贽批评〈水浒传〉辨析》,《山西广播电视大学学报》1999年增刊

刘世德《〈水浒传〉无穷会藏本初论——〈水浒传〉版本探索之一》,《文学遗产》2000年第1期

谈蓓芳《也谈无穷会藏本〈水浒传〉兼及〈水浒传〉版本中的其他问题》,《中国文学研究》(辑刊)2000年第1期

崔茂新《从金评本〈水浒传〉看"腰斩"问题》,《齐鲁学刊》2000年第5期

黄俶成《〈水浒〉版本衍变考论》,《扬州大学学报》(人文社会科学版)2001年第1期

张国光《鲁迅等定谳的金圣叹"腰斩"〈水浒〉一案不能翻》,《湖北大学学报》(哲学社会科学版)2001年第1期

李金松《〈水浒传〉大涤余人序本之刊刻年代辨》,《文献》2001年第2期

李金松《郭勋"移置阎婆事"考辨——论〈水浒传〉版本嬗递过程中一处情节的移动》,《中国典籍与文化》2001年第2期

黄俶成《20世纪〈水浒〉版本的研究》,《文史知识》2001年第4期

落馥香《空前绝后　独领风骚——金圣叹批点七十回本在〈水浒传〉版本史上之价值》,《新闻出版交流》2001年第6期

姚楚材《〈水浒〉版本考略》,《咬文嚼字》2001年第6期

刘明远《〈古本水浒传〉真伪优劣谈》,《河南图书馆学刊》2002年第1期

方彦寿《虽非首刊也辉煌——建本〈水浒传〉说略》,《出版广场》2002年第2期

左汉林《百回本〈忠义水浒传〉后三十回应为续书》,《唐山师范学院学报》2002年第4期

谈蓓芳《试谈海内外汉籍善本的缀合研究——以李贽评本〈忠义水浒传〉为中心》,《中国典籍与文化论丛》2002年第7辑

马幼垣《嘉靖残本〈水浒传〉非郭武定刻本辨》,《明代小说面面观——明代小说国际学术研讨会论文集》,学林出版社2002年版

顾关元《〈水浒传〉的三种版本》,《中国出版》2003年第3期

侯会《〈水浒〉简本与张骥》,《文艺研究》2003年第3期

纪德君《百年来〈水浒传〉成书及版本研究述要》,《中华文化论坛》2004年第3期

张天星《金圣叹腰斩〈水浒传〉与〈西厢记〉新探》,《四川师范大学学报》(社会科学版)2004年第3期
郭英德《中国古代通俗小说版本研究刍议》,《文学遗产》2005年第2期
马场昭佳《清代的七十回本〈水浒传〉与征四寇故事》,《水浒争鸣》2005年第8辑
李金松《袁刊本〈水浒传〉"李卓吾评"确属伪托之新考》,《明代文学与地域文化研究》,黄山书社2005年版
谈蓓芳《关于〈水浒传〉的郭武定本和李卓吾评本》,台湾《中国近世文学国际学术研究会论文集》2005年
李永祜《〈水浒传〉的版本研究与田王二传的作者》,《广西师范学院学报》2006年第4期
陈玉东《袁无涯本〈水浒传〉辨伪》,《哈尔滨学院学报》2006年第6期
何红梅《新世纪〈水浒传〉作者、成书与版本研究综述》,《苏州大学学报》2006年第6期
陈松柏《也谈〈水浒传〉的祖本》,《湖南社会科学》2007年第1期
佐藤晴彦《国家图书馆藏〈水浒传〉残卷出版时期考证及相关问题探讨》,《中国文学研究》(辑刊)2007年第3期
董宁《建阳刻本〈水浒志传评林〉研究》,福建师范大学2007年硕士毕业论文
黄海星《东京大学综合图书馆藏藜光堂本〈水浒传〉一探》,《东西方研究国际学术研讨会论文集》2007年
胡益民《从语词运用看〈天都外臣序〉作者问题》,《中国典籍与文化》2008年第2期
谢卫平《〈水浒〉版本研究在日本——兼谈国内相关情况》,《明清小说研究》2008年第2期
张同胜《〈水浒传〉的版本、叙事与诠释》,《济宁学院学报》2009年第1期
戴云波《〈水浒〉研究的成书与版本问题》,《中国图书评论》2009年第9期
李永祜《〈京本忠义传〉的断代断性与版本研究》,《水浒争鸣》2009年第11辑
周文业《〈水浒传〉版本数字化及应用》,《水浒争鸣》2009年第11辑
何红梅《近十年来〈水浒传〉作者、成书与版本研究述要》,《现代语文》(文

学研究)2010年第11期
王辉、刘天振《20世纪以来〈水浒传〉简本系统研究述略》,《水浒争鸣》2010年第12辑
刘世德《〈水浒传〉牛津残叶试论》,《菏泽学院学报》2011年第1期
齐裕焜《〈水浒传〉不同繁本系统之比较》,《中国典籍与文化》2011年第1期
何红梅《十年来〈水浒传〉作者、成书年代与版本研究述要》,《菏泽学院学报》2011年第3期
傅承洲《〈忠义水浒全传〉修订者考略》,《文献》2011年第4期
刘天振、王辉《新时期以来〈水浒传〉简本系统研究述略》,《现代语文》(学术综合版)2011年第9期
周文业《〈水浒传〉版本数字化及〈京本忠义传〉的数字化研究》,《第三届中国古籍数字化国际学术研讨会论文集》2011年
林嵩《〈水浒传〉田虎王庆故事研究述要——兼评马幼垣先生〈水浒论衡〉有关问题》,《中国典籍与文化》2012年第2期
刘丹《20世纪80年代以来〈水浒传〉李贽评本辨伪述评》,《菏泽学院学报》2012年第6期
陆敏、张祝平《二刻〈英雄谱〉中〈水浒传〉插图摹刻钟惺批本插图考》,《文教资料》2012年第29期
刘世德《〈水浒传〉简本异同考(上)——藜光堂刊本、双峰堂刊本异同考》,《文学遗产》2013年第1期
罗原觉《李卓吾批评〈水浒传〉容兴堂本》,《广州文博》2013年第1期
曾晓娟《〈水浒〉"古本"与容与堂本之关系》,《文献》2013年第2期
刘世德《〈水浒传〉简本异同考(下)——刘兴我刊本、藜光堂刊本异同考》,《文学遗产》2013年第3期
乔光辉、何平《"无知子"像赞与〈水浒传〉钟评、李评关系探微》,《明清小说研究》2013年第4期
涂秀虹《论〈水浒传〉不同版本的文学价值——以评林本和贯华堂本为中心》,《文史哲》2013年第4期
许勇强、李蕊芹《近20年〈水浒传〉版本研究述评》,《南阳师范学院学报》2013年第4期

邓雷《遗香堂本〈水浒传〉批语初探》,《牡丹江大学学报》2013年第9期

周文业《〈水浒传〉刘兴我本和藜光堂本的数字化研究》,《第四届中国古籍数字化国际学术研讨会论文集》2013年

张锦池《〈水浒传〉原本无征辽故事考——兼说〈水浒传〉原本的回数》,《明清小说研究》2014年第1期

林嵩《〈水浒传〉田虎王庆故事与〈平妖传〉关系考论》,《明清小说研究》2014年第2期

涂秀虹《〈水浒志传评林〉版本价值论——以容与堂本为参照》,《明清小说研究》2014年第2期

刘相雨《重估〈水浒传〉袁无涯本的价值——以袁无涯本与容与堂本的比勘为中心》,《文献》2014年第3期

曾晓娟《重评"袁无涯本"〈水浒传〉之文本价值》,《明清小说研究》2014年第4期

周文业《关于〈水浒全传〉袁无涯本、郁郁堂本和杨定见本》,"中国古代小说网"2014年7月5日

周文业《再谈〈水浒全传〉袁无涯本、郁郁堂本和杨定见本》,"中国古代小说网"2014年7月9日

周文业《谈欧阳健先生复杂的水浒版本演化论》,"中国古代小说网"2014年8月16日

周文业《谈水浒版本研究》,"中国古代小说网"2014年8月18日

李云涛《署名李贽批评的几种〈忠义水浒传〉刊本之真伪略述》,《大理学院学报》2014年第11期

邓雷《袁无涯刊本与大涤余人序本〈水浒传〉关系考辨》,《水浒争鸣》2014年第15辑

周文业《〈水浒传〉的版本和演化》,《水浒争鸣》2014年第15辑

邓雷《〈水浒传〉天都外臣序言考辨》,《临沂大学学报》2015年第1期

李永祜《〈水浒传〉两种伪李评本考辨》,《中国文学研究》(辑刊)2015年第1期

杨大忠《袁无涯本〈水浒〉增补的田虎、王庆故事不可能出自冯梦龙之手》,《南京师范大学文学院学报》2015年第2期

张国风《实证主义的困窘——〈水浒传〉的版本、作者与成书》,《文艺研究》

2015年第2期
[日]氏冈真士《艾氏珍藏插增甲本〈水浒〉残本新探》,《明清小说研究》2015年第3期
邓雷《从金圣叹批"俗本"看贯华堂本〈水浒传〉的底本及其他问题》,《宜宾学院学报》2015年第3期
邓雷《再论雄飞馆刊本〈英雄谱〉与〈二刻英雄谱〉的区别》,《中国典籍与文化》2015年第3期
邓雷《从〈点将录〉看〈水浒传〉版本的流传》,《聊城大学学报》(社会科学版)2015年第4期
邓雷《钟伯敬本〈水浒传〉批语略论》,《文艺评论》2015年第4期
邓雷《无穷会本〈水浒传〉研究——以批语、插图、回目为中心》,《东方论坛》2015年第5期
刘玄《李卓吾评本〈水浒传〉版本研究述论》,《廊坊师范学院学报》(社会科学版)2015年第5期
许勇强、邓雷《〈水浒传〉林九兵卫本与袁无涯本比较研究——以评语为考察视阈》,《山西师大学报》(社会科学版)2015年第5期
艾俊川《从欧洲回流的插增本〈水浒传〉残叶》,《华西语文学刊》2015年第11辑
佘大平《纪念容与堂本〈水浒传〉发现50年》,《水浒争鸣》2015年第16辑
张杰《谈谈郭武定本和繁本系统的两个支系》,《水浒争鸣》2015年第16辑
[日]荒木达雄《两种〈水浒传〉为何"再造"一百回本——加州大学伯克莱校藏本与东京大学文学部藏本》,《河北学刊》2016年第1期
邓雷《大涤余人序本〈水浒传〉的分类以及刊刻年代考辨》,《文学研究》2016年第2期
邓雷《金圣叹评〈水浒传〉底本探析及再思考》,《集美大学学报》(哲社版)2016年第2期
邓雷《京剧〈红桃山〉本事以及创作时间考——兼及简本〈水浒传〉的问题》,东华理工大学学报(社会科学版)2016年第2期
邓雷《关于国图藏全本容与堂刊〈水浒传〉的几个问题》,《明清小说研究》2016年第4期
冯雅《幸田露伴的〈水浒传〉研究》,《古籍整理研究学刊》2016年第4期

邓雷《林九兵卫刊本〈水浒传〉批语研究》,《古典文献学术论丛》2016 年第 5 辑
邓雷《建阳刊嵌图本〈水浒传〉四种研究》,《中国典籍与文化》2017 年第 2 期
邓雷《袁无涯刊本〈水浒传〉原本问题及刊刻年代考辨——兼及李卓吾评本〈水浒传〉真伪问题》,《福建师范大学学报》(社会科学版)2017 年第 3 期
[日]荒木达雄《石渠阁出版活动和〈水浒传〉之补刻》,《汉学研究》2017 年
[日]氏冈真士《谈上海图书馆所藏容与堂本〈水浒〉》,《文学研究》2018 年第 2 期
邓雷《百年〈水浒传〉版本研究述略》,《水浒争鸣》2018 年第 17 辑
邓雷《三十卷本〈水浒传〉研究——以概况、插图、标目为中心》,《中国典籍与文化》2019 年第 2 期
邓雷《〈金瓶梅〉袭用〈水浒传〉部分版本考论》,《文学研究》2020 年第 1 期
邓雷《从建阳刊〈水浒传〉看建本小说编辑的演变》,《励耘学刊》2020 年第 1 期
邓雷《全图式〈水浒传〉插图的分类及源流考》,《明清小说研究》2020 年第 2 期
邓雷《轮王寺本与内阁文库本〈水浒志传评林〉》,《东方论坛》2020 年第 5 期
邓雷《简本〈水浒传〉版本的价值》,《水浒争鸣》2020 年第 18 辑
周文业《〈水浒传〉四种主要版本比对本和比对研究》,《水浒争鸣》2020 年第 18 辑
[日]荒木达雄《日本东京大学亚洲研究图书馆“〈水浒传〉数位资料库”和东京大学所藏〈水浒传〉版本简介》,《中国文哲研究通讯》2021 年第 3 期
邓雷《〈水浒全传〉田王故事作者考辨——兼论〈水浒全传〉的刊刻时间》,《中国典籍与文化》2021 年第 4 期
[日]中原理惠《一百二十回本〈忠义水浒全传〉〈忠义水浒全书〉版本考》,《版本目录学研究》2021 年第 12 辑
邓雷《〈水浒传〉批语版本源流考——兼谈中国古代小说评点的版本价值》,《文史》2022 年第 4 期

[日]幸田露伴《〈水浒传〉各版本》,《露伴全集》第18辑,日本出版社1923年版
[日]神山闰次《〈水浒传〉诸本》,《斯文》1930年第12卷第3期
[日]石崎又造《〈水浒传〉的异本及其国译本》,《图书馆杂志》1933年第27卷第1、2、3期
[日]斋藤护一《全像本水浒传的出现》,《中国文学月报》1935年第2辑
[日]斋藤护一《百回水浒传考》,《汉学会杂志》1938年第6卷第1期
[日]工藤篁《织田确斋氏旧藏支那小说的二三》,《汉学会杂志》1938年第6卷第2期
[日]斋藤护一《关于〈全像本水浒传〉》,《斯文》1940年第22卷第12期
[日]小川环树《关于〈全像本水浒传〉》,《文化》1940—1941年第7卷第6期
[日]丰田穰《明刊四十卷本拍案惊奇及水浒志传评林完本的出现》,《斯文》1941年第23卷第6期
[日]宫崎市定《〈水浒传〉的伤痕——现行本成立过程的分析》,《东方学》1953年第6卷
[英]艾熙亭《中国小说的发展:〈水浒传〉》,哈佛大学出版社1953年版
[日]白木直也《对杨定见本〈水浒传〉"发凡"的解释》,《广岛大学文学部纪要》1955年第8期
[日]白木直也《所谓李玄伯(一OO回)本的素姓(1)(2)(3)——水浒传诸本的研究》,《支那学研究》1957—1958年第17、18、21期
[日]白木直也《〈水浒传〉插增田虎王庆本和〈水浒传〉评林本》,《日本中国学会报》1958年第10期
[日]白木直也《对无穷会本〈水浒传〉考察》,日本中国学会第十一届学术大会论文,1959年
[日]白木直也《关于影印〈水浒志传评林〉手抄本》,《支那学研究》1960年第24、25期
[英]艾熙亭《再论〈水浒传〉》,《通报》1960年第48卷
[日]白木直也《关于李卓吾评点本——日本内阁文库藏容与堂本的考察》,日本中国学会第十五届学术大会论文,1963年
[日]阿部兼也《明代文简本水浒传的问题》,《集刊东洋学》(东北大学)

1964 年第 12 期

[日]白木直也《巴黎本水浒全传研究——主要与“京本”作比较》,《广岛大学文学部纪要》(文学)1965 年第 24 卷第 3 期

[日]白木直也《巴黎本水浒全传研究(2)——水浒传诸本研究》,《支那学研究》1965 年第 31 期

[日]大内田三郎《水浒传版本之间所见的语言差异——以金圣叹本为中心》,《中国语学》1965 年第 156 期

[日]白木直也《巴黎本水浒全传研究(3)(4)——水浒传诸本研究》,《日本广岛》1965 年

[日]白木直也《一百二十回水浒全传“发凡”研究——水浒传诸本研究(其二)》,《日本广岛》1966 年

[日]白木直也《郭武定本私考(上)》,《广岛大学文学部纪要》1967 年第 27 卷第 1 期

[日]白木直也《和刻本〈水浒传〉的研究——探求其在诸本间的位置》,《广岛大学文学部纪要》1968 年第 28 卷第 1 期

[日]白木直也《和刻本〈水浒传〉的研究——所谓无穷会本及其关系》,《日本中国学会报》1968 年第 20 期

[日]大内田三郎《水浒传版本考——繁本各回本的关系》,《书志学》1968 年第 40 期

[日]大内田三郎《水浒传版本考——繁本与简本的关系》,《天理大学学报》(人文学会志)1968 年第 60 期(二代真柱中山正善教授追悼特集)

[日]白木直也《郭武定本私考——水浒传诸本研究(3)》,《日本广岛》1968 年

[日]白木直也《和刻本〈水浒传〉之刊行及其周边》,《东方学》1969 年第 38 期

[日]大内田三郎《金圣叹与〈水浒传〉》,《天理大学学报》1969 年第 62 期

[日]大内田三郎《水浒传版本考——关于〈水浒志传评林本〉的形成过程等》,《天理大学学报》1969 年第 64 期

[日]白木直也《和刻本〈忠义水浒传〉的研究——〈水浒传〉诸本的研究(4)》,《广岛大学文学部纪要》1970 年第 29 卷第 1 期

[日]白木直也《江户期佚名氏及其“水浒刊本随见抄之”》,《东方学》1970

年第40期

[日]大内田三郎《〈水浒传〉的语言——以〈水浒志传评林〉本的用语为主》,《天理大学学报》1970年第65期

[俄]庞英《论施耐庵长篇小说〈水浒传〉的最初版本》,《东方国家与民族》1971年第11辑

[日]白木直也《钟伯敬批评四知馆刊本研究——水浒传诸本的研究》,《日本中国学会报》1971年第23期

[日]白木直也《钟伯敬批评四知馆刊本序说——水浒传诸本的研究》,《东方学》1971年第42期

[日]大内田三郎《〈水浒传〉版本考——关于"百十回本"》,《天理大学学报》1971年第70期

[日]白木直也《钟伯敬批评四知馆刊本的研究——与李卓吾批评容与堂刊本的关系》,《广岛大学文学部纪要》1972年第31卷第1期

[韩]李慧淳《水浒传版本考》,《中国学报》(韩国)1973年第14卷

[日]白木直也《一百二十回水浒全传的研究——以发凡为例》,《日本中国学会报》1973年第25期

[日]白木直也《一百二十回水浒全传的研究——其"李卓吾评"问题》,《日本中国学报》1974年第26期

[日]大内田三郎《〈水浒传〉版本考——关于"一百二十四回本"》,《天理大学学报》1975年第99期

[日]大内田三郎《〈水浒传〉的语言——关于简本(百十五回本)的文章》,《天理大学学报》1976年第101期

[日]大内田三郎《〈水浒传〉版本考——关于〈汉宋奇书〉与〈英雄谱〉的关系》,《书志学》1977年第65期

[日]大内田三郎《〈水浒传〉版本考——关于〈文杏堂批评水浒传三十卷本〉》,《天理大学学报》1979年第119期

[日]大内田三郎《〈水浒传〉版本考——关于"二刻英雄谱"》,《天理大学学报》1981年第129期

[日]大内田三郎《〈水浒传〉版本考——关于"容与堂本"(一)》,《书志学》1982年第79期

[日]大内田三郎《〈水浒传〉的语言——关于"容与堂本"的字句研究》,《人

文研究》1983 年第 35 卷第 2 期
[日]白木直也《顾氏沈氏共著〈关于新发现的“京本忠义传”残叶〉批判》，《东方学》1983 年第 66 期
[日]高岛俊男《水浒传“石渠阁补印本”研究序说》，《中国学论文集》，东京大学出版社 1983 年版
[日]佐藤炼太郎《无穷会图书馆、织田觉斋旧藏李卓吾评〈忠义水浒传〉一百回》，《汲古》1985 年第 5 卷
[日]大内田三郎《〈水浒传〉版本考——再论繁本与简本的关系》，《伊藤漱平教授退休纪念论文集》1986 年
[日]高岛俊男《水浒传的世界》，大修馆书店 1987 年版
[日]高山节也《佐贺锅岛诸文库藏汉籍明版遗香堂绘像本忠义水浒传》，《汲古》1988 年第 13 卷
[日]丸山浩明《〈水浒传〉简本浅探——关于刘兴我本、藜光堂本》，《日本中国学会报》1988 年第 40 号
[日]佐藤晴彦《关于〈水浒传〉“嘉靖”残本》，《神户外大论丛》1991 年第 42 卷
[日]大内田三郎《〈水浒传〉版本考——关于“容与堂本”（二）》，《人文研究》1993 年第 45 卷
[日]大内田三郎《〈水浒传〉版本考——谈〈钟伯敬先生批评水浒传〉》，《人文研究》1994 年第 46 卷
[日]大内田三郎《〈水浒传〉版本考——〈京本忠义传〉的问题》，《人文研究》1995 年第 47 卷
[日]中川谕《上海图书馆藏〈京本忠义传〉论述》，《新大国语》1996 年第 22 号
[日]笠井直美《李宗侗（玄伯）旧藏〈忠义水浒传〉》，《东洋文化研究所纪要》1996 年第 131 号
[日]马场昭佳《清代的七十回本〈水浒传〉与征四寇故事》，《东京大学中国语中国文学研究室纪要》2004 年第 7 卷
[日]氏冈真士《〈水浒传〉与余象斗》，《信州大学人文科学论集》2004 年第 38 号
[日]佐藤晴彦《关于国家图书馆藏〈水浒传〉残卷》，《日本中国学会报》

2005 年第 57 卷

[日]氏冈真士《影印插增乙本〈水浒传〉缺叶补遗》,《信州大学人文科学论集》2007 年第 41 卷

[日]笠井直美《北京大学图书馆藏〈忠义水浒全传〉》,《名古屋大学中国语学文学论集》2009 年第 21 卷

[日]氏冈真士《有关百二十四回本〈水浒传〉》,《汲古》2009 年第 56 卷

[日]氏冈真士《两种"出像"本〈水浒〉在百十五回诸本中的位置》,《中国古典小说研究》2010 年第 15 号

[日]氏冈真士《试探百二十四回本〈水浒〉的底本》,《信州大学人文科学论集》2011 年第 45 号

[日]氏冈真士《有关三十卷本〈水浒传〉》,《日本中国学会报》2011 年第 63 卷

[日]荒木达雄《嘉靖本〈水浒传〉和初期〈水浒传〉文繁本系统》,《日本中国学会报》2012 年第 64 卷

[日]氏冈真士《关于"英雄谱"诸本》,《名古屋大学中国语学文学论集》2012 年第 24 号

[日]氏冈真士《〈征四寇〉溯源》,《信州大学人文科学论集》2012 年第 46 号

[日]氏冈真士《谈插增本〈水浒〉的插图标题》,《信州大学人文科学论集》2014 年第 1 号

[日]氏冈真士《郑乔林本〈水浒〉的特征》,《高田时雄教授退休纪念东方学研究论集》2014 年

[日]氏冈真士《〈水浒〉与陈枚》,《信州大学人文科学论集》2015 年第 2 号

[日]氏冈真士《七十回本〈水浒〉的"原刻本"和"坊本"》,《信州大学人文科学论集》2016 年第 3 号

[日]小松谦《金圣叹本〈水浒传〉考》,《和汉语文研究》2016 年第 14 号

[日]氏冈真士《关于容与堂本〈水浒传〉三种》,《中国古典小说研究》2016 年第 19 号

[日]小松谦《〈水浒传〉诸本考》,《京都府立大学学术报告·人文》2016 年第 68 卷

[日]氏冈真士《石渠阁补刊本〈水浒〉平议》,《信州大学人文科学论集》2017 年第 4 号

[日]中原理惠《关于〈水浒传〉郁郁堂本》,《中国古典小说研究》2017年第20号

[日]氏冈真士《七十回本〈水浒传〉光霁堂刻本》,《汲古》2017年第72号

[日]小松谦《日本传存石渠阁补刻本〈忠义水浒传〉发现经纬》,《中国文学报》2018年第91卷

[日]上原究一、荒木达雄《石渠阁补刻本〈忠义水浒传〉补刻面貌》,《中国文学报》2018年第91卷

[日]小松谦《〈水浒传〉石渠阁补刻本正文研究》,《中国文学报》2018年第91卷

[日]中原理惠《水浒传一百二十回本〈忠义水浒全传〉:以诹访市博物馆藏钞本为中心》,《日本中国学会报》2019年第71卷

[日]氏冈真士《另一个北京所藏的容与堂本〈水浒〉》,《信州大学人文科学论集》2020年第8号(第1册)

[日]氏冈真士《钟批〈水浒〉与三十卷本》,《信州大学人文科学论集》2022年第9号

[日]氏冈真士《"英雄谱"又名〈三国水浒全传〉二考》,《信州大学人文科学论集》2022年第10号

主要参考书目

一、《水浒传》影印本

《明容与堂刻水浒传》，中华书局 1966 年版

《明容与堂刻水浒传》，上海人民出版社 1975 年版

《李卓吾批评忠义水浒传》，《古本小说集成》第 2 辑，上海古籍出版社 1992 年版

《李卓吾先生批评忠义水浒传》，《续修四库全书 · 集部 · 小说类》，上海古籍出版社 1995 年版

《李卓吾先生批评忠义水浒传》，《中华再造善本 · 明代编 · 集部》，北京图书馆出版社 2004 年版

《水浒传》，黄山书社 2013 年版

《李卓吾先生批评忠义水浒传》，《明清善本小说丛刊》，天一出版社 1985 年版

《钟伯敬先生批评忠义水浒传》，《明清善本小说丛刊》，天一出版社 1985 年版

《钟批〈水浒传〉》，《古本小说丛刊》第 24 辑，中华书局 1991 年版

《钟伯敬批评忠义水浒传》，《古本小说集成》第 2 辑，上海古籍出版社 1992 年版

《日本无穷会藏本水浒传》，《域外汉籍珍本文库》，西南师范大学出版社、人民出版社 2013 年版

《芥子园本李卓吾批评忠义水浒传》，《明清善本小说丛刊》，天一出版社 1985 年版

《李卓吾批评忠义水浒传全书》，《明清善本小说丛刊》，天一出版社 1985 年版

《忠义水浒全书》，线装书局 2014 年版

《影印金圣叹批改贯华堂原本水浒传》，中华书局 1934 年版

《第五才子书施耐庵水浒传》,中华书局 1975 年版
《第五才子书水浒传》,《古本小说集成》第 4 辑,上海古籍出版社 1994 年版
《第五才子书施耐庵水浒传》,《中华再造善本·明代编·集部》,北京图书馆出版社 2014 年版
《王望如评水浒传》,《明清善本小说丛刊》,天一出版社 1985 年版
《忠义水浒传残本》,《古本小说丛刊》第 19 辑,中华书局 1991 年版
《影印两种明代小说珍本:三国志演义和水浒传》,《汉堡东亚书籍目录》丛书第 11 号,1982 年
《插增田虎王庆忠义水浒全传》,《古本小说丛刊》第 25 辑,中华书局 1991 年版
《插增田虎王庆忠义水浒全传》,《古本小说集成》第 4 辑,上海古籍出版社 1994 年版
《新刊旧本全像插增田虎王庆忠义水浒传》,《明清善本小说丛刊》,天一出版社 1985 年版
《插增水浒全传》,《古本小说丛刊》第 2 辑,中华书局 1990 年版
《新刊京本全像插增田虎王庆忠义水浒传》,《域外汉籍珍本文库》,西南师范大学出版社、人民出版社 2008 年版
《水浒志传评林》,文学古籍刊行社 1956 年版
《京本增补校正全像忠义水浒传评林》,《明清善本小说丛刊》,天一出版社 1985 年版
《水浒志传评林》,《古本小说丛刊》第 12 辑,中华书局 1991 年版
《水浒志传评林》,《古本小说集成》第 3 辑,上海古籍出版社 1993 年版
《水浒志传评林》,广陵书社 2006 年版
《精镌合刻三国水浒全传》,《明清善本小说丛刊》,天一出版社 1985 年版
《二刻英雄谱》,《京都大学汉籍善本丛书》,京都同朋舍 1980 年版
《二刻英雄谱》,《古本小说集成》第 1 辑,上海古籍出版社 1991 年版
《水浒忠义志传》,《古本小说丛刊》第 2 辑,中华书局 1990 年版
《新刻全像水浒传》,《域外汉籍珍本文库》,西南师范大学出版社、人民出版社 2011 年版
《新刻全像忠义水浒传》,文物出版社 2016 年版

《钟伯敬先生批评水浒忠义传》,广陵书社 2018 年版
《〈水浒传〉稀见版本汇编》,国家图书馆出版社 2019 年版
《容与堂刊忠义水浒传》,国家图书馆出版社 2019 年版
《郁郁堂本忠义水浒全书》,广陵书社 2020 年版

二、小说研究著作

[宋]方勺《泊宅编》,中华书局 1983 年版
[明]胡应麟《少室山房笔丛》,中华书局 1958 年版
[明]郎瑛《七修类稿》,上海书店出版社 2001 年版
[明]谢肇淛《五杂俎》,上海书店出版社 2001 年版
[清]陈枚《写心集》,中央书店 1935 年版
[清]陈枚《写心二集》,中央书店 1935 年版
[清]李渔《李渔全集》,浙江古籍出版社 1991 年版
[清]周亮工《书影》,上海古籍出版社 1981 年版
郑振铎《中国文学研究》,商务印书馆 1927 年版,人民文学出版社 2000 年版
孙楷第《日本东京、大连图书馆所见中国小说书目提要》,国立北平图书馆 1932 年版;《日本东京所见中国小说书目》,上杂出版社 1953 年版;《日本东京所见小说书目》,人民文学出版社 1958 年版,中华书局 2012 年版
孙楷第《中国通俗小说书目》,国立北平图书馆 1933 年版,作家出版社 1957 年版,人民文学出版社 1982 年版,中华书局 2012 年版
鲁迅《中国小说史略》,北新书局 1932 年版,上海古籍出版社 1998 年版
胡适《中国章回小说考证》,实业印书馆 1934 年版,中国书店出版社 1980 年版,安徽教育出版社 1999 年版,中国社会科学出版社 2013 年版(《中国旧小说考证》,商务印书馆 2014 年版)
[日]薄井恭一《明清插图本图录》,东京共立社 1942 年版
何心《水浒研究》,上海文艺联合出版社 1954 年版,古典文学出版社 1957 年版,上海古籍出版社 1985 年版
严敦易《水浒传的演变》,作家出版社 1957 年版
戴望舒著,吴晓铃编《小说戏曲论集》,作家出版社 1958 年版

刘修业《古典小说戏曲丛考》,作家出版社 1958 年版
孙楷第《沧州集》,中华书局 1965 年版,中华书局 2009 年版
《〈水浒〉评论资料》,上海人民出版社 1975 年版
马蹄疾辑录《水浒资料汇编》,中华书局 1977 年版,中华书局 1980 年版
《水浒研究资料》,南京大学中文系资料室 1980 年版
朱一玄、刘毓忱编《水浒传资料汇编》,百花文艺出版社 1981 年版,南开大学出版社 2002 年版,南开大学出版社 2012 年版
聂绀弩《中国古典小说论集》,上海古籍出版社 1981 年版,复旦大学出版社 2005 年版
王利器《耐雪堂集》,中国社会科学出版社 1986 年版
朱一玄编《古典小说版本资料选编》,山西人民出版社 1986 年版
马蹄疾编著《水浒书录》,上海古籍出版社 1986 年版
杨绳信编著《中国版刻综录》,陕西人民出版社 1987 年版
孙楷第《戏曲小说书录解题》,人民文学出版社 1990 年版
萧相恺《珍本禁毁小说大观——稗海访书录》,中州古籍出版社 1992 年版
马幼垣《水浒论衡》,联经出版事业公司 1992 年版,生活·读书·新知三联书店 2007 年版
[英]魏安《三国演义版本考》,上海古籍出版社 1996 年版
丁锡根编著《中国历代小说序跋集》,人民文学出版社 1996 年版
谢水顺、李珽《福建古代刻书》,福建人民出版社 1997 年版
郑振铎撰,吴晓铃整理《西谛书跋》,文物出版社 1998 年版
王彬主编《清代禁书总述》,中国书店 1999 年版
杜信孚、杜同书《全明分省分县刻书考》,线装书局 2001 年版
王清原、牟仁隆、韩锡铎编纂《小说书坊录》,北京图书馆出版社 2002 年版
方彦寿《建阳刻书史》,中国社会出版社 2003 年版
石昌渝主编《中国古代小说总目·白话卷》,山西教育出版社 2004 年版
马幼垣《水浒二论》,联经出版事业股份有限公司 2005 年版,生活·读书·新知三联书店 2007 年版
欧阳健《古代小说版本简论》,山西人民出版社 2005 年版

范宁《范宁古典文学研究文集》,重庆出版社 2006 年版
沈津《书城风弦录:沈津读书笔记》,广西师范大学出版社 2006 年版
潘建国《中国古代小说书目研究》,上海古籍出版社 2005 年版
严绍璗编著《日藏汉籍善本书录》,中华书局 2007 年版
程国赋《明代书坊与小说研究》,中华书局 2008 年版
苗怀明《二十世纪中国小说文献学述略》,中华书局 2009 年版
[日]中川谕《〈三国志演义〉版本研究》,上海古籍出版社 2010 年版
李小龙《中国古典小说回目研究》,北京大学出版社 2012 年版
王古鲁著,苗怀明整理《王古鲁小说戏曲论集》,中华书局 2013 年版
刘世德《水浒论集》,社会科学文献出版社 2014 年版
李永祜《水浒考论集》,北京燕山出版社 2015 年版
齐裕焜《水浒学史》,上海三联书店 2015 年版
刘天振《水浒研究史脞论》,中国社会科学出版社 2016 年版
涂秀虹《明代建阳书坊之小说刊刻》,人民出版社 2017 年版
冯保善《江南文化视野下的明清通俗小说研究》,江苏人民出版社 2021 年版

后　记

花非花，雾非雾。夜半来，天明去。

来如春梦几多时，去似朝云无觅处。

与《水浒》结缘，要追溯到小学。记得那个时候有一种“七匹狼”牌菠萝味的膨化食品，一包五角钱，每一包有一张《水浒》人物的圆形卡片。这些卡片当中水军头领、女将头领可以兑换1元钱，部分双人组合如鲁智深+吴用可以兑换木质拼图玩具，而大奖则是集齐108将，兑换笔记本电脑一台。彼时的笔记本电脑，绝大部分家庭似乎见都没有见过，包括我本人。据江湖传闻，有人集齐了106将，唯独缺少了林冲与周通。这是我第一次接触到《水浒》，以这种不同寻常的方式。

随着1998年央视版《水浒传》的热播，《水浒传》的话题一时风靡全国。那个时候的我还在读小学五年级，趁着这场东风，去书店花了5元钱，买了一本盗版《水浒传》，勉强读完了，也不知是读懂了，还是没读懂，但这却是我第一本读完的古典文学名著。读完小说后的我，内心只能用五味杂陈来形容，因为书中少了很多电视剧里的情节，像招安，像征方腊。一时间的我感觉自己受到了欺骗，毕竟我买的是盗版书，又不是节选书。气恼之余，我跑到新华书店，花费22元“巨款”，购买了一本《水浒传》连环画。回家之后，感觉书中除了人物有些抽象之外，情节部分还是挺全的，又感慨连环画还是比文字精彩。多年以后，我才发现鲁迅先生当年对插图也十分热衷。

及至我上了初中，1999年的时候，统一小当家发行了一种干脆面，1元1包，每包里面有一张长方形的《水浒》卡。这一套《水浒》卡在当时风行各大校园，可以说足足影响了一整代人。记得那个时候的我，一开始是因为干脆面好吃而去买小当家，后来则变成为了集卡而去买小当家。开始是一包包买，后来变成一箱箱买。买来之后，单纯就是为了拆包开卡，这或许就是早期盲盒所带来的快乐吧。

随着集卡的结束，我与《水浒》的缘分也暂时告一段落，此后十余年间我再未碰过《水浒》,也未遇到与《水浒》相关的人或事,课本中除外。而在高中时期,撕掉封皮读《三国》被班主任发现、半夜偷读《金瓶梅》被母亲抓住之事却时有发生。尤其是高二,学习了“林黛玉进贾府”之后,我酷爱《红楼》,疯狂迷恋林黛玉,误入“红网”达七年之久,直到上了研究生。

人生有时候就像一个轮回,本来可能再无交集的人或事,却又莫名地在你生命中扮演了重要的角色。支撑我考研的动力是《红楼梦》,选硕导之时,我的考虑也是《红楼梦》。然而,等到许勇强师告诉我选择《红楼梦》作为研究对象,可能会惹上是非、带来攻讦,并不一定要把自己的爱好当成研究对象之时,我最终放下了《红楼梦》,转而随许师研究《水浒》,将硕论选题定为“《水浒传》评点研究”。现在回想,此一放下未必不是好事,因为面对《红楼》,可能科研最基本的客观我就很难做到。

确定硕论选题之后,我在搜检材料、撰写文献综述的过程中,发现了一个尴尬的事实,绝大部分的《水浒传》评点研究都是围绕着金圣叹评本与容与堂本展开,而其他评点本绝少有人问津。不仅如此,虽然已有《水浒传会评本》出版,但是《水浒传》的评点本到底有多少种也无人统计。尤其是当时我在东洋文库下载到林九兵卫刊本,此本有批语,但未见收录到《水浒传会评本》中。因此我心下思索《水浒传会评本》的批语必然不全。

于是,我下定决心,在研究之前,先把《水浒传》评点本的总数搞清楚。虽然有此宏愿,但是操作难度太大,因为通过孙楷第先生《中国通俗小说书目》与马蹄疾先生《水浒书录》无法统计出有多少种评点本。二书著录的《水浒传》版本,并没有特别注明该书是否有评点,甚至孙楷第先生《中国通俗小说书目》与《戏曲小说书录解题》二书对大涤余人序本是否有评点,还是截然相反的观点。辗转于各类抵牾的材料之中,我只能从最基本的文献摸排,重新开始收集《水浒传》的版本,一本本翻阅其中是否有评点。

然而由于太多的《水浒传》版本未曾影印,当时的自己又没有外出访书的条件,所以硕论《明代〈水浒传〉评点研究》并不成功,有好几种评点本在硕士毕业之后才得以看到。当然,在研究的过程中,也产生了诸多疑问,譬如何种版本才是李卓吾的评点本、全传本与全书本的批语是什么关系、大涤余人序本与全传本的批语是什么关系、芥子园本与大涤余人序本的批语又是什么关系等等。《水浒传》评点的研究工作也并未随着我硕士毕业而结束,而是持续了十年之久,直到去年年底《〈水浒传〉批语版本源流考——兼谈中国古代小说评点的版本价值》一文的发表，才宣告这项工作的结束。

关于博士论文的选题，最初许师给出的建议是，既然《水浒传》的版本问题还有如此之多没有理清楚，那你读博即可以此为题。我听取了许师的建议，但是骨子里的叛逆之血却蠢蠢欲动，于是我结合了自己的兴趣，另想了一个前沿的课题：在明清通俗小说与现当今网络小说的比较视阈下，重新观照明清通俗小说。并将版本研究与此课题一并写入到了考博计划书中。当时的我心中想的是，现阶段这个题目恐怕没几个人能做，因为老教授年纪偏大，不会看网络小说，看网络小说的又不一定研究明清小说，这个题目怕是为我量身定做。

然而不出所料的是，秀虹师选择让我做《水浒传》版本研究的课题，说毕业还是选一个稳一点的课题，毕业后可以再做另外一个课题。三年匆匆过去，本来所定的《水浒传》版本研究堪堪只做完了简本部分。好在博士毕业后可以继续跟随黄霖先生学习，但写下博后计划书之时，我内心再次蠢蠢欲动，鬼使神差般又将"重新观照明清通俗小说"的课题写了上去。不出意外的是，黄霖先生说，还是做回你之前的研究，那个你有基础，网络小说研究太过于前沿，中文站专家组的老先生们可能接受不了，以后你有其他机会再做这个题目。

也正是因为许师的建议，以及秀虹师、黄霖先生的坚持，于是才有了这本书。但不得不提的是，两次被否掉的课题，这几年也逐步成为学界研究的热点问题。

随着这本书稿的完成，我的《水浒传》研究可能也要告一段落了。犹记得博士之时，与健康兄秉烛夜谈，发愿自己要完成《水浒传》"三部曲"，一部《水浒传》版本叙录，一部《水浒传》版本研究，一部《水浒传》汇校汇评汇注。前两部已经算是完成了，最后一部虽然并未全部完成，但也算完成了其中一部分《水浒传汇评本》，至于汇校汇注只能以待来日了。

十余年的《水浒传》研究，跨越了我的硕士、博士、博士后、"青椒"数个阶段，带走了我人生最美好的时光，我也从一个青年迈向了中年。十余年间，太多太多的人事变迁，便如我对宋江的态度亦发生了改变，从少时的深恶痛绝，到现在的理解。数年前某个深秋的雨夜，三校《水浒传汇评本》之时，校读到了尾声。当我读到宋江说出"成人不自在，自在不成人"这句话时，那一瞬间，我脑海中出现的不是身为豪猾大侠的宋江，不是梁山第一尊座次的宋江,也不是朝廷的皇城使宋江,而仅仅是一个作为普通人的宋江,一个不自由的宋江,一个受到多重枷锁的宋江。

行文至此,内心亦不免豁然开朗。书稿虽经多次修订,但依然不免留有遗憾,也有个别版本未曾寓目,个别版本未见全貌,一些观点也未必没有疏漏,这些都希望他日能有机会弥补。书稿的完成,虽系名个人,但却离不开前贤所开辟的道路,尤其是那些搜集《水浒传》版本的前辈,像王古鲁、孙楷第、郑振铎、刘修业、马幼垣、马蹄疾等先生。

书稿的完成,需要感谢的人太多。首先要感谢我的三位恩师,许勇强师、涂秀虹师、黄霖师以及我的师爷齐裕焜先生。我的学术路之所以能够走到现在,跟诸位恩师的鼓励式教育是分不开的。尤其是秀虹师,一如母亲般关爱我,我妻子常戏称其为我“二妈”。其次要感谢我的父母与妻子秀秀,好友海林兄曾称我是伪单身汉,而这戏言的背后就是妻子替我承担了家中的一切,尤其是照顾女儿的重担。也希望我的女儿长大之后,不要嗔怪其父因为喜欢杜甫,而将取名为“劭灵”。再次要感谢那些在生活、学习、工作之中给予我帮助的师友,胡小梅师姐、陶赟君、张丹丹君、谢海林兄、杨园媛君、钟勇萍君、丘睿晨君、梁健康兄、唐拓兄、王军兄、魏木子兄、张衍鑫兄、张颖杰兄、张青松兄、郑政兄等。最后感谢给予本书支持的诸位院领导,以及中华书局的罗华彤主任、为本书编校付出辛勤劳动的吴爱兰老师。

2023 年 5 月 21 日于福州家中